兴安踪影

上

孙扬 著

作家出版社

目录

第一章
衔命进山暗中行

春节刚过。一列长长的队伍从镇安开拔，进入旬阳县境，浩浩荡荡地沿着旬河岸边崎岖不平的小路向南挺进。

一个风云变幻的年代，初春显得格外冷清。那旬河、汉江两岸和秦巴山中的迎春花倒也渐渐地绽开了微笑，好像在聚精会神地倾听身边所发生的响动；漫山架岭一簇一簇的棠梨搂拥着繁盛的果实，昭示着在这个年景生活的人们，将借以度过即将到来的饥饿春荒；崚嶒巍峨的群山和险峻陡峭的悬崖绝壁绵延相依，岿然屹立在大地上，魁伟壮观；在高深莫测的辽阔天空中，悄然无声地走出一轮太阳，脚步点儿落在阴坡或阳坡的地里面，吐芽的树枝、出土的禾苗，该需要阳光的营养了。冰天雪地开始解冻融化，危机慢慢地处于消逝状态；寒风冷云结束夹衫裹衣，期望在云间徐徐地升起、飞翔，接近闪亮的高度。此刻，一曲雄壮激越的山歌声，在层峦叠嶂的山岭和深沉初醒的河谷间飘荡。激励秦巴山的儿女们，在拯救中华民族生死存亡的英勇斗争中，浴血奋战，前仆后继，开辟一个自由、民主、丰庶的新天地。

朝阳刚爬在东山头上，露出阴沉沉的脸色。晨雾笼罩着仁河口的水面，只能影影绰绰地看见两岸草芥和树木在微风中不停地摇动。

突然间，一阵竹筒声在河谷中间回荡。不多时，在距仁河口不远的山神庙前站满了人。他们大多数拎着快枪和火枪，还有一个领队的扛着一挺机枪。其他人有的握着大刀，有的手攥板斧，有的高举梭镖，有的提着木棍，杀气腾腾，群情激昂。

这时一个微胖中等个头的人，站在山神庙门前的石阶上，挥动着一把手枪，喊道："大家站好了！你们听着，炎尼（方言：昨天）晚上得到一个确凿的消息，陕警一旅三团从镇安出发到兴安州[①]，他的先头部队一个侦察排，今日个中午路

---

① 乡间人们习惯称安康为兴安州，该州设置于明朝万历十一年（1583 年）。

过我们仁河口。我们的卢楚恒有重任回紫阳，事情紧急，无法联系。现在我段启瑞决定，我们爱国志士抗日后援军一定让他们尝尝不去抗日的滋味。"

陈振山站出来说："人家一个团，我们这二十几个人，是鸡蛋碰石头啊！"

段启瑞说："不与大部队硬碰硬，我们只和先头这一点兵力碰撞一下就行了，显显我们后援军的威力。听好了，只是教训教训而已，掌握火候，立即撤退。听从命令就是了。"

群山逶迤连绵，小路曲曲弯弯，沿仁河口的东面通向遥远的地方。

段启瑞带领队员们迅速地登上碗岗山，埋伏在茂密的草丛、灌木林中，密切观察小路上的动静。这时发现先头部队刚进入伏击地域，突然间停止前进。

侦察排长赵明是一位有经验的老兵，他发现了树丛中有一个人头在轻微地晃动。他一边指示通信员快速去向团长报告，一边说："立即停止前进，注意隐蔽。"指挥战士们占领有利地形。

段启瑞发觉先头部队的意图，虎声虎气地喊道："枪抬高点，给我打！"

忽然间，密集的子弹如火舌般地从空中呼啸而过，弹着点在什么地方，连射手恐怕也难以确定。

令赵明不解的是，这子弹几乎全从头顶上空掠过，偶尔有几发落在身边，只擦破了两名战士的一点皮。他便命令一班的战士向碗岗山山头上空实施射击，其他班预备。

清脆的枪声打破了宁静的群山。鸟儿受惊了，一群一群地飞向远方。

稀稀疏疏的枪声还在不时地传来，双方谁都没有出击，处于对峙的态势。

刘威诚急匆匆地赶到了，趴在简易的掩体上，拿起望远镜观察那座碗岗山，发现是一些农民打扮的人，是不是土匪，难以断定。于是问道："战士伤了吗？"

"团长，没有重伤，两名战士胳膊上擦破了点皮。"

"包扎了吗？"

"卫生员已经处理好，不大要紧。"

这时枪声几乎停止了。

"赵明，你用喇叭喊喊，问他们是哪部分的。"

赵明应声瓮声瓮气地喊道："兄弟们，你们是哪一部分的？"

对方传来了回声："我们是'爱国志士抗日后援军'。你们不去抗日，到陕南来干什么！"

"我们是……"

"不费口舌，我们知道了，你们应该去打日本帝国主义，就是那个小日本！"

"你们领队是谁？"

"是大名鼎鼎的卢楚恒、段启瑞！"

"弟兄们，我认识卢楚恒。他担任过杨虎城的秘书和陕警二旅四团的副团长。我们都在杨将军手下干过事，我们目的是一致的，抗击日本，拯救中华！"

六连连长安子玉从赵明手中拿过喇叭，补充喊道："弟兄们，陕警一旅三团是参加淞沪会战后，调回后方休整和补充兵员的，这完全是为打败日本侵略者的需要。请不要误会，让我们团结起来，共同对付我们的敌人！"

段启瑞站了出来，挥着手枪喊道："哦，真是抗日一家人，莫怪莫怪！"

听到这声音后，战士、队员们冲出了掩体和丛林，高高兴兴地会集在小路上，相互表示致歉。

刘威诚问段启瑞："子弹不长眼，人长眼哪，伤着你们了吗？"

段启瑞有点不好意思地说："没有，我们那帮子枪法不行，倒伤了你们的士兵，对不起。"于是走到那两个战士面前，行了个礼，把两包东西交给赵明，反复叮咛着："这是炮制好的中草药，是专门治枪伤的。一天敷一次，三天以后就会痊愈。"又转身对刘威诚说，"有眼不识泰山，撞上卢领导的同人，不过我们又成了抗日的朋友。"于是，举起枪，向空中连放三枪，欢送部队继续上路。

夕阳西下。这支队伍路过旬阳县城外的下菜湾时，发现部队的后边，尾随一个个子高高的戴着礼帽的人，他不紧不慢，悠闲自在地走着，让人纳闷。刘湘卿看见后告诉刘威诚，刘威诚立即吩咐警卫员，严密注视那个人的行踪。部队进至县城炮台子，团部下达传令：停止前进，就地待命。过了一会儿，按照安排，由县警备队派员做向导，把团部、第一营、第二营和第三营分别带到城隍庙、龚家梁小学和东门外小学等地方宿营休整。这时，再寻找那戴礼帽的人，却无影无踪了。

夜色即将降临，从县城西门垭子到炮台子的青石台阶路上，有一高一瘦、一胖一矮的两个人拾级而上。他俩时而轻笑着，时而比画着，时而低声说话，谁也听不清究竟说些什么。他俩登上炮台子后边的野田塄坎上，俯仰之间，才毫不顾忌地哈哈大笑起来。

矮胖一点的人说："王力同志，真莫想到上级会派你同我一起前往安康。"

高瘦的人赶紧纠正说："不是王力，是刘湘卿。千万千万记住，我的警备一旅三团刘团长，威诚老兄。"

刘威诚点点头说："对对对，是刘湘卿。是的，无论在任何场合、任何地方，都须严谨细心，做到言无一失。"

"团长，明天去白河县的船只雇好了吗？"

"我给王军需交代了，还没有报告结果。你瞧，汉江岸边停靠那么多船只，应该不会雇不上十五只船吧！"

"这个王军需官，人怎么样？"

"忠诚老实，脑子清醒，对时局有看法，同我的观点基本一致。我们回去看看，船只落实得如何。"

"好吧。你先走，我后边就来。"

刘湘卿看着刘威诚朝着西门垭子的方向走去，转眼环顾茫茫四野，心旷神怡。据历史记载和民间传说，公元前254年，楚平王为儿子太子健选媳妇，派费无忌赴秦就路过此地，完成使命后，又从秦返回楚还是经过这里。但是，所选儿媳妇却被楚平王霸占为妻。小小的县城，从历史中走过来，眼下笼罩在暮色之中，显得幽雅、清静。汉江从城南向东蜿蜒流去，唯独西北方向依托并不宽阔的山岭脚跟。妙就妙在一面赖山三面靠水。这种景致，不由得使他想起临走时欧阳钦交代的任务，到安康那个地方，要熟悉秦巴的山水，了解那里的风土人情，掌握人们的生活情绪和思想倾向，循序渐进，逐步开展工作，千万不可盲目行动。确确实实是这样，这同曾在关中管理杨虎城教导团、陕警备一旅和三十八军教导队截然不同了，是去秦巴山里。对于一个远方来的刚入山的人，在这里谁对谁都是陌生的，谁对谁又都是好奇的，要寻求一种共同的志趣，就必须进行周详的策划和花费很大气力。

"谁？"一个黑影向山上走来。

刘湘卿愣了一下，反问道："不认识。你是谁？"

一道手电的亮光，照在了刘湘卿身边不远的土坎上方。只听他不紧不慢地说："哎呀，老总，冒犯了！"

刘湘卿透过手电的散光，看到那个身材稍高的青年人嘴唇有些收缩，追问道："你来这儿干什么？"

"我想趁黑到山垴垴上看一下动静。县城不是来兵了吗，出来躲一躲，怕的是夜间来抓人当兵。你是不是这个部队的长官？"

"是，又不是。我是跟随这个队伍的一个兵。放心吧，不会抓壮丁。你是做什么的？"

"我是兴安师范学校二七级的学生，今年七月就要毕业了。炎尼擦麻儿（方言：傍晚）就听说要过兵了。"

"噢，消息挺灵通。你在学校除学习外，还参加些什么活动？"

"参加抗日募捐活动。我校去年五月三十日举行了声势浩大的游行示威，抗日救国嘛！这次齐心反抗日本侵略的行动，震惊了兴安各县。我给你说啊，我们的国文老师介绍了不少书籍，我读过鲁迅的《呐喊》《彷徨》《狂人日记》，艾思奇的《大众哲学》，陈豹隐的《政治经济学讲话》，奥斯特洛夫斯基的《钢铁是怎样炼成的》，高尔基的《母亲》，还有《新华日报》和《解放》等报刊。我还会唱孙玉如老师教的《义勇军进行曲》《大刀进行曲》《到敌人后方去》《松花江上》等歌儿哪。"

"嗯，你知道的还不少，书里可有养分啊！"

"我简直像个闷瓜子（方言：不聪明），只知一点点。脑子里总觉得欠火点儿啥（方言：什么），还不灵性。"

"会的，迟早会机敏起来，一定会通晓和明白天下劳苦大众艰难穷困的缘由。哎，我倒忘了问你叫什么名字，住在什么地方？"

黑夜里，模模糊糊看见那青年往前挪了一步。他伸出手臂在空中来回摆动，又向前面一指，迟迟钝钝地说："我叫罗长勤，就住在我们站脚的坡下面，河街的西头，草房街背后的罗家院子，县城人和城外乡野百姓没有不知道这个地方的。父亲以商业为生，店名'大顺生'，经营山货特产。长官，要不去我家坐坐！"

刘湘卿听了罗长勤这一番话，在行军路上沉重的心情，忽然轻松了许多，一些充满爱国热忱、慷慨激昂的影子在脑海里晃动着。久闻穷乡僻壤，交通不便，消息闭塞，但抗击日本侵略的浩然气势，不是大山能阻挡得了的。要一雪我们民族的耻辱，必须引导民众从不同的地域和不同的方位奔向同一战场，让国耻的制造者用其血来偿还，才能强壮一个泱泱大中华。

罗长勤看着刘湘卿站在那儿没有动，不知道他在想什么，重复了一句："长官，到我家去喝杯茶吧！"

刘湘卿暗暗地把拳头一攥："不啦，现在该是归队的时间了。谢谢！"

"长官，能不能给我留个地址，兴许将来有什么事好找你帮忙？"

"我明天去安康，还不知道确切住在什么地方。你是在兴安师范上学，待住处确定了，我会找你，或者托人找你，好吗？"

"到了兴安莫忘了。"

"不会的。兴安就是安康吗？"

"是的是的。民国年间改为安康的，老地名叫顺了。"

"哦，这样的，兴安兴安，安康安康！"

罗长勤打着手电走在刘湘卿的身后，照着石台阶一步一步往下走，嘴里不断说着："不要让台台儿（方言：台阶）滑倒了。"走到西门垭时，两人相互告别。刘湘卿看着罗长勤下了河街，才快步上了龚家梁。站在这里远望，天上繁星闪烁，城里城外油灯光亮投向苍穹，仿佛在相互照应，共同度过这阴冷的深夜。汉江和旬河有幸接收了宇宙赐给自然界的一缕缕亮光，碧波粼粼，水声潺潺，打扮一身靓妆，轻悠悠唱着自己亿万年来生成的乡音古词汉江号子，无忧无虑地向东淌流而去。他又想起临走时书记对自己的殷切希望，带上一股劲儿回到了团部住地。还未踏进门，听到隔壁不远的一座小学里传来教唱《义勇军进行曲》的歌声，便折身来到学校的门口。他眼睛忽地一闪，只见一位身材细高、匀称挺秀的年轻女老师站在暗淡的桐油灯下教学生们唱歌曲，嗓音洪亮，回肠荡气，昂扬有力。在她的旁边，还有一位与她几乎一样的女教师在教室里来回转悠着。他便向传讯室的老大爷询问："老大爷，这么晚了，还在上音乐课啊？"

老大爷转眼一看，身边站着一位大个子军人，立刻站起来回答说："长官，这是课余自愿参加的。"

"她是学校的老师吗？"

"不是，是兴安师范学校二七级的学生。我和她家长辈和兄弟姐妹们都比较熟悉，就住在城里鲁家院子，叫鲁学昭。她很热情，胆大、泼辣，不像个女娃子。寒假和暑假都来学校教唱歌，还教过什么《游击队之歌》《松花江上》，记不清了，多着呢！不知道什么原因，有好几次县政府教育科派人到各学校禁止教唱这些歌子。不过，学昭这女娃子还是在教，一直没有停止过。那位是她的好友，莫看穿得花不棱登的，很稳重，经常陪着她，叫余亚芳，好像住在下河街。长官，你是刚住进城里的吗？"

"老大爷，是的，我是一个小兵。"

老大爷又仔细打量刘湘卿的装束，不是一个小兵，倒像一位军官，不是团副，至少也是连副。嘴里只"噢噢"了几声，没有再说话。心想，言多必失，万一惹出麻烦咋办呢！

刘湘卿看了看老大爷犹豫的脸色，向他挥了挥手，表示致意。转眼又向教室望去，鲁学昭指挥教歌的双臂在空中自如地挥动着，油灯也随着摇曳闪亮，歌声飞出门窗，飘荡在夜空，苍野仿佛也在细听这激动人心的美妙之声。他看到的、听到的，让心里又有了一些踏实的感觉。他望了望远山的厚厚夜色，正默默地走进驻地大门时，看见灯火暗淡处，迎面走来了几个人。借余光细瞧，一个高个儿的人一手拉着一位战士，一手提着礼帽，嘴里不停地带着讥笑的口吻斥责着："好，好，人家都奔赴前线抗日，你们倒好，却来到远离抗日第一线的大山里，来到这儿享清闲。害怕死，就是投降日本鬼子的表现，嘴里的话还同粪坑里的石头一样，又臭又硬。走，找你们长官评理去！"

"我也是死里逃生的人，我们营在淞沪会战中牺牲了二百多人哪！"那战士很委屈又凄惨地说。

那战士身后跟着两个中等个儿的小伙子说："你失弄人（方言：扯谎）。谁信哪！"

刘湘卿听见了，一边向前走着，一边说："我信。去年七月二十九、三十日，我北平、天津相继陷落。日本狂妄地宣称，要采取攻势，谋求速战速决，企图在三个月之内灭亡中国。之后，又在上海制造事端，于八月十三日上午，日本突然向上海的中国守军发动进攻，日本鬼子的军舰同时向上海市区的居民区实施猛烈炮击。我守军被迫奋起还击，淞沪会战爆发。到九月下旬至十月上旬，日军第一〇一、第九、第十三师团先后在吴淞、上海间登陆，向中国守军发起更猛烈、更疯狂的袭击。在这紧急关头，中国军队调整部署，增强兵力，予以抵抗。以第八、第十集团军为右翼部队，以第九、第二十一集团军为正面部队，以第十五、第十九集团军为左翼部队，总兵力达四十余万人，与日军展开了你死我活、英勇顽强的战斗。淞沪战役打了三个月，是残酷的三个月。这个团是去年十月初参加了淞沪战役，一营在作战中损失最惨重。"他又问那战士，"你是哪个营的？"

战士马上立正说："报告长官，我是一营一连一排的一名班长。"

那个高个子一听，立刻松开了战士的手，走到刘湘卿面前说："长官，你可讲得真详细。要不是他在我朋友罗广文开的商店里买烟时逞能，也不会出现这档子事。错怪了，对不起！"于是他回过身，把捏在手里的礼帽放在胸前，行了一个弯腰大礼。

刘湘卿仔细端量前面站的这位小伙子，不就是晚些时候跟在部队后边的那位小伙子吗，真有一股子方刚气概。便问道："你叫什么？"

"长官，我名兆众，姓李。"

"'阳光照射'的'照'吗？"

"是'征兆'的'兆',预兆穷苦大众吉星高照。"

"我还要给你讲,十二月十三日南京沦陷。日本侵略者正挺进徐州,企图占领武汉,那宜昌、襄樊就危险了,今日不得不加强陕南的防线。你想做点什么吗?"

"我还能做点什么,只是好奇。我看了大部队总觉得起劲,部队的雄壮威武给我增添了一种豪气。我可告诉你,我看见的部队可多了。"

"你该不是编谎吧!"

"不是,不是,和那位班长一样,一丁点儿谎都没有编。那些部队都是我亲眼看见的,在我脑里不会忘掉的。我给你说,民国二十一年十一月,红军第四方面军一万五千人,经过小河、赵湾向西进发,总指挥是徐向前。这年的十一月中旬,贺龙率领部队一万余人,由湖北进军商洛,于十二月二日经镇安进入旬阳小河口。"

刘湘卿真没有想到,这个青年人讲起话来滔滔不绝。一下子真切地看到了贺龙军长指挥红三军第七、八、九师将士们所向披靡,势如破竹,横扫敌人阻击,战胜艰难困苦的一幕幕场景。

小河的流水湍急,虽然水深没过膝盖,但河面较宽。这寒冬腊月,水寒刺骨,先头部队到达河边,不由分说,个个毫不犹豫地脱掉破烂不堪的鞋袜,卷起单薄的裤腿,扑通扑通地蹚水而过。

村民罗应升老汉看到了战士们这番勇气,对老伴说:"屋里的(方言:老婆),水咬人了,他们不怕冷,真没见过这种兵。你赶快去扛梯子,我去卸楼板,给他们搭桥。"

老伴应声扛起梯子就往河边跑,老远就喊道:"老总,老总,不要过了,搭好桥再过吧!"

"老大娘,我们是中国工农红军第三军,是人民的军队。"

"噢,噢。炎尼前个儿天,也是红军徐向前从这里路过。"

"那是红军第四方面军的队伍。"

罗老汉背着楼板,呼哧呼哧地小跑赶到了,插言道:"是红军,可好咧,是为咱们穷人的兵。"

村里的邻居一见罗应升两口子忙活着为红军过河搭桥,罗应战、萧章程、萧平金等村民不等号召,纷纷将自己家里存放的梯子、木料、椽子,又拆下门板和楼板搬到了红军过河的岸边。他们跳进河水中,同红军战士一起,支稳石头,搭上梯子，摆放木板和楼板，只花半个多钟头的工夫，五座简易的浮桥就在小河口的河面上竣工了。

罗应升催促老伴去找人给战士们烧茶水。

隆冬季节，天寒地冻。村民们目送红军战士们快步越过用自己双手搭起的小桥时，个个兴高采烈，喜气洋洋。姑娘们甩起辫子，捂着嘴笑得像一朵花似的。这时的小河口，蓦然间是春意盎然、风和日丽了。

贺龙一边摸着自己好长时间没有刮过的长胡子，一边走近关向应，站在沙滩上抵掌而谈。过了一会儿，他又来到罗应升老两口面前，笑呵呵地说："感谢老大爷老大娘，有义薄云天的乡亲们对红军的支援和帮助，鼓舞了我们将士高昂士气，情深义重啊！"

罗应升摇着手，情不自禁地说："红军是咱们穷人的队伍，做了点芝麻大的小事，挂不上嘴唇，不值一提。"

这时候，罗应升的老伴领着一群妇女和姑娘抬着木桶和土罐，从村口鱼贯而来。她们打开盖子，舀起热气腾腾的茶水，端给过桥的战士们。老伴端了一碗茶，恭恭敬敬地递给正和罗应升说话的贺龙："请老总喝茶，暖暖身子好赶路。"

贺龙双手接过茶碗，说："谢谢乡亲们，这碗热茶是给我们加钢啊！"接着，挥手喊道，"张连长，把赠送的东西抬过来。"

张连长领着一个班的战士，抬着箱子，背着背篓，扛着口袋，放在罗应升的面前，转身跑步归队。

罗应升看到这些鼓鼓囊囊的东西，眼睛里流露出惊异的目光，问道："老总，这是做啥？"

贺龙眯眼一笑，说："老大爷，有的梯子、椽子、门板已被踩坏。我们商量过了，给你们赠送一些衣服、粮食和猪肉，作为受损失的一种赔偿。请你按照损失的程度转送给乡亲们。"

罗应升直摆手，说："不行，不行，哪能这样做呢。红军同穷人像鱼和水一样，是不能分开的。这些东西我们不能收。"

罗应升老伴又插话说："红军的吃穿也不宽裕，这些东西就当是我们赠送给红军的，行吧！"

贺龙向二位老人解释说："损坏百姓的东西要赔，这是红军铁的纪律。"

罗应升按捺不住自己的激动情绪，换了个意思说："老总，我看这样吧，留下一袋粮食，其余的你们全部拿回去。再说，你带兵打仗怪辛苦的，猪肉营养身子，衣服加厚点暖和身子。就领咱们穷人这个情意，好不好！"

在争执不下的时候，关向应走了过来，和气地说："老大爷，你替老乡们也领我们一个情吧。中国工农红军在内部是官兵一致，上下平等。对群众利益一丝都不能侵占，做到秋毫无犯、鸡犬不惊这是红军的宗旨所决定的。你们收下这些东西，也是对红军的爱护，更是扶持我们军民利益所必需的一种正义。请你代表乡亲们收下吧！"

罗应升尽管心里不情愿收下这些东西，但也无可奈何，惭愧地说："好了，我们争（方言：说）不过你们。我们为你们做什么了，还得到这么多的东西。纳慰（方言：感谢）啊！"

小河里漂过几片深红的树叶子。乡亲们并没有立即返回村庄，还在沙滩上走来晃去，指手画脚，评头品足。在山里人看来，这世道只有那两位长官的眼睛是雪亮的，他们讲的那些话才是颠扑不破的理儿。

难以想象，红军过后的河水，依然清澈见底。微风吹拂，水面上掀起层层涟漪，涌动着红军将士们迅猛奋进的骁勇身影；沙滩上，驻留一串一串骏马飞奔的深深蹄印，引人注目。更令人难以忘怀的是，同那两位长官握过的双手，眼下还是热烘烘的，好像温暖了整个村庄前后的崇山峻岭。

寒冬腊月，风吹雪飞。红三军沿乾佑河南下经赵湾街，后翻越判官岭。安康绥靖独立连闻知红军逼近，随即撤离麻坪街，占领旬阳与安康交界处的关垭子。当夜红军顺利进入麻坪街，部队宿营休整。

财神庙里的油灯闪光耀眼，周围的山林亮了许多。

贺龙说："政委，这里距安康不太远了。我们行军计划须改变一下，可派侦察员与先锋部队先行，而后兵分三路向南抢渡汉江。你看呢？"

关向应说："可以。渡汉江的三个位置须摸清确定，要继续做好沿路的宣传工作。"

贺龙说："刚才接到中共安康特委书记李茂堂派人送来的情报，根据陕西省委指示，为配合我红军过境，已在城乡秘密散发传单，张贴标语，做攻心宣传；拟火烧敌兵站，牵制驻军和绥靖公署的兵力；部队从周家河口、艾家河、二郎滩三个地方渡江，已准备渡江工具。请派员联络，暗号为'有没有卖鱼的？''有，汉江鱼。'立刻前往察明敌情及具体行军路线。"

关向应说："省委、特委想得很周全，就按这个计划行动。"停了一会儿，他转过身，问，"夏书记，你有什么想法？"

夏曦摇了摇头，说："各方面都想得很细致，没有意见。"

贺龙说："政委，据悉在九里岗有陕警二旅旅长兼安康绥靖司令张飞生部队一个连驻守。我在想要不要端掉他们，什么时候端掉他们。"

关向应说："依我看，如果部队在路途没有相遇而交火，就不要动他们，待大部队到达汉江北岸时，再派部队去消灭，以免被敌人发现而向我进攻，还可掩护部队安全渡江。"

贺龙一听，激动地说："哎呀，政委讲的与我想的不谋而合。好，就这样部署。"

安康绥靖公署张飞生得知红三军越过河南桐柏山，入陕西商洛竹林关时，亲自率领嫡系部队乘船到达旬阳，以安排战事和家事。刚一坐定，就问县长蒋次若："红军有多少人？"

"还没有打听出来。"蒋次若回答说。

"进攻方向呢？"

"看样子是向西，具体不知道。"

张飞生发火了："你这个县长是怎么当的，多亏增派部队支援你，不然这块土地就丢在你的手里了。现在处在什么时候了，还稀里糊涂的，不像话！"

蒋次若低头不语，迅即抬头望着张飞生，不知所措。

张飞生接着说："好了，好了，赶快去通知召开一个军政要员参加的紧急会议，商量商量。"

与会人员对红三军突然入境感到仓皇失措，也都谈不出对付的办法，各自的发言只不过是在司令面前敷衍了事、虚与委蛇罢了，都望司令定夺。

张飞生讲了地县分工和兵力布防的方案以后，交代说："对红军入境不能粗心大意，须小心谨慎，采取防守策略，不可轻举妄动！"这个意图大家似乎全都明白。

汉江岸边，一串一串火光在闪耀移动，张飞生连夜赶回安康。第二天一清早，他就在琢磨红军的兵力、行程路线及军事企图，到目前为止，没有捕捉一点确凿的消息。作为一地司令的他，心急如焚，望能及时切实地得到一个理想的报告。他在办公室里，立也不是坐也不是，心情烦闷，思绪混乱。有时把桌子捶得咚咚响，有时狠狠地咬着牙齿，真想乱骂一通，都是一些吃干饭的，啥事都干不了，养了这些废物有何用！

"报告，司令，独立连刘连长有急情汇报。"曹副官敲着门说。

"赶快让进来！"

"红军已占领麻坪街，我连退到旬阳与安康交界的关垭子。"刘连长一进门就急忙汇报。

"这么神速！有多少人？"

"大部队，人多得很。听从小河口来的人讲，在小河时，上下十五里路上都住满了部队。"

"多到啥程度，知道不知道编制？"

"说是红军第七、第八、第九三个师，还有啥独立团什么的。确切的数字不得而知。"

"这就有了，按他们的编制不过是一万余人吧！还有啥要报的。"

"还有他们抓了旬阳县政府两河关'罚款局'局长袁开洪，押到小河口枪毙了。在赵湾街枪毙了乡长汪发明和士绅汪光耀，没收了他们财产，全部分给了村民百姓。在麻坪也没收了六户财主的粮食和衣物，统统分给穷苦群众。"

张飞生听刘连长这么一说，不觉胆战心惊，感到红军将要剿自己家似的，不由得想到自己在西安、安康、旬阳的大老婆和三个小妾的安全。霎时间，又摆出泰然自若、无所畏惧的架势，回身察看墙上悬挂的军事地形图。包河、九里岗、丁河、艾家河格外醒目。这是红军唯一能走的路线，看样子是要南渡汉江。如果要夺取安康，须实施分兵两路或三路形成包围态势，眼下没有这种迹象。这时，他的心情稍加平静，望着刘连长说："要镇定，不要恐慌。你回去要稳定兄弟们的情绪。"

刘连长说："要不要再撤出关垭子？"

张飞生摆手说："这地方地势险要，不能放弃。"

曹副官说："是否增派一个连的兵力，加强控制？"

张飞生说："不必。红军的动机不是夺取这里的城池，而是实施转战的一种手段。照我看，九里岗这个地方，可增派一个连的兵力。曹副官传令，安康驻军和各县绥靖军不得主动出击，要保护自己的家产等，严密注视红军的动向，随机应变，见机行事。"

曹副官答道："是！"转身又问，"司令，你的家眷要不要转移或者派士兵严加保护。"

张飞生停了一下，说："先看看动静再定，去吧！"

从这一日起，安康城的七座城门，全部增加一个班的士兵严加守护。规定来往行人只能出不能随便进，对进城的所有人员，须经严格搜查后才予以放行。

太阳偏西的时候，汉江北岸的艾家河走来了个头儿不差上下的三个小商贩。他们绕过路上的盘查哨兵，向汉江望去，只见岸边停靠的一条船的桅杆上悬挂着一幅黄帆布。于是，有说有笑地向这条船走去。

一个高个头的商贩喊道："太公，有鱼卖吗？"

问声刚落，从船棚里伸出来一个人头，打量了一番问话人，随声答应道："没有！"

"有没有卖鱼的？"

"有，汉江鱼！"

"多少钱一斤？"

"两块四。"

"价钱真高，谁买得起呀！"

"这是时价，少一分也别品尝汉江鱼的风味。"

经过一番暗语联络对话，那个高个子商贩惊喜万分，拉着艄公的手，说："太公，我们三人是红军贺龙军长派来的侦察员又是联络员，你叫什么名字？"

"我叫艾德润。"

"做什么的？"

"在汉江上驾船。"

"渡船准备好了吗？"

"艾家河这儿我和三爹负责摆渡，周家河和二郎滩由周敬录在那里分工摆渡。拢共（方言：一共）有十二条船。啥时过河？"

"明天早晨。"

艾德润望了望三个人的打扮，笑了一声，重复着说："要等天亮啊！"

"好，天一亮就开始渡江。"

微弱的晨光刚从东山上露头，瘦山弱水慢慢地活跃起来，空气里弥漫着被阳光照暖的土腥味，轻纱薄雾笼罩着跌宕起伏的山川和曲曲弯弯的汉水江面。新的一天就在这样的气氛中开始了。

贺龙率领的第七、第八、第九师全部人马按指定的渡江位置即时集结完毕。汉江北岸沿周家河口、艾家河、二郎滩一线的沙滩上，站满了红三军的将士们，列队严整，威武雄壮，声势浩大。

阳光收尽汉江上的水雾，宽阔的江面呈现出清晰的景象。

艾德润下船，向一位渡船指挥员说："长官，现在雾气散去，江面光亮，可登船渡江。"

指挥员挥手下令，战士们按照编队陆续登上船只。

艾德润在船上说："三爹，你老练有经验，来掌舵吧！"

"那你呢？"

"我年轻，摇起双桨有的是力气。"

"润娃子，开始撑船！"

艾德润用两手抡起竹篙，向岸边礁石上一点，渡船飞速地离开了码头。

霎时间，汉江的江面上舳舻相继，竞渡不绝。千军摆渡过江，万军嘶鸣呐喊，颇为壮观。只见战士们把一匹匹骡马用一根长而粗的草绳串接起来，然后将绳子的一头带到江南岸边，再拉着绳头引牵骡马游水而过。

贺龙立马江边，看到气势磅礴、波澜壮阔的渡江场面，感慨万千。就在六月中旬，蒋介石在武汉成立所谓鄂豫皖"剿匪"总司令部，亲自担任总司令，调集五十万兵力，组成左、中、右三路军，对湘鄂西、鄂豫皖两个苏区发动了第四次疯狂的"围剿"。贺龙记得很清楚，七月十五日，敌人集中第一、第二、第三纵队的兵力，分别由景家墩、皂市、白马庙向京山地区合围进击我红三军，红三军只得避实就虚，立即撤离京山，向西转移，敌人发现后，集中兵力跟进，企图寻找主力决战。红军势单力孤，不得不回头东进，我主力再次进入京山、应城、皂市、间门等地域活动。由于众寡悬殊，被迫于二十六日转移到荆门东南地区。一路上与敌巧妙周旋并有力地打击敌人，终于在十月初，由夏曦率领的湘鄂中央分局、警卫部队和第七师撤离洪湖中心区域，与红三军在襄北地区会合了。十月中旬，湘鄂西中央分局在枣阳王店召开会议，决定放弃恢复洪湖区，绕道豫西南和陕南转移湘鄂边地区。十一月初，我红三军从随县以北越过桐柏山进入豫西南，连续冲破敌人的围追堵截，十天后进入伏牛山区。下旬，在西峡口打退敌十五路军一个旅的追击，进入陕西商洛，在丹凤的武关，歼灭敌人一个营。由旬阳小河口，进军安康艾家河，才有今天摆渡汉江的壮观景象。欣慰的是，我们与敌人拼搏，向艰苦挑战，保存了这一支英勇善战的有生力量。

关向应看到贺龙沉思不说话的样子，走过去问道："军长，你在想什么？"

贺龙这才转过脸，摸了摸胡子，说："政委啊，站在这里，不知不觉地从汉江的水边想到了洪湖岸边，虽然走过来了，但心里有些不是滋味。"

"在蒋介石猖獗的'围剿'中，选一条通路走出来不容易，我们的生命才幸运地延续到今天，明天继续战斗！"

"政委，五月，我苏区军民正与敌人浴血奋战之际，中共湘鄂西中央分局竟然在苏区的党和红军中进行大规模的'肃反'，他们跟着王明搞扩大化。六月间，我们的参谋长、第七师师长孙德清，他阅历丰富，战功卓著，却被诬陷杀害于监利县的瞿家湾。在枣阳期间我们的参谋长唐赤英呢？到商洛竹林关，第七师的师长王一鸣不见人影了！还有不少营、连、排干部莫名其妙地被枪杀了。在竹林关出乎意料地把你和我的警卫员的枪都缴械了，还逼迫他们承认离心离德，有潜逃敌人的预谋。军事民主嘛，有建议不敢提，有意见更不敢说了。书记连我们都不敢相信，还能相信谁呢？我一路上都在思考这个问题。"

"我也发觉这一过'左'的行动，已和夏书记谈讨多次，他有所醒悟，关键时期以团结大局为重。"

"正因为如此，我才冷静地对待，没出现冲动的地方。他过江了没有？"

"过去了，在南岸沿江一带进行安排、检查食宿和向群众宣传等工作。"

夕阳西下，一片片阴暗的倒影沉落在江水里。

这时候，从九里岗方向传来一阵阵激烈的枪声。

贺龙说："是伏击而不动啊！"

关向应说："一定是遭遇上了，不得不打。"

贺龙幽默地说："好哇，借此枪声，祝贺将士们顺利渡过汉江！"他接着遥望汉江两岸，南岸路上的队伍像蚂蚁牵线一样，沿江而下，自己站在北岸边，随同警卫排的战士们按照指示，正在给每一条船发放一袋粮食、一把大号雨伞和两块大洋，以示感谢。

艾德润下了船说："长官，你们是最后一批人，上我的船过江吧！"

贺龙侧耳一听，九里岗方向没了枪声，说："还有一连战士马上就到了，等一会儿吧！"

艾德润说："都妥了，你们先过，这儿还有三条渡船在等候，装上百人足够，宽宽松松的。"

贺龙和关向应刚登上船，先锋连连长王德胜跑步来到船前报告说："军长，政委，我连与安康绥靖军支援九里岗的一个连队遭遇，经过半个多小时的激烈战斗，敌军全被歼灭，缴获轻机枪两挺、步枪九十支、弹药十箱。我一名战士重伤、两名轻伤。请首长指示！"

贺龙眉飞色舞地说："好哇，你连进入安康立了大功。伤员过江后，立即送往军医院治疗。"

关向应拍手说："是啊，消灭敌人立功，横渡汉江成功，我们大家共同为此庆功。"他看见几名战士抬着伤员已到岸边，向贺龙说，"军长，我们下船，伤员离我们很近了，让他们先送。"

贺龙一边下船，一边向艾德润说："老乡，麻烦你将受伤的战士送到青石套那个地方。"

受伤战士异口同声地喊道："首长，我们不要紧，你们先过吧！"接着，两名轻伤战士挣扎地爬起来。

贺龙看着战士裤腿上的血迹，命令地说："赶快躺下，抢一分钟就会先好一分钟，赶快去治疗，治好才能上战场打敌人。"

艾德润听罢贺龙的话音，一竿子将渡船几乎撑到了汉江中心。他三爹眼明手快，只听咯吱一声搬动舵的方向，渡船哗啦啦地向青石套驶去。

从安康石梯至旬阳力加坝这一线上，是战士们暖热了沉睡的院场和路野。

夜色中，贺龙走进宿营地，将一件大衣盖在战士身上。

在一间草棚里，一盏桐油灯忽闪着暗淡的光线。关向应同战士们正在书写宣传标语。

距力加坝三十里路的吕河口，这一夜却不平静。谣言四起，人心惶惶。到处传言，明日大早红帽子就要到吕河街，杀戮百姓，掠夺财钱，焚烧房屋，奸淫妇女，是一帮无恶不作的匪徒。凡是见了姓孙和姓李的，还有姓张的，斩尽杀绝，鸡犬不留。百姓得知这些骇人听闻的传说，不明真相，很难判定究竟是真还是假，只得选择弃家逃避，扶老携幼的人们一群一群地沿着街后通向旱坝川和观音岭的崎岖小路，闷着头一直走进深山里。

深夜的吕河口街道上偶尔有几个人影在晃动，远处不时传来一阵一阵汪汪的狗叫声。停靠在汉江边的渡船上，不时地出现一闪一亮的小火星子，或许是艄公老大爷还没睡觉，在那儿闷闷不乐地使劲抽烟。

吕河街上有一位老人陈怀发，虽不是名门望族，但他为百姓做了不少善事，在汉江南北，神河东西，岭前山后，谁人不知谁人不晓，人们称他为"积德老爷"。下午时间，他从小河口来的亲戚口中听得，前几日，红军铺天盖地地路过小河口，打财主，收财物，分给穷苦人家。部队不侵占百姓利益，赔偿损失，买卖公平，深受穷人欢迎。既然如此，为啥有些人生编造谣呢？他想明白了，古人云：得民心者昌，失民心者亡。这些造谣者，是在不择手段地争取百姓，结局必然适得其反，事与愿违。

夜色朦胧。陈大爷平常是不沾酒的，突然间萌生了想喝酒的念头，随即提来土酒壶，自斟自饮了六杯，感觉头晕乎乎的，身子热乎乎的，也许是自己给自己壮胆，也许是急中生智吧。

他独自出了门，从上街过中街到下街走了一趟，青年男女都进山了，留下的不多了，都是些守门的，看铺子的，做麻花的，还有他平常来往较多的王仁山和其他两位老人的家门半敞开着，若无其事地坐在家中品茶。

"王老弟，你还有心思坐在家里喝茶，咋不走呢？"陈大爷站在门口的街道上问道。

"一把老骨头渣了，怕啥！再说，他们是人，总不是恶魔吧。"

是的，他们不是青面獠牙、凶相毕露的魔鬼。陈大爷心里想，嘿嘿一笑说："你可是知根知底啊。我亲戚来信说，要我们不要怕，那是中国工农红军第三军，是为穷人打天下的。将士们和蔼可亲，和颜悦色，不抢拿百姓一丁点东西，反而把没收财主的财物分给百姓。"

"我就想嘛，我们一辈子苦受够了，总该到了解救我们的时候了。"

"你这话说得很对，我们能遇到也是福啊！哎，老弟，我想我们早晨就到滩上去欢迎红军。你看行不？"

"行，行。就我俩？"

"看那两个老家伙在不在。"

"在，我刚才还和他们说了一会儿话。"

"张家的儿媳妇杨剑萍呢，那女娃子能行，见多识广，眼明手快，天不怕地不怕，说起话来水都能点着灯。再吆喝些没走的人，鸡叫三遍到滩上集中！"

王仁山放下茶杯，走出门说："好，我这就去张罗。"

陈怀发嘱咐说："多扛几张桌子，还得烧开水，我去准备一些香火。"

天蒙蒙亮，人们跨过神河流向汉江入口处的一座木桥，陆陆续续地走进汉江南岸的沙滩里。

陈怀发老大爷拉着昨天下午刚到的外侄孙女孙婵珊，早早地来到这里，查看东南西北方向和沙滩方位，将桌子面朝西一字儿摆成一排。桌上的香炉、蜡碗摆放有序。他又安排杨剑萍几个人倒茶送水。正在此时，瞭望滩头的王仁山老大爷挥起手高喊道："队伍来了，走在滩头上，拐弯就到了！"

陈怀发老大爷目不转睛地望着拐弯处，头一眼就看见战士高举一面红旗，呼啦啦地走来，喊道："鸣炮，上香。向神军跪拜。"

话音刚落，人们齐刷刷地扑跪在沙地里。

清脆的鞭炮声在山谷里回响，在缓缓向东流去的汉江里荡漾；一缕一缕香烟袅袅升起，在沙滩上空飘绕；一排一排蜡烛的亮光在微风中摇曳闪光，同刚露头的太阳相映生辉。

连长王德胜一挥手，在这庄严的感人场面里，战士们迈起整齐的步伐走进人群，将他们搀扶起来。王德胜扶着陈怀发老大爷，望着站在寒风中的乡亲们说："老大爷，老乡们，我们是红军的队伍，是穷人自己的队伍。你们这样的心情和举动实在担当不起，是我们惊扰你们了。对不起！实在对不起！"

紧接着又一队人马走进了宽阔的沙滩，又直直地来到供桌前。只见走在头里的一位高大壮实的军人，从桌子上取了一炷香和一叠火纸，先上香后烧纸，随之高喊道："老乡们，我借你们的吉祥，在此恭敬大家了。我们红三军是共产党的队伍，是劳苦大众自己的队伍，是解放穷人过好日子的队伍。我们的革命正在进行，在这里受到大家隆重的迎接，受之有愧。等到革命胜利之时，我们一定能够再相会！"

陈怀发拉着婵珊问王德胜："讲话那个人是谁？"

王德胜回答说："是红三军的贺军长。"

孙婵珊扯起陈怀发的衣角，翘起嘴唇说："爷爷，咱们能跟他见见吗？"

陈怀发看着王德胜："你看我孙女也能看得出他的官大啊！"

王德胜把他们爷孙俩领到了贺龙面前，说："军长，这次跪拜迎接是陈怀发老大爷撑头张罗起来的。"

贺龙摸了一把胡须，哈哈大笑："一路上还未遇见这样高贵的礼节，谢谢老大爷。"

陈怀发说："贺老总，炎尼从小河就传来了话，说红三军是咱们穷人的队伍，你们来是老百姓的福气啊！"接着，又指着身边的婵珊说，"像他们孙子辈的将来一定能彻底享受那个福！"

贺龙问："她是你的孙女？"

陈怀发回答："外孙女。"

"叫啥名？"

"孙婵珊。"

贺龙看着这样乖巧的女孩，又有大气的锐利目光，摸了摸她的头发，想了一会儿，说："老大爷，我给这个娃娃起个名，好不好？"

"那好！那好！"

"就叫孙瞻山吧！观瞻前途，登高望远啊！"

"好，这名字好。就叫瞻山吧！赶快给老总行礼。"

孙婵珊聪明伶俐，马上一边拱手作揖，一边改口说："老总，孙瞻山感激不尽，给长辈行个大礼。"

贺龙拉起瞻山，问："家住在哪里？"

孙瞻山朝西南方向一指："孙家山。"

"父亲做啥的？"

"我听说我老爷爷当过团练，我爹种庄稼，经常打猎。"

"你也去打吗？"

"去，咋不去。我爹还教我咋打枪呢！"

"怕吗？"

"不怕！"

"不怕就好，人一怕呀，啥事就不能做了。"

"那我能跟你们当红军吗？"

"你还小，长到十七八再去不晚。"

"到时候恐怕找不到了，那你能不能给我一顶帽子？"

"要帽子做啥？"

"等我到了十七八的时候，我把这帽子戴上，不就也像红军了吗，也好找你们哪！"

这话逗得贺龙哈哈大笑："这伢子，真会说，也会编故事。"接着，他对老大爷说，"这伢子还真是个好苗子，我把五星摘下来，送给她做个纪念吧！"

孙瞻山拍着手跳起来："五星像天上的星星一样，黑夜里会看着你走路哪。"

沙滩上飞起一阵笑声。

贺龙又说："瞻山讲得好，只要跟着共产党闹革命，终会走到天明的！老大爷，我们路过确实给你们添了不少麻烦，实在过意不去！"

陈怀发老大爷拱手说："这可见外了，穷人的队伍就是一家人嘛。我们按风俗礼仪迎接红军，是情理所在。红军来到我们这个地方，同时给我们带来了老百姓生活的勇气。"

贺龙指着沙滩上站立的众多百姓，说："那也是，你看他们像大山一样，稳稳当当站在那里，这就是胆量。常言道，胆大福自大。我想啊，咱们全国的老百姓都如此一样的心齐，中国就大有希望，都能过上好日子！"

陈怀发笑了："是呀是呀！独木不成林，单个不成行，只要天下穷人抱成团，一定能办到。老总呀，你们这一来，影响了我们，也影响了下一代人，更影响了瞻山那一辈人，一大片一大片的，可是几代的人哪！"

贺龙点头说："哎呀，老大爷你可是有见地的老人哪！八个人抬不走一个'理'字，如影随行，如响应声嘛！"

陈怀发把白胡子一捋，说："山里人笨想的，实在是那个谱。老总，请带队伍进街吧！"

贺龙说："进街，不能进屋啊！"

陈怀发朝着正在给战士们端茶水的杨剑萍喊道："萍娃子，引领红军进街。"

王德胜说："老大爷，只在小路和街道上做短暂休息，还要行军呢！"

陈怀发老大爷说："时间再紧，也得再喝杯茶，好好打个点，加些钢火，再走不迟。已经准备妥当了，还是多歇会儿。我把这儿收拾一下就到。"

王德胜一进街上，就发现街道两旁，大多数房屋都是上锁紧闭，只有七八家的门半开着，街道上冷冷清清。仅见屈指可数的几个女人从门缝里伸出头，窥视街道上的动静。他悟出缘由，便向杨剑萍说道："看来，老百姓还是不了解红军啊，他们躲避了。"

杨剑萍说："是的。前阵子到处是谣言，不了解红军，有些怯火（方言：胆怯、害怕）才走的。不过，他们看到这阵势，会马上回来的。"

王德胜说："要不这样，你去把那些没走的男女老少叫到一块儿，让我们红军宣传队的人员讲解中国共产党和红军的宗旨和政策，让他们明白一些革命的道理，消除他们的一些疑虑。你说行不行？"

杨剑萍激动地说："行啊，咋不行呢！先前背地里（方言：暗中）听到共产党和红军谁敢在人前讲。今天，你们讲一讲，让咱们心里也亮堂一些，不要再稀里糊涂地过日子。这年头，有的人受那些富豪人家的欺侮，还以为在救自己的命呢！"

正说着，陈大爷到了，喜笑颜开地说："灯不拨不亮，理不辩不明，给大家一讲，灯就会亮起来。"

王德胜说："得是一个宽敞的地方。"

杨剑萍想了想，说："就放在上街头的上岩屋洞吧！"

陈怀发马上精神焕发，说："想得周到，天气冷那儿避风，就搁在那里开会。

萍娃子，你先把宣传队的人领去，倒些茶，放些吃的。安排好了，你就从上街往下街走，挨家挨户地去叫人。我现在到下街头，挨门逐户朝上走，一定要让在家的人都参加，机会难得，机会难得！"

这天的天气晴朗，阳光好像比往日的要暖和了许多。头顶的太阳光芒直瞪瞪地照在上街的房屋顶上，阴暗的街道也明亮了起来。街道上的行人越来越多，有过路的，有开门进屋的，有做生意的，街上的房门不知道什么时候都敞开了。不管是谁，见了红军战士就微笑着，点头向他们打招呼。

一阵阵雷鸣般的掌声，从上岩屋洞口的方向传向了吕河街的上空，从掌声中人们深知，这是出自这里的心情和力量。过了一阵子，散场会议的洞口，人流如潮，比肩接踵，挤得水泄不通。整个街道充满了热火朝天、情绪高涨的气氛。

在人山人海中，突然间发出震山敲水的喊声。

"中国共产党万岁！"这是陈老大爷那粗犷而高亢的声音。

"中国工农红军万岁！"街上人谁都听得明白，那细润、清亮的呼声，一定是从杨剑萍的喉咙里发出来的，别无他人。

从太阳西斜的时候开始，吕河口的人们，成群结队走向街头，恋恋不舍地欢送红军沿神河东岸向南开进，一直延续到第二天早晨。

黑夜降临，宛如一把镰刀似的上弦月挂在深邃的天空，月光朦胧，流水潺潺。

在地图上很难找到的旬阳县神河口街道上，以至潘家州、瑟琶关十余里山路旁和空地里竟有千军万马在这里宿营。藏龙卧虎，真的是有一条巨龙同他的虎将猛士们与秦巴山有缘，在这穷乡僻壤里养精蓄锐，终将成为拯救中国命运的不可战胜的力量。

神河街中心的一座旧戏楼，千疮百孔，破烂不堪，它的后屋同样是满目疮痍。这就是后勤同志给军首长寻找的条件最优越的住宿地方。桐油灯刚点燃，就被从墙缝钻进来的冷风吹灭了。

贺龙赶忙用自己的衣服将墙上的缝隙堵上，关向应擦了一根火柴点亮桐油灯。

贺龙望着闪烁的灯光，猛然间说："这山那边以东是湖北的竹溪县，以西是陕西的平利县。"

关向应说："行军计划，不是要经过那个县吗？你有什么要改变的吗？"

贺龙若有所思地说："我想的不是那个，想的是一个人，他是平利人，叫廖乾五。"

关向应说："我知道这个人，一九三〇年在湖南省委军委工作时，被国民党反动派杀害了。"

贺龙深有感触地说："他经常给我讲秦巴山的风土人情和山系走向。他说那里的人太穷，晚上连桐油灯都舍不得点，只是过年的时候，才可以多点一些时间，给孩子们一些高兴。所以，你一点灯我就在他的家乡想起了他。"

关向应说："廖乾五是我党早期的共产党员之一。"

贺龙回忆着说："廖乾五生于一八八六年夏天。辛亥革命时，他毕业于京师农业学堂，一九二一年八月，他经共产党员包惠僧、李汉俊介绍，参加了武汉马克思学说研究会。次年，他把自己读过的《资本论》《马克思学说》《社会发展史》等书籍送给他的同乡、私立北京民国大学的学生严銮坡，希望在学校和家乡传播马克思主义。这年六月，他在武汉加入了中国共产党。第一次大革命时期，他先后担任过孙中山建国军大元帅府铁甲队兼卫士队党代表，国民革命军第十二师、第四军政治部主任，为北伐战争作出了一定贡献。大革命失败后，他参与和策划南昌起义，之后担任我第二十军的党代表，又参加了瑞金、会昌的战斗。他又是我参加共产党的入党介绍人之一，比我整大十岁。我们撤出洪湖，经陕南回湘鄂边坚持斗争走的这条路线，其实就是在他的影响下形成而决定的。"

关向应说："我们要走的路选对了，就旗开得胜，如果选错了，那就一败涂地。这条路，虽然弯了一个圈子，可对前途坚定不移。"

贺龙微微地笑着说："没有作战地图呀，只有从教科书里撕下的小地图，只有大地名，乡镇地标也没有，更谈不上有村落了。不过，绕了一个圈子，可是练就了铁脚板，考验了我们的意志，看到了秦巴山的刚强。这无疑是对廖乾五同志在天之灵的深情安慰，他一定知道，我们已经走进了他的家乡。"

关向应说："缅怀英烈，展望后来，鼓舞斗志。无疑我们是撒下了红军的种子，一定会发芽结果的。"

贺龙说："不知书记是咋想的？"

关向应说："对以前的做法，我同他一再交换过意见，他也在反躬自问。"

贺龙说："是的，红军红军，要走一路红一线嘛。政委，我出去走走，你休息一会儿。"他刚下戏楼，看见不远处有一个人走来走去，问道："你是谁呀？"

那人答："小河村村长。"

"叫什么名字？"

"鲁安一。"

"还做过什么？"

"教书。"

"有知识的人，明白天下理。你怕吗？"

"不怕，红军真是穷人的队伍。好像保安队被吓跑了。"

正说着，王德胜报告说："军长，安康绥靖军一个连，在我们先锋部队到来之前，就慌忙逃窜了。"

"现在去向？"

"据侦察，他们已上黑山寨。"

"要加强防卫，警惕敌人偷袭。"

"已获战马四匹、弹药六箱、粮食一千斤，如何处置？"

"战马同部队随行，弹药配发连队，粮食留下分给缺衣少食的老乡们。这个任务就交给这位鲁村长去办吧！"

"是，军长！"

贺龙对鲁安一说："一村之长，要为百姓做主呀！"

百姓接到这些粮食时，群情鼎沸，激动不已。

红三军第七、八、九师像三股巨大的铁流滚滚向前。十二月八日从铜钱关出发，经湖北竹山县的七里横牌，分三路翻过平利和镇坪的秋山，会集镇坪地域，进行休整。

三天后，贺龙率主力翻越鄂陕交界的大风垭，气势勇猛地进入镇坪南部的旧县城钟宝，吓得国民党镇坪县独立营闻风而逃。贺龙命令第七师二十团作为先锋部队继续南下，在"一脚踏三省"的地方鸡心岭一线，与守敌激战，全线击溃国民党黄涛部一个营，控制了川陕鄂交界的军事要隘。

贺龙闻知战报，快速赶到二十团，同战士们一起登上鸡心岭。他拿起望远镜环顾四周，群山屹立，薄雾缥缈，哈哈大笑地问："你们有谁知道这是什么地方？"

战士们傻眼了，只看到这个地方比其他地方高，一眼望去，千山万岭全在脚下站着，千沟万水都在山根下缠绕着。王德胜抢先说："军长，这就是鸡心岭啊！"

贺龙说："鸡心岭没错，这是'一脚踏三省'的地方。"接着指向东南西北，又说，"你们看，东南边是湖北，西南边是四川，北边是陕西。你们看看，我们脚板有多大啊。"

战士们跺着自己的脚，会心地笑了："军长，我们的脚板真大啊！那我们还往哪里走呢？"

贺龙看看战士笑得开心的样子，朝西南方向一指，充满信心地说："我们要继续走，用我们的铁脚板走出一块扎扎实实的根据地。同志们，有没有决心？"

战士呼叫着："有决心，有信心！"

贺龙盼而有望地说："这一天，为期不远了，广阔的天地就在我们的前面。"

这铮铮响亮的声音，在深邃的群山里回落，在辽阔的云空中飘飞，向往那未来的深情大地和明亮的天空。

这时候，夏曦也兴致勃勃地登上来了。他把贺龙拉到一边说："胡子，你还生气啊！"

贺龙说："生啥子气！有些搞得太偏了嘛！你这个夏天的晨光，不能让人太寒心了嘛！"

夏曦拍着贺龙的肩说："晨光还会送来温暖的嘛！"

两个人说笑着下了鸡心岭。

贺龙率红三军离开鸡心岭镇坪一侧，沿铜灌沟而下，气壮山河，浩浩荡荡地向川东挺进，在湘鄂川的鹤峰一带建立了革命根据地。

李兆众看着刘湘卿沉浸在美妙的梦境之中，提高嗓门又喊道："长官，你咋啦，还听不听啊？"

刘湘卿听到这问声，才转过神来，回答道："听，怎么不听。你讲得栩栩如生，活灵活现，我好像也跟着贺龙军长和红三军的将士们一同跋山涉水，转战南北啊！"

李兆众卖关子地说："那你可听好了，让我慢慢地道来。民国二十四年初，由程子华、徐海东率领的红二十五军三千多人，曾在县北和县东的山区活动。这年四月十八日，徐海东副军长在三岔河主持召开军民大会，向群众广泛宣传党的政策和主张。红军走过的地方、驻扎的地方，墙上、树枝上、石头上到处张贴着'共产党解放劳苦大众，救穷人过上好日子''红军不要百姓的粮和钱''红军是穷人的队伍''打土豪，分田地'的标语，有演戏的、唱歌的，真是红红火火，热闹得很哪！"

刘湘卿听李兆众神采飞扬的讲述，感觉有声有色，有板有眼，称赞地说："你真了不起，记得如此详细，好像你就是参与者，就是红军的一员。"

"长官，不敢，不敢，不敢同红军相比，我还不如红军掉下的一个角角呢！长官，我小时候，喜欢串亲走乡，这全是我亲眼看见的。再就是听父辈们提起这往事的前因后果、来踪去迹，像粗壮的树根根，深深地扎在我心中。"

刘湘卿心里想，这就是红军撒下的种子啊，问道："你想不想做点儿什么？"

"我想，我想……"

"怎么还不好意思说，或者不敢说？"

"对，不敢。你是国军……"

刘湘卿仿佛猜到了李兆众的心思，把他拉到一边，小声说："你讲吧，我给保密，能办到的，我这个国军一定帮助你去做。"

李兆众抬头望了刘湘卿真诚的脸色和话语，消除了顾虑，直截了当地说："长官，我想到红军落脚的地方去！"

"延安吗？"

"嗯！"

"现在有事做吗？"

"在甘岭小学教书。"

"哪所学校毕业的？"

"去年年底，从兴安师范学校附设义务教师训练班结业后回县，受聘于这个职业。"

刘湘卿心里猛然一震，又遇上一个兴安师范的学生，看来一个全国性的抗击日本侵略者的浪潮已经初步形成。在这种局势下，尽快发展壮大我们的组织，以引导抗日的情绪朝着正确的方向发展，已是势在必行。他再三向李兆众叮咛说："你的想法不可再向别人泄露。你是读书人，又是教书人，当然是个聪明人，多关心全国抗日形势，还要分析国内大局，为实现自己的意愿创造条件。有句俗话叫'瓜熟蒂落，水到渠成'，只要对要办的事坚定不移，持之以恒，就自然会达到自己的目的。你放心，我一定帮助你。好，我该回去了。"

李兆众招手一笑说："长官，纳慰噢！"说罢，拉起两位同伴，噔噔地走了，从他的脚步声中听得出好像有一股对愿望有充分把握的劲头儿。

刘湘卿想，他是否听懂了这句话？但他却显露出称心如意的神情，好像是听懂了。

第二天清晨，朝阳刚登上山头，薄纱轻雾渐渐地从汉江的江面散去。

县城南的大河洲上，第三营的士兵们一字排着一列列长队，随着一声口令，按照编号陆续登上了各自乘坐的船只。只听嘟—嘟—嘟—的哨音，各条木船相继离开江岸，穿过浩渺烟波，沿汉江浩荡而下，将经蜀河镇抵达白河县城驻营。

就在这当儿，从汉江南岸张家院子上头的半山里传来了一阵悠扬的歌声：

清早哇起来上山来哟哟嗬嗨，

大山那个转到这小山来呀，

大山有一个龙王庙喂，

小山有一个土地台哟，

土地老爷他问我到哪里去耶，

我到这个苞谷林里赶呀赶工来哟！

谁也难能明白这位打工人这时为啥要唱这支《锣鼓草》，细细一想，也许是抒发大山人的情怀，也许是逃脱抓壮丁后的庆幸，也许是呼唤年青娃们躲开这支大队伍。

刘威诚站在岸边，也感到奇怪，山里人爱唱山歌吧！便转身穿过沙洲同城南下河间的河套，沿草房街西边的上碥路，疾步赶到了上渡口。部队已经列队完毕，正在那里等待团长的发号施令。他刚站住脚，喊了一声："弟兄们，稍息！"接着举手敬礼，提高嗓门吼着："今天抵达的目的地，是安康。当前，日本鬼子的口张得很大，妄图三个月吞掉中国，已蠢蠢欲动于徐州，再下来无疑就是武汉了。所以，安康这个地方的防务很重要。现在，三营到安康东大门白河把守，团部和一营、二营驻防安康。虽然，我们回到后方，但后方也许会变成前方。弟兄们，我们的任务重于泰山，团结一致，同仇敌忾，做好抗日的一切事务，为我们的国家效力。今天的行军是一百三十五里路，沿途可在旬阳县的吕河口、力加坝，安康县的枣阳、艾家河口进行短暂的歇息、打尖。安康营地的食宿已经准备就绪，要求弟兄们赶在晚上七点前抵达安康。大家有没有毅力，有没有信心？"

"有，有！有毅力，有信心！"士兵们响雷般的喊声，在江河里震荡，在群山中摇撼。

刘威诚把手举在半空中，又逆着汉江的方向一挥，拉长高高的声音："向安康出发！"

刘湘卿一上路一直都在想这想那，但主要是对这位团长的气魄和风度深有感触，不仅是佩服，而且觉得很欣慰。他是一九二七年在杨虎城部时参加的共产党，是同省委直接单线联系的，和团内一些连、排长及党员偶尔有联络而无组织关系。

省委派他到这个团负责党的建设工作，是欧阳钦书记亲自给谈的话，但没有说到刘威诚。这也许是出于保护他们而采取的方法。现在，他明明知道他的名字，或许彼此之间都清楚，而不公开。只有在组织的安顿里，才能达到一种谁也不认识的默契。默契里蕴藏着不可估量的强大锐气，势不可当。

说实在的，刘威诚对刘湘卿也不十分了解。听到过他的名字叫王力，曾在杨虎城部干过事，现在与省委是什么关系却不清楚。但想到临走时，省委一再交代，他来本团，行动自便，随行关切。对于跟他一起同行的罗景明的内情更不知道了，省委未提及此人。不言而喻，心里明亮得跟镜子一样，他是很阳光的。所以，从镇安出发的行军路上，都很关注这位携带着阳光色彩的人。于是，他从队伍前边走到队伍的中间，站在刘湘卿身边，关切地问："老弟，怎么样，脚打泡了吗？"

刘湘卿带着若有所思的神情，侧过脸面，回答："很好，没事。"

刘威诚摸不透他那种沉着持重的微笑，又问道："老弟，你在想什么呢？"

刘湘卿脸上出现了一丝笑容，说："老兄，我在想呵，安康在公元503年，梁天监二年底，梁州刺史翟远投降北魏时称为东梁州。到公元554年，西魏废帝三年将东梁州改为金州。为何要改为金州呢？大概汉江两岸及小河中有金子的缘故吧！公元1583年，明朝万历十一年，水毁州城，改为兴安州，民国年间改为安康。不管怎么改，蕴藏的金子不会变为沙石。千年以来，不知有多少仁人志士从事金业，又有多少劳苦百姓参与浪金和淘金，他们历尽艰辛，都没有摆脱生活的熬煎。时至今日，我们还要浪金和淘金，不过，我们要更好地去炼金，同时要炼人。人要是变成了真金，真金不怕火炼。老兄，你说对不对？"

刘威诚没有想到刘湘卿这样健谈，引己 　 ，练达老成。平常不说话，要说起来却说个没完，说的话倒引人深思。便脱口而出："老弟，这可是要言不烦，入木三分，让人领悟其深奥的含义啊！"

这时候，通信员匆匆忙忙地跑步到刘威诚的面前，敬了一个礼，"报告团长，队伍行至吕河口，一营长和二营长建议，士气高昂，情绪热烈，请示能否继续前进，到薛家湾或力加坝后，就地休息。"

刘威诚抬起目光，向江岸边曲曲弯弯的小路上望去，队伍的形状也是弯弯曲曲的，他命令说："同意，继续前进！告诉一营长和二营长，要特别关照挂彩和体弱士兵。"

"是，团长！"通信员领受指示后，向前列队伍奔去，一下子翻过了山那面的曹家湾，不见人影。

刘湘卿听通信员向团长报告时，就驻足站在石嘴岩上的路边，向汉江南岸望去，吕河口街道就像一位巨人的脚后跟踩在汉江和神河的河畔，只有脚北紧紧地与绵亘深远的群山相连。脚后跟和他的后脚左右的悬崖上，镶嵌着一排一排、一台一台的瓦房、石板房和草房。江边，停靠着一条条大大小小的船只。又影影绰绰地看见，在神河入汉江处，人群络绎不绝，接连不断地踏神河水而过，或登上沙坡，进入石板铺着的街道，或径直穿过沙坝，向船埠走去，岸边人头攒动。这些人当中，有的挑着箩筐，有的扛着布袋，有些担着笼子，有些背着背篓。这里边装些什么，谁也不知道，只能去想象。有可能是粮食，也许是水果，或者是中草药和山货特产，柑子、橘子、核桃、板栗、木耳、山药、天麻、魔芋，等等，唯一的是有的担着柴火，不用使劲地猜想，一定是卖了柴火去灌酒喝。听王子平说过，这山里嘎达马西（方言：繁多、杂乱）啥都有，不过，这里人爱喝酒，哪怕没裤子穿，也得喝酒，隔三岔五地喝几盅。这小镇好繁华，可想也很富足。他不由自主地笑了："哈哈，这就是听他炫耀的吕河口！"

刘威诚感到奇怪，问："他是谁呀，男的还是女的，怎么认识的？"

"当然是男的啦。在西安一次训练中认识的，这个人叫王文和，土生土长在吕河口街上。人很淳厚，脑门机灵，面黄体瘦，镶金牙，算是长得标致、潇洒。自那以后再也不知他的去向。他给我讲的他家乡的风土人情，印象很深。后来，我想方设法打听过，给了我一个惊人的消息，他在做地下工作，是在陕南和关中地区，给北边筹集经费、药物和食品。看他文绉绉的，却干那种冒险的事，那种不寻常的行动，虽然让人没料想到，但人心不可测，完全可以理解。"

"太危险了。"刘威诚口里这么说，心里却不是这么想的。

"是啊，危险之中出英雄啊！我们尽快赶路。"刘湘卿凝望汉江奔腾而泻的冲浪，意味深长地说。

擦黑时分，刘威诚率领的队伍抵达安康东的汉江北岸，从杜家台子渡过汉江，悄悄地进安康老城的东关入东门，而后出南门，直奔新城，驻扎在新城一座宽阔宏大的兵营里。

不知什么原因，晚饭开过之后，将一营的三连和二营的一连予以调整，分到驻在兵营外的西院和东院。

第二章

初露头角鸿鹄志

清晨的空气给人一种潮湿黏腻的感觉。初升的太阳刚刚从东方地平线上升起，一缕缕柔和的光芒，给安康城带来了一丝暖意。天空，烟云迷漫；山岭，雾霭缭绕。

刘湘卿一起床，站在门口一望，感觉一切都很清新，不是欣赏的时候，而是同自然的融合，相依为命，患难与共，这是赶紧要做的大事。

"刘老弟，你休息得好吗？"刘威诚边扣武装带边问。

"还行，开始睡不着，一睡着就听到起床号了。"刘湘卿说。

"那就好，你出去吗？"刘威诚带着小跑又问。

"我等一会儿。"刘湘卿说。

"我出操去了，到马路上跑一圈。"刘威诚说着，甩开两腿跑出了营房的大门。

刘湘卿回房收拾了一下，随后才出了门，还没有走几步，看见刚跑出营房大门的一个人，好像是那位王军需，也不好喊叫，便登上新城北门的城楼，俯视从老城与新城之间蜿蜒穿过的公路上，一列一列全副武装的队伍在跑操，脚下发出沙沙的响声，沸天震地。他深深地吸了一口温暖的空气，没想到坐落在秦岭南麓和大巴山北麓的这座古城，往日是一片清寂宁静，今日突然间出现了意想不到的骚动和喧闹。这地方的春意要比关中来得早，难怪秦岭号称是南北气候的分界线呢！

刘湘卿返回兵营时，才留神狭窄的街道两旁的房屋及其建筑，大部分是些土木结构的瓦房，偶尔看见有几座石板房，鳞次栉比，井然有序。虽然如此，断然不能同西安城相比啊！他是在比心情还是比民俗呢，连他自己也很难说清楚。兵营坐西向东，大门是直向街道开着的，与正街口大约还有二十米的距离。他正要向右拐弯时，碰巧紧挨着的一家"富源"商号正在卸门板营业。于是，他转身走了进去，一看是一位二十岁出头的女店主，柳叶眉毛，瓜子脸，披一肩长发，既秀气又大方。她赶快迎着门口打招呼，说："老总，早呵。要点什么？"

"掌柜的，有小点的笔记本吗？"

"有。还需要什么？"

"一支铅笔。"

"红蓝的吗？"

"都行。"

"建议你买支红蓝铅笔，再加上黑色的更好。有这三色，对你们当兵的写个字、画个简图什么的，方便适用。"

"好，好，你的意见很好，就买三支吧。"

"老总，我爹才是'富源'掌柜的，他常在外面跑货、进货，我是个帮手。"她赶忙倒了一杯刚泡的热茶递给刘湘卿。

刘湘卿接过茶杯，没有喝便放在柜台上，琢磨着这位女帮手的举止言谈、待人接物很得体，不一般。便问："你帮了多长时间？"

"就是半年吧！"

"半年前做什么？"

"念书，在兴安师范学校念书。毕业后，分配到茅坪乡当小学老师，太远、太偏僻了。我爹说，一个女娃子到那么远的地方去，不放心，就让我帮忙管商号。"

"噢，你认识不认识一个叫罗长勤的学生？"

"不认识，班级多，学生多。再说女学生同男生只在课堂上见见，也不说话，下课后就更不来往了。兴师的男生可厉害了，组织学生上街举行抗日游行，声势可大了。领头的学生是二七级的学生，叫刘文彬，他还被逮捕了，送到西安什么劳动营。"

"兴师在什么地方？"

"离这儿不远，沿着兵营正对着的街道向前走，右拐弯走到一条街道口，再朝左拐，走三百多米就到了。"

刘湘卿望着她手指的方向，急切地走出门。

刘湘卿心想还是另选时间再去，又一想，在学校还没有一个熟人，不能贸然地闯进一所并不熟悉的学校。于是，转身回兵营。

"老总，你忘记拿笔记本和铅笔了！"

"哦，哦，谢谢你的提醒。"

女店主望着刘湘卿魁梧高大的背景，思摸了一阵子。这个人很面生，肯定是刚来的老总。要到兴师找人，找什么人？那所学校在专署官员的眼睛里，是惹祸招灾的窝子，稍不注意，会引火烧身的。

熄灯的号声响过之后，天空与地面隐入了一片沉静。刘湘卿走出门，遥望苍穹，只有稀稀疏疏的几颗星星，仿佛搁在南山的头顶上，闪耀着一缕微光。汉江的水面上渔火点点，水雾蒙蒙，一泻千里的涛声仿佛在他的脑海里奔流。不几天的耳闻目睹，百姓的生活是那么的凄凉，要摆脱穷困的愿望是那么的迫切，民众的抗日情绪是那么的高涨，这种力量如江水东流，来势凶猛，势不可当。我们的基础应从这里建立起来，应该毫不迟疑地拓宽这个领域，以发展壮大我们自己。他迅即回到房里，握笔给省委写了一封内容很简短的信。为使信件安全，他又反复地琢磨了一遍，从字里行间看不出什么能让人抓住的把柄。并将信叠了三折，又在上面加了一张有方格的厚纸，拿在手中，面对灯光看了看，是一片空白，未发现有笔迹印影，才装进部队专用的信封里，工工整整地写上收信人的地址和姓名，特意将"启"字的"口"字几乎写成了一个圆圈。第二天早晨，就派收发室的通信员送到老城土西门内的邮政局发出。信送走以后，他一个人在房子里踱来踱去，仿佛进入了一个虚幻而真实的世界。要盖一座宏伟的建筑，不是轻而易举、唾手可得的事，但也不是举步维艰、难以登天的事。只需细致周密，而不是粗心大意，用明亮的信仰组织起庞大的队伍，共同建造人间工程，一定会有一个个刚强高大的形象屹立在秦巴山之中。

"咚，咚，咚！"

轻轻的敲门声，刘湘卿收起了诧异的神态，问："谁啊！"

"我，是石畅。"

"石教官，请进来！"

石畅一脚踏进门，就问："刘兄，今天上午我们篮球队还要到兴师比赛打球，你去不去？"

不等石畅说完，刘湘卿立即回答道："去，我一定要去。不面熟几个人，还不知道是张三李四呢！什么时间出发？"

石畅掏出怀表一看说："九点半了，现在就走！"

刘湘卿一边收拾桌上的笔墨纸张，一边说："稍等几分钟，我还得去换一双球鞋。你看我能不能上场？"

石畅肯定地说："你是我们的主力队员，哪能站在场外观察呢？"

刘湘卿想了一会儿，笑着说："我有一个建议，既然是比赛，我们的球队不能如往日那样自由随便，散兵而行，要精神振奋，气势威武地列队入校，而后入场，你觉得呢？"

石畅拉着刘湘卿出门，说："好，方显士气昂扬嘛！"

刘湘卿同意石畅的说法："是这样，我们的球赛不能按得分多就算取胜，也不能以得分少就论定失利。这是一种交往的方式，鼓舞人心哪！"

十点钟，兴师篮球场早就被围得风雨不透。学生们把这场比赛看得不同寻常，会场布置得非常隆重，周边插满了五颜六色的彩旗，球杆上和墙壁上张贴着各式各样的标语。这些标语除"欢迎陕警备一旅三团篮球队来校指导体育教学"外，还写着"日本侵略必败，中国抗战必胜""锻炼身体，抗日救亡""团结一致，抗日救国"等内容，格外醒目。

由石畅领头、刘湘卿压阵的篮球队员们，迈着矫健的步伐走进了比赛场地。待部队和学生双方球队站定后，兴安师范学校学生自治会主席罗时侣走到裁判席的旁边，发表简短的讲话之后，宣布比赛开始。这一时刻，骤然间响起了狂风暴雨般的掌声，又夹尖锐的呼喊声在操场上飘荡。两队的球技只在组织上略有差距。部队的队员身强体壮，投球命中率高一些，前半场以七十八分的优势遥遥领先。学生队员的个人技术都不错，但组织不严密，前锋、中锋、后卫的配合不够默契，加上身体瘦弱单薄，以四十分的比分落后。中场休息时，石畅走到学生球队中间，指出如何打组织、如何打协作、如何攻防、如何调兵遣将，队员们仔细一听，佩服得五体投地。刘湘卿来到罗时侣跟前，发现他身旁一位年轻女子来回走动，目光扫来扫去，像是在捕捉什么动静。他不回避地对罗时侣说："你热情洋溢、鼓舞人心的讲话很有气势，既勉励了双方队员的奋发交战，又激发了观众的助威热情。课外时间，多组织学生进行一些有益的社会活动。这支篮球队实力很强，希望再增选一些强壮的队员，一定会出类拔萃，卓越出众。"

罗时侣对这位陌生长官的建议略有同感。

石畅和刘湘卿先后回到自己的球队里，刘湘卿望着球场上群情鼎沸的势态，心里非常激动，脸上露出满意的神色。他把擦汗巾拧了拧，对石畅和队员们轻声地说："不能同学生们见高低，下半场要帮助他们，比分差距不能太大。"

石畅扬起头，看了一眼跃跃欲试的学生们，用手遮着嘴说："老兄，我明白你的用意。"又回过脸面，问队员们，"你们听懂湘卿兄说的话了没有？"

队员们向着刘湘卿和石畅扫了一眼，个个喜气洋洋，脸上充满了自信的表情，只是连连地点头不说话。这种动作确实出自内心的表示，一切听从长官的意图，无可置疑。

忽然，学校大门口乱哄哄的，随之引起球场周围观众一阵阵的骚动。专署警备队梁良率领一个排的士兵荷枪实弹，杀气腾腾地包围了整个球场。梁良喝令道："大家就地站立，不要随便走动。谁组织张贴这些标语的，谁就勇敢地站出来！"

人群中突然间发出一片哄然大笑。

"笑什么笑！谁是罗时估？"

罗时估听到如狼似虎的吼声，从裁判桌旁站了起来，怒气冲天地答道："我就是罗时估。难道贴标语还犯法吗？"

"是你指示贴的？"

"是，又不是。我是学生自治会主席，应该担当这个责任。"

"是我写的，又是我亲自贴的，与其他任何人无关。"这时从球场旁边跑来一位高个子的学生，向梁良挥着手高喊道，"有啥事，我给你们说清楚。"

"又是你。"

"就是我！"

"你这个刘文彬在民众中制造混乱，让社会不平静！忘记了去年到过西安劳动营了吗？"

"没有忘记，刻骨铭心。让真正抗日的到劳动营，那些阻止抗日的却在为虎作伥，助纣为虐，哪有人间公理！"

刘湘卿向石畅使了个眼色，分别把罗时估和刘文彬拉到了身后，平心静气地说："少尉排长，今天的比赛现场，是我安排布置的。他俩的那种热情可以理解，千万不要错怪了他俩。"

"你是哪部分的？"

"你看那块欢迎横幅嘛！是陕西警备一旅三团篮球队，时下同兴安师范学校篮球队进行军地篮球友谊赛。张贴一些别的标语，烘托一下气氛嘛，这有什么大要紧的。"

"你是做什么的？"

"我是教官。"

"公署下文了，这类标语会激发情绪，引起事端。你作为一名军人教官，应该明白这个道理。"

"这个理作为中华民族的一员都应懂得。现在是全国人民加强团结，共同抗日的时期，连几幅标语都不准贴，那更谈不上奔赴前线，同日本鬼子打仗了。杀鬼子，是要牺牲人的，我们的三团一营在参加淞沪会战中，只留下了二十多名士兵，多惨烈啊！在后方贴标语不会牺牲人吧，连这都害怕、恐慌，哪有一点抗日救国之心呢！排长，你说呢？"

"哦，哦，哦！那你们赶快把这些标语撕下来。"梁良支吾着，把手一挥，命令道，"全体集合，撤回！"

球场上和满院子围观与看热闹的学生、群众的心情一下子放松了，发出了一阵一阵的喝倒彩声。双方队员从比赛的紧张到警察干预的不安，突然变得很轻松。

刘湘卿环视周围，群众情绪很稳定，即而向裁判员喊道："比赛继续进行！"

操场上又响起了哗哗的掌声和呼叫声。人群中不知是谁喊了一声："我们是在打篮球，不是呼啸的炮弹，没有投向大檐帽，怕啥！"观摩比赛的人们捧腹大笑，大笑里有几分嘲讽和指责撤走的大兵的味道。

哨子响了。下半场的比赛在平和的气氛中开始了。开球不久，学生队连续得了八分，部队只得了二分，这对学生队来说，是一种鼓励，他们的情绪更加高涨，冲刺的劲头更加充沛。说也奇怪，起先这样，投球的机会就越多，命中率也越高。在比赛进入最后三分钟的时候，部队才领先了两分。就在最后结束的那一刹那，学生队投进了一个球。在同一时间里裁判员宣布，这个球有效，得二分。结果是学生和部队球员获得了平局。操场上响起了哗哗的掌声，值得叫好的是，最终获得了如此理想的结局。

罗时佶自己解除了自己的纳闷，走近刘湘卿跟前说："还是你们技高一筹，实际上是部队胜了。"

刘湘卿的心情很舒畅，也非常满意地前跨了一大步，站在罗时佶的身旁，开起玩笑说："你看啊，我比你稍高一点，可你又比我稍胖一点，各有优势也各有劣势，如何把劣势变成优势，就在于心计了。再说这场球吧，你把平局判定为部队是胜者，我不可质疑问难。但是，你们学生队不是败者，部队球队下半场改变了战术以后，学生队的队员很敏锐，如猛虎下山，伺机而动，连连得分，不容易，不容易。从长远看，胜者还是学生队。"这时，他又发现刚才看到的那位女子站在旁边不远的人群之外，神色异常，指着罗时佶问道："她叫什么名字，是学校教师吗？"

罗时佶说："是学校的教工，叫谭际桂。找她吗？"

"不，不找她。我觉得她很不自然。"

"她就是那样的人，是从大山里出来的。我们都感到她别别扭扭，装模作样，就是不大方。"

这时候，听到石畅在叫："老兄，该走了。"

"好，马上就来。"刘湘卿一直盯着谭际桂，她仍然在东张西望，左顾右盼，像是在等什么人的到来。

"看什么呀，还在看，走吧！"石畅拉着刘湘卿走出学校的大门，又说，"老兄，今天请你到馆子里去吃饭，我请客。"

刘湘卿想了想，打一场球消耗体力也大，去补充一下营养也无妨。他拍着石畅的肩膀，说："教官先生，下饭馆理所应当。不过，一言为定，今天你来请客，我来付饭钱。"

他们说笑着，不觉来到了金州饭馆。一进门，就觉得大厅轩敞，桌凳摆设整齐，干净清洁，墙壁悬挂着几幅古典水墨画，门庭若市，生意红火。

饭馆掌柜的一见有两位当兵的进门，赶紧上前打招呼："老总，感谢惠顾。坐哪儿呢？"

石畅回答说："坐九号吧！"

掌柜的又问："吃啥菜啥饭？"

石畅以征求似的眼神看着刘湘卿，说："安康特有的吧？"

刘湘卿点头同意，说："好，来些拿手的！来安康还是第一次下馆子，品尝品尝兴安的风味吧！"

不大一会儿饭菜就上齐了。

石畅一边吃一边说："老兄，今天警察局出动这件事，真有些奇怪！"

刘湘卿把一口饭噙在嘴里，翻来覆去地嚼着。心里一直在想，这不是一场打球和几幅标语的事。他猛一咽，说："我也认为，实在是蹊跷，是不是与那位女教工有关。这个人像一个女探子，表情、行动同其他女人不一样。不可忽视，要打探打探她的底细。"

"怎么打探呢？"

"稳住，我有办法。"

他俩正说着，隔着两张桌子的一位就餐的年轻人，端着一碗米饭和一盘白萝卜炖肉片，坐在了这张桌子上，神秘地问："你是三团的刘教官？还是从抗日前线调防回来的？"

"你叫什么名字？是咋知道的？"

"我叫王玉萍，兴师二七级学生。我是听别人讲的，不过三团驻扎兴安州的消息像摇铃铛似的，该是路人皆知。"

"都知道好哇，抗日救国，军队上前方打鬼子，民众在后方支援啊！来，咱们一块儿吃！"

"请你到我们学校讲讲抗日吧！"

"好，那好，一定去。这也是你我的抗日行动嘛。有多少人参加？"

"先小范围为好。"

"什么时间？最好是下周的星期天。"

"说一不二，上午九点钟。"

"参加人员，须是类似你这种思想的人，不能强迫人家，要一个一个地通知。要严格保密，千万不可声张。"

"我知道了，一定会小心去做的。"

"哎，我问你，刚才为罗时佶解围的那个学生叫啥？"

"刘文彬。"

"那到西安劳动营是怎么一回事？"

王玉萍脸色阴郁，哀叹地说："扯起来话就长了，我给你简短地讲两三件吧！"

"好。"

就说前年十月十九日鲁迅先生逝世，这不幸的消息传到兴师后，徐振化[①]、杨冲屿[②]、孙玉如、徐雪尘等老师立即在一起商量，发起了召开"伟大文学家鲁迅追悼大会"。会前，孙玉如老师花了一天的时间教唱《追悼鲁迅歌》，沉痛表达了进步师生们的崇敬心情："黑暗中熄灭了一盏明灯，夜行中失去了一位向导，像孩子们失去了慈母……"刘文彬、罗时佶、娄学政、王廷垩等同学帮老师忙前忙后，筹备会议，安排会场，爬杆子挂鲁迅的巨幅画像，撑柱子高悬挽联：统治者曰鲁迅不死大盗不止；奴隶们说先生永生救星永存。登梯子贴对联：呐喊前去，且莫彷徨。悲壮肃穆的追悼会变成了鲁迅革命思想的传播会，痛斥反动当局的声讨会，唤起学生发愤读书、拯救中华的动员会。老师和同学们遭到传讯和训诫。西安事变不过几天，徐振化、杨冲屿老师公开在课堂上介绍张学良、杨虎城将军

---

① 徐振化，曾任中共陕西省委常委。
② 杨冲屿，曾任中共岐山县委书记。

停止内战、一致抗日的八项主张：（一）改组南京政府，容纳各党各派，共同负责救国。（二）停止一切内战。（三）立即释放上海被捕之爱国领袖。（四）释放全国一切政治犯。（五）开放民主爱国运动。（六）保障人民集会结社一切之政治自由。（七）确实遵行孙总理遗嘱。（八）立即召开救国会议。这八项主张激发了同学们抗日反蒋的情绪，刘文彬带领几名同学上街演讲宣传之后，兴师和安中相继成立了社会科学研究会、自然科学研究会、文艺研究会，以及学生同乡会等进步社团组织。去年三、四月间，在徐雪尘、孙玉如老师指导下，兴师和安中成立了由刘文彬、罗时佶、娄学政、王廷垩、程沛和蔡启禄等负责的社会科研团体"汉滨社"，进行抗日救国的宣传，却被国民党当局查封、"追剿"和烧毁。去年五月三十一日，是签订《塘沽协定》国耻纪念日。头一天中午，兴师同学举行游行，同学李代洵、何嗣哲被军警抓走。是日晚，同学们继续筹备次日的游行宣传。不料在三十一日凌晨，驻安国军第四十军军长肖子楚命令政训处长叶宗统领兵包围了学校，搜查学生宿舍，焚烧进步书刊。当即逮捕了刘文彬、娄学政、罗时佶、王廷垩、孙海静同学和杨冲屿、徐振化老师，之后又逮捕了安中的孙玉如和徐雪尘老师。国民党当局镇压爱国师生抗日救国的行为，激起了兴安各界人士和广大群众的强烈愤慨，呼吁各界人士营救被捕师生。九月上旬，西安教职员联合会发出紧急呼吁。在各界人士的强烈要求下，省政府屈从于这种压力，不得不电示安康专署将被捕的徐振化、刘文彬等师生解送西安，羁押长安县政府。不久，在长安县长韩兆鄂和省政府秘书长杜斌丞等人的斡旋和帮助下，师生们获释。王玉萍讲到这里，恨恨地说："这世道哪有公平可讲！"

刘湘卿心里思索着，这个刘文彬是个有骨气的青年人，鼓励地说："师生们是在为实现公理而战斗嘛，那些慷慨相助师生们走出囹圄的人，同样是在寻找我们共同追求的真理。"

王玉萍似乎明白又不清楚，但认为这话有些玄妙，称赞地说："刘教官见识深奥！"

刘湘卿只摇手："没那么神秘，浅见寡识，随想而已。哎，星期天那个刘文彬来吗？"

王玉萍毫不犹豫地说："他是我们同学的台柱子，肯定要到的。"

刘湘卿笑着重复了一句："我也肯定按时到会！"

王玉萍说："到时候，我去接你吧！"

刘湘卿说："不就是今天去的那个地方？不用接，我还领受不起啊！"

王玉萍说："长官客气了。"

刘湘卿问："地点就在学校吗？"

王玉萍说："是，就在学校的后院。"

刘湘卿给王玉萍夹了一块鱼肉，说："到那天，你在校门外等我就是了，我会准时赶到。"

王玉萍走了以后，石畅吃惊地看着刘湘卿，说："你怎么不假思索就答应了呢？"

刘湘卿有把握地说："看这学生的模样，不会出什么事。再说，我还有这样的身份掩护着，万一出现不测，还可以超脱嘛！"

刘湘卿同石畅一前一后，有说有笑地回到了兵营。当石畅离开时，听到刘湘卿说："石教官，你同后勤的王义明熟悉吗？"

石畅说："因为工作性质不同，他是管军需的，只是见面认识。要找他多配发军衣吗？"

刘湘卿赶紧摇手说："不是，不是。找他了解一下部队的粮秣供应情况。"

石畅说："我顺便去告诉他一声不就行了？"

刘湘卿客气地说："谢谢教官。让他现在就来。"

过了一会儿，王义明胳肢窝夹着厚厚的账簿，飞快地来到了刘湘卿的房间，问："王力，有急事吗？"

刘湘卿从大门缝隙向外张望了一眼，回头顺手将门关严，低声说："记住，叫刘湘卿。你近两天在外面找一间房子，我同罗景明搬出去住。我先走，他后面再去。在这里干什么都不方便。"

王义明附和地说："住在兵营，消息闭塞，交往的人也不能随便进出，不免引起人家畏首畏尾，疑虑难解。我常到一家'兴文石印馆'去印表册账页，发现那里的房子很宽大。我明天就去给掌柜的说说，看能不能租住一间，还需要什么？"

刘湘卿说："其他不需要，租房越快越好。"

王义明走出门又折身回来，说："在外面住，可要谨慎细心啊！"

待这位王军需官走后，刘湘卿走出门外，站在一块空地上，微微地抬起头，觑起眼睛，遥望天空悬挂的那一轮暗淡的阳光。想到，应乔装打扮一番，该另换一身衣服了，恢复原来的模样。我还是我呀！于是，抖了抖身上的装束，走出了大门，碰见"富源"的女店主，礼节性地说了几句客套话，便大摇大摆地向老城走去。当他行至南大街十字口时，不知不觉而又是本能地回过头，往身后的街道上望了望，没有觉察到意外动静和熟人的行迹。他发现对面有一家服装店，门上一副对联是：成衣久享精工誉，西服远传巧技名；横批是：欢迎光临。他穿过街道，一闪身，钻进这家服装店。

这家服装店的门面装饰得阔气耀眼。店内分为上下两层，一层是光彩夺目、花样繁多的女装和童装区。刘湘卿一瞧二楼门上也贴着一副对联：时装任我精心制，美服凭君着意挑；横批是：举步迎福。他索性登上了二楼，才晓得这才是男装区，上衣、裤子、鞋、袜子应有尽有。不过这里的服装颜色单调多了，样式倒是挺新颖的，品种并不稀少。自己能穿多少？够自己选一身合适的，能撑起风貌的服装就心满意足了。

刘湘卿一直打量着一件浅灰色的中山装，还没有打定主意的时候，有人在身旁叫着："嘿，这不是刘教官吗！"

刘湘卿转过面一瞧："啊，你就是那个刘文彬，没错吧？"

刘文彬感到很惊奇："你咋知道的？"

刘湘卿毫不隐瞒地说："是王玉萍告诉的。"

刘文彬没再追问，说："穿军装撑样子，还买便衣呀！"

刘湘卿嗯了一声："多年不穿了，珠还合浦嘛！你看这件合身吗？"

刘文彬拿过衣服搭在刘湘卿肩头上，仔细地端量了一番，高兴地说："正合适，显得庄重、有气魄，我看行。"

刘湘卿满意地说："你看行就行，那就定了。哎，你也买衣服吗？"

刘文彬摇头说："我已买过了，闲转。你回吗？"

刘湘卿一想真是难得的机会，说："是呀，你回学校，咱们一块走，可聊聊天哪！"

刘文彬心里也是这样想的，说："行。"

从服装商店出来一直走到新城兵营前的一路上，刘湘卿旁敲侧击地闲谈抗日的主导力量、中国的未来设想、国家政权的基石等内容时，刘文彬虽有自己的见解和看法，却变得谨小慎微。他那天在篮球上同警察对峙时那种胆大妄为的勇气荡然无存，与王玉萍介绍的那些向这个混乱、黑暗、腐朽社会冲锋陷阵的举动不大一致。刘湘卿又琢磨，也许是自己这身军装让人家难以接受，更谈不上无拘束了，肯定是如此。在问到罗时佶时，刘文彬就变成了另一种神态。

"学生会主席罗时佶是经过选举的？"

"是，那个同学有本事。"

"交情如何？"

"一般，能过得去。"

"这怎么讲？"

"有些傲气，目中无人。"

"是性格脾气决定的吗？"

"不，是摆架子。哪会有几个真心实意的朋友呢！"

"那天篮球场上发生事情，你不是冲上去了吗？"

"他是学生会主席，又是我的同学，那可不能置之不理呀！"

"还是要帮帮啊，改了就是一块钢！"

"那是啊，我信！"

刘湘卿觉得在这对话中，刘文彬是直言不讳，丝毫不拐弯抹角，将来他更是一块好钢。

刘文彬指着"富源"商铺说："刘教官，这商铺的店主是我们的校友，叫谷燕，要不进去坐坐？"

刘湘卿摆手说："不啦，时间不早了，我也该回团部了，改日可以见见！"

刘文彬边走边说："要买啥东西就托她，一定会办到。"

刘湘卿一招手说："我在这个店里买过铅笔，人挺好的，很和气。"他看着刘文彬离去的背影，称心地想到，真正了解一个人的底细是多么不容易，今天实在是意想不到而有所得。还有王玉萍的介绍和两次接触，不禁浮想联翩，是交浅言深，仁者见仁，智者见智，对刘文彬是可以信赖的。心里又叨咕着，我的那封信，组织上不知收到了没有！

过了几天，张德生收到值班室送来的一封信，只见信封上的"启"字"口"写得圆圆的，完全明白是王力从安康发来的急件，欻的一下把信撕开：

> 存生：你好！我已到达兴安好几天了，营房管理很好。所见秦巴山里有用的木材很多，我意遴选一批好的材料，拟可在地方搭建营房，是否同意，请予以回复。
>
> 湘卿
>
> 民国二十七年二月十八日

张德生非常理解其中意思，王力是想在做好军队党员管理和兵运工作的同时，去做安康地方党的组织建设。他认为王力这个报告建议很适时、很实际，因为安康现在还没有地方建立党的组织。这个报告非常重要，不能延误，得立即向书记作汇报。

贾拓夫反复琢磨这个报告的内容，高兴地说："王力同志的工作既有积极性又有主动性，还有开创性，应给予高度重视和大力支持。你看呢？"

张德生认真地说："书记，我考虑从安康目前状况看，建立党组织是时候了，问题就是选人才是重中之重。"

贾拓夫沉思地说："安康是个唯一没有党组织的空白地区，发展党员，建立党组织势在必行，不能再等了。不过，那里的工作难做，而且还是我省与湖北交界的重要之地，是防御日本鬼子从武汉向北进击的最前线，必须千方百计地做好。"

张德生说："是的，形势所迫，须以党的方针政策去发动群众，提前铸就牢不可破的防线！"

贾拓夫坚定地说："告诉王力，可在地方发展组织，必须依靠群众，打好基础。人员落实了，组织才能搭建起来，才能占领一定的地域，才能扩大政治教育影响，才能开拓党的建设的大好局面。应该注意的是，要踏实，不要浮躁，要从大处着眼，不要轻视小处细节，要慎重，不要粗心，做到万无一失。"

张德生站起来，说："我马上给回一封信。"

贾拓夫说："对，初建组织宜小不宜大，要隐蔽精干。如果他还有什么考虑，待六月省委召开活动分子会议时，我们可以再在一起详细地商讨而确定。先按这样的去答复。"

"书记，一定如实转达给王力。"张德生边出门边说，感到书记处事既老练、果决，又细致、周密。

第三章

北门锁钥向太阳

太阳带着笑颜刚从东山上走出来的时候，王义明来到了东大街。他感觉这个春天的街道是冷清清的，空气是湿漉漉的，房影是阴森森的，这大概是秦岭以南的自然气候所致吧！

"王军需，你要到哪里去啊？"

王义明猛一抬头，才发现自己走过了石印馆，便转过身来向站在门口的曹文礼说："曹掌柜，你看我想个事情倒想得转了神，我是来印表册的。"

曹文礼热情地招呼着说："请，快进屋。人一忙，想得头绪多，走弯路、进错门是常有的事。来来来，坐下坐下。"他赶忙倒了一杯茶放在方桌上，又说，"今早麻酥酥的，快喝茶，这是刚泡的紫阳焕古茶，一喝就热乎了。你吃了吗，我给你拿几块玉米面馍，是刚买来的，还热着哪，味道可香甜啦！"

王义明每次到来，都受到曹文礼的热情招待，从心里感到过意不去，说："曹掌柜，我是来麻烦你办事的，你这样客气，实在叫我心里不安。"

曹文礼笑着说："我们做生意的人，应该热心对待顾客。你能来到我这个石印馆办业务，是你看得起我呀！不是麻烦我，而是我要真心实意地感谢你，才是合乎情理的。你今天印些啥？"

王义明递过原样，说："是一些有关粮饷方面的表格。"

"印多少？"

"一百二十本。"

"我就去给徒弟安排一下。"

"你安排好快来。我还有一件事拜托你帮助办理，时间要求得很急。"

以往王义明来到石印馆，按照所印材料的要求一交代就算完事。眼下他心里盘算了一会儿，却仔细打量着这房子的结构和隔间的大小来。按往日的观察，老板员工又不多，所空着的屋子绰绰有余，心里转了个弯子，先不说租房子的想法。

待曹文礼进到堂屋，王义明站起来说："曹掌柜，你现在生意还算兴旺，不过，还应该扩大卖主，拓宽门路，我想给你介绍熟悉印制业务的两个人来助一臂之力。他们社交广泛，认识人也挺多的，既可以给你写字，又可以拉一些客户，这不是把石印馆越做越大吗？"

曹文礼说："先前也是这么算计的，但是没有合适的人选，也就搁下来了。"

王义明信心十足地说："这两个准行，要不让他们到馆里来先试一试。"

曹文礼满口答应，说："那就来吧，工钱，咋办呢？"

王义明没有直接回答，只是说："你们见后再商量。你的房子宽展不宽展，我看让他俩住在馆里比较方便。"

曹文礼带着王义明从房前察看到屋后，王义明就看准了这座房子，三间进深，一个开间，临街一间是做营业用房，这营业门面东侧紧靠安康县政府的大门。他特别注意最后面的一间，还加了一层楼板房，一层和二层的后墙上分别开有木窗户。于是，他暗暗决定，这儿就是刘湘卿最适宜的住所，直截了当地说："曹掌柜，他俩住在这里，是最合适不过的，明天就搬过来，你看有什么难处吗？"

曹文礼乐呵呵地说："没有难处，外乡人到这儿住，是打着灯笼还找不来呢！这三间房，中间那间宽一些，两边两间稍窄一点，人家是稀客，还是把中间的那间腾出来为好。"说着，拨起中间房的门帘，打开门扇，把王义明拉进了房子。

王义明一踏进门，大吃一惊：一对深红深红的喜字贴在墙上，闪光耀眼；两床红色的缎子被整整齐齐地放在床上，枕头上一对鸳鸯仿佛在江河里戏水畅游。用土漆漆的崭新樟木箱子和柜子散发着浓郁香味，沁人肺腑；一幅牛郎织女的彩色绘画，宛如在星河里自由自在地行走，又徜徉在这间喜气密浓的房子里。这一番景象突然出现在眼前，他一时目瞪口呆，手足无措，退出门说："不行，不行，不能住这间房，咋能为难你们呢！"

曹文礼急忙说："王军需，你把话说反了，不是为难我们，而是不能为难客人，就要让人家住得好好的，我们自己咋样都能过去。"

"要不这样，把最后二楼上杂七杂八的东西收拾一下，住那里也蛮不错的。"

"既然到这里，就得听我的。说定了，就住这间房。今儿个下午明儿个上午，我就能把房子腾出来，明儿个下午就可以住，床铺、棉被、垫子，你们不用管，还有生活用品我全给准备妥当。"

"让你们不得安宁，真不好意思，谢谢你啊！"

"莫客气，莫客气！"

王义明在回兵营的路上，一直在想，这里人是那么的热情、和气、爽朗、真诚。要办的事，看不出来有一丁点儿虚情假意，让人心里踏实多了。

刘湘卿得知王义明找到住房的消息后，乘着朦胧的夜色，来到刘威诚的住处，时过一个多钟头，他才离开这里。他走时，刘威诚也没有送他出门。至于他同刘威诚在那里谈一些什么话，不得而知，只有那盏闪亮的灯听得最清楚。它告诉过谁吗，没有，只紧紧地照亮着刘湘卿，再就是那位刘威诚团长。

按照曹文礼安排的时间，第二天下午三点钟，王义明领着刘湘卿来到了"兴文石印馆"。一进门就喊："曹掌柜，我们来了。"并介绍说，"这位就是我讲的刘先生，叫刘湘卿，我们称他教官。他多才多艺，文武双全，还健谈，经久不倦啊！"

曹文礼听后飞快地扫了一眼，印象最深的是三个人站在一起，唯有他最高，超出了一米七的个头儿，眼大有神，方圆脸形，略有串脸胡，头戴鸭舌帽，身穿背带裤，长相标致，身材魁梧。便高兴地说："恭候光临，欢迎稀客的到来，条件不好，请多加包涵。"

刘湘卿上半身稍微弯了一下，和气地说："这一来给你添麻烦了，真是不好意思啊！"

曹文礼带着解释的口气说："不费事，不费事，你不要太客气。王军需给我讲了，咱们就一起做这门生意，都是年轻人，能合得来，弃短取长，相得益彰，前景会很好的。哎，不是还有一位，咋没有来呢？"

王义明抢着回答说："他家里有点事，过两天就来。"

曹文礼指着中间的房子说："住的地方，安排妥当了，刘先生看看吧！"

刘湘卿进屋一看，很满意。房间布置得既简洁又雅致，正面墙下放了一张两抽屉长桌，长桌两头挨着两张单人床，背面墙下还搁着一张方桌，上面摆着茶壶、茶缸、烟灰盒什么的。他赞不绝口："曹掌柜，你想得可真细致，安排得真周到。真的把我们当成客人了，我可是给掌柜的打杂、做活儿、跑腿的，千万不可颠倒了！我只不过是在睡觉中做一个掌柜的梦啊！我给你做活儿，可不丢我自己的事。"

这一席话引起三个人哈哈大笑。

过了两天，罗景明来了，刘湘卿给曹文礼介绍说："他是罗先生，写一手好字，能绘画，刻蜡板是他拿手活儿。"

曹文礼打眼一看，个子稍矮点，胖胖实实的，表现出诚实憨厚的样子，说："好，好，当紧儿就缺这样的人才。哎呀，真是下雪了，炭火也送到了。让我们的生意兴盛，百福并臻啊。"

罗景明把随身携带的刻字钢板、蜡纸、油印机、油印滚子、油印盒放在桌子上，客气地说了一句话："曹掌柜，这一来烦扰你了，只有以勤补歉！"

曹文礼看着这些油印、刻字器材，说："今后还要劳神你们，既然来一起共事，就是一口锅里搅勺把子，一家人莫说两家话，何必客套呢！"

刘湘卿考虑到，既然借此机会都在做生意，就得钉是钉，铆是铆，不能成一团乱麻，有些话还是挑明为好，于是说："曹掌柜，我们一起做生意，心要往一块想，力要往一处使，这不会出什么岔子。不过，我们得各自明确自己的活计，当然，你是掌柜的，是掌舵的，负责全面。我呢，着重搞联络，跑客户。另外，想设一个卖报点，挣点钱。罗景明全包了写字、刻字和油印的活，有时间还可同我一块出去走一走。你看这样行不行？"

曹文礼满口答应，说："行，行，哪能不行呢！你们从省城来，经历多，见识广，就按你说的办，那工钱咋算呢？"

刘湘卿一笑说："我们什么也不要，不要操心工钱多少的事，一分一文都不取。"

曹文礼有些歉意地说："刘先生，哪能行呢，不能白劳心啊！好，你们的饭钱，我也一分一文不收。"

刘湘卿随即说："我想挂一块'新华报代销处'的牌子，你看行吗？挂在哪里合适呢？"

曹文礼说："陕南土话，船舱里开歇店，招牌不挂无人知。要挂，就挂在店门外东墙上，要醒目一些。"

刘湘卿走过去拉着曹文礼的手，亲切地说："以后咱们相互都不要叫掌柜、先生的，而是以兄弟相称，好吗？"

曹文礼满脸堆笑，说："这不是桃园三结义了吗！好，看来小弟该称二位为刘兄和罗兄了。"

刘湘卿斟酌再三，说："没错。应该是兴文三兄弟！"说完，三个人紧紧地拥抱在一起。

这时，徒弟看他们热乎的劲儿，赶紧跑过来直喊："你们不要我了，还有我呀！"

刘湘卿连忙搂着小徒弟，说："谁不要你这个宝贝蛋啊！"

曹文礼接茬儿说："你是老幺呀！"

刘湘卿开着玩笑，说："幺是数目中的一呀，你还是最大的呢！"

小徒弟扬起目光说："不敢，等我长大、长高了，也能顶天立地！"

满屋子飞扬着笑声。他们热血沸腾，心潮澎湃，把小徒弟举起来抛在空中，几乎碰到了担子上，一齐喊着顶天立地、顶天立地！

俗话说，春困秋乏夏打盹。这个春天是早早地疲倦了，好像没睡醒的太阳，懒洋洋地挂在天空中，直盯着石印馆的工友们忙碌着干活。他们兴致勃勃、精心精意的劲头，根本没有体会到什么是疲劳。人哪，就如此拼死拼活地创造自己的未来生活。

星期天早晨，刘湘卿正在洗脸，听见有敲门声，他赶紧去开门，是侦察排长身着便衣，打着一把雨伞站在门口。他说："刘教官，这是你的一封信。"再没有多说一句话，就转身离开了，刹那间消失在朦胧的雨雾之中。

刘湘卿将信握在手里，赶快回到屋里，一看信封上"启"字的"口"字有些圆圆的形状，连忙拆信一阅。

湘卿弟：你好！

来信收到。同意你盖一座房屋。切记，先选材。定要费心，选一些质量上乘的木材，如栎树、铁匠树、红椿树等，特别是房子的大梁、柱子、过担，还有脊檩、椽子，要好中选优。房子设计要宽畅、高大、坚固，门窗的大小及其结构，一定要有适宜和充足的采光。部队的供给管理定要抓紧。

兄：存生

民国二十七年二月二十九日

这短短几句话，让刘湘卿急切地盼望要做的一桩重大使命，得到了满意的答复，这字里行间充满了省委对自己的信任和希望，如何去完成这项伟大任务，也交代得很具体、细致。他反复看了三遍之后，划了根火柴将信烧掉，随即将纸灰撒进了门前的花园里。

罗景明出去吃早餐回来了，问："刘兄，快九点了，你不是要去兴师吗？"

刘湘卿一边戴帽子、穿上衣，一边说："刚才侦察排长送了一封信，耽误一会儿，这就马上走。"

罗景明叮咛说："外边下雨带把伞。"

细雨绵绵，云雾蒙蒙。虽然是城里的街道，一遇到下雨，泥泞满街，坑洼水漫，就是走慢点，裤腿也被溅满泥水。

刘湘卿深一脚浅一脚地走得飞快，不管是泥坑还是水坑就直接踩过去了。当来到兴师大门口时，正遇王玉萍站在门外迎接，一见就说："哎呀，刘先生，你的鞋和裤腿全湿了。"

刘湘卿不以为然地说："没有事，不要紧，在什么地方，赶快走！"

王玉萍领着刘湘卿走进了大门，向右拐，直往前走了约三十米的样子，又向左拐进了一间教室。这教室位于学校最后面，平常只有学生上课才有人，其他人从不到这里来。同学们号称这里是非洲西南的好望角，只不过是在学校的西北方向，偏僻、安静。

快进教室门时，王玉萍把刘湘卿让在了前边，边走边拍手说："这是警一旅三团的刘教官、刘先生，大家欢迎。"

教室里坐有二十多位学生，随着一声叫喊齐刷刷地站了起来，雷鸣般的掌声穿过门窗，飘飞在淅淅沥沥的细雨之中。

刘湘卿没有登上已准备好的讲台，而是从旁边拉了一把凳子，紧放在前排右侧，没有马上就座，伸出手挥了挥，便向左侧走去，打招呼说："你是我那天篮球场见过又在服装店碰着的刘文彬，对吧？"

刘文彬立刻站起来，握着刘湘卿的手，恭敬地说："是是，刘教官，好记力啊！"停了片刻，刘湘卿又指着紧挨旁边坐着的两位同学，风趣地说，"这一位是李开藩，野心不小，妄想开辟一块属地。这位我也认得，他叫刘经安，企图经武整军，安邦定国。听名字就知道怀揣雄心壮志。"

听这番话，引得大家哄堂大笑。不知谁叫了一声：骥骜之气，鸿鹄之气，有也！

刘湘卿热烈地鼓掌，赞许说："真没有想到，还有如此的见识，借题发挥，大做文章，切题切题。"接着说，"同学们想听些什么？"

后排一位高个头的学生扯起嗓门喊道："我们想知道西安事变、抗日救国和延安的大事情，这是书本里读不到的内容！"

刘文彬望了王玉萍一眼，向刘湘卿说："我们这山里消息不灵通，就是知道一点，也是零零碎碎的，更不清楚事情经过和真相。同学们想了解西安事变和抗日战争的局势，想知道究竟是怎么一回事，让我们的心也亮一亮。"

刘湘卿意识到，讲清一个事件的过程，本身就是一个很透彻的思想开导。他口若悬河、滔滔不绝地讲起了西安事变的始末。

日本军国主义者在一九三一年"九一八"事变后，以骄横的气焰咄咄逼人，利用国民党统治者消极抵抗侵略者的政策，野心勃勃地企图对华北进行掠夺。一九三五年六月初，国民党在北平的军事长官何应钦同华北日军司令梅津美治郎达成协定，迫使国民党中央军无条件地撤出平津和河北省。接踵而来的是，日本军方又极力策划所谓的华北五省自治运动，并向华北大举调兵。同时，在日本特务机关的秘密策动下，国民党政府河北省蓟密专区行政督察专员殷汝耕割让冀东二十三个县给日本，又在北平的近邻通县成立了冀东防共自治政府。十二月初，在北平成立了冀察政务委员会，宋哲元任委员长，开始实行华北特殊化。此时，平津的天空乌云密布，大地破烂不堪，整个华北处在祸至无日、危在旦夕之中。北平的青年学生们对时局的演变尤为关注。他们气愤地说："华北之大，已经安不得一张平静的书桌了！"群众抗日情绪也非常激昂。在中共北平临时工作委员会的领导下，北平学生于十二月九日举行了声势浩大的抗日救亡大游行，高喊："打倒日本帝国主义""停止内战""一致对外"等口号。当游行队伍到达王府井大街时，军警突然从两侧围攻过来，使用水龙喷身，挥舞皮鞭、枪柄、木棍等器械，并鸣枪警告，实施武力镇压，这就是著名的"一二·九"运动。十二月下旬，在中国共产党的领导下，北平学联组织平津南下扩大宣传团赴河北农村进行抗日宣传。在宣传团的基础上，成立了中华民族解放先锋队，一个抗日救亡的群众运动席卷全国，汹涌澎湃，一浪高过一浪。一九三五年七月，共产国际举行第七次代表大会，向全世界共产主义运动提出反法西斯统一战线的问题。八月一日，中国共产党驻共产国际代表团以中华苏维埃共和国临时中央政府和中共中央的名义起草并发表了《为抗日救国告全国同胞书》，后常被称为"八一宣言"。中央红军到达陕北刚站稳脚跟，于同年十二月十七日至二十五日，在瓦窑堡召开了中共中央政治局扩大会议，讨论军事战略问题、全国的政治形势和党的策略路线问题。会议通过了《中共中央关于目前政治形势与党的任务的决议》，正确分析了革命形势，批判了党内长期存在的"左"倾关门主义，决定了建立抗日统一战线的策略。《决议》指出"日本帝国主义并吞东北四省之后，现在又并吞了整个华北，而且正准备并吞全中国，把全中国从各帝国主义的半殖民地变为日本的殖民地，这是目前时局的基本特点"。《决议》规定"党的策略路线，是在发动、团结与组织全中国各民族一切革命力量去反对当前主要的敌人——日本帝国主义与卖国贼头子蒋介石。不论什么人，什么派别，什么武装队伍，什么阶级，只要是反对帝国主义与卖国贼蒋介石的，都应该联合起来，开展神圣的民族革命战争，将日本帝国主义赶出中国，打倒日本帝国主义的走狗在中国的统治，取得中华民族的彻底解放，保持中国的独立与领土的完整"。为了适应抗日民族统一战线的需要，提出将"工农共和国"的口号，改为"人民共和国"，并说明这个"人民共和国"不仅是代表工人、农民的，而且是代表中华民族的。瓦窑堡会议过后，中国共产党立即采取了各种措施，促进抗日民族统一战线的实现。一九三六年一月二十五日，毛泽东、周恩来、朱德以红军将领的名义，发表了《致东北军全体将士书》，说明中国共产党的抗日主张，以示愿同东北军首先停战，共同抗日，率先成为全中国人民抗日的先锋。东北军的广大官兵，由于家乡的沦陷，深感亡国奴的痛苦，接受中国共产党的劝告，愿意"中国人不打中国人""打回老家去"，不愿再打内战。张学良将军与日本帝国主义有杀父之仇，与蒋介石的矛盾也日益加深。"九一八"事变，蒋介石不允许他抵抗，丢掉了东北，遭到了全国人民的唾骂，有口难言。他的部队十万人调离东北，对陕甘宁根据地实施围攻，历时三个月，损失三个师的兵力，两个师长阵亡，七个团长殒命或被俘，再这样打下去前途何在。在民族危亡的紧急关头，不能再跟蒋介石打内战了，接受共产党的主张，枪口对外，一致抗日，才是唯一的出路。一九三六年三月间，中共中央派李克农、钱之光与张学良及其部属军长王以哲在洛川谈判，就联合抗日问题交换了意见，达成了局部停战协定。同年四月上旬，中共中央应张学良的请求派周恩来、李克农前往东北军驻防的延安，与张学良一起，分析了国内形势和逼迫蒋介石转变并抗日的可能性。双方商定了红军与东北军互不侵犯、互相帮助、互派代表，以及帮助东北军部队进行抗日教育等具体协定。九月二十日，毛泽东代表红军，张学良代表东北军，签署了《抗日救国协定》，打开了西北的统战局面。对杨虎城率领的十七路军，做了些什么工作呢？一九三五秋天，在西北军工作过的共产党员南汉宸派员向杨虎城亲自传达了共产党的"八一宣言"，杨虎城听后表示赞同。十二月间，党中央又派汪锋到西安会见了杨虎城，剖析了当时形势，明确了只有共同抗日才是中华民族生存的唯一出路，坚定了杨虎城联共抗日的信心和决心。一九三六年的春天，中国共产党又派王炳南同杨虎城做了较深的会谈。经过多方的努力，杨虎城最终接受了"停止内战，一致抗日"的主张。并共同商定，红军与十七路军各守原防、互不侵犯、互派代表、密切联系，共同为抗日救国做些实在的准备工作。

同学们激动得像雀儿一样地跳跃、呼喊："红军只要同东北军联合起来，一个抗日救国的统一战线不就开始建立起来了吗！"

"是的，但事态的发展不是那样一帆风顺的。蒋介石也试图与中国共产党秘密接触，在宋庆龄的帮助下，一九三六年二月二十七日，通过以牧师身份进行地下活动的共产党员董建吾，带领国民党要员到瓦窑堡同中共中央秘密谈判，但蒋介石进行谈判是假，积极反共是真。与此同时，他在陈济棠、李宗仁要求抗日反蒋的两广事变解决后，腾出精力，集中兵力，于一九三六年十月下旬，亲自到西安，劝解、逼迫张学良、杨虎城继续配合，一举'剿灭'共产党。张学良、杨虎城决然请求蒋总统停止内战，一致抗日。就在此间，蒋介石调集嫡系部队三十个师，先后部署在平汉线汉口至郑州段，陇海线郑州至灵宝段，以势迫使张、杨就范，随时听命对陕北革命根据地进行新的'剿共'计划。十二月四日，蒋介石又到西安，住在临潼华清池，将他的嫡系部队部署在临潼以东，以防不测。他'剿共'心切，立即召见张学良、杨虎城，提出两个方案，胁迫张、杨抉择。一是坚决服从'剿共'命令，即将东北军和十七路军全部开赴陕甘前线，进攻红军，消灭共产党；二是如果不听从此令，就将东北军和十七路军分别调往福建和安徽。张学良、杨虎城对这两个方案都不愿意采纳，只能一再苦口婆心地劝谏蒋介石以国家和民族生死存亡的大局为重，停止内战，一致抗日，却遭到严词训斥和无情指责。十二月九日，西安学生一万余人，以纪念'一二·九'运动的名义举行示威游行，呼吁蒋介石停止内战，一致抗日，队伍从西安出发，经灞桥向临潼挺进。蒋介石随即下令张学良派军队镇压游行的学生。张学良没有这样做，他率领部属来到游行的学生中做劝解工作，却被学生们在凛冽刺骨的北风中高呼抗日口号，浩浩荡荡，奋勇前进的高昂情绪所感动。同时，对蒋介石蔑视群众抗日的爱国热情，采取武力镇压的反动政策感到非常的愤怒。十二月十二日凌晨，按张学良和杨虎城原商定的计划，若'哭谏'无效，就采取非常时期非常办法。张学良命令东北军一部以迅雷不及掩耳之势包围了华清池，蒋介石听见枪声立即向骊山方向逃跑，在一小小的石峡里被士兵抓捕。杨虎城的第十七路军同时行动，控制西安全城，并囚禁了南京政府来西安的军政要员陈诚、卫立煌、蒋鼎文、朱绍良等，宣布取消西北'剿总'，并立即通电全国，提出改组南京政府，容纳各党各派共同负责救国；停止一切内战；立即释放上海被捕之爱国领袖；释放全国一切政治犯；开放民众爱国运动，保障人民集会结社一切之政治自由；确实遵行孙总理遗嘱；立即召开救国会议等八项主张。同时电告中共中央，请求派代表团赴西安，共同商议抗日救国大计，这就是震惊中外的西安事变。"

会场轰动了，学生们激动不已。"好啊，八项主张符合民意，是正义的。""逮了蒋介石，逼他抗日，看他抗不抗日。"

"同学们，不能用简单思维的方式去考虑这个复杂而重大的问题。就在此时，如何对待和解决西安事变造成的局面，在南京政府统治集团内出现了两种倾向。一是以军政部长何应钦为代表的亲日派，极力主张讨伐张学良和杨虎城，调遣东、西两路集团军，大举进攻西安，又派飞机从空中轰炸西安。这是个阴谋，企图挑动大规模的内战，以利日本帝国主义对中国的侵略。他们企图趁机置蒋介石于死地而后快，以便夺取国民党的统帅地位。何应钦致电在意大利养病的汪精卫迅速回国，共同组建亲日政权。二是亲英美派的蒋介石亲属，宋美龄、宋子文、孔祥熙等人，则主张应尽全力设法以和平方式营救蒋介石，坚决反对立即进行武力讨伐，于二十二日派宋子文、宋美龄到西安谈判。

"中国共产党从中华民族整体利益出发，对西安事变的解决方针是：坚决反对新的内战，主张和平解决，揭露亲日派和日本帝国主义的阴谋，联合国民党左派，争取中间派，以推动南京政府走向抗日立场。对张学良和杨虎城给予极大的同情和有力援助。根据这一方针，中共中央先后两次通电全国，并于十二月十六日派由周恩来、叶剑英、秦邦宪等组成的中共代表团到达西安。十二月二十三日，会同张学良、杨虎城一起开始与南京国民政府的代表宋美龄、宋子文谈判。经过两天的规劝、说服、斗争，达成六项协议：一、改组国民党和国民政府，驱逐亲日派，容纳抗日分子；二、释放上海爱国领袖，释放一切政治犯，保证人民的自由权利；三、停止'剿共'政策，联合红军抗日；四、召开各党各派各界各军的救国会议，决定抗日救亡方针；五、与同情中国抗日的国家建立合作关系；六、其他具体的救国办法。二十四日晚，周恩来等在宋氏兄妹的陪同下与蒋介石会面，向他郑重地指出：目前形势是非抗日无以图存，非团结无以救国，坚持内战，自取其亡。并告诫蒋介石只有放弃'攘外必先安内'的倒退政策，停止内战，一致抗日，才是唯一能选择的出路。蒋介石色厉内荏，心中恐慌，听到周恩来的谈话后，确信共产党不主张置其于死地，同意达成的六项协议，当面表示：'停止内战，联共抗日'，并邀请周恩来在他回到南京后，南下予以再直接谈判。十月二十五日，张学良亲自陪同蒋介石乘飞机离开西安回南京，一下飞机，蒋介石立刻扣留了张学良。消息传出之后，西安出现动荡不安的局面，有内战危险重新出现的迹象。在这种困境下，中共中央代表团进行了坚定而细致的工作，基本稳定了西安不安定的局势，维持了西安事变和平解决的成果。"

会场举座哗然：蒋介石是两面派，大卖国贼！张将军爱国抗日，何罪之有！看来西安事变的和平解决，是推动国共两党再次合作，从国内战争向抗日民族战争的转折点，也许还会出现新的难以预料的转折点呢！

"同学们的这些议论与疑问，完全可以理解。历史是一面镜子，可以显现出事实的真相，我在下面谈抗日战争局势时还会一同讲到。上面讲了西安事变的来由及其和平解决的全部过程，其实应该从这全过程中懂得其伟大的意义了吧！你们明白不明白？"

教室里只听到一样的回答声音："明白了！"

当！当！当！学校中午开饭的钟声敲响了。

刘文彬说："刘教官，今天就讲到这儿。咱们到学校食堂吃饭吧！"

经这么一提，刘湘卿马上觉得自己肚子咕咕咕地直叫，不客气地回答道："人是铁饭是钢，一顿不吃饿得慌。确实饿了，咱们走吧！"

到了饭堂，他们选择了靠近墙角的一张饭桌坐了下来。今天的饭菜还是昨天厨师做的，但吃得很香；今天听的话不是昨天老师讲的课，但听得更有味道。端着庄重的饭碗，细嚼尊贵的言语，汲取这丰富的营养，猛然间觉得自己长进了。

临走时，刘湘卿对刘文彬说："和你同学常到我那里坐坐，聊聊天、看看报纸什么的。"

刘文彬满口答应，说："我知道你住的地方，一定会去的。你也要常来啊！"

刘湘卿说："会的，我要卖报刊，隔三岔五就得来。"

过了几日，刘湘卿提着《新华日报》《工商日报》《新中华报》《解放》《救亡》等报刊，到兴师销售。这些报刊有进步的，也有反动的，试图了解青年学生及其他读者的政治倾向。他还没有进大门，就被刘文彬发现了，喊道："刘教官，不卖报刊，到我们宿舍坐坐吧。"

"卖几份再去吧！"

"在这里有人会找事的，现在就走。这些报刊我来处理，叫些同学来不就解决了吗？"

"那就谢谢了。"

"别客气。"

一会儿，宿舍相继来了十几名男女同学，刘湘卿突然发现有位女同学很像那晚在旬阳东关小学看见的鲁学昭，他稳着没打招呼。宿舍里气氛热烈，大家又提及西安事变和抗日的时局，刘湘卿简要地谈了谈目前抗日形势的问题。同学们听得津津有味，群情激昂。刘文彬说："同学们，刘先生卖的这些报刊，谁喜欢哪类就买哪类。"话音刚落，同学们将《新华日报》《工商日报》《新中华报》《解放》《救亡》《西北战线》等一抢而空，唯独剩下的是国民党的报刊《中央日报》。

同学们陆陆续续地走了，最后只有刘文彬和李开藩坐在床上不吱声，带着期盼的目光望了望刘湘卿，又漫不经心地翻起《新华日报》，仿佛有什么心事。

他们哪知道刘湘卿时时刻刻都在仔细观察他们的一举一动、一言一行，尽力地捕捉他所具有的品德。他坚信他们是块好料，是盖房子的上等木材。于是突如其来地问道："你们知道不知道我是干什么的？"

刘文彬带着确信的口气说："我看你是从陕北来的，不然，你哪能知道那么多呢！"

李开藩模模糊糊地说："反正你不是一般的人。"

刘湘卿坦率地向他俩公开了自己的身份和任务，说："你们好眼力。我受中国共产党陕西省委的委派，是到这里建立共产党组织的。"接着，带有征求意见的口气讲，"经过近期的观察，我想介绍你们俩加入中国共产党，你们同意不同意？"

这话语实在让刘文彬出乎意料，当即表态说："刘教官，我们这秦巴山中的人，离延安远，想找共产党都找不着。现在，你到了咱们的家门口，咋不愿意呢！参加参加！"

李开藩接着说："刘同学讲得对，像我毕业回到岚皋县，那就更难了。现在就加入共产党。"

刘湘卿说："好，明天太阳落山前我们在一起开个会，地点在泰山庙前面的那片柏树林里。"停了一会儿，他又向他们叮咛，在动身时要谨慎小心，并规定了行走路线，防止有人跟踪。

黄昏时分，城里城外一片苍茫。零零散散的庄稼人牵着牛慢慢地在回家的田间小路上行走，留下了一串一串的蹄印。街道上稀稀拉拉地有一些做生意的人，挑着担子、提着箩筐，大步流星地回到各自的家中。

按照刘湘卿的吩咐，刘文彬和李开藩一声不响地走出了校门，出新城北门。当他们跨过公路，进入校场坝的庄户人家时，没有顾及小楼上有一间房子的灯光。

在出体育场西正门时，发现在暮色里有一位穿着粉红色衣衫的女人，同样出了新城北门，沿着他俩的方向走来。刘文彬定睛细看，原来她是学校的教工。是偶然还是巧合！不由分说，他随手拉着李开藩折向北入体育场的南墙小门，越过一片阴森森的宽阔空地，直奔那一片柏树林。

"你俩来了！"刘湘卿坐在坟头上说，右手又往身旁一指，"坐下，坐下！一路上遇到什么没有？"

刘文彬回答："出新城南门看见学校教工跟在身后老远的地方，按你指点的路线把她甩掉了。"

"是谭际桂吧！我料到她会这样做的。那天篮球比赛场上我就觉得她神色异常。"刘湘卿说。

"是，就是她。一天到晚神出鬼没的，不知在干啥！"

"我可以先告诉你俩，她这个女人能耐不会小，还未调查清楚，以后要严加提防，不过也要学会同这些人周旋。"

"以后一定小心谨慎。"

刘湘卿环顾四周，临夜既不宁静，又不骚动，只有公路上传来零零碎碎的马蹄声和人们的吆喝声。他坐着没有动，说："我现在宣布开会。来安康后我所见所闻，又加这些时间的接触，你们学习知识，阅读报刊，关心时局，令人敬重，是笃志向上、血气方刚的青年人。因此，我愿意做你俩的入党介绍人，正式介绍刘文彬、李开藩加入中国共产党。刘文彬、李开藩你俩同意不同意？"

刘文彬和李开藩异口同声地回答："完全同意！"

刘湘卿站起来说："跟我一起宣誓，请举起右手！我自愿加入中国共产党！"

"我自愿加入中国共产党！"

"承认共产国际和本党的党纲及党章！"

"承认共产国际和本党的党纲及党章！"

"自觉参加组织生活，积极工作，坚决服从共产国际和本党一切决议，经常交纳党费！"

"自觉参加组织生活，积极工作，坚决服从共产国际和本党一切决议，经常交纳党费！"

"永不叛党，为共产主义奋斗终生！"

"永不叛党，为共产主义奋斗终生！"

宣誓结束，刘湘卿让刘文彬和李开藩坐下来，寓意深长地说："我们坐在这座坟头旁，是让老先人起死回生，我们举起铁拳，是让哀亡的世间挥手迎春。好，根据省委的明确指示，从现在起你们就是中国共产党的预备党员。望你俩今后学习党的基本知识，遵守党的组织原则，执行党的组织纪律，成为名副其实而且是不怕流血牺牲的一名共产党员。这些内容，我给你们的那些小册子里都有。但是，要求你们不要不负责任地随便去扩散，一定要严格保密。还有一点，在我们党内称同志。"

刘文彬和李开藩不约而同地说："刘湘卿同志，我们一定严格遵守党的一切规定，使自己完全成为党的人。"

刘湘卿接着说："我们三个人的力量还是单薄的，还要发展党员，壮大我们的组织。你俩对罗长勤、鲁学昭了解不了解？我来时，在旬阳见过罗长勤，自己讲家里办商店，关于鲁学昭，听过她给学生教唱《义勇军进行曲》。"

刘文彬抢先说："他俩是同级不同班的同学，据我所知，罗长勤家庭是比较富裕的，参加抗日活动倒是很积极的。鲁学昭家庭经济还自足，家族较盛，那个班四十个学生唯有她一个女生，性格泼辣，经常参加演出，是女杰之才。"

李开藩补充说："文彬同学，应该是文彬同志讲得对，罗长勤有心计、稳重，鲁学昭是新时代的女性，开朗活泼。"

刘湘卿说："你们是同学，多加摸摸他们的底细，主要是政治倾向。"

刘文彬会意地说："刘湘卿同志，我们明白了你的意图，既然入党了，我们就执行党的指示，为发展壮大组织多做工作。"

刘湘卿望了望夜色，说："咱们该走了，你们赶快回学校，路上要过细。"说话间，他给每人手里塞了一张报纸和小小的刊物，并嘱咐道，"报纸拿在手上，把书揣在衣服里边。"

谭际桂在北门上远远地看刘文彬和李开藩进了校场坝，转身钻进一家商店，拿起电话，说："请接度日店！"接着告诉对方，"主任，有两个卖草药的刚刚进校场坝，咱们是不是要买些，有可能还到体育场那座二楼上。"

这个主任就是周昌嗣。受话器里隐隐约约地传出一点声音："知道了，立即就到，一定要盯紧点，先不要惊动他们。"

谭际桂隐蔽在公路交叉处旁的一棵大树后边，看着有三个人着便装匆匆忙忙从老城南门走来，一眼认出是周昌嗣带领的两个随从。她便大步流星地走向前，朝校场坝方向一指，说："你们去，我在后边等。"

周昌嗣一边向校场坝的小路上走去，一边说："你离我们要远点，不要太接近。"

校场坝的庄户人家，大都熄灯入睡了。只有两家富户人家大门敞开着，正在招待客人吃晚饭，猜拳行令，乌烟瘴气。

周昌嗣让随从注意这家房子外面的动静，独自一个人大模大样地进了屋。房主人一见来了一个陌生的人，一边拦着一边问："你是哪里的，不明不白进屋做啥？"

"我在找人？"

"找谁？找他做啥？这都是我们家亲戚，我们没有一个认识你的，快出去，出去！"

"你不要推我，推人干啥！"一边说一边从口袋里取出证件，亮在主人的眼前，傲气地说，"睁大眼睛看看，我是谁！"

房主人抬起目光大略一扫，是国民党的军官证，连忙说："老总，老总，有所不礼，你看我有眼不识泰山，你看亲戚里边哪一个是你要找的人，请你随便找！"

周昌嗣的头像一个拨浪鼓一样摇来摇去，说："这里边没有。不过，你们发现没发现刚才从门口过去两个高个儿的人。"

房主人赶忙摇手说："我们喊天叫地地划拳，谁也没有顾及外边过路的人，就和你一样，你不进屋，我们咋知道你从我家门口走过，是吧！"

周昌嗣又注视里间的厨房，只有主妇和两个少女忙活着做饭端菜，再无其他人。再看另一间卧室的门没有关，屋内空荡荡的，也没有发现疑点，他转身向外就走。

农户主人连忙赶到身后，拉着周昌嗣的手，说："老总，急啥嘛，喝杯酒再走行不行？"

周昌嗣没回头，手使劲一甩，说："你们赶快去喝你的烂酒，去吧。"

家户主人望着周昌嗣快进体育场的南小门，喊着："老总，走好哇！"

周昌嗣他们蹑手蹑脚、鬼鬼祟祟地进了体育场小南门，眼前的小楼上一片漆黑，没有一间房子有灯光亮着。周围寂静无声，只偶尔听到从泥土缝隙中传出小虫的唧唧叫声。这种叫声却被一阵愤怒的喊声所遮盖："他妈的，又扑了空，这三号是咋搞的，真混账！"

随从谄媚地说："主任，不必动气。也许人家在声东击西呢！"

周昌嗣望着远处暗淡的灯光，说："声东击西，再声东击西，眼皮子底下的事，难道是飞了！现在从一楼到二楼挨着房间搜！"

两个随从一个到一楼，一个上了二楼。咚！咚！咚！急促的敲门声震醒了刚刚入睡的黑夜，但没有敲亮这座小楼的灯光。唯有一楼第三个房间有人开了门，开门的是一位披着薄薄棉袄的老大爷，弓着身子，手里托着一盏油灯，微弱的光线照向门外。他战战兢兢地问："谁呀，深更半夜地要做啥？"

"你见没见有两个人从门前走过？"

"我们老两口擦黑前就睡了，没看见有谁从楼前路过。"

"听着脚步声了吗？"

"没有，没有，没有一丁点响声！"

老人收起油灯，只听到门咯吱一声关上了。

周昌嗣领随从原路返回，找到谭际桂，生气地说："只能吃干饭，还能干什么，赶快回去询问刘文彬、李开藩在不在学校！"

谭际桂看到周昌嗣怒气冲冲的样子，没再说什么，只答应了一个字："是！"

周昌嗣手一挥，说："撤！"

谭际桂急匆匆地回到学校，先到学生宿舍看了一遍，然后来到一间教室窗外，只见刘文彬、李开藩正在课桌上做作业，聚精会神，全神贯注。于是，她脚不停地找到他们的老师孙玉如，问："孙老师，刘文彬和李开藩两位同学晚上出学校了吗？"

孙玉如微笑着说："在呀，按时上晚自习的啦，他俩怎么啦？"

谭际桂说："有人看见他俩晚饭后出去了，让我随便打听一下。要不请你去问一下。"

孙玉如对他的学生是十分了解的，也明白了有人要打听一下的企图，便说："好，你等着，我现在就去问。"

谭际桂坐在那儿心里惴惴不安，只是一个劲儿地想，周昌嗣将会如何对待自己。

"谭老师，我去问了，他们是进了老城。在一家《新华日报》代销处买了一张报纸就回来了。"孙玉如一踏进宿舍门，就一五一十地说。

"啥报？你见了？"

"见了，在桌上放着，国民党的机关报纸《中央日报》。饭后就那一点点时间，还能到什么地方办什么事，他们没长翅膀也不会飞！"

谭际桂轻轻地说了一句："噢，那倒也是。"

周昌嗣回到住处，反复琢磨着谭际桂所探知消息的真实程度。说简单就像数字那么简单，说复杂就如日月星辰变幻那样复杂。只一会儿工夫，他们会到哪里去呢？飞天不可能，入地会有门路吗？不可能，不可能，但千万不可掉以轻心哪！

夜色朦胧，街道冷清。

一个穿着风衣、头戴毛帽的女人匆匆忙忙地走进中营街。她前后左右看了看，只见一只黄狗在街道边啃骨头，再未发现有一丝人影，便举手轻轻地敲门。

"谁呀？"

"是我，远道而来。"

"听见了。"

门只开了半边。她斜身挤了进去，顺手关门，低声说："主任，深夜打搅你了！"

周昌嗣插上门闩，说："哪能呢，来得正是时候，请坐，我正挖空心思地想我们的事呢？"

来得正是时候。谭际桂一见周昌嗣和颜悦色的样子，不是望而生畏，而是心里舒坦了许多。她将询问的实际情况，把自己认为的如实地唠叨了一遍。还补充着说："我也觉得晚饭与上自习之间的一个钟头，能做其他啥事，去买一张报纸的时间倒是有的。这或许是我看走了眼。"

周昌嗣起身坐在她旁边，说："他们为什么不直接进城，而要拐进校场坝的庄户人家院子，不值得深思吗？"

谭际桂笑了起来："哎呀！主任，青年娃们走路老是东跑西颠的，哪像成年人走路呀，这你就想得太离谱、太有些古怪了。要说再深思，那么咱们能有一个什么样儿的结果呢？"

周昌嗣拉起她的手说："现在《中央日报》的读者寥寥无几，读这张报的人，也能察觉一种倾向，对这种人可不能漫不经心哪！"

谭际桂松开手，站起来说："主任，你想得太多了，不过，我也读《中央日报》，会专心致志地办好一切的，请放心。"她扬起诱惑的眼神，"夜深了，我该走了！"

周昌嗣掰过她的肩膀，说："夜深了，走路不安全，那就不走了。"

谭际桂笑嘻嘻地反问了一句："主任，安康就是你的地盘，你让别人向东，别人不敢向西，可今夜在你的房间里，你敢保证我会安全吗？"

周昌嗣揣摸着谭际桂的心思，带有一种挑战性的色彩，不，是自己首先发出的无意识的信号所引起的最满意的答复。他说："险境就在于我们站在悬崖上，望着前面那条湍急的河流，其实跳下去，蛙泳是一种最优美的姿势。"

谭际桂听了这一番言语，不觉得是莫名其妙的乱说，而是清清楚楚地表明了他的心态。她确信他这个人来到大山之中也很孤独啊，便细声细语地说："那咱们就一起跳到汉江里游泳吧！"

他和她真想到一块儿了。

一阵笑声过后，房间里的灯光突然间熄灭了。

刘文彬听到下晚自习的铃声以后，没有立即离开，望了望教室里只有三四个同学还趴在桌子上写字看书。他把还没顾得上翻开的报纸展开在桌面上，呵，是一份《中央日报》！他想，这个刘湘卿真能应付一切局面，真成了眼前的诸葛亮了。他只是沉住气，没有发出一点响动，又从怀里掏出两本书，一本是鲁迅的《呐喊》，一本是用蜡纸刻印的《射击教范》。随手打开《射击教范》的封皮，一行字跃入他的眼帘：怎样发展党的组织。他猛然间收起惊异的目光，立刻将封皮合起来，又揣进了衣服里，镇定地翻阅《中央日报》。他心里却在折腾着从刚才孙老师给自己递的眼色中，已经猜到了事情的真相，一定是谭际桂受人指使在密切注视自己的行动。我就不相信，你个女流之辈总不能一天二十四小时都跟着我吧！你虽是教工，也算敌人队伍的一员，你看我怎么对付你！

同学们陆陆续续都离开了教室，刘文彬意识到自己也该下自习了，当他刚跨出教室的门，迎面碰上了孙玉如，说："老师，你还没休息？"

孙玉如关切地说："刚才的事情已经过去，我来看看你，做什么事一定要心态沉稳，镇静自如，时刻保持高度警觉性，青年人必须克服慌忙和急躁情绪。今天表现得不错，看你手中的《中央日报》就清楚地表明你是有心机的学生，没事了，赶快去休息，明天还要上课！"

刘文彬鞠了躬，说："谢谢孙老师！"

孙玉如在夜空中摆了摆手臂，迈着轻快的步子走开了。

刘文彬站在夜色里，一直望着自己老师模模糊糊的身影消失为止。但在他的视线里有一面旗帜在前边飘扬着，不能不让人翻来覆去地思考老师那番话的分量。完全是自己吗？不是，不是，还是刘湘卿的谋略高明，自己只不过是沾了一点光，即便是这点光，也是自己的长进。一个学生，怎么能知道一个老师的全部底细呢，那只能靠表面的直觉了。孙老师自一九三六年八月从西安到我们兴安师范的所作所为，清清楚楚地呈现在眼前：一九三六年十月十九日，鲁迅先生逝世，兴安师范师生陷入悲愤之中。是孙老师指挥我们哼唱《追悼鲁迅歌》，那种既沉痛又激励人心的歌声，是从进步师生们的内心里迸发出来的；老师们亲自撰写的那条挽联悬挂在会场两侧，庄严肃穆，倾动众人；那副对联依然在鼓励和唤醒我们：呐喊前去，且莫彷徨！次年三月，又是在孙玉如和徐雪尘老师的倡导下，一个社会科研团体"汉滨社"成立了。一九三七年"五卅惨案"纪念日，兴师学生自治会组织四个宣传队，全是孙玉如、徐振化和杨冲屿等老师的细心谋划，帮助草拟和书写标语。孙老师教唱《在松花江上》《流亡三部曲》《义勇军进行曲》和编导《放下你的鞭子》《送郎上战场》等戏剧节目。慷慨激昂的宣讲，生动活泼的教唱，那种气壮山河的呼引"打倒日本帝国主义！""我们不做亡国奴！""停止内战，一致抗日！""中国人民团结起来抵抗外来侵略！""中国领土不容侵犯！""同胞们，爱我中华，支援前线，驱逐倭寇！"的口号，使得这座古老的金州城沸腾起来了，使得那条久远的汉江咆哮起来了，使得此时懵懂的人们醒悟起来了。可是，我们爱国的抗日救亡的正义行动，遭到国民党和军警的残酷镇压，我们的老师，还有我们这些学生先后被逮捕，一个一个地关进了那阴暗潮湿的铁笼，剥夺了生存的自由。兴师和安中师生们前往探监慰问、打气鼓劲，支持我们的爱国正义的斗争。同时，呼吁安康和西安各界知名的仁人志士营救我们。九月初，在社会各界的强烈要求下，陕西省政府不得不电示安康专署将被捕的师生解送西安，羁押长安县政府。不久，受到长安县县长韩兆鄂和省政府秘书长杜斌丞的相助，我们才获释。

最深刻的记忆，莫过于对绚丽年华的扑灭，莫过于对青春志向的关爱。刘文彬永远不会忘记，那时候的生动情景，仿佛是一张一张珍贵的历史照片，永远储藏在脑海里。眼下看人生景，再翻阅那一幕，真正地感受到幕帘并没有合闭而是刚刚拉开，那一段只是一出大戏的序曲。令刘文彬没想到的是，自己同老师一起进了监狱，同样受到折磨，甚至严刑拷打，他们想方设法保护我们这些初出的牛犊。我们敬重的老师为什么也遭到如此的待遇！恐怕是为了追求一种理想，才付出自己应该付出的那种正直的行动。到目前为止，也不知道孙玉如和徐振化等老师是不是中国共产党的党员。凭他们对事态勇敢的抉择，对我们无微不至的关护，对未来充满了期望，是，一定是，他们在默默地战斗着。

夜色又浓又黑，苍白无力。

刘文彬旋即离开教室，在穿过操场时，碰见了罗长勤和鲁学昭，问："这么晚了，你们还没睡？"

鲁学昭抢先答："和老乡说会儿话，将来毕业了咋办？"

罗长勤慢悠悠接着话题说："是啊，这是现在就要考虑的问题。"

刘文彬把攥报纸的手臂不停地在空中来回摆着，以充满自信的口气向鲁学昭笑着说："你发愁什么呢？四十名同学唯独只有你这个宝贝女娃子，在抗日游行中又演节目又做宣讲又喊口号，这城里城外，哪个不知你是我们兴安师范的校花啊！还发愁找不到工作？再说啦，你们家条件又比其他同学家境强多少倍，现在只是挑选最合适的职业而已。"

鲁学昭将短辫子一甩，说："同学呵，你可莫要取笑我了，我将来不靠家，而靠自立谋生，力图自强。"

刘文彬赞扬地说："学昭同学，志在必得，胜券在握，一定会成功！"停了一会儿又问罗长勤，"同学，你的志向呢？"

罗长勤嘴角一放一缩地说："具体想做什么，现在难以预料，船到桥头自然直嘛！真的理想，那就是在这个黯淡的世界上，我们要千百倍地坚强起来，消除贫富悬殊，让百姓都有好日子过，有一个光明世界，如太阳一样的温暖和坚强。"

刘文彬高兴地说："真没想到长勤同学有如此有穿透力的高见。这个理想在阳光下经过千百万人的艰苦努力，一定会达到。"

罗长勤有点自愧不如地说："同学，这可是在我们多次聊天中受到你的启发，我才得到这一点点见解。"

刘文彬望着周围没有一个外人，从怀里掏出油印小报，分别塞在罗长勤和鲁学昭的手中，说："该休息了，以后再聊天，回宿舍动作要轻点，不要惊醒其他同学。"

操场上立刻陷入死静。这块宽阔的场地在这个黑夜里，没有人在出操、锻炼、散步，而是只有三个人在这里交流心思，抒发他们的自尊心、自信心、自强心，使他们明白了自己在这个世界上所处的位置和为之奋斗的远大理想。

秦巴山里的初春来得早，满山架岭的山花，绚丽多彩；铺天盖地的草木，苍翠欲滴；酣畅流泻的江水，清澈透底；成群结队的鸟雀，嬉戏欢乐；抬头露脸的东山上，晨光熹微。在这片土地上，一片春意盎然，鸟语花香。

这是星期六的早晨，刘湘卿告诉罗景明要出去卖报刊，并叫他一定要转告曹掌柜的。他独个儿径直出了东门，踏过一片草地，接着踩过广阔的沙滩，来到汉江岸边，回头瞭望东门外的周围，影影绰绰地看见有两个牧童在玩耍，还有两头牛和两只羊在低头啃草，偶尔发出咩咩的叫声，再未发现其他行人迹象。往日这江边还有一只渡船，不知什么原因，这只渡船不知去向，也许是封江的缘故吧！他在水边挑了一块既薄又圆的石片，按照前两天刘文彬教给的方法，向河中心抛去，没打几个漂就落水了，又拣了一块石头，狠狠地甩进江中，即转身，跑过沙滩钻进了葱茏茂密的杨树林。

这片杨树林确切地说应该是沙滩的防护林，严严实实。从外边向树林里看，只觉得是堵着一面林墙，目光穿不透；在里面能穿过树叶缝隙看到外面的动静，尽收眼底。

刘湘卿观察了一阵子，折下树杈里那不顺眼的干枯树枝，顺手插在沙地里，一屁股坐在小小的沙堆上。他的心情激动、兴奋、欣慰，秦巴山中旷古未闻的一件惊人之举就要在这里宣布诞生。

一轮初升的阳光射进了杨树林，树影斑驳。

刘文彬和李开藩先后拨开白杨树南边的枝叶，来到刘湘卿的身边，紧紧地坐在一起。

刘湘卿严肃地说："现在开会，会议三项内容：一是宣布支部的成立；二是今后一个时期工作；三是分析思想状况。"

这时，刘湘卿从沙滩上站了起来，转身面向北方。刘文彬和李开藩紧跟着分头站在左右两侧，听得刘湘卿声音洪亮地说："我宣布，中国共产党兴安师范学校党支部正式成立，刘湘卿任党支部书记，刘文彬任党支部组织委员，李开藩任党支部宣传委员。你们有何建议？"

刘文彬和李开藩异口同声地回答道："完全同意组织决定。"

秦巴山岿然不动，侧耳聆听这庄严的话语，应是盘古开天地以来超出寻常的壮举。

刘湘卿让他俩坐下来，又说："现在进行下面的议题，党支部虽然建立了，力量还是非常单薄。遵照陕西省委的指示，今后的任务是要大量发展党员，壮大党的力量，发展党员要执行标准，注意质量。现在你们还是兴师的学生，你们最清楚哪些学生最活跃，拥护共产党的政治主张，对国民党统治不满，反对'攘外安内'的投降卖国政策的同学，经过考察可以介绍入党。如我所知道的罗长勤、鲁学昭、董明钦、郑宗谟、罗时佶、蒙恩福等都可以考虑。但一定要实实在在地掌握他们的心态和政治倾向，是否态度明朗、意志坚定，千万不可盲目，你们可以谈谈自己的意见。"沉默片刻，又说，"兵营门前的那个女掌柜不知怎样，看起来是很机灵的。"

刘文彬说："你谈得都很好，如果选错了人，后患无穷，会对党的事业造成重大的损失。我想，在发展党员的过程中，不可盲目凑数，也不能疑虑过多。只要按标准条件去衡量，就会不差上下。你提到的这几个人，我认为还是可以信任的。罗时佶还是要观察一个时期，至于'富源'那个女娃，我知道，也认识，名叫谷燕，是兴安师范去年毕业的，也是抗日的活跃分子，上进心比较强，算得上兴师女学生中的一杰，办事灵活，反应机敏，性格直爽。有一名三青团分队长给她写情书求爱，她当着同学们的面进行讽刺挖苦：要我同你这样的人交往，如同与虎谋皮，绝对办不到。不过，她与谭际桂有所来往。"

刘湘卿警觉地问："会不会也是一名眼线？"

刘文彬不确定地回答："像她那样的禀性，我看不大可能，究竟咋样，我去了解。"

刘湘卿说了一声"好"，又问李开藩："你有啥看法？"

李开藩说："同意你们两位的意见，提到的这几个同学，绝对不怀疑他们的动机，从平常言谈中可看出他们对国民党有不满的情绪。咱们以后发展党员是不是可以扩展到安康中学和社会上去？"

"你的想法很好，我已经同安中联系过了，现在已有了眉目。以后，我们的十个县，都要有一缕阳光升起来。"刘湘卿边说，边用那截树枝在沙地上画出这样一句话："抗日救亡，拯救中华，浴血奋斗，在所不辞！"

刘文彬和李开藩看过之后连连点头，微微一笑，仿佛在说，这是中华儿女共同的意愿！虽然那十六个字又被刘湘卿用树枝抹平，却是牢牢地铭刻在他俩的心中。

一阵阵东风吹过杨树林，汉江的水面掀起一层一层的水波，杨树林里密密匝匝的枝叶发出沙沙的响声，仿佛也在为他们助威送行。汉江上一只货船，正张帆桅顶，乘风破浪，逆江而行。船头犁起哗啦哗啦的水声，全速行进。

刘文彬凑近刘湘卿的身旁，指着那一条船说："汉江两岸驾船的太公们，有句俗话：船的力量在帆上，人的力量在心上，这话真在理。"

李开藩嗯了一声，说："船有好舵手，不怕浪头高。"

刘湘卿高兴地拍着他俩的肩膀，说："只要大家一条心，黄土变成金，我们共同艰苦努力，向着我们确定的目标奋进！"

太阳挂在东山那座塔顶上，杨树林一片光亮，他仁手挽手，同白杨树一样站立在沙滩上。不同的是他们准备迈步离开杨树林，共同去开辟秦巴山的新天地。

秦巴山绵亘相连，巍然屹立在中华的心脏里，气势磅礴，雄伟壮观。

第四章

为民除害留汗青

这次会议是全体人员参加合适，还是部分与会恰当呢？刘湘卿翻来覆去地思索和酝酿，人少了目标小，会安全一些。他决定第三团赴安康后部队内的第一次共产党员会议在该团秘密召开，参加的少数人员由安子玉单个通知。

今年惊蛰这第三个节气已经过了第九天。刘湘卿在去团部的路上，一边走一边掐着指头计算着。他抬眼一望，只见李花开，桃花飘；一群群燕子掠过大地，跃入农舍去筑巢；一只只黄莺在云空里飞旋，时而在翠柳中鸣叫。难怪这里的农谚很奇趣：惊蛰过，暖和和，蛤蟆老角唱山歌。田地里，传来农夫们挥鞭的吆喝声。俗语说得好，惊蛰不犁地，就是蒸馍走了气。这春意盎然的景象，驱走了刘湘卿最近那种劳累的感觉，心里忽然间舒坦了很多。他折了一枝红艳艳的桃花，顺便拿在手中走进了会议室。

安子玉抢着说："湘卿同志，还有这样的雅兴？"

刘湘卿说："我想，从这一枝桃花里，可以看到未来的春天是什么样子啊！"

史俊儒一笑说："这可是'桃花香，李花香，浅白深红，一一斗新妆'啊！"

沙成轩文绉绉地说："秦观看的是竞赛嘛，未必那样。你听刘禹锡是怎么写的：'紫陌红尘拂面来，无人不道看花回。玄都观里桃千树，尽是刘郎去后栽。'也妙啊！"

刘湘卿看着身旁的陈省珊说："这会儿，都如此地斯文。"

陈省珊也有同感："读了一些私塾，就在我们面前卖弄辞藻。"

刘湘卿借题发挥，说："我们不是贵人而是百姓，我们不会谄媚，而是傲骨之士。不过，刘禹锡是在那时候研墨挥笔，刨地种桃，让后人也喜收丰收果实。"

大家会意地点点头，脸上流露出喜悦神色，对前景充满了希望。

刘湘卿同样感到兴奋，该把话回到正题上来了。他坐定后，宣布说："现在开会。今天的议题有三：一是工作布置，二是经费筹措，三是时局通报。我先讲些意见，供同志们参考并提出个人的想法。从安全角度考虑，会议宜短不宜长。重在提点子，说短话，讲实在。"

大家听着他头头是道、层次分明、情绪激动而振奋昂扬的讲话，不禁心潮澎湃，热血沸腾起来，个个直截了当、简明扼要地表达了自己的合理主张。

安子玉已经发了言，但听到同志们的许多建议，心情非常激动。心想，我这个名叫绥岳的中国共产党党员，又是一名连长，应该为我们共同奋斗的目标多出一点力。最后，他站起来，慷慨无私地说："湘卿同志，经费筹措一事，你不必多费心和发愁了，由我来负担。关于在安康开办书局和报馆这两件事，这个责任我都能承担起来。以我这身份也很方便，你可腾出更多时间、更多精力来管理部队党员，去发展地方党员和建立中共安康地下党组织，以至广泛发动群众，参加抗日救亡斗争。这是陕西省委对你的期望，同样也是我们责无旁贷、义不容辞的伟大使命。"

刘湘卿听了安子玉这番出于内心的话语，深受感动。他十分清楚，安子玉家境窘迫，手头拮据，上有老人，下有小女幼子，生活穷困，实在不忍心接受这解囊相助之举。于是婉言道："绥岳同志，你家里并不富裕，花销又大，我再想办法，你的心意我领了。好吧！"

安子玉说："已经甩出去的话，咋能收回呢！家里虽然紧点，但都能挪腾得开的，我会很好地安排。请你放心。"

沙成轩站起来，说："我们大家都来承担些，就可以减轻绥岳同志的压力了。"

刘湘卿果断地说："现在大家各有任务，就不要分心了。先按绥岳的意见办理，会后咱俩再商量商量，做得要稳妥一些。"

会议结束后，安子玉领着刘湘卿像踏青返回的模样，高高兴兴地向连部走去。

他俩还没有进门，只听身后有人喊安连长。安子玉转身一看，是团部的通信员在叫他。于是大声问道："有什么事吗？"

"刘团长叫你去团部。"

"现在吗？"

"马上。"

安子玉直觉到一定有紧急防务，对刘湘卿说："你在连部坐一会儿，我回来后再议我们的大事。"

通信员跟在安子玉身后，一路跑步进了三团的团部。

"报告！"

"进来！"

"刘团长，安子玉报到，请指示！"

"安连长，刚接到省政府蒋主席的电令，命我团立即赴旬阳蜀河镇截击刘焕章的哗变部队，这个任务交给你连执行。"

"什么时候出发？"

"原定下午，因雇用的船只还没到位，改为明天早晨七点钟，全连在水西门码头上船。"

"是，团长，保证完成任务！"

"那是被收编过来的有三千多人的部队，原来是凶狠毒辣、无恶不作、诡诈狡猾的一帮土匪。在追剿中，一定要随机应变，予以狠狠打击。"

"团长，我记住了。"

"好吧，你快回去准备吧！"

安子玉回到连部，一进门就听到刘湘卿问道："安连长，有啥任务？"

"明天早晨赴旬阳蜀河剿匪。"

"任务紧急，你赶快去安排，待你返回后再商议我们的事。"

"我连平常都处在戒备状态，我已让耿连副通知各排了。现在还有点时间，你再去认识几个朋友，多个朋友多条路嘛！"

在去会朋友的路上，刘湘卿再三叮咛说："一个连要去截击三千人的土匪，可以想象，遇到的将是一场硬仗，一定要巧用心计，灵活机动，善于应变，狠狠地打击这帮匪徒，保护当地老百姓的安全。祝你胜利归来。"

第二天中午，安子玉带领二营一连士兵们，乘船到达旬阳，在县城南的沙河洲上做短暂的休息。旬阳县民团的一位副团长登船介绍刘焕章土匪袭击旬阳所遭到灾难的过程，这才使安子玉完全知道了刘焕章这帮匪徒的来踪去迹。

民国二十六年，也就是一九三七年九月十三日的夜晚，神河街的居民大部分已经入睡，街道上灯熄影断，山林里沉寂幽静。

突然间，沉闷的枪声和凶狠的喊声夹杂在一起，惊醒了这个空谷无声的黑夜。百姓们心里很清楚，一定是土匪来了，个个惶恐不安，从床上爬起来，携幼扶老，择路逃命。

这时候，影影糊糊看见一群持枪的流影涌进了街道。带头的是一个粗壮的高个子的人，袒胸露臂，手举火把，一边走一边凶毒地狂喊："龟儿子跑啥子嘛，龟儿子再跑，我刘焕章就把龟儿子拾掇了，喂狗吃！"

"大哥，眼下该做些啥子？"

"老二，砸门扭锁，把所有门家的所有钱、粮和大肉全都拿来，龟儿子不养活老子，老子就不活了。谁要挡隔，就灭了他，快去派一百多个兄弟连夜赶到吕河口，索要财物，多多为善。"

"大哥，你说得在茬儿，想得周到，这就去办。"

刹那之间，这一群匪徒哗地一下散开了，横冲直撞，各奔东西，冲向了各家各户。随后，只听得叮叮咚咚的砸门声，咣咣当当的扭锁声，哼哼唧唧的孩儿哭叫声。神河的街道、村庄、山林、河谷都陷入抢掳烧杀的恐惧之中。

"大哥，去吕河口的兄弟今日上午回来了。"

"捞到干的了吗？"

"这还用操心，百把兄弟可肥了，还拉来十个肉票。"

"老二啊，不光要肥了他们百把人，还要照顾其他兄弟。你懂得该咋个做吗？"

"晓得。"

"从吕河口拉来十个肉票，加上神河的，总共是八十个。"

"其中有四十个是十二三岁的娃儿。"

"不管是大人还是娃儿，那些龟儿子都是咱们的挡挡子啊！"

"有那些龟儿子，我们会安稳些子啊。"

"对头。我给你交代，明天离开神河口，到赤岩七里塥住个三天，再措筹措筹该够了吧！然后移驻赤岩四秀沟，那里的地形对兄弟们有利，也保险些。"

旬阳县政府得知刘焕章领千人土匪袭扰神河口和吕河口的报告后，县长索景安迟迟不予处置，百姓们气愤了，绅士们恼怒了，纷纷上诉和告状。称这位身高体胖、大腹便便的县长"索大肚子"，只顾贪污受贿，卖官鬻爵，搜刮民财，不顾百姓的死活，一心为自己捞钱的"索银圆"，应该回河南杞县卖红苕。他终究惹不过广大百姓的抗争，自己也知道自己的底细，闹不好会引火烧身。于是，索景安不得不调遣清乡团并派员前往湖北竹溪联系清乡团相互配合，实行两面夹击，才把四川巨匪刘焕章击溃，所拉肉票全部解救。

刘焕章被击溃后，潜散残匪依然在神河、赤岩一带为非作歹，袭击百姓。安康绥靖公署专员兼安康保安司令魏席儒执行省政府主席蒋鼎文的电令，派员协助陕警二旅四团一部赴赤岩、神河地域，将余匪全部收编，序列为第五大队，驻扎安康新城东门外。

刚住下三个月，刘焕章接到命令，自接到命令之日起，限定十二天到达潼关，配属十六路军，参加抗日作战。刘焕章捏着这张白纸黑字的命令，掂来掂去，心里烦躁，拿不定主意，总觉得自己这般兄弟不适应打仗，这不是强人所难嘛！自由散漫，怎么能约束！军事技艺又差，怎么能适应正规打仗！兄弟们远离贪吃好色，咋受得了！再说，战场上枪子儿没长眼睛，要死人的。别看兄弟们在百姓面前张牙舞爪的，面对疯狂的日本鬼子能飞扬跋扈吗！又想到，这命令是不能违抗的，还是得出发，车有车路，马有马路。

一个鱼肉乡间、恶贯满盈、民愤极大的土匪头子，竟然想了这么多。从出发到现在刘焕章的心还是毛毛的，越来越感觉到前途扑朔迷离，错综复杂，说不定从这条路上走进悬崖绝壁。

突然，刘焕章好像挣脱了无形的战场绑架，愣里愣气地问："老二，这是啥子地方？"

"大哥，到了赵湾。"

"你想不想再走下去？"

"大哥，要我说啥子吗？"

"有啥子，就说啥子！"

"再走下去，恐怕是死路一条。"

"好了，要的就是你这句话。老二呀，你听着，叫弟兄把领章、帽徽全撕掉，我们还是走我们的老路。我看这样，现在从赵湾上小河，拐到双河，直下蜀河，跨过汉江，最后回老家。"

"大哥，咱们想到一起了。今日下午住小河口。"

经过赵湾街和小河街，一路杀猪宰羊，奸掳抢劫。百姓处在一片恐怖之中，只得择隙离家出走，躲避深山。年轻姑娘和中年妇女成天提心吊胆，担惊受怕，更是谨小慎微不敢露面。

中午时分，小河街头的山林里有一位中年妇女伸脑缩头地向街道上探视，脸上像是用锅底的灰抹得黑乎乎的，看她的样子一定是想回家取东西。当她刚要跨过街道进门时，从背巷子窜出一高一矮两个鬼头鬼脑的凶悍土匪，一个中等个儿的土匪飞快地跑了过去，一把将她死死地抱住，虎里虎气地说："你脸上抹得是锅灰吧，再抹黑些，你还是个女的，那碍啥子嘛，照样是一块床板。"

她使劲地抓他的脸和衣领，骂道："狗娘养的，不要脸！"

"你都不要脸，我还要脸吗？"

她挣脱了，指着土匪的鼻子，恼怒地说："你连猪狗都不如！"她接着拾起一根木棍，在土匪面前抡来挥去。

高个儿土匪看她要跑，便抢前一步，将她手中的木棒夺掉，顺手搂住了她，嬉皮笑脸地说："嘿嘿，猪狗，猪狗，民家一口。今日咱们俩就做一回两口子吧！"

矮个儿土匪见势，一边扒她的衣服，一边顺势往屋里拉，扬扬得意地说："不要不识抬举，乖乖地同咱两个老爷们儿做回两口子吧！"

她一个女人家的能耐，咋能反抗过两个强汉子的无赖。她抓破了他们的脸，撕破了他们的衣服，无济于事。她用尽力气呼喊着："救命啊！救命啊！"

这时，有三个彪形大汉从街道上大摇大摆地走了过来，只听大喝一声："你两个要干什么？放开！"

矮个儿土匪回头一望，只见三个人有两个手提手枪，一人肩扛长枪，威风凛凛，气势汹汹，便眨了眨眼睛，问："兄弟，你咋来了？"

"你们大白天，为非作歹，侮辱妇女，还要不要命，将她放了！"

"兄弟，我咋不认识你？"

"认识我们那就坏了。"

"兄弟，好坏我们一路走过来的，是吧！"

"谁和你一路走过来的，我们是爱国志士抗日救援军。你不放人，我们就叫你人头落地！"

矮个儿土匪才明白，这三个和自己衣着差不上下的人，可不是一个道上的。马上将她放开，跪在地上，连连求饶，说："兄弟，放，放，放！请饶命。你们是那个爱国志士抗日救援军，领头的叫卢楚恒和段启瑞，是吗？"

"我就是段启瑞！你们不去前线打日本鬼子，竟在后方干坏事！"

矮个儿土匪一见段启瑞凶狠的样子，一溜烟跑掉了。

陈振山急了："不追呀？"

段启瑞说："敌不过他们，只要放人就行。瞅机会再同这帮子干一场。"他回头对那妇女说："赶快走吧！"

那妇女说："纳慰你们的救命之恩，要不我真的没法活了！"

段启瑞说："那帮子土匪气焰熏天，无恶不作，你还是出去躲一阵子吧！"

那妇女说："他们人多，你们惹（方言：打、斗）不过他们，也可要过细（方言：小心）啊！"

段启瑞目送那妇女进了山，才放心地从街道西头钻进了茂密的丛林里。

不管是赵湾街还是小河街，再就是双河街，土匪过后，街道里鸡头、猪皮、牛角、羊脚到处都是，干干净净的街道，变成了另一个天地，污水横流，腥气冲天，令人发呕、恼怒、恐慌！

安子玉从这位副团长口中得知，刘焕章一帮子土匪到了双河，一如既往，恶习不改，把猪、羊、鸡杀光了，连小猪崽子都不放过，裹起泥巴烤着吃掉。目前已离开双河向蜀河流窜。他急不可待地上了船，心里未能安定下来，一直在考虑如何阻击巨匪的具体方案。一个连要想全部歼灭三千人的土匪是有困难的，但是击溃那帮穷凶极恶的土匪还是有把握的。不管怎么样，尽量减少群众损失，保护这座古镇，应该是上策。当然有条件的话，也不排除彻底剿灭土匪的意图。安子玉想到这儿，突然问向导："蜀河有哪些古建筑？都是哪个朝代的？"

副团长立即答道："黄州馆，原来叫黄州帝主宫，是黄州客商聚居的会馆，建于清朝中期，有正殿、拜殿、乐楼、门楼，乐楼前两侧，有对称厢房数间，为南方建筑特色，庄重大方，宏伟壮观；杨泗庙，建于清朝中期，是蜀河'船帮'会馆，有上殿、拜殿、乐楼、门楼，庙前的石崖上有明弘治十一年和明万历十一年两处汉江水位题刻，是汉江最早最高的水位记录；蜀河石堡，建于清嘉庆六年，知县严如煜以抵御白莲教造反扰境而捐修。"

安子玉听完了介绍，哦了一声："还不少呢！"回头又对耿连副说："交火的地方一定要避开蜀河街！"

吃下午饭的时候，街道居民们在渡口上热烈欢迎部队抵达蜀河镇。

安子玉没顾得休息，带领耿连副和三位排长从街东走到街西，从街南走到街北，察看居民住户，房屋建筑，又登上街道后坡勘察地形，构筑简易工事，并把阻击的重点确定在双河方向。

蜀河口还有一座宏伟的建筑，就是那座画栋雕梁、工艺精湛的清真寺，借空间气势，背后紧靠坚实的大山，前面环顾滚滚东流的汉水，安稳地坐落在半山腰上，给人一种敬仰之感。

在清真寺的身后，有一座碉堡，这是个有利地形，应该作为阻击的制高点。站在这里瞭望汉江，瞭望蜀河，瞭望东山、南山、西山、北山，尤其是瞭望街道，一切动静尽收眼底。不过，这里很快会遇到一场令人不堪设想的灾难。

擦黑时，从双河方向来人报告，估计刘焕章于明天早晨到达蜀河口。安子玉听到这则消息，立刻马不停蹄、争分夺秒地去找蜀河的一些绅士和富商人家，规劝他们必须在天亮以前转移到安全地带，使百姓减少不必要的伤亡。深夜，他返回后，命令各排必须在五点钟以前进入防线，并调动一个班，增强双河方向的防守力量。

蜀河镇的这一夜，是人们预想不到的不眠之夜。他们熬煎这个世道所带来的恐惧、折磨、痛苦、不幸和失望，只得恋恋不舍地离开自己的家，连夜渡汉江、过蜀河、逆汉江而上，从三个方向寻找一个安宁能藏身的地方，远离战火的创伤。

鸡叫三遍的时候，安子玉带领兵士们趁着黑蒙蒙的夜色迅速进入了工事。

"连长，去双河的路上有响动。"一排长报告说。

"仔细观察，看是不是土匪！"安子玉叮咛着。

"影影糊糊是一队人，挎着枪，提的像是鸡，走起路来东倒西歪。没错，是一些乱匪。"

"听从命令，等接近了再打。"

"是，连长！"

土匪越来越近，人也越来越多，说话也越来越清晰。

"听说蜀河像小上海，咱一到，先找个年轻女娃美美地睡一觉！"

"咱手头紧了，在商户的钱柜里捞一些大洋再说。管他妈的三七二十一，他如不给就在头上砸出血！"

"我可要填饱肚子，再大干一场。美女、大洋一样都不能少！"

安子玉紧紧地握着枪，越听越气愤，但又稳住了愤怒的心情，让匪徒们走近工事再给予猛烈的打击。这时，他侧身向通信员说："你赶快去街上通知绅士们，让他们再通知还没有撤离的百姓迅速撤离。事往好处想，也要做最坏的打算。"

土匪得意忘形地一直往前走，走进了安子玉伏击的视野，只听得一声喊："给我狠狠地打。"

一颗颗手榴弹，一粒粒子弹密集地落在土匪中间。顿时，土匪被打得晕头转向，鬼哭狼嚎，弃枪丢物，四散奔逃。

安子玉说："注意土匪动向，防止反扑。"

这枪声一响，刘焕章猛然一惊，原想轻而易举地到蜀河大捞一把的企图，是破灭了。

"大哥，不好了。我们刚要进蜀河街，突然遭遇攻击，打死了二十三个兄弟。"老二满脸流着血，站在刘焕章的面前，耷拉着头，魂不附体地说。

刘焕章装模得很硬气，说："死就死了，害怕啥子嘛！"停一会儿，又问，"这是谁干的？是民团还是国民党的部队？"

"看不清，像是正规队伍。"

"我相信，民团是不敢阻拦我们的。他们一见我们，躲还来不及呢，还敢同我们对峙？"接着又意外地问道，"有多少人？抓到儿娃子了吗？"

"摸不准，火力挺猛烈的，没抓到啥子人。"

"那没挡得了。老二，不管是谁，我们还是要把兄弟们调拨起来，同他们拼个死活。"

太阳已经离开山头三丈高了。蜀河口似乎很宁静，只有零零星星的人还在转移家产和货物。

刘焕章亲自带领土匪们气势凶猛，向前开进。距街头不远时，他站在一棵大树后边，拿起望远镜，四处瞭望。每个地方都不放过，像用梳子梳头发一样梳出一个目标来。他说："老二，你快看山坡的草丛里是不是有一个人？"

老二接过望远镜一看，说："是，是有一个人。"

刘焕章说："分左、中、右向目标冲上去，集中火力猛攻。"

土匪们还未向前走几步，暴雨般的手榴弹和子弹猛扑而来，压得土匪抬不起头，一转身隐蔽在草丛中和石头的背后。停了一会儿，只听到稀稀疏疏的枪声。刘焕章又嘶喊道："给我攻上去！"

土匪一听喊声，胆战心惊地端起枪向上爬，当他们一露头，又遇到猛烈火力的打击，又龟缩在原地，伤亡惨重。

"大哥，撤吧！二十多个弟兄没命了。"老二乞求地喊着。

老二迟疑了片刻，摸了摸自己兜里的大洋，还没有丢掉，举起枪向后一指，稀里哗啦地退到刘焕章后撤的位置。急切地问："大哥，有啥子吩咐？"

刘焕章拉过老二，望着街后的山坳说："老二，听好了，中午，分头行动，我不相信就拿不下这小小的山地。"

正当树木和房屋的影子重叠的时候，山坳、街北多处出现土匪的猛烈攻击。安子玉立即命令一排长，增派一个班支援山坳的战斗。

刘焕章举枪喊道："冲上去，每人赏十块大洋。"

一群土匪蜂拥而上，双方交锋激烈。

安子玉喊道："赶快送弹药！"

回答是："不多了，无法接济。"

通信员返回来，报告说："最后的群众已转移，离开危险区了。"

安子玉说："好，那就放心了。"

耿连副说："土匪火力太强了。"

安子玉命令道："支援坚守碉堡制高点，我在这里掩护你们。"

话音刚落，安子玉的大腿被击中，倒在地上。霎时，他又挣扎着爬起来，继续射击。

耿连副赶快去扶起安子玉，他说："不要管我，坚守碉堡，掩护最后的群众撤离，保护群众的生命，这是至高无上的任务。"这时，一排长带着几个士兵过来了，同连长、耿连副、通信员一起组成交叉火力网，土匪连滚带爬地撤下去了。

安子玉对耿连副说："这伙亡命之徒，不会罢休，还会反攻的，现在稍加休息，继续准备战斗！"

"连长你上制高点，我留在这里吧！"耿连副对安子玉说。

"耿连副，你快上去准备，我在这前沿工事里最合适。"

"你的腿受伤了。"

安子玉使劲地站起来，摆动了一下腿部，说："这不是好好的吗，能撑得住。眼下群众该全部转移出去了。如果土匪再来进攻，交叉火力网挺管用的，有来无回。"

太阳偏西了，树影拉得很长很长。这时候，密密麻麻的土匪从街道、小路、山坡、洼地里蜂拥而至，一哄而上。

安子玉心里一直在盘算着，近点，再近点。待土匪接近工事前沿时，大喊一声："给我狠狠地打！"

土匪没想到遇到如此猛烈的火力阻击。老二一看，又有十几个兄弟倒在了地上。于是手一挥，喊道："都给我趴下！"

安子玉对通信员说："给我弹药，他们还会上来的。"

通信员说："连长，只有五发子弹了。"

安子玉一检查几个士兵的子弹、手榴弹都不多了。心想，任务已经完成，该撤退了。但他还没有发出命令时，只听通信员喊："连长，土匪又上来了。"

安子玉一望山坡下，喊道："你们一边打，一边向后山撤，我们阻击他们。"

耿连副带领一个班前来增援，打得土匪哇哇直叫，处在原位置上没有向前移动的迹象。

安子玉说："你带领士兵们转移。"

耿连副说："连长，你受伤了，先走，我来打阻击。"

安子玉说："别争了，你年轻，去吧！"说完，握起一挺机关枪，又朝着反扑上来的土匪，啪啪地射出了一排一排的子弹，土匪哗哗地倒下了一片。

突然间，机关枪停止了射击。耿连副转眼一看，安子玉被土匪的乱枪击中，倒在血泊中。他赶紧过去，扶着他，只听他断断续续地说："耿连副，我恐怕不行了，我做到了我的誓言，值得。赶快撤离。"说完，他闭上眼睛，倒在了耿连副的怀里。耿连副把安子玉安放在一块大石头旁边，拾来被子弹打落在地的柏树枝，将他覆盖得严严实实。接着，耿连副满腔愤怒，抬起机关枪向土匪扫射了一阵子，土匪喇喇地倒下了。

刘焕章跟在土匪后边，如狼似虎般地嘶喊："跟上我，谁退下来就毙了谁！"

老二狐假虎威，跟着说："谁不上，小心脑袋，你们还要不要大洋，还有那些娘们在等着你们哪！快，为了我们的大哥也得上啊！"

耿连副看着土匪又上来了，将仅有的一弹匣机枪子弹全部射光了。提起枪向士兵们喊："上制高点，我来掩护！"他举枪射击土匪，随着叭叭的枪声，土匪纷纷滚落在山坡上。

耿连副和士兵们刚登上清真寺的门前，一帮土匪追上来了，耿连副和士兵们立即进行一阵回击扫射。

在对抗之中，耿连副不幸胸部中弹，血流不止。他用很低的声音对一排长说："你代替我指挥占领制高点吧！"

一排长看着耿连副眼睛睁得圆圆的，便用手轻轻地捋了一下眼帘，眼睛这才闭合上了，一排长折了一根树枝遮掩在耿连副的身上，便带领士兵们快速登上了制高点。清点人数和弹药，阵亡十二人，还有少许弹药。他同二排长和三排长商议，自己带一排继续打阻击，二排向西侧、三排向碉堡后山的有利地形转移。

待二排、三排离开后，一排长集中仅有的弹药，命令士兵一齐朝着爬上来的土匪开火，给予稳准狠的致命打击。土匪被打得蒙头转向，狼狈不堪地沿路逃回，不知退却到何处。

清真寺和那座石砌的碉堡，巍然地站在那儿，眼睁睁地见证了这次截击土匪的惨烈激战。空气里飘裹着浓浓的火药味道，街道上和山野间散发着令人作呕的血腥臭气。不过，方圆几里倒变得平静了许多。

太阳快要沉下去了，一缕金灿灿的光芒照射在蜀河街后的山坡上。那些桦椤树、栎树、木子树、楸树、青桐树仿佛同样在闪光，依然站在自己的位置，和那座屹立的大山一样，一刹那变得庄严肃穆，像佑护人间的魂灵，同安连长、耿连副及十名士兵一起，守卫着蜀河这片土地的安宁。

第二天早晨，刘湘卿从石畅口中得知，安子玉在剿匪中不幸牺牲，脑海里嗡嗡作响，过了半会儿才醒悟过来，问："这是真的吗?"

石畅痛心地说："这是真的，安连长、耿连副，还有十二名士兵阵亡。"

刘湘卿悲痛至极地说："可惜了，我的好同志，你实现了你的诺言。"

这天下午，刘湘卿立即召开有刘文彬、刘华、李开藩参加的支部会议，会议邀请石畅和五名地方党员骨干列席会议。他说："今天临时动议召开这个会议，会议主要议题是发展党员及建立中共东南委员会两件事。在会议召开之前，请同志们肃立，向在剿匪中光荣牺牲的安子玉等同志默哀三分钟。"

会场庄严肃静。默哀毕，刘湘卿坐下来以沉痛的心情说："安子玉同志生于一九〇八年，别号绥岳，咸阳马泉安家村人。原在杨虎城部下当兵，一九三四年秋天入西安绥靖公署步兵训练班第四班训练。在此期间，受到训练班中的中共地下党员的教育和培养，于一九三五年上半年加入中国共产党。今年二月，随陕警一旅第三团移驻安康。三月十五日奉命率连赴旬阳蜀河口截击巨匪刘焕章。十七日凌晨开始多次截击刘焕章三千余人的进攻，掩护群众安全转移，交火至下午四时结束，安子玉同志在战斗中英勇牺牲。他是为民牺牲，为国捐躯，我们要学习他勇于献身的精神，把我们自己的事业做得更好，以告慰他在天之灵。耿连副也是发展的对象，他走了，很惋惜。现在部队里还有很多基层干部都在靠拢组织，如二连的一排长、三排长都是完全可以信赖的。借这个机会我们要在地方发展更多的党员，成熟一个发展一个，以壮大党的组织。关于东南工委的建立只是设想，还须向省委汇报而定。"

会议开到这里停了一会儿。刘湘卿又说："前面的路很难走，但我们一定要勇敢地开辟出一条宽阔的大路来。"

与会人员颔首微笑，个个精神抖擞，容光焕发，从目光里可以看出对前程充满了希望。

会议后，刘湘卿偕同刘文彬、刘华、李开藩来到了一座火神庙里开会。刘文彬、刘华、李开藩先后汇报了对罗长勤、鲁学昭、鲁继冲考察和培养的结果，大家都认为工作做得扎实、牢靠，对发展对象满而不溢，很赞赏，没有提出不同的意见。

刘湘卿满怀期待地说："这个木雕成材，就要看你们三个了。"

大家会心一笑，看着火神爷的面孔，先后走出了庙门，消失在夜色之中。

这一天，对刘湘卿来说，是悲痛的一天，又是高兴的一天。不过，他终将把悲痛化为一种力量，去丈量秦巴山水，体验人间冷暖，把勇气和完美交给未来的辉煌。

刘湘卿是从刘威诚处得到的消息，使自己感到更加欣慰。刘焕章巨匪被击溃后，渡过汉江，至仙滩沟，之后离开旬阳进入湖北地界。是日深夜，刘威诚团长一接到剿匪战况和刘匪的行动去向，迅即与湖北警一旅一团团长取得了联系。这是他多年的至交好友，答应立即部署重兵，防范刘匪再到湖北境界掳掠财物，残害百姓。三日后，当刘匪刚一踏进竹山县，就被布防在这里的警一旅一团层层包围，双方交战两个多小时，将刘焕章巨匪彻底干净地予以歼灭，为民除了害。

第五章

爱国之举惊山城

西门内的大街上人流如织，带着几分笑容的人们，熙熙而来，攘攘而往。刘威诚带着三个人挤在川流不息的人群中，看来他们心情很舒畅，一边迈着轻快的步伐，一边指东画西，谈笑风生。

街北的一座三层楼顶上，横空悬挂着一条大幅白布标语：抗日高于一切。一眼望去，肃然起敬，笔力千钧，遒劲刚健，像钢筋铁骨的士兵，临危不惧地站在自己的战斗岗位上，又仿佛在告诉人们，中华民族无敌于天下。

路过这条街道的许多人，没有不抬头仰望这条醒目壮观的标语的。突然间，一位风姿潇洒的年轻人站在台阶的高处，挥手高喊："抗日高于一切！团结起来，抗日救亡！"随之，街道上响起了震天动地的呼喊声，犹如波涛汹涌的巨浪，此起彼伏，一浪高过一浪。

有两三个人指着标语的落款，窃窃私语地说："陕西警备第一旅第三团宣。看来这个团还有些良心，这是爱国之举！"

有的说："那个团的团长有正义感。"

有的插言道："听说那个团长在杨虎城部下干过事。"

有人摇头，说："不摸底细。"

他们又交头接耳，猜测道："说不定还是共产党呢！"

有人不相信："国民党的团长，怎么成了共产党呢！那是不可能的。"

"怎么不可能，你只是没把世事看透罢了！"

"好了，好了。谁抗日就相信谁，就拥护谁。现在是国共合作抗日嘛！"

"合作，合作，蒋委员长是在要把戏，骨子里是在为他自己打如意的算盘。不信，你们将来再仔细地瞧吧！"

"不扯这些了，那就让历史做见证吧！"

沙成轩很机灵，仿佛洞察了这几个人的行迹，听到了他们的喃喃细语。催促地说："团长，咱们走吧！"

刘威诚回望街道上群情激昂的气氛，回答说："好。咱们现在去书店看看书吧！"

沙成轩在前面引路，刘威诚紧跟其后，卫兵走在末尾，一个接着一个地进了泰华书店。

书店里挤满了人，刘威诚来到清静的书架旁，一边抽出一本厚厚的书翻了翻，一边观望着这些购书人。他们争先恐后，个个选购《解放》《救亡》《彷徨》《呐喊》《大众哲学》《钢铁是怎样炼成的》和生活书店发行的一些战时读物。刘威诚看到这番场景，心里确确实实乐开了花。闭塞的秦巴山，倒有灵敏的人啊！他们向往延安，盼望抗日前线捷报频传。当他再看到书架上的那些书刊被一抢而空时，悄悄地给沙成轩说："转告刘湘卿，再联系那些书刊，让我们的军车顺便拉回，这既快速又安全。"

沙成轩轻声回答道："是，团长。我立即通知。"

刘威诚兴高采烈地说："真没想到一条巨幅标语和一些书刊会引起如此大的轰动。看来，在抗日这个大是大非面前，只有决策妥协的领导，而没有不拥护抗战的民众；若有，也是极少数，无关大局。"

当他们刚出门时，沙成轩发现了周昌嗣和谭际桂巧装改扮，鬼鬼祟祟地进了书店。他惊奇地说："团长，军统的周昌嗣带着一个女人刚进书店了。"

刘威诚说："他进他的，我们走我们的，他同专员是同声相应，同气相求，都在干坏事。再说，魏席儒这个官员不地道，看起来很和善，实际极端凶狠，对抗日的高涨情绪不但不支持，反而泼冷水，说不定下一步会动枪杆子。其实，他们已经压制了抗日的民众。去年五月三十一日，兴安师范学生自治会组织学生上街游行，宣传抗日救亡，并到专员公署门前抗议抗日不力，陷害进步人士的不公行为。是他下令逮捕了孙玉如、徐雪尘、刘文彬、罗时偌等九名师生并押解至西安。对这个人，不抱什么幻想。"

沙成轩对于团长同上层们交往所掌握的动向，不好加以评论。但他从团长口里的这些话中可以断定，这个专员不顾正义还是非正义，一切是为安康而安康，无论什么理由，均认为是兴风作浪，在我的地盘上制造事端，破坏一方的宁静，就应该给予全部扼杀。看来，以后说话、办事，都得严谨为好。

在回团部的路上，刘威诚老远就看见安康中学校长冯大轰迎面走来。他佯装同部属说话，放慢了脚步。从内心讲，他不愿意同这位校长开腔。

冯大轰三步并作两步，走到刘威诚面前，欠了欠微胖的身躯，打招呼说："刘团长，能在这里见到你，幸会！幸会！"

刘威诚转过身，说："彼此，彼此。冯校长教务繁忙，育才兴邦，实在是难能可贵啊！"

冯大轰乐滋滋地说："刘团长呀，这可是过奖了，过奖了，这是鄙人应该做的，何足挂齿！"

刘威诚说："校长，今天有雅兴才出来走走？"

冯大轰却斯文了起来，说："刘团长呀，不瞒你说，你们来安康有好久了，为安康而安康啊！耳听为虚，眼见为实。真是的，自你们来了以后，安康的确增加了不少活跃的气氛。有了你们，局势就是大不一样了啊！"

刘威诚一听这些话，心里有些不自在，但他还是客套地说："冯校长，要不到团部坐坐？"

冯大轰急忙摆手推辞说："改日再去拜会团长。现在，我要去泰华书店选购几本书。"

刘威诚说："好吧，那就不耽误校长办事了。"

他们离开以后，沙成轩对这位校长的感觉和想象中的校长不大一样，油嘴滑舌、狡诈轻浮，是最深刻的印象。于是，他用试探的口气问："团长，这位冯校长为人咋样？听他的话语、看他的神情，总觉得挺怪的。"

刘威诚心中有数地说："我了解过他，也打过几次交道。从表面上看，倒是挺庄严和体面的，实际上并非如此。去年下半年，安康中学成立的'中国革命青年社'，就是在他的鼎力支持下，由他的'党棍'周革非一手操办和组织起来的。后来，他通过专员公署的关系，又将周革非调到兴安师范当训育员，这个国民党的组织又在兴安师范发展起来。据可靠消息，这个青年社的分子将逐步转入国民党领导的'西北抗敌先锋团'，其实是在做反共反人民的行径。冯大轰是国民党CC派，是货真价实的一名特务。有人以他的名字，给编了一句俗语：'二马驾三车，一人坐中去杀敌，轰隆一声把眼迷。'以后同他或许有来往，一定要小心谨慎。我们也要用两手对付像他这样的国民党要员。"

听其言，观其行，这人是图谋不善。沙成轩想到，还是团长眼穿透底，清楚为好，小心为妙，尽量减少那些不必要的麻烦，万一出现不测之处，应该镇定自若，冷静面对。他说："团长，我明白了。我现在就去安排捎运书刊的事情。"

刘威诚笑着说："去吧。在特殊的环境中，一定要爱护自己，关怀同人。"

沙成轩敬了一个礼，说："团长，我记住了。"

刘威诚回到办公室，心里有些不安，冯大轰的影子虽然不在眼前，但他的行迹却引起了极大疑虑。堂堂的大校长，冷眉凝望那条巨幅标语久久不离眼，有何动意？独自个儿去书店选购书刊，其目的是什么？那活跃了气氛之语，是指惊动了安康城吗？他赶紧叫来陈省珊，吩咐说："快要下班的时候，你去泰华书店察看察看动静，再向老板询问一下书刊代售情况，其他任何意图都不要提及。去时着便装。"

灵人不用细说。陈省珊明白了团长的意思，决然地回答了一个字，"是！"

冯大轰离开后，急急忙忙地直奔泰华书店，只见门里门外，人来人往，络绎不绝。那排代售书刊的书架前，更是挤得风雨不透。他斜视那些购书的人，手里拿着《解放》和《救亡》《呐喊》《政治经济学》《丁玲集》等书籍，个个如获至宝，兴致勃勃地走出了书店的大门。冯大轰这才大开了眼界，完完全全地明白了，在学校高中和初中学生中也流传这样的书刊，原来就出自泰华书店。难怪在初中学生中进行童子军训练时，不齐心，难管教，就是这些书籍在作怪。他担心明天上午安排童子军训练的统考可能会砸锅。这时候，他有些冲动，直接撞开书店老板办公室的门，指着郅理的鼻子愤怒地喊道："你这老板也在唯恐天下不乱！"

郅理站起来，心平气和地说："冯校长，息怒息怒，有什么事，请慢慢地讲。"

"谁让你代售这些惹事的书刊？"

"国民党陕西省警备第一旅第三团呀！"

"这是为中华民族解放先锋队帮忙，为共产党做赤色宣传。"

"那我不清楚了。我只知道，这些书刊中有共产党的，也有国民党的。国共合作抗日嘛！你说，我该帮谁的忙呢？警备第一旅第三团，是国民党的部队，他们让我销售，不应该吗！再说也不敢拒绝哪！"

"我怀疑你是不是被共产党拉拢了！"

"校长，若是，简直是烧高香了。延安，你一定知道，我也知道。我没见过共产党的影子，怎么会受笼络呢！可惜啊，我不是共产党，要真的是共产党，今天就要同你见个高低！"

"老板，不说了。刚才在气头上，说了些过头的话，请谅解，莫见怪啊！说实在的，我校那些学娃子读了这些书，都不安宁了，中邪了！"

"校长，看来教育的方式方法，在这个时候，还得随同时局的变化而变化，不要因循守旧啊！"

"你说得倒也是。不过还得向魏专员汇报！老板，今天的事就算过去了，你卖你的书，能卖多少，就卖多少，不要那么认真。刚才那些话偏激了一些，请大经理多多包涵。"

"冯校长，我不会计较这些的。你教你的学，我卖我的书，各行其道，各成其业嘛！"

冯大轰一边说着"那是那是"，一边从人流中挤出大门，一溜烟不见了人影。

傍晚时候，陈省珊向刘威诚报告到书店打探的结果。果然不出自己的预想，冯大轰就是朝着那批代售书刊而去的。

刘威诚还得知，明日上午是安康中学初中部童子军训练的统考时间。这些学生本来对训练就不满，又不很好操练，是三天打鱼，两天晒网，连正常的时间都不能坚持。啥都不会，怎么考，考什么！俗话说，初生犊儿不怕虎。他们对时局摸不清，对人心揣不透，说不定会发生意想不到的事情来。

黑夜降临。一堆学生围坐在安中的操场中央，低声低语地议论着一件事，就是如何应对这次统考。

王崇法提议说："同学们对这次训练抵触情绪严重，应该顺应同学们不满的心态，昭示同学们全部不答卷子。"

王明善说："这样做，会不会惹出事来？"

黄代祥提出了一个办法："一部分同学答题，一部分同学交白卷。"

何伯淳说："这不妥，不妥，答卷的同学明显地把不答卷的同学出卖了。"

王明哲说："要我看，还是都不答卷为上策，这么多同学恼怒训练，看他校长怎么办。"

黄代祥改变了自己的主意，说："同意这个办法，不能把一部分同学抵到墙上，没有后路可走。"

大家畅所欲言，各抒己见，最终达成了共识，应考同学一齐交白卷。

王崇法想了想，建议说："应该规定一个信号，以号为准。"

何伯淳说："以敲墨盒三声为号吧。"

王崇法说："这个办法好，还应该推举一名执行的人。"

这时，大家你看我，我望你，谁都没有吭声。商议的尾声，陷入了沉默、斟酌、严峻的时刻。

黄代祥一句话，打破了寂静的场面："我推举王崇法。"

王明善随声附和地说："我没意见！"

王崇法推辞地说："黄代祥、王明善，你俩是西北青年抗敌先锋团的学生头头，你俩谁来执行都是最合适不过的人选。"

何伯淳说："黄代祥和王明善既然是学生的领袖，为学生办事应该首当其冲，这也是责无旁贷啊！"

王明哲说："王崇法什么都不是，你俩是我们学生的领导，就不应推三阻四了，这是责之所在，义不容辞啊！"

黄代祥说："正因为如此，我俩应该退避三舍。王崇法一身轻，是最适宜的人选。"

何伯淳说："无论如何，总得有一个人来担当这个任务，那就由王崇法执行吧。"

在相互僵持不下的时候，王崇法暗暗地意识到，黄代祥和王明善三分不像人，七分倒像鬼，心里一定有货。于是，向何伯淳看了一眼，转眼见王明善闷着不言语，只连连点头。他决然地表态说："既然大家相信我，我就来担当此任吧。希望大家都要按规定的计划行事，做到言行一致，表里如一，不得出尔反尔，背信弃义。"

同学们拥抱在一起，异口同声地说："一言九鼎，说一不二。"

正在说这话的时候，王崇法发现黄代祥一个人不声不响地走开了，飞快地跑进了学校的大门。

第二天早晨，当当当的上课钟声在校园里回荡。一时间，同学们首尾相应，默不作声地走进考场。当短短的钟声再次敲响的时候，同学们清楚地知道，考试还有十分钟就要结束了。他们左顾右盼，东张西望，期待另一种号令就在此时发起。

王崇法从考试开始，一直都在注视着黄代祥和王明善的表情和动静。察觉到他俩和身边的四位同学都深埋着头，聚精会神，专心致志地述答试卷。心里想，两面三刀，口是心非，两面派装都不会装，国民党的孙子，看你能在冯校长和同学们面前获得一个什么样的奖赏。

墨盒的响声，打破了考场的严肃和宁静。同学们把卷子叠起来准备交卷。

王崇法向何伯淳递了个眼色。何伯淳领会了王崇法的意图，一个箭步冲到黄代祥的课桌旁，伸手拿起卷子展示在同学们的面前，说："你这个同学真够数，真的想把我们向汉江河里掀啊！不说实话，欺哄同学，真不愧是抗先的头哇！"

同学们惊奇地细细一看，心中冒火，痛恨切齿，一应而起，把黄代祥几个人赶出了考场。不知是谁，从课桌里取出一盒粉笔，唰地一下甩出了门外，砸在他们几个人的背上。也许是黄代祥觉得理亏不胜诉，回过头来，眼睛直直地瞪着同学们，连半句话都没有说。同学们望着黄代祥，哎呀，你连猴子都不如，猴子都能把人戏弄得一愣一愣的，自己能不能赶快变得更机灵一些。

童子军训练统考砸了锅，惊动了学校。

冯大轰哗哗地翻看每一份白卷，上面分别写着"打倒日本帝国主义""停止内战，一致抗日""团结抗日，拯救中华"等字样。他发怒了！

嘟！嘟！嘟！急促的哨音，使学校的气氛一下子紧张起来。

"参加训练统考的同学们，立即回到考场！"

刚刚走出考场的学生们，又被驱赶回去，一个一个仍然对号到位，否则，不得入座。

冯大轰在副校长和训育主任陪同下，呼呼啦啦地进了门，他脚跟还未站定，就气急败坏地喊道："你们这些屁股还没有擦干净的娃娃，想反了，是不是！这训练是国民政府的规定，又不是我冯大轰别出心裁、巧立名目而进行的，反对或者不满训练，也就是反对和不满国民政府。这个罪过，你们能承担得起吗！你们现在正是学知识、长学问的年纪，要做有真才实学的学生。你们博览群书，我不反对。但读书的时候，要选择哪些书能读，哪些书连看都不能看的。我已经知道，你们已经读了那些不能读的书刊。这些书刊也了解清楚了，是从延安运过来的，不是国民政府规定的必读内容，就凭'团结抗日，拯救中华''我们不做亡国奴''坚持进步，反对倒退''坚决拥护抗日民族统一战线'的答卷，就能'打倒日本帝国主义'？太幼稚了！谁交白卷谁写检讨，待调查清楚了再作严肃处置。"

正在这时，校办主任进来打断了校长的训话，凑近他的耳朵悄声说："警三团刘团长来校找你。"

冯大轰转过面，对副校长和训育主任说："刘团长来了，我要去接待，你们再教训教训他们。违者必究，要追查个水落石出，非开除他两三个不可，以儆效尤。"

刘威诚站在考场门外等着，一见冯大轰出来，高声说道："冯校长，教学育才不容易，真忙啊！"

冯大轰满脸的怒气，听到这话以后，稍微泛起一丝笑容，说："欢迎团长莅临指导。"

刘威诚哈哈大笑，说："校长是满腹经纶，鄙人是耍枪杆子的，才疏学浅，不敢在你面前指手画脚，品头论足。"

这时冯大轰的情绪高涨了很多，把刘威诚拉到了办公室。落座后，说起话来很自如："团长呀，我刚才听你的话，千万不要这么说，你是从省城来的，闽南走北，见多识广。再说，从同人们告诉我的，和我们多次的接触，感觉你是一位多谋善断、文武兼备的团长。凭这，我就得请教，你就得指教。"

刘威诚谦逊地说："不敢，不敢，实在不敢。教学说大，大到是为中华培养人才，说细，就须从每一枝节抓起。你才是行家里手，自己是门外汉。咱们在一起可以聊聊当今时局嘛！"

冯大轰说："当今时局很远，就论眼前的事吧。初中学生训练结束统考，几乎全部交白卷，真是人小鬼大。我认为这是有计划、有预谋的，猜测幕后策划者可能是'民先'这个组织。"

刘威诚沉思了一下，问："会不会是'抗先'呢？"

冯大轰连连摆手，说："我那个'抗先'是国民党的铁杆，不会这样做。'民先'是共产党领导下的一个组织，可能性很大。"

刘威诚接着说："现在是国共合作，一致抗日，哪个组织是真抗日，哪个组织是假抗日，能不能践行，这才是试金石啊！"

冯大轰对这两个衡量的行为标准，心里是一清二楚的，只得强勉地说："你讲得有道理。不过，乱了教学，误了学业。"

刘威诚说："从大局出发，还是要疏导才行。这事怎么处置？"

"调查清楚，得开除两三个。"

"这样处理，潜在的力量一旦爆发，更不好收拾了。"

"至少那个'祸头'要查清楚。"

"衡量利弊，范围越小越好，你可斟酌。"

冯大轰似乎同意刘威诚的建议，连连点头说："万一闹大了，给上头无法交代，给民众无法解释。"

"当然，对你这个校长也不利，上头会不满，民众会谴责。请校长自重，我该走了。"

冯大轰把刘威诚一直送到大门口，才琢磨他的那些话，是在为自己着想。不断地招手说："团长，你以后要常来噢！"

为"白卷"事件，学校组成了三人小组，进行追查这个"祸头"。同学们个个咬定不知道，匿影藏形，没有查出一个真相来。冯大轰更感到再这样下去对自己也不妙，只好顺水推舟，不了了之而结束。

其实，刘威诚到安康中学，谭际桂一直在后边跟踪着他。她自以为能获得完整无缺的事实真相，但是，只见他离开安中后，八面威风、风姿潇洒地走进了警备二团的营房大门。她很懊丧，监视了一阵子，训练中出现不正常现象，究竟是警备第一旅第三团里有人纵容的，还是共产党参与而出现的，一概处在扑朔迷离之中，连一鳞半爪也未能抓住。在没有把握的情况下，她只能靠自己的感觉，这个根子恐怕还在兴师的老师和学生里边。她灵机一动，想出了另一个法子。于是，她一刻也不停地回到了学校，直接去找方志诚。打探地问："方老师，徐振化和孙玉如老师最近怎么样？"

方志诚心里知道这话里要问的是什么，假装不明白，反问道："什么怎么样？"

"活动、行迹有没有异常？"

"没有什么特别，成年累月地教书呗！"

"刘文彬、刘华、李开藩这些学生呢？"

"对他们一时半刻的行动不大掌握，只觉得他们在规规矩矩地上课，和其他同学毫无两样。"停了一会儿，方志诚又折了个弯子，问，"这些师生的命运不是全都控制在你们军统的手里，还用来问我吗？"

谭际桂听了这话，心里好不自在，你这个中统特工，咱们都是为党国尽忠效力，可以合作共事。如果能提供一些证据，我可以向上汇报，再通过军事委员会调查统计局面奏委员长，为你请功受赏。看样子，不明事理，不识抬举。断然地说："好了，好了，不愿吐露你的侦察结果，就直截了当些，别把话撂得那么远。你这些话，让另一个人来听，似乎你成了共产党的地下分子了，至少，是在为他们解脱、避护，或者是在开脱罪责。"

看起来，方志诚是彬彬有礼，温文尔雅，实际上是个俗不可耐的人，不是用这些话就能吓唬住的。你这个谭际桂，在西安行营里还算是一个红人，只不过是军统用高价收买的御用之人，你以为比我方志诚还高贵！我虽然不是那样，但不能门缝里看人，我还是参加高干会的成员呢！处在这样的地域和身在如此的位置上，不得不仰人鼻息，我还有我的那一手呢！你还想在我的面前耀武扬威，不可一世，你个女流之辈还能呼风唤雨，兴风作浪吗！他冷冰冰地说："那你就看着办吧！"

谭际桂眯眼一笑，说："方老师，别当真，这只是开个玩笑。千万别误会啊！"

方志诚想到，各为其主，各施其招。虽然都是为党国尽职尽责，但是，该保密的一字都不能吐露。他皮笑肉不笑地说："以后如果有重要情报，可及时相告，共商对策。"

不过，谭际桂知道，方志诚这话不是出自内心的，他是在应付面前站着的一个肩负特殊使命的女人，真有情况的话，是绝不会随便披露的。谭际桂依然在微笑着，不冷不热地打了个招呼，仰着秀气的脸庞，挺着丰满的胸膛，神采飞扬地走了。

方志诚那句话欠妥，谭际桂能不能兴风作浪，是不是神通广大，细瞧这眼神和一身苗条的丰姿，就略知一二。她容貌俊秀，像小河边婀娜婆娑的一枝柳条，在徐徐的春风里，真撩人哪！

正在开会的二团团长王子伟，一听到刘威诚已经到了值班室，赶忙出来迎接说："刘团长，你也不提前打个招呼，让你久等了，不好意思！"

刘威诚哈哈大笑，说："老弟呀，咱们就不必那样客气了，讲究得越多反倒越生分，还是随便些好，我是去几个中学看看，路过你门前，不进来也不合适。"

王子伟说："那是那是，学校师生们情绪如何？"

刘威诚说："各学校抗日气氛还是浓厚的。不过，也受到当地政府和学校的压制、阻挠，甚至派人盯梢、恫吓。虽然如此，抗日的积极性越来越高涨，因为这是大局所在。"

王子伟思索了一下，说："老兄，我们该做点什么呢？"

刘威诚慢悠悠地说："抗日高于一切。还是要大力进行抗日宣传教育活动，如果他们干扰民众和师生的抗日行动，我们可以武力施压。但要巧妙一些，这同打仗一样，一切取胜于谋略。"

王子伟突然问："老兄，你不是常说，为了适应抗日的需要，咱们部队的成分结构一定得改变一下。这个结构成分应当是什么样子呢？"

"老弟呀，当前在抗日这个大局上，其实上下都是消极的，怎么能变成积极的，我想了一个招，就是选派一些连排军官去延安，让他们去学习学习，看人家是如何主动配合去打日本鬼子的。"

"上级能同意吗？人家能接收吗？即便是双方允许，咋个去呢？"

"告诉你，我多次同王俊旅长商讨这件事。他虽未拒绝，但也没放话，能看得出来，心里有所松动。等会儿，我还得继续去找他，请予以答应。至于人家接收不接收，现在是国共合作时期，不用愁，有人会联络的。"

"刘团长，旅长若同意了，我团也得选些人去延安啊！"

"王团长，有你这句话就好。这个目的真正能实现，我就心满意足了！"

两位团长猛然站立起来，气宇轩昂，开怀大笑，仿佛自己也走在去延安的路上。

王子伟送走刘威诚，坐在椅子上，仔细地琢磨刚才的那些话语，旅长十有八九会依着刘团长的计划。为什么呢？因为旅长唯一得力的团长，就是刘威诚。再说啦，这是抗日保中华啊！这时候，在王子伟的脑海里，浮现着全团所有连排军官的形象。挑选谁呢，一下子确定不下来，还得摸清底子再说吧！

刘威诚匆匆忙忙地来到旅部，还未进旅长办公室的门，就声音洪亮地喊道："报告！旅长，三团刘威诚来见！"

王俊应了一声："进来！"随后离开座位，迎着进来的刘威诚，说，"一听声音就知道是谁了，还须那么敲名叫响的吗！快坐快坐！"

刘威诚一边坐下，一边说："这可是条令的规定，谁敢违犯啊！"

王俊嘿嘿地笑着："党国的军人嘛，就应该这样。你又有啥事找我啊？"

刘威诚沉稳地说："没有别的事，还是老的话题。这我没向你建议过十次，至少也有八次吧！"

王俊摇着手，说："你还给我记着账呢！我知道了，知道了，老话题就不要再絮叨了。咱们坐下来，能不能再唠扯点别的什么的，行吗？"

这话让刘威诚摸不清头绪，焦急地说："我今天就是专门为老话题来的。"

王俊不紧不慢地说："你这刘威诚啊，你一进门，我就猜准了，是为准许派军官去延安而来的吧！"

刘威诚心里放松了一些，说："旅长是胸中自有天下人哪！真是为这事来的。"

王俊夸奖说："就凭跑断腿、磨破嘴这个耐劲，我这个当旅长的也该放话了。该把这笔账抹了！"

"谢谢旅长，部属该顶礼膜拜了。"

"不敢，不敢。应该感谢'抗日高于一切'才是，不过，目前虽是国共合作，但时局很复杂。我党刚成立的中央常务委员会调查统计局和军事委员会调查统计局的职责是什么，显而易见，不言而喻。虽然时间不长，这两个组织之间也出现了一些摩擦、隔阂、分歧。你这是把头提在手上办事的，一定要做到谋无遗策，天衣无缝。我还要告诉你，旅部和二团近期要离安康回西安，一团将要开赴晋南，参加抗日战争。你在安康肩负防务，担子不轻啊！"

"旅长，你的指点，铭肌镂骨，永记在心。至于这里的防务，竭尽全力，确保局势安康。"

"我确信，你一定能够胜任的。"

王俊的信任，刘威诚的承诺，不应该有怀疑和担心的思虑。但从追随形势的另一个角度探寻，确有一个宽阔的遐想空间，这些只有他们自己知道得最清楚。

刘威诚期待已久的愿望达到了，心里有说不出的高兴。不仅如此，而且又有意外的收获，从旅长口里知道了中统和军统在安康已经开始对进步志士实行侦察暗杀、监视绑架、严刑拷打的秘密行动，这同样是有价值的信息。知己知彼，随机应变，以免增加不必要的损失甚至是牺牲。想到这里，他取来一张信纸，唰唰地写了两段字，将信件封好后，立即交给沙成轩，说："赶快将信送到'富源'商铺。"天已经黑下来了，他趴在办公桌上，翻开工作笔记的最后两页，翻来覆去地看着一连串的名字：崔一民、赵茂华、韩文钦、张瑞生、李东林、张尚文、魏一鄂、侯夫贞、刘新、刘书棠、刘光义、周新民……并在这个名单上面打钩的打钩，画圈的画圈，顿点的顿点，仿佛是在全神贯注、专心致志地调兵遣将，部署一场特殊的战斗。搭眼一看，就会一目了然，全都是连排军官，而且是四人一组，分为若干小组，应该是送往延安抗大学习的人员安排名单。

天下多少事，是万事俱备，只欠东风。眼下这比天还要大的行动，必须雷厉风行。千万不可有一丝的优柔寡断，否则会贻误军机，遭到正义的严厉谴责。

刘威诚掏出怀表看了看，距熄灯还有半个钟头。他正迈步出门时，恰巧崔一民精神振作地走了进来，"报告，团长，连长崔一民来见。"

刘威诚随声喊道："早报喜，午报财，傍晚鹊叫贵人来。下班了，多此一举，快坐快坐。我正要去找你呢！"

崔一民用期盼的目光看着刘威诚问："是不是先前团长告诉的那个事，现在有眉目了吗？"

刘威诚轻声说："旅长接受了，没有反对，二团长也表态支持。现在是时不再来，机不可失，得迅速动作才行。"

"什么时候走，我们几个已经做好了思想准备。"

"明天早晨。探亲请假条写好了没有？"

崔一民从衣兜里掏出了赵茂华、韩文钦、张瑞生的请假条双手递给刘威诚："团长，请你签字批准！"

刘威诚目光严肃地看了一下崔一民，说："这是第一批赴延安抗日军政大学学习的学员，你为这一组的组长。好好地带领他们，虚心地向延安学习取经，共同抗击日本帝国主义的侵略。"

"团长，崔一民保证完成这项任务。"

"要保密，谁问，就告诉他们，是团长批准休假探亲。你走后由连副负责全连工作，三个排长由副排长代理排长职务。到西安如何去延安，有人今晚会同你取得联系，由他做详细的安排，请放心。望你们排除千难万险，平安到达目的地。"

崔一民在返回连部途中一直纳闷着，团长究竟是国民党还是共产党？说是国民党的军官吧，倒不很像，他从不扣军饷，也从不打骂士兵。有一次，一位连副拿了排长的大洋，被他知道了，并未大肆训斥连副，而是心平气和地向连副讲道理，连副不但把大洋还给了排长，而且还给排长道了歉。之后，连排军官和士兵们私下悄悄地议论着，这是不是党国的精英呢！至于共产党军队的官我们并未见过，但是，我们的团长倒同听说过的共产党的官一个样。想得太多了，到了延安眼见为实。

"连长，有人找你。"通信员喊道。

崔一民刚要进连部的门又退出来，问："谁呀？人呢？"

"串脸胡子，高鼻梁，不认识，在炊事班旁边的柚子树下坐着。"

"咋不叫进连部，看你笨的！"

"人家不进嘛！我也不知道是啥人。"

这时只听背后有人说："连长，莫怪小鬼！"

崔一民一转身，惊讶了："哎呀，怎么是你，我的大教官，请你多指教！"

刘湘卿笑着说："什么大教官，什么多指教，只是引路而已。是不是从团长那里回来？"

"是的。"

"团长讲什么了？"

"让出差。"

"什么时候出发？"

"明天早晨。"

"去哪里？"

崔一民对这一问，倒不知道该怎么回答，只是举起手向北方指了指，没有说具体的地方。

刘湘卿明白了，没有再问下去，只说："有人送吗？"

崔一民渴望地说："团长讲，晚上有人会通知，我就赶紧回来了。"

刘湘卿"哦"了一声，从口袋里掏出一封信递给崔一民，说："这封信就是你们的通行证。到西安就按信封上所写的去找就可以了，他会计划你们的行程。要注意联络方式，要注意保密。祝顺利到达一个意想不到的新环境！"

崔一民的眼睛里射出惊奇的目光，吞吞吐吐了半天，也没有说出个什么："你是，你是……"

刘湘卿看出崔一民难为情的样子，说："我是你们的教官，是帮忙上路的！"

崔一民这才爽快地说："是我们的教官，是帮弟兄们上路的。你和气得同我们团长没有什么区别。"

刘湘卿摇头说："是这样吗？"随后又补充一句，"人家是团长，我只是个教官。"

崔一民笑了，没有说话，心里嘀咕起来，同听说过的共产党的官一个样。离开时，他说："刘教官，打心眼儿里谢谢你。"

刘湘卿说："不客气，都是为了抗日救国。记住，真理必然存在，等待人们去开采，大众觉醒，万众一心，就是中华民族的崛起！"

第二天早晨，太阳刚刚冒出秦巴山顶时，有以贩卖山货特产打扮的四个商人，迎着灿烂的霞光，迈起矫健而轻盈的步伐，一直朝着北方走去。

第六章
智谋于胸斗敌人

中午的街道上，变成了热热闹闹的集市，从新城南头到北门赶集的人川流不息，络绎不绝，挤得水泄不通。

刘湘卿从人流中一闪身，走进了"富源"商铺，正好看到女老板忙碌着整理刚进的商货，问："谷燕老板，有大一点的笔记本吗？"

谷燕转过面，两眼炯炯有神，愕然地反问道："老总，你是怎么知道我的名字的？"

刘湘卿说："鼻子下边有张嘴，打听啊！"

谷燕笑着又问："谁告诉你的？"

"刘文彬啊！"

"噢，噢，我知道。他有封信放在这里。"

"给我的？"

"是给你的！"谷燕一边说着，一边将那封信顺手夹在笔记本里，又补充道，"拿好啊！"

刘湘卿付过钱，接过笔记本，心想我就是来取信的，说了声谢谢，大步流星地走进了三团的大门。过了一个钟头，他背了一个军用挂包走了出来，穿过熙熙攘攘的人群，急匆匆地回到了"兴文石印馆"。

他刚一进门，罗景明就说："刚才有人找你。"

刘湘卿问："谁？认识不？"

"没见过。他说他是三团的。"

"没告诉有什么事？"

"没有。他只说，人不在就算了。"

"好，我知道了。老板呢？"

"他到专署找李志俊写字去了。"

"你去门口看看。"

罗景明提着一个菜篮子，装着准备去买菜，一边在街道旁的菜摊上打听菜价，一边注视着石印馆门前的动静。发现在"新华报代销处"大纸牌子旁边的墙根下有一个人，头戴礼帽、身着长衫，鬼头鬼脑地在窥视进出石印馆办理业务的客商。在他印象中，这个人好像在哪儿见过。不然，咋能这么眼熟呢！对了，是在兴安师范见过。可能是一位老师，老师站在哪儿做什么，有失大雅！过了一会儿，罗景明看到或许是老师的人，把礼帽摘下来，捏在手中，臂膀一甩一甩地朝着鼓楼街的方向走了，迅速消失在人群之中。

刘湘卿安排好伙计们活计，就到后院的楼板房里，把带回的各种刊物和报纸放在桌子下边的抽屉柜里，然后拆开那封信一看，原来是刘威诚团长亲笔所写。字数虽然不多，但提示了一个重大的秘密。万字头上压一点，士心要言成一个政纪；言西早了，反坡靠以示，依木为圭，均在桌子里。请再三斟酌，谨慎处之。他一字不落地看了三遍，完全明白了。过去的觉察同刘威诚告诉的非常吻合，不过，更深层次地知道了这两个人确实有他们的历史背景。来路不小，中统和军统凭着安插方志诚与谭际桂两个人，原企图控制兴安师范，扼杀革命志士和进步的力量，这不是那么容易的，正义的事业是不可战胜的。力可拔山，潜在的民众洪流，比起制造紧张时势的当局，更重要、更宏伟。其结果，那些凶相毕露的脸面，必然会被无所畏惧、所向无敌的人们击溃。

没经受狂风骤雨的袭击，就不会知道积聚滚滚洪流的凶猛。

罗景明一回到石印铺，迅即将行迹可疑的那个人告诉了刘湘卿，并说："那个人是在兴师卖报刊时见过面，不会错。"

"男的还是女的？长得什么样？"

"男的，细高挑个儿，戴礼帽，穿长衫。"

"这个人很可能就是中统的特务方志诚。"

"还有一个女的吗？"

"是的，还有一个女的，是军统的眼线谭际桂。"

"国民党在兴安师范使这么大的劲啊！"

"是啊，国民党盯着进步学生不放，就是冲着共产党来的。"

"古语说，水激石则鸣，人激志则宏。这分明是给我们带来了一个挑战向上的机会啊！"

"你真乐观哪！"

"谁让我们是共产党人呢！那只能是兵来将挡，水来土掩嘛！现在就看对手要什么招了。"

"你外出得多，千万要小心，特别是到兴师更要留神些。"

"你放心，我们的眼睛，比起他们几个人的眼睛多得多，提防在先，不会有事。明天是清明节，我去香溪洞春游。你抽点时间到'富源'商铺，向女老板谷燕从侧面了解一下她对方志诚和谭际桂的印象。方志诚和谭际桂要外出，'富源'商铺是必经之地，谷燕一定掌握他们两个一般的活动规律。你要在闲聊中获得真实信息，不可暴露自己的身份。"

"清明时节雨纷纷，路上行人欲断魂。借问酒家何处有，牧童遥指杏花村。"一种优柔、自然、坚韧、刚毅的洪亮声音，在深邃的溪水沟里，在广阔的山林丛中飘荡。

刘文彬听到有人在朗诵杜牧的《清明》，三步并作两步，气喘吁吁地跑到崎岖小路的拐弯处。他站定一看，是刘湘卿直挺挺地站立在那里，好像诗意未尽。老远就大声喊道："刘教官，你兴趣广泛哪，朗诵得真有感情，声音纯厚、优美，打动了青山绿水啊！"

刘湘卿连忙说："是这里的山水震撼了我。一想啊，清明节就要诵读'清明'了。香溪洞真是神仙居住的地方，风水宝地啊！"

刘文彬打诧地说："今年这个清明，既不遇'雨纷纷'的冷烟，又不见'欲断魂'的情绪，到处是色彩斑斓的鲜花，兴高采烈的游人。既不问'酒家何处有'，前面沟上边的山垭里就是香溪寺庙，又不'遥指杏花村'，你看，寺庙西旁边就有万花楼啊！"

刘湘卿靠近刘文彬，低声地问："是在万花楼开会吧？"

刘文彬点了点头，说："对。参加人员、会议的议程都安排好了。按你的想法，先在万花楼东边的榭香阁，开个短会，研究碰头组织发展。"

香溪洞的山势雄壮，树林葱绿，山花怒放，溪水潺湲，景色宜人。前往踏青的青年男女，老少幼童，络绎不绝，川流不息。

刘湘卿避开人群，来到山根下的一块鹅卵石旁边，一看周围没人。把刘文彬叫到跟前，侧身靠在石头上，问："文彬，对罗长勤和鲁学昭考察得怎么样了？"

"经过多次交谈和仔细观察，很理想。我们有个想法，我做罗长勤的介绍人，你同李开藩为鲁学昭的介绍人比较好。你看呢？"

"没有大的意见。我对鲁学昭印象很深，你们是同学，你当介绍人最理想。前几天我介绍了蒙恩福，他入党的名字叫蒙进，同他单线联络。罗时佶这个人有本事，但有些傲气，可以考虑先介绍加入中华民族解放先锋队，因为他是学生自治会主席，就让他担任民先队的负责人，在斗争中注意考察。再就是旬阳那个叫李兆众的，是个好苗子，把他交给罗长勤去帮助，成熟了就发展。还有'富源'的女老板谷燕也要费些心，你们是校友，应该是没有什么问题的。"

"好。就按你的意思去办。谷燕过去在学校有印象，已经接触多次，安排她为我们的眼线。你不是对谭际桂有怀疑吗？让她注意谭际桂的行迹。"

"对了，现在不是怀疑了。谭际桂确实是西安行营安康联络站安排在兴师的特务，系军统分子。还有方志诚是国民党常务委员会调查统计局安排在兴师的特务，是中统分子。所以，你们要隐蔽地行动，大胆地工作，一定要适应形势，采取相应的对策，既要针锋相对地斗争，又要采取措施，保护自己和进步人士，壮大力量，最后以强大的攻势而取胜。"

"明白了。时局复杂，须沉稳冷静地应对。"

"我还要告诉你，兴师学校里两个'民先'的政治背景。前几天，我回省委作了汇报和了解，王任清的民先是真的，与西安八路军办事处有联系；马兆麟的那个民先组织也是真的，他是警备三团政训股的教官，是从陕北公学来的。他俩都不是共产党员，但思想很进步，由于没有沟通，发生了一些矛盾和隔阂，可以理解。现在要做工作，消除隔阂，达成团结，做好后方的抗日宣传工作。"

"好，只能多做解释工作，化解对立情绪，团结一切可以团结的力量，共同抗日。"

刘湘卿望了望安康城，回过头来说："要注意对罗时佶的培养。"

刘文彬说："是的，不过他当个学生自治会主席就翘起尾巴，目空一切，以学生中的老大而自居。"

刘湘卿说："我们共产党人要战胜强大的对手，就得学会团结人，团结一切可以团结的人，何况这是一个可以改的缺点。我告诉你，国立第四中学已从西安迁到安康，学校也有党员的活动，要注意联系，关照他们。"

树欲静而风不止。面对这幽雅而宁静的迷人之地，他俩领略了如何做静止的工作，心里在默默地呼喊着，一切能如愿吗！

这时所考虑的是，希望改变人类社会和自然界的不平衡状态。刘湘卿望着险峻的山势，想到这比登香溪寺要难得多吧！

要进香溪寺庙有两条路可以选择。一条是从东边绕过几道山梁，路远些，还花费时间，大多数游客是从这条路上去的。另一条就是刘湘卿和刘文彬面前的这条九十九级石台阶路，人们称为"上天梯"，陡峭、险峻、累人。

只有一条路是无法选择，那么，有两条路从脚下延伸，走哪条呢？

刘湘卿举头仰望，头顶一线天，寺庙仿佛坐落在雾霭蒙蒙的苍穹之中。他向刘文彬一挥手，身先士卒地拾级而上。当他俩一口气登上山走近寺庙的时候，已经是汗流浃背，腰痛腿酸了。

刘文彬问："累不累？"

刘湘卿捋着脸上的汗水回答道："说不累是假的，但这是对斗志和毅力的检验，这才是真的！"

他俩有说有笑地走进了榭香阁。

刘文彬进门不多时，又转身出门，来到寺庙前向一位尼姑打招呼。看来他同这位长得眉清目秀、容貌端庄的尼姑早就认识，从举止言谈中便可得知他们很熟悉。不知道他给她说了些什么话，无可听得。只见尼姑向山下的小路上扫了一眼，又环顾四周，然后镇静地点着头。她一会儿走到香炉前，帮助虔诚的人们上香，一会儿又走出来，在庙前的院坝里走来走去，不断地向进山的山道上观望。庙里庙外，山上山下，人流如织。也许今天城里万人空巷，人们都来香溪洞游春了。

刘华和李开藩已在阁里等候他俩。四个人交谈了一会儿，看样子，他们很高兴，喜形于色，笑逐颜开。只听刘湘卿说："那就这么定了。"于是，他们又先后走进了万花楼。

万花楼外，姹紫嫣红，百花争妍，把这座楼烘托得更加秀丽壮观；万花楼内，十几个年轻人，风华正茂，谈笑风生，兴致勃勃，把这座楼上的栋梁雕画衬托得更加富丽华美。

刘湘卿向大家招手致意后，说："现在开会，今天召集大家来主要商量这么几件事，一是通报当前全国的形势，二是前一阶段抗日宣传的情况，三是如何掀起抗日宣传活动。我简要地讲一下形势和宣传。上海、太原失陷以后，在华北，以国民党为主体的正规战争已经结束，以共产党为主体的游击战争进入主导地位。在江浙一带，国民党的战线已被日军击破，去年十二月十三日，南京失陷，二十五日，日军占领杭州，而后沿长江流域进击。这是国民党片面抗战造成的溃败结局。目前，我们处在一个从片面抗战到全面抗战的过渡时期。正如毛泽东所断言的那样：'这个抗战，就目前的情况看来，我们是不能满意的，因为它虽然是全国性的，却还限制于政府和军队的抗战。我们早已指出，这样的抗战是不能战胜日本帝国主义的。'他又说，'这次参战的地域虽然是全国性的，参战的成分却不是全国性的。广大人民群众依然如过去一样被政府限制着不许参战，因此，现在的战争还不是群众性的战争。反对日本帝国主义侵略的战争而不带群众性，是决然不能胜利的。'因此我们必须全面、广泛地宣传群众，唤起群众抗日的情绪，参加浩浩荡荡的抗日队伍。从前一阶段看，宣传取得了一定效果，但不广泛，还没深入人心。现在各自发表意见吧！"

刘文彬说："由学生自治会出面组织宣传，请主席罗时佶负责。"

罗时佶说："坚决承担这个任务。我建议在师生中成立演讲队、歌咏队、宣传队。"

李开藩说："增加一个话剧团，人选嘛，由鲁学昭他们三五个人组成。"

刘华说："那个女校花有天赋，绝对能胜任。文彬和开藩能言善辩，巧舌如簧，讲起话来口若悬河，滔滔不绝，演讲队由他俩参加合适。"

蒙恩福说："歌咏队，我认为请孙玉如老师负责组织，防止那位音乐老师从中作梗。"

董明钦说："宣传队要选些擅写会画的，那位美术老师恐怕靠不住。"

王昌杰说："我也觉得那个音乐老师和美术老师怪怪的，要提防才是，防止搅乱我们的行动，干脆不要他俩参加。"

刘华接话说："哪咋办，就在学生中物色，我看人才等我们去挖掘。"

刘文彬说："大家谈得好。对于人员的挑选和安排还可以相互交叉，力所能及，能者多劳嘛！"

刘湘卿说："我同意大家的意见。抗日宣传是要更大范围地唤起民众，既要讲多种形式，又要讲效果，要做到民众的心中去，让他们自觉地参加这场生死存亡的伟大战争。"停了一会儿，他转了一个话题，说，"关于发展组织的问题，我还要叮咛几句。根据当前的形势和大家所掌握的发展人员，可拟订一个计划，但这个计划绝不是单纯的数字，而是它的质量。我们千万不能抓住旋风就是鬼，认错了对象。还是那句话，成熟一个发展一个，不能凑数，凑数会给革命带来重大损失。"

这时候，鲁学昭站在门口，红光满面，丰姿绰约，隐约听到了最后两句话，意识到他们是在开会。她没有想太多，就跨进了门，笑语轻盈，说："好啊，你们春游，都把女同学忘了！"

刘文彬立即站起来，笑着说："我们组织几位同学春游，借此机会开个学生组织的会。"

鲁学昭抿着嘴唇，说："那我难道不是学生，为啥不能参加这样的会呢？"

刘文彬经这样一问，半天没能说出话来。

鲁学昭说话如放炮似的："是保密嘛！如果是保密，我立刻离开。我可不是凑数的，若要凑数，那是不相信人，也有损我的尊严。你们是不是这样认为我不管，反正我是这么看的！"

李开藩觉得这个场面骑虎难下，赶忙解释道："哪里是保密凑数啊！约一些同学一起商量抗日宣传的事，你赶上了这不正好吗？再说啦，我们组织的每一场抗日宣传的演出和演讲，你都参加了。哪里有密可保，更不能说是凑数，你不要多虑了。"

鲁学昭的火气消了下来，说："反正你们这次没有叫我，对吧！"

刘文彬这才恍惚地说："是我疏忽了。给同学道个歉，行吧！"

鲁学昭咯咯地笑起来了："一个人的尊严，无须得到莫明其妙的致歉。"

刘湘卿插言说："你这位同学参加吧，多一个人多一点智慧。"

鲁学昭抬头一看，这个人很魁梧，并不像学生，问："他是谁？"

刘文彬说："刘湘卿，警三团的教官。"

鲁学昭一听这名字，突然想起前个月龚家梁小学门房老师傅告诉自己，有一天晚上，路过旬阳的警三团有位长官，听过自己给学生们教唱《义勇军进行曲》，大加赞扬。那位长官莫不就是面前的刘湘卿。她哦了一声，若无其事地说："我前面那些话说笑而已，长官、同学可莫要当真啊！大家都得当心，我刚才登天梯时，看见有一队警察从城里向香溪洞走来了。"

话音刚落，那位尼姑急急火火地走进门，说："专署警察局的梁良排长带一个班的人，分别从小路和天梯上来了。你们赶快走！"

刘湘卿立即得出了一个结论，是包抄而不是巡查行动。他命令似的说："赶快解散，我和文彬留在这儿。"

刘华急忙说："不行，不行。你和文彬目标大，文彬又是控制的对象，赶快从榭香阁后，向牛蹄岭方向的树林中转移。"

鲁学昭说："都不要争了，我和罗时估、蒙恩福留在这里最保险。你们走吧！"

山里的丛林寂静无声，幽暗阴森；寺庙前后人山人海，草木葱茏。

梁良缩手缩脚地来到万花楼门前，安排四名士兵把守在门外，其他人担任各处警戒。他刚抬步进门时，听到一阵吟诗声和哈哈大笑声。一挥手，有两名士兵尾随其后，耀武扬威地走进了门。

鲁学昭看见当作没看见，举起茶杯向蒙恩福指东话西地说："我看你这个同学简直没神，春游春游，却跟我和罗时佶春游到万花楼来了。是不放心我吗！妨碍人家春游的兴致。"

这话逗得三个人前仰后合，一阵大笑声，让万花楼的尼姑们惊奇不已。

梁良看到别人不把自己放在眼里，便大声喊道："你们是春游吗，坐在万花楼干什么？"

鲁学昭一字一板地说："春游走累了，坐在这儿休息，喝茶吟诗啊！那么，你们不是在巡查吗，怎么也上了万花楼里？"

梁良一听这话，满肚子起火，厉声说："想到哪里就到哪里，碍你们什么事！"

鲁学昭也不饶人，说："灭杀百姓春游情绪！"

梁良更加气愤，质问道："说话真狂妄。你是干什么的？"

"兴安师范二七级学生！"

"你呢？"

罗时佶回答说："同级同学。"

"还有你呢？"

蒙恩福说："不是同学，能走在一起吗！"

梁良想了一会儿，指着罗时佶说："那次篮球比赛时见过，是学生自治会主席吧，自治不自治，却同学生一起闹事。"他转眼又看着鲁学昭，"你是不是演出《送郎上战场》中的那个女的。怎么不像？又不认识。"

鲁学昭说："像不像、认识不认识无关紧要，我可认识你。我亲戚在专署做事，常见你们在院子操训。"

"你亲戚是哪位？"

"无可奉告！"

"不该问这个。那么，你们今天看见刘文彬了吗？"

鲁学照说："看见了，我们走时，他还在学校打篮球，怎么一下子就能飞到香溪洞呢？"

梁良又想问什么，话到嘴边又咽回了肚子里，万一她的亲戚，是专署一位什么官员的话，会把过头的行为捅到那里去的，这对我有什么好处呢。排长上去该是副连长的位置了！他微笑着望了鲁学昭一眼，说："对不起，打搅了，你们聊！"于是，带领士兵将万花楼找寻个遍，也未发现可疑的线索，又带着士兵从正殿至榭香阁打探了一番，一切都很正常。上香的上香，烧纸的烧纸，磕头的磕头，全都是陌生的男女面孔，不见刘文彬的影子，便扫兴地离开了香溪洞。

罗时佶站在门口，眺望远去的大檐帽，笑眯眯地说："鲁学昭，听人讲你能行，今天才认识了庐山真面目。"

蒙恩福点头称赞说："真同一般女学生不大一样，天壤之别啊！"

鲁学昭说："这是夸吗？倒让人无地自容！"

罗时佶开玩笑地说："同学，还自愧呢！再自愧下去，就成了巾帼女杰，恐怕连婆家也找不到了。"

鲁学昭毫不掩饰地说："找不到，就不找了呗！我将来成天演那个《送郎上战场》中的女子。"

他们三个人哈哈大笑地走出了门，消失在熙熙攘攘的人流之中。

刘湘卿同刘文彬在新城东门外分手的时候约定，擦黑时在雷神殿前的柏树林会面，要告知罗景明侦知的情报和商议对策。

西边的太阳掉进群山里了，黑夜降临了。这个夜黑得令人害怕，又令人镇静。这片柏树林同黑夜连成一体，什么树影子都没有了，不存在了，从地面上消失了。

或许只有土地爷才能听到有人说话的声音，其他人都在静夜中做梦了。

刘湘卿将罗景明侦察的情报告诉给了刘文彬。刘文彬得知方志诚和谭际桂分别活动的时间、地点，以及他们去专署和办事处的路线，觉得心中踏实多了。一旦掌握对方的行动意图，就会主动多了。他突然间萌发了自己的想法："我想要教训一下方志诚。"

刘湘卿说："掌握对方的计划，是为了改变和完善我们对付的计划，要慎之又慎，怎么个教训法？"

刘文彬靠近刘湘卿身边，低声低语说了些话。看他满有把握的神态，刘湘卿说："要不要协助？"

刘文彬说："这点小小的动作，无须大动干戈。湘卿同志，请放心，不会捅娄子的。"

刘湘卿望着很远很远的灯光，说："灯光的闪亮，给我们一个启示，你的每一个动作总会被敌人发觉的，应该如何做呢？"

刘文彬说："这不是我想的，而是方志诚过去已经给设计好的，只是我们过去没认识到这点，只处在应付的状态中，所以很被动。"

刘湘卿说："啊，见地很高，要提防点。"

一只夜鹰扑棱棱地飞出了柏树林。天，很黑很黑，看不清这只夜鹰又要飞到哪片林子里栖息。

第二天吃中午饭时，刘文彬和李开藩坐在一起，刘文彬环顾周围就餐的同学都走了，悄声地说："你给'西北抗敌先锋团'里我们的同志放一个风，我们拟定在晚上下自习后举行一次读书会。"

李开藩一边夹菜，一边问："在什么地方？"

"老地方。"

"几点钟？"

"八点。准时到会。"

"知道了！"

刘文彬吃完饭先走出饭堂的大门，抬头一看，天空乌云密布，阴沉沉的。再一看校园，好像被纱雾笼罩，没有往日那么清亮、洁静。心想，今天晚上的天气不会更好，白天就这样阴暗，夜间一定会漆黑。

没出刘文彬的预料，夜刚来临的时候，天地间黑得伸手不见五指。

后楼那间靠近围墙的小屋里，一盏油灯闪闪发亮。刘文彬环顾了一下后楼的周围，便走进屋，随手把一扇窗户开了个半掩，坐在紧挨的桌子旁边看书。

刘华、李开藩、蒙恩福、罗长勤、鲁学昭先后进了屋。刘华和李开藩坐在刘文彬身边，一会儿斜视玻璃窗，一会儿望着大门外，一会儿看看手中拿的书本和报纸。

刘文彬坐着没有动，将手中的一本书猛地向桌面上一摔，说："同学们坐好了，今晚我们举行一次小型、短暂、特殊的读书会。"停了一会儿，他又把摔在桌面上的那本书拾起来说："这或许是一块敲门砖，即使这样还得用。今天读书会，主要是念念蒋委员长的训令和宣读《中华日报》刊登的抗日战报。"

李开藩看到刘文彬向自己使眼色，于是，拿起那本书，阴阳怪气、摇头晃脑地大声念起来。

这小屋里，只有一个人的声音最响亮。

刘文彬、刘华、李开藩想着黑夜将会发生什么样的事情，心不在焉，一句话都未听见。

罗长勤虎虎地坐在凳子上，似乎听不懂那训令，认为是糟蹋了中国汉字。本来说话脸就通红，现在还没说话脸就更红了。

鲁学昭将浓密的黑发往脑后一甩，嘴唇一撇，流露出讥笑的神色，还是自己晓谕自己吧！她目光直望门外，仿佛在黑夜里寻找天上一颗闪烁的星光。

刘文彬突然发现屋外围墙边蹲着两个蒙面人。于是喊道："声音再大一点。"

李开藩明白了这话的意思，高一声低一声地念不成句，表现出歇斯底里的样子。没读两三句，他盯着刘文彬的脸色，把书往地上一扔，高喊道："散会！"

刘文彬第一个冲出了门，朝着围墙奔去。大声喝道："干什么的！不准动！"

同学们蜂拥而出，将那两个蒙面人团团围住。

一个高个子的乘机掏出了一把短刀，朝着刘文彬刺来。罗长勤眼尖手快，一个箭步闯了前去，用右手抓住了对方，夺刀的胳膊被刺伤。对方猛然挣脱，转过身，两脚往地上一点，飞过围墙而逃。鲁学昭看见罗长勤胳膊上的鲜血向下直流，连忙拿出小手帕，将伤口紧紧地包起来。

同学们攘臂而起，恨不得把没跑掉的这个人痛打一顿。李开藩挥起短棒向他的屁股上抡了一棒子。

刘文彬喊道："不要乱动！鲁学昭和蒙恩福同学，你俩赶快把长勤同学送往医院治疗。"

李开藩将这个人扔在地上的一把短刀踩在脚下，狠狠地撕掉蒙面黑布，"啊，怎么是你呢？"

刘华也很惊讶："晁仕，你这个'抗先'队员，可真是抗先了，敢在同学们身上动刀子。说实话，逃走的那个人是谁？短刀是谁给的？"

晁仕战战兢兢地说："不认识，刀子是那个不认识的人给的。"

李开藩问："这不是可笑嘛，你们不认识，怎么勾搭一起搞监视活动。"

晁仕说："那是中统局的，真的不认识。"

刘文彬问道："那把短刀就是中统的人给的吗？谁把你们牵到一块儿的？"

"对，是方老师。"

"方老师呢？"

"不知道。"

"你知道不知道，我们的读书会在做什么吗？"

"听见了。是在学习蒋委员长的训令。"

"你们在捣乱，是给共产党人帮忙。"

"不，不，不是。我是'抗先'哪！咋能为他们做事。"

"好了好了，你不知道，我们清楚。以后再不要干盯梢、跟踪那种见不得人的事情。走，跟咱们走。"

"到哪里去？"

"去见校长。"

姬德邻正在办公室同陈老师谈话，看见几个人簇拥着一个人向门口走来。凭直觉，他感到学生中出了什么事，赶快同陈老师一起走出门口，问："怎么一回事？"

刘文彬把短刀扔在校长的脚前，说："报告，姬校长，晚上，我和几个同学在后楼举办读书会，他同中统局的一起监视我们，我们发现后出去论理，中统局的拔出短刀向我刺来，罗长勤一挡，胳膊被刺伤了。这把刀是晁仕用的。"

姬德邻说："竟然动起刀子来了。"转眼又问，"罗长勤呢？"

刘文彬答道："送医院了。"

姬德邻说："那就好了。"他转过面，一眼就看清了这个学生，说，"你这个晁仕，学习成绩不行，惹是生非却有你，该安分守己了，'抗先'是抗击日本帝国主义，不是抵抗自己的同学。你把目标都搞错了，还'抗先'呢！晁仕，我问你，你知道今晚的读书会吗？"

晁仕惶恐不安地说："知道，是方老师告诉的，不是一般的读书会，实际是共产党组织的秘密会议，陕西省委还要派重要人员参加。他要我同中统局的人去探听虚实，然后一网打尽。但我们听到的确实是在宣读蒋委员长的训令，还听到《新华日报》上刊登的抗战消息。中统的人悄悄地给我说，情报有误，也就没有发出捕捉的信号。实际上墙外边埋伏着二十多个士兵，那个带队的叫梁排长。"

姬德邻跺着脚说："简直是太幼稚可笑了，共产党重要会议能在这里借读书会召开吗？脑子进水了！"然后看了看面前站立的学生，说，"刘文彬，罗长勤的治疗费由学校报销。"

刘文彬说："谢谢校长。这太欺负人了，我们要到专署去告状，安康告不赢，就进省城。总有个讲理的地方。"

姬德邻走到学生中间，拍着他们的肩膀，笑着说："你们都是学习优秀的高才生，再说，将要毕业找工作，就不要再折腾了。晁仕和方老师，我们学校商量处理。"

刘文彬坚持地说："老师不爱他的学生，何称其职！要求专署捉拿伤人凶手！"

姬德邻盯着地上那把短刀，劝说道："好了，你们听校长一句话，我一定向魏专员报告，追查处理凶手。这把刀就交给我，行吗？"

同学们相互一视，异口同声地说："听校长的！"

绥靖公署魏席儒专员一上午都在大街上，美其名曰是视察，实际是在瞎转悠。他看到高高悬挂的"抗日高于一切"的横幅大字，感到非常刺目。对大街小巷墙壁上张贴的"打倒日本帝国主义""停止内战，一致抗日""我们不做亡国奴""抗战必胜，投降必亡"等标语，也是不顺眼。他喃喃自语，就凭这些标语口号，日本人就不敢来了吗？再走进土门和东大街几家书店，见到书架上摆放的《救亡》《解放》书籍，更是不满意。自己对自己小声说，救亡、救亡，谁来救亡；解放、解放，究竟是谁解放谁啊！这又是共产党摇唇鼓舌的变异方式。秦巴山想来是来不了，只是想些无用的办法，企图擦亮百姓的眼睛。难怪有人这样议论说，大山里的专员就是少见多怪，也有人持不同意见说，在这个风雨浪尖的年代里，专员是审时度势。他接着又想到，方志诚侦察兴师同警三团篮球赛、石印馆的印业、万花楼会议和冯大轰报告的训练交白卷等事件，不但一无所获，反而激怒了更多的师生和民众。这究竟是怎么一回事呢！是我们用人不得力，还是他们做事奸猾。这也难免，这组织刚成立不久，还缺乏经验，也许军统更专业些。他怒气冲冲地回到专署，屁股还没坐热，得知兴师校长来求见。

姬德邻一进门，将明晃晃的一把短刀放在办公桌上，激动地说："魏专员，这中统简直是无法无天，胡作非为，竟在我们的学生身上动刀子。"

魏席儒那阴森的脸色一下子无影无踪了，笑嘻嘻地说："冷静些，心平气和，坐下说话。"

姬德邻将昨晚发生的事件详细地叙说了一遍，请求道："请魏专员严加处置！"

"那校长的意见呢？"

"魏专员，学生们群情激昂，认为是扰乱教学秩序，强烈要求捉拿凶手，开除方志诚！"

魏席儒捧头思考了一会儿，又放开双手，紧紧地盯住那把短刀，说："姬校长，据我所知，中统人员所配自卫刀是事实，那刀细长而锐利。这把短刀不一样，是不是哪位学生自己用的，要把它调查清楚。"

"专员，昨晚要捉拿陕西省委重要人员的警察局两个班，还埋伏在围墙外。"

"你看见了吗？"

"是晁仕交代的。"

"他说的纯属谎言！"

"是梁排长带的队。"

"不实之词。派兵不派兵，我还不清楚吗！昨晚，我没有一兵一卒出去执行任务。哪能有埋伏呢！姬校长，不要相信那一套！不过，我可再询问一下。"

姬德邻先是觉得很糊涂，后才感知它的复杂性和隐蔽性。究竟真和假，是谁说得对，头脑里渐渐地明白了。只说："魏专员，我的学生这刀子看来是白挨了。"

魏席儒说："都是个教训，是误会，给学生们解释是误会。你要好好管一下，不要他们再上街闹事了。"

姬德邻说："这是在教室里，不是在大街上！"

魏席儒说："不管在哪里都得规矩些。"

姬德邻又问："读书还不规矩吗？方志诚怎么办？"

魏席儒说："方志诚嘛，这个教师既聪明，又能干，是教育里手，我看就不要开除了，但一定让他给学生道歉。哎，对了，方志诚没征求你的许可，独个儿向警察局报告情况，闹得学校乱腾腾的，影响教学，还要给你校长赔罪。"

姬德邻淡淡一笑，说："那个嘛，倒没有必要！"

魏席儒问："对了，晁仕怎么教训他呢？"

姬德邻不予思考地回答道："留校察看。"

魏席儒说："好。这是你这个大校长的权力。"说着离开办公桌，向房门走出。这种行动表明，是在下逐客令，你姬德邻赶快离开这里。我要做的事，要比这事重要千万倍。

姬德邻是个反应敏捷的人，他明白了这种由热变冷的言谈举止，决然地走出了门。他再三琢磨专员的一席话，心里实实在在地感到不是滋味。有什么办法呢？那只能这样了。不过，有一点他是不想马虎的，就是要保护好自己的学生。不管他们做了什么不尽如人意的事，要教育、要拉回来。如果失去了学生，要你校长干啥！

这天下午最后一节课时，姬德邻同方志诚谈了大约一个小时的话。开始，方志诚故意不承认自己有错，也不愿不明不白地在学生面前做检讨。姬德邻严肃地转达了魏席儒的意见，又谈了自己的看法。这一席语重心长的话语，使他假装被感动了，最终答应向学生检讨，向校长赔罪。

晚饭后，方志诚找到晁仕，假心假意地说："晁仕，老师对不起你，考虑不周，让你这个'抗先'队员吃了惊，受了委屈。魏专员知道后，要求中统局给你奖励，咱们现在就走，去见见吧！"

"在哪里？"

"到时候就知道了。走吧！"

谁也没有那么多闲工夫，专门去观望太阳落下去的情景。这时，一团微微发红的圆球慢慢地被淹没了，黑夜不知不觉地来临了。

上弦月挂在天空，不明不暗。

汉江水与石堤河岸紧紧连在一起，偶尔听见水浪撞击石岸发出的哗哗声，从远处隐约传来鹅的叫声和船工们收桨的咣当声。

在这月色惨淡和堤岸阴森之夜，晁仕跟随方志诚来到水西门外的石堤上，看到脚下滚滚而泻的河水，不由得毛骨悚然。问："方老师，咋到这里来了？"

方志诚看到晁仕害怕的样子，安慰地说："这儿僻静安全。"

"方老师，要不咱们回去吧！"

"不急，他们马上就来了。"

"方老师，我们'抗先'为啥有时候同抗日活动作对呢？"

方志诚向周围细瞧，左右看看，便把晁仕拉到身旁，说："我不是你的老师，是中统局的特工。现在不谈这个，以后你就明白了。"接着，往身后一看，有两个黑影正伸出胳膊在夜空里画了一个圆圈，慢慢地向这边走来。他断定这是自己的人，在即将接近时便迅速离开了。

只听得"扑通"一声，这两个黑影乘机把晁仕掀进了汉江里。谁也没有听到一种惨痛的声音，在溅起的水花里散落。

晁仕什么也没明白，就这样稀里糊涂地离开了人间。

方志诚拉着两个黑影子，向江里观察了一阵子，才放心地沿河堤向西走，从土门进了城。方志诚回到学校，首先是进了晁仕的教室，翻了翻他放书的抽屉。

姬德邻找晁仕谈话，连续找了两天都没有见到人影。第三天，同学们从晁仕的书桌里找到了没写几个字的遗书：我做了错事，对不起同学和老师。汉江是我该去的地方。永别了，抗先的同学们！

晁仕失踪了！晁仕自杀了！晁仕他杀了！

这消息传遍了校内校外，大家众说纷纭，莫衷一是。更多的人为这个年轻生命的离去而惋惜。

刘湘卿也为此而感到不安，找到刘文彬叙谈看法。问："晁仕的死，会不会被认为是你们逼他走上绝路的？"

刘文彬说："也许有人这样认为。前几天，我还同晁仕交谈，没发现一丝一毫有绝命的迹象。"

刘湘卿说："或许是中统内部干的。"

刘文彬说："这事出得很蹊跷，我也是这样认为的。从谷燕那儿得知，谭际桂这几天没有外出。"

刘湘卿说："舍车保帅是常有的事，杀人灭口。不过，方志诚也是一个卒子，这与他们的上层有关。要和姬德邻多联系，解脱一下困境。"

说实话，有许多不越界的行为，却被越界的行为所毁灭了。

究竟情况是怎么样的，相信一个真实的历史会有办法还原给人们一个实在的真相。刘湘卿和刘文彬想到一起了，其实是在为还原历史做事。

无论如何，谁都必须承认，在这个世界上纸是包不住火的。秘密躲到哪里去了，它该死了。

第七章
抗日浪潮卷大地

人到了一个新的地方，对一切都是那么的稀罕、好奇，还有就是不理解，为什么要这样呢？

贾箴站在城隍庙门口，仔细观察这座新校址的容貌。虽然没有西安校址那么宽阔，但建筑风格别致。城隍庙围墙上布满了生机勃勃的爬墙虎，青翠的松树紧围四周，门外两侧一簇葱绿的竹林在微风里飒飒作响，那一排一排的花坛里，盛开着各种颜色的花朵，更是引人注目，不觉心情舒畅了许多。

古老的房屋，移住新人了。而且，他们是从四面八方聚集到这里的一些天真烂漫的青年学生。

李文杰走出门来，发觉贾箴竟然没有反应，她是在细读这座久远的建筑。于是，轻轻地喊了一声："越群姐，咱们走吧！"

贾箴赶紧转过身来，说："这好奇得不知要干啥了。"她一边挽起李文杰的胳膊，一边又说，"你看啊，这里的建筑风格同北方相比，有很大差异。你看，就连这城隍庙都是些雕梁画栋的，一踏进院子，给人感觉好像是琼楼玉宇的仙境里。"

李文杰一笑说："秦岭以南嘛，就有南方高雅丰韵的气魄。"

贾箴一边走，一边说："楚汉文化的显现，但有秦的影子。"

两个人不知不觉地走到东大街上，站在专署大门的对面，东瞧西望，寻找所要发现的那个目标。

李文杰抬眼向西一望，看到街道前面的北边墙上，挂着一块约三尺长的硬纸牌子，白纸黑字，"新华报代销处"。一声不吭地拉着贾箴的手往前走，来到牌子前，小声问："姐，对吗？"

贾箴只轻轻地点了点头。

李文杰回头向门口看了看，才进屋向一位小伙计问："小师傅，请问代销处有个刘湘卿，在吗？"

小伙计起身反问："你们是哪里的？"

李文杰回答："陕中的。"

小伙计说："是刚从省城迁来的国立陕西中学吧？"

李文杰说："是，是。"

小伙计说："请等一下，我去看他在不在。"

贾箴和李文杰被小伙计带到房后，上了楼板房。面前迎接的是一位身材魁梧、大高个子、一脸络腮胡子的人。

贾箴猜摸他应该是联络人介绍的刘湘卿。问："你是……"

刘湘卿不等说完，自我介绍说："我是刘湘卿，以销售书刊为生。"

贾箴掏出一封信，递给刘湘卿。

刘湘卿拆开信一看，说："这是省委组织部的介绍信。你俩是随陕中迁址到安康的，是高中部还是初中部？"

贾箴站起来自我介绍说："我名叫贾越群，化名贾箴，是初中部的学生。"

李文杰站在贾箴身边，说："我也在初中部的，箴姐是我在西安女子师范时的入党介绍人。"

刘湘卿眉毛一扬，说："欢迎，欢迎。巾帼奇才啊！安康实际不安康，斗争严峻复杂。你们来后，团结一致，共同谋事，发展壮大革命力量，唤起民众，自觉参加抗日救亡活动。当前任务，可在学校组织建立民先队。"

贾箴说："坚决服从组织安排。我们国立陕西中学是今年二月成立的，是为安置华北、东北沦陷区流亡学生而设立的。现有学生三百多人，大多数来自山西、河北、山东、绥远等沦陷区。他们饱受日本侵略者的欺侮，亲眼目睹日本鬼子无辜砍杀平民百姓的场面，无不义愤填膺，恨之入骨。我们一定配合做好工作，激发他们对日本帝国主义的仇恨，增强抗战到底的热情和信心。"

刘湘卿说："要抓好这个基础。"说着，又蹲在了一张凳子上，把顶棚上的一块活动盖子掀开，取出一本书，然后交给贾箴，又嘱咐说，"这个，你们拿回去细心阅读，千万不能丢失，一定要保存在安全的地方。"

贾箴说："好。请放心，我们走了。"

刘湘卿把她俩送到楼下说："今后我们每星期联络一次，具体时间定在周五下午五点左右，在泰华书店门前会面。"

贾箴说："好，记住了。"

刘湘卿说："不送了，路上小心点。"于是向小伙计高声喊道，"请把客户送出大门！"

贾箴回到学校，一头钻进自己的宿舍，独个儿考虑民先队怎么个组建法，如民先组织领导的选配，民先队员的确定条件，民先队活动的计划制订，包括方法、步骤、内容及注意事项。又对学生状态进行了一番认真的分析，认为这些同学都来自全国的流亡区或者是即将沦陷的地域，相互之间都不认识，更谈不上了解了，他们的成分结构也很复杂。高中部的同学年龄大一些，同初中部同学比较，还是年长同学觉悟高，斗争性强。他们接受新鲜事物迅速，对时局反应敏锐，在高中部率先组建民先队比较稳妥、可靠。她对刚进门还没坐下来的李文杰说："文杰，我想这个组织由高中部承担组建，你觉得呢？"

李文杰坐下来说："我看也是这样，据我所知，咱们初中部的这些小崽子，虽然绝大部分来自沦陷区，但是由于出身于富豪劣绅家庭，加之社会原因，如受国民党对共产党大肆进行诬蔑攻击宣传的影响，有的对共产党说三道四，有的出言不逊，破口漫骂，有的甚至说什么，共产党联合抗日是假，要夺蒋委员长的权是真。明明是蒋介石要吃掉共产党，他们置事实于不顾，颠倒黑白，歪曲真相。初中部只能配合高中部了。"

贾箴说："是这样，在初中部也不能放松指导的工作，要让他们逐渐认清历史的真相。在高中部，谁来撑这个头呢？你觉得赵祺怎么样？"

李文杰虽然没开口说出，但心里却已经有了赵祺这个人选。便脱口而出："想到一起了。这个同学不算多熟悉，打过几次交道，言行举止很得体，办事认真，处事果断，给人一种成熟的感觉。行，我看行。"

贾箴说："不能盲目，先摸清底细，还要同刘湘卿商量。我们的工作，必须在组织的领导和支持下进行。"

李文杰笑了一下，说："越群姐想得很周全。"

这天星期五下午放学后，贾箴按往常一样，肩挎书包，不慌不忙地穿过东大街，来到泰华书店对门的一家商店门口，一眼就看到刘湘卿在书店东侧的街道边走来走去。他也瞧见了，便把手上拿着的一张报纸举在半空中向她摇了摇。她走了过去。

刘湘卿轻声问："情况怎么样？"

贾箴回答说："进展顺利。通过姬也力去征求赵祺的意见，他同意了。让他再去联络南映海等同学。"

刘湘卿高兴地说："那好，你们要以'民先'这个组织身份参与活动，不要暴露自己。"

贾箴说："知道了。我告诉你，我们初中部的学生，下星期三就搬到新城北门内的兵营里去了。"

刘湘卿说："这个兵营我知道，周围地形也比较熟悉。那联络地点就改在新城南街十字路口向西的一条小巷子里，有一个康宁中医铺。如果不好找，你先去兵营门口的'富源'商铺找女老板，她会帮助你的。我于后天要到恒口、汉阴和石泉去，来回半个月左右，去联络的人也变了，时间不变，记住联络时的暗语。"

贾箴默默地重复了两遍接头暗语，接过刘湘卿给的报纸，从容镇静地钻进了人群之中。她没有再回过头看看书店是什么样子，只是闷着头一直往前走，走到一个十字路口才放慢了脚步。

这个周末的傍晚，夕阳躲在一片乌云里，天气阴沉沉的。不知道从哪个方向吹来一阵微风，杨树、松树、柏树、柚子树、柳树，还有那些月季花、刺梅花、紫荆花在风中摇曳不定，飘散芳香。

贾箴走出门时偶然望见有两只喜鹊在头顶上盘旋了一阵子，向一棵高高的红椿树上的巢窝里飞去。她站在"富源"商铺门前朝里边望了一眼，不见那位女老板。她不假考虑地自个儿向南街走去，走到十字路口向右一拐，一眼就看见了康宁中医铺的牌子。她看了看前后小巷子没有人，便走进了门，向柜台里一位白胡子老头问："老大爷，有天麻吗？"

老头站了起来，向门外扫了眼，回答说："要抓这药，有。还有铺地锦，需要不需要？"

贾箴一笑说："要，要。还要加一味香附子。"

老头走出柜台，打了一个礼节式的手势，说："请，请到屋里说话。"

贾箴进屋，看到一位仪态潇洒的青年人，纹丝不动地站在方桌旁边。她问："你是……"

他盯着面前出现的这位身材高挑、标致大方的女子，不等她问完，就主动地自我介绍说："李子树下围篱笆，护根。"

"需要掰开吗？"

"必要的时刻。你呢？"

"一个高个儿的人，站在大众之中，是显得鹤立鸡群，还是出类拔萃呢？"

"是贾越群，贾箴同志？"

"是。李开藩同志。"

"刘湘卿外出，由我来接替联络。有什么新情况吗？"

贾箴端起茶杯又放下，说："陕中明天上午九点钟，在城郊龙王庙举行'民先'成立集会，结束后准备上街游行。"

李开藩问："路线怎么安排？"

贾箴说："沿公路入土门，从西大街到东大街，中途经专员公署，而后回到学校。"

李开藩思考了一下说："常言道，打墙盖房，邻舍帮忙。这是壮大中华民族解放先锋队力量的大事，一定鼎力支持。我即刻联系其他学校民先队组织参加助威，造成一个声势浩大的抗日游行队伍。为了以防万一，在保证安全方面，也得想一些办法，这个由我来负责解决。"

贾箴说："好，谢谢。"

李开藩说："还谢呢，这是我们共同的事业嘛！"

当他们先后走在街道上的时候，天已经黑下来了，各家各户几乎是掌灯关门了。行人稀疏，夜幕紧锁。只听得从城郊传来断断续续的狗叫声，这叫声意味着不管是城里人还是乡下人，都能听得出来，在这个时辰里不知道是谁还穿梭在夜色中，忙啥呢！

这座龙王庙同其他庙宇相比，虽然建筑不是那么宽阔高大、雕绘工艺不是那么精良细致，但是依然显得恢宏壮观，以巍峨磅礴之气势耸立在秦巴山中。

龙王威严地坐在神台上，肯定会清清楚楚地知道，自那个时候起到现在，从来没有这么多清一色的青年人，整整齐齐地站立在自己的面前。他们气宇轩昂，神采飞扬，他们即将汇入滚滚的洪流，荡涤中华大地上的一切污泥浊水，直至最终全部地清除其残渣余孽。

什么事是大事？使命重如泰山，苍天做证。

南映海走出队列，站在庙前的地坛上高喊道："同学们，现在，我宣布：国立陕西中学中华民族解放先锋队，今天成立了！现在请民先队队长赵祺同学讲话。"

会场掌声雷动，呼声如潮。

赵祺镇定地走上地坛，声音响亮地说："学友们，中华民族解放先锋队在我校的成立，不仅是学校的大事，而且也是安康的大事，更是抗日拯救中国的大事。我们要做这个洪荒时代的先锋，在举国上下的抗日救亡中尽心竭力，为争取民族独立、自由民主而骁勇奋战。同学们，民先队所属的宣传队、歌咏队、话剧团、流动图书馆、报刊社以及同学会、学友会、声援救急队分别由南映海、姬也力、杨国成、周增杰和肖玉岱同学负责，宣传抗日的方针和主张。同学们，让我们高举'抗日高于一切'的旗帜，团结一心，共赴国难，争取抗日战争的最后胜利！"

话音刚落，青年学生们摇旗呐喊，个个意气风发，慷慨激昂，如同奔赴在抗日的战场上，表现出同敌人生死拼杀的那种英勇士气。

在南映海发出游行开始的喊声后，青年学生们高举红旗，打起标语，高歌《在松花江上》，沿着田间小路，宛如汹涌的潮水一般向安康城涌进。

游行队伍进行到雷神殿时，赵祺传话停了下来，接着将学生们做了调整，分为三个梯队。他为第一梯队领头，队部的其他几个负责人安排在第二、第三梯队。刚出发时，姬也力来到赵祺身边，说："这也是战场啊！"

赵祺没回头，看着身后声势浩大的游行队伍，说："是啊，只有勇往直前，才能获得胜利。"

南映海插言，说："老言道，刀钝石上磨，人笨世上学。这同样是抗日的战斗啊，在这样的战斗中会使我们更加锋利和聪明起来，要达到目的是指日可待的事。"

他们会心一笑，想要说下去，但没有说出来，年轻的命运同祖国连在一起，只盼一个伟大而完美的结局。

趁大家不注意，贾篾和李文杰悄悄地挤到前面的队列里，却被赵祺发现了。便强拉硬扯地把她俩推到后排，并严厉地说："这是规定又是纪律，必须严格遵守。"

他们知不知道她俩是共产党员，谁也无法得知。但在他们心目中有一个想法，是完全可以肯定的，这就是高中部的学生对初中部的学生，一定要保护他们的安全。何况还是两位女同学呢！

兴安师范的游行队伍，高唱着《放下你的鞭子》走出了新城的北门，距雷神殿有五六百米，即将与陕中民先队会合。安康中学的学生们已经在火神庙集结，等待两支游行队伍的到来。

魏席儒办公室的电话接连不断。

方志诚说："专员，兴师学生上街了！"

冯大轰焦急地喊道："专员，我们的学生难以控制，倾巢而出。"

周昌嗣的语气更是杀气腾腾："魏专员，陕中、兴师和安中的学生分别向土门方向进发，赶快出动警察进行镇压，否则就难以操控这个局面！"

警察局长卫凯在电话中问："专员，怎么办？是出兵还是不出兵？我们这点人怎么能挡得住呢！"

这些紧急的电话，让魏席儒一时急得焦头烂额，也顾不得那么多了。尤其是听了局长的电话后，他火冒三丈，大发雷霆，训斥道："出兵，怎么不出兵，人少也得出兵。养活你们这帮人是干啥用的！看你的脑子比猪还要愚蠢。"

卫凯又问："专员，顶不住，开枪不开枪？"

魏席儒大喊大叫道："你简直是个糊涂局长，这还用问吗？"

卫凯说："要听专员的！"

魏席儒一边说："别啰唆，听现场的！"一边挂掉了电话。接着又拿起耳机，让话务员接通警三团团长电话。"刘团长吗，几个学校的学生上街闹事，看样子声势很大，我们的警力不足；我向你求援，请派兵配合我们制止这种不法行为。"

实际上刘威诚早已知道学生们要上街举行抗日大游行，已经做了兵力部署，以防出现意外。接到这紧急求援电话，感到这是个很好的机遇，不妨顺水推舟，合情合理地实施自己的计划。他不假考虑地说："魏专员，维护当地的社会治安，也是我们的责任。请放心，我立刻就派兵。"

其实，警三团由沙成轩和陈省珊带领两支队伍，已分别经鼓楼街和土门两个方向朝着专署门前的东大街跑步前进。

警察局派出的保安队荷枪实弹，急促地出了专署大门，朝着西大街方向部署了三道防线。街道上的人们慌乱不堪，躲进了小巷子里边去了。有少数胆大的青年人站在街道边上看新鲜，也被保安队员抢枪驱赶，"快滚，快滚！凑什么热闹，不走待会儿吃枪子儿。"

游行队伍急风暴雨般扑向东大街，同保安队对峙在专署门前。

南映海头部被击伤，鲜血直流。贾篴准备了药物，赶快为他止血包扎。

赵祺领着同学们高呼抗日口号，毫不畏惧地一直往前走。

保安队打开刺刀、端起枪，也未能逼迫游行队伍停止前进，只得一步一步地往后退。

"鸣枪，给我鸣枪！"卫凯举起枪，声嘶力竭地喊着。

啪！啪！啪！沉闷的枪声划过了安康城的上空。人们都明白，只要听到枪响，就知道要出事了，而且是要出人命关天的大事。

这时，刘威诚赶到了，高声质问道："是谁命令开的枪？"

"刘团长，是我。专员说，开不开枪，现场就是命令！"卫凯强辩地回答道。

刘威诚也愤怒了，说："现场，现场就是全副武装的警察面对手无寸铁的青年学生。他们抗日的激情，用这种手段吓唬得住吗！"

卫凯说："嘿，堂堂的刘团长，怎么替他们说话？"

刘威诚说："局长，这是伸张正义。现在是全国军民团结一致，抗日救亡。难道你不知道吗？他们抗日游行，就把你们吓成这个样子了，你们还能奔赴抗日的战场吗？"

卫凯说："刘团长，警备旅在安康有势嘛，你看怎么办？"

刘威诚二话没说，朝着沙成轩喊道："给我往前边上！"

沙成轩带领部队直插警察与游行队伍中间，并指挥保安队向后撤退，给游行队伍让出一条道来。

游行队伍在专员公署的门前稍加停留，高呼抗日的口号声，此起彼伏，一浪高过一浪，一些抗日宣传单纷纷扬扬地飘落在大街小巷里。那些抗日的标语，贴满了大小墙壁，内容醒目，振奋人心。

陈省珊压阵掩护游行队伍走过专署门前时，看见刘团长还站在那里，环视周围的动态，发现保安队只留下几个士兵在那街道旁乱转悠。

刘威诚朝着陈省珊微笑地招了招手，意思是将部队立即带回。

"刘团长，尽职尽责，非常感谢你的支援。"魏席儒走出公署大门，老远就喊着说。

刘威诚转过面，说："应该的，应该的。如果举措失当，就会造成灾难。"

"是是，没有酿成大的流血事件就是幸运啊！"

"在当前团结抗日的时局下，青年学生的抗日情绪是可以理解的，要因势利导，不可强横阻拦，否则会使矛盾更加激化。"

"不过，这样于安定局势不利。我们只能听南京政府的，都得效忠党国嘛！"

"效忠党国，与忠于祖国，忠于人民，没有矛盾吧。我们的民族处在危难之中，应该保护一切参加抗日的积极性，这是当务之急。"

"好，好。抗日高于一切嘛，情有可原。刘团长，要不到专署坐坐？"

"不啦，不啦。各忙各的公务吧！"

刘威诚回答话的时候，总觉得那两句话从这位专员的口里吐出来，实在刺耳。

他心里是这样认为的吗？不是真心的，一定是假的，亏你还是蒋委员长侍从室的高级参谋呢！刘威诚又从晁仕被暗杀的事件中判定，他是一个两面三刀的人，不是正人君子！国民政府，就养活了如此的一大批人，都变成了中统局的刽子手。

魏席儒回到办公室，立刻接通冯大轰的电话，气急败坏地说："冯校长，对你的学生以后要严加管制，再不能发生类似今天的事件。更重要的是，不要让你的学生变成'民先'分子。你明白吗！"

冯大轰听到这些话，觉得难以接受，最终还是把心中升起的一团火压下去了，表露出低三下四、卑躬屈膝的样子。他恭顺地说："专员，我费了九牛二虎之力，也未能阻止住学生们的行动，是我的失职。我建议能不能派警察或保安进驻学校，以武力震慑一下，会好一些。"

"我的兵力要考虑防止十大县意外发生的闹事、暴乱及土匪的袭击等事件。怎么能派到学校去呢？去是要去的，只是不到时候。到了那个该去的时候，就要实施镇压的军事行动了。"

"专员，确实为难啊！"

"你是校长，又是中统的人，就得排除万难，办法是想出来的，不是向我喊苦喊出来的。"魏席儒说完，把话筒啪的一声放下了。电话接着又响起来，他认准是冯胖子的电话，坐在那儿一动也不动，脸上显出一副苦闷的神色。

方志诚接到魏席儒要他去的电话，猜摸来猜摸去，不知是什么重要事情。不过有一点，什么事都可以做，但再不要让自己参与害人性命了。先是一阵慌张，后来又变得镇定了一些。当他一走进专员办公室的门，只听到客气的招呼声："方老师，请坐，请坐。"又指着茶几上放着的茶杯，说，"喝茶，喝茶，是刚泡的热茶。"

方志诚不知所措，只问："专员，有什么紧急的公务要我去执行吗？"

魏席儒慢条斯理地说："急倒不是很急的事，但都是极其重要的，关系到党国的大事。"

"专员，什么事都可担当，类似处置晁仕那样的事，可不要让我再干了。"

"怎么了，害怕啦！这可不是党国忠诚之士的表现啊！这你都畏惧，就不怕共产党杀你的头吗？现在，没有选择的余地了，你停滞不前是不行的。既然上了这条船，我们就得同舟共济，一起往前走，这才是对的啰！"

"专员，那我应该怎么做呢？"

"外甥点灯，还是照旧，只不过范围要扩大些。你要让你们兴师的抗先队员钻进陕中民先队，了解其活动，再摸清是不是有共产党在操纵。还有，你要协同冯校长发展和壮大安康中学抗先队的力量，限制，不，是严格杜绝学生参加民先队。"

"专员，我力不胜任啊！"

"不，不！从不久前你处理的那件事看来，你是得心应手啊！是会干得更加漂亮。"

"就是我和冯校长，人太少了。"

"怎么只是两个人呢！还有我呢，还有我们同一条战线上的耿介之士，再还有那么多的抗先队的队员呢！这力量够庞大了吧！"

"专员说得对。那究竟怎么做才好呢？"

"我刚不是说过了，只要把这个网撒下去，不愁打不到鱼。你看汉江上，弯舵船就转，拔篷船就快。人心到了，办法自然就有了，就能成为党国的一名功臣。"

这番话又把方志诚的心引向了一条破烂不堪的船只上，被缆绳死死地拴着，想挣也难以挣脱。

过了半个月之后，方志诚得知两条消息。一条是警备旅旅部和警备二团即将调回西安，由陕保一团和二团来安康驻防，警备三团暂时留守。不管怎样，这一走，以势压人的状态会被改变。另一条是在百般阻挠中，陕中还是在安中发展了民先队员，还成立了民先队分部。谁担任分队长，并未侦知，方志诚很恼火，也很气愤。不过，他又想，你冯大轰是专员的红人、能人，都难以掌控，自己生什么气，何以指责自己呢！

这天，谭际桂在学校院子里碰见了方志诚，看他扭头就走，便喊道："方老师，怎么不想见人啦！"

方志诚回头，冷冷地问："见谁呀！"

"我呀！"

"有什么事吗？"

"陕中的情况，你知道吗？"

方志诚摇了摇头。

"安中的学生也不安分。"

方志诚苦笑了一下，没说话。

"这些事，魏专员清楚吗？"

"你们没给报告吗？"

"我们周站长只向西安行营负责，不与其他任何方面发生横向联系。"

方志诚只嗯嗯了两声，还能说什么呢！他们连专员都不在眼里搁，对我们这些人更是瞧不起了。于是，扭过头就走。

"哎，哎，还没说完呢。警备旅要走了。"

方志诚只管朝前走他的路，带着讥讽的口气高喊道："过了时的军事情报满地都是！"

谭际桂看着方志诚远去的背景，撇嘴笑了。好像在说，民先队又在酝酿成立安康队部了，连这都刺探不到，酒囊饭袋，还逞什么威风。

方志诚虽然没有回头再说什么，心里却在想，捂住耳朵偷铃铛，自己哄骗自己。你以为你了如指掌呢，还不过是捕捉了一个影子而已。

世界上没有不透风的墙。不过，组建民先队部的风，实则是有人故意放言而为。

真正民先队部怎么个诞生，谁也难以掌握清楚。

星期五上午刘文彬对董明钦说："雷锋同志，有一个重要任务，你须得去做。"

董明钦坚决地说："文彬同志，有什么使命尽管交代。"

刘文彬悄声地说："请通知各校民先队的队长，还有部分党员，于星期天中午到西药王庙，在你名下开会。简天这些人员必到。"

这一番话，实在让董明钦丈二和尚摸不着头脑，问道："文彬同志，我听得好糊涂啊！"

刘文彬一笑，问道："你姓西还是姓东？"

董明钦点头说："我明白了。"聪明的人不用细说，他又补了一句，"我会减法。那天那些人就不必这天去了。"

两个人一击掌，会心大笑。

星期六中午的天气，晴空万里，风和日丽。东药王庙上空有一群一群的燕子在盘旋飞翔，周围的红椿树和白杨树上，几只喜鹊从这根枝头上跳到那根枝头上，叽叽喳喳地直叫。平常到这里求神拜佛的人络绎不绝，今天问卜宽心的人，依旧川流不息。

刘文彬、刘华、李开藩、贾箴、董明钦、罗时佶、赵祺、谢克容、张希亮夹在人流中，先后进了庙门，同百姓一起上香烧纸，占卦絮语。庙中，香味飘荡，烟雾缭绕，一派热火朝天的景象。

刘湘卿已经在后殿的一间房里等候着他们。他问刚进门的刘文彬："都安排妥当了吗？"

刘文彬说："门外、中殿、后殿都有人。这间房的旁边就是后门，门锁打开了，也有人把守。"

大家坐定后，刘湘卿说："今天召开会议，共同商议建立中华民族解放先锋队安康队部一事，其目的是进一步采取多种形式，搞好城乡抗日的宣传，广泛团结各行各业的民众，推动安康全区抗日救亡运动的发展。这个队部是直接隶属于民先西北地方队部，下设宣传、联络、安保、募捐等部。经征求各校民先队的意见，安康民先队的队长由陕西中学张希亮担任。大家有没有新的建议？"

与会人员异口同声地回答道："青年是抗日的先锋，完全赞成。"

刘湘卿说："既然大家都同意，这个先锋队，就要不负众望，真正起到先锋队的作用，为团结抗日救亡作出贡献。现在的形势很复杂，面对当前的敌我斗争，大家都要提防点，以高度的谨慎对付敌人百倍的疯狂。"

在庙门外担任观察的丁定，这时走进门，说："刚才谭际桂进庙抽了根签，没停留多久就走了。"

刘文彬问："有无异常表现？"

丁定回答道："她一边看着签，一边不知道嘟囔些什么，人声嘈杂听不清楚，表情很稳当。"

刘湘卿看了刘文彬一眼，说："还是开短会，达到目的为好。速战速决，不能拖泥带水，以免适得其反。"

刘文彬说："大家回去后，各负其责，为抗击日本帝国主义的侵略战争，办好一些实打实的事。现在大部分同学从后门撤出，少数几个同学要按原路出庙门。"

要做到自我保护，最大的力量就在庙里庙外的人群，同生面孔相行，谁认识谁？药王爷只管看病，并不干预别人在哪个地方做什么。

西药王庙与东药王庙遥遥相对，但之间的距离大约有两公里，位于公路旁的土丘上。香火不如东药王庙那样兴旺，显得有些清静和冷落。

星期天的中午时分，西药王庙被全副武装的保安队团团包围。一些杂货摊被驱散，一些上香的百姓被赶出庙门，庙里庙外被搜了个遍，算卦先生也被抓住问话。

西药王庙一时的沉寂完全被打破了，不管是谁心都慌乱了。

梁良本来想借此机会立个大功，结果扑了空，满脑子都在冒火气，便提着枪，吓唬一位算卦先生说："你见过一些青年学生，刚才来这庙里吗？讲老实话，不然崩了你！"

算命先生眯眼瞅了瞅面前站着的这个气势汹汹的人，平静地说："都是问卦算命的，谁认识哪些是学生。他们都是老百姓，来我这里，只是有求必应。"

梁良举起枪，在空中挥来挥去地问："你看见有人到后殿开会吗？"

算命先生说："没见人进去，哪知道有开会的。"

在询审的对话间，石畅带的队伍赶到了药王庙。既没进庙，又未散开，只整整齐齐地站在庙门前的空地上。石畅观望了一阵子，来到梁良的面前，问："抓到了吗？"

梁良气恼地回答："连个人影子都没有，是不是报得不准确？"

石畅说："哪能呢！或许你们有人走漏了风声，人家会议提前结束了，还有一个可能，就是会议根本没在这里召开。"

梁良说："有可能，那位算命先生没看见有人进去啊！"

石畅脸上流露出蔑视的神色说："又想啊，没进去人，不等于会议不在这儿开呀！再说，他们要临时改变会址，能来得及吗！"

梁良晦气地说："那倒也是。你我都是竹篮打水一场空啊！"

石畅宽心地说："同共产党打交道，要多一个心眼。不过，只要他们有活动，我们就有交战的机会。"

梁良带着保安队先走了。石畅却进到庙里转了一圈，越想越发笑，本来是声东击西，却恰恰相反，什么都无可击之处，贵在出其不意。

算命先生见石畅走出庙门，觉得面熟，这不就是昨天下午到庙里的那位高个儿的人吗？当时穿的是便衣，今天却是身着一身军装，还带着一支队伍。这个人到底是干什么的，我这个算命先生，也难以算出来。他连连摆头，纷乱的世界，复杂的人啊！

第八章
绞尽脑汁无所获

那天黄昏过后，西山上空悬挂的圆圆的蛋黄不见了，完全陷入了黯淡的苍穹之中。于是，黑夜解救人们繁忙劳累的一天，该高枕无忧地享受这温暖和甜蜜之夜了。

刘湘卿从外面急匆匆地回到屋里，没有一点睡意，他擦着根火柴点燃桐油灯，伏案执笔，认认真真地写了几个字。

存生：您好！

这里风水不错，我意在东南方建一座大点的房屋。如何？

湘卿

民国二十七年四月十二日

咚咚咚，是罗景明的敲门声。

刘湘卿连忙把简短的信装进信封里，顺手塞进抽屉。问："景明，有事吗？"

"有人找你。"

"谁呀？"

"说是陕保二团的。"

"噢，让进来吧！"

罗景明带进一位中等个儿的军人，转身就走了出去，并把门轻轻地关上。

刘湘卿打量了一番，看他手里还提了一包东西，便问道："你是陕保二团来的，是换防的吧？"

"是的，天太旱了，把水浇在当归地里，保墒护苗。"

"哦，不是水滴渗进了土里，哪能有浪涛滚滚呢？"

"哎呀，湘卿同志，我是程波涛，是省委派到陕保二团做党的工作的，是省委杨信亲自给我办的手续。他还给我介绍了安康党的发展情况，吩咐我到安康首先同你接头。"程波涛一边说着，一边将杨信让带来的一包宣传品和党的关系介绍信递给刘湘卿。

刘湘卿问："你的掩护身份呢？"

程波涛说："任第二大队上士文书职务。"

"同大队长关系如何？"

"大队长名叫石葆真，很熟悉，过去我给他看过病，还亲自护理过，私人感情不错。"

"利用这层关系，步步为营，稳扎稳打，终会成功。"

"陕保二团还在组建时期，正遇招募兵丁、购买马匹粮秣之际，就来了。"

"这是一个极好的机会，是成功的有利条件，再加上你做地下工作的经验，面对复杂的时局，一定成竹在胸，稳操胜券。"

"听领导给我讲，你在欧阳钦书记手下当干事，直接管过杨虎城的教导团、警备一旅、三十八军的教导队，阅历丰富。古语说，同声相应，同气相求。有你的指点，我们勠力同心，为抗日救亡，发展壮大党的力量，作出一定的贡献。"

"靠山知鸟音，近水知鱼性，你很快会爬山游泳的。现在，我们这里的形势很好，兴安师范的工作比较活跃，截至目前已发展党员五十多名。当前的任务是要逐步拓宽到其他学校，以至各县的城镇和农村，并建立党的组织。你来了，好哇。过天，我给你介绍刘文彬、刘经安、李开藩他们，以后好好地开展工作，我们一起在秦巴山顽强奋战。"

他俩想说的话很多，但不是这一时就能把心里的想法完全掏出来。他们都很明白，只有在今后波澜壮阔的斗争中，甚至裹挟着自己的骨、血、肉去演绎超前壮举，以冶炼和铸就共产党人钢铁般的意志。

程波涛站起来，说："我该走了。"

刘湘卿只嗯了一声，向罗景明说："到门外看看！"

程波涛看到罗景明向自己招手，便朝着大门走去。

刘湘卿跟在后面，说："波涛，今后没有紧急的事，不要晚上来，最好的是白天。白天街道上的人多，这石印馆的客户也不少，不容易暴露，无论何时，都要防止盯梢。"

程波涛回头说："好，知道了。"

夜，黑天黑地。街道上，只有模模糊糊的几个做生意的人影在晃动，最后不知去向。不知从哪家房屋后面，传来几只猫歇斯底里的狂叫声，好像是在嚷春，惹得这个黑夜不能安分守己，循规蹈矩。

两日后的傍晚，程波涛赶到新城东门外的农户家时，已经擦黑了。

早就来到这里等候的刘文彬一见面便问道："你提的是什么东西？"

程波涛一边解开布袋，一边神秘地说："这也是我们的战斗武器。"

刘文彬定睛一瞧，才明白是一部油印机，高兴地说："这下可就能翻印更多的宣传材料了。"

程波涛说："对，要印的材料很多，如陕西省委出版的《工农党员读本》《怎么发展党员》《支部怎么样工作》《怎么样做秘密工作》《党团怎么样工作》《党员须知》，还有《西北战线》《入学须知》《西北周刊》也可以翻印。现在，我们先翻印《怎么样发展党的组织》。"说着便把一本小册子递给刘文彬。

刘文彬接过一看，惊奇地问："你弄错了，这是军事教育会翻印的《射击教范》啊！"

程波涛说："没有错，你翻开封面就明白了。"

刘文彬揭开封面，"怎么样发展党的组织"几个大字映入眼帘，恍然大悟地说："原来是这么一回事。"

正说着，有人敲门。程波涛听到声音，进了里边的房间，刘文彬便去开门："但敬修，你咋知道来这里？"

"我刚回家，看见姨父家里灯亮着，就来了。"

刘文彬把但敬修拉进屋关好门，向程波涛介绍说："这就是我给你讲过的同学但敬修，家离这儿不远，房子就是他姨父家的，放心，这里很安全。"

程波涛搭眼细瞧，面前站着的年轻人，身材瘦高，大背头又浓又黑，目面清秀，举止文雅。他风趣地赞许说："很典型，比我标致得多。"

但敬修微微一笑，说："还没有你那么的标准呢！"

程波涛理解了这句话的含意，说："我们各有不同，要求也有所不一样，但是，唯一的是尺度应该完全一样，那就是为实现共产主义奋斗终生。"

但敬修一边帮着收拾纸张，一边说："既然选择了这样一条道路，就会为我们的目标矢志不渝地走到底，即使粉身碎骨，也在所不惜。"

三个人相视一笑，笑得很开心。从他们的目光中流露出一种勇猛顽强的气概，他们精神振奋，激动的情绪随着油印机唰啦唰啦地滚动。

这本书翻印到最后一页，程波涛看了一下怀表，已经是深夜十二点了，便对刘文彬说："我来装订，你俩再印些标语和传单，返回时顺便散发出去。"

刘文彬点着头，拿过已经刻好的蜡纸，细心地安装在印纱上，将印墨调试均匀，又拿起油印滚子，于是，油印机又发出唰啦唰啦的响声。

上弦月像一把弯弯的镰刀悬挂在天空，夜色一片昏暗，群山、房屋、树林影影糊糊地看不出它们的真形儿，好像也入夜睡觉了。

刘文彬和但敬修分别带了两个同学分头来到鼓楼街和专署门前的东大街上，张贴标语、散发传单。

就在这时候，梁良带领两名警察夜巡来到专署门前，发现墙壁贴满了标语，地上到处是散落的传单，梁良打起手电一照，大吃一惊。于是，手电的亮光在大街上扫来扫去，突然察觉，在东大街的南巷口，有几个人影一晃就不见了。

"快，到那边去看看！"

当警察急步追到一十字路口时，正巧碰上程波涛和一位同事迎面而来，大声问："有什么急事吗？"

"看见没看见几个人？"

"看见了，好像有三四个人吧！"

"看见到哪里去了？"

"窜到北巷口里边去了。"

梁良用手电向北巷口照了几下，什么都没有，只有几只猫在巷子里慢悠悠地走着，好像在猎物觅食。丧气地说："又让这伙子跑掉了！"

程波涛问："这伙子是干什么的？"

梁良拿着传单，又指着墙壁上的标语，说："这可能就是这伙夜猫子干的。"

程波涛从另一名警察手中接过传单，连看都没看一眼，就直截了当地说："这上面写的净是些抗日的字啊！"

"是啊！是啊！扰乱治安呀！"

"抗日是不是要唤起民众啊！民众起来了治安就乱了吗？"

"那我们不知道，魏专员指令，凡是乱写、乱画、乱贴、乱散，给蒋委员长头上戴尾子的，轻者训诫，重者要一律镇压。"

"戴什么尾子？"

"如拥护抗日的蒋委员长、国共合作的蒋委员长，等等。"

"啊，你们认为呢？"

"不知道。哎，你是哪部分的？"

"陕保二团的。看不出来吗？"

"天黑看不清楚，我知道才来安康的大部队，还有陕保一团。你们夜间巡逻吗？"

"我们这不是刚来安康嘛，今夜只是出来走走，领略安康的风味，再欣赏这座山城的夜色景致，在这儿就遇到了你们。"

"虽然是正规军也要警觉，最近共产党在安康活动得很厉害，安康不安康。"

"那可要认真地对付哪！"

"就是，就是，不过，那伙人也不是好惹的。"

程波涛蔑视地一笑，向他们摆了摆手臂，说："公理自在人心，不能简单地说是好惹与不好惹，这完全不是惹是生非啊！谁手中有公理，谁就不会怕，对吧！"

老远听梁良的声音："倒是那个理。"

程波涛看着他们已经消失在黑夜里，便转身向西大街疾步而去，当走到土门十字路口时，迅速地在泰华书店的墙上贴了几条宽大的标语。天很黑，看不清上面写的是什么内容。

早晨太阳刚露头，泰华书店门前挤满了人，都在观望醒目的标语，其中一条则是：假抗日真反共，绝没有好下场！还有一条仍然是：拥护抗日的蒋委员长！街道上一片嘈杂，人们议论纷纷，听不清楚他们都说些什么，但大多数人的脸上露出微笑的神色，这明显是赞许所写的这些内容。这时候，两名警察满脸凶气，一边吓唬，一边挤进了人群，将标语撕个粉碎，乱七八糟地卷在一起，慌忙地向专署方向奔去。

魏席儒从卫凯手中拿过那些不成形的标语和传单，又把它们放在地上，翻来挑去，企图把它拼凑起来。

卫凯看着专员难堪的样子，想说什么，害怕他发脾气，把话咽进了肚子里，在旁边走来走去，直打圈子。

魏席儒板着一副发怒的面孔，望着卫凯，说："你这个警察局长，都称你是个直肠子的人，到这个时候，你却拐弯抹角起来，说，有什么话就直截了当地说吧！"

卫凯这才停止了脚步，站在专员面前，指着那些支离破碎的纸屑，说："纸上面写的是'假抗日真反共，绝没有好下场''拥护抗日的蒋委员长''坚持抗战，反对投降……'"

魏席儒将手中攥的碎纸片往地上一扔，喊道："不用说了，竟然把标语贴在了专署门口，还扬言要打倒不积极抗日的我魏席儒。再说，日本还没有打到武汉，当然，襄樊更没有日本兵了。他们要抗日碍我什么事，我也成了抗击的对象，简直是胡闹！"他坐在椅子上，思索了一会儿，又说，"卫局长，看来共党分子的活动越来越频繁，来势越来越凶猛，你要多用个心眼才行啊！"

卫凯无奈地说："现在不掌握这些活动背后的操纵者，估计就是共产党分子所为。"

"能不能从学生中间突破呢？"

"这还是可行的，或许在他们中间可以打开一个突破口。"

"不是或许，而是要一定。当警察的，不能说软话，要做硬事，做得圆通，会有眉目的。"

魏席儒说着说着，坐在卫凯旁边的椅子上，又叽里咕噜地说了半天，卫凯听得很神秘，一个劲儿地连连点头，便急急火火地离开了专署。

刘文彬失踪了，谁也没有想到。

这天晚上，程波涛和但敬修在家里等到天黑，还不见人影。

程波涛想，已经商量好了的这个时间，怎么还不来呢！他觉得他是个守时的人，这时候还不来，可能有意想不到的事情发生。于是，对但敬修说："敬修，你赶快回校打听一下，看究竟是怎么一回事。"

但敬修一进校门，已经是十二点钟，他径直到了宿舍，轻轻地推开门，借透过窗户的月光一看，唯独刘文彬的床上无人。他一刻也没有停留，赶快到了教室和后院的会议室，两处的门窗全都关得严严实实的。哎呀，到处都是黑灯瞎火的，到哪里去找呢！他又想到，刘文彬有时晚上爱同两三个学友在操场边的一棵大槐树下谈天说地，讲古论今，以至意气相投，精神振奋，不到鸡叫不回宿舍睡觉。他跑步来到树下，只见鲁学昭和徐秀云两个同学坐在那儿聊天，喘着气，问："学昭，你见过刘文彬吗？"

鲁学昭立刻站起来，回答说："今天中午和晚上都未见到在食堂吃饭。"

"秀云，你见到了吗？"

徐秀云说："吃早饭的时候，在食堂门口见过，他给我讲，晚上要开个会，等候通知，但一直杳无音信。"

鲁学昭又插话说："这不，我和秀云正在这里议论这事呢，我们感到很奇怪，要不再问一问罗时佶，看他知道不知道。"

但敬修说："不用问，他不会清楚的，你们先不要声张，我再去找找看。"

当程波涛得知寻找无望的情况，蹙额闷想，一定是不祥之兆。他急忙到石印馆找到刘湘卿商量办法，石印馆伙计告诉，刘师傅到恒口揽活去了。他刚要出门时，进来了一位俊秀大方的女子，急促地问："刘师傅在吗？"

伙计回答说："不在。"

"到哪去了？"

"不知道！"

"啥时候回来？"

"不清楚？"

这女子有些生气了，直跺脚，提高了嗓门，喊道："一问三不知，刘师傅到底去哪儿了？我有急事找他。"

伙计问："找他有活吗？"

"有个很大的活。"

正说着，罗景明回来了，一见就问："谷燕，你怎么来了？"

"有大活，要告诉刘师傅。"

罗景明转过面向程波涛打了个招呼，指着这位女子介绍说："这位是'富源'商铺的老板谷燕。"后又指着程波涛，告诉谷燕说，"这是陕保二团第二大队的文书程波涛，我们队伍的伙伴，虽然，刚到安康时间不长，但打的交道还挺多的。"接着，转了一个话题，"谷燕，有啥活，就直说吧！"

谷燕抿嘴一笑，没有搭腔。心里想，在这样的场合是该说，还是不该说？完全显出一副窘态。

程波涛一眼就看出来了，说："你们有印务就去商量吧，不碍我的事。"

谷燕跟着罗景明进到后院，焦急地说："昨天早晨，我刚开店的时候，刘文彬来告诉我，晚上要一同去康宁堂，就在他返回学校，走到粮库拐弯处被两个人拉着出了新城北门，在路过商铺门前时，他一直盯着我，还不断地摇头。到天黑时，他一直未来，我立刻仔细地想了想，当时他那种异常的表情，一定是在示意着什么，心里直犯嘀咕。今天早晨天刚亮，我就去学校找他，同学说他一夜都没回学校，一定是被便衣警察带走了。"

罗景明一听，连忙说："是大事、急事，可以告诉程波涛，他是队伍上的人，会帮忙的。"

程波涛仔细琢磨谷燕说的当时的情形，急切地说："我们昨天也是找了一夜啊，谷燕想得很对，一定是被警察逮去了。我们分头行动，千方百计想办法救人。"

但敬修建议由罗长勤和鲁学昭来完成这一次急迫的任务，并说："罗长勤家的老五罗长清，为了躲避兵役，给安康常备四中队队长卢瑞祯当勤务兵，鲁学昭在专署也有熟人，一定能打听出一个虚实。"

在但家，程波涛一再叮咛罗长勤和鲁学昭说："赶快救刘文彬是当务之急，但有言道，紧行无好步，急水难捉鱼。一定要想得周全一些，做得缜密一点，千万不可暴露了自己。不要救人不成，反而把自己也栽进去了。"

罗长勤和鲁学昭带着组织的重托，离开但家，心想，古言道，救人一命，胜造七级浮屠。更何况，刘文彬是自己刚参加党组织的介绍人，是走向革命的领路人，哪能见死不救呢！在去常备四中队的路上，他俩想得很多很多，最大的企盼，就是刘文彬的平安、组织的安全。

警察局看守所的审讯室。刘文彬镇定自若，安然地坐在那儿，两眼放射出愤怒的光，丝毫没有畏惧的样子。

卫凯坐在对面，亲自坐镇提审："刘文彬，我们不是第一次打交道了，去年进过看守所，送到西安劳动营，是个惯犯。"

刘文彬理直气壮地说："惯犯，抗击日本鬼子，不是一时三刻的事，难道抗日有罪吗？只要日本鬼子不消灭，大概所谓的惯犯一直存在。局长先生，将来终有一天，不是惯犯的会变成罪犯，你信不信？"

卫凯把眉头一皱，但没有发怒，说："你别扯那些没边没沿的话。一个学生不安分守己，能瞎折腾出个啥名堂。"

"局长先生，你们凭啥把我逮到看守所？"

"你们瞎折腾，就不该问吗！前个星期天，你们同伙又在大街上闹事，对吧？"

"简直是草菅人命。那个星期天，我到恒口亲戚家去了，根本不在学校。"

"有谁证明？"

"罗时佶。"

"哈，哈！我们问过了，看来你的话是真的。刘文彬，这次请你来，能不能告诉我，操纵你们学生进行各种非法活动，是哪些共产党分子干的？"

"什么，什么，什么共产党，还是分子，没听说过也不懂。哎，想起来了，我们上数学课时知道，分子式中写在横杠上面的数，叫分子，如'五分之二'的'二'就是分子。再如，我们从物理学中得知，分子，是物质中能够独立存在，并保持该物质一切化学性质的最小微粒，它由原子组成。这究竟哪个是共产党分子，共产党分母，共产党原子呢！"

"你胡拉乱扯些什么呀，是共产党的人。"

"既然是人，他身上没刻上'共产党'三个字，我咋能辨别得出来呢！"

"如果没有人在后边指示，咋能那么的齐心，一时间，组织那么多的学生和百姓上街寻衅闹事，把安康搅和得风起浪涌不得安宁。"

"抗日高于一切嘛。只要有一点良心的中国人，都会这样做的。"

"你同刘湘卿熟悉吗？"

"熟悉，很熟悉。他是警备三团的人，人长得高大，篮球打得漂亮，经常在一起练球、打球、赛球，合得来。"

"陕保二团的程波涛呢？"

"刚来时间不长，他在部队当文书，有时来学校图书馆借书，见过几次面。"

"他们给你说没说过共产党组织的事，你可要老老实实地交代啊！"

"没有，局长，你是不是怀疑他俩是分子了？"

"你没有不同的感觉吗？"

"那当然有啦，都是正常的交往，他们是国军，我十分相信他们在国军里做事，一定是对的。"

"刘文彬，你要好好想想，还有什么疑点，可随时写出来，我们对一个学生娃娃是够客气的了，没有对你用刑，但不要敬酒不吃吃罚酒。"

刘文彬看着卫凯大模大样地走出看守所，鄙夷地一笑。转身回到牢房，从墙角拾起一粒石子，在墙壁上唰唰地写了几个字：谁能说分子、分母不在数学里。

罗长勤和鲁学昭刚进常备四中队的大门，碰巧遇到了罗长清。罗长清说："哥，妹子，请你们到屋里坐。"

罗长勤忙拉起罗长清的手，说："走，找你有事。"

罗长清把他俩招呼坐下，倒了两杯茶水，问："哥，有啥事？"

罗长勤说："我们的同学刘文彬可能被警察局逮了，你现在就去给我们问个究竟。"

罗长清说："昨天上午逮了一个学生，关在看守所，不知是不是这个人。看守所就在我们四中队的院子里，离这儿不远，是中队的士兵看守。你们坐着喝茶，不用着急，我这就去问。"

罗长勤和鲁学昭都觉得口干舌燥，谁都没心思喝茶，在屋里踱来踱去。

鲁学昭一直望着门外，说："看来既成事实了。"

罗长勤说:"他们这次行动,一定很阴险。"

鲁学昭说:"这个魏专员真的要下手了。"

罗长勤说:"没有足够的证据,他们就无可奈何。"

不大一会儿,罗长清就回来了,了解到了,就是刘文彬,而且局长刚才提审过,没上刑。警察局企图通过刘文彬证实名叫刘湘卿和程波涛的是不是共产党,刘文彬一直说不知道。卫局长还想知道一些不可透露的那些根系,还在等待刘文彬的醒悟。罗长清摸不透他们是同学,还是有别的来往。他晓得,最近共产党在安康的活动没有人不知道的,谁是共产党,警察局和保安团都没有查出个名和姓。重点控制的兴安师范,像烙烧饼一样,翻来翻去,还是在几个学生身上打主意,也没有一个结果,反而让"抗先"死了一个学生,"民先"抗日的气势更宏大了。罗长清想了半天,开口问道:"哥,你们和刘文彬是不是一伙的?"

罗长勤说:"是同学,咋不是一伙的?"

鲁学昭说:"长清,我们这几个同学志趣相投,都很合得来,都很关心中华民族的前途。"

罗长清说:"也许会怀疑你们也是共产党。"

罗长勤说:"是共产党被怀疑,不是共产党也要被怀疑,那就让他们怀疑吧。到头来,四万万同胞都被疑心了,就是不疑心他们自己在干坏事。我们不怕,只要行得端,走得正,还有什么可怕的。"

罗长清说:"哥,我的意思是小心点。据我所知,专署是要通过各种线索,采取各种手段,抓出控制安康这些学生和部分平民的幕后的共产党。"

鲁学昭说:"明白长清的好心,不要让别人误认为同学正常来往,也变成共产党的特别活动,要不然以'抗先'和'民先'联合的名义,到专署示威,解救刘文彬?"

罗长清说:"不妥,专署和警察局最害怕群众上街的阵势,这样做会出现僵局,对解救不利。"

罗长勤说:"我们做得既要稳又要细,这样吧,长清,你通过常备队和保安团的熟人去做警察局的工作。学昭认识专署的人,原安康绥靖公署专员兼安康绥靖司令,后被杨虎城委任为陕西警备第二旅旅长的张鸿远的一名部下,现在专署工作。这个人同卫凯来往密切,由你去疏通,还是有把握的,至于游行示威,视形势发展再决定。"

罗长清说:"就是那个张飞生的部下,我知道,他叫樊铭。"

他们商定之后，罗长清带领他俩到看守所探望刘文彬，见他精神振奋，情绪激昂，两手握得很紧很紧，像两把铁锤在空中抢来抢去，仿佛在示意坚强不屈的毅力。

鲁学昭看见墙上显眼的几个大字：谁能说分子、分母不在数学里。心里暗暗一笑，轻声说："同学，我们在设法救你。"

罗长勤说："坚持，有人会保护你。"

刘文彬小声说："一定要谨言慎行，千万不可轻举妄动。他们怎能奈何得了我。"

罗长勤说："明白了，请放心，一定做到万无一失。"

他们离开看守所，罗长勤跟着罗长清去找卢瑞祯。鲁学昭像一个男孩子一样，风度翩翩，飘逸洒脱地走进公署的大门。进门走了不远，却被一名门卫叫住了："过来，过来！你找谁呀？"

鲁学昭转过面，只一笑，没有回答。

这时恰巧从门外进来一个人，说："走吧，走吧！她是老司令的亲戚，常到专署，你没见过？"

"我是刚来的，对不起。"

鲁学昭不认识那个人是谁，只管朝着专署的西院走去。咚！咚！咚！没有人开门。

西院路上过来一个人，问："你找谁？"

鲁学昭礼貌地回答："找樊铭。"

"他正在召集一个会议。快结束了，你稍微等一会儿。"

过了一会儿，鲁学昭看见樊铭走过来了，还没开口打招呼，就听到樊铭的叫声："这娃子，你怎么来了，有什么事吗？"

鲁学昭一五一十告诉了来因。

樊铭问："是你们的同学？"

"叔叔，他是我们一级的，还是比较好的同学。"

"你们兴师出的事情很多，十双眼睛就有十一双瞅着兴师。他是不是同共产党有联系？"

"我想该不会吧。我们抗日宣传都是'民先'组织的，他又不是'民先'。"

"为了你们的前途，可要小心点，不要中了别人的圈套。"

"我知道该怎么做。叔叔，你放心好了。"

"如果是宣传抗日，没有什么大不了的，我给警察局说说。"

"谢谢叔叔！"

"你去吧，回家代问你爸妈好啊！"

鲁学昭听了这些话，心里轻松了许多，走起路来也带劲了。回到学校赶紧将此行的好迹象告诉了罗长勤和但敬修。晚上，又在但家同程波涛会了面，得知陕保二团第二大队长石葆真也在从部队方面想办法，大家对解救刘文彬充满了信心。

第二天上午，刘文彬像打了胜仗归来的将士，理直气壮地回到了学校。他们几个同学紧紧地围在一起，兴高采烈，谈笑风生，觉得很光彩、很得意。

第九章

急如星火返兴安

刘湘卿关于在东南建一座大一些的房子的构想得到存生的简短答复，待参加省委活动分子会议时，向关烽①详细报告以后再定。这次会议已经临近了，有好多的事情要去做，如建立中共陕西东南工作委员会的组织人选、近三个月组织发展的状况分析总结、今后工作的布置，等等，眼前的一些具体工作也要安排妥当。

这天下午，刘湘卿到陕保二团第二大队找程波涛，见他正在起草一份文件，问："都写些什么呀？"

程波涛放下笔，说："刚接到南京政府指令，先个时期，对趁抗日宣传滋生闹事制止不力，今后凡有类似的举动，一律严厉打击，凡发现共产党分子操纵者，格杀勿论，斩草除根！"

刘湘卿说："国民党当局又要血腥镇压了。"

程波涛说："这种狂妄，正好证明当局已经陷入了溃败的境地，自以为掌控全局呢！"

刘湘卿说："在非常时期，一定要掩护好同志，保护好自己，危险是一个信号，安全才是我们的妙策。"

程波涛说："这个文件只是一个应付。我会尽力处理好遇到的险情。请放心。"

刘湘卿交代说："你要继续协助做好兴师的组织发展，还要逐步扩大到安中去，不过，要一步一个脚印地去做，要稳一些，不要性子太急。"停了一会儿，又问，"你和陕保一团有联系吗？"

程波涛说："没有。我们直接受省委领导，这是规定。"

刘湘卿说："我知道，这会减少一些不必要的麻烦。"

程波涛把刘湘卿送出大队部时，碰巧遇到石葆真从团部回来。于是，介绍说：

---

① 关烽，为陕西省委书记贾拓夫化名。

"石葆真，这是警备三团的刘湘卿教官。"

石葆真哈哈大笑，说："你不是提起过他吗。真是听人说百遍，不如亲自见一眼，高大洒脱，一表人才，难怪篮球打得好。要不，再坐一会儿？"

刘湘卿说："谢谢大队长，还要回团里去。下次来，一定拜见大队长。"

程波涛说："我们的大队长，下个星期要去武昌受训，深造哪！"

刘湘卿说："这可是实现青云之志的极好机会，祝大队长官运亨通，步步高升啊！"

石葆真拱手道别，说："感谢刘教官的吉言。但愿再遇时，事则成！"

刘湘卿离开后，没有回石印馆，而去鼓楼街一家面馆吃了一碗酸菜面。他走出面馆，朝牛蹄岭西边一望，太阳快要落山了，想到，现在该是去的时候了。

康宁中药堂的门半掩着。老先生还在翻来覆去地盘账。他一见刘湘卿走进门，就说："他们到了，你进去吧！"

刘湘卿进到后屋，就对贾越群和但敬修说："今天有两件事要交代一下，一是越群你们的组织关系，暂交给敬修管理。敬修快要毕业了，到那时再另外安排人。二是在陕中民先队中发展党员可优先考虑赵祺等几个同学。现在当局正千方百计地侦察地下党的活动。敬修要注意方志诚和谭际桂的跟踪盯梢。他们的手段是很毒辣凶狠的，我们要以千倍的警觉对付他们的百倍疯狂。"

贾越群说："在我们学校已经出现了一些陌生人的面孔，一定是便衣警察。"

但敬修说："据罗长勤和鲁学昭从专署及常备队得到的消息，当局对一些学校进一步加强了警戒与控制。刘文彬同我们都商量了，第一毫不畏惧，第二急中生智。"

刘湘卿说："时局的发展，就是最实际的考验。有风使风，有雨行雨，不相信斗不过他们，我们的力量会越来越强大。"

突然间，一阵狂风擦过了田野，穿进了街道，枯落的树叶被呼啦啦地卷起，在半空中飘来飘去。一时间，天空一团一团的乌云由东向西滚动。

老先生走出门外一望，自言自语地说，云往东，刮场风，云朝西，关公骑马披蓑衣。他刚要进屋，听见背后有人喊："老先生，还没关门哪！"

老先生回头一看，是两位夜巡的警察，说："老总，马上就关了，到屋里坐坐吧！"

"不啦，眼看要下雨了。"

"老总，走好！"老先生一闪身进了屋，顺手将门关上了。

这时候，唰唰地下起了瓢泼大雨，屋顶和街道被雨滴打得噼噼啪啪作响。

天越来越黑，雨越来越小，但没有停止。夜幕被洗得湿溜溜的，平展展地挂在广阔的天地里，既安静又沉重。

新城南十字拐弯处，先后走过了三个打着雨伞的人。一个高个子的人向东走去，前面不远就是兴师的所在地。老先生掀开一道门缝，探头远望，看他进了兴师那个椭圆形的大门。还有一高一矮的一男一女并肩而行，他俩把雨伞打得很低，看不清脸面，不紧不慢地走在北街上。由北门走过来的夜巡警察，死劲地朝这两个人盯了盯。一个低声地说："雨天里，两口子不在家里睡觉，在街上逛荡个啥！"

另一个说："咱们想睡还睡不成，他们倒是该睡不睡，人都是这么奇怪。"

"人家闲着，该是睡够了。"

"哎呀，年轻人，哪个不迷恋财物，喜好女色，还能睡得够，贪得无厌啊！"

"你就是那样嘛！说得酸溜溜的。"

"酸的，甜的，时间长了，就不一样了。甜的，也会变成酸的了。"

"平时看起来老老实实，说起这事来，却是一套一套的。平时你是假装的吧？"

"今夜，只不过是触景生情，激发一种感慨呀！不能当真啊！"

两个警察一边说着，一边紧紧盯着那两人不放，直至他俩进了兵营才罢休。

"那是警备三团的军官和太太吧？"

"或许是吧！"

"我又想，哪个官不上山打野鸡，或许是临时的。"

"有这个可能。"

"别操那份闲心了，走吧！"

雨夜蒙蒙。天地之间，完全处在一种黏糊糊的状态，往日的生机勃勃，一下子变得暮气沉沉。这个夜晚，人们觉也睡得不踏实，是雨在黑夜里悄悄地说话。

不多一会儿，从兵营出来了一位打着雨伞的军官。他打量了一下周围的动静，同夜巡警背向而行，踩着街道上的泥浆，大踏步走出了那座低矮、厚实而狭窄的新城北门。他是一步一个脚印地走，慢中有快，进入了新城向老城过渡的那片宽阔地域的另一种夜景。

这个夜晚从某种含义上讲，此刻的时光是留不住的，人们在睡梦中完全没有意识到时间就这样悄悄地自我消失了。唯独那个潇潇洒洒、独来独往的人，他走出的一串串脚印，却永远雕琢在被秦巴山拱抱的这座山城内外。

当晨光来临的时候，田野苏醒，雀鸟啼鸣，河水潺潺。人们这时候才发现，一些新生的抗日标语和传单无处不有，铺天盖地，来势猛烈。

魏席儒很惊讶，随即指令要把宣传品一张不落地收回，彻底坚决地追查其来源，并追究刑事责任。警察局和保安大队手忙脚乱，立即出动多支部队追查。一时间，大街小巷全是大檐帽在攒动。摆摊的、算命的、卖药的，全被驱逐出城，有一丝怀疑的迹象，一律被抓去审问。

梁良看见一位老汉手里拿着一叠纸，凶狠地问："过来！你拿些什么东西？"

"是一叠纸。"

"从哪里弄的？"

"从墙上撕的、路上捡的。"

"你看见写些什么字吗？"

"我扛着杠子进城，一字不识，不知道！"

"你想窝藏吗？"

"老总，我家木板门裂了，想拿回去糊一糊，好挡风。"

"你在胡说，是不是也被赤化了！"

"啥？吃怕了？就是，我家缺粮断顿的，咋活命呀！"

"是赤化。是共产党，这是共产党的宣传标语。你相信他们吗？"

"我不懂，也不知道，只想用它去挡风。"

梁良恶恨恨地从老汉手里夺过那叠纸，塞进箩筐说："还挡风，房子会倒下来，把你压死的。"

老汉悻悻地向前走着，回头说："不会的，不让挡算了，那透风的木门，一直让它透到底吧！"

当天下午，警察局抓了兴师、安中、陕中的几名学生，进行了一夜的审讯，毫无结果。在各学校校长的出面严正交涉下，才把他们释放，并押回了各学校。

两辆军用卡车，在狭窄的公路上摇摇晃晃，缓慢行进。中午时分，只听哼哼哼地爬上了秦岭山顶上的山垭子。

人和车都走得很累，该松口气了。

刘湘卿一下车，站在高处的一块石头上，举目眺望，群山绵延起伏，气势磅礴。这远山近岭，宛若身披茸厚的绿色衣衫，没有一丝裸露的地方，唯有一条曲曲弯弯的公路像细带子缠在它的腰间。这个祖国的南北分水岭，好雄浑壮实啊！

他把手攥起来，轻轻地松开，又攥了起来，没有说一句话，便迅速地上了车。这时，才对司机说："小刘，抗日的决心，如群山屹立，不动摇。"他心里还在想，共产党人要在艰难困苦中，勇于爬山，爬到极顶，顶天立地，让党的旗帜在秦巴山里高高飘扬。这只有自己清楚，不能给司机明讲。他见小刘脸上露着自信的微笑，娴熟自如地操纵着方向盘，大概对前面下坡的路况蛮有把握。

在秦岭里疾驰，犹如御山而行，腾云驾雾，不由得让人有提心吊胆、如履薄冰之感，希望那种满目疮痍的惨案不再发生。天从人愿，福由心造啊！

出了沣峪口，天是那么的广大，地是那么的宽阔，心更是那么的豁朗。三个多月，没见家乡的乡党、庄稼、草林，如今相逢，倍加亲切。

刘湘卿对小刘说："一路行车，有危险！"

小刘说："我只顾开车，没感觉到深沟峡谷的险势。"

车轮飞驰，卷起一股一股的尘烟，在关中平原的上空飘飞。

马不停蹄，向云阳镇进发。

这次有三十多名县级以上干部参加的陕西省委活动分子会议在这里召开。一间会议室不大不小，虽简陋却很整洁。刘湘卿同与会的同志们围坐在圆桌旁，全神贯注地听取了贾拓夫所做的《巩固团结，保卫陕西，目前的迫切任务与工作》和张德生组织部长所做的《党组织上的大量发展党员》等领导的讲话。会场上，不时响起雷鸣般的掌声。那种浑厚的陕北新腔和清脆的关中秦腔的声音，指明了伟大的目标，呼唤起强大的力量，使得与会人员心潮澎湃，激动不已。

报告结束，刘湘卿刚走出门，听见有人在喊"王力"这个名字，好长时间没有听到有人喊了，听到这么一喊，离开不很久远的刘湘卿，感觉更加亲切了。他猛然回头，很快走向前去，叫道："张部长，你太忙了。"

张德生拉住刘湘卿双手说："你辛苦了。我给你的回信收到了吗？"

"收到了。"

"原则同意你的建议。这次会议不是有这个主题吗。我刚才讲过了，当前正是发展壮大党组织的时候，时局不等人，我们要把工作做在时局的前面。现在，你去吃饭，晚上我带你去向贾书记报告情况。"

"部长，你们太忙了，要不改天吧！"

"俗话说，会者不忙，忙者不会。虽然忙点，但要紧事急办，还须给你留个考虑的余地嘛。"

夜越漆黑，屋里的油灯越光亮。这间宿舍兼办公室，既朴素又干净。

贾拓夫不紧不慢地说："王力同志，你到秦巴山工作可受累了。这几个月，做了大量的他人没做到的事情，德生同志给我讲了，很有成绩。你亥不哈（陕北方言：听懂了吗）？"

张德生连忙向刘湘卿说："书记问你听明白了吗？"

刘湘卿一笑说："听懂了。我做得还很不够。"

贾拓夫说："你不仅有胆量，而且很有胆识。好吧，谈谈想法。"

刘湘卿说："这几个月，我有三个转变。一是从消息灵通的关中平原到闭塞的秦巴山地域工作；二是从做部队党的管理扩展到在地方上发展党员和建立党的组织；三是从半公开的方式变为隐蔽的方式。现在我们的工作不仅得到扩大，而且逐步巩固起来了。各学校都建立了党组织，共有一个特支、一个支部、三个小组，另外，还有一个农民小组，有六名小学教员进行单线联系，共有五十多名党员同志。在学校放暑假期间，各回各县去工作，除镇坪以外，其他九个县都有共产党组织或者党员在活动。"

贾拓夫一边听一边记录，还不断地点头。说："看来，壮大党组织势在必行。按你讲的，现在具备了基本条件，要建立东南委员会已经水到渠成。德生，你是分管西路、沿河、安康、汉中工作的，谈些意见。"

张德生说："根据发展速度之快，发展规模之大，需要建立一个高一级的党组织机构来统领工作，我同意王力同志的建议。"

贾拓夫问："名称呢？"

张德生稍加思索了一下，说："中共东南工作委员会。"

贾拓夫又问刘湘卿："王力同志，你看呢？"

刘湘卿说："我也是这么想的，就称中共东南工作委员会。"

贾拓夫说："就这么定了，就叫中国共产党陕西东南工作委员会，机构设置人员组成呢？"

张德生说："我同王力同志商量过，委员会下设组织部、宣传部和一名秘书。王力任工委书记，刘华、刘文彬和李开藩分别任组织部长、宣传部长和秘书。"

贾拓夫说："这些组成人员都是原兴安师范党支部委员，好，他们有经验了，应该从革命第一线选拔使用干部，也可以再提拔补充新的支委干部。后继要跟上，不能脱节，相信他们能够担负好这个革命的重担。王力同志，你说呢？"

刘湘卿坚决地表示："请书记放心，我们一定恪尽职守，兢兢业业，为党的最终目标和党的抗日事业，履行自己应尽的职责。"

贾拓夫问："今后有什么打算？"

刘湘卿心中有数地说："秦巴山是武汉、豫东和西安的中心后防。这里群山环绕，沟壑纵横，将是一片很适合打游击的战区。今后的安排：一、要巩固和扩大党的工作；二、要开展农村各联保甲工作；三、要抓紧地方武装；四、马上准备游击工作；五、深入细致地做好群众工作，群众发动起来了，就是不可战胜的抗日力量。"

贾拓夫说："对工作想得很多，又很远。要按当前发展的态势，按照轻重缓急逐步开展起来。让我们精诚团结，共赴国难，为拯救中华民族的命运而艰苦奋战。"

三更时间，这样要开创一个新天地的小会议还未结束。说实在的，刘湘卿在这一时刻听到书记肯定和勉励的话语，不禁心潮起伏，感慨万端。我们现在活着，不就是希望酿造将来自由民主的新生活吗！所以，要活着，就必须在这种乌烟瘴气、诬良为盗的黑暗社会里，为我们的民族、国家、人民和我们自己干出一番天翻地覆的大事来，这才是不枉活一世。

喔！喔！喔！鸡叫头遍的时候，贾拓夫才把张德生和刘湘卿送出了门。他俩走到很远的地方，再回头一看，贾拓夫那间房里的灯光穿过窗户，隐隐约约地透亮着闭眼睡觉的黑夜。

离开时，刘湘卿说："部长，累到现在了，该赶快回去休息。"

张德生说："不累，我还得去安排明天的讨论。我还叮咛一下，在会议期间，你不仅要参加讨论，而且在会余就得着手考虑回去如何开展工作。十个县的工作，蛮繁重的，安排时要主次分明，做的时候要脚踏实地，讲究效果。"

刘湘卿说："请部长放心，我会竭尽全力去完成这艰巨的任务。"

也许是说话声，或许是脚步声，惊动了树林里栖息的斑鸠，只听扑棱棱地从这一棵树上飞到了不远的另一棵树上。这时，大地的一切声音仿佛凝固了似的，万籁俱寂。

会议讨论的第五天上午，刘湘卿接到小刘送来的一封信。他急忙拆开一阅，是刘文彬和刘华两个写来的，内容很简单，实在感到吃惊。他赶紧向张德生报告说："程波涛被陕保二团逮捕，正想方设法搭救。"

张德生也感到这事发生得太突然，程波涛去安康时间不长，怎么会暴露呢？于是问："会不会有人告密？"

刘湘卿说："我看不会，程波涛这段时间在工作上的来往，只有我们几个人。不过社会接触多一些，特别是经常到兴师去借书，还给'民先''抗先'学生看过病，可能会引起中统眼线的怀疑。"

张德生说："将情况向贾书记汇报，救人要紧。你在这儿等一下。"

贾拓夫正在一个小组参加讨论，张德生简要地说了个大概，于是跟着张德生走出了门。他一见刘湘卿就说："我熟悉程波涛，他是省委医务所的医生。既然出了事，一定要镇定。一是要赶快想方设法救人，二是要查明原因，三是这也给我们提了个醒，以后的工作要慎之又慎。你现在可离会，赶紧回安康，不仅要救人，而且要赶快把中共东南工委成立起来。现在处于危难时刻，必须要有一个万全之策。"

刘湘卿领受指示后，不停分秒地搭乘小刘的车，离开了云阳镇。他问小刘："你还有什么事要办吗？"

小刘摇着头说："刘团长让办的事，已经办妥，其他没有什么事了。"

刘湘卿又问："那些书捎了吗？"

"全装上车了。"

"那我们现在就开车回安康，行吗？"

"行，咋不行！"

"要连夜往回赶呢！"

"那赶就赶吧！进了秦岭山里就得开慢点。"

"我的两只眼睛一定陪着你，一直盯着前面的路况。车检修了吗？"

小刘干脆利落地说："检修过了，我是驾驶员，又是修理工，莫担心。走，说走就走，执行你的命令，就是执行我们刘团长的命令。"

刘湘卿一笑说："刘团长，是你的上司，我可不是啊，也不是个团长。"

小刘一边拨动方向盘，脚踩油门发动车，一边说："我看，你坐我的车就是团长，如果不坐我的车，或许比团长还团长呢！"

两人哈哈大笑起来，笑声在阳光灿烂的天空中飞荡。

车辆一驶进沣峪口，仿佛在广阔的云雾中行走。

刘湘卿打开车窗向外瞭望，公路右边，是万丈深渊，怪石嶙峋；左上面，是层峦叠嶂，山势峻峭。他不禁想到，程波涛正陷于险境之中，不过我们有撼不动的大山做后盾，一定能够让他安全地走出虎狼之窝。

事再紧，心再急，也只能分分秒秒抢行，而不能超越那种摸不着的光阴，但有缩短时间的主动权。经过一天一夜的长途奔波，第二天晚上，刘湘卿风尘仆仆地回到了安康。他一下车，想到的就是找谷燕去通知刘文彬和刘华还有罗长勤与鲁学昭到但家开会。

刘湘卿一见刘文彬就问："程波涛的情况怎么样？"

刘文彬说："他被关押在陕保二团第三大队。"

刘华接茬儿说："第三大队驻在新城孔庙里，我去看过程波涛，他气色很好。他悄声给我讲了一句话，好像他的上层是有试探的企图。"

刘湘卿说："他的上层是很狡诈的，不能马虎，防止弄假成真。"

鲁学昭说："能不能让程波涛前几天给看病的那个'抗先'，带几个人去求个情？"

罗长勤说："'民先'的学生也可以去助威。"

刘湘卿考虑了一下，说："好像有点盲目，要稳妥一些为好。这样吧，我立即去警三团、陕保一团和二团沟通此事。罗长勤、鲁学昭到专署和常备大队去做些工作，从军地两个方面争取搭救的力量。以后去探监的人尽量减少，刘华可常去探望，传递审讯信息。刘文彬去通知谷燕即刻侦探中统和军统在兴师眼线的行迹动向。现在不必声张，做事稳当，借船过河。"

大家连连点头，完全同意这种搭救办法，但也不排除其他行动。凭愿望而论，做细心人才是战胜风险的绝招。人类的诞生发展，全是在同危难、艰险的斗争中壮大的，用周详去不断呵护人生的命运。

陕保二团第三大队的驻地在哪儿，连程波涛都不知道。但他现在恰恰被关在这里的一间简陋、矮小、阴暗的小房子里，接受审讯。

只听有人大声问："程波涛，你知道这是哪里吗？"

程波涛脸色阴沉地回答："不知道，你不告诉谁能晓得！"

"这是陕保二团看守所。能来这间房子，说明你与党国离心离德，做出大逆不道的事，枉费了蒋委员长的企盼。"

"你这话，倒让人越听越糊涂。请说得清楚些。"

"这还不清楚吗？你端蒋委员长的碗，吃陕保的饭，却背地里给共产党干事。"

"好汉做事好汉当。我为共产党做了什么事，你就揭开说吧！"

"要我们说，我们又没做，怎么说呢。我看你是不撞礁石不转舵，不碰破脸不回头。"

"我行得端正，走得正直，有什么转舵不转舵、回头不回头的。"

"你不要嘴硬。你是不是参加了共产党，要老老实实地坦白出来，对你自己有好处，也不会影响我们石大队长的声誉。"

"什么！开弓没有回头箭，行船不使回头风。我不是嘴硬，而是为谁做事我真是一心一意，哪能三心二意呢！"

"那你到兴师图书馆和谁联系？"

"嗬，原来是怀疑这个。去借图书，同图书联系。我这个当文书的，不读万卷书，哪能行万里路呢！"

"强词夺理，所答非所问。你什么时候还当过医生？"

"早啦，在阎团。"

"你给兴师'抗先'学生看病的目的是什么？"

"这还用问，看病就是为了治病，为了娃们身体健康，好好学习。"

"他是'抗先'还是'民先'，你知道吗？"

"是'抗先'！"

"据我们侦察，他是'民先'，而且是共产党培养的对象。"

"哈哈哈！听起来真可笑，简直就是天方夜谭。他明明是'抗先'，怎么一下子就变成'民先'了呢？你们自己不觉得奇怪吗！就是'民先'学生得了病，也得医治呀，他们都是青年学生。何况那个学生才真是名副其实的'抗先'，是忠诚于党国的呀！我给他治病有错吗！对党国不忠吗！"

这时，门吱的一声打开了。一位勤务兵端来中午饭放在小方桌上，向程波涛递了一个眼色，转过身就走了。

"好了，你吃饭。要好好地反省，交代你的所作所为。等着，看石大队长回来，怎么收拾你！"

程波涛的目光如锋锐的利箭，投向走出门的审讯员，又听得守护士兵叮叮当当的锁门声，便小心翼翼地从米饭碗里取出小小的一张字条。"坚强！正营救！"这几个字苍劲有力，跳入眼帘，好像注入了顶天立地的力量。他望了一眼从窗外射进的一缕阳光，心情更加舒畅了一些，于是三下五除二地把一大碗米饭和一盘炒魔芋打扫得干干净净。饭后，他在屋里转了几个圈子，便靠在狭窄的小床上严肃地思索起来。从审讯的话语中可以断定，他们至今连"民先"和"抗先"的学生是哪位都未掌握；究竟谁是共产党，他们更是不知道；对自己采取拘捕，也只是试图从个人身上突破而获得一些证据。异想天开，谈何容易，自己坚定的毅力，就是保护自己的铠甲。军统的手段是卑鄙无耻、残忍毒辣的，从挑拨离间，收买利诱，直到监视绑架，严刑拷打，暗杀活埋，甚至公开枪毙，无所不为，无恶不作。从最坏处着想，万一他们穷凶极恶，走上一个极端的地步，也只能是听天由命了。他们想从我嘴里掏出半点有用的东西，那是白日做梦，痴心妄想！对我们共产党人来说，是决不会向敌人投降的。头颅宁可丢，志气不可移，坚持片纸不写，只字不露，最后可能遭到敌人的暗杀，或者是造谣生事，栽赃陷害而被枪毙。自己，将毅然决然慷慨就义，为抵抗日本帝国主义的侵略，拯救中华民族而献身，这样的死重于泰山。

这时候门开了，看守士兵喊道："程波涛，有人来探视你！"

程波涛往门口一看，不由得叫了一声："好哥们儿，你怎么来了！"

刘华似笑非笑地故意大声说："看你安生不安生，要配合上司老实交代你的过错。"

程波涛说："我没做什么，拿啥交代呀。我对党国是忠诚的啊！"

刘华低声说："受得了吗？"

程波涛悄悄地回答："光审问，没动刑，请组织放心，什么都不会告诉的。"

刘华又高声说："要是知根知底，就应该把自己清理清理，不能耽搁了自己的前程。"

程波涛有些烦躁地大声回答："我不是给你讲过，我对党国没有二心哪！"

刘华把声音压得很低很低，说："正营救，望能保释，或其他方式。"

程波涛喊道："你们来劝我，那就谢谢啦！"

"探视时间已到，该离开了。"看守士兵推开门喊道。

刘华听见喊声，快速地环视一下房屋的结构，走出门时，发现门外增加了看守的人。这个人不像士兵，倒像一名军官，是在监视，或许在窃听他们的对话。

程波涛顺着门开的那一瞬间朝外一瞅，也发现了这个人，这个人就是审讯他的上司。他意识到，自己受到了严密的监视，同时又预测到，他们挖空心思，企图从自己身上得到证据。

刘湘卿从陕保二团返回走到南门，正好遇上刘华，问："程波涛咋样？"

刘华说："只审讯，没动刑，精神蛮好的。看样子，警察局意图在试探，从他身上打开缺口。"

刘湘卿说："那些人心狠手辣，什么毒计都能使得出来，我们须抢时间让他早点出来。"

刘华说："罗长勤和鲁学昭已去常备大队和专署好几次了，现在还没摸到人家的真正底细，表面上答应，实际是不是去做工作不知道。我看哪，要快就劫狱。"

刘湘卿强颜一笑，说："谈何容易，地形不熟悉，人员又没有，困难哪！"

刘华充满信心地说："地形我看了，出了孔庙后围墙，越过几家民房，就是汉白公路。看守所的房子年久失修，墙体斜裂，北墙有窗户，搭眼一看，并不牢固。只要前面有人进去，后边有人接应，十拿九稳能办成。"

刘湘卿算计着说："这需要人哪，人还必须是可靠的，既要有军技素养，又要有一定的侦察能力，还要有勇敢的精神。"

刘华说："能不能在警三团和陕保二团想办法。"

刘湘卿说："可以考虑，但不能联系过宽，面越宽越容易暴露。这个办法可以商量。"

他们一边走，一边轻声说着话。突然间，身旁有人喊道："刘长官，你还认识我吗？"

刘湘卿转过面一看，想了一会儿，惊喜地说："你不是旬阳抗日救援军的段启瑞队长吗！啥风把你刮到这儿来了？"

段启瑞高兴地说："是远风。没想到离开两河口，今日却在安康大街上见面了，难得一遇啊！"

刘湘卿问："你准备到哪儿去？"

段启瑞指着身旁的一位高个儿，说："我同他，还有好几个人想到紫阳和汉阴走一趟。"

刘湘卿问："其他人呢？"

段启瑞答道："他们在城外办点事。"

刘湘卿说："好，中午，我请你吃饭。"

段启瑞说："不啦。哪能让你破费呢！"

刘湘卿拍了一下段启瑞肩头，说："走，莫客气啊！"

段启瑞跟着刘湘卿进了一家比较雅致的饭店，上到二楼一间套房里。待坐定后，他介绍说："刘长官，这位是陕南人民抗日第一军余部沈继刚先生，他领我们去会合沈继林和汤能金两支游击队。"

刘湘卿笑着说："原来如此，我们又能谈到一起了，都是抗日高于一切嘛！"

沈继刚听到刘湘卿这么一说，心里踏实了。立刻站起来，弯了弯身子，说："很荣幸在这里结识刘长官，时局不得不使有志之士团结起来，共同抗日。"

刘湘卿说："本人姓刘，名湘卿。你讲得好，要不当亡国奴，就必须抗战到底。"停了一会儿，他又指着刘华说，"这位是兴师范的二七级学生刘华，是我到安康结识的一位好朋友。"

沈继刚一听，心里想到，兴师学生闹学潮，为众人所知，罢课、游行、软禁校长，抗日的情绪十分高涨。传说是共产党筹划和领导的各种抗日活动，而且还在该校秘密成立了共产党最基层的组织。他俩会不会是共产党员呢，难以判断清楚。但是，在国民党军队中，有不少的军官参加了共产党，从排长到团长，比比皆是。这个刘湘卿有可能是，也有可能不是，只猜摸不确定。

段启瑞心直口快，单刀直入地问道："刘长官，既然是谈得拢，又都是抗日，我想问你，你是不是共产党？"

刘湘卿哈哈大笑说："共产党抗日，国民党也在抗日，你看我是共产党还是国民党！"

段启瑞说："共产党是真抗日，国民党是假抗日。前线打仗，节节败退，一让再让；老百姓起来搞抗日活动，轻者拘留，重者，不是逮捕就是枪毙。口口声声说与共产党联合抗日，实际上干扰阻止共产党抗日的政治和军事行动。"

刘湘卿举起酒杯，提议说："在抗日的局势下，为我们难得在这里相逢，为抗日的最终胜利，为你们的顺利会合干杯！"

沈继刚默默无言，爽快地干了杯。

段启瑞一饮而尽，说："提议得好。今日相见，也许是终生一别，上了抗日战场，子弹是没有长眼睛的。"

沈继刚不紧不慢地说："俗言道，吉人自有天相。行人遇贵人，会逢凶化吉的。是不是呀！"

刘华一边斟酒，一边说："吉言，吉言。但愿我们大家遇难成祥，绝处逢生。"

敬酒三杯之后，原来那种自以为像池鱼笼鸟一样陷入了窘迫之地的感觉一下子烟消云散。席间，气氛热烈，谈笑风生，虽然说话谨小慎微，可已经是无须互相提防了。

刘华端起酒杯，说："我给二位长者敬杯酒，祝你们成就人生的梦想。我是安康人，对此地比较熟悉，如果需要我帮忙的，请尽管吩咐，学生一定尊办。"

段启瑞说："那是一定的。树枝交叉才有阴凉，人有交情才会顺当。你有什么难事就讲，我们会帮助的。"

刘华转过面看了看刘湘卿，只见他只笑不语，便打腔似的说："我的一位表兄也是刘长官的朋友，在陕保二团二营当文书，上层认为他是共产党，把他关起来了，你们能不能帮我把他救出来？"

沈继刚若有所思地问："你表兄是不是共产党，你晓得不？"

刘华说："不知道。"

沈继刚又问："要关他，或许捕风捉影，或许事出有因，关在哪里？"

刘华答道："在新城孔庙住的兵营里。"

段启瑞看了刘湘卿一眼，见他直点头，便问："怎么救？"

刘华说："劫狱。"

沈继刚问："地形、敌情如何？"

刘华说："我侦察过了地形，也了解了哨位设置。"

段启瑞说："我就干过这种买卖，需要几个人。"

刘华说："需六个人，营房前门两个，营房后围墙接应四个人。"

段启瑞说："这几个人，由我带的兄弟来解决，他们号称夜猫子，蹿房越脊都能行。"

沈继刚说："管他是不是共产党，作为你的表兄，刘长官的朋友，不得不救援，让他尽快脱离危险境地。"

刘湘卿说："感谢二位在危急时刻伸出援助之手，这也是抗日的实际行动。我相信，我的朋友会永生难忘，铭记在心的。"

段启瑞说："夜长梦多，说干就干，今晚就开始动作，能行不？"

刘湘卿说："越快越好，就确定晚上十一点钟行动，在东药王庙门前集中。"接着又叮咛刘华说，"你速通知你表兄，做好准备。"

他们离开餐桌，来到套间里，商议部署晚上行动的周密计划。

夜像泼浇了一锭一锭的油墨，黑黢黢的，伸手不见五指。

孔庙南墙有两个人，两脚往地上轻轻地一踮，如同燕子一般飞进了围墙，神不知鬼不觉地来到看守所门前的一棵树下，影影绰绰地看到哨兵在来回走动。此时，说时迟那时快，两人猛扑上去用毛巾捂住了哨兵的嘴，三下五除二地将那哨兵捆绑起来。打开门，又把门紧紧关上。

程波涛将窗框边提前拆动的旧砖块取下来，三个人不约而同地卸下窗户。一个人抱住程波涛的腰，另一个人举起他的两腿，如穿板子一样把他穿出了破开的窗户。窗外有四个人把他捧落在地上，这四个人中有两个人越过了北围墙，把程波涛捧过墙外。

当他们接近公路边时，从孔庙传来一阵枪声，又是一片声嘶力竭的叫喊声，听得越来越近。

段启瑞看见他的弟兄，问："到齐了没有？有没有伤着？"

"齐了。很好。"

"好一个夜猫子，上车。"

段启瑞带领弟兄们钻进了刘湘卿和沈继刚在公路边等候的大篷汽车，这辆车向西飞快地驶去。

刘华和程波涛乘坐一辆敞篷汽车，朝着张滩的方向疾驰。

程波涛按刘华指定的路线和去处，在漆黑的夜间，走进了张滩的村落。

刘华乘坐的这辆卡车在返回的路上，一直在观察着周边的动静。当穿过新城和老城的时候，不时地听见断断续续的枪声。街道上到处都是士兵和警察巡逻，一些喝酒未归的醉汉被训斥和审查。

车行如飞。西药王庙就在前面。司机小刘问："你见到刘长官了吗？"

刘华感到这一问有一些莫名其妙，随便答道："见了，他回去了。"

小刘说："这车是他要派的。"

刘华说："是吗，刘长官挺有面子的啊！"

小刘说："他呀，比我们的团长还团长呢！你是不是同他一起共事？"

刘华说："不是，我还是兴安师范的一位没毕业的学生。"

小刘说："兴安师范的学生挺有本事的，不光是啃书本，还上街宣传群众，共同抗日。"

刘华听到这话，问道："你是刘长官的……"

不等刘华问完，小刘抢茬儿说："我只是警三团的一名司机！"

刘华说："我知道你是司机，无须再申明。"

小刘说："其他我不知道，何况我并不认识你。看巡逻队来了，你赶快下车向牛蹄岭走。"

"是哪单位的车？"

"警三团的。"

"拉的什么？"

"拉运粮饷。"

"停在这里干什么？"

"在这歇一会儿，见见药王庙夜间香火。"

"赶快开走！"

小刘一打开车灯，两道亮光刺破了黑夜，天空霎时亮了许多。这一夜，在小刘面前，仿佛驶入了一个入神的境界。

刘华看着远去的车灯光芒，笑了，今夜具有戏剧性。或许今后有一天，会等到那个时候，这一惊险、有趣、生动的场面，也会像抗日将士们一样，在中国的舞台上拉开别具一格、独树一帜的一幕。

魏席儒接到陕保二团团长求援的电话，气急败坏地说："堂堂的国军，连一个犯人都守不住，还要求助于地方军，简直是笑话。"他咔嗒一声放下电话，想了一想，不管怎样，在这个节骨眼上，关乎党国的事，也就不能再分你我了。于是提起电话，说："赶紧接张副司令。"

电话随即接通，受话器传来一声粗犷的声音："魏专员，有事吗？"

魏席儒说："陕保二团关押的程波涛，怀疑是共党分子，刚才被匪徒抢走了。你速派重兵封城门，堵道路，增加哨位，严密盘查，全力以赴捉拿程波涛和那些匪徒，不得有误。"

张谟说："是，魏司令，马上周密布置，做到疏而不漏，让他们无法逃出安康城。"

魏席儒说："立刻行动，越快越好。"

张谟说："请司令放心。"

魏席儒放下电话又提起来，说："接卫局长。"

"接通了，请讲话。"

魏席儒喊道："是卫凯吗？"

"是，我是卫凯！"

"陕保二团关的那个人被抢走了，你立即派出警卫队协助保安队拦人堵路，不得放过一个可疑的人。还有，对已掌控的对象，要注意他们有无异常活动。"

"魏专员，按你的吩咐，我们马上布控。"

"特别是兴师的学生们要留心观察，要同方志诚密切配合。"

"明白了。要不要告知周昌嗣？"

"不用，不用！"

一时间，保安队和警卫队的士兵们荷枪实弹，倾巢而出，占领了大小城门，堵住了大小路口，全城的气氛显得特别紧张、阴森、恐惧。

卫凯带领梁良一个排着便衣密控在新城内外的要道处，并同梁良一起来到兴师，找到老师徐振化，询问李开潘在不在学校。他不相信徐老师的话，亲自到正要睡觉的李开潘所在的宿舍窗外，看见了其本人后才悻悻地离开。他不甘心，又去找方志诚，问："李开潘今晚在学校吗？"

方志诚回答说："在啊，上自习都在。"

卫凯又问："下自习之后呢？"

方志诚说："他们瞌睡少，经常在操场聊天，有时坐到十一点多才睡。"

卫凯想了想，问："刘华在不在？"

徐振化说："今天是星期日，他回恒口了。"

卫凯觉得没有什么重要线索，说："对他们的关注不能放松啊！"

方志诚说："会的，刚才魏专员还打电话过问，嘱咐此事。"

卫凯有些不高兴，只说了一声，那你就按魏专员的指示办就是了。转过面就大步走出了学校，到各部位检查守控的情况。

卫凯出门不多时，周昌嗣也带了几个便衣进了学校的门，直接找到谭际桂："刘文彬今天有无异常表现？"

谭际桂说："很正常。"

周昌嗣又问："他出去了吗？"

谭际桂说："天黑的时候，他到'富源'商铺去买了几支铅笔和笔记本。不过，没多大一会儿就返回来了，我亲眼看见的。"

周昌嗣说："亲眼看见了，就不会错吗？咱们一起找班主任问问。"

谭际桂说："好嘛。"

周昌嗣说："你前边走吧！"

谭际桂刚到院子里，正好碰着孙玉如老师从课堂里走出来。她问："孙老师，还没休息呀？"

孙玉如说："刚把学生的考试卷子判完，这就该歇歇啦！"

谭际桂说："孙老师，有人想问你一件事！"

孙玉如说："啥事，问吧！"

周昌嗣问："刘文彬今天晚些时候出去了吗？"

孙玉如很快地回答道："出去了，晚自习后出去的，不过很快就回来了。"

周昌嗣又问："干什么去了，知道吗？"

孙玉如说："知道，咋不知道，是我让他去买铅笔和笔记本的。"

周昌嗣又追问："现在人呢？"

孙玉如有点不耐烦地答道："都熄灯好一会儿了，他不在宿舍，还能在哪里！"

周昌嗣感觉有些无趣，看了谭际桂一眼，说："那咱们走吧！"

谭际桂前边走，周昌嗣紧紧地跟在后边，不紧不慢地到了她的宿舍。这间房子的油灯，已经交过半夜了，还在亮着。是夜越黑暗，这盏灯却越亮光。

魏席儒先后接到方志诚和周昌嗣打来的电话，焦灼的心情稍加平静下来。这一方没有什么动作，就不会引起大乱子。学生多，他们又牵连到农村百姓，万一参与闹事，那可是无法收拾啊。劫狱，只不过是几个蟊贼而为，他们哪能逃得出我的天罗地网，到头来还不是落到束手就擒的地步。当然，这种想法不是没有道理，不是没有依据的。陕保一团和二团也出力配合搜捕，是一种力量，但他们不是一个拳头的力量，对地方来说只是一种借用的战斗力。

真正发挥主力作用的，还是人熟、地熟、情熟的保安部队，说到底，就要看保安司令的高招了。

张谟在检查布防时，突然改变刚才平均使用兵力的方案，将安康城里和郊区八十二个哨位全部增加士兵人数，但重点监控平利方向、旬阳方向、岚皋方向、汉阴方向，重中之重是汉阴方向，守兵人数更多。尤其是七里沟的轮渡之处，哨位的兵力人数超过了其他哨位四倍还要多，从七里沟到长岭不到一里路的距离，就安排了五道岗哨。自己坚信，这样的布防是非常高明的。

沈继刚和段启瑞带领的弟兄们一下车，直接奔向七里沟下游的汉江边，不声不响地登上提前准备好的小木船。段启瑞掌舵，其他人眼明手快，麻利地提起桨，默不作声，不谋而合地挥桨击水，飞快地划向了对岸的刘家沟口。

站在沟口岸上，沈继刚向七里沟望去，从停靠在汉江南岸边的这个交通口的北岸上，士兵正在换哨，还有一队荷枪实弹的士兵跑步来到这里，接着占领了山头，并在公路边增加了哨位，估摸着有一个排的兵力。

沈继刚同段启瑞合计了一下，三人一小组，各自带领一个小组，兵分两路，沿公路东西两侧荒草地平行前进。刚走几步，听得哨兵喊道："荒地里有人！"

"在哪里？"

"公路的东边！"

接着传来一阵噼里啪啦拉开枪栓的声音，通过草丛的间隙，看见士兵们端着枪向这边走来。就在这个时候，一只山鸡扑棱棱地飞出了草地，落在前面公路旁边的草地里。

天黑夜静，人惊鸟飞。

"是一只野鸡。"

"是吗？"

"飞走了。"

"在哪里？"

"落在前面。"

这公路上到处都有哨兵目光的扫视，真的是插翅难飞吗！那只山鸡不也就从他们的视野中飞走了吗！沈继刚一边想一边观察哨兵的来回走动，于是发出了蛐蛐的叫声。段启瑞闻声后，蹑手蹑脚地向前爬行。当两个小组接近长岭最高处的时候，一缕手电筒的光芒射进了草丛里。接着传来训斥、质问的声音："干啥子的？龟儿子快出来！"

荒草地没有一点响动。有一股风轻轻地掠过，好像把黑夜吹花了眼。

"龟儿子的，不出来，是想吃花生米，对不对！"

哨兵拉开了枪栓，越走越近。只听一声枪响，子弹打在了石头上，溅起的火花在夜里乱飞。

沈继刚听到枪声，觉得险情即将到来，于是向哨兵射击，哨兵即倒在公路上。这时第三和第四道岗的哨兵猛冲了上来。段启瑞当即开枪阻击，又打倒了两个哨兵。沈继刚向岭上一望，冲过第五道岗，就可翻过长岭了。于是配合段启瑞集中火力交叉射击，当沈继刚和段启瑞会合在第五道岗的左右侧时，有三辆摩托车从七里沟往山岭追了上来。

沈继刚喊道："集中火力，狠狠地打！"

在这喊声中，只见前边一辆摩托车被打翻在公路上，士兵端起枪，又喊又叫地往上冲。

段启瑞发现路旁有一根粗大的木料，说时迟，那时快，几个人一下子抬起来横放在公路上，又在周围投放了几块大石头。

追击的摩托车被木料、石块拦住了。就在他们疏通道路之际，三颗手榴弹在这里轰轰爆炸了，木头和石块开了花，士兵们纷纷倒在血泊里。

沈继刚趁机呼唤说："莫恋战，快向我靠拢，直接翻过长岭，那边就是公路，很近。"

他们翻越长岭，深一脚浅一脚，踉踉跄跄地跑到了公路边。大家都非常惊讶了，公路边隐蔽处停放了一辆大篷卡车。

有人在叫，赶快上车。大家我推你，你拉我，很快上了车。

在暗淡的夜色中，大家啊了一声，刘长官怎么在这儿？

唯独沈继刚不觉得惊奇，他知晓这全是刘湘卿先生的精心筹划。

刘华坐驾驶室带路，刘湘卿登上了大篷车，说："开车！"

大篷车飞也似的向西奔驰。

车篷里，刘湘卿指着那片灯火闪亮的建筑工地，说："这里的小地名叫五里，是正在建设安康机场的地方。安康的地理位置是武汉、西安、重庆大三角地带的中心，战略位置很重要，既是抗战的大后方，又是前方和后方人员物资转运的最佳位置，将成为中国空军第五十九站的所在地，国民党政府第三航空大队和美国第十四航空大队进驻这个机场，将有大批 P—26 型战斗机往返于汉中、安康、老河口等地，担负阻击日本战机入侵和对日作战的任务。这个机场，明年春天建成，又将成为四川凉山大本营的一道天然屏障。我们的这辆大篷车，把你们送到目的地后，返回来把我送到刘华家里去住。最后，把大家屁股底下坐的这批材料送到机场建筑工地。司机和车辆就在这里过夜，不会有任何的危险。"

大家说："没想到这个建筑工地也帮了我们一个忙，我们希望团结抗战，早日取得胜利。"

刘湘卿说："都是为了抗日救国，才急中生智嘛。在这里还有爱国百姓的掩护和支持呀！我们借的那只船，或许艄公知道用途，给付了两块大洋，他推来让去硬是不收，说是给国家献一份心意。"

段启瑞说："爱国志士之举，我们的民族大有希望。"

刘湘卿说："爱国志士是中华民族的脊梁！"

星光闪闪，车轮滚滚。黑夜被甩在大篷卡车的后边。

大家从车篷后边遥望长岭的夜空，不时有稀稀拉拉的枪声传来，不时有一条条火蛇划过。只听得不知谁说了一句，我们还会在这样的枪声里奔走行进！

第十章
摆脱跟踪走北方

六月中旬的天气，万里无云，日光充裕。

安康城东坝外的东堤河边草木青青，河水潺潺，云雀呜呜，飞虫唧唧。东坝河的东岸山头上有一座高塔，威严壮观，傲然耸立；西岸的宽阔沙地上生长着一排茂密的白杨树，雄姿挺拔，昂首撑天。潺潺的东坝河水缓缓地流进波涛壮阔的汉江，腾涌而泻，汇入浩瀚无垠的大海。

嗯，这儿的确很好，这个地方如此空旷、雅静。让刘湘卿更兴奋的是，从南面连接汉白公路的那一片望不到边的庄稼地里，飘来一浪一浪金黄的麦穗香味。这么隆重的会议不在城里举行，却在这里召开，是不是有些离奇，会不会是一种避让的做法，关不关世态的放纵。要说是，也不是，要说不是，也是如此。会址选在此地，接近大自然造就的乡间村野，竹绿花红，山清水秀，如珠围翠绕。这一切的一切，无疑就是我们站立的地儿，全部都是自发的庆贺，无言的喝彩。

刘湘卿抬头仰望，太阳凌空当顶。唯独刘文彬还没有到，这是咋一回事呢！当刘文彬走出校门时，侧眼一看谭际桂也跟在身后，于是他返回学校找到鲁学昭说了几句话，便又大摇大摆地走出了学校大门。他登上一辆小洋车，往后一望，看见鲁学昭也上了一辆小洋车，对师傅说，让那辆车先走，咱们跟在后面。这时，谭际桂站在大门外没有动，只向身边不矮不高的两个人使了一个眼色。这两个也搭了小洋车，紧跟前面两辆疾驰的小洋车。刘文彬不动声色地探头观望紧紧尾随在后边的洋车，心想一定是军统的狗腿子在跟踪，看你能追赶出一个什么名堂。他隐隐约约听到后边车上传来的急喊声，快点！紧跟前边那辆十六号，十六号！鲁学昭搭乘的小洋车飞过鼓楼街的拐弯处，嘎的一声刹住了。她飞快地下了车，将刘文彬换上了她坐的那辆车，飞也似的驶向马道巷，又穿过沙帽石，在小北门稍停片刻，小洋车空荡荡地折向小北街，其间上了一个人，慢悠悠地又回到刚走过的鼓楼街。鲁学昭换乘的小洋车，在泰华书店门前停下了，当她给师傅交车费时，听到不远的地方传来这样的对话声：就是那辆十六号呀！没错，怎么成了一个女的？有上的有下的嘛，这个女的认识不认识？没见过。眼见到手的鱼儿又脱了钩。什么时候丢的？没盯清楚。眼睛是吃醋的！那女的呢？进了书店，到书店能做啥？你的脑子让狗吃了，来这里的不是买书还能干什么！鲁学昭夹了几本书，从容沉着地走出书店门，向东西街道望了望，又搭乘十六号小洋车回到了学校。

刘文彬从小北门下车后，一闪身，钻进了一条通向东堤的小巷子。一出东堤，他三步并作两步，跑到了东堤河边。气喘吁吁地说："原谅，我来迟了！"

刘湘卿笑着说："还客气呢！一定是遇到了麻烦。"

刘文彬说："被盯上了。"

刘华说："甩脱了？"

刘文彬说："甩不脱，咋能来呢？"

刘湘卿赞许地说："那些笨蛋，怎么能斗得过文彬的心机呢？"

李开藩说："是啊，文彬是眉头一皱、计上心来的人，他们那一伙子是惹不过的。"

刘湘卿说："好，开会吧！"接着，他首先传达陕西省委活动分子会议内容，传达结束之后，他便站起来说："我现在宣告：经中共陕西省委批准，同意组建中共陕西省东南工作委员会，直属省委领导，今天是中国共产党陕西省东南委员会成立之日。"话音刚落，河边响起了哗哗的掌声。

刘湘卿接着宣布："工委的人员组成：工委书记、宣传部长、组织部长、秘书分别由刘湘卿、刘文彬、刘华和李开藩同志担任。"

又是一阵掌声。这掌声在江畔随风飘荡，穿过白杨树繁密的树叶发出唰唰的响声，仿佛是高兴的细言絮语；汉江里突然飞起一朵一朵的浪花，溅落在欢歌笑语之中。

刘湘卿继续说："工委当前的中心工作，仍然是发展党员和壮大党的基层组织。同志们，根据自己的想法，畅所欲言，发表意见。"

刘文彬沉思了一会儿，说："当前我们的中心任务很重，我们二七级的党员即将毕业，发展工作有一个向二八级、二九级甚至三〇级交接的过程；暑期，把党员分到各县，明确建党任务，交代工作方法，以发挥桥梁作用；过几天，二七级学生要到西安军训，我们这批党员之中有些人能不能经受住国民党当局的诱惑而改变自己的意志，必须要有一个警觉。"

刘华想了想，说："暑期是个好时机，我们可将各年级的党员按所在原籍相对集中成立党的临时机构，然后像种子一样，把他们撒播到各县，让党的旗帜在全区高高飘扬起来。现在我们担任了东南工委的职务，要考虑兴师党支部的人员组成及交接，以利于党的发展工作。"

刘文彬说："关于兴师党支部人员变更稳妥一些比较好，先考察物色人选，我同意各县党员回各县做宣传和发展工作。"

李开藩说："我们兴师这些党员各县都有，他们回去后，人熟、地熟、情况熟，一定能够完成组织交代的建党任务。"

刘湘卿听了各位的发言后，高兴地说："同志们的建议很好。党组织的发展壮大，既要讲速度，又要讲质量，在保证质量的前提下追求发展，千万不可急躁和冒进。如果不这样，不但得不到发展，而且会给革命事业带来不可估量的严重损失。党员原籍最多的安康、旬阳、石泉和较少的岚皋、汉阴、平利、白河、宁陕，要作一个缜密的安排计划，出现空白的紫阳和镇坪，要从长计议，只能采取借风使船的办法解决，能赴赤胆一个人，也会映红万片山。在斗争中建党不容易，在斗争中加强对党员的教育尤为重要，注意稳定、巩固、提高。个别党员经不起敌人的诱惑，发生意志动摇，是有可能的。不过，对敌我双方的动态，都要做到了然于胸，心知肚明，讲究策略，掌控局势，不要出现在踩着血迹的时候，才变被动为主动，那可就迟了。兴师党支部的工作暂时由我们兼管，择机再作调整。程波涛不知怎样了？"

刘华说："派人去张滩找了一次，未见本人，听说进山了。"

刘湘卿说："在那里不能时间太长，不然会暴露的。"

刘文彬说：张滩距城里近，还是走远点好。"

刘华说："看来他不能回陕保二团了。"

刘湘卿说："有这样的问题，我准备去陕保二团摸摸底再定。最后，我还要强调一点，中共陕西省东南工作委员会成立了，这是在省委直接领导下的我区的政治领导核心，我们都是其中一马当先的人物，所以每一个同志考虑问题要全面一些，指导工作要实在一些，举止言行要严格一些，相互之间的关系要协调一些，为发展和壮大我区的党组织多多费心，为共同抗日，争取最后胜利作更大的贡献。今天在这里，我还必须给同志们讲清楚，从工委组织领导工作延续性上讲，如果我不在，工委工作由刘文彬同志负责，做到工委工作不间断而有条不紊地向前推进。"

大家虽然没有直接表态，但都连连点头，表示完全赞同刘湘卿的意见。

白杨树林的斜影斑驳，落身在沙地上，阴暗分明，谁也难看得出它走路的快与慢，只有天空的阳光最清楚。

东坝河边的几个人，有先有后，分别穿过白杨树林，向阳光灿烂的地方走去。

汉江南岸的沙滩上出现了几个人。他们有的在挑拣彩色汉江石，有的在戏水打水漂，有的在沙窝里掏鳖蛋，有的在浅水鹅卵石里找盘蟹。不大一会儿，他们提着自己所得的劳动战利品，分别走过东堤、东门、水西门，相继回到了城里。

谭际桂对眼线跟丢了刘文彬没给个好脸，只能骂了几句，也没有找到挽回的其他办法。她只好急忙来到"富源"商铺向谷燕打听虚实，问："老同学，你看见刘文彬出去了吗？"

谷燕有些不搭理地说："刘文彬到哪儿去与我有什么相干！"

"你们不是很熟吗？"

"现在，我不是和你也熟了吗？"

"不要打嘴仗了，你到底看见了没有？"

"看见了，他刚才从门前过，回学校去了。"

"走路走得比飞还快？"

"他没看见我，我却瞧见了他。他手里捉着一只大鳖，慢悠悠地，不快。看他的脸色很高兴，当然啦，捉了鳖还不高兴嘛！可让学校厨师给他改善伙食呀！"

"还有谁？"

"只他一个人。"

"唉唉唉！一个人。"

谷燕看着谭际桂离去的背影，蔑视地一笑，狠狠地横扫一眼柜台上的灰尘，说："看你能得势到何时，人家把你的脸都啃烂了，还觉得自己非常的光彩！"

谭际桂回校直奔伙房，看到厨师正在给学生准备晚饭，问："张师傅，有位同学是不是送来一只鳖？"

张师傅回答道："有，是刘文彬送来的，已经送来好大一会儿了，还有几只盘蟹呢！我知道他是城里人，水性又好，爱收拾这些玩意儿。好，好，可以给他们美食一顿。晚饭时，你也来尝尝我的手艺。"

谭际桂说："不啦！谢谢你。"

张师傅说："学生们捞的水产品，我给加工制作，又不要你掏钱。怕啥？"

谭际桂说："怕是不怕，只是我不喜欢吃这些东西。"

张师傅说："汉江鳖，可有名啊！吃了它还可强壮身体啊！"

谭际桂说："谢谢你的好意。"她一边说着，一边离开伙房，直到二七级学生的课堂，看见刘文彬端端正正地坐在课桌前，聆听老师讲课，全神贯注，目不转睛。于是，她带着沮丧的神情回到了自己的宿舍，翻开笔记本唰唰地写了起来，不知笔间流露出她什么样的心情。

晚饭后，谭际桂匆匆忙忙走进了中营巷。

咚！咚！咚！门没有开。周站长到哪儿去了？

咚！咚！咚！门里没有一点动静。

谭际桂无奈地到东大街转悠一圈，擦黑时又来到了中营巷。

咚！咚！咚！不大一会儿，门咯吱一声开了。

周昌嗣问："这么晚了，有什么事吗？"

谭际桂反问道："有什么事，你心里还不清楚吗？"

周昌嗣赧然一笑，说："知道，知道。请坐，快请坐。"

谭际桂看到周昌嗣表情很不自然的样子，盯着椅子上坐着的一位高挑个儿的女军官："这位长官，我怎么没见过？"

周昌嗣说："她没来过，你怎么见过呢？我给你介绍一下，她是西安行营督导员，是我的上司，是来检查我的工作的。"

女军官这时站起来表现出趾高气扬、目空一切的神色，说："听说，这位谭女士很能干，也很漂亮啊，好好干，有人会提拔你的。"

谭际桂虽然对她那种傲气不满，但还是心平气和地说："谢谢督导的夸奖，工作做得与长官的要求还有很大的距离，只要有党国训示，一定尽心效力。"

女长官尖刻地笑了，说："谭际桂，听你这样会说话，一定会那样做好事，党国一定会器重你。"

谭际桂看了周昌嗣一眼，说："那你同上司汇报，我走了。"

女军官笑了一声，说："我们已经谈完了，我该走了，你们谈吧！"

周昌嗣说："我送送你吧。"

女军官说："堂堂的我，还会怕被猫头鹰抓住吗？"

周昌嗣说："从南京训练队出来的人，对夜猫子是不在话下。"

女军官说："好吧！不影响你们工作。安康的事，要做实在，不要再出纰漏。"

周昌嗣点着头，看她走远了，直到没了她的背影，才转身关了门。他好像突然有了些醒悟似的问："得到什么情报了？"

谭际桂没兴趣地说:"丢了。"

周昌嗣说:"这些眼线只能拿钱,不能办事,看样子吃干饭也许还行。"

谭际桂说:"不能责怪他们,刘文彬就是到汉江去捉鳖了。"

周昌嗣问:"查实了?"

谭际桂心中有数,或者没数,还是硬硬地说:"无误。现在有新线索倒应重视,就是陕保二团拘禁的那个军官,被劫持了,大有文章啊!"

周昌嗣说:"这个关系到上层的动作,现已列案,不用你操心,你把你分管的区域管好就行了。"

谭际桂好像有点力不从心的口气,说:"现在要捕捉我们的对象,讲起来容易,做起来可难了。"

周昌嗣打气说:"世上无难事,只要你为党国效力就行。"

谭际桂说:"这是当然啦!还要为你尽心呢!"

周昌嗣轻轻地拍了拍谭际桂的肩头,说:"那是统一的,没有什么不同的地方。"

谭际桂说:"好啦,该走了。"

周昌嗣说:"你也要走了?"

谭际桂的话有些含蓄讽刺的味道,说:"你的工作太累了,该休息了。"

周昌嗣说:"不累,不累,为党国做事这是应该的,咱俩再商量商量下一步该怎么办。"

谭际桂说:"按你的思路走吧!"

周昌嗣说:"咱们还要上下相互配合,协同作战,不让西安行营失望,好吧!"

谭际桂听到这样的提醒,不是一次了,这时再望着周昌嗣的面容和目光,她十分清楚地知道他又在想些什么,说:"我该走了。"

周昌嗣拉着谭际桂的手,开玩笑似的说:"这时候走,恐怕会遇到夜猫子的。"

谭际桂这时再看周昌嗣的眼睛、鼻子和嘴唇,竟然变成了如此令人不可想象的脸面。他像馋猫捕食一般,虽不是那么凶狠,至少表露出那种勇悍的姿态。她只嗯了一声,声音又轻又很低,好像露出一种既安适又困惑的心情。

石葆真从武昌受训回团的第二天,刘湘卿就向他问道:"大队长,你的文书出的事情你知道了吧?"

石葆真闷闷不乐地回答说："知道了，上级怀疑他是共产党，我就感到奇怪，真是莫名其妙。对程波涛我是最清楚不过了，他给我看过病，救了我的命，我是没齿不忘啊！"

刘湘卿说："我也觉得不可思议，听有人给我捎信讲，他不想在这里干了，要回西安。你觉得呢？"

石葆真好像有些左右为难地说："从个人感情上讲，我是想留他。当前又出了这样的事，上级肯定是要抓住不放的，他要是深藏若虚一些就好了。回西安还是稳当些。"

刘湘卿说："我也没有发现他像个共产党，不清楚到底干了哪些共产党该干的事情。"

石葆真说："我给老弟吐个真话，他这个人有些锋芒毕露，在上级眼里好像是不安分守己，对党国有三心二意、离心离德之嫌。其实，他们并没有抓到什么真凭实据。"

刘湘卿说："在戒备森严下，他被救了出去，我想这不是一般的人干得了的大动作，不同凡响。"

石葆真说："是的，这个举动与众不同，不是普通人所为。团长有两个想法，一是他在队伍里结交的那伙狐朋狗友相救，二是他所参与的那些狐群狗党干的。团长反复地分析，也没有一个结论，倾倾向于前一种情况，但也不排除后一种的可能性。这样的话，我们团下一步会乱一阵子的，灾难不知还会落在谁的头上。你看，你们警三团多稳定啊！"

刘湘卿说："你们团长想得不无道理，你把你的大队管好就不会出现被别人戳脊梁骨的事。我想再问你，程文书的事对你会不会有影响，他们会不会再相信你？"

石葆真说："不会的，招文书，我提议后是经团长批准的，不会在我头上玩手腕。我是团里出类拔萃的营长，谁相信我自觉地去为共产党办事？我的心也是安然的。"

刘湘卿说："既然如此，程文书回西安前，你想不想见他一面。"

石葆真说："你觉得见好，还是不见好？"

刘湘卿说："凭你们真挚的交往，离别前见一见，也是一种传统礼仪嘛！"

石葆真问："他现在在哪里？"

刘湘卿回答："我也不知道，只是他找人给我传话，我可派人去找他。"

石葆真说："君子之交，交到底，见一下，也不会留下遗憾。"

刘湘卿问："什么时间？"

石葆真说："明天晚上吧，你看呢？"

刘湘卿说："明晚就明晚，地点放在什么地方？"

石葆真："金州饭馆。那里清静优雅，干净卫生，饭菜还不错。"

刘湘卿说："那就这样，不见不散。"

最后一缕淡红色的晚霞被山峦抹去的时候，大地突显一片黑暗。

在金州饭馆门前，石葆真等见了刘湘卿说："还是换一个地方吧！"

刘湘卿并没有觉得他这个主意改变的异常，倒认为是一个军人在任何行动中所具备的基本和独特的高强本领，出于防范的心理支配的自觉意识所致。他反问道："大队长，你看放在什么地方合适？"

石葆真快速地回答道："兴安饭馆也很不错。"

刘湘卿说："那你去，我等他来了再带过去。行吗？"

石葆真说："行啊！那就麻烦你了。"

刘湘卿说："不客气，你先走。"然后向土门南路的街道上望去，影影绰绰地看到一位头戴礼帽、身着长裤短衫的人向这边走来。观其走路的姿势，他一眼就认出是程波涛，向前走了几步，低声说："到兴安饭馆，你跟在我后边，不要走得太近。"

程波涛跟着刘湘卿走到兴安饭馆不远的地方，看见刘湘卿向饭馆周围观望了一阵子，只有曾经见过的几个摆地摊的人，没有发现其他可疑的人。他趁着刘湘卿招示的手势，举止阔绰、傲睨自若地走进了兴安饭馆。他按刘湘卿交代的包房，在二楼十六号的门上轻轻地敲了两下。这时门开了，石葆真一见不由分说地把程波涛拉进门，随手又把门紧紧地闭上，说："老弟呀，我不在时，让你既受惊又吃苦了，简直是没有想到的事，祸竟然落在你的头上！"

程波涛摘下礼帽，躬身说："大队长，苦是没吃，惊是受了。他们硬逼着我承认是共产党，并要交代军队和地方的共产党还有哪些人。是不是共产党，我自己最清楚，你是我的上司，还不明白吗！我不能编谎造假，昧着良心说哪个军官和哪个士兵是共产党，这不仅是栽赃陷害弟兄们，而且给国民党脸上也抹了黑。你说对不对呀！"

石葆真说："对，对，对，讲得很对。本来我想受训结束回来后想办法疏通团长他们保释你，可其间有人把你抢出来了，这把我给解脱了。真对不起你啊！"

程波涛说:"大队长,虽然如此,你也费心了。谢天谢地,差点没命了,有惊无险呀,不过受惊对我来说也是一种成熟。"

石葆真说:"我回来后才真正知道了来龙去脉,他们看你言辞犀利,逞强好胜,就拿粗挟细,给你戴上貌合神离的帽子,用同党国不是一条心来吓唬你。其实一点证据都不掌握,想从你嘴里掏一点线索。现在,我问你,抢你出来的人是不是团里的?"

程波涛说:"哪能是团里的!如果是团里的,不是给你和全团弟兄惹祸了吗?"

石葆真说:"你救过我的命,我刻骨铭心,不会忘恩负义。请你相信我,我不会出卖你,那是谁把你救出来的?"

程波涛考虑了一会儿,说:"我问了,他们是陕南爱国志士抗日后援军。"

石葆真若有所思地说:"噢,我想起来了,省政府的内部资料里曾登过这样的消息,这个爱国志士后援军的领头人是紫阳的卢楚衡和陈秀风夫妇,还有旬阳的段启瑞。卢楚衡于黄埔军校第二期毕业,北伐有功,蒋介石亲赐'中正剑'委任上校团长,后来弃蒋投奔西北军做杨虎城将军的秘书。他们分布很广,经常在秦岭和巴山里活动,被定论是借抗日之名,达到扰乱社会安定之实。我看哪,他志在抗日救国,无可非议。再说,这么大的抗日举动,不乱是不可能的。"

程波涛说:"咱们不是也在高喊抗日,但实际如何呢!调门越高,行动越差。视团结而不当,搞分裂;置民族利益而不顾,真投降!"

石葆真说:"我奉劝你,以后不要用那样尖刻、爆炸性的语言,使得人家不可接受。你能不能留下来,不回西安?"

程波涛说:"不回西安,在这儿干什么?"

石葆真说:"要不回团里,要不我介绍你到陕保一团,不做你的文书,要改其他训练、政教都可以。"

程波涛婉言谢绝,说:"谢谢大队长的好心。现在处于难堪的境地,三十六计走为上策,不会给你再增加负担。"

石葆真说:"你实在要走你的路,拦也是拦不住的,不过,你以后若需要用得着我的地方,尽管向老兄打招呼,保证全力以赴,鼎力相助。"

程波涛说:"那是一定的,企盼老兄透析时务,志在前程。"

就在石葆真同程波涛相叙快结束时,刘湘卿看见饭馆门外有两个人在转悠。过了一会儿,发现周昌嗣从东向西走去,不多时又返回到十字路上,站在街道边,东张西望,左顾右盼。刘湘卿看到周昌嗣得意的样子,立即上二楼告诉石葆真:

"周昌嗣在门前，还出现两个形迹可疑的人，赶快走吧！"

石葆真冷静地说："老弟从二楼房门旁边的后梯下去，穿过院子，就是河堤，那里僻静安全。我同刘参谋出正门，不会有事的。这个军统是捕风捉影，无端生事，成天都在揣摩人。"

石葆真同刘湘卿有说有笑地并排走出饭馆的大门。

周昌嗣迎向前去，说："石队长有雅兴进馆子，很少见。"

石葆真说："刚从武昌受训回来和同僚吃顿饭，这有什么稀奇的。"

周昌嗣看着刘湘卿说："这不是三团刘参谋嘛，在兴师篮球场见过面，是打前锋的，对吧！"

刘湘卿说："没错，那次在篮球场上见过的还有梁排长！"

周昌嗣说："不清楚，我对篮球是业余爱好，只参与观摩，球艺不行。"

刘湘卿说："不爱好，就无法切磋。"

石葆真好像为此解围，说："爱好也能拉近不同人之间的距离嘛！"

刘湘卿说："有这个可能。"

周昌嗣说："这个可能是个假想，假想还有一个人呢！石队长，你认为呢？"

石葆真说："知己迎我受训回来言不尽，还能有谁呢！"

刘湘卿说："只有我举杯相敬，酒中相叙，还有饭馆老板大肚陪酒。"

石葆真拉着刘湘卿摇摇晃晃地说："走吧，走吧，别介意那些无关紧要的闲事。周站长，你说呢？"

周昌嗣十分尴尬地说："那是那是，我们只是巧合地碰见，说了一些不该说的话。"

石葆真说："不该说的话，倒是别人很难得到的关心和提醒。"

刘湘卿还没听完石葆真的话，发觉周昌嗣早就跑得无影无踪。不知道溜到哪儿去了。他对石葆真说："在这里碰见周昌嗣不是巧合，是他有备而来，是在秘密跟踪。"

石葆真说："我早就料到了，防着军统这一招。他们对谁都怀疑、不放心，所以，我们说话、办事要有警觉，一个脑袋不行，得用十个脑门想问题，才会避免出现不必要的祸端。程波涛不知咋回西安？"

刘湘卿说："我给安排行程，你放心好了，可搭乘三团的车。"

石葆真说："感谢你的关照，出门在外得靠朋友帮忙啦！"

刘湘卿说："那是自然的，谁没有个三长两短啊！一个好好的人，说不定什么时候就会遇到飞来的横祸，今天不就是一个例子吗？"

石葆真说："谨慎小心点就行，我不怕他们，他们也别企图撼动我的三朋四友。"

他俩离开的时候，淡淡的月亮爬上来了，斜斜地挂在天边。街道上人来人往，不时传来一阵阵嘈杂声音。

刘湘卿回到石印馆的门口，遇上刘文彬，他们一同回到了屋里。

刘文彬不等坐下就说："有一个情况，必须向你汇报。"

刘湘卿说："好。什么样的好事？"

"今天中午，从张滩来了两个人找我，问我是不是共产党。我回答，不知道。他俩争先恐后地说，是姓程的介绍加入共产党的。我说，不认识姓程的。他俩说，这是咋一回事，是不是把我俩往岩里推。我问，你们认识他多长时间。他俩给我说，结识只有一个晚上和一个半天。我又问，你俩知道不知道他是共产党。他俩说，他告诉我俩，他是共产党，是做共产党地下工作的。我又问，你俩相信吗？他俩说，不能不相信，也不能全相信。我又说，万一让当局知道了，是要杀头的啊！他俩说，程一再强调，这是秘密组织，不会有人知道。我说，你今天冒失来找我，我不是知道了吗？他俩说，你不也是这个组织的头吗？不会告诉别人的。我说，我既不是这个组织里的人，更不是这个组织的头，万一不小心吐露出去呢！他俩说，那只能是身不由己，听天由命了。我说，你们找接关系的人找错了，你们先回去，也许过几天那个姓程的还会去和你们联系。就这样，我把他俩打发回去了。"

"哎呀，急于求成，操之过急。"

"听刘华讲，波涛回西安是虚，继续在安康工作是实。"

"这是组织安排，是通过石葆真这种关系，转移其上级和国民党当局的视线，借错觉也是一种掩护的办法，过一阵子还得离开。"

"当前正在调配回原籍的人员，也需要协同的力量。"

"要抓紧，转眼就快放暑假了。"

时间不等人。

一个辉煌于秦巴山的梦想，正在紧锣密鼓、有条不紊地实施。如果有天让世界人民都知道，在同延安遥遥相对的兴安土地上，同样有一批共产党人在险恶的环境下，群策群力，排除艰难，同敌人进行英勇顽强、不屈不挠的斗争，拼搏在抗日救国的不同方向上，或许那种赞美声音会听不见，但它造就了一种不可荒芜历史的宽慰和解脱，有谁再会去担心，那个时候的中国会是千疮百孔、满目疮痍？而是一个国泰民安、海晏河清的中国，像一个巨人挺立在世界的东方。

这种光明灿烂的前途，是要付出难以估摸的代价。有多少付出，就一定能够得到多少收获。

刘湘卿自己也不明白怎么突然间陷于沉思默想的境界。其实，是那种超凡入圣意识，在引领他走进美妙的梦境。当他听到程波涛的叫声，才猛然反应过来，说："快坐，快坐，昨天时间紧，没法谈，今天可商量一下今后的行动。"

程波涛说："是不是被军统盯上了？"

刘湘卿说："他们经常干那些卑劣的事，看人不顺眼，就要找岔子进行排斥，或加以陷害。总是避过了，今后万万不可粗心大意。"

程波涛问："我咋个办呢？"

刘湘卿说："兴师你不能再去了，也不能在城里进行活动，东南工委决定，在暑假期间，把党员相对集中，分成小组，指定负责人，回原籍发展壮大党的组织。你可到公路沿线和汉江流域的各县去指导他们的工作。有什么意见？"

程波涛说："服从组织安排，路线呢？"

"东线的旬阳、白河、平利是必须去的，后再到恒口、汉阴、石泉一带。"

"明天乘船到旬阳，还是乘车到平利？"

"你自己确定，但一定注意自己的装束。呃，要把名字改一下为好，改什么，自己确定。"

"好，东边是汉江，就改姓何，叫何波涛。"

"我还要问你一件事，在张滩你是不是突击发展了两名党员？"

"是的。"

"掌握不掌握他们底细？"

"不完全了解，只不过我在那里住的时候，他们对我挺好的。我就谈明意图，他们答应了，我就让他们去找刘文彬接关系。"

"我们讲得快速发展，是在了解和考察基础上的快速，要讲质量的。千万不可盲目，不可贸然行动。"

"你讲得对，我是欠考虑，过急了一些。"

"那两个你又见过吗？"

"我又去了一次，叫陈玉亮的很坚定，另一个叫张一山，因家庭富足而借故不参加，但他一再表示不会吐露半个字。"

"给姓陈的叮咛了，一定要注意周围的动态，对那个姓张的也要留心点，不管怎么样，要接受这次教训，使党的建设稳步健康地发展。你住在哪里？"

"在城外一户农民家。"

"先住着，从东线几个县返回后，可住五里、恒口一带，便于我们的工作，还可经常到刘华家里住，了解一些农村状况。"

程波涛将礼帽往头上一扣，戴上一副石头墨眼镜，显得风流倜傥，英俊潇洒，紧紧地跟在刘湘卿的后边，谁都没有说一句话，目光不停地观察周围人的行踪，一直走出了城。

安康的初夏之夜，街道两旁，旷野之间，坐满了乘凉的人们。实际上，都在自我调节，这样的晚上很少有起风的迹象。天气闷热，全身感到黏糊难受，再加上看到朦胧的月光，更让人觉得烦躁不安。这座秦岭和巴山自然延伸而构成的整个山城，简直就是一口热气蒸腾的天然浴盆。

刘文彬穿过新城南北大街出了北门，沿安白公路往前走，公路上更是热浪滚滚，如火炉一般。他解开纽扣，将脸上和胸前如流水般的汗珠子一擦，猛地一下甩在地上，自己也好像听见坠落的声音。当一辆汽车呼地驶过时，他凭借汽车的灯光，看清前面右侧这条狭窄的小路一直通向新城东门外。他没有立即上这条路，向周围看了看，一侧身一点脚，轻轻地跳进了麦地，顺着城墙脚下的毛毛路向前走。

果！果！果！果！果！果——果！一块空地里传来一声低沉的子规叫声。

刘文彬一听就是但敬修发来的暗号，便快步走了过去。轻声说："久等了！"

但敬修说："我是从三官庙过来的，刚到。"

刘文彬说："咱们长话短叙。根据东南工委当前的工作计划，建党工作在全区展开。在兴师没有紫阳籍的党员学生，组织的意见，你能不能去紫阳工作？"

但敬修果断地说："组织的意见就是决定，坚决服从组织分配。去做什么？"

刘文彬说："鉴于你父亲是从事邮政工作的，也可由你父亲通过同行予以联系。组织考虑，是师范的学生，去从事教育工作比较合适。组织已经联系过，确定到紫阳芭蕉小学任教。"

但敬修高兴极了，说："太感谢组织了，就按组织决定的执行，什么时候去？"

刘文彬说："先做好准备，暑期后的九月吧，不过，同你一块去的还有杨启武同志。"

但敬修更乐了，说："组织考虑得真周到，咱们同学一起去，好，多一个人，多一些智慧，也多一分力量。"

刘文彬叮咛说："你们俩要相互关照，做好学生和其他老师的工作。要准备吃苦啊！"

但敬修说："共产党人死都不怕，吃点苦不算什么。"

刘文彬说："杨启武已经谈过了，也是这么讲的，蛮有信心。下去后，你俩再交换想法，就看我们为抗日救国怎么干了。"

但敬修这时感到空地里的倾热也在慢慢消退，心里平静了许多。他坦然地说："常言道，要得夜明珠，就得下大海。现在最要紧的是发现进步人士，扩大党组织，这就必须走到群众中去，不能光在城里转圈圈。我想，这种策略的转变，我们的党会很快发展壮大起来的，会团结更多的民众共同抗日，这无可置疑。"

刘文彬说："你的见解同东南工委的意图完全一致，现在就是要一沉到底，在老百姓中去实践和证明工委决定的正确性。当然，一定会遇到艰难险阻的，不会是一帆风顺。"

但敬修随手在空地上掐了一根白蒿，本想挽成一个圆圈，可是用力过猛，白蒿秆一下子折了。他不甘心又掐一根，谨小慎微地生怕再折断，于是仔细认真地双手使着均匀的力量，将白蒿挽成了一个圆圈，顺手戴在了头上。他仿佛明白一个道理，说："俗话讲得好，雨里深山雪里烟，看事容易做事难。不过呀，愚者千虑，必有一得。况且，我们还不是世界上最笨拙的人，娘老子还给我们留下一点聪明和机灵呢。"

他俩嘿嘿一笑，走出了空地，立扎在身边的小麦没有听到笑声，挂在天空的月亮，也没有看到他们行走的身影。

黑夜，在闷热中打发人们收扇回屋，硬撑着开始睡觉，说实在的，熬过了今夜，明天还会不会有热风来找你，梦中有谁还会想到这些呢！

当刘文彬一进校门，影影绰绰地看见操场中央坐着一个人，便走了过去。

还未走到跟前，就听有轻轻的声音在叫："文彬，这么迟了，还未睡觉？"

刘文彬一听，就说道："刘华，是你啊！我找但敬修了，谈得很好。现在很热，很难入睡。"

刘华说："我刚在这里同董明钦单独谈了一会儿。问他毕业后怎么办，他也没个主意，要么去陕北，要么回县教书。我给他讲，还是先回县教书，同时负责石泉县党的发展工作，以后有什么事，可与我联系。他答应得非常愉快，也非常的坚决。"

刘文彬问："建小组还是支部？"

刘华说："要看党员多少而定。"

刘文彬又问："指定职务了吗？"

刘华说："没明确，现在也不好确定。"

刘文彬说："对，工作有一个过程。"

闷热的夜，渐渐有一点回凉，身上的衣服不再那样黏糊了，宿舍的灯光一盏一盏地熄灭了，万事万物全部进入了梦乡。

有一间宿舍的灯忽然闪亮了一下，又灭了。

学校毕业考试结束了，同学们紧张的心情一下松弛了，都忙着思考毕业后的去向，谁也不再进那间上课的教室。

这一天下午唯独刘文彬、李开藩、鲁学昭先后走进同窗共读四年的课堂。他们情不自禁地回顾了艰苦攻读和在抗日救亡运动中勇往直前的斗争精神，志同道合地展望着自己的未来。

刘文彬问："学昭同学，你的想法呢？"

鲁学昭说："女娃家，再逞能逞强，也不方便去闯荡大世界，我再三考虑还是教书吧！"

刘文彬接着说："这话可不像你这个天不怕地不怕的女娃家口里吐出来的，可不能妄自菲薄呀！"

李开藩说："你啊，看起来很温柔顺服，但在抗日宣传中，你演剧是活灵活现，玄妙如神；登台讲演，是气势磅礴，锋芒逼人。凭这性格就能走出秦岭，到更广阔的地方去。"

刘文彬说："你是不可多得的女中豪杰啊！当前全国大局势你很明白，暂时还教什么书啊！共产党是团结广大民众进行抗日救亡的中坚力量，我建议你到延安去学习，那里才是真心抗日的课堂，你觉得行不行？"

鲁学昭未加思索地说："行啊，咋不行，共产党员就应走在抗日救亡的最前边。还有谁？"

刘文彬说："到时候就知道了。"

鲁学昭问："啥时候出发？"

刘文彬说："最近几天，你准备好，等候通知。"

鲁学昭毅然决定去延安后，想了很多很多，延安是毛泽东和党中央的所在地，是领导抗日战争的指挥中心，是全国热血青年向往的地方。自己临走回不回去看看母亲？左思右想，不能回去，一回去，妈妈肯定不会同意到那么遥远的地方。那么不回去，路费怎么办呢？她深思熟虑一番，拿出了一个割爱的决断来，将自己所戴的金戒指卖掉做盘缠。

"学昭，有你的一封信。"同学徐秀云喊道。

鲁学昭接过信，拆开一看，怔怔地站在那里，一声不吭。

徐秀云看到鲁学昭难受的样子，问："怎么一回事？"

鲁学昭低声说："妈妈病危，望速回。"

"既然如此，不能不回去看一眼，一生不会有愧疚。"

"是啊，父亲去世不久，妈又这个样，太刺痛人心了，不得不回。"

"天经地义，给班主任请个假，速去速回。"

鲁学昭不由分说，回到宿舍收拾了一下，便搭了一辆小洋车赶到水西门，包了一只小木船，不多时就回到了家。她进门一看，发现母亲好端端地坐在椅子上，问："妈妈，我回来了，你怎么啦？"

"昭昭，你可回来了，可把你妈担心死了，回来就好，回来就放心了，就不成天牵肠挂肚了。"

"妈，你到底怎么啦？"

"有点头痛脑热的，不碍事。你晓得不，渴时一滴如甘露，药到真方病即除。真的，一见到女儿病就减轻了许多。"

"信里说得那么严重啊！"

"不那样说，你能赶回来？说不定飞走了，你妈永远见不着了。"

"咋能是那个样子呢，飞到哪里去啊！"

"你不告诉亲妈，就不会有人给我絮叨吗？常言道，妈的心在女儿身上，女儿的心在石头上啊，还就是有这么点儿，只是这么一点儿。"

"妈，不是那样的，我能飞到哪里去？"

"你自己知道。真的，妈只想看见女儿一面，就心满意足了。女儿大了，翅膀硬了，你想到哪里就去哪里，妈是管不着了。"

"妈，你知道啦，谁说的？"

"是亚芳，好心嘛。"

"这个余亚芳，净添乱，我要训斥她一顿。"

"你这个娃啊，什么时候能变得绵绵的，再不要逞性子了，再这样将来恐怕连婆家都找不上了。我可叮咛你，不许去找亚芳扯老婆神（方言：说长道短）。听见了没有？"

"妈，我耳朵又不背。妈，我见一面问别的话总该可以吧？"

"谁说不可以啊！"

晚饭时，一家相聚，觉得饭香、菜香、酒也香。席间，大家有说有笑，好不热闹。

哥哥问："妹妹，你将毕业了，准备做啥？"

鲁学昭说："不教书还能做啥！"

大家一边吃，一边连连点头。

母亲浅浅微笑着看了女儿一眼，没有说话，挑来挑去挑了一块鱼肉放在女儿的碗里。

鲁学昭站起来，说："妈给我添菜，吃了会掉牙的！"

"这只讲对了一半，哪只兴儿女为长辈端饭夹菜，就不兴长辈给儿女递碗添菜？孝道里也要相互致敬嘛！"

男女老少都笑了，笑得开心，舒畅快乐。

虽然如此，鲁学昭心里一直在盘算着自己今后那一种意想不到的生活方式，于是问："妈，我啥时该走哇？"

"住两天吧，还是见亚芳再走。"

当鲁学昭在东教场坝草地上见到余亚芳的时候，两个人顿时喜不自胜，相互之间打闹起来。

余亚芳问："你有男朋友了吗？"

鲁学昭回答："八字不见一撇，你呢？"

"有了，龚怀义龚家庄人，在县政府做事，还行，不过有时也说些与政府顶牛的话，有些不放心。"

"你哥余迁呢？"

"我给你讲啊，听他说话口气，好像是共产党的人，与国民党格格不入啊，整天让父亲提心吊胆的。你听说过没有？"

"不清楚，也从未有同学提余迁的事情。"

"但愿平安，大家都好。"

在这个关键的事情上，鲁学昭怎么告诉其实情？余迁不仅参加了'民先'，而且是'民先'的分队长，后来又加入共产党，还是中共金州县委书记的人选呢。

朋友之间，也有不可倾心告诉的秘密。她只是应付地说："个人酌见，不可随波逐流，淳厚的禀性，没有啥奇怪的。"

"你是不是那样的人？我看八九不离十。"

"你咋看咋猜都可以，你要记住，以其昏昏，使人昭昭。我是鲁学昭，但愿你的芳心流传百世。"

一阵咯咯的笑声在草地上空飘飞，又荡起了旬河流水的浪花，浪花是在激流勇进中由碰撞而形成的一朵朵自然景象。

鲁学昭虽然身在家里，心中却很着急，第二天天刚亮就起床出发，急急忙忙地赶回了安康。当晚，就去找刘文彬和李开藩他们，未见一个人的影子，又去询问刘华。刘华告诉她，他们今天早上就走了。鲁学昭一听，站在那儿愣住了，两脚像两枚钉子一样紧紧地钉在这块地上，只是没有哭出来，可眼泪直往肚子里流，懊恼莫及。

刘华解释说："时间太紧，不能延迟，不过以后还有机会，千万不要指责自己啊！"

鲁学昭只摇头不言语，面向北方，仰望天空无数闪光的星星，只唉了一声，便跑步回到了宿舍。

徐秀云看到鲁学昭很难受的样子问："学昭，母亲病情怎么样？"

鲁学昭怎么回答才好呢，只顺便回应了一句："就那个样子。"

"人吃五谷生百病，只能好好医治，你可不要犯愁。"

"那倒是。"

鲁学昭还能说什么呢，什么也不能说，也不该说。她透过窗户望见天空一颗最亮的星星想到，这次去延安的梦想未实现，深究起来还是自己没有把握好，亲情不可不有，但失去掌握分寸的尺度，就会贻误大事，不能让自己的梦想如愿。那就等吧，等那个机会的再次到来。

一个月以后，王昌杰闻知刘文彬从省委学习回来了，凭一个共产党员的组织观念，该向他汇报这段时间的工作情况。刘文彬听完以后说："好，你把各类人的心理活动了解得很到位，这不仅对避免党的发展受到挫折，而且对保持其纯洁性是非常重要的过细的工作。我现在通知你，后天上午，在你们三官殿学校开个会，你回去要准备一下。"

王昌杰问："上午几点？"

刘文彬说："十一点。"

王昌杰说："我们学校门前只有一条从东南方向通往西北方向的石板路，这个时候从山里进城卖柴、卖煤、卖粮、卖菜的百姓差不多都路过了，没有什么生人。再说，周围的村庄与学校有一段距离，而且平常也有学生家长到学校询问其儿女的学习成绩，学校旁边的左家客栈也没住人，我看还是一个安全的地方。"

刘文彬说："要精心一点，过细一些，以防万一，出事往往在于粗心大意。"

王昌杰回去的路上碰见一名樵夫进城，一边轻快地奔走，一边愉快地哼着：山歌不唱冷秋秋喂，芝麻不打哟不成那个油，芝麻打油哟换菜籽儿哟，菜籽打油哟姐搽头哟咿哟嗬咿哟喂，哟嗬嗬咿哟嗬嗬。王昌杰一听这支民歌，灵机一动，想出了后天应对万一的办法。

这天十点钟，刘文彬准时赶到三官殿，问："王老师准备得如何？"

王昌杰坦然答道："准备妥当，同你一道来的几个人？"

刘文彬说："先后来的，要不在门外等着？"

王昌杰说："先让两个进来，安排一个教歌、一个上实习课目，四十五分钟结束，准时开会。你在外边再等人，我带他俩去授课。"

刘文彬一时还没有反应过来王昌杰玩的是哪一出戏，心里倒理会了这是怎么一回事，迅即又出了门。看到路上的行人不多，但夹在里面的熟悉面孔全部陆陆续续地走来了。他很快把他们带进了王昌杰的宿舍，这时听得见校园里书声琅琅，歌声嘹亮。

下课前，王昌杰一班一班地给同学们布置作业，提前一个小时放学。

对王昌杰来说，既参加会议，又要担当放哨的任务，因为与会人员都是一些重要人物，如刘华、李开藩、程波涛等人。

大家坐定后，刘文彬直截了当地讲道："我区各县抗日热潮如汉江流水，波澜壮阔，迅猛兴起，这需要很多有志之士引导这样的运动。当前，适逢放暑假，是一个极好的机会，我们的党员要回家乡，尤其是二七级的党员们，面临毕业回乡求职之时，可开展深入扎实的活动。今天，我们就遇到新情况，共同研究和商讨如何建立各县党的组织，怎么按照标准发展党员及其在原基础上进一步开展抗日救亡运动。"接着，与会人员纷纷发言，而且言简意赅，切合实际。

太好了，大家看清了秦巴山区尖锐、残酷、复杂的局势，一个远大目标确定了，一个脚踏实地的工作起步了。在散会后，刘文彬深有感触地向刘华、李开藩说了这么一句话。

三官殿学校门前的路，从山里通向城里，又从城里延伸到乡间。路上的行人，来来往往，他们在以不同的方式为创造美好的生活而奔波忙碌。

这次在三官庙短暂聚会的消息被方志诚从联保主任的口里得知后，立即向魏席儒作了报告。魏席儒马上提起电话，责成安康县教育科长阮羽伯配合方志诚立刻进行调查。

这天晚上太阳快落山的时候，阮羽伯突然把王昌杰叫到他家里，张口就问："听别人说有几个人在你校开会是不是？"

王昌杰说："是几个同学聚会，没听说过是开会。"

阮羽伯又问："都是些谁？"

"是兴师的几位同学。"

"说了些什么？"

"商量上课教歌的事，还能说些啥。去的还有你亲侄子，请你问问他也就知道了底细。"

"我给你讲，我同你姐夫鱼哥都是非常知己的朋友，再说咱们都是近邻，有些话不得不敞明，你年纪还这么小，不要跟着坏人瞎折腾。如果真的这样胡闹下去，就会贻害无穷，耽搁了你的前程。万一出了大事，莫怪我不帮忙。"

"科长，对你上级领导我咋敢瞎说呢！阮祖烈经常到我校去教歌。"

"好吧，你先回去，慎重地考虑考虑，仔细地想一想，这实在关系到你的前程和家庭亲友的安全。"

"科长，我知道了。"

王昌杰走后，阮羽伯赶紧去找王昌杰的大姐夫鱼寿庭，告诉他所谓的同学聚会的严重性，很可能是共产党地下组织在他的学校里开的一次秘密会议。

鱼寿庭一听，觉得这件事非同小可，不得不采取慎重的态度来对待。他当即晚上就去追问王昌杰："你如果有啥事，赶快给阮科长说了，他担保你不会受牵连。"

王昌杰说："是几位兴师同学去教歌，上实习课，就这事我都讲了好几遍，还有啥子事？"

鱼寿庭说："咱们的老人都七十多岁了，是受不了惊的，要为老人着想，不要把事情做得不可收拾。"

王昌杰说："哥，我真的没做任何对不起人的事情，请你一百个放心好了。"

鱼寿庭说："昌杰，我相信你，你不要疑虑哥存有啥瞎瞎心哪！"

王昌杰说："在这个世界上，我相信春回大地、万象更新是真的，物以类聚、人以群分也是真的。哥，你说呢？"

鱼寿庭说："你是不是有病呀，尽讲些不着边际、没边沿的话。好，你回去吧！"

王昌杰回到学校的第二天，督学邹成业到学校要求他把聚会的来龙去脉、前因后果讲清楚。邹成业听到的与阮羽伯给交代的话语不差多少，便分别召集年龄大一些的学生询问，又亲自到左家客栈去打听，结果毫无收获。他先是喜眉笑眼地劝说，说着说着，脸色大变，横眉怒目地恐吓起来。临走时，甩了一句话，如果考虑好了，就立刻去县教育科老实交代，随后，邹成业将调查结果上报专署，又去动员与自己关系较亲密的小学同学、王昌杰的三姐夫王都三予以帮劝。王都三觉得自己力不能及，即转告其岳丈岳母，共同开导或许有些眉目，并把王昌杰叫回老家油坊街。没料到，王昌杰还是那几句话，请二老放心，孩儿不做亏心事，也不会去惹祸。二老无可奈何，迫不得已，仰望天空的太阳叨叨起来，你做的啥你自己知道，你走的路你自己清楚，好不好，顺不顺，苍天有眼，听天由命了。给老爹老娘是不会讲假话的，娃子给他们说的那些话应该是真的了，假不假娘老子相信。

不几天，阮羽伯通知王昌杰务必在上午十点钟到县教育科。王昌杰心里非常清楚，这件事是没完了，阮羽伯依旧在怀疑自己的行为。他一进门，阮羽伯就没给个好脸，怒气冲冲地说："王昌杰，这事闹大了，专署魏专员亲自坐镇督办，要彻底查清楚这次共产党召开的秘密会议。你要把你所知道的老老实实、一五一十地向政府坦白交代，我阮羽伯拿我的性命担保你的平安。否则，一旦查出来，那就要严厉惩处，不予宽恕，你好好地掂量掂量！"

王昌杰听他说这话，心里想着你阮羽伯的性命能值几个钱，在国民党里不过是个芝麻官，是个奴才，还张牙舞爪个啥！他抬头应付地说："我只看见兴师的同学教歌、上课，不知道开会。"

招致当局重视的这次会议发生在王昌杰的学校，为了防止打草惊蛇，所以他们企图集中力量从王昌杰一个人身上寻找突破口。

阮羽伯追根究底长达两个小时，根没寻到，底也未看见，脸上露出一副恼羞成怒的神情。他突然站起来大声喊道："王昌杰，你先回去继续思考。最近，不许走远，随时准备传讯。"

王昌杰受到接二连三的询问，表面上好像没有什么事，处之泰然，丝毫未有惊慌失措的迹象，但他心里急得都像火燎一样，赶紧在上完课后，插空子去找刘文彬汇报此事。到兴师不见人，寻到其家，家里人也不知道他去哪儿了，问熟人得到一丝线索，可能到西安买书。王昌杰一下子清楚了，该是到省委干训班学习去了。不得已，王昌杰只得到石印馆找刘湘卿，伙计告诉说，他也不知去向，折过身，又到部队去寻石畅，部队的同事说，他出门了，到哪里去了不知道。

这个紧迫时刻，王昌杰第一次尝到了找不到党组织，见不到自己同志的那种焦急、孤单。怎么办呢？王昌杰只能这样去做了，得直接去仓房楼找警三团电话班的副班长陈信，他是党的地下交通员。陈信并不认识王昌杰，找了三次才接上头，他告诉说刘湘卿和石畅到恒口和汉阴去了，后天下午回来。

刹那间，王昌杰感觉到负重落地，轻松愉快。于是，他抬起脚步，兴高采烈、喜气洋洋地走出部队的大门。他回头一望，不觉怀疑自己怎么从国民党部队的大门走出来了，而且还是一名老百姓。

那天下午，王昌杰向刘湘卿报告了这次会议后遇到的全部经过和自己的感受，请示如何对策。

刘湘卿说："从他们对你采取先放松的措施，看来意图非常明显，按图索骥，顺藤摸瓜，通过你寻找真相。你已处在监视之中，在这样危险处境里你一定要稳住。"

王昌杰说："是这样的，欲擒故纵，跟踪追查，最后下手。"

刘湘卿问："你觉得如何应对这样局面比较合适？"

王昌杰说："我想请求到延安学习一个时期，会好些。"

刘湘卿思索一下，果断地说："好，那你马上去写辞职报告，采取金蝉脱壳之计，即可摆脱危急的形势。"

王昌杰说："走后如何应对？"

刘湘卿说："由组织安排。"

王昌杰问："啥时走呢？"

刘湘卿说："越快越好，大后天早晨天不亮的时候，地点在小北门唐家硝坊会面。你办辞职手续千万不要露出破绽。"

王昌杰当即就写了一个简短的辞职报告，随即直奔县教育科，交给阮羽伯说："科长，你们三番五次地折腾我，二老年事已高，成天担惊受怕，提心吊胆，为儿操心，因此，我辞职不教书，回家伺候老人。"

阮羽伯瞋目而视，大声说道："你这娃子，大白天净说胡话，好端端的书不教，你还能做啥高贵的事？这份工作是你大姐夫找我才安排的，该满足了，年轻人不要好高骛远，急功近利，到头来会陷于困难的境地。"

王昌杰说："科长，这我很感激你，有些人不相信我，一直在找我的事，我也无法教了。再说，我二老的身体状况你也是了如指掌，我得照顾他们。请你恩准。"

阮羽伯在办公室踱来踱去，半天不说话，过了好长时间，突然问道："那你走了，一百号子学生由谁来管？"

王昌杰随即答道："我从兴师物色一名毕业的学生，他就是上次来校上过实习课，比我强。"

阮羽伯脸色稍加平和了一点，说："你想脱身就贬低自己，抬高别人，你的本事我还不清楚吗？俗话说，亲帮亲，邻帮邻，观音菩萨也向着自家人。看着老人家的面子，看着你这份孝心，那就自便吧！"

王昌杰脸上露出一派冷静的神情，心里却非常激动，马上一转微笑说："感谢科长的高抬贵手。"

当王昌杰刚走出门时，又被阮羽伯叫住，只听他说："从现在起，你虽然不属我管了，还得叮咛几句，今后做事要三思而后行。现在社会是一个大染缸，蓝的、白的、红的、黑的样样颜色俱全，不知会把你染成什么样。所以，结朋交友，千万要慎重，要远离那些不三不四、不伦不类的人。"

王昌杰只听，没有点头也没有说话，心里想着自己喜欢什么颜色只有自己了然于心。

这天早晨天蒙蒙亮，王昌杰的父母亲早早地起了床，好像立坐不安。这时，王昌杰扑腾一声跪在二老面前，说："爸、妈，宽恕孩儿不孝，又要到西路去教书。"

"去吧，自己的前程要紧。"二老流着离别的伤心泪水，把自己的儿子送出了门。

王昌杰一言不语，趁天不大亮赶到了唐家硝坊，一见刘华、邹友生、张世康已在这儿等候。相互之间检查了一番别致的装束，又互相瞧了瞧，觉得挺像商旅之人的打扮。

刘华一摆手，带领三人出了小北门，很快登上了停泊在汉江边的一只小木船。艄公解绳推船，一跃身跳进了仓里，并将竹篙向岸一点，小船嗖的一下离开了岸边，如箭穿浪，飞也似的向汉江北岸驶去。刘华站在船头遥望着北方，听他信心满怀地轻声说："今天我们启航了！"

当他们离岸走上北山的时候，太阳已从东方升起来了，映照得汉江水浪粼粼闪光，几只雄鹰在高空中展翅翱翔，仿佛为他们四个人踏上新的征程而送行。

第十一章
山民高举霸王鞭

汽车在女娲山曲回缠绕的公路上缓慢地行驶。何波涛从来都没有经受过这种不断转来转去的行路，不禁有些头晕眼花、天旋地转的感觉。他尽量地调整自己的视角和心态，掀开车窗，从近往远望去，群山盘亘交错，丛林葱翠欲滴，云雾弥漫苍茫，意境幽远宜人，心情稍微平静了一些。这时他想着所乘客车在张滩停留了几分钟的时间里，恰巧碰到陈玉亮正准备搭乘这辆客车。他心里咯噔了一下子，立刻下了车，把陈玉亮拉到一旁，悄声地问，你要到哪里去？陈玉亮注视着旁边的人说，到湖北竹溪亲家去躲一个时期。出了什么意外吗？有一点，张一山把入党的事给甲长说了，甲长是我的挑担，让回避一下为好。你挑担知道你是吗？他问了，我未承认。这样一走，行吗？挑担说，借故竹溪亲戚家盖房去帮工，至于张一山那边由他去应付，挑担同保长有较深的交情，张一山也不会告诉保长的。就这些吗？挑担问我，叫你参加共产党的那个人，认识不认识？我说，不认识，也不知道是不是共产党，有时候说话倒像国民党，口头上也常带党国党国的话儿，那个人住了一夜就走了，没有多少印象。挑担没再问什么，只管叫我走就是了，就这些。好，上车，后边有个座位，只当我们是路过相识。知道了，你放心，我不会告诉任何人的。

不过，从上车开始一直行到女娲山，两个人没有说过一句话。何波涛偶尔回过头看一看陈玉亮，只见他面带笑容，表现出若无其事的样子，回视一眼谋虑深远的目光。

客车翻过女娲山顶，向平利县行进，下山的速度要比上山的速度快得多。何波涛不由自主地想到工委书记刘湘卿对自己讲的话，稳重做事，要比鲁莽动作安全千百倍，急于事功，还不如循序渐进要妥当些。他的见解言之凿凿，有根有据，是一种善意的批评，完完全全不会错的。何波涛摇了摇头，又向后排看了一眼，陈玉亮眯着眼睛，在车的摇晃中打盹儿。何波涛有些内疚感，让人家背井离乡，不能安居乐业，真是个教训啊！

"平利县城到了，停留四十分钟，大家赶快下车去吃饭。"

何波涛向陈玉亮招了招手，来到一家小餐馆，他俩一边吃着一边唠扯起来。

陈玉亮看何波涛好像在这里下车不再走的样子，问："你不走了吗？"

何波涛随口回答说："不走了，来这里歇两天再说。"

"办事吗？这里有我的熟人，要不要帮忙？"

"不用，我去买些茶叶和绞股蓝，有认识的人就住在县城。"

"这里茶叶很好喝。我在这里贩过茶叶，现在不干了。"

"实在对不起，让你流落他乡了。"

"没啥，哪有对不起的地方！我知道了一个农民怎样种庄稼，怎么走自己的路。不是说，要革命嘛，这个考验才刚刚开始。你还回陕保二团吗？"

"不啦，我要回西安的。"

"哦，哦，我知道了。"

这时，车站传来呼叫声："开车时间到了，赶快上车！"

陈玉亮放下筷子，起身快步向车站走去。走了几步，又回过头来，说："谢谢你给了我一个希望，我们以后也许还会见到的。"

何波涛招手说："再见啦，会有那一天的！"

陈玉亮一个劲儿地挥舞着手臂，不是挥手辞别，而且一种示意在今后某一个时刻的相逢。

何波涛凝望着这辆客车在这块看不到底的平坝子的公路上疾驰，一直望穿车过李自成当年激战的关垭子为止；只见古战场的遗迹，却没有战斗的硝烟，眼里飘过车轮卷起的一股股尘雾，在空中飘绕。自己所知道的那点趣事，其巧就巧在与历史的相遇，偶尔之间，是在《兴安府志》里碰到的。

城南的这条河流不是很宽，但是很长，清澈透底，水流湍急。河面上架着一座很窄的浮桥，年时过长，未有加固，所以一有人走在上面，压得桥身摇摇晃晃，并发出咯吱咯吱的响声。有的人踏上桥，没走几步，就退了下来，面对浮桥，望而生畏。

对于何波涛来说，从没有见过，更不消提及过这样的桥了。他站在桥头，仔细观察一些人过桥的姿势，虽然是战战兢兢、诚惶诚恐的，但最终还是没掉到河里，反而安然过去了。还有几个女娃家，身轻如燕，噔噔噔地就飞到了河对岸。一个男人大丈夫，还不如一个姑娘家的胆量吗！话又说回来，人家就是在大山里大河上撞磨出来的，咱怎么能和她们相比呢！

何波涛笑了笑，抖了抖精神，泰然处之，毫不犹豫地上了桥，轻脚快步，顺摇晃的惯性，自己把自己送到北岸的桥口。他回过头，再看着浮桥笑了一声，望着夕阳西下的南山和北山，墨晕通幽，炊烟缭绕，又笑了几声，扭头向城里走去。

胡乾站在门口，对何波涛的到来感到愕然，说："哎，你怎么来了！快进屋！"

何波涛笑着说："我知道你在家就来了。"

胡乾解释说："过几天，不是要去西安军训吗，得回来筹些路费和准备生活用品什么的。你坐会儿，我先给你泡茶，再让我妈给你做饭。"

等胡乾到后屋提水泡茶的时候，何波涛打量了一下这座古老院子，宽敞亮堂，堂房部局异样，房上雕梁画栋，檐下朱门绣户，猜摸是有年代的一座建筑。这同左邻右舍相比，一定是很富裕的人家。

不一会儿，胡乾端来茶说："快喝茶，这是三里垭茶。"

何波涛接过茶杯，一边品尝一边说："听说过，很出名，是贡茶。"

"产量很少，很难买到。"

"味道不错，难怪呢！绞股蓝好买吗？"

"好买，要多少？"

"一斤就可以了，给西安一家中药堂带的。"

胡乾母亲手脚麻利，不大一会工夫，就做好了饭菜。何波涛的肚子确实也饿了，一下子吃了一碗半米饭，两盘子菜也吃得差不多了。胡乾陪着他象征性地吃了一点，只是调节这顿晚饭的气氛，饭罢便出去了。

夜深人静，胡乾提着茶叶和绞股蓝回来了，立刻送到何波涛住的客房。

何波涛感激地说："麻烦你了！"

胡乾把两斤茶叶分开包好，说："都是自己人，还这样客气。"

何波涛待胡乾坐下来，问道："平利党小组活动得怎么样，你这个组长说说。"

胡乾心里没个谱地回答："我们小组的严振和吴骏情况还不知道，我想在城小发展一批党员，现在忙于军训的准备，还未进行，这只能在军训结束返回后，才好开展这项工作。"

何波涛接着又问："其他学校联络过吗？"

胡乾摇着头说："没有，因为时间太紧。"

何波涛从他的话里听出一个摸不着的头路，便说："只能那样了，以后待机再做吧。"停了一下，又说，"明天早晨我就走了，你不要送。"

胡乾说："那好，为了安全，就不送了。咱们睡吧，你明儿还要走呢，不能睡得太晚了。"

早晨天蒙蒙亮，何波涛就起了床，蹑手蹑脚地走到堂屋，轻轻地开了大门，看街道上没有人，顺手将大门关上，大步流星地到了车站。恰好碰着有一辆卡车正在发动，他便走上前去问："师傅，到哪里去？"

师傅回答："到白河县。"

何波涛留神一看，驾驶室没有人，便递过两块大洋，说："请师傅把我捎上，行吗？"

师傅笑嘻嘻地接过大洋，用手掂了掂，畅快地说："赶快上吧！中午要赶到呢。"

只听卡车发动机哼哼了几声，飞也似的开走了。

胡乾心里有些不踏实，起床后溜溜达达地到了车站，看见有一辆从白河开往安康的客车停在那里，便走上前一看，车门关着，旅客们还未上车，又向四周寻找了一番，没见何波涛影子。心里想，他不知乘的哪辆车，已经离开了。当胡乾刚回到家里时，听见有急促的敲门声，他赶快去把门一开，惊讶了，门外站着四名持枪的警察。有两名进了屋，胡乾突然又镇静起来，大声地问："你们要干什么？随便撞进民宅，没个王法了！"

"不要激动，我们只是来问问。昨晚你家是不是来了一个人？"

"是啊，是来了一个人！"

"是什么人？"

"是我兴师的同学！"

"干啥来了？"

"买茶叶、买绞股蓝。"

"说什么了？"

"说了，谈了茶叶和绞股蓝的价钱。"

"就这些？没谈别的？"

"就这些！"

"给你讲，专署有通告，兴师是共产党的窝子，凡兴师的学生，都要被监视。你是不是共产党？"

"啥！共产党，不知道！你们不能随便地胡说、瞎说、乱说，不然，我要告你们！"

"告谁呀告，这是国民党的天下，你还想翻天，不要白日做梦了。你要老老实实地交代，不然自己惹的祸自己承担。"

"难道买茶叶、买绞股蓝也惹祸吗？"

"你说话当真？"

"不信？你们现在就去三里垭茶行，女娲绞股蓝店去问问，就知道是不是真的了。"

"那好，我会去查的。不过，你有啥情况要及时向警察局报告。"

"要不要一起去？"

"不用啦，我们自会查个水落石出。"

警察又盯了胡乾几眼，气势汹汹地走出了大门。胡乾望着警察远去的背影，有些疑虑起来，平常也有类似到各家各户询查暂住寄宿的人，一般是连甲制的头头儿，今日却动用了警察。是不是当局侦知了线索，或许是头头儿因沾亲带故不好出面而为，不管哪种情况，都不得草率从事。看来，何特派员的心机还是高人一筹。

正当中午，何波涛乘坐的这辆卡车准时抵达白河县城下的汽车站。他一下车谢过司机，以一个军人养成的特有习惯，仔细观察这里的地形。白河县城坐落在半山坡上，城东南有宽阔的汉江水缓缓地流过，城西北则是崇山峻岭，其间浓雾飘绕，虽没有生长茂密的森林，但灌木芊芊，荒草萋萋。对这座山城的第一感觉是愁云惨淡，萧条冷落，不过，这才需要有志者改变这种凄凉的现状。

何波涛按兰继芳事先告诉的联系地址，来到河街一家中药铺，看见屋里有一位老先生正在抓药，问："老先生，兰继芳在不在？"

老先生把眼镜一掀，反问道："你是从哪里来的？"

"从安康来的。"

"哦，从兴安州来。你是他的啥人？"

"兴师的同学。"

"知道了，他在。他等你两天了，赶紧到屋里吧！"

何波涛刚踏进腰门，就见兰继芳迎上来，说："久等了。"

兰继芳赶快给何波涛倒茶，说："你一路辛苦了。我在这里久等了一些时间，但久等有久等的事。"

"啥事？"

"我回了一趟茅坪，遇到保长杨应田捆绑了我的父亲。"

"为啥？"

"我舅家的孩儿，被拉壮丁，顶替了富豪人家柴源的儿子去当兵，柴家从中得到了五块大洋。我父亲义愤填膺，打抱不平，带领三个农民兄弟到县上去告状，刚出村，就让保长的狗腿子抓住了。我周旋了几阵子，其他三人都放了，我父亲还被关着，不放人。保长还扬言，以诬蔑人罚十块大洋，而且要在公众大会上向他赔罪，如果再要折腾，要他人头落地。这不是公然在敲诈勒索，巧取豪夺吗？这真是蛮横无理欺负人，吓唬人嘛！"

何波涛经过多半天的行路，这时感到口干舌燥，但他却倾心听着兰继芳说话，没有动一动茶杯。待兰继芳话音停下来的时候，才将一杯茶水咕咚咕咚地喝个底朝天，想了想说："一个子儿都不能给，还要让这个保长把卖丁的五块大洋全都吐出来。"

"这不是容易的事。"

"是啊，很艰难！唯一的办法是依靠村民同这个保长斗！要不现在就去茅坪。"

"你先休息，我已安排好了，你住在杨光俊家，休息一晚上，明天早晨出发。"

"不行，赶快走，救人要紧！"

兰继芳带何波涛见了杨光俊，共同商议了一阵子就上路了。

西下的太阳已经走到了大山的后边，一天走累了，该睡觉了。暮霭深沉，夜色暗淡。山岭、溪水、树林和村落仿佛凝滞起来，偶尔有山风吹过，才表露出一丝鲜活的神色。

何波涛跟着兰继芳悄悄地进了村子。兰继芳没有直接回家，而是来到好友肖禹田的家，打听到村里还发生一些人们意想不到的事情。杨应田早就对村民张明山容貌俊秀的媳妇垂涎三尺，这次借故其上缴税款迟了三天，就将其捆绑殴打并关押在保安队的院子里。一天之后，杨应田亲自找到张明山，说："你置党国利益而不顾，不积极按时纳税，误了保里的统一行动，须按三天时间再上缴一份，否则严厉惩罚。"张明山哀求地说："一份都凑不齐，还借人家的才缴清，咋还要再缴一份？饶了咱苦命人吧！实在缴不起呀！"杨应田恶狠狠地说："缴不起，缴不起就把房子卖了，卖房子不够，就把你老婆卖了。"张明山一听这话，七窍生烟，愤恨地说："保长，保长，保一方平安，你倒好，想把穷苦人逼得家破人亡吗！"杨应田嘿嘿大笑说："谁逼你了，只是给你想个办法，你倒动气了。俗言道，女人嫁汉，穿衣吃饭。那如花似玉的女人，跟着你，吃不上穿不上，要你这种男人干啥，简直是受罪，把人家卖了，好让她享享福，也是你在做好事。张明山，要不我来帮你吧！只要你把媳妇休了，你就无须再缴那一份，而且还可多给你返还上缴的那一部分，这可是多好的机会啊！"这番话，对张明山的感觉好像是无数枚铁钉子从全身的各个部位钻进了自己的肉里，气得火冒三丈，恼怒地喊道："看你是个人，却在说狗话！你就咬吧，咬人的人，最后被自己咬死；做坏事的人不管是谁，总有一天会遭到报应的。"杨应田眼珠子滚了几滚，板起阴森的面孔，吐了一句恶毒的话："货比货得扔，人比人得死。这个扔和死，你张明山都占全了，不过死比扔要好些。"快黑时，杨应田带一名保丁给张明山家扛去了一斗谷子，并给张明山媳妇三块大洋。张明山媳妇大喊大叫，公公是个暴性人，提起杠子，喊："和保长拼了。"邻居也都出来了，杨应田狼狈地出了张家门。

坐落在深山脚下的这座石板房，被漆黑的夜色淹没。房里点燃的油灯的灯芯儿被拨得很小很小。虽然如此，但在这样的黑夜里，光芒还是那样的倾泻无阻，明亮照人。

何波涛注视着这盏暗淡的油灯，一直在想着大家要立即去把兰耀德和张明山抢出来的心情。是的，把灯芯拨大了就会闪亮起来，把话说明了，大家就会清楚一个道理。眼前须采取一个高明的办法来解决这些问题，不然会出更大的乱子来。他不紧不慢地说："这个保长横行霸道，作恶多端，实在罪不容诛。这个人是当前社会的一个缩影和代表，我们要运用稳妥的方法，同他进行一次罪恶清算，就是一次同反动势力的英勇斗争。现在已掌握了不少罪恶事实，还需要确凿的证据，明天赶紧查询知情人、当事人，把旁证材料取齐、取全、取实。后天召开群众清算大会，用群众的力量来打倒他的嚣张气焰。眼下要有人做这些事，继芳，你觉得谁做最适合？"

兰继芳不加考虑地说："由肖禹田、柴隆荣、柴隆越参加，组成调查小组，并发动村民和筹备后天的清算大会。"

"我也要参加！"

兰继芳扭头一看，是肖禹田的儿子肖率祖进来了，说："能行吗！"

"看着保长欺负人那个疯劲儿，就让人气愤。我们不同他斗，谁去斗呢！"

兰继芳望了望肖禹田，以征求意见的口气问："你看儿子能不能参加，你确定。"

肖禹田对儿子坚信不疑，果断地说："好钢用在刀刃上，让他参加。"接着又对儿子叮咛道，"跟着伯伯叔叔们一起干，听他们的，可不要莽莽撞撞的，误大事。"

肖率祖高兴地说："知道了，跟他们干没有错。"

何波涛环视了大家一眼，说："调查的时候千万不要暴露我们的行动计划。清算大会的地址放在哪儿呢？"

肖禹田建议说："泰山庙最合适。"

兰继芳想了一下，说："这个地方行，庙前院场宽大，周围人家院子也多，借庙里神像也会把手脚不干净的人吓唬一阵子的。"

何波涛蛮有信心地说："大家齐动手，没有踏不过去的坎儿。我就不相信，那个保长会不在群众面前低头认罪！"

待大家休息以后，兰继芳心里总有些不踏实，又问何波涛，说："这样做的把握到底有多少？"

何波涛心中有数地说："十拿九稳，不过，你在后天早晨主持会议的时候，注意引导群众，不提拉壮丁、苛捐杂税，要抓住保长卖壮丁、贪污饱私、欺民霸女恶劣行迹不放，这样就不会引起县政府的怀疑。"

兰继芳点着头，笑了，笑得很自信。

第二天晚上，月色朦胧，山林昏暗。甲长柴家民的屋子里一下子来了十几个人，把这座不大不小的房子挤得满坑满谷。大家的神态虽然很严肃，但是，说起话来倒很随便、客套、通情达理。从调查取证到发动村民参加清算会，没有不支持的，要说就说，要写就写，要摁指印就摁指印，丝毫没有迟疑和踌躇的表情。村民们一听对保长要清算，这是大快人心的大事，多少年来，都是官老爷们欺压平民百姓，今儿个我们要当主人了，让他来体验一回被主人斗争是一种什么样的滋味，凡动员的村民没有一个借故推辞和回避不参会的。他们之中有的人还说，就是不知道保长的胡作非为，我也要去凑热闹，这凑热闹也是增加一份力量呀！同邪恶斗争的力量就是从我们村民中凑起来的，不去的话，在这个社会就等于白活了一辈子。

从众说纷纭中，何波涛完全明白了大家的想法和愿望。人为刀俎，我为鱼肉，一向被欺压的穷苦农民再也不愿过那种忍辱偷生的日子，从无奈地顺服走向了自愿地反抗和斗争。

该说的话，全部亮在大家伙的面前。这是亮意愿，也是亮天意。

"今晚能不能去把兰耀德和张明山抢救出来？"

"现在应不应让张明山的父亲带几个人去给保长来个下马威，光吓唬一下子？"

"事先通知不通知杨应田明天到会？"

"我们赤手空拳也不行呀！如果那疯狗要咬人，咋个对付呢？"

"清算会结束，组织八九个人上县告状去！"

"他们有快枪，咱们有火枪、梭镖、大刀、斧头、菜刀，怕啥！"

"明天有二三百村民参加大会，我不相信他这个有几条破枪的保长不害怕。做贼的人还是心虚的嘛！"

"俗话说，做饭瞒不了锅台，挑水瞒不了井台。一个和我要好的保丁悄悄地给我讲过，保长卖了十名壮丁，把五十块大洋揣在自己的兜兜里了。咱们拧成一股绳，有这么多的村民闹哄，他不会不低头吧！"

夜深山静。石板房里还是热腾腾的一片，这里正在凝聚爆发的力量。

兰继芳看了一眼何波涛，说："特派员，发言就到此吧。你看呢？"

何波涛心情非常激动，有条有理地讲起来。他说："我们不去抢回兰耀德和张明山，要逼着保长把他俩放出来。出来后，搀扶他俩赶到会场，这就是人证，同时让张明山父亲和儿媳妇带着粮食和大洋按时到会。开会以前，不能打草惊蛇，让保长察觉我们这次清算的意图。大家讲得对，为了防止万一，组织一个十二人参加的护会队，持各种器械隐蔽在群众之中。一旦出事，首先要保护当事人和村民的安全。至于告状嘛，我的意见是只要他承认卖壮丁、贪污钱物、敲诈勒索、行为不轨，并将所获退还村民，即可先缓一下，防止狗急跳墙，要减少一些不必要的损失。明天的会，杨应田会闻风而到的，如果不到再去邀请他也不迟。继芳，这样行吗？"

兰继芳看在场的村民频频点头，说："你讲得很好，照你的意见办理。"

何波涛说："你主持会议，要根据我方、对方的情况而处置，要急中生智，依靠群情，压倒对方的气势，我们一定会占上风的。"

深山里的村落进入了夜梦之中，这时万籁俱寂，只听到村边的溪水声和草丛中虫子的鼓鸣声，还隐隐约约地听见村民们回家的脚步声，这种声音很轻很轻，如果不竖起耳朵是听不见的。

早晨天气格外晴朗，阳光灿烂，清风吹拂。山岭、树木、房屋都显得很有精神，很有气势，很有魄力。

茅坪的村民们接连不断地从四面八方涌向了泰山庙，清算会的会场人山人海，摩肩接踵，挤得水泄不通。周围的小山丘上都站满了人，这些人同山岭、树木、房屋合为一体，显得英姿勃勃，威风凛凛。

兰继芳往远处的路上一望，还有村民不断地疾步而来，又看眼前涌动的人群，不觉想到，群众还是要有人去组织，不然他们咋能集中在这里呢！他问肖禹田：

"全都安排好了吗？"

肖禹田有把握地说："停当了，开会吧！"

兰继芳站在庙前的高台上，将手一挥，喊道："父老乡亲们，我们今天在这里集会，主要是清算保长杨应田卖壮丁、贪污、敲诈、行为不端等恶劣行径。我们已经掌握了大量的人证、物证，还盼乡亲们勇敢地站出来，现场揭发检举，要让这个恶魔在人民群众面前低头认罪，威风扫地。"

话还没讲完，会场上响起了雷鸣般的掌声和欢呼声。这从人们心里迸发出来的声音震天动地，仿佛又从广阔的乡野间掀起了汹涌澎湃的惊涛骇浪，势不可当。

突然间，杨应田带领三名保丁和两名甲长气势汹汹地闯进了会场。兰继芳一见保长耀武扬威的样子，并没有介意，只是高声地向群众喊道："乡亲们，杨保长不请自到，我们欢迎他参加今天的集会。"

会场里响起了稀稀拉拉的掌声，既不热烈又不那么冷落。

杨应田或许没有听见，或许不明事理，或许还要耍威风，命令保丁和甲长堵住路口后，气冲冲地向兰继芳站的地方走去，肩上挎的盒子炮在屁股后边一甩一甩地碰来碰去。他站在兰继芳一旁，掏出盒子炮，一边挥动一边大喊："谁让你们寻衅闹事，这是违犯国法，是要坐牢的，知道不？"

兰继芳毫不畏惧地说："杨保长，这是集会不是闹事，是维护国法，你清楚不？"

杨应田用枪指着群众说："让他们维护啥法？简直是胡扯淡！"

"杨保长，你听好了，今天是清算护法集会，明白不明白？"

"什么意思？清算哪一个？"

"什么意思，你自己知道得最清楚，今天清算你卖壮丁、贪污、敲诈、行为不端的罪恶！"

"你们反了天了，想造反吗？"

"不是造反，是在挽救你呢！"

"笑话！一些毛猴子不知天高地厚！"

"信不信由你，承认不承认由你！"

"来人，把兰继芳给我绑了！"

保丁一哄而上，把兰继芳围住，两个甲长慢腾腾地挪着步子，站在了杨应田的旁边，摆出个狐假虎威的架势。这时，何波涛在人群中向肖禹田使了个眼色，于是肖禹田、柴隆荣、柴隆越、肖率祖等挥起了各种器械冲了上去，又把他们团团围在里边。

兰继芳严厉地说："杨保长，好见、好说、好散。不然，我们不但要清算你，而且要举众赴县告你！"

会场上闹哄哄的，有人大吼一声："到县上，到安康专署告他个驴日的东西！"

杨应田一见此状，心想万一闹大了，自己也不好收拾，眼前，他们人多势众，咱呢，寡不敌众，不如回避一下这样的锋芒。他便向保丁喊道："把兰继芳放了。咱们好好地谈谈。"

这时候，张明山的父亲来到现场，把扛着的粮食、拿着的大洋，扔在杨应田面前，喊叫着："杨保长，这是你做的好事，你这是在害人，还是在救民！你是老虎烧香，假装好人！"

兰继芳说："乡亲们，杨保长救人是假，企图让张明山家破人亡，不怀好意是真！"停了一下又喊道，"杨玉元，请你说说！"

杨玉元是位知明懂理的绅士。他站在群众的前面，说："我儿子为了躲壮丁，从杨保长那儿给了五块大洋买了一个顶替的壮丁，我还知道我的朋友也从他处以同样的钱买了五个壮丁。"

兰继芳这时候将一叠一叠证据捏在手中，在空中挥动着说："乡亲们，这有凭有据，铁证如山，他杨保长是抵赖不了的。杨保长，你看怎么办呢？"

杨应田表现出话软气蔫的样子，说："有对不住乡亲们的事情，但不能言过其实嘛！"

兰继芳说："这是铁板钉钉的事，你抵赖不掉的，也是逃不脱的，该上缴的上缴，该退的退，该道歉的道歉。当务之急是，该放人的放人。"

杨应田收起枪，把手臂摆了几摆，说："放人，放人，把兰耀德和张明山统统地放了，该行了吧？"

兰继芳哼了一声，说："不光放了，你得有个说法，为啥要捆绑关押我父亲和老实巴交的农民张明山，现在还要把他俩赶紧送到会场，同群众见面。"

按照兰继芳的要求，杨应田派了一名保丁和一名甲长去放人。肖率祖很有心机，连忙向兰继芳说了几句话，便领着手持火枪、梭镖、大刀的三个小伙子跟着到保安队去接人。

张明山和兰耀德被搀扶着先后进了会场。兰耀德脸色铁青，踉踉跄跄地走到杨应田的面前，一跺脚，恨恨地说："杨保长，你心瞎了，到处作孽，看你将来咋个儿进祖坟呢！"

杨应田脸色平静，淡淡地望了兰耀德一眼，又扫视了一番前后左右，觉得柴源、杨玉元、张明山同他的父亲和媳妇，还有一位被开除的保丁，个个横眉怒目，都在用愤恨的目光盯着自己。盯就盯吧，今天你们盯我几眼，明天你们还是你们，我还是我自己，这个世道就是这个样嘛！

广大民众怒气冲天。海一样的人群起浪了，愤怒了，咆哮了。

乡亲们养活了一个白眼儿狼。

心烂成了一摊渣渣子，没法收拾了。

当官一天，强似为民三载，捞够了呀！

人情不合，天理难容！

俗话说，官大不压乡邻。这倒好，当了一个烂保长，一下子就睁眼不认人了。

这简直是一个恶棍，即就是把他千刀万剐，也消除不了人们心头之恨。

保长，保长，保了谁也不知道。有了一个保长，乡间村里成天鸡犬不宁，家家都在提心吊胆地生活，生怕什么时候祸从天降。

好好地教训他一顿，看他改不改，若还是如此染指于鼎，那我们也得动家伙了，斗他个你死我活！

兰继芳向挥械舞棒的民众招了招手，会场霎时安静下来了。他说："乡亲们，现在听杨保长有什么交代的。"

杨应田失去了张牙舞爪的样子，嬉皮笑脸地甩出了几句话："我的乡亲们，前些时候我杨应田确实做了点对不住你们的事情，让你们中的有些人受惊吃苦了。我今天在这里向你们道个歉，实在对不起，实在对不起。今后还得来往，两天不见，三天就得见一面，还须大家帮忙支持为政府办事嘛！"他一边说着，一边带领保丁和甲长匆匆忙忙地溜走了。

谴责、咒骂、嘲笑的声音此起彼伏，一浪高过一浪。杨应田就在这涛涌波襄、震天动地之中消失了。

由于受到群众力量的震慑，杨应田第二天就把自己卖壮丁的钱改变了一种说法，将保里换取壮丁的收入退回，指派两名保丁将大洋一文不少地送回了各家各户，把装进自己腰包的税款变为保里不该截留的那部分，也同时如数上缴。

当何波涛在回县的路上听到这个消息，心里非常高兴。于是，对兰继芳说："虽然有结果，但是还不彻底，不过，在当前局势下，只能这样做。"

兰继芳很满意地说："这个斗争是成功的，达到了目的，都是你指导得好。"

何波涛谦虚地说："群众力量大于天！斗争才刚开始。"

一阵笑声在溪流中滚动，叮叮咚咚地奔入波涛汹涌的汉江里。

这一夜，何波涛同杨光俊谈了很久很久才睡觉。

"组织发展如何？"

"了解了几个，不过还不成熟。"

"能不能成立党组织？"

"由东南工委决定。"

"西安军训的实质，你知道吗？"

"不知道。"

"那是国民党采用的手段，争取年轻人，有一定的反动性。"

"是吗？"

"你有什么思想准备吗？"

"还没想到那个地方。"

"要坚定意志，说话一定要谨慎，那里有特务跟踪，也有利益的诱惑，千万不能暴露自己的身份。"

"你这一说，我就明白了。"

"明天我送兰继芳、柴兴宙和你三人去西安参加军训。"

"好。你去了，我们就有了主心骨。怎么走？"

"经旬阳过镇安，再进西安。"

一行四人刚入镇安县境，住在一家客栈里，何波涛经过反复的考虑，提议说："我不能陪你们到西安了，须返回旬阳办一件要紧的事，你们走吧，一直往北走，没有岔路。"

兰继芳想了想，问道："集训结束后怎么联系呢？"

何波涛沉思了一下，说："到兴师这个老地方，如果我不在，你们可同工委书记联络。不过，你们将来回白河后，利用各种优势，把党的组织建设很好地抓起来。如果要成立党支部，我的意见是兰继芳任书记，柴兴宙、杨光俊分别任组织委员和宣传委员。"

兰继芳点了点头，说："按工委安排，争取做好我县党的发展工作。"

柴兴宙和杨光俊嘴唇动了动，想要说什么话，但又没说出口，只微微地笑了一下。恐怕世上让人最难受的是，刚刚混熟又要离别的这个时刻，或许是其他哪个样子的，谁能体会到呢！

何波涛突然改变了原计划，他急如星火，日夜兼程，马不停蹄地赶到了旬阳城。天刚黑下来，他来到河街西关的草房街，乘着暗淡的月光向半山一望，黑乎乎的房屋坐落在这面山上，而且是沿山而上。他收回目光，发现面前右侧有一个小胡同，胡同的路面全是用石头砌起来的台阶，夜色中也看不见它通向哪个院子。凭记忆，何波涛认定，这个地方就是罗长勤曾给他讲的通向罗家院子的那条胡同。他不加考虑地拾级而上，走了半会儿，便到一家大门口，被挡住了去路，发现门左侧上方挂一个木牌，上面写着"大顺生商铺"。何波涛高兴极了，这就是罗长勤的家，没错。他咚咚地敲了几下门，过了一会儿，门咯吱一声打开了。

"你找谁？"

"罗长勤。"

"三娃子，有人找！"

"哎，马上就来。"

"你进屋坐吧！"

罗长勤随即从腰门走出来，就看见何波涛跨进门，乐呵呵地喊道："稀客！稀客！你还摸到地方了！"

何波涛笑着说："是你给我讲得细，印象就特别深刻，所以这个路寻找得格外顺利。"

罗长勤一边端茶倒水，一边说："好，好，来得正好，正盼着你来检查指导工作呢！"

何波涛喝着水说："我是把兰继芳他们送到镇安地界，就折回来了。"

罗长勤意识到何波涛肯定还没有吃晚饭，便说："先吃饭，饭后，咱俩一起到汉江边洗个澡，同时在江边聊聊天。那江边有河风，凉快。"

晚上的汉江水深黑深黑的，搭眼一看好像没有一点水的动静，如果借夜里闪过的手电光线，才发现宽阔的江水在静静地奔腾涌流。

何波涛跳进水里，说："这水倒挺凉的。"

罗长勤说："刚走在沙滩上还是很热的，钻到水里，旱劲儿就解除了。就在江边，可不能走远了，那河中间深得很哪！你会游泳吗？"

何波涛说："会点儿。叫波涛的人，虽不能驾驶大江中的波涛，还得学学游泳。你呢？"

罗长勤说："在汉江边泡大的，游汉江是常有的事。"

何波涛说："以后还得向你学点。"

罗长勤一笑，说："只要不是旱鸭子，学起来更快。"

这时有一股微风吹过，江边凉快多了。月光下，江面波光粼粼。

在何波涛提议下，罗长勤跟着坐在岸边的浅水里，接着问道："你住的下边那条街怎么叫草房街呢？"

罗长勤慢慢地介绍说："在旧时，这条街住的全是出卖劳动力为生的居民，拉纤的、背脚的、烧石灰的、烧砖的、摆渡驾船的，这些人的住房全都是用茅草和竹木搭起来的，我们这儿把它叫庵庵子房。久而久之，这搭建的房越来越多，而且鳞次栉比，整齐有序，人们称为'草房街'。我家就在草房街的背后半坡上。"

何波涛听后，赞佩地说："这些劳苦大众用自己的汗水浇铸自己的生活，这都是我们所须选配的好材料啊！"接着，他话语一转，问，"党的发展工作怎么样？"

罗长勤很快地回答说："已经培养了五名，他们中李开新还是很成熟的，对时局看法很独特，都很好。"

"这样不就可以建立党组织了吗？"

"我看能行，基本条件具备了。"

"工委书记特别重视旬阳的组织建设。他说，旬阳县是个大县，人文、自然环境都很好。在兴师加入中国共产党的就有八名，并且还有一名女共产党员，这在安康十大县里边还是比较突出的。他指示，要把工作做到百姓之中，稳妥、扎实、可靠、严密，争取率先成立党支部。工委书记这次派我来旬阳，就是检查党员发展情况和协助你搞好党建工作。"

罗长勤信心十足地说："感谢组织的关心和期望，在你的指导下，我们能尽早地建立党的组织，搞好抗日救国的宣传活动，开展同反动势力的顽强斗争。"

何波涛和罗长勤止步站在沙洲上，向这座俗称金线吊葫芦的山城一望，万家灯火，通明闪亮；深邃的夜空，星罗棋布，晶亮闪烁。灯火和星光相互映衬出一片迷人的夜色美景。

一个黑暗总会过去，一个光明终会到来。

壮大光明的力量，最重要的是团结老百姓和受难受苦的劳苦大众。你是土生土长的，把脚跟踩稳踩实，扎到这里不动摇。

是的。谷子破壳方见米，灯草脱皮才见心。我们需有更多志同道合之人的共同奋斗。

这一夜，在罗家院的后厦子里，何波涛同罗长勤谈笑自如，越谈兴趣越浓，仿佛在展望和勾画一个五光十色的未来世界。谁也没有觉察到，月亮已经沉下去，早晨的太阳从东山上冉冉地升起来。两个人一前一后，不紧不慢地走过长而窄的草房街，来到上渡口停泊的一条小船上。

一钻进船篷，罗长勤指着已站在那里的一个不高不矮的青年人说："这就是李开新，比我大两岁，我称他老兄。"接着，又向李开新介绍说，"同我来见你的是中共陕西省东南工作委员会派来我县检查、指导工作的何波涛同志。他是镇安凤凰嘴人。"

李开新虽然在兴安师范、兴安中学读过几年书，当过教书先生，但在这时不知说什么好。他神色尴尬地撂出两句话："稀客，稀客。咱们的邻居嘛！欢迎！欢迎！"

何波涛细眼一看，就感觉李开新是一个朴实厚道、机灵多变、不多言辞之人。笑着说："啥稀客哪！是邻居，可没见过面，只听长勤讲到过有幸结识你，今后我们都是朋友了。"

李开新放松了许多，说："邻居，邻居，隔着墙的哥儿兄弟，良友难得呵！"

罗长勤插话说："不会有多时，我们就会成为探寻共同理想的同志！"

何波涛有感而发地说："打开另一个世界的大门，就需要增加更多更强的力量，凝结坚固的钢铁心愿，摒弃短暂的目光，团结一致，英勇拼搏。你家虽然不愁吃不愁穿，但是你却没自己的民主之权！"

李开新说："是，就是如此。自古道：贫居闹市无人问，富在深山有远亲。像我们这样的处境，依然是受苦受欺压，在当今社会上是抬不起头的。再说啦，现在又遭小日本的入侵，大祸中又遇到大祸啊！你讲得好，打开另一个世界，创造灿烂、明朗、民主、自由的新天地。"

何波涛仔细地听着李开新说话，却默不作声，脸上也露出赞许的微笑。心想，看人看心，听话听音。这李开新心里装着天下穷苦老百姓，又有共产党人那种驱逐日本帝国主义侵略者和建设一个新中国的雄心壮志，好。他又细细地琢磨着一条小路子，也是一条大路，只有深入民众之中，才能取精用弘，吸收有志之士加入党的组织。于是，他看了罗长勤一眼，只连连点头。

罗长勤看着何波涛神采飞扬的样子，便明白了这一表情是满意的流露。他兴奋地说："何波涛同志还要去汉阴和石泉，我们不耽误时间了，就此欢送你起程吧！"

汉江河面上的晨雾，在初升阳光的照耀下缓缓地散去，大河南北的巴山和秦岭的半山腰与山垴垴上依然有一团一团稀薄的云烟在轻轻地游动。

正当他们握手告别时，一群白鹤从下游仙滩的空中朝着上游的吕河口方向飘然飞去。

李开新惊奇地指着远去的白鹤，笑着说："你看，仙鹤都惊动了，来为稀客送行啊！"

罗长勤挥着手臂，说："巡视员同志，开局顺利啊！"

这时，从二郎滩的岸边传来一阵阵嘶吼的号子声音。

> 拉起一条纤，背起万条江，
> 我是我呀，百舸破浪喊前进！
> 一步一声雷，一步一支歌，
> 步伐效劳一家人，歌声如涛滚滚。

> 一声号子一江春，
> 一条纤绳一船金。
> 江水滔滔，步步紧哪，
> 拉纤人背着天地喊前进！

这天，罗长勤同罗广文和杨仕杰吃过早饭后，按原先商定的时间，陆陆续续地来到上菜湾的鲁世恭家里。大家坐了好半天，龚怀义还没有到，罗长勤宣布说："今天接收鲁世恭老兄为中国共产党党员，我们的队伍又增加新的一员。今后应称同志了，望鲁世恭同志履行党员义务和权利，遵守党的纪律，为党的事业辛勤劳作，永不叛党。"

鲁世恭听了这几句如金子般贵重的话语，脸上一下子绽放出灿烂的光彩，激动地说："请同志们放心，既然参加了共产党，一定为共同目标，殚精竭虑，奋斗终生。"

罗长勤没有再说什么，只提议鲁世恭同他们几个人立刻到李开新那里去。夏天的天气很闷热，当他们走到柳树沟时，罗长勤既带着商议又以指令似的口吻说："天气太热，我到沟里水墙旁的树荫下歇凉。世恭同志，你同李开新是小学同学，你到东边去家里把他叫来。就说，请他来开一个重要的会议。"

"他知道吗？"

"给他说过。"

李开新跟着鲁世恭来到柳树沟，老远就喊道："今天是啥良辰吉日？哎呀，既是相会，又是熟人聚首，真不容易凑到一起呀！"

罗广文风趣地说："黄道日，给你老弟办喜事的日子哪！"

正因为是同学和熟人在一起，才有说有笑，有啥说啥，相互之间充满了兴奋豪放的情感，也表现出了悠闲洒脱的风度。

罗长勤以往对李开新只知道是同乡，又是兴安师范的老学友，其他的并不大清楚。现在呢，他对确定发展目标的这位人物的经历和心理，确是了然于胸。这位学友一九三三年考入兴安师范，毕业后于一九三七年考入兴安中学，因父亲病故，家庭生活拮据而中途辍学回乡，在县城玉皇初小学教书。一九三八年春天，经人介绍在安康土地陈报处任编查测绘员两个月。时值全国掀起抗击日本侵略者的浪潮，又因对国民政府消极抗战、积极"剿共"不满，便弃职回家，常同赴安学生返乡工作团的同学们一起谈论和探讨抗日救国的局势与道理。对时局若明若暗的认识，才一目了然，懂得了谁在卖国、谁在救国。对李开新这些深刻的印象，罗长勤坚定地做李开新加入中国共产党的介绍人，在这个时候不得不讲清党的宗旨目标和组织纪律，不得不宣传共产党对抗日救国所持的态度和方略。他郑重地讲道，中国共产党是解放天下劳苦大众的，让全国老百姓都过上幸福美满的日子，有民主、有自由，不受欺压，不受剥削，老百姓是国家的主人。又说，当前山河破碎，民族危亡，共产党主张广泛团结一切可以团结的力量，倡议国共联合，共同抗击日本侵略者，拯救我们的泱泱大中国。这个使命全部落在有良知的中国人的肩膀上，不可推辞，不可马虎，不可气馁。中国的将来就只能指望共产党了！

经罗长勤这么一谈，接着罗广文搭腔道："延安是军民一致，官兵一致，打土豪分田地，多好啊！"

鲁世恭坚定地说："有了共产党的领导，中国人民才能站起来，屹立在世界的东方。"

罗长勤看着李开新不断地点头，说道："老兄，今天专门开这个简单的小会，诚恳征求你的意见，你愿不愿意加入中国共产党？"

李开新脱口而出，说："共产党好，我有所耳闻，既然你们都是共产党员了，我也得自愿加入这个组织。"

罗长勤问："不后悔？"

李开新答道："今生无悔！"

"开新同志，从现在起你就是中国共产党的一名党员。现在我宣布，中国共产党旬阳县城关支部委员会正式成立。经请示东南工委和征得党员的意见，同意李开新同志任支部书记。"

话语一落，李开新接着说："长勤同志，我刚入党，恐怕难以胜任，能否让我担任组织委员。"

罗长勤望了望大家，都没有提出不同的看法，于是说："这是组织的决定，不可推卸，就在实践中锻炼，在斗争中淬火，很快地会成熟起来的。按何波涛讲，这是发展党组织从学校扩大到各县和农村中，建立起来的第一个基层党组织，要构筑成为一座堡垒，不断坚固，不断发展壮大。这个任务繁重、艰巨而超出寻常，不过它的意义在于创造一个奇迹，美好的将来一定会在我们的脚下走出来。"

李开新再没有表示不接受的意思，说："坚决服从组织决定，团结党员，争取群众，让我们的共产党组织变得更强大。"

顿时，茂密的柳树底下，响起了哗哗的掌声，下垂的柳条被震动得摆来摆去，仿佛也在高兴地助威。

大家站起来还没有走，罗长勤拿出了两本书递给李开新，说："供你学习，一定要保存好！不能喇忽（方言：粗心大意）！"

李开新急忙打开一看，原来是毛泽东的《论持久战》和《游击战争》的油印小册子。他激动地说："在我们这地方，能得到这样的书，可是不容易，如获至宝。但是，闹不好会坐牢的，我会把它珍藏在最安全的地方。"

罗长勤知道李开新是个有心计的人，并不担心会惹出乱子来，只点了点头，微笑了一下，表示放心的意思。

当大家各自要起步回城的时候，龚怀义慢吞吞地来了。他向大家说："来迟了，实在不好意思，只要让我做啥，请尽管吩咐。"

罗长勤一边走一边说："没有啥，我们只是聚会，只谈谈抗战局势，不牵扯治国治政。走，回吧！"

其实龚怀义不想参加这次谈论议事，是罗长勤预料到的，因此并不感到诧异。他已经得知，最近龚怀义与旬阳县保安支队第一大队大队长曹保平走得很近。这位大队长又是余亚芳的表兄，所以和自己的女朋友一起同大队长来来往往，看起来倒很正常。但是，县长施德广为什么亲自召见龚怀义谈话，却令人怀疑。其目的是企图通过龚怀义去探听余亚芳叔伯哥余迁的不规行动。不过，所谓余迁入党这件不规事，只有党内少数人知道，都是单线进行的，并未横向联系，这是谁泄的密呢！罗长勤对待龚怀义还是平常见到的样子，以不动去观察他更多动的行为，以避免造成更大的损失。共产党在隐蔽之中的警觉，就在于千方百计地保护党员的安全。

罗长勤已经走到了炮台子，突然间又返回，去了上菜湾李开新的家里，他想把需说的要紧的话都倾吐出来。他俩谈了半晌午才离开。李开新知道龚怀义有所变化的行迹，心中也有了数，将清楚如何去应对有可能出现的不测。

李开新送走罗长勤回到堂屋，坐在圈椅上冥思苦想，寻求自己如何把肩上这副重担挑到位担到头。眼下最紧要的是组织的发展，他把所有熟悉的人排了个队，首先想到的是路德厚同自己同年生，自幼读书，小学毕业后，于一九三六年赴郧阳国民党十六军干部深造学习班学习，一九三八年从军干班结业后回乡。这人有知识，懂军事，是一块好料。

在这个世界上，要办什么事情，只有精明的人去追时间，而不是悄悄流逝的时间去赶人的。李开新匆匆忙忙地吃过晚饭就进了县城，找到路德厚以后，便一同出了东门，来到校场坝的旬河边，推心置腹、开诚布公地恳谈起来。

李开新直接地说："德厚，我们过去，特别是你从部队回来后，虽然常来往，也了解一些，但是还不知心。我今天找你来，是想介绍你加入中国共产党。你咋想呢？"

路德厚望着暗淡的夜色，突然间感觉到眼前明亮了许多，说："实际上我在军干班已经加入了中国共产党。"

"谁介绍的？"

"政治教官黄纪善，在部队做党的地下工作，湖南人。"

"还有组织联系吗？"

"由于组织暴露了，黄纪善被捕入狱，失掉了组织关系。"

"有啥证明你是共产党员？"

"无入党证明书。"

"你对共产党比我认识得还早一些。既然如此，你须重新入党，我就做你的介绍人吧！"

"行，那太好了。重新回到党的组织，我的心就突然间踏实了，对前程充满了信心。"

"从今天起，你就是一名正式的党员，我们团结一起，为共同的目标奋斗终生。你一进门，我就要给找个活儿干，一是发展党员，二是对龚怀义要多留神点，三是鉴于你过去的身份，多打听打听政府的军事活动。"

"做好这些任务不会有多大困难，发展党员，你一说，我心中有数了。"

"谁？"

"李兆众。我熟悉，有敢作敢为的精神。"

"我知道这个人，有那么一股子勇猛的劲头儿，有作为，抓紧些。"

这天吃过上午饭之后，鲁德厚走出门一望天空，太阳钻进浓浓的密云之中，空气不是那么火热，倒有点凉爽之感。他不紧不慢地沿着曲里拐弯的巷道，向县城的高处走去。来到李家院子门前的小巷子，他停止了脚步，轻轻地敲了几下院门。不一会儿，门咯吱一声开了半扇子。路德厚一见是李兆众的媳妇毛金环，就问："弟妹，万生回来了吗？"

毛金环轻声和气地说："在哪。快进屋！万生，德厚哥找你呢！"

话音刚落，李兆众就从上院子门里快步走出来，亲热地喊道："德厚哥，我早就想找你，只是太忙。今儿个是星期天，我下午还得早点回学校。"

鲁德厚一边进门，一边说："不误你的时间，我今日找你也一样，说几句心里话就走。"

李兆众紧紧拉着鲁德厚的手，走进了下院子的楼下。

毛金环是位贤惠知礼数的女子，她回到堂屋泡了两杯陕青茶，赶忙端到了楼下。

鲁德厚接过茶杯，赞赏地说："表弟把媳妇打扮得如此古色新颖，可是一个崭新时势的象征啊！"

李兆众深情地看了毛金环一眼，说："这是人家心灵手巧，自己剪裁，自己制做的。我粗手笨脚的，哪能有那样好的眼力。"

毛金环取过端盘，抿着红润的嘴唇惬意地笑了，说："你们是不是在取笑我呀！"于是，一溜烟走出了门。她心里却感到非常的兴奋、满意、自在、充实。崭新的时势是什么，她不懂其深奥的道理，但她却意会到，恐怕不只是就人们身上穿着的衣服而论吧！

下院楼下的屋子背靠石山，面向汉江，门是朝东开着的。向南用石头砌起的墙上开着一扇能拉起来的活动窗户。透过这唯一光亮投进之处，可以鸟瞰整个汉江从西向东气势磅礴的流向。

路德厚稍微低下头，觑起眼睛，老远望去，汉江水势浩渺，波涛汹涌，巨浪翻滚。他心有感触地说："现在抗日救国的群众浪潮风起云涌，声势浩大，如同奔腾的江水不可阻挡。"

李兆众有同感地说："群众一旦明理，就是抗击日本鬼子的坚强后盾，就能有力地抑制国民党卖国求荣和消极抗日的态度，就能积极支持共产党的抗日主张。"

路德厚一听这话，心里的底细便有了八九分，但他却撇开了原来想说的话，而讲起了近来自己获悉的共产党所领导的八路军在抗日前线作战的两则消息来。你知道不，今年三月十六日的神头岭伏击战，八路军第一二九师派一部兵力袭击了黎城日军的重要兵站，以此诱出潞城日军增援。当紧急出援的日军行至神头岭附近时，被提前在此设伏的第三八六旅旅长陈赓所指挥的三个团的兵力，突然向敌人发起猛烈攻击，其间展开了白刃格斗，经过两个小时激战，将增援的一千五百余名日军全部歼灭。还有哪，八路军反"九路围攻"作战的胜利。今年四月，日军由同蒲、正太、平汉铁路沿线和长治、屯留等地出动了三万兵力，在第一军司令官香月清司的指挥下，兵分九路围攻晋东南抗日根据地。坚守活动在这个地区的八路军一二九师和山西青年抗敌决死队等部，以内线与外线相结合的作战方式，积极、主动、不断地袭击来犯的日军。四月中旬，由一二九师师长刘伯承、政治委员邓小平指挥下的部队，气势勇猛，所向披靡，在武乡以东的长乐村一举围歼日军两千二百余人。此后，各路日军闻风丧胆，纷纷撤退。四月二十七日，困守在长治的日军慌忙向南撤离，途中被一二九师围攻截击，歼灭日军千余人。至此，经过二十三天的作战，日军的"九路围攻"计划被彻底粉碎，共歼灭日军四千余人，巩固和扩大了晋东南抗日根据地。

李兆众听得津津有味，为之震动，全身猛然间仿佛发出一种说不清来自哪里的锐气和力量。他说："我在兴安师范附设的义务教育师资训练班学习时，有老师给我们讲平型关大捷，这是抗日战争中八路军首战胜利。这一仗打出了中国共产党和八路军的威风和声望。有共产党领导的八路军同日本鬼子作战，中国有救了，百姓有救了。我们充满了信心，相信共产党，向往美好的未来。"

听话听音，看人看心。路德厚对李兆众的底子完完全全地摸清了，他的脑子里考虑着中国，心中惦记着百姓，心里向往着共产党，是不多见的一位成熟的年轻人，引导他走上一条大路，责无旁贷，义不容辞。路德厚转过面，望着李兆众说："万生，我介绍你加入中国共产党，你同意不？"

李兆众的反应非常快速，坚决地回答道："一百个同意。参加了党组织就有了指望，再不会像过去单独地胡撞乱碰了；有共产党引路，就有了方向，我们好好干。"

路德厚说："既然没有意见，从今天起，你就成为一名共产党员，无预备期、无党证。入党的名字该用化名为好，我看你个子大，能不能叫个子？"

李兆众想了想，说："个子也行，不过，我想用冯宇，这好像雅致一些。"

路德厚一笑说："好，像个官名。我再叮咛几句，入党后服从组织，遵守纪律，保守秘密，要为党的事业奋斗终生。"

李兆众站起来说："请党组织放心，在斗争中，一定把自己锤炼成名实相符的共产党员，当革命需要的时候，勇于牺牲自己的利益，甚至献出自己的生命。"

这间狭小而阴暗的屋子，由于他俩一起推心置腹、畅所欲言的交谈和最终做出超乎寻常的重大决定，倒宽敞和明亮起来，一个光明正大的人生就从这里启程。

毛金环听得路德厚和李兆众在院子里边走边说话，便走出厨房喊道："万生，饭做好了，让德厚哥吃了饭再走吧！"

李兆众挽留地说："咱俩还是喝两盅，庆贺这个永不忘的日子。"

路德厚婉言道："改日再喝吧，今晚上还有别的安排！"接着又高声喊着，"金环，今天还有事，改天同万生好好地喝几杯。"

李兆众无奈把路德厚送出院子大门，看到通向政府的街道上，有几个人喝得醉醺醺的，你扶我，我揽你，东倒西歪地进了县政府的大门，又见到大小官员的纨绔子弟，气势汹汹地同时从政府大门出出进进。他义愤填膺地对路德厚说："这些官员吃人民的饭，喝百姓的血，生杀予夺，草菅人命；那些子弟游手好闲，专横跋扈，仗势欺人。该是整治他们的时候了，我看他们是没有好下场！"

路德厚说："这话很对，共产党不但要抗日救国，而且要打天下，解救穷苦老百姓。今天的奋斗，就是为了美好未来的诞生。"

李兆众点头赞同："心坚石穿，克服艰难险阻，去夺取成功。"他望着路德厚迈着刚健有力的脚步向下河街走去，一转身回到堂屋的饭桌上，说，"金环，我要喝三杯酒，你陪我喝点。"

毛金环疑惑不解地问："为哪门子事喝酒，我不会喝嘛！"

"高兴啊！过去走小路，现在找到了大道，有救了，有救了。"

"看你神经兮兮的，啥子有救了？"

"以后你就知道了，先喝酒，我三杯，你陪一杯，行吧？"

毛金环嘴角上掠过一丝微笑，说："你说行就行，那我喝晕了，谁给你舀饭炒菜啊！"

李兆众举起酒盅同毛金环碰着杯子，哈哈大笑地说："我自己舀，我自己炒，只不过没有你做得喷香可口就是了。"

豪爽和银铃般的笑声同清醇的酒香交织在一起，飘落在李家的院子里。从门前路过的人，谁也不清楚这家有啥喜事，这么高兴。

　　路德厚从李家院子出来，在往家走的半路上，突然拐了弯，经过西门又返回了，最后进了县政府的大院。一直想着去找熟人谝闲传（方言：聊天），其目的是打听自己想要得到的动静。当他刚穿过大院二道圆门时，发现龚怀义、余亚芳、曹保平先后从县长办公的小院里走了出来。他赶紧躲在一丛小树林后边的小路边，通过树林的缝隙，又看见县长施德广也出来了，站在门口摇着手，向他们几个笑嘻嘻地直打招呼。谁也猜不到，他们几个人不知从县长那里得到啥样儿的尚方宝剑，只见他们喜笑颜开，大摇大摆地走出了县政府。看来有人议论龚怀义是墙头上的冬瓜两面滚，这话断然没错，不然他们出没在这里干什么。当然，龚怀义此举不外乎是要保住自己的铁板儿身子。你滚来滚去，倒东倒西，未必能实现看起来是聪明的，而实际上是笨拙的设想。世界上有些事情总是那么的残酷，你不想惹祸，但灾难一定会落在你的头上。不信狼是麻的，它是猎肉动物，是会吃人的。路德厚随后在去找朋友的路上，揣摸着自己曾未意识到的考问。此时，怎么一下子就连串地想了这么多人世间求生的规则。

　　李兆众吃罢饭，对金环说："我走了。你照看孩子，又照料老人很辛苦，也要将息（方言：保养自己），不要太累了。"

　　毛金环说："万生，越来越客套了。你看天快黑了，路上坑坑凹凹的，不安全，明天早晨再走吧！"

　　李兆众说："不大紧，那路走熟了，摸也能摸到，明一早还要给学生按时教课呢！"

　　毛金环说："那倒也是，不能耽搁给娃们上课。"

　　李兆众刚出门，迎面碰上龚怀义和余亚芳，问："怀义，你们做啥去？"

　　龚怀义随意地说："我们在外面闲逛！"

　　余亚芳炫耀地说："我们刚才找我表哥去了，同我表哥还见到了施伯伯哪。"

　　李兆众心里纳闷了，两个人的说法却如此不同，施伯伯不就是县长施德广？他们能随便见到县老爷，那可不是一般的关系。龚怀义的闲逛是假的，而余亚芳找表哥见县老爷是真的。为之愕然的李兆众只嗫嗫一声，说："那你们就去逛得开心点啊！"

　　龚怀义觉得有些不好意思，问："兆众哥，你要到哪里去？"

　　李兆众一边走，一边说："回学校！"

　　龚怀义关切似的说："路那么远，差不多六十里，小心点啊！"

余亚芳插言说："兆众哥，你这个当老师的太辛苦，甘岭乡太远了。在方便的时候，让我表哥给施伯伯说说，把你调到城里多方便哪。"

李兆众早就对那些以权不施其道的行为恨入骨髓，深恶痛绝。可是他没有说出来，只是回过头，淡然地回了一句："不用了，谢谢你们的好意。"随后立刻离开，脚步却很重，走在路上响起咚咚的声音。

龚怀义斜视着李兆众远去的背影，甩出了几句讥诮的话："光知道教书的先生，给料不吃，给草也不吃，真不识抬举，不知好歹。"

余亚芳听了以后，有些不满地说："不管怎样，你可不能这样污蔑别人呀！"

龚怀义又说："那人就那样，脑子里没水水。"

余亚芳嘲笑地说："就是你水水多，不见你聪明机智到哪儿，还好意思去炸瓜（方言：评论、指责）别人！"

龚怀义不知道是在意还是不在意这话，只嘿嘿地一笑，说："好了，咱们去一个赐黑的地方坐坐，行不？"

余亚芳快言快语道："行，咋不行，坐一坐还有啥害怕的。那儿总不会有恶狼吧！"

龚怀义一言未发，只拉着余亚芳的手来到校场坝旁边，一屁股坐在旬河沙滩上。这时龚怀义才开始说话："你咋还护着李兆众？"

余亚芳直言道："是亲戚呀，又不是共产党。我倒要问，你一边跟罗长勤打得火热，一边又让我引荐认识表哥，又受县长召见，你没告诉我真实的想法。"

龚怀义不确定地说："思路不同而已，地下党组织最近发展很快，这样同国民党两条心的人，很容易被拉过去的。对于我是在观察风向，不过现在还是国民党掌控全中国，其势要比共产党大得多，强得多。"

余亚芳提醒似的说："万一被发现了咋办，这是有风险的。我告诉你呀，随风驶舵，舵扳偏了会翻船的；见机行事，事办砸了，会害人害己的。"

龚怀义说："你不用操那么多的闲心，我有办法。"

余亚芳又说："还有一点，势大是现实，失掉了民心，势也会江河愈下，一落千丈。"

龚怀义说："你也在观察形势，研究权力的稳固了？"

余亚芳说："你看这些官员都为谁办事，为自己、为亲戚、为朋友不懈余力，对老百姓的穷困生活谁管呢！"

龚怀义说："即便是共产党要抗日解救中国，眼下能管得着这些吗？"

余亚芳说："那倒是，不在其位，不谋其政嘛。听别人讲，解放区可是实行了分田分地，减租减息，农民是土地主人了，生活也好了。"

龚怀义笑了："道听途说，我没见过，也不知道它的真实性。"

沙滩上传来了两个人的嬉笑声，猛然间扑倒了水边茸茸的草丛。

第十二章

虎口脱险又重来

刘湘卿从汉阴回安康后，根据党员们的建议，派刘经安带邹友生、王昌杰和进步青年张世康赴延安学习，但他没有离开刘经安的家，一直在认真仔细地分析着西线党组织发展的形势。经过兴安师范、汉中师范暑期回乡的抗日宣传，一个抗日救亡活动掀起了高潮，一些学生和民众对国民党在抗击日本侵略者中所持委曲求全、节节退让的态度和国民党的腐败政治极其不满。民无信不立，国民党统治的基础已经动摇了，这对我们是一个极好的机遇。从眼前来讲，曾担任汉阴师范学生会主席的邹友生已离开，急须巩固和发展组织；石泉又有七名共产党员和两名中华民族解放先锋队队员毕业回县，也需要给予指导。他立即找到刚从旬阳返回的程波涛，说："汉阴的邹友生已去安吴青训班学习，石泉的组织发展也很有成效，你赶快去西线协助他们工作。去汉阴可找在兴师入党的楚诚，他在县里城厢小学教学，负责代销《新华日报》《大公报》等报刊，不过，有人反映他有变化，生活腐化，纪律松懈，要提防点。还可以与由兴师毕业回乡后，被我和刘经安介绍入党的庞明哲接触。我同这个人谈过话，年轻气盛，靠得住。"

程波涛不假思索地说："我明白了，到石泉一定找雷锋，是吧！"

刘湘卿沉稳地说："对，他是今年七月从兴师毕业的董明钦，组织已经告诉他负责石泉地下党的工作，现被应聘在石泉大北港小学任教。"

程波涛信心十足地说："请组织放心，我想方设法地去完成任务。但是，我还有一个要求，这次巡视结束后，能否批准我到安吴青训班或抗大去深造，请组织给予考虑。"

刘湘卿虽然没有直接表态，但从他回答的口气里能听得出来是有希望的："组织一定会重视你的想法和意见。"

程波涛离开刘经安的家，连夜赶到了汉阴城，没有歇脚，连忙找到了城厢小学。夜已深，小学的大门紧紧地关闭着。在不暗不明的月色里，他突然发现学校旁一座房门前挂着一块不太大的长方形木牌，走近细看，上面写着一排宋体字：新华日报社。程波涛看见后却先是一阵高兴，这是刘湘卿同志给我交代的，是掩护楚诚活动的地方。接着却又迟疑起来，这个人有些变化，究竟如何，那还不完全掌握。程波涛想了一阵，提起了高度的警觉，嘭嘭嘭地敲了几下这家的大门。过了一会儿，房里传来问声："谁呀？这么晚了，要做啥？"

程波涛压低声音回答："买报的！不做啥！有《新华日报》吗？"

"没有，只有《大公报》。"

"《大公报》也要。"

"那你明天早上再来吧！"

"有急用，帮个忙吧！"

程波涛说完，隐约从房里传来年轻姑娘的埋怨声，"真讨厌，连一个觉都让人睡得不安稳、不踏实，以后不来了。"

过了一会儿，门吱的一声开了半扇子，在半扇子门缝里露出光亮光亮的一个头："给，这是《大公报》。"

程波涛一见，心里暗想，和当学生时的头发不一样了，轻声说："楚诚，我是何波涛。"

楚诚探出身子，仔细一瞧，惊奇地说："是程巡视员，是啥风把你吹来了？"

程波涛回答说："我叫何波涛，有人介绍来收些中草药。"

楚诚没有让进屋的意思，赶紧闪身而出，然后将门关上，说："嗯，嗯，我知道了。你先休息吧，从这儿出去向左拐，再向右不远的街道上有一家松茂和旅社，坐南向北。有什么事，我们明天再商量吧！"

何波涛边在思索刚才听到的屋里的女人声，边征求意见似的问："好，好。明天你到旅馆，还是我到你们学校？"

楚诚立刻说："明天九点钟，我准时到你住的旅馆吧！"

第二天上午，楚诚按时到了旅馆，一见何波涛说了一些客套话，便问道："这次来的任务主要是啥？"

何波涛没有更深层次地回答，只简单地说："主要还是了解和宣传抗日。"

楚诚说："抗日救国是当前头等任务，现在汉阴的宣传活动也还好。"

何波涛说："今天晚些时候，咱们召开一个会吧，你看地址放在啥地方合适。"

楚诚稍微考虑一番，说："咱们城北不远的地方，有一座古庙菩萨泉，放在那里开比较妥当。"

何波涛说："好，就放到那儿，你通知共产党员和积极分子参加会议。时间定在你放学后召开。我等一会儿出去一下。"

"到哪里？"

"想看看'三沈'大院。"

"哦，沈士远、沈尹默、沈兼士三兄弟的家，地址在民主街。"

"我打听到了，一个山间小县城走出了北京大学的三位教授。"

"我带你去吧！"

"不用了，你去忙你的事。"

楚诚在回学校的路上，碰上兴师的同学、现在县党部供职的许盛，寒暄了一阵子才离开。许盛影影忽忽知道楚诚是共产党，但没有什么可以证实，今天一见倒感到他的神色不大对，眼睛里流露一丝恐慌的目光，这让许盛发闷了半天。

何波涛走出旅馆的门，太阳已经偏西了。他没有去民主街，而是径直去了庞明哲的家。他一进门就看见有一青年正在看书，猜想可能是要见的人，便开腔问道："你是不是庞明哲？"

那青年放下书，回答道："是。你是……"

何波涛不等问完，就说："刘湘卿有事回安康，刘经安已去延安，我是协助你们工作的。"

"好，好，太欢迎了。你住在哪儿？"

"住在松茂和旅馆。"

"哦，这个旅馆我去过。经楚诚介绍我在那个旅馆听过上级刘同志的谈话。我记得最清楚，他说，抗日救亡是我们中华儿女当前的头等任务，共产党这么说，就一定这样去做，团结全国人民共同抗日，绝不像国民党那样挂着羊头卖狗肉，欺骗国家，欺骗人民，特别是欺骗那些血气方刚的青年。我们要站在正义一边，揭露国民党的阴谋，让民众的眼睛明亮起来，跟着共产党抗击日本侵略者，拯救中国，建设中国。"

"他是陕西东南工委书记刘湘卿！"

"啊，难怪他讲得我们都爱听。"

"你吃过午饭后，到菩萨泉开会。"

"对。你贵姓？"

"到时候，你就知道了。"

"我说，松茂和那里不能长住了，县党部已经盯上了。"

"已经退房了。"

"会结束后，我带你去薛家巷苟家住。"

"为啥？"

"那是一老婆子的家，是地下党的临时住址，比较起来，这里更安全一些。"

"到时候再确定！"

"你在咱家吃饭再走吧！"

"不啦，我还要找几个人了解一些情况。"

庞明哲望着何波涛飞快走去的脚步点儿传出的声音，心里想，这个人很活跃、有劲头。工委下来的人嘛，没说的！还细心。

菩萨泉是一座小型的古庙建筑，房檐雕刻的飞龙和小鸟确是精巧细致，造型活灵活现，栩栩如生。古庙里供奉着两尊神像，给人一种杀气腾腾的感觉。

古庙旁边偏厦子挤满了人，相互问候，有说有笑，兴致极高。庞明哲进房子一看，来开会的都是一些熟人，王俊玉、邓炎清、欧常蕴、楚诚、马永举、陈世维，还有几个人都在县城哪里偶尔见过，但叫不上名字。坐在会议召集人位置上的那个人还是下午在家见到的。这时，只听他喊道："庞明哲，坐到这儿吧！"

庞明哲应声坐在了他身边的空凳子上。

看来他就是今天会议的召集人了。他轻轻地拍了拍手，开始自我介绍说："大家不要讲话了，现在开会。我叫何波涛，商洛人，从安康回老家，沿途凡属我所了解熟识的同志都去交谈过，像汉阴天水河的付安昌同志，还有好多你们不认识，虽然地处秦巴山中，他们对时局都很关心，也都懂得一些。今天，我们开个短会，灵人不用细说嘛！这次主要简要讲一下抗日的形势，了解宣传工作的情况，希望各位以民族为重，救亡为先，积极开展宣传，同时提出一些抗日宣传和开展募捐活动的建议。再就是谈一谈如何开展党的组织建设。"

会议上大家畅所欲言，无话不谈，对摸不透的抗日形势也摸透了，对不明白的疑点也得到了解答，会场的气氛热烈、轻松、活泼。

何波涛倾听每一个人的发言，观察每一个人的情绪，发现唯独楚诚坐在那儿，表现出郁闷的样子，一句话都没有说。会议结束时，何波涛问："楚诚，你有什么要讲的？"

楚诚不冷不热地回答道："我要说的大家也说了，我所想的大家也讲到了，没有新的意见，说也是重复，大家确实讲得都非常好。"

散会后，大家先后沿着岭上几条小路下了山，只有何波涛和庞明哲走在最后。

这时，楚诚突然折回到何波涛跟前说："你如果没有什么事，就到我那里去吧！"

何波涛说："不啦，我还要去见一个同志，如果有时间，我会去找你的。"

楚诚说："明哲，你若不忙，陪巡视员一同去吧！"

何波涛说："谁都不用，我自个儿去就行了。你走吧，回去把报刊经营好啊！"

楚诚点头躬腰说："那是，一定得办好。"

太阳快要落山了，一缕一缕的晚霞血红血红的。南山、北岭、月河、树木和城里城外的房屋披上了薄薄的红色光辉，艳丽多姿。

站在岭上，何波涛观察到，这里的地势很奇特，像一艘大船，南山和北岭是船帮，东边是船头，西边是船尾，船篷就是这座县城，坐落在其间，人们只知道自己是在这块土地上繁衍生息，而没有想到自己是在这条船上拼搏生活。

在县城南门外，何波涛等到了庞明哲，一见就说："你们这个地方像条船，我们启航会不会遇到暗礁？"

庞明哲明白了意思，回答说："会的，但我们有勇气排除艰难险阻。"

夜色降临，街道上黑黢黢的，什么东西也看不见。

庞明哲不慌不忙地带着何波涛绕到薛家巷，待他进了苟家的门，才赶紧回到家。

庞明哲刚进门，邓炎清就问："送到了？"

"送到了，不过多拐了一条街道。"

"你就是有心眼，好，那就好。"

"咱们睡觉吧！"

夜，寂静无声。偶尔听见房墙脚里蛐蛐的叫声。

咣！咣！咣！一阵阵用木棍撞击门的声音，疯狂地打破了夜的沉静，惊醒了睡梦中的庞明哲。他头一抬起来，一边揉眼睛，一边赶紧去开门，发现门前围着二十多名荷枪实弹的警察。仔细一瞧，前排站着国民党县党部书记长胡超吾、县教育科长邹啸鲁、城关镇长李蔼如，便笑着说道："胡书记长，夜这么深了，还来光顾百姓门下，实在对不起。"

胡超吾板着脸，训斥着说："不要油嘴滑舌耍嘴皮子。我问你，你家下午来人了吗？"

庞明哲回答得很干脆："来了！"

胡超吾又追问："是什么人？"

庞明哲看到胡超吾身边站着的徐盛，灵机一动，立刻想出一个对付的办法，情绪平静地回答说："是在兴安师范认识的打篮球的朋友石畅，午饭后见他从门前路过，彼此打招呼说了几句话。徐盛你不也是很熟悉的吗？"

胡超吾转过面问徐盛："是这样的吗？"

徐盛说："胡书记，是的，石畅是警三团的教官，在兴师打篮球认识的，是很熟悉的。"

胡超吾又问庞明哲："到哪里去了？"

庞明哲搪塞地说："这个我可没有问他。"

胡超吾指着堂屋站着的邓炎清，问："他是做啥的？"

庞明哲说："是我家的亲戚，来县卖中草药，时间晚了就在我家住。"

胡超吾没再追问，面向大家高声喊道："邹科长带领二班，李镇长带领三班，我带领一班，分头搜查各旅店，明天一早进行全城大搜查。现在分头行动。"任务布置完后，又喊道，"庞明哲，你随同我们到松茂和旅店。"

庞明哲心里很得意地答道："是，胡书记长。"

松茂和旅馆的大小房间被搜了个遍，也未查到可疑的人，连一个陌生的名字都没有。他一无所获，空手而回。

胡超吾临走时，不甘心地说："庞明哲你暂时先回去，明天早饭后到县党部来，分配给你两名便衣警察，执行巡查抓捕任务。"

庞明哲说了一句遵命，三步并作两步赶快回到家，给邓炎清说："情况紧急，你赶快去苟家送信：夜更黑，天不亮开门。去的路上沉着点！"

太阳还没有出山的时候，邓炎清就返回来了，告诉庞明哲说："人已转移，向西而去。"

庞明哲听到这话就像心里有一块沉重的石头落了地，一下子轻松、舒畅多了。他心里暗暗地想："应该是已经过了牛背岭了。"

一切猜计都没错，何波涛安全地到了石泉县城，立刻去西关见了董明钦，谈了遇到的追捕危险。

董明钦说："你先在我家住下，在这里万一有情况，会有人来报信的。"

"这里发展情况怎么样？"

"已经有三名进步人士被介绍入党。"

"另外，旬阳籍兴师毕业生鲁学昭被你县新成立的江南馆女子小学聘为教师，她参加你们的党组织生活。"

"好，我们的力量又壮大了。"

"鲁学昭多才多艺，精明能干，注意发挥她的作用，在宣传方面也是有特长的。"

"嗯，我们缺女党员去做更多人的工作。"

"是的，根据党中央的精神，我们当前要广泛宣传群众，团结一切民众，投入共同抗日的斗争中去。"

此时，董明钦接到一封信，信中写道：汉至石，紧跟不舍。他一看完全明白了，立刻让何波涛化装了一番，带着他走出西关，穿过北街一条小巷道，进了汽车站，向一位司机打了个招呼。那司机点了点头，让一位头戴礼帽、挂一墨镜的人坐上了后驾驶室，立即启动开出车站，直接向西万公路上飞驰而去。

刘湘卿对西线的情况有些不放心，对罗景明说："我该到那里去了解一下，把有些事情掌握得更准确些。"

罗景明是个不多言语的人，心里明白书记此行的目的。这时说："我也知道那个人文文雅雅的，势子逞强，实际上柔弱怕事，不过白璧微瑕，可以理解。但是，究竟是瑕疵还是劣迹，一定得调查清楚，不仅关系到个人的前途，而且关系到组织的命运。"

刘湘卿沉思地说："是啊，这关系到组织的健康，关系到事业的成败，决不可掉以轻心。我们的责任，在于引导每一个共产党员为共产主义奋斗终生。"

罗景明说："我也去吗？"

刘湘卿摇了摇头，说："你不跟我一块去，但你不要在石印馆，深入城郊及各县，以联系客户，了解动向。咱们下午同时出发。"他交代完毕，又去对曹文礼说，"曹老板，最近我们要出去好几天，你一定把我们的来信保存好。"

曹文礼说："请放心，我会把信件搁在最安全的地方。你们要到哪里？"

刘湘卿说："到恒口、汉阴，也说不定还会到其他地方去走走。"

"大概多长时间？"

"可能十天半个月的，很难定多长时间。因为西安的朋友让我给代买一些中草药，办妥了就回来。"

"哦，哦。要买中草药，得请老草药先生认认，可不要上当受骗，买些假货，那可就把人害了。"

"我知道。我们走后，有谁来找我们，你就说我们不在，不要告诉到哪里去了。要问啥时回来，你就说不清楚。好吧？"

"你放心走吧！我明白该咋样对付的。"

刘湘卿帮刘经安家收完最后一桶稻谷时，向刘经安的父亲说："现在没有多少活了，我得出去一趟。"

刘经安父亲说："干了这么长时间，耽搁了你的好多事情，实在对不起。"

刘湘卿说："大伯，不能这么讲，这也是我们自己的活计嘛。"

刘经安的父亲说："那就不拦你，路上慢些走，更要小心点！"

刘经安的母亲听刘湘卿马上要出远门，赶紧回屋从笼里取出了六个暄腾腾的馒头，另外还装了一小罐豆豉，塞进刘湘卿的手里。她有些歉意地说："收谷子把你累坏了，还没有歇歇就要走。给，把这带上当干粮。"

"不用了，大娘。到汉阴路又不远，再说只去两三天，也说不定一两天就回来了。"

"勤带雨伞，饱带干粮，快拿上。万一路上有个耽搁咋办！这天气要变脸就变脸，拿点填肚子的就不会受饿。什么时候回来都行，经安不在，这儿就是你的家。"

刘湘卿告别二老，背着一把纸伞和干粮，头戴一顶麦秆帽子，顶着烈日上了路。擦黑时分他赶到汉阴县城，进了东门，发现有两盏灯笼悬空高挂，闪闪发亮，走近一看是一家小客栈。于是，又观察了一番街道上的动静，人行稀疏，冷冷清清；看了看周围的建筑，不高不矮的二层楼，具有朴素的古色古香的情调和风格。他径直进了门，便打问住宿。按交通员的安排，这是苟家老婆子开的旅馆。

天蒙蒙亮，刘湘卿起床，打开二楼窗子往外一看，街道上人来人往，喧哗热闹。他收拾好东西，不声不响地走出客栈大门，钻进了熙来攘往的人群之中。

刘湘卿从庞明哲家里出来的时候，太阳已经偏西了。他决定到楚诚家里去以谈工作为由摸摸底。到新华日报社门前，刘湘卿见大门半掩着，轻轻地敲了敲门，问："屋里有人吗？"

这时从堂屋里面走出一位高挑儿的女子，不好意思地反问道："你找谁呀？"

"楚诚在吗？"

"在，他忙着分报刊呢！"

话音刚落，楚诚也从堂屋里面走出来，惊讶地问："刘教官，你怎么来了？"

刘湘卿盯着楚诚说："来看看报刊销售得咋样。"

楚诚神情有点不安地说："还很不错，《新华日报》卖了一百多份。看，光问事，忘了请坐，快坐！"接着他望了一眼那位女子，说："你走吧，晚上我去找你。"

那位女子走后，刘湘卿称赞地说："销售量达到这么个数字，真的不简单，下了不少的功夫吧！"

楚诚端过茶杯，说："是费了些神，刚才这女子就是联系的卖主。当然，为党效力费些神也是值得的。"

刘湘卿想起庞明哲说的这个人生活腐化，思想软弱，已经变了。于是用锐利的目光直接扫视着楚诚，但口气温和地问："最近党员的思想状况如何？"

楚诚好像有些惊慌失措，说："最近，我忙于教书和卖报刊，这方面的情况不掌握。你想知道，可去问一下庞明哲他们。"

刘湘卿直接地问："那么你自己呢？"

楚诚笑得很难受，说："随大溜走吧！"

"我看你在兴师那时候的棱角没有了。"

"让这样的社会磨光了。"

"是你自己把自己磨光了吧！"

"处在这样的夹缝里，要得活命，就得如此。"

刘湘卿听到这话后，仍然觉得能挽救还得挽救，争取不要掉队，便说："楚诚，希望你不要自己放弃自己。如入党时所宣誓的那样，为党的事业奋斗终生。县党部如果来了解情况，你要自然些，不要引起别人的猜疑。"

楚诚沉默了一会儿，问："如有人问，我们是什么关系？"

刘湘卿干脆地说："就是在安康认识的朋友，陕警一旅三团的教官。"

楚诚苦苦地一笑，没有说一句话。过了好半天才说："刘教官，我知道了，你还是快点走吧！我这儿随时都有人，万一出了事，就走不脱了。"

刘湘卿想，不用你说，我就知道了。便说："希望今后还会有见面的机会。"

楚诚连自己也不知道，是在不断地摇头还是在不断地点头。

刘湘卿立刻从楚诚家出来，风也似的疾速走出了东门。当他刚踏上公路时，从东门里跑出一队警察，远远地听得追杀的叫喊，接着传来了一阵沉闷的枪声。

公路边停了一辆卡车，只听得喇叭嘟嘟地响了两声，有人在喊："快上车！"

刘湘卿不由分说，便登上车，惊奇地说："是你，明哲！"

庞明哲欣然一笑："我们都安排妥当了。这位司机也是党员，姓沈。你去哪儿？"

刘湘卿回答："到兴安！"

庞明哲一挥手："快，开车！我到涧池下，不送了。"

刘湘卿很高兴地说："你们的斗争策略很高明，胜利有望！"

公路边一排一排的白杨树被飞速奔驰的卡车甩在后边；公路上卷起一股股的尘烟，迷漫着后面车辆的视线，有时后轮子碾起一串串石子，飞溅在半空中，又哗哗地砸落在路面上。路边的庄稼地里做活的庄稼人，望见了担心地说道："这辆卡车简直是疯了，是不是疯子在开车啊！"

刘湘卿从恒口下了车，连夜回到了刘经安的家。

何波涛在刘湘卿从汉阴返回后的第三天下午，从省委回来了。他传达了一则好消息，在抗日战争将由战略防御阶段转入战略相持阶段之际，中共中央决定近期在延安召开六届六中全会，主要解决中国共产党在民族战争中的地位及其在统一战线中的独立自主问题，还重申了全党从事组织人民抗日武装斗争的极端重要性和强调了关于游击战争在抗日战争中的战略地位问题，等等。

刘湘卿一听心里非常激动，这是一则特大的信号，这是要纠正在抗日"建立全国统一的国防军"，要"逐渐打破拥兵自卫的传统"，实行全国军队"统一指挥，统一编制，统一纪律，统一武装，统一供给，统一作战计划，统一作战行动"，"一切经过统一战线"，"一切服从统一战线"的主张，更正放弃党对军队的领导，断送人民胜利的前途的错误观点。王明的右倾机会主义该休止了！民族战争胜利的光明就在眼前！他虽然十分高兴，但又冷静地对程波涛说："革命的道路又长又艰难，我相信，在斗争中一定能打败对手取得成功。我们要对前程充满必胜的信念，我们的工作须从一件一件做起。我前几天到汉阴去了，同楚诚见了见。通过他的言谈举止，有叛变革命的迹象。我想，能不能采取调虎离山的办法，让他离开本地。"

程波涛对楚诚也有所耳闻，也早有提防，说："可行，调到哪里呢？"

"只要有一丝挽救的希望，就不要放弃，还是调到陕北学习为好。"

"我同意你的意见。"

"你代表组织去做他的工作，言辞要强硬一些。"

程波涛领受这个任务，第二天中午就突然赶到楚诚的家里。他刚进屋，没在意一位身材修长的女子一闪身出去了，就同楚诚闲谈起来："最近报刊卖得咋样？"

楚诚有些难为情地说："份数有些下降！"

"什么原因呢？"

"教书忙，没工夫去跑客户。"

"你和同志们有联系吗？"

"来往很少，几乎没打交道！"

"什么原因呢？"

"教书忙，没工夫去扯闲话。"

"这是你本分该做的。"

"癞蛤蟆上樱桃树，尽想好口味。现在不能脱离实际嘛！"

"啊，我知道了，你不用说了。"

"实际上我没有啥可说的。"

"那好，我现在给你谈一件事，中共东南工委决定调你去陕北学习，并派我来通知你。"

"哎呀，何巡视员，这怎么能行呢？"

"这是组织的决定！"

"组织的决定，我服从。但是，家里离不开，真的离不开啊！"

"咋离不开？"

"我上有八十岁的老父老母，走了以后谁来照顾二老呢！敬老孝先哪！"

"是个理由，但是，我告诉你，你如果有损害或严重破坏组织的行为，一旦打听清楚，我们就立即派人就地处理。当然，我们要劝善惩恶，但也要毫不手软地清除那些害群之马和不逞之徒，以纯洁我们的先锋队组织。"

楚诚一听这番话，心里非常明白，就地处理，言下之意就是当机立断，立马处决。这时，他全身的血液仿佛停止了流动，或许藏匿到什么地方去了，脸上唰的一下变得煞白煞白的，战战兢兢地说："我不会做那些伤天害理的事，我请组织放心，我向组织承诺，我向何巡视员保证，安贫乐道，乐善好施，以补自己的不足。"

程波涛威严地说："从你嘴里吐出来的话，要对你自己负责，能不能说一不二！你可要把心肝五脏掏个干净，再把舌头伸得直直的表个真心诚意。"

楚诚连忙拱手说："会的，今日一言既出，驷马难追，天地可鉴。"

程波涛指着楚诚说："别人劝破了嘴皮子也没用，今后就要看你自己的了。绝话，会是无情的征兆。"说完就离开了楚家，心想，楚诚的那些话是虚伪的应付。

楚诚看着这位何波涛远去的身影，狠狠地睖了一眼。这时，刚出去的那位身材修长的女子又来了。她刚进门，就被楚诚紧紧地搂住了，他抱着她急不可耐地进了里屋，刚放到床上就要脱衣服。

她像一头绵羊，一边松扣子，一边说："你忘了，门闩没插上！"

楚诚把上衣往床头一甩，说："啊，你看到那个姓何的把人气糊涂了，你一来，把人的脑壳急得混乱不堪，先插门再扎花。"

"难听不难听。快点，不要扯那些乱七八糟的事了！"

"有了你，烦恼的事一下子又烟消云散了。"

"只有我一个吗？"

"还能找到第二个、第三个吗？"

"谁知道，只有你自己清楚。"

"当然啦，这城里有几个像你这样漂亮的女人？你是我的心肝，是我最钟爱的女人。"

楚诚说着说着，如狼似虎地扑在了她的身上。只听她哎哟一声，慢点，还那么猛，让人好疼！接着没有了一丁点声音。这座房子里只是两个人的世界，身外和房外的一切仿佛不复存在，处于相对静止的状态，只有在那种世界里，正在发生着为所欲为、天翻地覆的变化。

夕阳西下，炊烟缭绕。新华日报社门前站着一位高挑儿的女子，就是先前常来的那位女子，敲了敲门，屋内没有动静。她拢了拢乌黑的长发，在门前踱来踱去。一会儿，她皱起了弯弯的眉毛，仿佛在思考着什么，又去敲了几下大门，还是没有人应声。她扬起头，望了一眼即将落山的太阳，喃喃自语地说："不知是在家里疯，还是到哪里疯去了，光眉画眼，花花肠子，靠不住啊！"言罢，将头发一甩，悻悻然地走了。

第二天上午，楚诚正在上课，被校长张若遇叫到了办公室。他一进门就见到县党部干事徐盛坐在那儿，劈头盖脸地问道："你在安康认识的那个姓刘的来干什么？"

楚诚看许盛这种冷清森严的态度，心中一下子冰凉了，什么乡友，什么同班学友，信仰不同就这么冷酷。他淡漠地回答道："是来寻朋友，找工作。"

许盛威吓地说："这个人来路不清，不是找工作的。你要清清楚楚，没有遗漏地把实情告诉我，以免以后发生与你脱不掉的牵连。"

楚诚继续辩白说："是朋友，来找工作的。朋友来往不可以吗？"

许盛板起面孔，提高了嗓门喊道："我来问你，你知道他的身份吗！来往怕你出问题。现在时局不同，共产党活动得很厉害，你出了事，我们都过不去。我能不关心你，你就不能替我想想吗？你先回去，好好想一想。自己的前程要自己去创造。"

楚诚回家，前脚刚踏进门，后脚就有苟老婆子跑来了，急乎乎地说："楚老师，你介绍在我家住的那个姓刘的，胡书记找我麻烦了，说他不是好人，我窝藏坏人要受连累。"

楚诚很惊异，说："我没有安排姓刘的啊！"

苟老婆睁大眼睛说："前天有一个人来给我讲，你让姓刘的住到我那儿。"

"这个人你认识不？"

"不认识，粗粗胖胖的，高个头儿。"

"你说不知道他是好人坏人，反正是他住店，你收费。不要怕，那是吓唬人的。"

天黑了，街道上模糊不清。楚诚独自个一人蹿进薛家巷，进了苟家旅馆寻找刘湘卿。苟家老婆子告诉他，姓刘的什么时候走的，连她自己都不知道，可能在听到枪声之前就出了县城。

楚诚发闷了半天回到家，一夜不安。第二天正吃早饭，胡超吾带着许盛和三名警察冲进了屋。

"楚诚，刘湘卿是从陕北来的，是做共党工作的，你和他有行动，还哄得了我！"胡超吾气势汹汹地说。

楚诚心惊了，说："他是来找工作的，至于共产党的事情，我一概不知道。"

许盛说："我劝你还是招了吧！这样，我们的乡友、学友、党友都有了。"

胡超吾说："你们这些戴红帽子的人，就是嘴硬，背着牛头不认账。"接着胡超吾手持一封信亮在了楚诚的眼前，狠狠地说，"我说你不老实，对吧，你看这是什么？你们的秘密被破获了，你们的证据被抓到了，你还有什么强辩的？"

楚诚说："既然如此，我还强辩什么，你们就认可秘密，相信证据吧！"

胡超吾冷笑一声，说："不过，你还年轻，要为你的前途着想，不要自讨苦吃！以至受牢狱之灾、杀头之祸！党国对共产党不会客气的，发现一个杀一个，发现十个杀十个，发现一百杀一百，发现一千杀一千，要斩草除根，不留后患！"说到这里，便向许盛使了个眼色。

许盛深领其意，吼道："楚诚，你承不承认，不承认就抓起来，关进监狱，有你吃的苦。"

站在楚诚左右的警察，一听到这话，三下五除二地把他捆了起来。

胡超吾说："你是个明白人，供认一切，你就有一切荣华富贵。据我所知，有几名女子还在等着你呢！再说啦，光这腐化堕落，共产党也会清除你的。"

"胡书记长，我说，我说！"

"你是共产党吗？"

"是。"

"啥时参加的？谁介绍的？"

"今年三月初，在兴安师范经本班同学刘经安介绍，刘湘卿批准，但没有履行什么手续。"

"手续不手续没啥关系，只要承认是不是共产党，这才是真的硬货。你们的组织还有谁？"

"我们的组织是中共陕南工作委员会，书记是刘湘卿，组织部长是刘经安，宣传部长是刘文彬，秘书是李开藩。"

"你知道不知道，工委下有多少共党分子？"

"我仅知道十个县都有，可不清楚有多少人。"

一根软骨头，还没有体会坐老虎凳的滋味就倒下了，连滚带爬地为自己有一个安生而挣扎。

胡超吾哈哈大笑，把手一挥，命令道："给楚诚松绑，让他坐下。"看着楚诚惶恐不安的样子，胡超吾又安慰地说："楚诚，你安心教你的书，照样卖你的《新华日报》，你要同以前一样安定如常，听懂了没？"

"听懂了！"

"晚上，你和你的校长到我家里去一趟，有要事商量。"

"是，是。"

吃罢晚饭，楚诚和张若遇就赶紧到胡超吾的家。屋里还有许盛和陈文君在座。

胡超吾似乎很热情地招呼道："快坐快坐，请喝茶。楚诚啊，今天叫你来，就是对你的信任，希望我们配合成功。"

"我该怎么做？"

"你要按兵不动，表面上要沉着一些，等工委的那些头头来了，你照常接待，暗地里发信号或密语通知我们，以采取紧急措施实施逮捕。你有没有信心，有没有把握？"

"有信心，也有把握。"

"好。我已经电话报告专署魏专员，事成以后给你一个校长干干，愿意的话，还可到县党部来供事。"

"胡书记长，我向你保证，遵照办理，争取成功。"

胡超吾带头拍着手，随即屋子里响起了七零八落的掌声。不过，商议的这个计划，什么时候实现，就要看楚诚的了。有没有这个机会，就连楚诚自己也拿不准。

刘湘卿回到安康已是傍晚的时候，他没有直接进城，而绕黄土梁通过香溪洞的大路，到了东门外，找到但敬修，问道："你到紫阳芭蕉口的小学教书还没有走？"

但敬修说："等汉阴的杨启武来了再走。"

刘湘卿督促道："要走就赶快走，不要再等了。最近城内有什么风声？"

"还没有听到。"

"我现在须见一下国立陕西中学的贾越群、李文杰、赵祺、南映海、宁世荣他们，你现在赶快去通知。路过东大街再到石印馆问一下曹老板，近几天有啥动静没有。速去速回。"

乘着夜色，通知约见的同学们几乎同时到齐了。

刘湘卿一一相视，问："赵祺怎么没有来？"

贾越群回答道："赵祺到汉中去了。"

刘湘卿说："我从汉阴回来，城内有什么风声吗？"

贾越群说："近来形势很奇怪，好像风平浪静了些，让人感到很疑惑。"

南映海站起来说："我看这是国民党当局又在耍什么花招，是不是要把我们扫除干净？"

刘湘卿说："没那么容易，但确实是山雨欲来风满楼，而不是风满地。国民党当局可能将跃跃欲试，但我们也要摩拳擦掌，以静对静，以动对动，来一个正义同反动的大较量。"

贾越群说："我补充一点，我们还要以动制静，让国民党当局抗日投降倒退没有出路。"

刘湘卿继续说："好。希望大家密切注视动向，学会保护自己，同反动当局进行不屈不挠的斗争，在斗争中发展壮大我们的组织。希望你们为活跃安康山城的抗日救亡工作作出贡献，给历史留下不可磨灭的一页。"

第十二章 虎口脱险又重来

刘湘卿把大家送出门，但敬修就回来了，迎面就说："曹老板让我告诉你，这几天，外面没出现可疑的人。"

刘湘卿说："现在我就回馆里去。最近，可能要出事，提防点，最好明天走。"

刘湘卿刚踏进石印馆的门，恰巧罗景明也回来了。刘湘卿立即说："我的身份已暴露，从内部得知，专署已经秘密部署，随时都有被捕的危险。省委决定我离安回省委，越快越好。"

罗景明说："还有工作要交代一下。"

刘湘卿说："我把走后的事情都安排了。你手头还有啥事，赶快做，一两天就走。"

罗景明问："波涛的要求，你同意了吗？"

刘湘卿笑着说："好事情嘛，要去深造，当然同意啦。我给他开党的关系介绍信，又给省委写一封便函，让他回云阳找汪锋同志，由汪锋同志介绍他到安吴青训班去学习，这个为了抗日救国学本事，一定会如愿以偿。"

罗景明又问："怎么对曹老板讲呢！"

刘湘卿心中有数地说："扩大做生意。"

罗景明连连点头，仿佛在称赞这个干啥务啥的办法。

"咱们找他去，现在就讲。"

刘湘卿一进曹文礼的屋，开口就说："曹老板，我来这么长时间，总觉得老靠印刷生意做不大。我和景明想先到汉中看看，再转到西安去，购买一批书货回来，咱们合伙经营，你搞印刷，我们营销书籍。你觉得咋样？"

曹文礼高兴地说："和你俩打交道，我认铆。那你们哪来的那么多资金呢？"

罗景明插话说："外面有好些朋友，能凑到钱。"

曹文礼说："我也希望把生意做得像个样子。"

刘湘卿说："我看一定会的。到那个时候，人们对你曹老板会刮目相看，羡慕有加。"

凌晨，曹文礼送刘湘卿和罗景明出行时，往刘湘卿手里塞了一些钱，嘱咐说："把这五块现洋拿上做盘缠，还有五十块现大洋，作为购书买印刷材料的资金。都给你们了，你们就计划着用吧！"

刘湘卿感激地说："谢谢老板，我们会把这些钱用在支持我们做生意的共同事业上。"

曹文礼送走刘湘卿后的下午，李志俊慌慌张张地来到石印馆，神情诡秘地说：

"最近专署追共、查共、'剿共'凶得很。你知道不知道？"

曹文礼摸不着头脑，说："整天在做生意，哪知道官方的事。再说啦，与我有啥关系？"

"我听熟人说了，你也有麻烦，认为合伙做生意的刘湘卿是共产党，你的罪过是窝藏共产党。"

"人家脸上没刻'共产党'的字，我咋知道刘湘卿是共产党呢！"

"刘湘卿他人呢？"

"天没亮就走了。"

"走了就好。到啥地方去了？"

"不清楚，人家没告诉。"

"最好不要回来，万一回来，他和你都惨了，这回那些学生娃也要吃大亏。咱们俩关系不错，我才来告诉你的，千万不要给别人讲。"

"我不会把你扯进去的。纳慰了！"

"咱们兄弟俩还客气啥！"

李志俊一走，曹文礼赶忙打开刘湘卿住的那间房子，将旮旮旯旯、桌子抽屉里里外外翻了个底朝天，把寻到的所有书信和纸张烧光，只留下几份国民党的报纸。在这关键时刻，他情急智生，等天黑下来的时候，便把钢板、油印胶滚用旧报纸裹起来，挟在胳膊里，不紧不慢地出了东门到了东堤中段。他看了看周围没有人过往，手脚麻利地将刻印工具塞进东面墙体的一个狭小的土缝里，又搬了几块土圪垯填满，才离开这里，大摇大摆地又进了东门。当他刚走到鼓楼街十字口时，有人在喊他："曹老板，这么晚了还在忙？"

曹文礼仔细一看，原来是经常到馆印材料的国立一中南映海，便说："到回民街联系点活路。映海同学，最近咋没到馆里来呢？"

南映海风趣地回答："我们的同学都在练书法写字呢！印的材料少了些，以后还会有合作的机会。"

曹文礼无意中发现他身后房屋的墙上贴满了"打倒日本帝国主义！""将日本侵略者赶出中国！""团结一致，抗击入侵之敌！""抗日救国，匹夫有责！"等等标语。他意识到，这些杰作肯定是那些血气方刚、年轻气盛的学生干的，又想起李志俊说的那句话，出于关心，便轻声说道："你们可要小心点，最近人家要动真格的了！"

南映海点头说："感谢老板的关心。"

这个平静的秋夜，被巡逻警察的脚步踩碎。只听有警察拉开枪栓的响动，枪口朝着南映海他们走去的方向射击。这一声枪响，又打破了沉睡的黑夜，究竟是为自己壮胆，还是在威吓别人，枪声本身也没有告诉得明白清楚。有一队警察正在忙活着撕扯标语，嘴里还不断地叨叨着："这标语就能抗日救国吗，乱整！"有个警察踩着一堆撕下来的标语，狠狠地说："叫你唤起民众，看你能从脚板底下翻出来。笑话，笑话。"

魏席儒气急败坏，亲自带一队警察直接冲进了石印馆，一进门就大喝一声："给我彻底地搜查！"

随从和警察一齐从堂前到后院，从楼下到楼上，每一角落都不放过，翻箱倒柜，倾筐倒筬，没有找到任何有用的证据。

魏席儒一看这个样子，把几份党国的报纸，捏在手中摇来摆去，勃然大怒，喊道："曹文礼，那两个人呢？"

曹文礼眼神镇定，回答道："走了！"

"啥时走的？"

"好几天了！"

"你知道那两个人是干啥的吗？"

"他俩只是给石印馆写字的，闲时卖报纸，送报纸。"

"都有些什么人与他们接触？"

"除了订报的人以外，没看见同其他人往来。"

"他们到哪里去了，你知道吗？"

"没有告诉！"

"那你总该知道，他们为啥要走吧？"

"这我晓得，我们想扩大规模，把生意做得大一些，要到外地购些先进的印刷器材，改变小作坊的经营方式，使之有点现代印刷业的那种势头。"

"我也晓得了，那两个人远走高飞了。不过，曹文礼，你倒想得很超前哪！"魏席儒又接着命令道："把他捆起来，押回警察局，关进监狱，小心伺候！"

指令一发出，警察一拥而上，按肩膀的按肩膀，搜胳膊的搜胳膊，踢腿的踢腿，将曹文礼捆绑起来，咔的一声，双手被铐住了，左右两个架着拖出石印馆的大门。街道上赶集的人一见这阵势，议论纷纷："这家老板犯了啥法，捆得那么紧？""馆里住了人，说是窝藏共产党。""这世道哪有公理，没把凭也得坐牢!""也许他是为了好人呢!""好人遇好人，恐怕还不摸底细呢!""那倒是，世上经常出现这样的事。"

曹文礼坐在号子里的草堆上，闷着头，望着铁门，想着刘湘卿和罗景明不知现在到啥地方了，想着石印馆还能不能开下去。

铁门哐当一声打开了，曹文礼被带到审讯室。

审讯室审讯人员坐定，各种刑具齐备，两名彪形大汉持鞭立在其间。今天主审官是卫凯，开始问道："你叫曹文礼?"

"是。"

"今年多大了?"

"二十三。"

"做啥营生?"

"开石印馆。"

"住在你石印馆里的刘湘卿和罗景明，是谁介绍的?"

"是陕警备三团王军需引荐的。"

"他们是干什么的?"

"我们是合伙做生意。"

"做生意期间还给讲了些啥?"

"讲了，除商计把生意做实、做强、做大外，还说，现在是国民党和共产党合作，共同抗日救国。"

"啥合作不合作，弄清楚是协同，是在国民党领导下的抗日战争。"

"报上也看到，蒋委员长不也讲国共合作吗?"

"蒋委员长站得高，讲是那么讲，现在又奉命要限共、灭共，你懂吗? 他们俩是不是共产党?"

"不晓得。"

"他们给你讲过没讲过共产党的好，是穷苦老百姓的大救星。"

"没听见过。"

"他们介绍过你参加这个组织吗?"

"没有。我就不知道他们是共产党，怎么能贸然地介绍我加入呢! 比如说，在座的你们介绍我加入共产党，我都不知道你们是共产党还是国民党，我咋能盲目相信呢!"

"狡辩。你承认他们是共产党，我们就把你放了。"

"真的不知道。我总不能昧良心说瞎话，一是把人害了，二来又把你们哄了，这我不干。"

"据我们掌握他们是共产党。在你家住了那么长时间，不可能不露出一鳞半爪的，你要老老实实地交代！"

"你们掌握就认定你们的掌握，我没有得到一丝把凭。"

卫凯眼睛睁得圆圆的，喊道："给我打！"

两个大汉抡起长鞭从左右两个方向朝着曹文礼的身上抽打。他被打得遍体鳞伤，但始终说着那句"我不知道"的话。

卫凯又凶恶地叫着："给他压杠子、上楔子，看他招不招！"

曹文礼把牙咬得咯咯响，怒视着卫凯，断断续续地说着不知道。

卫凯一见曹文礼昏过去了，连忙吩咐泼水。他稍加清醒，被抬回号子，睡在草堆上没有喊一声疼痛。

李志俊得知曹文礼被逮捕的消息，第二天上午，就去告诉他媳妇紫云，让给送些饭和衣服。紫云赶快收拾东西，快步到了警察局，一进号子，立马呆住了。好端端的一个人，突然变了个样子，脸上被打的伤口还渗血，衣裳被打得破烂不堪，满身血迹斑斑，走起路来一瘸一跛地不稳当。她心里愤怒了，他犯啥法，把人打成这个样子了，眼泪渠渠地（方言：像河道里水）直往下流。

曹文礼挣扎地趴在铁栏杆上，劝说着："不要哭，不要紧，我能撑得住。"

紫云心疼地问："到底是咋啦，他们这样厉害？"

"他们要我说住的那两个人是共产党，我不知道，给他们说啥，啥都没说。"

"那咋办呢？"

"你回去照顾好家就是了。他们没个凭凭（方言：证据），总不能把我杀了。上刑就上刑，打就打吧，就是这把骨头，我不知道，还是不知道。你放心，我受得住。"

紫云把嘴一捂，差点大声哭出来，扭头走出监狱的大门。

紫云回到家，坐在椅子上想了半天没有言语，心急火燎，恨不能马上把他救出来，只是自己是女流之辈，没有那么大的本事。

正在紫云着急的时候，李志俊来了，说："弟妹，现在要想办法救文礼，再受刑就失踏（方言：严重、完蛋）了。"

紫云抿着嘴说："是啊，咋救呢？"

"你们有没有熟人？"

"有。"

"谁?"

"我表哥曹凤州,有钱有势,是安康商会的会长。你知道他吗?"

"知道,他同专署谁打交道多一些?"

"同魏专员来往密切。"

"就请他去给文礼求个情。他们抓不到证据,这是顺水推舟的人情,准能行。"

李志俊走后,紫云不管三七二十一,把自己戴的金戒指、金耳环、银手镯全部摘下来,还寻来其他首饰,又把祖传的银酒壶和两双银筷子找出来,统统拿到当铺卖掉,紧接着就去曹凤州家。曹凤州满口答应帮这个忙,并说:"就是有共产党的嫌疑,别人我帮不上,我弟的事,我得帮到底!"

"这是钱。"

"哪来的?"

"我把金银首饰、银筷当了。"

"你瓜呀,还不早说,赶快去赎回来,我这儿有钱,快点去!"

曹凤州急匆匆地走进专员办公室,不等坐下就直言道:"魏专员,我有一要事相求。"说着,便把一封厚厚的信封塞进了抽屉里。

魏席儒的手在桌子上敲了敲,问:"要啥事,直管讲。"

曹凤州说:"我弟弟曹文礼被抓了……"

不等说完,魏席儒就解释道:"只因有共产党的嫌疑,还有两个共产党住在他的石印馆,是窝藏犯罪者,是我亲自去抓的。"

"他们是合伙做生意,我弟弟并不知道他俩是共产党。弟弟是手艺人,只是雇人写字为了多挣钱,哪知道他俩是共产党,如果真的知道,我弟那人的性格是不会雇他们的,说不定早该举报了。"

"你弟平常对党国如何?"

"遵纪守法,合法经营,对党国是忠诚的。他确实不知道那两个人是干什么的,况且他本人又不是共产党。"

"你敢担保他不是共产党?"

"我以商会会长和个人的名义,愿意承担一切责任。"

"很难讲,在审问时,他表现得倒像一名共产党。"

"魏专员,高抬贵手,我弟性格刚直、生冷、倔强,可不能以这来判定他是共产党。请多包容。"

"曹会长，你等一下。我打个电话问问，看承认了没有。"于是，魏席儒拿起电话，问，"卫局长吗？那曹文礼招了没招，进展如何？"

卫凯失望地说："刑都上了，没有获得任何有用的东西，始终是合伙做生意，其他一概不知道。我看，可能榨不出有用的油水。"

魏席儒沉思了一下，说："既然如此，就把他先让人保释出去算了。"又转过来对曹凤州一笑，"不能放出去，而是保出去，也给警察局一个台阶下，好吗？再叮咛一下，出去以后，再不要同那些不三不四的人来来往往，防止又惹祸。"

曹凤州拱手一礼，说："明白了，在这个年代天有不测风云哪！"

魏席儒把曹凤州送出门，说："会长，我可能一月份就调到重庆了，欢迎你到重庆做客。"

曹凤州一礼再礼，退出门，连连地说："谢谢专员，到时一定去重庆拜访你。不过，你回到蒋委员长身边，那个门槛更高，恐怕进不了门哪！"

魏席儒直摆手："别人可难讲，你就不同了，多年的交情，不会的，不会的。"

曹凤州和李志俊及亲戚朋友们一起到监狱门口，像欢迎从前线打仗归来的将士一样热烈隆重地把曹文礼接回了家。

曹文礼撑着疼痛的身子，站在曹凤州的面前："哥，谢谢你了。不是你帮忙，我还会受拷打。"

李志俊插言道："那是肯定的，但你还应该感激紫云哪！"

曹凤州赞许地说："是啊，紫云慷慨毅决，把全部首饰，连她娘家陪嫁的金银首饰都当了，为了救你啊！"

紫云有些不好意思地说："我已赎回了一些，这是应该的。人少受折磨，人好了，出来了，就能挣钱，挣了钱，我还可以买嘛。在这里，真正要感谢的是我哥和大家的相助，我给你们鞠躬了。"

曹文礼热泪盈眶，激动地说："我能提早出来，多亏你们操心帮助，我给大家行礼致谢了！"

曹凤州说："好了，好了，都不要客气了。事到如今，只能往前走，以后把生意做得像个样，让他们瞧一瞧曹家的能耐。"

大家没有忘记刚刚过去的灾难，但是心里都在琢磨，住的那两个人若真的是共产党，这不是做了一件好事？这时，房子里的气氛热烈，大家的情绪高涨。

紫云从厨房里出来说："我把饭菜都提前准备好了，中午就在这儿吃饭，现在就上席！"

曹文礼敬佩地说:"还是媳妇想得周到,那我们就按我哥讲的,喝一杯新的生意开张酒,预祝生意兴隆,大业有成!"

掌声、笑声、碰杯声、划拳声,声声是那么洪亮、畅快、铮钅从、动听,一个商铺的未来就从这个时候出发。

过了两个月,曹文礼把石印馆的字号改了,改成自己很满意的"新兴石印馆"。

第十三章
风华茂盛正当时

南映海从曹文礼口中得知那则无法证实但又耸人听闻的消息，并没有惊慌失措，而显得更加若无其事、不在意的样子。他找到姬也力说："最近大家不是感觉很平静吗，这是假象，狂风或许快要刮起来了。今天，曹老板让我们小心的话，倒把我提醒了，当前如何行动？"

姬也力思量了一下说："你是'民先'，可告诉队长赵祺，再商议办法。"

南映海说："他有重要任务外出了，你能否去告诉贾越群？"

"你直接去不更好？又能说得清。"

"你是党员，去向组织领导汇报名正言顺，合乎程序。"

"还分那么清干吗！"

"这是组织原则。若是紧急状态的话，队长不在，我这个'民先'队委就不得不去向书记报告了。现在不到紧急关头，还是你去为好。"

"要不这样，我俩一块去也合适。"

"好，现在就走。"

南映海走出学校的大门，回望这座城隍庙，心想过去里边供奉着主管山城福祉安乐的神，今日却又住着一些风华正茂、朝气蓬勃、才华横溢的青年学生。我们将主导山城的今天和未来，加快一个腐败、内乱、投降、无能权势的消亡速度，代之而起的是为天下穷劳人、合乎民众利益的全新制度的诞生，这就是一个崭新的拥有民主权力的国家，人民的新中国。

"你在想什么呢，快走吧！"姬也力急切地催促着。

南映海反应过来，说："我在想，一尊泥塑的城隍神，能管福祸安危吗？"

姬也力一边走一边说："这是人们的寄托，那不是真的，我们住在城隍庙这才是名实相符，为民做事的。"

南映海哈哈一笑，说："还是你脑子机灵，国立陕西中学四月从西安搬到安康，不就开始既做又管了吗？"

姬也力说："你讲得也对。不过，我们是在东南工委书记刘湘卿指导下进行工作的，我们介入了这座山城的抗日救亡活动。"

南映海把拳头一攥，说："坚定共产主义信念，抗日高于一切。"

他俩急急火火地进了新城兵营，向学生一打听，贾越群正在食堂就餐。于是，他俩便站在食堂外面的一排白杨树下等候。

贾越群听着有两个人找她，饭没吃完，提着饭盒走出食堂的门，老远就看见姬也力和南映海，跑着小步，喊道："姬也力，南映海，你们俩怎么来了？"

姬也力回答道："来找你商量，你准备明年考高中部的事情。"

南映海没想到姬也力竟然是如此的答复，心中一动，连声说："是，是，考学是大事，得提前合计合计，看这事应该怎么办。"

贾越群一听他俩的回话，便心领神会，明白他俩的真实意图，说："我们出去走走吧！"

南映海说："这饭盒要不要放到宿舍？"

贾越群说："不啦，耽搁时间，七点钟还要上晚自习呢。"

他俩跟着贾越群出了营房门，并没有上大街去散步，而是贾越群给他俩使了个向右拐的眼色，同时两根食指又架在一起，接着向谷燕打了个招呼，便朝着孔庙和兴师方向走去。他俩明白其意，在南街十字口等候，于是，脚在走，嘴没闲，比手画脚，说东谈西，表现出既得意扬扬，又目空一切的神气。不大一会儿工夫，他们向右拐进了一条小巷子，进了康宁药堂。老先生送了一壶茶水到里间后，照常坐堂清账，关照门面。

贾越群给每人倒了一杯茶，问："有啥急事？"

南映海说："前几天，石印馆曹老板告诉我，政府当局近期可能有重大行动，让我们小心。"

贾越群心中有数地说："曹老板的指点是真的，工委刘书记已经开会做过部署。政府当局从静到动的企图是追捕和'剿杀'共产党。我想，我们要千方百计地分散当局的注意力，想方设法牵制当局兵力，让当局转移行动的方向。这个任务义不容辞地就落在了中华民族解放先锋队的肩上。我们要以动制当局的静，为党组织减轻武力威胁的压力。"

南映海冲动地说："这责无旁贷，当仁不让，我们马上组织一次规模较大的活动。"

贾越群问："什么样的活动？"

南映海回答："组织游行、上街讲演、散发传单，再搞些演出。"

贾越群说："这些老办法，在这个非常时期不宜采用，以免发生正面冲突，导致人员伤亡。"

姬也力说："既然如此，我看应发挥油印小报的作用，像尖刀一样刺在当局的身上。"

贾越群说："你和我想到一块儿了，最近陕中的《燎火》、兴师的《火炬》、安中的《战斗与学习》集中刊登一期以抗日救国及国民政府当局不积极抗日为内容的文章，不仅在城里散发，而且要扩大到城郊以至更远的农村去。你们看，这样行不行？"

南映海将拳头一举，说："行，一百个行。我们用油印小报的子弹，射向政府当局的胸膛，让他们手忙脚乱，不知所措。我去联系各报，待赵队长回后立即就办，把规模搞大一些。越群同学，你看如何？"

贾越群说："党组织会帮助你们的。在实施中，一定要果断而又心细如发。"

咚咚，老先生敲着里屋的门，低声说："谷燕派人送信来告诉有人跟踪、盯梢。你们上二楼再下到后院走，那有后门。"

贾越群果断地说："就按计划行动，你俩先走吧！"

南映海说："你先走，我们在后边照看你。"

"不用了，这地方我熟悉，出了这里的后门，就是兵营的西门，一溜就回学校了。你们出去向左拐直直地往前走，经过安中门前，再向右拐绕过西火神殿，通过汽车站后边空地的小路走到老城南门，进入鼓楼街，一直向前走就回到城隍庙。"

姬也力和南映海按照那条路线不慌不忙地回到了学校，他俩刚坐在教室里，晚自习的铃声摇响了。

南映海这时听到教室外面好像是训育部主任在问："南映海到了吗？"

班主任回答道："在教室里坐着上自习。"

"晚饭后是不是出去了？"

"我不能把学生拴在裤带上吧！"

南映海吃惊地听到班主任这样给他解脱，便走出教室门，向训育主任说："出去了，咋啦，连这点自由都没有了吗？"

"到哪里去了？"

"到汽车站看汽车！"

"汽车有什么好看的？"

"轮子里滚动着智慧，启发想象力呀！"

"理由还蛮多，还有谁去了？"

"还有我。"姬也力闻声站在眼前说。

"你俩老是瞎凑伙！"

"不是瞎凑伙，本来我想到汉江边去看水流的，要琢磨琢磨水流为啥有那么大力量。他要看汽车，看就看吧，下回看水流有的是时间。"

南映海插言说："对，就是这样。我想看看，这些汽车有向西开的，有向东开的，向西开的大部分车辆都是空的，向东开的车辆满实满载。我又想，这些物品是不是直接开到了抗日前线。"

"瞎猜乎什么！那不是你们学生娃娃想的事，想了也闲想，赶快好好学习去吧！"

贾越群走到兵营后门，正遇上伙夫倒垃圾返回，又有五六名其他班的学生也从这里回校，她跟在他们的后边不言不传地进了院子。当她回到宿舍取一本书，走到教室门前时，上晚自习的预备铃声响了。她正准备进教室，却被训育主任张之广叫住了："贾越群，晚饭后你到哪里了？"

贾越群生气地质问道："我到哪里去，还须向你报告吗？我没有迟到早退，更没有旷课，其他你管得着吗！"

"学校这样做，也是对你的爱护，你动什么气。说，到哪里去了？"

"到兴师去了。"

"做啥去了？"

"去借一本书，给，你看！"

张之广接过书，横眼一扫，是《宋词选》："你们还有闲时间读这些书？"

贾越群回答说："你看，苏轼的《赤壁怀古》，横槊潇洒，气势恢宏，写得多精彩呀！我们需要读的书还多着呢，不光有文学的，还有政治的、军事的、经济的，学富五车，渊博成才嘛！"

张之广一下子严肃起来了，说："我可告诉你呀，作为一名学生，要严格遵守党国的法规法令，安分守己，好好学习，不要惹是生非。万一出了岔子，学校是救不了你们。去，上自习！"

贾越群将头发一甩，一扭头进了教室。心想，你这个行若狗彘的人还在教训我们，你还是自己去严厉地训导自己吧！

谷燕听到下晚自习的铃声后，索性拿了盒擦脸油送到贾越群的宿舍。

贾越群送谷燕到林荫道上，一看四周无人，便说："谢谢你送的信。"

谷燕低声说："谭际桂在兴师门前看见了你，她跟着被你甩掉了。她又来问我知道不知道去的地方，我说，你可能要买擦脸油。她让我注意，便去派两个人继续追踪，所以我赶忙让人去给老先生送信。"

贾越群说："我行走的路线早有提防，但是我确实没有发现有人在跟踪我。"

谷燕说："你在明处，人家在暗处嘛！"

贾越群说："我们到处也有我们自己的眼睛，我们的事定成。"快要出门时，她又问，"有刘湘卿的消息吗？"

谷燕摇头说："一点音信都没有。现在，政府正密谋追杀共产党，意图一网打尽，那只能是竹篮打水一场空。不过，风声紧，我们都得留神点。我听说，刘文彬和李开藩从延安中共中央组织部训练班学习结束快回来了。"

贾越群不由自主地想拍手，但两手即将碰在一起的时候，却轻轻地挨了一下，没有发出响声，说："回来了就好，我们有更大的指望了。"

谷燕看着贾越群高兴得像一个孩子似的回到女生宿舍的院子，便向哨兵打了个招呼，同样兴冲冲地回到自己的"富源"商店，把门一关，对今天的经营进行对账和盘点。

咚咚咚，有人在敲门。谷燕放下算盘，问："谁呀？"

"是我。"

谷燕一听是谭际桂，便说："这么晚了，有事吗？"

"说几句话就走。"

谷燕将门开个半掩子，谭际桂挤进了屋，问："你看到贾越群从门口过了吗？"

谷燕看着紧跟她后面又进来了一个男人，便说："你让我注意点，我就很过细，没有发现。"

"还有两个人，其中一个微胖些，中等个儿，他叫南映海，是'民先'委员，来找过她，你看见了吗？"

"不知道什么民先民后的，我更没见那两个人。再说，我忙着招呼顾客，没个时间专门关注两个男人和一个女人的事啊！"

"咱们都是校友，今后多为同学帮点忙，将来对你我都有好处。"

"那是当然的，能帮的一定帮，帮不上的，老同学可别见怪呀！"

谭际桂笑着说："今后如发现他们形迹可疑，就及时告诉我。"

谷燕把谭际桂和那个人送出门，同样一笑说："是的，那一定，老同学办的公务哪能不帮呢！"当他俩刚跨过街道，谷燕把门使劲地一关，发出咣当的响声，又将木闩猛地一插。心里叨咕起来，书白读了，猪狗不如，不知羞耻的东西，白活了二十来年，看起来像个正人君子，实际上是个无耻之徒。让我与你同流合污、推波助澜，简直是妄想。谭际桂呀谭际桂，你认错了人，即便是错了，你可能还以为是对的，错和对现在难以辨清，你就得用时间等着瞧。

不几天，赵祺回到学校，他完全赞同贾越群、南映海、宁世荣他们商定的以动制静的行动计划。南映海和宁世荣根据赵祺的意见和办法，紧锣密鼓地开始筹划和准备起来。部署各民先队办的油印小报，十一月这一期的主要内容刊登统一的宣传口号，揭露国民党消极抗日的文章，要用一定的版面转载共产党领导的八路军一一五师，在师长林彪、副师长聂荣臻指挥下，于一九三七年九月二十五日在平型关战斗中取得抗日战争第一个歼灭战的胜利，打破"日军不可战胜"的神话；八路军一二九师七六九团于一九三七年十月十九日，夜袭阳明堡机场的战斗，削弱了日军空中突击的力量，支援了国民党军的忻口防御作战；晋察冀抗日根据地在该军区司令员兼政委聂荣臻的指挥下，从一九三七年十一月下旬开始，对日军分八路围攻的军事行动，以袭扰、疲惫和消耗日军，集中主力寻机歼灭敌人，八路军一二〇师、一二九师各一部及冀中人民自卫军袭击日军交通线，策应反"围攻"作战，取得了反"八路围攻"作战的胜利，巩固和发展了晋察冀抗日根据地；一九三八年四月，日军在第一军司令官香月清司指挥下，出动三万人的兵力，分九路围攻晋东南根据地，活动在该地区的八路军一二九师和山西青年抗敌决死队等部，不断袭击来犯之敌，四月中旬，由一二九师师长刘伯承、政治委员邓小平指挥，先后在武乡以东的长乐村和日军向南撤退之中，围歼日军六千六百余人，巩固和扩大了晋东南抗日根据地。此外，还选载文笔犀利的杂文，抨击投降、腐败、内讧的政局，以此鼓舞军民的抗日情绪和热情。南映海和宁世荣一商议，在"民先"中挑选五名队员，分成五个小组，将按规定日期分赴老城的东城和西城，新城和五里、恒口及张滩等城镇与农村，并决定将这期小报的名称《燎火》改为《火花》，《战斗与学习》改为《火线》，《火炬》改为《火星》，下期恢复原名。

万事俱备，只欠东风。什么事情都办妥了，可是如何进专署和警察局，这还没有合适的人选。南映海想了想，立刻到东大街石印馆找曹文礼，说："老板，我想到专署找李志俊办点事。"

曹文礼疑虑地问道："办啥事？"

"请李志俊为《燎火》写几个字。"

"啥时去？"

"今晚十点钟。"

"太迟了吧！"

"其他时间，我没空，只有借晚上了。"

"好吧，我得提前给李志俊打个招呼，让他在专署等着。"

"好，那就一言为定。"

"按约定的时间到专署门口。"

"一定会的。"

曹文礼把南映海送出了门，望着壮实魁梧的身影，心里猜摸着，真的是找李志俊写几个字，还是另有谋算，难以预料。不过，国立陕中这些学生娃娃一来，使安康抗日救亡活动更有起色。他们做的是正义的事情，应该支持他们的行动。想到这里，他赶紧到专署去找李志俊。李志俊一听，让自己给写几个字，满口答应，没有丝毫推辞的意思。

晚上天刚黑下来，民先队五个小组分别抵达所分配的各个区域，宁世荣负责的小组已进入西城的县政府，南映海带队顺利地进到专署的大院，吩咐两名队员到警察局执行任务，自己一个人去了李志俊的办公室。李志俊问："南映海，你要我写什么字？"

南映海很有礼节地说："李先生，请你给我写一幅'江河而下，旸谷日上'，好吗？"

李志俊很敏感，脸上立刻流露出迟疑的神情，说："我肯定写，写个'骏马驰骋千里'，行不行？"

南映海称赞地说："李先生提议的也很好，但是，我心里挺喜欢这幅字，请李先生谅解。"

李志俊有所思地点了点头，猛然站起来，取纸挥臂。那如椽大笔，龙飞凤舞，跃然纸上，简直达到了力透纸背、入木三分的境界，令南映海赞赏不已，说："李先生，你这珍贵的书法之作，是神来之笔，妙手偶得，在中国绝无仅有，在全世界也是独一无二。谢谢先生，谢谢先生！"于是，从衣兜里掏出两块大洋递给李志俊。

李志俊有点生气的样子，连忙推了回去，说："哪能要你的润笔钱，我再没钱，也不能收学生娃娃的钱啊！"

南映海把钱搁在了桌子上，说："你劳心之作，该收下。"

李志俊把钱塞进南映海挂在肩上的挂包里，说："拿上，买些书多看看，博学成才嘛！天色晚了，你赶快走吧，我不送你了，路上小心点啊！"

南映海觉得李志俊说这样的话，很暖心。他一边再次施礼，一边退出了门。当他走到前面的专员办公楼时，从挂包里取出小报贴在大门上，又迅速走到警察局小院前的一棵树下，将小报用小圆钉钉在了树干上。这时，张希亮他们俩也围拢来，轻声问："办妥了吗？"

南映海低声回答说："很顺当。炊事班去了吗？"

"去了，厨房和仓库都有。"

"警备队呢？"

"趁哨兵换哨的时候贴了，只有三张，还散发了一些标语口号。"

"好，漂亮。走！"

南映海他们三人顺着围墙边走到后院，待流动哨兵走后，轻轻地翻过围墙，沿沙帽石这条小巷子，安然地回到了学校。

一夜之间，无论是专员公署大院，还是乡公所的小衙；无论是城里的大街小巷，还是城郊农村的村头房前，到处张贴着《火花》《火线》《火星》油印小报；那些"打倒日本帝国主义""我们不做亡国奴""团结起来，将日本侵略者赶出中国的领土""停止内战，一致抗日""支持抗日，反对卖国""实行民主，反对独裁""黑暗就要过去，光明即将来到""拥护抗日的蒋委员长"等传单到处可见，俯拾皆是。

早晨天刚亮，哨兵发现了专员公署院子里的小报和传单，立即向卫凯作了报告。卫凯随即又接到警察局和警备队的电话，认为这件事很严重，非同小可，自己不能轻率地作出决定，必须马上向专员报告。

当卫凯走进专员办公室，就听到专员在接电话，并生气地说："一夜之间，怎么变成这个样子了。我看你们下边那些人眼睛不尖，耳朵不灵，脑子不活啊，净是些吃干饭（方言：不顶用的）。我给你讲，赶快把追捕共党那部分力量调过来，以配合破案。"专员一放下电话，即向卫凯问，"是不是报纸标语的事？"

卫凯情绪不安地回答："是。专署、警察局、警备队等单位无处不有，大家说长道短，议论纷纷，有的沉默不言语，有的埋怨政府治理不力。"

这位新上任不久的杭毅专员，就遇到这桩子超乎寻常的事件，一下子火气冲了上来，喊道："水都冲到龙王庙了，你们熟视无睹，置若罔闻。我看警察局是严重失职，成天都在摸线索，摸来摸去连个影子也没有抓到，反倒出现了这么大的阵势，他们用这些宣传品向政府示威。千万不可小看这几张纸，它扰乱了社会秩序，搅乱了民众情绪。现在，你立即集中力量，在安康县的配合下，抓紧侦破此案。是学生的抓学生，是共产党的抓共产党，是百姓的抓百姓，不能放过一个可疑分子。"

卫凯犯难了，说："这波及的面很宽，破案力量还是有些紧张。能不能再让中统、军统和警备队参与？"

杭毅说："行。警备队、常备四中队和中统我打电话，他们统一由你指挥。至于军统，我可联系，能否协同，这要由人家自己决定。另外，我再联系一下四十四师政工处，请他们予以配合。"

卫凯敬个礼，说："是，专员，有这么多人参与这个案子，一定会查个水落石出，真相大白。我们立马行动，争取及早破案。"

杭毅坐在椅子上没有站起来，把右手摆了几摆，说："去吧，去吧，破案时间越快越好。"

卫凯对专员的严厉训斥，一时吓得面如土色，有点魂飞魄散的感觉。他又细想，虽然不满，但是端人家的碗，吃人家的饭，还是怕丢掉头上的乌纱帽，也就慢慢地把气咽在了肚子里。他回到办公室，独自个儿想来想去，坐立不安，心慌意乱。过了一会儿，他从柜子里取出一瓶酒，打开盖子，摇了摇头，又盖上盖子放回原处，接着便去用凉水冲了冲头和脸。猛然抬头，又望见墙上悬挂的孙中山和蒋介石的画像，不觉得想到，我是国民党党员，还是要一心效忠党国。他的情绪稍加稳定下来，便对眼前发生的"小报大战"掂量来掂量去，千万不能漫不经心，草率行事，一定要兢兢业业，竭尽全力，不折不扣地去执行上级的指示。于是，他赶紧叫来副局长和常备四中队队长卢瑞祯，共同商议警力调配及部署，对掌握的重点单位立即出动警力，实行严密的控制。要求到陕中、兴师、安中的侦察人员一律着便装，这次行动不要走漏风声，以免打草惊蛇。一切布置就绪后，卫凯还不放心，提起电话对五里、恒口、张滩的保长进行了一番训示。然后，他带了两名便衣警察，亲自出马，一刻不停地先后前往兴师找到方志诚，在安中找到冯大轰。经详谈了解，未能得到真实线索，只是收集了一些无关紧要的情报：《燎火》《战斗与学习》《火炬》秘密油印小报已经停了好长时间；这一次，是个星期六，两校的学生差不多都回家了，很难掌握他们的行踪；从安中值班室得知，有两名国立陕西中学的学生前天下午来过学校，只向同学借了几本书就走了。

国立陕西中学搬到安康才半年多一点时间，学校同政、党、军、警没有什么联系。作为警察局的局长卫凯，倒有所耳闻，陕中的学生也有参加抗日的。这些学生还包括一些教师，大多数来自山西、河北、绥远等沦陷区，他们的家乡、他们的家人、他们亲戚朋友身受其害，对日本侵略者攻城略地、蚕食鲸吞的残忍暴行恨之入骨。所以这些师生对抗日的意志更刚强，行动更坚决，会借机生事、复仇血耻的。卫凯考虑了一下，便急匆匆地到了陕中，对门卫说："找你们的校长！"

门卫解释道："上课期间，老师、学生一律不会客。"

卫凯掏出证件，在门卫面前一亮，说："我是警察局的，执行公务，要见你们的校长！"

门卫说："我去看看，校长是不是在上课。"

卫凯说："快一点去，如果在上课，让他赶快把课停了，也得见！"

不大一会儿，门卫跑回来说："按你的意思，校长提前下课，在校长办公室等你。"

"我咋知道校长办公室在哪里？"

"好好，我带你去。"

卫凯一踏进办公室的门，就叫道："胡校长，打扰你了。"

胡校长这才站起来，说："本人胡子恒，有什么要紧的事，请指教。"

"不敢当，你们的学生中的油印小报《燎火》，是不是还在办啊？"

"过去办过。现在还办没办，不清楚。"

"有没有称为《火花》《火线》《火星》的小报？"

"没听过，也从未看见过。"

"过去办报有哪些学生参与了？"

"学生们都同意，凡看过的人就算参加了，我看过《燎火》，真是火辣辣的。抗日嘛，就要有那种锋芒，有那种锐气，有那种号召力！"

"这是煽动闹事，扰乱社会秩序！"

"哎呀，看来我这个学校的校长同你这警察局的局长见解不一了。这是唤起民众之心，共同抗击日本侵略者，恐怕现在全国四万万同胞都在呼吁团结起来，驱逐日寇，拯救中华。怎么成了煽动闹事，扰乱社会秩序呢！抗日的宣传变成有罪的了！"

"胡校长，学生就要安分守己地学习，几条标语、几张小报就能消灭日本吗？

再说，防止被共党分子利用。"

"局长先生，你不用教我，这个我懂。他们参与抗日宣传活动与学习不矛盾，可以锻炼他们的勇气。"

"你是不是共产党，怎么替他们辩护？"

"我不是，请到省政府调查，对一个有良心的中国人，佩服公理正义性，决不会屈辱投降于日本。"

"既然如此，那就改日再协商。"

"请放心，学生在我的管理之下，我会向我的学生负责。"

"不过，你也要为你的言辞承担责任。"

"我会向省政府说明的，谢谢局长的告诫！"

卫凯刚回到警察局，就被杭毅叫去询问这几天的调查结果。杭毅一听毫无所获，大发雷霆，怒气冲天，指责道："调了那么多的兵力，费了那么大的神，走了那么远的路程，连个影子都没有捉到，简直是愚笨至极，不可谋事。"

卫凯一时哑口无言，半天吐不出一句话来。停了一会儿，他才小心谨慎地说："我到安中、兴师和国立陕西中学侦察，从陕中校长胡子恒的一言一行、一举一动中，发觉这个学校的教师和学生作案的可能性比较大。"

杭毅将手在桌子上一敲，问："你了解胡校长吗？他是一个心胸坦率、光明磊落的人，是在为党国培育人才呀！你说学生有嫌疑，有证据吗？"

卫凯随即答道："现在还没有，正在千方百计地取证。"

"还千方百计呢！我给你讲，上午省政府蒋主席来电话，对我们安康的局势很不满意。并告知，西安行营安康联络站周昌嗣侦得这次向政府宣传示威真实情报，可能是陕中南映海、宁世荣几名学生所为。要求缜密布控，从速破案；对重点学生要严加处置，但不宜动刑，对大多数学生重在训育，不加追究。"

"专员，周站长既然侦得线索，为何不报告呢？"

"这你不明白吗！军统是只向上级负责，没有横向关系，人家报告不报告是人家组织上的规定，再不就是争名竞利、唯利是图嘛！"

"既然军统把这捅到了上头，我们要不要把人先抓起来？"

"再说一句，有证据吗？"

"现在没有证据，到时候就会不愁没有证据。小报乱贴，标语乱散，这不就是证据？也许是'民先'分子变名易姓，改头换面，但这些小报和标语的内容丝毫没有变化，而且资料更多。我们对有些战况都不知道，他们怎么掌握得这么清楚，我断定是从延安共党那里弄来的。还有那一大堆尖酸刻薄的标语口号，锋芒所向是显而易见的。"

"拣重要的说几条。"

"宣传共产党战绩的'平型关大捷'、'夜袭日本阳明堡机场'、反日本'八路围攻'和'九路围攻'的胜利，等等，'停止内战，一致抗日''支持抗日，反对卖国''实行民主，反对独裁''拥护抗日的蒋委员长'等标语漫山遍野，无处不有。"

杭毅一听故作稳重地思索着，这明明是夸耀共党，污蔑党国，难道政府军队在前线打仗，就没有胜利的战绩吗！谁在内战，国共第二次合作，或许是明和暗斗，是蒋委员长的策略，合作就不能丢掉领导权！谁卖国，我们政府中总有那么几个谄媚日本，屈膝投降！我们的蒋委员长怎么不抗日，简直是信口雌黄，一派胡言！这明明是目无王法，犯上作乱，大逆不道，侮辱了领袖和党国的形象，威胁了政局稳固。他越想越感到事态的严重性，断然决定派军警先解决陕中发生的危机，要说抢功，我先抓到了人就是最大的功绩。他命令道："卫局长，明天上午派警察抓捕南映海等骨干，另有四十四师配合行动。严正明示，不许在蒋委员长名下带尾巴，违犯者，按违法论处。"

卫凯领受任务后立即同队长卢瑞祯、四十四师政工处长叶荣、警卫队排长梁良商议制定抓捕的实施方案。

卢瑞祯提出自己的看法，说："陕中设在城隍庙，有三百多名学生，周围居民、群众多，街道又狭窄，不宜过多地使用军警，应选少部分精干强悍的士兵参加行动就可以了。"

叶荣却持不同的意见，说："这个地方虽然不方便，但是如果军警太少，哪有一个气势，哪有一个震慑力？我们要考虑到，万一学生和民众联合起来阻止执行抓捕行动该怎么应对。"

梁良有些拘束地说："我们队长外出，让我来参加会议，并接受任务。领导们讲得都对，根据我们平常掌握的情况，我提个小小的建议，用三个排的兵力足够了，两个排在外围执行警戒，一个排着便装进入校内实行搜捕。"

卫凯最后说："大家的看法都有利于这次行动。综合大家的意见，我们应这样的部署：一、兵力安排，调动使用三个排，另外增加一个排的应急分队。二、任务分配，叶处长的一个排和卢队的一个排担任学校周围的警戒，卢队长再派一个排作为应急使用，警卫队一个排进入校内，其中一个班着便装，联络集合教师和学生，包括学校的职工，两个班警卫。三、行进路线，叶处长排从东门、卢队长排从沙帽石、警卫队排从鼓楼街三个方向接近学校，卢队长的应急排届时在水西门内集结待命。四、集合时间，明天上午十点钟准时到达目的地。五、几点规定，一是严守秘密，此行动计划不得泄露；二是统一指挥，统一号令，不得擅自行动；三是严格执行时间，不得延误；四是抓捕骨干，不得伤害其他学生；五是保持协调，不得中断相互的联络。刚才讲的规定，都是杭专员提出的，希望大家在执行任务中共同遵守。"

会议结束时，卫凯叫住了梁良，坐下来说了好大一会儿的话，才离开会议室。

晚上，谷燕在亲戚家吃席时，恰巧碰见在专署办公室供事的表哥张原。席间，她问表哥说："你明天能不能帮我进一些货？"

张原喝着酒说："不行，明天我有事。"

谷燕说："有啥事那么紧，请个假不就行了？"

张原说："执行任务，不能请假。"

谷燕追问："到哪里去？抽点时间行不行？"

张原说："到陕中，路倒是不远，得忙活一天。改日帮你吧。"

谷燕说："那好，就改天吧！"

张原又喝了一杯，说："表妹的忙，还能不帮吗？"

俗话说：吃饭品滋味，听话听下音。从张原的那几句话里，谷燕已经觉察到政府当局要对陕中师生实行暴力镇压。她的机敏潜在她的镇定自若之中，丝毫没有流露出慌张的神色，坦然地拿过酒壶，斟满一盅酒，恭敬地端给张原说："本来要给表哥看三杯酒，现敬一杯酒，我陪一杯酒，略表心意。"

张原说："不好意思，我喝得差不多了，但不得不喝这杯酒。酒在心头，事在肚里。"

谷燕说："谁不知表哥的海量，你们慢用，我得赶紧回铺子，给一个客户送货。"

张原说："那你慢走，后天帮你进货。"

谷燕说："不用了，明天我打电话让他们送来就行了，不外乎多出几个垫脚钱。"

张原望着走出门的谷燕背影，说："开铺子的人，咋不心疼钱，能省几个就少出几个嘛！"

谷燕急促地回到商铺，草草地写了几个字，又拿了一打铅笔和一叠方格纸，绕道兵营的后门，见到贾越群，先将字条塞在她手里，说："这是你要买的铅笔和信纸，我给你送来了。"同时又小声递过一句话，"明天有行动。"说完，转身又出了后门。

贾越群说了一声感谢的话，赶快回到宿舍，打开字条一看，明日天气：南边雷声，雨地泥泞。她领悟到一场疾风暴雨竟要在这时到来了，便立刻同李文杰赶到城隍庙，同赵祺、南映海、宁世荣、姬也力商议对策。她建议，以暗语所揭，为避免发生流血冲突，南映海和宁世荣等几个同学暂时实行回避。

赵祺说虽然我是"民先"的头头，但目标不大，无须这样做。

南映海坚决地表态，面对这场即将发生的灾难，减少政府当局对其他同学的武力威胁，自己不能离校。

宁世荣同意南映海的意见，既然政府当局掌握了我们几个，那就让我们来应对，不能伤害更多的同学。

姬也力提议，如果实在摆脱不了那种严重局面，那就由少数人掩护大多数"民先"队伍继续进行不屈不挠的斗争。

贾越群对大家的意见表示赞同，并叮咛再三，在残暴的军警面前不能硬拼，千方百计地注意自己的安全，保障我们民先队的战斗力不减员，以战斗到最后的胜利。

政府当局按照行动方案，由杭毅坐镇指挥，又增加一个连的兵力，届时出动军警将通向陕中的大街小巷彻底封闭。陕四中大门外水泄不通，大门里也是风雨不透，到处都站着一层一层的持枪警察和一些便衣人员。

卫凯指着站在操场边的副校长雷一民凶声凶气地问："你们校长胡子恒干啥去了？"

"胡校长赴省教育厅开会。"

"不在就不在，你现在让全校师生到操场集合。"

"现在正上课！"

"还上什么课，不是闹事比上课重要吗？"

雷一民尽管不满这种做法，但他迫不得已，便让师傅摇响急促的铃声。

正在上课的老师一听见紧急的铃声，不知什么原因，便立即停课。学生们乱哄哄地走出教室，一看，满院子站满了警察和一些陌生人，心里一咯噔，我们的学校要出事了！

这时站在院子中间的一个着便装的人，扯起嗓门，声嘶力竭、歇斯底里地呼喊道："同学们，还有老师们，你们不要恐慌，不必害怕，请你们赶快到大操场集合！"

这个人就是梁良，他连喊了三遍，师生们像一颗颗铁钉子钉着一样，站在原地没有向前移一步。他便望着卫局长，以求指示。

卫凯一看这般阵势，便向梁良挥了挥手。

梁良明白了局长的意思，立刻向便衣队喊道："请你们入队。"这些便衣一听口令，随声走出队列，三三两两掺和到了学生们中间。梁良接着又向警察队伍一挥手："去邀请同学们入场！"喊声刚落，警察们跑步到了学生们的身后。听起话来倒很好听，名曰邀请，实际上是全体师生被驱赶到了操场。

梁良向局长报告，全校师生集合完毕。卫凯站起来，向杭毅说："杭专员，请你讲话吧！"

杭毅目扫了一下操场上乱纷纷的师生，又端详了一遍威严得意的警察和士兵们，说："你讲吧，你讲合适，我就不占时间了。"

卫凯用沙哑的嗓音喊道："同学们，你们不要误会，也不要惊慌。我们是来查一下《燎火》小报的，这个报是不是现在《火花》的前身？据知，这种报是你们同学南映海和宁世荣等一伙一手操办的。只要本人承认了，政府会网开一面，只施教悔改即是，坚持不承认，严加处理。如果有举报者，重重有赏。"

"抗日救国，有何罪过！"操场上的喊声如浪涛般在校园里滚动。

卫凯伸出两只胳膊，上下不断摆动着，声音提得很高，喊道："同学们，不要喧闹乱叫，要安静。如果没有人站出来，我们已经侦察确实了，不抓不行了。如果抓不住人，那就不客气了，你们之间或许有更多的人要受到伤害！"这最后的一句话，说得声色俱厉，疾言厉色，似乎灾祸马上就要降临在学生们的头上。

这时候一位高个儿的学生挤在队列前，喊道："是我办的，与他们无关。"

卫凯杀气腾腾地问："叫什么名字？"

"赵祺！"

"替人顶罪，把他轰下去！"

正当赵祺被拉走时，又有一位学生揎拳捋袖，挺身而出，高喊道："我就是《燎火》经办人南映海，你要抓就抓我吧。天下无阳光，就是黑暗，宣传抗日，倒是犯罪，天下哪有公道可言！"

雷一民实在忍无可忍，按捺不住愤怒的心情，举起拳头说："你们这种做法也是一种内战，是在击溃民众的抗日情绪，扼杀抗日的力量。这哪是团结一致，共同抗日呢！"

卫凯发现这是在演说，一挥手，两名便衣警察便把他拖走了，操场上的学生更加骚动起来。他急忙指着南映海问："那《火花》也是你办的？"

南映海气宇轩昂地回答："不知道是谁编的，我看过，全是宣传抗日的内容，鼓舞民众之斗志啊！"

"还有谁参加？"

"我说了，只有我南映海一个！"

"把其他人抓出来！"

梁良听到卫凯的指令，向早已溜进学生中的便衣警察一指，宁世荣、张希亮、董立华陆陆续续被推拉出来，同南映海站在了一起。

一位头发斑白的老教师实在看不过眼，气得两手直发抖，走向前说："董立华是个女娃家，是校工，她能懂个啥吗！你们还要她去坐牢，她犯了啥法了啊！"

梁良赶快过去把老汉连掀带推说："快走！你只知教书，不省国事。难道女娃就那么规矩，不违国法了吗！"

这位老教师连连摇头向前走了几步，一扑踏坐在了地上。

一群学生哗地一下围向老教师的身边，接着把他慢慢地抬起来，向前移动。站在学生中的校医看到倒下的老教师被抬走，不管三七二十一冲出了人群，回到医务室，立刻进行抢救。

操场上更加混乱起来，喊声、斥责声、质问声、口号声，交织在一起，嘈杂一片。

卫凯唯恐情势有变，不能过多纠缠，便向杭毅报告说："专员，可否发结束信号？"

杭毅站起来转过身说："迅速撤离。将几名学生逮捕，关进看守所，好好地审问。"

梁良连放了三枪，也许是以示来时一声不响，走时放他几枪要耍耍政府军警们的威风。军警们一听到枪声，稀里哗啦地撤出了城隍庙的内外和所警戒的大街小巷。

这枪声，震颤了山城，更激怒了民心。

贾越群心急如焚，赶快去找谷燕商量营救的办法。谷燕告诉说，她在专署有熟人，请他想方设法予以帮忙，要能保释出来也好。贾越群说，是啊，早点出来就少吃点苦头。于是，她将几块大洋塞进谷燕的手中，说："拿去，做打点。"

谷燕说:"我亲戚不会要的,你留着用,我拿钱去让他给看守所吧!我中午就去变通,你下课后在铺子前等着我回来。"说罢,起身就走。

贾越群说:"那就麻烦你了,你还是把钱带上好。"

谷燕回头一笑说:"知道了,共同的事,莫生分!"

最后一节自习课的铃声一响,贾越群就急匆匆地来到商铺。等了不大一会儿,谷燕就回来了。

贾越群急切地问:"找到人了吗?咋样?"

谷燕一把将贾越群拉到里间,坐下来说:"警察局下午就开始突审了,现在他们没有动刑,张希亮和董立华晚上就可以放出来。南映海和宁世荣的事,军统安康联络站捅到了西安行营,西安又上报到军统局,军统局又将了中统的军,重庆政府正在责问省政府。他俩很难保出来,不过已经安排好了,他俩不会有其他意外发生。"

贾越群说:"那就好,代我谢谢你的那位亲戚,看来我们在不谋而合地共同携手,抗击日本帝国主义,我们都在做我们各自应该做的事情。"

谷燕把那几块大洋塞进贾越群的手里说:"表哥讲,'不必白花钱',他有办法。"

贾越群说:"可莫要连累了人家!"

谷燕说:"不会的,只要中国安宁,我们大家都幸福,现在的行动,只是为目标而奋斗!"

贾越群一边往出走,一边说:"这个梦想,指日可待,为期不远了!"

谷燕一直看着贾越群进了营房大门里,才回到了铺子。正要关门时,谭际桂从北门里走了过来,老远就问:"谷燕,这么早就关铺子啦?"

谷燕回答说:"今天进了些货,要盘点。"停了片刻,又把门拉了个半开,反问道,"际桂,你不是让我打听南映海,今日个中午被警察局逮捕了,还听说有好几个人。你知道不?"

谭际桂得意忘形地说:"你这个人的脑子这么笨哪!上次我给你说的那会儿已经侦察多时了。这是我同周昌嗣站长一手操办的,咋能不知道呢!这案子西安行营报到重庆去了,省府的脸面也难堪了。这下子给共产党和民先队一个沉重打击,看他能猖狂到何时!今天忙了一天,该回去休息了。"

谷燕看着谭际桂那般得意扬扬的样子,带着嘲讽口吻说:"那你和站长都得领功受赏了,是不是啊?还会升官吗?"

"有那么一点,会是平步青云,一帆风顺的!"谭际桂说着便摇起身子,一扭一扭地走了。

谷燕朝门外吐一口唾沫，使劲地把门一关，紧紧地插上门闩。转过身，不由得咕哝自己想发泄的心里话。机关用尽、不择手段谋害良才，亏得是个中国女人，还平步青云，到头来必是一落千丈；今天的豪强奢念，未来的黄粱美梦，看你们能嚣张多长时间！

警察局看守所设在常备四中队院内，是院中的小院，两排房屋，陈旧破烂，低矮狭窄。号子里光线暗淡，空气潮湿，不时发出腥臭味，呛得人透不过气来。小院围墙上安装了一圈铁丝网，一道厚厚的铁门就像一张阴森的冷脸站在门上，牢牢靠靠，严严实实，将里外截断隔绝，而且门外还有士兵把守。这里面与外部世界虽是咫尺之隔，但实际上却是千里万里之遥。

在杭毅的指挥下，警察局逮捕了四名共党分子，其部属们惊叹不已，觉得杭专员部署有方，卫局长实施有力，看来先按兵不动是对的，一有情况闻风而动，一举逮了四名共产党，大有收获。也有少数人不予口舌之言，却是不屑一顾、嗤之以鼻，骨子里或许并不认同那些谄媚阿谀的言辞。

本来这次看守的任务应该由警卫队担任，卫凯考虑到该队另有案件去侦察，还有一个理由，看守所就在常备队的院子里，调动执勤人员也方便，同时常备队人又多，万一有个三长两短，其兵力足能应付不测的局面。于是，同卢瑞祯商量，并报告杭毅同意，改由常备四中队的士兵担负站岗放哨的任务。

看守所关了四名共产党，并在下午由卫凯带领梁良进行突审。罗寰得知确凿消息后，坐卧不宁，茶饭无心，一个晚上翻来覆去睡不着觉。他一米八〇的个头，十七岁，身强体壮，一表人才，是卢瑞祯的勤务兵，一听说审讯共党分子，他不由自主地深思起来，三兄罗长勤也是共产党员，会不会被逮住呢？他们四个人全是共产党员吗？这几个人认识不认识三兄呢？他们之间有没有联系？这一概不知，我该怎么办呢？他们肯定不是国民党，我要做点什么？

早晨天刚亮，罗寰就进了卢瑞祯的办公室，把卫生打扫得窗明几净，文件书信收拾得整齐有序。当他刚要出门时，发现队长床前放了一双粘满污泥的皮鞋，于是，从柜子里找出鞋油，三下五除二地把皮鞋擦得锃亮，然后，他才去吃早饭。

卢瑞祯一走进办公室，不觉感到有一种整洁美观的氛围，又发现皮鞋闪亮发光，适中地放在床前，而且鞋后跟靠床鞋尖朝外。他自言自语地赞赏道："这个罗寰，就是脑子聪明伶俐，手脚麻利能干，是个好苗苗！"

中午开饭时间已过了好大一会儿了，罗寰盯着卢瑞祯还在办公室忙着，就去食堂把他平常喜欢吃的饭菜打了回来，轻轻地放在办公桌上，说："队长，你吃饭吧，食堂那边已关门了。"

卢瑞祯抬起头，说："都忘了点了，你吃了没有？"

"没有，我打回去了，给你送来我再回去吃。"

"那就赶快回去吃，不然饭都凉了。"

罗寰笔直地站在办公桌旁边，没动也没说话，心里好像有啥事情难以吐出来。

善于鉴貌观色的卢瑞祯，这时发觉罗寰的表情有点异常，猜想他有什么心事。于是，他直截了当地问："你有啥难事，就说吧！"

罗寰的眼睛一直盯着卢瑞祯放在桌头上的文件，吞吞吐吐地说："难倒是不难，我恐怕别人说长道短。"

卢瑞祯一边吃饭一边说："做任何事总会有人说长道短，别管那么多。有啥事，说！"

"我家做生意的山西朋友捎信来讲，他家亲戚的娃叫南映海被关在看守所，让我看望一下，再给送点东西。"

"对，有南映海，他们四个人，昨晚放走两名。现在还关着两名。听卫局长讲，问题比较严重。去看看有啥要紧的，又不是通风报信的。去吧，你可要注意自己的身份啊！"

"是，队长！"罗寰敬个礼，稳稳重重地走出了门。

卢瑞祯一边收拾碗筷一边想，这个罗寰，到底是个小娃，芝麻大的事，还那么的谨小慎微。

罗寰在下午三点被关人员放风时来到看守所。哨兵一见问："罗寰，你还有闲工夫到这儿来，做啥？"

罗寰和气地说："我来探望一个人。"

"谁？"

"南映海，我家亲戚的亲戚，送点生活用品什么的。"

"你认识不？"

"我没见过。"

哨兵把小门推开，向里边瞅了瞅，在院子草坪东北角坐着两个人，客气地介绍说："左边那壮实点的叫南映海，右边那偏瘦的叫宁世荣。你去吧，时间不要太长。"

"知道了。"

随后，哨兵咣的一声，又关上了小铁门。

罗寰一边走一边向哨兵点头打了个招呼，接近他俩坐的草地，边指边问："你叫南映海，你叫宁世荣?"

他俩不约而同地回答："是，没错!"接着，又斥问道，"审讯应在审讯室，这个时间是我们自由的时间，你来干什么?"

罗寰沉住气，说："我是来看望你们的，有啥事要帮忙的，尽管讲。"

"你是什么人? 大盖帽，就这么简单想套我们，简直是白日做梦，痴心妄想!"

"请不要误会，我叫罗寰，三哥罗长勤是共产党员，你们是共产党员吗?"

"我们不是。"

"罗长勤，你们知道不?"

"知道，原是兴安师范学生，后考到东北大学高师部。我们不清楚他是不是共产党。"

"对，对，就是陕中。你们是不是同我三哥一样呢?"

"我给你再讲一遍，不是就是不是。"

"我是三哥的亲弟弟，是老五，又叫罗长清。当兵是为了避壮丁挣些钱，攒路费，准备到那边去。请你们放心，我不会出卖朋友的。"

"你哥是谁介绍加入共党的，你知道不?"

"知道，我三哥给我讲过很多革命道理，我明白共产党是中国的光明。他的介绍人是中共东南工作委员会宣传部部长刘文彬，刘文彬的介绍人是东南工委书记刘湘卿。我三哥还给我讲过，要介绍我入党，他后来又讲，自己介绍自己的弟弟加入党组织不合适，要找别人介绍才妥当。"

"哦，哦。罗寰，对不起，我们未曾见过你，不得不这样做。但我们只能告诉你，我们是中华民族解放先锋队的队员。"

"我知道，是共产党领导下的抗日组织，他们通常称'民先队'，还有一个'西北抗敌先锋团'，这个'抗先'，是国民党领导的，净干些违背民众意愿的坏事。"

"既然这样，我们写封信请你送到陕中。"

这时候听到哨兵收风的喊声："时间到，赶快回号房!"

罗寰悄声说："好，明天上午九点我再来。"转过身，又放开嗓门叫道，"要好好想事，不要犟性子呵!"

早晨九点钟，罗寰提了一包东西到了看守所门前，一看又是昨天的哨兵在站岗，便说："你又在值勤哪，可这么巧，又遇上了。"

哨兵说："嗯。你又来看他们了！"

罗寰说："是。他们要的芝麻饼，我给他们送来了！"说着便从包里取了两小袋递给哨兵，哨兵直摇手不敢接。罗寰又说："这是旬阳的芝麻饼，又酥又香，好吃。拿着，不要紧，谁要问，你给他讲，是我给的就行了。"

哨兵这才接过，说："你是队长身边的人，咋能收你的东西？"

罗寰说："这算啥呀，身边的人咋啦，身边的人就不讲人情世故啦！咱们都是兵啊！"接着，又问了一句，"你叫啥？"

哨兵把小袋子往岗楼里一放，在去开门时回答说："我叫郭小亮。"

罗寰一走到南映海和宁世荣跟前，就从提包里取出芝麻饼，大声说："这是你们要的饼子，先尝尝这芝麻饼的滋味。"

南映海在接过饼子的那一瞬间将小纸团塞进了罗寰的手里。罗寰随即把小纸团放在裤兜里，问道："这饼子咋样？旬阳的名贵小吃，味道不错吧？"

宁世荣说："好吃好吃，吃了，把生日都忘了，真是这样的。"

罗寰开玩笑地说："忘了好呀，忘了就会长命百岁嘛！"

南映海观察周围无人，低声说："你到陕中找姬也力，接头暗号是马冀。"

罗寰望了望所站地方的天空，回过头说："知道了，请放心。你们也要多加保重。"说完，大步流星地走出了看守所，他一看表，距中午饭还有一个时辰，便径直到了陕中。

当罗寰见到姬也力时，开口就问道："你是姬也力吗？"

姬也力对这位不招自来的客人，还是国民党的士兵，毫无疑问地有了警觉。他皱了皱眉头，声音很重很重地回答了两个字："不是！"随后又补充了一句，"你是不是找错了人？"

罗寰灵机一动，又这样问："那你是不是姓马呢？"

姬也力轻轻地回答了一个字："是！"

罗寰接着问："名字叫冀吗？北田共这个冀，可不是你这个姓姬的姬。"

姬也力的情绪一下子放松了许多，便客气地说："是，没错。你是……"

罗寰赶紧取出纸团递给姬也力，说："这是南映海托我送来的。"

姬也力展开纸团，稍加扫了一眼，说："我们都在想办法营救他俩。"

罗寰说："看来比较难，现在做点工作，让他俩少吃点苦，或者不吃苦，那倒是能办到的。"

姬也力说："那就感激不尽了，我们得去看望他俩。"

罗寰没有马上回答是去还是不去，想了好一阵子才说："这样吧，下午三点半，你赶到常备四中队。如果有人问，你就回答是卢队长的朋友，是从紫阳县来的。正好卢队长今天不在，你再告诉找他的勤务兵罗寰也行。不过，你要去须改变一下学生装的样子，到时候，我在队部门前等你。"

姬也力说："一定按时到。可能要多去两个人，行吗？"

罗寰说："行，不要太多。多了目标太大，容易引起警戒人员的注意和怀疑。"

姬也力送走罗寰后，仔细地想了想他讲的话很有道理。那究竟怎么办好呢！就在这个紧急的时刻，姬也力情急智生，想出了一个很好的办法。

下午三点半到了。罗寰站在队部门前一直盯着外面的来人，此时，从院子的大门口进来了四个人，越走得近越看得清。其中两男两女，男的西装革履，头戴礼帽，眼挂一副墨镜，道貌傲然，风度翩翩；女的着一身淡紫色的旗袍，发髻如云似朵，浓妆艳抹，花枝招展，雍容俏丽，显然是少妇样儿的打扮。

打头的走近罗寰便摘下礼帽，给身边同来的三个人介绍说："这位是罗寰先生，是他在帮忙。"然后指着他们又给罗寰一个一个地点名一样地说："这位叫赵祺，第二位叫贾越群，她叫李文杰。两位女士都是男人的名字，很有气魄。听起来，赵祺很文气，但他却是照旧吉祥如意。"

罗寰说："你已见过了，你那个冀，可是冀其成功啊！"

这话又引得大家哄然大笑。让别人看起来，他们并不陌生，好像是情深义重、志同道合的老朋友了。

罗寰说："我带你们进去，你们交谈。我就不等你们了，我要去找我哥。"

姬也力说："那好，你去吧，以后还会找你的。"

罗寰说："也许还会找你的。"说着便来到了看守所的门前。

哨兵挡住问道："干什么？"

姬也力说："是来探望南映海、宁世荣的。"

哨兵又问："谁同意的？条子呢？"

姬也力回答："我们是队长的朋友，是他允许的，可他现在开会去了。让我们去吧！"

罗寰一听，这对话冷冰冰的，便上前搭言说："我知道这个事，卢队长给我叮咛过，没错。"

哨兵看着罗寰说："是你呀，咋不早说。"便连忙去打开那扇小铁门。

罗寰觉得哨兵问话有道理，之所以这样做，是自己在观察他们能不能果敢大胆地应对这样的场合。他看着他们进了门，向哨兵打了个招呼，便即刻到陕中高师部找到他的三哥罗长勤。一见面就说："哥，陕中的南映海和宁世荣被逮了，我带他的同学去看望他们了。"

罗长勤说："哎呀，真出事了！你去陕中是咋联系的？"

"同陕中的党组织，接头暗号是'马冀'，北田共的冀。"

"找谁呢？"

"姬也力。"

"好，那我很快去同他们联络，你现在能带我们去见见南映海和宁世荣吗？"

"能啊，咋不能！都有谁呀？"

"你熟悉，罗广文和黎文治。"

"猜都能猜出是他俩！"

他们跟着罗寰很快就到了看守所。罗寰发现此时执勤的就是那天执勤的哨兵郭小亮，便说："这是我家同山西做生意的三个人，去探视山西做生意的亲戚南映海和宁世荣。"

郭小亮说："去吧，去吧！"

罗寰说："我进啦！"

郭小亮说："连罗寰都不让进，还能让谁进啊！"

当哨兵打开号子的栅栏门，南映海高兴极了，低声说："罗寰来啦。党组织来人了，谈得很好吗？"

宁世荣心情振奋地问："他们肯定又是你的友好，是吗？"

罗寰回了一句很好，激动地分别介绍说："这是我三哥罗长勤，这是罗广文，这是黎文治，都是旬阳人。"

南映海从草堆上站起来，有点歉意地说："你上次给我讲三哥，我还不相信，脾气还显得有些焦躁。不明白，哪能和气啊！哎呀，你们都是同乡遇到一块了。"

罗长勤脸面显示出一丝微红，抬起右臂朝着北方一指，慢声说："不但是同乡，而且是同向啊！"

南阳海低声说："刘文彬……"

罗长勤说："领路人。"

罗广文说："长勤引导我哪！"

黎文治说："广文走在我前边了！"

南映海一听他们的话音，一切全明白了，都是抗日救国、为共产主义奋斗的共产党员。他望了一眼罗长勤，指着罗寰，好像在问，你呢，你五弟呢？

罗长勤嘴唇收缩一下，指了指罗广文，分明是在说，罗广文在培养他。

南映海完全理解了罗寰当时讲的那句至理名言，共产党是先进的组织，而不是一个种族的亲友团体。所以，他三哥不做他的入党介绍人，这是有道理的。

罗寰感到心安，哥，请你相信，我岁数不大，我的志向可不年轻。他敬畏地看着大家，显出了满脸的笑容，没有说话。这时候，他又觉得自己还没到那个该表达心怀的时候，更没有到那个分儿上。

罗长勤说："我很想见见姬也力。"

南映海说："要见的，一定要见。接头暗号罗寰知道，你们之中有去延安的，就找他。"

罗长勤说："我正有这个想法，抗日育才得去抗大。"

南映海说："没错，我支持，不过，我很难帮上忙。据罗寰打听的消息，政府当局可能要把我们送往西安集中营。"

罗长勤说："小腿犟不过大腿，只能这样。到时候，我们告知西安地下工作人员，他们会帮助你们的。"

南映海说："你马上同姬也力见面商议，越快越好。"

第二天中午，罗长勤到陕中按联系暗号见到了姬也力，提出决定三个人去陕北学习。姬也力没有反对他的提议，只问了一句："可靠吗？"

罗长勤既简单又详细地作了介绍，说："黎文治，共产党员，稳重、沉着、坚定；共产党员魏凌玉，性格刚直、勇猛，以为当局不堪；我五弟罗寰，培养对象。都是旬阳城里人，还比较熟悉。"

姬也力听了以后，说："好，为抗日培养人才，当然支持。"于是写了介绍信，并告诉去联系的地址是西安东大街永庆银楼。最后再三叮咛："今后就叫我马冀好了。"

罗长勤拿着介绍信很高兴，一征求意见大家都犯难了，去西安的路费怎么解决？他灵机一动，没有路费，想个办法借。适逢中央战时干部训练第四团在安康招生，决定让他们三个去考战干团。但是战干团招生的对象是具有高中学历的学生，这三人连初中文化程度都未达到，如何是好？这还是由罗长勤想办法，他当即活动兴师的学生何家琪、刘廷武、张治绪去代考。考试当日，只呼叫名字依次排队进考场，并不辨认参加考试的人。他们顺利地进入了考场，冷静沉着完成了全部的问答题。三日后，录取名单张榜公布。这日，所有参加应试的人员来到榜示前寻找自己是否榜上有名，并当场登记造册。黎文治从榜头看到榜尾，都没有发现自己的名字。罗长勤也跟着急得满头渗出了汗水，三番五次地从榜前到登记处来回走动，发现只有最后一个人登记，再无他人了，榜前还站着三四个人在晃来晃去。登记处人员校对名字后，大声喊道："刘耀辉来了吗？"

只有地上的树叶子被微风吹得沙沙作响，却没有其他回声。

罗长勤机警地用胳膊捣了一下黎文治的胳膊，说："听着点！"

登记处又传来一声喊叫："刘耀辉来了吗？"

黎文治睁着圆溜溜的眼睛，朝榜前一看，没有人提步向前，便一边跑一边答道："来了！来了！"

"干什么去了？"

"刚去买点吃的，来迟了。"

"你是刘耀辉？"

"长官，我是刘耀辉！"

罗长勤赶快走到登记处，说："长官，我同刘耀辉刚才去买早点，来迟了，对不起。"

登记员唰唰地写上了名字，并说："以后做什么事要抓紧点，不能拖拉，战场上要拖拉是会要命的。"

黎文治稍微弯了弯身子，说："是，长官。"

"赶快到院子里去排队！"

战干四团招收的学员不日将赴西安。

罗寰将考取战干四团的消息在走的前一天才告诉卢瑞祯，并向他辞职。

卢瑞祯一听，沉默了好大一会儿，才放开了笑声，说："好哇，我的勤务兵能进战干团，那也是高攀哪！应该支持，应该祝贺。从我心里讲，不想让你走，原想把你放到常备分队先当个副队长，没想到你要走，那就展翅高飞吧！"

罗寰一再致谢，说："队长的关心，我会记住的。"

卢瑞祯又说："你那位做生意的亲戚看过了没有？"

"队长，我看过了。"

"根据省政府的通知，他们过几天就要被送到西安劳动集中营了。"

"谢谢，你还记在心里。"

"学生娃娃们，在抗日宣传中过激了点，是可以理解的。如果没有过激，就不会有对党国的震动。"

罗寰听了卢瑞祯这番话，觉着或许他是一个好人，只不过那身装束掩盖了他的内心。是不是这样呢，那是很难断定他的真实所为的，他毕竟是国民党常备四中队的中队长！从礼仪上讲，罗寰又说："我走后，队长再选一名比我好的勤务兵。我做的不妥之处，还望队长包涵，或者让替代者来弥补。"

卢瑞祯摇着手说："难了，像你这样的人难选。你发现你们熟悉的人中有谁合适？"

罗寰说："还没有，我觉得一排一班的郭小亮很合宜，个子与我不差上下，脑子灵光，手脚勤快，又有礼数，我看行。"

卢瑞祯说："这个士兵，我有一点印象，下去问问再定。你去战干团，要尊敬长官，团结同事，一举成才。"

罗寰说："你的话，我会记住的。不过，我想我还会回来的。"

卢瑞祯哈哈大笑："到时候，可不是你自己说了算啊！"

罗寰也笑了："那倒是！"想了一下，又说，"队长，我临走时再去看一次南映海吧？"

卢瑞祯说："那你去吧。刚才好像是郭小亮在当班，不知下岗没有，谁问，就告诉是我同意的，说不定你这个勤务兵他们都认识。"

罗寰心想，说得没错，只是你不知道而已。于是赶快离开队部，去叫了黎文治、魏凌玉一同到了看守所。

南映海听到他们要到战干团的消息，激动得几乎要跳起来，说："这种不花钱又能学本领的事，何乐而不为呢？"

罗寰说："这是一种幌子，去战干团才能借路费，有了路费才能去西安，只有到了西安，才能想办法赴延安抗大。"

南映海明白了，说："这也更好，免得横生枝节，不过，那封信一定要交给永庆银楼老板。"

宁世荣接着说："你们到西安后，还有一个口头联络点，就找我叔父宁臣苏，你人生地不熟，他会帮忙的。你啥时走？"

罗寰说："我们明天就离开。"

南映海问："你们怎么走？"

罗寰说："为了避嫌，我们经汉中去西安。"

宁世荣说："那时间就长了。"

罗寰说："时间长点，对我们有利。我打听到你们过两天就要被送到西安。"

南映海说："那我们在西安一定有机会见面，千万不可忘了联络地点。"

经过五天日夜兼程的奔波，只有罗寰和黎文治于三月七日的中午抵达西安，这时他俩才感到饥肠辘辘。罗寰说："咱们得赶快找点吃的，加点钢火！"

黎文治捂着肚皮说："早都咕咕叫了。"正说着，只听一阵阵刺耳的声音震破了天空。他惊奇地问："这是啥叫声？"

罗寰在安康城时就听过，镇定地说："这是在拉警报，可能日本鬼子的飞机要空袭。"他向四周一扫眼，街上的行人乱哄哄地找地方躲藏，各家各户都在关门上锁。正好遇上一个摆茶摊的担起茶水要走，罗寰叫住了，买了两杯茶，两人咕噜一口喝进了肚子里。罗寰说："文治，听到了吗，好像有飞机的声音？"

黎文治抬头一望："是的，从东北方向飞来的。"

罗寰定睛一数，说："六架飞机，梯子形，咱们先到南门洞子里躲一躲！"

黎文治伸出头朝天空一望，这些飞机拖着一股股白烟，长驱直入地向头顶上空飞来。他好像在报告侦察准确方向："不在我们头顶上，稍微朝东北一点上空飞行。"

罗寰叫道："注意点，那里可能是敌人的轰炸目标。"

正说着，黎文治说："炸弹从飞机上掉下了！"话音刚落，响起一阵阵轰隆隆的爆炸声，随爆炸声中一排排的房屋轰然倒塌，这爆炸声裹着倒塌声，犹如天崩地坼。

不远处，隐隐约约传来一片号啕声、呼叫声、哀泣声。

罗寰正准备出城门洞，向天空望了一眼，喊了一声："敌机又来了！"

黎文治搭眼一看："又是六架，瞎东西，我们这西安碍了鬼子的啥事，这么残忍！"

罗寰说："狼子野心呗！"

轰轰隆隆，又是一声声震耳欲聋的爆炸声，又是一团团浓烟滚滚，一柱柱熇焰腾空，一片片瓦砾到处飞落。西安城的上空阴暗，地上昏乱。罗寰时而想到，我们沉睡的老先人会被炸弹震醒的，他们也会瞪眼流泪的！

快黑的时候，罗寰和黎文治来到通济中坊甲字22号电政管理局找到了宁臣苏。从他口里得知，南映海和宁世荣是乘车被早先被送到了西安集中营。没过几天，在一名不知做啥的工作人员王子平的帮助下，逃出了集中营，住在盐店街九号老孙家颜料铺。罗寰和黎文治立即赶到老孙家，见到了南映海和宁世荣，又知东大街和东厅门被日本鬼子炸得破烂不堪，永庆银楼也被政府查封了。

联络中断，介绍信无法投递，怎么办呢！这让罗寰和南映海焦急万分。

罗寰问南映海能否找到王子平想办法，南映海只知道王子平前几天去了照金，无法联系。罗寰心切地提出："能不能直接到八路军西安办事处说明情况，一再要求看行不行。"

南映海说："平白无据地去，可能不行。"

"去试一下，不行就算了。"

"你想得好，八路军办事处周围都有国民党的便衣军警盯梢、跟踪，万一被抓起来，那不是前功尽弃，成了人家榨油的对象？多划不来。我想，还是另找条出路吧！"

罗寰觉得南映海讲得很有理，便同黎文治一商议，在目前这种困境中只能借风使船，另谋出路了。

黎文治离开后，随即找到朋友王时忠，并寄宿在他家。王时忠对黎文治的处境非常怜惜，朋友有难不能不帮，立即通过好友关昌山在军管区当参谋的家兄，把他送进了司令刘志宏正筹建的一个战干团。训练期间，黎文治几次三番地打听罗寰的去向，不得其详。

此时，罗寰在西安大街上游荡了几天，只得硬着头皮投奔大雁塔下的舅父家。罗寰虽然与这位舅父来往甚少，但是舅父李兴耀一见罗寰困顿窘迫的样子，心里既心疼又埋怨，心疼的是自己的外甥吃了这么多的苦头，埋怨的是顶风顶水行船——硬撑。年轻人不懂世道啊！于是问道："长清，不能乱闯了，你想做啥？给舅老实说。"

罗寰一想，去延安可能无法实现。他下了这样的决心，立刻答道："上前线，去抗日！"

李兴耀想，上不上前线是以后的事，先当兵是眼前最要紧的，说："长清，要不先想个办法去西北抗日游击干部训练班吧！"

"咋能去呢？"

"旬阳老乡段启瑞在游击第一司令部第三支队任支队长，他同游干班少将中队长刘汉兴熟悉，请他帮忙，不能不给我们个面子吧！"

"舅，行，就去游干班。"

李兴耀一刻不停地带着罗寰找见了段启瑞，把罗寰作了简单的介绍，直截了当地说："段队长，娃想去住游干班，请你帮个忙！"

段启瑞打量一番罗寰，身材高大，目光有神，气色昂扬，觉得是块当兵的料，笑着说："李伯，我一定会联系。"

李兴耀同样笑了："段队长，不能说联系，你今日有时间，马上就去找你的朋友，把这事办了，行吗？"

段启瑞没想到要求得这么急，只好答应说："大伯，我就带罗寰去找人。你莫要操心了！现在就走，行吗？"

李兴耀望了罗寰一眼，只见罗寰点了点头，便说："行，咋不行。纳慰你了！"

罗寰没有说话，只敬了个礼。

段启瑞说："莫要客套。走！"

李兴耀真心给罗寰手里塞了三块大洋，望着他跟着段启瑞有说有笑地走了。

不多时，汽车停在了翠华山的脚下。段启瑞问罗寰："长清，咱们是走还是坐滑竿？"

罗寰不假思索地说："你坐滑竿，我走路。"

段启瑞一边摇头一边笑着说："这一军将得好，咱们都走吧！"

罗寰紧紧地跟在段启瑞的身后，沿着一条坎坷不平、弯弯曲曲的小路向山上爬去。走了好大一会儿，他才好奇地问："段队长，怎么的要办这个班呢？"

段启瑞边走边说，你们进班以后，教育长还会详细给讲这一课，我只简单地介绍几句。在一九三八年十一月二十五日，日本侵略者占领武汉的危急形势之下，蒋委员长在南岳衡山召开高级军官紧急会议。参加会议的朱德和周恩来提议开办国共抗日游击干部训练班，蒋委员长同意这个紧急时期的主张，决定在南岳等地创办抗日游击干部训练班，主要培训各战区的军政干部。翠华山这个西北抗日游击干部训练班，就是其中之一，从这里能培训出更多的军政指挥员。段启瑞突然走在罗寰的后边，说："老乡，你也要为家乡父老乡亲争口气呀！"

罗寰擦了一把汗，脚步走得更快了："队长，老乡，一定听教官的话，把本事学到手，练就一身武艺！"

段启瑞指着鹰崖瀑布的石壁喊道："长清，你看那是啥？"

罗寰抻起脖子扬头一看，有四个醒目的大字坐落在石壁上，不由得大声喊起来："打倒日本！"

段启瑞说："对，把日本侵略者撵（方言：驱逐、赶）出中国，还我大好江山。"

罗寰把拳头攥起来，在眼前使劲晃动了几下，完全明白进这个游干班的重担了。

在水湫池边，段启瑞边走边指着一座座庙宇，说，这是老君殿、三圣庵、翠仙宫、青圣宫、五凤楼，这些庙堂全住着教育长、教官和学员们。

罗寰望着面前悬崖巨石横向一排苍劲有力的石刻，喊着："同舟共济！"

段启瑞说："就是，团结一致，共渡难关。你看署名的有没有刘汉兴？"

罗寰认真地数着说："有，第五个就是。"

段启瑞把手一挥，说："咱们就去找他！"

正在对学员训话的刘汉兴听通信员讲段启瑞来找，就三言两语地结束了，立即召见段启瑞。对段启瑞介绍罗寰进游干班丝毫没有打拌子，一时三刻就作了安排。

段启瑞高兴地说："感谢老兄，够朋友。"

刘汉兴说："帮人是急事，救国是大事嘛！"

罗寰分别向二位敬了一个礼，没有吭气。

告别汉兴，在返回的路上，段启瑞将罗寰硬给的三块大洋还给他，并郑重地说："长清，你舅给的三块大洋，现在你拿上，万一要用的时候，就会开个路。但不要乱花！"

罗寰一皱眉头，张开嘴，大声说："队长，那是舅给你的，我不要，这是感恩钱！"

段启瑞把钱塞进罗寰的口袋，爽快地说："为抗日做的大小事，无须要别人的恩惠。我们的准则是：行动一致，共同抗日。"

罗寰凝思地微笑着，显得刚毅、坚强、兴奋、自信。

一阵秋天的凉风掠过关中平原，葱绿的树叶开始枯黄，那些从庄稼地背回的苞谷棒子开始撑挂在树干或树杈上，或者农户的房檐下，一道秋收的风景。

南映海再去找罗寰，没见他的影子，万没想到他能进游干班。自己做了一番少公子的打扮，经过再三考虑，才搭上了去安康的汽车。

第十四章
引弓搭箭回故乡

每逢中共中央组织部训练班结业的时候，就有一拨一拨的学员源源不断地被输送到全国各地。他们之中有的肩负从事党的建设的重任，有的奔赴抗日前线，同入侵之敌进行生死搏斗，有的进入国统区做地下工作。

刘文彬和李开藩分配回原籍陕西，这是他俩预料到的，心里已经做好了准备，也就放弃了去晋察冀边区的想法。

离别延安的前一天，刘文彬去抗大相约原兴师的同学焦昌海来到延河边，说："组织决定我还是回原籍，你呢？"

焦昌海兴高采烈地说："我要参军了，不但回不了石泉，而且连西安都回不去了。共产党员志在四方，坚决服从组织调遣和安排。"

刘文彬羡慕地说："这是组织纪律，不能讲任何理由。我从心里想，讲实在的，去打仗更痛快些。"

焦昌海问："你会不会再回到安康呢？"

刘文彬眨了眨眼睛，说："有这个可能，我和'安'字有缘分。我从安康到西安，再从西安到延安。这回呀，从延安一直回安康，完全可能！"

焦昌海微笑着说："你不是给我讲过，现在的安康，在明朝万历十一年，即一五八三年，因洪水毁州城而改为兴安州。在清朝时，兴安州为吴三桂所有。一六七九年冬，清朝抚远大将军图海率兵南下，一举攻破吴三桂部将韩晋卿七营，收复了兴安州，多年后由州升为府。民国时期，改为安康，通常人们习惯称安康叫兴安。不过，这次真的要回去，那确实是兴安了。我们共产党人就要改天换地，让家乡兴旺发达，让百姓安居乐业呀！回兴安就回兴安，我在前线听候你们建功立业的佳音。"

刘文彬目光闪闪，望着巍巍宝塔山，想着将要走出的路，坚定地说："是呀，一个地名，在历史的变迁中不断更改，何况国情呢！今天扭转乾坤，就靠共产党人了。你们上前线，我们在后方，全力以赴，专心致志地支援抗日救国这个伟大而正义的战争，直至取得全面的胜利！愿同学战绩显赫，胜利归来！"

刘文彬和焦昌海似乎回到了家乡，仿佛坐在安康城北的汉江岸边促膝而谈，各自都有一种感觉，虽然汉江一千五百四十公里，流域一十七万四千平方公里。但今天的刘文彬和焦昌海，经过了加钢淬火，总认为同这陕甘宁边区山水相比起来，更是天壤之别，向往更遥远，胸怀更宽阔。

斜阳照射在延河，水面上倒映着他俩指天誓日、喜笑颜开的样子，就像是筹划开创事业的两名先锋队员，在创造一个新世界的行程中所具备的救世济民和战不旋踵的行动准则。在这个荒芜的人世间，披荆斩棘，清除障碍，开辟一条理想的通道。

在这次交谈中，焦昌海还告诉刘文彬，在抗日军政大学第四期三大队三中队的学员中还有两名安康人，一个是宁陕的彭易乾，另一个是旬阳的王培伸。即将结业的王培伸被留校，参加区队长训练班的培训，手续已办，但还未开学。刘文彬去延安北门外大队住处找了两次，均无结果，后又到中共中央组织部查找，因保密不得而知。听熟人讲，很可能回陕西省委了。

刘文彬自己也明白，再追问下去，焦昌海也不知道他们到哪里去了。刘文彬在回去的路上，一边走，一边忖度着两位老乡现在究竟在啥地方。

这天，延安的天空晴格盈盈地蓝。

彭易乾的心情也非常地清爽。他回老家做地下工作的打算得到组织赞同，其他同志都不知道，只想同王培伸商量商量。见面后，彭易乾问王培伸："老乡，去区队长培训班报到了没？"

王培伸回答："手续办好了，还没开学。"

彭易乾以试探的口气又问："同你商量一个事，你愿不愿意同我回宁陕？"

王培伸说："服从组织决定，这不是我想去就能去的事。"

彭易乾又劝解地说："无论如何，我们到头来都得走出校门，去抓组织发展，去抓武装斗争，将来走，还不如现在就走好。再说，我叔父是保安队长，有五六十条枪，可以做工作，把这抓到手，是有条件的。"

王培伸还是那样说："抗日救国需要武器，但我还是服从组织决定。"

"只要你同意，一切手续我给办。"

"组织决定了，我就去。"

"好，只要老乡有这话，我心里就有底了。"彭易乾还不放心，一边说着，一边拍着王培伸的肩膀，又重复地说，"这是你口里的话，一言既出，驷马难追。说话算话，绝不可食言！"

王培伸还是那样说："只要组织决定，言而有信，一诺千金。"

彭易乾觉着王培伸说的话非常诚恳，是由衷之言，从心里掏出来的话谁都能听得明白。他也没有其他的话再啰唆，只向王培伸兴奋地招了招手，说："你等着，一切会称心如意的。"

王培伸微微一笑，好像是自己给自己在说："这个老乡，真会拉人。"

过了两天，彭易乾找到王培伸，兴冲冲地说："手续办妥了！"

王培伸反问一句："这么快，都停当（方言：好了，没有麻烦）了？"

"一切都好了，组织完全允许我们这种行动和做法！"

"我须向组织报告一下嘛！"

"不用了，我已经向组织请示过了。"

"区队长培训班还不认识人，走之前，还得向三中队的首长辞行告个别。"

"好。组织还嘱咐我们，在国民党鼻子下进行工作，思维要灵敏，行动要隐蔽，做事要果断。抓紧点，我们后天就起程。"接着，彭易乾从衣兜里掏出叠得小小的纸团，叮咛说："这是中共中央组织部给你开的介绍信，你拿着。这可是一狐之腋，非常珍贵，千万要保存好。"

王培伸接过这个纸团，如获至宝，兴奋不已，赶紧把它装进内衣的口袋里。然后风趣地说："不会丢的。是它引导我们去走前边没有走过的路，没有它，路就断了。"

这话让彭易乾不禁想到，在抗大虽然时间不长，但受益匪浅，满载而归，只要从这个大门走出去，那真是云程发轫，鹏程万里呀！于是，他拉着王培伸的手，激动地说："组织的培育，同志的期望，现在就要看我们自己怎么走路了！"

彭易乾和王培伸星夜兼程，马不停蹄地赶路，不到三天时间，就抵达陕西省委所在地云阳镇。此时，他俩经一路奔波，已是劳顿不堪，但是他们没有给自己一个喘息的机会，趁着夜色立马来到了省委门前。

哨兵问："天这么晚了，你们找谁？"

彭易乾回答说："找贾书记。"

哨兵又问："你们是从哪里来的？非找书记不可吗？"

彭易乾向前走了一步，一边将一封信递给哨兵，一边说："我们是从延安来。"

哨兵接过信一看，"贾拓夫书记亲启"，来信的单位是中共中央组织部。没有再问什么，把信还给彭易乾，指着院子里一座平房说："那间亮着灯的屋子就是书记的办公室。你们待的时间不要太长！"

彭易乾和王培伸一边答应着，一边疾步向着灯光摇曳的房子走去。

咚，咚，咚，敲门的声音很轻很轻。

"谁呀？请进！"

彭易乾轻轻地将门推开，说："报告首长，我们是从延安抗大回来的。"

贾拓夫立刻站起来，说："好，好，快进来，请坐。"

彭易乾将信和他俩的组织介绍信双手递给贾书记，说："这是我俩的证件。"

贾拓夫在拆阅信函的时候说："中组部已经告知省委了，你们谁叫彭易乾，谁叫王培伸哪？"

彭易乾和王培伸先后站起来，向书记敬了个军礼，各自又简单地介绍了自己的履历情况。

贾拓夫在闪亮的灯光下，仔细观察着两个年轻人的神色，从眼神和面容上还可看出来有那么一点疲倦和憔悴的痕迹。但从一进门就发觉他俩步履矫健，容光焕发，神采奕奕，不愧是抗大培育出来的学员哪！他给他俩倒满茶水，说："你们自愿要回家乡工作，好嘛！四亩地处于秦岭山中，是宁陕的一个小街镇，那里还没有党组织。彭易乾回老家，王培伸是旬阳人，也属秦岭山脉中的人，同彭易乾一起去战斗，也很适宜，人熟、地熟、情熟，是理想的立足之地。你们是从延安回来的，在那个偏僻又是我们重心的地域，你们的任务很繁重，不仅抓党的发展，还要抓武装的建设，适时开展抗日游击活动。你们要继续发扬艰苦的作风，励精图治，谋求发展。望你们在那里了解民情，团结群众，把脚跟站得稳稳的，把党组织做得强强的，在那里开辟一个朗朗乾坤。"

这时，王培伸向彭易乾使了一个眼色，两个人即而站起来，不约而同地敬了一个礼，说："首长，请放心，我们一定为实现共同的目标而去拼搏奋斗。"

贾拓夫高兴地点着头，摇着手，把他俩送出门外，郑重地叮咛了一句："以后有人去找你们，接头暗号是'陈贤才'，要记牢！"

彭易乾重复了一遍，说："首长，记住了。"

深夜，四周黝黑；窗前，一片光亮。

按照贾拓夫的安排，彭易乾和王培伸第二天早晨就来到八路军西安办事处报到，然后由办事处委派他俩回宁陕开展革命工作，并也告诉说，尔后的联络暗号是"陈贤才"。

彭易乾一回到家，父亲彭旭初高兴得直在堂屋里打转转，把儿子从头到脚打量了几遍，儿子长高了、结实了，像个大人的样子了。不过，他一知道儿子是在延安抗大受训过，心里充满了顾虑和烦恼，现在时局虽是国共合作，共同抗日，可国民党政府并不是真心实意地这么去做，而是暗地里在限共、追共、"剿共"。他又想到，当年红二十五军、红七十四师和陕南人民抗日第一军，曾在这个地方开展游击活动两年多时间，有些掉队或隐藏养伤的战士一经国民党发现，二话不说，当机立断，砍杀的砍杀，活埋的活埋，枪毙的枪毙，那种惨状，令人目不忍睹，心惊胆战。这儿子在抗大受训，是从共产党的心脏里走出来的人，八九不离十，估计是参加了共产党。他越想越提心吊胆，万一有个飞来横祸，有个三长两短，那怎么办？我虽然当过国民党保安团团长，今日他们又称是绅士身份，有点势力，有点功名，又能如何呢？到时，国民党恐怕也不看你这个面子，很可能造成家毁人亡的结局。

吃过晚饭，彭旭初让儿子把王培伸安顿歇息后叫到自己的房子，问："建候，你要给老子讲实话，你参没参加共产党？"

彭易乾暗暗地笑着说："爹，我只是在共产党办的抗日军政大学里学习过。"

"我问你是不是共产党员？"

"爹，我只是帮共产党解救穷人中的一员，你叫我咋说呢！"

"东扯葫芦，西扯瓢，所答非所问。爹问你，是为你和全家着想哪！到底是不是？"

"爹，你要问的，我心里明白就行，你就不要多思多虑，担惊受怕了。"

"爹再问你，那位旬阳的王培伸咋同你撕干到一块了呢？"

这一问倒使彭易乾想了好半会儿，自己民国二十二年到西安乐育中学读补习班，民国二十三年夏天考入西安民兴中学，民国二十四年又考入西安二中。抗日战争爆发后，同学们纷纷投笔从戎，弃文就武，有的考军校，有的上抗大，有的去参军，自己选择了到延安上抗日军政大学。怎么给父亲答复呢？前面的学习时间短不合适，于是说："爹，王培伸是我在西安二中读书时的同学，恰好同时上了抗大，是学友之情，没有别的。"

"听说抗大的学员大部分上前方去了，你们回到山窝里能进行抗日救国吗？"

"爹，你别操那份心了。我还不是为你老人家着想，年龄大了，身边得有个儿子孝敬你呀！如果上前线，很可能战死疆场，所以结业时，我才同老乡商议，下了这样的决断，返乡另谋出路。"

"能干啥事呀？"

"就不用你发愁了，凭你的威望不愁没有事干。现在，能不能给我的同学找个差事干干。"

"好吧，下来给你四伯求个情，看能不能安排一下。"

"爹，能不能在那座小学里当个老师？"

"也行，当老师也好。老爹已经上了岁数，无力再帮你办太多的事情。现在的世道乌七八糟，你可要自己管好自己，千万不要给爹添乱，找麻烦。"

彭易乾对四伯彭治安这位区长是了然于心。他尖嘴薄舌，阴险狡猾，对别人的话是两豆塞耳，听而不闻，但对国民党是忠于职守，绝无三心二意，想让他帮忙办点事，可能是隔山打斑鸠，白费功夫。彭易乾又想，找不找是我的事，帮不帮是他的事，必定还是一门子的四伯。如果他不帮忙，更说明这个亲情很淡薄，紧跟国民党，是死心踏地，反倒六亲不认，寡情绝义了。

离开父亲的房子，彭易乾又赶快进了王培伸睡的小屋，说："老乡，你在我家先住着，想办法找一份教书先生的工作来掩护我们的活动。你不要着急。"

王培伸脸面浮现若有所思的表情，说："最好不要时间太长，以免引起乡政府和别人的怀疑。"

彭易乾说："那倒是，我一回来，左邻右舍、村里庄外的百姓很好奇。这几天，借此机会你同我一起走访亲朋好友，了解群众情绪，做点统战工作。"

王培伸说："如果百姓要问我们底细，就直接告诉他们，是从抗日军政大学结业回来的。"

彭易乾说："直接讲，比掩饰的好，扩大我们在群众中的影响。再说，现在是国共两党合作抗日，我看他们还能把我们怎么样。"

经王培伸的提议，他们俩走出院子，走进了深夜，站在四亩地的旷野里。王培伸虽然生长在秦岭东段的南麓，但同身居此地比起来，有霄壤之别。这里的天空仿佛小了很多，天上的星星好像少了几颗；这里的山势险峻陡峭，重峦叠嶂，绵亘不断，更有几分奇峰怪石的感觉；这里的灯火，纵观起来是举目可数，但也有密集的地方，可想在繁衍生息的艰苦生活中，人们为了抗击自然和猛兽的袭击，也会相继地拥挤在一起，形成了一座人口稠密的深山小镇；这里的月夜、山林、草木、河流、房屋、庄稼，统统地沉睡在月光之下，宛若被朦胧的薄纱遮盖，半空中有星星点点的夜萤飞来飞去。

彭易乾觉得王培伸在想什么，打岔地问："你感到冷清寂静吗？"

这一问，倒让初来乍到、人生地不熟的王培伸难以找出一个合适的词句来。他想了一会儿说："通时达变，一个热闹红火的村庄就会出现在前边！"

这句话引得两个人开怀大笑，是啊，在这穷乡僻壤，为创我们共产党人的天下而去开拓一方疆土。

民国二十七年十一月九日，刘文彬和李开藩回到省委参加省委扩大会议。会场虽然陈设简陋，但会议的气氛很庄重、严肃。刘文彬和李开藩坐在第二排的中间位置，心情同与会同志一样激动，一边全神贯注、专心致志地聆听贾拓夫传达中国共产党六届六中全会精神，一边对一些重要内容做认真详细的记录。

同志们，中国共产党六届六中全会，于九月二十九日至十一月六日在延安举行。参加会议的有中央政治局委员十二人，党中央各部门和全国各地区的负责人三十八人。这是党的六大以来参会人数最多的一次中央全会。这次会议时间长，讨论的问题比较多，内容也非常丰富。在大会上，毛泽东同志作了题为《论新阶段》的政治报告及《战争和战略问题》《统一战线中的独立自主问题》的论述。与会同志一致赞同毛泽东对十五个月抗战的总结，抗战的经验证明，抗日战争是长期的，速胜论的主张毫无根据；抗战的最后胜利是中国的，悲观论或亡国论的观点是错误的；我们的战略方针，绝不是速决战，而应该是持久战；支持长期战争与争取最后胜利的唯一正确道路，在于巩固与扩大全民族的统一团结，在于力求进步，以发动全民族的力量，在于依靠民众以克服困难。

毛泽东同志对当前抗战形势作了科学的分析，认为中日战争的长期性将表现于战争的三个阶段之中，即敌之进攻、相持、退却，我之防御、相持、反攻。而目前的抗战，正处在敌由进攻、我由防御转入敌我相持的过渡时期。由目前过渡到敌被迫停止其战略进攻，转入保守其占领地，出现整个敌我相持阶段之时，还有一个斗争过程。我方须克服许多困难，用极大努力进行持久的战斗，在大量地消灭敌人的同时，保存和发展自己的力量。因此，全中华民族的基本任务应该是：坚持抗战，坚持持久战，巩固和扩大抗日民族统一战线，以便克服困难，增强力量，停止敌之进攻，实行我之反攻，以取得最后驱逐日寇出境和建立独立自由幸福的三民主义新中国的光荣胜利。毛泽东同志还指出："革命的中心任务和最高形式是武装夺取政权，是战争解决问题。在中国，离开武装斗争，就没有无产阶级和共产党的地位，就不能完成任何的革命任务。"又严厉批评了在抗日战争中出现的那种热衷于在国民党统治区搞合法运动的右倾投降主义思想和轻视游击战争的观点。指出："游击战争的广大性和长期性"是"半殖民地中国抗日民族战争的重要特点之一。""没有游击战争，忽视游击队和游击军的建设，忽视游击战的研究和指导，也将不能战胜日本。"要求"广泛发展敌后方的游击战争，建立和巩固更多的抗日根据地，缩小敌之占领地区，并配合主力军作战……"

最后，贾拓夫说："希望参加会议的同志们认真领会六届六中全会精神，进一步研究部署我们自己的工作计划，搞好党的发展，抓紧武装准备，广泛发动群众，团结一切进步的力量，以支援前方的抗日作战！"

当会议结束大家走出大门时，刘文彬兴致高昂，得意非凡地拉了一把李开藩，说："脑筋开化了，思路清晰了。明镜照心，水清见底。这么一听，眼前一下亮堂了！"

李开藩脸上堆满微笑，说："是啊，灯不拨不亮，理不辩不明，这下我们清楚如何去做了。"

他俩会心地点了点头，露出了心满意足的神情。

晚饭后，刘文彬和李开藩跟着张德生走进贾拓夫的办公室，一进门，贾拓夫就说："快请坐。七点半还要参加讨论，借这空隙时间，向你们告诉省委的一个任命。安康党的发展工作很快、很好，东南工委做了大量工作。但是，王力同志身份暴露，险遭逮捕，脱险回省委后不宜再主持工作。现在我代表省委宣布决定撤销中共东南工委，成立中共安康地委。地委书记由刘文彬担任，刘华和李开藩为地委委员。他们二人的分工，由地委研究决定，至于下步工作，遵照六届六中全会精神执行和省委的指示办理。扎实稳妥地发展党的组织，稳当可靠地抓好武装建设，为抗日的相持过渡到反攻阶段做好我们后方的准备。这无疑也是为尔后的游击战争谋筹军事力量。只要措置裕如，我们就会在非常时期处于积极主动的态势。还有什么事，可与德生同志谈一谈，好吧！"

刘文彬和李开藩离开省委时，张德生找他俩谈话，说："你俩在参加省委干部轮训班和中共中央组织部训练班的学习期间，安康各县都发展了一批党员，省委决定成立安康地委是非常及时的。刘湘卿虽然不能主持安康工作，有些工作可能会有联系。你们赶快回，中心任务是整顿和建立各县的党组织，扎扎实实地把抗日救国的活动搞好。"

当刘文彬和李开藩刚要走出省委大门时，恰巧见到了外出回来的刘湘卿，就在院子里谈这问那，谈笑风生，兴致勃勃。

刘湘卿特别问了一句："你们在延安，上没上宝塔山？"

刘文彬和李开藩不约而同地说："上了上了，去了三次。"

刘湘卿很有意思地说："那可是到了登峰造极的地步，你们的学问已达到了博大精深的程度。"

刘文彬谦逊地说："眼睛亮光了，但自己还没有领会透彻，处在平淡无奇的状态，还须刻苦钻研。"

李开藩接着说："学与不学，就是不大一样。去延安立志向学，通达事理，不是我们先前在这个深山里冥思苦想、向壁虚造而能彻悟出来的革命理论。"

刘湘卿望着刘文彬说："我离开安康时，各县都有我们的党员，数量达到一百一十多名。你们回去，进一步发展壮大党的组织队伍更有希望了。"

刘文彬一听得这话，猛然间感觉心情更加沉重了，这位自己的入党介绍人，也是我走向革命的领路人，又在一起共事那么长时间，现在要离开了，真的有些难舍难分，心里总不是滋味。他的声音不高不低地问："湘卿同志，哦，王力同志，你还有啥指示吗？"

王力发现他俩依依不舍的样子，鼓励说："你们担子很重，我相信一定能够完成好省委赋予的重大任务。现在很快回去抓起工作，要把握客观条件，做到谋无遗策。愿你们旗开得胜，马到成功！另外，路过石泉了解一下，兴师学生自治会主席、中华民族解放先锋队分队长罗时佶，如果没有发现与国民党县党部有往来的话，可发展他为党员。还有一点，就是都要注意保护自己，这也是保护革命进程的安全，千万不可大意！"

刘文彬和李开藩几乎同时在说："王力同志，请继续关注我们的行动，支持我们的工作。"

王力坚毅地说："理所当然，不容置疑，放心吧。我也许还会奔赴秦巴山履行巡视的职责。"

刘文彬和李开藩紧紧地握着王力的双手，说："我们盼着哪，更望你及时给我们带来延安的声音和消息。"

离开省委院子时，王力言之再三，要深厉浅揭，可不要生搬硬套，走好秦巴山路的那句话，在刘文彬脑子里盘旋了很久很久，真是真知灼见哪！他放眼一望无际的关中平原，觉得我们的秦巴山虽然不是那么辽阔、平坦、一马平川，但是山水相依，层峦叠嶂，奇石嶙峋，气势磅礴，威武壮观。我这个土生土长的大山之子，总算出了一回山，有人一辈子连个县城都没有去过，真幸运。当然，又遇上了一个千年难逢的好人，也可以说碰到一个极好的机会，是共产党领导的革命队伍，正以摧枯拉朽之势，拯救一个满目疮痍、破烂不堪、灾难深重的中国。机会加幸运，就看自己的奋斗了。眼下又要回到家乡，重走坎坷不平、迂回的那条山路，这是一条宽阔而漫长的革命大道。他对李开藩说："这回我们再去走从前走过的路，就大不同了。"

李开藩悟出了这话的深刻含义，心领神会地说："革命的路是曲折的，只要我们勇敢地去排除一切艰难险阻，就一定能够走得顺利，取得事业的成功。"

刘文彬说："好，讲得好，秦巴山的明天正在等着我们回来。"

他俩会心会意，击掌而笑。

进了丰峪口，疑似在云里雾中行走，飘然上山，过了一阵子，又顿然下坡，峰回路转，令人莫测。

一走进四亩地，刘文彬就发现这里地势从缓高处向低洼之处依次展开。水往低处流，一条小溪流过那座财神庙，让家家户户堆金积玉；人往高处走，与山相依的坡地安卧一座断壁残垣的古城堡，给人一种残破荒凉的感觉。其间，耸立一座老门楼，仿佛不时地在考察人来人往的行迹动向。凝眸远望，河谷开阔，稻田片片，林冠相连，绿海浩瀚，犹如"小江南"一般。刘文彬兴趣盎然，说："开藩，这个地方并不是令人想象的那样，心里没有一点压抑感。"

李开藩的心情也很舒畅，说："山明水秀，景致旖旎哪！"

刘文彬若有所思地说："这块儿钟灵毓秀，难怪组织指示我们首次出发必须到这个地方呢！"

李开藩嘿嘿一笑，说："就是那个'陈贤才'嘛！"

刘文彬一边说着话，一边来到一家面馆。一看生意蛮红火的，来这里吃热面皮、甜酒汤圆、炸麻花和油饼的人络绎不绝。

年轻的女老板一见来了两位未曾见过的客人，笑盈盈地走向前打招呼，问："客官，想吃点啥？"

刘文彬早就想吃家乡的小吃了，回答说："两碗热面皮、两碗甜酒汤圆、两根麻花。"

李开藩的口水几乎流出来了，直点头没说话。

女老板示以礼节地说："请到屋里坐。"接着，听得脆生生的声音向跑堂的喊道，"看好了，两碗热面皮、两碗甜酒汤圆、两根麻花，请客官享用！"

刘文彬一边吃，一边想到，好久没有吃过这样的饭了，虽然是一顿再简单不过的家常便饭，但是胜似水陆毕陈，丰盛可口。待用餐过后，刘文彬正要收拾碗筷时，女老板眼明手快，阻止说："谢谢客官，我们自己来。"

刘文彬脑子转了一个弯，问："老板，你知道彭家院子吗？"

女老板面带笑容，反问道："彭家院子有好几个，你找的是哪家？"

"有一个叫彭易乾的，你知道不？"

"知道知道，彭旭初的大少爷，他家的院子大些，前个时到北边去了，才回来不几天。前天还来这儿吃过一次面，这人很活泛，能同下苦的人合得来。"

"嘍，嘍，这还没去过，咋走呢？"刘文彬带着疑惑的口气又问道。

女老板站在面馆前伸手往老远一指，说："朝着前面端走（方言：直走），再往左拐就是一座院子，那就是彭易乾家！"

望着是很近的路程，但走了好一阵子才到山脚下的那座很有气魄的院落前。还没有去打问，从院门里走出一个人，打远就喊问："你们做啥子的？"

刘文彬一看，这个人中等个儿，粗壮结实，衣着讲究，一口四川口音，便回答说："我们路过这里，找彭易乾。"

"是他么子人？"

"是西安的同学。"

"找他做啥子？"

"到安康没钱了，借些盘缠，你尊姓大名，请告知一下，好吗？"

"要得要得。本人叫何子强，这就去。"

不大一会儿，跟着何子强走出了一位比他个子稍猛一点，步伐稳健、风流潇洒的人。见面就问："你们找谁呀？"

刘文彬立刻答道："找同学呀！"

何子强插言说："这位就是彭易乾。"

彭易乾一时感到莫名其妙，但很快就想清楚了。当着何子强的面说："你们这打扮，让同学认不出来了。"

李开藩连忙说："是啊是啊，过了两年多都变了，变得可真快！"

彭易乾催促何子强去准备茶饭，走后便问："你们找谁？"

刘文彬回答："彭易乾。"

"我不是彭易乾。"

"是陈贤才吗？"

"贤才至此，成就千秋大业。你们是？"

刘文彬递过省委介绍信，说："我叫刘文彬，他叫李开藩，都是岚皋县的小学教员。易乾同志，这次来这里是商议建党事宜。"

彭易乾一见自己人来了，喜出望外，把信还给刘文彬，说："我回来时，省委领导交代过会派人来联络，很及时。眼下，你们就以同学的名义住在我家，开怀畅谈吧！"

刘文彬毫不推辞地说："那只有这样，只是给家里添麻烦了。"

晚饭时，彭易乾叫来王培伸，相互作了介绍，并一同进餐。饭罢，天已经擦黑了，他们出去欣赏了一番深山夜景又回到房子。彭易乾赶快点油灯，沏清茶，四个人围在一起，谈天说地，讲古论今，其乐融融。

刘文彬好奇地问："这地方为啥叫四亩地？"

彭易乾说："这可追溯到一千三百多年前。听人讲，在唐朝武德年间，有一陈姓的富豪人家搬迁到这个地方居住，修建了一座占地面积四亩地的城堡。为抵御土匪的劫扰，垒筑城墙，扎兵守护。四亩地的名字由此而得。"

刘文彬说："来时看见了，已经破败不堪，荒芜一片。"

彭易乾又解释说："几年前，匪首王三春从川北经紫阳，过石泉到达宁陕四亩地。群匪将城堡围了三天三夜，不得破城。最后，把棉花放在桐油里浸泡，再稍加拧干，并撕成一条一条地裹在箭头上，准备妥当，只听一声号令，同时点燃棉花，一刹那，万箭齐发，城门燃起了熊熊大火，匪徒们乘机而入，烧杀掠夺，抢劫一空。此后，陈财主走出了秦岭，据说到了广州，他又发财了。后来还派专人到四亩地犒赏受伤的士兵和友好的邻居。城堡当年的气势雄影虽然不复存在，但是，雕梁画栋、朱门绣户的踪迹依然显现它的神秘。这是历史的见证。"

刘文彬说："这种见证，正在憧憬着美好的未来。"

大家一齐笑了，笑得很开心。

彭易乾收住了笑声，说："是啊，我们党领导的红军，为实现崇高的目标，也曾在这块土地上战斗过。我收集了翔实的资料。"

好，那你就讲给我们听听，这也是坐拥雄山之地，偎炉蘸火嘛！是啊，是啊！

彭易乾口若悬河地讲起了红二十五军在秦巴山战斗的历程。

民国二十三年十二月初，红二十五军在徐海东的率领下，由河南方城县境进入陕西省东南部开辟游击区。八日，在商南的三要司向守敌发起猛烈进攻，全歼陕军第四十二师第二四八团第三营。十日，红军侦察出敌六〇师企图围攻的动向，借敌立足未稳的时机，在庾家河进行了英勇顽强的反击作战，毙伤敌八百余人，敌三个团弃甲曳兵，狼狈而逃。

红二十五军的军事行动如此勇猛迅速，同敌人的作战节节取胜，是南京政府没有预料到的，又闻知部队受到重创，感到惶恐不安。虽然如此，但没有指责部下作战不力，倒显得镇定自若。

蒋介石拿起桌上一份电报，一边急阅，一边喃喃自语，仿佛有点训斥的口气："娘希屁，笨蛋，无能！"

他刚放下电报，魏席儒又送来一份甲级电报。于是不紧不慢地问道："什么内容？"

魏席儒一动不动地站在那儿，回答道："陕西告急！"

"念！"

"徐匪部进入陕东南，在雒南、镇安、旬阳，湖北郧西、河南卢氏等地域活动，我部队常遭突袭，多名乡长、保长、绅士被毙，又建农会又分地，事态危急，是否派重兵回击？"

"几个匪贼，竟然如此疯狂猖獗。立即回电：令西安绥靖公署杨虎城主任，调配重兵，竭尽全力，对匪贼实施'围剿'。"

"是！"

"回来。又及：对匪贼格杀勿论。对围剿不力者，以国法严惩！"

"是！"

杨虎城接到命令，立即召开公署会议，研究部署"围剿"的实施方案。会后，他又思虑好一阵子，一心想要做到谋无遗策，决定坐镇前沿，亲自指挥调集的四个旅和一个团的兵力，企图全部彻底地消灭红二十五军。民国二十四年一月下旬，陕军第一二六旅进至镇安城以东、以南地域，直接逼近红二十五军。红二十五军采取争取主动、迂回击破的军事战术，由山阳同郧西两县的交界地域，转移至柞水城以东，出其不意地出现在敌人的侧背之后。二月三日，在柞水县蔡玉窑歼灭敌人一个多营，五日，在蓝田县葛牌镇以南歼敌两个多营。其间，杨虎城命令驻蓝田、商县、山阳守军一个旅又一个团的兵力分路增援葛牌镇。红二十五军侦知此情报，立即撤离葛牌镇以南地区，迅速转移至郧西地域，稍加休整后，于二月二十三日，以迅雷不及掩耳之势向西进发，经旬阳县小河口、安康县叶家坪、汉阴县境进入宁陕县的火链砭，占领太山庙区公所。二十七日，一举攻克宁陕和佛坪两城。在宁陕镇压了恶霸地主杨锡玉等人，将大财主廖金元等五家的财产分给穷苦农民，百姓欢呼雀跃，奔走相告：红军来了，穷人有救了，苦难的日子该到头了。

杨虎城不间断收到西进红二十五军接连攻破宁陕和佛坪城的情报，心神不定，如坐针毡。但他并没有大发雷霆，反而表现出一番平心静气的样子，立即命令警备第二旅旅长张飞生率鲁秦侠、沈玺亭两个团尾随追击。接着，他急速赶到宁陕关口，在袁子修的大院子里设立前线指挥部，指挥督战警备第二旅、陕军独立第一旅、陕军第一二六旅"围剿"红二十五军。

山雄水秀，云涌雾罩。在密林深处，熊猫、金丝猴仿佛好奇地观望着刚搭起来的简易茅草棚。它们却不会知道这棚里热气腾腾、情绪激昂的那种活跃的氛围。这就是红二十五军的临时指挥所，在研究下一步的行动方案之后，徐海东站起来，挥着手说："同志们的意见都很好。我们面对强大的敌人，要勠力同心，同敌人英勇作战。这次，我们采取诱敌深入的策略，分断切割的办法，佯装撤退，埋伏在洋县的两山之中，打他个伏击战。"讲到这里，他望着大家心情非常兴奋的那种劲头儿，又叫着二二三团团长布置起任务："强卫华，会议结束后立即去老百姓家买三口破烂的锅和不能用的配用炊具，部队出发后，分段丢在我们走过的路上。听清了吗？"

强卫华大声回答道："军长，听清了，下去立马办理！"

徐海东又叮咛说："老百姓那些炊具虽然不能用，但也是他们的财物，一定要给钱，千万不能白拿呵！"

强卫华说："不拿群众一针一线，这是纪律。请军长放心，一定照价付款。"

徐海东望着茅草棚，说："我们离开时，派几名士兵把它拆了，将好木头送给老百姓，再把这里搞得凌乱些，撕碎一份假文件，丢落在棚地上，以示我们仓促而离。"

强卫华领悟其意，说："军长，明白了，一定照办！"

会议结束，他们有说有笑，高高兴兴、精神奕奕地告别了这座茅草棚。

那几只熊猫、金丝猴依然坐在半山腰，没有走开，始终盯着从草棚里走出的那帮人，又蹦又跳，好像是在欢送寻访山高林深的客人。

强卫华走出不多远，回过头，凝眸眺望，发现几只金丝猴、熊猫在半山腰里来回跳跃，说："你们快看，那里有几只猴子！"

徐海东顺着强卫华所指方向望去，不仅看到了金丝猴、熊猫，而且离它们旁边不远的山林里还有两只羚牛在慢悠悠地走动，于是说："轻声点，不要让它们受惊！"

强卫华向那深山宝贝疙瘩不断地摇着手，好奇说："打扰了，无言的朋友。再见！"

四亩地前线指挥部，杨虎城在悬挂的一张地形图前给部属们部署如何从西安、汉中、安康方向"围剿"红二十五军的行动方案。

"报告！"

"进来！"

"报告总司令，张旅长送来一封急件。"

杨虎城接过信，撕开封口展阅："我军压境，匪贼探知，昨日傍晚之时，拆毁指挥所，焚烧文件，沿宁陕四亩地和佛坪茅坪一线，向洋县华阳镇方向逃窜，沿路丢甩锅碗瓢勺、粮草被服。我军是否进击追剿。请指示！"他指着地图，又回过头来，问："军情可靠属实吗？"

"我亲自参加侦察，确凿无误！看来，匪军不顾一切地向西而逃。"

"会不会是一种假象呢？"

"他们连吃的、穿的都丢了，走得非常急火！"

"这么说，红帽子真的是丢盔弃甲，狼狈而逃了。命令警二旅立即出发，火速追剿；汉中独立三团开往洋县华阳镇以西，前后夹击进行堵截；第一二六旅进入佛坪东南予以配合，以全部消灭之！"

张飞生接到紧急之命后，站在属下面前哈哈大笑，却没急着说出心里的想法，同匪军在柞水、蓝田、镇安等地进行过多次交战，虽然双方有些伤亡，但没有决一胜负。这次明明是匪军怯战而逃，他们那种流寇之帮，和我们正规军比起来相去甚远，还痴心妄想，哪有取胜的本钱。他挥着手，摇着头，一副傲睨自若、目空一切的样子，对鲁秦侠、沈玺亭喊道："匪军没有那么可怕，我们不止一次同他们打过仗，把他们打得由北向南，再由南折回向西，像赶坛子一样骨碌碌地转，无目的地乱跑。现正遇立功受奖之机，你们要再鼓勇气，继续追击，务将徐海东部队彻底打垮，以至全部歼灭！"于是，率领两个团的兵力向洋县华阳镇方向开进。

一路上，进军较顺利，没有受到徐海东部的阻击，在行进中抓了几个民夫，为他们挑背拾到的所谓战利品。

张飞生显得趾高气扬，得意忘形，命令道："部队全速前进，追击徐部！"

"报告旅长，先头部队遇小股匪军阻击，已击溃，全部跑到山里去了！"作战参谋报告说。

"还有啥动迹？"

"匪贼甩的粮食和衣服越来越多。"

"把这些东西收拾起来，看来徐部是精疲力竭了。现在我部队处在啥位置？"

"很快接近华阳镇的石佛寺，还有十里路。"

"需多长时间？"

"一个钟头。"

鲁秦侠有所疑惑："会不会有诈，再侦察一下。"

张飞生不愿听这样的话："兵来将挡，水来土掩，怕啥！"借晚霞举起望远镜观察，没有发现山谷两侧的山林和草丛里有什么特别异常。除了行军的自己，整个连绵高地寂若无人。命令道："继续前进！"

此时已是深夜，夜色黑蒙蒙的，树林黑乎乎的，山谷黑魆魆的，偶尔从远山里传来零星的枪声。

张飞生带领手枪连行进在队伍中间，向四面八方观望了一阵子。突然向前后传令说："停止前进！"又喊道，"戴副官，带一个班侦察前方动静！"

"是，司令！"戴副官立刻领了一个手枪班跑步出了前进的队列，向前边的路上飞奔而去。

侦察班跑了一阵子，啪啪地向浓黑的密林里放了几枪，不见任何动静。立即又返回报告说："司令，前面未发现异常！"

张飞生问："先头部队呢？"

"在前面五百米，很正常，待命出发。"戴副官报告说。

张飞生将手枪一挥，说："归队！传，继续前进！"

敌军追击的主力部队沿石佛寺旁的山路挺进，长达两里路的样子。

隐蔽在这十里沟壑两旁无名高地的红二十五军将士们屏住气，悄无声息，甚至连自己咽口水的声音都听得出来，圆睁怒目，死死地盯着来犯的敌人。

"团长，来了！"

"看见了，让敌人进入我们的鼻子下再打！"

敌人越走越近，已经全部进入伏击的地域。

强卫华举起枪，愤怒了："给我狠狠地打！"

子弹如雨点般落在敌群里。这军情的突变，使敌人猝不及防，纷纷倒在了山谷里，霎时，血液染红了小溪。

敌人一胖胖的军官挥起枪，大喊大叫："赶快躲在山脚下，给我顶住，有力还击!"

石佛寺的枪声一响，埋伏长达十里的红二十五军各个小分队，几乎在同一时间向敌人迅猛开了火。敌人被切割成一截一截，首尾不接，联络中断，指挥失灵，乱作一团。

张飞生一见士兵们扭头往河谷、山林里逃散，怒气冲天，飞快地跑到他们面前大喊大叫："党国的士兵如此胆小如鼠，回去，快给我冲！勇者，每人赏十块大洋！"就在嘶叫中，他的副官和警卫中弹身亡，自己的左臂被飞来的子弹击中。他摇晃着身子，摸着被染红的衣服，也许是求生的缘故，把手上的血往脸上一抹，顺势倒了下去，随即拉过警卫的尸体半遮在自己的身上。他的眼睛睁开一条缝，身边尸体堆积，血流淹地。一队一队的红军端着枪打扫战场。

"缴枪不杀，优待俘虏！"

一名红军战士摸着一个士兵的鼻子，喊着："还装死呢，起来，不要你的命！"那士兵一骨碌爬起来，跪在地上连声乞求："饶命啊饶命，长官，我也不愿意打仗啊，长官，饶命啊！"接着被押走了。张飞生看得清清楚楚的，于是，紧紧地闭上双眼，屏住呼吸，躺在地上，不动弹，可心里在想，我也是一名没有阵亡的尸体。战场清理完毕，强卫华向徐海东报告说："军长，这次伏击战击溃敌两个团，击毙和俘虏六百多人，缴获大批枪支弹药，还有我们有意丢下的那批粮草和衣服。"

徐海东高兴地笑了："嗄，这么多呀！我说嘛，我们甩的东西，让敌人收拾起来，给我们保管几天，终将会收回来的，还不给他们保管费，而且换回了伏击战的重大胜利！对逃跑的人，不要恋战，要不失时机地撤离石佛寺地域！"

将士们神情怡然，一听军长这一番风趣的话语，个个开怀大笑，以庆贺战斗的胜利。

侦察员报告说："军长，敌独三团从华阳镇向我方逼近！"

徐海东收住微笑，命令道："强团长，派一小分队去干扰阻击，速战之后，我军迅速撤离挥师东进，让敌人扑空吧！现在是这样，粮秣衣被送给老百姓，武器弹药配送给华阳游击队。抓紧办理！"

强卫华说："是，军长，立刻执行。现在又有回家的几名警二旅士兵要回来当红军，是否收留，请指示！"

徐海东微笑着说："是穷人娃嘛，真想转了，就按想转了的办。敲下的钉子，定了！"

强卫华刚走了几步，又折回来，说："军长，对他们怎么个编法？"

徐海东想了一会儿，说："问清底细，讲清道理，分别编入各班，不要歧视他们哟！"

强卫华说："是，军长，一定给各连排交代清楚，不会的，他们也是穷苦人嘛！"

徐海东挥挥手，说："那就对了。城隍庙里朝观音，走错了门，走回来就是了嘛！"

强卫华笑了："军长，城隍庙里没有观音哪！"

徐海东也笑了："那是那是，有一城之神，我们可没有在城里啊！"

天快亮了，红军战士押着一队队俘虏，回到营地。

早饭的时候，俘虏们个个心有余悸，惊魂未定，虽然没有虐待，但不知红军咋样处置自己。就在这当儿，只听一位指挥员喊道："被俘的警二旅弟兄们，跟我走！"这时有一名士兵一听，恐怕是集体枪毙吧，腿一软倒在了地上，直打战。

指挥员问："你咋啦？"

"我害怕，我害怕！"那士兵哆嗦着说。

指挥员过去把他拉了起来，笑着说："不怕不怕，你打我们时，怕过吗？现在还怕啥！走，领你们先去换衣服，然后吃早饭。"

这士兵一头爬起来，说："长官，我悟错了。"

指挥员还是那样笑着："我明白，不要再说了。"

俘虏们换上了干干净净的衣服，个个都精神起来了。他们被带到一口大锅旁边，每人给发了一件餐具，每人给盛了一碗干饭和一盘萝卜缨子炒豆腐，每个人的眼里露出了微笑。他们看着红军战士在后边排着队，等待打饭，忽然从被俘队里走出了一个人，直往红军战士后边走去。

指挥员喊道："不要随便离队，咋啦？"

"先让长官们打饭，我们放后面吧！"

"好了，好了，你还是回到你的队伍里，叫啥名字？"

"陈前友。"

"哦，我理解你的意思。"

陈前友没再说什么，一声不吭地又回到队伍的前面，对着老乡邓明新和陈文芳轻轻地说了一声："红军就是不一样啊！"

饭后，他们整整齐齐地站在草地上，一名干部走到队列前说："我是征求你们意见的，凡是连长以下的人员，愿意参加红军的，我们欢迎留下来；想回家的也不强求，我们发给路费回家。留的举手，站到左边；回的原地不动。"

这时，有一名女战士走到陈前友面前："你呢？"

陈前友随声举起拳头，说："我要参加红军，参加穷人的队伍。"

"番号？"

"手枪一连的。"

"出列！"

大家一见陈前友杠杠地走出去了，邓明新、丁光明、党家德、陈文芳一些老乡接连不断地举起了手。他们向前走了一步，便从警二旅这个先前的靖绥军走进了红军的队伍。那陈前友被编在侦察排，发给每人驳壳枪一支、洋毯一条、水壶一个、牛肉面一袋。全排五个班，每班有七人、有八人编制，共有四十余人。女战士就有三十多名。他所在的这个侦察班，就是那个指问他的女战士，叫张明军，是这个班的班长。她领导着五名女兵和两名男兵，分头出没乡里城镇侦察情报，以干扰敌人行军路线，引诱敌人进伏击圈，给予歼灭性地打击。他们大多数是从鄂豫皖过来的老战士，有经验，守纪律，革命信仰坚定。有一次，他们班的侦察员回来，告诉了一个非常悲惨的消息：一名红军女战士下山执行送信任务，被敌人抓住了，她把密信吃进了肚子里。敌人边打边问："你为什么要参加红军？""为了打富济贫！"敌人又问："你替共产党死了亏不亏？"她大义凛然地说："不亏，有什么亏的！受苦地活着，不如为解救受苦的人而死，倒是安乐和享福！"敌人无奈地问："看你笨不笨，为他们卖命，划得来吗？"她讥笑地说："口口声声讲别人愚笨的人，他们未必聪明。我们是心灵手巧，绘制一个锦绣的中国！"敌人莫可奈何对她实施"放炮"的酷刑。这就是挖一个一尺多深的坑，把头按入坑内，然后用泥土夯实，不多时双腿自动竖起，爆腹毙命。多冷酷、多残暴、多狠毒啊！那位红军女战士面不改色，挺胸昂头，大步走上前，慷慨赴义，多壮烈啊！大家听了以后，紧握拳头喊道："多消灭敌人，为牺牲的战友报仇！"

张明军镇定地说："我们的共产党人，我们的红军，撒下的种子是杀不绝、铲不光的。我们要把愤怒和仇恨化为战斗的勇气和力量，为我们即将向北撤离而做好战斗准备！"

陈前友站起来动情地说："咱们秦巴山的汉子，麻油炒豆渣，不惜代价！指到哪儿打到哪儿，打则必胜！"

大家拍手叫好，使他的叫声被淹没在银铃般的铿锵声之中。

回头再说装死的张飞生，这时感觉黑夜太长了，侧耳细听，没有听到四周有什么动静，才慢慢地睁开眼睛，观望了一阵子便撑起身子坐在地上。不大一会儿，他勉勉强强地站起来，一摇一晃地向山坡下的一家农户走去。实际上，这家农户在打仗之前就被红军战士转移到安全地带，柴门紧锁，无法进屋。他便一屁股坐在门前的石磴上，发起愁来。正在此时，他突然发现前面有几缕手电筒的亮光在返回的小路旁边的地上晃来晃去，这是自己撤回的士兵，他们像是在寻找什么。他觉得幸运之至："我在这儿哪！"

听到这一喊声，三五成群、东倒西歪的士兵朝着那座草屋拥去。士兵们一见自己的旅长左臂受伤，还在不停地渗血，什么话都没说，三三两两地连扶带拉，背起他就往回跑。

杨虎城接到前线传来的警二旅"围剿"行动失利的消息，坐在指挥部，一副愁眉不展的样子，连副官们也难以接受这样的事实。他清楚地想到，这不是编造的谎言，而是实情所在。骁勇善战的警二旅，一下子被打得七零八落，成了残兵败将，完全失去了战斗力。

正在这时，张飞生由两名士兵护卫着，跟跟跄跄地走进了指挥部。左臂挂在绷带里，弯着腰，哭丧着脸，有满腹苦楚无法倾诉。他的眼睛无法直视上级，有气无力，弱不胜衣，只用最简单不过的一句话来指责自己："总司令，飞生向您请罪，向党国道歉！"

杨虎城看到张飞生垂头丧气的样子，赶快走到他的面前，轻轻地拍着肩头，问："伤情咋样？"

张飞生还是没有抬头，回答："做了简单的治疗，血止住了。"

"抬起头来，胜败是兵家常事。莫要一蹶不振，重整旗鼓，对部队更要严加整顿，还有东山再起的时候，以将来的'围剿'成功，答谢党国。"

"谢谢总司令不追究之恩！"

"现在你先去医院养伤，痊愈后再回部队。不过，你得拿出一个整治部队的计划，先责成副旅长指示，让鲁秦侠和沈玺亭执行。"

"感谢总司令的关怀！"

就在杨虎城同张飞生谈话的时候，强卫华带领部队昼夜行军，敌人并未发现红军已进入宁陕的东江口地域。待到敌人发现后，立刻组织兵力阻击，被红军不费吹灰之力歼敌两个连，缴获一大批枪支弹药，红军没有伤亡。接着，红军闪电般地继续向东迂回，使敌人晕头转向，摸不着是怎么一个军事行动。

张飞生回到部队不久，警二旅调关中担任守防任务。没过多长时间，杨虎城免去其职务，随即任命孔从周为警二旅旅长。

讲到这里，彭易乾仰望天空悬挂的北斗星，抒发自己的情怀。红军艰苦卓绝、转战东西的壮举，在我心目中扎下了深深的烙印。我也是红军播撒下的一粒种子。她激励我坚定不移，毫不动摇地投考延安抗大，接受教诲，坚强信念，一心抗日，拯救中华，救济天下，安抚人民，始终不渝地为实现共产党人的最终目标而奋斗，这不会改变的。

刘文彬和李开藩听得津津有味，不觉感到，我们都是红军在秦巴山进行军事斗争中点燃的革命火种。

刘文彬、李开藩、彭易乾、王培伸吃罢早饭后，来到蒲河边，一边走，一边拣石头甩漂子。刘文彬观望了一下周围的地形，说："就坐在那块大石头旁吧！"

其他三人也跟着走去，刘文彬选了两块奇形怪状的石头，拿在手中向他们示意地碰了碰。大家全明白了，于是都选了两块怪模怪样的大小不一的石头。坐下来后，把这石块放在自己的身边，防止万一有人来到这儿，也好有一个掩护的说法。

刘文彬说："我们开简短的会。你们先谈谈情况吧！"

彭易乾心里有底地作了汇报："我回来虽然时间不长，但是对家乡并不陌生。回来后，同培伸一起访问了几家穷苦农民，他们对红军印象很深，愤恨国民党的苛捐杂税，不满国民党的基层官员，这里有很好的群众基础。在组织方面，也掌握了三名发展对象，但还要经过一些考验。在武装方面，我五叔彭绳武任国民党常备队的队长，有六十来条枪支，想通过任区长的四伯彭治安任这个职务。大概情况就是这些。"

刘文彬又问王培伸："你呢？这里熟吗？"

王培伸回答说："我只是配合易乾工作。这里的人心向背，是十分明显的。我新来乍到，还是人生地不熟的，不过很快就会进入状态。"

刘文彬问李开藩："你有啥讲的？"

李开藩说："你讲吧！"

刘文彬说："你们回来时间短，做了不少扎实的事情，这是很好的。根据党中央六届六中全会的精神，省委指示，我们当前的主要工作是建立党组织，掌握一批武装力量，组织游击队，配合抗日由防御转入反攻阶段时抗击日本侵略者。另外，你们一定要注意联系寻找掉队的红军战士，他们有经验，以便共同开展革命斗争。现在我宣布，建立中共宁陕县四亩地支部，彭易乾任支部书记兼负责组织工作，王培伸负责宣传统战工作。支部隶属中共安康地委领导，你们要遵照省委的安排，从实际出发，实事求是，既讲原则，又要灵活地进行工作。"

彭易乾当即坚毅地说："坚持原则，灵活机动，完成党赋予的任务！"

他们这一天，虽然挨到了入冬来的第一次严寒袭击，但是，这个担当历史使命的会议使得各自热血沸腾，心潮澎湃，倒感觉是坐在夏天的阳光下，眼前暖和多了。

这个夜里，刘文彬同彭易乾一起聊天时，刘文彬冷不防问道："何子强怎么样，你详细说说。"

彭易乾滔滔不绝地讲起何子强的身世和来历。

何子强是孤身从四川来到四亩地，二十五六岁，是一个老实巴交的农民。来这里靠干苦活养活自己，背过木枋，做过生意，还给我家扛过木料，我才知道他叫何子强。我父亲说，这个娃精干有力气，也很灵活。那一年的夏天，人称西河"彭大王"的彭世开把他捉拿，栽赃陷害他是抢劫一富户人家财产的土匪，决定枪毙。

无巧不成书，适逢此时我父亲来到西河，发现在一根粗大的木柱子上捆绑了一个人。他走近仔细一看，才辨认出是那个老老实实干苦活过日子的何子强，于是，立即去找彭世开。他一见我父亲到了，老远一边迎一边喊："团长，你可是个稀客。你这一来，我的前堂后屋蓬荜生辉啊！"

彭旭初仰头大笑："那倒未必如此。"他站在门前没有进门，又问道，"那柱子上捆的是谁啊？"

彭世开回答道："叫何子强。"

"犯了啥王法？"

"吴家院子遭劫，有人检举是那个四川背木枋的人干的。"

"抓到真凭实据了没有？"

"没有。有人猜想，前几年不也是叫个王三春的土匪，从那边到四亩地把陈财主留下的古城堡烧杀掠夺一空吗？再说，方圆百里哪有人敢干这种事。"

"从那边来的人都会干这事吗？这话简直是无稽之谈，还以为是抓人的理由。他是我认的干儿子，你怎么看成是土匪了？"

"我没听说你有这么个儿子。他也没供出是团长的干儿子。"

"是我前不久过四川时认的干儿子。子强没承认，证明这娃子聪明，一是怕给我丢面子，堂堂的团长干儿子被捆，而且要枪毙；二是怕我生气，使你彭世开'彭大王'吃亏。"

"彭团长，既然如此，我就把他放了。真对不起，请你包涵！"

他是你的干儿子吗？看放了以后他怎么做！彭世开心里暗暗地想着。

"以后出了事，没查清楚就不要乱抓人，冤枉了人，会惹出大乱子的！"

"彭团长，你讲得对，我这个人性子急，才做出这桩不灵光的事情。"

"千万不能拿人命开玩笑！"

彭世开一个劲儿地摆手："赶快，放人！"

何子强在被解开绳子的那一刹那，回首一瞅，见过来让放自己的那个人，我给他家背过木料，但并不知道他当过团长。他为么子要救我呢！救了就救了，还要问个么子呢！

"去吧！你干爹来接你了。"

彭世开眯起眼睛，一直盯着何子强放了以后的一举一动。

何子强一听，随机应变，立刻跑到彭旭初面前，泫然泪下，扑通跪在地上，说："干爹，让你操心了，感谢你的养育之恩，干儿不孝，让你受辱了。"

彭旭初扶起何子强，说："子强，过去了就过去了，不要计较。咱们回家吧！"

何子强听懂了："好，回家。"

彭世开一看这番亲情，点了点头，大概是表示认可，又呲嘴弄舌，自言自语，不知说了一些什么。

何子强到四亩地，就在我家吃住和干活。我父亲当保安团团长时，安排他在团里做事，之后又任命他任保安队队长，还给他找了媳妇安了家。我从延安回来后，他对我更好了。他对我啥话都说，我讲啥他都听得进去。而且向我提过，没文化不好，能不能想方设法送他到抗大去学习。我给他说，一有机会，一定让他去抗大深造。

彭易乾最后说："何子强一是可靠，二是当过兵，会打仗。搞武装斗争，没有这号子人才是不行的。"

刘文彬毫无疑义地说："你这种想法是完全正确的，符合上级的精神。明日一早，我们去石泉以后多加联系。"

彭易乾说："请组织及时给予指导。"

天还没亮，刘文彬和李开藩就起程了。

彭易乾叫来何子强，给他俩介绍说："这就是何子强，天还黑，让他送一程。"

刘文彬推辞地说："不用了，两个人走路怕啥！"

彭易乾说："黑天摸地的，还是送一段路好些！"

刘文彬说："谢谢你啦！"

当他们深一脚浅一脚走进黎明前的黑夜时，彭易乾又叮咛地喊着："等天亮了，你再返回啊！"

何子强应声道："知道了，请放心！"

俗言道：冬至过，地皮破。刘文彬和李开藩一踏进石泉县城，倒觉得还不是如此，比秦岭间的四亩地暖和多了，不至于是头九二九、相逢不出手那种状态。快要落山的夕阳映照在缓缓流去的汉江水面，碧波渺渺，城南与汉江之间仿佛堆砌而成的天然防洪堤，赤石嶙嶙，令人目不转睛。

他俩穿过一条小巷子，来到东西走向的大街上，随着来来往往的人群，便朝着西关走去。他俩左寻右找，终于在八十九号的房子门前停住了。

刘文彬好像是在自己问自己："这里没错吧？"

李开藩说："我的印象就是这个门牌号。"

刘文彬抬起手，正要敲门的时候，门咯吱一声开了。

夜色朦胧，谁也没认清是谁，大家愣了半天。董明钦才开口："是老同学呀！差点没认出来，快进屋。"

刘文彬说："天黑，也难怪呀！"

进屋坐定，才面面相视。董明钦也不相信自己的眼睛，说："半年没见，两位同学，变得这么精神焕发，气度不凡！"

刘文彬一听，笑了："老同学净说些好话。不过人样子变没变，目不见睫，但是内心世界，我还是自明的，大变了。"

"那当然啦，去延安学习的人，他的精神支撑他的全部。哎，你俩是啥时回来的？"

"这不是刚到吗？"

"还没吃饭吧？"

"我俩天没亮从宁陕四亩地出发，急急火火地赶到你这儿，哪顾得上吃饭哪！"

"你们看你们的这个同学，光急着说话，没想到你俩没吃饭，只顾自己饱了，不知俩同学还饥着哪！咱们做饭，今夜就住这儿。"

吃罢夜饭，董明钦将刘文彬和李开藩带到后屋，说："这是歇夜的房子，后边有一扇小门，直通小巷子外面，比较安全的地方。"

刘文彬说："好，你想得很周到。坐下吧！"

一盏桐油灯把这屋子照得亮亮的。他们挤在一起便倾肠倒腹，无话不说。

董明钦从李开藩口里知道了刘文彬任安康地委书记时，即汇报了石泉党的工作情况，石泉地下党没有建立工委或者小组。在兴师二七级毕业回县的董明钦、韦荣荫、李代洵、包授传、蒙恩福，由程波涛转来组织关系的鲁学昭，在江南馆女子小学任教，本县发展党员两人，他们都是单线的，直接与董明钦联系。经刘湘卿同意送蒙恩福去延安学习，现有党员七名，还有三名发展对象，正在考察与培养。最后，董明钦建议说："根据我县党员的数量，拟建立党组织。"

刘文彬没有直接答复，只说："这可以考虑！"

李开藩说："是小组还是工委，须斟酌。"

刘文彬说："成立工委较妥，现在的问题是配备合适的人选。这样吧，董明钦你担任工委书记，其他委员由你提议，好吗？"

李开藩赞同地说："行。明钦联系党员多一些，心又细致，能胜任。"

董明钦想，既然地委书记都这样讲，也不能推辞了："工委委员只能在韦荣荫、李代洵和鲁学昭三个人中选配了。"

这几个人对刘文彬来讲，在兴师时来往较多，了如指掌，他们是铁汉子、女豪杰。他向李开藩说："我看可以胜任其职。"

李开藩说："他们都是好样的，在抗日救国的宣传中，不怕刀枪恐吓，不怕棍棒殴打，个个表现勇敢。我同意。"

刘文彬说："明钦，那你通知他们几个人后天上午开个会，会议地址你来确定。另外，明天我想见一见韦荣荫、李代洵、罗时佶和鲁学昭这几位老同学。"

董明钦说："会议地址就放在北巷小学罗时佶那里。要见老同学，就让他们到我家里来，我这儿他们经常来，也熟悉。"

刘文彬说："好，那就这么定了。"

董明钦说："我马上去通知。"

老同学的相见犹如春暖花开一般，欢喜若狂，倾心吐胆。虽然是冬天的气候，但整个屋内是热气腾腾的气氛。大地回春了。

董明钦办完事情回来，刚一进门，刘文彬关切地问："欸，罗时佶咋没来？"

董明钦一边向同学们打招呼，一边回答说："他病了，晕头晕脑，卧床不起，不能来了。他让我转达对你们的问候。"

刘文彬灵机一动,立刻决定借去看病人,提前在那儿开会。他说:"咱们现在就去北小看望罗时佶老同学。"

董明钦同意这个意见:"这也好,不会引起别人的猜疑。"

无忧无虑、爱说爱笑的鲁学昭搭腔了:"一举两得,妙诀。"

一路上大家的心情既忧伤又欢畅,对罗时佶的病情非常担心;今天要在这儿开会,成立石泉的第一个共产党组织,无疑是破天荒的大喜事。

董明钦走在前头,一进北小的校门被门卫挡住了:"董老师,他们找谁?"

"找罗老师,罗时佶。"

"他们是他啥人?"

"我们都是学友。"

"哦,是学友,他病了。"

"我知道,他们听说罗老师有病,特意来看望他的。"

"让他们登个记。"

"我们曾是同窗学友,不用了吧!"

"你当然不用登记,可他们不行,教育局讲了,近来异党在各学校活动得很厉害。要求把好门,生人一律不得入校。"

董明钦以不同的笔迹登了几个人的名字,把登记簿往桌里边一推:"好了。"

"董老师,不好意思。你知道他住的宿舍吧!"

"知道,在后院一排,门上挂着白门帘。"

"对对,你们去吧!"

董明钦掀起门帘走进屋,一看罗时佶依然躺在床上:"时佶,你看谁来了!"

随后,大家鱼贯而入,围在罗时佶的床前。

刘文彬说:"时佶,我们来看你!"

罗时佶在蒙眬中看见几个人站在自己的面前,使劲地睁开眼睛,微弱地说:"我听出来了,是文彬同学,谢谢你们没有忘记我!"

刘文彬说:"哪能会忘呢!我们在抗日救国宣传的战场上战斗过,记忆犹新。"

罗时佶撑起半个身子想坐起来:"这病得真不是个时候。"

刘文彬赶紧扶着罗时佶,说:"还是睡下好,我们就这样讲话,不是挺好吗?"

罗时佶歉意地说:"太不礼仪,太不礼仪!"

鲁学昭一边听着他们说话,一边去沏茶端茶。董明钦看见了,赶紧去帮忙:

"哪能劳驾你妙龄女郎呢！"

鲁学昭说："女人嘛，天生就是做饭缝衣、端茶倒水的料嘛！"

这话引起了大家哄堂大笑，罗时佶也微微地笑了。

刘文彬说："学昭同学，你这是同传统比还是同先生们相比呢！是妄自菲薄还是自命不凡呢！"

董明钦说："全班四十个学生，唯有你这一个宝贝疙瘩。稀罕得很哪，女中丈夫啊！"

鲁学昭捋着头发，嫣然一笑："非也，实在不敢当！"

就在他们说笑间，刘文彬凑近罗时佶耳边，说："我从省委走的时候，湘卿同志给我一个任务，让我介绍你加入中国共产党，有啥意见吗？"

罗时佶眉梢间显露出兴奋的神色，慎重地考虑了一会儿，字斟句酌地说："刘湘卿一直很关心我，没齿不忘。在兴师我对你有些意见，怨你不介绍我参加党组织，现在还说啥呢，我完全同意。"

刘文彬说："当时人员交际很复杂，民先队就有两个，一个是兴师的训育员王任清，这人与西安八路军办事处有联系，一个是警 旅二团政治教官马兆麟，在延安学习过，两人都不是党员。他们直接攻击安康地下党是'托派'，而且刘湘卿是最大的托派头子，给我们工作造成一定困难，在民先队员中造成了很大的混乱。经请示省委，刘湘卿向民先队员做了大量解释工作，才消除了隔阂，达到了团结。组织发展正常以后，我们都毕业各自回原籍了，所以，好多同学只能在家乡入党了。"

罗时佶突然稍加坐起来，靠在墙上，说："我这是向组织讲的心里话，过去就过去了，今后按组织纪律规范自己的行为。"

刘文彬又问："入党的名字呢？"

罗时佶稍抬了抬头，说："实际上我早就想好入党的名字，不叫原名，改为罗锡久。"

刘文彬说："好，登记时就写罗锡久。"接着又面对董明钦叮咛了一句，"党内名字叫罗锡久。"

董明钦点着头，走向前去，同刘文彬一起紧紧地握着罗时佶的手，好半天没有松开。

罗时佶靠在床头上，有些负疚的样子："明钦，北小开学后，你介绍我入党，我当时没有表态，其原因是我确实不知道你是共产党员。不几天，你给我递话，说你已被县党部书记长仲苏怀疑了，我还不敢相信这是真的。我一心想去延安，六月我把路费都准备好了，正要动身时，不巧得了病，没去成。你、我还有韦荣荫、李美如同学被聘于北小任教。这时，我向往延安的心没有改变，在当地入不了党，去延安干得好也一定会如愿的。"

刘文彬接过话，说："不知道不为错，党内都是纵向联系，没接受，这也是在保护你民先队员的身份。你现在安心养病，等病好了再去延安也不迟，延安随时都在接收全国各地去的进步青年。"

罗时佶一再表白自己的真心话："文彬同学，教书确实不是我的志愿，病好了一定要去延安，到抗大接受培训，奔赴抗日前线才气派呢！"

刘文彬安慰地说："指日可待，一定会实现！我们现在就在你这里开一个重要的会议。"他望着大家情绪激动的那个劲头儿，稍加提高了嗓门，"现在我们开会。"

房子里霎时没了一点声音。

刘文彬绘声绘色地讲了六届六中全会精神之后，引经据典，试图让大家理解这次会议决策的正确性。他说，刘湘卿在安康期间，给我讲过，石泉迎风鬼谷之地，是战国时期纵横家鬼谷子隐居的地方，著有《鬼谷子全集》，又称鬼谷先生，是张仪和苏秦的老师。我读了这部书，茅塞顿开，很受启发。如在决篇中讲道：凡决物，必托于疑者，善其用福，恶其有患。善至于诱也，终无惑偏。这是啥意思呢？就是讲凡做决断，必定是因为犹豫不决，善于决断就会得到福报，不善于决断就会招致祸患或者偏失。又如：故夫决情定疑，万事之基。以正治乱，决成败，难为者。这就是讲，所以善于决情定疑，是处理一切事情的基础。决断关系到纠正国家的治乱，决定国家的成败，因此下决断是很难做的事情。

他接着说，由此想到，党中央掌握、分析、判断党内外、国内外和抗日时局的实情，指出了抗战必胜的前途，明确争取实现党的领导权，确定了抗日武装斗争的群众性，批判了革命斗争中的教条主义，纠正了王明右倾投降主义的主张，制定了党的组织路线，提出了在抗日救国中的基本任务。党中央拿出这一系列方针、政策和理论的决断，完完全全符合国家的利益，符合四万万同胞的心愿，实实在在是英明、伟大，今后就看我们如何坚决执行了。好，全会精神就传达到这儿。现在我来宣布，成立中国共产党石泉县工作委员会。其组成人员：董明钦任工委书记，韦荣荫、罗时佶、李代洵、鲁学昭分别任组织、宣传、青年和妇女委员。切望工委按照六中会议精神细心筹划工作，脚踏实地，认真做好几件事。为了提高理论水平，工委研究确定两名人员去陕北学习。

董明钦问道："是党员还是进步人士？"

刘文彬回答说："党员或培养对象都可以。"停了一下，他又补充了一句，"不过，一对一是比较合适的。"

董明钦说："会后立即征求意见，确定选送人员。"

刘文彬看着李开藩说："你讲讲吧！"

李开藩兴致勃勃地讲了起来。他说，因时间关系只简明扼要地讲一些。毛泽东同志为了系统地阐明党的抗日持久战的方针，于一九三八年五月写了《论持久战》这篇专著。他在这篇专著中明确指出：抗日战争是持久的，最后胜利属于中国。在这场战争中，中日双方存在着互相矛盾的四个基本特点：第一，日本是个帝国主义强国，中国是个半殖民地半封建弱国；第二，日本的侵略战争是退步的、野蛮的，中国的反侵略战争是进步的、正义的；第三，日本战争力量虽强，但它是个小国，人力、军力、财力、物力均感缺乏，经不起长期的战争，中国是个大国，地大、物博、人多、兵多，能够支持长期的战争；第四，日本的非正义战争在国际上是失道寡助的，中国的正义战争却是得道多助的。第一个特点决定了日本的进攻只能在中国横行一时，中国不能速胜，中国抗战不可避免地要走一段艰难的路程。后三个特点决定了中国不会亡国，经过长期抗战，最后胜利属于中国。

李开藩讲到这儿喝了一口水，眉飞色舞地又说，《论持久战》高瞻远瞩，预见了抗日战争将经过战略防御、战略相持、战略反攻三个阶段。在这三个阶段之过程中，从双方的力量比较上看，中国必然将由劣势转向平衡又转向优势，而日本由优势转向平衡又转向劣势。其中，战略相持阶段的时间将相当长，遇到的困难也将最多，然而它是整个战争转变的中心环节。在这部著作中，毛泽东还十分强调了"兵民是胜利之本"，"战争的伟力之最深厚的根源，存在于民众之中"。因此，争取抗战胜利的唯一正确道路是充分动员和依靠群众，实行人民战争。我们先前党组织和民先队进行大量的抗日救国鼓动动作，引导学生、民众募捐，也体现了不同方式积极参与抗击我们共同的敌人日本帝国主义。我还想说一点，刚才听了文彬讲到鬼谷子决篇中的话，我又想到，抗战初期，人们对战争如何发展、能不能胜、如何胜、多长时间才能够取胜，提出很多疑问。毛泽东根据战争和人们情绪的实际，对战争发展的全过程进行了有说服力的描绘，消除了人们的疑虑，符合实情而完全正确，不仅是抗日战争的决策，而且是拯救国家的方略。好，就讲到这里。

刘文彬望着大家精神饱满的样子，说："咱们以后都要多学点理论，用理论指导自己的行动，把自己的路走好，在适应走直路中，又要学会走弯路，勇往直前地到达我们要达到的目标之地。"

大家正要出门的时候，韦荣荫喊着："到我家吃晚饭！"

鲁学昭说："又不是上宾，还款待我们哪！"

韦荣荫说："虽做了准备，但是，不免还是粗茶淡饭，同学聚会嘛，不在乎吃，而在乎畅谈！"

刘文彬说："是的，是的。久别重逢，应该聚一下，那就盛情难却，只好恭敬不如从命了！"

他们安慰了一番罗时佶，陆陆续续地走出了北小。董明钦走在最后边，门卫见到后，说："董老师，刚才两个人来问，进来的啥人，干啥的。我告诉两人，是罗老师的同学，是来看病人的。他俩没说啥，就转身走了！"

董明钦问："长的啥样？"

"一个瘦个子，一个胖墩子、戴着瓜皮帽。"

董明钦给门卫递了一支烟，说："知道了，知道了，谢谢你啊！"

不几天，刘文彬同李开藩急匆匆地赶到石泉马池，找见在马池完小任教的地下党员蒙子瑜传达上级党的指示。就在到的第二天下午，董明钦匆忙来到马池完小，一见蒙子瑜就问："文彬和开藩走了吗？我有急事要找他们。"

蒙子瑜看他慌张的样子，说："文彬稍加停留就走了，开藩还没有走。"

李开藩见到蒙子瑜，问："啥急事，赶快说。"

董明钦一五一十地讲了事由，他们前几天到北小引起了县党部的怀疑，董明钦的亲戚又从县党部的熟人口中得知，县党部书记长王北屏派员严密监视他的行动，而且监视、跟踪了好长时间，恐怕凶多吉少，他离开石泉到别处避避风为好。董明钦说："走与不走，请组织决定，不过，我已与委员们都沟通了，他们同意。如果走，工委书记由韦荣荫担任。"

李开藩当即决断地说："保存自己就是保存力量，走，为啥不走，不能做无代价的牺牲。同意工委的意见，正好，不是要派两人去省委学习吗，你就是一个，还有没有人选？"

董明钦说："已经确定进步青年朱凤和一同前往，这个人靠得住。"

李开藩说："靠得住就好。我立即给开个党的介绍信，不要停留，赶快出发去省委报到。地址在泾阳县云阳镇，对外称八路军——五师后方留守处。"

董明钦接过介绍信，非常小心地将它装在夹袄里边的口袋，说："你也得离开这儿！"于是，立即去找到蒙子瑜，说，"组织同意我离开石泉，工委工作由韦荣荫负责，你要很好地协助他啊！"说完转身就走。

蒙子瑜拦住说："喝口水、吃完饭再走吗？"

董明钦转过面，摇着手："这个时候了，哪能顾得上喝水、吃饭？"他走了好几步又回身叮咛着，"让开藩快走啊！"

黄昏时，收拾打扮好的董明钦同朱凤和起程了，经汉阴涧池铺，翻过大秦岭，转至关中大平原。

晚饭后，蒙子瑜正在给学生修改作业，李开藩走了进来，说："耽搁你一点时间，再说一下工委人员变更后，你要负些责任，协助搞好党的工作。比如讲，要争取在教育界这块阵地上开展革命活动，搞好统战工作，利用敌人矛盾，分化、瓦解、孤立他们，还要做好隐蔽工作以麻痹敌人，要打入敌人内部，争取担任行政领导，等等。"

蒙子瑜说："我哥蒙恩福去了延安，敌人知道了，伪政府还在我家门上挂了红牌子。这样，协助可以，不能负责，以免对党的工作造成损失。"

李开藩说："这应是值得考虑的，只要做得细致周密，就不会出现破绽。"

蒙子瑜说："那倒也是，这里看来不能久留。"

李开藩说："我想还有话没谈完，所以又同你谈了这么些。明日天亮以前就走，你不要送，防止惹人注意。"

蒙子瑜说："提防点啊！"

第二天吃过饭后，马池镇联保主任接到县党部电话："喂，我是刘治平，啥事呀？"

"你要侧面打听一下，刘文彬和李开藩两人在没在马池？"

"这么大的地方，我到哪里去寻呀？"

"重点是马池小学，有个叫蒙子瑜的老师，向他打听打听，说话口气注意点，不让对方觉察到你在找人，千万不可打草惊蛇，有情况马上报告。"

"明白了。立即去查办。"

"越快越好！"

刘治平知道此事非同寻常，处理时要格外慎重，不然会得罪一大片的人。况且自己的孩子是蒙老师班里的学生，娃娃们都感觉他们的老师教得好，人又好，比他们的父母还要父母。孩子有没有出息，就要看园丁培育的苗苗了。他想来想去，派了一位同蒙子瑜来往较多的干事吴庆福去询问。

吴庆福通常就喜欢同蒙子瑜说天道地，谈古论今。今日一见，却有一点含沙射影、旁敲侧击的味道，只是蜻蜓点水似的问了问近来有无亲戚、朋友来，并没有寻根究底，就不冷不热地走了。

蒙子瑜从吴庆福的那一言一行、一举一动中，发觉他在暗示着一种未能点破的示意。哦，亲戚和朋友来过没有？是的，他是在递话。一定是在寻找刘文彬和李开藩。鉴于他的身份，只能拐弯抹角地告诉这些话，让别人去细细地理解。书生气的蒙子瑜一下子火上心头，不顾三七二十一，找到刘治平呼喊："刘主任，谁家没有三姑六亲，谁个没有三朋四友。我就是来亲戚了，来朋友了！"

刘治平声音低调地说："蒙老师，坐下坐下，有话可要好讲嘛！"

蒙子瑜说："同学到同学这儿来玩犯了啥法、有啥罪，受到干涉、监视、询查，难以接受！"

"是党部的通知，也得办办嘛！"

"晴天无白日，简直是不分青红皂白，把人当成什么人了！"

"蒙老师，别生气，不过按上级指示只是问一下。若再追问，我向他们讲没有到马池不就行了？请放心，与你没啥事！"

蒙子瑜实际心里却很平静镇定，不冷不热地说了句："谢谢刘主任！"转身回到学校找到校长张丹如，说："校长，谁没个交往呀，同班同学来看我，我总不能把他们拒之门外吧！他们来纯属于同学情谊，其他任何事情都与我没有一点瓜葛。不要把事情做绝了，连私人友谊往来都怀疑，哪有一个公正的世界可言。"

张丹如似笑非笑，一直望着蒙子瑜，没有说一句话。

民国二十八年二月十日，刘经安从省委泾阳安吴堡青训班学习回来了。

刘文彬非常高兴，立即通知李开藩，大年初二要到他家去拜年。

李开藩提前回到家，张罗购买年货，迎接两位客人的到来。

年里，地处巴山深处的岚皋县佐龙镇，一片灯火辉煌、热热闹闹的气氛。这个时节，访亲拜友，是人之常情，谁还去管那些来来往往的不熟之客呢？

就在这天晚上，李开藩家的木楼上，有两位贵客在这儿行令划拳，倾酣挚友之酒。

饭罢，他们到外边看了看年关夜景，便回到这楼上。李开藩捺捺了灯芯，木房子里光亮闪闪。

刘文彬说："现在，我们召开安康地委第一次会议。其内容：地委委员分工和地域的分划。我先讲一下我的意见，根据省委的指示精神，刘文彬任安康地委书记，刘华任组织部长，李开藩任宣传部长兼地委秘书。关于地域划分，将安康地区十大县分为三个片，地委组成人员分工领导。刘文彬分管安康城关及旬阳、白河、平利、镇坪等县工作，刘华分管安康恒口及汉阴、石泉、宁陕等县工作，李开藩分管岚皋、紫阳等县工作。这个分片不是分家，还要互通情况，相互联系，既有自己管的局部，又要有全区工作的全局，共同努力把革命工作做得有成效。大家可以议议，再献点策。"

接着，大家谈了谈安康的地理条件和敌我对峙的形势，认真剖析了党内可能出现的软弱表现的原因。一致认为，借用自然优势，加大思想工作的力度，坚定信心，为共同事业而奋斗。

大门前悬挂的大红灯笼，在微微的山风里轻轻地摇曳着，饱满的灯光闪烁着幸福的希望。他仁的心愿，也像从灯笼里放射出的光芒，照亮深山老林，让对面的那座蜡烛山真正闪亮起来，让汉江的支流岚河水清波兴，滋养这方的钢筋铁骨，以撑起天和地，还有日和月，那就是天底下穷苦大众的生活。

会议结束时，刘文彬强调说，安康山大人稀，情况复杂，给我们的工作带来许多不利的条件。光靠我们三个人是远远不够的，还要团结一大批骨干，这包括各县的工委、支部或者是小组的那些领袖，又通过他们去联合更多的仁人志士，这样我们的力量就会越来越强大，创造一个新安康，就有了坚实的基础。接着，他望了刘华一眼，问："你有啥想法？"

刘华心中有数地说："我想把点扎在石泉。蒙子瑜、韦荣荫和毛授传这些同学，现在石泉北小任教师。想通过他们活动，谋一份从教职业作掩护，开展几个县的工作。"

不等刘华讲完，李开藩就发言了："我已在岚皋县佐龙小学教书，即可立马进入角色。根据进展情况，我想去县城的北街小学联系任教，这对工作更有利一些。"

刘文彬早已成竹在胸："我们都想到一块儿了，当前我们只能选择这个职业。去年暑假，同班学友罗长勤回旬阳县宣传抗日救国，发展组织时，我给他讲过，要在那里找个职业，他回去后被聘龚家梁小学教员。前个时候，他来信告诉，已活动这个小学的校长，同意我去任教，春节过后前去赴任。"

李开藩思索一下说："在这时局下不得不这么做，好汉上梁山，是逼出来的。"

刘华风趣地说："有了个窝，就可以安然地下蛋了。"

刘文彬说："那个鸡蛋要大，壳还要硬朗些啊！"

这话引得仨人捧腹大笑。笑得像庄户人家过年那般开心愉快。

第十五章
叛徒暗算坐监牢

石泉县教育科督学黄劲松去延安前，一再举荐蒙子瑜替代担任督学。科长王石甫知道蒙子瑜在学生和家长及其教师中口碑不错，满口答应，并说，只有他才能胜任此职。蒙子瑜可不这么想，心里老嘀咕着共产党员去给国民党当教育督学，党内人会如何看自己呢！他立即把这个情况汇报给韦荣荫。韦荣荫一听，拍手叫好，巴不得找到这个差事，对革命工作有利呀！

蒙子瑜也明白这个理，但认为自己性格刚直强硬，不善于玩这个两面手法，怕搞不好教育界的地下工作，反而给革命带来更大的损失。还有呢，一旦沾进了污泥尔后很难洗得清，一再推辞不愿接受这个职务。

韦荣荫反复进行解释，既然组织同意你去，就应该相信组织对你放心，是清白的。这是在斗争中插进敌人营垒中的一把锋利钢刀。

蒙子瑜只是说，我再考虑考虑吧。

农历正月十三日，县教育科督学委令送来了。蒙子瑜给过送委令的讨喜钱，不过一个时辰，便亲自把委令退回了教育科。

王石甫听说后，赶紧出门追他，只见他走得很快，一眨眼间，就无影无踪了。

韦荣荫知道后，严厉地批评说："无纪律，不服从组织决定。"

蒙子瑜说："党员是一根柱子，更是一面铁壁。我检讨，等待再锻造的机会。"

就在这时，刘经安来到石泉，住在蒙子瑜的家，从他口中得知督学一事，当面严厉指出这样做事太草率，一名共产党员的心就要像镜子一样，如果沾了灰尘就不明了，就会被杂念所迷惑，又问有没有弥补的机会。蒙子瑜告诉说，机会虽然是客观的，但又是自己创造的，至少现在不可能。刘经安撇开这个话题，同蒙子瑜讲，此次来是筹划建立石泉工作联络点，以石泉为中心，联系宁陕、汉阴、紫阳的革命工作。于是，他向蒙子瑜提出："子瑜，你能不能在北小活动活动，当一名教员，以职业来掩护？"

蒙子瑜说："前不久，北小校长陈道生来找过我，想聘我为教员，我婉言谢绝了。"

刘经安说："你可去问一下，是否已聘，可以举荐。"

蒙子瑜说："我也是这么想的，韦荣荫同陈道生也比较熟，我和他分头去做你这位刘华聘用工作，他不会不给面子的。"

过了两天，刘经安正要出门时，韦荣荫来了，把他挡进屋里，高兴地告诉说："答应了，没碰磕，不过，他要见见你。"

他这时几乎要跳起来，但是又表现得还是那么沉稳、庄重。刘经安一笑，说："见就见，有啥见不得的呢！人就是这个样子嘛！"

蒙子瑜说："一表人才，又有学识，那能聘不上呢！如果是选女婿，也会打眼就过，无可挑剔的。"

这番话，把大家逗得哈哈笑。

冷冰冰的河风从汉江上吹过来，卷起干枯的落叶飘飞在半空中，一会儿又飞落地面上，沙沙作响。

仨人心里热乎乎的，迎着萧瑟的寒风，走在通向北小的小路上。

人熟是宝。在韦荣荫和蒙子瑜的引荐下，刘经安顺利地进了北小当了语文老师。

刘经安按照陈道生安排的，开学头一天就去报到，开始备课。操作教书育人之业，心想，这又是改天换地之举。

过头一个星期天，刘经安、韦荣荫和蒙子瑜在一家小餐馆里聚会，为顺利应聘而开怀畅饮。仨人巡回往复，来去相接，然后，你一杯我一杯，单个儿互敬，喝得酒酣耳热，畅快淋漓。大家一时感觉思路越来越清晰，那种迷蒙雾气已经抛在九霄之外。

刘经安放下酒杯，喝了一口清茶，说："下星期日，我借公事为由准备去汉阴，那里的事情需要安排一下。"

韦荣荫正要端酒杯，大拇指和食指立刻松开了，直摇手："暂时不能去，同班同学在县党部供职，楚诚生活腐化堕落，此地处于危险之中，安全难以保障。"

蒙子瑜匆遽地发言了："你想，徐盛效忠国民党，能买你这个共产党员的账？学友之情已经淡如水了，不如水了，水还能养人哪！再说，楚诚也不是兴师那时的楚诚了，而且现在还不摸他的底子，咋能贸然行事呢！"

刘经安又喝了一口茶，说："危险的确存在，但不能因此就不去那里工作，只能用警觉来保护自己。徐盛可以避而不见，楚诚却是要面对的人。文彬同志曾告诉过我，听说楚诚被迫自首了，是个软骨头，思想上是不是完全叛变，还可采取方式考察了解一下，再做点工作，争取不要让他再做坏事。如果不是这样，那就需要对他采取果断的处置措施。另外，此地的发展工作不力，需要去帮助。"

这一席话，直让韦荣荫和蒙子瑜哑口无言，看他那种坚决的劲儿，再也不能加以阻止。蒙子瑜只问一句："以啥名义去呢？"

刘经安说："刚开学，学生们的课本还缺一些，借口给学生买课本，校长一定会同意的。"

韦荣荫提醒地说："去了以后，还可以先去找庞明哲，打听一下楚诚的底细。"

刘经安说："我想也是这样的。"

这个星期六，刘经安经陈道生同意，向学校借了六十块钱，精心地打扮一番，戴着一副茶色石眼镜，乘车到了汉阴县城。这座县城说不熟悉吧，他来过多次，三条大街和县党部、县政府他都知道，但大多的街头巷尾并摸不着在哪儿。于是，他站在北门口观望了一下，参加祖师殿古会的人络绎不绝，在自己的身边就有接连不断的人向那里涌去。他趁机钻进了一条小巷子，径直去找庞明哲，不料，庞明哲昨天去安康还未回来。刘经安定了定神，想了一会儿，索性直接去城厢小学找楚诚。

楚诚一见刘经安来了，相迎道："老同学，好久没见，终于盼来了，还好吧？"

刘经安听得出这话里有话，顺便也甩了一句："老样子，你呢？"

这一问，倒把楚诚给问住了，怎么回答呢，想来想去，咋说都觉得别扭，不合适。这时，楚诚的心和五脏六腑像一根草绳扭过来，拧过去，盘来盘去，又难过又不好受，脸上显露神情索寞的阴影，夹杂着一丝苦笑，说："罢了，教书嘛，混个饭吃。我都忘了，快请坐，等一会儿给做饭吃。"接着站到大门上向外高声喊道，"校工，来客了，赶快点火倒茶！"

这喊声被住在隔壁的张若愚听得一清二楚、明明白白。这"点火倒茶"就是已经商量好了的传递暗语。他顺手在桌上的一块小纸上写下"刘来了"三个字，交给校工时又附耳低语一会儿，校工连连点头，跑着步点儿走了。

县长张汉廷接到条子，立即派了两名警察和一名巡官前往城厢小学附近设伏，胡超吾派陈文若和徐盛一同去辨认。

没说几句话，刘经安已经觉察楚诚神色越来越紧张，心烦意乱，如坐针毡。楚诚彻底变了，不然你有什么不安的呢！心里没鬼，不怕喝凉水，正要谈到正题，你就慌了，慌什么！刘经安经一时判断，立刻站起来，说："楚诚，咱们改日再叙，我先去给我的学生办课本的事。"

楚诚假惺惺地说："一日不见，如隔三秋哇。何况，咱们这么长时间没见了，再聊一会儿吧！"

刘经安回了一句："白驹过隙，消失无踪！"

楚诚往门外一瞅，见徐盛正慌忙向这边走来，便尾随在刘经安身后走出门，这时张若愚和陈文若忽然间都站在了门前。

徐盛指着刘经安对陈文若说："这位先生，是我的先前同学，也是你们要请的刘经安。"

陈文若手一挥，四名警察哗地一下，围在刘经安身边。

刘经安大声质问道："光天化日之下，你们要干什么？"

陈文若讥蔑地说："不干什么，只是请你到县政府去谈谈！"

警察轰地一下扑上前，按肩的按肩，扯胳膊的扯胳膊，几乎想把他架起来的那种样子。

刘经安身强力壮，一耸肩、一甩手，呼喊道："拿你们的力气去打日本吧，少在我身上费劲，我不是不能走！你们这帮子抬我还嫌丢人！"

警察莫可奈何，眼睁睁地看着刘经安大摇大摆、高视阔步地走在前边。

陈文若伸出臂膀，五指并在一起前后展示了几下，意思给警察说，就让他自己走吧！

夜晚，县长办公室，虽然点了三盏油灯，但是屋里还是那么一片暗淡无光，昏天黑地。

县政府秘书俞建亭首先说："受托胡书记长、张县长之意，请刘先生来这里座谈座谈。"

刘经安质问道："有这么请的吗？我们之间有啥好座谈的呢？"

俞建亭一见刘经安有些动气，说："不要见怪，采取啥方式，这也是一种保护的措施。我近来也在看一些共产党的书，咱们可以探讨探讨。"

刘经安心想狗嘴里吐不出象牙来，不怀好意，想套我就套吧，借这个场合做一个宣传，假装信以为真，高兴了："真理是需要探求的，你说吧！"

"共产主义究竟是个啥样子呢？"

"我也同你一样是从闲书上看来的。按我的理解，共产主义是无产阶级的整个思想体系，同时，又是一种社会制度。作为无产阶级思想体系的共产主义，它是关于自然和社会的发展科学，是关于被压迫和被剥削群众革命的科学，是关于社会主义在一切国家胜利的科学，是共产主义社会建设的科学。在这个意义说，共产主义思想体系随着社会的发展而发展，显示了强大的生命力，它反映了劳动人民的根本利益，并指明了天下穷苦人走向光明未来的道路，所以它是颠扑不破的真理，又是无敌的思想武器。"

"那高级和低级是怎么一回事？"

"作为一种新的社会制度的共产主义，它是消灭了阶级和剥削，建立在高度的技术和科学的劳动组织的基础之上，是人类最幸福的社会。共产主义是从资本主义发展出来的，共产主义以其自身的发展进程，又分为两个阶段：一是刚从资本主义胞胎中出世而在各方面都还保留着旧社会痕迹的共产主义社会，称为共产主义社会的低级阶段；二是共产主义社会的高级阶段，或叫共产主义，其特征是：不会有生产工具和生产资料的私有制，而只有公有制；不会有阶级和国家政权，而只会有工业和农业的劳动者，他们联合成了劳动者自由协会，共同管理经济，按计划组织起来的国民经济，无论在工业或农业方面，都是以高度科学技术为基础的；城市和乡村间、工业和农业间的对立形势消失；生产品的分配是各尽所能、各取所需的原则；科学与艺术，将获得充分顺利的发展条件，足以达到全盛的繁荣。这里要明确一点，共产主义的低级阶段，由于社会及其生产力发展水平远不及于高级阶段丰富和富裕，所以，生产品的分配只能采取各尽所能、按劳取酬的原则。共产主义理论适合中国的国情。"

"看来，刘先生颇有研究，知道得还不少呀！"

"夸奖了，我只是道听途说、捕风捉影而得，怎么能谈得上研究。不过我这个人记性好，就记得多，也像我深知党国的方略一样，也有很大兴趣。"

"既然你说共产主义这样的好，你参加没有参加一些具体行动？"

"什么行动，要把概念讲清些！"

"比如说，你是否参加过中华民族先锋队，你是否参加过抗日救国的不法宣传活动，等等！是谁组织的？"

"这是笑话，抗日救国怎么成了不法的呢？难道你不救国，不爱国吗？我是参加过这种游行、演出、讲演活动，是正义之举。至于是谁组织的，我不知道，更不知道还有一个'民先'。我讲啊，中国人可不能当一个卖国者，如果是那样的话，多可耻呀！"

刘经安回答的这番话，不仅有质问，而且有辩解，还有自述，最后是严厉的指责。这使得俞建亭瞠目结舌，不知该问什么了，只传张若愚和楚诚进来对质。他问："张校长，你认识这个人吗？"

"不认识。"

"他就是刘经安。"

"我知道名字，听楚诚给我讲过。"

"讲过啥？"

"他参加民先组织的宣传活动，还要发展共产党组织。我还听他的家乡人讲过，这个刘经安在前年春节期间到处张贴春联，反对征兵征粮，同乡长沈冠英对着干，并活动对乡长不满的人一起，蓄谋组织工农协会，扬言要推翻乡长、县长，解放劳苦大众什么的。"

"这不用说，我们张县长都知道。楚诚，你的同班同学，你该清楚吧？"

"有清楚的，有不清楚的。清楚的是他学习好，参加校外活动多。不清楚的，他好像是参加了共产党，参加那些抗日救国活动的大多数应该是'民先'队员。我想，他应该是，说不一定还是共产党组织策划的呢！"

"刘先生，你承认算了。胡书记长、张县长讲了，现在有知识的人不多见，你是半个汉阴人，会宽大处理，或者不加追究。"

"我请你们不要听他那些胡拉乱扯，他是血口喷人，恶语中伤。在校时我俩就有矛盾、隔阂，时至今日，伺机报复。他讲得太可笑了，现在全国四万万同胞都在以各种不同的方式投入抗日救国的行列，难道他们全是民先队员和共产党员吗？说近的，陕警一旅三团、陕保一团、陕保二团来安康不也同样进行抗日救国的宣传，这怎么解释呢！他们还是国民党的军队呀！乱加怀疑，栽赃陷害！"

"你到汉阴到底干啥？"

"我为北小学生买课本路过，回老家探亲。"

"我们会给石泉打电话问的。"

"随你们的便。"

夜深了。屋里的寒气越来越逼人。

俞建亭连续审问了两天，也未抠出什么名堂，只录了一些大相径庭的所谓座谈口供，递给胡超吾和张汉廷。二人出于无奈，只得电请安康保安副司令张谟。张谟说，经请示杭专员同意后答复。

张谟一接电话就认为关系重大，即向杭毅报告说："专员，汉阴县党部逮捕了一名共产党，叫刘经安，是要在安康发展共产党组织而被捕。此人是很狡猾的，也询问不出个所以然来，胡超吾和张汉廷要求押安康处置。"

杭毅问："周昌嗣和方志诚有无这人的报告？"

张谟回答说："到目前为止，还没有这方面情况通报。"

杭毅冷冷地说："不管他有或无，如果情况属实的话，此人则是一个非同寻常的人物，千万不可疏忽大意，草率行事。但还要考虑，不要把事情推抵到墙上，没有退路，要有回旋的余地。"

正说着，安康县党部书记长李叔平敲门进来了，报告说："专员，汉阴抓的刘经安，在兴师就是不安分守己的学生，有些治安事件未能了解清楚，也可能与他有关，这个人十有八九是共产党分子。我想，能不能把他提到安康审问？"

杭毅听这么一讲，没有什么忧虑和迟疑，说："既然牵连异地作案，押解安康审讯。张副司令，你马上给胡超吾和张汉廷打电话，防止节外生枝，事不宜迟，立即送来！"

胡超吾接到电话，同张汉廷商量，派四名武装警察，自己亲自出马，由陈文若带领，第二天早晨，将刘经安押往安康行政督察专员公署。

"专员，汉阴胡书记长他已经到了。"张谟报告说。

杭毅继续看着他桌上堆的一大堆文件，随便应了一声："让他们在会客室外面等一会，待我将此件处理完毕就来。"

张谟又提议说："是不是让胡书记长先来简要汇报一下情况？"

杭毅只管阅文件，没有抬头，回了三个字："那也行。"

不一会儿，张谟领胡超吾进到了办公室，说："专员，胡书记长来了。"

杭毅这才放下文件，打招呼："快坐，快坐。这案件咋一回事？"

胡超吾坐下来说："据楚诚揭发刘经安是一名共产党员，负责组织工作，要在安康发展共党组织。因为后面还要来一个人，所以他在汉阴等候。在停留期间，又找到楚诚，让他也参加这个组织，并一块儿到安康去发展，楚诚没有答应。"

杭毅眯起眼睛，问："楚诚这个人说话确实吗？"

胡超吾的话很肯定："他向我们自首了，而且是他给我们提供的信号，不会有问题。"

"你们审问，刘经安有什么交代？"

"我们审讯了几次，他只说借给学生买课本之机，想回老家探亲，一概不承认是共产党员，更没有去发展组织的事。后来由楚诚对证，还是坚决否认，并指责楚诚因在上学时与他相互之间不合，捏造事实，诬良为盗。"

"没结果？"

"就是这样。"

"好吧，咱们一同去审审。"杭毅说完，就来到会客室，只见审讯的人员安排好了。张谟和李叔平坐在审讯席，陈守信做审讯记录，胡超吾、陈文若和楚诚坐在会客室两侧旁听，四名警察分别站在刘经安左右和身后。

杭毅刚入座主审位置，主持人张谟说："专员，开始吧！"

杭毅板起阴森森的面孔，点了点头。

张谟杀气腾腾地喊道："审讯开始，当事人刘经安听着，你要把你的行为老老实实、一五一十地交代出来，不要执迷不悟、死心塌地，那样是没有好处的。现在请杭专员讯问。"

杭毅没有马上开口，将胡超吾在汉阴审讯的口供看了一遍，提问道："你叫啥名字？"

刘经安回答很干脆："刘经安，文刀刘，经过的经，安康的安。"

"籍贯？"

"陕西安康恒口人。"

"你知道不知道在汉阴是咋被捕的？"

"不清楚。"

"那你应该明白自己干的啥事吧？"

"这我明白，我在石泉北小教书，因去西安代学校给学生买课本返回，要回老家探亲，路过汉阴时，稀里糊涂地就被捕了。"

"真是这样的吗？"

"想回家还有假吗？"

"那你要发展共产党组织是怎么一回事？"

"不知道。这可是人命关天的事，我不会干的，这是有人在诬陷我。"

"你是不是共产党员？"

"那是高不可攀，我咋能够得上那个条件。如果是的话，我可要在上天面前上香烧纸了。"

"我问你，你到底参加没参加共产党？"

"我参加过共产主义理论书籍的学习，这我要向你们坦白。"

"是接受共产党的教育了！"

"可以这么说，但看共产主义的书，不一定就是共产党员，就像汉阴县政府秘书俞建亭一样，他在审问我时，也说学过共产主义的一些理论。试问，他是不是共产党呢？"

这一问，都把杭毅问住了。他立刻转向胡超吾问："这是咋一回事？"

胡超吾赶紧声明似的回答："俞建亭是响当当的国民党党员，是效忠党国的，他是借用那种理论来套诱刘经安进入圈子的。"

杭毅说："原来是这样，你们也够动脑子了，但还是没上钩。让楚诚出来对证！"

楚诚听到叫声，战战兢兢站出来，语无伦次地重复着过去曾说的那些话："他参加过民先队的活动，参加过抗日救国的宣传，还参加过解救兴师学生到政府门前抗议的集会。"

杭毅看着原来记录的口供，说："你不要讲这些了，我问你知道不知道刘经安参加共产党的介绍人？"

楚诚被问住了："我真不知，那是单线联系。根据我俩的交往，意识到他一定是共产党里头的人。"

杭毅又问刘经安："我再问一句，你到底是不是共产党？"

刘经安面对这种审讯的场面，心里踏实多了，便模棱两可地说："他说是那就是，谁也捂不住他害人的嘴。我还未透析这案件的来龙去脉和事实真相。"

中午十二点已经过了，但没有审出一个结果。

杭毅便同张谟和李叔平说："只从楚诚口述还不能给刘经安定性，一下子又从他的嘴里得不到真实的口供，但轻易不能认为他不是，得花一点时间，再做些说服工作。"

张谟说："如果是那种人，骨头是硬的。他这个样子，或许像铁一样，加火也烤不烂。"

李叔平接着说："再加紧了解和侦察，终究会找到证据。"

张谟说："那先把他关起来，一边摸情况，一边继续审讯。"

杭毅同意两人的意见："关起来，把刘经安暂羁押到警察局看守所。"停了一下，又点兵点将一样地说，"这起案件由张副司令、李书记长和陈秘书负责办理，连续进行审讯，必要时，可动用警察给予威慑，但不要急于动刑。"

张谟站起来，满口答应说："是，专员，一定完成这一任务。"于是，手一挥，喊道，"把刘经安押往看守所，严加看管！"

四名警察一拥而上，将刘经安连拉带拽，推到了会客室的门外。

杭毅不放心，对张谟说："你去亲自安排一下，这不是一般的案件，要增加看守人员。"

张谟领受旨意，随即出门，跑步跟上前边急行的押送人员。

就在刘经安被押送安康的同时，张汉廷给石泉县党部书记长王北屏打电话，请协助了解刘经安。王北屏电话一放，就急忙赶到北校找到陈道生问："你们学校有没有一个叫刘经安的？"

陈道生回答："有。"

王北屏又问："是校工还是教员？"

"是教员。"

"你知道不知道他的真实身份？"

"不清楚，才聘用的，他教书教得很好。"

"他去汉阴干啥？"

"代学校去买学生课本。"

"买课本吗？那咋能在汉阴被逮捕呢？"

王北屏没问出个所以然，转过面就走了。刚走过几步，又转过面说："陈校长，以后聘用教师，一定要掌握底细啊！"

陈道生心里忐忑不安，只回答："是，书记长，一定过细！"

王北屏边走边说："这也不怪你，只管好好地教书就是了，惹什么事呀！"

这一天下午，陈道生上完课，找到蒙子瑜问："你们的同学，你了解吗？"

蒙子瑜莫名其妙地反问道："咋啦？"

陈道生说："刘经安在汉阴出事了，有人揭发他是共产党，你们知道不？"

蒙子瑜只摇头，表示毫不所知，心里在琢磨，一定是楚诚出卖了同志。蒙子瑜转过神来，问："对你有没有影响？"

陈道生摇了摇，说："没有啥，只是把借学校买课本的六十块钱赔了就行。"

蒙子瑜本想和他理论几句，又想那样做会把人家的好意抢掉了。于是，当即从口袋里掏出三十块大洋递给陈道生，说："我先替同学还一半，还有一半，我同韦荣荫会很快付齐的。因为，他是我俩介绍到你那里去教书的。"

陈道生一边接钱，一边说："真不好意思啊！让你为同学还钱，他到底是不是共产党？"

蒙子瑜说："我们一起上兴师，是同学相好，他的其他事，咱一点儿都不摸。"

陈道生漠然地说："不摸才好，不然钻到刺架里头就难以扯得开，自己把自己要照看好哇！"

蒙子瑜淡淡地回了一句："那倒是，倒挂牛刺在山里才有，咱们这儿还没看见，不会的。"说完，便即刻去找韦荣荫，商量马上与安康朋友联络这突发事件和向北小还钱的事。

韦荣荫离开时，又向蒙子瑜提出："我们是不是筹款支援刘经安同志？"

蒙子瑜果断地说："筹，我给十块。"

韦荣荫毫不犹豫地说："我也拿十块。咱们赶快告知同志们量力而行，以表心意。不过，安康党组织一定会有举措的。"

正说着，李代洵匆匆忙忙地跑来说："子瑜，从安康朋友捎来的信，要各党组织采取各种形式支援营救刘经安同志。"

韦荣荫说："这不，我们开始筹款。"

李代洵问："多少？"

韦荣荫说："各人家境不同，采取自愿。"

李代洵又问："你俩呢？"

蒙子瑜说："我俩各十块。"

李代洵说："我也十块。"

韦荣荫说："你家人口多就五块吧！"

李代洵说："家里有办法，俗言道：金凭火炼方知色，人与难斗方知心嘛！这点不算啥！"

大家会心一笑，笑声里显露出一丝焦急的神色和目光中他们坚定的信念。

刘经安刚进看守所，见到一位面熟的警察，但他没有打招呼，过了一会儿，那警察又过来巡视，刘经安才问道："老总，你是不是李家营人？"

那警察睖了睖眼睛："是啊！"

"我是隔壁刘家院子人，被人害了关在这儿来的。"

"害不害，谁清楚，要审了才能洗清你的脸，好好待着。"

"你爹是叫李善纪吧？"

"你咋知道？"

"你爹和我爹经常往来。我们没打过交道，只是偶尔一见。"

"没有通知家人吗？"

"这不是刚进来，离家远，请你捎个信给安康中学的一位朋友，行吗？"

"行，咋不行，我换岗后才能捎信。"

"好，谢谢你！"

杨麟科接到刘经安被押在看守所的口信，立即前去探望。他一见刘经安依然是神满气足的样子，心里一下子安然了许多，问："咋样？"

刘经安不以为然地说："好着哪，我是在汉阴大众书店门口被捕的，是楚诚这个狗日的作下的孽，真是翻脸不认人，县党部让他来同我对质。看来只认国民党了，他的心彻底地烂完了，再好的药也没用，不可救药！"

杨麟科愤恨地说："知人知面不知心，知树知叶不知根。要好好地处置这个瞎东西。"

刘经安说："助纣为虐，没有好下场，这组织上会考虑怎么办的。眼下我在这里啥都没有，天气又冷，你回去给我找一床被子来。"

"好，我回去后马上送来。"

"我写了一个条子，你设法交给杨静江。"

"千方百计转到。"

"也不要过于声张，在这个节骨眼上，还是沉稳一些啊！"

杨麟科回到安康中学，向老师请了一个假，一声不响地准备被褥、生活用品，还有两件换洗的衬衣。当他出校门时，一位相识的校工问："麟科，你拿这些东西做啥？"

杨麟科苦笑着说："我的一位亲戚在医院治病，我给送去。"

校工摆着手，说："哦，哦，那是应该的。"

杨麟科很快把物品全部送到看守所。临走时，又送给刘经安三块大洋，并安慰说："不要急啊，组织上会设法营救的。我赶快回去送信。"

刘经安平缓地说："急倒不是办法，不急，不急。咱们这号子人，像一根钢钎，既扳不弯，又能往石头里钻。放心，走吧！"

杨麟科返回学校，几经周折找到杨静江和邓金印，如实告诉刘经安被关押的情况。

杨静江接过字条一看，上面写着："我在汉阴县被捕，现已转至专署。请设法营救。另应立即筹借一些钱，以便维持生活。"此时，他的心情虽然很焦急，但是却很冷静地说："立即召开支部会议进行研究，而后决定营救措施。"

在安康中学的树人楼上，靠东头的一间小屋里，大家显露出严峻和焦急的神态。

会议开始，由杨麟科谈了见面所知道的一点情况，个个细阅了刘经安要求支援的简言便信。

王崇法首先发言说："先要了解被捕的原因，而被捕后这几天有啥变化究竟也不掌握。"

王明哲说："革命同志出了事，全力支援不会有疑义，要把真相知道清楚一些为好。"

何伯淳说："同意，为组织负责，也为个人负责，这不是怀疑他的气节。"

邓金印说："刘经安的骨头不会软，但必须经过组织的考察。"

刘振清说："要抢时间，把人救出来为先，不要让他受更多的罪。"

王崇法补充说："关键要查明有无自首变节行为。"

杨静江说："同意大家意见，各位委员分头去打听一下真相。请崇法同志亲自去看守所见见面，再研究具体方案。救人如救火，越快越好，不能拖沓。但要注意保密和自己的安全。"

第二天中午，王崇法到保安团去找一位朋友，出来时却穿了一身军官服装，大模大样地走进了警察局看守所。从刘经安口里得知这次遭难的经过，他更加确定早先就听说过楚诚和我们离心离德已经是事实了，这次这样做是向县党部表示其与国民党同心同德的决心，相信这是确真无疑的。

不到一天时间，大家把刘经安被捕的情况基本查清了。

安中支部召开了第二次紧急会议。会议经过反复讨论，作出了这样的决定：一是将现有的党费全部送给刘经安以保障生活之用，不足部分，可在党员之间以单线联系进行募捐；二是断绝同楚诚的一切联络，防止再一次给党组织造成损失，如何处置楚诚，可向中共安康地委提出建议；三是由王崇法负责，通过其叔父、安康保卫团团长王杰三的关系，借以说情或者采取其他方式进行搭救。

会议结束后，王崇法相约邹玉鼎一同去探望刘经安，并将安中支部的党费和几名党员的捐款交给他，简要通报支部决定的内容。

刘经安说："你们办事真麻利，谢谢安中支部的援助，我出去以后一定一文不少还清这笔接济的党费。"

王崇法说："先不讲这个，出去了啥都好办。他们对你如何？"

刘经安说："现在是黑明白夜地轮番审讯，还未动刑。"

邹玉鼎问："他们想知道的是啥？"

刘经安回答道："一个是共产党在安康发展的组织，第二个让我承认是共产党或者'民先'队员。我一个都没承认。"

王崇法赞叹地说："革命气节，毫不动摇！"

邹玉鼎说："他们三番五次地折腾，看来不外乎是两眼一抹黑嘛。他们企图从你口里得到我们的情况，但他们不知道，你是咱们的组织部长啊！"

大家都捂住嘴，不出声地笑起来。

刘经安说："你们该走了，请将情况转告给文彬同志。"

王崇法说："文彬已在旬阳县一小学教书，我们想方设法立即报告。"

邹玉鼎说："还是派专人去可靠些。"

刘经安说："这样稳妥，可先找罗长勤。"

早晨，罗长勤刚下第一节课走出门，迎面走来一个人，问："我刚打听过了，你是龚家梁小学训育主任兼五年级班主任罗长勤老师吗？"

罗长勤经对方这一问，觉着有些突然，停了半会儿才回答道："是啊，你有啥事，是不是学娃子闹仗了？"

对方说："不是，不是，我是安康来的。刘文彬老师在吗？"

"在，在。他给一年级代课，现在还未下课。"

"你找他吗？我带你去。"

"不用了，这有一封紧急的信，请你一定亲自交在他的手里。"

罗长勤还未定睛看清那人的模样儿，他就转身走了。罗长勤来到刘文彬的宿舍坐了一会儿，刘文彬才回来。

刘文彬接过安康送来的信，拆开一看，不觉感到吃惊。但马上又收回带来的这意外的不快，仿佛旁若无人，泰然自若地弹了弹这短短的信函。他用低沉的声音说："刘经安在汉阴被捕了，是楚诚这个浑蛋惹的祸，得赶快营救，我要马上回安康。"

罗长勤催促地说："那你就赶快动身走吧！你赶快给校长写个假条，由我来办，你的课由我来上，不会有事的。"

刘文彬走在去渡口的路上，又对罗长勤叮咛说："工委工作你操点心，另外刘经安被捕暂不要告知工委的同志，对每个党员的思想表现一定要了如指掌，一点一滴都不能马虎！"

罗长勤说："你放心去，我立即做这方面的工作，对每一个党员重新摸摸底子。"

　　一路上，刘文彬心急如火，快步如飞，从旬阳到安康水西门，一共一百三十五里路，不到九个钟头就走完了全部行程。当他回到家的时候，夜色已经笼罩了整个安康城。他刚扒了几筷子饭菜，觉得咽不下去，于是，将筷子往桌上一甩，去换了一身装束，戴了一顶小礼帽，向门外走去。

　　妈看见，急了，"饭没吃就走了。"

　　他说："找同学有点事。"

　　爹说："有啥大不了的催命鬼！"

　　他边走边说："是的，是的，大不了的我得赶紧去。去了，我朋友就放心了。"

　　妈看着儿子走出的影子，唠叨着，"现在的娃们哪，不知在倒腾些啥，脚腿总是不闲。哎，哎！真是想不到！"

　　爹接茬儿了，"这你可说对了，脚腿不闲，很难讲不会不闯出一个三长两短来，到那时，该自在也自在不成了。"

　　妈说："看你个乌鸦嘴，净说些瞎瞎话，可不能咒娃们呵！咒人可是咒自己，你还不明白？"

　　爹还是说："就让他信马由缰去吧！"

　　"娃大了，是笼里关不住的鸟儿，就让他去飞吧！这年代呵，就是这个样。"

　　刘文彬出门后直奔安康中学，一见杨静江就说："明天下午召开县委扩大会议，议题一个，专门研究营救刘经安。"

　　杨静江舒展开眉毛，说："你回来了，回来了就好，等你回来开这个会"

　　刘文彬说："情况我知道一些，现在先不讲，咱们连夜分头通知参会人员。"

　　杨静江说："我出去开个条子，马上就走。"

　　"越快越好！"

　　不一会儿，杨清江回来后与刘文彬一起走出学校门外操场时，看见从新城街道上走过来两名巡逻警察，满不在乎地向前走了过去。

　　"谁？"

　　"安中学生！"

　　"黑天半夜，干啥去？"

　　"父亲得急病，捎信叫回去。"

　　"是真的，还是假的？"

　　杨静江从口袋里掏出一张字条，说："这是班主任批准的假条，你们看！"

一名警察打开手电筒在字条上看了看，不耐烦地说："安中的娃们事情就是多，白天晚上不得安宁。"

杨静江撇着嘴说："老总，咱们走了！"

"走吧，可要安分守己呀！"

"老总，你看我们像不像无法无天的学生？"

"看你就像个调皮捣蛋的娃娃子。快回去，不然就把你当成夜猫子抓了，与共党分子关一起受罪。"

刘文彬和杨静江稳稳当当地走进了一条深深的巷子里。

西关镇江寺的南边是一片麦地。麦地里是农家为护麦子而搭起的一座简易的还没有启用的窝棚子，与镇江寺遥遥相对。顾名思义，镇江就是镇守汉江，它是没有军队而是靠信奉来履行惠民之心。让汉江一年四季都是那么平静温和，细言小语，避免一时的咆哮粗暴，狂滔恶浪，为汉江流域的广众百姓造福。

这天的天气真好，微风和煦，阳光灿烂。

太阳斜挂的那个时辰，有几个装束各异的人相继登上镇江寺，好像是在欣赏这春天的景致，又好像在观察镇江寺北边街道上来来往往的行人。不大一会儿，他们陆陆续续地沿着麦地里的小路走进了那座窝棚子。

窝棚子里连一块破砖头也没有，大家看来看去，有的靠在墙上，有的干脆席地而坐。

刘文彬望了大家一眼，都是一副愁眉锁眼、心事重重的样子，深深地清楚谁不为刘经安着急和操心。他开腔了："现在开会，主要商量如何有策略地营救经安同志，大家都说说个人的意见。"

邹玉鼎说了一个设想，"能不能出钱请人探监时换出来，冒名顶替，这个人必须是国民党。"

"是一个办法。能有这样的吗？"

"只要给大价钱，请那样的人很容易。"

王崇法谈了一个大胆的设想，"里应外合，进行劫狱。"

"既危险又冒险，闹不好，把所有的人都搭进去了，这损失是不可估量的。"

杨静江没有谈自己的具体办法，只提醒了一句，"要从敌人想获取的而我们如何对付上多加考虑，或许好一些。"

刘文彬对大家的意见既没有肯定，也没有否定，只是说："这些都是一种方法，不是唯一的方法。唯一的方法是从现实出发，考虑到敌我双方力量的悬殊，一切为了安全地走出来为上策。"

邹玉鼎说："要应付敌人，须想出一条金蝉脱壳之计，以假乱真，编造一套子虚乌有的口供。"

刘文彬接过话，"我也是这样想的，在敌人最后审讯时，承认去过安吴青训班，参加过西北青年救国联合会，回家后终止了活动，再无关系，这样安全稳妥些。"

大家一致认为这样的办法是符合规定的，并同意由地委书记刘文彬亲自起草这个简明扼要的组织决定。不大一会儿，这份决定就在刘文彬笔下草成了，然后在与会人员中传阅一遍，没有提出修改的字眼。他又斟酌了一下，在末尾签上了自己的名字，递给邹玉鼎指示说，抓紧时间送给刘经安。并再三叮咛王崇法，为了争取各方的救援力量，要想方设法做通王杰三的工作，还有刘经安的远房舅舅、士绅、保安团师爷唐宝华也是很重要的人选。

就在邹玉鼎到专员公署的当儿，街道上乱哄哄地喊喳一片，人们行色惊恐。听得站在街旁的几个人围在一块儿小声说话，今天警察局要枪毙两个人，一个是杀人犯，一个是不怕死的共产党。

杀人犯是一个县里的保长霸占了他的女人，这事被七岁的儿子发现了，结果儿子让保长抛在河里淹死了，所以他就把这个保长杀了，还拿走了一大筐子大洋。

这大洋还不是贪污受贿、搜刮民财得来的不义之物。这个保长，该杀，该杀！

该杀是该杀，可他杀了保长，他也被杀了。一口气出了个冤枉。

那个共产党，传说还是安康共产党的一个头目，是搞什么发展的。

是搞发展的，咱咋没有碰着呢！

我可没看见共产党的影子！

没看见、能想到的事在啊！旬阳蜀河剿匪的那个连长就是共产党，新城劫狱，七里沟对火，向公署抗议逮捕学生，上大街宣传抗日救国的游行演说、唱戏，要我来判断，一定是共产党领导干的。特别是抗日宣传，国民党政府为啥要阻止，还不是国民党同共产党的主张不同？

这时候从专署大门里开出一辆卡车，厢里的前面站着被警察押解的两个五花大绑的人，嘴里塞着毛巾，脸上蒙着一块黑布，根本看不清他们的眉目。

邹玉鼎仔细端详右边那个人的大致模样，宽脸、高个儿、微胖，猜摸着真像刘经安。他这时也来不及告诉任何人，下意识地跟着人流涌到了东校场坝。

刑场戒备森严，人们只能站在指定线以外的地方。

邹玉鼎选择了一个地势稍高的小丘上，踮着脚朝刑场瞭望，心里猛地一惊，遮盖的黑布都被取掉了，右边的就是刘经安。邹玉鼎又反复看了几眼，这才真正地确认是他，这事发展得如此之快，令人无法面对现实。

只听刑场指挥喊道："把犯人押进执行地。"

四名警察分别将两人拉向指定的位置，每人身后跟着一名持枪的执行士兵。

"听口令！举枪，执行！"

叭！叭！随着沉闷的枪声，左边的那位一头栽倒在地，一股血汩汩地渗进了泥土里。

刘经安还站着，一时转过面来，昂首挺胸，傲睨自若，愤怒的目光投向了刑场的指挥者。

两名士兵立刻把刘经安架上了卡车，没熄火的卡车忽地启动了，飞一样地开进了老城。

邹玉鼎意识到这是国民政府耍的一场鬼把戏。他恼怒了，卑鄙、无耻、恶棍、流氓、歹毒！而邹玉鼎的心一下子由沉重变得轻松了，但愿不再出现这种意想不到的凶残手段。也许还会有，因为他们的天良让狗吃掉了。

刘文彬得知专署陪法场假枪毙的做法不由得勃然大怒，恨不得带领几个人去抗议，又一想不能这样做，会引起官方的怀疑，反而弄巧成拙，出大乱子。他便同王崇法和邹玉鼎商量如何减轻政府对刘经安审讯的压力。问："玉鼎，决定没有送到吧？"

邹玉鼎说："昨天刚到专署门口，他被拉出去了。下午晚些时候，看守所奉上级指示，不准任何人探监。"

刘文彬说："明天或后天，一定要送到。"停了一下，又对王崇法说，"崇法，你同你叔父联系得咋样？"

王崇法蛮有把握地说："联系了几次，他很同情，答应给帮忙。"

焦虑着急一直在刘文彬的脑海里盘旋，不让任何人探视，这说明警察局也在观察他们想捕捉我们的重大行动，企图放长线钓大鱼，你们想错了。我们不是按兵不动，而是见机行事。想到这儿，刘文彬对王崇法说："看来，我们不大方便，就让谷燕去办。她在专署里有熟人，是她的表哥张原，这个人同卫凯来往不一般。"

谷燕接受任务后，心里很镇定，不让探视，我也得见面。她到商店里买了两件衬衣，又到饭馆买了两份米面馍和两份炕炕饼，装在一个不大不小的竹提篮子里，上面盖了一块黄布，从容镇静地走到看守所的门前。

"你找谁？"哨兵挡住了。

谷燕笑微微地回答:"找刘经安。"

"他是你啥人?"

"是我表哥。"

"上边有交代,来人一律不准进去探视。"

"他家离得远,我给送点吃的,还有两件换洗衣服,送到就离开。"谷燕顺手掏出一块大洋塞给了哨兵。

"进门靠右边值班室给看守说。"

谷燕进门被看守拦住了:"干啥,找谁?"

跟在后边的哨兵听声搭腔说:"让进去,她找刘经安!"随后又回到哨位上。

谷燕解释说:"刘经安是我表哥,给他送些东西。"

"你不是还有一个表哥和卫局长很熟吗?"

"是的,你咋知道的?"

"我听人家讲了,你是谷燕吧?"

"是的!"

"同事交代过了,你去吧!右边南排房子第三间。"

谷燕从篮子里取出没有系黄丝线的米面馍和炕炕饼的袋子放在桌上,一边说着尝尝味道,就算打个点,一边递过两块大洋。

看守直推辞:"这可不行,咋能收这个!"

谷燕说:"莫客气,给娃们买个笔墨纸张啥的。"

看守把东西往抽屉里一塞,笑嘻嘻地说:"走,我带你去。"

谷燕跟着看守走到南排第三间门前,听他喊:"刘经安,你表妹来看你了。"话音一落,转过身就走了出去。

正在看书的刘经安抬头一望,真是谷燕来了。连忙将书往草铺上一放,趴到门上:"你怎么来了,千万不可来得人太多,这容易引起人家的注意。"

谷燕问:"这回可受惊了?"

刘经安说:"没啥可怕的,视死如归嘛!"

谷燕说:"这几天控制得很严,王崇法和邹玉鼎来过几次,都不准进,刘书记通知我来给你送一个决定。"说着把系着黄丝线的米面馍和炕炕饼的袋子递给刘经安,并小声地告诉他,"就在这里边,还有大家募捐的钱放在衣服兜里。"

刘经安点了点头,大声说:"谢谢表妹送来吃的和穿的,这下肚子不会再饿了,身上不会再脏了。"

谷燕说："我该走了。"

刘经安又喊道："妹子，代问爹妈好啊。告诉他们，我没事！"

他边喊边从米面馍下取出字条一看，明白了：现决定你承认西青会，介绍人刘汉初，对敌斗争要策略，也要灵活，使敌人相信为宜。阅后赶紧把字条塞进衣缝里。

其他号子被关的人伸头向窗外张望，只见这位身材修长、容貌秀美的姑娘走在过道上，个个舔唇咂嘴，喃喃自语，不知说些什么。

谷燕刚回到铺子，遇到谭际桂从新城北门进来，问："你进老城了？"

谭际桂只嗯了一声。

"做啥呢？"

"还不是老一套，周站长找我谈点事。"

"你同他狗皮袜子没反正，淡事甜事都是事，看你既吃得开，又红火。"

谭际桂意识到谷燕话里带钩子，勉强笑着说："你可不能乱猜测，党国的事为头等的大事。我啥事没给你讲过，还胡想。"

谷燕笑得声音更脆，说："我听你讲话支支吾吾，不干干脆脆，真是画龙画虎难画骨，知人知面不知心哪。连个实话都不敢讲！"

谭际桂解释说："都是公开的秘密，啥不敢讲。原学校的刘经安被关了，你知道不？"

谷燕惊讶地反问："啥时候的事？因啥关的？"

"前些时候，还不是怀疑他是共产党，而且还是一个头头。"

"有证据吗？"

"我们军统和中统都参加了这个案子的侦察，这没个眉目，又增加一个侦察对象，就是替刘经安说情的安康保卫团的团长王杰三。"

"你们打击面太宽了。王杰三这个人我听我爹讲过，是老国民党党员，当团长也几年了，虽然干了些不尽如人意的事，但这个人粗暴里有刚直的一面，还是有些正义感。我问你，一个人有没有良心？"

"良心，人人都有的。"

"良心应该是对某件事对与错的正确认识和判断，人家说个情也成了你们自己整自己的对象，太荒唐了。假如你的亲戚也被陷害的话，你会置之不理，撒手不管吗？"

谭际桂吞吞吐吐地说："那该是不会的，不过，有我们的正义性，就没有共产党的合理性。懂吗?"

谷燕借题发挥,说:"有共产党的正义,就没有国民党的正义是吧?要我看,共产党不会那样认为。"

谭际桂起身出门,说:"咱们不扯这些,况且是扯也扯不清。"

谷燕说:"那是脚跟站的地方不对。"紧接着,她将特务侦察王杰三和对刘经安还没有证据的情报赶紧告诉了王崇法和刘经安,使他们分别在面对侦察和再审讯前做好抗衡的充分准备。

就在楚诚回汉阴的当天下午,跟随刘经安后到的沈兴强与楚诚来接头,说:"楚先生,借一本二年级语文书。"

楚诚并不认识沈兴强,说:"这书都发完了,没借的。"

沈兴强又问:"书店有卖这书吗?"

楚诚回答:"可能有,我不知道。"

沈兴强又问:"前几天有人来买书吗?"

楚诚突然反应过来,这人可能与刘经安有啥联系,他一定是在汉阴等着一同去安康发展组织的联系人,直接说:"有,不过那个人买书,把自己买到安康看守所了。你认识他吗?"

"不认识。"

"那你找他干啥?你叫啥名字?"

"别人让我今天来这里帮他拉课本。我叫沈兴强。"

"拉不上了,只是扑个空。"

沈兴强暗暗地想,这暗号连一句话都对不上,肯定是刘经安发现情况突变而没有告诉楚诚这个接头暗语。他于是说:"既然这样,我该走了。"

楚诚脸色一变,喊道:"你往哪里去,跟我们到县政府走一趟!"

喊声刚落,从门外忽然走进来三个人,把沈兴强押到县政府。

楚诚去见胡超吾,说:"刘经安要等的那个人,我们终于等到了,我的任务也完成了。"

胡超吾说:"很好,你就继续安心教你的书。如果县党部有空缺,我会安排你的。"

楚诚弯了一个大腰,"谢谢书记长的提携!衷心地感谢书记长!"

胡超吾对沈兴强在县政府办公室进行了突审,没有得到任何有用的口供。他请示专署,张谟指令,既然同刘经安一案,趁夜押往安康,关押到安康监狱,加大力度秘密审讯。

张谟和卫凯都参与了审讯。

卫凯问："你叫什么名字？"

沈兴强声音洪亮地回答："沈兴强！"

"哪里人？"

"关中的！"

"你认识刘经安吗？"

"没见过，不认识。"

"找他做啥？"

"别人让我来帮他拉书！"

"你是不是共产党？"

"啥？共产党，没见过这个人！"

"你是不是同刘经安到安康发展组织？"

"啥？你把我问糊涂了，组织是个啥？"

"你同楚诚有啥联络暗号？"

"没有，找他再寻那个买课本的人，只出力帮忙拉书还要啥暗号？"

审讯了三天三夜，沈兴强没有吐出他们所需要的一个字。

参加审讯的人员一起商议，没有一个人不怀疑沈兴强的。只要攻破了沈兴强，刘经安也就在事实面前理屈词穷，不攻自破了。

卫凯说："叫花子腿硬，共产党人的嘴硬。像这样的人，是上锈的剪刀难开口，不动点火色是不行的。"

张谟同意卫凯的意见，说："不承认就上刑，看他招不招，这个刑上到他招认为止。"

卫凯指示梁良带领四名警员配合审讯队对沈兴强轮流施刑，鞭抽压指，火烫压杠子，吊腿扎肉，沈兴强遍体鳞伤，鲜血迸流，他咬紧牙关，不吭一声，两只眼睛发出怒火般的目光投向刽子手。刽子手赤身裸体，汗流满面，施尽了各种花招，也未撬开沈兴强坚硬的牙齿。

刑具继续把沈兴强毁得血溅肉飞，就在他奄奄一息之时，又是几桶冷水泼在他的头顶，哗哗地流在地上。

"你到底认识不认识刘经安？"

"不—认—识！"

"你到底是不是共产党？"

"不认识——这个人！"

"死到临头了，还不承认，承认了，立马就把你放了。"

沈兴强的声音很微弱，断断续续地说："还是——不认识——这个人。可我知道——共产党人——绝不怕死。怕死——不算——共产党！"语音一落，他的头低下了。

那个胖胖的刽子手去探沈兴强的鼻子，喊道："局长，他断气了。"

卫凯说："断气了就算了。"随着又去翻了翻沈兴强的眼皮，喊道，"梁良，派几个人把他扔到黄土梁上，注意，观察有没有人去收尸。"

谷燕从张原那里得知这个不幸的消息，连夜通知王崇法和邹玉鼎。

黄土梁的夜，漆黑一片，寂静无声，阴森可怕。

半夜过后，隐蔽在树林草丛中的五六个人，听得了撤回的一声喊，又看见三三两两的人打着手电向老城走去。

这时，有一个人影从草丛里站起来，一刹那又被拉回去，只听是一个女子悄悄的声音："防止有暗哨！先甩个东西试探一下。"

接着，在前方大约二十米的地方，有一块石头咣当一声落了地。这声音惊得树林中一只鸟儿扑棱棱地飞了几下，再没有任何响动。

之后，这几个人一拥而上，先是背着后是抬着沈兴强，沿着黄土梁的南坡向香溪洞方向，趺着跑着，一会儿便消失在深沉莫测的黑夜里。

在昏暗之中，隐隐约约地听到低沉的对话声。

"谷燕，你回铺子吧，防止有人找你的碴儿，尤其是那个眼线很鬼。"

"嗯。鬼火不敢见真火，治她我有的是法儿。你们送同志一路走好啊！"

没过几天，刘经安再一次接受审讯。

"刘经安，你一个字的交代也没有，啥都不承认，是不是要顽抗到底！"

"该说的我都说了，没啥写的，要写，还不是楚诚栽赃陷害的那些。"

"还有，你在汉阴等谁？"

"我没有等谁！"

"沈兴强同你啥关系？"

"什么？沈兴强，哪有这个人，我不认识！"

"楚诚说是找你拉书。"

"又是楚诚的诬蔑！谁派来拉书我不清楚。"

"沈兴强都承认是找你的，你装糊涂！"

"说过，不认识，也没打过交道。他承认是他的事，我要为我的话负责。即便就是我承认了，那不仅欺骗了自己，而且也蒙骗了你们，我不做那种事。如果你们相信楚诚讲的是真的，那就继续向他做调查，他还会信口雌黄，歪曲事实。"

"刘经安，这个不再讲了。你该老实点，到底参加了啥组织？"

刘经安想到了组织的决定，但没有立即回答，装着想说又不想说的样子，只应对了一声，让我好好地再想一想吧！过了半天，刘经安还没有吐出一个字。

"想好了没有？如果再不说，那就不客气了，马上给你一个好果子吃！"

刘经安一直在等待这最后的一句警告和威胁，闻声装着胆战心惊的样子，慢慢地说："我参加过'西青会'，一共开了两次会。"

"介绍人是谁？"

刘经安说："一时记不起来了，让我再回忆回忆。"他急中生智，把组织决定的介绍人刘汉初改了，补充着说，"想起来了，叫王廷垩。"

"这人在哪里？"

"他不是本地人，不知去向。"

"现在与'西青会'还有联系吗？"

"我刚说开了两次会，回家后再没有联系。"

"刘经安，你再想想，还要继续交代。"

其实安康就没有"西青会"组织，那个王廷垩倒有此人，但已经过世了，他们怎么查也无法查出来。

王崇法获得谷燕的口信后，没有耽搁时间，赶快找到王杰三，说："叔父，你为刘经安走动的事惹出麻烦了。"

王杰三眼睛一瞪，问："啥麻烦？"

"听说专署也在查你，你可要小心点。"

"不会吧，我昨天还同杭毅专员谈这个案子，他还说现未查到证据，过个时间，实在查不出来就可以放人。你听谁乱讲的？"

"我是从原先同学那里知道的，这不是乱讲而是事出有因，反正你要注意一点为好。"

王杰三一听火冒三丈，喊骂道："简直是些乌龟王八蛋，都在唱西皮和二黄，我得去问个究竟。"

"叔父，你去了要和气点说啊！"

王杰三走进杭毅的办公室，没打招呼，就冷峭地问道："杭专员，我不过替我侄儿同学王崇法的和我的师爷、绅士唐宝华的外甥刘经安说了个话，咋就查起我来了，难道也怀疑我是共产党吗？谁没有个三亲六故，亲朋好友，谁不为沾亲带故的讲个情。我干了这么多年，对党国并无二心，因这点小事倒落了个被查的下场，简直令人心寒！"

　　杭毅一见王杰三生气的样儿，赶快给端了一杯茶，说："坐下！消消气，谁查你了？"

　　"大街上都摇铃了，谁不知道！"

　　"团长，那我就实话告诉你，我并没有指示查你，而是中统和军统掺和进来了。我对他们介绍了，对王团长要信任，不要谁都不相信，把我们自己搞乱了。他们解除了对你的监控。"

　　王杰三哈哈一笑，说："我错怪专员，对不起，军统和中统净干些瞎瞎事，向上级逞能，有机会也得收拾收拾！"

　　杭毅劝止说："算了，算了，不要再计较和纠缠，不能凭性格处世，你收拾他们几个很容易，你能收拾得了他们的上司吗？到头来是人家把你收拾了，到那个时候，恐怕连我这个专员也成了桌上的一盘菜。我再告诉一遍，你千万要稳重做事，不可有一丝的莽撞行为。常言道：井水不犯河水，你干你的就行了。"

　　王杰三喝了一口茶，润着嗓子说："专员，开导得对，我这个人气来得快，消得也快，开窍了，不会惹出什么事端来。杭专员，刘经安还没结论，这么多的人寻找证据连个影影都没有，能不能网开一面，尽早发落？"

　　杭毅眨了眨眼睛，说："缓缓吧！张副司令他们还在继续审讯和侦察，看有无新的发现再定。"

　　王杰三说："那小伙子家在农村，又有上年龄的老人还缺人服侍，越早越好。"

　　杭毅只点头没说话。

　　王杰三没走一会儿，县教育局局长杨次杰来了，请求说："专员，我的弟弟王崇法在安中上过学，当时同兴师学生刘经安来往较多。今日听讲这个学生犯了啥事被关了，据他讲这个同学平时很严谨，不会有啥出格的行为，把他放了吧。"

　　杭毅问道："你敢肯定？"

　　杨次杰说："按弟弟讲的话，他敢保证。"

　　杭毅倒有些责备的口气说："你们教育部门管辖的学校，不知怎么管理教育学生的，净给政府惹麻烦。你看，最近就因刘经安的案子，不仅王团长找过，而且今天你又来找，还有保安团的师爷唐宝华、安康的士绅骆益诚和杨换帖都来过，我的耳朵都听麻了。"

杨次杰说："专员，这些人都是有身份、有脸面的人物，他们来找你，说明对你的信任，相信你能为普通人办事嘛！"

杭毅反驳说："如果他是共产党呢，放虎归山，能是为百姓吗？"

杨次杰说："现在不是没找到证据？放了也是百姓里的百姓。"

杭毅还是那一套老话："现在继续审查，看有无新的发现再确定。你们当务之急，是要把学校的学生管紧点，不要在社会上瞎起哄，惹出更大的乱子。"

杨次杰说："已召开校长会议，进行了安排，那抗日救国的宣传，让不让出去呢？"

杭毅含糊其词地说："你们自行处置吧！"

杨次杰将杭毅的态度告诉了杨麟科，杨麟科又转达给王崇法，王崇法立马又去找王杰三，说："叔父，专员还未有放的意思，还让张谟、李叔平、陈守信继续审讯和做些调查，看能不能再挖出一点有用的材料。"

王杰三一听，说："崇法，莫急。你走，我马上去找张谟。"

王崇法提醒说："叔父，听别人讲，张谟那个副司令是不好惹的，你说话要轻一点。"

王杰三边走边说："他是顶头上司，我知道轻重。"

张谟刚从审讯室出来正好碰上王杰三，说："团长，你来了，到办公室坐。"

王杰三一边跟着走一边顺口问道："司令最近忙些啥？听同事们讲，你很辛苦的。"

张谟坐到椅子上，说："忙个啥？你还不知道，日本飞机已经三次轰炸白河、旬阳和安康，省政府通知疏散城市人口，把人忙得不亦乐乎，还要整天守着刘经安那个案子转，把人忙得焦头烂额，狼狈不堪。"

"知道，咋不知道，我们疏散得差不多了，那个案子进展咋样？"

"到现在这个案子进行了两个月，还是一张白纸，上面一个黑字都没有，自己不承认是共产党而是'西青会'，取证无着，一句有用的话也掏不出来。"

"司令，我也知道，那个王廷垩已经死了，对证无人。况且，那个西北青年救国联合会不也是救国吗？没大不了的事。"

"问题就在于他是不是共产党，听汉阴那个楚诚揭发，还是一个发展组织的头头。你敢担保不是吗？"

"司令，既然你说这话，我就担保。刘经安这小子有两位老人，而且家里很穷，吃了上顿没下顿的，再榨也榨不出二两油来。你说话，我担保，把他放了。"王杰三说的这几句话很是旁敲侧击、拐弯抹角：你们要在这小子身上打钱的主意，那只不过是一枕黄粱。

张谟听到王杰三的口气很坚定，改口说："如果要是这样呢？"

王杰三反问："要不是呢？现在没有足够证据证明人家是共产党嘛，当然我敢担保。这个时间正遇疏散，乱糟糟的，而且天气很热，放了还是妥善一些。"

张谟推辞地说："那你去请示杭专员。"

王杰三追着问："你的意思呢？"

张谟表态说："只要专员同意，我没意见。"

王杰三说："一言为定，我去报告杭专员。"

张谟说："咋能哄我的团长，说一不二，你可不能把我的想法告诉给专员呀！"

王杰三站起来说："哎呀！我的司令，我咋能那样做呢！"

张谟望着走出去的王杰三说："你个火爆子脾气，我该叮咛才对嘛！"

王杰三出了门就直接去找杭毅。他正在接电话："什么，日本飞机又要来，什么时间？"

电话里传出对方这样的声音："已经掌握可靠的情报，近几天可能性大，具体时间，从武汉起飞前才能得知，把疏散人口抓紧，尽量减少伤亡。"

杭毅接着说："各县的县城都疏散了一些，重要的是安康、旬阳和白河沿线都做好了防空的准备。"

对方电话挂了，杭毅也挂了电话，看了一眼王杰三，说："你来了！"

王杰三说："刚轰炸，又要来，日本鬼子真他妈的浑蛋！"

杭毅说："只是预警，估计要过几天，上两次没有准备，死伤很多人，下一次不能再这样死人了。你们的疏散和防空做得咋样？"

王杰三说："还有些老顽固不想离开家，还在那儿顶着，年轻的还能跑得动，老的到时跑也跑不出去，说不上炸成了肉泥。防空就是增加了警报，构筑了掩体，再是钻香溪洞。"

杭毅说："你们能保安吗？拖也要把那些老家伙先拖走，我还没问张谟，来的飞机能打吗？"

王杰三说："张副司令找我商量过了，组织了一个对空射击火力网，我们的武器射程有限，飞低了还能行，飞高了根本达不到，只能抵挡一阵子。"

杭毅也许是在劝解王杰三，也许是在宽慰自己，说："有总比没有好嘛！能不能打上，也不能怪我们。"

王杰三说："那倒是，如果能打落几架，我们也开心哪！"说了这句话，他立刻又转了话题，"专员，现在这样紧张，我来担保，把刘经安放了。"

杭毅惊讶地说："嗬，你来担保，那好啊！最近哪，为刘经安说事的人把我的门槛都踏烂了，你说咋这么多的人呢？"

王杰三说："我给讲过，谁还没个三朋四友，他这个学生人缘好，结识的人就是多，加上亲戚和邻居，还会少吗！"

杭毅说："我给你讲，刘经安这个案子，省政府已经插手了，如果你担保，我们给省政府打电报请示，若同意，你写一个书面保证，我们就放人。"

王杰三听这样的口气，心里很高兴，说："好，专员，等你请示的消息，我回去就写书面保证书。"

过了一阵子，杭毅叫来张谟，问："刘经安的案子怎么样了？"

张谟回答说："老样子，自己没写一字，只承认参加'西青会'，其他无线索。"

"现在日本人又要轰炸安康，闹得人心惶惶，简直应付不过来。你的意见呢？"

"根据目前侦察的情况，可以释放！不过，要有人来担保。"

"我看也是这样，王杰三来找过我，他要担保刘经安出去。"

"你看他担保行吗？我是保安副司令，他是保安团长，万一有个闪失，可有上下通共的嫌疑啊！"

"那你看由谁来担保最合适？就是我们认为合适的人，不知人家还愿意不愿意担保。"

"哎呀，把人难住了。照你这么一讲，王团长就是最好的人选。而且是他自己提出来的，退一步讲，即就是出岔子，他也不会责怪别人。"

"省政府已经回电报，准许将刘经安暂行保释，你还有啥意见？"

张谟想了好半会儿，慢条斯理地说："要防止刘经安的非法活动，必须规定他几条：一是不准离开恒口镇住地，如要到异地，必须通过联保转报专署批准；二是若有外来宾客或猜疑与共党有关系的，一定要向联保主任报告，并转呈专署；三是每月将自己的生活以及个人的思想活动，写成书面报告，寄给专署，大概就是这些。"

杭毅说："我同意这个规定，你把恒口的联保主任叫来，同刘经安一起交代这些内容，然后由联保主任带回去。还要特别注意，放人那天要侦察有无接应的，一旦发现，肯定是同伙，把他们全部抓起来，加大审讯力度，或许还能破案。"

张谟说："那些人贼得很哪，我看不会来接他的，来亲戚倒是可能的。"

杭毅说："留个神，以防万一，你去办吧。"

刘经安默默地接受了这些交代，没有说一句话。

张谟问："刘经安，你听明白了吗？"

刘经安只点了一下头。

张谟又问："你能不能按这些规定约束自己？"

刘经安依然是点了一下头。

"怎么了，成了哑巴啦？"

刘经安扬头张口，用右手指着喉咙，脸色平平地看了一下张谟和联保主任余养心。

余养心说："是嗓子痛吧？"

刘经安又点了一下头。

张谟对余养心说："好了，你把他带回去，严加管制。"

走出专署大门，余养心对刘经安说："你先回去，我在城里还有点事，过几天，你到联保处来一趟，谈谈情况。"

刘经安借此也说："好，主任，那我在城里也有些事。"

"你有啥事？"

"你看，我得把这些被子、衣服，还有借同学们的钱给还了。"

"那行，还完就赶快回去，不要耽搁的时间太长了。"

刘经安同余养心离开后，也没吃中午饭。他把东西存在就近的同学家里，与同学没说几句话，就径自离去，真奔水西门，搭乘一只木船前往旬阳。

不料，刘文彬也在今天回安康了。

天快黑了，回安康不可能了，罗长勤热情挽留刘经安在他家住下来。

这一夜，刘经安同罗长勤倾心相叙，几乎没有合眼。

早晨一起床，刘经安返回安康，一见刘文彬就说："感谢组织和大家伙儿的营救。"

刘文彬笑着说："自己同志，还客气个啥！你可受苦了！"

刘经安问："沈兴强是不是出事了？"

刘文彬沉默了："他为组织、为了你和同志们牺牲了。"

刘经安站起来说："为兴强同志默哀吧！"随后以汇报的口气说，在看守所里，他们没有动刑，多亏那几个有身份人的阻止。搞了一回假枪毙，有点惊，但是心里想为了党的事业，万死不辞。我不承认，他们就白天黑夜，轮番审讯。最后按照组织的决定，只承认参加"西青会"，始终没有承认我是共产党员，没有暴露党组织和我们的同志。

刘文彬听完这些话，说："经安同志，你坚强不屈，随机应变，共产党人就应该这样，这几个月，你经受了考验，好样的！"

"没啥，只是我当前的工作咋办，是还在安康，或者是回省委？"

"这样吧，鉴于你刚出狱，人家还有那几条规定，你先回家休息，这也是无奈的应付。在此期间，你把恒口一带的工作管一管，但不要太频繁，让人家发现。待暑假回来再研究，决定去留的问题。中共旬阳县工作委员会成立后，确定以'发展党的组织，宣传党对抗日战争的政治主张'为中心任务，在壮大力量上，以争取小学教员，夺取乡村政权为组织发展的方针，工作很有起色，组织规模得到不断扩大。不过，罗长勤在龚家梁小学任教，叛徒袁子昌已任县三青团分部干事，知道罗的底细，开始做些排斥、捣乱的手脚，这不但是对组织的威胁，而且对罗也有很大的危险。不过现在的矛盾还未激化，我们得有下一步的打算和安排。"

刘经安说："昨晚上，罗长勤也谈了些情况，他们组织能力很强，责任分工很细，长勤负责在龚家梁小学以及学校的高年级学生中发展党员；李兆众承担对县城周围一批回乡军人的情况了解清楚，并团结、争取过来；罗广文深入神河和吕河一带乡村开展工作，他们把事情做得很实在。"

刘文彬说："今后选择时机，定期通报情况，你得赶快回老家，用虚虚实实来对付他们，这是上策。另外，对叛徒的处置该是时候了。"

刘经安说："会有一个适当的时机。"

刘文彬又重复了一句："这是组织的决定。"

刘经安说："他再来作孽，那就是他的末日。"

刘经安回到恒口没多久，草草地写了几句话，寄给了张谟。张谟又将这份所谓的书面汇报呈给杭毅一阅。报告中说，在看守所蹲了三个月，回来就生病了，可能是在那里蹲出来的。现在啥都不能干，只能是有病乱求医，这里没好的中医先生，还不能走远，听天由命吧！等病好了，我要好好地劳动，好好地干活，好好地种庄稼，等待秋收。杭毅看完后，带着讥笑的口气说："这小子，自己生病了，还埋怨是在看守所里蹲出来的，简直是胡搅蛮缠，无稽之谈。"

张谟附和地说："就是，就是，毫无道理。"

过了一段时间，安康县接转恒口联保给专署的报告称，刘经安借外出看病和探视亲戚为名，很长时间没有回来，家里人也不知去向。

杭毅得报后立即交给张谟承办，责令安康县严督所侦缉，务必将刘经安逮捕归案，其结果寻无下落。

之后，杭毅对张谟说："看来这回真的是放虎归山了。"

张谟说："他再跑，还能跑出秦巴山吗！一定把他抓回来。"

杭毅说："你可不能把话讲满了，既然不是一般的人，就不能轻视和小看他们如何应对我们的行动。"

刘经安真是消失得无影无踪了，未能抓到一点蛛丝马迹。这是恒口联保又一次所呈报告中的只言片语。

兴安踪影

（中）

孙扬 著

作家出版社

第十六章
重返兴安起旋风

省委决定召开选举中共七大代表的会议，由省委组织部派员分赴各地通知地委书记参加会议。王力接受任务后立马出发，直奔安康恒口，住在郑宗谟家。人虽然到了安康，但他却不知道刘文彬眼下究竟在啥地方。于是，问郑宗谟："现在要想办法找到刘文彬，你有没有路子？"

郑宗谟想了一会儿，说："湘卿同志，我也不清楚刘文彬的确切位置，但我相信一定能够找到他。"

刘湘卿说："你就这么自信？"

"有一定的把握。我告诉你，恒口邮政所代办人邹玉洁是邹玉鼎的堂弟，又是杨麟科的老表，我同他打过交道，是我党的同情者，又是支持者，他一定会想方设法找到刘文彬的。"

"这我倒是相信的。那你得赶快策略地给他打个招呼。"

"我知道。这只给杨麟科讲就行了，你就放心吧！"

吃过早饭，杨麟科赶紧到了恒口邮政所，还没进门，就见邹玉洁出来了，急忙地问："老表，你要出去吗？"

邹玉洁回答道："我要进安康城一趟，你有事吗？"

"我有个事，请老表帮忙。"

"啥事，说吧！"

"想通过邮政渠道查一个人。"

"是啥人？"

"我在安中上学，他在兴师上学，我们关系很好，叫刘文彬。想找他，筹备一个同学聚会。"

"这算啥大事，芝麻大的一个事。正好，我去地区邮政局，只要有他的信函，不费啥力气就查出来了。"

"那就拜托老表了。"

邹玉洁刚走出街口，又被郑宗谟拦住了："邹所长，我找你有点事。"

"有啥事，我要进城，说吧！"

"请你帮忙查一个人。"

"啥人？叫啥名字？"

"我在兴师的同学，刘文彬。"

"刚才杨麟科给我讲过了，你们三人都是好学友、好朋友。我现在就是去安康邮局，这是放牛捡地蕃，顺便的事。像你们这样的人，是会有书信来往的。我想一定会查到，请放心。"

天黑的时候，杨麟科来到郑宗谟家，告诉刘湘卿，刘文彬有着落了，他的收信地址是旬阳县城关龚家梁小学，可猜摸他在那里教书。刘湘卿得到刘文彬去向非常高兴。这个学校自己去过，在前往安康路过旬阳的那天晚上，听见学校在高唱《义勇军进行曲》。走到学校一看，原来是一位秀发披肩、婀娜多姿的女子在教唱歌，一打听名叫鲁学昭。想到这里，他连连夸奖邹玉洁这个人办事真麻利，是一个值得信赖的朋友，并一再叮嘱郑宗谟和杨麟科，一定要搞好统战工作，团结党外人士，诚心交友，以壮大我们的力量。

刘湘卿又给杨麟科说："邹玉洁是邹玉鼎的堂弟，又是你的老表，关系却很铁。但你们必须保护人家的安全，亲戚关系和党的朋友关系处理要恰当，相互关照，以防暴露。否则，对双方都不利。将来还有一些我们做不到的事，还要依靠邹玉洁为我们来做。"

杨麟科点头说："是的，老表给了我们不少地下书信来往的方便。这只有我、邹玉鼎和郑宗谟最清楚，其他人一概不知。我们会站在党的利益高度上处理我们的事业关系，请组织放心。"

说话间，郑宗谟的父亲催促着，该吃夜饭了。杨麟科站起来要走，被郑宗谟拉住了："湘卿初来乍到，我们在一起接个风还不行吗？再说，咱们又难得有这样的机会。还有，今天该办的事办到了。不管咋说，咱们要喝几盅，热闹热闹。"

席间，郑宗谟提议划几拳。

刘湘卿说："你是知道的，我不会这个，酒是点滴不沾。"

"既然如此，我们得敬你，你喝茶，我们喝酒总该行吧。"杨麟科说。

"刘湘卿倒很爽快，那行，礼仪应该到。"

郑宗谟和杨麟科先后敬过之后，两人开始行令划拳。

郑宗谟开始喊："天上太阳照啊！"

杨麟科接着叫："地上星星亮啊！"

刘湘卿理解其意，故意说："你们划的啥拳，让人听不懂。不过，太阳和星星都发光，你俩都得喝一杯。"

郑宗谟和杨麟科同时举起杯，说道："你来了，我们高兴，连喝两杯，你该喝一杯。"

刘湘卿端起茶杯，同郑宗谟和杨麟科的酒杯碰得叮当响。一阵笑声在堂屋飘荡。

这一夜鸡叫二遍前，刘湘卿和郑宗谟都没有睡觉。先是刘湘卿谈了目前抗日战争的形势和我党的对策及其我们的任务，令郑宗谟激动不已。他又汇报了西区党的建设情况。这里刘湘卿曾经交代的，让他从兴师毕业回恒口抓西区党的工作。截至眼前，恒口党支部扩大为三个党小组。河南党小组由支部书记郑宗谟兼任，党员有李洪宝、郑宗尧；河东党小组，也称千工党小组，由贺立鉴任组长，党员有王学琛、王文俊、王宗法；河北党小组，包括恒口镇郊、千工堰流域，由李建棠任组长，党员有杨静江、杨麟科。

刘湘卿一听，高兴万分。那个李洪宝是郑宗谟介绍的，他同意的，家里很穷，在旧军队当过排长。还有那个郑宗尧，他也知道，家里吃了上顿没下顿，以石匠为业，曾在安康自卫团鲁秦侠卫队当过兵。他俩掌握军事知识，又熟悉军队里一些人，以做好兵运工作，有利于武装组织的建设。他对郑宗谟说："组织规模发展很快，令人兴奋。但要注意质量，抓好培养教育，不可买椟还珠，舍本逐末。你们的想法符合党的抗日方针政策，抓好武装斗争的准备。日本鬼子要是打到老河口一带，你们就要着手组织武装队伍，开展同日本鬼子打游击战。"

郑宗谟说："是的，我们一定要目光远大，在抓好根本上下力气。还有几个在军队当过连长的，已是发展的对象，但还要观察一阵子。这应该是有基础的。"

刘湘卿问："你下一步有何打算？"

郑宗谟说："既然教育局不给我分配工作，我想考陕西国立四中师范班。"

刘湘卿说："那也好，将来当教师，是个很好的掩护职业。如果考上了，那你得把自己的工作很好地交代一下。"

郑宗谟说："听到一个消息，国立四中要迁到四川阆中。"

刘湘卿说："既然有传闻，就有可能性。你须提前做好准备。"

郑宗谟说："不管到哪里，我们的志向不会改变，党的工作不会停下来。"

刘湘卿说："像一颗火星燃烧发光！"

按情理上讲，应该挽留刘湘卿多住几天，但客观上又不允许这样做，他肩负着重要任务，不得不做短暂的停留而离开。郑宗谟真的是依依不舍，这一去，不知何时才能再相见，聆听他的教诲。

刘湘卿在前往旬阳的路上，马不停蹄，日夜兼程，到第二天晚些时分来到龚家梁小学。他站在门卫室前，问："师傅，刘文彬老师在吗？"

"应该在。他是一年级的级任教员。刚才还见他上课，现在下课了，不知在不在。"

"请你帮我找一下。"

"你是哪里来的？找他做啥？"

"我原是陕西警一旅三团的，去年在安康时就认识，是朋友。今日，我出差经过此地，找他借宿一个晚上，明天去汉口。"

"你的这个朋友好哇！既能教书，又能教歌，还和气可亲，平易近人，眼里有咱们这些干苦活的人。有的教师可不是这样，鄙视我们这些人。"

旁边坐着的一位师傅制止了："见了生人，你说这些做啥！"

"实打实嘛，袁子昌不就是这样？眼睛长在头顶了！"

刘湘卿依然站在那里，这完全是对门卫的一种尊重。从他们的对话中，了解到袁子昌自从去年八月在西安参加军训期间叛党，而随即加入西北抗敌协会和国民党后，回到家乡的所作所为。

"光顾咱们说话，还没给客官找人。"

旁边的那位师傅指着说："那第一排房子的第一间，就是他的宿舍，你去吧！"

"谢谢师傅！"

"不必客气！"

刘湘卿走进大门，直感到那天晚上没看清的校园容貌，今天却尽收眼底，一览无余。学校虽然不大，却收拾得干干净净，教室和宿舍整整齐齐。这一切都被高大茂盛的一棵棵泡桐树遮盖得严严实实，一排排花坛里飘散着浓郁的馨香。他记忆犹新，左边中间那间教室，那天晚上听到的雄壮歌声就是从这里传出来的。他脑海飘忽着鲁学昭正在指挥教歌和陪伴她的女友余亚芳，一位身材修长、风姿绰约的身影。莫想到，在这层峦叠嶂、河谷纵横的秦巴山里，还有如此担当国家存亡责任的女性，称得上女中丈夫啊！

"哎呀，怎么是你！在这做啥？"刘文彬刚走出门，看见教室前站着一个高个儿的人，定睛细看，原来是刘湘卿，于是惊叫了一声。

刘湘卿转过神来一瞧，面前站着的正是刘文彬，大笑起来："怎么不是我呢？真是奇了，还没去敲门，要找的人就来了。我告诉你，我走进秦巴山第一站，就在这里听到《义勇军进行曲》《大刀进行曲》《毕业歌》的歌声，是鲁学昭给学生们教唱的，这个人现在去了什么地方？"

刘文彬回答说："鲁学昭在石泉女子小学教书，根据组织安排，参加了国民党石泉妇女会，工作积极、有魄力。"

"余亚芳呢？"

"在，她和男友龚怀义同县长来往密切。"

刘湘卿又说："哦。我这里还认识了罗长勤，不过在安康时，我还见过他。还有一个叫李兆众，那个青年很有脑筋。"

刘文彬拉着刘湘卿的胳膊，说："走，到宿舍先坐一下，然后慢慢地给你汇报。"

这时音乐教师李瑶琴和领着的两个学生从他们身边走过。

刘文彬向刘湘卿使了一个眼色，问："你刚到这里吗？"

刘湘卿也见有人，便大声说，"我出差路过，你不管怎样得给我找一个地方住下！"

刘文彬很清楚，自己在课余时间给学生教唱抗日救亡歌曲，引起了李瑶琴的嫉妒和怀疑，经常同袁子昌一起说长道短。不过，这些歌曲，在国统区也是比较流行的，他们也抓不住什么。但无论如何，还是注意一些为好。他同样喊道："你这个老朋友，来到我门前，找一间寒舍借宿还是能办到。不过，条件差些，委屈你了。"

刘湘卿说："还讲啥阔气，只要干净卫生就很满足了。"

待他们走远了，刘文彬说："走，进屋再安排。"

一进屋，刘湘卿仔细地观察这房子的结构，小声问："说话方便吗？"

刘文彬明白问话的意思："不碍事，东边的房子没住人，西边是隔山墙，南边窗子外边是空院子，门前是宽敞的过道。"正说着就要去关门，却被刘湘卿拦住了："别这么想，马上把门关上，会引起别人的猜疑。你看那是谁？"

刘文彬往门外一看，是李瑶琴慢悠悠地又走过来了，她站在门外细声细气地说："刘老师，你来客了？"

刘文彬说："啊，来客了。是我在兴师上学时结识的朋友，进来坐。"

李瑶琴似乎是没神气地问："不啦，难怪没有见过。"

刘文彬说："他在警一旅三团供职，你哪见得上，出差路过这里，叙叙旧。"

刘湘卿坐在那儿喝茶，没有同她搭话，只是介绍他的身份时才随意地招了招手，表示认可和客气。

李瑶琴一边说不打扰了，一边摆动着微胖的身子，一扭一扭地走了。也许是旗袍宽大的缘故，下摆不时地随之摆来摆去。

刘文彬走到门口，远远地叫道："李老师，你走好啊，有时间来坐！"

刘湘卿待刘文彬坐下来，说："我这次来安康，是奉省委指示，通知你回省委，参加选举中共七大代表，接着还要参加省委扩大会议。你得提早准备，按时赴会。"

刘文彬说："好，一定把工作安排妥当。你看，咱们只顾这事，却忘了当前要解决的问题，你跟我走，咱们现在就去找饭吃，寻住处。"

"到哪里去？"

"草房街，罗家院子。"

"我想起来了，是不是罗长勤家？"

"是，你的记性真好。"

"我第一次见到时，发现他近视，说话时脸上泛红，还有抿嘴的习惯。"

"我到旬阳的半个月后，因为原中共旬阳城关支部书记李开新已去延安抗日大学第五期第四大队四中队学习，我主持成立了中共旬阳工作委员会，书记就由罗长勤担任。我俩是在兴师一个班的同学，又是我介绍他加入了党组织，去找他，没错。"

"好，走。"

他俩刚走到衙门口，听见有人叫："刘老师，这么晚，你到哪里去？"

刘文彬转过面一看，是袁子昌在喊，淡然地回了一句："我来了朋友，去府民街面馆吃饭。"

袁子昌打量着刘湘卿，问："这位是，在哪里见过，好面熟啊！"

刘文彬赶紧向刘湘卿挤了个眼色，说："袁老师，你可能见过，他经常到咱们兴师打篮球。"

刘湘卿心里咯噔了一下，这就是那个叛徒袁子昌，不过我不认识这个人，他也并不了解我们真正的内情。于是，刘湘卿倒还是有礼貌地自我介绍说："鄙人刘湘卿，在警一旅第三团供职。今出差湖北，路过此地，拜访在安康结识的刘文彬这位朋友。"

"难怪呢？我和一个叫石畅的单独见过几次面，不知道他现在去了哪里。"袁子昌一听这谦称的话，不知姓啥为老几地问。

"他是我团搞文化教育的教官。警三团从安康开赴抗日前线，各营都在不同的地域设防，战线很长，我们就没有见过面了。"刘湘卿说。

袁子昌又问："你们很熟悉吗？"

刘湘卿嘿嘿地笑了一声："谈不上熟，他是文化教官，我喜爱打篮球，外边一有活动，他就把我叫上了，打完了就散了。"

袁子昌没个完地说："那个石畅，对党国倒没有离心离德的话，但总觉得他在做他自己的啥事情。"

刘湘卿严肃地说："你这意思是他同党国貌合神离吗？有证据就应该向省政府反映。"接着向刘文彬征求意见似的说，"刘老师，你说该不该这样？"

刘文彬看着袁子昌说："对呀，党国里哪能容忍身在曹营心在汉的人呢？袁老师，你身为三民主义青年团陕西省支团旬阳团务筹备办事处负责人，为维护党国利益应该举报。这对你升迁都是有好处的。"

袁子昌认为这话也在理，说："我写个情况，请湘卿带回西安，交省政府好吧！"

刘湘卿却认真地说："袁老师，让别人捎去不妥，通过邮局比较合适。而且，我要去湖北，十天半个月的回不去，误了事。如果我回到西安，会去查问的，你越快越好。收信人一定要写蒋鼎文，名字后写'台鉴'为妥。"

袁子昌说："我考虑一下怎么写好，大后天保证发出去。"

刘文彬说："我建议你不要从旬阳发，因为这里邮班比较少，送出去得三五天，有人到安康，可送安康邮局发，这比较快。"

袁子昌说："大后天有我的一个亲戚到安康，让他带去最合适。"

刘文彬说："好，那我们去吃饭了，你吃了吗？"

袁子昌说："吃了，那就不陪你们了。"

刘文彬心里想，让你陪我们一起吃饭？真没有胃口。

走出衙门口，他俩没有去府民街面馆吃饭，没有拐弯就出了西门洞子，过了西门垭子，下了三十多米长的石台阶，至下河街向西拐，到草房街又拾级而上。脚步停止的时候，就是路的尽头，也是罗长勤的家，这是一个经营山货特产的"大顺生"商店。

门开着。刘文彬没有敲门，也没有喊叫，直接走进了屋里，到二道门时，他才问道："长勤在吗？"

里屋间随声答应道："在，是刘老师来啦，快请坐。"

刘文彬打趣地说："咱们是老熟人，不算啥，你看是谁来了！"

罗长勤走出里屋门，惊喜地叫着："真是稀客，一年都没见了。你在关中大平原，我在秦巴大山里，要会上一面可是难上加难了。我和刘老师经常念叨你呢！"

刘湘卿乐呵呵地说："都一样，我也常惦记着你和大家伙儿。我第一次见到你时的影子老在脑海里晃来晃去。"

罗长勤嘴唇一收，说："那时像个孩子一样，还很幼稚。"

刘湘卿说："有志向的孩子，总会成熟得早，这大概也是规律，咱们都是从那个时代过来的嘛！"

一阵笑声，像一片彩云在屋里子飘游，又仿佛是从他们心灵里漫溢喷发的一朵一朵飞溅的浪花。

刘文彬对罗长勤说："我们还没吃饭，先随便弄点饭吃吧！"

"好，很快，我去安排一下。"

罗长勤从厨房出来，刘文彬说："湘卿同志的时间很紧，在这儿只住三四天。今晚就住在你家，你汇报一下党的建设，再听听湘卿的指示。明天中午，让李兆众来接到他家住，换着地方住要好些。"

罗长勤说："行。不过，中午太阳炸热，大街上火烧火燎的，人又少，来的生人容易被人发现。吃罢早饭来接最合适，这时街道上卖杂货的、买东西的，还有赶大街的，人来人往，川流不息。挤在人群中，装着买中药天麻的，就混过去了。"

刘文彬说："想得周全，就这样定。"

吃过晚饭，罗长勤就把刘湘卿带到了里屋，说："你就睡我的床，我在隔壁屋子里睡。"

刘湘卿说："你这个工委书记住的地方还蛮不错嘛。"

罗长勤的脸色自然而然地绯红了起来："这个院子不瞒你说，是活动最保险的地方。"

刘湘卿似乎提醒地说："最保险地方，也要防止万一啊。"

罗长勤没有疑义地点着头说："那是，万一出岔子，损失就大了。我给你汇报一下情况。我们在农村、城镇、各回乡军人，还有政府机关中发展党员四十二人。有四十多人是利用培养、发展的对象。在稳妥讲质量的前提下，年底的基层党支部可达到三个。我和文彬都认为，在这期间，要在回乡军人中发展党员，并设立一个军人基层支部，给将来建立武装组织打好基础。这已迫在眉睫了，日本飞机经常来轰炸安康，我们不能束手待毙，要争取主动做好抗击日本鬼子的武装准备。另外，我还自刻一枚石质代用公章……"

"刻了工委公章，啥样子，快拿来让我看看！"没等罗长勤说完，刘湘卿就急促地叫道。

罗长勤取来了一个小木盒，从中取出像桃核状的小小石头，双手递给刘湘卿。

刘湘卿好奇地捏在右手中，翻上翻下，转来转去，感觉光滑细腻，形状古怪。这是印章吗？你认为它是一枚印章，那一切信函、表格等加盖有此印的，就应该证明是真的，是凝聚人心的鲜红印记；你认为它是一块妙石，那轻巧而坚硬的躯体却有欣赏价值，一种稀有和昂贵占领你奢望的视野。刘湘卿突然间拍着罗长勤的肩膀，说："你可真想得出来，想了个老先人没有传承下来的印章，罕见！上边刻的什么字？"

罗长勤指着上面一个个字，说："'艸艸不工'四个字，篆体阴文，是用于党员登记表和组织介绍信等函件，在本县内已经启用。大家都感到新鲜，有种振奋的效果。"

刘湘卿说："对的，我们处在国民党统治的环境里，这样做同刻着'工委'的字样所产生的效果是一样的，或者会更好些。以后介绍去省委或者去延安的同志，都可使用这个印章。你们党的发展工作很快、很扎实，这是对的，但千万要掌握成熟一个发展一个的要求，千万不可盲目乐观，而把投机钻营分子吸收到党内来。如果这样，造成的损失将是无可估量的。我们要经常整顿我们自己，也要经常整顿我们的组织，使她纯洁而旺盛。再就是着手抓武装人员选配，是当务之急，再迟了，我们就要被打屁股，会断送我们已取得的成绩，这要果断不能犹豫。安康恒口支部已经做了这方面工作，已经接收了贫苦人，有对国民党不满，又有仇恨的在乡军人加入了党。其中郑宗谟给我介绍了一个叫李洪宝的，一看言谈举止，就是一个精明干练的人，把他作为培养的军事骨干，我同意了。你们这儿离襄阳、武汉近，要早点动手，才不会误事。有条件的话，可在队伍里做兵运工作，要细心，要有把握。"

他俩又从秦巴山抗日活动的蓬勃发展，谈到共产党领导的八路军与广大民众团结抗日的英雄事迹；从解放区分田分地、减租减息，谈到国民党统治区的苛捐杂税、抢粮抓丁、不顾百姓死活的腐败政策；从抗日战争时局的严峻，谈到我们所处地域的有利和不利条件，以发挥优势，未雨绸缪，提前做好防备，一旦日本鬼子向秦巴山进攻，就彻底消灭来犯之敌。

"咱们出去看看吧！"刘湘卿说。

"行。"罗长勤轻轻地把门推开。

这夏夜里，两个人谈得津津有味，也不知道现在是啥时辰。出门一看，旬河与汉水交汇的宽阔的水面粼粼闪光，这才发现东方的天空已经发白了，嶙峋的山峦还没有睡醒，依然卧在薄暮之中。黑幕里，又见一只小木船，如箭似的从上渡口向旬河口驶去。

罗长勤说："采金船上的人起得早。"

刘湘卿开着玩笑，"咱们也要学点淘金的手艺。"

罗长勤说："金子不淘，就是出不来呀！"

刘湘卿说："淘出来的金子才会发光！"

说话间，一缕霞光已经照亮了整个天地。上渡口、黄坡岭、大河南和菜湾方向的路上，陆续地有三五成群的百姓向城里涌来，集市开始热闹起来。

快到中午的时候，李兆众领着刘湘卿穿过街道上赶集的人群回到了家。进门后没有在堂屋停留，一声不响地到下院楼底去了。

正在睡房做针线活的毛金环听到门前有路过的脚步声，侧眼一望，见到来的这个人串脸胡、高鼻梁，修着"东洋头"，身着浅色大褂，右手拿着一副墨镜。于是，发闷了大半天，常来找兆众的有罗长勤、鲁纪冲，称同学关系；还有康成发，听说是同学又是结拜弟兄；再有罗广文、鲁世恭和黄华山一些人。今天来的这个人从来没有见过，看那般神态严肃的样子，与她见过的本地人相比风度截然不同，相同的是他们一来全都钻到下院楼底这个屋子，从来不在堂屋久坐，喝茶聊天。猜想，他一定是从大地方来的人。毛金环是一位聪颖机灵、手脚麻利，又严于礼数的少妇，她赶忙打了一盆水端到下院。

刘湘卿一见来人，没有说话，两眼射出冷冰冰的目光，直直地盯着毛金环。

李兆众说："天热，洗个脸、洗个脚。"接着，对着毛金环介绍道，"这是我的内人，贤惠善良，读过几天私塾，她识字甚少，礼数蛮多。"

刘湘卿稍微地站了起来，脸上现出一缕笑意，点着头，挥手打了个招呼，仍然没有开口说话。

毛金环双臂搭在胸前，弯了一下身子，以表施礼。当她登上梯坎时，李兆众赶了上去，小声说："今天来人，不要给任何人提起。吃饭时，你给我多端一份就行了。"

毛金环说："不会的，人家饭量大小呢？不能让人家来这里饿肚子。"

李兆众说："同我的饭量差不多，你就用那个大碗，足够了。"

毛金环又问："放辣椒吗？"

李兆众说："能吃一点。"

毛金环说："要不这样，我去买些青辣椒，用油一煎，另外盛在小碗里，你们吃多少就夹多少。"

李兆众说："你真会想，就这样！"

实际上李兆众同毛金环说的话，刘湘卿全听见。当李兆众站在刘湘卿面前时，刘湘卿赞不绝口地说："你的媳妇想啥事可真细心啊！"

李兆众一句话管总："她就是那样一个人，这个家全是人家为我在撑着。"

吃过晚饭后，刘文彬来了，随后罗广文紧跟着进了屋。刘文彬给刘湘卿介绍说："这位是旬阳工委宣传委员罗广文。"

罗广文不知怎么打招呼好，赶快弯腰深深地鞠了个躬。

刘湘卿说："这可要不得，快坐快坐。"

刘文彬又说："他家开栈房和饭馆，又做点小生意，接待客人较多，又在河街中心，是我们活动的重要场所之一，经常在他家的楼上讨论和研究有关工作。"

刘湘卿说："我们的活动地点要十分隐蔽，同时要掌握周围的民情和敌情，还须有一个在紧急情况下的撤离方案。"

李兆众说："孙子曰：知己知彼，百战不殆。这里的环境和人情都在掌控之中，能主动应付发生的不测，我们规定了有花草摆放就是没有危险。否则，中止一切活动，这个信号春夏秋冬是不一样的。"

罗广文补充说："楼上楼下都有撤离的通道，通常不用，而且不易被人发现。"

刘湘卿说："好，你们安排得很细致，也很周到，一定要做到万无一失。"

刘文彬又指着李兆众对刘湘卿说："兆众，担任旬阳工委组织委员。我同意工委书记罗长勤对委员们的分工。罗长勤利用教员和训育主任的工作之便，主要在学校高年级学生中做工作，发展党员；李兆众则同县城和农村的一大批在乡军人熟识，主要对他们开展了解、摸底，把他们大多数人争取过来；罗广文利用做生意的有利条件，活动于吕河、神河、赤岩等地，了解民情，掌握发展对象。虽然有地域的分工，但又不受这个限制，其他地方有自己的关系，也要很好地加以利用。"

刘湘卿高兴地说:"好。工委工作有安排、有计划、有分工,真好。工于修做,践行志向。黑夜就要逝去,拂晓即将到来。"

李兆众对组织安排刘湘卿到自己家里住,有说不出的高兴,觉着有好多想法要给上级讲。这一夜他没有一点睡意,便把刘湘卿拉到门外,指着上方的旧房子,告诉说:"我们经常趁夜间从这儿登上城墙,出没于衙门口,探听县保安队和警卫队的活动规律,并出没于县城几条大的街道,观察敌人夜间巡逻的路线和时间,原来想弄几根枪杆子。"讲到这儿,他转了话题,"今夜太晚了,咱后天如有时间,我带你也走一趟。"

"成,明晚吧。"刘湘卿说。

"咱们还是回楼下吧。"李兆众在征求意见。

"好。"刘湘卿趁夜色看了一眼大河洲和翻滚奔流的汉江,只回答了一个字。

回到屋里,李兆众按捺不住激动的心情,又滔滔不绝地讲起为组织武装而作的一些考察。要抓枪杆子,就得要有懂军事的人,而且是可靠强干的人。他走访了十位长辈子,从他们那里了解到,县城附近及各乡镇现有三十多岁的在乡军人近二百人,或许不止这些。他们大多数是当兵多年的人,曾在张藩、张飞生、孙鹤年的手下干过,后被国民党政府编余遣散回乡,家庭生活无着,有的到处流浪、无处安身,对国民党政府的统治极为不满,这些人中有不少是可联系和发展的对象。

"你想不想听听这些军人长官的简况?"李兆众问。

"听。听他们长官的简况,就可知道一些他们士兵的经历。"刘湘卿聚精会神地听李兆众讲述。

"张藩,字丹屏,旬阳蜀河龙家河人,祖籍江苏太湖县,清同治年间迁陕。曾在西安法政学堂读书,一九〇九年陕西省存古学堂设立后,由法政学堂转入存古学堂,毕业后入陈树藩部当兵。一九一六年五月,陕北镇守使陈树藩自称护国军总司令,击败陆建章,夺取陕西督军一职。张藩因与陈树藩是同乡,受到重用,被委任为西安四门稽查处处长,相当于警备司令。一九二一年七月,北洋政府决定免去陈树藩职务,委任阎相文当督军。于是,同阎相文统率的陆军二十师,吴新田的第七师和冯玉祥的第十六混成旅向陕西进军。张藩得知后,随即将主力调整到西安和潼关一线,与驻大荔的刘世珑部形成掎角之势,同阎军抵抗。此时,张藩被任命为潼关卫戍司令,驻防此地。由于阎相文的兵力多倍于陈树藩,加之猛烈的进攻，陈树藩难以抵挡，月底从西安撤退，赴汉中依靠张宝麟部。十月，冯玉祥、吴新田兵分两路向汉中进击，陈树藩不得不退到川陕交界地域，依附他在保定陆军学堂学习的同学、川军林光斗。一九二二年，陈树藩觉察到有利的局势已经丧失，已经没有什么前途了，便离开陕军赴上海寄居他乡，将残部交给张藩统率，而流落四川多地，后任川黔边防军司令。一九二三年三月，孙中山在广州设大元帅府，张藩转投广州，同年十月，参加西南五省讨贼军，并参加了北伐战争。一九二九年十月，蒋介石、冯玉祥中原战争开始后，张藩被蒋介石任命为陕鄂边防剿匪总司令，并派遣他回陕南组军，以对抗冯玉祥的陕南驻军。实际上，张藩领得一纸空文回到了旬阳，奔走在旬阳和白河一带招募兵丁，购买粮食，扩充自己的兵力。这两个县的孙长林、吴自征、张子杰、余来喜、康化堂和杜在东等地方兵团全部被他收编，并进行严格的整顿和训练。他身先士卒，常和士兵们一起操练，纠正不规范的军事动作。年底，张藩率部兵分三路，围攻冯玉祥安康区后方留守司令王玉文部，守军损失惨重。适逢桂系军阀王光宗东调至陕南增援王玉文部，并向张藩进行猛烈反击，张藩难以抵御，率军沿汉江撤退到白河县和鄂西一带。一九三〇年杨虎城率十七路军来陕后，张藩率军投奔于杨虎城，被任命为陕西警备第一师师长，驻防略阳、勉县和宁强一带。一九三三年因病辞去军职，任西安绥靖公署、陕西省政府参议。"

刘湘卿听到这儿插话说："从这个部队回乡的士兵，由于去的地方多，见识广，又参与多次作战，个人的军事素质不会太差，张鸿远呢？"

"张鸿远，字飞生，旬阳县大河南张家院子人。幼时家境贫寒，以与父亲卖豆芽养家糊口。清末就读于县立高等小学堂，毕业后考入陕西陆军小学堂，后被保送到陆军保定速成小学堂学习。结业回陕后，在陕西陆军任职。一九一一年十月，陕西新军起义后，任营长、南路游击司令等职。他英勇善战，以'飞将'之称誉满军营。一九一八年靖国军围攻西安时，因守城有功，被陈树藩提升为第一混成团团长。同年底，陈树藩受到段启瑞的唆使，自恃有甘军、奉军、镇嵩军的支持，破坏协议兵分三路，持续向驻扎在关中西部的陕西靖国军进攻。张飞生部为中路，兵出兴平、武功等地；白戈人为北路，兵出礼泉等地；镇嵩军为南路，兵出户县等地。张飞生率部同靖国军叶荃、郭坚和卢占魁所属各部在兴平和武动之间进行了激烈的交战，靖国军节节败退，武功和扶风被张飞生部占领。一九一九年四月，靖国军与陈树藩划界停战后，陈树藩却违背协议，为扩大自己的地盘，命张飞生以凶猛火力进攻乾县，王珏和郭英夫所指挥的靖国军不得不放弃坚守了五个月的乾县。一九二一年三月，直皖战争爆发，陈树藩集结兵力兵分三路向陕西靖国军进攻。此时，张飞生升为陕西陆军第一混成旅旅长，担任北路进击的任务，率军从旬邑、淳化之间向靖国军逼近，遭到靖国军的顽强阻击，败走乾县。一九二一年七月，直系攻占陕西全境，张飞生辞职返回旬阳，在家中闲居，并把自己的设想寄托于练字描画之中，借此一点愉悦来度过昏乱的时间。一九二六年北伐战争开始后，重整旗鼓，投奔于蒋介石，受到重用，被任命为国民革命军第一军第六混成旅少将旅长，后提升为豫陕甘联军第一师中将师长。一九二九年十月，蒋介石、冯玉祥中原大战爆发，被蒋介石任命为国民革命军陕西讨逆军第二路司令，并经武汉行营派往陕西南部收编地方武装，扩充军力，以对抗冯玉祥在安康和汉中的留守部队。张飞生一回到安康，游说在政府、商会之中，行走在各民团和绅士之间，不到两个月时间，就收编了旬阳的孙鹤年，安康的王耀宸、鲁秦侠，岚皋的陈定安，汉阴的沈玺亭等民团武装队伍。一九三〇年十月，蒋、冯、阎中原大战定局，冯玉祥部败退出陕西，杨虎城率十七路军回陕，任西安绥靖公署主任，张飞生晋见杨虎城，被委任为国民革命军讨逆军第十七路军陕西安康区绥靖司令。从此，张飞生凭杨虎城拨给他的三百条步枪、迫击炮两门，收集旧部，以镇安为基地，做进攻安康的准备。一九三一年一月，张飞生率领八个县的游杂武装和地方民团进攻安康，击退安守军王光宗部，收复了安康各县。至此，国民党政府才真正在安康拥有统治权。一九三二年九月，张飞生部被杨虎城改编为陕西警备第二旅，并担任旅长。一九三五年三月十日，徐海东率红二十五军从宁陕关口向洋县华阳镇方向佯装撤退。张飞生亲自带领鲁秦侠和沈玺亭两个团的兵力追击，行至华阳镇石塔寺时，遭到埋伏在山沟两侧红军火力的猛烈阻截，经半天的激战，被打得溃不成军，击毙、俘虏六百余人。张飞生左臂中弹，随之倒伏在地，潜藏在死伤的士兵之中，天黑时收集残部回城休整。一九三六年十月，被免去旅长职务，其部由孔从周统率，在休整时有不少士兵开小差或因贪生怕死而被遣散回乡。"

"这些人表现咋样？"刘湘卿问。

"他们知道红军是穷人的军队，要打土豪，分田地，让百姓过上好日子。虽然身在国民党军队，但同长官们不是一条心，所以不愿同红军作战，就三三两两地逃跑了，有的被以军法予以处置。现在他们不那么说长道短，不敢公开地反对什么，看得出他们心里有一本账。"李兆众回答说。

"那孙鹤年呢？"

"这个人家在吕河口，一九三〇年被张飞生收编后，任第二游击司令。此前，同是神河保卫团团总的彭子麟把妻弟石西藩排挤掉后不久，也被张飞生收编，任第二保卫团团长，归属孙鹤年指挥，石西藩在被排挤后，怀恨在心，伺机报复。此时，正遇上张飞生招兵，他被委任为招兵站的站长，常住安康县的张滩。就在孙鹤年指令彭子麟领兵攻打安康时，因神河联合农民军袭击了乡公所，中途不经请示擅自将队伍撤回神河。石西藩闻此消息后，雪恨的欲望涌上心头，立即向孙鹤年报告，言辞激昂，称彭子麟目无长官，目无军纪，应严加处置。孙鹤年一听，对彭子麟置大局而不顾如此私自主张的行动感到非常吃惊。于是立即做出罢免彭子麟团长的决定，电告张飞生，张飞生同意解除他的团长职务，并要求密切注意其行迹。孙鹤年对石西藩同彭子麟之间所发生的纠葛有一些了解，但现在到了这一步田地只能这样做了，便任命石西藩为第二团的团长。同时，与石西藩一起对这个团的三名营长和部分连长进行了斥责和训诫。经过一番整治，将一部分士兵予以遣散。一九三三年，安康绥靖军改编，孙鹤年卸职回家，逍遥自在于吕河街上和乡村里。"

"那些遣散的士兵，都在本乡本土吗？"刘湘卿问。

"我打听过，有少数人流落他方。"李兆众回答说。

刘湘卿说："你们县能人不可胜数啊！可不要小看这些游杂武装队伍，从他们组成的士兵来分析，不少士兵并不是游杂的士兵。他们都来自穷苦老百姓，有的识几个字，有的连一个字还不认识，是大老粗，但他们随从他们的长官走的地方多，又与对方打过不少的仗，见多识广，又有一点军事的常识，只要把他们中的骨干组织起来，严格纪律，严加操练，可变兵油子为铮铮铁汉，组成一支精锐的队伍。兆众啊，一定要想方设法掌握这批人员，准备在必要时建立抗日力量，坚持在秦巴山里同进犯的日本鬼子打游击战，或者参加八路军，开赴抗日前线。"

李兆众说："我愚笨想呵，成立了党组织，如果没有自己的武装，咋能保护和巩固自己呢！再说啦，要把穷苦老百姓从水深火热中解救出来，怕也只能是一句空话。"

刘湘卿咯咯地笑着，说："你真聪明啊！你知道延安毛泽东的一句名言吗？"

李兆众只摇头。

刘湘卿的声音既斯文又刚强，说："你听，每个共产党员都应该懂得这个真理：枪杆子里面出政权。明白这句话的意思吗？"

李兆众一个劲儿地点头，脸上呈现出喜悦的笑容。毛泽东的话很精辟，要用枪杆子打出一个新中国。这也是我们的心愿哪！过了一会儿，李兆众带着试探的口气，说："你要不要跟我进城走一趟，摸摸地形？"

刘湘卿立刻答应了："走，现在就走。"

李兆众拿出了一瓶酒，自己喝了一口，递给刘湘卿。刘湘卿不解地说："还喝这个？"李兆众说："有用，只喝一口。"说话之间便急切出了门，一个箭步就登上了那间旧房子，转过身又把刘湘卿拉上了房顶，并小声说："脚轻点，千万别踩穿了瓦片。"正说着又如燕子一般飞上了城墙，回身用双手将刘湘卿拽上时，不由自主地说着，"你好沉啊！"李兆众胳肢窝夹着酒瓶，领刘湘卿沿着城墙根走到了衙门口停住了。仔细观察，县政府加了岗哨，于是又改道府民街西头，指着左边街道上边围墙里的一座吊脚楼，说："这里是保安的营房，再望东北方向那座平房，是政警队的住处。南西北方向都无法进去，只有东边有一小门，平常是大锁闭门，一般情况是不开的。据说，这个小门的门钥匙县长有一把，有时候的夜间，余亚芳从这里出出进进。"

刘湘卿疑惑地问："余亚芳同县长是啥关联？"

李兆众说："讲不清楚，传言是施德广的干女儿，又是压床板的，你懂不懂？"

"懂，就是做情妇呗！余亚芳不是鲁学昭的好友吗，咋不制止呢？"

"那种事情，别人能强迫得了吗？鲁学昭人在石泉教学，那么的远，咋管得着，现在余亚芳的男友龚怀义也变了，与其同流合污。"

"那可要提防点。"

"已经采取措施，既疏远又亲近，让他不能感觉到我们不信任他，也许能从他那儿得到一点有用的消息来。"

"他拿不到咱们有用的情报，施德广也会甩掉这个包袱的。因为他是一个不坚定的分子。"

他俩轻言轻语，不觉走到了东关。

李兆众往上边一望，政府的东小门外站着一个人，在朦胧的夜色中他睁大两眼辨认，是施德广。便说："你看，那里站着的是县长。"

刘湘卿随声望去，似乎看清这个人稍高的个儿，微胖，身着单衫，两手插在腰间，头来回转动，像是在寻找什么目标。刘湘卿说："大半夜的站在这儿做啥，是在迎河风乘凉吗？"

李兆众说："不会吧，也许是像流传的那样，在等余亚芳呢。"

果然不出所料，小门前面的小路上出现了一个修长的身影，不紧不慢地朝上走，李兆众说："就是她！"

刘湘卿看得很认真，虽然难以看清她的面容，但进入眼帘的这位身段细长的女子，就与那天傍晚同鲁学昭一起教唱抗日歌曲的女子一模一样。在夜间，谁也看不清，他在摇头："糟蹋了，伤风败俗，图的是什么！"

李兆众说："暂时还不可知真情。"

刘湘卿说："依我看，她心上有七十二个窟窿眼儿，现在只露出了一个缝儿，到彻底清楚，那只不过是一个时间的长短。不然，她会把自己往泥坑里推吗？"

李兆众一边往东关路上走，一边说："那倒也是。"走了三多米，他指着校场坝西边崖边的一栋房子，介绍说，"这里住着国民兵团的士兵。他们都是些乌合之众，真正要打起来，不堪一击。"

刘湘卿说："即使如此，也不可小瞧他们。"

李兆众又指着旬河和汉江交汇处的东边山坡，说："那里叫黄坡岭，你看，那亮着灯的一院房子是寺院，名叫灵岩寺。这儿居高临下，地势险要。"

刘湘卿说："你去过吗？"

李兆众说："我不信那个，没上过。可我妈带着我媳妇去上过香，烧过纸，问过卦。"

刘湘卿说："也许是老人和你媳妇去替你求神问卜的，是不是？"

李兆众说："也许是吧。不过，是她们自宽守己，安慰自己，为儿子和丈夫消灾寻吉。"

刘湘卿说："是这个心理。她们慈爱、善良，是一家人的福气。"

说着说着，俩人不知不觉地走到下河街的西咸泥沟。李兆众停止了脚步，指着街右边一座木砖结构的两层楼房，说："这是我们活动的阅报室和夜校学习的地方。"

刘湘卿说："不错，很阔气嘛！要不，进去看看！"

李兆众说："夜深了，不进去，免得惹麻烦。咱们走吧！"

刚离开阅报室还没走几步，发现前面来了两个夜间巡逻的警察。李兆众麻利地打开酒瓶，让刘湘卿喝了一大口，自己把酒洒在胸前衣衫上，继续向前走。这时，听见警察老远地把枪栓拉得咔嚓咔嚓响。大喊："谁？站住！"

李兆众答声了："老总，是我们！"

"做啥的，深更半夜还不睡觉？"

李兆众赶快把酒瓶举在手中，朝着警察的眼前晃来晃去，结结巴巴地说："我们是三拳两胜一吆当，喝得酒酣耳热，来到街上逛逛，散散酒后的心情。"

"家住哪里？"

"西门外下——下边的钱——钱家院子。"

巡警只见李兆众醉醺醺地走路摇摇晃晃，时不时打个趔趄，又闻得他身上一股酒气，不予问话。指着刘湘卿说："你俩喝酒了？"

"是，老总。"

"你是他啥人？家在哪里？"

"他表哥，家住小河口。经常不见，高兴了多喝了几杯，就成这个样子了。"

"赶快把他扶回去！"

李兆众一听这话，又急忙把酒瓶往警察手里一塞，说："老总，这瓶还满满着，送送送给老总喝，你们也也来个夜夜宵。"

巡警还没有反应过来，李兆众东倒西歪地跑步而去。刘湘卿向巡警打了一个招呼，急忙跟上了李兆众，顺手挽起他的胳膊，附耳小声说："那扛的还是快枪呢！"

李兆众回了一句："我有一杆子就好了！"

巡警手里拿着酒瓶，站在夜校前，望着两个晃荡的夜影子，说："简直是酒疯子。"

旁边一名巡警说："听人讲，酒疯子实际上心里最清楚。"

"有这个说法，可酒喝多了，不疯才怪呢！"

刘文彬回校的当晚，就同罗长勤商量，找一个啥理由才能请准假，经反复琢磨，就以父亲病危为由，写好了请假条。第二天上午课罢，就持请假条去找校长。雷洪声接过请假条好半天才说话："你父亲啥病？"

刘文彬说："具体啥病没告诉，家里捎信来，连亲戚朋友们都很紧张。"

雷洪声问："十五天能来上课吗？"

"病好了就提前回校，如果是顽固病，那就很难确定。"

"想好了，超过请假时限，就得除名。"

"就按规定办理。"

"你一年级的课程，谁来代替？"

"请校长安排。"

"你认为谁比较合适？"

"罗老师。"

"那就把罗长勤叫来。"

"好。"

不大一会儿，刘文彬就去把罗长勤叫来了。一进屋，雷洪声就说："罗老师，刘老师的父亲病危要请假，他推荐你帮他代一年级的级任老师，你觉得咋样？"

罗长勤觉着突然的样子，望着刘文彬，又回头盯着校长，好像在说，这叫我左右为难，真不知如何是好。停了一会儿，只吐出了一句话："让我想想吧。"

雷洪声说："有啥好想的，行就行，不行就不行，就安排另外的老师嘛。不过刘老师让你代替，我作为校长想，还是很合适的，也不要推辞了。"

刘文彬看了罗长勤一眼，说："你曾给学生们上过一次语文课，学生们听得津津有味，都夸你讲得好。还是你来上吧！"

罗长勤说："既然校长有这个意思，那我就帮你这个忙。"

雷洪声说："刘老师，你请假不上课了，那就把薪水给罗教师，你看呢？"

刘文彬："我没花费那份心血，就不应该收获那份报酬，你给罗教师！"

雷洪声说："那就这样定了，从后天起由罗老师给一年级学生上课。好，你们还有啥要讲的？"

刘文彬只说了一句感谢校长的话，跟着罗长勤很快地走出办公室，打趣地说："哎呀，没看出你还会演戏，一套一套的。"

罗长勤说："没你的即将赴会，哪能会这样编出来呢！"

刘文彬拉起罗长勤急急火火地去见刘湘卿，当即报告一切手续完全办妥，来征求出发的时间。

刘湘卿决定说："明天下午行吗？"

刘文彬说："再筹集一点钱，准备一下生活用品，明天一个上午时间足够了。"

刘湘卿又叮咛道："你同长勤再把工委工作议一议。还有，你们可选两三名党员到省委干部训练班学习。我回省委的时候一起走。"

刘文彬高兴地说："好，机会难得，就定三名。行吗？"

刘湘卿说："三名就三名吧！"

刘文彬同罗长勤商量了一下，立刻说："李兆众和罗广文，大概情况你了解。还有一名鲁继冲，旬阳人，在兴师上学未毕业，是我介绍他入党的，担任兴师支部书记职务。"

刘湘卿问："什么时候毕业？正在读书能离开吗？"

刘文彬说："明年七月。现在是抗日时期，学校三天打鱼，两天晒网，也学不出个啥，到时因故请假就可离校。"

刘湘卿说："要稳当点，不要误了学籍。"

刘文彬说："这有办法，不会的。罗广文由李兆众通知，鲁继冲回安康另行安排。"

刘湘卿说："我会提前五天，告诉起程的具体时间和集中地点。好吧，你赶快去准备吧！"

这天早晨，毛金环照例端了两份饭送到下院楼里，只见李兆众趴在桌子上写什么，却不见那个人的影了。她问："客人呢？"

李兆众没抬头，继续在写："走了。"

"啥时走的，我咋一点音信都不知道，也不告诉一声，也好少做点饭。"

"我忘了，是炎尼天快黑的时候走的。做多了，晚上我再吃。"

"看你这个脑子，也不给人家饯行。"

"我疏忽了，以后有的是机会。"

"他是哪里人，到哪里去了？"

"他是外地来的，到哪里去了，人家也没告诉我，我也不好问的。"

"人家既然来了，也是稀客，走的时候，应该做几个菜为人家送行才对嘛！"

"人家不讲究那个。我给你说，以后不要给任何人提起咱家来了外地人的事。"

"不会的，你就放一百个心吧！那天夜里你们出去大半夜才悄悄地回来，你当我不知道？一定有啥事。"

"我们到城里看夜景去了。不知道才好。"

"傻瓜蛋子才不知道呢！赶快趁热吃饭吧！"

"剩下那份饭留着，我晚上吃。"

"你吃我吃不都一样嘛！"

李兆众看着毛金环端着盘子走出的背影，心里泛起了一股甜美的滋味。他吃罢饭，却在另一张纸上又画了起来，是在绘制只有自己才能看得明白的旬阳简易地图。

刘湘卿同刘文彬一进安康城，就来到"富源"商铺。

刘文彬一踏进门，就朝着谷燕叫道："老板，你看谁来了？"

谷燕只见门外站着一位高个儿，戴着墨镜，一顶瓜皮帽拿在手里，不时地抢来抢去，一副商人打扮。谷燕打量了好半天，忽然想到了这位身着便衣的是那个军人，一种记忆追逐往日的感觉，是那红蓝铅笔所绘出的什么。不知道什么不要紧，要紧的是这笔在他的手中所描绘出的志向图景。对，一定是他，一模一样，有军人的大大落落。尽管如此，她还是猜摸地说："像是刘长官。"

刘湘卿取下眼镜，说："眼力不差嘛！"

谷燕说："若不仔细地看，差点就认不出来。快到屋里坐。"

刘湘卿安然地说："认不出来才好呢。不然，我还能来你这个'富源'买笔墨纸张吗？"

谷燕笑出了一阵银铃般的声音，说："爹，你招呼一下门面，有客户来谈进货生意，需要商量。"

刘湘卿听谷燕说，"到后院喝茶吧！"

刘文彬便说，"对，后院凉快，喝紫阳茶。"

刘湘卿穿过商铺中门，一进后院，突然出现了一种对比的想法，关中农户的后院是那么的宽大阔绰，眼下的后院是这么的窄小狭隘，这就是城里和乡下的区别吧！也不仅如此，人家后院前面开商铺，农户的后院前面只是悬挂一串一串的苞谷棒子。没有可比的地方，人们都在以不同的劳作方式，用辛勤的汗水，在共同创造自己的生活。

刘文彬问谷燕，"你见过但敬修吗？"

"前天上午见他进老城了，只打了个招呼。"谷燕立即回答说。

刘文彬又问："谭际桂还经常到你这儿来吗？"

"来，常来。她现在可牛气了，好像对时局的动态消息，不说全知道，但也知道得不少。"谷燕回答道。

"比如说呢？"

"比如说，她悄悄地对我讲，据初步掌握的线索，旬阳城里和农村有异党在大肆活动。为防止不测，安康保安司令已经同意给旬阳保安队、政警队增加配发武器弹药的数额。"

"多少，知道不？啥时间知道不？"

"她没说，只让我不要告诉任何人。还有，在此前，安康县保安队的武器弹药得到大量补充。"

"会不会是诱饵呢？"

刘湘卿对这一情报不认为是这样，共产党人的活动态势和斗争锋芒，让国民政府担惊受怕，提心吊胆，不得不借用武力对革命行动予以镇压，也借此就认为可处之泰然了。实际上，是他们在遮盖自己那种惊慌失措的心态。他说："看来斗争将越来越严峻了，对当权政府这一行动，不可等闲视之，应该治他一家伙。"

刘文彬说："应该治，但我们没力量呀！"

刘湘卿说："莫急，办法总会想出来，有办法就会有力量。老板，你能不能通过安康专署的表哥，摸清啥时送，走旱路还是水路，至于是多少武器弹药，无须去追问。能行吗？"

"大后天我爷过生日，他要来祝寿，趁这个机会试试，争取了解得细一点。"谷燕很有把握地说。

刘湘卿对刘文彬说："你不是要找但敬修？咱们走吧！"

刘文彬领着刘湘卿一前一后，不紧不慢地路过兴安师范门前时，深有感慨地说："我在这儿度过了四年的读书生涯，又是你引导我走上革命的道路。"

刘湘卿说："引导你的是共产党，推荐你的是我，这倒是真的。在这座学校，我认识了你们，扎牢了根子，打实了基础，安康各县党组织的发展才如此红火。"

刘文彬："我想举荐但敬修去省委训练班学习，增加一个名额行吗？"

刘湘卿脑海里立刻呈现第一次见到但敬修的模样，身材细高，油亮的小背头，面目清秀俊俏，身着白色西装，系一条花格领带，很帅气，察言观色，一定是一位有才干的诚实的人。那彻夜油印宣传单，刻制蜡板，表现出思想坚定、内心炽热的革命情绪。于是他满口答应说："为革命培养人才，咋不行呢！行，跟我们一起走！"

这是刘文彬心里激动的一刻，按捺不住内心的兴奋，遥望北方，咧开嘴笑了。在培养人才的领地里，一定会挖掘出更多的金子，这甚至要比金子还要宝贵。因为金子是人淘出来的，应该是他创造了比金子还要昂贵的价值。

刘湘卿说着："明天一赶早就去恒口找邹玉洁，请他帮助拦截袁子昌给蒋鼎文的信。"

刘文彬说："嗯，先去同邹玉洁的老表杨麟科商量办法。"

"好，越快越好。谁去呢？"

"我同但敬修去，他们也很熟悉。"

"你去吧。但敬修在家里等谷燕打听的情况。我明天到张滩侦察地形，后天我们在恒口见面。你告诉郑宗谟，通知李洪宝和郑宗尧近几天不要外出。"

说着说着，他俩不觉走出东门外，来到但敬修的家门口。门掩着，刘文彬喊了一声，屋里没有应声。

红红的残阳洒满了门前干干净净的院坝。

过了很长时间，但敬修才从通往老城的小路上回来。看来挺高兴的，老远传来高亢入云的紫阳民歌声。

刘文彬在暗淡的夜色中，喊道："敬修，你做啥去了？"

但敬修仔细一瞧，说："对不起，两位稀客，我去散发抗日传单和张贴我创作的抗日漫画。"

刘湘卿猛然间想到，那一批血气方刚的青年学生毕业后，步入艰苦的环境，依然像一面旗帜飘扬不息。灯光下，他盯着但敬修的那幅漫画，在七零八碎的土地上，愤怒的中国汉子双手挥起锋利的大刀，向鬼子的头上砍去。他说："有力，解恨！"

这一夜里，如月的镰刀不见了，大地消失了，屋里的灯光熄灭了。他们三个人好像在守夜，轻言细语，没有睡觉。

天上只有一颗启明星在闪烁。

刘湘卿到恒口的时候，天已经黑了。他让郑宗谟一块去找李洪宝。

"你先休息，我去找他来就是了。"郑宗谟说。

"我得去。"刘湘卿毫不犹豫地说。

刘湘卿为啥这样坚决要去见李洪宝？郑宗谟笑着说："咋这么急，葫芦里炼的是什么丹哪！"

"去了就知道了。"刘湘卿说。

摸着朦胧的月夜，深一脚浅一脚来到李洪宝的门外，郑宗谟从门缝里一瞧，灯亮着，还没有睡，便叫道："洪宝兄，还没睡，我是宗谟。"

李洪宝一边开门一边说："还没呢，是郑老弟，快到屋里坐！"

一进门，后边跟着是刘湘卿，李洪宝喜出望外，盼望已久的人终于站在自己眼前，那高兴劲头让他手忙脚乱，说："快坐快坐，我给你们泡茶、做饭，咱们可得喝几盅。"

刘湘卿拍着李洪宝坚实的肩膀，说："这就免了，也不必张罗……"

李洪宝急了，不等刘湘卿说完，说："那咋行呢！我们的引路人来了，不能坐白凳子，让人心里过不去呀！"

刘湘卿说："你的心意我领了。现在你带一炷香和一叠纸，我们一起看家伙去！"

李洪宝一听去看家伙，心里就明白了，二话没说，把油灯一吹，带着刘湘卿和郑宗谟，向屋子后山窝的一座寺庙奔去。

这座寺庙已经破败不堪，多年以前就没人在这里修行了，只不过逢年过节时，或者消灾，或者祈吉，或者求福，或者还愿，有不少百姓来这里上香烧纸，平时到这里来的人是寥寥无几。

进了寺庙，说也奇怪，这时的月亮也亮起来了。一缕明朗的光线，从房顶的破瓦洞穿进了寺庙里，神位上六尊高大神像，杀气腾腾，栩栩如生，呼之欲出，跃然眼前，有的赤面獠牙，有的张牙舞爪，有的凶相毕露，还有那和颜悦色和喜眉笑脸的神像，都在两侧神龛里。

刘湘卿一边对郑宗谟说："你去盯梢。"一边问李洪宝，"家伙放在哪儿？"

李洪宝往担子的墙头一指。

刘湘卿说："取下来，检查一下。"

李洪宝未等话语落音，如同飞燕一般跃上了楼，又爬过担子，扒开几页砖，从小洞里取出一包东西，用袋子挂在脖子上，沿原路线一出溜下来了。他捧着对刘湘卿说："这就是你让我保存的三支手枪，物归原主。"

刘湘卿说："确切地讲，这个主不是我而是你们。你好精心哪！那六十发子弹呢？"

李洪宝说："在我家厕所的墙头里藏着。"

刘湘卿又问："还有两支快枪是郑宗谟保管，不知保养得怎么样。"

李洪宝回答："前几天我还去看过，油光发亮，藏在房脊上，很保险。"

刘湘卿说："路远点，就不再去看了，文彬，咱们回去吧！"

刘文彬对这一切过去无所不知，但从这次湘卿这番意图看，要进行一次非常的举动，但如何去做，对他来说是丈二和尚摸不着头脑。他正想着，听刘湘卿说："明天上午通知支部委员和各党小组长中午后开会。地点选哪儿合适？"

刘文彬望着李洪宝说："你对地形熟悉，放哪儿安全些？"

李洪宝想了一下说："要不放我家里，再不然就去寺庙，离家近天气太热，可带些开水上去。"

刘湘卿说："洪宝，你的心情可以理解，两个地方都不行。我来时观察过，你家周围邻居多，没有啥喜事，一下子来了这么多人，会引起甲长们的怀疑；另外，寺庙经常不去人，这时去一帮光杆杆的人，而且没有妇女，也会让人疑心。"

刘文彬觉得刘湘卿分析得蛮有道理，便提议说："你看这样行不行？"

"说来听听。"

"罗长勤给我讲过，在恒口街上有一位旬阳老乡在开客栈，如果需要帮忙就去找他们。不妨去找他们试试。"

郑宗谟赶忙说："我知道，在恒口街的中间，名叫'瑞瑞客栈'，院子比较大，那里一定行。"

刘文彬接着说："今晚我就住在那里。走，宗谟咱们一块走。"

刘湘卿说："行，你俩办好后，给回个话。"

郑宗谟对李洪宝说："你把客人送到我家！"

李洪宝说："不用操心，客人今夜不走了。"

郑宗谟领着刘文彬摸到"瑞瑞客栈"已经是半夜了。大门紧闭着，门外悬挂的两盏红灯笼还在亮着。他轻轻地敲了几下大门，不大一会儿，大门吱儿一声开了半掩，一位二十多岁的少妇提着马灯往前一照，问："住店哪？"

刘文彬回答："住店。"

"哪里来的？"

"从旬阳来的！"

"做啥的？"

"龚家梁小学的教师。"

"哈呀，是老乡哇，快进来！"

"你是不是叫李莲英？"

"是呀，谁告诉的？"

"听同人们讲的。"

李莲英把他俩请进屋，问："住啥样的房子？"

刘文彬说："比较大一点，比较安静为好。"

"那后院有一间，你看行不行？"

刘文彬跟着李莲英穿过中间厢房，来到后院，灯光下发现这里比较雅致、干净，后边围墙还有一道后门，便问："这门上锁了吗？"

"这门只有进各种货物和柴火煤炭时才打开，平常是锁着的。"

李莲英边说着边打开一间客房，说："这间行吗？你们教书先生在讲台上口若悬河，下了讲台总是安静如神。我看行。"

刘文彬一看这间宽敞大气，桌凳都是黑漆的，而且摆放有序，茶具齐备，问："这么阔气的客房呀！"

李莲英说："这是专给做生意人装修的房间。"

"挺贵吧？"

"是。不过，你住吧，是老乡来了，同平常的房间开钱。"

"是多少，就给多少，做生意很难的，不能照应七大姑八大姨的，不然就会把本儿都搭上了。"

"不会的，不会的。做生意会有赊亏，只要想办法总会有盈余。"

郑宗谟等安排妥当后，说："我该走了。"

李莲英问："你不住吗？"

郑宗谟一摇手，说："不住。我家离这儿不远。"

李莲英提灯在前面走，问："你是刘先生的啥？"

郑宗谟明白这话的意思，回答道："我们是兴安师范的同学，好长时间不见了，约定恒口的几位同学在这里聚会。"

李莲英只噢了一声，等郑宗谟出门走远了，才把门关上。她转过身，朝后院望去，这位刘先生房间的灯光照在院子里，光亮光亮的，便走进后院，喊着大声，对刘文彬说："刘先生，请把门关好啊！"

刘文彬正在看书，一转脸，这才看清门外站的这位老板二十五六岁，身材高挑，一头的浓发盘在头上，显得个子很高，瓜子脸，柳叶眉，丹凤眼，是一位姿容秀俏的少妇。他坐着未动，说："谢谢老板。"

李莲英站在门口，说："不用谢。刘先生，我想向你打听一个人，看你知道不知道？"

刘文彬没有动，问："啥人？"

李莲英向两边客房扫了一眼，所有的门窗都关闭着，院子里只有她的马灯在亮着。她说："在老家有没有一个叫孙瞻山的？"

刘文彬依然坐在椅子上，问："干啥的？"

"我也不知道，这是从门缝里得到的。这帮子经常出没在旬阳的南黑山和北黑山的深山老林中。传说，最近又到恒口的北山，劫富济贫，同土豪劣绅和乡保的乡丁还有保安对着干。"

刘文彬这才站起来，向前走了几步，说："这一点都不知道。有多少人，领头的是谁，清楚不？"

"七八个人吧。头儿就是孙瞻山，听说还是个女娃子。"

"啊！啊！是女的。"

"全是女的，据说她们年龄不超过三十岁。"

"旬阳哪里人，知道不？"

"孙家山人。"

"哎呀，据我所知，旬阳汉水南北的孙家山不下十处。"

"那就不清楚了。刘先生，问个闲话，不要在意啊！你休息吧！"

住了个客栈，没想到获得如此重大的消息，这为我们党建立武装力量提供了宝贵的线索，这让刘文彬激动的心情，实在难以抑制。

趁着中午满街道热闹非凡的时候，参加会议的人员陆续到齐了。大家有说有笑，欢腾鼓舞，像一番聚会的气氛。刘文彬招呼郑宗谟坐在门口注意外边来回进出的行人。当刘湘卿把得到的消息和今后的行动计划向大家作了说明，在座的各位心情都马上变得像绷圆的弓弦一样紧张起来。他们这些人只有李洪宝和郑宗谟和入党不久的鲁宗圣、王文彬打过仗，其他人只在西安劳动营军训时摸过几天枪，其他时间谁也没挨过谁，这能行吗？

刘湘卿发现大家不安的神色，又分析了这次行动的有利条件和不利的因素，怎样把不利变为有利，就看大家如何部署了。

这时，郑宗尧只见一个人直冲冲地走过来，便吭了一声，屋里没了声音，于是问道："你找谁？"

"我找杨麟科。"

杨麟科闻声急忙走出门："老弟，你找我？"

"嗯。"这个人把杨麟科拉到一旁："这是邹所长让我递送的一封信。"

杨麟科接过信一看，信皮上写着"杨麟科收"，心想一定是信皮套信，说："谢谢你呀！"

"莫客气，自己人。"

杨麟科进屋拆开一看，见是套着一封给省政府蒋鼎文的亲启信，便递给了刘湘卿。刘湘卿再拆开仔细一看，就是状告石畅的举报信。信中写到，"石畅，省警一旅三团教官，借同兴安师范学校打篮球的机会煽动学生游行抗日，幕后策划学生到专员公署门前示威，抗议政府支持抗日救国不力，并诬蔑政府限制、镇压抗日的学生和百姓，制造社会混乱，怀疑是共党分子……还有一位，我不太清楚，只见过一面，叫刘湘卿，同石畅有来往，这个人很老练，会不会是幕后操纵者，请派员查处。陕西省旬阳县三青团分部筹备处，袁子昌，民国二十八年八月四日。"

刘湘卿将信递给刘文彬说："你看吧，幸亏多了一个心眼。"

刘文彬一眼扫过，说："这个混账王八蛋，可耻的叛徒，不会有好下场，信中还提到你了。"

刘湘卿从刘文彬手里拿过这封信，说："提到不大要紧，即便是要真的让中统和军统去查，也查不出来啥名堂，我们旅根本没个刘湘卿，只有一个王力。胃口倒挺大，让它见鬼去吧！"于是，嚯的一声，划着了一根洋火把它点燃，几秒钟这封带着扭曲热望的信一下子化为灰烬，会跟随垃圾扫出去，倒进粪坑里，本身没有养分，只能是掺和农家土肥一起去上庄稼。刘湘卿继续讲开了，"这次敌人押运的士兵不会多，而且路线只有两条，一条是旱路，一条是水路，不管走哪条路都可以。不过要走水路，对我们更有利，因为我们都是在汉水旁和月河边长大的，是水猫子。我们的军事人员组成有当过班长的、排长的、连长的，哪个没见过打仗，不会怯阵。"随后，他分配了任务，伏击组由李洪宝负责，组成人员是郑宗谟、鲁宗圣，王崇法的枪法也不错，随行这个组；接应组由邹玉鼎负责，组织四个信得过而且有胆量、有体力的人参加，伏击一旦成功，帮助他们转移；运输组由郑宗谟负责，找一辆汽车，将武器、弹药很快拉走；通信联络，由杨麟科负责，保证畅通无阻，使命令即时传达到各组，不得贻误战机。他还明确地对大家说，伏击组由他自己带队，文彬负责跟随其他组的行动。下去后，抓紧时间做好各自的工作，越快越好，随时准备参加第一次军事行动。

会议结束了。大家紧张的心情一下子平静下来，才想到这第一次军事行动是对他们每一个人第一次严峻的考验和锻炼，心里充满了必胜的信心。

不过，大家都望着刘湘卿，却向刘文彬使眼色，但不知道该怎么说才好。刘文彬领会了大家的意思，便说："湘卿同志，你不要跟着伏击组，随接应组吧！"

刘湘卿问："怎么了？"

李洪宝直言道："太危险了！"

刘湘卿眼睛一瞪说："不怕危险，才能干成大事情，你害怕吗？"

李洪宝睁圆眼睛说："我也是从死人堆里爬出来的，毫不畏惧，手早就痒痒了，没个机会，这回可要过个瘾了！"

刘湘卿把李洪宝的肩一拍，说："这次是机会，以后的时机也不会少啊！"

他们又谈了一阵子闲话，陆陆续续地走出了门。

刘文彬最后走时，提高嗓门喊道："掌柜的，我们去吃同学聚会的晚饭了，请你助兴喝杯酒！"

李莲英咯咯地笑着说："我不会喝酒，纳慰了！"

安康保安司令部会议室正在开会。会议室正面墙上挂着孙中山和蒋介石的肖像。

正面的椅子上坐着专员兼保安司令杭毅和副司令张谟，左右两排椅子上坐着政府、中统、军统、保安、警察局、国民自卫队和驻军的重要长官。会议室气氛显得很紧张，每个人脸上呈现着严肃的神情。张谟简短的讲话，似乎有些大喊大叫、声嘶力竭的样子。当他讲到几个案子时，倒有些无奈的情绪。旬阳县一股子结帮团伙，八到十个人，经常活动在清和乡和文治乡一带。前不久，县保安队的士兵在文治乡执行公务时，竟然被他们打死打伤，或者是土匪所为。在侦察中，获取报告称，在这一带又出现了一个女扮男装的女子打猎队。按当地风俗讲，女子是不能持枪狩猎的，有不吉利之嫌。即便是你要打就打呗，那你打我们的士兵干啥？猜摸可能存在图谋不轨。这个案子至今不但没有破，而且得到不可靠消息，这帮子人已经沿汉江南岸和巴山北麓西进，从大道河渡汉江北进至秦岭南麓的恒口北山一带活动。这消息倒有点捕风捉影，至今没有获得让人可信的充分证据。石泉县熨斗乡有一位当雇工又放牛的娃，叫任侠，竟能修文习武，而且同乡长吕子刚有交往。经常走村串户，与穷苦人关系密切，得到很多人的信任。听说有一次，乡长吕子刚被三个蒙面人劫持，正好被路过的任侠发现，大喊了一声，挥动铁拳，三下五除二地把几个人打翻在地，只连声喊叫求饶。任侠从那蒙面人的目光里看见他们好像是那几个穷家小子，便吼道，赶快走吧，不然乡长要你们的命。这好像在演绎一个传说中的故事，有没有下落呢，没有。即便是有下落也不会是那么真实。从此以后，有人放风说，这个人来历不明，可能是从事共产党地下工作的；还说得更玄乎，这个人在延安中央警卫团当过指导员，是到陕南来搞兵运的，或许要组织一支游击队。听起来多么可怕呀！再就是白河茅坪乡的乡民举众闹事，联名控告乡长吴新民、保长张志俊所谓的抗日乱拉兵夫和滥派粮款的罪行，要清算两人的腐败贪污行为。为平息事态的发展，由县长艾林仲出面交涉，先与几位领头的柴隆荣、柴隆越、肖禹田等谈判无果，后同兰继芳经多次协商，县长答应了不但清算罪恶而且撤掉乡长、保长职务的要求，对立的事态才总算平和下来。这桩事件，是有组织、有预谋的，从整个过程分析，那个叫兰继芳的可能是幕后操纵者，柴隆荣他们几个只是挡箭牌，这个案子至今还没有结局。另外，紫阳、岚皋、宁陕、镇坪和平利几个县的土匪活动很厉害，打劫富户人家和做生意的人，闹得人心惶惶，乡野不安。张谟最后说，刚才通报了这些情况，绝不是危言耸听，不是吓唬人的，而是真实的，只不过让大家警觉起来，认真对付。希望警察局配合他们保安司令部共同破获这几起案件，不负党国的重托。

杭毅没有多讲话，只是强调了几句。"各位千万不可小看这些案子的背后，这背后一定有很多人要站起来，或许他们举起大刀和猎枪列队向我们走来，这是多么危险的情景！我们能如此坐以待毙吗？不，我们最近增加了对各县保安武器、弹药配备的数额。但是，我们再那样熟视无睹，怎样对得起党国，怎样向蒋委员长交代呢！"说到这儿，杭毅面向蒋介石肖像肃然站立，大家随之跟着笔挺地站在两旁，只听他像宣誓似的嘶叫着："各方协同，密切配合，精诚团结，共谋上策，坚决打击同我党为敌的共党活动以及那些不安分守己的分子，确保党国在秦巴山永远立于不败之地！"

会议结束后，杭毅指示张谟同卫凯商议为旬阳押运装备的具体方案。

张谟问卫凯："走水路，还是走陆路？"

卫凯立刻说："我认为走水路保险。"

张谟同意这个意见："我也是这样想的。那你要给我找一条好船，艄公要年轻、会浮水，是可信的人驾船。对了，严密封锁消息，对外可放风，称走旱路！"

卫凯一口答应："好，没问题。艄公嘛，有一个祖宗三代都是驾船的，他放船汉江，就像在陆地上走路一样顺当，甚至比这更自在自由。"

张谟又说："从武器库到江边一段路，你要派士兵警戒。"

卫凯说："那有什么问题，由梁良负责。那船上呢？"

张谟说："船上押送，我们派几名士兵就可应付了，不用麻烦你们。"

卫凯说："为党国的利益，谁麻烦谁呀！啥时间？"

张谟说："后天上午九点。"

卫凯对梁良说："到时派一个班的兵力，从城里到渡口护送武器装备。"

张谟纠正说："到渡口船多、人多、目标大，上船地点改在水西门下边的小堤岸边，那里僻静一些。"

卫凯和梁良点了点头，表示一切按这样的计划进行。

这天晚些时候，刘湘卿得到谷燕和但敬修送来的大概消息，保安司令部运送武器弹药的时间确定在明天，走的是旱路，但具体几点出发、有几个人护送、有多少枪支和弹药，一概不明确。刘湘卿叫来刘文彬和李洪宝一起商量行动计划。

正在这时，谷燕送来字条："我的货走水路，九点半开船。"刘湘卿一下明白了，说："路线、时间具体了。大家谈谈吧！"

李洪宝很有把握地说："按常规武器装备的出库时间一般都在八点十分，加上装车以至到江边装船，须在一个钟头左右，卡死了。九点半一定会开船，至于护送多少，很难估计，据我所知，给一个小县才五支快枪、五百发子弹，但给旬阳这样一个大县，我猜摸也超不过二十支快枪、五千发子弹、五十枚手榴弹。护送的人嘛，也就是四个人吧，一个班长领三个兵。这样的任务我干过，不会走大码头的。"

刘文彬说："不知道是在码头上船，还是在渡船口上船。渡船口在东关，要远点，时间要长点。"

刘湘卿闷声不响，好像在考虑着他们的话。过了一会儿，才说："洪宝分析得有道理，我也是这样想的。不管在哪儿上船，再给个半个小时，十点钟准能开船离岸。中午十二点钟也该到了我们的埋伏地点青石套。这个地方在二郎滩的下边，一片较宽的河套，有芦苇，岸边有茂密的山林。这里与张滩也比较近，地形很好，与我有利。"

刘文彬补充说："这里我去过，从岸边穿过林间的小路，就到了张滩街道，再跨过月河就上了公路，可以快速地撤离。"

刘湘卿果断地说："这条路也是最佳的选择。麟科立马通知，各组须按隐蔽的要求做好准备，拟在夜间三点准时出发！"

刘文彬说："接应组和运输组可能在早晨六点以后了。"

刘湘卿嗯了一声说："车上的稻草要多放些，挑的筐子里的红苕不要放得太满。咱们中午在张滩见。"转过身，向李洪宝一挥手，"走，咱们准备一些淘金工具去，三点钟到七里沟雇船。"

李洪宝一边跟着出门一边说："这淘金工具，我亲戚家就有，没麻达，已经讲好了，现在只管去拿就是了。"

半夜的时候，一辆大卡车驶出了恒口镇，沿着五里平川上的公路，疯狂地向前飞奔。刘湘卿像一位老板的模样坐在驾驶室里，不时地从车窗向远方眺望。今天的夜空真美，繁星闪烁，皎月悬空，山野深邃，水泛珠波，天助我也！卡车行至距轮渡七里沟三百多米远的地方停住了，待刘湘卿他们下车之后，在洁白的月光下，他们都未出声，只是相互之间招了招手。卡车又返回开到长枪岭下，没有听见汽车开动的声音。

刘湘卿几个人神不知鬼不觉地摸到汉江边，发现轮渡下游二百米的河边停了一只船。船上有一个人还扑打着蒲扇，好像在驱蚊子，看来那人并没有睡着，只是蒙眬中不自觉的一种行为。

王崇法对着刘湘卿的耳朵悄声地说："像是一条打鱼船，岸边影影糊糊可以看见晾着的渔网。"

刘湘卿毫不迟疑地说："真是的。崇法，你先去交涉，我们跟进。要多少大洋答应他。"

王崇法决断地应了一声好，一边向河边走去，一边故意干咳了几声。

船上突然站起了一个模糊的影子："谁！干啥的？"

王崇法说："不干啥，只想雇你这条船用用！"

"这夜里咋走呢？"

"月亮照的地上、水上明晃晃的，咋不能走！"

"到哪里？"

"青石套。"

"我知道那个河套。到那里做啥？"

"几个人去浪金！"

"嗯，浪金。给多少钱？"

"你要多少？"

"五块大洋。"

"你还挺能要的，这么点路程要那么多，你心太沉了！"

"夜间行船冒险呀！你给多少？"

"三块大洋，再加上一包纸烟。"

"行。只为给兄弟们帮了忙。稍等一下，我去把儿子叫来一起走，返回时有个拉船的帮手。"

王崇法等他叫来了人，便打了一声哨，刘湘卿几个人便从岩边的草丛中跳了出来，一个接一个地上了船。

艄公手持竹篙朝岸边一点，小船忽地一下驶到河中心。这时，艄公打量了一番几个人，只有刘湘卿着装阔绰一些，其他穿的衣服破破烂烂，看样子家境不好，一定是过着穷困潦倒的生活，不然他们还去干浪金这样的苦活？而且弄不好还要把命搭上。他望着几副浪金的工具，随便打了岔："你们真的去浪金哪！那个地方为的是浪金，相互争斗，经常出人命啊！"

李洪宝指着刘湘卿，又握起拳头挥着胳膊，说："我们不怕，有这位老板保驾。我们这些帮工的农家人有的是力气，你不用担心，兵来有将挡，火来用水浇，到时候有的是对付的办法。"

艄公呵呵了几声，没有吭气。只顾划他的小双桨，又抻长脖子瞅着前面的水面，不断地拨正船头。

李洪宝边帮划船边问："你刚才咋不叫你爹去呢？"

艄公边扳舵边说："年龄大了，笨手笨脚的，眼睛不好使，咋能让老人家干呢！"

刘湘卿听着这话，心里默默地称赞着：孝子。

深夜的明亮月光下，宽阔的汉江水面上的这条打鱼船，像一片树叶子，似乎没动，又似乎在动，仔细一瞧，确实在缓慢地向东漂流而去。

"快下二郎滩了，兄弟们把船帮子把紧。"艄公提醒大家说。

这滩上水流湍急，前浪后浪，一个浪一个浪地往前掀。刚驶到滩中，一个波浪打进了船舱，大家的衣服全被打湿了，谁也没叫一声。只听艄公说："滩过了。好悬啊！"

王崇法对艄公说："这二郎滩距青石套不远了，就在这中间靠岸，我们下船。"

"直接送到吧！"

"我们提前下船，找饭吃，肚子饿了。"

"对不起，没送到点。"

"到点了，到点了。谢谢啦！"

"都是下苦人，还客气个啥！"

当他们下船上岸的时候，月亮的光线变得昏暗，星星懒洋洋地眨着眼，夜空开始幽暗和深沉下来。他们沿着岸边崎岖迂回的山路，怀着兴奋的心情，深一脚浅一脚地朝着青石套方向走去。

东方的天空渐渐地发白了。从山窝里传来农户赶牛出圈的吆喝声。

王崇法说："前面就是青石套。"

青石套这个并不令人重视的神奇地形，全然呈现在刘湘卿的目光里。好地方，汉江缓缓地从芦苇旁边流过，芦苇南边是一条沙石路，紧接着是连绵的群山，有一条毛毛路直接通向浓密的树林。

"趁天还未大亮，你们几个赶快把保安服和警服换上。"刘湘卿督促着说。

李洪宝、郑宗尧、鲁宗圣从烂包里掏出保安服和警服，三下五除二地换上了。

"枪呢？"鲁宗圣问。

"在这儿。"李洪宝很快地从浪金船里取出三支手枪，自己留一支，其他两支分别发给鲁宗圣和刘湘卿。

接着又从一个卷筒里倒出两支快枪，发给郑宗尧和王崇法，说："你们步枪打得好，就发给你俩。"

他们将枪往肩上一挂，抖了抖身子，显示自己的威武。

好神气哟。刘湘卿看着他们那种刚勇的劲头儿，心想，谁看见了不认为他们是军人呢？他叮咛说："天亮以后，李洪宝、郑宗尧和鲁宗圣你们闪开些，装着放哨等船的样子，在岸边小路上来回巡逻，我们隐蔽在芦苇里配合行动。"

骄阳似火。芦苇丛里一点儿风都没有，闷热闷热，一股水腥味扑鼻呛人；岩边的沙石路被太阳一晒，像一盆火炉子烤得人喘不过气来，满脸的汗珠子扑簌簌地直往下落，滴落之处，沙地上出现一个个的小窝窝。

当树和自己的影子重叠的时候，也正是太阳挂在头顶的时候，该是中午十二点了。

刘湘卿透过芦苇的缝隙朝山里树林细瞧，发现有几个人影在树荫里晃动。接应组已经到了。

曜！曜！曜！李洪宝一边发出蟋蟀叫的声音，一边穿过芦苇向江边走去。

刘湘卿往汉江上游一望，只见一只船下了二郎滩，哗哗地向青石套驶来。看得清，船头上坐着一个士兵，船篷前站着一个背枪的，四处张望，船尾同样有一名士兵在回望走过的水路及岸边的动静。

"老总，请靠岸停下。"李洪宝挥手喊着。

船头上那位士兵立刻站起来，端着枪，问："你是做啥的，让我们靠岸？"

"我是保安司令部三营三连的黎山。接上峰指示，在张滩破案，又要让去旬阳吕河执行公差，并让我们在青石套搭乘你们的船前往。"李洪宝一字一板地回答。

这时，从船篷里走出了一个别手枪的，看样子是领队的，气势汹汹地喊道："我们没得到上峰的指令，你说的顶个屁用，不能随便靠岸！"

李洪宝继续说："你是不是一营一连的蔡班长，你们走得早，肯定不会接到通知。我们这也是张滩乡乡长刚才告诉的，说是张副司令的指令，让我们在这里等你们的船！"

鲁宗圣也跟着站在了河边，掏出手枪，在空中来回地摇动，说："蔡班长，我是警察局警卫队的余利华，你认识我们梁队长吗？"

"认识，又咋啦？"

"我是随同黎老兄一起去办案的，你就给我们一个方便吧！"

对方站在那儿指手画脚地走着，没有说话。

李洪宝插言说："都是奉上级命令执行公务，何必那样生分呢！这又不是你私自决定，有尚方宝剑，还那样优柔寡断做啥？"

船放慢了行驶的速度，缓缓地向河边划来。

李洪宝拧过头，悄声说："准备，瞄准自己的目标！"

就在船接近岸边的时候，突然间，蔡班长好像发现了什么，朝岸上芦苇里放了一枪，嘶吼道："不能靠岸，给我开走！"

船猛然掉过头，驶向河中心。

就在这一刹那，李洪宝举枪射击，蔡班长摇晃了几下，倒在船舱里。几乎在同一时间，船头、船尾的士兵，不知所措，端起枪只管朝着岸上乱射击。李洪宝、郑宗尧、鲁宗圣迅速地转移，把一块大岸礁作为掩体，一枪一个，两名士兵被击毙，掉进了河中。这时，船舱里又钻出一名士兵，趴在船沿上，继续向岸上射击。王崇法快速地趴到芦苇边，依托一个土堆，喊："洪宝，留下这个由我来解决。"

"好，稳当点！"

只听得叭的一声，船上那名刚要站起的士兵中弹而倒，在船沿上颠了几颠，落进水里。

这意外的枪战，使艄公一时不知所措，桨在手中划来划去，小船一个劲儿地在水中打转转。

李洪宝招手向艄公喊道："师傅，把船划过来，我们不会伤害你的，划过来。"

话音刚落，只见艄公把木桨在水中向外一拨，船头哗地一下掉过来。刚靠岸，艄公拿起竹篙往船头的一个小孔里使劲一插，穿过小孔，竹篙直直扎在了水中的泥沙里。接着，一屁股坐在船头上，叫了一声："保安兵被保安兵打死了，吓死我了！"

这时，大家一拥而上，围在小船跟前。

刘湘卿说："艄公，叫啥名字？不要怕，我们会救你的。装的箱子呢？"

艄公扬起头："我叫艾德润。"说着，手往船舱里一指，"都在下边。"

李洪宝便上船，揭开木板一看，木箱都未启封。向刘湘卿说："全部在这里。"

刘湘卿即向艾德润说："这不碍你的事，士兵是我们打死的，这箱子我们全借走了。"

艾德润急忙说："那我咋办呀！你是哪部分的？"

"我们是穷人的队伍。"

"你们不是保安队，咋又成了穷人的队伍！当年我和我爹送红军贺龙军长，他们也说是穷人的队伍，那你们穿的……"

"不用问这个，是为劳苦大众打天下。这是你自己的船吗？"

"是的！"

"我们要沉船救你。行吗？"

艾德润只点头没吭声。

刘湘卿给艾德润讲："你晚上半夜时狼狈不堪地到保安司令部报告情况，就说自己是潜水逃出来的，船被那帮保安队凿沉了。要问那帮人到哪里去了，你就说，他们要到镇坪的大山里，还讲要占领什么山头，又像是要占山为王。你就这样讲，我们也确实要穿过女娲山，进入大巴山一带。"

艾德润听着听着，心也动了，说："那我跟你们一块去，行吗？"

刘湘卿劝导说："暂时不行，因为路很远。你先按我讲的去做，有机会我们会接你的。这样对你和家人都会是安全的。船沉了，官府要查，不会把你怎么样。另外，你家的船，就是你家生活的命根子，我们给你赔偿六块大洋，不多，将就着用吧。船打捞上来，还要修补呢！"

艾德润一下子跪在地上，说："不用不用，有这条命在，以后啥都还会有。"

王崇法站在旁边说："我们的刘老板叫拿着你就拿着，别客气。我们老板给你讲的，这是在救你的命，也是在救你全家的命，一举两得。你就照着去做吧，不会有错！"

刘湘卿似乎对细节有点不放心，又给艾德润叮咛了一句："你现在从河里游到青石套下头上岸，然后找一家农户弄点饭吃，再回去报案。"

这时，李洪宝已经清点完枪支、弹药，向刘湘卿报告说："我们揣测的那个数一点不差，只是这个小战斗又获得一支手枪和两支长枪。"

刘湘卿急切地问："还有一支呢？"

李洪宝分析说："船上没有，岸边也没有，可能掉进水里了。"

艾德润一听有条枪掉进河里了，赶忙扑到李洪宝面前说："长官，让我去摸吧。"

李洪宝怀疑地问："你行吗？"

艾德润拍着胸膛说："行，我会潜水。"

刘湘卿说："就让这位艄公师傅去找吧！"

艾德润像听了一道命令，跑步到河边找到较高地形，站在那里观望了一阵子，两手往胸前一伸，两脚往沙堆上猛一蹬，唰地一下飞进了水中。水面上很静，既没掀起水波，也没有泛起水泡，偶尔倒出现几乎觉察不到的旋转水流。不大一会儿，艾德润在水中站出了半个身子，右手举着一支枪，乐呵呵地喊道："找到了！找到了！"

李洪宝赞不绝口地说："这小伙子真能行，还会踩水哪！在水中同在岸上走路一样地稳当！"

艾德润上岸后把枪交给了李洪宝，便走到刘湘卿跟前说："我该走了。"

刘湘卿拍着艾德润的肩说："真能干，是一块好料。我们今天的行动，也有你的一份力量。我刚才给你讲的，听懂了吗？"

艾德润也叫起老板来："老板，我懂得了。"说着说着就一头钻进了汉江，没有了他的人影。

接应组挑筐子的挑着筐子，背背篓的背着背篓，从山林里蜂拥而下，跑步来到江边。

李洪宝将清点完毕的武器、弹药，装进了筐子和背篓，上面装了一层小小的红苕做遮蔽。

大家一见缴获这么多战利品，心情非常兴奋。感觉这山间的羊肠小道也宽阔了许多，人到林开，步到路宽，上山下山，穿山过岭，欢跃的步伐，缩短了从江边到张滩的里程，不觉走了一阵就到了月河口的浮桥边。

大家就地休息。杨麟科将挽的一个树枝圈圈，在空中绕来绕去。

刘文彬看到这个信号，就带了几个人来到浮桥边，向刘湘卿说："天热，这会儿没有啥行人，车辆也少，可以去上车。"

这帮子像是做生意的百姓，偶尔井然有序地行走，过了一会儿又争先恐后地直朝公路一哄而上。筐子、篓子、背篓都放进了等候在公路上的这辆卡车里，被厚厚的稻草盖得严严实实。坐在稻草上的他们，打闹取笑，很是热闹。他们在车上还不时地拨弄着浪金工具。李洪宝打趣地说："用这个，从江边的沙石中才能浪出金子来！"

这辆卡车飞也似的朝着恒口的方向奔驰而去。

半夜时分，艾德润满脸是泥沙，穿着短裤衩，摇摇晃晃地来到保安司令部，哭丧地喊："人打光了，船沉了，东西被土匪抢走了！"

张谟半夜受惊，脸上的青筋一时绷得老高，气得勃然大怒："都是些吃干饭的（方言：笨蛋无用的意思）！立即派人连夜去查，怀疑一个，抓捕一个，斩草除根，杀无赦。"停了半会儿，又抓起电话直喊，"卫局长，我们的船被抢了，士兵全被打死了。这世道乱了，无法无天了！"

卫凯在电话里问："那艄公呢？"

"浮水逃脱了。刚来，哭天哭地要让我赔船钱，现在哪还顾得上给他赔船。这个人咋个样？"

"这个船工挺厚道的，我们雇他的船多次都没有出事。"

"他知道不知道我们的行动？"

"他咋能知道呢？我只叫他把船停在河边等候，去干啥、到哪里去、啥时候开船，他一概不知道。这就出奇了！"

"我以为是他走漏的风声呢！"

"这哪能呢！如果他是奸细告密，早就跟着浮水跑了，或者溜之大吉，还能回来报告，自投罗网吗？你想一想这个理，是不是？"

"你讲的倒也是，明天派两个人，配合我们破案。这是杭专员同意的，让我们相互配合，全力以赴，侦破这起前个时期在旬阳曹家河口两保安被杀案以来的又一起大案。"

"是不是连案，是不是持不同政见者所为？"

"杭专员也有这个明确的认定，一定是在共产党操纵下干的，一定要查个水落石出！"

"也不能排除大前年四川巨匪刘焕章被剿灭后所留下的残渣余孽，他们是一些亡命之徒，这帮子人啥事都能做得出来。"

"这个，或许。乱世之中查乱世，查吧，查到谁就是谁，决不能心慈手软！"

"警察局派两个人去吧！"

张谟叫喊了半夜，第二天上午才凑了三名保安和两名警察，由艾德润做引路和见证人，前往青石套进行现场侦察。

刘湘卿、刘文彬和李洪宝他们从北山出来时，天已经大亮了，一缕一缕晨霞洒满了田野，一家一家房子上冒出了袅袅炊烟。

他们有的挑着红苕，有的提着萝卜，有的扛着柴火，有的背着木炭，脚步点儿既快速又健实，走在通向恒口街的土路上。今天人们赶集赶得有兴趣。

刘湘卿靠近刘文彬说："你该向北走了。"

刘文彬看着前面，没有扭头，问："那你呢？"

"我再走几个县看看。了解一下楚诚的行为，如果毫无悔改之意，就设法予以处置。"

"我给西区的区委已经交代了，如果再来打探党内的情况，我们设法让汉阴党部把他除掉。"

"这样也好。那个谷燕没加入组织吗？"

"她写申请了。我们地委认为，她现在的身份最合适，同军统、同专署都有联系，对党工作有利。我们都认可她符合党员条件，又承认是一名没有履行组织手续的共产党员。"

"好，这样也好。但一定要有历史的见证。"

"已经安排好了。现在我去准备准备。"

"现在家底厚了，一定要管好。我过几天也该回去了，我走时把他们四个人一起带走。"

"家底是你给我们创下的，一定收好。他们跟你同路，肯定会越来越宽！"

"不是我一个人的，是大家共同努力而取得的，组织要纯洁，武力要强悍。你走吧！"

刘文彬把挑的担子交给刘湘卿，说了句"保重自己"的话，转过面就走进了汽车站。

刘湘卿招了招手，转过面对邹玉鼎说："要注意保护邹玉洁的安全，要稳步地做好发展工作。"

邹玉鼎说："好，这里底子很厚！"

十天过后，李兆众接到赴泾阳云阳镇中共陕西省委干部训练班学习的起程日期。这一夜，他高兴得翻来覆去睡不着觉，跟着刘湘卿将要翻山越岭走向一个新的里程，究竟这条路要通向哪里呢？那就是把自己的全部献给一个新的伟大的事业。他看着毛金环睡得很香，不忍心摇醒她，但他还是把她摇醒了："金环，我要串远门子，走亲戚去！"

毛金环睡眼蒙眬，问："到哪里去串门子？"

李兆众用手往北一指："到陕北。"

"那是啥地方？"毛金环撑起身子又问。

"我给你讲啊，咱们汉江以南不是大巴山吗，以北不是大秦岭吗，离开大巴山，翻过大秦岭，穿过关中大平原，照直向北走就到了。"李兆众给她介绍说。

"去那里做啥事？"

"上学。"

毛金环一听，咯咯地笑起来："还没老死，去当学生娃娃，不嫌丢人！"

李兆众坐起来，背靠着墙，说："不是小孩是大人，那是给大人们办的学校。政治上教人们明白为啥世上有人穷、有人富，有的人欺负人、有的人受欺压的道理；军事上学习打仗，军事理论，训练军事技能，提高打日本帝国主义的本事。"

毛金环开起玩笑，说："不懂，活见鬼，世上真还有那样的学校？要是有，日本鬼子就害怕咱们中国人了！"

李兆众恳切地说："有，就是有。那里就是这样的大学校。"

毛金环这一听，倒认真起来了："那地方究竟离这里有多远？"

李兆众说："我刚给你讲了那么多，有几千里吧！"

毛金环操心起来了："那么远呀，能找得到吗？"

"鼻子下边一张嘴，咋找不到呢！"

"还有谁一路？"

"你放心，会有人带我们一起走。这是组织的安排。"

毛金环越听越糊涂了："组织是哪个，在哪里住啊？"

李兆众又坐起来，耐心地说："这你不懂，组织是按照自己制定的宗旨和系统建立起来的一个集体，也不要问了，以后一定会明白的。我走了以后，不管谁来找我，你就告诉他走亲戚去了，要问其他的，你就说不知道。"

这时，毛金环也坐了起来，问："那啥时走呢？"

"明天就走。"

"还带啥东西不？"

"不带啥东西，只拿几件换洗衣服就够了，轻装还好一些。"

"那还得穿着讲究点吧！"

"过得去就行，收拾得像个走亲戚的模样就对了。"

"好，明儿早上就给你准备。"

"你睡吧，我去看罗广文准备得咋样了。"

"我起来给你收拾衣裳，你也得早点回来。"

李兆众一出门，沿着经常夜间进出城内活动的路线重走了一遍，没有发现异常现象。他老远就看见罗广文家的窗户里的油灯还在亮着，他一定在忙着准备起程的行装。

咚！咚！咚！

"谁呀？"

"我！"

"兆众，这么晚了，还没睡？"

"没瞌睡，准备好了吗？"

"我也是，差不多了。"

"应该说，去时是一身轻装，回来时却是一肩重担！"

"对，这就是我们的思想准备！"

"曹家河口两保安被打死的事，你打听到了没有？"

"没有。死得活该，谁让畜生强奸少女呢？"

"我了解一点眉目，不是土匪，而是一支打猎队，还说是女扮男装，行走不定。前几天，在安康青石套，运送到旬阳的一船武器弹药被劫持，又打死了四个保安兵。我肯定这是我们的人的一次重大军事行动。"

"我们应该越来越重视武装斗争。"

"对，还是那句名言，枪杆子里面出政权哪！"

"是真理，是真理。"

说着说着，天就亮了。李兆众离开时，对罗广文说："中午在上渡口会面。"接着赶到草房街，同罗长勤告别，并告诉罗长勤，"王昌民这个人曾在张飞生部背过几年枪，民国二十六年回县，浪过金，也搞过赌博。他见谁都好，见谁就接近，同县政府会计何定茂关系不一般，常给送钱、送物，想通过此人在政府谋一份差事；他还同县政警队班长涂兴诗来往密切，是在一起长大的，也同在张飞生部一起当过兵。那年神河打'耱把会'，涂兴诗得到连长的整治，王昌民给涂兴诗暗地里送信，涂兴诗才逃跑了，到其姐夫那里干起驾船的活计。我同王昌民接触过多次，还得考验、观察。我走后，你多加关注他，防止出岔子，防止上当受骗。"

罗长勤说："我也有所耳闻，嘴上打私交的朋友是靠不住的，不过王昌民的本质还是可以依赖，这个要相信。"

李兆众说："这没疑义，恐怕有人利用这点，误了大事。"

罗长勤说："对，你把经取回来，理夺力敌。"

李兆众从罗家院回到家，已经快到中午了。他对毛金环说："我该走了。"

毛金环把准备好的衣服给他，又拿出一袋子东西递过去，说："把这个带上！"

"啥吗？带这么多的东西！"

"这点点不多！"

"太多了！"

"这是咱们旬阳的芝麻炕炕饼。"

"好，好。"

毛金环又去取出了一把纸伞，说："把这也带上。"

李兆众说："太多了吧！"

毛金环硬塞在李兆众的手中，说："晴带雨伞，饱带干粮，不受难！"

李兆众全都接过来，说："对，对，我拿上。"

毛金环又说："岁数不小了，脑子不灵了，要去学，就专心学，家里的事就不要操心了。"

李兆众说："是这样的，家里就托付给你操劳了。"

毛金环抿嘴一笑："谁不怪啊，就怪是天老爷让我当你家的儿媳妇，我认了。"

李兆众猛地一下抱住了毛金环的肩膀。毛金环双手搂住了李兆众的脖子，霎时又松开，说："好，好。别让人看见，羞死人了。"

李兆众使劲地搂了她一下，又轻轻地放开，快步出了门，噔噔地下了河街。

毛金环站在门口，一直盯着他走到了上渡口没见了影子，才回到屋里，轻轻地关上了门。

天蒙蒙亮，安康汽车站乱哄哄的，站前卖米面馍的、卖炕炕饼的、卖花生的，还有炸油糕、麻花和卖包子与红豆稀饭的，比比皆是。络绎不绝的乘客路过这里稍加打点，就匆忙地进了站。李兆众挂着一个大包、手提一个小包，买了一个热包子塞进了嘴里。但敬修文质彬彬地喝了一碗稀饭，同李兆众打了一个手势。紧挨身边的鲁继冲说，我还是要吃我家乡的炕炕饼，香酥可口。罗广文肩上挂着褡裢子，一声不吭地去买了两个安康的米面馍，跟着他们走进检票口排队检票。

正在这时，大门口冲进六名警察，嘴里直嚷嚷："闪开！闪开！"这几名警察分开站在进站乘客检票口的两侧，又喊道："把票拿出来，头扬起来，戴眼镜的把眼镜摘下来，戴帽子的把帽子卸下来。"

但敬修认出来了，是警卫队梁良带的人，一定是到处寻找在清石套作案的那些分子，枉费心机。这个梁良曾带警察到兴师驱散篮球比赛，没有得逞，我见过他，他不曾认识我。但敬修满不在乎地扬起大背头，跟着向前走。

这时，但敬修发现前边进的李兆众被挡住了："有票。通行证呢？"

李兆众直挺挺地站在那里，理直气壮地说："有，都有！"从兜里掏出来，递给梁良。

梁良一看，问："到西安，到西安做啥？"

"走亲戚！"

"你亲戚是做啥的？"

"没做啥，在家闲住。"

"是啥亲戚？"

"我表姐。"李兆众灵机一动说。

"啥名字？"

"阎金芳。"

"哦！哦！阎金芳，阎金芳，这个名字听说过，好耳熟啊！"

"我表哥张飞生的大太太。"

"哦，哦。我说呢，听起这名字挺熟的。难怪你还提着大包小包的，去孝敬人家。走吧！走吧！莫见怪啊，这是执行公务。"

上了车，鲁继冲又从书包里取出一块炕炕馍，一边吃着，一边悄声地说："你这个老乡啊，关键时刻就会攀缘高门哪！"

李兆众笑着说："攀这个高门，也不碍我们啥事。这叫急中生智！"他又侧过头，低声问但敬修，"还有同路呢？"

但敬修说："在恒口。"

李兆众心里明白了，为啥不同时出发，以防万一，分头上车，不会惹出啥麻烦。

刘湘卿领着李兆众他们四个人一踏进云阳镇，就到青年干部训练班报到，把他们安排妥当后，便立即回到省委机关。刚走进院子，就听见有人叫："王力，你回来了！"

刘湘卿转过面，见到是张德生向他打招呼，便答道："部长，我刚到，来给你汇报秦巴山之行的情况。"

"好好。"张德生一边向办公室走，一边看王力的脸，又说，"一个月不见了，你满脸的络腮胡子这么长了，也不刮一刮。"

"部长，不刮才好哪，能改变我的面容啊！再戴上一副墨镜，就可匿影藏行了，在危难时，就会履险如夷，渡过难关。"

"这一行辛苦你了，休息上半天吧！"张德生给王力倒了一杯茶。

王力推辞地说着休息就不必了。接着报告向基层工委支部传达省委关于"巩固党的组织"和保密工作的指示，并要求基层进行一次组织整顿和交往之间单线联系的规定的情况。

张德生说:"好哇,你能举一反三,悟出了一个整顿来,我们的组织就一定能巩固起来,纯洁起来,坚强起来!"当他听到在汉江边的青石套击毙敌人四名,缴获快枪二十三支、手枪一支、子弹一万发、手榴弹二十枚,直称赞:"干得好!干得好!我们各县若能有一支武装力量的话,那个气势就是不可阻挡的了。但有这支力量,就得发展好,运用好,指挥好,否则损失就大了。"

王力说:"是的,拿枪杆子的人就得选准,还必须置于党组织的领导之下,千万不可盲动。部长,我这次从安康带回四名党员骨干,安排到青年班学习。其中李兆众是工委组织委员,是块抓军事的料,我建议结业后可送抗日军政大学学习。但敬修是宣传抗日积极分子,能写能唱能画,多才多艺,可从事地下活动。鲁继冲为兴安师范党支部书记,有一定的组织能力,结业后可回安康安排一定的领导工作。"

张德生点着头,问:"还有什么建议?"

王力说:"下一步要重视党内军事人员的发展和配备,基层组织可以配军事委员。"

张德生赞同地说:"这个意见很好,下一步提请组织研究决定。你先送的几个骨干党员,在学习结束后量材使用。你赶快去把胡子刮一下!"

王力一笑说:"部长,刮胡子可不是刮脸啊!"

张德生手一摆,说:"哪能呢!"

一个月的学习很快就过去了。李兆众即选送延安抗大第五期学习班学习。鲁继冲在兴安师范未毕业,仍回安康,担任安康县委书记。但敬修结业后又到西北艺术学校专修班学习,完成学业后化名张克寒,经组织介绍担任菊林中学教师,不久又介绍到绥东骑兵司令部任部队音乐指导员,部队开赴抗日前线后,他又被组织安排到澄城中学、渭南故市镇任教。罗广文学习期间还参加了省委宣传部长会议,讨论宣传工作问题,之后返回旬阳继续做党的宣传工作。

中秋节这天，罗长勤起得很早去了菜湾一趟，当他返回时看到庄稼地的苞谷抽丝、稻子结实、豆子结荚、棉花结桃，百姓们正在整地、施肥，为播种冬小麦忙碌着，心里不觉兴奋起来。这时，天空轰隆隆地滚过了一阵雷声，让罗长勤非常扫兴，农谚讲，雷鼓之秋，五谷天收。是不是这样，谁相信呢？勤劳是丰收的本钱，庄稼人会用辛勤的双手创造一个五谷丰登的年景！我们也是一样，也要精心地耕耘自己的事业。

晚上，天气放晴了。夜幕降临，玉兔东升，皓洁明彻，晶莹夺目。罗长勤、杨明宪、黎文治和赵学成披着明月的清辉走进了罗广文的家。他们进屋穿过腰门，发现方桌上摆着月饼、核桃、板栗、柚子、花生、磨盘柿子、苹果、梨、石榴，品种繁多，琳琅满目。

杨明宪惊喜地说："还真的是过中秋节呀！"

黎文治伸手一指说："这是供月礼品，还有假的吗？"

赵学成插了一句："是的，先供月后分享嘛，今儿个可没挂灯笼啊！"

罗广文笑着说："不挂不挂，咱们清清楚楚地拜月娘呵，如果灯光一照就影响视线了。"

这话引得大家哈哈大笑。

罗长勤不紧不慢地说："大家不能在外边去赏月，月娘也只能偷偷地看我们坐在这儿谋划眼前的事了。"接着他讲，"现在我给同志们传达刘湘卿同志临走时交代的几件事。当前局势紧张，去年十月下旬武汉沦陷后，周围二十八个县相继被日本鬼子占领，保卫武汉的国民党四十万军队，不敌于日本，分别向鄂东北、鄂西北、鄂东南撤退。武汉沦陷后，根据党中央的指示，在孝感成立了湖北省抗日游击大队，在应城成立了抗敌自卫总队。在国民党军队撤退时，黄冈中心县委发动群众拾捡被丢弃的枪支、弹药，武装自己，成立了鄂东抗日游击挺进队，不久改称独立游击第五大队，抗击日伪军。十二月，鄂东特委警卫排和黄陂梅店自卫队，与前来护送干部的一个排合编，成立新四军第六游击大队，奋勇抵抗敌人的进犯。目前，日军第三和第十三师团分别向襄樊和宜昌推进。于此，我们的形势不容乐观，如果襄樊失守，老河口也就保不住，这对我省南部是极大的威胁，我们不能等闲视之。再就是对组织要进行一次整顿，不仅是组织整顿，而且重要的是思想整顿，加强学习和教育，坚强信念。"罗长勤又讲，"在组织上也要正规起来，我设计了一张党员登记表，对党员逐个予以登记。现在把党员三人编成了一个小组，必须是单线联系，这张表发给党小组长，由组织去办理。各党小组的组长是县城的杨明宪、县城的王久心、西区的张纪成、县城女子小组的鲁学昭、南区的朱元卿。这张表格设计得不够理想，以后再不断地去予以完善。在这里，我告诉大家一个消息，国民党正在旬阳筹备建立县党部，党部书记长可能是胡望瑗，望大家隐蔽活动，注意安全。关于刘湘卿提到的武装力量建设问题，我想咱们工委可增加一名军事委员，大家可以考虑合适的人选，下一次会议确定。组建武装队伍，待兆众同志从抗大回来后再着手办理，但我们可给前方和解放区做兵运工作。这个任务由赵学成同志来承担，立即由你去同王文和联系，怎么样？"

赵学成沉稳地点了点头，表示同意，大家连口赞成。

罗长勤叮咛说："没有新的意见就这样决定了。赵学成抓紧赴安，事不宜迟，要抓紧。"

赵学成领受任务什么话都没有说，连夜赶到安康，来到陕保二十团三营的驻地孔庙门前，向哨兵问道："王营长在吗？"

哨兵盯了盯赵学成满脸大汗的样子，反问："你是哪里的，找营长做啥？"

赵学成擦了一把汗水，说："我是旬阳县城的，来安康买货。在我路过吕河口时，他爷让我给营长捎个话，随便找个歇处。"

"你叫啥名字？"

"赵学成。"

"你等一下，我去报告营长。"

王文和一听哨兵的报告，立即来到大门口，老远就叫道："咋摸黑到安康了？"

赵学成说："走迟了，又在吕河口同你家老爷子聊了一会儿，就耽搁了时间，只得摸黑进城。"

王文和一边拉着他，一边说："走，屋里先歇歇，喝口茶。"刚坐下，王文和悄声问，"有急事吗？"

赵学成咕咚喝了一口茶，说："长勤同志派我找你联系，做兵运工作。"

王文和想了好半天，说："这倒是个时候，不过眼下不能做。"

赵学成急忙问："为啥？"

王文和心中有数地说："这个团已决定调防商县，正在整理行装，筹措粮饷，准备出发。这三个营里都有我们的同志，在移防的路途中，或者在驻扎以后稳稳当当地做比较适宜一些，千万不能扯宽、贪大、过急，否则适得其反，事与愿违。"

"那我咋办呢？"

"好办，好办，你随我们部队一起走。不过就是一套军装嘛，实在太容易了！部队里你有认识的人吗？"

"有，有我县的华进城，是党员，他有一帮子兄弟，有旬阳老乡，还有从其他省拉来的壮丁。"

"哦。行军路上，可相互关照，拉好关系，到商县后再动作。那里离西安较近，再往北走方便得多了。就这样决定，好吧！"

"好，就这样决定！"

王文和一看怀表已经十二点了，赶紧带赵学成去团部招待所住下。离开时，相互又打了几句官腔，谁看谁的样子都像部队的一名官员，谁听谁的声音都听得出在寻找升官发财的机会。骨子里究竟是谁，谁也难以猜摸个透彻，只有他们心里有数。

就在部队调防商县还没有安稳的时候，士兵们情绪低落，萎靡不振。大家议论纷纷，说长道短，这是个鬼地方，伙食也差了，不说打仗了，憋都把人憋死了！

这天上午，王文和突然找到赵学成，说："我辞职了，马上就走。"

赵学成怃然感到不自在："这是为啥，刚开始接触实事就要走，让人不可思议！"

王文和解释说："这是组织决定。"

"到哪里？"

"去西安。你们的工作不能停下，眼前部队思想不稳定，是个机会，做得要缜密细致。"

"到时找谁，咋联络？"

"到西安西大街光明照相馆，我的名字改了，叫王子平。我把联络暗号留给你。"

"我知道了。"

"在这个部队，有我们的基础，你要继续坚持下去，不要离开。"

"坚决服从组织安排。"

"派去同我联络的一定是信念坚定、稳重可靠、细心灵活、吃苦耐劳那样的人，不可粗心大意呵！"

"请放心，我会严密谨慎办事。"

趁部队午休的时间，赵学成看着王文和依然穿着那身军服，肩挎军用包，夹着一把雨伞，不声不响地走出营房大门，究竟从哪儿上了路，一概不摸底。但最后走出视线时，王文和握紧了拳头，在空中砸了砸，仿佛要砸碎夹杂着沙尘的气流。然后，伸长胳臂一挥，赵学成明白过来了，这意思是响鼓也要重锤，好马也要鞭催！

半个月过去了，士兵们的心绪还未完全安定下来。一天吃晚饭的时候，赵学成对华进城说："有方向吗？"

华进城边吃边说："联系了几处，摸了摸底，有个班有门儿。班长叫王立强，我俩拉呱（方言：在一起闲谈）好几回了，心里对国民党和国民党军队有怨恨，他父亲被国军的一个排长打折了腿，满肚子的气无处发，说，咱在外边效忠党国，家里人受欺负，公理何在！我觉得这个班长还是比较可靠。"

赵学成问："其他士兵呢？"

华进城回答："家里都在农村，有的家受富豪人家的欺辱，有的缴不起税款被捆打，有的被拉当民夫不服而绑在烈日下暴晒。有一个士兵想得很出奇，他讲，'兵役法规定壮丁是二抽一，我当兵了，我哥还被拉去当壮丁，如果有一支为穷人的队伍，那么掉脑袋，我也要逃出狼窝到那里凑热闹'。他不知道天外有天哪！"

赵学成说："他讲得实在，心里话。"

他俩刚走到院子里，看见草坪上独自个儿坐着一个人，华进城仔细一看是王立强，说："那是王立强。"

赵学成说："正好，过去一块儿聊聊。"

华进城边走边叫着："王班长，坐这儿做啥？"

王立强招了招手："没事，闲坐嘛！"

华进城领着赵学成走进草坪，扑通坐在地上，介绍说："这是三营的老乡赵学成。"

王立强说："我们是邻居，半个老乡。"

赵学成问："你是哪里人？"

王立强说："湖北郧阳。"

赵学成说："远亲不如近邻嘛，今儿个可是亲上加亲了！"

"请多加关照。"王立强说。

"那是当然啦。你家里还好吗？"赵学成问。

"马马虎虎，只是我爹的腿被人打折还没完全好。"王立强说。

"那是得一阵子，伤筋动骨一百天，会好的，不会有大碍。那是咋伤的？"赵学成追问。

王立强出了一口长气，讲起父亲受伤的经过。"三个月以前的一天太阳快要落山的时候，国军一个排长带了三个士兵到村里抓鸡拉猪，搜刮民财。到了我家里把仅有的一袋苞谷扛走了不算，还将两坛子酒抬走。他们人手不够，就逼着我爹给送到汉江岸边的营房里。我爹讲上坡累了一天，连饭都没吃一口，哪有劲抬坛子，倔着脾气回绝了。这时的排长张牙舞爪，挥枪吓唬，也无济于事，便怒气冲冲地走了。出了门甩了一句：我不相信你能比枪子儿硬！第二天早晨天刚亮，我爹去开门，被早在门口等着的那个排长朝我爹腿上打了两枪，我爹把着门枋，慢慢地倒在门槛里。那排长带了三个士兵冲进门里，将那两坛子酒扛走了。走到门前的山梁上，又朝着空中放了两枪，威吓老百姓。"王立强最后说："古言道，君不正，则臣生奸佞。生气归生气，再一提起，实在让人恼火，愤恨在心里一个劲地折腾没个完。我想了，消气的时候就是我王立强有朝一日收拾他们的时候。"

赵学成赞同说："会有那一天。不过要注意，行动不可冒失啊！"

王立强考虑着说："不会的，我会拉一帮子兄弟干他一场子，让那些乌龟王八蛋不知我们在哪儿！"

赵学成笑着说："看你的办法挺神秘的，有啥道道呀？"

王立强摇着头说："没啥道道，真人面前不说假，假人面前不说真。我的真话是，为了争气报仇哪怕不要命！"

赵学成开导地说："不能这样硬拼不要命，替父亲报仇，为穷人争气，眼睛看远点，一举两得，对吧！"

王立强渴望着说："那倒是好，哪有那么多便宜的事！"

赵学成说："莫急，船到桥头自有路！"他说着向华进城递了眼色，便站了起来。

华进城打岔似的说:"扳倒柳树要枣吃,当然难啦!下来,我帮你,咱们从长计议。"

王立强高兴了:"常言说得好,路见不平,也有向灯向火的。我猜想,你会为我打抱不平!"

赵学成拍着王立强的肩头,说:"我这个兄弟会帮你走好下船的路程。"

华进城和王立强送走了赵学成,便在门前同站岗的哨兵说了一阵子话,声音很低很低,听不清楚讲些什么。之后,两个人肩并肩,走进了营房外不远的一片树林里。

王子平到光明照相馆不几天,来了一位警官要照相。他灵机一动,走上前去搭话:"老总,照相吗?"

"嗯。"

"照啥?"

"警官证上用。"

"一寸的?"

"嗯。"

王子平向开票的姑娘喊道:"翠花,开个一寸的,我给这位老总照。"

翠花抬头说:"王老板,你给照?不是要出去吗?"

王子平说:"哎,我给照,这样的照片得费心,照了以后再去办事。"

这位年轻的警官一听叫王老板,马上显出兴奋得意、欢欣激动的神色,说:"你是王老板,那就谢谢你啦!"他急忙去交过钱,拿着票跟着王子平到了摄影间,又说:"证子上的照片就是要气魄一些,我见了好多看了以后不顺眼,不是低着下巴,就是扬着额头,再不是向左偏,就是向右斜,撇气(方言:不好)得很。"

王子平耐心地给摆姿势,说:"不会的,准你满意。注意,两眼平视看镜头,头稍低一点,向左拧一点,略带微笑,笑一点,好!"

警官说:"好了?"

王子平收回镜头,说:"好了。"

警官说:"还没感觉。"

王子平笑着说:"就是要的这个没感觉,这样才能自然不做作。没有问题,人帅气,照片也一定非常漂亮。"

警官说:"你的话真让人听了舒坦。哎,王老板,你的大名?"

王子平立即答道："王子平。"他本想回问一句，话到嘴边又咽了回去，让他自己告诉才是合情的。

警官说："好，咱们一回生二回熟。我叫纪成，是北关警署的警官。以后有啥要办的，尽管找我。"

王子平想得一点不差，果不其然他介绍了他自己，于是一笑说："好好好，纪警官，多一个朋友多一条路嘛，兴许会劳驾你的。"

纪成一边出门一边说："常来常往啊，你赶快走吧，耽搁了你的时间。"

王子平招着手说："好好，时间是人赶出来的，没事。"他把纪成送走后，回到房里换了长衫，戴一顶礼帽，得意扬扬地向南门走去。在群众客栈门前，王子平向后面街上扫了一眼，直接走进客栈，在六号客房的门前停了下来，轻轻地敲了两下门。门开了，一个中等个子的中年人问："你找谁？"

王子平说："姓尚的，你是吗？"

"你认识他吗？"

"没见过面，只认识秦岭。"

"是岭南还是岭北。"

"在岭里。"

"你是王子平先生？"

"是是是，你呢？"

"我叫尚升荣，是赵学成让我来的，赶快进屋说话。"

王子平进屋没有关门，便大声地寒暄了几句闲话，尚升荣明白其意，于是从内衣的衣缝里取出了一块小白字条，不言不语地递给了王子平，王子平背向门面朝里，展开一看，上面写着短短的几行字：

平掌柜：您好，近日来我收购了一批桐油，质量上乘，价格合理，何时运至西安？请速回复。切盼。

学成　即日

王子平眉宇间流露出喜悦的神情，这事办得利索、果断、及时，好样的！他默默地想着，划了根火柴将字条点燃，灰烬掉落在烟盒里。于是说："我全知道了，晚上，我再过来，你捎封信就行了。"

尚升荣轻声说："那好，我明日赶早就回去。"

王子平诙谐地笑着说："心慌吃不得热粥，跑马看不得《三国》。翻山看景走长路，稳着点啊！"

　　尚升荣笑得很有滋味，说："对，出门看皇历，还是小心留神点好。告诉你，我不叫尚升荣，是一个班的班长王立强。"

　　"呃，原来如此，有心计！"

　　"这安然一些。"

　　王子平送走王立强后的第二天下午，突然来了一位做生意打扮的人要照相。他一看，这个人胡子拉碴的，头发乱蓬蓬的，便说："顾客先生，你得收拾体面一些，不然照出来不像个样子，你不满意不讲，还埋怨我们没给你照好。到头来是秋天剥黄麻，扯皮，咋办！"

　　那人立刻转了话："算了算了，不照了。那你能不能帮我推销一批紫阳的橘子、旬阳的梨！"

　　"哎呀，我是照相的，到哪儿去卖？"王子平觉得这人很奇怪，故意推辞地说。

　　那人并没有生气，一把拉住王子平的胳膊，迅速地将一纸块塞进了他手里，装模作样地说："看来这实在是火神庙里求雨，找错了门。没指望了。"

　　王子平意识到了，随声说道："锅破了，要找铁匠，没寻木匠。要找对人哪！"

　　那人喊着说："也不寻也不找，听天由天吧！"转过身，变得愣头愣脑的样子，一冲一冲地走了。

　　王子平回屋一看这封信，是刘湘卿转来的，上面写着："你意悉知，约定明日太阳升起时，在北门外新民茶馆品茗见面。勿延误。"他的心绪宛如波涛一样激荡着，久久不能平息。

　　早晨天刚清亮时，王子平就起了床。他啃了几口锅盔馍，到街上喝了一碗油茶，沿着北大街向北门走去。当走到北门里时，从不远处传来贩骡子贩马的喝儿喝儿的吆喝声和啪啪的鞭声，又夹杂着一阵一阵清脆的铃铛声。哦，听说过，再往北走不远就是龙首村，那儿是骡马市场。王子平驻足一望，太阳好像从城墙冒出来了，时间到了，应该去了。

　　王子平一走进新民茶馆，发现纪成站在品茗间的门外，先是愣了一下，后又喊道："纪警官，你在这里做啥？"

　　"嘘，小声点，里间有人叙谈！"纪成拉着王子平走到大门里，小声问，"你有工夫来喝茶？"

王子平直摇手，说："不，我来会一个人。"

"人在哪儿？"

王子平没有直接回答，向品茗间瞥了一眼，问："你咋站到那儿了，有公务？"

"也算是吧，照应照应。"

王子平含含糊糊地又问："哪里来的，还要你这么忙活？"

纪成伸手向北边指了一下，没有吭气。

王子平终于从话中套出来了一个没有告诉的实话，笑着说："我就会那品茶的人。"

纪成怀疑地说："你会他，一个照相的摄影师会见他，可能吗！王先生，你到底想干啥？"

王子平心平气和地说："纪警官，你去通报一声，有位王先生来商量照相。"

纪成踌躇了半天，才放口说："好，你等着！"转身轻轻地敲了一下门，一闪身挤了进去。

不大一会儿，纪成走出来向王子平笑了一下，顺手打了个招呼："王老板，请进！"

王子平进屋随即掩上了门，说："习书记，我迟到了。"

习仲勋站起来，笑着说："不迟不迟，我和董老刚谈完事，快坐快坐。我给你介绍，这是我们的董必武老先生。他长征到达陕北后，曾任中共中央党校校长，代理陕甘宁边区政府主席，抗战期间出任国民参政员，数度参与同国民党谈判。现为西安八路军办事处党代表。德高望重啊！"

王子平崇敬地望着董必武，说："是的，我听人讲，董老在北伐时代，帮助孙中山改组国民党，并担任国民党湖北省代表。一九二七年北伐失败，随红军转移，担任工农民主中央政府最高法院院长。资历深，名望重，值得我们敬仰和学习。"

习仲勋接过来，又介绍说："这位叫王子平，是西安光明照相馆老板，地下工作者，奔走在陕南、关中和照金、延安之间，给我们的政府和部队筹措大批经费、粮食和药物，还做民运、兵运，为陕甘宁边区的革命做了大量的工作。"

王子平听得习仲勋一讲，顿时愧疚得汗颜无地，只是说："做得欠火（方言：不够、不足），今后继续努力。"

董必武把胡子一抹，欣慰地笑了："常言道，事有斗巧，物有固然。今天我也碰得好，身上更有劲了。我说哪，有你们的居危走险，辛勤劳作，我们的革命事业会早日实现。"

习仲勋赞同地说："董老讲得好，有你们这些同志在前沿，在基层，石头稳了，柱头端了，房子才能牢固，一座共和国的大厦一定能够提前竣工。"

董必武思索着说："习书记，关中分区是陕甘宁边区的南大门，关系到党中央的安全，担子不轻呵！我相信，在习书记的指挥下，这座南大门一定能构筑成一道铜墙铁壁，坚不可摧，牢不可破！"

习仲勋自信地一笑说："有毛主席和党中央的领导，有广大人民群众的支持，有英勇无畏战士们的奋战，会的，一定会的。"

董必武点头说："那是不可缺少的。好啦，你同王子平有事要谈吗！刚才，我们谈的统战工作非常要紧，要做到位是不容易。"

习仲勋皱了皱眉头，说："瞅准目标，集中攻破。"他转过面，对着王子平说，"王力给我告诉了个大概，你讲吧。"

王子平报告了实际情况。他说，"我在陕保二十团三营当过营长，对士兵们的底子摸得非常清，他们的思想倾向明显，家庭出身贫苦，通过在队伍里的地下党员分头做策反工作，原想一个排或一个连地进行起义。我们一再商议，认为这样目标太大，万一有个三长两短，就会失败，反而带来重大伤亡。当时又想到，中共陕南支委批准在张飞生部成立的中共安康绥靖军特别支部，决定于民国二十三年二月二十日晚上九点举行武装起义。由于牵扯人多面广，组织不严密，警惕性不高，起义人员告密，不得不提前三个小时行动。就这样又遭到了炮营三连的火力攻击，正在激烈交战时，又受到补充团团长孙鹤年的率部夹击，军特支书记王辛德和宣传委员王泰诚便率特务三连和手枪连边进行激烈的巷战，边撤出安康城，沿汉江向西进击。终因敌人的围追堵截，敌众我寡，伤亡惨重，几乎全部殉难，英勇就义。我们接受这一做兵运工作及起义失败的经验教训，作出了这样的一个决定，采取蚂蚁啃骨头的办法，一个班一个班地先后不间断地进行动作。这样，目标小又安全，不会出大事。现在已做好了两个班二十四名士兵的武装起义到陕北。"最后他提出一连串的问题："习书记，能不能接收？接收到哪个部队？是分散的还是建制的安排？什么时候到西安？到西安怎么个前往？还有服装换不换？"

习仲勋哈哈地笑着说："这是好事呀，为我们部队壮大力量，咋不收，收！至于啥时候到西安，由你通知他们确定。"

王子平立刻说："我已告诉他们限五日之内到达。"

习仲勋若有所思地问："这个班几名党员？如果不顺利呢？"

王子平说："班长和一名士兵是党员。万一出麻烦，他们会想办法告诉我。"

习仲勋依旧那样笑着说："好，这样吧。从西安前往部队由王力同志解决。放在哪个部队、怎么个安排，待我回去同张仲良司令员商量以后再确定。还有服装，他们穿的是保安服吗？"

王子平回答："是，保安服。"

习仲勋想了想说："国共合作嘛，我们着装没什么不同，就不换了。"

这时，王子平平静地望着习仲勋，才发现他也穿着一身保安军服，比穿便服更加威武、更加魁梧、更加英俊。

董必武高兴地说："这也是统战的结果，是吧。"

习仲勋殷切地说："来了就是我们的一名成员，同舟共济嘛！"停了一会儿，又告诉王子平，"再过四天，我还要来西安。也是在这个时间，你到茶馆找我。如果我不在，你就到新华客栈去，纪成会在登记室等你，好吧！"

王子平答应说："好，一定按时到，不会误事。"

习仲勋笑容满面地对王子平说："那就这样，你走吧，小心谨慎啊！"

董必武也站起来，含笑和悦地说："你很灵光，用英勇无畏和吃苦耐劳，铸就伟大的事业。"

这嘱咐和希望在王子平的心里翻腾着，一种摸不着的激励和期盼，让他稳健地走出了新民茶馆。

送走王子平后，突然间，董必武兴致勃勃地说："习书记，我想起恩格斯的一句名言：野心就是一切虚伪和谎言的根源。这无疑是千真万确，不可置疑的，但能不能换个说法，我一直在琢磨，也没个准头。"

习仲勋扬起眉毛说："啊，董老，你是在考我吧！"

董必武直摆手说，说："哪能呢！从北伐开始，又从长征一路走来，照我想，人没有欲望就不会有动力，也不会有作为。当然啦，按《辞海》的解释，这个野心是犹言野性放纵难以制服，也有闲散之心的意思。在长征路上，只有一个念头，再苦再累，一定要到达陕北，同陕北红军会合，开创新江山。"

习仲勋认真地说："董老，这同我们在照金创建革命根据地时想的一样啊！没虚伪是坦诚，没谎话是真言，是我们奋进的根源，这种野心是怀着崇高的梦想，诚心实意地为人民谋福利哪！"

董必武心口如一，爽朗地说："习书记就是高明，言必有中，我们想在一个点子上了！"

他俩聊到这里，情不自禁地拍着手，高兴地笑起来了。

王子平回到照相馆，一直在想，已经向习书记表态了，策动会成功的。这倒不担心他们不来，让人忧虑的是能不能按原定的时间到达，万一有个意外的挡碴和事故，实施这个计划就会受阻而拖延。他实在感到不安，王立强回去了吗？把信转到了吗？现在准备得咋样了？

王立强火急火燎地赶回连部已经是第二天早晨了，恰巧碰见赵学成，老远就喊："老兄，等一会儿，我给你带了几颗核桃。"

赵学成明白这是暗语，连忙走了过去，说："谢兄弟，咱们一起到林子里边砸着吃吧！兄弟嘛，有福同享。"

王立强拉着赵学成的胳膊，边走边往口袋里塞核桃，边努着嘴儿。

赵学成清楚了这个示意，随手从核桃里取出纸团又塞进裤兜里，接着阻止地说："不用给了，你装着，咱们一块儿砸砸。"

正推让着，华进城来了："砸什么呀？"

赵学成顺口说："砸核桃。"

王立强手疾眼快，把几个核桃塞进了华进城的口袋里。华进城大声说："有口福，有口福。"

他仨说着笑着走到林子的旁边，坐在一堆石头上，唧唧唧地砸开了。

王立强赶忙拦住说："不用砸！"

华进城取笑说："不用砸，连皮吃呀！"

王立强说："商洛核桃皮薄，一摁就行了。"于是他做了个示范，把核桃放在手掌上，两手一合再一拧，核桃皮碎了。

华进城佩服地说："你手有劲，我咋摁不动？"

王立强撇着嘴："好，那你砸，悠着点，不要把瓤砸碎了。我来摁，来得快些！"

他俩剥核桃，赵学城很快地展开纸团，一行字跳入眼帘："扛树干、树梢出山，在葛牌卖柴火，谨慎估价，切记。"他十分明了这字里行间要告诉的是什么。兴奋地对华进城说："五天时间，全副武装。赶到蓝田葛牌，予以交涉，接站，并叮咛秘密不可泄露。"

华进城正要吃核桃，一听这话，把核桃拿开了，急忙地问："啥时出发？"

王立强把砸核桃的石头一甩，说："越快越好，免得夜长梦多。"

赵学成没有吭气，只管合计路程，计算行程时间。过了好半天，问："今天礼拜几？"

华进城说："礼拜四。"

赵学成断然地说："星期五下午和星期日一般领导不大过问，这是个好时间，就决定明天吃过中午饭就出发。可以吗？"

华进城思虑着说："万事俱备，只欠东风。得设计个理由啊！"

赵学成沉稳地说："莫急嘛，咋个办好，我已心中有数了，你别顾忌。"他把华进城和王立强拉到跟前，认真详细地作了个交代，最后补充了一句，"这样不行的话，我就得摊牌了！"

华进城说："最好不这样。"

"嗯，你们最好为自己打开路子，又给后边留下路可走。现在赶快去办吧！"

华进城和王立强离开后径直到了连部。

"报告！"

"进来！"

华进城进门笔挺挺地站着，敬了一个礼，说："孟连长，我们想给连里炊事班帮办点事，行不？"

孟连长说："你这个华班长，是啥事嘛！"

华进城说："连长，弟兄们好久没吃肉了，肚子里没油了，个个怨入骨髓，不敢言语。"

"不满就不满，政府解决不了，我这个连长有啥办法！"

"连长，我给你想点子，看行不行？"

"讲！"

"我们要好的弟兄们攒了几个钱，想凑到一块儿去买几头猪和一些鸡，来改进我们的伙食。你看呢？"

"这是好事，如果军饷下来，再还给你们。什么时候走？"

"中午出发，明天晚上回来。"

"哪几个兵？有别班的吗？"

"就我们三班，自己班里的人都摸得脾气，好照顾，办得就顺当。"

"那倒是，班里不留人了？"

"不留，没啥看的。再说，人多智慧多、力量大，办起事来就容易。都去，多拉些猪、鸡回来。"

"那好，你去吧！我给你们排长讲，你们就抓紧走，早走早回来呀！"

"万一遇上狂风暴雨，那就由不得我们了！"

"哪有那么的巧合！"

"天有不测风云，人有旦夕祸福。谁能保得无忧呢！"

"你这个班长，总是爱磨嘴皮子，赶快走吧！"

士兵们饭后回到宿舍，华进城指令王立强带着兄弟们先走，自己从笔记本里撕下一页纸，趴在桌子上迅速地写了几个字，然后悄悄地压在了枕头的下面，疾步走出了门，一望兄弟们大摇大摆、不慌不忙地上了路，便拔起腿向前跑去。

刚立秋不几天的秦岭山里，比往常更冷了一些。在阴暗的暮色中，华进城好不容易才发现前面山洼里有三户人家的庄子，庄子里寂静无声，不见一个人影。他命令停止前进，自己往前走了几步，只见拴在门前柱头上的一条大黄狗后腿蹬起来，前腿腾空直往前扑，发出愤恨的汪汪狂叫声。他猛然间向后退了几步，那条黄狗才安然地卧在门槛边，停息了叫声。华进城想不能惊动庄户人家，带领士兵继续往前走。一个时辰后，他们登上了一座丛林茂密的小山，迎面刮来了一阵一阵的大风，到底是山大林深，这冷风还会咬人！深山的林海里掀起来一阵阵汹涌的涛声，惊天动地；邻近的阴暗处传来风击彩幡一阵一阵翻卷沉闷的轰鸣声，震撼人心。

正在进退两难间，有一个黑影子呼啦一下从王立强身边窜了过去，他蹑手蹑脚跟在后边，仔细一瞧原来是一只金丝猴钻进一座小庙里，叼了一个供祭的馒头，哧溜哧溜地连蹦带跳蹿进了黑乎乎的树林里。他高兴地喊起来："班长，这儿有座土地庙。"

"在哪儿？"

"这儿哪，快过来看看！"

华进城过去一打量，土地庙虽然不宽绰，咱们十几号子人还是能挤得下，这是最合适的避风避冷之地了。于是喊着笑着："土地老爷住深山，自在没香火。都过来，给土地爷找点麻烦，添个热闹。"

王立强说："挤是挤点，可暖和。"

华进城笑着说："这可难得，情同手足，亲密无间嘛！"

大家扑哧扑哧地笑开了："班长的脑壳就是有灵气，我们笨得也想不起来这些词儿！"

又是一阵舒心的哄然大笑声，引得土地爷仿佛舒展眉头，眼含笑意，注视着广阔的大地山林，企盼着举义的生灵百姓，探寻自己生长兴旺须走的那一条符合规律的必由之路。

华进城摇着手："不说不笑不热闹，大家快吃打个点，还要抓紧赶路呢！"他又对王立强说："你按商量的先走吧！后边的那个班也该到了。"

"嗯。"王立强把没吃完的干粮塞进口袋里，扛起枪冲进了黑夜。

群山静谧，繁星闪耀。他们摸着黑不停脚地走着，谁也记不清楚翻过几座山、闪过几面坡，都有一种坚定的信念，一定会走出黑暗，晨光将在自己的眼前升起来。

这天清晨太阳刚露脸的时候，在北关二马路西口的大树下，并肩站着几乎是一般高的两个人，身材魁梧，精神焕发。一会儿他俩又分开站着四处观望了一阵子，又集中盯着新民茶馆门前的动静。这被刚走到西口不远的王子平看见了，习书记来得这么早，穿的是便衣，身后的那位一定是警卫员，纪成也没见人影，看样子有变故，该前去试探试探。正拿定主意，只见身后的那位小伙子向新民茶馆走去，接着，纪成来到了新民茶馆门前，向前后左右扫了一眼，停都没停一步，就直走过去，暗暗地向习仲勋打了手势，拐弯向左慢步而走。习仲勋明白了那里一定有便衣特务盯梢，轻声叫道："庚申，不去了。"转身走到西口时看见王子平站在那儿，他没有打招呼，伸手折了一根树叶，抛向东边的天空中。王子平完全清楚，会面的地址改变了。

大家一进新华客栈九号客房，纪成无意地说："又住九了！"

习仲勋关上门，转身说："住九里好，九九归一，咱们终归在一起了；九者救也，救国，抗日救国嘛！"

王子平击掌一笑："妙语双关，妙趣横生！"

纪成倒严肃起来了："我从警察局高局长那里听说，西北行营正在追捕习书记，难怪新民茶馆门外有行营的便衣队来回晃悠，到处是眼线。"

王子平说："敌人总会来这套，捕风捉影，虚张声势。"

纪成说："这是局长亲口讲的，而且很神秘。"

习仲勋若无其事地说："他们放眼线，我们有金睛。还是纪成讲的那句话，都住在九里了。"他又笑起来，"纪成，你同庚申到门外提防点，我同子平商量一下今后的打算。"

王子平关好门，将自己的判断向习仲勋作了报告。按计划武装起义的两个班，明天后响或者天黑到达兰田葛牌。至今早没有得到其他音信，可以判定他们正在向目的地挺进。他的想法是，无须进城，因为目标太大，直接前往部队比较安全。

习仲勋听了以后，微微一笑说："现在成功的基础有了，抢时间是一个决定成功与否的关键。我原来也是这么想的，既然具体地点确定了，大概到达的时间知道了，到时就去葛牌接应。据我所知，在葛牌有警备二旅一个班的兵力防守，要防止发生意外的冲突。"

王子平迟疑地说："这没有预料到，要不要改道长安的大峪口？"

习仲勋摇手说："不必，那拖的时间更长了，原行程不变。现在是这样，我已同张司令员交换过意见，以建制班安排在三团三营；也给王力讲过找一辆车到蓝田，但不知去葛牌，更不知那里的敌情。因国民党顽固派又惹事了，我要去前线指挥反摩擦斗争，得马上出发。我给想个办法，你赶快去找王力，按此执行，而且要灵活机动，不要古板，见机行事！"

王子平的注意力全部集中在这个计谋上，一言没发连连点头。心想咱们的书记详细地交代，决断如流，谋略过人哪！

习仲勋出门上车时，紧握着王子平的手说："小心沉着点，没有过不去的火焰山。"庚申和纪成同时登上了后边停靠的洋车，朝警察局的方向飞奔而去。

王子平回到照相馆，高兴的是王立强提前报信来了。他得知华进城到达的确凿时间，与自己估摸的时间相差无几，便立即带领王立强直奔耀县（今陕西省铜川市耀州区）牛村。

王力一见王子平到来，还没坐下来就问："你见了书记吗？"

王子平喜悦地说："见了，见了，书记让我给你转话，想方设法去接应，千方百计干扰敌人。"

王力思索着说："习书记也给我讲了，要到兰田去接，还叮咛不要经过西安城，但我不知道具体地址。"

王子平这才介绍说："这位叫王立强，是起义班的战士、共产党员，是他赶来送信的。"

王立强连忙接话说："报告首长，华班长让告诉一定在明儿后晌或晚饭时赶到葛牌。"

王力吃惊了："哎呀，那里有陕保一个班哪！"

王子平冷静地说："习书记清楚那里有一个班，所以才指示想方设法，千方百计哟！"他贴近王力的耳边，叽里咕噜了一阵子，连王立强都听不懂说的什么意思。

王力把右掌放在左掌上，紧紧地握了握，然后举在胸前使劲地摇了摇，说：

"我们的习书记满腹韬略，用兵神妙，一定能打得敌人措手不及，狼狈不堪。那就这样准备，明天上午，王立强随我们一同行动。"

王子平声音洪亮地说："服从你的精心安排。"

王力坚决地说："咱们按习书记的筹划实施，审时度势，随机应变，取得力战主动权！"

下午晚饭前，华进城带的一个班还没有回到营房，孟连长急了，连忙让通信员叫来一排长，到宿舍查看。发现除被子和褥子以外，其他东西全部无影无踪了。连长一看这个样子，有些惴惴不安起来，按时间规定该回来了，究竟到哪里去了？是不是出了令人预想不到的意外？如遇到不测该有信捎来啊！他喊道："排长，华进城的床是哪个？"

"靠最里边的那个床位！"

孟连长气冲冲地走了过去，狠狠地把被子猛一拉，上面压的枕头掉在了床沿边，有一张小字条落在地上，他拾起来一看，蒙了：

长官：

　　这个世上好心恶意都存在，都是谁呢，每个人心里都有一杆秤。我们全是穷人家的孩子，在这里吃不了苦，受不了气，挨不了打，所以我们走了。我们是逃兵，逃回家了，在穷人那里有穷人的出路。说不定将来会在哪里遇着，但不是要枪毙这些逃兵，逃兵会让你一起上路。

孟连长的手一直在抖动，真是人心难测，海水难量。没想到华进城你走了，到底去了哪里？他喊道："走，赶快向团长报告。"

令路团长没想到的是，前几天陆续发生四起逃兵事故，不过那是一个两个地离开，而且枪支、弹药和军装都没带走。这次倒是一个班，全副武装而脱离部队，是十分罕见的，这并不是平白无故。他气得暴跳如雷："你们是咋管理的，管理乱成啥样子了，一个班出去两天，去拉个猪、抓个鸡，需要一个班出动吗？你们比猪脑子还笨哪！参谋长，把孟连长抓起来，关禁闭！"

"是，团长！"孟连长被两名士兵押出了门。

凌参谋长说："团长，一定有变故。"

路团长怒气未消，说："是哗变。不是拉出去当土匪，就是投靠共产党，我判定百分之百是去共军那里。你们看看这纸上写得不是明明白白：逃回家了，在穷人那里有穷人的出路。共产党的军队不是穷人的军队吗，是为穷人打天下，找出路，这话不是一目了然吗？"

"对，团长讲得完全有理。"凌参谋长说。

路团长指着地图说："参谋长，速组编三个分队分别朝兰田，柞水、长安，镇安、旬阳三个方向追击；另外，速报告旅部，派兵前往长安大峪口和兰田蓝桥、葛牌进行拦截。"

"是，团长，我还有一个建议。"

"讲。"

"第一分队可不可以由孟连长带队？"

"为什么？"

"以功赎罪，给他个机会吧！"

"行，军法也有这一条文。执行！对此事件严加保密，告诉各营，这个班外出执行任务，未能按时归队，以免引起恐慌！"

"是！坚决照办。"

路团长亲自组编的三个追击分队，在这个班未归的三十二个小时后，才趁夜按规定的路线出发。

孟连长带着第一分队急速地行进，在擦汗的时候，不断地摇头，都这么长时间了，还能追上吗！心里却在想，追上追不上，那恐怕只能是偶然的希望了。

时间对谁都是公平的，问题是能否抓住事态变化的那一刻而采取果断及时的行动。王立强提前赶往西安，为王力执行习仲勋的指示提供了充足的时间保障。就在华进城抵达葛牌前的九个小时，受命拦截的保安部队两个班，在易参谋的带领下也出发了。在此之前，王力带领的接应队伍乘车向兰田急速行进。

太阳西斜时，一辆军车还未到葛牌哨卡以西的山梁拐弯处，突然间开进了一片树林的草坪里，来往行人或者车辆不注意探测是不会发现的。王力一下车，立刻领着大家钻进山丘上的草丛中，举起望远镜观察哨卡周围的地形，哨卡的位置、山势的走向、草木的稠密，尽收眼底。他清楚记得习书记叮咛的那句话，根据敌情、我情、实情，声东击西，调虎离山，还可以顺手牵羊。这预见与实际相符，只能这样部署。王力同三名便衣分队进入哨卡东侧的树林里埋伏，待发生不测时，按信号进行猛烈射击，吸引敌人倾巢而出；王子平同两名便衣士兵潜入哨卡西侧灌木丛中，而后出击哨所，力争一锅端；王立强装扮成盐商进山同到来的华进城联系，接近哨所时，唱支旬阳民歌《想姐姐想得不耐烦》为信号。一听到此歌，王力便组织便衣队向敌人开火，以调出敌人的主力。待战斗结束后，两分队分别乘车撤离现场，在耿镇会合。

太阳与西山的距离也就是一竹竿那个样子，王立强穿了一身便装，肩头挎了一条鼓鼓囊囊的布袋子，哼着小调儿，吊儿郎当地向哨所走去。

"干啥去？"哨兵端起枪问。

"回家。"王立强漫不达理地回答。

"肩上搭的啥？"

"盐，贩盐的。"

"看你就像个游混子。"

王立强不依了，把袋子往地上一放，张开口袋抓了一把盐，捧在哨兵面前，质问道："啥，啥像个游混子！我问你，贩盐的应该像个什么样儿，你给我讲讲，我好装扮装扮。"

哨兵嘿嘿一笑："看你这个样儿，还把人缠住了，去去去，赶快走！"

"哼，我还不走了，孙悟空能飞火焰山，我就不能吗？"王立强一跺脚说。

"简直不知高低，胡吹乱嗙个什么！"哨兵摆手说。

王立强眼睛一瞪，又拐了个弯说："还瞧不起人，你们吃的盐还不是我们贩来的。"说着，抓起盐袋子往肩上一甩，不紧不慢地进了山。他走了不多远，从树丛传来轻轻的叫声："立强，我们来了，那一个班也到了。"

王立强透过浓密枝叶缝隙一看，是华进城在喊，哧溜哧溜地钻进了林子，问："刚到吗？"

华进城擦着汗说："嗯。咋办？"

王立强说："一切都安排妥当了。来，你把我的衣服换上，还有一个空盐袋子你拿上。现在就行动，还是歇一会儿，你看呢？"

华进城挥起手，说："时间不等人，走！"

王立强换上了华进城的军服，又说："这儿离哨兵也就是三四十米远，走近十几米的时候，你就唱《想姐姐想得不耐烦》，吼着点，这是信号，你的枪呢？"

华进城往腰里一拍："在这里。我知道该怎么做。"

王立强不放心，又重复着："班长，你只管唱，只管往前走，唱到结尾时就会响起枪声。"

华进城心想到那时等于有三个分队先后行动。他把盐袋子在空中抡来甩去，情真意切，激越悠扬地唱起《想姐姐想得不耐烦》：

想姐想呃的不呀耐的烦哟嗬，

哟嗬哟嗬嗨，

四两（的个）灯草喂也呀也难担呐，

哟嗬咿哟嗬，哟嗬嗬哟嗬嗬；

隔墙听呃见姐呀姐说话哟嗬，

哟嗬哟嗬嗨，

一连（的个）翻过吔九呀九重山呐，

哟嗬咿哟嗬，哟嗬嗬哟嗬嗬。

歌声刚一落，啪啪的枪声响起来了，密集的子弹落在哨所旁的石头上，溅起了一串一串的火花。

哨兵喊道："班长，敌人来了！"

"在哪里？"

"甘家岭树林里。"

"赶快集合，给我追击！"

王力听到这喊声命令道："边撤边间断地射击！"

王子平探头一望，七八个士兵乱七八糟地边放枪边向东边跑去，他估摸时间已到，喊道："向哨所冲啊！"

这时，华进城飞快地扑向一哨兵，将其按倒在地，喝道："乖乖地给我躺在这里，不要乱动，把子弹缴出来！"

"在枪膛里，口袋里还有五发，给你，饶命啊，好汉！"

王子平冲进时，发现另一名哨兵，端枪正要向华进城射击，挥起手枪放了两枪，正打中那哨兵的手臂上，枪砰的一声落在地上。一队员眼疾手快，一个箭步冲到跟前拾起那支枪，并缴获了全部子弹。

华进城一见王子平向他直挥手，立刻向王立强招手。他们一跃而上，刹那间占领了哨所。华进城为那哨兵包扎好伤口，拉着走进了值勤的住房，问："你叫啥？哪里人？"

"谢强，老河口。"

"半个老乡。这屋还有人吗？"

"有，还有两个病号。"

"人呢？"

谢强直摇头，不说话。

王子平进来了："仔细检查！"

华进城俯下身子往床底下一扫，是有两个士兵藏在墙的拐角里，喊道："出来，不要你们的命，怕啥！"

王子平指着那两个士兵说："莫怕，枪在哪里呢？"

那士兵往被子里一指："在那里边。"

华进城掀开被子，拾起了两支枪，问："子弹呢！"

"枪柜里。"

王子平问："手榴弹呢？"

谢强说："在枪柜底下。"

华进城打开枪柜门，搜到了没有启开的两箱子弹和两箱手榴弹。

王子平："我们把这些拿走了。你们四个想回家的就回家，想逃的就赶快逃，想跟我们走的就同我们一起走！"

"想回家没有路费。"

"给你两块大洋。"

谢强觉着这帮子人心这么慈善，说："我是穷人出身，他们都是，我跟你们走，行吗？"

王子平说："挂花了，能走吗？"

"老总，擦点皮，这位好汉给我上药了，没事的。如果回去万一逃不脱，恐怕脑袋也保不住了。"

其他三名士兵这时撑起了腰杆，站成一排祈求地说："老总，我们不回不逃，就让跟你们一起走！"

正说着，王力急匆匆地进来了，催促说："一定会有拦截或者增援的队伍，赶快撤走。"

王子平说："这四位士兵表态要一起走。"

王力指着他们笑了："真心实意的吗？"

谢强指天发誓地说："老总，我不会哄人，我的表叔在山西的八路军里，同日本鬼子正打仗。人是逼出来的，路是走出来的。我不能逃避呀！如果能去当一个打日本鬼子的那种兵，那就圆了我的那份救国的心哪！今天跟你们跟定了！"

那三个士兵一起说："就是啊！老总，我们是同病相怜，收了我们吧！"

王力对他们的企盼万分感动，又看着缴获的这么些枪支、弹药，心里想这不是顺手牵羊吗？他高兴地一挥手，对王子平和华进城说："如愿吧，好心地照顾他们，按计划分头撤离。"

那辆隐蔽在丛林中的军用大篷车开出来了，稳稳当当地上了路。王子平在车上一直盯着王力，紧靠在一棵大树旁，距离越来越远，那人和树几乎变成一棵树。实然间，他拔出手枪，向山里逃散的那五名士兵放了三枪，飞快地跑到山后，跟上了在这里等候的军用大篷车。土路上，飞奔的汽车扬起一团一团的灰尘，在山野的上空随风飘荡。

当指派的两个班保安援兵赶到哨所时，不见了硝烟弹雨。易参谋十分惊讶，五名士兵失踪了，只有四名士兵坐那里惊慌失措，号叫着、哭诉着、质问着、自责着，武器、弹药不翼而飞。他从士兵口中得知，是遭到不明身份人的突然袭击，而造成的重大损失。首先想到的是如何推卸自己的责任，自己是接受指派就火急火燎地赶到这里，不料哨所已变成这个样子了，怪谁呢！怪就怪报告的时间太迟了，方向、地点的不确定，也是影响有效拦截的重要方面。从现场看，很难判定就是华进城他们所为，那着便装的三四个人竟敢大胆地挑衅设防的一个班，显然不是共军的小小游击队，就是一帮子占山为王的土匪，那三四个人有那么大的能耐吗！算了算了，木已成舟了，想那么多有啥用。易参谋无可奈何，只得暂时决定留下一个班防守，如数配发了弹药，对那四个士兵安慰了一番，说："向上峰报告，制订加强这个哨所的防卫能力计划。"于是，领着另一个班，匆匆忙忙地走了。他回去谈了自己的想法，结果不了了之，那个班也就放在这个哨所了，那四个兵随班编制，这个班也就成了由十三名士兵组成的一个班，这可能很少见，也不足为怪！

天黑定了。王力和王子平他们先后到了耿镇十字路口，在一家饭馆会面。

大家喜形于色，没有一个不高兴的，都为今天取得的小小战果而拍手叫好。

王力兴奋地说："这是在习书记谋策之下，同志们团结协作，相互配合，获得的战果。现在大家赶快吃饭，填饱肚子抓紧上路，到了我们地界上就好办了。"

王子平说："我就送到这里，华进城，你们辛苦了，王力同志，劳累你了！"

王力笑着说："还这么客气。你放心，习书记已经安排得很周到，我带他们去找张司令员就行了。"

谢强拉着其他三个人一齐跪在地上，说："我们知道去哪里了，谢天谢地，穷人家里的孩子终于找到门了！"

王力说："知道了就好。你们一切都会变的，变成坚强勇敢的人，变成自己解救自己的人，变成全力解放穷苦老百姓的人，变成抗日救国、拯救中华的勇猛之士！"

华进城紧紧地拉住王子平的手，激动地说："子平同志，一辈子都不忘你的话，走路想得远一点，梦想做得实一点，国事看得高一点，脚踏实地，创造佳绩！"

王子平昂扬地说："祝大家为中华民族、为驱逐日本鬼子不断地立下汗马功劳！"

王力站起来指着大家，拍着王子平的肩头说："你们即将踏上新征程，这是子平同志为你们致壮行词。我也讲一句，我们是一个多灾多难的国家，我们的中华民族是不可辱的，只要我们一代一代、一辈一辈的仁人志士共同奋斗，会强盛起来，富强起来，像巨人一样屹立在世界的东方！"

一阵雷鸣般的掌声，飘荡在朦胧的黑夜里，震得林海繁茂的枝叶发出沙沙的响声。

王立强想了半天，不知说什么好，猛然间甩出了几句含蓄的话："我们的班长叫华进城，名字起得好，不是要进城吗。唉，只沾了个边，那就看今后的运气了！"

王子平趣笑地说："华进城在农村生下来，就住进自己的那座城里了，现在要走进另一座城。去当八路军，一座万里长城！"

王力拍着手，接着说："嘿，喻义深邃。不是有一位名人讲，我们要以农村包围城市，最后夺取城市吗！现在只能沾边走过，要进城那是指日可待！"

王立强乐开了："对。照我想，农村和城里一个样，那中国才真正是一个富裕强盛的中国了！看谁还敢惹我们！"

大家没想到王立强能讲出这样的惊人之语，个个伸出大拇指，赞不绝口，有远见有远见！

第十八章
过河卒子拱到底

天色昏暗阴沉，从早上到中午天空片片浮云始终没有散去，观望天象预测有一场暴风即将到来。没料到下半天，突然刮过一阵风，云消雾散，太阳才露出了脸面。山林中间疏影横斜，村庄中炊烟飘动，小河里流水淙淙。

邹玉鼎一见天气晴了，景致又是这么的幽雅，于是走出了院子，心情舒畅地踏上了村前的那条大路。沿这条路走到了一个拐弯的地方，钻进一座小小的土地庙里。

不大一会儿杨麟科跟着进来了。

邹玉鼎开门见山地说："刘湘卿上次路过时很急没见上，这次从旬阳返回时，他找我交代了三件事。一是组织整顿；二是隐蔽工作，钻进敌人内部做更深层次的工作；三是建立武装问题。这些事要一个一个地去解决。我想，我们一定要想办法在恒口一带抓住教育大权，将来更多地安插些党员教师，以更好地开展工作，你觉得咋样？"

杨麟科兴致盎然地说："好哇，这既是很好的隐蔽，又壮大了我们的组织，做得！"

邹玉鼎说："要我看哪，这个人就是杨静波。他是县教育局的视导员，又是女小的教员，是最佳人选。你们是叔侄关系，这个工作非得你来做不可，争取过来，靠拢组织。"

杨麟科满口答应，说："没有办不到的事，实际上我曾经给他旁敲侧击地讲过，他既没反对，也没提出拒绝。这回我牵线、疏导、敲明，我看不会不答应的。不过，条件成熟了，你得出面决定。"

邹玉鼎高兴地说："一言为定！"

杨麟科说："驷马难追！"

过了两天，邹玉鼎接到杨麟科捎来的两句话："过河卒子，一拱到底；瓜熟蒂落，水到渠成。"他连忙找到江中祥，刻不容缓地来到杨静波的家中。还没有开口，杨静波笑呵呵地说："快坐。我知道了，都是熟人，能叫我做啥，尽力而为！古人言：天视自我民视，天听自我民听。我这样想。"

邹玉鼎说："我们虽然是抬头不见低头见，但都不摸各自的心底。既然麟科给你讲过了，我就打开窗户说亮话，我同中祥今天是来介绍你加入中国共产党的，你愿意吗？"

杨静波眉开眼笑地答道："愿意，愿意，咋能不愿意！"

江中祥郑重其事地说："你是党的人了，就要坚决地执行党章的规定，履行自己的权利和义务，遵守纪律，保守秘密，为党的共产主义事业奋斗终生。"

杨静波收住笑容，说："一定，一定会这样做！"

邹玉鼎想了一下刘湘卿叮咛的那句话，说："在国民党统治区做工作，一定注意保护自己。你现在的任务是，以视导员的身份做掩护，为恒口镇的中华民族解放先锋队的队员和党内同志，在教育界寻找机会安排工作；有条件的可发展进步人士参加共产党，但必须是单线联系，严防横向交往。"

杨静波完全明白了自己将来要做什么，也清楚了该怎么去做，坦言表态了："君子言出如山。宁肯走十步远，不走一步险，一定精心地去办事。有言讲，泰山不是垒的，牛皮不是吹的，不会放空炮！"

这次短暂的谈话，达到了预想的结果。邹玉鼎出门后，同江中祥满意地笑着，打了个招呼就分开了。他沿着来时的那条田间小路不停地走着，走了好一阵子，来到那座土地庙前，夜色朦胧也看不清土地神的面容，很冷静地坐在庙门口。邹玉鼎望着黑乎乎的远山、黯淡的星河，脑海里满是在各校师生中发展的那些党员的形象，有中年的、青年的、少年的，不仅有男的，还有女教师、女学生。他盘算着，有三十四人了，从人数上是快了点，在发展的质量上是符合党员条件的，这应该加以肯定。当前怎么办呢？邹玉鼎突然考虑起如何进一步发展党员和扩大组织的规模。实际上现在已建立了中共恒口小学、恒口女子小学、关帝庙小学、恒口老师、恒口军人、河东和岭东等七个支部。这么多的支部，没有一个总的领导机构怎么行呢！他站起来要走的时候，回头看了看土地庙，突然间产生了一个似乎有一定把握的念头，神该有庙，庙应有神。他边走边敲定自己，刘湘卿不是让抓好西区的工作，那就设立一个西区区委吧！经过一番细想，邹玉鼎认为这个念头不是平白无故而来。是年八月，鲁继冲从省委学习返回时来到女子小学，对他说："省委决定我担任县委书记，你担任组织部长，另物色一名宣传部部长。你

第十八章　过河卒子拱到底

389

看谁适合?""我认为安康中学的王崇法可靠,拟任宣传部部长。""可以。今后我兼管兴师支部工作,不能常来恒口,西区的工作由你抓,隔几个月咱们可接头一次。不负组织的信托!"邹玉鼎觉得这个想法是不错的,是符合情理的。因为是刘湘卿指定的西区区域,又有县委书记指示,自己又是组织部长,这样的决定不会凌驾于组织之上吧!

邹玉鼎这几天脚步点儿没有停过,行走在各支部之间,征求各位书记对筹建西区区委的意见,探问党员的看法。恒小支部书记杨麟科谈到有一个机构统管各支部是必要的,不能过于庞大,召开全体党员大会不妥,容易引起敌人的注意和怀疑,要冷静些,不可浮躁盲动。河东支部书记贺立鉴说:树大招风,楼高了招雷击,要防止敌人的监视和破坏。女小支部书记唐志珍和党员江馥玉只知道区委要比支部大一些,可以管支部,因此,没有什么意见。教师党员江中祥,也是女子党小组改为支部的组建者,从实际出发,认为应该请示上级组织再决定。王崇法直言不讳地说,"玉鼎同志为了我们共同的事业,为了我们相互配合搞好党的工作,请你们不要多心,成立区委这件事我是不大赞成的。为什么呢? 因为上级党组织曾强调过,在国统区内党的组织层次不宜多,机构不宜大,要尽量做到短小精干,这有利于我们开展对敌斗争。我想注重客观条件,明确实在目的,如果凭着热情去盲干,结果欲速则不达。"

对于大家的意见,邹玉鼎不得不考虑。于是暂时把筹建工作搁了下来,用大部分的时间去做发展党员的工作。过了不多时间,又有一批教师、学生和农民被吸收入党。大家都知道这批党员大部分是邹玉鼎发展的,都觉得他组织能力强,理论水平比较高,办事麻利快速,没有不钦佩他的。但又担心太急了,有些虚浮的架势,会带来麻烦。

这期间党员人数达到五十多人了,又建立了江西馆小学和恒口街道教师党支部。这党员人数的增加,组织规模的扩大,更加促使邹玉鼎组建区委的信心和决心。鉴于同志们的意见,他决定召开一个只有支部书记参加的小型的成立大会。

这一日,天空晴朗,阳光灿烂。大家陆续来到贺立鉴的家。贺立鉴的母亲忙活着烧水沏茶;会议开始后,她钻进了厨房,又走出后门,爬到山坡上的树林里,瞭望房前小路上的来往行人,感觉今天照在房上的阳光比往日光亮;贺立彦按照弟弟的安排,依旧同平常一样,拿着两根短棒在门前院场边上转悠着,不禁发现房檐下阴暗的地方倒明亮了很多。

邹玉鼎望了王崇法一眼,意思是现在开会吧!

王崇法静静地坐在那儿，只回以无奈的眼神，顾全大局，开就开吧！没有吭气，

屋里寂静无声，甚至连喝茶和吸烟的声音都能听得出来。

邹玉鼎站起来，兴致勃勃地说："现在，我宣布，今天是安康西区区委成立的日子。区委在县委直接领导和指导下进行工作，其组成人员是：县委组织部长邹玉鼎兼任西区区委书记，杨麟科任组织委员，江中祥任宣传委员。我强调的是，这个日期，就像我们入党的日子一样是不应忘记的。"接着他介绍了恒口地区组织发展状况和为何要成立区委及其区委当前的任务。根据目前形势和省委要把工作重点放在农村的指示，是把工作重点转移到农村，发展党员，巩固组织，今后的各项活动都应在农村进行。他最后指出，各支部要在区委的领导下，密切配合，做好组织发展工作，还要重视武装力量的建设。一定要教育党员，遵守纪律，严守秘密，做一名为革命事业而兢兢业业工作的共产党员。

屋里响起了热烈的掌声，没听见还有人发言。

王崇法默默地跟在邹玉鼎身后走出了门，在分开的时候，只相互招了招手，微微一笑，没有说一句话。但他心里掂量着轻重，从革命事业出发，顾全大局，维护团结，不能让整体的利益受损害！

各家各户的房顶上升起一缕一缕炊烟，不大一会儿，在闷热的天气里缓缓地飘散而去。不过，大家都闻到了秋天的气息，有秋果的味道。梁家沟和贾家沟的山坡上，密密麻麻的柿子树的枝杈间吊满了一串一串的红柿子，红得格外耀眼，谁见了都想品尝品尝那熟透柿子的香甜和干面滋味。

女子小学老师杨家英入党了。她高兴得逢人就笑，但并不表白什么原因，讲课时也变得风趣幽默，生动得多了，同学们倾耳而听，没有一个走神的。但是，当她得到通知，自己被编入学生支部时，直直地感觉到非常别扭，心里起了一个解不开的疙瘩，为啥不能编入老师支部？她反复地想，自己是党员了，要服从组织的安排，在纪律面前不能斤斤计较；再说，自己同学生在一起，能摸清她们的思想脉络，能掌握她们学习的优劣，更能了解她们追求什么，便于因人施教，因材施教。在支部里服从支部的决议决定，我还可提出建议；在教学上，你们听我的，扩大充实知识面，为我们的伟大理想刻苦学习，努力奋进！不过，尽管是这样，我还是不知道究竟是什么原因。

这天下午，杨家英趁没有课时，找见杨麟科，问："杨老师，咋把我编到学生支部了？"

杨麟科一时感到难为情，不好回答这个突然的问话，只吞吞吐吐地说："这是经过组织研究的，你有意见吗？"

　　"我没意见，也不认为我被编到学生支部就是学生了，我还是一名教员，还是她们的老师。我想知道的是，为啥不能编到教师支部呢？"

　　"嗯，是这样。最初也考虑编到教师支部，因为只有你一名是女的，实在是不方便。"

　　"有啥不方便，是怕我拖累你们，是吧？"

　　"不是这个意思，是玉鼎同志出于关心才这样确定的。"

　　"哦，是组织的爱护！"

　　"嗯，男女在一起时间长了，会引起别人咬舌根子，对组织和个人都不利。"

　　"我是一名新党员，不比你们受党的教育时间长。但我认为不能以男女性别而质疑我们的党性原则，衡量我们觉悟的高低和我们立场的坚定程度。请组织不要见怪，这是我心里的想法，党的组织纪律一定会坚决执行！"

　　杨家英直撅撅的见解和表态，让杨麟科半天说不出话来，最后说了一句："家英同志，我们都必须加强党性锻炼！"

　　"那是的，真金不怕火炼，好货不怕试验。"杨家英笑了，而且笑得非常开朗，扭过头走了。

　　在杨麟科看来，杨家英的这一笑是笑得沉着、冷静、自信，没有流露出一丝虚情假意的神色，是真心实意的表现，并未计较组织那样的安排。人家虽然不再争什么，但是作为组织委员，应该及时如实地向组织反映，掌握动态，更好决策。他随即找见王崇法说："家英同志对编入学生支部有看法，但她表示坚决服从。我也反复琢磨，是有些不适当。"

　　王崇法实际上也知道了此事，笑着问："她找你了吗？说说你的看法。"

　　"找了，讲得非常爽快。我看法很简单，男女教师不能编进一个支部，是低估了老师的觉悟，有点幼稚。"

　　"这样做是封建传统的色彩在作怪，以工作不方便为借口，忽略了我们的党员又是一名坚强的英勇战士。你讲得对，一定要防止扩大左派幼稚的毛病，还要警惕个人英雄主义思想滋长，不要讲起来要同大家共商大事，实际上还是孤行己意，缺乏集思广益的决策方法。这个我们都应该引起注意，不然会给革命带来损失。"

　　"能不能再研究，把家英同志调回教师支部？"

　　"不啦，木已成舟，覆水难收。你想啊，最小的党员才十四岁，大一点的不过十五六岁，如果再折腾会引起思想的混乱。家英同志在那个支部，也是同学们的支柱和靠山哪！"

"对对对，有家英在，给同学们壮胆量，长知识，有勇有谋的人才就会更快地成长起来。"

"好啦，这事到此为止，只能接受教训。你也不必同玉鼎同志提及，我会在适当的时机与他畅谈沟通的。他一定会以我们崇高的理想去鉴别和判断自己的方向，是会用不断增长的能力和成熟的智慧，为我们至高无上的共产主义事业而努力奋斗！"

杨麟科从中又得了受益，为了一个真理，或是一个正确的决策，在党内是不能放弃原则而迁就的。要敢于批评那些指导革命中出现的缺点，而不怕得罪哪一个人。革命有序，胜利在望！

过了两天，邹玉鼎给杨麟科说："崇法同志讲得好，我们要在处理大小党务时，理智和自觉地摆脱世俗偏见的意识，不然就失去了党性观念。家英同志的编组是我处理不恰当，头脑太封建了。这虽然是件小事，但必定是失误，人家崇法书就是读得多。他咋说呢，引用了马克思的一句话：人要学会走路，也要学会摔跤，而且只有经过摔跤才能学会走路。真让人开心！他还讲，列宁说过：有一百个错误后面，就有一万个伟大而英勇的行为！多精彩呵！现在不是聪明灵性了吗，前车之辙，后车之鉴嘛！"

杨麟科坦言："我们曾因工作发生过争执，完全是善意的，并不是鸡蛋里挑骨头，有意找碴儿。站得高一点，都得相互理解。"

邹玉鼎把腿一拍，笑了："心里话说出来就舒畅了。咱们一起共事，应该相互关照，宁可在大事面前红脖子涨脸，不可宽容忍让，这是赤诚的忠告行为，警示了解自己，用这远大的目标战胜自己、克制自己，不做荒唐事。眼前的发展工作要抓紧些，还得找家英同志谈一谈。"

杨麟科说："是啊，我们稳固中做好发展，目前要注意质量。家英同志就不必面谈了，王崇法同志已经找过她讲明了原因及以后怎么做。莫看人家是个女的，肚量可大，心口窝里跑下马，根本莫斤斤计较，情绪蛮好的，不必担心！"

邹玉鼎从恒小出来的路上，碰见了江中祥，问："女小支部不是要开会？你知道吗？"

江中祥说："知道，我侄女这两天请假在家，我刚去通知才转回来。"

"什么内容？"

"研究抗日的宣传形式、学习文件、加强思想教育，还有对保密提出要求。"

"还有一点，她们年龄小，没有社会经验，暂时不要去做组织的发展工作。"

"我参加会议时一定传达到，让她们坚决执行，以防出现不测。"

江中祥把江馥玉叫走后，她爹江中美总觉得不对头。他早有所闻，其叔伯弟江中祥参加了共产党。今天叫走了，说是开啥会，心里惴惴不安，七上八下，是不是女儿也入伙了？江中美又想，单凭人家传言就下结论，是不切合实际，无根据地瞎猜摸，未免有些随意和偏激了，最好是能找到一点线索。对了，就这样办！他立刻走进闺女的房间，打开书包，把课本和作业本及日记本翻了遍，未发现超越现实的出格话语。接着又把梳妆台的抽屉打开，拿出梳妆盒，揭开盖子，发现盒底掩盖着一张纸。他翻开一看，原来是西区区委党员花名册，从中找到了江馥玉的名字。江中美一边原封原样地放好，一边唉声叹声地说道："女娃家能成个啥气候，胡思乱想，搭个梯子就想上天。简直没王法了！"他回到堂屋坐在椅子上，两手把头一抱，沉着气想了一阵子。听说恒口一带共产党活动得很厉害，国民党时不时地跟踪和恐吓，领头的就是她们的老师邹玉鼎。这个人，我也认识，却不知他把脑袋瓜子挂在腰带上，干那些不要命的事。不管咋说，不能让我的女儿穿着木屐上摩天岭，去走险！有了，得好好想个法子。

江中美正想着，江馥玉回来了，瞅着父亲闷闷不乐的样子，便问："爹，你咋啦？"

江中美抬起头，不冷不热地反问道："你达叫你干啥去了，开什么会？"

江馥玉撒娇使性子："爹，开会就是学生开会，问那么多做啥！"

江中美一脸和气，说："小玉，你也不要哄你爹了，你参加了共产党，是吧！你为啥背着爹这样做！"

江馥玉听这句话，心想父亲十有八九是知道真相了，便说："是，是参加了。共产党是为劳苦大众谋利益的，是要建立一个自由、民主、幸福，由人民自己当家做主的新社会，这不好吗！"

江中美苦笑着说："娃子，你瓜呀！那是牛年马月的事，你能等到吗？"

江馥玉嘴一噘，说："只要活着，一定能有那一天。要为共产党的最终目标而努力奋斗！"

江中美耐心地劝着说："你也不要跟爹犟嘴，也不要硬气。女娃家上学识了几个字，不让人哄了就行，那些改天换地的事，不是你们掺和能成的。还是由爹做主，规规矩矩的，将来做个贤妻良母吧！"

江馥玉一拧身进了自己的房子。

江中美立即起身赶到女子小学，找见邹玉鼎客气地说："玉鼎，我想托你帮忙办一件事。"

邹玉鼎满口答应说："只要我能办到的，一定不推辞。你要办啥事，请讲吧！"

"馥玉，她是你们党里人了？"

"是啊！你咋知道的？"

"我是从放在她那儿的花名册里见到的。"

"哦。你的意思呢？"

"玉鼎啊，我心里这样想，我的兄弟、子侄他们参加共产党，我没什么理由阻止他们，也没权利反对他们，但我的女儿馥玉不能参加。"

"为啥？"

"俗话说，女儿大了不可留，留来留去留成愁。她快要到找婆家的时候了，干共产党时间没完没了，身边到处是风险，哪能找得上好人家，恐怕难得嫁出去，能不让父母操心和着急吗！"

"你想得太悬了，那是一种缘分。不过，我也理解你的心情。"

"你就让她退了吧！"

"我们还是征求江馥玉的意见！"

"不用了。我的女儿我做主，她得听父母的。"

"那好，我们可以研究。"

"同意了，也是为民办一件好事。"

"至于是不是这样，也未必如此。但我希望你为此保守秘密，不得告诉任何人！"

"说话为空，落笔为实。来，玉鼎，拿张纸，我给你写个保证！"

"不啦，我相信你。"

江中美高高兴兴地走了。

邹玉鼎对江中美为女儿退党的举动作了一番认真的思考，不同意吧，再引起闹腾，会导致不良的影响，按照本人的想法吧，断送了一个青年人的前程，顺应了自私的理念。他实在下不了决心，便同杨麟科和江中祥共同商议，为顾全大局，巩固组织，保持安稳，原则上同意江馥玉退党，事先委托江中祥同江馥玉面谈后再作决定。

江中美回家后，直截了当地对女儿说："小玉，我给你的组织讲了，要你退出来。"

江馥玉疑惑不解地问："爹，为啥这样做！"

江中美耐心地说："娃，你现在不懂，再过两三年你就知道了。到那时你嫁不出去，后悔来不及。听爹的话没错，就听这一回，好不？"

江馥玉听到父亲的话，心神不宁，拿不定主意。她想得很多很多，天外有多大、有多宽阔，世间的事情有多复杂、有多艰难，自己是不知道的；但有一点总是牢记在心的：在家靠父母，出门靠朋友。这是爹妈经常讲的，不错，她现在没离开这个家，一切只能是听爹娘的话了。

这时，她突然听到江中祥在喊，便推开门说："达，你来了，进来坐！"

江中祥眼睛往前屋一扫，问："大哥不在？"

江馥玉脸色阴沉，说："刚出去了！"

"长话短叙，大哥找玉鼎同志了，硬杠杠地提出要你离开组织，你怎么想的？"

"我爹给我讲了，从心里讲，我是不愿意的，但是掂来掂去，还是听爹的。"

"既然如此，自己要选择自己要走的路，这是你的自由，你达就不强迫你了。"

江馥玉低着头，手把衣角捏来捏去，没有说话。她咬着牙抿着嘴，眼睛潮湿了，泪珠在眼眶里滚来滚去，几乎快要流出来。她在忍受着痛苦和难受，最后吐出了一句话："以后还行吗？"

江中祥被侄女这一问难住了，想了一下只好说："那就看你的表现了，到那时还有一个同封建传统、家庭的礼教和自己理念的决裂呀！"

江馥玉又低声说："达，我突然觉得自己像失群的大雁，好孤独啊！"

江中祥安慰地说："这是猛醒的开始，希望有成熟的那么一天。哎，小玉，你把我让你暗藏的花名册给我！"

江馥玉从梳妆盒里取出花名册，捧在了双手中，眼泪扑簌簌地掉在花名册上，又滴落在地。说："达，给你！"

江中祥接过说："小玉，一定要守口如瓶，谨慎为好，这秘密不可有丝毫的泄露。稍加疏忽，就会造成多少人头落地，可不能落个千古罪人哪！"

江馥玉用袖子把眼泪一擦，说："达，这个我懂。请转告组织，一定做到言而有信，这同样是普通女子的美德。"

江中祥一五一十地向区委汇报了同江馥玉谈话的结果，经区委反复研究，令其退党。会上，大家提出，让江中祥再做江馥玉的工作。江中祥觉得牵扯到家庭的关系，应该回避。区委决定邹玉鼎同志做好其善后工作，防止出现意外，对组织造成不应有的损失。

邹玉鼎刚从江家回到学校，贺立鉴急急忙忙地来通知说，"郑宗谟让你赶快到他家，有要紧的事商量。"

邹玉鼎感到有些意外，问："他从国立第四中学回来了？"

"也是刚到，在家等你。"贺立鉴说完，回身就走。

"嗯，我这就去！"邹玉鼎边走边想，国立四中刚重新组建支部不久，事务又是那么忙，他还能脱开身回家，一般的情况下绝对不会这样做。他急匆匆地走进了贾家沟，举目望去，沿沟上下住着稀稀拉拉的几户人家，沟垴的山坡上丛林密布，郁郁葱葱。有几头牛羊悠闲自在地啃草充饥，有时扬起头哞哞、咩咩地叫着。老远听见他家门前的那棵大槐树上，不时传来喜鹊叽叽喳喳的叫声。要来稀客了。

邹玉鼎踏进门，就被郑宗谟叫着："玉鼎，你看谁来了！"

邹玉鼎往堂屋里一看，"是刘书记呀，来得正及时，我正要向你报告工作呢！"

刘文彬把邹玉鼎的手握得紧紧的，好长时间没有松开。一边摇着一边说："你辛苦了，我从省委开会回来，路过这里。一是传达省委会议的精神；二是通知安康县委人员组成，也许鲁继冲同志先到告诉过了，重申一下；三是了解一下国立四中和西区的情况。"他接着讲了省委根据党中央对白区党提出的"隐蔽精干，长期埋伏，积蓄力量，等待时机"方针的有关规定和指示，重申组织要精干，层次要减少，会议少开而人员限制在五人之内，不宜进行公开的活动，暴露的党员要撤离或调动安排。之后，他宣布了县委的组成人员：县委书记鲁继冲，县委组织部长邹玉鼎，宣传部长王崇法。鉴于西区已成立区委，地委同意邹玉鼎同志兼任西区区委书记。他停了一下，问："宗谟，贾越群回西安看病返校了没有？"

郑宗谟回答说："她又续假了！"

"哦。你谈谈四中的情况。"

郑宗谟在安康抗日游行和宣传时，练出了一张滔滔不绝、侃侃而谈的好口才，听得他流利地讲了起来。

"现在的国立陕西第四中学，是一九三八年二月经国民政府教育部批准设立的国立陕西中学，是年四月，由西安迁至安康，于今年四月易名而来，有学生三百余人。刚来时，有党员三名，贾越群任支部书记，因病离开，支部书记由该校中华民族解放先锋队队长赵祺担任。赵祺毕业离校，去汉中报考西北联大，该校支部书记空缺。在暑假期间，国立四中师范部招收新生，安康的一批党员，借沦陷区流亡学生之名考入该校，增加了党员的数量。这些党员中有兴师二七级彭兴斌，安康城内沙帽石人；二八级的张洪伦，汉阳人；二九级的程芸，女，岚皋人；同级周曾英，女，石泉人。除此而外，还有由西安师范转来的陕西周至人杭觉黎，洋县国立七中转来的山西人张汉俊，西安一中转来的安徽合肥人，女，徐锐。他们的到来，壮大了国立四中党组织的力量。我到国立四中党组织的关系是由你转过来的，是组织同意的，也是组织的信任，明确指出，要去占领那块阵地。所以地委在适时重组国立四中党支部时，指定我任该校党支部书记。目前，党内团结、思想稳定，抗日的宣传和募捐活动有声有色，轰轰烈烈。对反宣传进行了策略性的回击，现在收敛多了。在这个过程中，克服了"左"倾盲动情绪，学会了在对敌斗争中如何保护自己和如何取胜的方法。实践磨炼使得每个党员越来越聪明，越来越充满智慧地去战胜在奋进中遇到的艰难、险恶、障碍和挫折，勇往直前，无所阻挡！"郑宗谟喝了一口水，说，"我汇报完了，请文彬同志指示！"

刘文彬哈哈一笑："哪有那么多指示，情况掌握得不少。从实际出发执行，执行省委指示。你们那里人员复杂，都是不少省份来的，各式各样表现都有，对少数进行反宣传的行为，要采取措施，巧妙地回击那些不实之词，以至孤立他们，使之助推更高的正气。"

邹玉鼎就如何汇报一直在考虑着，听书记刚才讲话的口气，对恒口的情况是一目了然，并不是处在云里雾里，若明若暗。是的，眼前的郑宗谟是我的入党介绍人之一。他毕业回恒口才组建了一个支部，随即发展河南、河东和河北恒口镇部、千工堰流域三个党小组，暑期他考入国立四中，恰巧自己从兴师毕业回到恒口女小任教，不几个月，支部扩大到六个，党员人数增到四十多名。我该怎么讲呢！根据上次征求同志们的意见，还是揭自己的短吧！他开始有些急躁，但又马上冷静下来了，神情沉着地讲道，"一是组织建设和发展状况，党支部超了六倍，党员人数翻三倍之多，太快了，有些盲目性，一味追求数量，而忽视了发展质量的倾向。二是由此而造成有个别党员退党现象，如女子小学江馥玉听其父亲之言缺乏坚定性，令其退党，还有女小郑兆玉，在其舅父、恒口三青团书记郑宗强拉拢下提出不参与任何活动的要求，区委拟研究其党籍的问题。三是关于西区区委的成立，我想这么多的支部，县委咋管得过来，拟成立一个中间机构。征求意见时，大多数同志是不支持的，我未采纳同志们的意见，固执地按照自己的想法成立了。这可能与省委关于组织机构设置的指示相左，应该负主要责任。四是女小的杨家英老师本应编在教师支部，却没有这样做，我细细地琢磨，这是男女授受不亲宗法式说教干扰了我的意向。事虽小，都与党性方枘圆凿，格格不入，伤痛至深。总的讲，西区的形势还是不错的，在于地、县委的正确领导和同志们共同的努力！"

俗话说，再快的刀子也没法削自己的柄。可是，邹玉鼎今天的汇报，却验证了并不完全是这样。他只讲缺点，不夸耀成绩；只讲自己，不埋怨别人。这令刘文彬感到别开生面，不同一般，是老练精干的表现。吃一堑，长一智，聪明了！刘文彬笑得很响亮，说："玉鼎同志，不要一个劲儿地自责、检讨、批评自己，而且工作有很大起色。在国统区工作，不免会出现这样那样的纰漏，要引以为戒，脚踏实地向前走。我再反复讲一下，西区区委既成事实，并开展了许多有效的活动，不要把这事老搁在心中，顾虑重重，而是既要心细如发，又要大刀阔斧地去干。现在就要看你这位区委书记的了，明白了吗？"

邹玉鼎神态庄重，说："请组织放心，常言道，不到时候不开花，不到时候不结瓜，咱们人多心齐了，啥事都能办成！"

刘文彬风趣地说："我相信，站在云彩里摇手，可是高招。"

郑宗谟跟着笑了："玉鼎啊，看样子你学会了，是大师傅蒸馒头，火候不到不揭锅呀！"

邹玉鼎无地自容地说："哪敢做大师傅呀！怎么能在你们面前班门弄斧，贻笑大方。"

刘文彬手一挥说："嘿，这可要相互学习，取长补短呀！"

满屋子的笑声在房梁上缭绕，又飞出窗外久旱无雨的田地里，填满了密密麻麻的龟裂缝隙。大家的心情虽都安然了一些，但是在干旱恐慌的年景里，不得不为百姓的苦难生活而担忧。

吃晚饭的时候，刘文彬又问郑宗谟，安康专署对国立四中的供应如何？郑宗谟告诉说，由于安康遭到多年不遇的干旱，粮食颗粒无收，供应不如以前了。刘文彬说："鼓励大家同舟共济，渡过难关。"郑宗谟又说："当下日本鬼子已向郧阳逼近，闻得消息四中又要搬迁，详情不知。"刘文彬把头一摸，说："有可能，做好大家的稳定工作。"

火辣辣的太阳落山了，天黑了。

此时，刘文彬和邹玉鼎深一脚浅一脚地走出了贾家沟，一路上明显感觉到野外依然是热浪滚滚，一股风吹过，像火一样蹿来，燎在身上，烤得人实在难受。

邹玉鼎不由得叹道："还是树林环抱的宗谟家凉快！"

刘文彬抹着脸上的汗渍说："是这样，树多阴凉大，堤高水也深。川里快把树砍光了，连个乘凉的地方都难找，咋不热呢！你不信去摸摸浅水沟里的水是热的，深潭里的水是凉的，秃坡浅流咋能比得上深山深水呢！"

他俩说着走着，不觉走进了恒口街的中街，离瑞瑞客栈只有几步路。

"有巡警。"邹玉鼎猛然低声说道。

刘文彬一闪身，靠在房檐下，伸头细瞧，说："是的。走，我有路证。"

他俩一前一后，大摇大摆地向前走着，发现街边有一个摆地摊的，便拧过身同摊主闲扯起话来。

"你俩是做啥的？"警察高声查问。

邹玉鼎抬头一看，那喊叫的是李正乾，随便地回答了一句，"天热，到街上逛逛。"

"逛啥逛，夜间闲逛的都不是好人！"李正乾说。

刘文彬把蒲叶扇子呼啦啦地扇着，走上去说："这话可是过头了！"于是，掏出身份证和路证，在李正乾眼前晃了几晃，"你讲讲，我是好人还是坏人。简直像个老和尚骂街，不像话！"

他俩对话间，邹玉鼎看见李贵乾走了过来，便赶上前去说："表哥，你也在巡逻啊！"

"是的，我同李班长一块执行任务。你是到哪里去？"李贵乾完全明白，跟邹玉鼎来的人，肯定不是闲转悠，只能这样此地无银三百两地问。

邹玉鼎依旧说："天热，闲逛。"

李贵乾这样对李正乾说："这是我表弟和他的同学！"

李正乾由冷清一下子变得热乎起来，"哦哦哦，"对着刘文彬和邹玉鼎说，"对不起两位先生，莫见怪，这不是履行公务嘛！"说罢转身走了。

李贵乾跟着没走几步，回身边喊边跑来："表弟，我姑明天过生日，我出不去，给你两块钱，帮我买个生日纪念品！"

"行行行！不用给钱了！"邹玉鼎说。

"哪能行呢，你的钱代表不了我的心意啊！"李贵乾走到跟前低声说，"十一点查店。"

"我一定代表你给买一件她最满意的生日礼物。"

李贵乾又喊道："注意精心挑选哪！"

邹玉鼎明白这话里的含义，说："不到瑞瑞了，去我家！"

刘文彬和邹玉鼎走出街道不多远，就听见警备队伍出动的脚步声，把所有的大小旅店围个水泄不通，当然，瑞瑞客栈也不例外。

在郑宗谟同刘文彬见面不久，省政府下发了通知，鉴于安康干旱缺粮，而日本军队进犯郧阳，已向安康白河逼近，省政府决定国立第四中学立即迁往四川阆中。他得知后，心急如火，须赶快给地委汇报，但不知刘文彬的去向，偶尔彭兴炳听说他在石泉。于是，郑宗谟同彭兴斌一商量，火速赶到石泉，找到工委书记韦荣荫一问，前几天来过，人早走了。到哪里去了？答复是，人家没有告诉，不知道。他俩又急急火火地返回安康，去谷燕那里打听，知道了刘文彬是刚从旬阳回到安康的。由谷燕联系确定他们在康宁中药铺见面。

太阳顶在头上的时候，刘文彬穿着白细布褂子，摇着蒲扇，走进中药铺大门，问："老先生，有天麻吗？"

老先生把白胡子一捋："有，要多少？"

刘文彬盯着门外说："先看一下，质量上乘，多买点！"

老先生客气地招呼道："好，请进屋！"接着引领刘文彬进了后院的房里，说了声，你坐。便回到了柜台。

郑宗谟已在这里等候，说："可把人急死了，我们要搬迁了。"

刘文彬急促地问："什么时候？"

"十月，只能提前，不能推后。"

"没想到要求得这么快，搬到啥地方？"

"四川阆中。"

"我知道，那是一个好地方。"

"我们迁往异地，党组织关系怎么办？"

"按照党的组织原则和规定，我一定向省委组织部报告，再由陕西省委转四川省委。"

"好吧，这就放心了。我们盼望着快一点转过来。"

"会的，一定。望你们在那里取得好成绩。"

十月底，郑宗谟带领国立四中全体党员、同学们一起，离开了秦岭南麓，越过连绵起伏的大巴山，一路奔突，一路鼓动，一路笑语，战胜艰难、困苦和疲劳，按时限抵达阆中新校址，开始了在一个新环境里的求学之路。

没有到过阆中的郑宗谟倒觉得，简直是走到了另一个世界：轻柔如缎的嘉陵江环绕古城，真是"三面江光抱城郭，四围山势锁烟霞"。那青石平平整整铺砌的长街短巷，给人一种宁静、古朴、幽雅、洁净的感觉。令人关注的是街道两旁古建筑民房墙上镶嵌的窗户，雕花精美，宛若一幅一幅丹青画卷，燕子啼春、双鹿拜寿、飞鸟戏水、王祥卧冰，偶尔见到牵牛织女、西施醉月、玉兔捣药，让人目不暇接、流连忘返。郑宗谟心里安稳了，这比安康安静不知多少倍，是个学习的好地方。但他担心的是组织介绍信一直没有转来，于是赶紧同杭觉黎商量给刘文彬写了一封信："林三，此地很好。生意运作正常，请介绍价格，速寄来。切盼。正言。"

他俩把信寄出后，马上感觉到再不像以前那样的忧虑了，自己依然在组织里过生活，心里一下子乐观起来了。

挺身而出救民女

罗长勤站在曹家沟半崖上的一座土地庙旁边碥路上俯视，一条陡峭的石坎路直通汉江边的曹家沟口。他对罗广文说："咱们从这儿下河吧，上段家河，进曹家沟再上曹家山就不远了。"

罗广文往下边瞥了一眼，说："行，路再陡，也挡不住咱们的脚板！"

要走这样的悬崖之路，两腿不打战那是不切实际的。他俩只得侧着身子，斜着两脚一步一步地往下挪动。还没有走几级台阶，突然从江边的一座石板房里传来女人的呼叫声："救命啊！救命啊！你们这帮野兽，连猪狗都不如！"

这是一阵恐惧、沙哑、愤怒和充满极度期盼的呼叫声。

罗长勤往那里一瞅，那个当兵的背着枪，慌慌张张地站在那儿，像是在放哨。"有娃受欺负了！"他说。

那种嘶叫的声音越来越微弱。

就在这时候，从曹家沟里跑来了四个人。他们的步子不轻不重，头缠裹巾，身着淡黄色衣服，蹑手蹑脚地接近那间石板房的门口，突然又变成了蒙面人。只见那个高个儿领头的一个箭步冲到哨兵的背后，左手勒住哨兵脖子，右手猛地在哨兵背上一点，哨兵随着晕倒在地。看得清，领头的指定最后一名在门外看守这个哨兵，随后从腰间掏出一把尖刀，哪啷一声踹开了半掩的大门，大喊道："你们这帮畜生！"

正在提裤子的一个保安兵拾起枪，朝着扑进门的三个人连打了几枪。他们眼明手快，避开了对方的枪击。领头的迅即将尖刀使劲抛出，尖刀不左不右、不上不下，直直地插进了这个保安兵的胸膛。另一个保安兵见此情形，哆哆嗦嗦地从床上爬起来，拿起床边放的快枪正要扣扳机，却被领头的击毙，血淋淋地滚在石板地上。

领头的一边向外走，一边指挥着说："贵贤、子云，赶快给姑娘穿好衣服，抓紧撤走！"

"瞻山姐，知道了！"

曹家沟渡口渡船上的曹艄公，听到他家房子里传来枪声，急急火火地回去一看，男人大丈夫的他伤心地恸哭起来："我的娃呀，你咋活人哪，你爹咋活人哪。我到底作了啥孽呀！"

这位领头的名叫瞻山，可能是女的，不然咋称姐呢！搞不清楚。瞻山拉着曹艄公，话语又粗又细地说："大伯，不碍你的事，这畜生是我们打死的。他们连脸都不要了，还要命做啥。他们不仅奸污少女，还欺压老百姓，眼下还要打死我们。大伯，这是天理昭彰，应得到的报应，对这些不知羞耻的恶魔，是我们代表百姓处以枪决。大伯，你的女儿叫啥？"

"曹莉怡！"

这时，贵贤和子云把莉怡扶了出来，只见她披头散发，泪流满面，衣服被撕得七零八碎，破不掩体。她嘶吼着："爹，我不活了。我哪有脸见人哪！爹，你让我死吧！我这个无法尽孝的女儿，钻心哪！"

瞻山走过去说："莉怡，要活，为啥不活，活着才能报仇啊！"

莉怡眼睛睁了睁，说："女娃家，还能报啥仇哇。死了，一了百了！"

贵贤说："她劝得是，人活着，才能替天行道，才能为父母行孝啊！"

不知莉怡是不是听得明白，啥都没说，只紧紧地闭着清秀的双眼，弯弯眉毛仿佛在微微地闪动。

瞻山刚要进屋，回头一望，有两个青年人走了过来。便又走出门，问："你俩是做啥的？"

罗长勤脸色一红，说："我们是走亲戚的，路过土地庙，听见枪声就过来了，看看动静。"

"那你俩能不能帮个忙？"

"行。帮啥？"

"你帮我们把屋子的血迹清洗干净，再帮我们一同把两个尸体抛进汉江喂鱼吃！"

罗广文插了一句话："那是肮脏的，恐怕连鱼都不吃！"

"吃不吃，那要看鱼的嗅觉了。我们到了这么个天地，也只能这样做了！"

贵贤、子云同罗长勤和罗广文一起按瞻山的要求，很短时间就将现场处理完毕，然后将莉怡扶上了渡船。她一直不吭气，在船上左看右看，突然间从子云的胳膊里挣脱，跳进江中。

子云不会游泳，眼睁睁地看着莉怡在江里直扑腾，使劲地拍着自己的大腿高喊："救人哪，莉怡跳江了！"

罗长勤听见喊声，一边跑一边把上衣脱掉，甩在沙滩上，扑里扑通地向莉怡游去。一个人突然一时想不开，寻短见，但真的在面临死亡之时却会不遗余力地抓找救生的依靠。罗长勤是在汉江边长大的，他懂得如何抢救落水者。于是，迅速游到莉怡的背后，弯起胳膊，搂在她的脖子间，使她的头露出水面。正在这时，罗广文也游过来，挟起她的左臂，罗长勤很快转换动作挟住她的右臂。两个人挟着她仰水浮到渡船跟前，贵贤和子云一同拽住莉怡的胳膊上船，又拉进了船篷里。

瞻山在石板房里找来找去，没发现一件值钱的东西，只有一个破木箱子和一口破锅。于是，打开箱子一看，里面只有三件女式的衣服，便顺手取出来，夹在胳肢窝里，很快地走出来。而后又在房门上贴了一张纸，随即进了船篷，说："贵贤、子云，你俩先出去一下。"

莉怡战战兢兢，如临深渊，直瞪瞪地望着瞻山，神情惶恐，木然呆滞。

孙瞻山看着莉怡的样子，不由得心酸起来。抓住莉怡的双手放在自己的胸前，反复揉了几下，说："莉怡，不要怕，一定要救你，你就是我妹子！"

莉怡两手感觉出来了，他咋也长有外表显示不出来的两个乳房，不会有假吧，她是个女的！莉怡心里忽然间明白过来了，一头扑进瞻山怀里，抽泣起来。

孙瞻山捋了捋她的黑发，捧起头说："莉怡，这是我在你屋里找的衣服，赶快换上，跟我们一起走！"

"到哪里？"

"去打猎。"

"我连枪也没见过。"

"有我们教你。"

"爹不知道同意不同意。"

"我给你爹说好了！"

"那爹咋办啊！我娘去世得早，他是我爹又是我娘，舍不得啊！"

"他决定不驾船了，进山开荒地，重新建一个家，让你安心跟我们走。再说这上下三十里河岸，不能没有一只渡船哪！不仅百姓要过河，就是县长和乡保长也不能飞到河那边去，他们会把你爹请回来的。"

"是吗？好，我跟你们去打猎！"

第十九章　挺身而出救民女

孙瞻山这才放心地走下船，向看守士兵的那个人喊道："弟伟，把他带过来！"

那保安兵一边走一边直打哆嗦，跪倒在沙滩上，苦苦哀求道："好汉，饶命，我家有还上了岁数的父母，全靠我养活啊！放过我这一回吧！"

孙瞻山说："只要知道有双亲就好，不要像那两个不要脸的东西，为非作歹的人是不会有好下场的。现在你回去先告诉县长施德广、保安大队副队长朱汇川、国民兵团副团长樊佑庶，那两个士兵，强奸民女，还企图枪杀救人的人，我们只得就地惩处了，这与百姓无丝毫牵连。再给他们讲，是红三军后代干的。弟伟，把子弹留下，把枪还给他。"

那士兵在沙地上连连磕了几个响头，便软弱无力地登上土地庙旁的石台阶。

孙瞻山老远喊道："叫啥名字？"

"叫曾仁义，曾家梁的。"

孙瞻山回过头对罗长勤和罗广文说："感谢你们。你们的急公好义，乐善好施，我们很敬佩。"

罗长勤说："你们扶弱抑强，见义勇为，有胆量，有骨气，是秦巴山的好儿子。"接着又问道，"咋么个又说红三军？你们到底是做啥的，到哪里去？"

孙瞻山说："红三军七年前就走了，我这样说是吓唬他们的。其实我们几个人都是打猎的，在大山深处！"

罗广文说："红三军是贺龙领导的队伍，在路过旬阳期间，打土豪分财产，对作恶多端、民愤极大的赵湾乡长汪发明、大地主汪光耀和旬阳两河关'罚款局'局长袁开洪等八名首恶分子实行了镇压。百姓拍手叫好，共产党的队伍来了，穷苦人有指望了。苦日子快熬到头了！"

孙瞻山这时右手伸进了上衣内的小口袋里，摸了摸一直揣在胸前的那颗红五星，又仔细地端详着罗长勤和罗广文，甜蜜而得意地笑了："你讲的那些，我全不知道。我们该走了！"于是，一个箭步登上了船，拿起竹篙，朝着河边的一块石头上一点，船哗的一下被撑到江中心。子云护着莉怡，贵贤和弟伟划桨，瞻山掌舵，这条渡船飞速地向着吕河口上游的白石套驶去。

罗长勤站在岸边，总觉得瞻山这个人的一举一动都有些怪怪的，但也猜不准是怎么一回事。只有那又细又粗的喊声还在江面飘荡着："后会有期，说不定还会在哪一个路口上撞见！"

罗广文说："咱们去看看，门上到底贴的啥！"

罗长勤说："走，瞧瞧！"

没料到这纸上只有简明扼要的几句话，而且这字力透纸背，遒劲刚健："县老爷，你的兵胡作非为，强奸民间少女，同抗日前线的士兵相比，无疑是民族败类。何忍！我们替天行道，为民除害，就地惩罚。两支快枪在此借走了。糟蹋的少女，我们也接走落脚。"落款是"秦巴山虎豹队。即日"。

罗广文说："这字写得很洒脱。"

罗长勤说："瞧这字，一定是上过私塾，从师于老先生。"

他们一边揣摸着，一边登上了去段家河的岸边小路。

施德广得到跑回的士兵曾仁义的报告，虽然有点生气，但未动怒，立即指示保安队派员去查实情况。

天快黑时，保安队中队长彭仲篾带领一个班的士兵，来到曹家河口，兵分三组，一组沿河巡查；二组保护现场及观察周围的动静；三组将石板房围个严严实实，三名士兵进屋翻箱倒柜，也没有得到一丁点宝贵的财物。

"驾船的，穷光蛋！"一士兵直嚷嚷。

"彭队长，门上有一张字条！"有个士兵喊道。

彭仲篾走近一看，只是表示出气急败坏，而没有达到那种怒发冲冠的程度，摆动着脑满肠肥的身子，叫着："轻轻地揭下来，不能撕破了！"接着又问士兵带来的隔壁不远的老大爷，"你看见有士兵进屋吗？"

"看见了，三个士兵都进屋了。不大一会儿，有一个出来了，站在门口。"

"听见了啥？"

"听见曹艄公的女娃曹莉怡在喊，救命啊！还听到骂声，你们不要脸的东西，连猪狗都不如。"

"那后来呢？"

"我从门窗子里看见过去四个蒙面人，大汉子先把站岗的放倒，冲进了房内，听见屋里响了几枪。不大一会儿抬出了两个士兵，抛进了汉江河。大汉子中有一个人的胳膊被打伤，他们自己撕了一块布裹上了。随后，他们把莉怡推上渡船，走了。"

"到哪里去了？"

"沿江而下，不知去哪儿了。"

"曹艄公呢？"

"他吓得跑了。"

"跑哪儿了？"

"他游过汉江，好像朝着南黑山方向去了。"

这时，在汉江沿岸侦察的士兵突然报告说："渡船在白石套岸边停靠。"

彭仲箎一挥手："走，从吕河口渡江去查看究竟。"他又想了一下说，"把这位老汉带上。"

白石套停靠的这条渡船，经老汉辨认就是曹家沟往日百姓走南去北的渡船，渡船没有一点损坏，但是船篷一叶门上多了一条字条。字条上写着："对不起，靠这条船抢走受辱的艄公之女。现停靠在这儿，请官老爷们还给老百姓个来往方便，也是还给你们自己履行公差之用。"落款是"秦巴山虎豹队，即日"。最后又加了一句："也许有朝一日，我们也会从这一个渡口经过，也许在汉中、城固、洋县、石泉、焕古、紫阳、岚河口、石梯、高粱铺、力加坝、薛家湾、曹家沟、吕河口、旬阳上渡口，或者蒿塔、蜀河口和兰滩，凡是有渡口的地方，就有各式各样的人要登船，去自己应该去的地方。你们看到这字条的时候，就应该明白自己应该在哪里登上什么样的渡船，到了彼岸以后应该斟酌自己要做的或者改变自己的行为。"

彭仲箎看了半天，才说："简直是莫名其妙，威胁谁呀！把字条撕下来，带回县上。"

施德广一口气看完两张字条上的内容，气得火冒三丈、七窍生烟，两手拿着字条打抖，两眼睛睁得大大的，狠狠地睃着彭仲箎。过了半会儿，他才心平气和地开口问："就是这两张纸？还有啥线索？"

彭仲箎回答说："艄公吓跑了，女娃被蒙面人抢走了，不知去向。艄公的船在白石套找着的。"

施德广又问："他们沿江而下到白石套，会不会改坐其他的船来到县城呢？"

"不会吧！他们一巴掌人，还敢闯县城！"

"不可大意，往往在少数人背后藏着更多的人。现在共产党地下活动猖獗，他们拉拢的都是一些啥人嘛，什么意想不到的事他们干不出来！"

"那倒也是。要不要把艄公抓起来，再进行清乡行动，或许有些眉目。"

"抓艄公有何用，他也是遭辱者的父亲，也是受害者。再说，文治乡与清和乡汉江两岸百姓的过河咋办？我们不能中断乡保甲上下之间的联络嘛。以我看，他女儿又被抢走了，也气愤，也有仇恨，不如去找回来，请他继续驾渡船。也许将来从这里也能发现那些可疑的人。"

"县长想得周全，而且在理，下去就办。"

"清乡是一定要清的，但不必兴师动众、大张旗鼓地去做，而是要隐蔽扎实地采取行动。我还想，这起事件是不是魏凌玉和王昌民这一伙无赖之徒干的，他们同那一帮子人有无联系，或许是土匪呢？你赶快去问问你手下的班长周万山和政警队的班长涂兴诗就清楚了。是他俩了解侦察他们的活动情况。"

至于是不是土匪，彭仲篾心中根本无底，当然也就不敢肯定。要说魏凌玉、王昌民同今天作案的那一帮子人有没有来往，仅是猜想的一种可能。他从县长办公室一出来，直接去找周万山询问今天了解的动向。周万山告诉说，今天中午王昌民、魏凌玉在下河街的杨记茶馆里喝茶。奇怪不奇怪，涂兴诗班长穿便衣也在场。随后不长时间，梁宏、曹仲洲和刘三成分别提着天麻、木耳和五倍子也到了。他们谈笑风生，指手画脚，评论这些土特产的好坏，影影糊糊听的意思是，要做中草药和特产山货的生意，还要联络一些有采金手艺的人合伙去淘金，企图发一笔大财。他们谈了好一阵子，太阳已经偏西了，梁宏、曹仲洲和刘三成先退出茶馆。走时相互之间都叮咛要采购一批上乘的货，价格要公平合理，既不能坑了农民，也不要坑了药堂。魏凌玉、王昌民和涂兴诗兴致很浓，又喝了几杯之后，都站了起来，谈笑自如，边走边说，好像互相之间在说都要促轰促轰（方言：支持）。他跟踪知道的就这些。

彭仲篾问："出门后到哪里去了没有？"

周万山回答："没有，看着回家了。涂兴诗就不清楚了。"

"你莫管涂兴诗，各干各的事！"

"是！"

彭仲篾拖着自己笨重的身子，一口气跑到政警队。政警队已经开饭了。他只见涂兴诗趴在桌上闷头吃饭，便叫了一声涂班长。

涂兴诗猛抬头，放下筷子，说："彭队长，你咋到这儿来了。有啥盼咐吗？"

彭仲篾把涂兴诗拉到门外，问："你下午到哪儿去了？"

涂兴诗说："到杨记茶馆！"

"见到了谁？"

"魏凌玉和王昌民他们一伙子。"

"打听到有无同地下党来往？"

"还没有掌握，只谈了一些做中草药和山货特产的生意。咋啦？"

"今天中午，在文治乡曹家沟口有俩士兵被枪杀。县长怀疑是王昌民、魏凌玉所为！"

"绝对不会。我们从中午到下午一直在一起，哪能有时间去作案。可能是地下党领人干的，要不就是土匪抢劫枪支、弹药。我去给县长报告。"

"不用啦！我刚从县长那里赶过来，我向县长汇报就行了。不过，你要严密注视这两人的行迹。"

"请队长放心，我一定按县长亲自交代的，履行自己的职责，竭诚为党国效力。"

施德广的大胆提醒已经变成了子虚乌有的猜想，只得组织部分兵力清乡了。

半个月之后，曹家沟口的渡船开始摆渡了。曹艄公又干起驾船的营生，但他一直在思索，啥时候才能在这儿见到自己女儿的影子啊！

天黑了。孙瞻山领着姐妹们不声不响地来到南黑山下的孙家大院子。取出来枪伤药，给子云上了药，又吩咐姐妹们不回空蒙寨了，过两天集合去打猎。

姐妹们默不作声地离开孙家大院，转到各自的亲戚家寄宿。

这儿很静很静，没有一点喧嚣嘈杂的声音，只微微听见院子旁边的一条小溪咕咚咕咚地向坡下流去。山风徐徐地吹过，清凉清凉的，仿佛在梳理一排一排的杨柳树，又宛如在清洗夜空中飘拂的一粒粒尘埃。走夜路的人也感觉到心里有种说不出来的舒畅和干净。人世间就在这样的安谧中入睡了，以储养天亮时站起来的力量，迎接一个新的明天升起的灿烂阳光，把美好留给自己。

曹莉怡到了山里的这个家，觉得一切都变了，听不见汉江哗哗的流水声、鲤鱼跳龙门掀起的扑通声，还有乡里发急病请父亲渡江过河去求医的那种令人心焦的喊声，再有夜晚的江岸小道上赶做生意的人的说话声和踢踢踏踏的脚步声，偶尔也有鸭子受惊的嘎嘎叫声。又想到今天的遭遇，一种难以忍受的痛苦还在不断地猛烈穿刺她的心，这是上天所降临，还是恶棍对自己的挑战？今后如何走出我的一生，怎样孝敬我的父亲呢！天哪！人哪！这么遥远的距离，啥时候才能走近呢！

瞻山看到莉怡没有睡意，知道她在想些什么，未去催促她睡觉，而是把她手一拉，悄悄地出了门，漫步在小溪边的羊肠小道上。走了不多远，就到了一块石头旁边。这块大石头，也是瞻山往日经常坐视天空和山林的地方。瞻山说："咱俩就在这儿坐坐吧！"

莉怡嗯了一声，说："这儿啥都是新鲜的，月亮多明，星星多亮啊。姐，我今后咋办呀？"

瞻山把莉怡的手握得紧紧的，意识到她能提出这样的话题，说明她的心境如同小溪的水一样，开始流动起来了，要达到明净还要有一个过程，需要竭尽全力挣脱阴影去净化。瞻山很高兴，说："莉怡，你向我提出的这个问题，也同时是对自己提出的。你不必担心，我给你讲过了，你跟着我走，我家也能养活得起你，而且还有这么多的姐妹关照。我们这几个姐妹都是从苦难里逃出来的，也是同自己挑战中活下来的，现在都很自信、坚强、勇敢、聪颖、胆大、细致、团结。相信你会变成同她们一样的顶天立地，钢筋铁骨，做一名巾帼大丈夫。"

"没看出来。"

"没看出来就对了。记住过去，走我们现在要走的路，走这样的路会累人的，只要有恒心、有毅力就一定能走到底。"

"姐，把你的磨难讲给我听听。"

好，算不上磨难，是从曲折中生长起来的。我爹没儿子，从小把我当儿子，进山打猎带着，习武堂练拳术也让我参加，上山采中草药也有我，反正啥都干。

那年冬天，就是七年前，红三军从洪湖那个地方向西转移，路过咱们的吕河口，当时我正在大爷陈怀发家里，大爷闻信红三军要经过，撑起杆子，邀集几位上了年纪的老人筹划迎接仪式。当红三军到来时，人们敬天神上香火，唱汉剧耍歌舞，箪食壶浆，热烈欢迎。我跟着陈大伯见到了贺龙军长。他把我的名字婵珊给改了，改成瞻山，大爷也同意了。我说要去当红军，他说年龄太小；我要红军帽，他就把帽顶上的红五星摘下来给了我。送走红三军，我高兴地回到家，我爹说，军长起的这个名字好，可现在不能用，恐怕将来找不到婆家，只能记在心里。爹让我把红五星藏好，千万不可声张，万一被人发现，就要以通共党的匪军论罪，全家都没命了。我赶快让妈把我的衣服内缝一个小兜，红五星一年四季都装在里边，好像既暖心又壮胆子。不过几天，听爹说陈大爷被清和乡乡长派乡丁打死在吕河口的沙滩上，身旁用石头压了一个条子："通匪的下场！"两年以后，我爹通过神河的亲戚，送我到神河街小学读书，学校有一个老师叫鲁安一，住在神河天池岭，学问深。他讲解的四书五经让我们听得津津有味，还有规定一天两个时辰练毛笔字，大多数百姓都拜他为自己孩子的老师。还有一次，他悄悄地对我们三个成绩好的学生讲在小神河戏楼前碰到贺龙的情形，而且激动地说道，穷人的队伍，百姓的军长，加上你们这些娃子，中国有希望。鲁老师家道富裕充实，但他却过着含辛茹苦的生活。学生们对他的性情刚直，不畏权贵，打抱不平，扶正祛邪，佩服得五体投地。有一回，村民梁汝亨没钱缴纳捐款，县政府催款委员梁全寿指派两名甲丁将其七十岁的老爹用绳子绑起来，准备拉走做人质，并威胁说，不按时如数缴款，老东西的命也难保了。正在争执不下的时候，鲁老师抖擞着富态的身躯，站在了梁全寿的面前："你是催款呢，还是来抓人的？"梁全寿说："不缴款就抓人！"鲁老师问："抓去的人能抵钱吗？"梁全寿支支吾吾了半天，说："不能抵钱，也得抓，直到把钱拿来为止。"鲁老师说："不争这个了，不抓人限半个月交齐。"梁全寿眼睛一睁，说："你是干啥的？你说了算，还是我说了算，滚到半岸子（方言：旁边）去！"鲁老师把胸一拍，说："我是教书先生，天池岭鲁家院子的！"梁全寿向前走了一步，问："我知道鲁家院子，你家给五八十个的人都能办到，你为他缴款吗？"鲁老师说："谁帮他缴，是我们商量的事，与你无关。你先放人！"梁全寿执意不同意说："限三天，缴款再放人。"说着将鲁先生推倒在地，企图把人拉走。这时，陆陆续续围拢了不少的同学，我也不知咋喊出来的："有人打老师了。"一个高个的同学拍胸站在梁全寿面前责问道："你凭啥打我们的先生。"这时鲁老师一头抬起来，把那个高个子同学拨开说："学娃，不挨你的事。"接着抢起拳头，朝着梁全寿的左右肩上狠狠地打了几拳，并教训道："好说歹说都不听，只有用这拳头才能使你明白什么是天理。我是神河人，不滚，你滚吧！"周围的村民和学生一哄而起："滚！快滚！以后你别来我们神河口！"梁全寿听到怒斥的呼叫声，胖胖的身子直颤悠哆嗦，从人群的一个夹缝里逃走了。

去年刚过年，秀俊乡乡长石西藩和武靖乡乡长石德魁栽赃诬陷小神河黄庭耀通匪，分别敲诈勒索黄庭耀家银圆六百块、金银首饰八件和一些烟酒等。黄庭耀有苦难言，红三军路过时，红军战士到过他家，他给红军送了一批粮食，又将一些苞谷、大米和红苕分给了揭不开锅的农户和佃户，再没同持不同政见的人打过交道。这么多年了，还拿这说事，这不是欺负人吗？黄庭耀越想越气愤，就将这桩子事告诉了交往较多的鲁老师。他一听切齿腐心，怒火中烧，半天说不出话来。待平静了一会儿，才攥起拳头在空中挥动着："简直是土匪强盗，比土匪还土匪，比强盗还强盗。控告，控告他们！我还听到石西藩把钱家的独生子抓去当了壮丁，这又违犯征兵条例。告，一起告。老黄兄，这事由我来做。"鲁老师走乡串村，联系了五个知情又敢于担风险的人联合写出诉状，控诉石西藩、石德魁横行乡里、胡作非为、巧取豪夺的罪行。县上在审讯前，石西藩、石德魁托政府的亲友贿赂了施德广，审案时不但不让鲁老师申辩，而且把戒方拍得咚咚响，恐吓原告。鲁老师猛然站起来，疾言厉色，据理力争，却被施德广以大闹法庭的罪责关进监狱。鲁老师不服，暗示同友将状子递向省政府。半个月之后，经安康绥靖公署重新审理，认定鲁安一五人所控诉的事实确凿，应予以无罪释放，并责令旬阳县政府给予石西藩、石德魁撤职处分。施德广不知收了人家多少金钱，一直对上峰讲石西藩、石德魁能干的好话。称石西藩早些时候当过安康保卫团第二团团长、安康绥靖军训充团副团长，后来告病回乡，先后担任过神河商会会长、南区社训队大队长、南区义务警察队大队长、秀俊联保主任兼秀俊中心国民学校校长、秀俊乡乡长、国民党旬阳县党部第二十一区分部书记、秀俊乡保卫队大队长。在职期间，向富户劝募粮钱，充实学校基金，主持修建神河狮子坰校舍二十多间，为学校聘请有名望的老师任教，组织建立神河汉剧团，集资整修神河戏楼。石德魁也是一名能做事的乡长。他们虽然有些错，但这同做的好事相比算不上什么了。专署听之任之，再没有追问处理的结果。施德广只把石西藩、石德魁叫来轻描淡写、不疼不痒地责备了几句完事。提醒说："不能对鲁安一有报复的想法，不能小看一个老师，不然你们这个乡长就再也当不成了。"石西藩完全明白县长的好意，心里一直记恨着鲁安一，表面上却假惺惺地还有所谓友好的往来。石德魁怀恨的心很重，干脆不同鲁安一接近了，亲戚、朋友托他请鲁安一当老师，他谎称有事忙，让保安队队副去说情。这天，我和两个女同学正在学校门采栀子花，有一位中年人目不转睛地盯了我们好半天，然后溜进了学校。正巧碰上鲁老师，问："栀子树旁站的那个稍高的学生叫啥名字？"鲁老师抻长脖子一看，假装看不清地回答："是不是姓孙啊！""哪里人？""好像是孙家山的。""哪个孙家山？""江北的北黑山下的孙家山，又好像是孙家水沟的。""想想到底叫啥名字！""是不是叫孙婵珊，有两个女娃长得挺像。""鲁老师，你问清了，赶紧告诉我。"我隐隐约约听到他们的对话，大致意思能听出来。我明明住南黑山下东槽里的孙家院子，却告诉的是北黑山下孙家山或孙家水沟，我就是孙婵珊，他硬说有两个像我这样的人。他的回话总是躲躲闪闪，含糊不明，让我感觉头上像泼了雾水。过了没多久，鲁老师神态镇静地对我说，那天来学校问你的是乡长石西藩，我的学生在他家做雇工，传话告诉，石西藩要娶你做三房。并吩咐管家，如果父亲孙贻生同意就大大方方、体体面面地按迎娶仪式办理；如果执意不肯，就指派乡丁和纠集绅士们扛快枪、提大刀、拿棍棒去抢亲，时间定在五月初八。我听到这样的不幸，一下子就蒙住了。他安慰我不要慌张、不要害怕，一切由他来安排。我摸着五角星，说："老师不会的，就像打猎时，豹子扑来了，只要一闪它就扑个空。"他一笑说："这个比喻好。"当晚就把我送回家了，同我爹商量对付的办法。他问我爹："还有住得远一些的亲戚吗？"我爹回答："她三达孙贻存就住在北黑山下的孙家水沟。""好了，你就让去做她三达的女儿。等石家送彩礼前几天，或者到五月初一、初二，佯装

第十九章　挺身而出救民女　　　　　　　　　　　　　　　413

逃跑再回到东槽。不过，娃那条长辫子就保不住了。"我说："好，不要辫子还洒脱一些。"他又说："孙家水沟和孙家山那里都有我的学生，我会联系让他们帮忙和周旋。"我说："谢谢老师保护自己的学生。"我爹突然叫起来了："鲁老师，贺龙军长给婵珊改的那个瞻山名字可用上了。"鲁老师轻轻一拍手，眉开眼笑："好，这名字有含义，军长就是军长啊！"五月初一那天，快黑的时候，我告别三达后，他四处寻找自己的女儿，传言女儿逃婚跑掉了。我爹按照鲁老师学生的安顿，也四处查询，并报告了甲长、保长和乡长。我在薛家湾的江边丢了一双鞋和一件衣服，而后过江回到东槽，当夜剪掉辫子，留了一个背头，换上了我爹早准备好的一身黑粗布衣服。第二天晚上，我爹把我送到空蒙寨，去找打猎时认识的女扮男装的老和尚。他一听很爽快地收留了我，从此，就穿起了和尚的衣服。我爹仔细端详了一番，说同我的个子相称。后来听说，初三石家去人，从薛家湾过河的时候，鲁老师的学生梁庭炎几个人跟着后边也上了孙家水沟。三达一见来人了，赶快迎着说："女儿前天跑了！"管家一听，怀疑地问："跑了，真的跑了吗？"三达指着屋子说："就这么一丁点地方，你们去搜嘛！"这时梁庭炎提着衣服跑到三达面前："我们在江边沙滩上和水边捡到一双鞋和一件衣服，你看是不是你女儿的？"三达接过一看，双手抖动起来，哽咽着说不出来。我娘出来站在三达身后，哇的一声大哭起来："这是婵珊的鞋，这是婵珊的衣服。娃呀，你咋想不开寻短见哪！就这一个女儿呀，这叫妈咋活呀！"这时，邻居们出来把我娘扶进屋。这管家见此场面，冷气钻心地离开了孙家水沟。石西藩有些不相信，一个十八岁的大姑娘就这样白白地跳江自尽了。便去找鲁安一笑嘻嘻地问："鲁老师，那个孙婵珊没有来上学吗？"鲁老师随口答道："前几天他爹来给她退学了。炎尼早上有人来说她失踪了，来学校里找，看她是不是回到学校了，没有呀！下午又有人传话，在河边找到了她的鞋和衣服。有好几人证实，她跳江了。你还不知道吗？""不知道！不知道，好端端的说没就没了。""可能有啥事想不开吧！""那或许是这样吧，穷人家的孩子就是目光短浅，不知道咋样会去享福！"石西藩说着满口又歧视又埋怨的话走出了学校。

曹莉怡如听故事一样听到这儿，不由得出了一口气，说："姐，好悬啊，多亏了鲁先生。"

孙瞻山抬头望着天空中一闪一闪的北斗星，说："这位老师和别人不一样，他有刚毅坚强的气质和拯救百姓的勇气。"他讲了："以后有啥难事，找我，一定鼎力帮忙。"

曹莉怡说："先生先生，来世先生一步，理谋先生一步，办法也先生一步！"

孙瞻山回过头嘿了一声："莉怡，你也有见识啊！认过字读过书吗？"

"上了两年私塾，忘光了！"

"从明天起，你的名字就叫曹立毅！"

"好，站立的立，毅力的毅，对吧！"

"对，像我们的梁子云是从芝芸改过来的，类似男娃的名字。"

"为啥呀！"

我给你讲她的一段吧。子云是江北梁家前头的，家里很穷，受到她后妈劣劫（方言：虐待），不但不给吃穿，而且上坡砍柴，进田种地。戳弄她爹把她给许配后妈亲戚丁家的一个瓜子当童养媳。因为这丁家很富。瓜子为老大，只能张口吃饭，伸手穿衣，啥都不能做。瓜子的弟弟一表人才，聪明能干，帮父亲主管家庭事务。十六岁的时候瓜子的弟弟觉得芝芸长得漂亮，身体又健壮，也很贤惠，就起了歪心眼。一天晚上他把芝芸叫到自己屋里，说："你是我的嫂子，年龄和我一样大，他啥都不懂，咱俩应该是一对。"芝芸转身要走："那咋行！咋能去冒犯妇道和家规呢？""咱们的睡房不是紧挨着，夜里行走，谁也不会发现的。""不行，不行，哪有三年不漏的草房。到那个时候就没命了！"他不管三七二十一，一把将芝芸拉进屋里，推倒在床上，扒开了衣服。芝芸无力反抗，只得用喊声来证明自己的清白："快来人哪！快来人哪！"他父亲听到叫声，推开门一看，儿子正从芝芸身上爬起来。跪在地上说："爹，不怪嫂子，是我让她来的。"他爹扇了儿子两个耳光子，气急败坏怒吼道："简直是混账，再不要声张，各回各的房子！"接着，他爹取来皮鞭子朝芝芸又抽又喊："看你还勾引不勾引他弟弟，不是个好东西！"并叫来看护，把芝芸拉出睡房关进柴房。严厉地给做饭老妈子说："把这个不要脸的贱货给我严管一点，不能离开房门半步。"老妈子看到芝芸被打得鼻青脸肿的，爱怜的同情心一下子涌向心头，问："为啥把你打成这样？"芝芸怨声地说："都是老二惹的祸。"老妈子完全明白了这话意思，说："娃啊，做女人难哪，难也要挺着，活下去！我刚才听见丁老爷盼咐家人们明天上午要香火祭天，然后再把你捆上石头抛进汉江，祈求今后家族的旺盛和以清洗污垢，以清白干净流芳百世。孩子，你咋想？"芝芸听见老妈子诚心的话，便说："老妈，我想逃走。"老妈子摸着芝芸的脸说："娃，只要有这话就好，鸡叫头遍，我就来给你开门，你从后门走，你要顺沟上就是黑山湾，要从前面走，就是汉江边。江边人来人往，容易被人发现，我看你还是钻进深山老林保险。"芝芸赶忙给老妈子磕头，说："谢谢老妈，以后有机会，一定报答老妈的救命之恩。"芝芸在老妈子帮助下逃出了虎口。这天中午，我下山去力加坝买盐路过黑山湾时，发现一个披头散发的女孩子在地里掏红苕吃，她见到我惊恐万状，很快跑进树林，躲在一棵大树背后。我急忙跑过去拦住了去路，她吓得直打战，抽搐成一团。我不知道是解释还是在唤醒她，叫出很温和的声音："妹子，我同你一样，姐会救你的。"她见我穿着粗大褂子，悲伤地摇了摇头："完了，死了。老妈子，下辈子一定报答你让逃出的恩情。"话刚一落，猛地站起来，直向大树旁的一块大石头上撞去，我飞快地扑向前抱住她。人在作出一个决定的时候，那劲头是无法称出重量的。她拼命地挣扎，我拼命地连扯带拉，一起滚在了这块石头下。她是不是对我有什么感觉，我确实不知道，只听她突然间喊了一声："你真是我姐姐，隔着衣服就挨到了神圣的小山头。"这话一出，让我哭笑不得，说："咋个了，这么作践自己。"她告诉了我前面给讲的那个过程。我又掏出了五角星一边给她看一边对她说："这是贺龙军长给我的，是五角星让我好好地活着，我们女流之辈要从苦难中解脱出来，心里就要有这颗闪光的五角星，认定自己要走的人生道路。"她心情舒畅了，说："我听我爹讲过红军从力加坝和吕河口路过的事，不拿百姓一针一线，还把富户的粮食分给穷苦人，他们睡觉都得睡在街道和大路上。我没见过啥样子。"我把五星装进衣兜，说："咱们好好活着，就一定能见到。你想到哪去，我送你。"她说："我爹家不能回，外婆家也不能去，这只能远走他乡，乞讨求生。"我说："这不行，你跟我走，上空蒙寨。"她说："那儿很远，我去过，住着一名和尚守庙。"我说："那是一位女扮男装的女和尚。"她"啊！"了一声，说："去了，我能做啥？"我拉着她的肩说："凭着你的个头和强健身材，啥都能干。"她觉得心中没底，又问："我到底干啥，莫让我丢人。"我充满信心地对她说："去了就知道了，凭你这句话就会撑起一个大面子！"

曹立毅有些内疚地说："子云姐挺麻利、挺勇敢的，为了救我胳膊上挨了一枪，让我心里很难过。真对不起她。"

孙瞻山说："不要难过，只有你活得有分儿（方言：分量），她就很高兴。咱们因你折腾了一整天够累了，该睡觉了。"

小溪水静静地流淌着，带走了悲酸，又从山里流来了甘甜。她俩沿着小溪回家，关门的时候，曹立毅回看了夜空一眼，挂在天空的那北斗星好像一下子落在了自己的心里，闪闪发光。

这一整个大白天，她俩一直待在家里。孙瞻山的爹娘给邻居讲要出去串门子

（方言：走亲戚），于是把木大门锁得紧紧的。只有贴的门神秦琼和敬德站在两边门扇上，动也不动地守门。晚上掌灯时，她爹妈才回来。过一会儿，她爹吱的一声半开了一扇门，探头向外边张望了一阵子，山间的小路上空无一人，又回到屋里喝了几口酒，便送瞻山和立毅朝着空蒙寨方向的毛毛小路上走去。

这山里已经是夜深人静，远处黑乎乎的树影、山影、石影跟着自己的脚步，仿佛向自己扑面而来，倒让人产生恐惧之感。

走到黑山脚下，距离空蒙寨还有一半的路程。

瞻山问立毅："害怕不害怕？"

立毅把枪一端，说："有这个壮胆子，还有啥可怕的！"

瞻山说："刚在屋里学了点，就会靠它了。你真是学以致用啊！"

"姐，是你教的。"

"不，是你心灵手巧。"

孙贻生插话说："河边长的娃，就是灵性（聪明能干）得很。"

瞻山说："爹的话没错。爹，你回去吧，快到了，不用送了。"

正说着，山里传来豹子的嗡吼声和野狼的嚎哭声。

"前面来人了。"孙贻生悄声说。

瞻山细细地瞅了一眼，说："是猎人，还背着枪。"

"快到林里躲起来，我就回了。"孙贻生说完，机警地将手中拿的拐棍故意敲在路边的石头上，以示探路而发出的咣咣的响声。

"谁？做啥的？"

"我，回家的。"

"回哪儿？"

"东槽。"

"是孙家院子的吗？"

"是的。"

"叫啥？"

"孙贻生。"

"噢，我父亲曾提起过你。深更半夜的，才回家？"

"喝酒喝高了，回得晚了点。"

那三个人边问边加快脚步赶了上来，确实闻到了一股酒味。打头的说："顺路，咱们一起走。"

孙贻生让开路，说："老总，我走得慢，你先走。"

走在最后的一个矮个子听到这话，插言了，说："不是老总，而是政警队的班长涂兴诗，快当副队长了。你这个老交情也该高兴了。"

孙贻生顺水推舟地说："应该，应该。"

涂兴诗一边走着一边指着身后的人说："这位是保安队的周万山班长，最后的那位是他的兵曾仁义。"

孙贻生站在路边没有动，说："辛苦了，辛苦了。我老汉家走得慢，你们先走吧。"

涂兴诗停止了脚步，问："你老人家见没见过有几个蒙面人，在你们村子出现，听没听过在曹家沟有两个保安被枪杀的事？"

孙贻生说："没见过。打保安的事听别人讲过。真是的，在光天化日之下，竟敢做出这害怕人的举动，好胆大啊！"

周万山说："我们就是从安康石梯进山，一直查询下来的。以后如果有这样的线索赶紧给乡上反映或者直接向县政府报告也行。"

孙贻生跟着他们向前走着："那是自然的，只要我或者村里人，一旦发现，会立即报信，请你们放心。"

涂兴诗转过面，说："老人家，我们先走了，你慢慢地走。"

在静静的夜间，有一点细小声音，就会有明显的响动，何况是他们之间的大声对话呢！

当曹立毅听到县保安队和曾仁义的名字时，一团憎恨的怒火燃烧在心胸，不由得站了起来。她嘴里咕哝着："狗东西，宰了他们！"

孙瞻山一把拉住她，严厉地说："不能动，蹲下，不要命了！"

"我现在会打枪了，打了他们就解恨了。"

"会打枪，凭咱俩能行吗？实力不够啊！俗话讲，君子报仇，十年不晚呀！"

那脚步声越来越远了，那拐棍的咣当声越来越远了，那一阵子咳嗽声也越来越远了。这夜静得都能听得见自己的呼吸声。

空蒙寨是烟雾空蒙，像完全坐落在苍茫的云海里。登上空蒙寨，就进了深不可测的另一个清寂世界。远望丛林、群山、深谷、小溪、河流、炊烟和那星星点点的石板房，令人感到心旷心怡，自己也变成了不是神仙的神仙了。空蒙寨的南边有一道不窄不宽的较长的平草地，只生草不长树，啥原因呢？听老妈子说，这是早些时候，穆桂英部下曾在这里训练跑马射箭，把树砍掉了。这平地泥土被万马铁蹄踩实了、踏硬了，不长树了，所以留下了这条荒芜的长道，人们称为"马道梁"。

有时候，空蒙庙里的老妈子站在庙门口观看孙瞻山她们在马道上练射击，练擒拿格斗，练奔跑。她一会儿摇头，一会儿点头。好像在想自己的什么心事，咕唧咕唧地说："老了，不行了。只能看着她们创造属于自己的那条命了，为咱们这些给别人做人的人争口气！"她脸上泛起笑容，转身回到屋里，做她的活计去了。

这一日，孙瞻山带上曹立毅进小神河找鲁安一老师。鲁安一猛然一见，半天没认出来。

孙瞻山便开口说："鲁老师，我是你的学生啊，咋就不认识了？"

鲁安一仔细打量一番，大笑说："婵珊哪！模样变了，一下子让人意想不到，当然就不敢认了。"

"老师，我是专程来向你借书的。"

"是，是瞻山哪，一下忘记了。要看书，有的是。跟你的这位是谁呀？"

"是老幺，认下的五妹子。"

"好，好，妹子多了也有力量呀！我本来还想去找你呢！赶快说说曹家沟口的事，你知道不知道，还传得神乎其神，是蒙面一伙人干的。"

孙瞻山听鲁安一这么一问，不说不知道，也不说知道，很安然地坐在那儿抿嘴微笑，好似表现出一种自豪感，没有用言语来正面回答。

"你心里一定清楚。"

孙瞻山还是露出一种自信的笑容，没有说话。

"看样子，就是你们做的吗？"

孙瞻山咯咯地笑起来了："老师说是我们，那就是我们了，就背这个锅。"

"不是黑锅。是你们干的，那你们干得好，做得对。你能不能让老幺回避一下，我征求你一件事。"

曹立毅是个聪明人，一听这话很快起身走进隔壁房子里。

孙瞻山说："鲁老师，你讲吧！"

鲁安一低声说："你愿不愿意参加一个组织？"

孙瞻山问道："啥样的组织？"

"共产党。"

"就是领导贺龙队伍的那个组织？"

"没错。共产党抗日救国，要打倒一切反动派，解放受苦受难的全国老百姓，建立一个民主自由的新中国。"

"老师，你是我们学生的样板，只要老师坚决相信，我参加！"

"你不是要书吗？我先给你几本书，回去好好细读细嚼吧！"

孙瞻山接过来，看到第一本封皮上是《射击教范》《入学须知》，说："打枪我会，我也不上学，不要这本。"

鲁安一笑着说："你翻开看看！"

孙瞻山揭开一瞧，惊奇了："啊！是《怎样发展党组织》和《党员须知》，我要这书。"说着把用构皮纸包着的另两本书打开，发现一本是毛泽东的《论持久战》和《联共（布）党史》。她将纸又裹上说："我知道，毛泽东是大人物，这书深得很，怕咬不动啊！"

鲁安一摆着手，说："哎，苦心孤诣，才能成就一个人的梦想。你会越读越懂的，只不过要慢慢地读。这几本书一定保存好，泄露了要掉脑袋的。"

孙瞻山站起来，鞠了一个躬："谢谢老师，一定像珍惜生命一样地保护它。"

鲁安一又叮咛道："话可以这么说，平常过细点就不会出岔子。"停了一下，他又提起参加组织的事，"你自愿参加共产党，须有两个介绍人。我是你的引荐人之一，正巧刚从县城来的罗同志，他也做你的介绍人。同意吗？"

罗长勤听着师生这般的对话，就从里屋走出来。鲁安一介绍说："这是中共旬阳县工作委员会书记罗长勤同志，也是我的入党介绍人。记住，党内他叫罗功远，我叫鲁肇初。"

孙瞻山一见惊诧不已，礼仪性地打了个招呼，心里默默地想着，他不就是那天在曹家沟口帮忙的那个人吗？真难想象，不经人介绍怎能知道他竟然是一个组织的头目。人不可貌相，海水不可斗量！

鲁安一又指着瞻山对罗长勤说："老弟，这就是我常提起的往日的孙婵珊，今天的孙瞻山。"

罗长勤脸面上渗出一丝绯红，嘴唇稍弱收缩了一下，说："安一，你虽比我长十八岁，在党内咱们还是称同志好。这个人在曹家沟口见识过，虎豹队啊，没料想是几个挺身而出救人的女中豪杰。"

孙瞻山脑子转得很快，说："你也帮了一臂之力。当时也不会知道你是我们现在的领导。书记，入党有啥凭据吗？"

罗长勤说:"现在处于特别时期,由我们两人介绍就行,不举行仪式,不填入党表,将来只写入工委的花名册。这是保密的需要,也是保护党员的一种措施。今后的联络还是单线,切记不能横向联系,这是党纪的规定。"

孙瞻山说:"明白了,坚决执行。"

罗长勤寄予很大的希望说:"当前,抗日形势很好,从根本上来看,你们是组织的一支不可忽视的力量,将来一定会成为一支抗日的武装。现在要隐蔽好自己,灵活机动地同敌人作斗争。你县城有熟人吗?"

"有。"

"啥人?"

"保安队队长曹保平的表妹余亚芳。"

"我听说过这个女娃。经常联系吗?"

"有的。近来没有去过。"

"还要去吗?"

"过些日子。"

"我知道她表哥,此人诡诈狡猾,谄媚上司。同这些人交往,人家动十个脑子,你得使十一个脑子,不然会吃亏的。千万不要暴露你的身份和虎豹队的行动。现在,县政府还在继续派人追查曹家沟口出现的那桩案件。"

鲁安一这时插言道:"有古语说'祸兮,福之所倚;福兮,祸之所伏。'其意思是在一定条件下,坏的东西可以出好的结果,好的东西也可以引出坏的结果,做任何事情时,都须从正反、好坏两个方面去想,把握机会,掌控主动。如果有意外存在,就得慎重,尽量把要干的打算做得圆番(方言:圆满)一些。这样会减少损失,或根本不会遭遇不幸而受到伤害。"

孙瞻山不断地眨着眼,不断地点着头,细听、琢磨老师的话。这种微妙的表现,旨意在于既要知其一,也要知其二,把这些哲理和劝言统统地装进心窝里,变为奋斗的强大动力。

罗长勤和鲁安一站起来送孙瞻山的时候,曹立毅出房门走在了瞻山的身旁,她没认出来,救过她的人也站在自己的面前。罗长勤一下认出了她就是在曹家沟口跳江被救起的那位姑娘,本来想叫一声莉怡这名字,见她同样是男装打扮,就打消了这个念头,避免让这名字再一次刺痛她的心。罗长勤挥起手,直打招呼:"你俩走在路上,可要过细啊!路要瞅准,脚要踩稳哪!"

孙瞻山回过头,打了一下手势:"纳慰你们,都要过细啊!"这是她近来最响亮的一次喊声。这喊声，是她从心里豁然开朗、茅塞顿开中冲发出来的，难怪嗓门如此洪亮。

在不知不觉中，她俩走到了关帝庙前，这与空蒙寨只有十里路程了。

曹立毅观察到孙瞻山心情激动的劲头儿，问："姐，今天走路走得这么快啊！"

孙瞻山惊讶地反问道："快吗？"

"是呀，先前走三个时辰，今日只用了两个时辰，就走到关帝庙了。"

"高兴嘛，人一高兴就有劲，脚步点儿就轻快，像飞一样，是吧！"

"是啊！我可猜出来啦！"

"猜出啥啦？"

"我听得不清楚，你参加啥组织、组织是谁、住在哪里？"

"住在心里，以后你就知道了。"

"你们说的那些话都难听懂，有一点我明白，那是点化人的，是吗？"

"是的。你以后慢慢就懂了，我教你。"

"姐，说定了，那你就是我的老师。"

"老师那不敢当，咱们一块儿学吧！"

曹立毅对孙瞻山坚信不疑，只要她走到哪里，自己就跟着走到哪里；只要她要做的事，自己也要在所不辞地跟着去干到底。所以，她心里暗暗地下了决心，一定随从姐姐去寻找那个解救人的组织。曹立毅站在关帝庙门前，看着庙殿里手持大刀的关帝像，说："姐，你看关帝老爷好像要走下来，护送我们上路，咱们走吧！"

孙瞻山扑哧一笑，说："想得挺天真，我们自己保护自己的平安，还要保护关帝老爷的平安哪！关帝老爷护山护百姓的遗愿，只能由我们来实现！"

这山势还是往日的山势，这沟壑还是往日的沟壑，这丛林还是往日的丛林，这村落还是往日的村落。但眼前在孙瞻山看来有了非同寻常的变化，山势雄伟，沟壑纵横，丛林丰茂，村落静谧，而且有一种神秘的光亮在闪耀。她分明感觉到自己进入了旸谷之境，走在太阳升起的地方，抵达一个书上说的伟大目标，剥掉颓垣断壁的世态形状，让日月星辰、山河草木、父老乡亲和兄弟姐妹们不再被凌辱、欺负、宰割、掠夺！

孙瞻山清楚记得上一次离开余亚芳的时候，她反复交代，再来县城一定要带些麃子肉来。我表哥喜欢喝酒，把这肉加上酸菜一炒，是最有野味的下酒菜。孙瞻山这次进县城要满足余亚芳的想法，准备把刚打的一只麂子全部带上，这也许会让她高兴的。

临走时，梁子云知道了，就去问孙瞻山："拿浑（方言：整个、全部）的？"

"对，浑的！"

"为啥？你不是要给江北三叔送半个新的吗？"

"不管是新的陈的，给三达的，以后再说。我想了，鲁老师也讲了，给城里人送东西不能让人家说我们小气、不大方。另外，还能宣示我对她的诚恳，是可交的朋友。"孙瞻山这样告诉子云，心里还想，有可能从她嘴里打听到县政府、保安队、政警队、国民兵团的一些活动情况。还有，看她究竟站在哪一边，要摸清这个底。

正说着，贵贤和弟伟来请求要随孙瞻山一同去县城。她考虑了一会儿，让弟伟留在队里，只同意曹立毅跟着自己去见余亚芳，梁子云和贵贤紧随其后，到县城去卖那半块麂子肉和一篮子核桃。

余亚芳一见孙瞻山带来的麂子肉，还有乡下磨制的魔芋，这既可以做热菜，又可以调凉菜。做热菜，可放青辣椒、酸菜，用大肉炒出来，别有风味；做凉菜，放在开水里稍煮，捞出来待凉后，加醋、盐、香油或其他调料，清爽可口，也是一盘下酒的上等菜。她的心里说不出的高兴，又是忙着端茶，又是忙着取糖，还给倒热水让洗洗脸上的汗渍。这种热情让人感觉着不是个滋味。余亚芳不知道是羡慕还是讥笑，说："婵珊，你把辫子剪得这么短，看起来男不男女不女的，将来找婆家时让人家害怕呀！"

孙瞻山微微红着脸说："亚芳呀，如果一见是那个样儿，这就没有缘分嘛。有人找，找不着，不如愿没啥了不起的，至少是待在闺里不出房就是了，还是我爹的好帮手！我看哪，你也应该把辫子剪短点！"

余亚芳既不摇头，也未点头，说："帮你爹种地打猎，也是个剪短的理由，别人不会在背地里议论个啥。我呢，这辫子已经有下架（方言：有点、有人、有地方）了，还得同他商量才行。"

孙瞻山很直率地说："他是谁，是男友龚怀义吧，剪掉给他就是了。这还显得大方，对自己来讲，做啥事都很方便。"

余亚芳模棱两可地说："我也这样想过，但是过个时候再作决断。哎，婵珊，你给我送了那么多东西，也该让表哥谢谢你，咱们一块儿去找他吧！"

孙瞻山没想到亚芳会邀请自己去见她表哥，心里愣了一下，说："这合适吗？

我从来未见过他，也不求他办啥事，觉得不太妥当。"

余亚芳一边拉着孙瞻山，一边说："走，有啥不妥当的。一回生，二回熟，以后也难以猜测不找表哥帮忙的。"

其实，孙瞻山刚才嘴上虽然那么说，心里却想到，见见又何妨，说不定还能从他那里听到点什么。所以，她没再推辞，一同进了县政府。

不巧得很，余亚芳没有找到曹保平，便去问田副队长："田队长，我哥到哪儿去了？"

田副队长笑嘻嘻地回答："是亚芳呀，我们大队长出差了。"

"就这么忙吗？成天不在办公室，也不回家，忙啥忙！"

"你经常在县长那里出出进进的，没听到吗？况且你哥还不给你透个风，装啥糊涂！"

"真的不知道，啥事？"

"最近把人忙得焦头烂额，成天钻在案子里面了。安康青石套抢枪案，旬阳曹家沟口士兵被杀案没有破案。还有传说在上菜湾要成立啥组织，其中的李开新逃跑了，有的说在西安，有的说到了延安，现在不知去向，其他人还不掌握。县长派政警队侦知，有一个姓王的组织一帮子要举众闹事，但不掌握真正的企图。你看咱们还不忙吗！"

"他们有那么大的能耐吗？"

"不能小看，怀疑是不是共产党地下组织在撑头，现在还没有搞清楚。不过，指派的人已经打进了他们的内部。"

余亚芳只嗯嗯了几声，心里想原来龚怀义接近的那些人或许就是共产党组织的成员。那天说是要到上菜湾聚会，他去迟了，但没有任何人告诉他要成立什么组织。是不是那些人听到了我与怀义同县长及表哥的联系，不信任了？记起来了，有一次我到下河街道正碰见鲁学昭、罗长勤、李兆众一伙子演出《送郎上战场》《放下你的鞭子》等戏剧节目，赶集的老百姓无不拍手叫好。后来这些节目，还到吕河口和蜀河口演出，城里和乡下的人们一致高呼，抗日救国，拯救中华。记得我的好友鲁学昭给我讲过，国民党破坏国共合作，消极抗战，现在国难当头，共产党领导的八路军冲锋在抗日的第一线。这话其他人是不会讲出来的，他们恐怕是真的是共产党！

孙瞻山听到这些对话，心里有些着急，觉得非常有必要赶快告知罗功远。她督促着说："亚芳，既然不在就算了，咱们走吧！"

余亚芳听到叫声，说："田队长，打扰了。"转过面对孙瞻山叫道，"咱们再回我家吧！"

孙瞻山推辞地说："时间不早了，我该回去了。走迟了，会摸黑。"

余亚芳送给孙瞻山一块小毛巾，说："带上它，在路上擦擦汗。婵珊，谢谢你啦！"

孙瞻山接过小毛巾，告别余亚芳，加快步子直奔西门垭子，向下河街一望，街道上赶集的人密密匝匝，梁子云依然蹲在街旁边，注视周围的动静。跟随在身后的曹立毅看到孙瞻山使眼色，便噔噔地跑下了河街，在子云旁边不远的地摊前来回走动，并挑挑拣拣，同摊主讲价钱。来到梁子云摊子前发现麂子肉不见了，断定一定是被馋嘴的人买走，还有半篮子的核桃无人问津。于是蹲下来捏了两个核桃在手中掂了掂，一边问价钱，一边小声说："卖了，从原路返回，卖不出就上炮台子进山。"接着把手中核桃往篮子里一扔，喊道，"哪有这么贵的核桃，漫天要价，高得离谱，吓人哪！"转身走到上西门垭子的街口，又同一摊主打听价钱。

当孙瞻山疾步来到草房街时，正巧看见罗长勤从罗家院子的石梯坎上走下来，她不慌不忙地向前赶了几步，恰好打个照面。孙瞻山环视周围无人，轻声说道："功远，近来有野兽到处寻食，打听摘王即是。那个公（龚）家的人要注意。"

罗长勤嘴唇习惯性地收缩一下，说："明白了。最近觉得气氛有点紧张，城里、乡下出现了不少便衣队。你咋来城了？"

"我借给余亚芳送麂子肉和魔芋啥的，探一探情况。刚从她那儿出来，是要将听到的快告知你。"

"我知道了。你们也要小心点，没有把握的事一般不要随意行动。你现在要去哪里？"

"我还有两个妹妹在下河街接应我。"

"你先走，我后面照看你们。"

孙瞻山刚走进河街的西头，老远发现河街的中街游游逛逛地走过来两个人，完全不像是百姓赶集，而是东瞧西望，左顾右盼，企图捕捉自己能立功受赏的目标。她立刻在地摊前斜视，其中有一个就是曾仁义，不过她教训过他，他却不认识她。于是，大胆地向前挪了几步，仔细观察街道上的动静。

曾仁义走到梁子云的摊前停住了脚步，站在那儿朝西门垭子望了一眼。突然转身向正在买炕炕饼的曹立毅走去。一抬手拨拉着他的肩膀，说："这位小子，我好像在哪里见过你，觉得面好熟啊！"

曹立毅抬头一看，真是冤家路窄，将膀子一甩，粗声粗气地说："你认错人了，快到半岸子去，少胡拉乱扯！"

曾仁义问："住在哪儿？"

曹立毅答道："北黑山下的蒋家湾！"

"看来看去，你总像曹家沟人。"

"曹家沟在哪儿，没去过！"

"这样吧，管他是不是，你先跟我们去警察局一趟。"

"去就去，有啥可怕的！"

"你前边走！"

"莫急，我刚买的核桃还没拿。这要去你们那里，我就不要了，去退钱。"

"快点！"

曹立毅气呼呼地走到梁子云面前，大声喊道："我去警察局，核桃不要了，退钱！"

梁子云生气地嘶叫着："你这个人，去警察局是你的事，我卖核桃你买核桃是我俩的事。钱付给我了，咋能退呢！天下还有这样不讲理的人，不退就是不能退！"

曹立毅口气更大了："不退，我从警察局返回来，再好好地收拾你！"

梁子云灵机一动，看着曹立毅快步往前走，提起一篮子核桃倒在了她身后的街道上，并喊着："叫你收拾，叫你收拾，看谁收拾谁！"

曾仁义两脚踩在哗啦啦滚动的核桃里，扑里扑腾地跌了个仰面朝天。

梁子云看见曾仁义一边正爬着，一边掏枪，吼了一声："买核桃的，快滚过来！"

曹立毅听到喊声，几个箭步跑到了街口。曾仁义还没有完全爬起来，就砰砰地向街口放了两枪。

这两枪是向曹立毅射击的，但没有击中。子弹落在石头上乱飞。曹立毅眼尖手快，转身向曾仁义回了一枪，打在了腿部，他倒下了。

罗长勤已在这里看得清清楚楚，冷静地对孙瞻山说："这里有我应付，你们赶快上山！"于是，隐蔽在一家药店门口的挡墙边，正掏枪时，同时看见随着一声枪响，曾仁义打了一个趔趄，随即倒在了街道上哇哇地直叫唤。罗长勤又拾起一根木棍，提在手中向前走去。

赶集的人们听到枪声，先是一惊，随之躲的躲，逃的逃，跑的跑，喊的喊，叫的叫，都想找寻一个不受伤害的地方。在混乱之后，街道上什么都没有了，只有一片杂乱和狼藉。

孙瞻山按照返回路线的第二个方案，带领梁子云和曹立毅趁混乱之机，迅速经过西门垭子，穿过西炮台，登上宋家岭，钻进了茫茫林海之中。

另一名便衣警察赶来现场，扶起曾仁义，不知所措地乱吱哇："这是咋一回事。这是咋搞的。咋个打枪了？你打谁了？谁打你了？"

曾仁义咬着牙说："是我打的枪，打那个买核桃的。打着了吗？这又咋的在我腿上擦破了皮，不碍事。"

这便衣警察四处看了看，说："人都跑光了，咋能找到受伤的人！"

曾仁义说："也许是看错人了，跑了就跑了，真是自作自受。"

这时候，罗长勤提着木棍，急切地走近被扶着的曾仁义旁边，搭腔道："老乡，这是咋啦，一跛一跛的？"

曾仁义转过面说："被枪打了，擦了点皮。"

"大白天的，谁打的？为啥呢？"

"没看见，一个买核桃的，我觉得见过，让他到局里去，他去退钱，卖主不退，差一点打起来，就把核桃倒在街道上，我正路过被绊倒了，以为是有意的，就放了枪吓唬吓唬。不知咋的，就在我放枪的一刹那间，我的腿也被打了，不知咋一回事。"

罗长勤把木棍举起来，在空中抢了抢："要我帮啥忙吗？"

"你拿个棍子顶啥用！"

"不过，买卖之间发生口角，应该去劝说，不该放枪。一件小事，惹出一点乱子。一时的恍惚，导致了盲目的行动。人的面相也会有相似的地方，没认准不该那样做。你放了枪，该找的人没有找着，自己受了伤，咋给上峰交代。我给你说，先去检讨认错，以减轻处分惩罚。"

曾仁义听了这番话觉得在理，是自找苦吃。他说："看来，只能那样了。"

罗长勤意味深长地说："看来我这根棍子真的没用了，只能拿回家当柴火烧，还能加火煮熟饭吃呢！"

曾仁义不堪言状，只说了一句："先生，路见不平，拔刀相助，纳慰你啊！"

罗长勤心里对他这种赞扬感觉到达到了另一种目的，嘿嘿一笑："是木棍，不是大刀。要是大刀，砍错了人，那麻烦就大了。"

简直是有趣的对话，也是无聊的说辞。或许各人心里都存着一种相互猜不透的行动轨迹。

正要离开的时候，周万山带一个班把下河街围了个严严实实，实际上只包围了三个人，一个罗长勤和两个保安兵。

周万山指手画脚地问："人呢？就你们三个人吗？"

曾仁义愣怔了半天，才说："班长，都跑光了。两个卖、买核桃的小伙子争嘴闹仗，我打了两枪，都吓跑了。"

周万山用枪指向罗长勤，问："他做啥？在这里手里提棍干啥？"

曾仁义说："班长，当时乱成一锅粥，他是跑到我们跟前帮忙的。"

周万山放下枪，问罗长勤："是这样的吗？看到没看到谁向曾仁义开的枪？"

罗长勤不动声色，回答："是因买核桃打架，是他放了两枪。赶集的百姓四处逃散，没听清哪里来的枪声，我在药堂买药刚下到街口赶过来相救他。"

周万山又问："你是干啥的？"

罗长勤毫不隐瞒地回答道："龚家梁小学的老师，任训育主任。"

周万山严酷的神色一下子露出了微微的笑意，摆着手说："不挨（方言：关）你的事，你走吧！"

罗长勤离开下河街，不慌不忙地回到家。对孙瞻山报告的情况琢磨了好一阵子，认为形势越来越紧张，所处的环境越来越危险，他们的行踪应该越加隐秘，对敌人的斗争也应越来越策略些。于是，提起毛笔写了两封简短的信函，交给罗寰，说："五弟，赶紧把这信分别送给罗广文和魏凌玉。"

罗寰接过信，往腰里一塞，立即出了门。出门还没走几步，又被罗长勤叫了回来，说："你要求我为你办的大事，广文要对你谈，你要沉住气，稳重些。"

罗寰走在路上，一直在想，我有三件事要办：相亲、工作，还有向三哥提出过加入共产党。他总是推辞：我是你亲哥，不妥。会有人操心你的。是不是涉及自己的这个愿望呢，摸不准。但他越想心里越高兴，步子越走越急速。

罗寰一踏进罗广文家的门，只见他一个人坐在堂屋看书，急忙掏出信递给他，说："我还有急事要走了。"

罗广文拦住说："莫急，先坐下。"等一会儿，他欻的一下撕开信，几行字扑入了眼帘。"文：急需两味药，女贞果实一两，浸酒一日，安神明目，除百病；茯苓一两，捣细，做丸散，保神守中，开心益志。切切急办，不可疏忽。罗功远。"罗广文意识到当前已经处在险恶的境地之中，组织联络一定要像一根线穿一根针一样地进行。要洞察一切，沉着应对，避免遭受损失。在危险的情况下，则要坚定信心，遵守党的纪律，独立仔细地去做工作。他看完信，沉思了一会儿，说："罗寰，你向功远提出的要求，经组织考察，同意吸收你为中国共产党的党员。"

罗寰惊奇地问："功远，功远是谁，我不认识他呀！"

罗广文笑着说："不认识他，他认识你呀！他是你三哥罗长勤，我也了解你呀！"

"哎呀，闹了半天是一家子。"

"告诉你，功远是他在党内的名字，你现在填个入党表。"

"你的名字该叫啥？"

"叫李吉成，愿事业吉祥成功！"

罗寰一路上思来想去的意愿就在眼前实现了。他按照表格的要求认真仔细地填写了每一项的内容，然后交给罗广文，说："你看对不对？"

罗广文点头说："填写整洁，字也写得好。"接着在表格下端写下自己的名字"黄魁"。

罗寰这才知道了黄魁就是罗广文，罗广文也叫黄魁，黄魁在掩护着他们进行地下的战斗。

罗广文说："从今天开始，你就成为中国共产党的一名正式党员了，要遵守党章，保守秘密，不怕苦，不怕死，为我们的共产主义事业奋斗终生！现在你走吧，我也有急事出去办理。"

这时的罗寰是喜不自胜，高兴得几乎要跳起来。他想到罗长勤叮咛的话，要沉气，只觉得心里畅快了，肩头好像压上了走向光明的重担。啥话没说，噔噔噔地走出了门。

魏凌玉接到罗寰送来的信，完全明白了需要两位中草药的真正含义，决定取消下午商谈生意的聚会。他立即到杨记茶馆将门里摆放的一盆花移到东边墙边的桌子上。

王昌民走到杨记茶馆门前一看，那一联络信号的花盆移动了位置，就清楚了，这里已经不安全了，便直奔下河街东街头的开心茶馆。他一声不吭地进了茶馆，走到早在这里等候的魏凌玉的身边坐下。魏凌玉举目示意也没有说话，只给王昌民倒了一杯茶。

王昌民喝了一口，问："是不是出事了？"

魏凌玉不肯定地回答："恐怕与出事不会太远了。刚才见到涂兴诗了吗？"

"没有。我发现信号变动就到这儿来了。"

"这人可靠吗？"

"差不多，他同我、梁宏、刘三成都是结拜的兄弟。"

"同胞兄弟还有不是一条心的，何况结拜兄弟？你是个火暴子脾气，千万不可粗心大意。注意点，会不会是同床异梦，在你身上打主意？"

"那叫我咋办？"

"口紧点，只谈草药生意。你还去杨记茶馆，他一定在，听他怎么说。"

"他要问起你呢？"

"你给他讲病了，去买两味草药，除病。"

王昌民又回到杨记茶馆，涂兴诗果然坐在茶馆里喝茶。心里想，魏凌玉简直是未卜先知，神了！

涂兴诗一见王昌民进门，就招呼着说："快来坐下，咋还没见人？魏凌玉呢？"

王昌民抱怨地说："他病了，不能来了。这让我们白白地跑了一趟。"

"他们不能来也好，咱们单独聊一会儿。"

"除了做中草药生意，还有啥聊的。"

"你参加没参加啥组织？"

"没有。"

"你知道不知道，你来往的这么多人中谁是共产党？"

王昌民明白了这问话的意图。其实这两者与自己毫无关系，自己也确实不知道，急忙摆着手说："我们都是哥儿兄弟般的来往，准备合伙做生意，其他一概不过问，也不清楚。况且，与共产党有牵连，是要杀头的，谁敢去当共产党。"

"你是不是？"

"笑话。我在你们政府眼里是坏蛋，在其他人眼里也不是好货。如果我是，那你无疑也是。"

"你说得没错，我也想参加那个组织。"

"没那个眉眼，我找不着。"

涂兴诗问不出个名堂，端起茶杯一个劲地说："喝茶，喝茶。这些话莫要在意。"

王昌民同涂兴诗结识这么长时间，从来没有提及过这样的事，今天问这些话，实在感到突然。究竟要干啥呢，一时还摸不透，他说："涂班长，咱们走吧！我要去联系生意。"

涂兴诗离开座位，说："行，愿生意兴隆！"

王昌民将手一挥说："管它兴隆不兴隆，只要能挣到大洋就行！"

涂兴诗听王昌民的口气没说啥，能说啥呢！他这个人是一个惹不起的人，谁见了就得让三分，何况这话呢！涂兴诗打了个手势，走进了人群中。

王昌民一直看着涂兴诗的背影，宛如在细想什么，又喃喃自语好半天："拜过把子，还不相信人，在搞啥名堂。我浑身上下都是干的，能掏出啥油水，莫说是兄弟，连朋友都不如。"他一边走一边又惊奇地想到，世道要变了，有哪个人不变，谁管得住谁！但千万要管住自己，防止陷入被管的牢笼。

罗寰从黎文治那里回来时，在下河街的东街口碰见了魏凌玉。他们俩附耳低语谈了几句，谈的啥听不清楚，只听到魏凌玉问："你看到在杨记茶馆？"

罗寰提高声音言道："只有王昌民和涂兴诗在喝茶。"

"还有其他人吗？有无红脖子涨脸的表情？"

"没有他人。两个很平静地说话。"

"要是这样，那就对了。你回去向功远讲魏凌玉把交代的事情办妥了。一切交往按做中草药生意正常进行。"

罗寰心里猛然间一动，刚才从国民兵后备队离开时，他也是这么说的。眼下才明白和体会到，这是在国统区里同敌人进行的看不见摸不着的勇猛较量。这是多么神秘，又是多么的阳光啊！他抬头一看，魏凌玉正从街口一棵老槐树下走过。这树也显得年轻了，郁郁葱葱，顶天立地；这人风华正茂，血气方刚，摸着树梢，长了自己的精神。

一缕缕斜阳从天空铺了下来，拉长了行人的影子。罗寰不禁想到，不是每个人都能把阳光搂进自己的怀里，因为世间的每个人都在沿着不同的方向走自己的路，只有面向太阳的时候，才能拥抱阳光的温暖。

第二十章
地委迁址芭蕉口

省委会议室，正在举行省委扩大会议，与会人员聆听省委书记欧阳钦所作《从陕西与西北事件说到目前时局与任务》的报告。当他讲到目前的中心任务时，表情激昂而又严肃："我们要储蓄力量，保持力量，准备在新的有利的情况下，能够应付新的发展局面！"会场里响起了雷鸣般的掌声。

刘文彬在参加选举中国共产党第七次全体会议的代表之后，有幸学习了中央政治局关于巩固党的组织的决定，相继参加了这次省委扩大会议。他心中立刻产生了形势逼人的紧迫感，又觉得责任重于天。领受的这些使命都必须在实践中付诸实施，把扩展时局掌控在我们自己的手中，由微小事情做到巨大，目光从局部看到全局，其最后获得斗争成果。想了那么多，最让人焦急的是赶紧回到秦巴山。

领导的安排同下级的想法，在关键的时刻不谋而合。扩大会议还未结束，张德生对刘文彬说："这次来省委收获不小吧？"

刘文彬兴致勃勃地说："是的，肚子装满了，脑子更清醒了。现在的问题是要尽快传达布置到基层。"

张德生哈哈一笑："我们想到一块儿了。经请示书记同意，你提前离会，趁寒假前把会议精神传达到每一个党员。"

"能的。"

"不光传达，而还要商定贯彻的措施，抓好落实。"

"一定的。各地党组织还要回顾过去的工作，找出经验和教训。前车之鉴，后事之师，做好发展规划。"

"好，就按这个思路去做。这次让你先回去，还有一个重要任务必须完成。"

"组织的交代，义不容辞。"

"省委为加强同汉中地下党组织的联系，决定在宁陕四亩地建立汉南交通站，指派中共洋县县委书记许明月担任交通员，你要尽力协助做好建站工作。"

"部长，没有问题，保证完成。"

"你什么时候动身？"

"明天早晨。"

"许明月随同前往，到四亩地以后让他们单线联系，联络信号不变。"

第二天中午时分，刘文彬带着做生意打扮的许明月来到了四亩地街道上，找了一家小旅馆，先安排许明月住下后，便去找彭易乾。一见面就激动地叫道："易乾，一年多没见了，还好吧！"

彭易乾高兴地说："真是稀客哦，从东边来，还是从北边来？"

刘文彬举臂往秦岭梁上一指，说："从那边开会回来。工作和安全怎么样？"

彭易乾简单地汇报了发展党员及抓武装的计划后，刘文彬介绍了在省委开会的情况，并商量了抓落实的方案。接着他说："组织决定在四亩地建立交通站。过几天，有一个人来同你接头，接头暗号仍然是'陈贤才'。他来了，你在街上给他找一间房子住，并安排在这里做生意，本钱由组织寄来，其他事情你不必管了。还有，必须从安全角度去考虑，安排好地方。"

彭易乾蛮有信心地说："请组织放心，一定全力以赴协助办好。"

刘文彬走后不几天，彭易乾收到一张六十块钱的汇款单。想到，这一定是建站的经费，他很神秘地保存在自己的柜子里。

这天，正是四亩地街道逢场的日子。赶集的人络绎不绝，街道上人山人海，挤得水泄不通。街道两旁摆摊的一个接一个，山货特产琳琅满目。

彭易乾挤在人流中，东瞅瞅、西看看，仿佛也要选择一个繁华的地方摆摊子。这时迎面走来了一个人，问："你是不是姓彭？"

"是的，姓彭。"

"大名？"

"易乾，容易的易，乾坤的乾。"

"我姓陈。"

"叫啥？"

"名叫贤才。是招贤纳才，不是招贤纳士。"

彭易乾这才仔细地一瞧，他约摸三十岁，身材高大魁梧，圆盘大脸，头发浓黑，目光逼人。彭易乾心里明白了，是交通站的交通员来了。于是说："走，到家里坐一会儿吧！"

他一边跟着走，一边说："这深山老林，做生意的倒是很红火。"

"还罢了，今天逢场人多些。你啥时来的？"

"刚到两天。"

"你家住在哪里？"

"洋县南门跟前。"

"做啥的？"

"农民，种地。"

"家里还有啥人？"

"没啥人。"

"安家了没有？"

"灯草秆子，一根。"

彭易乾没有再问下去。到了家里，他从柜子底下取出汇款单交给许明月。这时，许明月才告诉说："我真实的名字叫许贵福。"

彭易乾嗯了一声，说："以后称先生，或是称师傅，还是称老板？"

许贵福立刻说："做生意的，称老板好。"

正说着，彭易乾的媳妇喊道："易乾，饭好了，让客人吃饭吧！"

彭易乾答应了一声，又对许贵福说："吃饭以后，我们一起去两个地方。"

天快黑的时候，彭易乾领许贵福来到中街一家叫陈义的旅店，老板急忙上前迎接："彭先生，你的朋友来啦！"

彭易乾介绍说："老板，这就是我的朋友，是做小生意的，叫许贵福。"

老板拱手相迎。说："难逢贵人入住，一定照料好彭先生的朋友，宾至如归嘛！"接着，便去打开已经预定的那间房子。老板站在房门外，弯腰伸手指引许贵福和彭易乾进了屋。

许贵福打量了一番房子的四周，又掀开了靠山一面墙上的木窗户，拉了拉，还算结实；又将头伸出窗外向山上望了望，山势稍显平缓，丛树繁茂，景致幽雅。他又将窗户关上说："好，这儿不错。"

彭易乾说："要做生意，考虑到预防盗贼保护自身的安全，所以就选这里了。"

许贵福睁着一双大眼睛，微笑着说："你想得可周到啊！"

他们从陈义旅店出来就上了街道，径直来到黄州会馆门前。

彭易乾指着黄州会馆隔壁的街边，说："在逢集的那天，我从四亩地街道的这头跑到那头，就看中了这个地方。人多繁华，非常适合摆摊；再说，这里四通八达，万一有土匪来袭，背上货物即可躲避。就确定在这儿坐地经营。"

许贵福听明白了这话语中的意思，赞许地说："考虑得很周全，很细致。"

彭易乾对许贵福开始摆摊的这一天很不放心，早早地就来到了黄州会馆门前街道上，观察会不会有意外发生。果然，有两个乡丁来势汹汹，走到许贵福的摊前，用脚踢着花生筐和橘柑篓子，喊道："我们咋没见过你，谁让你在这里摆摊的？"

许贵福放开嗓子说："做生意的，哪里都可以去！来这里做生意的，你们都见过吗？这儿摆摊是先来后到，我先来，摆这儿有错吗？"

中等个头的乡丁跺脚说："我家的亲戚要在这儿摆摊。"

许贵福站了起来，问道："人呢，人在哪儿？如果他先来，我就不会在这里摆摊。这是不成规矩的规矩，也是一种礼仪。生意，生意，不要把人做生了。"

这个乡丁冲向前掀翻橘篓子，一时间橘子在街道上四处乱滚，并喊道："不让地方，道理还蛮多，我看你就像个共产党！"

彭易乾眼疾手快，突然扑过去，抓住这个乡丁的肩头，质问道："谁是共产党？我们这里平安得很，你在无端造谣，制造人心恐慌，我看你倒像共产党。我听别人讲，共产党是共产共妻，奸房烧杀，欺负穷苦百姓，你们的行为与传说的没啥区别，是不是像啊，真像！其他不说了，我问你，这个地方谁占的？"

这个乡丁支支吾吾地说："是我亲戚要找一个摆摊的地方，先叫我占一个。"

彭易乾挖苦似的说："乡丁，乡丁，你乡丁也盯上了这个好地方。据我所知，街道上从来没有固定的摊位，还是这位摊主讲得对，是先来后到。如果是你要抢占这个摊位，就是欺压百姓，扰乱治安。你们俩把橘子给这位摊主拾起来。"

就在这时，何子强跑过来喊道："彭少爷，老爷子有急事，让我找你赶快回去！"

这个乡丁一听叫彭少爷，这分明是彭老团长的儿子，全身哆嗦起来，赶快把散落在街上的橘子全部拾进了篓子。转过头，望着彭易乾小心谨慎地说："彭少爷，以后不敢再乱说了，再也不霸道了，请开恩！"

彭易乾说："乡丁，乡丁，乡丁要为百姓盯着做好事，若是胡作非为，终有一日会受到报应的。去吧！去吧！"

两个乡丁拖着打战的身子，自感没趣地走了。

这天彭易乾来到许贵福摊前来买橘子时，相互交换情报。趁在付钱的那一刹那，彭易乾向卖主手中塞了一个小纸团，许贵福趁机也给买主递过了一个小蒲棒。

许贵福看彭易乾转身走的时候，又叫了回来，说："这位买主，再给你添两个橘子，以后再来啊！"

　　彭易乾笑着说："你这个老板真会做生意，一定再来光顾。"他一口气回到家，急忙拆开蒲棒，里边是用香蒲卷起来的小纸棒。再一展开，一张小纸上密密麻麻的小字映入他的眼帘："从一九三八年十二月至一九三九年五月初，国民党反动派在陕甘宁边区制造的反共摩擦与军事挑衅事件达一百六十余起，杀害我军干部、战士三百一十余人。为揭露国民党反动派破坏团结抗战的罪行，十二月下旬，八路军留守兵团司令员肖劲光致电蒋介石、胡宗南等，呼吁停止进攻边区，恢复团结，一致抗日，勿使事态扩大。八路军总司令朱德、副总司令彭德怀通电全国，反对枪口对内，进攻陕甘宁边区，军民团结，将抗日的正义战争进行到底。中共中央也及时指示八路军驻重庆办事处，向蒋介石、何应钦等提出严正抗议，要求其立即撤退包围边区的军队，恢复八月以前的边区态势。同时，陇东地区的军队对国民党军的进攻展开了反击，沉重打击了国民党反动派的势力，恢复了陇东大部地区。为保卫中共中央所在地延安，八路军击退了富县的国民党顽固势力，迫使国民党暂编骑兵第二师撤至洛川以南。在关中地区，由于八路军增强了兵力部署和军事威慑，国民党顽军不敢轻举妄动。现在，边区得到巩固，延安固若金汤。"

　　得知当前的时局转变形势，彭易乾忽然想起了在延安抗大学习和生活的场景，对延安的安全放心了，坚信中国革命的前途，一定能从这里走向光明。他提起笔写到："做生意已到位，坐地经营还比较顺当；又收购两根坚实的木料，质量很不错；脑子一度吃紧，现已摆脱困境。"这就是彭易乾用暗语写给刘文彬的最简单的一封信，但文字里边包含着十分丰富、饱满、重要的内容。让谁送信呢？彭易乾想了好一阵子，托许贵福，人家是省委交通员，比较方便。他便去问许贵福，许贵福回答说不去安康。他立马去找彭易恒，问有无去安康的人，彭易恒告诉有一个朋友，明天去安康贩药材，并问："有啥事吗？"

　　彭易乾说："往安康捎一封信。"

　　彭易恒说："碎碎一个事，能办到。"

　　彭易乾又问道："这朋友是深交吗？"

　　彭易恒附耳说："放心吧，他是观察培养的对象。我会交代清楚的，他会掂量这个差事的轻重，保证不会出问题。"

　　这封信就这样被送到了安康沙帽石。

　　许贵福收摊回旅店后拆开纸团，看到这样几个字："安康专署指令继续抓紧清乡，重点是形迹可疑和外乡的人，尤其是共党分子。仔细做好生意。橘子是会常买的。"最后两句话，他是理解的，不要担心，安心摆摊，万一有什么大的行动，会有人来通知。

彭易乾很清楚许贵福每次外出都要给自己打招呼，去哪儿、需几天、干什么，都告诉得一清二楚。仅去城固、洋县进橘子和花生已经是三次了。

没过几天的一个晚上，许贵福给彭易乾送去一份《西北》油印报纸和一本《解放》的内部刊物，并说："橘子和花生都卖完了。明天，我要到城固和洋县去进货，一个礼拜的时间。我调查了一下，西乡的茶叶、城固的牛肉干，在这里也可走俏，准备多进几样。生意做得越大，掩饰得就越严实，要真像一个做大生意的老板。"

彭易乾一听内心纳闷起来，刘文彬和李开藩告诉过，他俩是岚皋县的老师。应该说，交通员送情报理应去安康或者是岚皋，但他一次都没有去过。这次为啥又要到那里进货，会不会也有自己的公务？彭易乾还是贸然地问："老板，咱们的上级机关在哪里？"

许贵福不假思索地答道："在城固。"

彭易乾问自己，他是不是我们上下级之间的交通员呢？也许是保密和安全意识，在束缚着特殊身份人员的一言一行，只有行动轨迹的不确定性，才能掩护特殊任务的完成。不管怎么想，彭易乾总认为，以后会完全弄明白他为啥不去安康或岚皋找刘文彬和李开藩的原因。

紫阳县芭蕉中心国民小学校，位于县西南任河的北岸，距县城二十公里，由紫阳县教育界人士张晓梾创办。这里，群山拱抱，密林丛莽；清澈的任河从学校前流过，碧水如镜，掩映生姿；在从学校通向村落的羊肠小道上，树影斑驳，且有浓雾时时涌起，云蒸霞蔚，颇为壮观。

俗话说，一方水土养一方人。这个幽雅而又民风淳朴的地方，真是育人的风水宝地。但初建时，师资不足，教材缺乏，这位尚有民主爱国思想的校长，亲自到安康，从兴安师范选聘但敬修和杨启武两名学生到芭小任教。两个学期后，组织决定但敬修去省委干部训练班学习，杨启武因其他公务要去关中。离开前，张晓梾对杨启武说："你和但老师都走了，下学期老师又没了，学生的课咋办呀！你们能不能不走啊！"

杨启武带着留恋的神情，说："张校长，你对我们很好，我们也不舍得离开这些学生。你也知道我俩还年轻，正是需要多学知识的时候，到那时再教学生就不吃力了。"

张晓棂蜡黄的脸上勉强地露出笑容，说："年轻人的想法是对的，也不能阻挡你们去实现自己理想，到哪里学啊？"

杨启武有把握地说："已经联系妥当，西北大学去进修。"

张晓棂屁股抬了抬，说："到驰名大学堂，我支持你们。不过，杨老师，你能不能赶快给我找个代课老师，看你们同学里面还有没有优秀的。"

杨启武立即答复说："我们兴师那一帮子同学里比我好的多得是，其中最看中的一位同学在恒口帮人代课，我回安康征求他的意见。他如果愿意来，保你满意，而且你缺什么样的老师，他有能力帮你解决。"

张晓棂轻轻地敲着桌子，发出清脆响亮的声音，舒展着眼眉，说："杨老师，请代课的老师这事，就托付给你了，越快越好。"

杨启武夸口说："张校长，言必信，行必果。即便是他不愿意来，我也要想办法，让他迈起轻捷的步伐来到你的门下当老师！"

张晓棂说："所恳之事，若蒙慨允，将不胜感激之至！"

杨启武说："校长莫客气！"

这天中午，张晓棂举行家宴，隆重地为但敬修和杨启武饯行。

第二天太阳落山时，杨启武同但敬修乘一只小木船抵达安康。但敬修即去做到省委参加训练的准备，杨启武没停留，在七里沟找了一辆便车到了恒口。

刘经安对杨启武的到来非常惊喜，说："是啥风把你吹到这儿来了？"

杨启武把手往北边一指，说："不是南风，就一定是北风啊！"

"知道了，是好事，你同谁呀？"

"但敬修。"

"嗯，是培养的料。"

"经安，我这次来，是要推荐你去紫阳芭小当教员。我俩一走，正缺老师。那个地方还蛮好。"

"去，一定去。以教员职业掩护最合宜不过。怎么去同校方联系？"

"校长张晓棂同意，我帮忙选聘教员，我给你写个便信拿去找他就行了。我还给他讲，你去了，再推荐其他的任课教师。"说着，杨启武写了简短的几句话。"张校长：贵体安康，每怀道范，弥切神驰。今介绍我的同学刘经安前往贵处报到任教，请予以指教为盼。又及：承蒙见教，获益甚多，特上寸笺，以申谢忱。恭请教祺。"写完便交给了刘经安。刘经安仔细读了一遍，说："好。不过，这个名字要改一下。"

"改成啥名？"

"刘雪亚。"

"对。一定要再改，要重写一遍。"

"那只能是这样了。"

重新写的这封便信更工整、更整洁，是杨启武把心握在手中写成的，很郑重。他又叮咛了一句："去得越快越好，早去早收获。"

刘经安一攥拳头说："明天一早就出发。"

就在杨启武离开芭小的第五天早晨，张晓桢吃过早饭正要去学校，听见门外有人喊："张校长，有人找你！"

张晓桢一边穿衣服，一边说："请进来！"当他转身看着一位方胖脸盘，大眼睛、黑头发的高个儿青年向屋里走来，心里推测可能是启武老师推荐来的教员。于是，招呼道："快进屋，请坐！请坐！"

刘经安没有坐下，恭恭敬敬地递过一封信，还是站在原地没动。

张晓桢拆信一阅，喜不自胜，笑逐颜开，说："你是刘雪亚，刘雪亚老师！"

"是。我是刘雪亚！"刘经安依然还在那儿站着。

"快坐嘛，站着做啥！我刚才还在叨念，是该来了。"张晓桢看着刘雪亚坐下来，又仔细地观察了一阵子，内心想，看他的风度和礼仪一定是个好老师。启武是慧眼识人才啊！他突然又问："你吃饭了没有？东西带了吗？"

刘雪亚说："刚才吃过，东西在门外搁着。"

张晓桢说："咱们现在到学校去，住得房子已经安排好了。还有，今天晚上到我家吃饭。"

刘雪亚推辞着说："校长，不泼烦（方言：麻烦）你了。学校有伙食，我就在学校吃好了。"

张晓桢自但敬修和杨启武走后，一直陷在闷闷不乐之中，一见刘雪亚就油然产生了好感，是不可多得的教师之才。一路上再三叮咛："晚上跟我一块走，给你接风洗尘，还有两三个大一点的学生和个别老师参加。"

刘雪亚走到学校门口停住了，举目遥望，群山环绕，昂然屹立；绿树红花，掩映风趣；画眉啼鸣，清越动人；木船送渡，熙来攘往。啊！这学校简直像是坐落在一幅优美的山水画里。他一声不响地跟着张晓桢走进了不大不小、不窄不宽、不高不低的拱形校门，放眼四周，院子不大，房屋有些拥挤，但是校舍排列有序，校园整齐干净。不用说，他治校有方。

张晓枨介绍说："从今年春扩大为完全小学，加上但敬修和杨启武来任教，学生猛增到二百八十多名，三、四年级学生年龄偏大，多数是从私塾转来的，接受能力较强，脑子拐弯也快（指容易吸收新知识）。我是校长，学校还设有董事会，董事长叫姜东周，也是有头有面的人。再有时间见见，他是专管学校建设的。"

刘雪亚说："这么多学生足够紧张的。看有些校舍需要加固翻修，不然会有垮塌的危险。"

"对。你一眼就看出来了。现在正同有关方面在进行斡旋。"张晓枨说着，心里又想到，没看出他一跨进校门就发现问题了，是一个治校的人尖子！

"当！当！当！"下午最后一节课的铃声响了。

参加欢迎刘雪亚家宴的老师和学生，几乎同时间到了张晓枨的家里。待大家坐定后，张晓枨站起来，轻轻地拍着刘雪亚的肩膀，说："这位是今天刚来我们学校任教的刘雪亚老师，是从兴安师范这所专门学校毕业的优秀生。他见多识广，教你们这些娃娃是大材小用。"

刘雪亚向大家拱手说："谢谢校长夸奖。我们都是学生，有幸在一起熟读文化知识，通晓社会事务，望成为中华民族的俊杰。"

堂屋响起一片热烈而又响亮的掌声。

紧接着张晓枨挨个介绍说："这位是管事务的吴觉非老师。"

他二十五六岁，中等个儿，两眼时隐时现地放射出令人摸不透的目光，举止文雅，少言寡语。第一次见面不得不说一句，"鄙人愿与刘老师一起，供职于教育大业。"

"这位是罗鸿忠，工读生，高年级学生，凡是学校的钟声，都是他拉着绳子敲响的。"他向刘雪亚深深地鞠了一个躬，"欢迎刘老师。"刘雪亚看他的模样，个头儿稍高一些，口齿伶俐，手脚敏捷，两眼闪动着与他人不同的灵气，难怪校长允许他一边打工一边读书呢！

没等张晓枨开口，罗鸿忠旁边的同学猛地站起来，说："刘老师，我叫胡春贵，三年级学生，学校和学生都需要你来教我们。"接着他用双手捂着胸脯，又说，"我们打心里都在欢迎你！"说话干净利落，姿容端庄，表情自然大方。刘雪亚扫了一眼，在这里面他的个头儿稍高一点，穿着得体，看起来就是一个干练的人。

张晓枨说："这位是陈茂富，是我们的火头军。做饭不能评价最好，对我们山里头的人来说还是做得不错的，学生们还算满意。"

陈茂富站起来没有说话，倒显得有点腼腆的样子，偶尔不自然地摆动几下自己胖墩墩的身体，只是一直在微笑。校长把他逼得没办法，才吐出了一句说："做好饭菜，让学生和老师们吃得可口。"虽然话不多，但表露了他憨厚、竭诚、本分的实在性格。当他离开去厨房帮灶时，堂屋飞起一阵笑声，一片掌声。

这顿晚饭持续的时间较长。席间相互敬酒，行令划拳，打关走联，单个出击，气氛热烈，毫无生疏之感。酒过三巡，他们有的继续以酒助兴，不是让自己稀里糊涂，而是要清清楚楚；有的品茶除忧，清心怡神，舒畅无涯；有的谈天说地，道古论今，自得其乐。刘雪亚不胜酒力，在大家再三劝说下，按风俗礼仪，将一杯酒分了三次喝下去，脸就红了。

"刘老师，你不要勉强了。"张晓棨解围地说。

"嗯，谢谢各位的盛情。"刘雪亚站起来望着大家连连点头，表示歉意。这时候，他看着大家，大家也看着他，大家相互凝望、打量、认识，其实大家也都在辨明他们自己，看着自己手中端的酒盅、茶杯，与所说的话语，好像在回顾过去和思考现在，又宛若在探寻梦想和未来。过了今晚，明天早晨的阳光就会从东山上升起来。刘雪亚虽然只喝了一杯酒，但是这一杯山里的苞谷酒却壮了他的胆量，结识了山里许多大大小小的朋友。

在不到一个月的时间里，刘雪亚教学勤奋有计，施才用艺，教学水平提高了，课程多样了，学校活跃了，学生满意了，受到张晓棨的赏识，被委任为教导主任职务，而且一旦自己外出，由刘雪亚主持学校全面工作。这对刘雪亚做好掩饰工作，创造了环境、群众、组织等有利条件。

这个星期天，吃过早饭后，罗鸿忠来到刘雪亚的办公室，谁也没想到他说："刘老师，我想问一件事，行不？"

刘雪亚睁大眼睛一笑："师者，所以传道、授业、解惑也。问，你想问啥就问啥。"

这话使罗鸿忠感到与刘雪亚亲近了，也没有多少拘束，问："你知道辞职的但老师吗？"

"知道。"

"到啥地方去了？"

"不太清楚，大概过秦岭了。"

"但老师来给教音乐和代绘画课，和蔼可亲，言行谨慎。他要走时，悄悄地对我说他要到北边去，还问我愿意不愿意一块去。我一想我的家境，就满口答应了。但他又说，'待我跟上面商量同意后，就给你来信。'可是，走了这么长时间，还没见个影子，或是忙活忘记了，也许不方便。那你说，他到那边干啥去了？"

"为了更多的人，创造应该创造的事业吧！"

"我还想去，不知道他的地方。他会不会是共产党呢？"

"那说不定。要去，以后有的是机会，现在好好读书。你知道共产党吗？"

"咋不知道，但老师和杨老师私下同我们讲过。你来了不也公开讲毛泽东、朱德司令如何领导抗日，国民党如何破坏国共合作、共同抗日的主张吗？我看你也是共产党。"

"你看是就是，你看不是就不是。现在，我问你，你愿意不愿意参加共产党？"

"我都不认识共产党在哪儿，想有啥用。"

"也许会找到的，我会想办法帮你认识。"

"那好，刘老师，一言为定。"

"授业，责无旁贷。你家住在哪里？"

平常罗鸿忠是笑逐颜开，一提起家庭倒让他表现出一副愁眉苦脸的样子。

刘雪亚从罗鸿忠口中得知其艰难家境。罗鸿忠住在紫阳县城西南的任河口嘴，家里几代人都是依靠驾船营生。他出生后，父亲因病去世，只靠能干的母亲干活勉强维持一家六口人的生活。十四岁时，母亲因积劳成疾，与世长辞。这个家指望其哥哥驾小木船搞运输为生，不幸的是，一次贩运白菜过险滩时，船翻菜流，欠下很多债。家庭生活日益窘迫，只得辍学回家。穷鸟入怀，寄人篱下，投靠到姐夫和舅舅家混得一口饭吃。这家也不很富裕，有时会出现些小摩擦，觉得人家的一句生气话语和一缕冷峻的目光都在刺激自己的心灵。俗话说，家穷有口锅，人穷不离窝，一气之下又回来了。为给其哥减轻点负担，再三请哥哥帮忙找个活计干。恰好隔壁邻居张晓棵知道了。他仗义济困，同意到芭蕉小学当校工，还主动提议说，"你年龄不大，要多学点知识，在工作之余，就随同高年级学生一起上课。"以前上私塾读的尽是四书五经，眼下读到新的课本，感到非常新鲜。边工作边读书，既劳苦又紧张，总觉得有一种力量在支撑着自己，每门课目考试都取得优等成绩。这正改变了在读私塾时，想到的是毕业后当一个自食其力的驾船夫，而现在是想要攀进一所高级学堂的大门，从这个大门出来后去当一名教员。应该讲，这是一个胸有丘壑的青年，并不为曾经发生的小事情去埋怨责备别人和纠缠伤神自己。

"刘老师，你前几天不是说要给我书看吗？"

"是的，先给你两本。拿回去，悄悄地读，不要向外传。"

罗鸿忠从刘雪亚手中接过来一看，一本用白麻纸包着，封面没书名，还有一本是《入学须知》。他说："刘老师，学我都上了，还要《入学须知》吗？"

刘雪亚笑眯眯地说："这个学你还没上，打开看看就清楚了。"

罗鸿忠揭开封页惊喜了："呀，是《入党须知》，我要！我要！"他赶紧把这书本塞进了自己怀里；把另一本翻开，哦，是《联共（布）党史》，接着又包上夹在胳肢窝里。站在那里愣了半天，哎呀，共产党就在我面前，还想到哪里去找啊！他的头摇了两下子，神秘地笑了，笑得又是那么的天真、幼稚、自信。

刘雪亚见到罗鸿忠高兴激动的样子，又说："还有两本毛泽东论抗战的书，等胡春贵读完了，再拿给你看。"

"谢谢刘老师。"

刘雪亚在送罗鸿忠出门的时候，给他讲敲钟的技巧：手腕要活，钟绳弧度不要太大，手劲的轻重快慢非常重要。通过钟绳传递到挂钟，这样就会有力地敲出起床、出操、上课、下课、晚自习、熄灯的不同意境来，清脆、紧促、悠扬、激越、缓慢、深邃。

罗鸿忠一边走，一边连连点头，右臂悬在半空中，不断地摆动着手腕，仿佛在用心体验如何敲好学校的钟声。

秋天的天气，中午还是有些闷热，早晚是比较凉爽清静的；秋天的树林，叶子开始变黄绿色了，那黄栌树已经一丝一丝变红了，红得鲜艳夺目；秋天漫山遍野绿一点、青一点、黄一点、红一点、紫一点，像一块无垠的花单子铺在起伏不平的大地上，大自然的鬼斧神工，令人无不为之目瞪口呆；秋天的野果隐现在繁茂的枝叶里，柿子的脸笑红了，板栗子的刺嘴裂开了，核桃的皮剥掉了，橘园的橘子金黄了。秋天，硕果累累，丰收的季节。

刘雪亚走出学校大门，站在一块大鹅卵石上，眺望这迷人的景致，感到心旷神怡，悠然自得。

"刘老师，走吧！罗鸿忠已过河那边去了。"胡春贵说。

胡春贵把刘雪亚拉上船，扶着他坐在船舱里，悄声说："我把《新哲学人生观》和《苏区文化》读完了，现在正读……"

刘雪亚一听，便摇头摇手，阻止他再说下去，插了一句莫名其妙的话："新的地方新的风光，不由得让人陶醉在这优美的景观里。"

胡春贵吐了一下舌头，暗暗一笑，灵机一动说："是的，是的，折橘子、摘柿子、打核桃的农家人又添了一景。"

下船上岸后，刘雪亚一眼看见罗鸿忠在一条沟口向他们招手，便示意让他先往深沟里走。

胡春贵一边走，一边又提起他刚没说完的话："刘老师，那本《中国革命运动史》我已读过一半了。"

"咋个样？"

"一个字一个字都扎在我的心里头了，很深很深。我开始听但老师讲，社会上存在的许多不平的现象，谁能解除呢？共产党就是专门消灭这种不平现象的先进组织。这书告诉我，中国现时革故鼎新，势在必行。要摆脱压迫剥削，受苦人就得起来齐心抗争，才能拯救自己，只有靠共产党的领导，才有自己的出路和国家的前途！"

"刘老师，到了！"罗鸿忠叫声不大，但在沟里的回声却很响亮。

"你口袋里提的啥？"胡春贵问。

"在坡里拾的板栗子。"罗鸿忠回答。

刘雪亚扫了一眼罗鸿忠，心想，他心有七十二个窟窿眼儿，肯定有用。于是站在山崖下，环视周围，山崖之上绝壁悬空，对面山势陡峭，冬青相挽倒挂，脚下这条无名小沟里的清水向北淙淙流去。他说："这儿很幽深啊！"

罗鸿忠说："是个修仙的好地方。"

胡春贵说："咱们可是修身不修仙啊！"

刘雪亚说："心里有志担泰山，环境势必造就人。"

不知胡春贵和罗鸿忠是否听懂这句话，把自己的双手拍得哗哗响。

刘雪亚让他俩紧挨着坐在一块石头上，再一次学习《入党须知》。之后由自己引导，举行入党宣誓："我自愿参加中国共产党，遵守党的纪律，保守党的秘密，按期交纳党费，永不叛党，为共产主义奋斗到底！"接着又说，"你俩记住今天，今天是民国二十八年，是八月初十（一九三九年九月二十二日），不可忘记。再就是以后发展党员不一定叫你们都知道，尽量减少横向接触。咱们现在就可成立党小组，称谓'芭蕉小学党小组'，组长由我担任。有什么意见？"

胡春贵和罗鸿忠异口同声地回答："同意！"

刘雪亚说："以后还要不定期学习党章，增强自身的修养。你们俩在党内的名字该叫个啥好？"

"我们想不出来，老师你给起个名吧！"

"嗯。罗鸿忠就叫白板，胡春贵就叫胡琛，行吗？"

"好，好，我们又变了一个人。这个人不属于自己的了，但要管好自己！"

在他们沿着这条小沟往回走的路上，刘雪亚意味深长地对胡春贵和罗鸿忠讲，我们走出这条小沟，涉过小沟里的流水，这流水又随着我们的脚步走进了任河，任河又汇入了汉江，汉江行程一千五百四十二公里汇入长江，长江一路奔腾，一路欢歌，众望所归，流入浩瀚的大海里。

"我们要在大海里游泳啊！"胡春贵说。

"对，没错！"刘雪亚说。

"那旱鸭子咋办？"罗鸿忠问。

"别无选择。俗话说：人在世上炼，刀在石上磨。苦心钻研，学呗！"刘雪亚给予解答。

秋天的天气真是变幻莫测，刚才还是晴空万里，突然间，从东向西飘来浓浓的乌云。

农谚道：云朝西披蓑衣。果然如此，不一会儿下起滂沱大雨。过了半个时辰，刮过一阵风，云散雨住。

刘雪亚从船舱里出来，并没有立刻下船。好像发现了什么秘密，一阵狂风暴雨之后，又是一个晴朗的天空。这是什么境界！自然和世间的变换大概都是如此的急遽吧！

日薄崦嵫，他们迎着从密林中倾泻出来的雨后清凉，望着远处山峰间正在衔咽的半个夕阳，神采奕奕地回到了学校。

罗鸿忠刚准备回宿舍时，听见有人叫他的名字。回头一看，原来是吕永吉老师站在了面前，问："刘老师带你们到河对岸山里做啥去了？"

对这样的问题，罗鸿忠并不感到意外，把手里提的口袋举在半空中抖了几抖，说："吕老师，我们到那里拾板栗子。刘老师说，明天中午吃大米饭，让陈师傅给做一盘板栗子炒鸡肉的荤菜。你也来品尝品尝。"

吕永吉无有可问的话，再没问下去，哦哦了两声，转过面走了。

刘雪亚的办公室距离他们的宿舍并不远，问话对话听得清清楚楚。不禁想到，这个党网分子，怎么这样敏感，来了几天就把别人盯住了。不过，罗鸿忠有心眼儿，把这事想得周全，党网分子你逞能，也没能过一名学生的小计谋。刘雪亚觉得夜很静，但人心却不静。他立刻去找陈茂富安排明天的中午饭，还叮咛罗鸿忠把吕永吉也叫来。

刘文彬离开四亩地，迅即经石泉找到韦荣荫，向工委传达省委"储蓄力量，保持力量"的方针，对石泉党的发展顺利感到满意，并得知鲁学昭刚回旬阳不久，组织关系已介绍给旬阳工委。她在石泉时，组织决定其参加国民党石泉妇女会，通过妇女采取演戏、唱歌、标语多种形式，进行抗日救亡的宣传活动，号召广大妇女有人出人，有钱出钱，资助抗日，为前方战士募捐寒衣。临走时，她把全部钱物交给了抗敌后援会。在打问楚诚最近有何动向时，韦荣荫告诉说，"楚诚曾来询问你和刘经安的去向，还问我听没听说过有人参加青石套抢枪的事，还有曹家沟口两名保安士兵被打死的事件。这些都是在捕风捉影，完全是一种打探的口气，看来一心效忠国民党了。"

刘文彬说："你看对这样的叛徒，死不悔改，咋个处置好些？"

韦荣荫说："为了组织的安全，为了组织的纯洁，不能心慈手软，坚决清除掉！"

"咋个除法，你有何意见？"

"这个任务交给安康西区党支部军事小组去执行，不会出岔子。"

"楚诚去没去恒口？"

"他给我讲，好像去过，没有打听到抢枪的任何消息。"

"有了。可以军事小组为诱饵，引蛇出洞，让汉阴国民党部去收拾他。"

"汉阴你还去吗？那里太危险了。"

"去，不能绕道走。一是传达省委指示，二是再摸摸楚诚的底子。只做短暂停留，不会出事的。"

"听说邹友生在八月底回汉阴，你知道不？"

刘文彬说知道，又给韦荣荫解释要去的组织原因。邹友生是汉阴中学的学生，在抗日救亡的宣传中，像一名上前线的冲锋战士，办墙报、写稿件、发表演说，被选为学生会主席。是刘湘卿和刘经安介绍他加入共产党，又是刘湘卿去年八月介绍刘经安带领他同张世康和王昌杰赴省委参加安吴青训班学习，学习三个月后被调到六连任协理员。"今年八月中旬，省委组织部干部科科长王德同他谈话，决定调他回安康工作，并把他介绍给正在参加省委会议的我。我对他说，你先回家。因为你在家乡人熟、地熟、情况熟，拟可开展一些宣传工作，至于工作安排，待我回安康后找你，还须研究商量确定。组织说话要算话，眼下不路过汉阴，那能行吗！"

黄昏降临了。暮霭笼罩着大山、密林、溪流和冒出炊烟的农家小屋。

哞——！哞——！田畔的小路上传来了水牛闷叫的声音。

天刚黑下来，刘文彬到了邹友生的家。

邹友生问："从省委回来？"

刘文彬回答："是的，路过这里。"接着又问道，"最近情况咋样？"

邹友生一见书记来了，便倾肠倒腹，无所不谈。回来时间不长，走访了一些群众，进行了一些抗日的宣传。总的感觉，由于国民党政府大力抓捕共产党员和进步人士，加上党内出现的叛徒作恶，汉阴党的工作形势非常严峻。"在我回到故里不几天，堂叔邹荣族悄悄地告诉说，县国民党部决定对我进行训话。去是去了，只谈些公开的秘密予以应付。现在是无法立足，工作开展更困难。"

刘文彬问："楚诚的情况你掌握多少？"

邹友生说："楚诚的事，先前我知道些。我们回来后，只是小心地同他接触了一次，听他的口气，已经是死心踏地了，我也就彻底中断同他的来往。据我掌握的情况，他同胡超吾来往密切。前不久还去安康，受到杭毅的召见。看来，涉水深了。又听别人传来的消息，还要把他调到县党部做秘书。那次他还问过我，'你在西安听没听说过，安康青石套抢枪事件的操纵者是谁，是不是我们安康地下共产党干的。'我回答，没听说过此事。心里想，你已是共产党的败类，还称得上'我们'二字？恬不知耻！"

刘文彬说："汉阴形势确实不妙，按照省委的要求，先稳住，在隐蔽好自己的前提下，工作能做多少，就做多少，针锋相对要讲策略。"停了一会儿又问，"你对处置楚诚有何想法？"

邹友生斩钉截铁地说："是该结束的时候了，不然惹的祸害是难以估量的。"

刘文彬点头表示同意，说："我在传达省委会议精神和召开安康地委会议过程中予以解决。"

刘文彬赶到恒口，仍然住在马梓楠两口子开的"瑞瑞客栈"。

李莲英笑盈盈地说："半个老乡来了，有啥不周的尽管提，住得安然就好。"

刘文彬说："莫客气。我下午见见同学，住个天巴子就走。"

马梓楠看见刘文彬走出门外，便推了一辆自行车，喊道："刘先生，给你一辆自行车骑上，这就快一些。"

刘文彬接过自行车，说："谢谢老板。"

还是刘文彬住过的那间客房，邹玉鼎、杨麟科、李洪宝、郑宗尧、王崇法都来参加了这一次特殊的聚会。与会人员对刘文彬传达的省委"积蓄力量，等待时机，准备在新的有利的情况下，能够应付新的发展的局面"的方针非常赞同。大家也提到，在保存自己的条件下，也要不失时机地出击，狠狠地揍敌人一个闷棍，让其伤痛不知从何而引起。又建议，武装工作已有基础，抓武装的规模势在必行，这样才能取得将来的全局胜利。

刘文彬完全同意这些意见，遽然把话题一转，问："楚诚来过恒口吗？"

大家哑口无声，你看我，我看你，不知该说什么为好。

等了好半天，邹玉鼎说："我听人讲，楚诚来过，有人还看见了，不知道来干啥。"

郑宗尧吞吞吐吐地说："他来找过我一次，打探党内最近有啥活动。我讲，没活动。他又问，有没有搞过重大行动？我讲，有行动，天天都在种田呀！他还问，'你最近去过啥地方？'我对他讲，庄稼人跟庄稼打交道，咋能离开田窝窝。他打哈哈地走了，好像进了恒口街道。"

话语一落，大家一下子明白了，齐声说："讲得好，让他抓不住啥把柄。"

刘文彬说："他这个人已经是死心踏地、顽固不化了。适当时，党内要清除这样的堕落分子。这个任务将交给恒口军人支部来完成。具体的时间听从组织安排。"他最后叮咛道，"大家一定要按照党内的规矩办，千万不可粗心大意，忘了保密守则。"

会议结束后，邹玉鼎单独告诉刘文彬，刘经安已在紫阳芭蕉口小学任教，改名刘雪亚。

刘文彬挠了挠头发，说："只要知道在啥地方就好办。"又吩咐说，"你们一定要注视楚诚的行迹。"

邹玉鼎猛然间又想起了一件事，说："军人党支部吕国藻曾告诉我，前些日子楚诚来恒口问他，'你到北山打猎用的啥枪？'他回答，是岩伏枪。楚诚讲，'我想给亲戚弄一杆快枪打猎。'我说，那枪谁能有啊！楚诚再没有问啥就走了。我很奇怪，楚诚咋关心起枪来了，又想凤凰山也经常有猎人，也许是给亲戚买支枪。"

刘文彬说："那都是假的，真正目的是打探青石套被抢枪支的下落。李洪宝走了没有？"

"没有。他还在同别人谈事情。"

"赶快叫来，商量商量对策。"

李洪宝听到说楚诚打探枪支的事情，感到奇怪。这藏得非常隐蔽，从来也未对任何人讲过，怎么会出娄子呢。说："我们的枪无任何无关人员知道，咋会这样呢！"

刘文彬说："专署通令全区都在查，他们谁也不摸底细。他们并不掌握枪就在恒口，如果掌握的话，保安团早就把恒口踏平了。楚诚一定还会来的。我们可将计就计，以其人之道，还治其人之身。恒口保安队有没有可靠的熟人？"

"有。"

"能不能借两支枪用一用？"

"能的，过去借过一支去打猎。"

"你先准备几件事，谈妥借枪支，在安康与汉阴交界的汉阴一方选定埋伏的有利地形，还在较近的凤凰山确定一个打猎场地，首先是有猎可打。具体组织实施方案由你来制定。意图明确了没有？"

李洪宝点头说："完全明白了，有把握将鱼钓到手。"

吃晚饭的时候，李莲英老板娘回来了，神秘地对刘文彬说："刘先生，前几天店里住了三个人，听口音是我们老乡。他们三个人出出进进，吃饭睡觉都在一起，形影不离，说话的声音男不男女不女，令人奇怪。不管到哪里，手中提的篮子总是不离身，说是贩鸡蛋的。有一天晚上，我路过他们住的客房前，隐隐约约听到这样的话，'他们那个虎豹队独断专行，归根结底会落个鸡飞蛋打，自己造成的。我们这些鸡蛋，能卖就卖，不能卖就拿回去，绝对不能便宜，养鸡也是不容易呀！'刘先生，你在旬阳听说过有啥虎豹队吗？"

刘文彬想了一下，本来已经知道有虎豹队活动，但他摇头说："没听说过。"又问，"有啥过分的地方吗？"

李莲英一笑说："那倒没有，都是老乡嘛，很和气有礼数。"

刘文彬说了句圆台的话："猜摸还真是做生意的，只不过想挣钱嘛！"

李莲英也附和着说："那倒是理，做生意谁不想多赚点钱呢！不打扰了，你休息吧！"

老板娘这些话肯定不会是生编硬造的，令人出乎意料，有着浓烈的戏剧色彩。这让刘文彬在入睡之前想了好一阵子，独断专行是什么意思，是不是要群策群力呀！这个虎豹队是联络人扩大规模，还是要联合力量举行一次兴利除弊的重大行动，或者是要离开故土向北方转移？这几种可能性都存在。不管是哪一种目的，在当前是十分危险的。对虎豹队只听说过，并无有相互间的联系，也无法去沟通。若是真的，就要看他们是不是足智多谋，善于应变了。谋事在人，成事在天。变通遇到实际，也一定能够获取好结果。

在这风雨如晦的夜晚，刘文彬汗流浃背、筋疲力尽地赶到了芭蕉口。当他第一眼看到刘经安时，一下子精神焕发起来，疲乏困倦被驱赶得无影无踪。他兴奋地说："没想到从秦岭南麓又来到了巴山的北麓，我们是在行走中占领了一个百废待兴的广阔之地。咋样，刘雪亚同志还好吧？"

刘雪亚赶紧帮他收起雨伞，接过肩上的行李，说："文彬同志，很不错，来这儿时间不长，同校长、同学们还有几名老师都混熟了。先不谈这个，可能饿坏了，我给你弄饭去，吃啥，你说！"

刘文彬说："有啥吃啥，只要能填饱肚子就行。"

刘雪亚一溜烟儿就跑出来了。

刘文彬端起茶杯咕咚咕咚地喝了几口，仔细地瞧了瞧这小小屋子，桌凳安放合理，书刊、学生作业和教案摆放有序。这老师还真像一回事啊！

不一会儿，刘雪亚端来一碗米饭和两盘菜，一盘是萝卜炖豆腐，一盘是板栗子炒鸡肉。

刘文彬确实是饿了，端起碗直往嘴里扒，狼吞虎咽，嚼都不嚼。边吃边说："萝卜炖豆腐不错，板栗炒鸡肉更香。"

刘雪亚靠近刘文彬的耳边，低声介绍道："栗子是吸收的党员在举行宣誓时，一个叫罗鸿忠的学生从山里拾回来的，还摆脱了党网分子的怀疑。当时没吃完，今天又炒了这个菜，正巧你碰上了，命好。"

刘文彬说："有福，有福，几个了？"

刘雪来伸出两根手指头，又说："还有四个正在教他们多认识些生字。"

刘文彬理解这话的含意，喜出望外，说："我们的根基应在大山里，我们的力量积蓄在百姓中。"

刘雪亚这时从柜子里拿出一瓶白酒，又取来两个酒杯，说："垫饱肚子了，咱们来三杯酒，算是为你接风洗尘。"

"我不胜酒力，你也不大沾酒，还喝啊？"

"高兴嘛，实在的高兴！三杯，只喝三杯，也帮你消除疲劳。对吧！"

"好，就豁出去了。那我一杯你两杯。"

“你说了算，你喝一杯，我喝两杯。”

说话算数，三杯过后，谁也没有劝谁多喝一杯酒。他们推开窗子往外一望，天地连成一片，黑黢黢的，什么也看不见。只听得沿着房檐上流下的雨水滴在地上，发出滴答滴答的响声。

雨夜对床，促膝而谈。

刘雪亚了解了党中央和省委的指示，心里亮堂了很多，说：“这里的工作条件很好，我也得到张晓椟的信任。因此，我建议你也来芭小任教，并把地委机关设以芭蕉口。”

刘文彬眉头一皱，眼盯着闪光发亮的桐油灯。想到这里虽然穷乡僻壤、交通阻塞，要把机关迁到这儿来，也完全符合上级的精神，不会犯路线性的错误。他欣然接受了刘雪亚的主张，说：“得要向龚家梁小学辞职，芭小须下聘书，这需要多长时间办妥？”

刘雪亚说：“这里立即就能办。学校还差三名教员，聘用的事，校长已委托我考察推荐，由他签字下聘就行了。旬阳那边给罗长勤打个电话。哎，去西安开会请假的理由是啥？”

“父亲病危，回家探望。”刘文彬说。

“对了。那就以父亲病未痊愈，不能回校任教，申请辞职。让罗长勤告诉校方即可。”刘雪亚说。

“好，顺理成章，要言不烦，就这样办。”刘文彬说。

刘雪亚眯起眼睛，又说：“下聘书的名字是不是要改一下较为妥当！”

刘文彬说：“为了安全，改个化名，就叫刘家辉吧。辉者，闪耀的光彩。”

由于芭小正缺老师，张晓椟即时同意签发了刘家辉到芭蕉小学任教的聘书。

刘雪亚把聘书交给刘家辉，问：“啥时回安康？”

刘家辉说：“不回了。一是要赶紧传达会议精神，二是要研究安排当前工作。咱们应立即召开地委会议，地址就放岚皋佐龙李开藩那里。明天早晨就出发。你看呢？”

刘雪亚毫不迟疑地说：“同意。我去让陈茂富准备些路上的干粮。”

刘家辉笑着说：“晴带雨伞，饱带干粮嘛！”

刘雪亚到厨房门口，看见陈茂富正在给灶门里边塞麦芽糖，接着又给灶门前洒了一杯白酒，嘴里念念有词：“上天言好事，下界保平安；好多说，不好少说。”随后，抓了一把粉成碎粒的黄豆，从灶台前一直撒到厨房门外的小路上。见他这个样子，不由得喊道："陈茂富。你在做啥呢？"

"腊月二十三，迎春日，小年了，送灶王爷呀！"

"这是咋一回事呀？"

"用麦芽糖好让灶王爷的嘴里又甜又黏，见了玉皇大帝，嘴巴被粘住，说不出坏话来，只能说些甜甜蜜蜜的话；敬酒一杯，使它喝醉了不能言语，或者不要乱讲；撒那些黄豆粒，意思是牲口饲料，喂养神马，好让灶王爷骑着升天。"

"你看把人忙糊涂了，这就是进入过年的味道了！"

"是的。刘老师有事吗？"

"我明天要到安康买书，顺便送我的同学回去。你给我们烙几块够一天吃的饼子，再准备点涪陵榨菜就行了。"

"再带点熏肉吧？"

"不用了。吃荤的容易发渴。"

"要不，带几块泡的酸萝卜？"

"那行，也好。"

"你走了，谁管事啊？"

"张校长身体好些了，他来学校。"

"哦，我清楚了。"

刘雪亚回到宿舍对刘家辉说："咱们再带一个白板去吧！"

刘文彬说："三人同心，其利断金。这个学生灵性，让他也出出远门，闯一闯。"

在人们忙忙碌碌地办年货的气氛中，安康地委第二次会议在李开藩的家里召开。参加会议的有刘家辉、刘雪亚和李开藩，在讨论武装工作时，省委派来抓武装工作的张子俊列席了会议。

刘文彬传达了当前的抗战时局和党中央的主张。要谈抗战时局，还得说远点。前年十一月，日本政府发表"善邻友好，共同防共"，引诱国民党投降的声明。十二月，国民党副总裁汪精卫公开投降日本，随后在南京成立伪政府，这是国民党营垒的严重动摇和分裂。我党我军和中间党派纷纷发表讨汪救国通电，反对妥协投降活动。去年一月，在国民党五届五中全会上，蒋介石作了《唤醒党魂，发扬党德与巩固党基》的报告和《整顿党务之要点》的讲话，并通过了"溶共、防共、限共、反共"方针和"整理党务"等反动决议，会后又制定了所谓"异党问题处理办法"和"限制异党活动办法"等反动法令。二月，相继任命韩德勤为江苏省主席，石友三为察哈尔省主席，率部队进入冀南，八月，又命令朱怀冰部队由晋南进冀西。这些国民党要员据法衔命，不遗余力地向我根据地进攻，制造了许多反共事件。对于国民党的反共摩擦活动，我党采取了严正的立场，党中央告诫全党，对国民党的反共方针高度注意，加以防范，并与之作必要的斗争。二月十日，党中央针对鹿钟麟、张荫梧等在冀南等地挑起的武装冲突，要求全党"对非理进攻，必须反击，绝不能轻言让步"。七月七日，党中央发表时局宣言，提出"坚持抗战、反对投降，坚持团结、反对分裂，坚持进步、反对倒退"的方针，号召全国人民制止国民党的反共分裂活动，克服投降危机。国民党反动派不顾我党的批评和抗议，在十一月召开的五届六中全会上，又提出了"军事限共为主，政治限共为辅"的反动方针，并命令部队全线向我军进攻，掀起了第一次反共高潮。在西北的十二月间，蒋介石命令胡宗南与地方反动势力向我陕甘宁地区进犯，先后占领我宁县、镇原等县城，并准备进攻延安；在山西，阎锡山向晋西南、晋西北、晋东北和晋东南等地的新军和抗日政权发动进攻，杀害大批的共产党员和抗日先进分子。本年月初，蒋介石下令我军撤至白晋路以东、邯长路以北，并调集军队进攻太岳我军、包围太南我军，威逼我军撤出上述地区。在冀南、太北地区，石友三、朱怀冰等部先后向我军进犯，妄图袭击八路军总部。党中央在《中央对时局的指示》中指出，国民党的反共政策已由政治限共发展到军事限共。我党必须在一切地方准备对付可能出现的局部的突然事变，无论是在华北、华中、西北、中原等任何地方，凡遇到国民党反动派的军事进攻，均应准备在有理有利的条件下坚决反击之。

刘文彬提醒地说，蒋介石有第一次反共高潮，一定会有第二次和第三次，因为他的胃口很大。但我们党还是服从国共合作、共同抗日的大局，执行"三坚持三反对"的方针，为挽救中华民族的命运做出最大的努力。所以，我们当前工作的立足点应该落在这个上面。在组织上，要贯彻省委"精干隐蔽，积蓄力量"的政策。这次地委会议的议题有以下几个方面：一是地委机关搬新址，二是筹划革命力量，三是组织发展，四是如何积蓄力量。咱们围绕主题，结合秦巴山的实际，畅所欲言，共同运筹决策。经过一天半的热烈认真的讨论，会议做出如下四项决议：一、地委设址。安康地委机关设在紫阳芭蕉口，并调已经暴露的旬阳县工委书记罗长勤，以化名罗功远到地委机关，负责芭蕉口党的统战工作。拟由刘华谋取罗在芭小任教职务。二、加强武装工作。加大力度争取做好敌人的地方武装（保安团队、乡镇武装）、非法武装和恶霸地主武装的争取工作，壮大党的武装力量。恒口设有军人支部，争取工作由李洪宝、鲁宗圣负责；岚皋佐龙地方武装的一个排兵力，由李开藩、张子俊一起，做好秘密策反；旬阳的一批回乡旧军人，已经在暗地里集结活动，还有一支真相不明的虎豹队，路见不平，拔刀相助，是正义的行为，由罗功远负责联络；拟在岚皋与四川城口交界的大巴山深处组织一批党员垦荒种地，必要时建立武装革命根据地；各县根据所具备的实际条件，把握机遇，力所能及地进行适当的斗争，以锻炼党的战斗力，扩大群众影响。三、巩固组织的稳定性。根据各县党组织薄弱和不平衡的状况，确定不同的原则要求：安康原则上不发展，少数条件优秀的可慎重接收；旬阳、石泉、汉阴、岚皋应作适当发展；紫阳、宁陕、平利、白河均应积极发展；镇平要千方百计地去发展，但要注意质量，不能陷入盲目性。发展重点则由城市转向农村，主要对象是工农群众和地方武装人员。在适当时机对党员进行一次审查登记，纯洁组织，增强党性。新接纳的党员原则上要举行仪式，进行宣誓。四、积蓄力量。对已暴露而在原地开展工作有危险的党员，调往异县或介绍回省委或去延安；未暴露的党员隐蔽下来，尽量以谋取某种社会职业做掩护，在不得已的情况下，经组织派遣或者同意方可加入国民党、三青团及乡保组织，随机应变，开展工作，以便保存自己，等待时机，但同流不合污。会议还对宣教和统战工作进行讨论，要利用各种机会和各种形式进行抗日救国宣传，结合时局形势，加强对党员的思想教育；要利用各种社会关系，广交朋友，扩大支持的力量，以利党的工作。会议还分析了安康组织状况：安康地区仍为地委，又作了明确的分工，刘文彬任书记，刘经安任组织部长，李开藩任宣传部长。安康县仍为县委，由鲁继冲、邹玉鼎、王崇法组成；鲁继冲任书记。安中、兴师、陕中设支部不变。恒口设西区区委，邹玉鼎兼任书记。石泉县仍为工委，由韦荣荫、李代洞、罗时偌等人组成，韦荣荫任书记。岚皋工委由王寿山、李开藩、李学林组成，王寿山任书记。旬阳仍为工委，由罗长勤、鲁世恭负责。汉阴筹备建立支部，由涧池小学任教的陈世维负责。宁陕支部直属地委领导，由彭易乾负责。白河支部由柴兴宙、杨光俊负责。平利党小组由王明哲负责，并设法开展党的工作。紫阳积极筹备成立工委。会议要求各级党组织要带领三百多名共产党员，团结一致，脚踏实地，积极稳妥地做好党中央、陕西省委赋予的光荣任务，为抗日救国作出重大的贡献。

刘文彬和刘经安紧赶慢赶才在大年三十晚上分别回到自己的家里，吃上了象征和谐、兴旺、平安的团圆饭。除夕之夜，一家老少坐在一起熬夜守岁，叙旧话新、勉励强志，通宵不眠。

这个除夕之夜，从繁华的城市到僻静的山村，从灯光闪耀的闹市大道到里弄胡同，无处不有嘣嘣叭叭、噼噼啪啪的鞭炮声，此起彼伏，如浪迭出。那空中绽放的火花，五光十色，给深沉的夜幕划出一道道彩虹，令人眼花缭乱，身临其境，不觉增添了无穷梦想和希望。

刘经安在祭祖送灯、上香、烧纸之时，想起了老先人恐怕也在高兴地过年了。不过，他们热闹地过年是在清代潘荣升《帝京岁时记胜》的记载里：除夕之次，夜子初交，门外宝炬争辉、玉珂竞响。……闻爆竹声如击浪轰雷，遍于朝野，彻夜无停。星移斗转，改朝换代，今日过年的心情大概不一样吧！人们在兴奋之中产生了思念、忧愁、伤感和憧憬，正在考虑自己如何活得自在美满一些。啊，这不是你个人能抉择的，任何人一生下来，就受到大自然的造化、人类社会形态的约束，你要创造自在美满是不容易的。只要百姓活成百姓自己，能主宰自己的生活的时候，才能达到那个境地，强盛国家，丰盈百姓，指日可待！

正月初二，刚吃过晚饭，罗长勤接到由安康托人捎来的一封信，打开一看："惊蛰将至，嫁接之时，火速赴安，选定接芽。"他二话没说，从自己的房间拿了一根不细不粗的竹棍，毅然出了门。

汉江岸边灯火闪烁，广阔夜空星月交辉。年里的黑夜并不漆黑。江北的小道上，只有一个人在匆匆忙忙地赶路。

天还没亮，罗长勤走进了安康城。

"谁呀？"

"我！"

门吱一声开了。"噫，你咋来得这么早！"

"令行禁止。我明白不能耽搁的。"

刘文彬把罗长勤拉进里屋，一边倒茶，一边又到厨房取了两个豆沙包和花卷，递在他手里。接着说："来得迅速，事情就能办得利索些。鉴于叛徒、县三青团筹备人袁子昌的怀疑、敌视、排挤和陷害，你不宜再任旬阳工委书记职务。地委决定调你到机关工作，现在要研究走后的人选，你的意见呢？"

罗长勤吃着说着："依我看，李兆众一时回不来，就由组织委员鲁世恭兼书记，顺茬儿，宣传委员罗广文不变。"

刘文彬沉思了一会儿说："行。可增设一名军事委员，人员选配你回去商量后再确定。我现在先把省委扩大会议确定的方针政策告诉你，你回去在作传达的同时，做好交接手续。马上返安，我们一同乘船到紫阳芭蕉口。"

天亮了。大街小巷里响起了一阵一阵的鞭炮声。

刘文彬送罗长勤走出水西门一望，江面被轻纱薄雾笼罩着，江边停泊一只小船，经三番五次的讲价钱，同意付八块大洋去旬阳。

罗长勤刚坐在船舱里，小船嗖的一下漂到了江心。艄公挥棹一拨，小船扭头转向水波粼粼的晨霞里。

"功远，你咋回来得这么快？"鲁世恭惊奇地问。

"诚娃，时间太紧了。鉴于我的处境很危险，组织决定调离去地委机关工作，工委书记由你担任，并兼组织委员，广文职务不变。地委同意工委设军事委员，你觉得谁合适？"罗长勤叫着小名说。

"李兆众在延安抗大学习，由他担任行吗？"鲁世恭拿不定主意。

"他学习时间还长，结业回来后，组织另行安排，现在就得安排人员抓武装这项工作。路德厚是当前的最佳人选，你看呢？"

"行。只有他才能胜任。他民国二十五年在郧阳国民党第二十军干部深造学习班学习，其间经政治教官、湖南人黄纪善介绍加入共产党，后因组织暴露，黄纪善被捕，失掉组织联系。民国二十七年从军干班毕业回旬，经李开新介绍重新入党。他很可靠，对革命事业坚定不移。"

"对，既有文化又有军事知识，再加政治上的坚定性，是一个合格的军事人才。就这样定了。"

"没意见。"

"现在，我把文件资料、公章和书刊移交给你。保存啥地方？"

"还是放在我的家里最保险。"

"把路德厚叫来，咱们马上秘密转移。"

城里人已经吃过晚饭，乡下人才开始填柴生火准备做夜饭，从每家每户灶房里升起的炊烟，一缕一缕地在空中缭绕飘散。

这时候，路德厚挑着担子呼扇呼扇地上了跑台子。正好前面走来了巡警，问："天快黑了，干啥去？"

路德厚将扁担转了一个肩，回答："送货！"

"啥货？"

"核桃！"

"哪家的？"

"大顺生。"

"知道。送到哪里？"

"甘溪！"

警察正要伸手揭开筐子上蒙的粗布，跟在后面的鲁世恭眼明手快，迅即掀开遮布，双手捧起核桃，递在那警察面前，说："老总，尝尝吧，这核桃皮薄味正，好吃。"

警察接过核桃说："那就不客气了，再给捧一把，给弟兄们尝尝。"

鲁世恭又给捧了一把递了过去。

"你们是大顺生的啥人？"

"大顺生的伙计。"

"嗯，店员。这个大顺生在县城很有名气，经营山货特产，生意日趋红火。你们走吧，上甘溪可能要摸黑，在路上莫跟生人搭伙。"

鲁世恭弯腰提起刚才放在脚旁的小篓子，说了句"老总提醒得是"，心里觉得好笑，搭伙的不是路上的生人。他转眼向下河街一望，罗长勤从城门垭子上来了，便抢了几步，走在路德厚的前面。他们之间保持不近不远的距离，经过下菜湾菜地里的小路，渡过流水湍急的旬河，穿过上菜湾。这时，天还没黑，他们走进鲁世恭的家。

路德厚帮着鲁世恭挪开靠墙的衣柜，然后扒开筐子的核桃，从下面取出了四小捆书刊递给鲁世恭。鲁世恭把这些书刊搁进墙窑里，而后把衣柜又恢复到原来的位置。

罗长勤说："这些都是延安和省委发来的，里面有毛泽东《抗日游击战争的战略问题》和《论持久战》，还有《怎样发展党组织》《入党须知》等书刊，一定要限于党内阅读，不能外传。"

鲁世恭说："知道了。暂时先搁在这里，以后将分散保存。"接着从篓子底下分别取出三份党员花名册、入党表格和文件，噔噔噔地走上了楼，把这些材料放在两层楼板的夹层里，又铆上钉子。

罗长勤等鲁世恭下来后，说："这要严加保管，它与党员和党组织的生命息息相关。"

鲁世恭点着头："嗯。他们就是把房子拆光，也不会捞到一根稻草。"

罗长勤从口袋掏出公章，说："把这个交给你。它凝聚着党员的意志，又承载着组织之间的交往与活动。这个既是工委印章，又是汉江奇石经过雕刻的工艺品，它的真实身份就藏匿在其中，要精心些，不可随意使用。"

鲁世恭接过来又让路德厚仔细地看了看，交口称誉这是一枚神妙莫测的公章代号。

趁吃夜饭的时候，罗长勤召开一次小小的会议。他说，当前党组织的中心任务是发展小学教员和年龄较大的学生，再就是回乡军人和乡村骨干，要立足夺取乡村政权，同时谋划在乡村建立抗日武装力量。前年八月二十七日，日本帝国主义占领武汉后，企图攻占襄樊和宜昌。到此时即可组织抗日队伍开展打游击。当前的组织发展，先争取培养县政府财政科刘金章和教育科的李兆珠。刘金章活动能力强，人缘关系很普遍，李兆珠指导教育很得力，在教育界的威望很高。争取他俩入党，通过他们在政府谋得一官半职，对我们很有利。教育培养的分工是这样的，鲁世恭同刘金章在高小和简师时都是同学，他由鲁世恭负责；路德厚同李兆珠住得不远，况且很熟悉，他由路德厚负责。另外，对虎豹队要详细进行了解，必要时将成为我们的武装力量；对魏凌玉、王昌民进行秘密保护，这是我们抓武装的骨干。

路德厚和罗长勤返回走到下河街，看见涂兴诗鬼鬼祟祟地从东街走来。路德厚赶紧把罗长勤推向街边漆黑的地方。自己一径走向前去，说："涂班长，还在辛苦哪！"

涂兴诗东张西望地说："嗯，有啥法呢！你去哪里？"

"回家。"

"你最近看见王昌民了吗？"

"没有。"

"听说他和不三不四的人在一起？"

"不同他打交道，不清楚。"

"罗长勤在干啥，你知道不？"

"根本没有来往，不了解。"

"这帮子人，活得不自在了，乱折腾个啥？到头来，图个啥好处！"

"啥事情，不好好活着，自己把自己往岩里掀，简直不值得。"

"听人讲，他们在谋算搞枪杆子，很可能是共产党在控制活动。多危险呀！"

"这，我确实没听说过。如果是这样的话，那情势就危险了。"

"你不知道就算了，不要对别人讲。"

"哪有那么长的舌根子，哪有时间去搬弄是非。不会的，不会的。"路德厚同涂兴诗搪塞了好半天才离开。

就在路德厚与涂兴诗搭话的时候，罗长勤趁机从阴暗处登上了西门垭子，绕道回到了草房街。

第二十一章
将计就计除叛徒

果然不出刘文彬的预料，楚诚在过年正浓的日子里，急不可耐地来到恒口。这一次，他没有住在亲戚朋友家里，而是在"瑞瑞客栈"包了一间客房。他号定房子，喝了一口水，便急急忙忙地出了门，一踏进田间的小路，总觉得四周的杨树、柏树、松树、椿树和冬青树全都长着眼睛，从自己的面前一直盯到自己的背后，特别是松树和柏树给人一种暗淡阴森、可怕之感。难道真是做贼难瞒乡里，心事难瞒妻子吗？谁也没告诉，谁也不知道。眼前晃出几个女人的身影，给哪一个说真话能顶啥用呢！哎呀，是自己在吓唬自己吧！楚诚挤了拧眼睛，抖了抖肩膀，继续向前走，不觉就来到吕国藻的院坝里："国藻在家吗？"

从屋里传出了声音："在，在，你是谁啊？"

"听不出来啦，我是楚诚！"

"哦，年里走亲戚啊！"

"正月嘛，就这样拜拜年嘛，随便来看看你。"

"快到屋里坐！"

楚诚进到堂屋，让坐下不坐，让喝茶不喝，让抽烟不抽，好像有啥心事，坐立不安。在屋里踱来踱去，过了一会儿，他喝了一口茶，问："你们正月十五以前有啥活动？"

吕国藻说："就是走亲访友，登门拜年，初十开始闹龙灯，玩彩船耍狮子。"

楚诚又喝一口茶，再问道："你们往年不是到南山或北山去打猎，今年不去啦？"

实际上吕国藻已经揣摸到他要这样问的，于是顺着话音淡然地说："去与不去，和我无关系，我不会打猎，人家不会叫我。不过，我听说了，最近几天要去天坝子。"

"都是些谁？"

"没告诉我。要去，肯定不是两三个。"

"谁撑头？"

"好像是王彪店的一个猎户，不知道名字。"

"就这些？"

"就这些。"吕国藻想，自己只能给透这点风，停了一会儿，转了一个话音，补充道，"邹玉鼎可能知道得详细，我只是道听途说，他说出的话可都是言之有据的，你去问问他。"

楚诚一听这话，马上喜笑颜开，眉飞色舞，说："我去问他吧，我也想打猎。"一边说着一边猛一个箭步蹿到了门外。

吕国藻看着楚诚的背影，想到，看表面是温文尔雅，实际的心被魔鬼吞噬掉了，凶神恶煞。这稳住的任务算是有成效，眼下之急，得马上报告给刘文彬，他到厨房拿了两个肉包子，一边吃一边上了路。

邹玉鼎老远听见楚诚的喊声，心里一动，他果然来了。于是，走出门，挥着手，笑呵呵地："好，好，好，来得好，来得巧，你是大年三十夜里洗了脚吧，正碰上吃晚饭。走！"

楚诚推辞地说："这真不好意思。"

邹玉鼎有意或无意地说道："年里嘛，叫花子路过门前，还要给递个肉包子，何况是你呢！"

这句话引得两个人都捧腹大笑起来，只是一个在故意地开玩笑，一个只想别事没来得及去会意。不在其中的人，往往会茫然不解。

楚诚吃着饭，时而询问恒口这地方过年的讲究，时而又慢条斯理地发表对正月习俗的见解。

邹玉鼎心里很明白，楚诚是来者不善，善者不来。见他拉三扯四地谈了一阵子，还没有进入正儿八经的主题，心里并不着急，他不会不露出话把子的，按照刘文彬稳住对方的指示，不冷不热是最好的对付办法。邹玉鼎端起一碗黄酒，说："楚诚，咱俩不胜酒力，但又是兴安师范同学，喝黄酒就算敬意。"

楚诚呷了一口，说："那时同学，不分畛域，但不知天高地厚，既是参加抗日救国活动，又是参加反对国民政府的腐败投降的请愿，到处瞎折腾，折腾来折腾去，有的头掉了，有的坐监，有的送到西安劳动营，有的遣送回家。到头来没折腾出个啥名堂，是吧？"

邹玉鼎催促着："那是过去的事情，形同陌路嘛！莫谈，莫谈。把酒喝了，咱们一起喝干！"

酒喝到这个分儿上，楚诚想到该是问话的时候了："我听国藻说，你们要进山打猎，我也想参加，行不？"

邹玉鼎满口答应："行啊！咋不行。你会不会打枪？"

"学呗，不过打岩伏枪，我可害怕火药星子溅到我脸上。有没有快枪？"

"我听王彪店的猎户讲有快枪。"

"还有快枪啊！那可洋火了！"

"有几支，都是从保安团卢瑞祯和镇保安队副郑宗本那里借的。"

"到北山还是南山？"

"接通知，地址未定，我看去南山的可能性要大。"

"啥时去？"

"就近几天。"

楚诚听到近几天，脑子里马上反应过来，据掌握，紫阳银行近期要向安康押送钞币，他们会不会去劫持钞币呢？他站起来，摇摇晃晃地说："老同学，我黄酒喝多了，要回去休息。如果到南山我就不去了，周围那里我熟悉，如果到北山，请给我打招呼，我一定随同前往。"

邹玉鼎一眼就看穿楚诚走路那种晃荡的样子，是自己在欺骗自己，还想蒙谁呢！

天黑了，家家户户开始掌灯了。田坝子里忽然吹过一阵微弱的北风，各家门前的大红灯笼在风中摇曳闪烁。院场边和田野接壤处，耸立的一根一根长杆上悬挂着一串串的灯笼，五彩斑斓，直入云空。这样的灯光，好像要把人的视野带到宽阔而深远的地方。

今晚，李洪宝准备了一桌精美的饭菜，还有不多的苞谷酒，象征性地招待客人。

刘文彬和吕国藻刚进李洪宝的门不一会儿，邹玉鼎、杨麟科、鲁宗圣、王文斌、张家贵先后进屋入席。

大家又吃又喝，划拳行令一阵子后，邹玉鼎提议可以热闹一下子。于是锣鼓家伙敲了起来，唢呐、喇叭、笛子吹了起来，二胡、板胡拉了起来，汉调二黄、曲子唱了起来。刹那间，鼓乐阵阵敲破夜空，曲调声声环屋绕梁。院前屋后，左邻右舍，一片喧腾。

在紧锣密鼓声中，李洪宝点燃一支小蜡烛，插在一盏红绸子小灯笼的底座上，提在手中，稍微在空中绕了半个弧形，接着穿过中门走进了后院的一间小房子。

房子中央摆了一张小桌子，桌子上备有茶水，桌子中间放了一副撮牌，紧接着邹玉鼎、杨麟科、鲁宗圣、王文斌和张家贵相继走了进来。

鲁宗圣说："咱们抹牌吧！"

李洪宝说："我知道，你喜欢抹牌。"

邹玉鼎看了刘文彬一眼，说："你给咱们先洗个牌吧！"

刘文彬露出了一副笑脸，说："抹牌我不行，洗牌可有门道。"

杨麟科说："你可不要把天地人和洗到一块儿了。"

王文斌插言道："这才好呢，一人一张，免得天牌让一个人全揭上，一个人赢。"

张家贵说："地揭多了，人揭多了，也难赢。"

刘文彬把洗好的牌往桌子一放："不说了，揭牌！谁牌好了，谁就得胜。"

李洪宝站在旁边倒水，观战。刘文彬紧靠李洪宝的肩膀，同样在认真地凑热闹，有时也指指点点出谋划策。时而莫明其妙地问："咋样？"

李洪宝心领神会，轻声地说："只等上桌子抹牌了。"

"就按洗过的牌！"刘文彬说。

"嗯。你洗的牌很好。缺的牌也借到了。"李洪宝说。

"你俩呢？"

"鱼日坐东边，木子在西边。"

"咱们想法是一致的。今晚去两个人到'瑞瑞客栈'周围，盯住林子离开的时间。"

子时一过，他们停止了打牌，一边喝茶一边像在聊天。

邹玉鼎特别兴奋地对刘文彬说，让邹玉洁打听的邮件，昨天早晨九点从紫阳发出，预计昨晚经蒿坪镇，于今日下午五点多到达恒口。

刘文彬点了点头，没有说什么。

李洪宝被人叫了出去，不一会儿回到屋子说，楚诚辰时离开客栈，上了一辆摩托车返回汉阴了。

刘文彬猛然间站起来说："按计划行动，下午两点钟以前鲁宗圣带领第一队埋伏铁岭关，准备打一个劫持。李洪宝带领第二队占领汉阴界的黄草坡，潜伏在山林里，无疑是打一个阻击。汉阴如果要支援这押钞队，不会少于一个班的兵力，这个阻击还是不好打的，你们去几个人？"

李洪宝说："九个人，拟编三个组，沿公路设置火力点，待援兵进入伏击区域，集中火力予以打击。"

刘文彬说："你们都是老兵，都是当过连长、排长、班长什么的，懂军事，一定能够取胜。再一个，第三队由邹玉鼎带队，上山继续打猎。明白不？"

大家异口同声地说："懂了，懂了。"

刘文彬说："我随第二队行动。"

李洪宝赶忙阻止说："不行，不行，你不能去，在家里等我们的好消息。"

鲁宗圣直摇手，说："你没打过仗，闹得不好会惹出麻烦，我们担当不起。"

刘文彬很自信说："不会出岔子，我会打枪。你们在隐蔽时，叫我咋办我就听你们的。"

李洪宝再没有坚持自己超过一定限度的决定，说："那就跟着我们一块儿上，看我的手势，灵性点！"

哈！哈！哈！谁指挥谁呀！大家笑得很开心，话语只在肚子里咕噜，没听见说话声。

楚诚从来没有这样紧张过，也没有彻夜不眠地熬煎过，当他赶到县党部时，便气喘如牛了。

胡超吾一见楚诚汗流浃背，披头散发，惊叹地问："你咋成了这么个模样了？"又向徐盛喊道，"赶快给楚老师倒杯茶来！"

楚诚端起茶杯咕嘟一口几乎喝干了。他抬起头，撩了撩头发，急促地说："我到恒口去了两天，打听有点眉目，他们近期到南山打猎，还说借得有快枪，究竟是借的还是怎么的拿不准。"

胡超吾脸上显示一副沉思的样子，近期，近期是啥时间！突然他想起来了，今天应是紫阳押钞队经过恒口到安康的时间。他们的企图恐怕不是打猎而是要劫钞。他给徐盛说："你给紫阳陈县长打电话，询问一下，押钞队起程时间是不是不变。"

过了一会儿，徐盛报告说，陈县长答复，押钞队一行五人昨天动身，昨晚住蒿坪，估计今天下午五点半到六点钟到达恒口铁岭关。他还问，出了啥事吗？咋给他回话。

胡超吾说了声"你去吧"，自己提起电话："总机，请接转紫阳县陈伟器县长。"

"喂！你是谁呀？"

"汉阴胡超吾。"

"胡书记长，你好！刚才徐干事打电话，咋回事啊？"

"刚得到重要情报，一支打猎队今日可能要到南山。我怀疑他们的行动，现在押钞队能不能联系上，让返回，行吗？"

"押钞队已经过了凤凰岭，无法联系。"

"那咋办，再往前走就会有危险！"

"胡书记长，恳请派保安保护，可以吗？"

"哎呀，不摸底细，咋个支援，现在已是下午三点了，还来得及吗？"

"你们那里到恒口路不远，能赶到的，请一定得出兵援助。辛苦费，我们一分不少地照付。"

"那不好意思了。我们商量商量，争取提前派兵到达，你放心吧！"

楚诚对他们之间的对话听得一清二楚。当胡超吾一放下话筒，他恳求道："书记长，能不能赶快派车把我送到恒口！"

胡超吾眼睛一转，问："你去干啥？"

"我给他们讲过，如果去打猎，我也参加，他们答应了。这一去好摸清他们都是哪些人、都是些啥枪，看他们的阵势到底是个啥！"

"你的想法是对的，但你不能去恒口，跟随保安队一同前往，比较安全。"

楚诚无言可说，只嗯了一声，坐在那儿像猫一样地动也没动一下，听着胡超吾给张汉廷打电话。

"张县长吗？"

受话器里传的声音很大，"是，胡书记长，有啥事吗？"

"有大事了，紫阳押钞队有可能在铁岭关被劫持，要求我们派兵增援。我意派一个保安班和三名政警队员立即出发。"

"可以，谁领队呢？"

"你看是政府办还是党部去人呢？"

"你确定吧！我们要去人只能是俞建亭了。"

"那就是他吧，我这儿让楚诚随队前往。"

"我知道这个人，他可信吗？"

"挺卖力的，保险！在啥地方会合？"

"那就四点钟，准时在北门外的公路上集合。"

"就这样。"胡超吾放下话筒，向楚诚说，"这回就看你的了，可不要功成名就，忘了自己。快到时间了，走吧！"

两辆三轮摩托和一辆卡车载着增援的队伍，沿着汉白公路风驰电掣般地向铁岭关方向飞奔而去。

黄草坡公路旁山丘上的草丛虽然干枯了，但依然浓密幽深，不落叶的灌木丛，在这个时节还是那样苍翠茂盛，遮阴蔽日。

路过这里的行人和汽车，谁也没有察觉在草木中隐蔽着一群虎啸风生的豪杰勇士。

刘文彬拨开树叶瞭望了一番黄草岭的地形。凑近李洪宝的耳边说："咱们来一个截头掐尾，还可指定一个机动小组。"

李洪宝完全领悟这话的战术奥妙，点头表示同意，便耳语传话，"一"字形摆开阵势，占领有利地形，第三小组为机动组，随时听从调遣。

傍晚的夕阳像是瞌睡似的枕在两边的山头上。这时候，黄草坡西的一块石头上的一根枯树，突然倒下去了。

李洪宝立刻下令："准备战斗！"

不大一会儿，公路上两辆摩托车和卡车飞驰而来。当车辆进入伏击区域时，李洪宝猛喊一声："给我狠狠地打。"

一时间，如雨滴般的子弹噼啪噼啪地射了大小车上，不时发出当当的响声，车没有停下来，依然在挣扎中向前奔跑。

李洪宝命令道："张家贵、吕国藻，瞄准车轮子打！"

"是！"

话音刚落，摩托车翻在公路下的草地里，大车停在了公路旁边，被射中的士兵滚在路面上，挣扎了一阵子，就躺在那儿不动了。哐哐的手榴弹落在正向路边奔跑的敌群中，爆炸声中血肉横飞，鬼哭狼嚎。

这时从驾驶室冲下了一个人，拿着手枪，猫着腰一边跑一边喊道："占领路边的山地！"

李洪宝举起枪，随着叭的一声，那个人倒在草窝里，但未能击毙，还在大声叫着："集中向草丛山林中射击！"

李洪宝俯瞰公路旁，一切都是如此模糊起来。天已经黑下来了。

没想到，敌人的枪声突然停止了，居然有人喊叫着："你们中有没有叫吕国藻的？"

这叫声被邹玉鼎一下子听出来了，是楚诚的声音。

李洪宝迅即回应："不认识这个人。"

"有邹玉鼎吗？"

李洪宝掀一掀王文斌的胳膊，王文斌扯起嗓子一杆子撑得远远地说："莫名其妙，《西游记》里也没有他，《水浒传》里也没有他的人影啊！"

"你们到底是哪里来的？"

"我们是陕南人民抗日第一军。"

只听敌人中有人在旁边给递话，接着又说："抗日第一军，前年二月开赴关中，被共产党收编了，哪会有啊！"

"我们是第一军沈继刚和徐海山领导的抗日后援军。"

又听得那个又在递话，又传来这样的问声："再莫哄人了，那两个共产党员前年七月先后被'清剿'了，还能复活吗？你们到底是共产党还是哪一路绿林好汉呢？"

"你们认为是啥就是啥。"

那个人好像冒火了，不耐烦地督促着。接着，一种颤抖的声音在叫着："我是楚诚，我也是共产党啊！我知道，你们也一定是共产党，救救我吧，求求你们了！"

刘文彬听到这厚颜无耻的言辞，义愤填膺，大喊了一声："打他个乌龟王八蛋！"

从枪口里迸发出的一道一道火舌划破了夜幕。

一阵枪声过后，黄草坡陷入了死一般的寂静、深沉、恐惧。

李洪宝的眼力能穿透夜幕，看见有四个人穿过月河边的芦苇向西逃窜而去。他还是瞅不准确，让王文斌再仔细观察，得到的结果是有三个人在晃动，一跛一跛地走着。这时，李洪宝才放心指挥大家下到公路上收拾战利品，经清点缴获七支长枪、三支手枪和十三枚手榴弹。

当他们刚登上黄草岭的小路时，从汉阳方向开来一卡车的队伍，停在坡下的公路上。

夜里传来这样的对话。

"有伤的没有？"

"没有，都死了。"

"死了几个？"

"十二个。"

"有没有俞建亭和楚诚？"

"没有他俩。"

"看来，还活着。有人影吗？"

"没有，不在公路上。"

"枪支呢？"

"没发现。"

"仔细再查一查。"

"两个人和枪都没见。"

"收尸返回。放一梭子子弹，震震山，压压惊。"

救援车扫兴而归，刚走到一里处，听见月河边响了一枪。徐盛叫司机把车停下来，打开车窗向月河边看去，什么都是黑乎乎的一片，随着又是一声枪响，又听得沙哑地呼喊声："救命啊！"

徐盛走下车，两手掌稍弯一鼓，搭在嘴巴上高叫："你是谁啊？"

隐隐约约听见回声："俞——建——亭！"

徐盛命令车上的士兵赶快去河边救人。在黑暗里救上来的四个人，又在黑暗里昏迷了。活人和死人全都挤在这个车厢里，在车灯的引导下，一摇一晃地开回了汉阴城。

入夜时分，埋伏在铁岭关的鲁宗圣，模模糊糊地听见从很远的地方传来爆炸声，朝西一望，纵横交错的火光划破了天空。他对李贵乾说："一定是第一队同敌人交火了，押钞队咋还不到呢！"

李贵乾趁夜色引颈一望，说："就是，该不会是假的吧？"

鲁宗圣肯定地说："不会，这情报绝对准确，是不是在路上出了麻达？"

李贵乾摸不着头脑，模棱两可地说："或许是，该不会吧！"

鲁宗圣琢磨着说："应该不会吧！"话音刚落，又低声叫道，"来了，有手电筒在亮。"

只是这手电筒仅仅朝着铁岭关方向的路上照了两下，又转向东照了两下，好像在选择究竟要走哪条路。停了一会儿，在手电筒微弱的光芒中，模模糊糊的五个人拐弯走进向东的一条羊肠小道上。是这样的，他们一下凤凰山就听见黄土坡激战的枪声，意识到要走铁岭关一定不安全，决定改变去安康的路线，不能走大路了，只能走小路最保险。莫想到，他们刚走了几步，从前面树林里蹿出了一个人，猛不丁地大喝一声："不客气，赶快搁下东西，走人！"

"你想干啥？"

"不是讲了？东西搁下，走你们的人！"

"这是拦路抢劫，是犯法的！"

"你们这些腐败官员，投降日本鬼子，拿钱供奉日本鬼子，就不犯法啦？我们是为抗日，背这个抢劫的黑锅也值得。"

"简直是胡搅蛮缠，抢钱，还说是抗日。"

"用这钱买枪，武装人民自己去打日本帝国主义！"

正说着，梁子云喊了一声："姐，快闪开。"

孙瞻山身子一斜，一颗子弹从她的左肩膀旁飞速穿过。

梁子云端起枪向开枪的保安放了一枪，没有打中。

那三个保安掩护着，两个职员朝着通向铁岭关的大路上逃跑。

曹立毅跑得飞快，即将接近时，端起枪向那个领头的保安兵打了一枪，那个保安兵倒下了。曹立毅快步跑向前，从地上拾起被士兵丢下的一支手枪，交给了孙瞻山，说："这是一点战利品。"

孙瞻山接过手枪，大声地喝道："站住！再不站住，子弹是不长眼睛的！"

"夜里的眼睛也不管用！"

孙瞻山说："打不上，准备匕首，追！"

鲁宗圣听到一阵枪声纳闷起来，这是咋回事，也可能遭到劫持，或者遇到不相识的人在驱赶自卫。他通过远处天灯放出的朦胧光芒，仔细地观望，几个黑乎乎的人影又从通向这边的路上慌慌张张地跑过来。不管那么多了，把押钞队堵住再说，或许能来个前后夹击呢！鲁宗圣跳出掩体，大喊了一声："扑上去，给我打！"

听到命令，大家应声而出，跟着鲁宗圣向前面的路上跑去，当快接近时，被押钞队发现了，连续一梭子弹射了过来，幸好没有击伤人。

鲁宗圣愤怒了，喊："李贵乾，黑的打不准，你这个神枪手给我打！"接着又补充说，"不要打职员啊！"

李贵乾一边答应一边蹲了下来，他是在打跪姿，随着"叭"的一声，一个黑影子倒下了。

又是一梭子弹射了过来。当李贵乾正要射击第二枪时，那个保安兵被身后突然飞来的子弹击中了，只听哇的一声倒在地上没有再动弹。

鲁宗圣觉着那一发打得不一般，有相当的射击技术，真是山外有山，人上有人哪！

这时一个职员持手电筒在空中绕着圆圈，喊："好汉们，保安兵都死了，我们没枪，不要打了！不要再打了！"

鲁宗圣眼看着从职员身后走来一个高个头的汉子，夺过手电筒在地上反复照了照，只听说："你们不明事理嘛，刚才警告你们搁下东西走人，保安还要向我们开枪。这是自食恶果，应得的下场。好啦，你们这该走了！"那两个职员刚抬步，又被叫了回去，说，"现在黑灯瞎火的，往前走不多远，就到恒口镇了，在客栈里住一夜，明天再回去。他们不会把你们怎么样的，我给你们一个字条，带回去给你们县老爷交差！"

职员刚走了几步，却被迎面走来的鲁宗圣挡住了："那个好汉说得对，先睡觉明天返回。你手上的字条让我看一看！"

这职员左不是，右不是，不知如何是好，便回过头看了一眼。

孙瞻山见着那职员拿不定主意的样子，便大方地说："让过目吧，不大要紧，反正都是让别人看的。"

鲁宗圣接过来，展示在手电筒下："县老爷，鉴于迫不得已，以借贵县钱币抗日。其目的再三告知，随同护兵不入耳，还要击毙对方，而自己呜呼哀哉了。那无法，连同你们一样都糊涂。谢谢合作！秦巴虎豹队。即日。"

正当鲁宗圣把字条还给职员时，孙瞻山大步流星地走了过来："明白了吧！咋的又遇上你们了？"

鲁宗圣心里清楚，尽管不认识他们，但知道了这帮人的意图。便脱口而出："我们昨天才得到消息，决定今日个在这里劫持钱币，也是在筹措买枪的钱。莫想到咱们都是干这桩子事。"

孙瞻山说："我们两个月以前就来这里侦察过。我再说一遍，我们是借，不是抢。凡是有良心的中国人，都在为抗日救国想办法。"

"是啊！是啊！说借好听一点，你们也是为得买枪，那这钱……"

"只要是支援打日本鬼子，这钱归你们，我们不要一分一文。"

"哎呀，那不是让你们白忙活了一阵子。说实在的，我们不能全拿。"

"我已说了不要，就是不要，全归你们。这也是没有白忙活，只要用在一个方向上，这个力气就出得对对的了。"

"你们是哪里的？"

"我们是在秦岭南麓和巴山北麓的牛角店，不完全在那里，只是出没无常，经常到处游击。总是在用一股牛劲，在后方抗击日本鬼子！"

"咋联系呢？"

孙瞻山没有回答，只向梁子云和曹立毅挥了挥手，转身向那条小路走去。还没开几步，又回过头来说："高山不会碰头，活人总会见面。你们不是支援抗日吗？或许是共同抗日，会把我们联系在一起。"

鲁宗圣眼望着他们的身影同黑夜融为一体了。心中既清楚又糊涂，清楚的是同为抗击日本帝国主义，糊涂的是啥队伍，究竟在啥地方，用牛劲打击敌人，就住在牛角店，恐怕不是的吧！

按照出发前的决定，鲁宗圣带着第二队来到李洪宝家集合，这屋里的人坐得满当当的，大家对两个队的大获全胜，满载而归，无不为之高兴。

鲁宗圣说："我们取得战果，一半功劳是别人的。"

刘文彬问："咋一回事？"

"一切出乎意料。正等我们出击时，押钞队拐弯朝着向东的小路上走去，恰巧又被不明身份的人截住了，相互开了枪，押钞队不得不折回。形成了我们前面阻击，他们在后边追击不舍，打死了三个保安兵，两个职员放走了。"

"没问是啥人？"

"问了，只是说抗日，住在牛角店，字条上写'秦巴虎豹队'，牛角店谁知道在啥地方。"

"这个名字嘛，我好像在旬阳听别人讲过，具体的情况不知道。好啦，仗义疏财，是勇士的气魄。抗击日本主义的侵略，是中国人民的头等大事，只有老百姓都起来了，都能用不同方式参加这场正义战争，我们定能胜利。我们这次是首战告捷，大家可不能头脑膨胀，忘乎所以。不要错误判断当前的形势，一定要做好隐蔽自己、储备力量的工作。"

屋子的人分为两拨，轮换着吃夜宵，敲锣鼓。一时间，锣鼓喧天，吆五喝六的喊声交织在一起，使这个夜像过年的夜，既快乐又高兴。夜越来越黑，庭前院后的红灯笼也越来越明亮，越来越炫目。

孙瞻山她们趁着夜色沿河而下，来到事先安排停泊在这里的小船上，谁也没说话，曹立毅熟练地握起木桨，轻轻地拨开水流，一声不响地划到了对岸。

恒口街上灯火辉煌，人山人海。因为过年不能高嗓门嚷嚷，所以听到的全是低声在说话，观灯的，散步的，兴致勃勃；孩子们放炮的，打地牛的，酣畅尽兴。

孙瞻山看着这般景象，心情也随着兴奋起来，一闪身进了"瑞瑞客栈"。

老板娘热情地打招呼："客官，回来了。"

孙瞻山把篓子提了提，笑容满面地说："嗯，外面可热闹了，真不想进屋。"

老板娘说："板栗子卖得不理想啊！"

孙瞻山将手伸进篓子扒了扒，说："提出去多少，提回还是多少。过年嘛，不能炒，生火铲锅不吉利！"

老板娘说了句安慰的话："是的，破五就不计较这个了。"

孙瞻山明白老板娘的话是让自己的心情安适起来，一边进客房一边附和着说："快了。做生意嘛，不能老想着天天都兴隆，这符合风俗民情。"

孙瞻山刚洗完脸，老板娘推开房门说："客官，我们栈里今日住了位旬阳的龚家梁的教书先生。他姓刘，你该见一见这位老乡。"

"你熟悉他？"

"他在栈里住了好几次了，只认识不熟悉。蛮好的，平易近人，不摆架子。"

"先生嘛，解惑明理的开化者，那就去说两句客套话吧！"

"就是，过年嘛，身在异地同家乡的人叙叨叙叨，会畅快热闹一些。"

"同有真知灼见的人交谈，长见识。"

刘文彬住的是住过的那间客房。老板娘一进屋就介绍说："刘先生，这位是昨天住进来的客官，名叫孙瞻山，是做生意买卖的。是老乡，在一块儿聊聊也热闹些。"

刘文彬立刻站起来，拱手道："在这里相遇老乡，值得庆幸。你是旬阳哪里人？"

孙瞻山虽读了几年学，有一定的见识，却严守见贤思齐训谕。她深深地弯着身子说："力加坝上边牛角店。刘老师从事教育工作，是崇高的职业，国家的未来，个人的业绩，都是在掌握知识中造就的，知识决定着人类和自然的命运。我感恩我的老师，同时敬佩刘老师这样的选择。"

刘文彬面对这位陌生老乡的极口揄扬，实在感到有点坐不住了，但还是抑制着自己的激动。他问："你的老师是谁？"

孙瞻山脱口而出："鲁安一。"

"我知道，他是在神河街小学任教。"

"通过鲁老师，又认识了县城龚家梁小学的老师罗长勤。"

"是啊，他是训育主任兼五年级班主任，我是一年级班主任，我们是很熟悉哇！"

老板娘不知什么时候就走了，孙瞻山推开门向外边看了看，回身过来问道："你是不是共产党？"

这样的问话，倒让刘文彬感觉着很突然，想了片刻，回答说："我们合得来，常来常往，咋能扯上共产党呢！这不是闹着玩的，是要掉脑袋的，可千万莫要乱讲，知道吗？"

这一说，让孙瞻山难为情，毫不置辩："哦，哦，我只是随便问问，也不会乱讲的。"

刘文彬反过来又问："你知道他们是不是呢？"

孙瞻山若无其事地回答说："没打听过，不清楚！"停了一会儿，她又扯起了别的话题，"现在的生意是不好做了，弄不好还得亏本。"

刘文彬笑着说："干啥都得使智慧，做生意也是如此，不然就会赔了米又砸了锅。"

这时听到梁子云喊道："老大，该睡觉了。"

孙瞻山站起来，说："刘老师打扰了，以后有机会再向你虚心讨教。"

刘文彬摆着手说："莫客气，三人行，必有我师嘛！"

喔喔喔！鸡叫头遍了。

杭毅被一阵急促的电话铃声惊醒，顺手抓起话筒："是胡书记长呀，有啥事？"

"傍晚的时候，我县的九名保安和三名政警，在黄草坡与匪徒交战，全部阵亡，只有政府秘书俞建亭和教师楚诚幸免于难。"

"事出何因哪？"

"是楚诚打听得知，先前的一伙子人确定劫持紫阳押送钱币的护卫人员，我县派兵支援遭袭。"

"就是密告刘湘卿和刘经安的那个小学教师？"

"是的。他申请加入我党，待研究通过。"

"不说了，赶快查清整个经过，及时上报！"

"是，专员。"

杭毅的头刚挨在枕头上，铃声又响了，赶紧翻过身子去接电话："听见了，陈县长啊！"

"我是陈伟器，我县押送安康的钱币，昨晚擦黑在凤凰山与铁岭关接壤处被劫持了，在对抗中三名保安不幸遇难，两名职员逃脱。"

"职员怎么说？"

"他们从恒口打电话讲，当他们走到凤凰山下听到汉阴方向有激烈枪声，准备沿月河而下走小路，不料被三个人拦住了，让留下东西走人，保安就开了枪。对方也朝保安打了一枪，一保安当场死亡。他们赶快往铁岭关方向奔跑，又遇到了一帮子人的阻击。打了一阵子，保安全倒下不动了，钱币被抢得一干二净。请求专员责成安康协助查办。"

"知道了，不会放过不法分子。"

电话刚放下，又丁零零地响起来了。杭毅一接，听出来是安康党部李淑平打来的，便说："李书记长，你不用讲了，知道恒口发生的事，明天上午八点半到公署办公室开会研究，把公安局长带上。"

"好，专员。准时到会。"

在自己管辖的地盘上出了这么大的两件事，让杭毅再也无法入睡了。他虽然睡眼蒙眬，但心里还是非常清楚的。于是一骨碌从床上爬起来，穿好衣服蹬上鞋，比较端庄地坐在办公桌上，给省政府打电话。

"蒋主席，我是杭毅，打扰你了。"

"是杭专员哪，大半夜的打电话有急事吧！"

"是，主席！"

"你讲吧！"

"我简短地报告一下，昨天傍晚的时候，我区汉阴县黄草坡处发生该县保安队、政警队遭到袭击，经过激烈交战，十二名士兵毙命，两名逃脱，大约同一时间，在安康恒口的铁岭关，紫阳押送安康的钱币被劫持，由于众寡悬殊，三名护卫士兵被打死，全部钱币被抢劫一空。我已责成三县立即立足于本区域严查，专署上午开会商量，将派遣一定兵力，由领导出面协助督办。"

蒋鼎文在电话里再三叮咛说："这两起袭击和劫持事件的详细经过虽然不清楚，但是异地作案而在同一时间的前前后后，从这一点上分析判断，有一点是非常清楚的，这是有计划、有组织和有图谋的一次非常的军事行动。所以不能简单地看成只是钱丢了、人死了，看是否是共产党的军事行动。要地、县各方组织联查、严查，一查到底，对作案分子必须严惩不贷，绝对不能姑息养奸，以避免损失党国的利益。清查的结果，速报省政府。"

这个夜里，刘文彬因刚才的神秘问话而感到不安，便起床去轻轻敲了一下孙瞻山的客房门，低声说："客官，天亮后早点走！"房里回应道："知道了，谢谢！"随后，刘文彬退了房，立刻到了邹玉鼎家里。两人不知哪来的那么多话，一直说到天亮，他连饭都没吃，去恒口车站搭了一辆货车回到安康城。

早晨的太阳刚露脸，孙瞻山就去结清房费，并说了几句客套话。

老板娘问："你们去哪里？"

梁子云抢着说："进城！"

曹立毅补充说："去谈一笔生意！"

孙瞻山说："就是的，没错。住在这儿麻烦你了，纳慰！"

"欢迎再来啊！"

"一定！"

他们急急忙忙向车站走去的路上碰到一辆大卡车，梁子云交涉了一番，便登上这辆空厢卡车，一个钟头到了安康新城。

专署会议室坐满了人，大家听说出了两桩大案，有的觉着意外，有的并不感到奇怪。在抗日节节败退之下，又同共产党军队不断发生军事摩擦之中，在这种中国命运处于生死存亡的形势面前，难免发生一些让人想不到的重大举动，情理之中，意料之中。上峰们，谁能来扭转这种态势呢！

在打电话时和颜悦色说话的杭毅，这一刻却愁容满面地走进会议室，一坐在主持人的位置上，就简单地通报了两桩事情的情况，气急败坏地说："趁乱世之时，竟敢向党国动枪动武，实在无法无天，狂妄至极。蒋主席指示必须严惩不贷，决不能姑息养奸，给党国留下祸害。现在专署决定组织力量予以侦破，对反动分子坚决镇压，不留后患。"他喝了一口水，喊道，"方志诚来了吗？"

方志诚笔挺着身子回答："来了。"

"好，坐下。周昌嗣在西安行营开会，谭际桂到了没有？"

谭际桂站起来，声音脆生生地应答道："到了。"

杭毅还是一副愁眉不展的样子："好，坐下。现在是这样子，由张副司令和卫局长各带一个班的兵力，分赴安康恒口和汉阴坐镇指挥，必要时再提请驻军予以支援。至于谭际桂和方志诚，根据你们的工作性质与平常掌握的情况自选地方，行吗？"

谭际桂首先说："我们在安康的眼线密集，线索较多，我决定到安康。"

方志诚说："你到安康，我就没有选择余地了，只能到汉阴了。不过，到汉阴倒也合适。"

杭毅板着冷冷脸色说："你俩就这样定了。大家马上回去准备，下午两点准时出发，不得延误。要抓住这个事发时间不长的机会，不要坐失良机。"接着叫住张谟和卫凯补充了一句，"重大怀疑对象快速处置。"又叮咛道，"再查一事，所用枪支会不会是在青石套抢劫的。"

卫凯一到汉阴，在政府办公室参加了对楚诚的询问。

胡超吾问："邹玉鼎给你讲上山打猎是真的？"

楚诚答："亲口说的，没错。"

张汉廷："你是不是成了他们的奸细，不然我们的兵咋能死那么多？"

楚诚慌了："哪个，我可不知道。"

俞建亭说："你还大喊你是共产党，他们信你了吗？递话都递不上，还挨打！"

胡超吾抱着头，听他们对话，一下子又松开手，问："受那么大的损失，你怎么说不清楚呢！你是不是脚踩两只船哪？"

楚诚打战着说："不是不是，我是效忠党国的，跟共产党有啥出路哇。这到底是咋一回事，我也讲不清楚啊！"

这时，卫凯插话了："你可以背叛共产党投靠我们，那你也可以叛变我们再回到共产党，这种行为也是存在的啊。对于你这种人，用这个方式来处世的可能性极大。"

楚诚一听这话，连连摆头，两眼的泪水唰唰地流了下来。

胡超吾对卫凯说："卫局长，要不这样，明天到黄草坡勘查现场。现在给恒口打个电话，立即查邹玉鼎，并追问借没借枪。"

电话接通了。卫凯一边点头一边说："请张副司令讲话。"

"卫局长，你讲！"

"张司令，请派员查邹玉鼎这天的活动，他们向保安队和镇队借枪打猎是否属实！"

"进展如何？"

"正在突击询查，追寻证据，有点眉目。"

"好，处置得越快越好。"张谟放下电话，立刻指示梁良着便服去查邹玉鼎的行迹，谭际桂去追查借枪原委。

梁良在甲长的带领下来到邹玉鼎住处，观察了一阵子没有进屋。便走进了邻居的院子，只见门前圈椅上坐着一位皓首苍颜的老大爷。他便问："这是不是邹玉鼎的家？"

老大爷摇着头，伸出右臂向左边一指，说："出门向左拐的第三家。"

"你今日看见他了吗？"

"看见了，在地里做活计。"

"炎尼呢，在不？"

"炎尼早晨进山打猎了。"

"啥时回来的？"

"太阳还没搁到山里头就回来了。他还给我家送了一只野山鸡呢！你看不看，可肥了。"

"不看，不看，我们不知他家才来问问。"梁良说着便退出了院子，来到邹玉鼎的家。他没有打招呼就闯进了家里，邹玉鼎一见来了陌生人，便问："你找谁呀！连个招呼都不打。"

甲长紧跟在后边进来介绍说："玉鼎，这是安康保安团的梁排长。"

邹玉鼎盯了梁良一眼，说："难怪呢！"

梁良冷着面孔问："你是邹玉鼎？"

邹玉鼎看了甲长一眼，直愣愣地瞅着大门外的粗壮而高大的老槐树，淡然地答道："是，我叫邹玉鼎，犯啥法了吗？"

"犯没犯法，你自己该清楚。我现在问你炎尼做啥了？"

"进凤凰山打猎。"

"几个人？"

"三个人。"

"用的啥枪？"

"两支快枪，一支土枪。"

"快枪哪来的？"

"向镇队副借的。"

"没向保安团借枪？"

"没有，路远来不及。"

"啥些时候回来的？"

"具体时间说不清，打猎下山后到镇队上擦枪还枪，回到家天还没有黑。"

梁良眨了眨眼睛，看来时间、地点很吻合，强然一笑，问："打了些啥？"

邹玉鼎："没啥好的，野猪、山鸡、兔子这么些，要不看看？"

梁良摆了摆手，边走边说："不用，不用，你最近不要远离，或许还要问话。"

邹玉鼎向甲长挤了个眼色，说："我们这号人，不是在庄稼地里，就是在自己家里，还能到哪里去。甲长会知道。"

甲长走出门外，拍了拍那棵大槐树，转身向邹玉鼎安然一笑，便跟着梁良上了路，而且指东画西的，不知道说些什么。

谭际桂给卢瑞祯打电话，卢瑞祯一听火气冲天地告诉她，"常备队的枪支从来没有外借给任何人。怎么能用去打猎，而白白地浪费子弹，这是谁在给我脸上抹黑呢！"谭际桂倒用热情的话语，搪塞一番，"不必动气，没外借就算了，不必把它搁在心上。"

在镇队办公室，谭际桂指着镇队副郑宗本的鼻子训斥道："随便私自把枪外借去打猎，这是严重违犯纪律的，尽管未酿成事故，造成损失，但后果不堪设想。如果让共产党掌握了，你想想会有啥样的灾祸发生，也许连你这个被借枪的人的头也被端了。好，幸免无事，下不为例。不过你还得向上级军事部门写个检讨，以接受教训。"

随后，谭际桂陪同张谟到"瑞瑞客栈"巡查。张谟扬了扬头，目光扫射了整个院子，摘下眼镜，问李莲英："昨天住人了吗？"

李莲英脸色平平地回答："长官，住了，炎尼和前天都有探亲访友的来歇店。"

谭际桂插了一句："有三个人一起的吗？"

李莲英听到这一问，那三个人的身影浮现在眼前，他们是老乡又是常客，而且是做生意的，早晨走时说要进安康城，到底是做生意的还是做啥子的，咱也摸不清。心里猜想到可能出啥事了，不然咋到这儿来，单单查那三个人呢？如果真的有个三长两短，与咱们也脱不了身，还是不说为好。她不紧不慢地回答："只看见两个中年人出出进进在一起，形影不离，他俩是来恒口给祖先上香的。其他都是一个人，没住过三个人的。"

张谟问："那些人都是哪里来的知道不？"

李莲英说："咱们只管住店收钱，哪里来的可没有操心去问，再说也不好去问人家。"

谭际桂问："你注意没注意形迹可疑的人？"

李莲英言辞激动地说："人家走出走进，仪态雍容，举止大方，又没偷拿人家的东西，做啥要贼头贼脑呢！话又说回来了，如果有人真的做了见不得人的事，做贼人心虚，不管到哪里，必然会露出贼眉鼠眼、鬼鬼祟祟的相。咱们没有发觉这样的人。"

谭际桂看了一眼这个言语尖酸刻薄的女老板，心里倒是蛮服气的，乡下的女人能到这个分儿上，干啥事、应付啥事都能拿得出手，不比有些文化人差多少。她转过面对张谟说："司令，老板这话也有道理。"

张谟也似乎默认了，把眼镜往耳上一挂，说："需要时再来，走吧！"

李莲英没送到门口，大老远地说："长官，走好哇！"

其实，孙瞻山仨人此时都在"富源"商店，同谷燕正在洽谈如何做山货特产的一笔生意。其间，她问道："我来的时候，看见大车小车载着荷枪实弹的士兵向恒口方向开去，好像有紧急的军事行动。不知道发生了啥事？"

谷燕说："昨晚，汉阴一队保安、警察被几乎被打光，恒口又出现劫持押送钱币，三个士兵没有一个活的。以剿匪为借口，实际是搜捕和镇压共产党，今天城里戒备森严，进城容易，出城麻烦。"

孙瞻山哎哟一声："你咋知道得这么详细？"

"是我的原校友讲的，她在军统里做事。"

"嗯，难怪呢！我们仨咋出城呢？"

"我亲戚在专署，请他帮忙，以登船装货的办法就行了。"

大清早，孙瞻山戴着礼帽，挂着眼镜，一副老板的打扮，大模大样，神气十足，带着两个挑担子的伙计，大步流星地向北城墙走去。

出城门时，谷燕和守门士兵做了交涉，看他仨上了船，喊道："祝生意兴隆啊！"

孙瞻山的双手在空中摇来摇去，回应着响亮的声音："都一样，芝麻开花节节高！"

晚上，在镇长马晖青的办公室召开碰头会，收集调查了解的情况，大家都觉得疑点很多，查无实据。

马晖青说："到怀疑人所在的村，同村长和甲长谈，都反映这些人平常安分守己种庄稼，在村里也不惹是生非，没啥不规矩。过年嘛，个把子人走亲串友去拜年，猜拳行令，喝个乌烟瘴气，半天不在家情有可原，没啥猜疑的。"

梁良说："我们查的结果，邹玉鼎就是打猎了，而且是从镇队副那里借了两支快枪。"

谭际桂说："是的，郑宗本承认借枪去打猎，但四点多钟就回来了，把枪擦得晶明闪亮的，给留了一只山野鸡就走了。我们没查到啥有分量的线索。"

梁良说："出这么大的事，都成了一团雾水。"

谭际桂说："雾水倒不见得，就是侦查没有找到应该捕捉的突破口。一旦找到，一连串的事情就会真相大白。"

梁良不满她的话："说了半天，还不是跟雾水一团一个样，没有啥区别。"

张谟听得不耐烦了："说啥说，斗啥个嘴皮子。现在看来这像龙潭虎穴，找不到就无法铲除凶险，得调整我们的侦破部署。梁良，你给卫局长打个电话，将这儿的情况告诉他，后天回专署开会。"

"是，司令！"

梁良给卫凯打过电话回到办公室，向张谟汇报说："卫局长他们明天带有关人员到黄草坡和月河旁的公路沿线勘察地形，之后按时返回安康参加会议。"

张谟板着阴森的面孔，在思考着张汉廷在昨天夜里给自己打电话所表明的看法，那个楚诚值得重新认识。这两桩大案，一定程度上是他一手造成的，不容置疑，过了半会儿，他才说："咱们回去向专员汇报，还需要从长商议。"

楚诚死了。楚诚是在月河岸边的沙滩上被打死的。

村子的老百姓亲眼看见，这个人是被一伙保安兵和警察押着从黄草坡下来，穿过公路，蹿到这个长而不宽的沙滩上，先跪下几秒钟，只听叭叭的两声枪响，他一头栽在沙里头。

一名警察验明正身，死了，是死了。从共产党投靠党国，又损害党国利益，该死了，可耻的叛徒，死有余辜！

一名保安站在旁边，随声附和着，嫌怨共产党没前途，摇身一变成了国民党，可又给共产党帮忙办事，叛来叛去，把自己的脑袋叛掉了，罪该万死！

楚诚从来未想到过，为国民党政府提供了那么多的线索，干了那么多的事情，终会被他们宣判死刑了。如果想到的话，他就不会背叛共产党。怎么可能呢？他的灵魂早就死了，这个结局并不冤枉！

第二十二章

施教有方育新人

破五这天，城门还未解禁。刘文彬同罗长勤准备乘船前往紫阳时，被哨兵挡住了。

"不允许出城，你俩知道不知道？"

"我们有公务在身，那咋办？"

"有证件吗？"

刘文彬回答："有！"接着把聘任书递给哨兵。

哨兵一看："喔，是教书先生。走吧！走吧！"

船开了。刘文彬没有进客舱里，而站在船头上观望，这往日人山人海的热闹码头，眼下是出行者稀稀拉拉没几个人，显得格外冷清。不仅是这里，而且满城处在紧张、恐怖的气氛之中。有的人正走着被抓走了，有的小商贩地摊被打翻在地，有的家被踢门而入搜查。国民政府简直是发疯了！

客船当晚停泊在岚河口。这里除了安宁还是安宁，除了黯淡还是黯淡。

刘文彬和罗长勤下榻一家旅馆的吊脚楼上。从这间客房俯视，尽收汉江波澜汹涌、奔腾东去的壮阔气势；抬头眺望，领略秦巴山中丛林的苍茫、群峰的昂然雄伟。

他俩没有急着睡觉，又觉着这房子不大隔音，说话不方便。于是走出吊楼来到江边散步，聊天闲谈。

岸边只有寥寥无几的来客在戏水玩耍。

刘文彬找了一个僻静的地方，坐在大鹅卵石上说："长勤，这里真幽静，只能听见水声和深山里猴子、老虎、豹子的叫声。世外桃源会是这样吗？"

罗长勤说："不尽然！"

刘文彬笑了。"对的。陶渊明笔下的相命肆农耕，日入从所憩……春蚕收长丝，秋熟靡王税；荒路暖交通，鸡犬互鸣吠。咱们也是日出而作，日落而息，也在创造无剥削无压迫的一种新的社会。不过那时是办不到的，只是想象而已。他写的交通是水上还是山里，也没听到虎啸豹吼声。是的，只是对一种感觉而言。"

罗长勤觉得这是在触景生情，在想象一种诗境。说："那倒是的。借问游方士，焉测尘嚣外。该是在创造未来的幸福！"

刘文彬又发挥了："对环境观察、认识和能容人其间，这关系到能不能在改变客观世界之中发挥主动性的问题。羲仲在劳作中观察日出，也为普天之下众生之乐。"

罗长勤说："就是，悟出了这个理并不容易。我们也在旸谷之中。"

刘文彬突然唉了一声："长勤，我在恒口见了你的一位老乡，是牛角店人。他身材不瘦不胖，高个儿，说话带点女声音，很灵性。"

"叫啥名字？"

"孙瞻山。"

"哎呀，她就是一个女子嘛！她那副男装扮就是让人认不出来。不过，她住空蒙寨，不在牛角店呀！"

"或许是个假地方。"

"不假。力加坝上头有个地方像牛犄角，人们称为'牛角店'。"

"哦。你同鲁安一都认识她？"

"咋不认得，我俩是她入党介绍人。"

"哎哟，原来如此。鲁宗圣给我描述的铁岭关参与拦截的那个人的样子就像她，而且英勇、果断、慷慨大方。号称'秦巴虎豹队'。"

"没错没错，就是孙瞻山，原名叫婵珊。贺龙军长率领红三军路过吕河时，给起了这个瞻山的名。"

"难怪呢，站在山上，高瞻远瞩啊！"

"她开始结识了六个苦大仇深的姐妹，组织一起为民除害。前几天，她还给我们送情报，在县城同保安队干了一仗。"

"对的。中国妇女要从水深火热中走出来，必须挺起胸来，在共产党的领导下，自己解放自己，才能获得新生。"

"她们现在不仅有匕首，而且有快枪、有短枪，这几个人都有一身擒拿格斗的硬功夫，是有点气候的武装。"

"只要路走对了，在不远的将来，就会壮大起来，成为我党领导的一支不可忽视的抗日武装队伍。"

"兵者，是会从百姓之中走到一起，救中国、救自己。"

刘文彬和罗长勤刚倒在床上，只听嘭嘭嘭的敲门声。

"谁呀？"

"开门，是谁你管得着吗！"

罗长勤打开门，两个保安兵拿着手电筒走进屋到处乱照。"有证件吗？"

刘文彬没吭声递过聘任书。

"是芭蕉小学教书的，睡吧！"

刘文彬望着走出的保安兵心里想到，平川吃紧，深山里也紧张，在这种世态中，这里的安静也不安宁呵！

张晓榟召开校务会议，研究安排本年度上学期教学工作。他说关于教师分工，这个没有啥研究的，刘雪亚继续担任教务主任兼四年级班主任。根据他掌握的情况和建议，同意刘家辉任训育主任兼二年级班主任，罗功远任三年级班主任，胡贵书任一年级班主任，还有几门课无老师，请刘雪亚抓紧选配，但不要影响进课。希望履行教师职责，把学生教好，把学生带好，把学生管好，培育出几个栋梁之材。现在需要研究的是课程设置，刘雪亚曾提出要增加历史、地理、体育、音乐、时政课；再就是教室和宿舍的维修。刘雪亚一踏进学校门就讲，房子破烂不安全，需抓紧维修，学生在学校出了事，校长脱不了手，是这个理。但经费咋解决呢？大家可发表自己的意见。

刘家辉首先发言："时政课，在大敌当前，了解一些国内外大事，为抗日救中国而刻苦读书。我还想，能不能再增加一门绘画包括书法课，让学写汉文薪尽火传，让绘画沿古新生，富有生活气息，鼓舞人心，团结抗日。至于维修校舍的经费，可向县教育局申请拨款。"

罗功远说："我同意刘老师的意见，并担任书法课老师，会后编写教材。"

吴觉非说："既然如此，我也没意见，绘画课由我来代。"

吕永吉气冲冲地说："原必修课是政府规定的，又要增加课程，不仅是对政府的一种对抗，而且把课程搞乱了，还给学生增加了负担。还有一个重要的问题，时政课一上，学生明白了时局的真相，必然会出现反抗情绪，万一出了乱子，谁来承担！校舍修与不修，请校长决定。"

刘家辉说："因人施教，因时施教，因需施教，这也是育才之必需。"

刘雪亚说："我赞成大多数人的意见。修缮经费可以先报告。如果得不到上级拨款，我们再想办法进行募捐，让开明绅士和有钱人多出一些，学生家长和其他人少出一些。学堂学堂，是大家的学堂，不是校长一个人的学堂，谁家都有孩子要上学的，我看不愁办不到。学校办好了，大家不仅有信心，而且觉得有指望了。"

张晓椋问："雪亚老师，你看这课程行不行？"

刘雪亚回答："好，就这样。国文由刘老师和我代，书法由罗老师代，绘画由吴老师代。"

张晓椋说："就这样办。修缮的申请，你先给起个草稿，我修改后再到县里跑一趟。"

大家听后，都不自觉地把手掌拍得哗哗响。

张晓椋最后说："谁还有啥说的？"

刘雪亚站起来说："校长，你讲要管好学生，我想除了老师管以外，在学生中可以成立学生会，也让他们来自己管自己，这样管的力度就更大一些。"

张晓椋想了一下说，说："行，这样好，当学生时就应该参与做一些事。你就办吧！"

吕永吉满脸奸笑，走在大家的最后面，不断地摇着头，心里在同他们较劲。我这个党网里的人，说话当了耳边风。好，走着瞧！

刘家辉和罗功远在参加教务处研究教学计划时，借此机会商量成立学生会事宜。

刘雪亚说："既然校长同意了，学生会要立马成立并协助我们开展各种活动。"

刘家辉说："是的，特别是抗日救亡的宣传，还有学习、体育、卫生、伙食的检查和监督，由他们出面组织，关键是要选准合适的人。你来得早，比较熟悉，先谈谈意见。"

刘雪亚说："黄恺丞是四年级学生，学业优秀，善于应变，做事稳当，拟任主席；胡春贵三年级学生，即将升四年级，在班里名列前茅，家里经营山货特产，共产党员，遇事稳重，心眼活泛，可任副主席。我觉得他俩能担得起、挑得动。"

这两名学生刘家辉和罗功远都接触过几次，感觉有大人成熟的那种气度，没有不同的看法。

在学生会人员确定之后，刘雪亚提出，学校给图书室增订《世界知识》《老百姓报》等报刊，让学生们闻一闻外界的空气。

刘家辉说，那就把《西京评论》也订上，这样做遮人耳目。另外，我带来的

《联共党史》，拟在党员内部和可靠的积极分子中传阅。再就是在授课时，结合课程内容，向学生传授新知识，宣传进步思想，如讲解鸦片战争、俄国十月革命、五四运动、五卅惨案、九一八事变、七七事变等重大历史事件所发生的背景及其后果。使他们明白历史真相，在潜移默化中增强爱国意识。

刘雪亚补充说，音乐课从现在开始，教唱《义勇军进行曲》《大刀进行曲》《毕业歌》《流亡三部曲》《游击队歌》等歌曲，以鼓舞学生的斗争意志，使精神风貌变得更加朝气蓬勃。

刘家辉说："再选一两首内容界定不大明显的国民党歌曲，偶尔地教唱一下，算是一种无奈的应付。"

罗功远说："书法绘画的内容由我和吴老师确定，如坚持抗战、反对投降，坚持团结、反对分裂，坚持进步、反对倒退等我党的抗日救国的方针等。绘画是要掌握其技艺，要看对生活的感受了。开始教基本知识，先学着画漫画，要画些适用一点的。"

刘雪亚望着大家满意地说："这样适时的安排，有独到的见解。各自之所以能别具慧眼，是共同的奋斗目标，把我们和我们的学生紧紧地连在一起。不仅如此，还要编写出各个科目的教学大纲和教学计划，以适应新形势下教育人才的需要。这可要费一点劲的啊！"

把劲使在需要的地方，值得！大家说。

芭小的教学井然有序，有声有色，转来的和辍学返校的学生越来越多。俗话说，人多声似雷。早晨列队出操时嚓嚓的跑步声和起伏的吼声地动山摇。学生们朝气蓬勃，精神振奋。

这天，刘家辉刚下课，收到一封信。他拆开看，是安康中学王崇法写来的。信中说，三青团在安康建立分团部，并在安康中学和兴安师范建立区队，提出凡是学生都要参加三青团，谁不愿加入，就要考虑他的思想倾向和将来的前途问题，这有暴露党员身份的危险。现请示党员可否打入三青团，望回复。刘家辉把信往口袋里一装，便去找刘雪亚，并说："我的意见，可以打入三青团内去工作，这符合省委'积蓄力量，等待时机'的方针，你的意见呢？"

刘雪亚说："这关系到党组织的巩固和发展，党员的大事，我同意你的意见，以隐蔽自己，开展工作。在这种环境中，党员的坚定性是非常重要的，不可同流合污。"

刘家辉说："就按我们商量的意见，你给王崇法马上回个信。"

"好，明天就回复。"刘雪亚说着，把信撕成碎片，扔进了火炉子。

刘家辉没出门又回身说："咱们在这里交通不便，为了及时向省委汇报和掌握各县党组织的情况，须设一名交通员，你看呢？"

刘雪亚说："很有必要。"

"谁来任这个交通员合适？"

"我觉得罗广文能够胜任这项工作。"

"嗯，他家开小客店，又卖干食之类，脑子机灵，处事果断，有一定的社会经验，我看行。"

"叫他来一趟，征求一下个人的想法。"

"好，就这样决定。你同功远同志交换一下意见，然后让他和我联名给罗广文写一封信，借贩茶叶为名，叫赶快来一趟。"

"好，马上就办。"

刘家辉从教务处出来时碰上吕永吉路过门前。吕永吉阴阳怪气地说："刘老师又有啥高见同主任商议的，有机会把你的高深学问传授给我，哪怕是一点点也行。"

刘家辉听着这刺耳的话，看他神情诡谲的样子，便说："哪能呢，不敢不敢。我刚刚进入教学这个角色，你校龄长，还望得到关照和指点。"

这一句话让吕永吉不知自己姓啥为老几，趾高气扬地笑了一下，说："党国的教育，一定要按党国纲领实行。若是别开生面是很危险的，可莫要恬不为意。"

刘家辉听的话里有话，没好气地说："吕老师，这话严重了。咱们的课哪一个不合大方向，你给讲讲。"

"讲那么多历史事件干啥，唱那些抗日歌子有啥用，耽误讲课的时间。"

"忘了历史就是背叛，忘了耻辱就意味着忘却中华民族一路走来的艰难竭蹶，那就更忘了穷苦百姓饥寒交迫的生活。不管是讲也好，或者是唱也好，都是让学生振奋精神，为抗日救国而刻苦学习。你的两只脚站在哪一个位置上，究竟是抗击日本帝国主义，还是屈服于日本侵略者？现在党国是不是不抗日了，你才这样讲？"

"你刘老师不要给我扣这个大帽子，我可没那么说，只是提醒一下，咱们都注意集中教学。"

"咱们增加内容，增加实践，难道不是在集中搞好教学，让教学成长吗？"

"刘老师，我争不过你。是你对还是我错，以后见分晓吧！不过咱们还是芭小的老师嘛！"吕永吉说完扬长而去。

待吕永吉走远了，刘家辉又回到教务处，说："雪亚，姓吕的对我们亲近和来往有所觉察，以后得注意点。"

刘雪亚说："党网分子就是搞跟踪和侦查的，闻一点味道，就想干一些事情。我们来个小题大做，让他和别的老师形成一个错觉。"

刘家辉说："好，咱俩来个应变之术。"

作为教务主任的刘雪亚对自己制定的查课制度，坚持不辍，一点都不马虎。因此，老师们没有一个迟到上课或者提前下课的，在授课期间，珍惜四十五分钟，尽心竭力地把自己所知道的知识传授给学生们，从不敷衍了事。他这周的安排是查绘画、书法和语文课的教学，听听他们的独到之处。

吴觉非在上绘画课的时候，刘雪亚像一名学生一样坐在最后一排认真听讲。

"同学们，我们要上绘画课，首先要懂得美术的概念，美术也称造型艺术或视觉艺术，主要是指绘画、雕刻、建筑、艺术、工艺美术等，有时专指绘画。现在就来讲绘画，它是造型艺术的一种。是用笔、刷、刀等工具，黑墨、颜料、油脂、溶剂、稀释剂等物质材料，通过构图、造型、线条、设色、明暗处理等表现手段，在纸木板、纺织品、器皿、墙壁或其他平面上，绘制可见的形象艺术。绘画种类繁多，以使用的材料、工具、技术的不同，可分为水墨画、彩墨画、油画、水彩画、水粉画、粉笔画、铅笔画、钢笔画、版画、帛画、壁画、镶嵌画、胶画、蜡画、漆画等；就题材内容的不同，可分为人物画、风景画、山水画、花鸟画、静物画、动物画、历史画等；按画面形式和功用的不同，可分为主题性绘画、宣传画、漫画、年画、连环、组画、装饰画等。咱们先了解中国画，中国画也称国画。由于作画工具材料为中国独有的毛笔、墨、纸、砚和绢素，还由于中国书法艺术的悠久，绘画与书法同样以骨法用笔、线条运行来表达抒情，意存笔先，画尽意在。因此它的表现手法比较多。通过运用线条和墨色的变化，有勾、皴、点、染、浓、淡、干、湿、阴、阳、向、背、虚、实、疏、密和留白等，由于描绘的物象和经营位置，取景布局、视野宽广，不拘泥于焦点透视，国画在世界美术领域中较早地自成体系，具有悠久的历史和优良的传统。它属于东方画系，又是东方画系的典型代表，有中华民族的独特风格。它的独特就在于'外师造化，中得心源''画乃心印''融化物我，创制意境'，以达到以形写神、形神兼备、气韵生动的高超境界。关于国画艺术的传统特质，这是同学们应该知道或者探讨的课题，将从框架式的历史角度给同学们再讲。今天，我要首先介绍漫画的形式和功能。

漫画，以简洁而夸张的手法与笔调描绘生活或时事的绘画。它也称讽刺画，一般运用变形、比拟、象征、抽象等方法，对时代社会各种的事态，用锐利的讽刺，真实的批判，强力的鼓动，而画中隐藏着一种对于未来敏锐的洞察和预示的一种绘画。鲁迅先生在《且介亭杂文二集·漫谈"漫画"》中说过：'漫画是 karikatur 的译名……这一种画，在中国过去的绘画里很少见，《百丑图》或《三十六声粉铎图》庶几近之，可惜的是不过戏文里的丑角的摹写。'这就是说，虽然出现了，但还不是如漫画家叶浅予所讲的那样：'这种艺术，在对付敌人时是攻击的武器，在批判自己时是教育的工具。'"

刘雪亚听到这儿差点拍起手，但是控制住自己的激动心情，连连地点头表示赞同。

正在这时，吕永吉在门外听了好一阵子，才悄声叫道："主任，出来一下。"

刘雪亚走出去，问："有啥事吗？"

"有人找你！"

"谁？"

"古庙私塾郭老师。"

"春节走访时见过那位郭老师。啥事？"

"嗯。好像是他的一名学生转学的事。这名学生是保长陈永安的亲戚，他听自己的弟弟说我们学校风气正，教得好，非要来芭小上不可。"

"春节走访时，陈保长还招待过我们，我去看看。"

吕永吉待刘雪亚走后，又听几句就下课了。他跟在吴觉非的身后，说："吴老师，我对美术没研究，也听说过漫画在西方社会里只是一种轻松的游戏而已，但是从你嘴里讲出来，却成了紧张的娱乐。"

吴觉非毫不在意地说："各人有各人的理解，我以为在我们的这个社会状态下应该是一种严肃艺术。这又牵扯美术绘画的欣赏，以后还要专门讲。"

吕永吉提醒说："讲应该，看怎么个讲法，不要有倾向性，要把握点。哎，我问你，国民党区分部还要你去帮助工作，你考虑得怎么样了，我要给县党部报告呢！"

吴觉非思索了一下，找了一些理由推辞开了："你看，我的课这么繁重，我还管总务，进账出账要清整，还要计划主食和副食的采购，还要确定菜谱，还要到学生里边去收集对伙食的意见和建议。教务主任成天叮咛注意营养搭配，一周不要吃重复饭，叫把伙食办好，让学生和教工觉得学校的饭菜很可口。时间确实紧紧的，你看我哪有空想这些事，等我闲的时候想了再说。"

吕永吉似乎既责备又关心地说："你呀，不想自己的前途，光干为别人做嫁衣裳的事，何苦呢！好，就这样，我走了。"

吴觉非望着吕永吉走去的背景，恨恨地瞪了一眼，心里想，黄鼠狼给鸡拜年，谁还不知道你要的是哪一套。

吃饭的时候，刘雪亚对吴觉非说："这课上得好，既讲基础知识，又要讲针对性。"

吴觉非说："刚才吕老师说不能这样讲，说我有倾向性，可能觉察到啥了，又问到区分部的事。"

刘雪亚说："他那点鬼心眼还不清楚，假惺惺地近乎你，是想通过你舅把他调到县教育科，应付应付就行了。什么都不要担心，沉着干练，该讲的讲，讲用并举，达到箭在弦上、一触即发的目的。要注意，不要讲得太暴露。那个地方还是不能去，因为你对国民党的腐败不满，对抗击日本侵略有看法，如果去了会被撅出来的，闹得不好把个人窝丢了。你在学校，校长也满意，我们之间又合得来，山高皇帝远，谁能把你咋啦！吕老师他再要是借端生事，无理取闹，先停他的课，看他有啥办法。"

经这么一说，吴觉非刚才心里产生的顾虑一下子全被打消，感觉到非常的轻快。

星期三早晨上课的铃声刚敲响，吕永吉气冲冲地跑到教务处，扯起嗓门喊："刘主任，一年级的这堂课是我上的，怎么刘家辉老师已经上开了，那我咋办呢！简直是乱套了！"

刘雪亚训斥地说："都上课了，喊啥喊！有啥慢慢地讲嘛！"

"我的课让刘家辉老师占了！"

"咋会是这样呢？"

"我不知道！"

"这就去问问。"

胡贵书听到吕永吉在教务处大喊大叫，知道出事了。急忙跑了出来，迎面对刘雪亚解释："主任，吕老师给我讲，他不能讲课，让我找老师调一下，我就去请刘家辉老师来上，没料到刘老师刚开始讲课，吕老师又来了，一进教室门就生气了，又来质问我。我说，是你来找我请人调课的，你不来，不能让学生白白地坐在教室里，接着他就跑到你那里去告状。"

刘雪亚听得这番诉说，明白了这件事的起因，看穿了吕永吉的诡计。我不批评你吕永吉，只表面说胡贵书两句，来个将计就计，专去指责刘家辉。当他去一年级教室的路上，却被吕永吉拉住了："主任，算了，算了，刘老师正在上课就算了。"

刘雪亚有点生气地说："不碍你的事，你刘家辉去上别年级的课为啥不给教务处报告一声？"

吕永吉说："要知道我能早点回来，就不叫胡老师去请刘老师了，我想得不周全。错就错在我身上，也不该在教务门前大呼小叫，影响了教学秩序。"

刘雪亚立马听出这般假惺惺的说辞，随便撩了一句："胡老师也是明白装糊涂。"

胡贵书脸一红，说："我确实疏忽了。"

这时，刘家辉下课走出来，看着刘雪亚他们仁站在门前院子里，心里明白了个八九不离十，问："有啥事吗？"

刘雪亚递了眼色，反问道："有啥事你还不清楚吗？乱弹琴！"

刘家辉立刻想到小题大做该是时候了："谁乱弹琴，我应邀上课是乱弹琴，你这个教务主任得给我讲个道道出来！"

刘雪亚也变得激动了："你把道道都走了，还要我讲啥道道，如果古庙私塾邀你去代课，你就去吗？"

刘家辉跺着脚，说："你少东扯扁担西扯箩。在校调课是在本校，咋能提到古庙私塾呢！"

刘雪亚说："你眼里没有这个教务处，肚子底下两条腿，想到哪里就到哪里，随你的便！"

刘家辉说："哎呀，你是管我的大主任，我眼里咋敢没有你呢！实在是冤枉呀！"

刘雪亚说："自讨的，冤枉都在课里头！"

吕永吉一见他俩互不相让，争吵不休，便走到跟前虚情假意地说："算了，算了，一个学校的嘛，低头不见抬头见，莫那么认真，这算是我惹的事。俗话说，将军额上跑得马，宰相肚里能撑船，凭主任的宽宏气量，一定不会计较！"

胡贵书拉起刘雪亚就往教务处走，说："不知闹个啥事！"

刘雪亚说："躲不过的，迟早的事。"

吕永吉送走了刘家辉，心里暗暗地想到，看他们两个人那般针尖对麦芒，各不相让的样子，好像不是一路的神仙，各人有各人的道道。

刘家辉在离开时，沉默无言地瞥了吕永吉一眼，脸上露出自得其乐的神色，看你有多少心眼儿就使出来吧！

刘雪亚改判了一会儿学生的作业，站起来向窗外望去，发现操场旁边站着吕永吉，在指手画脚地对罗鸿忠说什么。罗鸿忠扬着头两腿一叉立在那儿，却满不在乎。这又引起了刘雪亚的警觉，试探吧！试探个半年六个月，你还能试探出个啥名堂！

星期五早晨刘家辉去上课，正与刘雪亚碰面，谁也没发现他俩只是淡然一笑，便擦肩而过。这一幕又被吕永吉看见了，他自感达到了挑拨离间的意图，但却不明奇妙之处，觉着自己胜利了，只是幸灾乐祸看笑话。

罗功远站在教室门外，等刘雪亚走近时，悄声说："主任，这一出戏可是演得活灵活现，惟妙惟肖。"

刘雪亚向周围扫了一眼，说："他还当真呢！走，听你的书法课。"

"同学们，什么是书法？书法是指我国传统的汉字书写艺术，也就是说，以毛笔书写汉字的方法，来表达书写者精神美的艺术。按文字体式，可分楷书、行书、草书、飞白等书法，草书又有草篆、草隶、章草、今草、狂草之分，这以后相继会讲到。现在先讲主要内容和基本要求。其主要内容有执笔、用笔、结体、布局几个方面。它的要求有：一是要使用柔软的毛笔，二是书写形象丰富的汉字。因此，这里有两个方面的含义，其一指毛笔字书写的法则，这主要包括执笔、用笔、点划、结构、分布等方法；其二指以书写汉字来表达笔者精神之美的艺术。它是借助于精湛的技法、生动的造型来表达笔者的性格、趣味、学养、气质等精神因素，其潜在于'心画'。以上二者相融合，便构成了中国书法艺术。从书法构成的要素来讲，包括以下三个方面：一是笔法，古人说：'凡学书字，先学执笔'，这要求熟练地执使毛笔，大抵要求手指、腕、肘、身虚实协调，动作合宜；二是笔势，主要讲究方圆、正偏、肥瘦，等等，要求妥当地组织好点画与点画之间、字与字之间、行与行之间的承接呼应，聚散疏密，以呈现抑扬顿挫、刚柔雄秀的气势；三是笔意，要求在书写过程中用心去抒发情感，以表现出书者的气质、情趣、素养和品格。正如晋代女书法家卫夫人（名铄，字茂漪，山西汝阴太守李矩之妻）所说：'然心存委曲，每为一字，各象其形，斯造妙矣，书道毕矣。'我国书法有三千多年的历史……"

刘雪亚正听到这里被胡春贵叫了出去，给他说："主任，校长叫你赶快去一趟。"

刘雪亚有些惊奇地问："他从家里来了吗?"

"是的。"

"有啥事,知道不?"

"我昨天到他家去了,把吕老师的事给他讲了,他当时就很生气。让我回来不要再讲,可能为这事来的。"

"好,我这就去。"

"主任,我觉着应该把这事告诉给校长。"

刘雪亚向胡春贵笑着说："应该应该,我没有怪你呀。去吧!"他一边说着,一边迈起大步向校长办公室走去。

张晓栎一见刘雪亚就直截了当地说："刘主任,吕永吉的事,胡春贵给我讲了,这个人咋是这个样。这回要处理!"

刘雪亚考虑了半会儿,说："已经过去了,算了吧!"

"不能算了,上次他风言风语逢人就讲,刘雪亚来了几天,成了张晓栎的掌上明珠,学校的红人,吴觉非的屁股也坐歪了。一时引得大家说长道短,本来教师中很平静、很团结,这一来教师之间相互猜疑指责,闹得人心涣散。他不束身自爱,接受教训,这次非处理不可!"

刘雪亚觉察到他真要处理的决心,说："校长决定吧。不过,治学风,树校风,管师德,才是支撑学校门面的重要举措。"

张晓栎对这话完全认同了："对对对,就是的。我校长有聘用的权利,一旦表现不好,也有解聘的权利。如果他不明智再闹哄,由我出面解决,你别管了。就这样办! 你该管的就大胆管,千万不可松气啊!"

刘雪亚暗想,这下教师应该是清一色了。说："不会的,校长放心吧!"

张晓栎说："那就好。哎,刘主任,再报告你一个好消息,我们扩建校舍的报告教育局已经批准,经费如数下拨。明天上午召开校董事会研究修建问题。"

刘雪亚高兴地说："好,太好了,不会为学生吃、住再发愁了。"

董事会上,张晓栎首先发言说："县上拨来的这笔款子,是修建校舍专项经费,决不能挪作他用,只能花在教学设施上面。我的意见,请姜校董经手并负责修建,立马组织施工人员、备料、勘察,并负责计划在暑假前建成。实际上已经着手筹备了,暑期一定能够竣工,看大家还有什么建议请发表。"

姜东周映了一下眼睛,自信地说："管好这笔经费,建好学校教室和宿舍,责无旁贷，义不容辞，本人全力以赴，一定按时完成修建任务。"

刘雪亚说："咱校没个饭堂，刮风下雨、炎夏寒冬季节，学生、职工端上碗没个去处。我想能不能把这笔经费再计划计划，挤出一点修个饭堂，带厨房。"

刘家辉说："这个意见，我同意。学生端上碗，刮风时灰尘落在碗里，下雨时雨滴掉在碗里，春夏秋冬端着碗蹲在场地上不是个事。应该建，这样与厕所隔开了，也卫生。"

吴觉非想了想，又提出了能不能修两间澡堂子。他说："咱校教学设施已经齐全，图书室和娱乐的地方都有了，生活设施如果修饭堂，就差男女学生的澡堂子，应该考虑一下。"

姜东周显出一副为难的样子，说："建饭堂倒是可以研究研究，但要再增加修澡堂子恐怕就难了，这笔钱远远不能解决。"

参加会议的人员有的点头，有的摇头，有的皱眉头，到底是赞同还是反对，都没有用语言来表达自己的意见。

张晓梫环视会场，没有吭气，便望着姜东周，说："你还有啥？"

"没有了，你讲吧！"

张晓梫这才开始作简短的会议总结。他说："就按原来的修建计划执行，我也同意修建饭堂，经费就从这里调整，实在不够，我再找人资助一少部分。男女澡堂子应该建，但开支不是个小数目，待后想办法解决。另外，在修建过程中，请校董同刘主任和觉非老师常通气，相互配合，共同把好质量关，争取提前完成修建任务。就这样吧，散会！"

学校出现了热气腾腾的气氛，学生们情绪高涨，不仅活跃在课堂上，而且活跃在操场上，还活跃在校舍的墙壁上。黄恺丞和胡春贵在刘雪亚指导下，他仨一合计，决定由各班的班长带头组织能写会画的学生办一期墙报。两天之间，报头名曰《前进》《晨曦》《小钢炮》《开创》《拓荒》《明天》等壁报相继占领了这面被忽略的空间。这些壁报图文并茂，通俗易懂，其杰作皆来自学生之手，更显眼的是抗日救国的文字和插图漫画，几篇小杂文，一针见血，切中时弊，令人关注。老师和家长们看过之后，伸出大拇指，赞不绝口。孩子们能行，有更大的作为，我们站在当今这个风口上翘首以待他们的成才。

吕永吉不知道来校干什么，看见铺天盖地的壁报和标语，撇起嘴，挤眉弄眼的，哎呀，简直成了共产党的板报。张吧，张成啥样子了。再张，国民党的天下能搅乱吗？

刘家辉对每一块墙报里的大栏目、小栏目，大文章、小文章都一字不落地看过，为策划构建这样的抗日宣传阵地拍手叫好。他很快地找到刘雪亚说："墙报办得好，版面设计别致新颖，文笔犀利尖锐，图画诙谐幽默，具有针对性。我看呵，当前抗日战争正处在相持阶段，国民党消极抗日、积极反共，与我党领导的军队发生多次摩擦。在这种形势下，学校里通过这样的宣传会达到一定的效果，咱们应该选择一个时机去农村到老百姓那里做宣传工作，以激励广大群众的抗日热情。"

刘雪亚胸有成竹地说："你提得好，这也是开阔师生视野广交各界朋友的机会。我已想过了，这月中旬，拟组织一次高年级学生参加的春游活动。我明天就告诉校长，相信他不会不同意。"

刘家辉说："你既负责又带队，又指导这次活动，由学生会具体组织实施。"

刘雪亚说："有个初步安排计划，待校长同意后，再研究。"

刘家辉说："当前还要注意校里校外的动静。"

刘雪亚说："吕永吉走出学校和国民党区分部书记姜达才勾结在一起了。前几天还来学校一次，找过罗鸿忠问情况，看了墙报，嘟嘟囔囔地走了。他随脚走，罗鸿忠就随脚跑来告诉了所问的一些话，又想要啥花招。"

刘家辉说："那个人虽然是一个跳梁小丑，碍不了大事，但是还要格外小心。"

刘雪亚说："是的，他会煽风点火，分散人心。我已经安排罗鸿忠观察他的行踪。我还考虑学校能否成立一个纠察队。"

刘家辉说："应该。"

刘雪亚说："现在忙顾不上，春游回来后再征求意见，着手办理。"

三年级和四年级的学生听到要春游，高兴得手舞足蹈起来，个个掰着指头算计着要去的那一天。

这天晚上快半夜了，刘雪亚看见刘家辉宿舍的灯光在亮着，就敲门走了进去。

刘家辉赶忙打招呼："快进来，来得正好。你看看我草拟的八条标语，还需要加哪些？"

刘雪亚接过来，在灯下一瞅，说："很好，可再加一条，'全国人民团结起来，把日本鬼子赶出中国去'。口号还不能太暴露。"

刘家辉说："是的。我们不能像边区那样宣传，我们是在国统区，注意隐蔽一点。"

刘雪亚说："不要看在山里边，荒山野岭也有他们的眼线。明天，我们一起商量安排春游的事。"

刘家辉问："参加人员通知到了？"

刘雪亚说："校长有事不参加，其他都按时参加会议。"

刘家辉说："那就早点休息，要注意身体啊！"他站在门上，一直望着刘雪亚进了屋，屋子里灯光霎时亮了起来，才轻轻地关上了门。

子时，胡春贵和黄恺丞起夜发现两位老师房子里的灯还在亮着。胡春贵说："老师熬夜改判作业，太劳累了！"

黄恺丞说："为的是咱们这些后人嘛！若学不好，实在对不起老师。"

胡春贵说："是这样，他们千辛万苦为了一个崇高的目标，让学生们和这个世道好起来。"

黄恺丞一笑说："你站得高看得远哪！"

星河耿耿，长夜悠悠。自然界已枕山进入了梦乡，任河水仿佛放慢了东去的脚步，生怕惊醒了熟睡的人们。唯有芭小校院里那两间房子的油灯依旧灼灼闪亮。

刘雪亚召开会议专门研究春游活动。他首先向大家讲了春游的指导思想之后说道，"我们要在游山玩水中陶冶、净化、锤炼自己的心灵，因此，一定要做好抗日救国的宣传工作。大致分工是这个样子，家辉老师负责讲演，功远老师负责标语，觉非老师负责漫画并兼管生活安排，雪亚老师总负责并担任戏剧表演的编导。黄恺丞和胡春贵同学负责学生的组织编队及其参与各种活动，纪律管理要严肃紧凑一些，不能松松垮垮，像一个有志向有志气的青年学生的模样。春游的路线，沿任河而上，经高桥，过高滩，抵毛坝关，每一处停留三至四天，整个行程半个月左右。"最后，他问道："各位还有啥补充的？"

大家异口同声地回答："没有！"

刘雪亚叮咛了一句："大家下去抓紧准备，后天出发，散会！"

罗功远从教务处出来没有回宿舍，站在院子的大树旁，望着群山和夜空，感觉这个夜晚是如此的幽静，月明星稀，柔风撩拨。但他没有心思去欣赏这美丽的夜景，又不停地走来走去，表现出焦灼不安的样子。

这时，传达喊道："罗老师，有人找你！"

"谁呀？"罗功远边问边向大门走去。

"是旬阳来的。"

罗功远一听是旬阳来的人，没见人就猜想是谁了。没走几步，听到有人叫："罗老师，我是黄魁。"

"哎呀，可把你等来了。我刚才还在念叨呢！咋成夜猫子了？"罗功远一跺脚说。

罗广文笑着说："急着赶路。不是有句俗语：夜猫子进宅，无事不来！"

罗功远明知故问："啥事这么急？"

罗广文心里清楚，这话是让传达听的："我到焕古滩买茶叶，顺便来看望老弟，还要急着回去呢！"

"嗯！谢谢！莫急莫急，既来之，则安之，多住两天，咱们弟兄俩好好叙叙旧。"罗功远边说边拉着罗广文回到宿舍。

罗广文一进屋，悄声地说："长勤，接到你和书记的信，没停脚就来了。"接着，从内衣口袋里掏出一封信递给罗功远，又补充了一句，"这是世恭让我捎来的。"

"哦！"罗功远接过信，拆开一看，不大的纸条上草草地写了这么这句话：

老板：安好！

　　经商赚钱，才有生存的机会。我县生意很好，唯有北区收购桐油数量很大。

　　请准许按数入库。

　　附各乡数量表格于后

雇员　鲁静

这时，罗广文正从鞋帮子里取出花名册，递给罗功远。罗功远细细地一瞧，人员遍布厚生乡、醇笃乡和风雅乡等十三家，跑乡串村的收购员是杨明宪。心里兴奋不已，他是这十三名共产党员的入党介绍人，功夫做到家啦，这就是共产党人的能量，是共产党宗旨的威力。罗功远考虑到安全，便嘱咐罗广文说："你回去告诉世恭，以后不要这样做了，万一有个三长两短，被敌人抓到了手里，那会造成不可估量的损失，是吧！"

罗广文放下茶水杯，说："对的，我一定通知世恭同志。"

罗功远说："只有安全，才能顺利地办好事，办好我们的大事业。刘金章和李兆珠的工作做得咋样了？"

罗广文说："世恭同志负责争取刘金章，德厚同志负责争取李兆珠，很顺当。世恭同刘金章的关系非常密切，刘金章在政府影响力很强，把世恭活动到县政府信用合作社任贷款登记员。"

罗功远说："这两个人，一个在政府影响较大，一个在教育界是非同寻常的人物。这样，为使我们能站得住脚，便于在隐蔽处开展工作，以顺顺当当地做好我们恢宏的大生意。"

"哎，功远，信上讲，要我来议生意，是想做哪门子生意呀？"罗广文喝了一口茶水问道。

罗功远填满了茶水，说："先喝好了茶水，去见家辉同志就知道了。"

罗广文咕咚喝了一口，说："好了，现在就去吧，越快越好。"

刘家辉一见罗广文的到来高兴极了："快坐快坐！来得真及时，再过天巴子，我们要去春游，很难见得上。"他转过面，又对罗功远说，"你去把雪亚老师叫来，咱们一起谈吧！"

不大一会儿，刘雪亚到了。罗功远作了简单的介绍，相互一笑打了个照面。

刘家辉一看表，已经十二点了，就开门见山地说："黄魁同志，为了保持地委和省委的及时联络和互通情报，经地委研究，你拟任安康地委至省委的交通员，从你的个人履历和社会经验来讲，是完全可以胜任这一工作的。想想看，有什么意见？"

罗广文立刻意识到，这是组织对自己的厚望和信任，虽然是拟定，都叫来了，还不是敲下去的钉子，是定了的事？这工作责任重大、危险、紧急、神秘，更庄严，作为一名共产党员，是责无旁贷。他望着大家，果断地说："我坚决服从组织的决定，想方设法完成交通员任务！"

罗功远笑了："其实，你的办法已想出来了，你不是说，到紫阳买茶叶吗，这个借口切合实际。"

刘雪亚插了一句："好，破土的竹笋子，拔尖！"

刘家辉赞许地说："智谋的人才呀！这样吧，你的交通费和收购茶叶的钱，我们大家资助。"

罗功远说："行，我出三十块钱。"

刘雪亚说："同意罗老师的这个数。"

刘家辉觉得非常满意，说："慷慨解囊，毫不吝惜。好，咱们仨都按这个数吧，如果欠缺，再另想办法予以解决。"

罗广文说："够了，量入为出，精打细算嘛！"

刘雪亚说："不管怎样，要保证任务的完成。"

刘家辉说："对，是这样。黄魁，这两天我们筹备春游，时间紧促，不能再开这样的会了，下去后个别再交谈。我给省委写一个报告，明天给你，抓紧给省委送去。"

罗广文说："这是第一次执行任务，我后天早上就出发，路过紫阳县城买上十斤茶叶就行了。"

刘家辉说："休息一两天，咱们春游出发时，你就离开上路，好吧！"

罗广文说："我早走一天，就与省委更近了。"

罗功远说："是的，这样多赶一天的路程。"

刘家辉说："是这个理，要注意安全，有安全，就有完成任务的保证。"

罗广文点着头，说："请组织放心，信件就是生命。"

就在罗广文走后的这一天，上百名学生神采奕奕、步伐健稳地登上了春游的旅途。此时，曲曲弯弯的小道上，彩旗飞扬，歌声震天，寂静的大山深处，倏然间沉浸在一片喧闹的气氛之中。

刚走进高桥镇，黄恺丞匆匆来到刘雪亚面前，问："刘老师，好多学生问，这里为啥叫高桥，我不知道高桥的来历。"

刘雪亚摸着头，说："听别人讲，因一座木廊桥而得名，具体我也不清楚。咱们去打听打听。"说着便跑步，抢了学生们的前面，看见街边的大树下的石头上坐着一位老大爷。这位老大爷皓首苍颜，看样子已经是耄耋之年了。刘雪亚恭恭敬敬地问道："老大爷，这儿咋叫高桥？"

老大爷扬起头，一见面前站着两个陌生人，把白胡子一捋，反问："这又啥好问的，都是古经了。你们是哪里的？"

黄恺丞赶快走上前作了个揖，说："爷爷，咱们是芭蕉小学的学生。这位是我校的代校长刘老师。"

老大爷一下子站起来，说："噢，芭小校风好，我听人讲了。我教过几天私塾，校长和老师精心敬业，学生就会学到知识，更为修身养性。"

刘雪亚："老大爷，过奖了。清明节刚过，让学生们走出学校春游，从乡亲父老中增长见识，汲取营养。"

老大爷哈哈大笑了："要说高桥地名的起因，相传于清乾隆六十年，在权河上就建起了这桥，已历时二百多年。当时，龙潭坝的一个姓高的小伙子到权河口一林家接亲，在返回的路上却被桥工拦住了，有意嬉闹一阵子，敬候新娘赋诗一首方可通过此桥。这女子可不是等闲之辈，熟读经书，精通诗文，当即吟诗一首：

新娘过新桥，千固万年牢。高郎娶林女，桥名叫高桥。在清脆的朗诵声之中，桥工们高兴得手舞足蹈起来，直喊，恭喜，恭喜！花轿抬得是欢天喜地，唢呐吹得是百年好合。从此后，一传十，十传百，人们便把这里叫高桥了。"

老大爷讲得津津有味，真不可相信，这么大年纪，耳聪目明，精神矍铄，嗓音洪亮，大概是秦巴山养育的子孙们所造就的刚强体魄吧！刘雪亚听着想着，不禁拍起手来，说："精彩，妙。谁说山里的女人只会做饭生孩子！"

黄恺丞说："爷爷，你在给我们说书啊！"

老大爷看着一队一队整齐的学生向高桥走来，又说："看你们多像当年红三十三军的队伍，就是腰里没有子弹壳。也行，只要肚子里装着货，将来就有子弹壳！好，我引你们去过木廊桥。"

刘雪亚谢了老大爷，黄恺丞扶着老人向权河的桥头走去。

芭小师生的到来，大街小巷、家庭院落、学校操场一下子热闹欢腾起来。街头剧《放下你的鞭子》开始演出了，现场被围得水泄不通；学生们扮演的毛泽东、朱德、刘伯承、贺龙、蒋介石、日伪军，举着联合抗日的牌子，踩着高跷过来了。开路人喊道：这也算是活报剧的一种形式，名字可叫《心声》。一些凑热闹的大人小孩、男女老少跟前跟后直吆喝，好呀，团结起来，抗日救国，就是我们的心声。

在一阵掌声中，《义勇军进行曲》《大刀进行曲》《九一八歌》等雄壮嘹亮的歌声此起彼伏，震动着大家的心，腰杆挺起来了。这歌声唤起了人们抗日的信心。

胡春贵、黄恺丞和宋玉田分别选择了一处人多而地势突出的地方发表了各自的讲演，言辞激昂，声音响亮。讲到最后挥起攥得像铁锤一样的拳头，高喊道：打倒日本帝国主义！日本侵略者从中国滚出去！接着，人群中掀起了如波浪汹涌般的涛声，一浪接一浪，一浪高过一浪。

老大爷在第二天带领着侄孙们把街道走了个遍。一边走一边给他们念着横的竖的标语：抗下去，战下去，中国必存；投下去，降下去，中国必亡；拥护抗日民族统一战线；坚持抗战、坚持团结、坚持进步，反对投降、反对分裂、反对倒退。他咂滋味地给孩子们介绍说，这些标语上的字部分是楷书，其次是行书。你们看那一张上的字，笔画平整，形体方正，故名楷书；再看隔着那一张上的字，顺畅便捷，如云逝水流，秋纤间出，故名行书。这些字啊，苍劲洒脱，颇见功力。并说，你们明年该上学了，就到芭小去念书，要把我们老先人留下来的字学会写好，这可是一个人的脸面啊！

"爷爷，快看这幅画，那一个人端着咱们打猎的土枪，把铁砂子射向一群当兵的身上，当兵的是谁啊？"

"是日本鬼子，他们把魔爪伸进了中国，咱们就得把他们赶出去。你瞧，他们把快枪都丢在地上了。"

"土枪能抵过快枪吗？"

"能，只要中国人抱成一条心，就会把土枪换成快枪，打他个有来无回。"

"爷爷，你看那一幅呢？"

老大爷放眼望去，一幅宏大的中国地图上似乎掀起波澜壮阔的水势，那个日本鬼子在汪洋大海之中，挣扎着呼喊着，饶命啊！救命啊！老大爷明白了，给孩子们讲："中国人民同仇敌忾，打一场人民战争，中国人民必胜，日本侵略者必败。"

"爷爷，这是啥画呀？"

"孩子们，爷爷真的不知道。"

这问话，恰巧被路过这里的吴觉非听到了，他赶快回答说："这是绘画中的一种，叫漫画。"

"老师，漫画是不是慢慢地画呀？"

"不是那个样子的，是一种具有讽刺性和幽默性的图画。一般运用夸张、比拟、变形、象征等方法构成幽默、诙谐的画面，以取得讽刺和歌颂的效果。这可能听不懂，长大了进学校一学就明白了。"

老大爷一笑说："吴老师来了。你讲得对，他们不过是听天书，还摸不着门道，明年送他们到你们学校。"

吴觉非说："谢谢老大爷的信任，欢迎孩子们到芭小上学。"

街民们听说春游师生要离开高桥，早晨天刚亮就站在街道两旁，等待欢送师生们。他们有的端着大麦醪糟，有的兜着煮熟的鸡蛋，有的提着核桃，有的捧着红红的樱桃，推来让去，硬塞给师生们走在路上打个点。

刘雪亚不停地拱手致谢，不停地说："泼烦你们了！泼烦你们了！我们会竭尽全力教好天下父母的孩子们，让他们忠孝两全！"

掌声如雷，响彻在山间河谷里。

当师生们走出街口的时候，刘雪亚一眼瞧见老大爷带着孩子们正在这里等候着，便说："老大爷，您太操心了，真对不起呀！"

"我这个老先生，老了，没用了，操些闲心！"

"话不能那么说，您讲典故、引路、观摩，是对我们师生的鼓舞啊！"

"看到这些新玩意，我好开心哪！"

突然间，在送行的人群中唱起了歌谣：

一双草鞋嘛涟涟板板薄，脚上缠的嘛哎哟灰裹脚哟干咯吵。

身上穿的嘛涟涟短戳戳哟溜溜，腰杆围的嘛哎哟子弹壳，哟干咯吵。

背上背的嘛涟涟步步枪哟溜溜，见了敌人嘛哎哟打一仗哟干咯吵。

又吹洋号嘛涟涟又唱歌哟溜溜，你看我们嘛哎哟多快活哟干咯吵。

刘雪亚问："老大爷，这是啥民歌！"

老大爷把胡子一抹，显出自豪感的神色："这叫《草鞋歌》哪！"

"像当兵唱的歌！"

"现在听起来倒是，可先前不是这样子的，是从传统的民歌变过来的。原来叫《十把扇子》，是富豪人家的女子独居闺房，手捧画扇，思念情郎时慢唱的一种婉转动听的小调。"

"那咋变成这样呢？"

"我给你讲啊，那是王维舟领导的红三十三军、许世友领导的红九军、袁克服和熊国炳领导的川陕游击队、何继周领导的陕南人民抗日第一军的队伍，在转战和驻扎紫阳期间，战士们根据《十把扇子》的曲调把词改变成这个样子的，定名《草鞋歌》。这歌当时在队伍里和川陕边区的百姓中广为流传，很时兴！"

"真是干啥务啥还唱啥，真能想得出来！"

"听他们讲，活跃战士们的文化生活。战士们净说大实话：口唱歌心快活，打起仗来没绊脚！照我想呵，他们是无忧无虑为国家为人民嘛！"

"那是一定的。这歌儿是从生活中的旋律而来，豪迈奔放，鼓舞士气，很容易被战士们和大众百姓接受。青山矗立，歌声流远。难怪呢，在我们一见到你时，你就说学生像队伍，腰里只是没有子弹壳。没有这，有这歌儿也能鼓舞我们的勇气，学生们应该学习红军战士英勇顽强的精神，把学习搞好，把身体锻炼好。老大爷，这是营养，是老师们想教都教不出来的，在你这儿学到了。"

"这是红军给我们留下的念物。哎，唐氏宗祠那座房子，你们看了吗？"

"看了，这座光绪七年的建筑气势恢宏，古朴大方，'洪祚载辉'，很有气魄，大吉大福充满光辉，照耀千年万载，那两个空石窗子更是寓意深刻，天圆地方，国泰民安，人寿年丰啊！"

"老先人真聪明。"

"今天的人，也有今天人的智慧，我们会继承和创造新的建筑艺术！"

在一片欢呼声和洪亮的歌声中，春游的师生们留恋不舍地告别了高桥的乡亲父老们。

胡春贵回到家乡，凭着人熟地熟亲戚多，把他们发动起来，跑了东街跑西街，到了南街到北街，安排住处和吃处；选择人多繁华热闹的场地，指定张贴标语和漫画的位置；爬树采香椿，上山挖野菜，进到各自的茶园采绿茶，真是忙得不亦乐乎！

刘家辉对刘雪亚说："你没看错人，春贵这学生脑筋就是活泛。"

刘雪亚说："可不是嘛，父母经营生意很灵性，有灵性的父母必有灵性的娃！"

"哈哈哈！是这样吗？"刘家辉捧腹大笑。

"八九不离十。遗传、家风、教育、自律，凑在一起，这个人大概就能成器。"刘雪亚以探讨的口气说。

"刚说曹操，曹操就到。"刘家辉说。

刘雪亚一见胡春贵站在面前："春贵，有啥事吗？"

胡春贵说："一切全都布置好了。中午到我家吃饭，是统一安排的。"

刘家辉问："罗老师和吴老师呢？"

胡春贵说："罗老师还在贴写标语，吴老师把漫画挂毕，又去几家查看饭菜做得咋样。他们一会儿就去我家，咱们先走吧！"

他们仨走进了街道。刘雪亚对走一个新的地方是很留神的，他突然发现在一些街民住的外墙上贴着神鸡捉蝎、天神除五毒的绘画。走近一看，上面还有一些文字说明：谷雨三月中，老君下天空，手持七星剑，单斩蝎子精；谷雨三月中，蝎子逞威风，神鸡口一嘴，毒虫化为水。刘雪亚不禁叫起来："今天是谷雨啊，雨生百谷哇！我们老家也贴这样的画，还兴走谷雨哪！"

刘家辉说："谷雨是二十四个节气中的第六个节气，忙活得都给忘了。不过，我们城里人不是你讲的那样，只是注意营养，春笋烧鱼，做香谷黄鳝羹和卷心菜牛肉汤什么的，有祭祀娘娘庙的习俗。"

胡春贵仔细地瞧着，这漫画与谷雨贴画的画面似乎有点相同，猛然间说出一句耐人寻味的话："五毒是害，日本侵略者也是害，都得除掉。就是消灭了那个害，会不会死灰复燃，东山再起呢！"

刘家辉说："是那样的话也不怕，正义一定能够战胜邪恶。"

刘雪亚这时注意到了街道上的墙壁上、门板上、树干上出现新的标语：实行革命的三民主义；拥护抗战到底的蒋委员长；废除苛捐杂税，改善人民生活。他心里想，这样写太直白了。于是看看这些标语，望了刘家辉一眼，刘家辉点了一下头，好像明了他的意思，但都没有说什么。

胡春贵的父亲胡安高兴地迎接客人的到来，一进屋就指引刘家辉和刘雪亚坐在上席的位置。不大一会儿，罗功远和吴觉非被胡春贵招呼进屋，他俩自然明白就坐在左右的凳子上，接着罗鸿忠、黄恺丞依次就座。

罗鸿忠刚挨着凳子，突然起来走到刘雪亚跟前，贴着耳根叽哝了几句，不知说些什么。刘雪亚脸色很平静地只说了句"知道了"。

胡安站着说："欢迎老师和娃的同学来做客，粗茶淡饭，能吃饱就是我的心意。贵娃，先上茶！"

"哎，知道了。"胡春贵一边上茶，一边说，"这是我爹托付亲戚在今天采摘的茶。"

胡安说："我们这里谷雨品尝新茶，相沿成习。民间传言'吃好茶，雨前嫩尖采谷芽'。它用锅炒而制成，这茶泡出来，色泽绿润，细嫩清香。相传喝了谷雨茶，能解凉消毒，夏天不易生痱子长疱子。请品尝！"

刘雪亚呷了一口慢慢地咽下，然后说："好，舒畅。这茶呀，还有雅志的功能。欧阳修在《茶歌》一诗中这样写道：'吾年向老世味薄，所好未衰惟饮茶，亲烹屡酌不知厌，自谓此乐真无涯。'他也在称赞喝茶的好处。"

刘家辉说："刘老师还引经据典哪，这茶就是香，主人的盛情也更浓呀！"

这话音一落，引得大家哄堂大笑。

胡安直摆手："不足挂齿。贵娃，菜好了没？"

"好了。"

"上菜，喝酒。"

黄恺丞和罗鸿忠看到胡安那样的热情洋溢，谈笑风生，也就无拘无束了，赶快起来去厨房帮忙端菜。

席间，除了学生之外，你来我往，相互敬酒，热火朝天。

胡安用筷子指着那盘香椿说："各位老师，请品尝谷雨香椿菜，醇香爽口。据草医先生讲，有健脾开胃、清热理气、滋润肌肤、消炎抗菌、止泻、杀虫的功效。快，夹菜夹菜，莫客气啊！"

刘雪亚端起酒杯向胡安敬酒："你想得可周到。借你的酒，深表我们的谢意！"

胡安说："我娃在你们学校上学，应该谢你们才是。我看了你们学生作业和考试卷的展示，成绩优秀啊，都是花了你们的心血啊！"

刘家辉插话说："应该的，可别讲生分话。既然你们把孩子交给我们，就得想方设法教好，不然就对不住你们的信任啊！"

吃罢中午饭，胡安让他们看了自己经营山货土特产的商店，又邀请去山上领略茶园的风景。

刘雪亚抱歉地说："胡老板对不起，我和罗老师去招呼学生们演出宣传，就让刘老师和吴老师去吧！"

刘家辉知道他们俩不去的用意，对胡安说："好，他们有事，也不能不领情，只能这样了。"

当胡安领着他们刚走出街道口的时候，刘家辉放眼一望，三五成群的女人挎着篮子，在茶园旁、草坡间、丛林中、小路上行走着。他好奇地问："这些女人啥都没干，只是在说话走路，啥意思呀？"

胡安笑得很自在："嗬，这是个奇特的风俗，叫'走谷雨'。农家人的大姑娘小媳妇无论家里有事无事，都要到野外走一圈再回家。"

刘家辉老远就看见她们相互之间，仿佛在谈天说地，又宛如在倾诉儿女情长，还好像扯到民殷国富这个老百姓盼望的日子。看她们走路脚步点儿那么的轻快稳健，步调还那么的一致，有时还听到一阵一阵咯咯的笑声，这笑声里无疑迸发着她们在追求个性解放的愿望。刘家辉说："我在城里听别人讲过，但没有看见过。她们的风姿秀逸，体态潇洒呀！"

胡安又解释道："她们回家的时候，每人必须采点柳叶、杨叶、榆钱、槐花、苜蓿花等野菜，放在篮子带回家。"

刘家辉说："我明白了，意思是走出去走回来，走出一个五谷丰登、六畜兴旺的好年景。"

胡安拍起手："对对对，灵人就是灵人哪！"

刘家辉说："吴老师，精彩呀！你能不能画一个'走谷雨图'？"

吴觉非开心地笑了："刘老师提到了，我也正在思考怎么构图呢！一定要画出来，画出妇女们走出家庭，走上社会！"

他们说笑着，走进了绿茵茵的茶园。

刘雪亚和罗功远来到演出广场，演出已经开始了，场地四周被人群围得水泄不通。于是，站在人群的外面，刘雪亚指着几条醒目的大标语，贴近罗功远的耳边低声说："这在边区和解放区是行的，在国统区就太明显了。再写时，分别把定语去掉。专署接二连三地下文，强调不允许在这个人的名字后加尾巴，如果再发现，一追到底，并以私通共产党论处，改掉那条不要用了。当然，大家的心情可以理解，但是还是要注意隐蔽性，光靠热情没有策略性，不可能制服敌人，或许还会给革命带来损失。下去，巧妙地给同学们讲讲，不要挫伤大家的积极性。"

罗功远说："你讲得对。是有些冒险和冲动，忽视了大山深处还有国民党的眼线。"

刘雪亚又说："刚才吃饭前，罗鸿忠告诉我，他在街道上看见吕永吉鬼鬼祟祟地探头探脑，一晃儿就不见了。"

罗功远说："看来这个人就是如同学议论的那样，心眼比脸上的麻子点儿多。"

刘雪亚说："提防点，在各个活动场地外多增加几个纠察队员。"

罗功远问："要不要带上防卫的器械？"

刘雪亚想了一下，说："现时不值得大动干戈。"

罗功远说："好。"

刘雪亚说："好了，咱们去听听演讲吧！"

胡春贵、黄恺丞和宋玉田在演讲台上峙然而立，显出壮志凌云、气吞山河的宏大气魄。刘雪亚和罗功远一声不响地挤在人群的后边，只见宋玉田挥舞着帽子，气宇轩昂，目光炯炯有神，神彩飞扬地宣讲《抗日救国十大纲领》。这十大纲领的主要内容是：坚决打倒日本帝国主义，反对任何的动摇和妥协；实行全国的军事总动员，武装人民抗战；实行全国人民的总动员，给人民以抗日救国的各项自由；改革政治机构；改善人民生活，等等。这是实现全面抗战路线，反对片面抗战路线的指针。就是说，争取抗日战争胜利的关键，在于使已经发动的抗战发展为全面的全民族的抗战。其抗战的路线是，要独立自主地动员和团结全国人民参加抗战，依靠广大人民的力量来争取抗战的胜利，使抗战胜利的结局成为广大人民的胜利。

讲到这里，宋玉田举起拳头，高呼道："打倒日本帝国主义！打倒贪官污吏！"

台下群情鼎沸，随声呼喊的声音以雷霆万钧之势震荡在群山之中。

演讲结束时，宋玉田又喊道："让我们团结起来，在抗击日本侵略者的顽强斗争中，用我们的英勇和鲜血写下一曲曲气壮山河、捍卫伟大祖国的壮丽诗篇！"

这时广场上人们的掌声、欢呼声、口号声和歌声一阵又一阵响彻云霄，翔穿天地之间。

过了一天，胡春贵发现有三条标语不见了，立刻向刘雪亚作了报告。刘雪亚想到，这是预料之中的事。一定是吕永吉所为，便同刘家辉商量，决定既不追查也不声张，避免在学生中引起没有必要的担心、害怕而造成慌张不安，现在需要从容镇定，以静态来对付。再次告诉罗功远和吴觉非，指定那三条标语口号不要再上墙了，其他安排一律不变。

胡安是个活跃和喜爱热闹的人，由于做生意走南闯北，对社会上的事他也摸得一些。所以在春游学生离去时，他找到刘雪亚要求，要同师生们唱一首《盘歌》。还讲，这歌是红三十三军、川陕游击队战士们经常和老百姓在一起唱的，一问二答，很有趣味。

刘雪亚高兴地拍手说："我知道这首民歌。你们选一两名歌手问，我们选四名师生答。行不行？"

胡安说："行，我们已选好了两名爱唱民歌的女娃子问唱。咱们午饭后唱一阵子，这首歌唱罢后，你们还可继续唱抗日歌曲，让她们学着点。"

饭后通向广场路上的行人川流不息，一拨一拨地涌进了广场。

《盘歌》首先拉开了同歌同乐的序幕。

> 女问唱：什么弯弯弯上天？什么弯弯弯江边？
>
> 什么弯弯跟牛走？什么弯弯姐面前？
>
> 师生答唱：月亮弯弯弯上天，船儿弯弯弯江边。
>
> 犁头弯弯跟牛走，梳子弯弯姐面前。
>
> 女问唱：啥子一出满山红？啥子使人不受穷？
>
> 啥子起来闹革命？啥子要靠老百姓？
>
> 师生答唱：太阳一出满山红，革命使人不受穷。
>
> 红军起来闹革命，革命要靠老百姓。

接着雄壮的《大刀进行曲》歌声又响起：

> 大刀向鬼子们的头上砍去，
>
> 二十九军的弟兄们，

抗战的一天来到了！

前面有东北的义勇军，

后面有全国的老百姓，

咱们二十九军不是孤军。

看准那敌人，

把它消灭！把它消灭！

冲啊！

大刀向鬼子们的头上砍去，

杀！

此起彼落，一首当年欢迎红军的《磨得新米等你来》的山歌豁朗出势，语顺声随，悦耳动听：

山歌不唱哟不开怀，

磨子不推哟转不开。

唱着歌儿迎红军呃，

磨得新米等你来呃。

这壮美清脆的歌声，震撼了人们的心灵，激荡了奔流不息的溪流河水，唤醒沉睡的深山峡谷。秦巴山沸腾了，秦巴山巍然屹立，仿佛扬头挺胸，迎接一个新时刻的到来。

最让朱德焯高兴的是自己的老师和同学来到了毛坝关。刚一到，他急不可待地去找父亲朱鹤年①，说："爹，我回来了。"

朱鹤年惊奇地问："不是星期天，咋回来了？"

"老师带我们春游呢！可热闹了，演出文艺节目、刷写标语、张贴漫画、展示学生学业成绩、登台讲演、等等，是抗日救国宣传哪！"

---

① 朱鹤年，又名朱大寅，1896 年出生于紫阳县大坝塘。他心胸宽阔，思想开明，在国民党当局的白色恐怖中，冒着生命危险，转移安康地委书记及党员。他曾给佃农讲自己心里明白而在口头上又不宜说的暗示话语："你们看远点，到一定的时候，这些房屋和土地都是你们的，要好好地爱护和耕种啊！"后辞去乡长职务。解放后，曾任紫阳县土地改革委员会委员，县建设科副科长，县农林水牧局副局长，县政协委员、常委等职。

第二十二章　施教有方育新人

"哦，我懂得了。都住下了吗？"

"都安排好了。他们都上街宣传演出去了。"

"领队的老师叫啥？"

"姓刘，名雪亚，代理校长。"

"走，咱们找他去！"

"老师都在忙着，不要去打扰人家！"

"你这个娃，人家这么远来了，不去见见，不合情理啊。我听说，你陈永安叔叔请他们吃过饭。你应该早就给你爹通个气，好好迎接难请的客人！"

"是的。在陈保长家里请的，那个教私塾的郭老师也参加了。"朱德焯说着，便领父亲来到正在学校演出的操场外，说，"爹，我去叫刘老师。"

"好，我在这儿等着，看他们的演出。"

朱德焯从人群中把刘雪亚叫了出来，说："刘老师，我爹要见你。"

刘雪亚问："你爹在哪儿？"

"在学校操场看演出，那不是！"

朱鹤年见娃儿领着高个子老师走来，往前挪了几步，拱手说："你是刘老师，失礼了，也没提前打个招呼，好准备准备！"

刘雪亚还礼说："朱乡长，你太忙，不好意思麻烦你们。德焯给我讲过，要提前告诉你，我没同意。"

朱鹤年哈哈大笑起来："哎呀，老师是学生的再生父母，他爹他妈有些话，他们都不定能听得进去，老师的话可是圣旨呀！刘老师，今天晚上，我请师生们吃个便饭，明天中午，请老师们到大坝塘，我的家中去做客，行吗？"

"不要破费，免了吧！"

"不必客气，就这样定了。"

朱德焯急忙补充说："爹，我把同学胡春贵和黄恺丞也带上，行吗？"

朱鹤年想，教师和学生还是有些区别，学生参加宴请不合礼节啊。既然孩子提出来，也不能不给个答复，他望着刘雪亚说："刘老师，你看呢！"

刘雪亚说："德焯提出来了，就让参加吧！"

朱鹤年说："多几个也没啥，只不过多添几双筷子，人多了还热闹。"

刘雪亚对朱鹤年这个珠盘乡的乡长、绅士虽然不十分了解，但是也略知一二。他很讲义气，经常做一些慷慨解囊的善事，一些老百姓也非常感激他。便说："盛情难却。乡长，我们一定去。"

朱鹤年对春游师生这般举动，感觉并不意外，是情理之中的作为，也说不清楚是什么原因让他有一种好感，心里觉得很舒坦。在欢迎的家宴上，他只开头说了句："天地国亲师位的师，光顾寒舍，蓬荜生辉呀！我先敬老师们一杯，请大家吃好喝好。"便又说又笑，谈笑风生地站起来，完全摆脱那种俗套的宴请礼仪。

刘雪亚端起酒盅，说："我代表老师和学生敬你一杯，祝你仕途得意！"

朱鹤年端着杯子说："还得意呢，能混下去就不错了。来，咱们一块儿干！"接着，他凑到刘雪亚耳旁说了个悄悄话，"民国二十四年的二月间，红九军的战士在我家吃了一顿饭，国军五十一军军长刘茂恩、四十四师范石生师长，还有安绥军第二团长王耀宸先后都来找过我的碴儿，我把他们对付过去了。哎呀，那一伙子可难缠了！"

听这么一说，刘雪亚对朱鹤年的为人有了一个更深刻的认识，于是连连点头，露出一副赞赏的神色。

第二十三章
红军转战烟墩山

　　正说着，门外进来了一个人。朱鹤年一瞅，乐呵呵地叫起来："老兄，任老兄，快进来！俗话说：起得早，不如来得巧！赶紧入席，咱们一起吃饭。"他又介绍说，"这是我的一位农民朋友，叫任必亭[①]，比我大一岁，红椿乡红阳人。任老兄，这几位是芭蕉小学的二位刘老师、罗老师和吴老师，其他三位是后生，也是老师们的学生。"

　　任必亭面带微笑，没有说话，恭敬地向大家作了个揖，慢慢地入席而坐。

　　朱鹤年说："老兄，你来得迟，先喝一杯，再敬酒！"

　　任必亭举杯说："我借老弟的酒敬一杯，祝教安！"

　　刘雪亚回敬了一杯，说："咱们学校好像还没有红椿乡的学生，大概是嫌路远吧！"

　　朱鹤年借题发挥地说："哎，我老兄有一个小儿子，能不能转到芭小上？学费、住宿费，我给出就是了！"

　　刘雪亚说："欢迎，那些事，你就不必操心了！"

　　朱鹤年随即向任必亭说："你替我跟老师们打一关！"

　　任必亭爽快地答应了："好，我来打关。咱是个乡巴佬，能跟上神贴的教书先生在一起喝酒，不胜荣幸！"

　　就在任必亭同老师打关的时候，朱鹤年又给刘雪亚透露了一个秘密："我老兄是个好人，是个背二哥，经常去四川背盐，背盐路上救了个大人物。"

　　"谁？"

---

① 任必亭，1897年3月生于紫阳县红椿红阳村。1959年春天，徐向前办公室给紫阳县尚坝乡致函了解任必亭。他很兴奋，忙去找藏在岩洞里徐向前给写的证件，但已霉烂不堪。个人和乡政府给予回复，未有音信。1967年，徐向前办公室又来信询问，如查明确有此人，将接他到北京。此时，任必亭刚病逝。

"吃罢饭叫他给你讲。"

"他要不说呢?"

"我给他说,你们是好人,不会去报官。"

席间气氛热烈,好像是一家人在一起聚餐。

俗话说:"酒逢知己千杯少,话不投机半句多。"刘雪亚想,虽然相互之间知己无多少,但是说话都能说到一块儿,而且很随便,互不介意。于是,他把话题引到抗日宣传上来:"共产党发布的《抗日十大纲领》就是抗日救国的指导方针,让全国军民都起来,光靠国民党是不行的。"

朱鹤年直言不讳地说:"是的,是的,日寇侵华,是我中华民族之灾难,联合全国军队和老百姓一起抗日救国,势在必行。否则,我中华民族有亡国之危险,你们的行动符合国情民意,我支持。"

"在你们政界里,像你这样见识不可多得。"

"你夸奖了,这可能是堂弟对我的影响。他原名叫朱寿松,参加革命活动后改名朱茂青。一九一九年在他十五岁时考入西安成德中学,入学不久就爆发了震惊中外的'五四运动',他同其他一些爱国学生一起发动了声势浩大的声援北京学生抗议巴黎和会承认日本接管德国侵占中国山东的各种特权的无理决定的示威游行。因此,受到反动当局的追究,被开除学籍,后经学校师生的罢课抗议,被迫改为留校察看。一九二三年毕业后,考入武昌南湖文科大学。一九二五年,参加了驱逐军阀校长的斗争,被开除并遭通缉。在同学亲友的帮助下,秘密潜回西安从事记者工作。一九二七年到陕西省立西安师范学校任教,并兼任《中山日报》记者。一九二八年他认识了中共陕西省委黄平,经他介绍加入了共产党。这年十月,黄平被捕,他也被关押。后托亲朋好友说情,才营救出狱。此时,相偕李子健等朋友又办起了《西安日报》,他任总编辑。半年后,因刊登文章与当局相左,报馆被查封,他便出走北平,遂与组织失掉了联系。一九二九年冬天,他以天津《大公报》西北旅行社记者身份回到陕西,被推荐为选派留学生,入日本东京早稻田大学读书,其间参加反帝同盟。一九三三年冬天回国,赴榆林女子师范任教,过了一个多月转到蒲城尧山中学任教。一九三六年经共产党人周艺轩介绍,在尧山中学第二次加入了共产党。从此他投身到共产党领导的抗日救亡运动中,在他同他的几位进步老师的鼓动下,尧山中学的学生成批成批地奔向延安,不少学生成了共产党的骨干和抗战英雄。前几年他回来过一次,给我讲了很多乡下不知道的国内大事,走后经常来信,要我看得远一些,多为国家前途和百姓生活着想。他讲的和你们宣传的，我心领神会，我们国家何去何从，以我之浅见，必须走苏联的道路，我们中华民族才有希望。"

刘雪亚听了以后很激动，说："你堂弟很了不起呀！他经历了那么多，很有志向，远见卓识，给我们树了一个标杆。乡长，你讲对了，国民党当局十分黑暗，正处在一个腐败没落，众叛亲离，即将土崩瓦解的态势。从社会发展规律和全国老百姓的思想倾向以及共产党的政治主张来看，只有中国共产党才能救中国。"

朱鹤年以国民党乡长的身份来讲，他没有作任何的辩解，只问："刘校长，你是不是共产党员？"

刘雪亚想了一下，说："抗日救亡，是全中国人民的心声，只要是爱国志士仁人都应该做这样的宣传，我就是其中的一个。"

朱鹤年没听到正面的回答，便猜摸起来，人各有心，心各有志。是不是，那倒很难说。况且，是与不是，也不是我应该问的话。看得出来，他就是共产党。于是，笑着说："那是那是，我们都应该为抗战出点力。咱俩再加深一杯！"

刘雪亚没有推辞，说："好，朱乡长是位豪爽的人。"

刘家辉见朱鹤年酒喝得很痛快，走过去亲自给他斟了满满一杯，说："朱乡长，我这个人不胜酒力，表示一下心意，敬你一杯。来，咱们一块儿把它干掉！"

朱鹤年连忙接过酒杯，说："酒不在多少，只要咱们喝个畅快，这就是你我和大伙儿的诚意，对吧！好，情谊深，一口闷！"

刘家辉连声说："是是是，咱们的酒喝好，世上的大事要明了。古言道：心诚则灵，意实则应。以后或许还有啥事，求得乡长帮忙。"

朱鹤年深深地点了一个头："对，刘老师讲得对。咱们不能稀里糊涂地过日子，也不能碌碌无为地把这一辈子混过去，要对得起良心，对得起天下。今后有啥事尽管讲，我能办到的，一定帮办！"

刘家辉称赞地说："你这个乡长，可是个有作为的乡长呀！"

朱鹤年赶紧摇手，说："不敢当不敢当，这话只能在咱们的饭桌上讲，外面一讲会惹出麻烦。"

刘雪亚明知刘家辉敬酒是来解围的，于是凑了上去，搭腔道："刘老师的话有道理。乡长你放心，这话只搁在这个桌子上，再说啦，心正不怕邪，路正不怕蛇，不会有事的。"

话音刚落，大家把手拍得哗哗响，接着席间飞起一阵阵哈哈的笑声。

宴罢，他们正在堂屋里喝茶。

朱鹤年把任必亭叫到客房里说："老兄，两位刘老师想知道你是咋救徐向前的。"

任必亭连忙摇手，说："老弟，不敢再讲了，会掉脑袋的呀！"

"你听我讲，他们是好人，举止言谈不一样，一定是共产党，不会报官的。我也叮咛他们，不让别人再知道。"

"我也觉着他们对人很和气，不像算计人的人，那好吧！"

朱鹤年把刘家辉和刘雪亚带进客房，讲了几句套话便出来，并顺手把门关上。

刘雪亚借刚才说娃儿上学的事，问任必亭："你小娃儿到芭小上学能行吗？"

任必亭说："听老弟讲，你们学校管得严，教的课也好，老师爱生如子，想送去。不过，我回家再商量商量，还要征求娃儿的想法。"

刘雪亚说："莫急，定了，你言传一声行了。"

刘家辉问："娃儿多大了？"

任必亭答："十六岁。"

刘家辉说："就来吧，咱们的高年级还有十八岁的。来了以后，可安排在四年级，有些课让老师补补就赶上了。是吧，刘校长！"

刘雪亚说："是蛮好的，可以。"

他们开始算是在说正经事，几句话之后，刘家辉便岔开了话题，问："听你老弟讲，你救徐向前是咋么一回事？"

任必亭问："你们知道他？"

刘家辉说："知道，咋不知道！赫赫有名的第四方面军的总指挥嘛！这些地方的人都知道。"

刘雪亚插话说："他领导下的三十三军也经常在麻柳坝和毛坝关、烟墩山一带活动，西打东扰，趁机消灭国民党部队。"

任必亭吃惊地说："老师就是能，知道得那么多。听讲，那个军的头领来过紫阳。"

刘家辉说："是的，三十三军的军长叫王维舟，政治委员叫杨克明。军长带领二九六团的团长和二营的营长常到麻柳勘察地形。这是根据徐向前总指挥的作战意图，以牵制敌人，为主力向万源大面山和青龙观的敌人的全面反攻，彻底粉碎刘湘的'六路围剿'做准备。不光是他们来过，而且徐向前带前线指挥部作战参谋，到镇巴和紫阳侦察过敌情、地形。"

刘雪亚接着问了一句："我们想知道，你是咋样巧妙地引领徐总穿过国民党盘查哨，而安全地回到了红军驻地的？你能不能给我们讲一讲？”

任必亭轻微地翻了翻眼睛，说：“行，你们可不要再对别人讲。讲也行，千万不要把我牵扯进去。”

“喔喔，你放心好了。”刘家辉和刘雪亚听到任必亭粗犷的说话声，如同他的人一样的浑厚纯朴，仿佛同他一起出发走在当年的背盐路上。

春节刚过，冰河解冻，草木吐芽。

任必亭对妻子说：“年过了，该去背盐了。”

妻子担心地问：“你一个人吗？”

“还有两个人。”

“都是谁？”

“姑家老二，舅家的老三。”

“对嘛，人多了好照看。啥时走？”

“明天。”

“我给你准备干粮。烙馍还是油酥饼？”

“啥都行。”

“你爱吃油酥饼，就做油酥饼吧。带啥衣服？”

“一件单的。”

“不行。二、三月的天气一会儿热一会儿冷，带件夹袄子，啥时都能穿。”

“是的，一时猫脸，一时豹脸，说变就变。我再把背篓和搭柱子收拾收拾。”

“去吧！”

任必亭走时，妻子送出了门，问：“雨伞带了吗？”

“哎哟，忘了。”

妻子赶紧回屋把雨伞取出递给他说：“晴带雨伞，饱带干粮，不吃亏。”她一直望着他过了西南边那座山嘴子才回到屋里。

第三天快到中午的时候，任必亭他仨走到了距花楼庙不远的草坪旁边，歇下来打点。

老二边吃边问：“哥，这是哪里？”

任必亭说：“是镇巴县，前边有一座庙叫花楼庙。过去经常走这条路，我熟悉。”

老三又问：“这里有土匪吗？我怕回来时被抢了，那不是成了竹篮子打水一场空。"

任必亭说:"前不久,红九军奉命追剿王三春这一帮土匪,在紫阳万家庙消灭了其一个营,狼狈回到镇巴老巢,红军乘胜追击,王三春向北逃窜,这里安宁了一些。"

老二眼尖,惊叫道:"哥,你看那沟道里有几个人!"

任必亭放眼一望,就是有四个穿军装的人。这几个人有的坐着,有的站靠在树身上,有的踱着小步,来往徘徊。任必亭没有说话,抻直脖子仔细地观察着。

老三问:"是不是国军?"

任必亭这才说:"是国军,躲藏在沟里做啥?不像,穿着灰色的衣服,倒像红军。看这番样子,一定是遇到了啥难处。"

老三说:"咱们走吧,不要惹出了啥麻烦!"

"等一会儿!"任必亭说着就站起来,向前走了几步。

这时那个走来走去的瘦高个子军人,从沟里不慌不忙地也走了过来。他一边挥臂打招呼,一边笑眯眯地问:"喂,老乡,你们到哪儿去?"

任必亭说:"到四川。"

"到那儿做啥子啊?"

"背盐,贩盐。"

"现在背篓里背得啥子?"

"背得紫阳茶叶。你们在这儿做啥子?"

"既然是背茶背盐的背二哥,就等你。叫啥名字?"

"任必亭。等我做啥,要我去当兵?"

老三惊慌失措,扯了扯任必亭的衣角。

"老乡,不是等你去当兵。实话告诉你,我们是红军,我叫徐向前。在川陕交界的黄草梁侦察敌情,侦察你懂吗?在这里遇到了敌人,打了一仗,我们十号子人被打散了,要回万源,在这儿迷了方向。你是背二哥路熟情况明,就是等你为我们引路。咱们一起走,行吗?"

任必亭心中猛然一愣,过了半会儿,才说:"行是行,恐怕耽误的时候太长了。"

徐向前发现任必亭犹豫不定的样子,便说:"你放心,到了四川,我们帮你把茶叶卖了,再给你们凑一些盐,你能背动多少,就给你多少。"

"那可不行。是多少盐值多少钱,如数照付,不能捞你们的不义之财。"

徐向前说："先不讲这个，前面路上有驻镇巴的国兵到处设卡放哨，很难过去，你能想个啥办法吗？"

任必亭一听，天哪，过去是畅通无阻的路上，眼下却是让人寸步难行了。自己还从别人口中得知，国民党悬赏的就是他们。他们是好人，是救穷苦人的军队。万一走不过去，把自己也搭上了。搭上就搭上吧！古言道：命大撞得天鼓响。或许，上天不负好人，定能闯过去。

徐向前看着任必亭狐疑不决的眼神，说："任必亭，你看这样，国民党出赏抓一个红军给大洋一千块，抓住我徐向前赏大洋三万块。你看是把我们交给黄团呢，还是送我们到四川去？"

任必亭的话很坚硬："那号子混账，我从来都没有想过。刚才我在想法子，决定了，跟随你们进四川。不过，你得听我的！"

徐向前把任必亭肩头一拍，笑着说："到底是用背篓背出来的大巴山汉子，我们的话你也得听一点啊！"

任必亭说："是的，该听的听，不该听的不听。走，咱们开始张罗。"

徐向前按照任必亭的吩咐，同其他三人把军衣脱掉叠好，又按照个头的高矮换上了任必亭拿过来他们备用的衣服。

任必亭幽默地说："那就莫客气了，这衣服就由咱仁来保管了，让它闻闻咱们茶叶的味道。手枪你们拿着，别在你们身上那个圪垯就行。"接着，他们把军衣放在茶叶的最底下。

徐向前看着任必亭在招手，便对身边的人说："把枪别在后面，衣服不要扣着，放松点。"便来到了大路边，听任必亭简单地叮咛："大伙听好了，路上见人莫搭腔，只跟我们走就是。万一有人要问啥，由我给说。走吧！"

这会儿的任必亭很神气，好像成了不是红军的红军一列队伍的总指挥。

任必亭仁走在最前边，紧跟着的变成了他的伙计，他们脚不停点地一直在赶路。中午时分，来到渔渡坝。在任必亭的眼里，这个坝子是一块并不宽阔的平地，西侧耸立绵亘险峻的山岭，其间只有一条南北走向的小路，要穿过坐落在坝子中间的有几十户人家的小村子。快要进村的时候，任必亭举目远望，看见村子口设有盘查哨，便对后面的人交代："你们只管走，莫吭气，我去跟他们交涉。"

哨兵老远就喊："干啥子的？"

任必亭向前赶了几步，说："背盐的。"

哨兵一望背篓，问："背盐的，咋是茶叶？"

"老总，我背盐被土匪抢了，没法，只得向亲友借钱买了些茶叶，又去贩茶，不想办法咋能养家糊口呢！"

"有证件吗？"

"没有。"

"上边规定了，没有证件，不准放行。"

"那我这几号子人，不是要命吗！"

"渔渡坝有熟人吗？"

"没有。我们是从镇巴那边过来，熟人都在那边哪。你就行行好吧！"

"不是我不行好，最近徐向前、许世友的红军在镇巴、紫阳、城口、万源一带活动得非常猖狂，万一出了岔子是要掉脑袋的呀！"

"你们长官姓啥，我要见他！"

"姓王，他是我们的营长，也不是随便见的。"

"叫啥？"

"影影糊糊地听说叫兆平，也不能确定。"

"哎呀，没错没错，他是我的干儿子，快领我去见他！"

哨兵一听站在面前的是营长的干爹，刚才脸上那一副冷峻的模样一下子飞走了，便嘻皮笑脸地带着任必亭去见王兆平。

"报告，王营长，你干爹来找你。"

王兆平一看，愣住了："干爹，你咋到这儿来了，现在这路上窒碍难行，实在是不安全。"

任必亭顺着话茬就说开了："就是嘛，我们背盐被抢了，只好在镇巴向亲友借钱买了些茶叶去四川，被哨兵挡住了，找你是让我们上路。"

"谁抢了，是不是红军？"

"我们不认识，恐怕是土匪吧！"

"那难说，近一年来徐向前领导的三十三军，军长叫王维舟，还有九军，军长叫许世友，经常出没在这一带，气焰非常的嚣张，说不定是他们干的。"

"我们不知道。"

"不认识就好，认识了倒麻烦了。既然干爹来了，住一个晚上，歇歇再走，还有谁？"

"还有我的六位伙计。算了吧，人太多了，不能麻烦你了，万一给你惹个什么事来也不好。"

"有吃有喝，麻烦个啥！干爹是我的救命恩人，这点区区小事算个啥子，你有再大的难处我也应当帮忙。若有啥事，我扛着，不与你啥相干！"

"哎呀，干儿子有一种豪爽义气性子啊！"

"干爹也是，哪有老子夸儿子的，只有指教才能懂得礼数。"

"好吧，那就住下。你得给我想个法子让我们一路通行啊！"

"这有啥难的，这要走的路上是'剿匪'总指挥官刘邦俊指挥的第六路第二十三军共十二个团控制的区域，是我们的部队。另有总指挥官王陵基指挥的第二十一军二十四团和王三春一部，也在东线部署。还有国民政府收编的土匪王三春的六个团的部队在这一带设防，我们相互都有些联系。这些你不要操心，我来安排，吃晚饭的时候，具体再合计合计。"

徐向前听这么一说，心里暗暗地想，这个营长知道得还真不少啊！的确如此，按照四川剿匪总指挥刘湘的意图，我们眼下面临的是第五路刘湘第二十一军二十四个团，由第三师师长王陵基任总指挥官，位于开江、大竹一线，以向宣汉、达县方向进攻；第六路总指挥官刘邦俊的第二十三军十二个团，以及盘踞在城口、镇巴地区的王三春等部六个团，共十八个团，位于开县、城口一线，以向万源方向进攻。在西线，刘湘又部署了四路：第一路总指挥官邓锡侯第二十八军十八个团，位于广元、昭化一线，以向木门、南江方向进攻；第二路总指挥官田颂尧第二十九军二十四个团，位于阆中一线，以向巴中方向进攻；第三路总指挥官李家钰新编第六师和副总指挥官罗泽洲第二十三师共十五个团，位于南充一线，以向巴中方向进攻；第四路总指挥官杨森第二十军十二个团，位于蓬安一线，以向通江方向进攻。刘湘纠集了四川大小军阀的军队，采取分进合击和步步为营的作战方针，企图对我红四方面军和川陕苏区实施六路围攻。并扬言：在三个月之内予以全部歼灭。狂妄的企图，往往在自大的无知中以失败而告终，必定无疑。因为，我们背后有渴望解放的广大人民，我们脚下踏着祖国肥沃的土地，能走能打，有后盾支持，我们是一支攻无不克、战无不胜的人民军队。

任必亭望着徐向前在思索什么，便问："伙计，你在想啥子？"

徐向前说："我在想天时地利人和。我还想，你干儿子一个营长，对上头的军事一清二楚，能行。"

任必亭叹了一口气，说："干儿子脑子好使，也不敢保险，会不会跟着糊涂虫干伤天害理的事，那个很难预料。"

徐向前说："他有自行做事自身当的劲儿，不会出多大事，但也要经常敲打着点儿。"

任必亭说:"那倒是……"

正说着,王兆平走进屋叫道:"干爹,还有你的亲戚朋友一块儿去吃饭。"

任必亭向大伙儿招了个手,说:"咱们走吧!"

王兆平说:"都是些家常便饭,凑合吃点吧!"

任必亭说:"别那么讲,只要吃饱了就行,在部队上,而不是在自己家里,别那么讲究。"

在吃饭中,任必亭说了明天上路的想法。王兆平只点头,而且说:"就按干爹的想法办,我再给你们出两个小点子。"

徐向前想同王兆平套近乎,任必亭只摇头,不能说话,听出山西口音就麻烦大了!

第二天吃过早饭,任必亭给王兆平留了四斤茶叶,也算是对干儿子款待的感谢。一行七人两种装扮,任必亭仨背二哥的装束不变,徐向前四人衣着穿戴变成脚夫行头,显然是出卖体力的搬运工人。

走出营房大门时,王兆平递给任必亭一面小黄旗,说:"干爹,把这个打上,它是通行证,保险不会有拦挡,消停地走。"

任必亭问:"咋不用红的颜色?"

王兆平解释道:"黄色吉利。再说,共产党是用红的嘛,眼下又有红军在川陕活动频繁,忌讳辟邪,免得惹出祸端来。"

在他俩说话间,徐向前瞧见了小黄旗上写着"6·23—1—3—1部队",默想,这是什么意思?这不像是部队番号,这不是一下子能解开的秘密,也许是他们之间专用的信号。对,一定是第六路国军二十三军第一师第三团第一营。他心里在笑,这个王兆平是够聪明的了,于是走过去对任必亭说:"老大,让我拿旗子吧!"

任必亭瞥了一眼:"还是我拿好些。少说话!"

王兆平说:"我干爹拿合适。"接着,又拿出一张字条递给任必亭,"干爹,这个也带上,万一有啥挡磕,把这个亮出来,他们更信这个。不过,这旗子上写的他们也认,但这旗子红军也会做,有时也会严查的。"

徐向前听得这么一说,心中默然赞许,这个干儿子想得真细致,安排得很缜密。

当他们走出渔渡坝街道时,徐向前望着墙头上张贴的抓一个红军一千大洋、抓住徐向前三万大洋的悬赏通告，拍着任必亭的肩头说："背二哥，你看那是啥？"

任必亭一望，是一幅捉拿的人头画像，说："把帽子抹低点，赶紧走，莫言传！"

徐向前贴近任必亭的耳旁悄声地说："背二哥，你背的是天，背的是地，这个天地将来是咱们自己的，你信吗？"

任必亭只管走路，说："我信。赶紧走路，莫言传！"他转过身，把干儿子给的那张路条递给徐向前，又说，"你看干儿子写得啥？"

徐向前展开一看，知道了："各关卡哨兵兄弟：今有我干爹和亲朋好友去川背盐和贩茶叶，路过贵处，请高抬贵手，予以放行，待机亲临致谢。6·23—1—3—1部队王兆平，即日。"名字上盖着红红的私章，那"兆平"两个字嵌入油印之中，显得格外耀眼，这个干儿子办事心细认真。他向任必亭伸出大拇指笑了笑，便将字条递了过去。

两天以后，徐向前一行畅通无阻地回到大竹县。刚落脚，他就指示后勤助理员给客人安排食宿，并同任必亭促膝谈心，了解紫阳的乡情和敌情，探问对未来的想法。徐向前深有感触地说："是你们用智慧和勇气把我们安全地送回了苏区，我非常感谢你。回去以后，要争取一个合法的身份，动员百姓参加革命，自己要解放自己，争取过上好日子。"

任必亭听得很认真，说："徐总，我懂了，一定为民做些好事。你们战事紧张，我们明天就走，回紫阳。希望有一天你们也能打到我们那里，我们摆酒席、唱山歌欢迎你们！"

徐向前哈哈大笑，说："会的，会的。不过，我不一定去你们那里，但我一定会记住你这个背二哥任必亭。"

任必亭真诚地说："徐总，我们没啥支援红军的，我们背的茶叶就送给红军吧！我们不再向南走了。"

徐向前说："那不行。你们种地不容易，日子艰难，还须养家糊口。这样，我让后勤助理负责帮忙联系处理一部分，我们留一部分，行吧！"

任必亭再三恳求道："徐总，不麻烦了。俗话说，一杯水解不了百人渴。这多少也是秦巴山儿女的一片心意，你们为穷人打天下，我们艰难点，也心甘情愿。"

徐向前沉思了一会儿，说："我军有严格的纪律。这样吧，我们买一半，还有一半也留下，我们部队给你开个收条，待解放了，你拿上它去找政府，政府会酌情处理的。另外，我再给你写个证明，证明我们在花楼庙巧遇，你动脑子，使智谋，将我们一行四人一帆风顺地从国统区送回大竹县的经过，到那个时候你一同把它送到政府。这收条和证明，立此存照，一定要收藏好啊！"

任必亭没有啥理由再坚持自己的想法，说："徐总，就听你的。我们穷人家盼望早解放啊！"

徐向前说："我们的心情是一样的。这只有靠人民的支持，我们好好地打仗，力争多歼灭敌人，才能实现这个愿望。"

任必亭走的那天早晨，徐向前把他仨送到村头的路口上，摇着手说："等革命成功了，我一定派人去紫阳红椿乡红阳村接你啊！"

任必亭听到这亲切暖热的话语，一个刚强的男子汉，一刹那泫然泪下。他抹了一把泪水，转过头一个劲儿摇手："徐总，你回去吧！"

徐向前望着他仨的身影，两臂在空中来回摆动，语重心长地喊着："回去把路走好啊！"

这话落地有声，示警予人，他仨牢记在心中，眼下走好回去的路，回到家乡走好联络穷人的路，带领广大群众走好投奔革命的路。

任必亭讲到这里，控制不住自己激动的心情，眼泪扑簌簌地掉了下来。

这时朱鹤年进来了，说："我老兄回紫阳后，牢记徐总的嘱托和期望，卸下了背架，不干背二哥这个活计了，走村串户，联络好友，依照苏区的办法，在这年九月建立了小河口农会，冬月成立了尚家坝农会，在龙湾成立了大农会。方圆百里，都有农会活动的穷苦百姓。两年后，他被乡民、士绅推举为尚坝乡保长，以合法的身份为百姓办事。"

刘文彬仿佛沉浸在提心吊胆地行走在惊险的路上，经朱鹤年一说，一下子变的处之泰然："哎呀，这可立了一个大功啊。听你讲，好像徐总也领着我们这些不背一枪的师生一起去打刘湘啊。那个路走对了，我们也在走那条路啊！"

刘雪亚很有味道地说："我也跟着走了一回，打了一仗，实在令人陶醉啊！这条路有艰险，很曲折，又坎坷，走过了，再回头来看，又仿佛既平坦又稳当。"

大家都笑了，笑得很开心。

任必亭扬起眉毛，说："当时，我们大伙儿看起来雄赳赳地走路，但心里捏一把汗。走过来了，再走确实不害怕了。当我们一行七人踏上大竹县的地界，徐总就跟我开了一句玩笑：背二哥呀，咱们确实撞了个天鼓响，这可不是命，而是我们这帮子人，尤其是你这位任必亭。"

朱鹤年说："老兄，你不是会唱红军打刘湘的歌吗，哼上几句让他俩听听。"

任必亭说："时间长了，有些词忘记了，得想想。"

朱鹤年说："那也好，我们毛坝也有几个人会唱，我找找他们明日一起唱。老师和学生明天要到五里外的观音寨游览，你们去凑个热闹！"

任必亭说："师生们先走，你找到人我们后边再去。"

刘雪亚说："好，咱们一块儿联唱。"

当师生们登上观音寨，仿佛进入了洞天福地之中，放眼遥望，层峦叠嶂，绵延起伏，群峰拱抱。回首身后，一座古庙雕梁画栋，富丽堂皇，个个心潮澎湃，情绪激昂。

山寨沸腾了。有的赋诗明志，有的醉心绘画，有的引吭高歌。

这时，从观音寨对面幽深的山林之中传来悠扬亢奋的山间通山歌：

> 巴山来了徐向前，
> 武装工农齐奋战。
> 军阀刘湘田颂尧，
> 狗命快要丧黄泉。

这首歌罢又有花鼓子歌《打刘湘》欢快入云霄：

> 莫打鼓儿（嘞）莫敲锣，
> 听我唱个作战歌。
> 摆开阵势（哟）打刘湘，
> 一个要打他四五个，
> 你看多快活。
> 地形地物（嘞）看清楚，
> 前后道路要记着。
> 走了前面（哟）走后面，
> 作战沟里莫乱窜。
> 瞄准射击（呀）排子枪，
> 一枪一个不要慌。

听罢后，刘雪亚又指挥师生们唱起雄壮豪迈的《义勇军进行曲》。这歌声遥相应和，激励着师生们胸怀天下之大志；这歌声填满了沟沟岔岔，飞过了山山岭岭，穿透了云空；这歌声天从人愿，浑然一体，雄伟壮丽。

刘家辉心里深觉震撼，说："红军的根还扎在山里，更扎在人们的心里，革命的种子将会发芽、成长、结果，这恐怕是师生们最大的感受和收益。"

就在师生们去观音寨的中午时分，吕永吉鬼头鬼脑地来到了毛坝关，他独自走遍了学校、院落和大街小巷，未发现那三条对党国有攻击的标语。奇怪了，那标语跑到哪儿去了呢？

吕永吉不死心，于是就去找朱鹤年，带点盛气凌人的神气问道："朱乡长，你看见没看见街上有带尾巴的标语，要如实地给我说。"

朱鹤年早就接到专署通知，不吃那一套地反问道："带啥尾巴？我咋不知道？"

"就是在委员长前边加'拥护抗战到底'。"

"哦，这个呀，在我的地盘上没见过。"

"乡长，你看呀，三民主义竟然还有革命的和不革命之说吗？"

"你问谁呀？你想真的弄明白，去询问是否遵循三民主义的那些人就知道了，我这个巴山深处的一个不显眼的乡长咋清楚呢！"朱鹤年这样一问，使得意忘形的吕永吉一时哑口无言，不知如何对答才好。

吕永吉说："乡长，如果发现有那些不怀好意的标语，及时告诉我一下。"

朱鹤年没好气地说："这个还用你来给我上课，我是向国民县政府、向陈伟器报告的，按程序上应该是如此，你别操那份闲心。"

太阳快落山了，吕永吉还没有走。他听说吴觉非带着罗鸿忠提前回来安排师生的晚饭，便急忙去问："吴老师，旅游收获挺大吧？"

吴觉非一见是吕永吉，急火攻心，说："大不大碍你啥事，你该操心你自己的事吧！"

吕永吉冷不丁地甩出一句说："那些标语你咋不写了，是害怕了吗？再不要给党国脸上抹黑了！"

吴觉非说："抗日救国嘛，宣传行得端，走得正，咋不敢写？你莫看见满街都是？抹黑，抹啥黑！你是党国的人，我也是党国的人，我能给自己脸上抹黑吗？简直是血口喷人，恶语中伤。我也提醒你，你也要自重点！"

吕永吉听到这番好像是质问、责备、戏谑、讥讽的话，便恼羞成怒："你再这样折腾下去，有你们好果子吃的。"

罗鸿忠插言道："吕老师，是不是抗日宣传不对，抗日救国也不对呀？"

吕永吉手一甩，头一拧，边走边说："跟你们讲不通，不讲了！"

吴觉非望着吕永吉的背影，说："狗就是狗，哪怕金圈套上头，还想装好人！"

罗鸿忠吐了一下舌头笑了，笑得很天真、很爽朗。

吕永吉碰了一鼻子的灰，而且毫无收获，生着满肚子的气连夜赶回了区分部。

姜达才得知如此结果，感到很奇怪。面对吕永吉，登时丈二和尚摸不着头脑，心想，这是不是走漏了风声，这又是哪一个人嗅觉灵敏而改变了做法，不管咋样还得一查到底！

晚上，朱鹤年告诉吕永吉来毛坝查标语和师生春游的动机并被怼了回去的事，有点担心。

刘家辉说："抗日宣传没错，不怕！"

刘雪亚说："你讲他问的那三条标语，早没写了，他哪里能找到呢！放心好了。"

朱鹤年说："那号子人没事找事，鸡蛋里挑骨头，有意找碴儿，栽赃陷害，还是小心点好。"话是这么说，可是他两眼里流露出一种复杂而又困惑的神情。在这种处境里如何应付想不到的那种局面，是摆在自己面前的难题。俗言道：行船要走顶头风，桅杆不折不落篷。我相信，天下没有过不去的河，没有走不通的路。在这样的世道里不可能不碰钉子的，闯一闯就过去了。他一直在想着，好像要把自己所知道的奇迹都告诉给教书育人的先生们。"二位刘老师，我们麻柳还有一位能干的女红军哪！想不想知道？"

"好哇，听听巾帼英雄的故事。"

"说来话长啊。"

民国初年，麻柳有一个开染坊的染匠叫冯德元，其妻刘氏一九一七年一月生下一女孩，起名碧儿，两年后又生下一个女孩，起名彩儿。就在彩儿一岁零八个月的时候，冯染匠得了急病。他知道自己不行了，望着娘儿仨直流泪，哽咽着说不出一句话，看病先生还没请到家就闭眼走了。刘氏抱着两个女儿泪哭干了，声喊哑了，叫天天不应，叫地地不灵，日子无法过。只好把碧儿托付给冯染匠的两个弟弟有元和申元抚养，自己带彩儿回到了娘家刘家坝。

俗话说：天干莫望坨坨云，人穷莫望娘屋人。也难怪，娘家也是过着吃了上顿没下顿的日子。刘氏在娘家没住多久就改了嫁，她流着泪水把自己的心头肉彩儿，托于万源皮窝铺中坝河二台子李王氏家寄养。

民国二十一年这个阴冷的冬天，不光是山风冷飕飕的，村里忽然来了一个从来未见过面的中年女人。她的脸色更是冷冰冰的，走了这个庄子又进了那个院子，走东家串西户，竟然讲些令人害怕的话。彩儿觉得很好奇，这次她悄悄地躲在大婶门外听见那个中年女人说："你们知道不知道，那红军满身长着红毛，个个青面獠牙，活像一些恶魔，专门吃人肉，领头的朱毛更是凶暴残忍，一天要吃两三个细皮嫩肉的娃儿。我刚来的时候亲眼看见沿路都有人的骨头。你们赶紧跑吧，如果那一帮子来了就没你们的命了。"

彩儿还没听完，赶紧跑回家，一进门便喊："妈，我刚才在大婶家听一个女人讲，红军要来杀人吃了，是不是真的，咋办？"

"他们平白无故地为啥要杀人！我听别人讲过那是为穷人的军队，为穷人的军队为啥要欺负穷人，可能是胡说八道。我不走，要不，你跟上你大婶到山里躲一躲也行。防止出现嫁祸于人的事。"

"妈不走，我也不走。"

"那就跟妈在家，有妈护你不要紧的。"

这时间村里村外百姓们提心吊胆，人心惶惶。不到两天，皮窝铺、中坝河、蔡家河坝和二台子几个村的百姓携儿带女，卷被背粮，躲进黄草梁和大白岩的深山老林里，还有的背井离乡，投奔远亲，只有李家和大婶两家没有出走。

冯彩儿是个勤快的女孩子，天还没有亮的时候，开门倒水，吓了一跳，村子里每家房檐下躺睡着密密麻麻的人，怀里还抱着枪。她正要转身回屋时，只听身边有人轻声说："小姑娘别怕，我们是红军，路过这个地方，不会打扰你们的。"

彩儿没料到眼前站着的就是红军，又想起那个疯女人给大婶讲的话，心里焦急不安，七上八下，不知是出去还是回屋。

她没感到自己手中木盆子被人端走了，恶水（方言：脏水）被倒掉了，又蹑手蹑脚地把木盆放进了屋内，低声说："小姑娘，天快亮了，你先回屋，把门关上！"

彩儿的心平静了下来，如果像疯女人讲的那样，这帮子人早该扭锁砸门闯进了屋，还能在这寒冷的天气里睡在屋檐下！说话挺和气，待人有礼数，哪像龇牙咧嘴的样子。她没有关门连忙进屋，说："妈，红军就睡在咱家檐下的墙根里。"

"哎呀，咋没听到啥响动呢？"

"是好人，是好人。"

"那疯女人胡言乱语，说话不害怕牙痛。走，叫进屋歇！"

这支红军队伍在这个村子里住了四五天，纪律严明，不拿百姓一针一线，还给群众送粮送医办好事，帮助李妈家劈柴、担水，同李妈拉家常、说农事，像一家人一样的亲热。

彩儿对妈说："妈，咱们去叫村子里跑出去的人都回来吧！"

"行，咱走。"李妈说。

"妈，我去就行了，你在家给红军多打几双棕草鞋。"彩儿说。

"你一个人，我不放心。"李妈说。

"啥不放心，我都成大人了。"彩儿说着便飞快地跑出了门。她迎着刺骨的寒风上黄土梁，钻大白岩的深山老林去劝说乡亲们。

王家大娘见彩儿是那么的喜笑颜开，活蹦乱跳，就问："你们家没事吗？"

"没事，有啥事！红军黑天半夜睡在露天里，你看还能有啥事。"

"那个短命的疯婆子，竟害得我们东奔西窜不得安宁。"

"红军呵，是世界上最好最好的人，要让穷人翻身不吃苦，才起来闹革命。革命我不懂，但我认定他们是我们的救命人。"

"哦，哦，哦，李家都没事，我们还会有啥事。回去吧，咱们都回去！"

由于彩儿的耐心劝慰和说服，两天工夫，村子里外出的乡亲们纷纷回到了自己的家。

红军战士把村庄、院落、大路和小道打扫得干干净净，迎接百姓们回家。对一些刚回来还是冰锅冷灶的家，炊事班的战士们既烧水又做饭，及时送到了这些困难户。一时沉寂的山村，军民的亲密相聚，立刻沸腾起来，如浪涛翻滚，卷走了谣言、邪恶和恐惧。

民国二十二年一月下旬至二月初，红军占领巴中和南江城，至此解放了通江、南江、巴中三座县城及大片地区。接着红四方面军派遣大批干部、战士组成多支工作队，深入农村，发动群众，进行创建苏区的工作。五月间，红三十三军的工作队来到川陕边界的黄草梁、紫溪河、麻柳坝、烟墩亚、毛坝关、白鹤亚、二洲亚、皮窝铺、蔡家河坝、中坝河、二台子等区域宣传《中华苏维埃宪法大纲》，斗地主、闹土改，搞支前，建立村苏维埃政权。李家妈妈被群众推选为皮窝铺和中坝河村苏维埃主席。

彩儿觉着妈妈既忙碌家务，又操劳村上的大事，便说："妈，以后担水砍柴是我的，你忙苏维埃不在家的时候，做饭也是我的，你可不要嫌不好吃啊！"

李妈妈一把搂住彩儿，眼睛湿润润地说："娃呀，好吃好吃，只要是我娃做的就好吃，我娃长大了，会心疼妈妈了。"

"妈，还有一件事你要答应我。"

"啥事？只要你不离开我，我就答应。"

"妈，不会的。我是说，我想参加童子团，以后要给红军送信和苏维埃传话就让我去，你少跑一点，好吗？"

"行，咋不行。你是不是也想当红军啊！娃大啦，翅膀硬了，想飞啊！"

"飞也飞不出妈妈的怀里。"

李妈妈感觉到彩儿说话有点撒娇的口气，便用两手捧着她的脸蛋，在额头上亲了几口。

屋里传出了一连串的咯咯笑声。这笑声清脆、响亮、开心、温暖。

此后，冯彩儿开始了站岗放哨，跑路送信，风雨无阻，天天如此。村子里的人见了，称赞说："咱们的彩儿啊，是不穿军装的'红小鬼'，能撑住杆子了！"

眼下又是一年的三月，春光明媚，阳光灿烂。河岸边的柳絮如柔软的头发，在微风中飘曳，如花似玉；坡前岭后山花盛开，不时飘溢着浓郁的芳香，沁人心脾；浅山河谷处，樱花、桃花、杏花、梨花、紫荆花等次第张开笑脸，争奇斗艳；麦田和稻田上空，一缕一缕炊烟飘然而过，牛叫声、吆喝声、鞭声，还有上坡的喊声不断传来，抢晴耕耘播种。

彩儿在送信回中坝河的路上，看到这番美妙的景致，心想，自己从来没有感觉到今天的天气这么晴朗，这人、这山、这水、这树、这花、这田这么的奇特……

"小妹妹，你想不想当红军？"

彩儿一回身，原来是三十三军扩红工作队的杨姐姐在问。她没有立即回答，反问道："杨姐，你啥时来的？"

"我刚去找你，你不在，和你李妈说了一会儿话，现在去皮窝铺一趟。"

"啥时再来？"

"后晌。咋啦？"

"我心里还是想，想，想，想去跟你们一样当红军。可是……"

"我知道了。你害怕走了，家里少了做家务活的人，小弟弟也小，你不能领他了，是不是？"

"是。"

"这你不要顾虑，李妈妈的身子骨还硬朗，况且还会安排苏维埃帮助。你决心下了没有？"

"杨姐，坚决去当红军，请你帮我个忙。"

"不用请，说。"

"我妈大后天要去万源大竹河参加区苏维埃代表大会，她有点病不能去，你去对我妈讲，让我去代替开会。"

"行，这个我一定办得到。"

彩儿领着杨同志一块儿回到家，李妈可高兴了，赶快沏茶做饭，像待家里人一样的亲热、贴心。

晚饭后，李妈试探地说："杨同志，你看我家的彩儿不小了，能不能跟你们到队伍里去。"

"还是有点小，真心让走哇！"

"队伍能炼人啊，舍得。"

"你舍得，彩儿却舍不得你！"

"你给她开导开导。"

"行。大竹河会议你能参加吗？"

"这几天身子有点毛病，走不动。"

"那就让彩儿去吧！"

"行不？"

"可以。"

李妈笑呵呵地说："那就好，那就好，让娃子见见大场面，会增加胆量的。"

母女之间的心里隔着薄薄的一张纸，相互都无法戳破，一下子戳破了就会面临割心的疼痛。杨同志也非常清楚，以这个借口，不会引起难舍难分的苦楚之感。

扩红队袁队长同两名队员一商量，同意彩儿参加红军。

第三天，彩儿要走了，跪在李妈的面前，说："妈，你多保重！"

李妈说："彩儿，你走吧，好好地去开会，妈不会有事的。"

中午时分，杨同志来到李妈家，说："彩儿她们已安排好了，你放心。"

李妈说："谢谢你。她们，还有人哪？"

"是，还有五个人，都是彩儿联络的青年们。"

李妈更高兴了："我娃有心眼，穷人要解放要革命，穷人的娃不去当兵谁去当兵，苏维埃还要做鞋袜、打草鞋、攒粮食，支持你们打敌人。"

这一日，彩儿一行赶到大竹河萧河坝，只见通往扩红大会场的路上，行人络绎不绝，会场上彩旗飞舞，人山人海，歌声震天。她们几个加快步伐跑到了设在会场入口的报名处，彩儿喊道："袁队长，我们来啦！给报名吧，我们来了五个人哪！"

站在报告处一侧的袁队长笑吟吟地说："好好好，等这个登记了，立刻就给你们五个人报名。"

该轮到彩儿了，登记员问："姓名？多大年龄？住在哪里？家长叫啥？"

彩儿脱口而出，迅速地作了回答。

袁队长对彩儿说："彩儿是小名，要不要改一个大名啊？"

"要改那就改，请袁队长给我重起一个名字。"

"没来得及考虑，那就叫翠兰吧，翡翠的翠，兰花的兰，行不？"

"好。听妈讲，翡翠有光泽很坚硬。兰花古时又称香草，咱们秦巴山里就有，生命力强，全株可入药，通神明。就叫冯翠兰，让我们都神通广大些。"

这话引得在场的男女青年们哈哈大笑，大家对这位冯翠兰刮目相看，没料到还有这么多的见识。

登记完毕，冯翠兰这一队十个人被带到会场旁边临时搭建的简易房棚里换上了崭新的军装。

当扩红大会主持人宣布议程第五项由冯翠兰代表参军女兵讲话时，会场响起了雷鸣般的掌声。她披着一身春天里的阳光，显得那么英姿焕发，那么富有青春的朝气，噔噔噔地走上主席台，举起右手，向前后左右敬了一个严肃而又不大标准的军礼。停了片刻，她开始讲话了："红军领导，苏维埃领导，各位父老乡亲和男女青年们：今天啊，天上的太阳依旧升起来了，可我们相遇了一个不同的太阳，我们参加红军了。参加了在共产党领导下的为解救穷苦百姓的军队。我听我妈说过，穷人要解放要革命，穷人的娃不去当兵谁去当兵啊！尤其是女青年们，今天，我们走出厨房，告别家乡，为穷人、为解放、为革命、为过好日子当兵了，高兴的是一样公平、平等了，打江山也有我们妇女的份儿啊！……"

又一阵掌声在会场上爆发出来，呼啦啦地滚滚而过。

她越讲越沉着，没有一丝怯场的痕迹，镇定自若的目光里蕴藏着刚毅、坚强、豪迈、奋战和对未来充满希望：这个世界一定是属于穷苦人民的！

第二十三章　红军转战烟墩山

朱鹤年讲到这里停了下来，喝了一口茶水，说了一句："这女娃子不简单啊！"

刘雪亚急着追问："那冯彩儿，对，冯翠兰后来咋着了？"

朱鹤年说："后来呢，只听得个星星点点，断断续续。"

"星星点点的也讲，是给我们上课呀！"

"不敢不敢，我也在念书呀！"

冯翠兰参加红军不久，组织决定派她到巴中红四方面军临时开办的红军大学预备班学习。这时，组织又决定她到南江参加妇女干部培训班学习，结业后被分配去负责扩红工作，并担任扩红工作队的队长。民国二十四年五月，红四方面军开始长征，冯翠兰调到宣传队，宣传鼓动红军战士克服困难，奋勇前进，不要掉队，一定要坚持到达目的地。听说，由于红四方面军头儿张国焘要南下分裂红军，搞独立，逼得冯翠兰随部队两翻雪山，三过草地。第二年的七月二日，红四方面军在甘孜与贺龙二六军团会师，继续北上，于十月九日，冯翠兰所在的宣传队随红四方面军到达陕北延安。

冯翠兰一到延安，就感到这里的天地很宽阔，延安的天是明朗的，延河水是清澈的，一切一切都很鲜艳新颖。尤其是到了新剧团，认识了原红四方面军政治部主任张琴秋，由于她的关心，又参加了共产党，心中又升起一轮太阳，有热量更能发光了。一个山里女娃子，在这里还能结识美国人史沫特莱和德国的王安娜，同她们一起唱歌跳舞，更加不可思议。没想到不长时间，又被调到大年初一才从定边迁到延安东郊桥儿沟天主教堂的中央党校学习。在这里懂得了社会发展规律，知道了中国和苏维埃革命的发展历程，练就了一身军事功夫。在党校举行的一次军事表演中，她的刺杀射击、擒拿格斗、跨越障碍等项目成绩突出，校长董必武当场赞扬："巾帼之女，佼佼者。"接着又问，"哪里人哪？""紫阳人。""噢，属大巴山哪，秦巴山里来的不仅男兵能干，而且女兵也是不差上下，出类拔萃，才能超群呀！"清明过后，冯翠兰由中央党校转入中国人民抗日军政大学，在去报到的路上，她激动万分，像山岭上盛开的迎春花、玉兰花一样心花怒放。她更感到幸运的是同贺子珍、康克清、邓颖超、蔡畅、刘英等大姐姐们一起学政治、学文化、学军事，回顾革命历程和长征的艰难与女人更是受熬煎的磨炼，畅谈抗日救国和建立民主自由国家的理想，展望未来人民当家做主的美好生活。作为最小年龄的她，受到了她们的关怀，在她们的教诲下更加坚定了一个大理想，为实现共产主义而脚踏实地去英勇奋斗！抗大结业后，冯翠兰以优异的成绩被任命为运输连连长，为红军部队运送武器弹药和粮食，多次经过敌占区，同胡宗南所属部队多次发生过激烈交战，每战每胜，出色地完成了任务。

民国二十八年春天的一天上午，这是一个不寻常的日子，冯翠兰接到紧急通知，即刻赶到中央组织部。首长对她说，经组织决定调她去八路军西安办事处工作。

冯翠兰觉着很突然，突然不突然都没有两样，命令如山倒，一名军人就得坚决服从，勇敢地去国统区工作。她颔首一笑："听从命令！"

她又听得首长说，"办事处的任务是艰巨、繁重而光荣的，如要宣传党的抗日武装，开展抗日民族统一战线的工作，招收和输送进步青年和人士来延安，壮大革命武装力量，还要为陕甘宁边区和抗日前线运转与采购战争物资。鉴于你做过宣传队和扩红工作队的工作，你当过运输连长，从事过运输工作，精明在行，所以组织认定你是最佳人选。"

"首长，啥时出发？"

"明天或后天，有人护送你。"

"那就明天吧，在啥地方？"

"西安市七贤庄一号。"

"首长，保证完成任务。"

"为了从安全出发，经组织研究确定，离开延安后，你的名字改为冯苏[①]，苏维埃的苏，万物苏醒的苏。"

"是，首长，一定苏醒、清醒、提醒。在国统区工作要像开车那样，掌握好方向盘。我妈说过，人和太阳是不同也有一样的地方，推诚待物，为人处世，就要无私地洒播温暖的阳光。"

延安和西安都有安，都是安吗？那可不大一样，延安的天是清朗的天，西安的天是灰沉沉的天。

林伯渠对冯苏的到来喜出望外，这一下办事处增加了一位不可多得的人才，充实了做好各项工作的力量。尤其是南方和全国各地赴延安的女青年就需这样的人去赤诚相待，促膝谈心，结交更多的知心朋友。让他们更加相信延安，更加向

---

① 冯彩儿、冯翠兰、冯苏，1920年3月出生于紫阳县麻柳坝。抗日战争胜利后，于1946年，冯苏回到原部队，先后在武汉、南京、长沙做部队机要保密工作。1955年，被授予少校军衔，曾任湖南省军区司令部办公室主任。

往延安，输送更多的仁人志士奔向延安。他立刻给冯苏布置工作，交代任务，强调纪律，最后说："冯苏，我听董校长和抗大同志讲，你是一个女中豪杰啊。豪杰就在于随着环境的变化，而自由、自觉、自省地去适应这个变化，随机应变，掌握主动，豪杰更豪杰。"

冯苏很灿烂地一笑，这美好的笑容里流露出一种自信、刚强的神色。她说："首长，请放心，即便是脚踩着刀尖儿，也得把我们的事情干好，决不后退半步。坚决完成组织赋予的一切任务。"

林伯渠点了点头，冯苏是一块勇敢奋斗的料，由这样干练的人组成的战斗队伍，在对敌斗争中一定攻无不克，战无不胜。

冯苏走出办公室时，林伯渠又提醒了一句："七贤庄周围到处都有国民党便衣特务跟踪、盯梢、监视，出进一定小心谨慎。不过，我们也有姓李、姓王、姓孙和姓马的几位拉洋车的师傅做掩护，还是比较保险的。"

冯苏回过头说："在这种环境里，找一个针头线脑不会有多大的难处。妈讲过，心急绣不好花，只能沉稳、灵巧地对付。"

林伯渠呵呵一笑，这个女娃子真会借题发挥，用针线铸就心中钢铁般的谋划，更是凤毛麟角！

朱鹤年叙述得活灵活现，栩栩如生；刘家辉和刘雪亚听得着了迷，仿佛也是亲眼所见。

过了半会儿，朱鹤年突然说："两位老师，我讲这些像是被'赤化'了！"

刘家辉不以为然地一笑："你不是国民党珠盘乡的乡长嘛！"

朱鹤年说："那……那，那个倒是的。"

刘雪亚快言快语："哪能呢！一乡之长，知道点乡间之外的新鲜事不足为奇！你又不是共产党，有啥可顾忌的。"他嘴里虽然这样说，心里却不是这样认为，这就是起到一种所谓的"赤化"导向作用。从这一点讲，这位乡长就是我们眼下的一位难以寻找的不是老师的老师，没有怀疑自己，却有不以物喜、不以己悲的豪放性格。

朱鹤年说："我不担心，担么子个心。有言道，人不和道路为仇。不管是谁，出门在外，终得要走路呀！总不能把两脚扛在肩上吧！"

刘雪亚说："古人留下一句名言：'君子坦荡荡，小人长戚戚。'乡长的心胸很宽呵！"

刘家辉补充说："我看也是这样。乡长'志于道，据于德，依于仁'，不容易，不容易！"

朱鹤年嘿嘿一笑："夸奖了，有愧。我头上还戴着那顶帽子哪！"

刘家辉风趣幽默地说："在这样的天气里，戴着就戴着呗，不管是春夏秋冬还是天晴下雨，在任何时候都能用得上。"

朱鹤年脸上泛起喜悦的波纹，说："话是开山斧，我心里这下可有主了。"

他仁前仰后合，笑声不止。

第二十四章
反贪斗争震巴山

春游的师生们，虽然有些疲劳困倦，但是从毛坝关返回的一路上，依然精神焕发。那些引人入胜的故事，那些铿锵有力的歌声，那些令人发指的腐败，那些颠倒是非的伎俩，那些不容置疑的疾苦，一下打开了他们心灵的窗户，正义与邪恶眼睁睁地摆在当今的世道上。他们暗暗地下定决心，以心诚志坚去捍卫正义，以勇敢顽强去驱逐邪恶。

刘雪亚一回到学校，发现修建停工了。他心急如焚连饭都没来得及吃，立即找到姜东周问："姜董事，修建咋停工了呢？"

姜东周睁大眼睛回答说："县上不给钱，拿啥建呢！"

刘雪亚感到奇怪了："我们走时，县上拨款已到账，而且也开工了，咋说县上没给钱呢？"

姜东周支吾着说："还要啥饭堂，还要啥厨房，咋行呢！"

刘雪亚追问："饭堂和厨房是另一码事，这咋能扯到县上没给钱呢？到账的钱难道又飞回去了吗？"

姜东周牛里牛气地一转身，扬长而去。

不大一会儿，罗鸿忠急匆匆地来了："刘老师，张校长在家里很生气。"

刘雪亚问："咋了，生啥气？"

"我们春游刚走两三天，姜董就把修建工解散了。张校长一打听，姜董把县上拨款放了账，又拿一部分去做了茶叶生意，还把校产的苞谷装了十石运到安康卖了。他能不生气吗？你去看看吧！"

"知道了，你去吧！"刘雪亚心想，不信直中直，须防仁不仁，莫料他走得那么远。回身同刘家辉商议如何对待当前出现的局面，而后又急忙去张晓楩那里了解事情的真相。

其实呢，没有不透风的篱笆，姜东周做了这些瞎瞎事情，又咋能瞒过师生们。

常言道：好事不出门，丑事行千里。姜东周不为学校干正经事的消息一下子传遍了校园，师生们议论纷纷，说长道短。

学校吃饭没食堂，睡觉无铺板，上课缺桌凳。你姜东周不知道吗！

厨房挨着厕所，臭气熏天，哪能让学生吃得下饭呢！你姜东周见而不闻吗！

吃饭碗没地方洗，也没地方搁。你姜东周为啥不管呢！

板凳无脚脚，课桌摇活活，咋上课！你姜东周想过没想过学生们在期望什么？

你姜东周不理校事，把修缮款占为已有，放了账，贩茶叶，抽大烟，毁了一座学校，也毁了一代人哪！

你姜东周不要凭家族大，财势大，飞扬跋扈，不可一世。俗话说，善有善报，恶有恶报，不是不报，时机未到。现在正向着那个地步走呢！

四年级学生宋玉田更是愤愤不平。他从墙边拾起一根木柴棍，连连在地上捣个咚咚有响，你姜东周理事却不理事，胡作非为，见鬼去吧，懒得再上课，非整他一顿不可。他立即去找黄恺丞谈了个人的想法，他俩对这事的看法是不谋而合，而且深恶痛绝。

"走，咱们找刘老师去。"宋玉田说。

"行，刘老师已同校长谈了，正在搜集材料上报县政府。他一定会同情和支持我们的。"黄恺丞说。

"刘老师说话和处世，比别人高些。"

"那自然啦，洞察人间世变的走向呗。"

宋玉田和黄恺丞刚走到学校门口，恰好碰上刘雪亚和刘家辉正在说啥事情，当即又停了下来。

刘雪亚问："你俩有事吗？"

宋玉田生气地说："刘老师，我们明天不想上课了。姜东周不理校务，把学校的钱和苞谷糟踏光了，我们要找他算账。"

黄恺丞补充说："最近一直不见姜东周的人影，老鼠不出洞，只好用水冲！组织学生给他一些颜色看看！"

刘家辉和刘雪亚相互看了一眼，都满意地笑了。两位学生所要采取的行动正好合乎已商定的主意，看来师生都想到一块儿了。

刘家辉说："行，敲打敲打是合乎情理，也是极好的时机，不要做过了头。"

刘雪亚走到他们身边，悄悄地说了一阵子，只见他俩连连点头："好的，就这么办。"

当他们走开的时候，胡春贵来了："你们在这做啥？"

黄恺丞说："说曹操，曹操就到，明天找姜东周算账。"

胡春贵说："我也是为这事来找刘老师他们的。"

刘雪亚走过来，对黄恺丞和胡春贵说："你俩是学生会的主席，把学生组织严密一些，不要出任何事故。好吧，就这样。"

胡春贵表态说："要得，请老师放心，只是教训教训他，要他明白，他自己虽然厉害，但是，我们这些学生也不是好惹的！"

早晨起床铃声响后，刘雪亚提前到街上一家小吃店，一边吃米面馍，一边观察街道上的动静。

嚯！——嚯！——嚯！紧急集合的哨音划破了寂静的校园，同学们呼啦啦地跑到了操场。

整队结束，黄恺丞站在队伍前面，高声喊道："同学们，我们现在上街找姜东周，让他立即给我们盖饭堂，修桌凳！向左转，齐步走！"

同学们一听很高兴，行走的脚步一下快了许多。群情鼎沸，心绪激昂，不到十几分钟，就到了中街姜东周家的门口。

口号震天，喊声穿山。

还我校园！

我们要饭堂！

我们要桌凳！

揪出贪污分子！

不去支持抗日，挖自己的墙脚，同汉奸没有啥两样！

胡春贵从队伍后边飞快地跑到前边，一下子冲进了大门，把正抽大烟的姜东周从床上抓起来，推到了大门口。

姜东周挣扎着喊道："你们这是要做啥？反了天了不是！简直没了王法了！"

胡春贵质问道："王法，啥叫王法，你懂吗？你为所欲为时，咋不念叨念叨王法呢？王法叫你抽鸦片烟吗？你把卖苞谷的钱、上面的拨款弄哪儿去了？"

宋玉田愤怒地喊叫："你把学校的苞谷卖了，为啥不给制教学用具？良心叫狗吃了，还讲王法！"

黄恺丞喊声更大了："县上拨款，你拿去做生意、买大烟，为啥不遵守王法，给我们盖饭堂、修厕所呀！"

学生队伍愤怒了，你给我们讲清楚说明白！你给我们回答，啥时开工维修校园！

姜东周显得慌乱不堪的样子，吞吞吐吐半天说不出话来。

正在这时，刘雪亚离开小吃店很快地来到门前，看了看姜东周，又看了看义愤填膺的同学们，貌似吓唬地问道："你们到这里来做什么？"

胡春贵说："请姜董给我们修建学校。"

宋玉田说："学校把桌凳做齐，有了饭堂，我们就上课。这些，刘老师你们解决不了，我们就只能找姜理事。"

黄恺丞说："这是姜董把我们逼得没办法了，才到这里来的！清理账目，反对贪污！"

刘雪亚又瞅了姜东周一眼，对同学们说："你们先回去，赶快吃了饭再上课。我同姜董一块儿回学校，吃过早饭再答复问题。"随后又问姜东周，"姜董，你看呢？"

姜东周皮笑肉不笑地说："行啊！行啊！你看啊！我还穿着睡衣不合适，等一会儿，让我去换件衣服就出来。"

刘雪亚说："好，这么多学生都看着哪，赶快点！"

过了好一阵子姜东周还未出来，胡春贵和罗鸿忠等急了，不管三七二十一又冲进了屋，四处找寻不见人影，最后发现后屋的窗子破开了，意识到姜东周已经逃走了。

罗鸿忠喊道："刘老师，人跑了！"

刘雪亚惊叫一声："啊？跑了！伪君子！跑了和尚跑不了庙，咱们先回学校吧！"

胡春贵拉起罗鸿忠一边又向屋里冲去，一边说："刘老师不是要证据吗？咱们去找找！"

当一篓子烟具、大烟、烟灰展现在学生面前时，个个愤怒至极，沸沸扬扬地大叫起来。

跑了，跑了人跑不了罪！

贪污可耻！

损害学校者，滚出去！

侵吞公款，须绳之以法！

这简直是帮日本鬼子，整自己人！

打倒不法分子！

第二十四章 反贪斗争震巴山

打倒姜东周！

这恼怒的呼号声如任河水那样，一浪掀一浪地奔腾而起，浪花滚滚，震撼了山林和村庄。

芭蕉街以东不远的任河上，有一个人正在浮水过河。一上岸，急急忙忙地抖了抖身上的水珠，赶紧穿上衣服，张望了一阵子，便不停点地向下游跑去。岸边那条毛毛路是通向县城的。这条路，是很少有人走的，可以说是行为不轨人的逃生路，现在只能是这个人走了。

半山腰一座茅草屋前站着的一位老大爷看见了这个人，眼睛发出惊奇诧异的目光，哎，这不是富豪人家姜东周大老爷嘛，咋走这个毛毛路！咋么不坐滑竿了！他遥望芭蕉街通向芭蕉小学的路上，正行走着挥动旗子，既呼喊又唱歌的一列学生队伍。明白了，一定是这个老财迷惹怒了学生娃娃们。你光横行霸道，欺压老百姓，凌辱弱势人，没有想到你也有这一日！老汉咂了咂嘴巴，高兴地笑了，笑得很自在。

姜达才外出刚回家，闻知学生们罢课到堂兄家闹事，又得知堂兄已去县上告状，便手持大刀冲出门，上了芭蕉街，歇斯底里大发作，大喊大骂满街嘶吼，企图行凶。

芭小被赤化了！

芭小的教员们被赤化了！

老师们教的学生都是一帮子土匪！

土匪头子就是刘雪亚！

我哥姜东周有啥错，你们惹他，我姜达才决不答应，叫你们不得好死！

姜达才疯也似的站在学校门外，挥舞着大刀，扯起嘶哑的声音喊道："刘雪亚，你就是共产党，你给我出来，我要宰了你！"

刘雪亚在操场上听到这狂野的叫声，便离开同学，昂首挺胸站在大门口，大喝一声："姜达才，你想干什么！把刀给我放下！"

魔高一尺，道高一丈。一位文质彬彬的老师，此时竟然发出了如此愤怒、果敢、震慑的吓唬声，同学们也没有想到。这也不足为奇，道义在支撑着一个人战胜邪恶的坚强勇气。

姜达才愣了一下，停止了挥动的大刀，却举刀指着说："你们找我哥啥碴儿？这是暴动，是你这个共产党组织的暴动！"

刘雪亚厉声斥责道："这个你不要来问我，要问就去问你哥，学生们找你哥求公道讨说法，就是暴动？你知道啥叫暴动！学生们触犯了哪项政治制度，又危害了哪个社会秩序！学生们手中哪个拿着棍棒刀枪，个个赤手空拳，手无寸铁。你倒是挥动大刀，破口漫骂，耀武扬威，恐吓学生，企图行凶，扰乱校园秩序。相比之下，是你姜达才在使用暴力，反而强加于别人的头上。你还自鸣得意，实际上有失国民党区分部书记这个大雅的身份！"

正在这时候，吴觉非带着胡春贵、罗鸿忠、黄恺丞一队学生来到校门口把刘雪亚挡在了几个人的身后。

姜达才遭到一番指责，又看到吴觉非又站在面前，更加生气了："刘雪亚，我这个区分部书记当不好你来当，看党国认不认你！"

刘雪亚冷冷一笑："我没有手持大刀的本事，教师还当不好，还眼馋那个不为民谋善的小小书记？"

姜达才把大刀拄在地上，喊道："刘雪亚，我看你就是共产党。书记小不小，大不大总是个官，是我们的领袖蒋委员长领导下的一名官。你还真像是那个朱德、毛泽东领导下的共产党，那个领袖太遥远了，他们能到这里来吗？"

刘雪亚回了一句："我把书教好了，就去找你所说的那个共产党。至于共产党领袖能不能来这里，其实云遮雾罩，天天有太阳。说实话，真的要来了，蒋委员长还得陪着。"

姜达才又挥起了大刀："刘雪亚，你别胡说八道，诬蔑我们的领袖！"

吴觉非看到姜达才疯狂的样子，跑过去一把夺下了大刀，然后转给胡春贵，回头说："当着大家伙儿的面讲这些乱七八糟的话，太丢人现眼，出乖露丑，有损于党国的脸面。"

姜达才瞪着眼睛，说："吴老师，我看你这个堂兄弟也被'赤化'了，怎么替共产党讲话。"

吴觉非质问道："谁是共产党，拿出证据来。讲了公道话就被'赤化'了，你咋蛮不讲理呢！既然是堂兄弟，你那样做，我也觉得脸上无光啊！算了，算了，不要再闹了！再闹下去，给党国抹黑抹得不像啥了！"

这一席话，说得姜达才理屈词穷，没好气地摆了摆头。他斜眼一看，大门里挤得水泄不通，大门外站着一排一排的学生，广场上看热闹的人越来越多，好像有几千双带箭的目光全部向自己投射而来，只唉了一声，拧过身，懊丧而消沉地走了。姜达才走了没多远，又不死心地回过头，紧盯了一眼还未散去的师生们，狠狠地直跺脚。

学生们的罢课行动没有停止下来。部分学生受姜达才谣言的挑拨和吓唬，暂时回了家。这时间，学校并不平静，"赤化"的传言已轰动了全县。刘家辉同刘雪亚商议，既然如此，就应顺风驶船，做些对方为我们提供有利条件的一些大事，须来一个以其人之道还治其人之身。决定：写一份姜东周贪污建校款引起学生罢课经过的状子，出具状连同吸毒的烟具和鸦片上县政府告状；除此而外书写芭小呼吁书，油印散发全县各机关和学校，表明真相，伸张正义。

第二天吃过早饭的时候，刘雪亚带着胡春贵和罗鸿忠从任河嘴登渡船过了汉江。刚踏进县城河街口，刘雪亚说："胡春贵，你就在河街街道上向各单位和居民散发呼吁书；罗鸿忠，河街以上的地形复杂，单位也比较分散，你熟悉就去这些地方吧，包括县政府、县党部、保安队、教育科、财政科、中学、小学不要漏掉了。再交代你俩，要机灵一点，不要和不三不四的人纠缠。罗鸿忠，咱们最后在你家门口集合。不管等多久，就在这里等，记好了！"

"记住了，老师。你要小心点啊！"

刘雪亚拾级而上，爬了三百六十六个石台阶，累得满头大汗。当他爬完最后一级台阶，伸了伸酸痛身躯，定睛一看，前面就是县政府，便理直气壮地走进了大门里的值班室。

"你找谁？"值日员问。

"找陈县长。"刘雪亚回答。

"你是哪里的？"

"我是芭小的老师。"

"找县长何事？"

"告状！"

"我给陈县长通报一下，你等会儿！"

刘雪亚在值班室门外一直望着值日员走进院子里最深处的那间房子。不大一会儿，值日员出来了，直向刘雪亚招手。刘雪亚明白了是县长同意接见的示意，便向值日员挥手致意后，气冲冲地进了县长办公室。"陈县长，我是……"

陈伟器坐在椅子上连屁股动都没动一下，说："不用介绍，我已经知道了，你叫刘雪亚？"

"对，我就是刘雪亚！"

"这么说，你就是组织闹事的？有人举报是共产党的暴动。"

"怎么谈得上是暴动？这简直是诬人为盗的胡说。学生们向校董姜东周讨公道，怕出事，老师不得不去保护他们。这成了大错吗？陈县长，这是状子，这是姜东周吸的鸦片和烟具，这是姜达才持刀到学校谩骂学校老师是土匪、是共产党，要行凶时拿的大刀。"

陈伟器接过状子，连翻了八张，后从头开始略看每段的前几句，细数计六大罪状。他又面对办公桌前摆的这些证据，难以下一个让人置信的结论。辩白吧，铁证如山，当人家的面不能说假话；指责吧，又不能甩出自己的拳头去打自己人的脸，这对党国多不好看哪！陈伟器想了半天，突然问道："你说实话，在芭小，你是不是共产党？我一定为你保密。"

狐狸嘴里吐不出犴茸来。你能保密？天大的笑话！你们这号子人是专门干些伤天害理的事，哪有替天行道的一丁点良心。刘雪亚心中暗暗地想了一下，略显讥笑的神色，说："陈县长，我只知道我是芭小的老师兼教导主任，把学教好，把学生管好。"

"那个，那个吕永吉为啥被解聘了？"

"这个人不好好教书，在教师中戳事弄非，破坏团结，严重的是打学生、骂学生。学生和家长向学校抗议，校长不得不解聘他！不过姜达才非常赏识他，也是一名好打手。"

"以你这个教务主任来看，芭小的国民党员咋站不住脚呢？"

"陈县长，吴觉非不是好好的吗！看其他那些人的所作所为就不难其解了。如果让我说实话，你也会给我戴上共产党这顶心存奢望的帽子，只不过是从你口里说出来的，可惜不算数。"

"哈哈哈！你这个刘老师讲话真滑稽！"

"不，很实诚，你不信，可以去问问吴觉非。"

"我知道，他是县教育科长王绥之的外甥。"

"哎哟，这我还不清楚有这种关系。早知道，我该找他走一个后门。"

陈伟器这时站起来，说："我把状子、其他证据留下来，你先回去。过几天，我派王绥之去调查，帮助你们处理这件事！"

刘雪亚走出大门时想到，究竟是采取什么样的方式，帮谁的忙，为谁解决难题，将拭目以待。

过了两天，在县上反映情况的张晓棂捎信给刘雪亚说，"教育科长王绥之明天来芭蕉，随同的有芭蕉乡长费春洲、我和姜东周，一起处理学校所发生的事件。届时，组织师生欢迎。"

得知这消息后，刘家辉立即开会商议采取的办法。他分析面临形势，一是来稀泥抹光墙罢了，就事论事而结束；二是也可能对怀疑对象要下手抓人。因此，我们要冷静应对，只要他们答应同学们提出的几个条件，这就是胜利。还要防一手，万一要抓人，就让师生出面提出抗议。另外，给吴老师说，让他去向他舅周旋周旋。最后强调说："总之，做到万无一失。"

刘雪亚说："没有不咬人的毒蛇。咱们是得过细点，我给吴老师去详细地讲讲。"

罗功远说："我看这样考虑行，黄恺丞和胡春贵的学生会的事由我去安排。"

刘雪亚又插话说："罗鸿忠领四名纠察队员注意周围的动向，这个由我去交代。"

刘家辉说："明天，我领师生去迎接，刘老师你见机行事。就这样，赶快去安顿，对他们讲的时候，一定要掌握分寸，不使他们觉得有黑云压城城欲摧之势，而要激起他们同邪恶作斗争的坚强志气。再给吴老师叮咛，就让他说不知道他舅来学校。"

中午时分，只见沿任河岸边的路上，呼扇呼扇地来了四乘滑竿，后边紧跟着一队荷枪实弹的保安队士兵。

此时，师生们排列着整齐的队伍站在芭蕉的下河坝。

教育科长到来，前面有师生们的迎接，后面有武装护卫，前呼后拥，好大的威风呵。刘家辉观察这阵势，觉得有些悬乎，于是，对刘雪亚悄悄地说："有点不对头，还是按原计划进行。你接待后，稍后站着。"

一队人流，呼啦啦地走进芭蕉街道。姜东周下了滑竿向王绥之说："王科长，我就不去学校了，在家等你们！"

王绥之手一挥，说："好，你去吧！"

学校大门口，刘雪亚走上前，微微一笑，说："欢迎王科长莅临芭小视察教学工作。"

张晓棵连忙介绍说："这是我们的教导主任刘雪亚，我不在时，由他代理校长。"

王绥之一边走下滑竿，一边说："哦，哦，刘雪亚，就是找过陈县长的那个刘雪亚？"

刘雪亚稍微地弯了弯身子，说："是，鄙人是找过县长。"

王绥之的脸色显得很难看，说："好好好，找县长也没有错。"

进校坐定后，张晓棂看着刘雪亚问："师生们提出的条件整理好了吗？"

刘雪亚答道："整理好了，共十条。"随即将材料递了过去。

张晓棂把材料又递给王绥之，说："这些我都知道，请阅示吧！"

王绥之喝着茶，一条一条地翻阅了一遍，问："老师们还有啥意见？"

刘家辉答道："老师们的意见都在里头了，希望有一个稳定安宁的教学环境。"

出去为师生联系购买粮食和蔬菜的吴觉非刚回校，立即来到王绥之身边，说："舅，你来了，咋不早告诉一声。"

王绥之放下材料，望着吴觉非，想到姜东周和姜达才口口声声说自己的外甥也被"赤化"了，既然是一伙子的，张校长给刘雪亚的通知，他不会不告诉外甥呀！他关心地问："做啥去了？"

吴觉非有些埋怨的口气："干总务嘛，一天不就是买粮买菜、安排伙食，婆婆妈妈的，真烦人！"

"老师教书，学生念书，把饭给供应好，他们教和学才有劲呀！烦啥烦，好好干！"

"咋能好好干？"

"咋啦？"

"姜东周贪污，抽大烟，姜达才持刀大闹，把学校闹个乱哄哄的，想干也干不成。"

"好了好了，我们就是来解决这件事的。你忙你的，不要管我。过一会儿，我们到姜家去住几天。"

"舅，依我看，住张校长家就比住姜家好，别人的眼睛咋看哪，以为你为姜家撑腰呢！"

"别操那份心，住是住，与事情是两码事。再说，张校长讲，我们住姜家比住他家好。"

吴觉非思索了一阵子，觉着也合乎情理，刘老师他们出出进进也许方便些。

王绥之在姜家不声不响住了四天，除了找张晓棂、吴觉非和黄恺丞谈话外，与其他任何人都没有接触过。

过了一天，刘雪亚突然接到张晓棂的通知，今天晚上学校开会，全体老师和部分学生参加。

刘雪亚同刘家辉说了一阵子话，便带一些学生收拾会场。会场设在四年级教室，按照各自分工，擦窗子、扫地、安桌子、放凳子，主席台上摆好了茶杯和刚采来的清明茶。不大一会儿的工夫，一切安排就绪。

张晓桄提前到了，进会场一看，桌凳摆放有序，窗明几净。一望主席台正面黑板上写着：欢迎县领导来我校视察指导教学工作，其他三面墙贴满了学生的即兴书法、山水画、漫画。这一番布置倒是隆重理想的会场，他说："刘主任，啥事情让你操手去办，总同别人大不一样，能做事，会做事，做得让人放心。"

刘雪亚淡然一笑："小事小事，算不了个啥，我去叫人吧！"

张晓桄掏出怀表看了看，说："好，快来了。"

会议室坐满了人，没有一丝的动静，空气仿佛停止了流动，很沉闷，只有挂在楼板上的汽灯发出咝咝的声音。

王绥之在没进校门时问费春洲："你们的人到位了吗？"

费春洲说："原定天一黑，由民团团长余茂富带队到指定位置，应该到了吧！科长，你放心，不会误事的！"

王绥之又问："任务交代清了？"

费春洲回答："一清二楚。"

在张晓桄和刘雪亚的引导下，王绥之气势汹汹地走进了会场。随着张晓桄的鼓掌声，会场里响起稀稀拉拉的掌声。

王绥之环顾四周，说："安排得不错嘛！"

张晓桄说："都是刘主任的杰作。"

王绥之未直面刘雪亚，说："是个能人，能去找县长告状也算有勇气。"

他们喝着茶，寒暄了一阵子。张晓桄站起来，说："王科长来我校检查指导工作，让我们以热烈的掌声表示欢迎！王科长在政务繁忙之中，抽时间来处理我校发生的一些令人没有想到的不愉快的事情，我由衷地感谢！现在请王科长讲话。"

王绥之站起来，向师生们点了一个头，然后坐下来，开始说："老师们，同学们，张校长说感谢的话，让我心不安，这是我的职责，对不起大家。"接着他慢条斯理地发表自己的意见。"这次芭小出现的罢教罢课事件学校无有责任，出于事出无奈，迫不得已的情况下才那样做了。我看了师生们所提的十条完全符合事实，是理事不力而为，使学生不能安心上课，姜东周丝毫不能推脱责任。但是，我本人作为教育科长，没有插到底管到位，平素不过问，这次又未闻即动，任其自然放纵了事态的扩大，尤应负重大的责任，浪费了同学们的宝贵时间，对不起同学们，我心中确实有愧！姜东周确实勒卡了学校修建经费，已经难以再任理事了，我已委托姜耀东全权负责学校理事责任，按同学们所提十条，一一照办。做到校产账目公开，即日修缮和添置课桌、坐凳和铺板，限令下学期有一座新教室投付使用，做到同学吃饭有地方，饭堂同厕所隔离，宿舍不拥挤，教具制齐。"

这时，坐在最后排的刘雪亚看见窗外的罗鸿忠和宋玉田在招手示意。他不紧不慢地走出会场来到院墙旁边，听到宋玉田低声说："我从余茂富那儿探听到，乡长派他们民团执行任务，如果会议上发生起哄，行凶打人，即开枪镇压，县上指令不准跑掉一个，所以乡长也参加了。"

罗鸿忠说："我从暗处察看，学校全被民团包围了，县上来的保安队一个班，分两拨分别在会场外和大门外巡逻。"

刘雪亚沉着地说："我知道了。不用怕，照常行事。"他向他俩作了一个双手即合的示意，带着冷静神色回到会场最后的座位上，同刘家辉老师嘀咕了几句，都觉得很安稳，达到预想的目的。

坐在刘家辉身边的黄恺丞曾几次想站起来插话，却被刘家辉制止了，"稳重点，沉住气。"

王绥之结束讲话后，张晓棵提议："现在请费乡长讲话！"

费春洲一见会场很平静，推辞地说："我对学校不了解，没有好讲的。确实是这样，不能对学校指手画脚地瞎搅和，既然王科长和张校长让我讲，我只能表个态，学校在我的地盘上，我得保证师生们的生命安全。比如为了防止今晚出现不测，我也作了防范的措施。今后也是如此，望大家理解，千万不可误会。"

胡春贵听了这简短的讲话，呸的一声吐了一口唾沫，狗嘴吐不出象牙来，明明是来企图镇压我们的，却假惺惺地装好人，为保护学生的生命安全。

张晓棵又喊道："刘主任，刘老师还有啥讲的？"

他俩异口同声地回答："没有了，就按上级领导讲的执行。"

张晓棵说："对，咱们抓紧落实。散会！"

王绥之赶紧制止地喊道："等一下，我还忽视了一件，在这里要提醒大家，就是听姜东周和姜达才给我说，芭小'赤化'了，我并不为之深信，几张抗日标语，就给扣上这个红帽子，我看太过了。我们国民党不也是抗日的吗？你不能指责说青天白日就成五角星了，个人成见归个人成见，不能借此发泄自己的私愤。"

师生们听着听着噼里啪啦地拍起手来。

"老师们，同学们，说实话，我对共产党了解甚少，至于提出芭小有共产党，哪个是共产党，我也难以判定。这个，县上有专门组织负责侦破，他们一定会弄清真相。好了，明天你们安心复课！"

一散会，校园里挤满了人，大家谈笑风生，得意非凡。条件答应了，我们胜利了！学校有救了，我们有指望了！

刘雪亚站在校园中心的一块大石头上，高声宣布道："同学们，明天早晨按时上课！"

就在这一大早学校恢复正常教学秩序的十点钟，王绥之带领保安队来到了学校。

张晓椟急忙走上前问道："王科长，还有啥交代的吗？"

王绥之直接说："去把刘雪亚叫来！"

"正上课呢！"

"停下来就是了！"

同学们意识到要出事了，眼巴巴地看着校长把刘老师叫出教室，带到王绥之跟前，几个士兵赶紧围了起来。老远听见王绥之说："我考虑了一下，带你到县上走一趟比较合适！"

刘雪亚感觉气氛不对了，便严正地问："王科长，为什么？有什么理由？到县上做什么？"

"你不要问这么多，到县上就知道了！还要把黄恺丞带上。"

这个班的同学一见这样，喊着叫着，一哄而出。其他教室听到呼叫声，同样跑出教室，蜂拥而上，把他们围个里三层外三层。

连张晓椟也没想到要带刘雪亚走，望着群情激昂的同学们，便问王绥之："这是为什么呀？"

王绥之解释说："姜达才和吕永吉告诉我，有些标语倒像共产党的口气……"

正说着吴觉非挤了进来，说："舅，你到底在做啥呀？"

"娃，你不知道，我看了吕永吉给我的标语，有些超出抗日内容的范围，如打倒土豪劣绅，打倒贪官污吏，怎么讲呢！"

"舅，你应该从社会角度去考量。姜家户族大，姜东周大肆搜刮民财，在百姓头上作威作福，这不应该打倒吗？他私吞校产，贪污公款，怙恶不悛，打倒还不够，应该抓去坐监狱。你这样做，他会更加气焰嚣张，无所顾忌。国民政府再不要熟视无睹，听之任之了，再如此走下去，总有一天会崩溃的。"

"娃，真叫舅刮目相看了，以后不要乱发议论，别让人家给你扣上个啥帽子。"

"我也是党国一员嘛，怕啥！舅，你凭啥把刘老师带走，管教学的一把好手，就凭两张标语，是吧！有人害怕这标语，说明他们心里有鬼，已经胆战心惊，坐卧不安，是在拼命地维护他们快要丢弃的财势和权势。舅，说真的，这标语是我在春游时写的，你把我抓走吧！"

"你胡言乱语什么呀！"

"我写的，我就是凭据，我是从咱们的《党网》上刊登的延安的一则消息里摘来的。没错，咱们就自己打倒自己，才能获得新生。"

"你疯了，你变了！"

"我没变，我是你亲亲的外甥，咋能变呢！都在党国里做事，这是一致的嘛！我给舅说，刘老师真是一个好人。"

张晓梾接话茬儿说："吴老师讲得很对。这位老师有心机，又能干，是芭小的台柱子，不能平白无故把他带走。还有挨黄恺丞啥事，他是学生会主席，带学生请愿，不能说不对。"

刘家辉接着强调说："王科长，眼前这个事，事出有因，查无实据，明明是以莫须有的事实强加于他，要去县上不合适。再就是要从稳定教学出发，刚复课这一下又乱了，为避免学生们的意外情绪，恢复正常教学秩序，刘老师不能离开。"

王绥之望着张晓梾、刘家辉，特别是盯着吴觉非好半天，又目扫叽叽喳喳的学生们，转过脸说："好吧，就听你们这一回，赶紧上课。"停了一会儿，他又补充地问，"刘主任，你有啥讲的？"

刘雪亚一边拨开人群，一边引导王绥之走出去，说："教学为重，荒废了一星期的时间，收心授课。"

同学们的心情欢悦起来了。校园轰的一声沸腾了，那种沉闷压抑的气氛突然变得热烈而蓬勃。

吃过晚饭，天就黑了。刘家辉他们坐在刘雪亚的宿舍里，商议如何收心，如何开好课以后，趁此机会，听刘家辉讲对当前处境的考虑。他觉得在最近一段时间里，接连不断发生了一些奇怪的事情。譬如，吕永吉借教学寻事生非；春游宣传时，增加了很多延安方面的内容用在国统区内，让人小题大作；这场反学董的斗争，大杀其威风，赢得了十条，但扩大了势态，树敌过多。他又认认真真地批评了自己，指导不力，计划不周，检查不严，这些都是自己的责任。"当然，我们的大方向是对的，工作成绩是主流。希望大家接受经验教训，把我们的工作做得更扎实，更稳妥。"

刘雪亚听了他的讲述，深有感触地说："对形势判断不准确，所以，采取的措施就必然出现误差。我这做组织工作的考虑不周，也有失误的地方。今后须清楚地认识到这一点。不能太乐观，也不能太盲目。"

罗功远本来脸都有点发红，这一听脸色更红了："哎呀，我当时的脑子也发热了，没细加考虑，就在高滩街道旁边的岩石上用粉笔写下'废除苛捐杂税'和'实行减租减息'等标语。我头遍写再返回来一看，却被人擦掉了。后来，刘雪亚老师给我指出，在此地不宜写这样的标语，我才恍然大悟。"

刘家辉眼睛一挤，笑着说："这个擦屁股的人，就是他。"

这话逗得大家捧腹大笑。

刘家辉沉思了一下，说："你们都不要自责了，我作为地委书记要负全责，根据当前种种迹象来分析，我预感到有一场新的暴风雨即将来临，我们要充分地做好迎接的准备。"

待刘家辉离开，刘雪亚想让大家团结得更紧密一些，构筑一座铜墙铁壁，抗击那场猛烈的风暴。

罗功远一个人走在回宿舍的路上，黯然地问自己，那场风暴究竟啥时候来呢？

恢复上课后，刘雪亚到各年级各班检查进课情况，老师们生动活泼地讲课，学生们聚精会神地听讲。无论是课堂内，还是课外活动，依旧井然有序，校园里呈现一片朝气蓬勃、生机盎然的景象。

下课后，胡春贵和罗鸿忠来到教导处，哪哪哪！"报告！"

"进来。"

他俩兴高采烈地说："刘老师，我们见到了姜东周，那样子一下子蔫了。"

刘雪亚提醒说："眼睛亮一点，不要被假象所迷惑，那号人心里可是鬼得很哪！"

他俩恍然大悟，茅塞顿开，明白了这话的意思："对对对，老师就是能看准人。"

说话间，陈茂富敲门进来了："刘老师，最近你们很辛苦，闹姜董一个星期都吃不上喝不上，吴老师叫稍加改善一下伙食，让师生们吃得好好的，还有啥意见？"

刘雪亚说："应该做好学生们的营养调剂，但要节省点，日子还长着哪！"他又补充了一句，"咱们共同的大事，大家都在帮着干，可不要把你们克瘦了！"

这话引得大家哄堂大笑。

胡春贵又神秘地说："老师，我能不能轻轻地唱首歌？"

"啥歌？"

"乡间通山歌，《北上谣》。是红军宣传队员冯翠兰在长征路上唱的鼓舞士气的一支紫阳的民歌！是我春游时学到的。"

"行，唱，把门关上！"

胡春贵摆了个架势，唱开了：

> 离开镇巴过紫阳，
> 翻过巴山天池梁。
> 为了跟着共产党，
> 又下四川进西康，
> 北上抗日保家乡。

虽然不宜提高嗓音，但还是悠扬亢奋，引人入胜。仿佛跟着红军翻过高山，越过峻岭，不辞劳苦，竭尽全力地行进在革命的大道上。

陈茂富冒出了一句："我们的胡春贵还要再当春游队的队长哪！"

大家乐呵呵地面面相视，轻轻地鼓起掌来。

刘雪亚说："天下路要人去丈量，你们脚下的路很长很长，眼睛往前看，脚板踩稳，一步一个脚印往前走。现在阳光正在升起，在阳光下，一定能走出一个明朗的天地来！"

当！——当！——当！上课的预备铃敲响了。

第二十五章
隐蔽精干保实力

组织部长来信了。

王崇法从谷燕那儿回校后，赶紧拆开一看，越看心里越是乐滋滋的，满脑子犯愁的事一下子全忘光了。他本来有两种打算，这时没多想，就急急火火去找党支部成员，传达地委的指示，说，"地委同意我们，打入敌人内部，潜伏隐蔽，爬高地位更好，进行党的秘密活动。"

大家的心情安定下来了。他们考虑更多的是在那种氛围里，自己的意志要坚定再坚定，一点儿都不能马虎。一出娄子，就会人头落地。

组织委员刘振清建议说："按照地委的指示，咱们得抓紧办理，不然会引起郑炳南对我们的怀疑，你不妨去找找他。"

宣传委员沈继培也同意这个意见，补充说："郑炳南是陕西三青团安康分团的领导，负责发展团员，建立三青团组织，又住在我们学校，而且常见到我们主动地打招呼。这为我们提供了有利条件，抓住时机趁风使帆，既满足他的意图，又达到我们的目的。"

王崇法在想，虽然地委同意了，我们的心是搁下了，但还有让人放心不下的地方。这双方的针锋相对，要改变成表面上的投其所好也是非常不容易的，一旦有所闪失，那真的是要人头落地了。探究革命的方式和办法，最终是要看它的结果，这要在挑战敌人的狡猾和抛弃自己的私心之中才能形成。他冷静地说："你们讲得都很好，不能错过时机，我想告诉你们，三青团安康分团决定，首先要在安中、兴师发展一批团员，成立区队组织，我想法让你们钻进去任职。你俩也认识郑炳南，分别主动去同他联系，还要多接近他，帮助他做些应该做的事情，一定要取得他的信任。我们要明白，终南捷径，以此而已。这是在淬火啊！"

没过几天，王崇法还没来得及去找郑炳南，而郑炳南却来找王崇法了："有几位同学来找我了，如刘振清、邓金印和沈继培他们。他们在安中都是表现得很优秀，你这个王崇法更是才华横溢，出类拔萃，我非常赏识。你对参加三青团考虑得怎么样？"

王崇法赧然一笑："郑老师，我正要去给你谈呢，你却来找我了，真不好意思，谢你关心了。既然他们都愿意参加，我也不能站在外头不进门呀！"

郑炳南高兴了："就是嘛，这样的人才得给党国办些事，才是不枉活一生。"

"是的是的，一个有理想的人，就是得风风火火地活在这个世上。"王崇法这话听起来是在随声附和，但话里有话，心里完全没有这样想，我怎么能随世沉浮，在任何环境里，纯洁和高尚永远属于共产党人。

郑炳南说："对对对。我与好多人谈了话，大家对你很看好，我决定让你担任三青团安中副区队长，怎么样？"

王崇法想了半天，说："郑老师，你既然看中我，表示感谢。因我家困难，拖累多得很，加上学习紧张，我不任这个职务。我建议，刘振清和邓金印任区队副，沈继培任宣传员，我来任组训员，你看行不行？"

郑炳南心里一愣，这样的好事，你还不干？便说："那也行，你这个想法同我原来考虑的人选基本一致，就这样决定了。"

王崇法说："好，在你的领导下，我们一定尽职尽责，为你效劳。"

郑炳南说："咱们共同效忠党国！"

黄代祥从公告栏中看到三青团安康分团公布的关于任职名单，气得七窍生烟，火冒三丈。立刻跑到三青团分团办公室，咄咄逼人地喊道："你们三青团是咋用人的？你们清楚不清楚他们的底细？竟然起用有政治嫌疑的人担任领导职务；我代表我、代表抗先团向你们提出严正的抗议！"

"你们抗先团有啥资格在这里撒野、发横，你没有权利在这里指手画脚、评头品足。请你黄代祥自重点。"

黄代祥气呼呼地走了，这个三青团和国民党在干啥呀！能平起平坐吗？把我们抗先不在眼里放，好像不是亲生的！

对黄代祥大闹三青团的无理行为，王崇法笑了，笑得很得意，得意的是他帮了我们一个大忙。他正要去向郑炳南说明原因，郑炳南却来了："王崇法，黄代祥说的政治嫌疑是什么意思？"

王崇法沉静地说："我拿不准，是他诬蔑陷害吧！"

郑炳南追问："你老实讲，是不是同共产党与民先之间有什么瓜葛？"

"有没有关系，只有天知道。我咋给你说？你肯定不会相信，你去了解就行了。"

"我考察过了，无人提及此事。可黄代祥出尔反尔推翻了自己原话。为什么呢？"

"这是我预料之中的，一旦任职的名单公布，会引起一场小小的风波。一是没想到我们能在三青团里任职，出于嫉贤妒能，心怀怨恨吧！由此引起的第二个风波是利用以往的矛盾来挟私报复。"

"怎么一回事？什么原因？"

"大前年上年，我们学校按规定对学生进行童子军统考，学生们反对情绪严重。当时，我们几个人同黄代祥、王明善私下串通，不答题交白卷。但是黄代祥和王明善几个人都没交白卷，引起大家的愤怒，把他们赶出去，而且摔砖头砸伤了他们。这位安中西北青年抗敌先锋团的主席黄代祥，认为丢了面子，又受了伤，一直怀恨在心，总认为是我干的，所以把这仇记在我的头上。实际上，我哪有这么大的能耐呀！我想这该是最根本的缘由。"

"哦，哦，我清楚了。你还有什么说的？"

"郑老师，我认为这是抗先团企图破坏三青团内部团结和打击三青团在安康发展壮大的阴谋活动，决不可掉以轻心。俗话说得好，绳不拧紧容易断，人不团结做事难。只要我们一条心，他们就无能为力，动不了我们一根汗毛。郑老师，你要防备点啊！不过，我会顾全我们的发展大局，不会计较他们那种小人之为！"

"嗯嗯，这样就对了。你们好好做事就是了，不要考虑得太多。"

"郑老师，为改变三青团办公条件，请你通融学校解决一间办公用房。"

"你放心，我下去就向学校反映。"

这时候，刘振清走来向王崇法眨眼示意了一下，说区队有几件事要请示，便把郑炳南叫走了。

不几天，一副"陕西安康三青团分团安中区队部办公室"的牌子挂在学校一座醒目房子的大门上，谁也很难猜到，这里成了安中党支部的会议室。从此，抗先和抗协不敢再对王崇法他们跟踪盯梢了，而采取其他手段，暗地里发泄不满的私愤。

这一日，刘振清一进办公室，发现桌上放了一封信，收信和寄出的地址全无。他拆开一看，是写着几行字的帖子："安中三青团是笼络的狐群狗党，美其名曰是党的新生命。简直是厚颜无耻，对党国的背叛。"刘振清赶紧把这张无名帖送给王崇法。王崇法思考了一阵子，说："这毫无疑问是抗先写的，又给我们提供了一颗打击敌人的小小炮弹。走，拿给郑炳南看看！"

郑炳南拿着这小小的无名帖，脸色一下变了，青筋蹦得老高，半天没有说话。过了一会儿，他怒气冲冲地说："这肯定又是抗先那些混账干的。他们自惭形秽，反而说别人厚颜无耻。简直是无理取闹，故意捣乱。你们干你们的，不能因歪风邪气左右了你们自己，党国就是要吸收一些新鲜血液嘛！"

在回办公室的路上，王崇法对着刘振清附耳低语说："就让三青团和抗先相互倾轧，彼此仇恨吧！是他们为我们创造的有利工作环境。"

刘振清偏过头，嘿嘿一笑："天助我也！"

第二天，王崇法以寻访同学的名义，将地委这一指示传达给兴师支部书记鲁继冲。

安中与新城之间相隔一片宽阔的麦田，麦田里的小麦长得绿油油的，已开始扬花灌浆；紧接麦田的南畔是一块缓坡地，地里的油菜密密匝匝的，菜角饱满，菜叶泛黄，已进入成熟期。谁看了都感到非常喜悦，这是丰收年景的预兆。

说也巧，晚饭后，李德贵在这庄稼地的小路上同刘振清和王宗尧不期而遇，问："你们到哪里去？"

刘振清从裤兜里取出一叠纸，在手里扬了一下，说："去办点事，你呢？"

李德贵说："咱们好久没见了，去找你聊聊天。"

王宗尧说："咱们就到麦田去聊聊。"

刘振清说："行，听着小麦灌浆的声音来聊天，那该是饱满成熟的呀！"

李德贵："你们像是在作文章写诗文吧！"

刘振清说："触景生情嘛，生活本来就是这样！"

他们仨来到麦地里一座坟墓旁边，席地而坐。

李德贵问："你们那里活动开展得咋样？"

刘振清扬扬得意地说："很不错，县委请示地委，同意加入三青团，而且抓得安中三青团组织的领导权，以此身份掩护开展工作，方便得多了。你们兴师呢？"

李德贵茫然地说："听鲁继冲提及过此事，但不知下文咋做。"

王宗尧插言道："地委指示可能还未传达到你们支部，估计快了。"

李德贵说："那条线，只能先后有序地从一根一根的针眼里穿进去，稳妥些好。"

刘振清突然制止道："轻声点，不要言传。"

大家立刻隐蔽在麦田里，透过小麦的缝隙一望，是黄代祥跟着几个，东张西望，谈天说地从前面的路上走过。影影糊糊地听到不三不四的议论："三青团收买了几个人，看嚣张成啥样子了！三青团刚生下就成大人了，太狂妄，把我们不放眼里，我们眼里还没有他们呢！三青团不知姓啥为老几，还不知道是谁的儿子，想同我们对抗，就给来个干脆的！"

刘振清趁着夕阳的余光一直望着，他们跨过公路进了老城。他站起来，说："抗先和三青团双方矛盾越陷越深，已经处于不可调和的境地，这像一座破烂不堪的房子，摇摇欲坠，即将倾斜倒塌。"

大家欣欣然有喜有乐地走出麦地。刚走到新城东门，被吼声叫住了："到哪里去？"

刘振清定睛一看，原来是巡逻夜警，回答的声音并不比那吼声小："到兴师！"

"去做啥？"

"送信笺！"

"拿来看看！"

刘振清从右边口袋里掏出一沓纸递了过去，巡警打着手电细瞅，天头显出"陕西省三青团安康分团信笺"字样。警察收住电光，一边递过信纸一边说："快去快回，夜间不要随便外出，你们不怕共产党闹事，暗杀了你们的头？"

刘振清回了一句："我们不是坏人，咋能被乱杀呢！"

"去去去，跟你们扯不清。"警察打着手电到处乱照，一会儿走进漆黑深处，不见人影。

大家哈哈哈地仰天大笑，仿佛把夜幕震破了。夜，仿佛也在从从容容地走着自己的路。

刘振清笑得更爽朗："没见过，还用共产党吓唬人，我们是干啥的！"

刘振清和王宗尧揣着抗日宣传单从新城走进老城，撒满了大街小巷，李德贵捏着信纸回到兴师。

兴师的大门已经关了。李德贵怕惊动了人，便绕过东围墙，从后院的围墙上翻进了学校。他从暗处观望了一阵子，只有一间教室的灯还亮着，是鲁继冲一个人坐在那里阅读报纸。于是走过去轻轻地敲了两下窗户，鲁继冲立刻走出来，随同李德贵来到操场旁边的丛林间。

李德贵说："我今天下午听安中刘振清和王崇法讲，安康县委宣传部长王崇法请示地委同意参加三青团，并已办理手续，还担任了其中的职务。咱们咋办，也须隐蔽为好。"

鲁继冲听后说："这个消息我知道了，是不是看一看情况再确定。"

李德贵说："那也行，稳当点也不会误事。"

鲁继冲又补充说："不过这是同抗先斗争的唯一办法，大家先仔细地考虑一下，有好处。"

李德贵思绪没有平静下来，我们的县委书记、兴师的支部书记，你究竟是怎么想的，难以让人琢磨清楚。不过，是否当即加入三青团，看来还在优柔寡断。或许，工于心计，还有更高明的打算。

这天太阳快落山的时候，刘文彬回到了安康沙冒石，决定召集安中和兴师支部书记开会。

谷燕以送文具为由，分别通知王崇法和鲁继冲说，刘文彬要见你们，地点在他家东隔壁的安家，门牌九号，到时有人接应。

王崇法猜摸到了，在这岗哨林立、特务密布的烽火关头上，地委书记一定会来指导工作。但这时候来，有些太意外了。他立刻选派邓金印三个人装扮成生意人，到安家对门的一家小饭店里喝酒、吃饭、品茶、聊天，暗暗地观察周围的动静。

鲁继冲先到了，一见就说："太意外了，太意外了。这个时候来安康，真的很危险！"

刘文彬不以为然地说："有言道，险山不绝行路客，恶水也有摆渡人。风险大也得闯呀！"

正说着，王崇法进来了："我估计你最近要来的，果然是这样。放心吧，外面已经安排了人。"

刘文彬说："好，想得很周到。上次的信转到了吧！谈谈情况。"

王崇法说："收到，很快，只用了三天时间。"

刘文彬听了他俩的汇报，对安中支部执行迅速有果，很满意；对兴师执行缓慢，要求抓紧时间，千万不要贻误机会。最后，他一再强调说："这是完全符合省委对抗战时局的主张和组织工作中'积蓄力量，等待时机'的方针。抗先、抗协和六训处的'锄奸小组'，他们企图安排软索套猛虎，抛下香饵钓鳌鱼，不但没有抓住我们，反而被我们抗争了他们。所以，越快越好，越慢越被动。"

他俩从书记的分析中知道结局是必然的，但他俩都很坦然，倾耳细听。

"参加三青团隐蔽自己，千万不能一窝蜂似的哄进去，防止郑炳南闻到什么，要一个一个，有先有后，分期分批地进行，最好是以个人名义单个去联系、去申请。在此期间，要把我们的锋芒所向予以嫁接，使他们阵线内部发生混乱，而消耗其力量，有助于我们的工作。

"当前的重点，还是以宣传抗日救国的工作为主要任务，鼓舞抗日情绪，争取抗日募捐。关于组织建设，在巩固的基础上发展党员，壮大组织，各级领导离职时，一定要做好组织移交手续，不能人走了组织就散了，让党组织始终成为攻无不克的战斗堡垒。你俩还有啥意见？"

鲁继冲说："郑炳南前不久来讲了一席话，不参加三青团是牵扯到前途的大事，大家都很担心，我也拿不准，后来王崇法与我联系了，今天书记又亲自来交代，我回去后立即照办。"

王崇法说："紫阳芭蕉小学的春游抗日之活动有声有色，罢课罢教请愿校董，获取胜利，震动全县的学生、老师和民众，这消息很快就在安康城里轰然传开了，我们为之拍手称快，也想酝酿一场大的抗日宣传活动。"

刘文彬镇静地说："鲁继冲你是县委书记兼支部书记，王崇法是县委宣传部长兼支部书记，着眼点要高一点，立足局部，照顾全局。在同敌人斗争中，必须认真谋划，发动群众组织群众，同心同德一起干，他们就会被吓得魂飞魄散。"他又停了一下补充说，"至于开展大的活动，现在不是时候。你想嘛，抗先和抗协名为抗日，但向来是口是心非，耍两面派，一直同咱们民先对着干，实为充当了汉奸的角色。国民政府也如此，到处'追剿'共产党，又给抗日的人们戴上了一顶激进分子的帽子，要么抓捕，要么拘留。纵观这个形势，硬撑撑地往里钻，没必要，还是等待时机而后行，这样会好些。"

天黑了。谭际桂到"富源"商店问谷燕："刘文彬潜入安康城了，你知道不知道？"

谷燕生气地说："这是怪话，我咋知道呢！"

"就是。我的眼线发现的，跟踪丢了。"

"那咋办呢？"

"已派人监视他的住处，他不会不回家吧！"

"那咋晓得，我能做点啥呢？"

"如果他来找你，给我捎个信就行了。"

"咱们姐妹俩莫说的。这能办到，放心。"

"拜托妹子了！"

沙帽石小酒店里的邓金印喝着茶，斜眼往外一瞥，忽然发现谷燕站在对面房檐下的石台阶上。他走出酒店门，打招呼："你吃了吗？"

谷燕大声回答："这么晚了，谁还没吃饭哪！"接着低声道，"十二号有人。"

邓金印灵机一动，放开嗓门喊道："吃了就算了。雷都不打吃饭的，要钱要到饭店了，你真会找人啊！给，这是欠你的文具钱。"递钱时，他说，"明白，你走吧！"

谷燕接过钱，转过身出了沙帽石，从鼓楼街回到新城。

邓金印的敲门声打断了房里的谈话，他一进门就说："西边十二号门前街道上有便衣特务，赶快撤离！"随后又转身回到酒店。

刘文彬自语地说："知道得这么快呀！"

鲁继冲说："便衣特务、便衣警察，密密麻麻到处皆是，还有军统和中统的一些人也在街上四处转悠。哪里没有国民政府的眼睛。"

王崇法把牙关一咬，用镇静自若的眼神看着他俩说："咱们走！我已经选择好了离开的路线。"

他们仨绕道水西门，穿过回民塔下的小街道，沿东堤脚下，进入新城的东门，鲁继冲回到兴师。

王崇法问："咱们现在到哪里？"

刘文彬说："是这样，我准备还要到旬阳打听一下虎豹队，到恒口找县委组织部长兼西区区委书记邹玉鼎谈谈有关工作。再到石泉同韦荣荫、罗时佶和李代洵他们见见，想知道那里的发展状况。今晚住一夜，明天就走。"

王崇法说："最近，旬阳县长施德广奉杭毅指示，派重兵追查共产党，搜捕虎豹队。我建议你暂不要去了。虎豹队的情况，谷燕好像知道一些，咱们现在就过去问问。"

"那好！"

正好，谷燕刚刚关上店门，见王崇法来了，灵人不用细说，急忙锁上门，把辫子往肩后一甩，领着他俩走进军营大门，从开在军营里的商店偏门进了后院。她定了定神，问："不碍事吧！"

王崇法说："哪会呢！"

刘文彬说："多亏你报信，不然或许会出麻烦的。"

谷燕赶快去提水倒茶，却被刘文彬制止了："不用，不用，坐会儿就走。我听崇法说，你知道虎豹队的下落。"

谷燕说："孙瞻山来过，更深层次的交谈是在做中草药生意，明白吧！这生意做得蛮大，走俏很多大小城市村庄。按她说的经营地盘，摸不清楚现时究竟在啥地方，连我也不大明白。这个时候也许在湖北的郧西、郧县、十堰、竹溪、武当山，也许在四川的巫溪、城口、万源，也许没出省，还在旬阳、镇坪、岚皋、紫阳、宁陕、洋县、柞水、镇巴、山阳等秦岭巴山一带收货。她讲了，这十几号子人要在红军当年战斗过的地方去做买卖。我看旬阳、安康这么紧张，她们肯定不在这里。她们出没无常，眼下的确切位置难以确定。"

"哦，有没有联系方式？"

"没有。她讲流动太大，需要时会派人来联系。"

"那就这样，我们该走了。"

"这么晚了，到哪里去？"

王崇法接话说："我已安排好了，不用操心。"

刘文彬说："你表哥和谭际桂这两条线要耗着，可不能断了。"

谷燕说："表哥不用担心，谭际桂成天与我套近乎，不会的。"

出了新城，刘文彬对王崇法说："虎豹队是我们组织抗日武装力量的一部分，应该加以关注；恒口西区区委的军人小组李洪宝他们有良好的军事素质，不可忽视，是军事建设基础。日本从武汉调遣兵力向北移动，企图进攻襄樊等城市，如果襄樊丢失，就会逼近白河，对我省有极大的威胁，所以要提前做好武装斗争的准备。"

王崇法说："有准备，才会有打胜的把握。"

刘文彬问："没错。咱们住哪儿呀？"

"住叔父家。"

"哪能行？咱们往虎口里钻。"

"叔父到西安去了，不在家。"

"你娘呢？"

"我娘才不管呢！凡我带的朋友到她家，她从来不过问。我娘很贤惠，住这里百分之百的安全。"

那个院子门口站岗的哨兵，一见王崇法来了，笑着问："那是谁？"

"我结拜的兄弟！"

哨兵把手一挥，说："进去吧！"随后又补充了一句，"王团长去西安开会了！"

"我知道。我找我娘办个事。"

哨兵望着两个人的背影，哦哦了两声。

鲁继冲回学校的第二天，对党支部组织委员李德贵和宣传委员黄朝褪说："地委根据省委蓄备力量的方针，指示共产党员和民先队员可以参加三青团，以隐蔽自己进行活动，以个人的身份同郑炳南接触。你俩可以先参加三青团，要争取主动，在其中起到核心的作用，我稍缓一下，咱们稳稳当当地进行。"

李德贵说："咱们慢了一点。"

鲁继冲说："做啥事，都有一个有先有后的问题，不迟。"

黄朝褪说："我们马上就和郑炳南来往，表示愿意参加三青团。"

鲁继冲又说："你这个李杰，还有黄河，只有我们知道你俩的底子，其他人咋能清楚李德贵和黄朝褪是共产党。如果他们要问参加过啥组织，就直截了当地说，参加过民先队组织的抗日宣传活动，就把他们搪塞过去了。"

这天晚上，南井巷小学的一间教室里坐满了人。在暗淡的灯光下，大家叽叽喳喳说个不停。

只听郑炳南喊了一声，教室立刻安静下来。他按花名册呼喊名字后，说："今天我们在这里举行安中和兴师两个学校的同学们参加三青团的宣誓仪式，六十名团员到了五十八名，还有安中的邓金印和张先典未到。我首先欢迎大家参加三青团组织。三民主义青年团是我国民党的新细胞、新血液、新生命、新力量……是党国的未来……不多讲了。我们现在宣誓：我愿意参加中国三民主义青年团，并在其中进行一切活动，做个名副其实的三青团员，竭尽全力，效忠党国……"

宣誓结束了，教室里传出一片哗笑声。

郑炳南没有同大家再说什么，急急忙忙回到安中住处，一打听才知道，就在邓金印和张先典去开会走在新城的路上时，不知从哪个方向飞来两块石头，把邓金印的头打破了，鲜血直流。张先典急忙将伤口用手巾按住，将邓金印扶到医院进行包扎医治，现在正卧床休息。郑炳南满肚子的责备情绪一扫而光，任何话都没说，便去看望邓金印，并一再安慰他，不要被恐吓所击倒。

邓金印说："我断定是抗先干的，他看我们三青团势大了，不服气。我们也不是好惹的，必须以眼还眼，以牙还牙！"

郑炳南一笑置之，说："这个人，我也猜得到是谁，尽做些小动作，但他又能把我们怎么样呢！枉费心机，又奈他何！"接着又问，"伤重不重？"

邓金印说："砸破了一个口子，血止住了，不太重。多亏我同张先典一起走，不然说不定没命了，那些人啥伤天害理的事都能干得出来。"

郑炳南说："好好养伤，以后对抗先和抗协是要警觉点，看来在党国的旗帜下，不识大局，还要分庭抗礼，争夺高低，不能小瞧了他们！"

邓金印说："郑老师，我知道了，明白该咋样去做！"

郑炳南安慰了几句话就走了。

邓金印的伤口结痂不几天，一直考虑如何对付抗先这次的挑战。你不友好，我也不可仁义。于是写了一张小帖子："抗先团领导，抗先不抗日，在青天白日之下，破坏抗日，窝斗自残，实为汉奸，若不收敛，危重在即。"这天深夜，他把这帖子贴在一块青砖上，悄悄地潜入正睡熟的孟振尧的宿舍里，猛然砸了过去。他走出门时，还听到屋里一直嗷嗷地叫："哎哟，我的妈呀！"

愤恨的一口气不是一下子就能全部地发泄掉，而激起的斗争勇气是不会松懈的。邓金印穿过夹道小巷，来到专署门前，把那一大块诬蔑共产党的墙报稀里哗啦地扯了下来，抛在墙脚里，又迅速地赶回学校，取了一瓶墨汁，泼洒在抗先壁报上、张贴蒋介石和国民党陕西省党部书记长的画像上，面目全非，不像人样。人怕没脸，树怕没皮，都是些投降卖国的东西，他妈给他们生了一个瞎心眼，可没生下一张好脸皮！

没过几天，李德贵被选为三青团分队的队长，董之俭得知后怒气冲天，指示其成员，采取手段敲打一下子。这天晚上，李德贵睡觉时，猛然在枕头下发现一张字条："德贵，请阁下赶快改变作风。否则，大有危险，降临在你的头上！！！"他明白是谁干的，并不在意，捂上被子呼噜呼噜地睡着了。

天蒙蒙亮，黄朝褆匆匆忙忙地找到李德贵说："我宿舍里出现一封很简短的信，是用毛笔写的：你们野心勃勃，得寸进尺，够了！从现在起，你们若不改变态度，别怪对你们不客气！落款是'锄奸组'。"

李德贵说："这是恐吓。我也收到一封，你把信拿了吗？"

"拿了，给你。"

李德贵接过一看，和自己收到的那封一样，都是用毛笔写的，笔体没有区别，纸质同样，言语口气一致，不同的是一个有落款，一个无署名。他抬起头说："咱们是吃饭长大的，不是吓大的，吓唬谁呀！恐吓不如说是暴露了他们的极度恐慌。这种手段，完全证实了他们的无能、无赖、无耻！我又想呵，这既是坏事又是好事，为我们提供了一支利箭、一个靶子。"

黄朝褆说："对对对。咱们一块去找邓金印，商量商量。古人云：三人同心，其利断金！咱们拿上这些证据去见郑炳南，不相信不能把他们斗个一塌糊涂、不可收拾的地步。"

李德贵哈哈一笑，说："叫他们这些穿'套裤'的人，自己穿起自己套上的裤子走路，自作自受，有口难言，是谁招惹的呢！"

郑炳南对这两封恐吓信和前几天邓金印被打的一连串事件，不得不联系起来去想，虽然很生气，但是又稍加沉稳下来，斗得越凶，矛盾越深，对党国不利。他说："算了吧，不要同他们一般见识，不要计较，我们干好三青团的事务就行了。"

邓金印说："郑老师，他们做过了头也不行呵，有损于三青团的脸面。有些你不能出面，有我们哪！"

郑炳南神色平静地说："适可而止，不要太过分了！"

他们仨会心地笑了，都没有说话，便离开了团部。

这天，刘振清急急忙忙地告诉王崇法，他上午到三青团安康分团部去找人，无意中发现分团转发的一份秘密文件。这份文件是天水行营公署关于对异党嫌疑分子邹玉鼎等十二人密切注视的通知，分团密令三青团恒口区队长郑宗强对其严加监控，若发现有异党活动行迹立即报告，不得延误。这封信下午不发，明日上午肯定要发。

王崇法急火地说："不管啥时候发，现在就得想办法，不然损失就大了。"

刘振清说："要不赶紧通知转移？"

王崇法冥思苦想了一阵子，突然喊道："有了，先拦截信件，你对恒口不熟悉，这事只有让邓金印去联系才合适。"

邓金印在去恒口的一路上，一直琢磨着王崇法的交代，这封信是"抗先"攻击王崇法异团活动，以三青团的名义向恒口三青团区队长郑宗强致信调查在家乡的言行，有危险。你这样讲，他们就明白了。邓金印马不停蹄地来到恒口女子小学，将这话原原本本地告诉了邹玉鼎。邹玉鼎冷静地说："好，我知道了！"

邓金印出了学校门，直奔杨麟科的家。杨麟科一听理解其意，说："会化险为夷的。你回去转告王崇法，请他放心。你这个三青团区队副，见不见恒口的区队长啊？"

邓金印哈哈大笑，说："我同他没有上下级关系，也无横向联系。"

杨麟科送走邓金印，赶快到恒口邮政局。一见邹玉鼎已经坐在这里同邹玉洁正谈着什么，邹玉洁不说话，只是连连点头。杨麟科要走时，被邹玉洁叫住了："老表！有啥事？咋走了？"

杨麟科说："你和你哥谈家务事，一会儿再来。"

邹玉鼎说："进来吧，谈完了。"

邹玉洁说："咱们都不是外人，有啥事，讲吧！"

杨麟科转身坐下来说："我的一位老同学被'抗先'陷害，让恒口三青团协同查处。我想……"

邹玉洁畅快地说："我哥已讲了，给郑宗强的信吧？"

杨麟科说："是的。"

邹玉洁说："老表，我知道该咋做。现在邮件还未到，可能到明天下午了。"

杨麟科说："又麻烦老表了。过年时，我给你送三斤礼吊子！"

邹玉鼎笑着说："你给礼吊子，我咋办呢？"

杨麟科打趣地说："弟兄抱成一条心，黄土也能变成金。你俩就看着办吧！"

第二天晚上，邹玉洁将一封安康三青团分部的信件交给邹玉鼎。邹玉鼎拆开一看，天水行营关于对异党嫌疑分子邹玉鼎、杨麟科、陈仁辅、陈光有、邓金文、王崇保、唐志贞、郑德芳、郑兆文、贺立鉴、江中祥、李建棠十二名人员侦查的通知。他蔑视一笑，交给陈仁辅，说："让它化为灰烬，让我们牢固地占领我们的这块阵地吧！"

夜很深了，有人敲门。邹玉鼎打开门一看，来的竟然是西区区委宣传部长江中祥。

往日活跃的他，眼下却显得很沉默。邹玉鼎问："这么晚了，有事吗？"

江中祥说："没啥大事，只想聊聊天，现在风声紧，为自己开开心窍呗！"

邹玉鼎自然地笑笑，说："一切在于天意，一切在于我们的心意，通融世界转化形势。"

"没那么容易。"

"昨天刘文彬来过，指示在复杂的环境下坚定信念，随机应变，沉着应战。只要有党的核心在，没有翻不过的高山，渡不过的大河。"

"嗯，我坚信！俗话说：掌舵的不慌，乘船的才稳当。我们的心也更踏实。"

"紧是紧张一点，但我们却要用十倍，甚至是一百倍的稳当去对付它！"

"那倒是，只能这样。"

邹玉鼎考虑再三，没有把三青团侦查的名单告诉他，一再强调说，在斗争中，大家要当心，当心，再当心。

江中祥点点头。

他俩说着说着，便走出院子，抬头一望，满天繁星闪烁。那北斗星悬挂天空，明亮了遥望它的那双眼睛。

邹玉鼎欣然得意地说："咱们是在黑夜里实践远大理想，只要一直盯着北极星方向行走，绝对不会迷失前进的方向。"

江中祥在闪耀的星光下一再点头。

第二十六章
绝地逢生义在天

"谭际桂,你明天到紫阳南区去一趟,杭专员可能要到岚皋视察,你随同前往。"周昌嗣说。

"你去合适,我有些不方便。也不知去干啥!"谭际桂推辞地说。

周昌嗣解释说:"你是岚皋人,人熟、地熟嘛。杭专员到那里名义上是查禁种植大烟、检查保甲制,而实际上是侦查姜东周密报的是否真的有共产党在闹事,要暴动。"

谭际桂反问:"这与我们有啥关系?"

周昌嗣嘴边泛起一丝冷笑,说:"我看你是糊涂了,禁烟、查保与我们不相干,追剿灭杀共产党是党国赋予军统的唯一使命,有一点的忽视,就是对党国的不忠。是吧!你说呢?"

谭际桂没给个好脸,说:"那是那是,这就去还不行吗!"

周昌嗣刚挨着谭际桂的身子,就让她推开了,随即走出了大门。

她走了,她真的走了,头也没回一下。周昌嗣望着谭际桂的背影思索着,又想到,让她去跋山涉水是有点苦,苦中有甜嘛!返回后给你美美地弥补上,一定的一定的,你会绝对满意。

谭际桂出发走到西药王庙时,天刚亮,忽然听见有人叫了她一声:"际桂,你要到哪里去,还提着旅行包?"

谭际桂回头一看:"是谷燕呀,去紫阳。"

"啥事情嘛,还往深山老林里钻。"

"有点公务。"

"你一个人?"

"还有专署的官员。我得走了,八点来钟上船呢!"

"哦哦哦,那你快走。要不我送你一趟。"

"不用不用，你也得赶快回去开店门哪！"

谷燕一边往回走，一边警觉地想着：紫阳，公务，专署的官员，还有谭际桂这军统的人，非同小可，不能轻视，不问个水落石出，也得知道一二三。她转过身，健步如飞地赶到专署，一见张原就说："哥，我听别人讲，我有两个老同学在紫阳芭蕉。多年没见了，我想去找找他们。"

"叫啥名字？"

"刘文彬和刘经安。"

"据紫阳县党部和县政府报告，姜东周、吕永吉和姜达才多次反映芭蕉小学的老师有共产党的嫌疑。杭专员带领有关人员前往紫阳，会同紫阳县党部和县政府侦查此事。你就不要去了，万一有个麻烦就不好交代了。"

"是不是那两个老同学？"

"不是不是，那一个叫刘家啥，我记不得了，另一个叫刘雪亚，名字很时兴的。所以，我记得很清楚。"

"不是，那就好，那就好。我的同学还是遵纪守法的，不会做出伤害百姓的事，我们都觉得天下穷人太可怜了。"

"天下那么多的穷人，你可怜得过来吗？"

"说得倒也是。不是我同学就好，我走了。"

"你走吧，一定不要去紫阳。"

"听表哥的，不去就不去。"

刘文彬收到谷燕托人送来的用暗语写的密信："行乘船，行至巴山，头上填把草，欲伐木。"他琢磨了不大一会儿，终于明白了，杭乘船走紫阳，到芭蕉，要捕杀老师。他定了定神，把信扔进正在做饭的灶火里，对邹玉鼎说："我该走了。"

"到哪里去？是去石泉，还是到汉阴？"

"不，哪也不去，回紫阳。"

"那得把饭吃了再走！"

"不吃，现在就走！"

从恒口到紫阳的路要走两个整天，刘文彬一路上健步如飞，只用一天半的时间就赶了回去。这一路，他只在蒿坪吃了一块小小的米浆馍，在瓦房店武昌会馆喝了淡淡的一杯茶，没吃过一顿饱饭。

当晚，刘家辉对刘雪亚说，咱们开个紧急会。他通报了昨天得到的情报，让大家认真剖析当前的局势。

刘雪亚首先发言，"从同姜东周斗争开始，敌人已经不是单纯地等着，他们的咬定不放，这不单是发现，而是从另一方面透彻地讲，我们已经暴露了。谷燕给我们传递的信息，可知敌人不只是几个人的侦察，完全有可能进行军事行动，我们应该未雨绸缪，想方设法予以防备，免得遭受更大的损失。从敌我双方来看，敌人处于优势，我们处于劣势，所以不能硬拼，从实际讲也无这方面的条件，只能是用缓兵之计，进行周旋。实在不行的话，那就理智地有先有后，分期分批地撤离。对锋芒外露的老师和学生立即送往延安边区，或者随同转移的同志到其他地方从事地下党的活动。这些同志都是披沙拣金得来的，非常不容易，我们无论如何都要为革命保存实力。"

罗功远跟着慢吞吞地说着，"狼改不了吃人，凶恶残忍。两年多来，我们的同志遭到被杀，被追捕，被抓去坐监狱，敌人比恶狼还要狠上加狠。敌人这次是有备而来，势头也不小，从坏处考虑，是凶多吉少。依我看，这次可能是冲着你俩来的，要小心谨慎。"

刘家辉既是在发言，又是在做会议的总结，"我完全同意你们的见解。当前我们面临的形势确实很严峻，要从思想上、组织上、计划上做好同敌人作斗争的准备。我也是这样判断，敌人是冲着我和雪亚老师而来，企图镇压芭蕉地区的革命力量。要相信，革命的火种是扑不灭的，是会越烧越旺的。经安同志酝酿输送和转移人员的名单，长勤同志做好稳定工作，在敌人行动期间，首先要坚定我们自己的信念，又要做好稳定师生们情绪的工作。我们要派人作好侦察，掌握敌人的动向。"

刘雪亚提名罗鸿忠承担这项任务，大家一致赞同这个意见。

刘家辉怀疑地说："我经常查对我的信件邮戳，计算积压的时间很长。"

刘雪亚有同感，说："我的信被人拆过，发现信封口移位了。"

刘家辉说："姜达才把我们盯住了。他家办的邮政信箱不能使用了。"

刘雪亚断定地说："这毫无疑问，只有国民党区分部书记姜达才干得出来，别人谁敢呢！今后要改变通信方式。"

刘家辉说："虽然信中内容是隐语，他们读不懂，但会小题大做，借题发挥。让他们自己作弄自己去吧！"

刘雪亚说："也许能闻到一些味道，但原味是啥不清楚，却只是一种敌对的猜疑。终止通邮，杜绝那些不必要的麻烦。"

罗功远觉着这样做很有必要，深思着连连点头。

刘家辉说："是的，看他们就是那样贼眉鼠眼的，我们也得改弦更张！"

夜很深，会才散。

这几天，罗鸿忠为了摸清杭毅和陈伟器的行程路线和时间，连续地下安康到紫阳县城，上毛坝关，马不停蹄，昼夜兼程，最终较准确地掌握了他们的行动方位。杭毅一行已经到了岚皋县，大约十天返回。陈伟器带领保安队一个班，随同杭毅到紫阳和岚皋交界处折回。对外声称要去洞河视察，实际上却绕道向双河、高桥、高滩方向进发。他随即将这情况告诉了刘雪亚。

刘雪亚沉思着，看来杭毅是一下子不会来的，陈伟器要来的时间不会太长，恐怕也就是一两天到。唉，这真是"溪云初起日沉阁，山雨欲来风满楼"呀！他镇定地说："鸿忠，你继续打听陈伟器的消息，一有确切时间，迅即向我报告。"

罗鸿忠眼里放射出坚毅的目光，说："是。刘老师，我在权河口安排有眼线，不会误事。"

民国二十九年五月十三日。

一早起来，天空浓云密布，地上暗淡阴沉。山里的天气就是如此变幻无穷，夜间还是满天星光，眼下这种沉闷而潮湿的空气，让人们烦躁慌乱，也搅和了农家人上地劳作的念头。

罗鸿忠没等学校开早饭就出了校门，准备买早点，然后要上高滩探听那里有啥动静。他正碰上平常熟悉的那位卖早点的，便说："姜师傅，给我一根麻花和一块芝麻糖！"

"好嘞，我这就给你拿。"

罗鸿忠付过钱，接过芝麻糖，感觉同平常不一样，是热乎乎的，便多了一个心眼儿，问："姜师傅，芝麻糖咋还是热的呢？"

"我是后半夜才赶回来，熬的芝麻糖。"

"咋这么急火？"

"县长带了几十号子人，打算昨晚一定要赶到芭蕉口，可是走到高滩，抬县长的轿夫脚底板打了血泡，死活走不动了。县长没法就在高滩歇夜，请医生给轿夫治脚泡，今天早晨一定会赶到这里的。人多了，我也会多卖点钱。"

"那是，那是。"

姜师傅又神秘地说："听别人讲，县长要抓芭小的人。"

罗鸿忠拿着麻花和芝麻糖没吃一口，转身大步流星地向回走。没走几步，一个人汗流浃背、气喘吁吁地跑过来，问："你就是罗鸿忠吗？"

第二十六章　绝地逢生义在天

"是，有啥事？"

"胡春贵让我给你捎个话，县长吃过早饭出发了，要来抓老师。"

罗鸿忠说："谢谢你！"他心里想，刚从姜师傅那里听的那些话，看来是确切可靠的消息。按高滩到芭蕉的路程，最慢的话估计中午前就到了。他赶快往回走，进门的时候正遇见纠察值日的王在德，问："看见刘老师了吗？"

王在德说："在操场上！"

操场上，刘雪亚正在指挥做早操。

罗鸿忠快步走到刘雪亚的身后，低声说："老师，权河口早饭后，起风了。"

刘雪亚立即收操，对同学们语气深沉地说："同学们，今天提前收操，下去以后要好好上课，好好学习，将来好好地把握自己的躬亲庶务，站在每一天的时间里，实践自己的梦想！"

这几句既简单又平常的话，对别人来讲不算什么，但对知道内情的罗鸿忠来说，倒觉得意味深长，永久难忘。是依依惜别的深情嘱咐，又是理直气壮的郑重宣言，一切为了创造美好的未来。

刘雪亚很快走到大门口，喊道："王在德，你在这等候着，我们一会儿要去你家里看看。"接着又去对刘家辉讲，"敌人马上就要到芭蕉口了，咱们暂时撤离芭小。"

刘家辉冷静地说："现在只能实行转移，退一步天地宽。功远呢？"

罗功远说："我未暴露，还在这里坚持教学吧。事不宜迟，你们快走吧！"

刘雪亚说："你还有统战的任务。那就这样，我们去王在德家，有事及时通知。"

刘家辉走出门时还叮咛，说："再把文件资料检查一遍，千万不可遗漏。吴觉非还是可以相信的，多与他沟通，你把我们的转移一定要及时告诉他，让他相信我们，我们相信他，能帮我们的忙。"

罗功远说："好，做到万无一失。凭着我与吴老师在教学上的配合，个人来往上的交情，不会横生枝节的，这里有我呢。你们放心地走吧！"

王在德带着刘家辉和刘雪亚爬上芭蕉口街后面半山时，陈伟器所带的保安队，还有民团参加的士兵将学校包围得严严实实。

这阵势让张晓棋也不知所措。只见陈伟器挺胸凸肚地走过来，板着黑脸问道："刘雪亚和刘家辉到哪里去了？"

张晓棋回答说："可能进县城了。"

"干什么去了？"

罗功远紧接着说了一句："昨天进县城做衣服去了！"

吴觉非说："是是是。他俩给我讲，如做不成就买一件。"

陈伟器怒声喊道："去给我搜查！"

不知什么时候，吕永吉钻进来了，听到县长的一声命令，带着士兵直接冲进刘雪亚和刘家辉的房子，将桌子柜子翻了个遍，只有些备课的教材和教案，还有几张陈旧的国民党报纸，没有发现有价值的资料。之后又去学生宿舍把黄恺丞和宋玉田的床铺翻个乱七八糟，也无所获。

罗鸿忠始终盯着翻箱倒柜的士兵，心想，幸亏提前把文件资料藏在伙房顶上的砖瓦里，不然就惹乱子了。

陈伟器见搜查无果，像一只篮球被扎了一下，慢慢地泄气了。怎么没有一点蛛丝马迹呢！难道是走漏了风声！这搜寻也同顺藤摸瓜一样，秧子断了，瓜在哪儿呢！不想那么多了，反正在通过毛坝关、高桥、高滩一路发现的那么多标语就是证据。还有，姜达才报告的那些可疑的信件，不就是在做那些可疑的活动吗！于是，即派四名保安士兵沿县城方向追捕，并给班长下了一道口令："抓到刘雪亚和刘家辉，不必请示，立即就地枪决！"又指示随身秘书，"立即给各联保下发捉拿刘雪亚、刘家辉的通缉令。"急转身向张晓梿喊道，"张校长，集合师生开会，我要讲话！"

陈伟器身着的大褂子呼啦啦地飘了起来，气势汹汹地走上了讲台，双手乱挥了一阵子，厉声斥责道："你们这些教师和学生娃，一天到晚不好好教书，不好好学习，不务正业，跟着坏人瞎折腾瞎起哄个啥，就凭几张标语，就能打倒日本人吗！你们要擦亮眼睛，从我们掌握的大量材料，基本认定刘雪亚和刘家辉就是共产党。他们是要毁灭你们的前途，你们知道吗！不要执迷不悟，跟着那样的老师瞎跑，能跑出啥名堂，闹不好把自己的脑袋也给跑掉了。你们说是不是这样？"

会议室静得没有一点响声。师生们憋着一肚子的愤慨，只流露在恼怒的脸色上。

陈伟器生气了："这么没有教养，县长问你们话呢，都没有一个人吭声。看来共产党就是共产党，六亲不认，教出的学生缺乏中国的礼教，才有这样的结局。不讲这个了，我现在问同学们，你们学校有没有民先队成员？"

会场依然沉静，沉静得连大家的出气声都听得出来。

陈伟器大喊大叫："同学们，听好了，谁是民先队员就站出来，本县长不会追究你们的立场和倾向。"

会场里突然有人喊了声："县长，我们听不懂啊，啥子叫民先？"

吴觉非应声望去，原来是胡春贵在质问。

看样子陈伟器还有点忍耐性，从讲桌上拿了一支粉笔，在黑板的中间工工整整地写了"民先"两个字，然后解释说："那'民先'的全称为'中华民族解放先锋队'，基本倾向于共产党，说白了就是共产党操纵下的抗日组织。"

黄恺丞一听这话，心就烦了："老虎金钱豹，各走各的道。你管得着吗！"不过，这声音很低，只有坐在后面的同学听得见。

罗鸿忠一边站起来，一边小声鼓动大家说："仔细看看到底是啥字。"

这一站不要紧，师生们哄的一下挺身而起。这一站不要紧，却把陈伟器吓住了，慌忙掏出手枪，嘶叫地说："你们敢造反吗？我这枪子儿是不认人的！"他走出门，大声吼道，"把黄恺丞给我抓起来！"

县长一声令下，保安队士兵一哄而上，有的扭胳膊，有的按头，有的捆绳子，不管三七二十一就把黄恺丞绑走了。

黄恺丞挣扎地怒喊着："我犯了啥法？你们为啥要逮我！"

"你再叫，再叫就把你捆紧点！"

"你们欺大压小，净干坏事，丧尽天良！"

罗功远和吴觉非急忙去向陈伟器求情说："黄恺丞是名很好的学生，不能把他抓走，对全校学生会有影响。即便是有啥错，由我们教育，千万不能这样做。"

陈伟器眼睛一瞥，说："是不是很好的学生，你们最清楚。芝麻大一个学生会主席，竟敢举众闹事，他身后肯定有人撑腰，不抓他抓谁！口口声声讲教育，再让你们来教育，就会把他们教育到岩里去了！快走吧，你们！"

保安士兵端着枪把罗功远和吴觉非逼走。他俩站在门外，向被拉走的黄恺丞举起拳头示意。

张晓榥见事情闹得如此下场，县长也不给自己一个好脸，开始指责自己了。真不该相信刘雪亚，学娃们也不该闹姜董，更不该同意去春游，都是春游标语引起的祸端。他见到罗鸿忠时，抖动着身子说："这一回，可把我的饭碗砸掉了！"

罗鸿忠见他灰心丧气的情绪，猜磨着他的思想已经动摇了，说："校长，天底下的饭碗多着哪，砸了这个饭碗，还可以找到别的饭碗嘛！"

张晓榥带着以往教训的口气说："远处抓鱼，不如近处摸虾。现在还是吃党国的饭保险。鸿忠啊，你再不要惹是生非了，只要一掺和，非得招祸不可。听到了吗？"

罗鸿忠淡然一笑，这位校长的心灵已经游离在以前之外了："听到了，校长。你乐天知命吗？你不奢望天公地道吗？你忘了不塞不流、不止不行吗？"

张晓楔望了罗鸿忠一眼，轻轻地摇了摇头，不声不响地走了。

姜东周对陈伟器的到来，高兴得在睡梦中都笑醒了，这一回非报那个仇不可。他鞍前马后，接待应酬，殷勤周到。

中午吃罢饭，姜东周招呼陈伟器说："县长，这几天走乏了，中午好好歇歇！"

陈伟器说："等一会儿，我正想到县上的人能否发现刘雪亚和刘家辉。若是共产党，那也是会用声东击西的办法糊弄人。"

"县长，我给你说啊，那两个人百分之百是共产党。不是共产党，哪能做出与国民政府分庭抗礼的一连串儿事情。你县长想得很对，刘雪亚和刘家辉或许没去县上，而可能就躲藏在附近哪位学生家里。"

陈伟器认为完全有可能，说："你马上指派几个人进山追捕。"

姜东周说："县长，我和姜达才把人早已选好了，由姜达典、曾天章、曾天春和杨笃坤四人组成搜索小组，到鸡鸣坡一带搜捕。"

"现在就出发。"

"好。县长你歇息。我再找一些人去增援，不相信找不到。"

罗功远和吴觉非得知姜东周派人搜山的消息，即让罗鸿忠迅速赶到王在德家送信。当他出门的时候，天空哗啦啦地下起大雨。

罗鸿忠几乎是用了一口气，跑到了鸡鸣坡的马道梁子，一进门就催促说："姜家派人来逮你们了，赶快转移。"

刘雪亚说："要走，得走远点。王在德你远点的有无亲戚？"

"有。在紫阳和镇巴交界处。"

刘家辉说："立刻动身，就去那里！"

刘雪亚说："还是你给我们引路。"

随即，黄豆般的雨点子从天上倾泻下来，夜空下的丛林笼罩着黑蒙蒙的云雾。

他们仨出门走了一段路，到了瓦场梁上，前面突然来了四个人，雨里天色蒙蒙，没看清是谁。刘家辉预料到肯定是敌人，悄声对刘雪亚说："沉住气，争取主动。"

刘雪亚一看左右，真是狭路相逢，眼下躲也无地方可躲。于是，昂首挺胸，大摇大摆迎了上去。走近一看，那些人手提大刀和木棒，目光冷峻，气势凶猛，只能口气硬朗朗地问："大雨天的，你们往哪里去？"

姜达典他们支吾了一声，立刻反问道："刘先生，你们往哪里去？"

刘家辉应声沉着地回答："我们走访学生家长刚结束，这不就回校去。雨下得这么大，还能到哪里去！"

姜达典细瞧就是有学生跟着，便信以为真，向身边的几个人咕哝着："放行。咱们斗不过他们仨，待回校让保安去抓。"

双方各有用心，擦肩而过。

姜达典一直在盯着他们仨的步行速度，总感觉着他们越走越急，越走越快。突然反应了过来，立刻反过身，一边追赶，一边大喊："捉土匪！""捉土匪！"

这时，雨下得越来越大。他们仨拼命地向前奔跑，也难以摆脱敌人的追捕。

刘雪亚拉着王在德往前跑。王在德急促地说："刘老师，我实在跑不动了，你们走吧。他们把我个学生能咋样！"

刘雪亚一掌把王在德掀进坝里的丛林中，叮咛说："你摸着夜回家，不要管我们！"

这风刮得紧，好像是山神从山腰里扇出来的，树林草丛全在呼呼摇动；这雨下得急，像是天老爷用盆子泼下来的，满山架岭都在哗哗哗地作响。那话王在德不知听见了没有，刘雪亚一边跑一边还在想。

他俩翻过一座小山梁，幸好跑到一个悬崖边，俯视山谷，只见有一条二三十丈长的大石槽一直通到深沟底下。

姜达典一伙穷追猛喊，很快就要逼近了。刘家辉一闪念之间，绝不能被捉住，还不如向大自然求救，毫不犹豫地跳了下去。这时的他无法控制自己跳出的惯性力量，像一块石头骨碌骨碌地滚下了石槽底，掉进了水潭。他使尽了吃奶的劲头，也未能爬出水潭，只能浸泡在水潭中。说时迟，那时快，刘雪亚紧接着屁股挨着石槽，面朝夜空，两手抓了一些树叶撑着，哧溜哧溜地滑到了槽底，把刘家辉从水里拉了出来。

刘家辉刚走几步，就蹲下了。

"咋啦？"

"摔瘸了腿。"

刘雪亚扶着他钻进了石岩边的刺扒里，拾了一大堆石头，又拣了一截木材，说："他们要下来，也不比我们好多少，也会遍体鳞伤，皮开肉绽。再趁机给他们一石头、一棒子，也就差不多呜呼哀哉了！"

刘家辉咬着牙说："是，这就是我们的战斗武器。"他挑了一块尖尖的石块，紧紧地攥在手中，想到，在这个你死我活的危急时刻，它会变成一支飞镖，插入敌人的胸膛。

姜达典一伙赶到崖头往下一瞅，哎呀，我的天哪！万丈深渊，黑咕隆咚，这到哪里去找呢！姜达典歇斯底里大发作："捉土匪！快来捉土匪！给我往下掀石头，砸死他们！"接着，一块接一块的大石头咕咚咕咚地滚下掉在水潭里，撞击而响起咚——咚——咚的轰鸣声。忽然间，保安和民团士兵来了，朝着石槽方向猛烈地射击。这石头和枪声惊动和惹怒了深山的老虎、豹子，远处不时传来凶猛的嘶吼声。

姜达典侧耳细听，没有一丝人的呼唤声。石槽下面只有雨滴声和流水声。

夜越来越黑，雨越来越大，搜山的人越来越多。

四面山上到处都有闪亮的灯笼、火把。刘家辉借光看见，搜山的人挥舞着戈矛棍棒，以诱惑的声音嘶喊着："捉出土匪每人赏五十大洋！"这喊声震天动地。

刘家辉说："敌人未发现我们位置，得赶快转移。"

刘雪亚说："是的。他们虚张声势，并无目标地，咱们另找一个地方。大概朝着红椿方向，然后去石泉。"

刘家辉说："对。你先出刺扒探听一下，看从哪儿走能避开敌人。"

刘雪亚说："好，你在原地等着，我一时就回来。"

刘家辉说："过细呃！"

刘雪亚返回在树林里、刺扒中、乱石坡上摸索了好半天，找不到原来的位置。他想喊不敢喊，想摔石头示信号也不敢摔。这怎么办呢？无奈，只好在伸手不见五指的黑夜里，摸了一根木棍拄在手中，跌跌撞撞地走着走着。突然间，踩上了一堆石头，这就是准备的战斗武器。怎么不见人了呢！哎呀，走散了！

刘家辉等了好一阵子，不见刘雪亚回来，断定是走失了方向。他定了定神，揉了揉受伤的腿，又等了一会儿，才沿着一面陡坡往上爬。

天亮了。

雨住天晴。阴暗的山谷明朗了。

刘家辉拖着肿胀的两腿，终于爬到了山梁上，刚坐在一块石头上喘了一口气。突然间，有人喊："做啥的？"

刘家辉拧头一看，糟了，是保丁，真是冤家路窄。自己成了这样，不管了，还是实话告诉吧！"芭小老师。"

"叫啥？"

"刘家辉。"

"嗬，你就是通缉的要犯！"这保丁心里乐滋滋的，这回可得领赏了。粗声粗气地喊："走，跟我走！"

刘家辉一看那保丁扬扬得意的样子，走起路来肩上挎的盒子枪一甩一甩的。便说："走就走，你吼啥呢！"

"吼一声算啥！到时有你好吃的果子呢！"

刘家辉摇摇晃晃地走进一座古庙，哦，我春节走访时来过这里，是保公所所在地，还设私塾小学。恍惚之中听到那保丁得意地喊了一声："陈保长，我抓住了刘家辉！"

"啥，你说啥？"

"刘家辉让我逮住了！"

"人在哪里？"

"那腿肿得像水桶，走不动，坐在门里的石磴上。有人守着，跑不了！"

"哦哦，那去看看。"陈永安一见刘家辉就问，"刘老师，这是怎么啦？"

刘家辉说："天下许多事，让人一言难尽。宣传了一些抗日标语，就被认定是共产党嫌疑犯，要抓捕。这怎么辩驳呢！"

陈永安说："我收到了通缉令，又去问我弟，他讲你和刘雪亚是最好最好的老师，还反问我，政府为啥要抓他们呢？我对他讲，也许是一时闹错了吧。我弟，你的学生，记得吧？"

刘家辉抬头说："记得记得，叫陈永周，对吧！"

陈永安说："对对对。我也想过，老师对自己的学生好，肯定会记住他的名字，而且了解他的禀性和脾气才能教得好。我弟学得成绩很优秀，有老师的爱心。"

刘家辉腿痛钻心，苦笑着说："谢谢保长的夸奖。"

刚下课的郭志勇看见门内围着几个人，便赶了过来。他惊奇地问："这不是刘老师嘛，波楞盖儿（方言：膝盖）咋胀成这个样了？"

刘家辉说："是郭老师呀，我们走访王在德家返回，走到星月梁上被姜达典截住，挥刀抡棒打过来了，我们一蹿脚从石槽里滚下了深沟，跌成这样了。"

郭志勇说："保长，赶快给刘老师找个地方治治，要不就在我这儿吧！"

陈永安望了郭志勇一眼，说："眼皮子底下不安全。姜达典和姜达才狼狈为奸，都不是好货。"停了一下，他问道："刘老师，现在你要到哪里去？"

刘家辉回答说："王在德家离这里近。"

陈永安把保丁叫过来说："你把刘老师送到王在德家。啥话都不要乱讲！"

那保丁大吃一惊，只望着他的陈保长，半天没有吭气。

陈永安一见保丁站着没动，催促说："你赶快去啊，还愣着干啥！"

那保丁走了过去，有点不高兴地说："刘老师，走吧！"

刘家辉刚站起来，腿痛难忍，又跌倒在石礅上。

郭志勇赶快过去扶起刘家辉，望着陈永安说："哎呀，腿肿得这么粗，咋走呢，要不请人帮忙吧？"

陈永安指着保丁，不假思索地说："你把刘老师背到王在德家，行吗？"

"行，保长。"那保丁非常清楚陈永安豪爽而粗犷的性格。只要他说，不行也得行，不然会找你的碴儿，急忙走过去背起刘家辉就走。

陈永安突然想起了什么，大步流星地走出门外，给保丁衣兜里塞了两块大洋。保丁笑了笑："谢谢保长！"

陈永安一再叮咛："走走歇歇，好好地背着。送到马上给我回来！"

王在德一见是保丁将刘家辉背进了家，心里忐忑不安。保丁看出了王在德的表情，摇了摇手走了。王在德仔细一瞧，老师的腿肿得像碗口那么粗，波楞盖儿也露出来了，衣服也烂了，百感交集，哇的一声哭起来了："刘老师，你可回来了。咋办呀！"

刘家辉安慰地说："在德，莫要哭，我不是好好的吗！"

王在德捋了一把眼泪，说："我给你烧水洗洗，再换换衣服。"

刘家辉摇着手说："你这个家已经暴露了，不宜久留。你赶快到附近找几个学生来，把我背到唐国维家。然后赶紧回校告诉罗老师，让组织几个学生到唐国维家，再转移远一些，以便脱离危险区。火烧眉毛尖顾眼前，你快去吧！"

王在德实在不忍，端了杯凉开水，递给刘家辉，然后疾步下了山。

罗功远接到王在德的口信，认认真真地思考了一番，在这危急关头，只能请求朱鹤年来帮这个非同小可的大忙，别人很难办到，有这个心，没有这个势也是不行的。他立刻写了几句话，把字条缝在朱德焯的鞋帮里，交代说："你火速回大坝塘，把密信交给你爹，他就明白了。"

朱德焯步点不停地跑回了家，喘着气说："爹，我回来了！"接着把鞋脱下来提在手上。

朱鹤年眼里射出惊奇的目光，问："儿子，这是咋啦？"

朱德焯将鞋子递了过去，说："这是我罗老师给你的，里边有信。"

朱鹤年连忙接过鞋，从帮子里取出小小的字条，展开一看，是短短的几句话。"朱乡长：暌违日久，拳念殊殷。家辉受创伤严重，劳驾予以关照，能否赴尊府治疗，急如星火。厚情盛意，应接不遑，切谢切谢。又及：去后，对外的名字应改为刘文彬为妥。功远。即日。"这时的朱鹤年，不是不知道政府下发捉拿刘家辉和刘雪亚的通缉令。他刚刚收到，而且一瞬间，从街道到乡间，无处不散发不张贴这样的通缉令。他左思右想，既然能让我帮忙，不仅是因我的位置和分量，更重要的是对我的信任。当然，我对他们也是坚信无疑。于是，当机立断，下定决心，不管那么多，救人要紧，这个不能延误。他断然对朱德焯说："儿子，你同你三哥一起前往唐国维家，搭救刘老师！"

朱德焰和朱德焯临出发时，朱鹤年又反反复复地提醒说："这个事情要绝对保密，不能向任何人透露半个字。"并交代了转移的路线、方法和时间，还给了五块大洋，叮咛一定要租一副滑竿，背着走很难受，一定要抬着，以减少病人的痛苦。

日色不早了，朱德焰和朱德焯焦急地赶到了唐国维家。这时，胡春贵和罗鸿忠已在这里等候。按照罗功远的安排，敲定了营救小分队的组成人员。

朱德焯对唐国维说："转移的路远，再找两个厚道的人，一同帮我们抬滑竿，这样就快一些！"

"行。我们邻村的胡可成和刘贤荣经常背脚，准能同意，这两个人也不多嘴。"

朱德焯这时说起话来俨然像他父亲："我爹讲了，天黑后出发，天亮前赶到，绕道而行。路上小心谨慎，要有人探路，不要声张。万一遇到保安队和民团须冷静，莫要慌乱，就直讲，我的亲戚腿骨折了！"

胡春贵说："朱大伯想得真细致。咱们准备吧！"

夜幕降临，烟霭朦胧。天色已经暗黑暗黑了。

营救刘家辉的小分队绕行广城，而经高滩的偏僻山路，以抵达目的地。

半夜时，他们走出了权河口。胡可成和刘贤荣抬起滑竿上路。

胡春贵和罗鸿忠抬了一阵子，又换了人。他俩一卸下滑竿，飞快地跑到前边去探路。罗鸿忠往前走时对朱德焯说："你跟在刘老师身边，其他人跟随身后，保持一点距离。"

权河口的地形对胡春贵来说，是最熟悉不过了，就是蒙着眼睛也能摸着走知道哪条路最安全。当他正在观望右边梁上小路时，却听到左边大路上有脚步声：

"前边有人！"

"是背枪的。"罗鸿忠悄声说。

"赶快去让他们隐蔽在路边的树林里。"胡春贵说着，折了一根树枝靠在石岩上，用树枝拍打着石头，不断地发出唰啦唰啦的响声。

"做啥的？"

"不做啥，回家的！"胡春贵细瞅是三个保安兵。

"黑天半夜的，还能做啥好事。不许动！听到吗？"

"不动就不动，有啥好怕吗？"

"不怕就行，我们是在查共产党，你们是不是？"

"啥，啥是共产党！你们随便给别人扣大帽子，胡咧咧个啥呢！"

"那你要说实话，到底干啥的？"

"我是去我舅家，这就回权河口。"

"你是谁家？"

"是胡安家。"

"哦，山生宝货行。原来是胡老板的少爷！"

"对啰。"

"那，咱们一块儿走吧！"

胡春贵顺手把树枝放在了地上，带叶的一头朝前，枝根向后，在地上面踩出一串脚印，又说又叫地走在保安的前头。他忽然发现他们没了人影，就放下心了，便大声地对保安兵喊："我还要接二连三地去孝敬我舅呢！"

实际上，这是给罗鸿忠他们递话。

保安兵笑道："俗话说，舅舅家的牲畜辈儿也大。我们要不要敬你呢！"

胡春贵说："你们要敬我也接受，可莫要跟刚才说的，把我敬到共产党那里去了，那可太出格，太危险了！"

"只是问问而已。"

"该问该问，并不责怪。"

走了没多长时间就到了权河口，保安兵提出要到家里去喝茶。胡春贵说："我爹今天去进货没在家，改时间不光喝茶，而且请你们喝五粮液。"他心里想，有五粮液，能给你们这些灾星喝吗！

"一言为定。"保安兵说。

"是的，等个机会吧！"胡春贵看着保安兵身影消失了，急忙折过身，健步如飞地赶上了罗鸿忠他们。

唐国维说:"好悬好悬啊,差点出事了!"

罗鸿忠说:"你喊的话、放的树枝,听见了,也看见了。这时,我们一下子放了心。"

胡春贵说:"只要不让他们发现,就没有好悬的地方了。走,进山路!"

东方的天空像一张脸面,渐渐地开始发红。又一天的日头,从东山上徐徐地升起,山谷清亮清亮的。

营救小分队迎着初升的太阳走进了大坝塘。

朱德焯对朱德绍说:"哥,你赶快回去告诉爹,客到了。我直接带他们到刘叔家,这是爹安顿的。"

当朱德焯带刘家辉他们走进刘明会院子里的时候,大家紧张的心情,马上镇定下来了。

刘明会没多问,只管热情地打招呼,端茶倒水,忙个不停。

朱德焯向刘明会一指左右,说:"刘叔,这是俺们的刘老师,这些都是我们同学。"

刘明会说:"你爹给我讲了,本善娃经常给我讲,刘老师对学生们好,对其他乡下人也好。"

刘家辉说:"实在不好意思,给你们添累,添麻烦了!"

正说着,朱鹤年进了屋,插言说:"刘老师受惊了。你就安心地住在这儿,我同明会给你求名医,找良药,好好地医治。不要说客套话,你看那灵牌上就写着:天地国亲师位。师有难,咱们没理由不帮,再说替老师解脱困难,也就等于帮我们自己呀!有啥就讲,千万莫客气。"停了一会儿,他又补充说,"这是刘老师,我们的刘家辉老师,要好好关心护理!"

刘明会望着刘家辉说:"我娃是你的学生。我们农家人实打实,你能到这儿来治伤,是对我们的信任,我们让到这儿来,不会当外人看待。需做啥,只管直讲,我们尽力办到。"

朱鹤年说:"明会讲得好,住在这个家里就是一家人,一家人不讲两家话。"

刘家辉说:"你们的心意我全明白,不管咋样,我还得由衷感谢,感谢对老师的关照爱护,感谢对事业的关注支持。"

朱鹤年理解了这话的含意,说:"刘老师,罗老师给我的话也讲了,雪亚老师,我通过各种渠道也打听了,至今不知在哪里。"

刘家辉说："他也受伤了，伤得不轻，要组织人员找一找。"

胡春贵说："罗老师已安顿我们，把你送到，然后，营救小分队再去搜寻刘老师。"

刘家辉说："好，赶快去。要过细一点，不要声张，避免人家闻出啥味道来。我还告诉你们，我俩商量过撤离路线，或许他已离开紫阳到石泉，这拿不准。"

营救小分队在鸡鸣坡和瓦场梁方圆二十里搜寻两天，只在瓦场梁与石槽之间发现刘雪亚的一只鞋和一只袜子，再无获取任何行迹。罗功远断定，刘雪亚已经摆脱了保安队和民团的追踪，跳出了虎狼之窝。

县政府接连不断地给毛坝关打电话，要求保安、民团、乡丁和保丁相互配合，加大力度，刻不容缓地搜捕共党分子刘家辉和刘雪亚。朱鹤年意识到，风声越来越紧，危险越来越逼近，不宜在这里治伤养病。决定走出紫阳县境，速转镇巴县治疗，护送人员不宜多，最好是两三个。凭多年的交情，他的朋友、保长刘子游一定会接收的。他尽快地让两个儿子和委托朋友准备好了滑竿、干粮、中草药和换洗衣物等。自己给刘子游写了一封短信。一时刘家辉头戴礼帽，眼挂墨镜，身着绫罗绸缎的褂子和宽大的长裤，手摇大蒲扇，好一副豪富的气势，好一副庄严的面孔，好一副老先生的文气。

朱德焯咂嘴称赞道："我们的刘老师好大的派头哟！"

朱鹤年转来走去看了一阵子，称心如意地笑了。哎，他好像又想起了什么。嗯，任必亭的干儿子王兆平在川陕军已升到团副了，不妨替他捎个短信，再带点木耳和茶叶什么的，以防万一嘛。他赶紧写几句短言的信，交给朱德焯，说："如果遇上哨兵盘问，就大大方方给哨兵讲，我们找王团副。"

这次护送刘文彬的只有朱德炤和朱德焯，他俩的装束也不一般，是豪门子弟的行头。另外，有两名抬滑竿的伙计。

临行时，他们在院子里预演了一番，逗得大家开怀大笑，像、像，真像！

这一次出行的向导是朱德炤，他按照父亲指出的线路，天刚亮就登上大坝西侧山坡小路，翻过一座起伏不平的大山。晚些时候，赶到白鹤乡大坪村亲戚徐定江家借宿歇息。第二天太阳还没露头，他们就火急火燎地出发了。当太阳挂在头顶上的时候，他们正路过鱼渡坝东侧的小路，朱德焯突然说道："前面有哨兵。"

朱德炤往前一看，有一名哨兵站在路边，一名哨兵蹲在树荫下。他对弟弟壮胆说："莫怕，咱们朝前走！"

"你们到哪里去呀？"站立的哨兵问。

"到镇巴县城！"朱德炤从容不迫，回答得很干脆。

"从哪里来？"

"大坝塘。"

"去县城做啥？"

"是我们的老爷要在那里做一笔大生意。"

"做生意的不怕枪子吗！共军的大部队被我们打退了，还潜伏一些小股子，经常神出鬼没地袭击我们部队，闹得不好把你也失塌了。"

"做生意也得冒险，不然，咋能挣大钱呢！"

"你们到底是不是做生意的？"

"你们搜，我们手无寸铁。"

"共党分子也不一定拿枪啊！"

朱德炤嘿嘿一笑，说："老总，我们有这个！"于是将信递了过去。

这士兵向坐在树荫下纳凉的士兵喊："班长，他们拿有给王兆平的信。"

那班长一头站起来，打量着他们说："王兆平，他是我们的团副嘛，这是哪一门子事情！"

朱德炤说："我叔任必亭，是王团副的干爹。知道我们去镇巴县城，路过这里，特意给他带了木耳、茶叶、橘子，还有这封信。"

"哎哟，你们咋不早说呢，赶快给团副送去吧！"那士兵傲慢粗暴的神态，马上变得和颜悦色，似乎有点亲近的感觉。

朱德炤各给他俩一块大洋说："班长，我们赶黑要撵到县城，现在不去了，劳驾你转送给团副。待我们返回时，再去拜见你们的长官。"

那班长一听，终于十年等了个润腊月，这回能见团副一面了，顿时眉开眼笑。"立马就送，你们赶紧撵路吧！"

镇巴县田坝羊耳河的刘家老房子，在夕照之中显得格外凝重高雅。相邻的村庄、山林、溪流在告别最后一缕晚霞余光时，展现在眼前的是宁静、柔和、安详的一派醉人的山野临夜美景。

刘家老房子里人人喜笑颜开，问长问短，关心的话语不亚于一家人久别重逢，啥都想说。

寒暄了一阵子，朱德焯这才拿出信，说："刘叔，这是我爹给你的信。"

刘子游接过信，拆开急阅。"子游兄：不晤数日，若别多年。我的好友刘家辉，原在紫阳小学任教，因蒙难于同校董不和，决心去他处为伍，愿来贵地从事私塾教育，把才智和青春献给紫镇山区后代。此人学识渊博，教书有方，巧遇良师，后人有望。望刘兄莫失良机，给予热情接待，妥善安排，特此推荐。所恳之事，若蒙慨允，将不胜感激之至。临书仓促，不尽欲言。鹤年。即日。"他看完后，爽快地说："一贵一贱，交情乃见。这点小事我刘子游办不到，还算啥子莫逆之交啰。今天就先住在我家，由于我这儿来往人很多，又没多余的房子做教室，过两天，我给刘老师选一个房子教学生，又能安全治病。德焯回去给你爹讲。刘老师在这儿不会出麻达，请放心。"

朱德炤说："刘叔，我们带的中药可能还不够，过几天，我们再送些来。"

刘子游说："你这娃子，刘老师在我这儿，一切都由我来管，你们不要送了。我这里啥都有。你们想来看就来看，啥东西都不要带，听见了没有？"

朱德炤和朱德焯不约而同地说："刘叔，我们知道了！"

他俩要走了，刘子游恐怕他们不放心，又当着刘家辉的面说："有古语讲得好，'自谋不诚则欺心而弃己，与人不诚则丧德而增怨'。我不是那样用心不诚的人，请放一百个心吧！"

在这短暂的接触里，刘家辉对刘子游刮目相看，他耿直豪爽，出语惊人。这句话意思是宽慰要走的人，放心地走，留下来的人安心地留，不要总是牵肠挂肚的。他对刘子游说，又是让朱德炤和朱德焯听的："有诗言'人生贵知心，定交无暮早。'结交朋友不在早晚，而在相知。现在我们同样是朋友了，背靠大树好乘凉，在保长的遮挡下，会稳当的。德焯，你俩就回去专心地学习，让胡春贵和罗鸿忠把你耽误的课给补上。"

刘子游微笑着，点着头：老师受创伤心也痛，学生丢掉的课程，让他心更痛。呵，师道尊严，其学子不会不出人头地。

刚过两天的上午，刘子游让保丁搀扶着刘家辉来到住在对面半山腰里的潘厚党家中，指着一间宽大的房子说，"这是学生的教室。"接着走进二道门里，打开一间小点的房子，说，"这是你的卧室。"刘家辉一看，虽说是小一点，实际上在农村来讲，也算是挺大的一间房子，铺的、盖的全都准备停当了。房子收拾得清洁干净，井然有序，给人一种家的感觉。

刘子游临走时对潘厚党说："你要照顾好刘老师，可不能亏了他满肚子的诗文哪！"接着又对刘家辉说，"吃饭、口服煎药、外用的敷药，我都交代安排好了，你不用操心。你打紧考虑的就是办好我们的私塾学堂，这是大事。我已经给各甲长打过招呼，后天有三十多个娃子来读书。娃子们不全是十来岁，还有十六七的。"

刘家辉心里踏实了，只要以老师的身份待在这里，也不会引起别人七猜八想的。高兴地说："大有大的教法，小有小的教法，请放心好了。你想得真周到，安排如此的紧凑，治理一方在于心哪！"

刘子游说："心有余而力不足，这世道事难办，谁正直就整谁，能做到点就做到点。你看呵，前方将士们前赴后继同日本侵略者英勇作战，后方呢，国民政府的上下官员为了自己的权力和利益钩心斗角，尔虞我诈，你整我，我整你，斗来斗去还不是斗垮了自己，还大言不惭地声称，同心协力抗击日本帝国主义，实际上既分心又分裂。还有哪，今日百姓生活贫困，食不果腹，衣不遮体，不是天造成的，而是人带来的。我们这里的大恶霸马登岐、劣绅王怀棠，吸百姓的汗，榨穷人的油，却成了堂堂的县、省参议员。民谣流传：马登岐的斗，老虎张大口；喝尽佃户血和汗，剩把老骨头。王怀棠的秤，百姓恨断筋；他收穷人三斤粮，卖出三斤变五斤。这议员咋来的，都是用大洋买来的，是受贿得来的。这群乌合之众还假模假式装成好人，百犬吠声执行三民主义，是玷污了三民主义。他们自以为非常的得意，在完善党国的建党纲领，实际上已经是处在岌岌可危的境地了。你看呵，那一棵老树，枝叶貌似绿着，树干里全生虫了，烂而空，不长时间恐怕会枯竭。有谁会信呢，可能有人会摇头。开始我也不太相信，但面对这世道本身的变故，不能不让人犹豫、思考、担心。唉！杞人忧天倾。啊！又想，何必担心呢，天是不会塌下来的。塌下来，这个世道又如何呢？"

刘家辉没料到一位国民党的保长也会倾吐出肚子里的看法和苦楚，其实是他对国民时局的领悟，但没有跳出苑囿的圈子。他顺着说："做点想点，也在理，不亏自己和世面相遇。不过，自然界和人类社会终有自己的归宿。"

不知刘子游是否听懂了这句话的所指，只笑着说："还是刘老师远见卓识。"

在回老房子的路上，保丁问："保长，刘老师啥地方人？"

"远哪！"

"你对他这么好，是你啥人？"

"我朋友的朋友。我想要办私塾学堂，让娃子们多识几个字，拿起毛笔能多写几个字，请他来教书。教书也是辛苦的活计，将心比心，不对他好能行吗！你有亲戚的娃子就叫来，吃的、书本我给包了。"

保丁说："嗯嗯，谢谢保长开恩！"

这天早晨，琅琅的读书声飞出教室的门窗，打破了林野的沉寂。

村民们群情激动，奔走相告，我们的学堂开学了！我们山里也有自己的学堂了!

没过几天，按照年龄和智力不同，刘家辉安排了不同的课程。教学正常而顺利地在进行，村子里突然富有了生气。

星期五上午，刘家辉想给同学们安排一堂音乐课，教什么歌呢。抗日救亡的歌曲那么多，如《义勇军进行曲》《大刀进行曲》《松花江上》《打回老家去》《中华民族不会亡》《上起刺刀来》《毕业歌》《游击队歌》《到敌人后方去》《保卫国土》《丈夫去当兵》《保家乡》《军民合作》《在太行山上》《青年进行曲》，等等，选哪一首适合他们？既然来上学，就有毕业或结业的时候，他决定先教《毕业歌》：

> 同学们，大家起来，
> 担负起天下的兴亡！
> 听吧，满耳是大众的嗟伤！
> 看吧，一年年国土的沦丧！
> 我们是要选择"战"还是"降"？
> 我们要做主人拼死在战场，
> 我们不愿做奴隶而青云直上！
> 我们今天是桃李芬芳，
> 明天是社会的栋梁；
> 我们今天是弦歌在一堂，
> 明天要掀起民族自救的巨浪！
> 巨浪，巨浪，不断地增长！
> 同学们！同学们！
> 快拿出力量，
> 担负起天下的兴亡！
> 巨浪，巨浪，不断地增长！
> 同学们！同学们！
> 快拿出力量，
> 担负起天下的兴亡！

他一字一句地解释，一字一句地教唱，节奏果敢，音调激昂。这教唱的洪亮声音，激起了奔腾的热血和磅礴的气势。学生们个个挺胸昂头，精神抖擞，一下子把自己唱出另一个模样。不再是缩头缩脑、无精打采的样子，开始萌发而逐渐转变成朝气蓬勃、富有理想的青少年。

这歌声打破村庄的沉静，无形中在传递热闹的气氛。

吃过晚饭后，刘子游看望刘家辉，又送来过山龙（山葡萄）和大接骨（虎杖）草药，并叮咛了用法。他问："刘老师，能过得惯吗？"

刘家辉十分满意地说："好得很，好得很，照顾得很周到。学生们又苦心好学，都满意，没挑剔的。这都是缘分。"

"是是是，不然咋能请得你来给我们当老师呢！"

"这几天忙吗？"

"没有忙啥，就是有乡上收粮、收款时打伤了人，农民一竿子起来闹事，帮忙总算平息了。话又说了，没有就是没有，你再打，哪怕打死他，还是没有粮和钱。收不上来的多着呢，简直没个整法。"

"农民可怜，能不能减点、缓点、免点。"

"想过，上峰不答应呀！"

"他们不把百姓疾苦放在眼里。"

"你知道吧，现在村里到处都说些啥：生下娃子是老蒋的，养下姑娘是保长的，攒下银钱是民团的，收下粮食是财主的，挨打受气是百姓的。要得不受窝囊气，去找红军打游击。叫我听了，这个保长的脸面也无地方搁呀！你说这些人咋有这个想法，红军都走了四五年了。据我所知，他们到陕北，又改成了八路军，在抗日前线打仗，能到哪儿去找呢！"

"人心向背。"

"可能。几年前，红九军三十五团在苏家坡建立了苏维埃，至今还背地叨念着：苏家坡，崖对崖，婆娘娃儿穿草鞋，上坡一阵山歌子，下坡一背青杠柴。苏家坡，崖对崖，婆娘娃儿笑开怀，打土豪，分田地，建立工农苏维埃。苏家坡，青石旁，红军坡上扎营房，赤色政权建立起，红旗迎风飘上梁。苏家坡，大白房，白墙上面写文章，上写土地改革法，下写打倒国民党。是的，人们的心暗暗地跟着走了。"

"好事天顺心嘛，所以百姓一直惦记，十年八年忘不了。也许再过十年二十年，或者多点时间，这个挂念就实现了。常言道：'世界轮流转，终须一代完'。至于啥时候，我们一定能看得到。你相信吗？"

"刘老师，不敢乱讲，这可是要杀头的。"

"只有咱俩在说，怕啥！"

"哦，那倒是。天黑透了，我该走了。"

刘家辉把刘子游送出门外，听见从山梁上传来练歌的声音：

> 同学们，大家起来，
> 担负起天下的兴亡！
> 听吧，满耳是大众的嗟伤！
> 看吧，一年年国土的沦丧！
> ……

刘子游说："好久都没听见唱歌子，连山歌也没人唱了。这是啥子歌？"

刘家辉说："是抗日歌曲，《毕业歌》。没听过吧？"

"咱们这山里咋听得到呢，很有劲啊！"

"有号召力，激起万众的抗日情绪，共同抗击日本侵略者。"

"那我搞不懂，既然是国共合作，国民党咋要围剿屠杀共产党呢？"

"八个字：专权独裁，一统天下。"

"共产党能胜吗？"

"星多天空亮，人多智谋广。共产党团结和依靠全国各民族党派及其广大人民群众，抗日一定能取得胜利，不是速胜而是持久。强盛国家，振兴中华，一定能达到。"

"我越看你越像共产党。"

"像吗？我只能告诉你，我有一颗中国心！"

刘子游的脚底板不知怎么趔了一下，立马又收住腿，稳稳实实地向前走了。

"你慢点走啊！"刘家辉喊着。

"山路摸熟了，不打紧。刘老师你回吧！"夜里只听到刘子游的声音，不见他的人影。他还想着，接连串听到刘老师的见解，这不能不是空谷足音啊！

午夜越漆黑，天上的星光越晶亮。这个人间只要有光，就一定有希望。刘家辉想。

这天晚上夕阳映照得满山泛红。一群一群的鸟儿结伴栖止密林之中。劳作一天的人们，渴望在炊烟下能吃上一顿可口的夜宵。

刘家辉刚要入睡的时候，没料到罗鸿忠、朱德炤、王在德走进屋，惊奇地问："你们咋来了？"

罗鸿忠说："罗老师让我们看看你。"

朱德炤说："我爹给你找了一些草药送来。"

王在德说："我们可想老师了。"

刘家辉一见他们满身汗淋淋的，说："洗洗吧！"

罗鸿忠说："德炤已经安排好了，等会儿过刘叔那里再洗。先说几句话，你先休息吧！"

刘家辉急着问："那里咋样？"

从罗鸿忠口里得知，罗功远到县里打探情况，被县上抓捕关押一个多月，没找到把柄就放了；黄恺丞关的时候长些，后来经他哥哥黄群松多方活动，才保释出来。县政府派心腹陈伯衍到芭小任教。有的学生被开除，有的老师被撤换，现在混乱不堪。刘家辉一时稍微安稳一些，但又担心师生们的未来。

罗鸿忠说："夜深了，你先休息，明天再来。"

刘家辉说："明天上午九点上课。你们在太阳露头时就来。"

他们仨不约而同地说："好。太阳露头的时候一定到。"

这一晚上，刘家辉翻来覆去睡不着，从当前的处境及摆脱这处境的办法，如何隐蔽保护革命的有生力量，到交通员到没到省委等，想的很多很多，彻夜未眠。

第二十七章
封锁交通陷囹圄

　　罗广文从任河嘴过渡，一下船就匆匆忙忙地走进县城河街，在一家茶叶铺买了十斤茶叶，又向东街边走边看，发现有一家的烘青茶色泽不错，站在铺子门前久久没有走开，观察着、思量着，既然是贩茶叶，买这点恐怕少了。做就要有个样样子（方言：很像）。再一计算，也花费不了多少钱。

　　"先生，上等茶，来点！"

　　罗广文正想着，听这一招呼，遽然间下了决心，说："老板，来点就来点！"

　　"来多少？这茶是香气清爽，滋味醇和。要会泡茶，取一小撮放在杯里，先倒少许开水盖上盖子，过会儿再冲满开水，汤色嫩绿微黄，澄莹明净。来点，多来点！"

　　"来五斤吧！"

　　"买主看来是做生意的，你那个袋子里也是茶叶，对吧！哪里买的？"

　　"焕古。"

　　"不瞒你说，我这茶也是焕古的。"

　　"好，好，那就是好，我也好装了。"

　　"不用愁，另有袋子。买一斤赠一两，共送你半斤茶。你自己品尝味道，茶好，欢迎再来光顾！"

　　罗广文想，真是个有经营头脑的行家里手，说："谢谢你对生意的谋划，也许还会来的。"

　　"慢走啊！"

　　罗广文两手各提一个茶叶袋子，不紧不慢地走过了下河坝的沙滩，上了去安康的客船。他从安康水西门下船，没停脚便搭乘划子，下午太阳快落山的时候，抵达旬阳的上渡口。罗广文刚走进草房街，正碰上涂兴诗走过来，问："老板，最近忙活啥呢？提的大袋小袋的！"

罗广文没绕弯子，干脆地说："涂班长，不瞒你讲，准备贩茶叶，多开个来钱路。"

涂兴诗一翻眼睛，说："哎呀，你家开客店和饭馆，现在又跑生意，俾众周知，那要发大财了。"

罗广文不以为然地说："能养家糊口就满足了，哪有那样的福气呢！"

涂兴诗伸起大拇指说："福至心灵，你这个人脑子灵光。不过，今后有啥需要帮忙的，尽管打招呼。"

罗广文斜视上西门垭的石台阶，立刻又转过面来想到，叫你们这一帮子相助，早就滚到山沟里去了。他强颜一笑，说："谢谢你啦班长，自己的梦自己圆，圆成一个啥样子就是个啥样子。再一来，你们的公务也多，不给你添麻烦了，谢谢啦！"

涂兴诗一挥手说："那简单得跟一字一样，有啥麻烦的。翘足引领，你把生意做大些，弟兄们也好沾点光嘛！"

罗广文看着涂兴诗一跛一跛地走了，朝着他的背影喊道："会的，一定会的，这有啥话说的！"

涂兴诗转过面笑着说："好，那就够意思！"

罗广文回到家把茶叶一放，给母亲说了两句话就急急火火地出了门。

鲁世恭老远就听见罗广文的喊声，赶快站到大门口说："你真麻利，快到堂屋坐。"

罗广文摇手说："不进去了，咱们还是去梨树坡，坡下的沟边又有垂柳，多好哪！"

鲁世恭完全明白这个提议，说："走，就到那儿！"

恰如白雪的梨花已经谢落，待之而生的小小梨子挂满枝头，果繁叶茂，生机盎然；一排一排的杨柳条儿落在沟水里。一阵微风吹过，树影在水面上摇来荡去，仿佛在瞻望幽深的梨树林。

一棵老梨树下，鲁世恭和罗广文正在悠闲自在地聊天。

罗广文向鲁世恭报告了自己任地委交通员之后，又详细传达了临行时，地委研究对旬阳工委工作的三条指示：一是发展党员，控制数量，抓好质量；二是贯彻省委关于"隐蔽精干"的方针，暴露的同志一定要转移或都撤离；三是适时从城镇转入农村，夺取乡村政权，建立抗日武装组织。此工作，已迫在眉睫，从实际出发，抓紧抓好。

鲁世恭听了以后，心里感到稳当了很多，于是，谈了自己的想法。组织发展目前处在一个稳定阶段，成熟一个发展一个，这符合地委的要求；全体党员还没有受到各方面的严重威胁，但要有一个备而应付的办法，以应急需；关于对抗日武装的筹备，已经着手对回乡军人进行寻访登记，但这只是零零星星做了点工作，与要求有很大差距。现在已有考虑，待个子从抗大回来后，再制定一个完备的方案。他最后说：“这也是俺们俩开的一次不成形的组织会议，你看咋样？”

　　罗广文笑着说：“你身兼两职，书记、组织部长一肩挑，加上我这个宣传部长，就是完整的工委会议嘛！我赞成你刚才的分析、判断和意见，长计划短安排，有备无患，稳当一点好呀！”

　　鲁世恭说：“在执行中不断完善，个子一回来，一河水就开了。”

　　罗广文说：“是啊，人多出韩信，巧人用巧计啊！”

　　鲁世恭说：“一点雨，一点湿，实实在在是如此。广文，你这个交通员肩上的担子更重了，巧计须得时时做，不得马虎一点。”

　　罗广文说：“最近我得去省委一趟。”

　　鲁世恭懂得不可探问执行什么任务，但他一时想到去省委路上的安全是件大事。最近很紧张，从旬阳至安康到镇安的沿途哨卡增多，盘查严密，很难顺利通过。他似乎在问自己：“这路咋个走法呢？”

　　罗广文理解这话的意思，迅急说道：“还是从镇安走安全些。”

　　鲁世恭直摇头，说：“连凤凰嘴都过不去。”

　　“咋啦？”

　　“这个地方是险要的关口，有重兵严密把守，而下有旬河流过，上是陡立的悬崖绝壁，也无小路可走。要不先准备山货，待局势稍加宽松时再起程，这把握性就大一些。总之，要综观全局，伺机而行。”

　　罗广文想了想，确实是无法改道，说：“那只能这样了。”

　　鲁世恭稳重地说：“谨慎一些，这不仅保证个人的平安，而且掌握联络的畅达和组织上的安宁，千万不可大意。”

　　罗广文的看法与鲁世恭讲的完全一致，经过一番思索，决定购买一些天麻、木耳、魔芋什么的，再加上茶叶，然后考虑如何闯过敌人的防线，完成这一重大任务。俗话说，万事俱备，只差一宗，谁来帮这个忙呢？这天，他想到去找涂兴诗试一试，说：“涂班长，我过几天想出省贩些山货，你得相助一下。”

　　涂兴诗挤了挤眼睛，说：“有啥讲究？”

"有哇，咱们算联手，给一成的分红。"

"那可不行，一成太少了。"

"都是熟人，那就二成吧！"

"我出资吗？"

"不。你只给我疏通路上的挡磕就行了！"

"哎呀，联手可以，疏通有困难。"

"咋啦？"

"近期以来，共党分子活动猖狂，他们有的扮着做小生意的，有的是磨刀磨剪子的，有的是走亲戚的，有的竟是算命先生，有的行医，有的装成叫花子，五花八门，样样齐全。前两天，在薛家碥抓到一个算命的，经盘查询问，说不出所以然，还嘴硬，结果把他身上捆上石头，丢进汉江了。你不也是做生意的？容易引起怀疑，万一把我套进去了，就彻底砸了饭碗。"

"俺正经做生意，不会给你捅乱子的。"

"这不是不给你面子，在这样的火候上，对你我都有好处，不要惹出是非来，现在，我们见了做生意的都头痛，不知道是真的还是假的，鱼目混珠摸不清。算了，我也不要你的那个二成了，你也不要做那个生意了，也不要发那个财了，好不好！"

"想发财也难呀！"

"以后平静了再做发财的梦吧！"

"不做就不做。"

"安分守己，规矩老实地开好你的客栈、饭馆，再卖点小食品，不照样挣钱？何必跑那些吃力不讨好的冤枉路！"涂兴诗说着扬长而去。

罗广文望着他那藏奸要滑的样子，心里是有数的，想挣钱又怕担风险，哪有那么多的好事，当然也得看到眼前的风向。罗广文攥紧拳头在空中挥动着，自言自语地说："去你的吧，豺狼之心！"

俗言道：不入虎穴抱不出虎子，不闯龙潭掏不出龙蛋。过了两天，罗广文思考再三，把褡裢子往肩上一搭，大摇大摆地走在通向凤凰嘴的山路上，在离凤凰嘴不远的一家农户门前停了下来，他发现对凡是路过的人把东西翻个底朝天，还要搜身，连小脚女人穿的绣花鞋也不放过，同样脱下来检查。罗广文又纵目四望，此地山高崖陡，沟深堑断，真可以说是一夫当关、万夫莫开呀！他一边同农户拉家常一边想，即便是插翅难飞，也得想方设法从这个虎踞龙盘的大门里走过去，完成我的使命。罗广文从农户口中得知，这个关口白天四个人当班，晚上减少为双哨，夜间旬河的哗哗流水声，要比白天响亮得多。他灵机一动，立刻专注于凤凰嘴山崖直插旬河水面的那个地方，河面宽阔，流水湍急，有时水浪撞击在石岩上，发出一阵一阵嘭嘭嘭的响声。他想，有了，黑定以后就从岩下的水里走过去，虽然有点冒险，但这是唯一的选择。就这样决定，要在艰险中经得起考验，方能冶炼成钢。

罗广文从凤凰嘴返回后的几天里，对所贩的山货进行了调整，压缩体积，控制数量，增加品种，以减少负重，便于涉水通过。一切准备就绪，他告诉鲁世恭说："三两天内，我得赶紧走。"

鲁世恭担心地说："不能贸然作出决定，现在形势越来越吃紧，能过得去吗？"

罗广文得意地说："我已勘察好了，从岩脚下的河里走。"

鲁世恭摸着头发，说："这恐怕不保险吧！"

正说着，罗寰进来了，问："做啥呢，保险不保险的？"

罗广文简短地讲了出行省城的缘由和想法，说："我们正在商量咋走呢！"

罗寰摇头说："各关卡搜查得很严，难过得去。"

"天黑后，从水里过。"

"我清楚凤凰嘴的地形，这是万不得已的办法。还得想个啥法子，钳制住那伙子士兵。"

"说说看。"

"凤凰嘴旁边的那家农户，我认识，要走的那天晚上，我们出钱让他请客，我和世恭去那儿，吃席顺便把守兵们叫上不就行了。"

鲁世恭轻轻地拍着手，说："这么着好，我看要得！你去叫那些士兵，不会不给你这个国民兵团保长训练班中尉区队长的面子吧！"

罗寰望着罗广文问："怎么样？"

罗广文满脸微笑地说："有这个万全之策，我心里十分稳当了！"

鲁世恭叮咛道："要走的那天上午打招呼，我们提前再做筹划。"

罗广文信心满怀，连连点头。

这天，罗寰在樊佑庶办公室看见了一份安康专员公署的一则通报："近日，紫阳县政府公告第五区保安司令部在紫阳县芭蕉口捣毁了中共地下党组织指挥部，其主要成员刘家辉和刘雪亚已逃窜，不知去向，已部署重兵追捕；与其交往密切的罗功远，被县政府拘押软禁，以审讯处之；对怀疑对象已严加控制，从中获取追踪的线索；对各交通要道、关隘，重兵把守，不放过一个可疑的人；各县要严密注视共党分子的活动，凡怀疑者，重拳出击，不可放纵。"他从惊讶中又镇定下来，走出团部直奔下河街，找见罗广文说："瞎了，地委在芭蕉口遭到破坏！"

罗广文两眼发出惊异的目光："啊？那领导呢？"

"不知去向，你要走得赶快走，不能再耽搁了！"罗寰说。

罗广文显得很冷静、沉着，首先想到的是地委领导让自己给省委送的那封绝密信件的安全，果断地说："今天晚上就走！"

罗寰说："我去找世恭商量具体的安排。"

罗广文说："行，我到文治那里再借点盘缠。就按原定的天黑时，进入凤凰嘴下的河岸。"

罗寰说："嗯，我们一定在你进入前按时开饭，招呼士兵们入席，让他们喝个乌烟瘴气，忘乎所以。你快办你的事，我们给你敲边鼓，一定敲出个样样来！"

正在这当儿，杭毅给施德广打电话说，"你县三青团袁子昌密报，罗广文有共党嫌疑，须密切监控，必要时可抓捕审讯。"这让施德广左右为难，一下子不知如何是好，因为他还不掌握罗广文的底细，只知道他家与张飞生经常来往。他想了好半天，不如来个顺水行舟，交给上峰去解决。于是，又给杭毅打了个电话，杭毅同意立即抓捕，并押解安康审问。施德广迅即指派符泽甫带领涂兴诗和张义生去执行。

罗广文去国民兵团常备队没有见着黎文治，返回刚走到东堤上，听见有人大声喊自己名字："罗广文，不要走，原地不要动！"

罗广文回头一望，原来是涂兴诗在呼叫，说："有啥事，这么厉害？"

符泽甫三两步蹿到罗广文面前，说："没啥事，找你干什么，想问问，刘文彬和刘经安是不是在你家住过？"

罗广文悟出了问话的意图，说："我家开客栈，只要给钱，谁都可以住，你问的那两个住过，好像还住过好几天呢！"

符泽甫又问："你知道不知道，他俩是干什么的吗？"

罗广文没打拌子地回答："咋不清楚，听说是老师嘛！"

"还有吗？"

"没有了！"

"就清楚这个？"

"没错。"

"既然这样，你得老老实实地跟我们走一趟！"

"到哪里？"

"上安康，现在就走！"

罗广文眼睁睁地看着涂兴诗和张义生端着枪分别站在两旁，暗想到已是凶多吉少，一定要保护好那些信件和文件。他依然无畏地说："走就走，没有啥可怕的，是不是我得回家取盘缠拿衣服，不然去了以后没吃的、没换洗衣服，哪咋办呀！"

涂兴诗顺势说了一句："你看你做了一个啥事情，跳到黄河都洗不清。"又对符泽甫说，"咱们跟着他到家里取日常用品吧！"

符泽甫说："你，要看紧一些！"

罗广文的前边走着涂兴诗，身后紧跟着的是张义生，符泽甫走在最后，四下张望周围的动静。他们一进屋，罗广文大声喊道："玉花，快给长官们倒茶水。"

妻子叶玉花一听叫声，赶紧从里屋走出来，一见是三个警察站在堂屋，心里咯噔了一下，瞎了，一定出了大事，不然背枪的跑到家里来做啥！她猛然用手捂住胸脯，一边呵呵地笑着，一边倒茶说："长官，请坐，喝茶！"接着转身回到里间，把小桌上的一个茶杯拿起来，有意识地丢在地上，又叫着，"广文，你的茶杯不能用了！"

罗广文听得当啷一声响，明白妻子的用意，向符泽甫说，我去看看，边喊道："另外找一个杯子，你得赶快准备几件衣服，我要跟长官们上兴安州，还需要几个路费钱！"

叶玉花把手把在腰门的门柱上，伸出头来问："你要哪几件衣服，需要几个钱，得有个数啊！"

涂兴诗见这啰啰唆唆的，督促地说："抓紧点，赶快去找！"

罗广文边进屋边说："走，到衣服柜子里挑几件就行了。"

叶玉花把罗广文往里一揪，说："你要拿哪几件，自己去找吧！"说着跟着他走进了卧室，从钱盒里取十块钱，塞进了他的口袋里。

罗广文一边找衣服一边悄声说："把立柜背后的信封和文件烧掉。"

"那书呢？"

"让住店的朋友田明镜找人担走！"

"能行吗？"

"同路人，尽管找他！"

"知道了。"

这时只听符泽甫喊道："快点，快点，还要赶路呢！"

罗广文提着包袱出来了："收拾好了，走吧！"

出门后，他望着叶玉花叮咛说："让妈想办法，越快越好啊！"

叶玉花听出了他的言外之意，说："哎，我知道了，你放心走吧！"她一转身，两手捂着眼睛，泪水才没有流出来。她觉着灾祸随时就会从天而降，赶忙进屋，把信封和文件撕成碎片，塞进锅灶里瞬时化为灰烬。接着到客房去找见田明镜说："明镜，你赶快，帮个忙！"

"啥子事？"

"把你老总的那些书籍找人担走！"

"为啥？"

"你不要问这么多了，运走保险些！"

"有多少？"

"两箱子。"

"罗嫂，我明白了，你等着。"田明镜说完就出去了。

过了不大一会儿，一个中等个儿、微胖的小伙子挑了一副箩筐进来了："罗嫂，要运货吗？"

"不是货。"

"是书吗？"

"快帮忙去搬！明镜呢？"

"罗嫂，在外边看门呢！"

"嗯，咱们搬吧！"

田明镜观察街道没有人便进屋，同他们一起三下五除二地搬装了两个半箩筐的书籍。

叶玉花多了一个心眼儿，两个箩筐上面分别盖上了几件破烂不堪的旧衣服和一些小食品。

田明镜点着头，又去门口看了看街上的动静，便招了招手，那货郎一出门哼着小调儿，呼扇着担儿向东堤方向走去。

真悬哪！货郎刚走不大一会儿，施德广派政警队刘炳益带领士兵对罗家进行搜查。

叶玉花眉毛一睐，拦住问："你们要干啥？"

刘炳益想到县长讲过不要有过火行为，便嘿嘿一笑，说："执行上峰指示，到你们家看一看，望一望，不行吗？检查一下做生意是不是做出了规矩。罗广文的房子是哪一间？"

叶玉花从容镇定，冷冷地笑了："住的房屋有啥看的，你们随便去看吧！"她顺手往左边的东厢房一指，却站在原地没有移动一步，心里哼着，看你们能搜出一个天上的星星来，就算你们有本事！

"班长，什么也没有！"一士兵说。

"就那么干净吗？"刘炳益不知道在问谁。

有一士兵急忙跑出来说："有一张报纸。"

刘炳益夺过来一看，是一张《中央日报》说："去你的，这是我们的报纸，你们都不认得？"

"其他的还查吗？"

"客房的床铺被褥桌子，饭堂的小食品有啥好看的，走，归队！"刘炳益不知怎么又活泛起来，回头向叶玉花笑了一下："打扰了！"说着撒起两腿就走了。

叶玉花一看睡房被翻个乱七八糟，也没顾得收拾，便急忙去找她妈，走到半街上碰见了，说："妈呀，广文被政警队带走了！"

罗王氏猛然一愣，问："带到哪儿了？"

"安康。"

罗王氏提起脚步，慢慢地向前走着，叹了一口气说："噢，兴安州。是福不是祸，是祸躲不过，性命攸关哪！玉花，咱们回去再商量一个可靠的办法。玉花呀，可莫要急啊！"

罗寰从鲁世恭那里返回后，得知罗广文被押解安康，他心急火燎，恨不得去拦截回来，又想那是不可能的，是一种鲁莽和冒失行为。脚步没停，便去找黎文治，说："广文被抓上安康了，得想法营救！"

黎文治惊异地问："啥时候？"

"下午，现在可能走到孙家那坡下边了。"罗寰说。

"这样吧，我同她妈一起去找张飞生给予通融，还可找旬阳商会会长冯麻子帮忙。"

罗寰说："看来这是唯一的办法，既然这样，我也上安康去找卢瑞祯。请他给杭毅说说，兴许会有些作用。"

黎文治决断地说："俺们分头做工作，越快越好，免得让他吃亏。"

罗寰出门朝西边一望，太阳刚刚落山，夜幕已经降临。河谷、丛林、山峰、村庄渐渐模糊起来，好像自然而然地连成了一片，什么也辨不清楚。他赶忙回家带了两个馒头，拾了一根短木棒，拿着手电筒，匆匆忙忙地上了路。

黎文治没有回家吃饭，直奔罗广文家，看见他母亲坐在椅子上发愁，说："姨，俺们去找张司令。"

罗王氏抬头说："你来了好，我正在想咋个搭救呀！现在天黑了，去打搅人家合适不？"

黎文治不以为然地说："我去过几次，他在家也很冷清，俺们就走，给他找个事干，凑个热闹。不好吗！"

罗王氏一头抬起来，说："那是的，走就走！"

黎文治扶着罗王氏进了张公馆，一眼看见张飞生在院子里转悠，说："张司令，我和姨来请你帮个忙！"

张飞生转过面，哈哈地笑了："哎哟，是你们俩呀！下野了，没用了，还能帮个啥忙。老熟人，快，快到客厅坐！"

坐定后，罗王氏说："张司令，下午广文被逮了，送上了兴安州。请你给他们叮咛，不要让儿子受折磨！"

"为啥逮了？"

"不知道。来了三个警察把他的屋里搜了，没说二话就带走了。"

"近来，共党活动很凶，他参加没参加那个组织？"

"那怎么会呢！"

"现在年轻人做事，你不知道，我也不知道，就连我的侄儿张文焕不就偷偷地走了？听人讲，还在我眼皮子底下参加了共产党。文治，你这个队长，恐怕不会不知道吧！"

黎文治直摇头，说："那咋清楚呢。司令，广文是我的好朋友，看他成年累月地开客栈和饭馆，做小生意，哪有心思去做那个闲事。我看他是堂堂正正地做人，老老实实地做生意，没啥不守规矩的地方。"

张飞生无可奈何，只得拨通了施德广的电话："施县长，我是张飞生，我听讲罗广文犯事了，是真的吗？"

"老司令，没犯什么事，是杭专员指示我们把他押送专署的。"

"哪能这样呢！总得有原因吧？"

"有人密报他是共党分子，提到安康审审！"

"就这样，我知道了。"张飞生放下电话又直接要到了杭毅，说，"杭专员，我是张飞生，我亲戚的娃叫罗广文被逮走了，也不知道是啥过错。"

"老司令，你好！我知道这个人，是旬阳三青团反映他有共党分子的嫌疑，采取回避方式进行审问，以弄个水落石出，真相大白。"

"噢，原来是这样。专员，不妨碍公务，请给予关照，本人不胜感激！"

"老司令，我明白该怎么做。只要不是共党分子，那就好办，请你放心好了。"

张飞生放下话筒，说："我心里揣摸，可能怀疑是共产党，果然是这样。你们回去吧，不必担心，只要不是共产党，啥事都没有。文治，你把你姨送回去吧！"

黎文治搀着罗王氏道谢说："司令，对不起，麻烦你了！"

张飞生摆着手说："没事就好！没事就好！"

罗王氏一赶早，就到了旬阳商会，正好见到冯振耀，还没有站定就说："会长，我家广文被拉走了，在专署，请你给想个法子！"

冯振耀脸上阴沉沉的，没有一丝笑容，但带着温和的口气说："妹子，我已经知道了。我在想做生意的人经常出事，那些精明强干的经营者总是被别人盯着不放，都怪了！广文是一个干练的小伙子，是经商的料，不能让他受到伤害。我们的商会也有维护你们利益的责任，我会竭尽全力去调解。你回去，左右如何，我及时告诉你。"

罗王氏两手抱在胸前，作了个揖，说："泼烦会长了，纳慰！"

冯振耀送走罗王氏，赶快去找施德广，直接地说："县长，咋把罗广文那娃子抓了，做买卖的有个啥错嘛！"

施德广有点责备的口气说："你这个商会会长恐怕只知道团体成员的名字，却不知道有些人是不是真正在做买卖。你的头脑应清醒一点！"

冯振耀辩解地说："我对罗广文至少还是了解的，不会不规矩！"

施德广直摇手，说："你了解什么呀了解，有人向专员反映了，有两个共党分子在他家住过多次，这可能有牵连。所以专员亲自打电话，要送到安康审讯才能获取真正的口供。"

冯振耀认为简直不可理喻，说："哦，是这样的，客栈住过的人谁也不知道啥身份，连警察局也不清楚，何况是开店挣钱呢。县长，是不是有人举报陷害，冤枉了好人？"

施德广说："这个就要看审讯的结果了！"

冯振耀说："我看八成是那样，我想具保罗广文，行不行？"

施德广说："那由你自己决定，你这个会长可莫要栽成会党了！"

冯振耀说："哪能呢，商会商会，经商所为，与会党有啥联系。"

施德广脸色阴郁，说："慎重不会跌跤！"

冯振耀明白这话的意思，心想没有弄清眉目之前，还不是在捕风捉影？他暗暗地决定，立即找副会长和商会的知名人物联名来保罗广文。一天之内将保人联名出具的两份《保证书》办理完毕，并派人连夜送往安康。让罗广文签字后，分别送给杭毅和军法处。还托人打点，求情照顾。

正在等待如何处置罗广文消息的罗寰，心里急得像火烧一般。

此时，卢瑞祯来找他，说："我已见过杭专员，他已收到保人的保证书，听他的话音并不是那么的冷漠。麻子管事，点子多。这个冯麻子脑筋真活泛，把有关方面都沟通了，张司令给杭专员打电话，很管用，专员给陈守信专门交代，要以软攻硬，迫使提供确凿的证据。不过，罗广文没参加那个组织，就会平安的。"

卢瑞祯的这句话倒提醒了罗寰。他马上说："队长，我想去看望广文，再给送点吃的和穿的，行吗？"

"行，去吧。现在是郭小亮当班。"卢瑞祯说。

罗寰提着东西走到看守所大门口，一眼看见果然是郭小亮在站哨，老远就叫道："小亮，听队长说，你当班长啦，干得不错！"

郭小亮惊奇地说："是你呀，罗兄，这还是你给卢队长引荐的哪！"

罗寰笑呵呵地说："卢队长的提拔，更有你的努力！"

郭小亮问道："听卢队长讲，你已经是中尉区队长啦，到这儿干啥？"

"我来看一个亲戚，叫罗广文。"

"对对对，前几天关进来的，不知咋的，对他只是审讯，没有上刑。"

"是吗？"

"是的，真是的，你进去吧！"

罗寰走进十八号的号子，不冷不热地喊道："我来看你了，有啥事好好地给人家讲，求个宽大处理！"

罗广文坐在凳子上没有动，说："你这个老表呀，我有啥子可讲啊，可能有人在整我吧！"

罗寰走近了一些，高声喊着："有人整你，你就揭发他嘛！"接着低声说，"组织在设法营救你，咬紧牙关，不吐一个字，是三青团里有人栽赃陷害你。"

罗广文完全明白了这话的意思，说："我清楚该怎么做。"于是又放大嗓门，"我不会轻饶他的，你走吧！我听老表的话，该坦白的一定向专署坦白。"

罗寰走到专署的院子碰见卢瑞祯，说："队长，我刚看过了，他一直在叫冤，有人故意整他。"

卢瑞祯说："既然有人整他，就照实讲嘛！"

"队长，我想见陈守信，行吗？"

"不用了，我刚找过他，他要去再次审问罗广文。你去吧，专员叫我呢！"

杭毅一见卢瑞祯就问："卢队长，罗广文你了解吗？听陈守信报告，已经问了好几次也没审问出个所以然，要不你去做点劝说！"

卢瑞祯一听这么一说，心里产生了疑惑，是不是专员在下一个圈套。管他呢，无论如何我得应对。于是说："专员，对这个人我虽不全部清楚，但从我原勤务兵口中得知，他是一个诚信的生意人，我觉得可以放心。"

杭毅摇头说："但有好多疑点，不能排除，可就是没证据，本人一概不予承认。"

卢瑞祯脸上露出敬重而轻蔑的神色，说："专员，以部下的见识，没有证据，一切都不可以相信，别让假象迷惑了我们的眼睛。罗广文还是我那个勤务兵、现在是旬阳国民兵团中尉区队长的亲戚。我想他的话应该是实在的。"

杭毅眯起眼睛笑了一下，笑得非常不自然，抬头说："理倒是这个理，在共党分子活动凶猛而放肆的今天，我们就得眯着眼观察人，把一个人当成两个看待，才能把我们自己解脱。我已经安排了，让陈守信再审吧！我想你这个队长还须开导一下，有啥不好呢！"

卢瑞祯在回队部的路上想到，我开导的不是罗广文，而是你杭专员，承认理又不按理行事，能解脱吗？最终是会把自己揪进昏暗的地窖里，那只是一个时间问题。

在审讯室里，陈守信板起冷酷的面孔审问罗广文，这应该是第六次提审了。次数这么多，每次提问全是一些无聊而厌烦的重复。

陈守信厉声问："罗广文，该是想通的时候了，全招吧！一句话没说，也会把你送进大牢！"

罗广文不软不硬地说："我招啥呀招，我想招没啥招的，我不能昧良心骗你们吧！"

"你到紫阳县去做啥？"

"贩茶叶，在河街两家茶叶店，买了十五斤焕古毛尖。"

"茶叶呢？"

"放在家里准备出省，你们把我弄到这里了。"

"你见过刘雪亚、刘家辉和罗功远吗？"

"这三个人我不认识，见谁呢！"

"刘文彬和刘经安在你家住过吗？"

"住过。我家开客栈，只要给我钱，谁都可以住。"

"你认识他们吗？"

"住了店就认识了。"

"有联系吗？"

"没。"

"你知道他们是做啥的？"

"没问。我不是户籍警察，咋能问这个。"

"我再问你第四个问题，参加没参加什么组织？"

"参加了。"

"什么组织？"

"旬阳县商会。"

"还有吗？"

"没。"

"你参加没参加共党组织？"

"啥，共产党组织，那不是在延安吗，我咋能沾得上那个边呢！"

"有人举报你是共党分子，无风不起浪，承认吧！"

"陈助理，汉江里的鱼有时也会曳出一层浪的，你信不？"

"罗广文，你严肃点，别乱扯！"

"我没有瞎说，这是有人诬陷！"

"那我来问第五个问题，是谁在捏造这个事实，讲吧！"

罗广文装着迟疑的样子，半天不说话。

"犹豫什么，讲嘛！"

"旬阳三青团。"

"三青团的谁，咋回事？"

"三青团的袁子昌找过我好几次，叫我写申请加入三青团，我想我是经商的，没工夫干那些闲事，也没精力去操那份闲心。他还劝说，你加入了好，两者都有益处，三青团要靠有钱支持，你呢，更有钱有势，不是更兴旺了吗！我想来想去，就一竿子撑到底，坚决不做那档子事。他很不高兴，临走时只听哼一声：不进三青团就是政治问题，那肯定要投靠共产党。走着瞧，一定让你身名俱灭，生意衰败。我敢断定，就是那个袁子昌搞的鬼！"

陈守信一听，这同杭毅给他转的举报信中的内容完全符合，认为这个真相恐怕只是如此了。他把审讯记录做了一番整理核对，又将旬阳调查的茶叶数量及紫阳河街两家茶店的认定记录在案，专题向杭毅作了报告，说："挖不出足够的证据证明罗广文是共党分子。"

杭毅问："同共党分子有来往吗？住店是怎么一回事？"

陈守信说："查不出，住店是正常的，只要给钱，谁都可以住。"

"那袁子昌的信不会是空穴来风吧！"

"专员，你真是明察秋毫、洞察一切啊，就是事出有因。"

杭毅的反应极快，说："唵，他们之间是不是有过节？"

陈守信立刻说："还是专员高见，他们之间还不是因个人恩怨引起的？"

"那是什么？"杭毅问。

陈守信回答说："很简单的事，由于傲慢而造成了恩怨，旬阳三青团筹备处负责人袁子昌，要挟罗广文加入三青团被拒绝，认为你不加入三青团，就是要投向共党组织，这一推想就出现了那封举报信。"

杭毅觉得袁子昌方法简单草率了一些，但出发点是为了给党国扩充人员，心是忠诚的。于是，他说："这个案子到此为止吧，你看如何处置？"

陈守信慢吞吞地说："要放嘛，心里还不踏实；不放嘛，又没有确凿的证据。总观讲，放了就放了，放长线钓大鱼！"

杭毅笑着说："这就对了，终会引出更多的鱼上钩，这是我们的目的！"

陈守信建议说："那还须有人担保。"

杭毅同意这个意见，说："旬阳商会会长联名具保，再让他们确定一位担保人。"

陈守信说："我下去马上通知他的家人。"

杭毅又叮咛说："对保人审定同意后，再放人，不可草率行事！"

陈守信答应说："一定按程序办理！"

罗王氏得到通知还须出保人担保后，想来想去拿不定主意让谁来出面，就是确定了人，人家是不是出于自愿？正在左右为难和焦愁的时候，鲁世恭、黎文治和罗寰来了，她揪心于儿子的心情一下子安然下来了。常言道，人多主意多嘛。于是说："诚娃，上头还要担保的，你们看请谁呢？"

鲁世恭说："姨，我们已经知道了，就是来商量这件事的。这个人一定要有权有势，人家自愿，你和广文表弟还要同意才行。我想应该这样。"

黎文治接言道："对对对，是那样，要不请张司令出来担保？那最理想了！"

鲁世恭讲了自己的看法，说："请张司令去讲情递话可以，让人家当担保人有点不合适。"

罗王氏急忙说："不行，不行，不能让人家难为情，降低了身份。不再麻烦人家了！"

罗寰不紧不慢地说："大家的提议都是对的。照我的意思，还是安康的卢瑞祯队长，同他既近乎又了解，这次去他也是乐于帮忙，他是最适宜的了。再不请刘金章也行，他是广文的表兄，肯定不会推辞的，这也合适。你们觉得如何？"

黎文治急忙说："这两个人，我看还是请卢队长，他在专署结交广泛，门路甚多；至于刘金章他会出面，但是不要难为他，要更妥当些。"

鲁世恭对请不请刘金章想得更多更远更深，这是从组织观念上考虑的，所以又不能说破，就直截了当地表了态："请就卢队长吧，让金章回避是上策！"

黎文治和罗寰一听这话似乎明白了什么，但都没去直言直语地讲出来，心里认定完全合乎情理，只默默地点头。

鲁世恭望着罗王氏说："姨，你看请谁来担保好？"

罗王氏把他们仨看了一遍，脸上绽出一丝感激的微笑，说："泼烦了，你们都为我儿操心，就请卢瑞祯队长吧！谁上兴安州，我把盘缠给你们，泼烦了！泼烦了！纳慰！纳慰！"

罗寰一头站起来，说："姨，别生分了，还是我再去一趟吧！"

鲁世恭和黎文治异口同声说这样也好。

罗王氏觉着过意不去，便赶紧回房取了五块钱递给罗寰，说："长清，你拿上，就算垫个牙缝，也是你姨一片心意！"

罗寰推了回去，说："姨，我不能拿，我们后辈人的事，应该由我们后辈来做，你别管了。"他一头说一头往外走。

罗王氏站在门口，嘱咐说："那你明儿早走呃！"

朦胧的夜色中传来洪亮的声音："我现在就起身！"

鲁世恭安慰了一番罗王氏，交代黎文治要关照罗广文的信息，然后直奔下河街去找刘金章。

黎文治在回家的路上想到，鲁世恭可能不知道罗广文是自己的入党介绍人，我哪能不从我的渠道想些办法去搭救呢！最近，世恭与刘金章来往频繁，不知是要贷款，还是有其他的什么想法。这是个人与个人之间的秘密，或许是组织与个人之间不公开的往来。记住，单线联络，这是组织纪律，不能去过问！他想着走着，不知怎地又到了后备队，一进门便提起电话："请接安康常备四中队。稍等。请讲话。卢兄吗？我是文治！哦，文治有什么事？广文兄进庭子了，你得千方百计想方法，解救他脱离险境！我知道了，尽量去做该做的工作，放心好了。长话短叙，再见！"黎文治放下话筒，对卢瑞祯最后说的话，思索了很久很久，他一准会费心劳神帮忙的。虽然这样想，总觉得不够称心如意，还缺点什么。于是，一种强烈的欲望催促他向张公馆走去。就在走进公馆大门时，黎文治心里又在算计着，长清明天中午总该到了吧！

早饭过后，罗寰赶到了水西门。他蹲在汉江边连续捧了几把江水喝了两口，然后泼在自己的脸上，一刹那，肚子不咕咚了，疲劳被驱散了，全身来了劲。他站起来望着滚滚的汉江水，转身走进水西门，穿过鼓楼街十字，拐进东大街，凭着一身军装进了常备四中队的小院子。

"罗队长，你来啦，是探望罗广文的吧？"

罗寰一回头看是郭小亮，说："嗯，郭班长，卢队长在吗？"

"在在，在队部。我要换哨，不能陪你去。"

罗寰到了队部，还没坐稳就提及请他担保罗广文，而且说得非常恳切，事情已经抵在墙脚了，没退路可走。

卢瑞祯看他口干舌燥、精疲力竭的样子，端过一杯茶水，宽慰地说："莫急，先喝水。常言道，鸡叫起程，越走越明，景况会好的。昨晚，文治还给我打了个电话，你们究竟是啥关系？"

罗寰心思灵巧地说："队长，我和文治俩都是当兵的，当兵的和做生意的人交往，不过就是想沾个油水，还能图个啥！"

卢瑞祯头一扬，说："嘍，是这样吗？不要太过头了！"

罗寰笑了一下，说："队长，哪会呢，适当而已，同为是朋友嘛！队长，广文他妈还要我和文治请你出保，咋办呢？"

卢瑞祯干脆爽快地说："只要你们相信我，我一定接受。不过，我得向杭专员再摸摸虚实，时机成熟了，就会水到渠成。稳点，性急吃不了热山药。"

罗寰平静地说："不急不急，一切听从队长的安排！"他口头上虽然这样表达一种服从的态度，但是心里还是火烧火燎的，看着卢瑞祯走出院子的身影，一个劲儿地念叨："越快越好！越快越好！"

卢瑞祯一走进杭毅办公室，就直言直语地说："专员，我原来那个勤务兵把我耗住了，又来问罗广文能关到啥时候！我咋能知道，想来问个影影，把他支走了事。"

杭毅两眼放射出奇异的目光，说："瑞祯哪，一个罗广文有不少人出头露面讲情，真是出乎意料，昨晚上老司令又来电话过问，我给他讲还没有审出结果，如果是这样的话，不会有什么意外；你看看连施德广也改变了原来的口气，给我讲，袁子昌因拉拢人不成而泄私愤。你来电话，我给说了个实在的，从罗广文那里始终没有得到实在的口供。根据陈守信的建议，释放回乡，以观其后，我的意见，为了以防万一，虽有旬阳商会的联名担保，还须再确定一名有身份的人担保，方可执行。"

卢瑞祯一想，这可是正瞌睡给了个枕头，非常顺心。既然是你提出来，我不得不趁势表明自己的态度："专员，我来担保，你看行不？"

杭毅眼睛一眯，说："你，那倒是可以的。但是，你想过没有，万一出了意外，你得掉脑袋的呀！"

卢瑞祯满不在乎地说："他是个做生意的，有那么的可怕吗？"

杭毅斜着眼说："瑞祯，要有另一个心眼，这样做是为了钓大鱼。谁知道这个罗广文，是不是在黑天做投机生意，实则干看不见的勾当，可难预料啊！不过，能钓出几条大鱼来，你不是掉脑袋，而是要立大功的呀！"

哦，原来如此。卢瑞祯见风使舵，应付地说："专员，你看得透彻，但愿有一个很好的结局。我只想活得实在些，功不能当饭吃，只要给大洋就行。"

杭毅笑了，说："扯得太远了，党国会考虑怎么对待一个精诚的军人。去吧，那就让你担保一次！"

陈守信按照杭毅的指示，对罗广文做了最后一次审讯和训诫：执行担保条件，自醒悔过，安居乐业，不得随意外出，不得参与群众集会，不得合伙经商，不得同陌生的人交往，不得违犯党纪国法。

罗广文走出看守所，一直在想，我又不是你们国民党党员，能触犯你们的啥纪律，那还让人活不活了？这白天里的黑夜，是如此的苛刻、残酷、无理、昏暗！

罗寰在看守所门外一见，罗广文大步流星地走了出来，望着他满脸胡须，说："你受苦了，咱们走吧！"

罗广文把罗寰手一拉："咱们走吧，走我们自己要走的路。这白天是黑暗的，那星月是明亮的，不走，哪能踩出脚下的路呢！"

广文回来了！广文回来了！亲戚们接踵而至，探望问候，同志们相视一笑，心有默契，朋友们奔走相告，祈福生财。鲁世恭和黎文治消息最为灵通，当罗寰把罗广文前脚送进门，他俩后脚就到了。说话间，门外传来一串串咯咯的笑声："俺们的大老板蒙冤受屈，坐了一回宫殿，真是苍天有眼哪，这不是平安了嘛！那福气和财路就在后头呢！"

罗广文一听就是鲁学昭，边迎接边说："鲁老师，光顾门舍，实在感到不安！"

鲁学昭把长发往耳后一拨，看着屋子里坐的几个熟人，只当陌生的人，嫣然一笑，说："哎呀，这么多的客人，尤其是财神爷刘金章先生来此，广文家蓬荜生辉，我们也荣光。我想只要天下没有凶险，这就是我们大家的平安。广文哪，我来了不安，这话欠妥。我们该是一路的神仙，细想呵，老师也难，今天应教这个教材，明天该教哪个教材，也得算计呀！你做生意，今天要盘点，明天还要盘点，目的是看挣钱是多是少，这也是算计呀！从这个算计的谋划意义上讲，我们难道不是一路神仙吗！"

鲁学昭这番含蓄幽默、意味无穷的话语，引得大家抚掌大笑。谁听懂了？只有鲁世恭、罗广文、黎文治和罗寰相互之间看了看，会心地收住笑声，连连地点着头：心中明白是怎么一回事，不能再说破了！

大家安慰、说笑了一阵子，刘金章因有公务不能陪到底，便告辞走出门。

鲁世恭边走边把罗广文睄了一眼（方言：略看了一下），便一同走到门前的院子中间，轻轻地叫了一声："金章，你不是有话给广文说吗？"

刘金章回过身，悄声说："你先安下心，一边养身体一边做生意，我很快在县政府哪一个部门给你谋个差事。"

罗广文压低声音说："表哥，那就却（方言：靠，沾住）在你那儿了，纳慰纳慰！"

刘金章摇手说："自家人，可莫裂巴（方言：生分）。最近不要远走，听我的通知。"

罗广文送走了刘金章，对鲁世恭说："如果是这样的话，那就稳当多了，咱们回屋吧！"

鲁世恭站在原地没动，心里想着钻进敌人的内部，是执行上级"隐蔽精干"政策的最好办法。他说："再腾（方言：等、停）一会儿。我想，刘金章的话掷地有声，不是空口说白话，准会办到，你就做好上任的准备吧！"

没过几天，罗广文被雇用为旬阳县政府禁烟科的职员。真是冤家路窄，这天中午下班的时候，罗广文在院子里出门的路上碰见了袁子昌，借故同旁边的同事搭腔没有理睬，而袁子昌皮笑肉不笑地说："你这个罗广文哪，禁烟可莫要被烟敬了！"

罗广文头一偏，想道，我就是要砸你们这些魔鬼的烟锅子！于是同样扬了扬手，大摇大摆地走进了府民街。他路过一家饺子馆的门前，突然间脑子里浮现出自己离开芭蕉的头天晚上，同志们聚一起吃饺子饯行的浓厚气氛。他们的一言一行、一举一动都对自己寄予了莫大的期望，仿佛又站在自己的眼前询问，你的任务完成得如何？罗广文本想吃饺子的，一想到自己辜负了同志们的信任，一脚就走开了。记忆不得不让自己挂念和追问，刘文彬、刘经安和罗长勤如今不知在哪里呢，他们究竟怎么样了？

第二十八章

辗转奔走出秦巴

刘家辉和刘雪亚夜里走散了，谁也找不见谁。

刘雪亚拖着遍体鳞伤的身子，在崎岖的山路上跌跌撞撞地走着，走一阵歇一阵，走到多半夜的时候，全身像垮了架似的，没有一点力气，实在走不动了，停了片刻，继续向前爬着走着。当他爬到山崖下，却发现旁边有一条小溪叮叮咚咚地往下流。见到泉水，他才感觉到口干舌燥，高兴地爬了过去，咕咚咕咚地喝了不知道有几口，只觉得肚子饱了，又捧了几把水洗了洗脸，全身都感到清爽舒适。他猛然间站起来继续往前走，走不多远，忽然从身蹿过一只猫。奇怪了，野山野地哪会有猫呢！刘雪亚仔细一看，前面不远处有一座用石头垒墙的茅草房，这真是"远上寒山石径斜，白云生处有人家"呀！

嘭！嘭！嘭！

"谁呀？深更半夜的要做啥？"

"我，能在你家歇一夜吗？"

门开了半个，是一位中年人问："你是做啥的？"

回答啥合适呢？"是从部队逃出来的。"

"是部队上的，不上前方打日本，却跑了，胆小鬼一个。"门砰的一声关上了。

虽然立夏十来天，但在秦巴山深处的夜间，有时候气候遽然下降，是很冷很冷的。

刘雪亚一时觉着真的远上寒山了，微微的山风冷森森的。他瞅来瞅去，却见靠这家南墙搭建的一小间窝棚，不妨进去躲躲寒冷吧。

哎呀，是猪圈！猪圈地上铺了一层稻草，倒不是那么的肮脏，可挨着这条不胖不瘦的黑猪取暖。刘雪亚一扑通坐靠在猪上，睡着了。

人心有急事，做梦都在走路。

刘雪亚猛然间醒了，朝外一望，东山上天空已经发白，日头快出来了。他走出窝棚，扑打了一遍破衣服脏土，继续向前走。

太阳偏西了，刘雪亚肚子里咕噜噜作响，感到很饿。看见不远处有几棵枇杷和杏子树，发黄的枇杷和杏子一串一串地挂在树上，嘴里馋得直流口水。他望而止步，不能再向前走，那是老百姓的果实。

这条小河旁的平坝上，住着稀稀拉拉的庄户人家，在群山环绕之间很宁静。沿河住着的人家，都安装有自家的水磨。这水磨受到哗哗流水的肆意冲击，却没有转动。

刘雪亚走到最近一家水磨房一看，通向水磨的毛毛小路上杂草丛生，看来已是荒废很久了。这大概也是这个村庄从繁闹到冷落的见证。

"屋里有人吗？"刘雪亚转身喊道。

"谁，有啥子事？"屋里走出一位约摸三十岁的妇女。她一盯是陌生人，就改变了口气，"你是哪里的，不认识，赶快走！"

"大嫂，我是从队伍逃出来的，一天一夜都没吃饭、没喝水了。能让在这儿歇歇不？"

"你是啥地方人哪？"这妇女声音变得温和些了。

"我是安康恒口人，名叫刘经安。"刘雪亚觉得告诉这个名字要好些。

"歇多长时间？"

"明天早晨就走。"

"快进屋，到屋里坐。"这妇女一边让座，一边倒茶，说个不停，"刘先生，我掌柜的叫保上拉去当壮丁，掐指头算已经三年多了，开始从安康来过两封信，以后再也没有收到他的信，真让人着急呀！这几年，我既要孝敬公公婆婆，又要管一儿一女的吃穿，可把累扎了。累是累点，为自己活着，当家的在队伍上，要为社会活着，足够了。但愿他也能跑回来撑起这个家啊！刘先生，这是娃他达先前来信的地址。"

刘经安一看明白了，他是在安康陕西警备一旅第三团第一营当兵。这个营是在参加淞沪会战后回来的，是补充的新兵。于是安慰地说："大嫂，你当家的原在安康当兵，一九三八年八月这个团调往黄河前线，同日本鬼子作战。战线很长，我也不知道这个营现在的位置。由于战事紧急，无法给家写信，你放心，不会有事的。"

"那倒好，那倒好。刘先生，我一听到当兵的，心就软。好，你就住一晚吧！现在，我去给你摘些桃子和李子。你先吃着，马上再给你做饭。行吗？"

“听大嫂的。”刘经安看着这位大嫂手提篓子，带着十二岁的儿子出了门，赞许不绝地想到，莫看她着装鹑衣百结，却浆洗得平整干净；说起话来，直言快语，有板有眼；办起事来，手脚麻利，有条有理。真是一位贤淑达理、劳苦功高的农家人之妻呀！

刘经安早晨临走时，大嫂装了一袋子的水果和烙馍，递给刘经安，嘱咐说：“没有啥好带的，凑合着吃，只要不饿肚子就行。出门看天色，进门看脸色。晚上借宿时，提前找地方，若是遇到冷语冰人，你拧身就走，哪处田园不歇马呢！你精心点，打听打听我当家的下落！”

刘经安觉着这是一片真心实意，深受感动，也就没有推来让去，双手接了过来，说：“大嫂，实在泼烦你了，感谢你的好意。大哥哥的事，我一定会留心的，请大嫂放心好了。”

刘经安刚走不远，被大嫂的儿子喊住了：“叔叔，你等一下，我妈还有事。”

刘经安一回头，眼看着大嫂噔噔噔地跑过来，把几股蔸大蒜塞进口袋里，说：“把这个带上，找不上开水喝，就喝清泉水，吃两三瓣大蒜，就不会拉肚子。路上小心点！”

刘经安蓦然间心里一酸，眼泪几乎流出来，他赶紧用手捋了一把，恭恭敬敬地行了一个大鞠躬礼，说：“谢谢大嫂，今后也会有来看望你的时候。”

从这里出发，经红椿坝，过汉王城，到达石泉马池，一路上，刘经安都在想着，嫂子比母，这位大嫂不是我的亲嫂子，她却比我的母亲还细心啊！他对这些干粮少吃多餐，早晚各吃两个水果，中午吃一块烙馍加一个水果，喝几口清泉水，吃三瓣大蒜，披星戴月，昼夜兼程，足足走了一个星期，在马池找到了石泉工委组织委员李美如。

刘经安说：“在紫阳遭到县政府通缉才转移到这里，先住几天。”

李美如说：“那就住在我家的楼上吧！”

刘经安说：“工委工作如何？”

李美如说：“处在睡眠状态。县党部和三青团区分部对发展国民党员和三青团员抓得紧，而且很强硬，简直要逼上梁山了。”

刘经安想了一下说：“那你赶快通知工委委员与有关同志，咱们见见，了解点具体情况。”

李美如说：“看你伤成啥样子了，加之奔波的饥饿劳累，先休息一两天再见吧！”

刘经安说："赶快通知，还是快一点好。"

李美如只好答应说："行，现在就去通知。"

这天中午，正在中池乡查学的县教育科督学罗时佶，突然接到马池小学老师李美如派来的学生说，让他赶快去一趟，越快越好。罗时佶全部处理完毕检查事宜，下午急忙赶到马池小学。

李美如焦急地说："刘经安在紫阳险遭逮捕，跳崖脱险到了这里，现在住在我家的楼上。"

罗时佶二话没说，喊了一声："走，过去看看！"

李美如领着罗时佶健步如飞，不大一会儿就到了。李美如在门口四下观望了一眼，说："进屋！"

一上楼，罗时佶大吃一惊，只见刘经安肩膀、胳臂、两腿，到处都是青一块、紫一块的，有的破伤处还在渗血，衣服也被挂扯得掉块子。他说："咋成这个样子了，赶紧治伤，把衣服换了。"

李美如说："已派人寻草药先生了。我的衣服没合适的，在亲戚家找呢！"

罗时佶说："衣服不用找了。我俩的高矮胖瘦差不多，准能穿，我带的衣服一会儿叫人送过来就行了！"

李美如说："那行！"

刘经安开始向他们讲芭蕉口事件的经过。

正说着，韦荣荫、蒙子瑜、黄朝宗先后都到了。

刘经安讲到最后说："这起事件损失挺大，当前的形势严峻，必须要有应对的办法，大家都谈谈情况吧！"

李美如说："当前最紧要的事，是想法治好伤、养好伤，再就是面对国民党和三青团发展问题，我们咋办？"

刘经安说："先考虑组织上的事，大处着眼，小处着手。个人的伤势是小事。"

罗时佶紧接着说："前一阵子，县党部书记王伯屏叫我参加国民党，我推辞地给他讲，我在兴安师范时就参加过了。他说，看来你对党国还是在意的。我给他讲，这个谁还敢随意呢！"

蒙子瑜说："这个问题要抓紧解决，不然影响党员的生存和组织的发展。"

大家反映情况比较集中，且是眼前必须要解决的问题，而地委已经同意安康县这样做了，并且做得很有成效。刘经安慎重地说："中央有'隐蔽精干，长期埋伏，积蓄力量，等待时机'的指示精神，地委研究过，共产党员必要时可以参加国民党和三青团，并且很快办手续，但不要一窝蜂地去办，有先有后，以打入国民党、三青团内部，把权抓到手，官做得越大越好，作为护身符，便于我们的工作。我要强调的是，同流不合污，坚定自己的立场，明确自己的主见，洁身自好，保持共产党员的本色。"

罗时佶说："好，定心丸，既稳固了自己，又应付了敌人。最近社会上出了一些谣言，讲什么毛泽东同蒋介石都在争中国的领导权，所以国家不得安宁；还讲什么，楚诚跟共产党，结果被共产党枪毙了；还有神乎其神的呢，说沈兴强同地委组织部长到汉阴买书，因书钱差错，被组织部长给打死了。"

刘经安说："制造谣言的人真无耻，桀犬吠尧，颠倒黑白，是无中生有的攻击，听到这些话的时候，要冷静点，要策略性地做些工作，让谣言不攻自破。"

李美如说："等我们打进国民党、三青团，那就更方便戳破这个谣言了。"

罗时佶说："坚决执行部长指示，查学回去后就立即办手续。另外，部长在你这儿行吗？"

蒙子瑜赶紧接茬儿说："美如家亲戚多，来往的人也多又复杂，我建议转移到乡里养伤。"

罗时佶说："我同意转远点，安全。转哪里好呢？"

李美如提出一个去处："我看，安排到我校蒋本芳老师家最好。蒋老师在汉中上学时参加过民先队，人厚道忠诚，对现实非常不满，怒而不言。"

蒙子瑜说："这个地方行。蒋老师的父亲是上海法政学院毕业生，在各界很有声望，而且在政治倾向方面保持中立的态度。就在那里，很保险。"

吃过晚饭后，天就黑了。李美如和罗时佶跟着蒋本芳，趁夜把刘经安送到了他家。

罗时佶很快处理了查学事宜，一回到县上就根据刘经安的指示，去县党部对王伯屏说："王书记长，你那天问我入党的事，我说在兴安师范已经参加了。我回去翻箱倒柜找遍了，没找到党证，丢了。咋办？能不能重新办一个？"

王伯屏沉默了一会儿，说："那天你给我讲，这个谁还敢随意，倒很认真的。好嘛，好嘛，那就给补一个。"

接着，他叫秘书拿来了一张国民党入党申请表。罗时佶就趴在一张桌子上潦草地填好了表，递给王伯屏，说："填好了。对不对？"

王伯屏接过扫一眼，说："很好，很好。你可要好好地干啊！"

罗时佶直直地望着王伯屏，脸色平平，没有说出他心里真正要说出的话。

半个月之后，刘经安创伤基本痊愈，潜回安康蓼叶沟的老家，开展秘密活动。

这天，刘经安头戴用麦秆做的帽子，眼挂墨镜，身着纺绸大褂子，大摇大摆地走进安康城西关的雷神殿。

早在中殿等候的王崇法，一眼就认出了刘经安，却没有打招呼，只向他挤了个眼色，走到后院钻进了一间偏房里。

王崇法说："终于脱离了虎口，好险哪！芭蕉事件在安康地区摇铃了。安康专署已经向各县发出了第三次通缉令，要求通力合作捉拿共党分子刘雪亚和刘家辉。"

刘经安问："同志们的情绪咋样？"

"开始听说芭蕉地委出了险，大家有点担心和紧张，经做工作已经安稳下来了。"

"越在危急的时候，越要沉着。我这次进城主要是三件事。一是通报芭蕉事件的经过；二是了解县委和各支部当前的组织和思想状况；三是根据上级关于保持力量的指示，事前我同文彬同志商量过，万一出现不测，就分期分批，有组织、有计划地让已暴露的党员回省委，或送延安，再就是调往其他地方工作。现在我决定，你通知邹玉鼎、史启义、史洪基，让他们做好立即出发的准备。当务之急，你能不能搞到去西安的通行证。你叔父那里行不？"

"行倒是行。多少？"

"六个七个都行。"

"到保安团去开那么多的通行证目标太大，这些人都去西安干啥？这个地方找事的人可多，万一出个岔儿，那就是大乱子。要不这样，我想个办法，先到安康三青团去，如果在这里办不成的话，再到我叔父那去，这是没办法的办法了。你看行不？"

"行。啥时到三青团？"

"他们下午宽松，咱们去找他们扯光子（方言：漫无边际地聊天）。"

刘经安还是那副打扮，在王崇法和沈继培的伴随下，趾高气扬地走进了安康三青团组训办公室。

王崇法一见，组训干事洪积英坐着喝茶，便指着刘经安说："沈干事，我给你介绍一位在西安做生意的朋友，汉阴县双乳人，也是三青团的团员。"

洪积英站起来，说："多个朋友多条路嘛！好好好，请坐！"

刘经安摘下草帽，弯了弯腰。

王崇法坐下来说："好久没见了，今天来咱们一起扯光子，再就是沈继培找你有点个人的事。"

洪积英说："就是，都很忙吗？"

王崇法说："洪干事，我这个组训员鞍前马后地为你奔忙……"

这话还没说完，洪积英抢着说："哎呀，你别拿我打哈哈，你是在为咱们的郑团长效力。"

王崇法哈哈笑起来，说："你是团长红人，也是心腹之人，给谁帮忙都一样。"

洪积英说："哎，这就对了，都在效忠于党国啊！"

王崇法说："你看，洪干事站的位置不一样，话说得就高那么一些。"

洪积英说："你这个组训员又在取笑我了。"

王崇法向沈继培瞥了一眼，说："洪干事，下属咋敢哪！"

沈继培心领神会，说："沈干事，我有个私事，想给你单独汇报汇报。"

洪积英对着王崇法说："你先坐，我们到隔壁屋里谈谈。"

王崇法说："咱们的沈宣传员就信你，去吧！我们在这儿喝茶，等你俩。"

刘经安在门口踱来踱去，装模作样地东瞧瞧西望望，直眼在仰望孙中山的画像，斜眼扫视门外的动静。

王崇法镇定地坐在洪积英的办公桌上，轻轻地拉开抽屉，取出三青团印章，急急火火盖了一沓子信笺，揣进了裤兜里。他迅速地在一个柜子里找出六个三青团臂章，递给刘经安，刘经安接过来，塞在腰间裤袋里。

他俩回到座位上，刘经安从报架上取了一张《中央日报》，王崇法从洪积英桌上拿过省三青团的一份通报，两个人架着二郎腿，装腔作势地读着。

"哎哟，你俩可是真用功呀！"洪积英走进门笑着说。

"做生意人，多知道点比少知道点要好得多，观察形势，好谋货源嘛！"刘经安放下报纸，喝了一口茶说。

王崇法说："洪干事，你看我这位朋友多阔绰啊！"

洪积英说："阔绰好啊，阔绰与贫寒不知有多大的距离，霄壤之殊呀！"

沈继培插话说："是呀是呀，穷酸人到头来还是穷酸人一个，这样的朋友能维持多长时间。"

刘经安说："看来你们对我的穿戴一点儿也没看中。常言道，看人看穿戴，生意靠招牌。这穿戴和招牌都是生意的脸面儿，不讲究是不行的。我是经营跌打损伤中草药生意的，当看到一九〇二年问世的'曲焕章百宝丹'招牌时，完全震惊了。这药具有活血化瘀、消炎散肿、止血镇痛、防腐生肌的功能，治疗方法简单，药物价钱低廉，广大老百姓都能掌握，也能买得起，应用范围广泛、治疗效果显著。于是，倾注全部精力做这笔生意，而且开始有些红火了。我想，一靠自己，二靠招牌，三靠黎民百姓。"

王崇法说："不要讲生意经了，我们不做生意也不懂那些门道。"

洪积英说："可莫看出哪，你们这位朋友讲的还是有些门路。"

沈继培说："我们不是那个料，讲这也白讲。"

刘经安说："叫我想，每个人都应该独立做点事，不可仰承鼻息。这么说，我是在对、对、对什么弹琴呀！"

王崇法说："嘿，你呀，用个问道于盲，不是好听点吗！"

这话逗得大家你看我，我看你，哈哈哈地大笑起来。

罗鸿忠半夜时分接到刘经安二哥刘经平和表弟江鹏送来的信，断然决定，坚决离开这里。"我给老师讲过，老师不论走到哪里，我一定去，哪怕是吃草根、啃树皮，决不离开。"他对刘经平说："你俩先休息，我出去办个事，回来后咱们一起走。"

刘经平说："黑天半夜的，还办啥事？"

江鹏说："天亮了去办，不行吗？"

罗鸿忠一边往外走，一边说："那时间太紧张，来不及了！"

刘经平关着门，说："这小伙子，不知忙啥呢，连白天黑夜都不分。"

江鹏说："这年头，各走各的路，各投各的店。或许有啥干的不让人知道，少操点心吧！"

刘经平纳闷了，他要跟我们一起到恒口干啥呢？

太阳偏西的时候，罗鸿忠赶回来了。只见他汗如雨下。也没有洗个脸，就急急忙忙地整理好刘经安的行李，又想起什么，急忙去找吴觉非，不凑巧，吴觉非到县城了。很遗憾，只有这样了。回过身来，对刘经平和江鹏说："咱们走吧，越快越好！"说着，又从桌上拿了一个信封塞进口袋里。

上路是上路了，这条路能不能走出去，罗鸿忠很担心。他曾给他哥讲过，自己想参加共产党，被他哥狠狠地训了一顿。"啥，不要命了！俺爹妈都不在了，你也不要你哥你嫂你侄儿侄女了！真糊涂呀，你！"他说，共产党是要打日本，救穷人，建立新中国啊！参加好哇！他哥说，"好，好，好，啥好，莫听说，安康一家里出了一个共产党，满门被剿，连三岁娃都被打死了，造孽啊！就你一个人能救穷人？"他说，力量是一个人一个人凑起来的，莫怕！他哥说，"凑凑凑，把你凑到火坑了。说一千道一万，你不能参加也不能远走，在哥跟前哥放心。这是我爹妈嘱咐的，我们都得听！"

快走到任河嘴时，罗鸿忠对刘经平和江鹏说："过任河嘴如有人同我搭话，你们不要言传，装着不认识。记住！"

他俩说："好。一定！"

世上的事很难讲清楚，怕啥就遇到啥。

他们仨刚下任河嘴通向渡口的石台阶时，听见半山腰有人喊："鸿忠，你做啥去？"

罗鸿忠回过头，一见是他哥站在石塄上面在叫，于是回答说："哥，我去城里找人。"

"找人做啥子哟？"

罗鸿忠从袋里掏一个信封，在空中摇了几下，说："哥，我给校长送一封信。"

"哦，哦。送到了，赶快回家啊！"

"哥，信送到，还要给朋友捎东西。没时间回，你别操心！"

"那你要过细点！"

罗鸿忠渡过汉江，站在江岸，仰望西南任河嘴半山坡上爹妈的坟茔，拱手深深地鞠了三个躬，完全是对着天轻声地说话：愿爹妈在天之灵，盯着不孝的儿子走那条阳光之路吧！

他们一溜烟穿过下河街，一口气赶到流水店，连夜到达了恒口蓼叶沟。

罗鸿忠告诉刘经安说："刘文彬老师，正在朱乡长的亲戚家中治伤，还不能走路。他让我转给你，让你带着该走的同志先回省委。找吴老师，他进城了，无法联系，还有你的东西全带来了。"

刘经安问："胡春贵在不？"

"胡春贵在护理刘老师。"

刘经安说："我知道了，你们在这里好好地歇上几天，我们有新的行动。"

"刘老师，我该做点啥？"

刘经安笑着说："你给我老老实实地睡几觉，美美地吃几顿。"

罗鸿忠吐了一下舌头，说："这可太便宜了吧，刘老师。"

刘经安急忙回到房间，提笔给李开藩写了一封简短的信。信中说："我在紫阳把船翻了，生意做亏了本，我准备另谋生路，你若走最好也走。只限在三天内选到经营项目。"写好后，摸着黑夜送给邹玉鼎，邹玉鼎立即送给邹玉洁，叮咛必须在明天早晨邮送岚皋。

刘经安将信发出后，一夜都没有闭上几眼，左思右想，芭蕉口事件使安康地委遭到严重破坏，已经无法指挥全区的工作，安康县委处在这个严峻的形势下，将担任繁重的领导任务，带邹玉鼎和王崇法一起回省委向组织汇报，完全是必要的，而且是需要紧迫解决的一件大事。他当机立断，毅然决然地做了这样的决定。

三天过去了，岚皋方面还没有任何消息。

刘经平知道弟弟将离开到陕北去，悄悄地说："经安，能不能把我带上？"

刘经安说："那是吃苦受累的事，你可要想好想定啊！"

刘经平强然一笑，说："想好了，没出过远门，走一回见识见识吧！"

刘经安说："想见识，想走了就走；不想见识就安安宁宁地在家待着。"

刘经平说："你们能行，咱咋不能行呢！"

刘经安嘴上没说心里话，一种好奇奢望和贸然行动并不能去实现真正的理想。要去也行，到外边闯一闯也好。

要走的东西都已准备齐全。

第四天早晨，太阳刚刚露脸的时候，刘经安带着王崇法、邹玉鼎、罗鸿忠、江鹏和刘经平同晨光日出一起上路了。他们之中，除了刘经安依旧是原来的装束没变，其他几个人分别打扮成做生意、投亲、学者和求学的模样。

这次行程怎样走呢，按照刘经安的意愿，从恒口出发行走贺龙军长当年转战陕南的路线，踏上安康的九里岗、丁家河、官店、包河，经旬阳的麻平、赵湾、塘兴、两河关、小河、康坪、小岭、洛河，过商洛镇安的草家川、腰庄河、垣坪、老庄、寨湾、茅坪，在这条红色的路上，领略红军的艰苦卓绝和战斗风貌。然后，从镇安到柞水进入省城。

在这路断人稀、斗折蛇行的山路上跋涉，常常是前不着村，后不着店，他们不得不在树林里和崖石下风餐露宿。但又感觉到走在红军战士走过的路上，身上一下子充满了劲头。只有刘经平龇牙咧嘴直摇头，离家乡越来越远了，何时是个尽头呀！

他们一路长途跋涉，这天终于来到茅坪。

刘经安说："我们已经离开安康，到了镇安地界，咱们在这儿稍加休整，好好打个点再继续往前走，大家看咋样？"

王崇法说："在茅坪添点钢，加点铁，身上会更有劲，走得更快。"

邹玉鼎说："苦是苦，光苦中作乐不行，还要来点实惠的，改善一下伙食。"

刘经安慷慨地说："走，我请客，到小店里，咱们炒几个菜，喝上两三盅酒，解解疲乏！"

大家高兴得哄的一声笑了，实际上个个早就这样想了。

这个小店不大，也没有高超的烹饪技术，只是些粗茶淡饭。小店老板对客官服务却是一流的，跑前跑后，添茶倒水，态度热情，礼仪周全。他很有心机，一见他们斯斯文文地喝酒，便提着自己的一壶酒走过去，一个挨一个敬酒，并说："乡下饭菜，做得不合口味，多包涵！请慢用！"

刘经安说："谢谢老板，茶浓饭香，热情大方。哎，老板，你这店人来人往多，听没听过有军队路过这里？"

老板两手朝褂子上一抹，哈哈笑起来，"不光听到过，还亲眼看见过。"他一会儿站立一会儿坐下，一会儿伸臂一会儿收手，口若悬河，滔滔不绝讲了一阵子。

"我记得最清楚，那天是冬月初四的中午，红军抵达我们茅坪街，部队步伐整齐，一边走，一边唱歌，一边同百姓挥手招呼，不像国民党部队一进街就乱抢、乱砸、乱拿、乱打。在街头看热闹的老乡们喜笑颜开，纷纷赞叹，红军好哇！红军好哇！红军走出街口，才在大路两边坐下休息，不打扰街道集市上做生意的群众。部队派出买食品的司务员，在熟食摊上买一个蒸馍付一个铜板，吃了地里的两个萝卜给农家一个铜板，摘了树上的四个柿子在树枝上放一个铜板。一个老太婆拍着腿说，天下哪有这么好的队伍啊！

"红军走一路红一线，沿路张贴书写由红三军及红三军政治部印发的传单标语：打倒国民党反动派！打倒独夫民贼蒋介石！打倒地主恶霸、土豪劣绅！红军是穷人的队伍，分富人的土地，实行土地革命！抗粮、抗款、抗夫、抗捐！要想找出路，快来投红军！

"我给你们说，尽管红军只是短暂地路过，但是在老百姓心中牢牢地扎下了永不磨灭的影子。当时有不少穷人家的孩子跟着红军闹革命去了。我知道的有茅坪的回族胡长明、安吉茂，腰庄子的谢燕女娃子和朱理元一些人。红军伤病员掉队在草家川一带的，有汤春生、陈义明、邢魁益、谭少含等八个人，他们都被当地百姓保护起来了，同样成为红军传播革命的种子。"

老板讲到这儿打住了，"从那个时候起，我就知道红军从南走北又走西，是为穷人打天下啊！"

刘经安激动地说："老板老板，你讲得很生动，我们仿佛看到红军铁流奔腾向前。我们是从他们走过的这条路走过来的。"

老板开玩笑了："你们是从哪条走过来的？那你们打了几次仗，镇压了几个恶霸劣绅呀？"

邹玉鼎说："那还没到时候。哎，老板，我们越走越明白，可不能那样讲啊。敲锣卖糖，各干各的行，我们这些人有我们这些人的营生。"

老板说："那倒是，那倒是，心里知道就干好自己的事。"

刘经安说："你的讲述，你的饭菜，都为我们加了钢，祝你的生意越来越红火！"

老板拱手作揖说："谢谢客官的吉言！这条路你们没有白走。晚上安心地歇歇，明天好上路。"

刘经安说："对，我们不停歇，沿着这条路继续北上，走我们共同要走的那条路，从崎岖不平的小路走出一条宽阔无垠的大道。"

老板笑着说："听口气，倒像当年红军的气派！"

鸡叫三遍，大家都起床拾掇东西准备出发，唯有刘经平还贴着床板一动也不动，也不说个一二三。

刘经安提着行李走到床边，问："哥，咋啦，也不吭个气？"

刘经平吞吞吐吐地说："经安，腿痛腰酸，路上饥一顿饱一顿，走不了也受不了。你们走吧，我在这里歇一天，然后回家。"

刘经安说："已经走了多一半了，牛头都走过来了，牛尾还走不过去？咬着牙，坚持坚持就过去了。"

王崇法说："老表，咱们上了一路，就是一路的神仙。走吧！"

刘经平说："神跟神不一样，人和人不一样，各有其所，不得强求。"

邹玉鼎说："老表啊，看来你只能是这个选择。俗言道，神仙眼睛看得宽，看不到自己的鼻子尖。你没有紧紧地抓住自己，放弃了志向。"

刘经安说："哥，走吧！翻过秦岭，到了照金和延安，脚板更硬朗了，志向更远大了。在那个革命的摇篮里，我们的毅力会更加坚强，意志会更加坚定！"

刘经平直摇手，说："你们不要再劝了。我也在想，那个地方更荒凉，生活更艰苦，在那里创造什么事业和丰年的那种梦想太遥远了，啥时才能实现哪！再跟着走，还没走到边沿就呜呼哀哉了。没被国民党军队打死，也在受苦中累死了。你们要走赶快走，我是坚决不走了！"

刘经安说："哥，既然是这样，就不勉强了。请你自重。"

刘经平明白了这话的意思，说："你们一百个放心，我不指望那个志向，一心回家种地，不会惹是生非！"

廓落的夜空，几颗晨星挂在秦岭山顶上忽明忽暗；在古老的子午道上，他们几个人时隐时现，迈着健实的脚步，急匆匆地向北行进。

翻过终南山，大家高兴地几乎跳起来，哎呀，天宽了，地阔了，眼看得更远了，再不是抬头一线天了。

刘经安说："这里离西安很近了，我们就不歇了，大家鼓起劲，走，进城！进城，大家都得提防点！"

一踏进小寨就被宪兵挡住了："喂，干什么的？"

刘经安抢到前面，回答："我们是老师！"

"到哪里去？"

刘经安不紧不慢地掏出三青团通行介绍信递给宪兵，说："到三原。"

"做啥？"

刘经安又将三青团袖章举在宪兵面前抖了抖，说："参加团内一项重要的联谊活动。"

"来，履行公务，行李要检查一下。"

他们一字儿地排好队，宪兵依次检查每一个人的行李。当翻到邹玉鼎的提包时，发现了一本书，问："这是什么书？"

邹玉鼎坦然自若地说："那书面上不是写着吗，还看不清！"

宪兵拿过扫了一眼，"嘿，是《圣经》呀"！随即啪的一声把书撂在地上，问道，"你们老师还信教吗？"

邹玉鼎随意地甩了一句："吃的河水，管得宽，怨人家读这书了！"

"啥，管不着，不该问吗？"

刘经安一见宪兵有点躁气，赶快走过去，说："老总，人上一百，形形色色。这世上啥人都有，吃茄子嚼辣椒，各有所爱嘛！有人读它，也许会诱导他去做善事。信仰各有所在是有性格和苦修的，只是奉行不同罢了，这不奇怪。"

"好啦好啦，不扯那么多。你快走，后边还有那么多人哪！"

邹玉鼎趁他们说话之机，一瞬间从地上拾起了那本书。

在进城的路上，刘经安问邹玉鼎："带的什么书？"

"《联共（布）党史》。"

"这是违犯组织纪律的行为。我们是穿过敌人控制的地区，一切都是不安全的。这样做，万一暴露了，造成的损失是不可估量的。今天是一种侥幸，要接受教训。"

邹玉鼎只点头不说话，其他几个人知道不好再插言，一边走着一边默默地听着，但大家心里都晓得不注意细节的严重性。多危险哪！

他们进入南门，穿过北大街出北门外，寻了一家低矮陈旧的新民旅馆住下。

刘经安安顿大家先住在旅馆里，一再叮咛，在西安逗留一两天，不要随便外出，要歇就早早地歇，并告诉大家，他明天要去七贤庄一趟。

一提到"七贤庄"这个地名，大家心里非常清楚了，这里有中国共产党在国民党统治区设立的合法机关：八路军西安办事处。他一定是要去联系，咋个样才能到陕北。

王崇法说："我陪你去吧！"

刘经安说："不用，一个人去，人多了目标大。"

早晨的太阳一出来，一缕缕霞光铺洒在城墙上，这时的城墙仿佛升高了许多，浑然天成，挺拔屹立。

刘经安一见城墙雄伟壮观，猛然间产生了一种自豪感，高耸的城墙，伟大的中华。那秦巴山谷晨霞升起的磅礴景观依然在他脑海里显现。他浑身有一股劲，大踏步地走进北门，向右拐了几个街巷，便到了七贤庄一号。进门时，发现南边十字路上的岗哨向他盯了几眼，他也盯了哨兵几眼，满不在乎地走进了八路军西安办事处的大门。

接待室的值班员和气地问："先生，有什么事吗？"

刘经安说："我要找冯翠兰。"

"没有叫这个名字的。"

"有姓冯的吗？"

"有。她叫冯苏，而不叫冯翠兰。"

"可能就是她。我远道而来，能见见她吗？"

"能啊，我给你叫去！"

不大一会儿，从一号院走来了一位二十出头的中等个儿女青年，在阳光下，显得那么飒爽英姿，朝气蓬勃，一看就是一副军人的风度。

冯苏笑眯眯地问："是你要找我吗？"

刘经安回答说："是。我是从紫阳来的，名叫刘经安！"

冯苏一听说从家乡来的人，马上感觉到有乡土的亲切味道，便重复了一句："好哇，从紫阳来的，好哇！"

一走进会客室，刘经安迫不及待地说："冯同志，你的小名叫彩儿，是紫阳麻柳街上人，后来你寄养在万源皮窝铺中坝河二台子李王氏家，从那里到了大竹河萧河坝参加了扩红大会，还在大会上讲了话，是扩红队袁队长给你起了大名叫冯翠兰，对吧！"

冯苏笑呵呵地说："对呀对呀，你咋知道得这么详细呢？"

"是珠盘乡乡长朱鹤年告诉我的。听他讲，你现在从延安调到八路军西安办事处工作，不知道改名字了。"

"我听过别人讲过这个乡长，为人蛮好的。现在改这个名字是革命的需要。你说说要帮什么事？"

刘经安将芭蕉口事件的来龙去脉，前因后果，详详细细地讲了一遍。并告诉冯苏说："在事态危急之前，地委曾研究过，万一陷入险境，按省委隐蔽骨干的指示精神，适时转移已暴露的党员和进步人士回省委照金，或赴延安。我已带了十六个人到达西安，请与省委联系。"

冯苏想，这乡长还不是国民党的乡长，表里表外很难讲清楚，而且知道得那么多，他们来往也不是一般，好像很微妙。于是说："安康地委遭到破坏，我们知道一些，但没有你讲得这么详细。我想了解一下你的情况。"

刘经安马上意识到自己的身份对办事处的同志来讲还是陌生的。赶紧掏出安康县委的介绍信和自己的党证递给冯苏，说："这是我的证件，我任安康地委组织部部长。"

冯苏接过证件，仔细地看了看，说："这样吧，我去通过办事处同省委联系。你在这儿喝茶，多等一会儿，好吧。"她说完转身走出了接待室。

过了一个时辰，冯苏走进接待室，一开口就问："你原名叫刘经安，在芭蕉时化名为刘雪亚，还有一个名字叫刘华，对吧？"

"对对对，一点没错。刘华是我入党后使用过的名字。"

"芭蕉出事后，陕西省委一直通过各种方式在找你们，省委同意你们去照金。你现在就叫刘华，我已经给你开好了介绍信，持此件去照金的省委报到。"

"感谢组织的关照。"

"我告诉你，前不久，在三原和耀县之间发生过一次激烈的战斗，现在这一路上很险恶，也很混乱，国民党封锁严查得很紧。你们这么多的人很显眼，要分散而行，一定要小心谨慎。这周围有盯梢、暗探，提防点！"

刘华真的感觉到好像在家里同亲人告别时叮咛的热情话语。他高兴地出了门，刚走到十字路口被哨兵挡住了："先生，跟我们走一趟！"

刘华大模大样地问："要到哪里？"

"警察局！"

刘华蔑视地一笑，说："这个庙有点太小了吧！"接着将一个字条递给哨兵。

哨兵展开细看，上面写着不长的几行字。"见此放行，不得拦截阻挠，以免延误实施党国'裂隙'之计划。谨守规则，不可泄密。"落款是三青团陕西省团部，并盖着醒目的红红大印章。这哨兵只得摇摇头，说："先生，对不起，你走吧！"

刘华冷声一笑："没有关系，为党国的事都在尽心嘛！不知就会有误会，对吧？"

哨兵不住地点头说："对对对，真不知道锅是铁打的，莫怪莫怪！"

刘华离开七贤庄十字，直奔西大街光明摄影部，很不巧，王子平不在家，从职员口中得知，十天前到渭北去了。他默不作声地想到，这个老乡一定是忙碌着为照金和延安运送经费、物资和药品。一回到旅馆，他同王崇法和邹玉鼎商量如何行动的方案。按照冯苏的意见，最终决定行动路线，从西安出发，经三原抵照金，路近用的时间短，可选择大路，也可走山地的小路；人员编成，将人员分成三个小组，每小组指定一名组长负责，每小组之间要间隔一定的距离；出发时间，明天早晨太阳即将出来的时候；食粮准备，每人买两块锅盔和老孙家的两个肉夹馍，作为路上的应急食品。

一轮红日喷薄而出，新民旅馆门前的街道上洒满了阳光，房屋也显得亮亮的。

旅馆老板笑嘻嘻地欢送从店里相继走出的客官们。

刘华走在最前面，大家紧紧地跟在后边，在晨光的照耀下，精神抖擞地向北出发了。

过了张家堡，刘华转过面向南方深情地望了望。离故乡越来越远了，距家却越来越近了。他对邹玉鼎和王崇法悄声说："文彬同志养伤一个多月，总该差不多好了，或许已经动身走在回省委的路上。"

应该是，一定的。他俩平静地笑着说。

这天吃过晚饭后，刘文彬在河边散步时，对胡春贵说："伤养得差不多了，咱们走吧，回省委。"

胡春贵说："刘老师，等伤口的硬痂掉了再走吧！"

"等到它脱落还得七八天的。咱们还是先慢慢动身。"

"行。把药带上。"

"对。咱们要争取时间。"

"咱们咋准备呢？"

"你明天就回学校，把我的衣物在当铺里全卖掉凑盘缠。"

胡春贵回到芭蕉小学，太阳已经快要落山了。

罗功远一见，高兴地说："你可回来了。刘老师的伤怎么样了？"

胡春贵说："结痂了。他决定近期动身回省委，让你去一趟。叫我把衣物当掉。"

罗功远听这么一说，当即去找当铺老板，自称家有急事需用钱，请老板关照给予帮助。

老板见是老师来了，对嘛，还不定有求人家的时候，这是送上门来的人情，前留三步好走，后留三步好行。他二话没说就破例给办了。

当即，罗功远跟着胡春贵就上了路。紧紧火火地走了一夜，东山发白的时候赶到了羊耳河。

刘文彬见到罗功远，什么也没有说，只一句："你受苦了，在监狱里敌人上刑了吗？"

罗功远说："没动大刑，只敲打了几棍子，威吓利诱轮番逼供进行。他们问，闹学潮怎么一回事。我答，学校管理不好。又问，是不是共党分子背后操纵的？我说：学生闹校董，有的老师认为在理，就掺和了，你们不能给学生娃娃头上戴红帽子，赶快把黄恺丞放了。他们还问，你们学校有没有共党分子组织其他活动，如抗日宣传？我反问他们，党国也在提倡抗日宣传，难道党国成员也是共党分子吗？问得他瞠目结舌，哑口无言。敌人找不到确凿证据，只能一拖再拖。这期间，吴觉非活动张晓棂、城关小学校长张申书，咱校教员何家琪、陈金鼎等人联名具保，关了四十多天就释放了。"

刘文彬说："你也必须马上离开，绕道池河会同刘华同志回省委。我决定在起程前向朱鹤年作了一个告别，你须赶快回去安顿一下。这里还须找个理由离开羊耳河。"

罗功远说："这个，你不用操心，由我来处置好了。还有，吴老师能不能带走呢？"

刘文彬思索着说："这我们说了不算，要看他本人的意愿了。"

正说着，吴觉非满头大汗，进了屋。

罗功远惊奇地说："吴老师，你怎么也赶来了？"

吴觉非边擦汗边说："我听春贵讲了，准备天明同你们一块来的。擦黑，我听当铺老板讲，罗老师当衣物，即就去找，门户紧闭，才知道你们晚上就走了。所以，我只能是你们前脚走，我就后脚跟呗！"

刘文彬笑着说："真巧了，刚说曹操曹操就到。快坐快坐！"

罗功远用解释的口气说："我是想等返回后，再给你细讲端详。"

吴觉非坚决地说："我啥都明白了，也想好了，我愿意跟你们一起去陕北参加革命！"

这话是吴觉非从内心里迸发出来的肺腑之言。罗功远直点头。

刘文彬听到"参加革命"铿然有力的四个字时，并没有感到突然和意外。吴觉非虽然是国民党党员，但对国民党统治不满，经常流露出的一些话语与其国民党员身份格格不入，被区党部书记长姜达才认为已是离经叛道，堕落于污泥之中。如参加抗日救国宣传活动和反学董的斗争，与党国分子吕永吉的周旋，改革美术教学的教材，通报党国活动的信息，等等，全是在追求一种远大的梦想。刘文彬深沉地微笑着："好，你已决定欣然前往，我完全同意你的选择，咱们一块儿走！"

吴觉非一时激动得直搓手，不知说什么好，再好的话，也莫过于"参加革命"的具体行动。

罗功远提议说："吴老师的名字一定要改一下。"

刘文彬说："对，要改。自己想，改啥名自己才满意。"

吴觉非立即说："我走在路上就起好了，叫吴仲壁。"

罗功远问："何意啊？"

吴觉非回答："按自己的意思是，在中国共产党的领导之下，构筑人民大众的铜墙铁壁，抗击日本侵略者，一定能取胜，振兴中华的梦想一定能实现。不过，我这个字是众的谐音仲，仲春的仲，仲秋的仲，第二位吧。在中国，只有中国共产党第一位的正确引导，才能把人民大众组织起来，以铸壁垒森严、牢不可破的阵势啊！"

罗功远说："你真会想。"

吴觉非说："也算笨想。"

刘文彬说："意在言外，意味深长，很妙。起程以后就用这个名字。你们赶快回去收拾收拾，要走的事不能告诉其他人。"

吴觉非说："知道了，这是机密。常言道，坛口好封，人嘴难捂。我决不会向任何人走漏一点儿风声。"

一返回芭蕉小学，罗功远走笔疾书，给朱鹤年写了一封短信，立即让朱德焯连夜送给他爹。

第二天中午，朱德焯焦急地赶回学校，告诉罗功远，他爹按照信中所讲的作了安顿，以刘文彬父亲病危为由离紫回安，写信给刘子游，所缺老师尽快选配。随后要派朱德炤带上礼品，立马赴羊耳河，感谢刘子游，接走刘文彬。在家聚会时间，经反复掐算，搁在六月二十八日。罗功远高兴地说："好好好，到时候，咱们一块儿去参加。"

这天下午刘文彬、胡春贵、罗功远、吴觉非先后到了朱鹤年家，大家多日不见，相聚一起，兴致勃勃，无话不谈。

朱鹤年心里也非常地激动，招呼大家坐定后，问候了一阵子，嘴贴近刘文彬耳边悄声嘀咕着："你不用担心，外边要道有暗哨，左邻右舍有眼线，不会有事。"说完，就离开座位去厨房，一会儿看看白案子，一会儿瞧瞧红案子，一会儿说那个，一会儿讲这个，指手画脚，评头品足没个完。只见他屋里人（方言：老婆）掀着他的肩膀说："去去去，快去陪客人！别在这里瞎操心，这有我呢！你能做个啥菜，乱指挥。"

刘文彬见朱鹤年刚走出厨房门，便叫道："朱乡长，别忙乎了，快来坐！"

朱鹤年笑得很响亮，说："小庙的神，就是经不起大香火。今天这个聚宴，不同往日请客吃饭，更不同于过年吃年饭，想来想去，自己把自己折腾得不知做啥样的饭菜才尽心。"

刘文彬说："别那么的在乎，同自己朋友一样，不然就生分了！"

十道凉菜已经摆好，颜色搭配很显眼。

朱鹤年站起来说："请刘老师和各位入座！"接着叫道，"德炤，把五粮液拿来！"

"在哪儿搁着？"

"你妈知道！"

朱德炤跟着母亲进里屋间，揭开一口封盖的空罐子，从里边取出一个小罐子，走到客厅问他父亲："爹，是不是这个？"

"是。你给大家满上。"话没落完，又改口，"不，我来我来。"朱德焰双手将酒罐递了过去。

朱鹤年接过来，一边斟酒，一边说："这是我前几年从宜宾弄来的一罐五粮液，今天拿出来为刘老师及各位饯行，深表心意。可以说难得一聚，咱们首先共同干一杯，然后鄙人敬各位一杯，第三杯由屋里人和犬子以表敬意。三杯过后，各显身手，量力而行，喝个恰到好处，对吧！我再说啊，千万莫要作礼哟！"

刘文彬端起酒杯，说："朱乡长，我不胜酒力，你是知道的，今天喝了三杯，现在我代表我和我的老师们和同学们敬你一杯，对你的关照和支持，表示衷心的感谢。不管走到什么地方，会永志不忘。"

真是情见乎辞，席间的那些话语，完全表达了他们之间融洽的情意。

酒过三巡，朱鹤年不由自主地冒了一句："刘老师，常言说得好，酒在肚里，事在心头。这几天老在想，你们真的要撤走到延安吗？"

"是的。地委机关遭破坏，现在必须把一批引起国民政府秘密侦探注意的党员和进步人士转移回省委，然后赴延安。对没有暴露的进步师生继续留校，做到绝对隐蔽，等待时机，以利再战。"

罗功远说："据我所知，县上的风还很紧。你看咋走好些？"

朱鹤年说："是的，风很紧。前两天县政府又发了悬赏缉拿的通令，过去捉拿者没钱，现在是赏一百大洋。看来紫阳路径不能再走了。还是老办法，走小路，从我家出发，过大坝，经獐溪、白鹤到渔溪河，转道镇巴，由此再朝石泉方向走，这样保险一些。"

吴觉非说："这些地方，我家访时走过，远了就摸不清了。"

刘文彬笑着说："好办，鼻子下边就是路，问呗！"

朱鹤年说："给你们每人准备了一把雨伞，一个星期的干粮，有烙馍、炕饼、炒黄豆，再带点酸萝卜，走在路上将就点吃吧！"

吴觉非一听觉得好像是父母亲送儿子上路一样关怀备至，眼睛不觉湿润，说："我以我这个不孝之子，不忠之员，打心眼里谢谢你。"

朱鹤年说："别指责自己，也别客气。常言道，天地君亲师，师徒如父子。其实，这也是德焯的一份敬老师之心，我儿子没白当你们的学生。"他又转过面对刘文彬说，"我还有两瓷瓶云南曲焕章百宝丹给你带上。"

"已经好了，不用了。"

"拿上，有备无患嘛！"

"也好，刘乡长那儿私塾老师要再给选一个。"

"我和郭老师商量，看他能去不。"

"别食言。"

"不会的，你不是讲过吗，为后代，我们都应该操点心。"

"我们商量过，鸡叫头遍的时候就走。"

"俗话说，千里搭长棚，没有不散的筵席，这一去，十年八载难能再相聚，一路小心，一路保重！"

"虽说盛筵难再聚，会有那一天的，待我们的梦想实现了，天下是我们的天下，自由是我们的自由，到那时，在哪个地方相聚在一起，由我们自己来选择和决定。"

"但愿美梦成真，山河一新。"

"赶走日本鬼子，各族人民团结奋斗，一定会达到那个伟大的目标。"

"你们先睡一会儿吧！"

喔喔喔！第一遍的鸡啼声叫醒了沉睡的夏夜。

没有入睡的朱鹤年轻轻地打开大门走到院子里，喔哟，皓月当空，星星疏朗，这么好的天气。谁说夜路难走，真是贵人自有天照应哪！

他正想着，刘文彬仨提着行李出来了："你这么早哇？"

朱鹤年说："我该守夜啊！"

胡春贵说："朱伯，太泼烦你了！后辈来日再报答你。"

刘文彬说："又劳累又破费，实在对不起。"接着，他拿着一本书递了过去，叮咛道，"你把这本书转交给德焯，叫他好心学习，做一个有雄略大志的中国青年。"

朱鹤年接过后，说："老师的话一定转达到。再一个，你要走了，没啥好带的。我给你二十块大洋，做走在路上的补贴。"

刘文彬连忙推开手说："把你麻烦了这么长时间，这是最珍贵的。这钱嘛，我不能拿，留下给德焯买学习用品吧！"

朱鹤年急了："不行不行，非拿上不可，不拿，就是不相信人！"

刘文彬委婉地说："言重了。自古相交满天下，知心能几人！这一下，把我俩都撂到门外了，实在是盛情难以推却。要不这样，我拿一块大洋，行不行？"

"不行不行，都拿上！拿一块钱，还不够垫牙缝，没意思。"

"我俩可都是一心一意啊！拿一块，一切情意都在这里边，这可不是随便拿钱能买到的。"

朱鹤年站在那儿没有动，一直盯他仁沿路拐到山那边，不见了人影，才慢腾腾地回到屋里。

早晨吃过饭后，朱德焯兴冲冲地拿着《苏联印象记》来到朱鹤年的房子，问："爹，刘老师送的书，咋签名叫'光军'呀？"

朱鹤年详细解释说："刘老师在芭小不是叫刘家辉吗，他取了最后一个字，把'辉'字拆开，不就是'光军'，对吧！"

"哦，我没想到，脑子不灵光。"

"书读多了，读活了，就会明白的。据我所知，实际上刘老师还有一个真名字叫刘文彬。"

"还有一个名字，这是为啥？"

"你不要问，也不要给任何人讲，以后你就会明白的。"

"老师的事，不会乱讲。我听有的人议论，我们的几个老师是啥子共产党。"

"我不知道。不过他们说他们的，你听你的，千万不能掺和。老师到咱们家，也只是请客吃饭，也不要给谁讲。"

"爹，我问你，吴老师同姜东周和姜达才是一伙的，都是国民党，他咋也闹这两个人，咋又跟着刘老师走了呢？"

"娃呀，我只能给你这样讲，他俩做事太过分了。古人说，鸟向明处飞，人向活路走。吴老师的这一个大胆决定，一定能走出一个明朗的天地。这，你也不要向他们说起。"

"爹，你放心，对老师尊敬还尊敬不过来，不敢在任何场合说长道短。"

"这本书只能放在家里读，不可拿到外面去。知道吗？"

"爹，明白了。"

"按老师嘱咐的，学好本事，立志报效祖国！"

星期一上课前，朱德焯早早地进教室趴在课桌上，津津有味地思索着老师送他的《苏联印象记》和"光军"的签名，不觉忽然想到，不知道老师啥时才能走到省城！

常言道，路再长，也没有人的脚长。过了十来天的时间，刘文彬一行，经石泉马池李美如处做短暂停留。在此了解一些敌情我情，交代了当前应做的工作，便火速地翻过秦岭赶到周至县城，同在辛垦小学任教的董明钦接上了头，恰巧在礼泉电报局供职的杨启武也在此。大家一见，悲喜交加，感慨万千。

"安康地委遭敌人重创，我们已经晓得。不过，绝处逢生，以退为进，保存力量，胜者方待来日时。"杨启武说。

"对对对，留得青山在，又待时机来。回省委休整休整，也好。"董明钦说。

刘文彬坦然一笑，说："现在只能是临事而惧，好谋而成，从长远着想了。"他望着杨启武和董明钦，又说，"只管讲话，把人都忘了介绍……"

话没说完，被杨启武打断了："这是我们一同任教的吴觉非老师！"

刘文彬立即更正道："是吴仲壁老师。"

"哦，我知道了。这位是我们的学生胡春贵，高滩人，父亲是做生意的，对吧？"

"后边是对的，前边名字不对，他叫胡琛。琛者，珍宝也，是我去之前刘经安老师给起的名。"

"哎哟，说来话长了。我去芭小是用原名但功业，在芭小任教时改为但敬修，是他向校长张晓榘推荐的，我改名杨冰天，我又引荐刘经安到芭小教书，改名刘雪亚。他咋样了？"

"他已经走在去照金的路上，或许快到了。是他介绍我从旬阳龚家梁小学到芭小教书，我改名为刘家辉。"

董明钦听着听着，也不由自主地笑了："我是文彬同志介绍入党的，也给我起了一个名字叫雷锋。在石泉引起国民党政府的怀疑和监视。组织同意我到省委干部训练班学习，结业后分到这里，做地下党的工作。"

杨启武有趣地说："人知，他却不知自己早有的名字，今天都在这里相聚了，是向往把我们这些秦巴山的有志男儿召集在一起，畅叙为事业奋斗的坚强决心。在任何狂风巨浪下，共产党人是摧不垮打不烂的，战斗的堡垒定会越来越牢固。"

董明钦说："在这儿歇上一两天，喘口气再走。"

刘文彬说："住一晚上，明天就走。"

董明钦说："现在去那里的路上，是关卡多，密探多。"

杨启武说："是的，前个时期在三原和耀县地域打了一仗，国民党吃了大亏，严格排查来往人员。别胆小，胆小肯定过不去，一看就会被抓住。"

刘文彬说："不是有常讲的，要干成大事，须胆大如牛，心细如发吗！我们可同敌人周旋，再说啦，天下没有过不去的河，没有走不通的路。谁能挡得住！不行，就远离岗哨，跋山涉水，不相信就过不去！"

杨启武说："明天同我一起到礼泉，再打听观察泾阳、三源到照金的阵势。车到山前必有路嘛！"

刘文彬说："好，那就这样定。"

按董明钦讲，这一顿晚饭既是接风，又是饯行，还是压惊饭，要说是聚会，那也是聚会筵席。虽然只是六菜一汤，但对他们仨好多天没吃过安生饭来讲，简直是丰盛极了，喷香在心窝窝里。

吃了几口，填了填肚子，董明钦才提议说："无酒不成筵席。喝啥酒呢？"

刘文彬说："明钦知道，我不会喝酒。"

杨启武说："今天，你不会喝酒，也得按家乡的规矩，撑着肚子喝三杯。这也是例行公事，我强调的是宽松解乏。你有啥酒？"

"凤翔的西凤烧酒，户县的龙窝酒。"

"那就喝户县的龙窝酒，西凤我那儿有，到我家后再喝西凤。"

刘文彬望着董明钦，指着门外，说："轻声点，别惊扰……"

董明钦明白了，赶紧说："我已经安顿，外边有暗哨照看，我也给邻居讲过，今晚有外地做生意的朋友在我家聚会，他们不会疑心的。"

夜临了。这屋里不间断地传来劝酒声、说话声、欢笑声，偶尔还听到有划拳行令声。

一轮上弦月渐渐地消失了。秦岭北麓脚下，朦胧里的辽阔田野和稠密村庄寂静无声，猛然间，只听见汪汪的狗叫声。

就在刘华和刘文彬走后不久的一天晚上，罗时佶正在朋友朱浩生家打麻将。突然有人推门进来说："罗督学，张县长找你！"

罗时佶抬头一看，是张庚由的通信员，问："找我有啥事，知道不？"

"他讲找你谈话，听口气是涉及查学的事，到底是啥事，我不知道。"

"现在就去吗？"

"是现在，他在政府等着。"

罗时佶跟着通信员走在街道上，心里一直在犯嘀咕，这么晚了找人谈话，一定没安好心，恐怕凶多吉少。

安排软索套猛虎，设下香饵钓鳖鱼。果然不出所料，罗时佶刚走进政府的大门，就被隐蔽在院门两侧的保安队士兵捆绑起来，直接押到县府二堂两侧的花格子屋里。不大一会儿，陆续又把张丹如、毛授传、李美如、黄朝宗、何嗣哲押进了屋。

县党部秘书王培义扯起嗓子喊道："你们听好了，书记长、县长有旨，据掌握，你们几个行为不轨，要老实向政府坦白，而且要写悔过书。如果隐瞒实情不交代，就要关到底，还要动刑，一直到承认为止。"

这时，门口有保安士兵呼叫罗时佶和李美如站到门外来，他俩随即被带到会议室。

王伯屏劈头盖脸地说："你这个罗时佶，正经事不好好地做，一天还不安分，看你能倒腾一个啥名堂出来！"

张庚由说："就是嘛，你们是教育界才华横溢的人物，还想图啥呢！"

王伯屏问："你俩参加组织了吗？"

他俩异口同声地回答："参加了。"

张庚由问："参加的是什么组织？"

罗时佶说："多了，什么三青团、国民党、民先队。"

王伯屏指着李美如问："你呢？"

李美如灵机一动，那些事都锁在几年前的历史里了，还能查个啥。便说："也是那些，不过我还参加过抗先团。"

王伯屏又问："共产党呢？"

张庚由也追问："参加过共产党没有？"

罗时佶和李美如睖睁着眼睛，连连摇头："你讲的真让人不可思议，在青天白日高照下，谁敢参加共产党，况且我们是国民党啊！再说，即便是共产党，在这种危险局势下早就隐蔽起来了，还能坐等书记长和县长的接见和谈话吗！"

王伯屏望了张庚由一眼，转过面来说："这里头，那个'民先'是非法组织！"

罗时佶停了一会儿说："王书记长，当时我听他们讲，民先是为了打倒日本帝国主义，争取中华民族的独立、自由、解放，不知道是非法组织。如果知道的话，我就不参加了。"

张庚由怀疑地说："你们这张嘴巴子倒能说会道，真的不知道吗！"

王伯屏哼了一声："那是共产党领导下的一个组织，就是非法组织！"

罗时佶假装地"啊"了一声，耷拉着脸，摇头，没有再辩驳。

王伯屏的手指把桌子敲得哪哪响，冷冷地说："老老实实写你们的悔过书，不要桀骜不驯，犟头倔脑，否则，你们啥都不是，断送了前途！"

蒙子瑜第一时间得知工委组织委员李美如、宣传委员罗时佶等六人被逮捕，愤愤不平，义愤填膺，连夜走动北街小学、女子小学和马池小学的教员们予以声援。同时，草拟王伯屏捏造罪名陷害老师，企图邀功请赏的控告信。

第二天中午，北小李德贵告诉蒙子瑜说："我上午到汪孔殷那里去了趟，谈了老师们被逮捕是诬陷而为。他讲他知道此事，抓的这些人，除张丹如是国民党员外，其他都是我们三青团的人，这是一个阴谋。看来他对王伯屏也不满，我们是否利用三青团同国民党之间的矛盾进行控告。不这样借用外力搭救，他们不知道被关到啥时候。"

他俩正说着话，工委书记韦荣荫从马池赶来了："咱们商量商量如何营救被捕人员。"

蒙子瑜说："你回来得真及时，我俩正在交换意见呢，以教员为主，利用汪孔殷进行控告。"

韦荣荫一拍手，说："假手于人，这个办法好，一定能达到目的。汪孔殷是三青团石宁分团的头，他的态度咋样？"

李德贵说："他很同情教师，而且认为这是王伯屏冲着三青团去的。"

韦荣荫说："被捕的六人当中四名是共产党员，又是三青团员，何嗣哲是民先队员，张丹如是我们掌握的一颗重型炮弹，他不仅是北小校长，而且是石泉三青团的负责人，是国民党的忠实党员，在省党部都挂上号的，是教育界赫赫有名的人物。现在，咱们就以三青团员的身份策动汪孔殷。李德贵同他熟悉些，你去撮合撮合，让他到北小来找我们。"

过了不多长的时间，李德贵领着汪孔殷到了北小，大家一见面，都相互问候了几句客套话。

汪孔殷边喝着茶，边说："听德贵讲，以三青团的名义进行控告王伯屏，你们有啥意见？"

韦荣荫说："他把我们这些三青团员，想整就整，想抓就抓，把我们当成什么人了，令人气愤。以三青团名义为我们伸张正义，好主张！"

其他人随声附和，完全同意。

汪孔殷说："我们三青团筹备处经费紧缺，控告费用由你们负担，并将控告信稿改成电报稿。"

韦荣荫说："按此办理，救我们的人要紧。"

汪孔殷问："电报稿发至范围？"

韦荣荫说："发至省党部、省三青团和省教育厅。"

汪孔殷督促说："走，现在就去办理。"

蒙子瑜拿着二十块钱和原拟的信稿，跟在汪孔殷的身后，得意扬扬地走进了三青团石宁分团筹备处。

控告电报文这天晚上发出，第三天上午三青团筹备处就收到了省党部回复的电文："石泉县政府：无辜被捕的青年教员张丹如等立即释放，以免酿成混乱。至于王伯屏诬陷一节，将责成安康党部，另行查处。"

收到电文后，韦荣荫和蒙子瑜随同汪孔殷去找张庚由。

张庚由看着省党部电文，感到左右为难，不知怎么办才好。不放吧，省党部有指示，放了吧，王伯屏还是书记长，咋惹得起。他推托地说："王书记长定的，要他们写悔过保证书之后才能放人。"

蒙子瑜着急了："这是陷害，是在耍花招。上头的话都不听，还听谁的！"

汪孔殷摇了摇手，说："不讲这个，这不是秃子头上的虱子，明摆着的嘛，再讲有啥用！好啦，由我来成全这件事。"

蒙子瑜问："张县长，我能不能见见他们？"

张庚由似笑非笑地说："这个，我可以答应，去吧，劝说劝说他们也行。"

蒙子瑜见到黄朝宗、毛授传、何嗣哲，他们就说："王伯屏给我们训话，叫老老实实地写悔过书。没啥写的，咋写！"

蒙子瑜愤恨地说："你们是无辜的，无过可悔。这是王伯屏在耍手段，我们控告了他，上面的复电已下来，叫立即释放，他王伯屏不敢不放。没啥写的就不写，应付应付也可以，不然把人家纸张浪费了。"随后，他赶紧去三青团筹备处找汪孔殷，值日员告诉人不在，去县党部了。

王伯屏正翻看王培义送来的五个人的悔过书，揭过一张又一张，没见悔过一个字，恼羞成怒，七窍生烟，骂道："简直是些不知好歹的东西！"

正遇汪孔殷进来了："什么事吗，发这么大的火？"

王伯屏把罗时佶的悔过书递了过去。

汪孔殷展纸一阅："王书记长，我只知道参加中华民族解放先锋队是要打倒日本帝国主义，争取中华民族独立、自由、解放的，不清楚是非法组织。王书记长讲是非法组织，不知不为过，特此悔过。罗时佶。"他看完哧哧地笑了："你讲的是非法的，他写的也是非法的，没错啊！"

王伯屏说："明明是非法的。敷衍塞责，目中无人，还写是我讲的，连个不是都不赔。言下之意，是我的不对了？"

汪孔殷说："咱们不讲谁是谁非了，只讲他们现在是三青团的人。作为三青团石宁分团负责人的我，不能置之不理，坐视不管吧。我们将情况即报告省上，省党部已复电，由我通知你立即放人！但我还要提请你注意，国民党也好，三青团也好，都是蒋委员长的人，不要老盯着谁的势力大谁的势力小，争权夺利而造成消耗自己的结局。"

王伯屏脑子转了个弯，问："那电文呢？我能看看吗？"

汪孔殷摇着头，说："不便。省党部只让我口头告诉你放人，其他省党部将责成安康党部沟通。"

王伯屏无奈地说："好，这就通知县长放人。"

就在李美如和罗时估出狱的第二天，县政府向全县发了一份人事任免决定，鉴于罗时估督学不力，有严重失职行为，经政府研究，县党部批准，撤销罗时估的督学职务；张丹如为县教育局督学职务，免去北街小学校长职务；任命邱少白为北街小学校长职务。

韦荣荫和蒙子瑜单线走访了出狱的所有党员，勉励大家鼓足勇气，隐蔽自己，借用力量，坚持斗争。

邱少白任北小校长，对蒙子瑜来说，心中早有了提防的准备。这个人武断、阴险、嫉妒，这般作风实让人不能容忍。俗话说，井水不犯河水，怕啥！

没过多久，教育科科长高凤池先后到北小、女小、马小征求教育界人士的意见，拟增配一名督学，请大家予以举荐，子瑜为首屈一指的人选。他知道底细后，不但不为此而高兴，反而辞职回家了，随即到银行借了五十块钱，前往安康做起生意来。

一天在鼓楼街十字听见有人在叫蒙子瑜，他转身一望，原来是二七级的同学陈俊杰，问："你在安康干啥？"

蒙子瑜说："做点小生意。"

陈俊杰惊奇地说："听别人讲你在教学，咋又从事做生意这个行当，不好做呀！"

蒙子瑜有点难言之隐的表情，说："一言难尽，不是一句话两句话能讲清楚的。"

陈俊杰拉着蒙子瑜走进了清真寺，说："你没听说，安康乱得很，还到这里来。"

蒙子瑜说："他乱他的世事，我做我的生意，怕啥！不能是乱了，就不吃不喝吧！"

陈俊杰说："想是这么想，要小心。我逮到一个消息，专署对二七级和二八级的学生要彻查，特别是我们二七级的一个都不能放过，逮捕的逮捕，拘留的拘留，关押的关押，失踪的失踪，没几个在外闯荡了。你还是赶快回去，万一哪天突然清理人口就麻烦了。"

蒙子瑜回到沈家巷旅社，恰巧遇到高凤池，说："高科长，你在安康开会呀？"

高凤池问："嗯，我前往老家郑州探亲，刚返回来。你也住这儿，做啥呢？"

蒙子瑜回答："做个小生意，买卖香烟。"

高凤池说："一名教书先生当一个卖货的，简直成了大笑话。赶快回石泉，当我的督学，行不行？"

蒙子瑜应付了一句："好，我想想。"

高凤池说："回石泉听你的回话。"

当天下午，蒙子瑜扛着五十条华山牌香烟，赶紧离开旅社回到了石泉。第二天他找到韦荣荫报告了安康听到的情况，还谈了高凤池让当督学的事，自己拿不准究竟当还是不当，请组织决定。

韦荣荫果断地说："地委曾经有指示同意打进敌人内部担任职务，以合法的身份做我们党的工作。当，为啥不当？你不当督学，若敌人派一个特务当，有利条件变为不利了，对在教育界的党组织和党员是一个极大的威胁，你考虑这个责任有多么的重大！"

时间不长，蒙子瑜被任命为教育科督学职务。

又过一段时间，县长陈卓勘、民政科长霍济生分别找蒙子瑜谈话，须将任督学职务上报省民政厅核准，要他写一份简历。结果上报未被批准，什么原因？因为蒙子瑜不是国民党员。他一听怒气冲冲地回家了，高凤池来到他家相劝说："不要气愤，世间无难事，最怕用心人，咱们想个办法不就解决了？"

"啥办法合适？"

"填一份国民党党员表上报准成！"

"国民党党员还可以假造吗？党部如果查问时怎么回答？"

"我看你太守规矩了，若有人查问就理直气壮地告诉他，怪自己不慎党证遗失了。国民党的事，有谁来查问呢。"

"我重填一份吧！"

"你不要管了，我来办理补报。"

果真如此，十天后，省民政厅下发了蒙子瑜任石泉县教育科督学职务核准文件。

韦荣荫对蒙子瑜既提醒又交代地说:"慎言慎行,不可疏忽。一是按地委组织部长刘华讲的那样,同流不合污,同声不相应。你现在的任务是:广交朋友,不宜介绍他人入党;掌握敌情,搜集敌人的情报;护救同志,争取占领教育界这块阵地。这块阵地国民党在插手,三青团也在插手,组织与组织之间、人与人之间的关系,完全处在一个错综复杂的状态里,多想出智慧,做到万无一失,争取我们的主动权。"

蒙子瑜说:"是的,细针密缕,想得入微才是。哎,子候,经安不知道走到哪儿了?"

韦荣荫向北一望说:"按时间算该到了。走,咱们回吧!"

蒙子瑜跟在韦荣荫的身后边,一声不响地走在街道上,好像谁也不认识谁似的。

阳光,金灿灿地洒在他们的身上;微风,轻柔地吹过他们的脸庞;他们很自在、很自信、很自若。谁也没有注意到他们是迈着稳健的步伐在往前走。

不过,是阳光亮堂了他们的风采,是微风扬起了他们的脚步。

第二十九章

重任在肩磨明珠

一走进照金的地界，刘华五人美美地喘了一口气，终于回到省委了，其他五人通过封锁线，受阻未能抵达边区，有的被抓，有的躲避，有的返回了安康，这些人最后的下落在哪些地方了，不得而知。

张德生安排他们先住在招待所。刘华简单地洗了脸，便在门前不停地走着，仿佛在等人，他抑制不住自己的兴奋，脱离了国统区的危险，回到自己的家，这一缕阳光再不会受那种暴风、骤雨、巨雷、闪电的袭击、威胁、迫害了，捧起大胆的阳光，昂首阔步向光明。

"走，刘华，书记要见你。"张德生说。

刚踏进门，欧阳钦就站起来，说："刘华同志快坐快坐，你出巴山翻秦岭，过关中，进边区，一路没少吃苦，身体怎么样？"

刘华喜悦地说："书记，是受了一些磕打，无大碍，俗话讲得好，明珠不怕磨，越磨越闪光，磨炼了意志，锤炼了坚强，在艰难困苦中又提炼了我们的信念。"

欧阳钦说："讲得好，这个态度完全正确，表现了我们共产党的豪迈气概。现在你回来了，省委就放心了，你给德生报告的情况已转达给我了，就不用多讲了。我同德生商量的意见，是撤销安康地委，重建安康党组织，具体意见省委研究后再确定。对你的安排我们也有了初步想法，派你到延安去工作，在走之前同王崇法和邹玉鼎一起安心学习，看文件、写材料，学习半个月后再作通知，准备担负新的使命。"

刘华急忙又问："还有他俩呢？"

张德生说："不用操心，书记同意组织部意见，送白板和江鹏到关中第二师范学校去学习，习专员兼这所学校的校长，他高兴地对欧阳书记讲，领导机关也做二师的招生工作，欢迎陕南的同志来学校深造，咱们又有了新的骨干、新的血液呀！刘华，这是组织的安排，你不用管了。你当务之急是，平心静气地坐下来，引导好他俩聚精会神地学习，吃透中央的文件精神，准备承接革命重担。"

刘华说："磨刀不误砍柴工嘛！这样安排好，过去很难有这样的学习机会。"

欧阳钦问："有刘文彬的消息吗？"

刘华回答："听白板讲，他伤势很重，转移到镇巴治疗，已经脱离了危险，也许会走在回省委的路上。"

欧阳钦皱起眉头，好像在远望南方说："啊，是这样，柏木橡子，宁折不弯。要打听打听他现在究竟在什么地方，及早取得联系。"

经多方探问，未得到刘文彬现在所处的确切位置。

时间过得真快，半个月的学习一眨眼就过去了。

这天一清早，刘华告诉王崇法和邹玉鼎，"八点半咱们开会，省委领导要作重要讲话，要认真地听，并做好记录，会后还要同你们分别谈话。"

令邹玉鼎和王崇法没有想到的是，省委这么的重视，欧阳钦、张德生、宣传部长赵伯平、统战部长汪锋及其他部门的同志都参加了会议。张德生作了个开场白，接着由欧阳钦书记讲话。他作了五点指示："一、当前大的局势是国民党向我党我军不断制造摩擦，国共关系虽然开始走向恶化，但是尚未达到决裂态势，还要继续做好民族统一战线的工作，最大范围地团结广大民众，调动一切可以调动的力量，共同抗击日本侵略者。二、根据党中央对白区党的指示，我们地下党的方针政策即是'隐蔽精干，长期埋伏，积蓄力量，等待时机，再图发展'。你们回去以后，要把这个原则传给各县党组织。在国民党采取限共、防共和溶共的反动政策的情况下，这是保存和壮大党组织必须选取的策略，千万不可忽视。我看哪，这也是'金蝉脱壳'之计，从军事上讲，是指留下虚假的外形来稳住敌人，自己暗中以脱身，离开险境，实际是一种走而示之不走的策略，把握时机，'突如其来，无所容地。'到那个时候，我们会给敌人一个出乎意料的打击，让敌人也无处藏身。三、安康县委在安康地委的领导下做了大量的工作，这应该肯定。但是，要坚决纠正安康县委过去那种把党的活动公开化的错误做法，不能召开支干联席会议和党员大会，那样的做法是极其危险的，自己不知道把自己往虎狼窝里送。经省委研究决定，将安康县委改为中共安康中心县委，领导全区党的工作。古言道'前事不忘，后事之师'，希望再不要犯类似的过错了。四、关于共产党员能否参加其他组织，我再重申一下，为了掩护党的活动，党员可以参加国民党的任何组织，但事前和事后一定要向组织说明和报告。参加后要管好自己，办好事情，我觉得刘华给我讲的两句话很实在，叫着同流不合污、同声不相应。五、非常时期，对共产党员要特别关照，回去找一下刘文彬和鲁继冲的下落，通知他们，在那里不能再工作下去了，叫他们赶快回省委。凡是已经暴露的党员，都要撤回边区。"

赵伯平说，"当前的形势是我驻敌扰，摩擦不断，这完全是国民党限共的反动政策鼓动起来的，在这短短的四个月之内仅我知道的就出了多少事。在陕甘宁，去年十二月，驻防陕甘交界沿泾水包围陕甘宁边区的胡宗南率第一军向北进攻，侵占了陕甘宁边区的淳化、旬邑、正宁、宁县、镇原五座县城，并集结军队企图进攻延安。此前，国民党绥德专区专员何绍南率保安队向八路军驻绥的三五九旅进攻。在山西，去年十二月间，阎锡山发动晋西事变，集中六个军攻击晋西隰县、孝义一带的新四军第二纵队和八路军晋西独立支队，同时又向晋西北新四军第四纵队，晋东南新四军第一、第三纵队和附近的八路军部进攻，屠杀、逮捕共产党员和进步人士两千多人。在河北，今年二月，国民党第九十八军军长朱怀冰联合张荫梧、石友三等部，兵分三路向太行山区的八路军总部进攻。这是国民党发动的第一次反共高潮，受到我军的有力回击，以失败而告终。在国统区，我们地下党的活动同样处在'围剿'之中。尽管如此，国共两党的矛盾还未彻底转化，所以，我们还是要借风使船，宣传国共合作、共同抗日的主张。"

汪锋说，"你们安康来请命出兵，不行！为什么呢？我给你们讲讲来由，今年三月十一日，毛泽东同志在延安中国共产党的高级干部会议上所作的《目前抗日统一战线中的策略问题》的报告中，讲得十分透彻和清楚。抗日战争胜利的基本条件，是抗日统一战线的扩大和巩固。而要达此目的，必须争取发展进步势力、争取中间势力、反对顽固势力的策略，这是不可分离的三个环节，而以斗争为达到团结一切抗日势力的手段。在抗日统一战线时期中，斗争是团结的手段，团结是斗争的目的。以斗争求团结则团结存，以退让求团结则团结亡，这一真理，已经逐渐为党内同志所了解。发展进步势力就是发展无产阶级、农民和城市小资产阶级的力量，放手扩大人民军队，广泛创造抗日民主根据地，发展共产党的组织，发展革命的群众运动和争取全国的知识分子。争取中间势力，即争取民族资产阶级、开明绅士和地方实力派。争取中间势力要有一定的条件，即我们有充足的力量，尊重他们的利益，同顽固派作斗争并取得胜利。反对顽固势力，就是孤立大地主、大资产阶级中的英美派，这些人不同于汪精卫的降日派，他们一方面主张团结抗战，一面摧残革命势力，所以要以斗争求团结，是洗脸而不是要杀头的政策。同顽固势力的斗争，必须注意有理、有利、有节的原则。有理即自卫原则：

第二十九章　重任在肩磨明珠

人不犯我，我不犯人，人若犯我，我必犯人。这就是说，不可无故进攻人家，也绝不可在被人家攻击时不予还击。这就是斗争的防御性。对顽固派的军事进攻，必须坚决、彻底、干净、全部地消灭之。有利，即是胜利原则：不斗则已，斗则必胜，绝不可举行无计划、无准备、无把握的斗争。应懂得利用顽固派的矛盾，绝不可同时打击许多顽固派，应择其最反动者首先打击之。这就是斗争的局部性。有节，即是休战原则：在一个时期内把顽固派的进攻打退之后，在他们没有进行新的进攻之时，我们应该适可而止。绝不可无止境地每日每时地斗下去，绝不可被胜利冲昏自己的头脑，这就是斗争的暂时性。只要坚持这些原则，才能使顽固派不敢轻易与我破裂、与敌妥协，才能巩固和扩大抗日民族统一战线。毛泽东同志的论述，不仅为我们反摩擦斗争提供了锐利的武器，而且为我们做好其他工作指明了方向。"

欧阳钦接着说，"毛泽东同志的这个讲话非常精辟，我们都要认真领会，刻苦实践，在对敌斗争中加强自身建设，提高对敌斗争和党的指挥与组织才能，让我们的事业不断前进。"

会后的第二天，欧阳钦同王崇法谈话，重申安康地委遭破坏，"省委研究决定予以撤销，原安康县委改为安康中心县委，其他县的党组织划归安康中心县委领导；邹玉鼎同志犯有错误，不宜担任县委领导职务，我的意见是免去其县委职务，由你担任中心县委书记职务。"他笑着问道："王崇法同志，你看有什么意见？"

对这个提议，虽然在昨天的会议上没有宣布人事任免，王崇法已强烈预感到，自己恐怕是其中人员之一，彻夜未眠。想到，在陕北红区工作，比其白区要安全多了，真的要重返安康吗？

"崇法，书记问你呢！"刘华提醒说。

"哦哦哦，我正在想呢。"王崇法慢慢地抬起头，道出了自己的想法："我年龄很轻，没有领导能力和实际的斗争经验；另外，中心县委还要领导别县的党组织，摊子大，管理太宽，困难比较多，不好领导，我实在感到难以胜任。不过，我打心眼里感谢组织对我的信任和器重。"

欧阳钦说："能力是锻炼出来的，经验是在斗争的实践中积累起来的嘛！共产党员的先锋作用，先锋在哪里，就是战斗在风口浪尖上嘛！至于困难，是有的，这只是一个临时的组织措施，还是千方百计地想办法克服吧！"

张德生严肃地说："崇法同志，党的组织纪律，每一个共产党员都是清楚的。你是共产党员，究竟是组织服从个人，还是个人服从组织！我的意思是，每一个共产党员应该是自觉自愿地遵守这条铁的纪律！"

这叮当响的一句话猛然间刺破了王崇法心存的私念，他说："书记，部长，我服从组织的决定，但能不能不负责其他县的工作？"

欧阳钦望着张德生说："暂时就这样定吧！"

张德生说："这样稳当些，行。"

不过细细地想一下，把一个大摊子交给一个年轻人，有点顾虑也是正常的，不应求全责备。一个青年人在国统区坚持斗争，不光靠勇敢，而且要有智慧，还要有灵活机动的谋略办法。欧阳钦回到办公室又琢磨了很多，随即告诉张德生，明天上午，把王崇法和邹玉鼎叫到一块儿，再给他们叮咛叮咛，让刘华也参加。

实际上邹玉鼎和王崇法对过去所做的事还是明白得像镜子一样，他们也不断地清洗自己，那些事已经完全被忠诚、自省、梦想荡涤得干干净净。眼前，仿佛还是那一缕阳光，从秦巴山的沟壑里升起来了。

一切都变得这么直率、坦诚、无间。

大家都在听着欧阳钦的讲话："在国统区里的党组织层次不宜多，机构不宜大，尽量做到短小精悍，这有利于开展对敌斗争活动。玉鼎同志，身为县委组织部部长，不经县委研究，就成立了西区区委，而且自己任命自己为区委书记，确实违犯了组织原则。作为县委宣传部部长的崇法同志，没有坚持正确的意见，也要负一定的责任。过去了就已经过去了，不要纠缠历史的账，前车可鉴嘛！要吸取教训，克服个人英雄主义，还有一个冒动主义的倾向，一步一个脚印往前走。"他接着说："玉鼎同志，你还是留在省委，就不要回去了。"

邹玉鼎心里咕咚地响了一下，但并不感到意外而沉住了气，脸上显出一缕微笑，一直凝望着书记，这是善意的批评，宽容的劝导。好半天才直言不讳地说："书记，西区的问题，是我一手操办的，负全责。不过，照我看啊，安康县的局势是紧张些，但还未到那种十分危急的险境，还是可以从容不迫地去做好工作；留在省委，固然该接受，确实是求之不得的，但我实在是过不惯这里的生活。吃不上大米，成天肚子是空空的，实在叫人难熬，这比同敌人面对面地作斗争难受多了。我已经要求多少次了，诚恳地请求省委同意我回安康工作，保证不出问题。"

欧阳钦说："你诚心要回，就尊重你个人的意见。德生、刘华你们的意见呢？"

张德生说："回去可以，但不要负责中心县委工作，就协助白丁吧！"

刘华说："既然要回去，做事就得过细，因为你在安康已经有一点影响，会有人注意的。常言道：小心无大差，慢走跌不倒！还是谨慎为好。"

天下的事莫过于摸清、理解、关照别人来得重要，这虽然是满足了个人的一点意愿，但这个生命的感动会在实现伟大的革命理想中抵达阳光的境界，创造的价值同金子相比，昂贵得多，辉煌得多。

在满意里，邹玉鼎由于激动而产生了一种虔敬真诚的心情，领导们的话，听下了，记下了，浑身有一种不可阻挡的力量。回吧，回吧，秦巴山里是生我养我的地方，在那里勇敢战斗，为革命发出自己的一份光芒。他笑着说："请领导放心，即便是出门碰到劈面雨，行船遇到顶头风，我得遮着雨、顶着风往前走，决不退后半步。想方设法，配合崇法共谋大事，做好党的全面建设。"

大家都笑了，而且笑得很欣慰。笑声一止，又聆听欧阳钦的再三嘱咐。"对党的工作，主要是整顿组织，加强隐蔽，面向农村，稳步发展；对群众工作，搞好统战，团结进步，争取中间，孤立落后。对地下武装工作，一是整顿思想，巩固组织，保存实力，隐蔽待机，对安康恒口的武装党支部和旬阳的秦巴虎豹队要管理和了解实在，要牢牢地掌握在党组织的手里；二是在安康未沦陷时，严禁公开武装活动，防止给反动派制造口实，对我进行舆论攻击。对这些你们要掌握时机，掌握动态，掌握群情，付诸实施，一定要从实际出发，不可坐而论道，纸上谈兵，这对局势发展只有益而无害。"

邹玉鼎和王崇法临走的头一天上午，刘华来看望他俩，问："出来了，又回去，思想准备好了吗？"

邹玉鼎用手指着自己的头顶笑呵呵说："哎呀！清醒了，开窍了！这是最坚实的基础。"

王崇法把两手攥得紧紧的，说："准备好了，心中有数，顾全大局。"停了一会儿，又问，"你去延安，啥时候走啊！"

刘华说："时间是组织定的，可能得十来天吧！"

邹玉鼎接话茬儿说："到了延安，一定要给我们来信，告诉党中央的决策，多指点指点。"

刘华说："那是一定的，但边区的做法在国统区只能借鉴，不能完全照搬硬套，要接受在芭蕉口出现的教训。"

邹玉鼎说："是的。必须根据自然条件、社会环境、敌情我情群情状况，采取我们行之有效的行动。"

刘华说："行船靠掌舵，羊群看头羊。我深切望你们掌好舵，当好带头人。我今天来还要明确一件事，按组织的最终决定，邹玉鼎担任中心县委书记，王崇法担任中心县委组织部部长，你俩有什么意见？"

王崇法和邹玉鼎异口同声地说："没有意见，坚决服从组织决定。"

刘华说："宣传部部长的配备，待你们回去选定，立即报省委组织部，尽量快一点。"

邹玉鼎说："我们会抓紧的，请组织放心。"

从山里出来，又要回到山里，是什么滋味呢！是心想，是理想，还是梦想，只有王崇法和邹玉鼎自己才能讲得清楚明白。

他俩进了沣峪口，感觉在苍翠的云雾间遨游，拐了一个弯又是一个弯，翻了一座山又是一座山，过了一条沟又是一条沟。从邹玉鼎和王崇法眼里闪过的，这山那坡都很陡，要爬上去是很难很难的，但在心里总觉得会开凿一条蹊径，终究能攀缘上去，何况现在不是正走一条宽阔、希望，又坎坷、崎岖的路上吗？

途经宁陕关口，又觉这个地方很独特，南北被两座山峰耸立的葱绿的高山所夹，细水如线的长安河，清浅弯曲，淡远如澈，波浪相击，激情汹涌地穿过这座小山城。这里的太阳比其他地方落得早，山林浓郁阴沉，气候清爽宜人，酷暑一下子被大自然的神鞭驱赶得无影无踪。

王崇法同邹玉鼎走出旅馆，长长地吸了一口凉爽的空气，便来到旅馆南侧的一座小桥下，连连捧了几把凉凉的河水抹了抹脸，瞬时觉得又清凉得多了。他俩坐在河边商量和研究下一步的工作安排和部署，最后对宣传部部长的人选交换了意见。

王崇法说："咱们的宣传部部长选谁合适呢？"

邹玉鼎说："我听安中的师生反映，邓金印是个很有头脑的青年人，你了解得比我多嘛！"

王崇法说："是不错。对抗日救国宣传非常积极主动，组织流动图书馆、创办《拓荒》壁报、营救刘华出狱，他出了很大的力。特别是同抗先和抗协作斗争很有心计，经组织批准加入三青团，并在其中任组训员及安中区队副职务，以此做掩护，开展了党的大量活动。他很适合做这项工作。"

邹玉鼎说："你这么一讲，我看行，就让邓金印担任宣传部部长吧！"

王崇法说："我同意，他是最佳人选。"

邹玉鼎说："回去以后，再征求一下其他同志的意见，若无不同看法，就速报省委组织部。"

王崇法说："好，就这么定。"

他俩回到旅馆已经是半夜过了，正准备熄灯入睡，只听传来一阵嘭嘭的敲门声。邹玉鼎问："谁呀？黑天半夜的要干啥？"

"警察局的，查房！"

邹玉鼎向王崇法打了个睡下的手势，去开门，只见门外站着两名警察，说："你们看，现在都到啥时候了，干扰别人休息。"

"不要啰唆了，那你们为啥不按时回旅馆？"

"屋里有点闷，我们到河边乘凉去了。你们这里好哇，昨天刚立秋，就像秋高气爽的日子。"

"少说烂干子话。到哪里去？"

"回安康。"

"证件？"

邹玉鼎将三青团的介绍信递了过去。

那警察接过一看，哦，是三青团安康分团的，又像是在作解释："你们不知道，老百姓里有一句话说，现在白天是国民党的，黑夜是共产党的。所以对夜间行走的人特别注意，严防共产党的不法活动。"

"按这么说，夜间不敢走路了，一走路就会有嫌疑。"

"那也不完全是。比如像你们，说是在河边乘凉，谁知道在做啥，回房又迟，那不得不询问个究竟。三青团的人，就做三青团的事，释疑消嫌。好啦，打扰你们了。"

王崇法倒在床上并没有睡着，听了这一番话语，倒觉得神奇，不可想象。秦巴山在进入沉睡时，确有一轮爬出的阳光，既是火种又是旗帜，照亮、操心、守候和盘算着家家户户、山山水水改变古老的山系，创造一个崭新的面貌。一个誓言者又回到发出誓言的老地方，去实现自己坚韧不拔的誓言！苦瓜破肉见红心，大浪淘沙出真金。他想。

当一个人的决心从口里表示出来的那一刻，他的心境是任何人也领会不到的那样一种优美、奇特和广远，而且定能不屈不挠地去面对艰苦、枯燥和险阻，朝着决定的方向奋进。

白板就是带着这样的心情，在接到上学通知后，立即同江鹏一起赶到陕甘宁边区第二师范学校（也称关中第二师范学校）的所在地傅家山。在他眼中，这里的山水沸腾，村庄喧闹，要比秦巴山中热火得多。不过校舍极其简陋，教具缺乏，饭食粗淡，和芭小教学设施相比，相差甚远。他牢牢地记着临走时，刘华反复给自己说的话，"陕甘宁边区第二师范是在陕甘宁边区军民同国民党军队反摩擦的战火中诞生的新型学校，是一所培养地方文教干部和小学师资队伍的学校，也就是说为抗战救国培养急需的人才。一名共产党员一定要在变化了的环境中经受考验，不断地成熟自己。你们要准备过艰苦的生活，适应教学方法，刻苦学习知识，成为祖国的有用之才。"白板一听立即告诉老师，鸿者大，忠者诚，坚守自己的誓愿。刘华笑了，"白板呀，你背着自己走吧，路是走出来的，人是炼出来的。环境考验、磨砺造就人啊。立鸿志，创大业！如果胡琛也去二师，你一定把我的话转告给他。"最让白板兴奋的是，自己老师讲的那些，好像是他也住过这样的学校，环境的确是困难、艰苦和险恶。但是，自己刚进校不几天，就感到安稳、平静、熟悉，体会到军事化管理的昂扬气势，师生之间，团结友爱，紧张活泼，如同兄弟姐妹间的亲情，同驻地百姓是鱼帮水，水帮鱼，来往密切，相互关照，依靠群众，克服办校困难，保证学校教学的正常化。白板坚定地想，不论将来干啥，坚决跟着共产党，彻底干革命！

半个月之后的一天下午，白板和江鹏各拿了一块土砖，放在一棵大树下，一屁股坐在砖头上，然后把折来的树枝叶铺在膝盖上，用一块桦树皮做老师布置的语文作业。

这时，邹友生语文老师轻轻地来到树下，只见他俩全神贯注地做题，也就没有吭声。

"哎哟，邹老师，我们没听见你来。"白板有点歉意地说。

"你们不要动，继续做。"邹友生蹲在他俩面前说。

"已经做完了。"白板望着邹友生又说，"邹老师，我听别人讲，你是汉阴人，是不是？"

"是，我到二师半年多了。"邹友生说。

"啊，我们老家离得不远哪！"江鹏惊奇地说。

"我知道，白板是紫阳任河嘴的人，江鹏是安康恒口的人，距离很近，对吧！"

"对对对！"他俩激动了，不约而同地回答道。

"习惯了吗？"邹友生问。

"现在还行。刚来时，吃饭都过不了关，一天老是小米、野菜、干饭、辣子水，时间一长，这个胃也服帖了。"白板说。

"就是，连一顿大米饭都吃不上。到头来皮了，皮实了。"江鹏说。

"一个人在一个新的环境有一个适应的过程，这个过程就是锤炼和强化意志的过程。"邹友生说。

"那苦难的感觉，终于撑过去了。"白板说。

"这里边有一种力量，就是崇高的目标和必胜的信心。"邹友生站起来说。

"邹老师，咱们生活如此艰难，师生倒如一家人那么亲密，这是为啥？"白板又问。

"这是战争给我们上了一堂教育课，只有团结友爱，艰苦奋斗，才能战胜困难，办好学校，为抗日救国培育更多的时代英才。"邹友生说。

"哦，还是老师见识高明。"白板说。

"呃，别忘了我们是处在针对国民党军向边区进攻的反摩擦斗争之中，既是学员又是战士，坚持学习，准备战斗。学习好比打仗，不要坐失良机，用自己的能力、智力和创造力迎接胜利！"邹友生一边说一边招了招手，微笑着走开了。

白板和江鹏唰唰地将老师讲的这些话写在那块桦树皮上，更记在了自己的心中。

邹友生走了没多远，看到前边走来一位端庄高大的青年人，他问："老师，教导处在哪儿？"

"你找谁？"

"刘耿主任。"

"有啥事吗？"

"我是来报到的。"

"哪里人？"

"陕西紫阳人。"

"叫啥？"

"胡琛。"

"哎，我们一班也有一个你们同乡。"

"啥名字？"

"白板。"

胡琛心里一动，白板是罗鸿忠入党时刘雪亚老师给起的名字，今天可用上了，没再多讲什么，只说："好哇，有同乡的学友可真难遇呀！"

来到教导处，邹友生敲了敲门，说："刘主任，有名陕南的学员胡琛来报到。"

"好，请进来！"

胡琛应声走进屋，一副军人的姿势站在办公桌前，将一封信递了过去，说："刘主任，这是陕西省委的介绍信。"

刘耿将信拆开，一边展阅，一边说："习书记给讲过，我们在等你哪。你原在学校当过学生会主席、宣传队队长？"

胡琛谦虚地说："都是过去的事，不算啥！"

刘耿笑着说："有这段经历，就有自己的经验，望继续努力。我们只有一个班，你自然被分配在二师一班，吃、住都安排好了，晚上好好休息，明天开始上课。"

晚饭时，白板一眼认出蹲在大树下吃饭的竟是胡春贵，心里说不出的高兴，端着碗就跑了过去："春贵，啥时来的？"

"嘘，叫胡琛。"胡琛捏着手中的筷子直摇。

"明白了，我也是扛着一块白板啊！"白板嘿嘿一笑说。

胡琛问："你来多长时间了？"

白板回答："不到一个月。"

"咋个样？"

"战争中办学，学以致用。肚子也刚强了！"

"我听别人讲了，是艰苦点，你看这小米干饭清汤菜，不过苦的不尽、甜的不来嘛！"

"你们啥时回省委的？"

"八月十三日。"

"刘家辉老师呢？"

"留在省委工作。吴觉非老师，改名吴仲壁，送到延安行政学院学习。"

"见上刘雪亚老师了吗？"

"没有，他已经到延安了。"

"这位刘老师对咱们二师了解得很多，他反复给我叮咛了好多话，并且知道你也要来，让我一定转达给你。"白板原原本本地把那些谆谆的教导告诉给胡琛。

胡琛听后感动地说："老师就是老师啊，恩师的教诲，是一心为着学生成器作想，我们要永志不忘！"

他俩相视而笑。接着把稀稀的清汤菜倒进了小米干饭里，稀里哗啦地拨进嘴里，还没嚼几口，又稀里哗啦地咽下了肚子里。这对他俩来说，改变了吃饭的习俗和状态。陕南人按时常是大米饭是大米饭，菜是菜，分而食之，绝不像这样子搅拌在一起。在这里胡琛和白板这样做了,而且做得很干脆、很麻利和很有味道。

过了不几天,刘耿把胡琛叫到办公室,让他撵到晚上前写几条已经拟定的欢迎标语。胡琛毫不推辞地接过几只用黏土块制的土粉笔,不声不响地在这个临时的校园转了几圈,选择了醒目的一面墙和两块巨大的石头,赶晚饭前,就在上面写好了三条标语:热烈欢迎参加国民教育大会的代表从延安归来!参会的代表们辛苦了!办好学校,为抗日救国培养优秀人才!

第二天中午时分,刘端棻副校长和学生代表吴贵学一踏进校门,就感到特别热乎乎的气氛。这标语耀眼暖人,称心如意,符合实情,有针对性;这字写得结构合理,整齐美观,体势规范,笔力遒劲,一定是新来学员的手笔。这师生一见,有的握手,有的拥抱,有的问长问短,好似有许多话要向这位长者倾吐。有的老师站在刘端棻面前,流着泪说,"校长,你走后由刘耿主任代副校长职务,奉上级指示,我们在他的带领下,学校从傅家山开始搬迁,这期间连续下大雨,师生疟疾病号增多,山高沟深路又滑,三天的路程走了整整七天,才到了新正县后掌村。"大家围在刘端棻的身边纷纷而语:把人可难扎啦!安顿好了,现在都很安心!磨炼了脚板,增强了斗志!

刘端棻一听这些话语,喜形于色,高兴地说:"老师们,同学们,劳累你们了!我给你们讲,在毛主席和党中央的正确领导和指挥下,陕甘宁边区军民奋力自卫反击,打败了国民党军对边区的进攻,反摩擦斗争取得了一定的胜利,关中分区的形势也比较安稳了。所以,习书记指示学校重新搬回新正县,这儿距离分区机关更近了,我们的校长对指导学校的工作更方便、更有利了!而且,学校在分区跟前,不是更安全吗?"

话音刚落,掌声即起,如一阵一阵的响雷震破了天空,在校园内外、村前村后、山峁沟壑间滚动,在传播和共享一个特殊的让人高兴的消息。

刘端棻没顾得上歇息迅即赶到阳坡头村,向习仲勋汇报延安的会议精神。当他一踏进门,习仲勋就立刻站起来,一边招手一边笑呵呵地说:"你可回来了,一路辛苦吧!快坐快坐!我给你沏茶。"

刘端棻坐下说:"习书记,我刚到,来向你报告开会的情况。"

习仲勋挨着刘端棻的凳子坐下,说:"好吧,中央有啥新的精神?"

刘端棻想了想,为了不占用书记的时间,还是突出重点,简单扼要地汇报吧。他简要地讲述了边区教育厅召开的各县教育科长联席会议、中等师范学校校长联席会议和张闻天书记与中央宣传部副部长徐特立的关于做好教育工作和认真学习的讲话精神，对边区政府教育厅厅长周扬、副厅长丁浩川关于师范当前工作的意见概括了三点：一是要进一步发扬学校的民主，二是学制由一年制改为两年制，三是实行教导合一制。

习仲勋像一位学生似的聚精会神地听完刘端棻讲的会议内容之后，说："两个联席会开得及时，中央领导讲话实在，教育厅的意见合适，你想怎么传达？"

刘端棻心中有数，说："想安排两天时间，在原原本本传达上级会议精神的基础上，让全校师生员工广泛深入地讨论如何改进战时教育工作，调整和更改我校的模式。"

习仲勋点头说："这样是否好一些，咱们召开一次全校民主生活大会，传达会议精神，广泛展开讨论听取师生建议，开展批评与自我批评，以利贯彻上面的指示，进一步加强团结，改进我校的工作。这对深入进行民主集中制教育和实行民主办学原则是一次深层次的探讨。你看怎么样？"

刘端棻表态说："这样好，使传达会有了一个中心，生活会分量更重了。我回去就立即安排。"

习仲勋说："计划要稳妥些。关于行政机构、学制确定、课程设置、人员配备现在就得考虑考虑，可先同主任、科长们个别沟通沟通，做到胸有成竹。"

刘端棻请示地问："书记，你作动员吧？"

习仲勋摇着手，笑了："还是你这个名副其实的校长动员合适，我这个兼校长一定给你敲好边鼓，肯定要讲几句。再忙，这个会我参加到底。"

刘端棻心里热乎地说："习书记呀，你可是我们响器队敲大鼓的领头哪，你咋敲咱们就咋跟。"

习仲勋说："是呀是呀，相互配合，发挥各乐器手的技能，敲出和谐的节奏，让明快、激越、动听、昂扬的器乐声吸引更多的有志之士！"

刘端棻双手一拍，叫道："习书记，你在为我们招生作宣传语呢！"

他俩一起都笑开了，笑得很开心，很畅快。

习仲勋问："陕西省委介绍来的安康青年胡琛和白板，还有一个记不清名字了，你见了吗？"

刘端棻想了一会儿，说："可能是我七月到延安开会时来的，还没见到。"

习仲勋赶快说："是是是，来不长时间，是刘耿接待的。回去关照一下，安康人爱吃大米，想办法给换换肚子，不要让他们饿瘦了。"

刘端棻说："我知道，事务处多次请示，边区政府一月只给四升大米，主要是优待病号，该照顾的一定照顾，让我们的学生身体健壮地走向前线，走上工作岗位。"

习仲勋说："要关心每一个学生，因为他们即将承担抗日救国的重担呀！"

"是是，战争和革命正等着他们哪！"刘端棻要走了。

习仲勋把他送到门外，老远还在喊着："小心点，慢走啊！"

这天，召开民主生活大会前的早晨，天还没亮，习仲勋就起了床，伏案修改昨天夜里写的大会讲话稿，又计算路上须行走的时间，还想提前见一见新来的学员。天蒙蒙亮，习仲勋便骑马出发了。

刘端棻没料习仲勋来得这么早，离开会时间还有一个半小时，便说："习书记，先到办公室坐一会儿吧！"

习仲勋立即说："你先谈谈会议议程吧！"

刘端棻顺手将会议安排表递了过去。说："按照你的意见，增加几项，共八项议程。"

习仲勋一边走一边看，到了办公室，坐下后说："安排得很紧凑，也很周密，有各方代表发言，体现了广泛性、群众性和民主性，又调动了师生关心的积极性嘛。这个很好，就按议程一个一个落实，现在有点空隙，见见胡琛吧！"

刘端棻掏出怀表一看，还有一个多小时，说："来得及，我回后同胡琛谈过，他很灵光，家庭小业主，上过私塾，经过商，紫阳芭蕉小学高年级学生，是刘华介绍入党的，入党一年多了。一进校门，那块石头上的标语就是他写的，字也写得不错。呵呵，一个小时，行吗？"

习仲勋知道得更细了："哦哦，够了。安康地委书记刘文彬去紫阳，也是地委组织部长刘华向芭小的校长引荐去的，他们共同在秦巴山培养了不少人才，不耽搁会议时间，只占五十分钟就可以了。"

胡琛一听，习书记要见他，心花怒放，激动万分。突然间又变得双眉紧锁，心事重重，不知我们的习校长要问些啥呢？我该从哪里讲才合意呢？有些感觉能不能讲呢？哎！想那么多干啥，临场发挥呗。他想着想着，笑逐颜开地走进了校长办公的窑洞。

准是习仲勋看到胡琛从外面走来了，立刻走向前去迎门而问："是胡琛吗？"

胡琛停止脚步，挺身而立，注目回答："是，习书记，陕甘宁边区第二师范一班学员胡琛！"

习仲勋满脸笑容，仔细瞧着面前站着的这位高大壮实的青年人，过去拍了拍肩膀说："还挺正规严肃啊！"

胡琛一动未动地站在那里，神情依然如此，说："习书记，是专心攻读知识的学生，又是冲锋陷阵的英勇战士，养成从一点一滴开始。"

"哈哈，讲得好、讲得对。"习仲勋说着，便把胡琛拉进了屋，先过问了些生活习惯，然后马上扯起老远老远的事情，"你知道红三军从陕南过吗？"

"我知道，是贺龙军长领导的红军，转战旬阳、安康、镇坪、平利、湖北竹溪进四川的。"

"那个贺龙军长现在是陕甘宁晋绥联防军司令员，还有一位徐向前，可是赫赫有名的人物。"

"嗯，是的。红四军的总指挥，他到镇巴受阻，是紫阳的背二哥任必亭把他们四人智救回到四川大竹县，红四军还在紫阳和镇巴建立了苏维埃政府哪！人民当家做主啊。"

"如今，徐向前是陕甘宁晋绥联防军的副司令员兼参谋长，徐海东你清楚不清楚？"

"清楚的，是红二十五军的军长，率领队伍从镇安入旬阳，经安康抵宁陕，在汉中洋县同陕警二旅激战，把敌人打得一败涂地，落荒而走，旅长张飞生被击伤，钻在死人堆里，趁黑夜逃走了。"

"这徐海东现任新四军江北指挥部副指挥兼第四支队司令员。土地革命战争时期，红军在秦巴山里留下了永不磨灭的足迹和光辉的战斗历程。红军在陕南转移和战斗的壮举，你是咋知道得这么多？"

这一问使胡琛激动不已，是自己听说过和见过的，于是滔滔不绝地讲了起来。"是刘雪亚老师在上语文课时悄悄讲的，讲得活灵活现，他也像参加过红军一样。他顺带也讲国民党军队，只不过三言两语就讲完了，同学们都明白是咋么一回事。这被一位吕永吉老师知道了，他是国民党党员，偷偷地问过我，刘老师好像是共产党。我回答，你们老师的事，学生哪能知道。他叫我想法儿套乎套乎。他见我一杆子撑得远远的，扭头就走了。下来我把这报告给刘老师，他有所介意而又满不在乎地笑了，讲些七颠八倒的事，生动生动语文课的内容，莫啥大惊小怪的，就让吕老师去胡思乱想吧。我还见过红军，那是民国二十三年五月，天快黑的时候，戴着红五星队伍从街上过，老百姓没有跑的。爹对我说，不怕，这是红军，是穷人的队伍。天黑定了，他们歇在山坡下边的小路旁边。当时，只知道这是好人。要是国民党军队和民团一来呀，不是抢粮抓鸡，就是拉妇女，闹得鸡飞狗跳，

第二十九章　重任在肩磨明珠　　　　　　　　　　　　　　651

百姓遭殃。我爹挑了满满当当的两桶茶水，让我提了高高的一篮子核桃一块儿送过去，茶水收下了，核桃人家坚决不接。我想了个办法，一捧一捧地捧给每一个红军战士，有的接上了又还了回来，你掀我推中有的掉在地上。或许是排长或许是连长见状，说，感谢你们了，这是要给钱的。不能白拿，硬给我口袋塞了三块大洋。那时我才十二岁，还不懂个啥。去年刘老师带我们春游时，从珠盘乡乡长朱鹤年口里得知了底细。那是红四方面军王维舟率领的第三十三军三个团和红四军十二师一部，担任反击川陕敌军的'六路围攻'计划，进驻川陕边重镇大竹河，抵御陕军南进。王维舟军长指派红军二九六团担任紫阳麻柳坝、毛坝关一线的防御任务，曾在冒火垭、二洲垭、银红沟、黄草梁等地，与刘存厚的川陕联防军和王耀宸的安绥军二团及紫岚两县民团激烈交战八次之多，先后三次打进麻柳街。"

习仲勋插了一句，"王维舟现任陕甘宁晋绥联防军副司令员。好，继续说。"

胡琛口若悬河，接着又讲了下去，"红军在老百姓中影响很好，明白红军是共产党领导的解救穷人的队伍，是自己的军队。百姓们鹑衣百结，骨瘦如柴，穷困潦倒，哪个都想过好日子。于是，陆续有八十多名男女青少年参加了红军。如麻柳的王世风，乳名银香儿，十七岁参加红军，一年后加入共产党，担任了红军女子班的班长，在川陕边界做群众工作。在万源保卫战中，她发动老百姓给红军打草鞋两千多双，做布鞋一千多双，组织发动青壮年背运粮食五万多斤，背运土豆五万多斤，背盐巴五百多斤。先后两次带领六人把三百多把长矛、三十多杆火枪、五十多把大刀分别送到大竹河和万源的红军驻地。红九军军长许世友见了哈哈大笑说：'在这仗打最艰苦的时候，你们一背篓一背篓地给我们送来了这么多的粮食和土豆，这也是子弹和炮弹哪！谢谢王世风，谢谢紫阳人民！'红军离开川陕革命根据地以后，留下三百多人组成了独立师，她所在的连队一个排也在其中，她们在大巴山地区的四川牛脑壳、皮窝铺、龙房坪、烂泥垭和陕西的黄草梁、麻柳坝、烟墩垭及紫溪河（上游属四川、中下游属陕西）等方圆的地域上组成了川陕边界游击队，继续坚持武装斗争。又如冯翠兰，原名冯彩儿，十四岁参加红军，是红军扩红队袁队长给起的这个名字。长征三过草地，历尽千辛万苦到达延安，上了中央党校，后入抗日军政大学学习，以优异成绩毕业后奉命任运输连的连长。民国二十八年春，调往西安八路军办事处工作，这时组织给她改名叫冯苏。那位朱鹤年还营救了刘家辉老师。习书记，我说得太多了，耽搁了你的时间。"

习仲勋好像也在思索着什么，是革命的过程，是革命的现实，是革命的艰辛，是革命的将来，披揭了一幅光辉的蓝图吧！他依然是那样满脸笑容，说："不多，不多，讲得挺实在。这种印象和记忆应该是红军播撒的种子，在适宜的环境中发芽、出苗、成长，你是才华出众啊！眼前你的任务是，发扬红军长征的革命精神，用先辈们流血牺牲的举世壮举和英雄气概鞭策自己，刻苦读书、实践，不断锤炼，使自己成为我们这个时代的佼佼者。"

胡琛意识到该是谈话结束的时候了，立刻站起来恭敬地说："首长，你的话我记住了。开弓没有回头箭！一定实践入党时的誓言，为了事业的成功，宁可豁出自己的生命！"

话音刚落，刘端棻进来了，说："习书记，开会还有十分钟，走吧！"

习仲勋高兴地笑了，说："好，咱俩聊完了，走。"接着，又拍了拍胡琛的肩膀，送他出门时，提示了一句，"立志容易成功难，考验还在前边呢！"

胡琛望着习仲勋慈和的脸容，连连点头，浑身充满一股有力的劲头走开了。

在进会场的路上，习仲勋对刘端棻说："胡琛是红军种下的好苗苗，底子很坚实，加上学校培育和自己的努力，是会争气的。"

刘端棻说："是的，他既懂礼数又知理路，响鼓不用重锤嘛！"

民主生活大会开始了。会场很严肃，也很寂静，只有习仲勋的讲话声和刘端棻传达延安的教育工作会议的声音在会场回荡。

胡琛端端正正地坐在凳子上，一边全神贯注地倾听讲话，一边认真用心地走笔记录。越听越觉得心里开化、豁朗了，对革命的前程越来越充满了坚定的信念。他突然间悟出这样一个念想，办学校、上学堂，应该是缩短伟大革命进程和实现完美梦想的一座坚固的桥梁，同样是炼钢锻铁的一座大熔炉。

小组讨论贯彻意见时，争先恐后，各抒己见，纷纷发言。尤其是对学校行政组织与学生会的关系争论不休。有的说，学生会不专属教导处领导，应该提升一格；有的提出，学生会是青救会直接领导的学生组织，应同学校行政是平行的关系；有的持不同意见，认为学生会是学校领导下的群众性组织，毫不例外地要接受教务处和青救会的指点和引导，不能在组织机构上并驾齐驱，不分高下。

白板一听急了，"这学校行政和学生会咋能齐头并进，不分上下，究竟谁领导谁哪！胡琛当过学生会主席，你说说那时你咋干得那么顺手。"

大家的目光唰的一下投向了胡琛，只瞪起眼睛，说不出话来，没看出他还当过学生会主席！个个都在期待着他的高深见解。

谁也不再抢着发言了，屋子阒寂无声。

习仲勋将胡琛推了一把，说："莫谦虚，讲吧，广开言路嘛！"

胡琛淡淡一笑，慢条斯理地打开了话匣子。"要我讲，这与当学生会主席并无直接关系，问题是线要穿在针眼里，话要讲在理路上。我想是要明白学生会的性质，它是按照自己的宗旨、任务经上级批准建立起来的组织，具有广泛的群众性，有一定的独立性，只是相对的而不是绝对的。其组织在进行全面和重大活动时，要有其他行政组织的指导、配合和协调。否则，光靠自己去闯荡，很难完成所担负的任务。这咋能同学校的行政组织平起平坐？闹不好会走向分庭抗礼的地步。俗话说，羊群应有领头羊，雁群应有领头雁。有了分区和学校的领导，我们艰难办学，啥都能干成，你们信不信！再说我们那会儿，学校教导处主任刘华，那时以教师掩护共产党员身份改名刘雪亚，又是安康地委组织部长。他代理芭蕉学校校长时，组织我们学生成立了学生自治会，主席和副主席由进步学生和学生共产党员担任。在地委书记刘文彬，当时改名刘家辉的领导下，组织一次春游，以抗日救国反对投降、支援前线为主要内容，以各种形式向老百姓进行范围较大的宣传，我们自己也得到了教育，走一路红火一路，效果很好。这完全是党组织精心策划的，以学校行政组织出面，学生会牵头，其他教学部门大力协作，才出色地完成了借春游进行唤起民众、共同抗日的宣传活动。再有，学校的校董姜东周，家族大，财势凶，横行乡里，是紫阳芭蕉的一霸。春游回来第二天就听别人说，姜东周把修缮学校校舍和食堂停了，把校产的苞谷卖给安康了，把政府下拨的修建费放债了，还买大烟抽。这引起学生的愤怒和家长们的不满，学生宋玉田的父亲曾被姜东周家整过，有家不能回，有地不能种，更是气愤，闹得更厉害。便去同学生会主席黄恺丞商量后，把他们的想法告诉给刘雪亚老师，刘老师反复思考同意行动，并仔细地合计了一番。接着他俩来找我说，刘老师支援声讨姜东周，让和你在一起商议一下，我当时只有一个念头，有老师在后面撑腰，就是党组织的领导，我是党员，又是学生会副主席，这动作是为办好学校、维护师生利益的大事。果断地说，要得，明天早晨行动，找姜东周算账讨说法，让他全部退回公家的东西！不过，在这期间万万不能走漏半点风声，防止人逃跑。之后，我对刘老师说，为防止意外的冲突，护校队能不能做我们的坚强后盾。他嘿嘿一笑，你们的后盾强大而有力，都安顿好了，你们在执行中一定要灵活机动。声讨后，姜东周到县上告状，刘老师先下手为强，拿着我们搜出来的烟土、烟具和其他赃物及状子，连夜就到了县上找了县长。这次我们学生会出头进行的罢课声讨反姜斗争取得了胜利，政府派了教育科长来校整治，答应学生提出修建食堂、厕所，增加桌凳等十项条件，免去了姜东周学校董事长的职务，责成其退还学校财物等，这一霸被我们整得威风扫地，狼狈不堪。好了，就说这些，把大家的时间都占光了，实在对不起。我是想把实际过程叙述得细一点，意图是从中领悟学生会与党组织、学校及学校行政组织究竟是一个什么样的关系。"

吴贵学把手拍得呱唧响，"讲得好讲得好，我也来一段小插曲。我作为学生代表，冯宝仁主任作为教职工代表，随同刘端莱副校长赴延安出席了中央召开的国民教育大会。在这期间，我有幸聆听了徐特立副部长语言生动活泼、神态滑稽有趣的演讲。现在我们正在议组织机构，徐老有几句话对我有启示。他讲，现代的青年人是很幸福的，学的都是革命的、科学的、最新的知识，我们那个时候连老师都不知道火车和铁路。如有一道算术题：火车离铁路有多远，几个小时火车才能到达铁路？这下把不了解的人蒙住了，有的提问，不知火车时速是多少，几点钟发？有的说，知道这一段铁路有多长，才能计算出来。有的还在探讨在行进中有耽搁咋办！这话逗得大家哄堂大笑。他接着又说，在战争和艰苦中培养人才，这本身就是难得的锻炼机会，但是还须增加养分，灌输各方面的知识，包括政治的、军事的、经济的、文化的、历史的，等等，把自己装得饱饱的，将来才能奔赴各条战线去占领自己应该占领的岗位，如同打仗一样，打一个漂亮的仗！这话是从我嘴里传出来的，其实是毛泽东同志讲的，是对你们的希望！会场里响起了哗哗的鼓掌声。由此，我想到我们讨论的话题。应该属于政治范畴，是一门学问，只能在实践中认识、掌握、排顺，只要有利于教学，有利于革命，符合实情，就是对的。我赞同胡琛讲的，这已经很透彻了。"

习仲杰接着说："平行关系是为了有利于发扬民主，我认为这个提法不妥。组织关系平行和民主不能扯在一块，民主就是让我们对学校办教育权利发表意见和建议，或者提出善意的批评。难道关系平行了，就言无不尽，否则，就欲言又止，放弃自己的权利？这不合情理。组织上的有秩序性，是决定工作取胜的保证。"

白板接茬儿说："是的，如果组织混乱，会造成人心涣散，造成的损失将不可估量。"

胡琛又说："我看呵，队主任的权力过于集中，有碍于教务和生活指导两处的统一管理，这状况须改变。"

习仲杰插话说："影响了两部分管理的职能作用。"

胡琛补充说："建议成立一个财务监督的单位。"

这时，会场又活跃起来了。大家纷纷说："胡琛你写一份建议书递给领导。当然，也要包括我们的意愿哪！"

胡琛抿嘴笑了，"人上一百，形形色色，我哪能知道各人都想些啥。"

"尽管看法有所不同，但我们都是在为实现目标着想。你写个啥，就是我们要说的啥，信得过你嘛！"

"那我不就成了一言堂，独断专行啦！"

"不是不是，你笔下是群策群力的主见啊！"

哈哈哈！一阵愉快的笑声，像长着翅膀飞出了窗外。

时间到了，讨论在激烈的争论、畅谈、欢笑中结束。

夜深了。在两座破旧的窑洞里灯光还在亮着，从外面望去一片暗淡、朦胧。一旦走进去，直观的是一片光明、清晰，一盏油灯闪闪发亮。

这时，刘端棻正在认真细阅各小组送来的记录发言和第三组上报的书面意见，他越看越激动，便来到习仲勋住的窑洞前，轻轻地敲了敲门。

"是刘校长吗？掀门！"

刘端棻进门一看，习仲勋正在专心致志地起草文件，说："书记，不打扰你，明天早晨再来。"

习仲勋搁下笔，说："来来来，时间不等人，先谈会议的事，我等会儿再写也一样嘛！"

刘端棻把署名第三组的书面意见递过去，说："第三组意见提得非常好。我一看字体就知道是胡琛写的，为证实，我去问了贵学和仲杰，他俩讲，不仅是胡琛写的，而且大部分意见也是胡琛提的。在讨论时，既是现身说法，又是言传身教，大家都服了，推举他给领导写份汇报的意见材料。"

习仲勋边看边点头："写得好，馋火。符合延安会议精神，问题抓得准确，分析很深刻，提的办法可行。我也听了主任、科长们的发言，有些矛盾，是组织不顺引起的，你的想法呢？"

刘端棻说："我同意胡琛他们组的意见，把教务和生活指导两处合并，实行教导合一，改队主任为指导员制，学制为'二二'制，招收的高小毕业生，在初级班学习两年，毕业后如愿继续学习，可进入高级班学习两年，因特殊情况，师一队仍为一年制。课程设置，国语、算术、历史、地理、自然、政治、国画、音乐、补充课不变，取消教学法，增加心理学和新文字课，教学时数变为三十节。根据学校组织机构的变更与工作的需要，会议结束后，将重新调整和配备干部。"

习仲勋说："好，领导决定同群众愿望的一致，就达到了民主生活会的目的。接下来，按边区教育厅的指示和集中大家的正确意见去办理，以顽强的毅力和坚强的战斗精神，完成边区教育厅规定的教学任务，成果是让更多的优秀人才走上前线。"

刘端棻说："我们有决心、有信心，加强团结，改进工作。甘之如饴，心细如发，掌握每个学生的特点，引导他们全面发展。"

习仲勋又转了一个话题，说："七、八月以来，我分区部队同敌人大小交战九十多次，警备八团和分区独立三营等部队在马栏、庙弯、井村和转角镇等地进行了较大规模的战斗，摧毁敌据点十多处，消灭顽军一千多人，缴获武器四百余支和其他大批军用物资。反摩擦取得了胜利，收复了马栏、照金两个区，新建瑶曲、庙湾、柳林三个区，成立同宜耀县，扩大了我分区的地域。我正给毛主席和党中央写反摩擦斗争的战况报告。写到这儿，我断定顽军不会就此罢休，会发生更大的冲突。你记得五月，我在阳坡村给你说的话吗？"

刘端棻记忆犹新地说："记得记得，你给我讲，'顽军可能逼近，逼迫我们退到山里去。咱们二师在三嘉源不安全，可以迁到新宁县去。再不行，还可以迁到南梁老家去。你还指示，今天二师的任务是保障学校一百多名师生的安全，还要接收分区被顽军侵占区的小学教师，担负保存干部的任务。学校要学会在反摩擦斗争中办学，一是要安全，二是要办学。'这我记得很准哪！"

习仲勋打断他的话，说："从那时起到现在的后掌村已经是第三次搬迁了。我讲的意思，你要有这个思想准备，眼前的时局还得搬迁。敌人逼得我们不搬不行嘛，只能选择这样的应对策略，敌来我走，敌走我办，边走边办哪！我见胡琛时，他有一句话很确切：是专心攻读的求知学生，又是冲锋陷阵的英勇战士。从国统区来的，不同的自然环境，新的生活方式，对某种事物，就会产生一种不同的定论，这是与胡琛探讨的结果。人要不断地变化思维方式，才能在不同的环境里生存得有价值。"

刘端棻说："是的，我看胡琛写的材料不一般，对事情的认识由浅入深，透过现象抓住了本质的东西，比别人略高一筹。适应战时办学，做好第四次搬迁的准备。"

习仲勋说："我们就是要培养出一大批有知识、有文化、懂军事、能打仗的人才。军事课上得怎么样？"

刘端棻说："上些军事基础知识，大家兴趣很浓，端正了举止行为，更增强了体质和团结。"

习仲勋满意地说："这个军事化管理不能放松，要坚持下去，不仅让他们心里有货，而且要使身体也练得棒棒的。这也是军事上的动员，是奠定战争实力基础的一部分。对吧！"

"一定这样。"刘端棻说着，走出了窑洞。到底是立秋一个多月了，深夜的风使他感到凉丝丝的，让人爽心悦目。

过了一个时辰，刘端棻走出门，直直地望着习仲勋住的窑洞，屋里的灯依然亮着。这让他踌躇不决，举棋不定，敲门吧，怕干扰了习书记的思路；不敲吧，夜太深，该睡觉了。刘端棻猛然间纵步走到较远的一棵大树旁，先是把嘴唇并合在一起，轻轻地咳嗽了两声。过一会儿，那灯光照旧亮着，于是，他张开口提高嗓门，又来了两声。

哎，有效果。门吱的一声开了。

"刘校长，你还没睡呀！"习仲勋边走出来边说。

"瞧，你没睡，我咋睡呢！"刘端棻委婉地说。

"哈哈，我这下把你给坑了，马上就搁笔，咱们都睡吧！"习仲勋风趣地说。

刘端棻转过话音说："不然哪！我咋能看见天上闪耀的星星。这夜越深越黑，那星星越是明朗。"

习仲勋赞赏地说："你是在作诗呢！是抒情诗，不像叙事诗，柯仲平的《边区自卫军》才是。这肯定不是格律诗和民歌体，也不完全是散文诗，鲁迅的《野草》该属于这类形式，倒像自由诗，那就自由点吧！叫我看哪，延安今夜的上空更深邃更广阔，星光更明亮！"

"书记，我对不过你，现在的任务是睡觉。"刘端棻催促着说。

习仲勋手一摆，说："对，听你的，该回屋好好安歇了，梦是心头想呵！"

这次民主生活会按议程已全部完成，开得圆满成功。第二天晚些时候，习仲勋在临走时，特地把刘端棻和其他几位领导同志叫到跟前，叮咛说："这次会达到预期的效果，甚至还有意外的收获，很不错。不过，这样的民主生活大会，以后特别要慎重，在全校大会上，学生面对面地批评老师，这不见得妥当。批评是为了调动师生们的积极性，如果批评的方式、方法不恰当，势必会伤害他们之间的感情。虽然他们接受了，但心里可能还不自在，下去再做点疏导工作，会更好些，要讲究民主生活会的质量。这两天，我也受益良多，满载而归。大家辛苦了！让我们在战争中创造出一条战时办教育的新路子。"

几句话像一股暖流涌进了每一个人的心海，大家不禁鼓起了哗哗的掌声，这掌声如雷在校园里滚动、飘荡。

胡琛站在不远的一棵树下，纵目欢送习仲勋离开学校，激动的心情久久不能平静。

"胡琛，首长已经走了，你还在想啥呢？"习仲杰从身后拍了一下胡琛的肩头问。

胡琛这才从沉思中猛醒过来，反问道："嗨，你咋也叫首长，这难道不是你哥吗？"

"属一个家族。"

"你在哄我。"

"我咋哄你啦？"

"明明不是嘛！兄弟就是兄弟，还怕别人问。"

"你咋知道的？"

"是掌管、守护我们的土地公公告诉我的。哈，这说明是真的了！"

"胡琛，你知道就不要再向下传了，那是有规定的。咱们是好学友、好战友，对吧？"

"那当然啦！"胡琛对习仲杰讲的话仔细地揣摩了一阵子，这是组织的关心、爱护一个革命者健康、顺当地成长，才这么做的。他便说："咱们一样地过着艰苦的生活，毫不例外，本固枝茂嘛！"

习仲杰思量着说："这话很对，不过，还得让人想半天，怪不得校长讲你的脑子有灵气。"

胡琛有点故作谦逊，说："哎呀，隔河作揖，承情不过。我这个土头土脑的，还灵气个啥呢！我知道我自己有多少斤两。"

习仲杰摇着手，说："嗨，这可是拉马不骑，过牵（谦）了！"

他俩你掀我搡，嘿嘿地笑起来。

胡琛收住笑声，说："我们又要转移了！"

"国民党军队不断地搞摩擦，有可能吧，啥时间不知道。"习仲杰含含糊糊、模棱两可地说。

嗶嗶！嗶嗶！集合的哨声响了。他俩跨起脚步向哨音传来的方向飞奔而去。

胡琛对今天晚上这次紧急集合很敏感，又很震惊，这明明是转移前的一种预兆，要走的可能性随时都会有。这对他是第一次遇到的，无论啥时，先得做好准备呗！夜越来越黑，他的预感越来越强烈，不是今夜就是明天，或者是最近，或者时间稍远一点，对搬迁是深信无疑。睡意被撵走了，他从床上坐起来，往窗外一望，黑乎乎一片，又睡下来，心中产生了这样一个念头：反正不能拖后腿。他想着想着睡着了，不多时，猛然一惊醒来了，睡眼蒙眬，喃喃自语，到底会在哪个时候？

到底会在哪个时候，不是自己能猜想到的，而是由敌人的动向来决定，敌人威逼着手进攻前，就是转移的那个确切时间。

按时间推算，短也不见得短，长也不见得长，转眼间到了小雪的节气。空气阴冷，天空晦暗。傍晚，刮过了一阵一阵寒风，漫起了一片一片乌云，顿时天昏地暗，看样子要变天了。胡琛对陕北这个节气的感觉截然不一样，那风刮过之后，卷起泥沙尘土，满天飞舞，全身上下都沾着土末子，让人呛得难受。不过相同的是那农谚的意念：小雪不见雪，来年长工歇；小雪雪满天，来年必丰年。这还真个顶用，说风就是风，说雨就是雨。刚黑定，天上果然飘来了纷纷扬扬的雪花。胡琛用双手接着雪花想，漫天大雪还走吗？

就在下雪的这天黑夜，关中分区正在召开紧急军事会议，通报敌情，研究兵力部署。

与会指挥员们各自发表如何应对敌军的看法，对敌人的企图、敌我双方的态势、战略战术的制定、广泛发动群众参战和机关单位的安全等方面全涉及了。

习仲勋对大家畅所欲言，无所不谈，感到十分满意。他精神焕发，眼神流露出镇定自若的目光，看着大家士气旺盛的样子，有如此饱满的赤诚，我们一定能够打胜仗。于是，他昂扬地走到悬挂的敌我兵力布防图前，边比画边正言厉色地讲了起来。"国民党当局为了加大强度进行反共活动，十月间，国民党第一战区司令长官胡宗南将邠县、淳化、耀县、同官、洛川和旬邑等地的反动武装组织起来，成立了邠洛区动员指挥部，派遣梁干乔任专员兼指挥官，以对付我关中分区。近期，蒋介石调动胡宗南、马鸿逵、邓宝珊等部主力部队包围我陕甘宁边区。其嫡系胡宗南第三十四集团军有九个步兵军和一个骑兵军，计二十六个步兵师、三个步兵旅、三个骑兵师，约三十万人。该胡只用十二个步兵师应对日本鬼子和担任西安、汉中等地的警戒，用于包围陕甘宁边区的兵力达十四个步兵师、三个步兵旅、三个骑兵师。其中，该胡在我分区周围就部署了六个步兵师、一个骑兵师、两个步兵旅。其兵力分布是，第九十军之三十三师和新编骑二师设防洛川，第九十军之二十八师和第十六军之一〇九师设防中部，第十六军之陕西保安第一旅、第二旅设防宜君，第十六军之预备第三师设防淳化、旬邑，据侦察该部有向我关中边区进行军事动作的迹象。第九十六军之二十四师设防三原，第七十六军之第八师设防甘肃的正宁、宁县，拟向我关中分区进攻。第八十军之第九十七师设防西峰、镇原，还有新十二军之第三十七师设防平凉一线，企图切割截断我关中分区同陇东分区的联系。大兵压境，毋庸置疑，其军事目的是，第一步攻占我关中分区，第二步继续向北进犯，直至夺取延安。国民党反动派的胃口张得太大了，我断言这会噎死他们的。既然他们要来，我们也不怕，奋起应战，针锋相对，打他个丢盔卸甲，一败涂地。我们从现在起做好战斗的一切准备，对兵力部署要加以调整，做好后方保障的安排，限时、限期、限量到达指定位置，不得延误。"指战员们一听真的要打仗了，个个摩拳擦掌，情绪高涨，恨不得马上就出发，去把骚扰的国民党顽固军狠狠地揍一顿，以解破坏团结抗日的心头之恨。

会议结束时，习仲勋指示作战参谋成永胜说："大家提的设想都很符合敌我双方的实际，加上我谈的意见，你可在原来的基础上，赶紧重新绘制一份战术标图。把敌情侦察、敌我态势、首长决心、行军路线、协同计划、火力配置、阵地编成、后方工作等方面，标绘得越详细越好。你先拿出草图，然后我们一起商定这份敌人向我进犯、我军予以还击的作战标图。"

"是，首长。"成永胜敬了一个礼，转身回到作战室。

子时已过，天上的雪花下得更猛了。

习仲勋没有入睡，在房子里踱来踱去，反复思考着二师究竟搬迁到啥地方才能适应战争的形势。他征求了几个同志的意见，同志们建议了三个地方，可供选择其中之一。他通过对敌情的判断，对地理环境的分析，对三个地方比较来比较去，认为马栏川的悟空洞有着较为适合敌我对峙下的生存条件。这里有山有水，草木丛生，道路通畅，有利进退。虽然村子不大，师生多，有点拥挤，办学条件有些不足，但是，有依山凿成的一孔一孔石窑，还可借住若干民房，困难是可以克服的。更重要的是，悟空洞距离分区党政军机关较近，便于指挥，便于协调，便于形成合力，以反击国民党顽军的进攻。想到这里，习仲勋朝作战室望了一眼，那房里的灯还亮着。他走过去对成永胜说："成参谋，二师的位置能否确定在悟空洞，你看咋样？"

成永胜站起来说："在侦察地形时，我去过这个地方，与我近，离敌远，完全适合学校驻扎。"

习仲勋又问："那里的麦秸稻草多不多？"

成永胜顺口回答说："家家户户都有，很充足。司令员，需要吗？"

习仲勋说："有用。冬天了天气冷，师生们缺乏垫褥子，把这给买一些铺在地上，就暖和点了。"

"就是，就是。"成永胜不断地点着头，心里想，我们的专员考虑得真周到啊！

习仲勋说："明天上午，通知刘校长，给一个星期的准备时间，届时从后掌村向悟空洞转移。你把这个如同部队宿营一样，仔细地标绘在地图上。"

最近一连几天天气又变脸了。总是板着一副阴沉的面孔，面对每一面山坡、每一片树木、每一条河流、每一块田地、每一座村庄、每一头牛羊、每一只鸡犬，尤其对天下的每一个人，更是天公地道地冷漠。

刘端菜接到紧急通知，依然有条不紊地安排教学工作，做到教学和搬迁两不误。当然，敌情严重，也不能给师生们造成紧张的气氛，转移准备尽量减少占用讲课时间，而放在课余期间进行。师生们在校园里虽然很忙碌，却是条理分明，秩序井然。

胡琛刚吃罢晚饭，正碰上刘瑞菜，说："校长，我想到校外的刘家甸子去一趟。"

刘端菜问："有什么重要的事吗？"

"去找老乡为杨烈光主任和杨启惠老师的娃子帮做一个背篓。看样子这几天不是下雪，就是要下雨，好挡风遮雨。"

"我也正想着犯愁呢，这孩子才半岁多，就得背上走，免得大人小孩都受累。那你赶快去，尽量在两天以内做好。"

"那我把白板、仲杰、江鹏他们几个也叫上，行吗？"

"人常说：'兵多好打仗，人多好做活'。那有什么不行！快去吧，不要忘了群众纪律啊！'"

"给人家手工钱。"

"对对对！"

胡琛他们几个接受刘端菜吩咐后，一阵风似的跑到了编制篓子的刘师傅家。刘师傅一听要编一个能睡孩子的既不像篓子、又不像背篓的背篓，犯难了："我只编过篓子和筐子，从来没编过背篓，而且还不像背篓的背篓。你们能不能给我比画比画！"

胡琛从柴火堆里折了一根小树枝，立刻在地上画了一个草图，说："刘师傅，能人手里出巧活，你心灵手巧，远近闻名。看，就照这个样子编做就行。"

习仲杰插言道："男杨老师是四川丰都人，女杨老师是四川石柱人，他们那里就用这个。"

白板急了："他们那里用这个，我们紫阳那里也有，那是纵立式的。现在要的是娃子能睡的，这有很大的区别。"

江鹏摇了摇头，说："我们那儿没有，没见过，反正要让娃子睡得安稳就行。"

胡琛一声不吭地又将草图修改了一番，斜度更大了一些，既像长椭圆形的小卧床，又像背篓的样式。他说："刘师傅，按这个样子做。材料呢？"

刘师傅连连点头，说："嗯，这一改就对了。娃小不能站，睡得多嘛！这材料用编篓子的差不多，但要选坚韧、软度强的更好。这你们就不用操心了。"

"刘师傅，你带我们一块儿上山去选材料。"

"你们回吧，还要上课呢！"

"我们已经请假了。人多干活来得快。"

刘师傅在前面引路，一溜烟地进了一片茂密的丛林里。按照刘师傅的指点，他们三下五除二地砍割了三捆子树条，趁天黑前下了山，真像出征的战士凯旋。

刘师傅说："你们要得急，初九就是大雪节气，白天短夜间长，我趁黑赶明就编好。"

习仲杰问："那两位杨老师，你认识吗？"

刘师傅一笑说："认识，他常来刘家甸子教娃们看图识字，可和气呢！"

胡琛一边把钱塞进刘师傅衣兜里，一边说："编好后，麻烦你给杨老师送去，好吗？"

刘师傅这下可认真了："既编又送可以接受，这钱我坚决不能收。再说啦，二师帮我们秋收秋种，干了多少活，我好意思收钱吗！我知道，你们学校的钱也很紧张，拿回去！"

胡琛硬把钱塞了过去，说："校长讲了，这是纪律。"

习仲杰紧接着又说："紧张也不能不按群众纪律办事，刘师傅收下吧！不然，我们回去会挨摅的！"

胡琛附和着说："你可不能忍心，让我们白挨一顿！"话音未落，他一径跑出门外，又回头向刘师傅直招手，表示诚挚的谢意。

他们一见如此，一溜烟儿紧跟在胡琛的身后边，踏上了坎坷不平的田间小路。

刘师傅站在门口咂嘴舔唇，说个不停：这是咋个弄的，倒给起钱来了。哎呀，真是一些不穿军装的兵啊！

天底下竟会出现令人想象不到，而且是那样巧合的事情。关中分区下达二师转移的具体时间是一九四〇年十二月七日的天黑后，正是刘师傅讲的民国三十九年阴历十一月初九的大雪节气。这天的中午时分，整个天空笼罩着沉沉的阴云，给人一种恐怖、压抑和万物将被天神吞噬的感觉。等到下午，天上猛然间下起大雪，铺天盖地，不多一会儿，山山是雪，路路皆白，树枝也压弯了，直不起身子来。

胡琛收拾完东西，一看大家也都在准备起程，没有什么可干的，索性走出门外，笔挺地站在一棵柏树下，不由得想起了刘雪亚老师教给他的那首押韵的五言绝句：千山鸟飞绝，万径人踪灭。孤舟蓑笠翁，独钓寒江雪。噢，虽然没有见到蓑笠翁和寒江雪，遥望远处，遐景苍茫；看身边，迩景冰冷；飞鸟绝迹，人踪淹没。他的心却是热乎乎的，那不过是柳宗元创造出来的一种幻想境界，我们面前的意境是，二师的师生们已经做好了一切准备，哪怕雪再大，天再冷，也动摇不了我们的意志，阻挡不住我们为实现革命目标而实行转移的行动。

天刚一黑下来，编成一队的队伍出发了。急行军的一路上，只听到脚踩雪地上发出的咔咔声音，再听不见其他一点响动。偶尔远处传来咔嚓声，大家全明白，这是树枝被大雪压断了，不必大惊小怪。胡琛觉得这样默不作声地走路，心里憋得慌。他把手掌伸在空中，一霎时落满了厚厚一层雪，悄声对身后的习仲杰说："冬无雪，麦不结，大雪兆丰年呀！"

习仲杰说："大雪下大雪，来年雨不缺。"

走在前面的白板听见了："还有呢，落雪见晴天，瑞雪兆丰年。"

胡琛说："大雪天寒三九暖。这个大雪倒是如此，但三九暖不暖，到时候才知道。当下这个大雪却助了我们一臂之力，白茫茫的一片雪光，闪亮了我们行进的路。再者，敌人进攻受阻，对我们安全转移十分有利。"

习仲杰说："虽然天冷难走，但是，对我们也是最好的锻炼和考验。"

胡琛点着头，一边往前走，一边提议，去给杨老师帮忙背娃子。习仲杰应声，一同来到妇女队找到杨启惠。

胡琛一见，她的头发湿漉漉的，脸上的汗珠子不断地滴落在雪地上，走起路来还是那么的稳当有劲。他一闪念，又感到杨老师已是筋疲力尽，力不自胜了，这是有一种力量在支撑着她一步一步地往前走。胡琛说："杨老师，让我们来背吧！"说着，便把自己的东西递向习仲杰。

习仲杰说："我来背。"

胡琛说："都一样，等一会儿再换嘛！你用两臂把背篓捧上就行了。"

杨启惠说："不用了，我能行，还有他爸呢！"

胡琛说："路长着哪，大家换着背，都轻松一些。"

杨启惠将背篓上头遮盖的油布揭开一个小缝，往里边一看，娃儿睡得很安香。她想到这孩子同样是接受着战争的考验，在大家的扶助下长大成人，将来为中华民族的事业尽心竭力，心里甜丝丝的，一声不响地跟在胡琛的身后，只一个劲地往前走。

第二天下午，雪住天晴，师生们精神抖擞，容光焕发，经受漫天风雪，经过艰苦跋涉，按时到达悟空洞。

胡琛望着一排破烂不堪的土窑洞，说起风趣的话来，"这就是悟空洞啊。真是的，孙悟空打天下，毛手毛脚，竟给留下这些败落的洞洞。孙悟空你在天上听好了，看这个世上的后来人，是咋样把它收拾得焕然一新。悟空洞，我来也！"

这话还未落，就逗得身边的人哄然大笑起来，接着又是一阵呱唧呱唧的鼓掌声。

按照分区指示，这半军事化管理就是效果明显，一到悟空洞就进入了教学的状态。此时，刘端棻立即派冯宝仁到分区向书记报告情况。

习仲勋对二师的安全转移和及时开课非常满意，微笑着说："形势逼得不得不一边学习，一边劳动，又要一边练军事。对二师来讲，也是要用一切力量，争取时间准备战争，应付突然事变。"

冯宝仁张了张嘴，想说什么，话到口边又咽回肚子里。

习仲勋对冯宝仁这种难以启齿的样子看得十分清楚，说："还有啥事就讲，不要不好意思。"

冯宝仁这才说出来："我们没有一点经费。"

习仲勋一径在微笑着："这我知道，前个时期我给边区财政厅长霍维德同志讲过，希望能给予支援，不管采取啥方式都行。挣些钱，一是改善师生伙食，二是再置些家当。这样吧，他就在关中，你下来可以亲自去找他。"

冯宝仁从书记那里出来，径直去找霍维德同志，说："我是二师冯宝仁，特来向厅长汇报我校的工作和经费情况。"

霍维德客气地说："相互通报吧。你们二师当前的处境，习书记给我讲过，也知道一些。你来是不是想搞点经费呀？"

冯宝仁赶快接话说："是的是的，厅长。"

霍维德满口答应："厅里可以给二师一部分周转资金，行不行？"

冯宝仁一听"周转"两个字，脑子一瞬间拐了弯，高兴地说："行啊行啊，有这个我们就能盘活了。"

霍维德心里想，这个管理科长脑筋还真是很灵性，便说："你把这钱拿回去，学会做生意。俗话讲得好，在山吃山，靠水吃水，从实际出发搞点经营，可不要赔了米又砸了锅。挣再多的钱，都是学校的，厅里只要还借款就行了。如果钱多了，注意加强管理，开源节流，提高办学效益。宽裕的话，能腾出一点资金，支援抗日前线，这是我的愿望。"

冯宝仁说："厅长，我们一定把你的指示变为实际行动。"

霍维德哈哈一笑，说："哪有那么多的指示，是给你们的建议。这也是敌人逼得我们不得不这样做！"

冯宝仁拿着这一笔借款，在回校的路上都在算计着做啥生意能赚钱。常言道，走路算账，财迷转向。不算不行啊！在我做管理工作的三年里，没有给同志们发过一身新衣服、一条新被子。谁的上身衣服烂了，补个棉袄面子；谁的下装烂了，补一条棉裤面子；谁的被褥烂了，也是采取置换的办法来解决。在前四次迁校中，每到一处的校舍修缮，全是自己动手，未请过工匠，没花公家一分钱，确实，也没有公家钱可花。烧饭用的柴火全是师生上山打来的，冬天取暖用的木炭也是全校师生烧成的；暑期办的小学教师训练班和新文字冬学训练班，所用纸张、文具都是由学校开支的。学校每搬迁到一处，都得抽出一定的时间开荒种地、挖野菜、种蔬菜、生豆芽、养猪，以维持正常生活。为啥，就是环境紧张，经费困难嘛！他一回到学校，立刻去找刘端棻说："我向边区财政厅借了一笔款子，霍厅长讲，让我们做点生意。我回来的路上想好了，咱们方圆百里，还没见有卖日用百货的。开一个商店，再买四头骡子搞运输。你看行不行？"

刘端棻很高兴，说："行行，咋不行，生意就得从小做起，像滚雪球越滚越大。不过，你得搞个计划，走一步说一步，哪里黑了哪里歇，那可不行啊！"

"是的，校长。参加的人呢，想从校工里面选上两名做主事的，能不能从优秀学生里边选两名呢？"

"能能。你有人选吗？"

"有，让供给科员赵来润任运输队长，供给干事赵国璧管商店，当一个不是老板的老板。学生里边的人选，我没确定。"

"行，他们很精心能干。至于学生，我推荐胡琛。他各方面不错，机灵、有头脑，更能吃苦，而且家里就是开商店的，他还做过生意，可参与办商店。其他的，你大胆地选，到时告诉一声就行了。"

"好好好。校长，伯乐之举，真知灼见哪！我从期末考试成绩的公布栏上，看到他得了第五名，不错不错！"

"几次的小考和大考，他都名列前茅。"

冯宝仁心里万分高兴，撒腿就往门外跑。

这几天，师生们突然发现冯宝仁不再是冯宝仁了。那紧锁的愁眉舒展了，变得满面春风；那满脸苦色消歇了，变得得意扬扬；那举步难行有路了，变得踌躇满志。大家又得知胡琛要去办商店，心中更有了一本账，咱们的冯科长，又要为我们学校和师生办好事了。这事虽小不小，虽大不大，可它关系着在战争中办好学，支援抗日战争这个全局啊！

马车按计划已经买回来，骡子也吆回来了，改天就能上路营运了。令冯宝仁犯愁的是，商店的日常用品类别太少，没有一些让人上眼的品种，这对提高营业额极为不利。到远一点的地方，买一批品种齐全的货，行吗！

"科长，要开个像样的商店，就得多进点货，没耀眼的东西，是赚不了钱的。"胡琛一进门就直来直去，丝毫没有拐弯抹角地说。

冯宝仁赶紧招手示意，让胡琛坐下，说："咱们的看法不谋而合呀！问题是近的没有，远的地方倒有，咋个能弄回来呢？"

"科长，我也想了一阵子了。如果领导同意，我准备到三源、泾阳和礼泉去一趟，说不定还得走一回省城。"

"这是些危险地带。"

"俗话说，想吃大头鱼不怕风浪险。况且，原在芭蕉学校教我们的杨启武老师是共产党员，现在就在礼泉邮电局工作，以此掩护做地下工作。地委书记刘文彬带着吴仲壁老师和我赴省委时经过他那里，他给了我们很多方便。罗功远老师在我们临走时给我讲过，省城光明照相馆，有个地下党员王子平，是旬阳县吕河口人，经常往来根据地筹款、送药，找他肯定能办很多事。有地下党配合、掩护、帮助，我觉得能成。"

"那得想个法子办通行证！"

"不用了。安康地委组织部长刘华带领白板和安康县委的王崇法、邹玉鼎及江鹏回省委时，通过打入三青团安康分团的地下党员拿出了六张空白通行证。刘华老师赴延安前，把余下的三张交给了白板，并叮咛说，小心放着，也许以后会用得着。我来后，白板给我讲了，并把通行证交给我保管。正如刘老师预言的那样，今天果然用上了。"

"行，再派一个人跟你一块儿去。"

"还是我一个人好，免得惹眼。"

"不行，两个人有个照应，就让白板去吧。"

"不能，他的口音还没我改得快。"

"就让朱天同跟你去，他是当地人。"

"那行，我明天就走。"

"路上要注意点啊！"

"就按我们来的路径直走，不会错的。"

"我得告诉校长一声。"

"科长，我的意思是先不要说这事，他一天够忙的了，知道就得担心挂念，分心哪！"

"这是组织纪律，不得马虎。"

"科长，你想啊，校长同意办商店，而且指派了人，至于进货、进啥货、在哪里去进货、派谁去，他不能管得那么具体。你是科长，就拿事了。"

"你不是早晨出去晚上回来，而是到国统区去，必须得报告。"

冯宝仁坚持要把这次冒风险的行动向校长报告，尽管胡琛不愿给校长添负担，但他也无可奈何。

刘端菜听了冯宝仁的汇报，半天没有说话，谁想到胡琛真是出人意料。一个有理想的人，每时每刻都在留神着身边所发生的一切，每个行动都在释放着所积累的一切，每来每去都在解开和设计成功的秘诀，勇敢的实践，细致的生存。通行证、罗老师的话、建议书、娃儿的背篓，这些留意着对革命事业忠诚和师生之间的真情。刘端菜抬起头说："安排得倒很细致周密，就看路上会不会遇到啥挡磕。"

冯宝仁说："边缘地区查得很严，我相信他们会有办法的。"

刘端菜说："我想的也是这个意思。"停了一下，他突然问，"还有大米吗？"

"还有一升。"

"给胡琛做一碗米饭，他好长时间没吃了。"

"是的。"

"豆腐、青菜呢？"

"青菜有，豆腐不多了。"

"再给他加一盘豆腐和青菜，就算饯行吧。"

"好，我现在就去给老范说，咱们在一块儿吃吧？"

"嗯，坐是坐在一块儿，饭是各吃各的，坐在一起好说话。"

胡琛提前到了厨房，听炊事员老范说，要给他做米饭、还加两个菜便急了。但他的表情还装着不在意的样子，趁老范不注意，舀了一碗小米干饭，挑了一些山野菜，急忙端到外面，坐在石磙上吃了起来。

这时，刘端棻路过看见了："胡琛，你咋吃得这么早？"

胡琛说："校长，我先吃了，赶快得去给你和科长写个决心书，表个态吧！"

"给你的大米饭和加的菜呢？"

"校长，科长，我知道了。我是好人，把大米饭留给伤寒病重的张榕林老师，他是桂林人，爱吃大米，再把菜送给他爱人里林老师，让他们一起吃吧！"

冯宝仁心疼地瞪了一眼："谁说你是坏人啦！"

"科长，我是说我没病。"

"我知道你健康。这是校长的一片心意嘛！"

刘端棻一时感觉不是滋味，也非常理解胡琛的心情，说："那就这样吧。胡琛，你的行动就判定了你对实现理想的决心，这种决心就判定了行动的成功，这就是决心书。好了，不用写了，下去好好地睡一觉。望你满载归来，我们大家都在等你！"

"是，校长！"胡琛站得挺直，敬了一个礼。

早晨天刚粉粉亮，通向关中的大路上走来了两个学生打扮的青年人。他俩个头儿相差微乎其微，肩头挂着装得鼓囊囊的书包，随着走路的放荡劲儿，在身后摆来摆去，显出一副天不怕、地不怕的样子，这倒是青年人的气质。一路上畅通无阻，一帆风顺，可走到耀县同三原交界时，被保安队的哨兵拦住了："到哪里去？"

胡琛没停步，撂了一句："回省城。"

哨兵又问："干什么的？"

胡琛大大咧咧地继续往前走，说："国立陕西中学的学生！"

哨兵端起枪，逼在胡琛的面前："哎，还往前走呢！谁知道是不是学生？有通行证吗？"

胡琛掏出介绍信在哨兵眼前晃来晃去，说："看好了，这是三青团陕西省安康分团的通行证，管用吗？"

"我没说不管用。那怎么是安康的呢？"

"我看你只能是站哨，啥都不知道。告诉你，前年抗日战事吃紧，省政府决定，将四中于四月迁到安康，知道了吧！"

"那咋从北边来的呢？"

"三青团内部的秘密联系会，无可奉告。"

"共产党常到关中这一带活动，也很厉害。"

"哎哟，他们能到这边来，我们就不能到他们那边去走走吗？你就不知道那里也有我们的人吗？老总啊，我看你只能在这儿老老实实地站哨，不敢再往北边挪动半步。"

"哪敢脱离哨位！"

胡琛立刻从书包里取出一本书，给哨兵说："你下哨了，去找找咱们国民政府教育部核准的国语教科书学学。"

"这荒野的地方，到哪儿去找啊，把你的给我算了。"

"给你给你，现在好好站哨，不要放过一个可疑的人。"胡琛说完，向那个哨兵招呼一声，便扬长而去。

这天中午的时候，胡琛和朱天同来到礼泉城外，老远发现城门口设有路障，有两名保安士兵背着枪在城门里来回转悠。

朱云同提心吊胆地说："看这阵势，还很严哪！"

胡琛处之泰然，眼里放射出轻蔑的目光，说："他再严，能严住悟空洞里来的人吗？咱们走！"

朱天同弄不清他有啥高招，还说这令人趣笑的话，也像胡琛一样，只管直撅撅地跟在后边向前走。

胡琛满不在乎地走到栅栏前，把路证拿出来在空中直摇，疾言厉色地喊道："老总，我们要进城！"

一个哨兵赶紧过来，接过条子，一扫眼，噢，"三青团陕西省……"又急忙往下看正文，"路经礼泉，请予以关照方便。"这哨兵转过面瞅了瞅胡琛，倒像一个三青团的什么官，如今哪，一个年轻人当一个官，不知姓啥子为老儿，牛皮哄哄的。又一想，还得问上两句："进城干啥？"

"这不明白吗？执行三青团公务，不可乱讲！"

"到啥单位？"

"找国民党礼泉邮政局支部。"

"这个我知道，三青团是国民党的后备军嘛！去吧去吧，后边的人快跟上！"

胡琛伸手从哨兵接过路证，从偏道进了城。

刚走出哨兵的视线，朱天同赞赏地说了一句话："你斗胆哪！闹不好玩儿命。"

胡琛笑着说："胆小的怕胆大的，胆大的怕不要命的。光大胆不行，还要心细，再加上一个勇敢，魔高一尺，道高一丈，不会出事的！"

逢集的街道上人山人海，比肩继踵，挤得水泄不通。胡琛走在前面拨拉着身边的人，好不辛苦才到了邮政局的门前。这里摆摊的更多，卖锅盔的、酥饼的、麻花的、花生的、红枣的、板栗的、萝卜的、大葱的、莲菜的、小米的、大肉的、锅盆瓢勺的、小磨香油的、辣子的、水果的、红白糖的、被套的、床单的、门帘绣花枕头之类的，应有尽有，不是一眼就能记全的。突然听得砰的一声响，震天动地，众目回望，原来是爆米花所为，差点把人吓死了！

胡琛他俩从人缝里挤进了邮政局，人好多啊，有的等着寄信，有的等着取包裹，有的等着寄钱，有的等着取钱，有的等着买信封、信纸、邮票什么的，有的在咨询平信和挂号信到北平、上海、广州得多少天。尽管人多，但在这间不宽敞的房子里却井然有序。胡琛乘间隙向一位年轻的女职员问："大姐，杨启武在吗？"

她正忙着，只偏偏地抬头睨视了一眼："在后边办公室。"几秒钟过后，接着又问，"你是他什么人？"

"是他的亲戚。"

"哦。"她稍稍地停了一下，用手向旁边的门指了指，又认真地为客户办理邮寄手续。

胡琛明白了她的示意，便从偏门进到后院，他清楚记得这间就是杨启武的办公室，急不可待地敲起门来。

"谁呀，请进！"

胡琛一掀门，只见杨启武一个人趴在桌子上写什么，于是情不自禁地扑向前去，向他敬了一个礼，说："杨老师好，我们又见面了！"

杨启武兴奋地拍着胡琛的肩膀，说："好，很好。是什么风把你吹来了？"随后去把门掩上。

胡琛笑了："是学风呗。"说罢，向杨启武介绍道，"这位是我们陕甘宁边区第二师范学校的通信员，我是学生，一起来特请你帮助支持我们办学。"

杨启武也笑了："事过境迁，重操旧业，那是不可能的了。我知道二师，关中分区习书记兼校长，边区教育厅来的刘端棻任副校长。唉，你在二师上学？"

"嗯，是省委安排的，去的还有罗鸿忠，来照金后改名白板。"

"啊，难得难得，好哇！"

朱天同插话说："杨老师，胡琛在二师可是个人尖子啊！"

杨启武说："学校就是要培养能人嘛！你们来让帮忙，看能不能帮得上呢。"

胡琛说："一定能帮得上。"

杨启武说："该下班了，咱们走，一边吃饭一边再合计合计。"

杨启武领着胡琛和朱天同刚要出门，听到有人在叫："杨主任，刚才有两个人找你，你见到了吗？"

杨启武回声说："见到了，是老家来的两个亲戚。"

胡琛回头一望，问话的正是进门指路的那位女职员，说："我进局后问的就是她。"

杨启武贴近耳边低声说："刚调来不久，她达是哪个县的国民党部书记长。众说纷纭，马上要替代局党支书，过渡一下就要到哪个县当副县长，分管交通邮电，还传调咸阳交通局当局长。简直说得有鼻子有眼，神乎其神，到底是个啥样子，具体还没掌握清楚。不过有一点可以肯定，那是有来头的。"

胡琛说："她表面上看倒是挺和气的。老师，你在这敌中有我、我中有敌的环境里，一定要小心点啊！"

杨启武说："是的，这里不比在边区那样，出不得一丝闪失。"

说着说着，不觉来到了一家"众香"餐馆。

杨启武一进门问道："老板，有包间吗？"

"杨主任，有有有，请！"老板笑容满面地把他们带上了二楼。

一坐定，杨启武这才对自己的学生问起家常话来了："学校还好吧？"

胡琛意味深长地说："好，师生团结友爱，学习风气很浓厚。怎么讲呢，就是习书记讲的一句确切话，我们是走路学校，敌来我走，敌走我办。不到八个月就转移了四次，跟打仗一样的急火。"

杨启武说："锻炼了脚板，造就了人哪！在那里吃得惯吗？好像有点瘦了。"

胡琛说："开始不行，只要咬紧牙就撑过来了。虽然瘦点，可是感觉结实、浑身有劲！"

杨启武说："好，那就好。今天，老师给你改善一下伙食。咱们来个四菜一汤，主食吃大米饭，还是条子肉夹锅盔？干脆都来点。"

胡琛推辞地说："老师，不要破费了，咱们来点面条，或者辣子锅盔就行了。"

杨启武深情地说:"那怎么行,我的学生及同友来了,当老师的就得给你饱餐一顿。"他说着就下楼了。

朱天同说:"杨老师真热情啊!"

胡琛说:"给我当过老师,他家在秦岭南的汉阴县,我家在巴山北麓的紫阳县,都是陕南人,陕南人又好客,所以就热和些。"

不大一会儿,跑堂的把所有饭菜都端齐以后,杨启武才进来,随手把门关上,说:"咱们吃着说着。你要我帮啥忙?"紧接着,他分别给胡琛和朱天同的米饭碗里夹了几块红烧肉,又补充说,"讲吧,这里很安全。"

胡琛没有吃,放下碗,说:"老师,不瞒你讲,我们学校经费相当紧张,可以说,几乎没有什么经费,陕甘宁边区财政厅霍厅长和校长同意我们做生意,挣点钱,改善师生的生活,再给学校置些教学器材。我校决定办商店,那里没有多少货源。所以到这儿来,请你帮助组织一批走俏的商品运回去。"

杨启武催促着胡琛快点吃,肉凉了口味就变了,又果断地说:"这是大好事,有啥难的,不过这里只是日用商品多一些,稍微上档次的还得去省城。"

胡琛说:"老师,就是这里不起眼的东西,在我们那里也少得很哪。大部分在这里买,少部分中档的再去西安选购。我给开个所需的货单,请你帮助买一下,我同朱天同同学一起抓紧到西安去一次。行不?"

杨启武爽朗一笑:"看你说的,行,咋不行。我也有这个任务做对边区的支援工作,义不容辞,责无旁贷。"

"还有,我们来时发现城门卡得很严,得想办法能出城。"

"这个不必担心,有我们的人,从邮政渠道走。送到哪里?"

"照金边界,在那儿有人接应。"

"办好就走,还是等你回来?"

"老师,你确定。"

"要我说,时间不等人,早送比晚送好,万一局势吃紧,就会前功尽弃,我一办好立刻出发。他们对邮政路很熟的,只要有接货地点就行。"

"我走时商量好了,第五天派一架我们运输队的马车,停在边界处李家村一棵大树下。"

"吃吧,咋接头回去再说吧!到西安有联络人吗?"

"有,是先前罗功远老师告诉我的,这个人也是旬阳的,经常趁借陕保安团走这一路,但没见过他。"

"那好，现在已经是你走后的第三天了，我必须在后天派人出发，才能接上头，对吧？"

"对，是的。"

"那就这样确定，你明天到西安后无论如何给我打个电话。"

"一定的。"

这一夜他们说话说得很晚，大概到了丑时，才迷迷瞪瞪地挤在一个床上睡下了。

胡琛和朱天同赶到西安，已经是中午时分，按照临走那晚上白板讲的，可到北门里找新民客栈先住下，然后再找人办事，这样顺路，免得来去折腾耽搁时间。他们一登记立即离开，紧紧乎乎地赶到西大街光明照相馆。胡琛吩咐朱天同在门外等着，观察街道上的动静，自己一个人先进了门，与楼上下来的一个人撞了个满怀。他睖睁着眼睛一看，这个人面黄肌瘦，镶着一颗金牙，耳朵有刀割的痕迹。赶快说："先生，实在对不起！"

这个人和容悦色地说："没事没事，你照相吗？"

胡琛不好意思地说："不是照相，是来找人。"

"找谁啊？"

"王子平。"

"你认识他吗？"

"没见过，听罗长勤老师给我讲过。他在闲滩下游吗？"

"不，是在上游。"

"在汉江北岸吗？"

"在南岸，门里有两张嘴在说话，可一说就说到了下游的草房街。那儿有一家货栈。"

"大顺生。"

"平字前面还有一个人吗？"

胡琛一听激动了："哎呀，你就是王文和，王子平先生！"

"是的，我就是，你是……"

"我是罗老师的学生。我们离开芭蕉前，他去镇巴县的羊耳河看望养伤的刘文彬书记时，给我讲，我们都得回省委，将来说不定要到省城办事，就让我找你，并把接头的暗语告诉了我。罗老师真有先见之明啊！今天，是来请你帮忙的。"

"好吧，咱们到后屋说话。"

"我还有一个同学在门外等着。"

"赶快叫进来，一块儿说。"

王子平一听胡琛的叙说，改变了第二天去旬阳县的主意，问道："礼泉的货什么时候起运，保险吗？"

胡琛回答："后天，走邮路，保险。"

"西安的货，我给你准备，看来赶不上去礼泉了。那就在大后天乘保安旅的一辆供给车送去，你们可同行，将货运回去，你要把接应的时间联系准确。"

"我给礼泉杨老师打个电话，可告诉他转告。"

"杨老师，是不是叫杨启武？"

"是，认识不？"

"不认识，我们都是单线联系，没有横向来往，这是组织纪律。好，你给我开个货单。不用管了，我明后两天就联系，然后我们一起验货。住哪儿？"

"北关新民客栈！"

"这客栈我熟悉，等我的通知。"

天黑时，胡琛和朱天同进了钟楼邮电局，给杨启武挂了个电话，"杨老师，约定上课的时候不变，请告诉上课的滩枣。"

杨启武回话说："不会耽误上课的时间。"

过了一天的上午，胡琛接到王子平的电话后，立刻来到了东大街一家商店的仓库。哇！琳琅满目、美不胜收的商品，让胡琛既惊叹又眼红，咱校有这么多的东西可就发家了。

王子平指着一旁摆得整齐的货物："胡琛，这都是你的货，洋瓷碗、洋火、洋油、洋伞、洋布、洋缎、洋碱、手电筒、洋装等全部如数备齐，还需要什么吗？"

胡琛兴奋地说："够了够了，麻烦你了！"

王子平把手一摆，说："一家人，莫讲客气话，那你就清点一下。"

胡琛清点过后，就跟着老板去结账，没想到买了这么多的货物还余下了一部分钱。胡琛灵机一动，马上问老板："有没有医治疟疾伤寒和头疼脑热的药？"

"有，如奎宁片和针剂，等等。"

"治跌打损伤的云南白药，有吗？"

"必备之药。"

胡琛数了数钱，留下两块钱，把还余下的十块钱递给老板，说："按钱数再给我来些药。"

"好，稍等。"

王子平站在一旁暗暗地称赞道，到底是刘华和罗长勤教出来的学生。名师出高徒，买了货还要买药，哪里都需药啊！脑子真好使，他的思路全想在革命事业上。

不大一会儿，老板说："王先生，货物和药品包装好了。"

王子平说："先搁在你这里，后天上午八点半准时来提货。"

老板说："好，没事的。"

王子平带着胡琛两个出了门，叮咛说："后天八点前赶到这里，不敢误了时间。"

胡琛端端地站着，说："嗯，王先生，还是称王同志好，烦扰你了，延误了你去旬阳的时间，实在对不起啊！"

王子平说："又讲客套话了，这也是我的工作嘛！"

胡琛又说："明天我想到八路军办事处去一趟。"

王子平问："找谁？"

"找一位叫冯苏的，她是从延安派来的，是我的老乡。"

王子平摇着头说："我建议不要去。七贤庄周围到处都布满了便衣警察、特务、眼线，一旦发现一点可疑形迹就会立即抓起来。现在主要是保证任务的完成，以后有机会再去，对吧！"

胡琛说："对，听你的。完成任务是当务之急，不可在我们身上出了娄子！"

王子平说："是这样，一定要保证你们的安全。"

胡琛在回客栈的时候，太阳像一团红球挂在西边地平线上，渐渐地渐渐地钻到天那边去了。于是想到，杨老师派去的人应该到了。

是的，就在太阳下山的那一瞬间，有一辆邮政车，开到照金边界李家村不远的路边吱的一声停住了。从车上下来一个戴墨镜的高个子，向四处环望一下，发现树下停着一架马车，车上坐着三个人都好像无动于衷，毫不在意前边停住的邮政车，又看见两根车辕上系着长长的两块小黄布。对了，应该是接应的人。这位高个子直接走过去问道："你们是哪儿的？"

一个中等个儿的小伙子，把手揣在衣服里走下车，回答说："黄河滩上的。"

"干啥呢？"

"贩滩枣。"

"咋停在这里不走呢？"

"卖得差不多了，在这儿歇会儿。你是在找人吗？"

"给李家村的一位朋友稍带了一包五香花生米。还没见人来。"

"谁家做的？"

"老胡家的。还有老杨家给带了几袋老孙家的牛羊肉。"

那小伙子又说："我们是等着上课的。"

高个子说："是的是的，上课的上课的。"

"你叫啥？"

"我叫高个子。你呢？"

"赵来润。"

旁边的人插话说："他是我们的运输队队长。"

赵来润走上前，紧紧地握着高个子的手，说："我们就是来接货的。谢谢啦！"

高个子说："借此奉命执行任务，应该的。赶快卸货。"

邮车上又下来了一个人，高个子让他钻进车厢，赶紧把套的邮政袋子取掉，然后递货物，他们五个人迅速地把货搬到了马车上。

高个子打个招呼，说："你们也要注意安全。我们走了。"

赵来润挥手说："感谢对我们的帮助。"

邮政车飞也似的开走了，车后吐出一股一股的灰尘，随风飞舞起来，笼罩了整个李家村的天空。

赵来润他们回到马车上，把货袋子统统放在车厢里，上边全部盖上了麦草。收拾好了，赵来润把马车拉到土路上，把长鞭往空中使劲一甩，发出"叭"的一声响，接着又听到"嘚儿嘚儿"的吆喝声，马车向西北方向飞奔而去。

冯宝仁接到第一批货高兴万分，第三天，胡琛又带回了第二批货，更让他乐不可支，不由得大笑着，大声喊道："我们的胡琛回来了！"

刘端菜更是兴奋不已，没想到脑筋拐弯得那么快，竟能带回些药品，心里装得宽。他准备去商店看看，恰巧见胡琛正在吭哧吭哧地往商店里背货，赶紧过去扶着说："背得太多了，多分几次，不敢压坏了，命是革命的。这次做得漂亮，立了大功啊！"

胡琛到商店一放下货，说："校长，这都是领导的支持，尤其是国统区里，我们党组织帮助，没有他们，我俩插翅也难飞，束手无策呵，应该十分感谢他们。"

刘端菜笑着说："你讲得一点都没错，没有你的随机应变，也没有这么大的收获呀！你做到了临走时我对你讲的那四个字：满载而归！"

就在这时候，习仲勋不知怎么突然来到商店，一看都在忙着摆货上架，高兴地说："恭贺恭贺，真的要开张了，祝生意兴隆！"

习书记这意外的到来，使大家一时不知所措，赶忙停了下来。

习仲勋直摇手，说："冯宝仁，不能停不能停，你们忙你们的，我来贺个喜就走。"转过身拉着刘端棻的手，"走，有急事同你商量。"

正要出门，胡琛背着一包货进来了。

习仲勋一见，急忙去扶一把："别把腰压折了！"冯宝仁眼疾手快，把货从背上捧在了柜台上。

刘端棻说："书记，这些货里还有药品，是胡琛弄来的，跑了礼泉和西安。"

习仲勋伸出大拇指，说："行，胆大。在西安住哪里？"

胡琛回答说："北关新民客栈。"

习仲勋又问："隔壁是不是有个新民茶馆？"

胡琛惊奇地说："是的，首长。你咋那么熟！"

习仲勋有所思地说："前年的秋天，我去西安做兵运工作，就住在那里。我和董必武、李启明同志在那个茶馆里开过几次小会。"停了一会儿，他笑着又说，"我那时住那里是搞兵运，你今天住那里是搞货运，不管是兵运还是货运，最终目的完全一致，支援前线打仗，抗日救国。"

这一席话，说得大家心里像开了一朵花，兴致勃勃。

走出商店门，刘端棻说："金刚钻虽小，能揽大瓷器呀！"

习仲勋赏识地说："深山出俊鸟嘛！"

刘端棻说："商店一定能盘活。"

习仲勋笑着点了点头。

正说着指导员石大康来了，向刘端棻说："校长，张西民要转学。"

刘端棻问："为啥？"

石大康说："他听邠县一位学生讲，邠县师范条件好，第二师范师资好，但流动性大不安稳，还要打柴、帮灶，吃黄米多，条件非常艰苦，想到邠县师范去上学。我给他讲了一些道理，但转学的念头还没打消。"

习仲勋听见了，说："叫他来，咱们一块儿聊聊。"

刘端棻说："你回去如实地告诉，我们要见他。"

张西民一听说习专员要找自己，便埋怨自己，肯定是要转学惹的事，人家那么大的官，整天忙得啥一样，还给添乱。他一走进办公室，刘端棻介绍说："这就是要去邻县师范的张西民。"

习仲勋走了过去拉起张西民的手，轻轻地摇着，一笑说："咋么了，思想不舒服啦？"

张西民的手感觉热乎乎的，那亲切的问话，让自己不知如何回答确切些，他只好说："想转学。"

习仲勋问："怕吃苦，是吧？"

"那边条件好些。"

"回避艰苦环境，就是离开的理由。"

张西民深感一针见血，切中要害，还能说什么呢！

"我给你讲，只有吃苦，才能得到幸福。红军长征多艰苦，又牺牲了那么多的同志，为了什么呢？就是为了不再吃苦，红军到了陕北，不就好多了吗？再说啦，现在不光是学生苦，老师也苦，陕甘宁边区的党政机关干部和群众都苦呀！全都在战胜艰苦，创造幸福哇！对不？"

张西民这时没觉察到是上下级的谈话，而是像一家人坐在一起拉家常，又是一校之长在循循善诱地劝导。他不觉狠狠地迸出一句话："校长，这是我思想上的一种反动。"

习仲勋哈哈地笑起来了："那你就是个'小反动分子'了！没那么严重，面对现实，正视艰苦，就是一个进步！"

张西民想，首长的话千真万确，战胜了自我，就会向前跨一大步。

过了两个星期，习仲勋到二师作时事报告，见到张西民就问："你这个'小反动分子'转变过来没有啊！"

张西民坚定地回答道："首长，用吃苦精神去迎接胜利。"

习仲勋满意地笑了，一挥手走进了会议室。

商店已经开张了一个月，胡琛经过盘点，不觉惊喜了，净赚了三十块钱。冯宝仁心里更是乐滋滋的，有把握在四个半月时间，把借财厅的钱，全部还清。这谁听了，谁都高兴！

这天晚上，胡琛刚关上商店门，白板来了。他俩就坐在前面冰冷的石头上聊起天来。

白板说："你这回可给学校办了一件大好事，大家都在夸你呢！"

胡琛说："夸我干啥，该夸给我们帮助办事的人。"

"哈哈，他们是无名英雄，谁不夸你能干？"

"能干不能干，只能是成功了才算数。现在为时过早，不要把人夸垮了。"

"那倒是个理，说一千道一万，就看自己了。"

"肯定是这样。白板，你想我在西安见到谁了？"

"谁呀？"

"罗功远罗长勤老师的老乡王子平，是他用队伍上的车，把货送来的。"

"你神通广大。"

"我哪有三头六臂呢，是罗老师的指点啊！"

"不知罗老师现在究竟去了哪里。"

胡琛把头摇得像拨浪鼓一样，表示完全不知道。他曾试图通过熟人打听下落，到头来还是没有得到任何线索。不知罗老师现在究竟在哪里！

正说着邹友生走过来，问："天这么冷，石头这么凉，坐在这儿做啥？"

胡琛站起来说："邹老师，我俩在聊天扯闲话。"

"胡琛哪，我知道你的心热乎着哪！不仅弄来了那么多的货，还买了急用的药品，连分区卫生所所长都夸你呢！"

"所长是谁呀？"

"所长叫程波涛，大前年四月间，被省委派遣到陕保二团，通过该团二营长石葆真的关系，谋得二营上士文书职务，以此为掩护做兵运和地下党的工作。我被刘华送省委学习后，他到汉阴巡视过，因为身份暴露，中共陕西东南工作委员会决定他回省委，由汪锋同志安排他到安吴青训班学习。大概他原是从医的，所以结业后就分配到关中分区卫生所工作，既当所长又兼医生，领导着司药路苇，卫生员张维恒、史明江几个人，忙得不可开交。"

"老师，你认识罗长勤吗？"

"没见过，听说过，他是旬阳工委书记，后调到地委工作。这是程所长给我讲的，他到旬阳巡视过，也在询问这个人呢！"

"不知罗老师现在究竟去了哪里！"

邹友生安慰他俩说："程所长给我讲过，罗长勤那个人表面上言语不多，但是胆大如牛，心细如发，一定能够斗过狡猾的敌人。不是有那么一句话吗，好汉面前无难事！"

"在羊耳河时，刘书记再三给他讲，设法赶快转移，到石泉池河找到刘部长，一同回省委。至今杳无音信，现在究竟去了哪里！是在监狱里受罪，还是在路上奔波？"

常言道，天地国亲师，师生如父子。胡琛的这种惦念、担心、猜想，是不言而喻的道理，是师生之情，又是老乡之情，更是同志之情。邹友生想着这些，一边低言低语地劝说着什么话，一边拉着他俩回到了教室。

第二十九章　重任在肩磨明珠

兴安踪影

下

孙扬 著

作家出版社

第三十章

阻击追敌离旬阳

罗长勤从羊耳河回到芭蕉口没几天，臀部生出了疖子，肿一块、硬一块，充血化脓，疼痛难忍，坐卧不宁。他翻来覆去地想着如何执行刘文彬同志的指示，面对眼前的困境，去池河找刘华同志合适不合适，是不是有不当之处？虽然我被具保释放出来，但县政府规定不得离开县城，而且派吕永吉暗地里监视着，这倒不是主要的，只要失鬼（方言土语：想法子）得成，就瞒天过海地走了。现在问题是，我连路都不能走好，即使找到了他们，也会给他们带来麻烦、牵累、负担，甚至危险。天有不测风云，万一飞来横祸，可是关系到五六个同志的生命，那我就有可能不明不白地对革命犯下罪过。一个共产党员的每一意向、每一行动完全要对革命负责。他想到这儿，断然决定先回旬阳养病，待后再向组织报告缘由。

"罗老师，病治得咋样了？"何家琪走进门问道。

"何老师，快坐快坐，还是老样子。"罗长勤侧卧着身子试图坐起来。

何家琪制止说："不用起来，看一下就走了。"

罗长勤说："最近咋没见吕永吉？"

何家琪说："忙乎着区分部的事，下安康过四川，又去汉中，神经分分的，不知干啥去了，没见。"

"陈老师在吗？"

"在，叫他吗？"

"不用，你给他说，我想到县城去治疮，麻烦你俩帮忙给我找一乘滑竿。"

"再没讲生分话了，需要办啥事尽管说。啥时走？"

"后天一早，莫给别人讲。"

"罗老师，我知道，你放一百个心吧！"

何家琪走后，罗长勤趴在床上向学校写了一封辞职书。

是日一大早，太阳刚刚从东山口上冒出来时，何家琪和陈金鼎两个人忙活着给罗长勤穿短衫长裤，戴上墨镜，连忙使起一股闷劲，把他当成太老爷似的连拥带抬放在了滑竿上，一直送到任河下游的莲菜湾才依依不舍地离开。

罗长勤将礼帽举在半空，一个劲地摇来摇去，他俩明白了，这是他在表示着心里有好多美妙的话，将来还要给我们讲。离别是暂时的，一个梦想又将从这里重逢。

罗长勤回头望着前面路上，有一个戴着草帽、挑着担子的人，不时地回头看。他仔细一瞪，是朱德焊，心里明白了，是在打前站，暗中护送自己，没再吭气。

滑竿拐过山口嘴子不见了，那顶礼帽的影子宛然还在秦巴山的上空晃动。

何家琪说："罗老师回老家也难啊！"

陈金鼎说："我昨晚去看他，才知道想到城关小学张申书那里住几天，再回旬阳，选择时机远走高飞。他们到底是不是共产党？"

何家琪说："我哪能知道，我们合得来，好人哪！都被政府撵（方言：驱离、赶走）走了，我看只有这样才能摆脱险境。人生在世，好事多磨啊！"

他俩都在想事，也都有一些怜惜、留恋和渴望，不约而同地嘀咕着，两位刘老师先走了，罗老师最后也走了，我们的学校啥时才能再像那样朝气蓬勃呢！

斗转星移，物极必反，谁能阻挡得住这个历史潮流！这话依然在他俩耳边铮铮作响。刘雪亚讲过，刘家辉也说过，罗功远在昨天晚上还在提及这个自然和社会规律。

说的是要在县城住几天，罗长勤一到张申书家中得知县上保安队和自卫队近来像是疯了，捕风捉影，到处抓人。看谁眼睛斜了，鼻子歪了，就是嫌疑的对象，逮了好多所谓的政治犯。他说："张校长，风声很紧，我明天就走。"

张申书说："我这儿还比较安全，多住几天，不打紧。"

"不行。万一查来了，我是小事，连累了你，可就是给一家人闯了祸，一个学校也遭损失。必须得走！你去买张船票。"

"那行，航运老板我熟悉。"说着就出了门。

"德焊，赶快把校长叫回来。"

朱德焊飞快地跑出去，不吱声地就把张申书拉了回来。

罗长勤说："明早最好不要在城关码头上船，走远点。"

张申书完全明白这话的意思，这就避过了哨兵的检查。他心里琢磨着，城关到洞河之间有个磨石坝，好像有一个临时停靠点，船上的乘客装满了，滩上的人再多，船是不会停的。于是说："我去和老板商量。"

"我去陪校长。"朱德焞说着，扯起腿跟着去了。

张申书来到下河街中街的老板家，老婆说，掌柜的在隔壁家同哥们儿打牌。他到隔壁从门缝往里一看，果然在这屋里打牌，并告诉朱德焞稍微站远点，自己便推开门叫了声："罗老板，我有点事。"

罗老板正揭牌，拿在手中偏头一望："是校长啊，有什么事？"说着把牌一放，向牌友讲，"对不起，等一下。"便走到张申书面前。

张申书说："我的亲戚得了坐板疮（俗称：疖子），想到安康医治，行走不便……"

"这算个啥子事嘛！在啥地方？"

"住在梨树庄。"

"到近处的磨石坝。咱们七点开船，叫他七点半到磨石坝的滩边等着。"

"船票钱。"张申书说着把钱递了过去。

罗老板反把钱推回了："你这是在糟蹋我，咱们弟兄还那么认真。提前早点到，好了，你走吧！"

天已经黑下来了。这座山坡上的县城被朦胧夜色笼罩得模模糊糊，城对面的神仙洞吹出一股一股的阴风，好像欲同悠悠东去的汉江水搏斗、较量。幸好江南江北密集而暗淡的灯光，投向这旬阳的河水，碧波闪烁，力排抵御阴风的呼啸声，势不可当，毫无阻碍，一泻千里，奔腾而去。

有一只小舢板从任河嘴飘然而下，停靠在下河街东头的汉江边。随即有三个人不紧不慢地相互搀扶着一个人上了小船，不多时，这三个人就被送到了与磨石坝很近的梨树庄。

"谢谢了，鸿民。"张申书向艄公说。

"别客气，都是自家人。"那叫鸿民的一边撑开船一边说。

朱德焞好奇地问："他叫鸿民，姓啥？"

张申书说："姓罗。"

"难怪呢，我班有个罗鸿忠，猜想就是他哥。"朱德焞说。

罗长勤笑了："德焞就是精灵。"

朱德焞不好意思地说："不是我精，而一听这排行，再想名字，一个忠，一个民，不是要忠他哥，也要忠老百姓啊！"

张申书说："他父母先后去世了，家里穷得常揭不开锅，靠鸿民驾船养家糊口，就这，还让弟弟上学识字，能给先人争个光彩。罗鸿忠走了，听传言，到陕北去了。走的那天鸿民在任河嘴过船时还见了，说是给校长送信，把他哄了，后悔莫把弟弟拦住。他曾在他妈弥留之际，跪在床前向他妈发誓过，流着簌簌的泪水，妈呀，人穷志不短，我一定把弟弟供养成人，扬名显亲。他妈放心地合上了眼睛，含笑九泉。现在还常念叨弟弟不听话，这娃是个孝子呀！"

罗长勤深沉地思索着，说什么好呢，怎么说才能恰如其分，合情合理，不至于直白、明显、漏嘴？他说："虽然风木含悲，但家贫出孝子，国难显忠臣。到那边的路走对了，现在不是全国军民团结抗日吗，有钱出钱，有力出力，有人出人，到那里同样是抗日救国，为狠狠地打击日本鬼子出力，这可是忠孝双全哪！给他哥捎个话，不必担心，罗鸿忠定会有出息，不会给亲人脸上抹黑。"

张申书点着头说："罗老师博闻强识，站得高看得远，超出了我的想象。"

他们说着走着，不觉来到了张申书的亲戚家，这一家人高兴极了，来了亲戚，又带来了外地的客人，一下子高兴地忙活起来。

歇定。一夜无话。

罗长勤久久不能入睡，听着从这静夜里传来的汉江涛声，想到在这个豺狼当道的年代里，百姓处在困苦的生活中，还有那些处在官府最下层的少数官员，他们为我们守护、转移、脱险而无所畏惧，挺身而出，这是一种崇高而高贵的国民行动。不只是为了一个或者几个人，是在用生命捍卫刚从秦巴山里升起的一轮火红的太阳，一种坚强的信念，一个伟大的事业。我们国家的希望，就将从这里，从全国大山、平原走出来，屹立于世界的东方，为期不远了！

早晨，朝霞洒在宽阔的江面上，粼粼闪光。一艘客船从磨石坝离开，沿江而下。罗长勤依旧那一身装扮，风度翩翩地站在船头上，不断地向岸边的张申书和朱德焯招手。感觉自己在浪花、彩霞和微笑里，乘风破浪，径情直遂，抵达自己的目的地。

罗长勤一进吕河街就到王家院子，正遇王子平的老爷子在喝茶，一见罗长勤走路的姿势不对劲，问："你的腿咋啦？快坐下喝茶，我刚泡的。"

罗长勤回答说："老爷子，不是腿不对，而是屁股蛋子长了坐板疮。"他靠在椅子棱上，问，"文和在家不？"

"他到西安去了，整天跑来跑去，神道道的，不知都在干啥。"

"忙活才能给你老人家攒钱哪！"

"我没见过文和把钱攒到哪里了，没给我一个洋钱儿。"

"我见了给文和讲，让一次多给你一点，十个二十个的，他肯定有。"

"不不不，我不是要他的钱，孙子辈有孙子辈的想法，只要把挣的钱花在正道上，我绝对不干涉。"

"文和志正得很，不会甩在河里不泛一个泡。愿老人家绵绵瓜瓞呀！"

"哈哈，但愿。现在年轻人歪门邪道，不做正经事的多得很，我简直看不惯。文和同你在一块儿，多照应照应。你咋不喝茶，要到哪儿去？"

"老爷子，茶也就不喝了，我要赶路到神河。"罗长勤说着就要往门外走。

老爷子连忙站起来，硬撅撅地高声斥叫道："长勤，你给我过来！"一边喊着一边把靠在椅子旁边的一根雕刻着龙头的漆黑拐棍递给罗长勤："把这个带上，还顶一条腿，方便些。"

罗长勤按捺不住激动的心情，说："老大爷，使不得，这是你身边的保护神，是不能随便离开的。我年轻，不要紧。"

老大爷急了："叫你带上就带上，还拧辞（方言：抵触、倔犟）个啥！不听老人言，吃亏在眼前！你病好了，再捎回来，行吧！"

古话说得好，不割心爱不显诚意。老大爷皓首苍颜，无疑是在彰显自己的硬气，表示对孙辈和孙子朋友的一片真心。既然如此，不要惹老人生气，罗长勤一闪念之间，坦然地接过这根漂亮大气而具有神威的拐杖。

罗长勤不动声色地向上街头走去，只听身后传来啧啧声：你看这个人穿着多洋气，还挂着文明棍，一定是有来头的。这年头嘛，还有谁能够这番的打扮，有权有势呗。咱们这号人，连个烂裤破褂子都上不了身呢！别眼气（方言：羡慕），说不定你还会遇到哪个福分呢！得了吧，咱家的祖坟埋的都不是好地方，我们一辈子汲汲经营，也混不上个啥名堂，别做那个好梦了！罗长勤回过头神采飞扬地笑笑，提起拐杖一摆一摆地只管走自己的路。

罗长勤来到鲁家坡，一见鲁安一，告诉了来意，这让鲁安一感到突然，但心情还是平静的。自从芭蕉口事件发生后，他总是牵肠挂肚的，成天操心不下，也没有个准确的消息，去向不明。现在好了，来到近处相互都能照看得住。他听罗长勤说要在这个地域活动一阵子，待子子子（方言：小疮）痤愈，就回省委。鲁安一和鲁世鑫完全同意，支持这次潜伏行动及其活动的打算。鲁安一把自家宽敞明亮的屋子腾出来，让罗长勤住，请医生开药治病，通过联系，又被聘为鲁家坡小学的教师，以此为掩护，开展秘密工作。

一切都安排得很妥当。罗长勤猛然间倒不安起来，总觉察到有坏事发生了。他猜来想去没个准头，就给张申书挂了一个电话，果真没出所料。朱德焯于第三天返回时，在任河嘴渡口被保安队抓走了，同其他八名所谓的嫌疑犯一起，关在政府后院的一间大房子里，并派兵把守。张申书得知后去看望两次，这两天正在审问，朱德焯一口咬定，到县城走亲戚，打听县城哪个学校教得好，想到县城来上学。问他哪里人、叫什么名字，他怕父亲担心，又怕影响了朱乡长，情急生智，咬着牙关回答了一句既虚假又真实的话，叫卓德柱，红椿红阳村人。他心里知道，在那里有不少姓卓的。

　　罗长勤问："他爹知道不？"

　　张申书说："还没告诉。"

　　"好，你多关照点，我想办法。"

　　"这么远，远水解不了近渴啊！"

　　"放心，会尽快地营救。"

　　"快些，等着哪！"

　　罗长勤放下电话，急忙去找鲁安一说："鲁老师，孙瞻山在哪儿，你晓得不？"

　　鲁安一说："在神河口。"

　　"我的学生被逮了，找她商量咋个搭救法。"

　　"下课就走。"

　　"行，我在路口等你。"

　　罗长勤和鲁安一匆匆忙忙来到神河口，在一家杂货铺里找见了孙瞻山。孙瞻山一听罗长勤学生被抓并牵涉一些无辜的百姓，果断地说："救人要紧，立即行动。梁子云和曹立毅几个就在紫阳县城做生意。罗老师，你在保安队有没有熟人，或者其他内线也行？"

　　罗长勤说："有一个又熟又不熟的保安队班长，叫辛明。他看押过我，看我是教师，所以很客气，我出狱时，还送过我。"

　　"啥模样？"

　　"中等个头，圆脸，微胖，左耳下边有一个黑痣。"

　　"学生的名字呢？"

　　"叫朱德焯，抓进去审讯时，他承认叫卓德柱。"

　　"看样子，要救就得一起救，这样安全稳妥些。老师，你看行不？"

　　"这两全其美，当然更好了。"

"那就这样行动，我立刻同梁子云联系。"

好长时间没见两位老师了，由于时间紧，也未来得及叙谈最近做的啥生意，就这样仓促地离开了。孙瞻山深感过意不去，又想救人如救火，刻不容缓，去晚了，谁也猜不着会出什么样的后果。她连忙到下街头找到杨贵贤，说："贵贤，你是神河街上人，邮政所打电话方便不方便？"

"姐，啥事？"

"救人！"

"所里都是石西藩的人，不敢保险。再说，万一他的爪牙认出你来，那可就糟了，吕河倒有我的熟人。"

"好了，你去叫弟伟，咱们去吕河。"

天黑定的那个时辰，月朗星稀，晴空如洗。一阵一阵微风吹过神河的水面，孙瞻山她们感觉，是送来了一阵一阵急催的凉爽，走起路来轻快、强健、踏实，宛如脚步同样在生风而起。虽然空气是凉丝丝的，但是脸上却是汗津津的。她们觉着还未走多长的时间，就赶到了吕河口。

嘭嘭嘭！杨贵贤敲起邮政所的门。

"谁呀？"

"桂仙。"

门吱的一声开了："哎哟，这么晚了，有啥急事？"

杨贵贤给孙瞻山介绍说："这是我姨家姐。"反过来又说，"姐，这是我的姐妹们，老远赶来，想打个电话。"

"行，快进屋。"

姨姐挂通电话，就拉着杨贵贤坐到旁边那间房子，问这问那，说个不停。

孙瞻山一看墙上挂的钟表，已经十二点了。便低声问："你是哪个？"

只听对方在电话里哈哈地笑："姐呀，连我的声音都听不出来了，是子云嘛！"

孙瞻山郑重其事地说："莫笑了，给你一个做生意的活………听好了吗？"

梁子云也放低了声音说："姐，完全明白，你放心！"

"生意赚了，立刻回没水川。这回可要精心啊！"

梁子云明白是让回旱坝川，于是说："会的。姐，你保重！"

孙瞻山慢慢地放下电话，梁子云的音容笑貌一下子又浮现在自己的脑海中。她猛然一惊，喊道："姨姐，打完了，泼烦你了！"

姨姐说："哪里的话，干我们这行的，就是没黑没明，只要不耽搁人家急事，心里就安稳。夜深了，你们到哪儿去？要不，就在所里将就过个夜？"

孙瞻山婉言谢绝，说："本来就打扰了你，不能添麻烦了。我们到庙嘴子歇着。"

她们走出邮政所，站在街道口向汉江岸边一望，在明亮的月光下，江南却呈现出一片开阔，银光闪耀的沙滩，空旷寂静，杳无人迹，只有几只水鸭子在岸边东张西望。孙瞻山看着这般境况，从这里走会暴露我们自己，于是，改变了主意，说："咱们去周家院子，这一路都有密集树林，可挡住我们的影子。"

她俩没意见，不声不响地跟着向周家院子走去。

当然，在这个寂静月夜里，谁都明白，是不能有一丁点儿的响动，一个闪失就会带来可怕的危险，惨遭不幸。

孙瞻山随同大家快步地走着，心里默默地在盘算着，梁子云将采取什么样的动作呢！

梁子云接过电话，立即去找张申书问个清楚，心里有个底。她一回到房间，就将老大吩咐的任务对曹立毅讲了。曹立毅啊了一声："咱们俩咋行呢？不认识几个人，他们又不是拿枪杆子的，咋个救哇！"

不知梁子云究竟是心中有底，还是在安慰自己和立毅，说："常言道，行车靠舵，赶车靠鞭。现在就看咱们的能耐了，莫急，你睡你的觉，我也睡觉。"说着，她噗的一声吹灭了油灯，侧卧在床上，眼睛骨碌碌地转来转去，思量这个，又考虑那个，丝毫不像是睡觉的样子。对，明天到瓦房店找先前接触的那个王木匠，王玉金，四川巴中人。他说四川到处在闹红，迫于生计，靠自己的手艺出来混一口饭吃。凭直觉他的言谈举止大方宽宏，不完全是木匠，十有八九不是红军留下的种子，就是共产党。不然的话，他做的大小长短木器，桌子、椅子、木缸、木盆、木桶、木箱、风车、房架上都刻有一颗五角星，就连洗脸盆架子上，也要用木条拼成五角星。问他这是啥讲究，他蔼然一笑说，是吉祥图案，预示喜庆，向往幸福过好日子的。真是那样的人，或者有正义感的人，一定会见义勇为，拔刀相助。回来再找县城里的陈前友，他原是陕西警二旅张飞生部下手枪一连的一名士兵，在华阳镇石塔寺，警二旅同红二十五军激战惨败后，参加了红军。听他讲过，红二十五军奉命向陕北挺进，行至秦岭中他左手受伤和右脚骨折。他的班长张鸿把他扶到山坳里休息，并商量说："部队有新的作战任务，行军紧急，你很难走动，就在这一带找个老乡家养伤吧。如果一两天内能跟上大部队最好，实在不行，回家也可以。不过，一名红军战士在任何情况下都要绝对保守部队的机密。"

他讲完话给他五块大洋。他眼巴巴地望着张班长走了，战友们走了，心里在流泪，一定坚持活下去！他拖着受伤的腿，在地上一截一截地爬行，终于来到了一家和善的老乡家里，经十来天的精心照料治疗，强勉能拄着拐棍下地走几步路，但要去赶部队，那简直是想入非非，脱离实际。一个月之后，他回到紫阳县城的家里，离群索居，不予言谈。在提到红二十五军时，他才滔滔不绝地讲起刚说的和那些可歌可泣的悲壮故事。梁子云认定，他会参与这次行动的，即就是拒绝也无碍营救方案的实施。

果然不出梁子云的预料，王木匠和陈前友断然接受这次行动，而且同他俩作了详细的任务分解。

吃中午饭后，梁子云提了一篓子芝麻糖，带着曹立毅跟在陈前友的身后，沿着县政府院子周围的大街小巷走了一趟。梁子云对地形更是心中有数了，说："就按计划进行，不用担心。"于是从篓子里掏出一把手枪递给陈前友，异乎寻常地一笑："这就叫声东击西。好，我现在就去找保安队的辛班长。"

"啊！辛班长，叫啥？"陈前友赶紧把手枪别在腰里问。

"辛明，左耳边有一颗痣。"

"对，我见过一面。他是巴山沟垴上人，家里很穷，是个厚道人。我娃立才小时，在街上玩不小心掉下石坎子摔伤了，是他抱着送回家的。那这……"

梁子云完全听出来陈前友说话的心情和含义，郑重地说："不会伤害他的，老师也再三叮咛过，只是不明其理地配合。"

陈前友哦哦哦了几声，挺着腰杆走了。

梁子云到街上买了一盒月饼、一瓶泸州老窖，还有板栗和橘子，让曹立毅提上，大摇大摆地来到保安队值班室。

"你找谁？"

"辛明。"

值班哨兵往院子一指："那不是！"

梁子云回头一望，院子中央站着两个人，一个人走了，还有一个站在那里却没动。她便走过去一瞅，这个人耳边就是有一颗黑点，问："你是辛明？"

"是，我是辛明。你是谁？有啥事？"

"我是罗功远的学生。中秋节快到了，是他让来给你送个礼，并让我转告你对他的关照。"

辛明觍颜一笑："就是那个罗老师，这算个啥嘛。不用不用。"

梁子云让曹立毅把礼品塞在他手中，说："这是罗老师一片心意，拿回去同爸妈过个团圆节。"

辛明又惭愧地说："我啥都没做，还送这么重的礼，实在不好意思。"

梁子云接着说："不是那样，罗老师讲了，恩有恩在，好有好报。要不这样，请你今个儿晚上一起吃个饭吧？"

"我六点半，队长找我谈啥事。"

"那就晚点，七点钟吧！"

"不行不行，我八点钟上哨，一站就是两个钟头，现在挺紧的，不能误事。"

"那好那好，那就改日吧！"

"谢谢你们，谢谢罗老师。"

梁子云这才觉着陈前友说得对，到底是山垴上穷人家的孩子，就是憨厚、坦诚。这个年代为了孝顺父母，养家糊口，这门子差役不得不干。

天刚黑，王玉金和陈前友先后到了兴隆客栈。梁子云规定了行动的时间是九点整，如果顺利，出政府北门后，联络信号是向东向西各按手电晃三下。陈前友见手电光立刻鸣枪，钳制干扰保安队的兵力。王玉金接信号做好接应准备，将卓德柱他们向桂花村和焕古镇方向转移，这个任务就交给王玉金了。王玉金攥着拳头不断摇着，表示人命关天，绝对有把握。她站起来说："还有一个钟头，现在出发，占领各自的位置！"

九点钟，梁子云和曹立毅准时来到政府后院，暗淡的灯光下看见辛明在上哨。于是前去说道："辛班长，你在站岗，要委屈你一回。"辛明还没反应过来，一刹那，梁子云抢起手臂捶在辛明的右背间上头。她扶着辛明顺势倒在地上，趁机卸下了手枪。曹立毅这时已经打开房门进去了，轻声叫道："卓德柱！"有人答："在！"大家都蒙了。"你们赶快跟我走。"大家紧跟着曹立毅出了政府的小北门，沿着围墙外的小路向西走去。只听曹立毅说："不要吭气，脚轻点。"梁子云随即站在小北门外，手持手电筒，朝东的方向照了三下，随着三道电光划破了夜空，接着从猫儿沟半山坡上传来三声清脆的枪声。有一枪打在了政府的房脊上，溅起了火花。紧接着，又有三道手电光照射在两关口子一间瓦房的屋檐上。同时，西关垭子三道电光投向槐树垭。梁子云这才回身把小北门一关，听见院里人声嘈杂，又喊又叫又哭，慌乱不堪。梁子云从乱哄哄的人群中挤出南大门外，站在一座石狮子旁边像是在看热闹。

一队保安兵荷枪实弹从政府出来，直朝东门方向跑去。领头的直嚷嚷："快点！抓共匪，别让他跑了！"

在西关等候的王玉金一见到曹立毅，说："交给我了，你们放心。谁是卓德柱？"

曹立毅把跟在身边的朱德焯推了过去，说："这就是。请王先生把其他八名百姓送到桂花后再疏散。卓德柱请你从焕古带回红椿，一定交给风石沟的任必亭。"

啊！这不是当过龙湾农会总会的主席，后来被乡民、士绅们推举为尚坝乡的保长，就是在镇巴智救徐向前脱险的那个人吗！没错，就是风石沟的！王玉金出乎意料想说什么："任必亭……"

"对，任必亭。这个卓德柱是关起来的名字。眼下叫朱德焯，你交给他，他会像照护自己的儿子一样照护的。赶快走，警察一定会来查夜的。"

王玉金收住了想说的话，哎呀，说不定都是自己人。可没有说出来，转过身，急忙带着朱德焯他们沿汉江而上。

梁子云等来曹立毅，一前一后走到东城门楼子，朝着政府方向砰砰地放了两枪。保安兵一听枪声，急急火火地从猫儿沟跑回东门，不见一个人影，却不知梁子云和曹立毅已经从政府门前石坎路下了河街。在河滩旁的皂荚树下见到陈前友，头一句话就说："你放心，辛明不会有事的。感谢你啊！"

陈前友把枪还给梁子云，问："谢啥谢，让我玩了一回手枪，还行。你们到底是干啥的？"

梁子云把手枪递给曹立毅，说："我们是秦巴虎豹队，打猎的！除暴安良，锄强扶弱，解救善良的老百姓。"

"红军也是这么讲的。"

"我们可不是红军啊！"

"哦，只要目的一样，就是好人。"

"你回吧，免得遇到警察惹事。"

夜，是那么的模糊不清，那山、那水、那梁、那谷、那草、那树、那房、那村，不知怎么的失去了它们的完美，全部坐落在宽阔无垠的幕布之中。梁子云她俩沿江走在岸边坑坑洼洼的小路上，不知怎么的既不打趔趄，也不跌跤，更没走错路，风尘仆仆地向东走去，或洞河、或岚河、或流水、或安康、或高店铺、或力加坝，或在明天日头升起的时候，照直走到吕河口。

罗长勤听孙瞻山说，已将朱德焯安全送到任必亭家，才放心了。又得知个子从延安回来了，于是，决定回县城一趟。他同鲁世鑫一到县城，就去东关邮政局给朱鹤年打了个电话："乡长，我是功远！"对方在电话里说："听到了，好着吗？""好着哪，一路顺风。德焯回家了吗？""在家在家，大前天回来的。我知道了。""跌了个跤，有惊无险。""碰一下，会硬朗的。你保重啊！""彼此彼此！"他的担心彻底搁下了，迈起轻快的脚步向府民街走去，鲁世鑫便回上菜湾老家，找鲁世恭汇报神河最近的一些变化。

李家院子突然走进一位风流潇洒的青年，屋子里的人为之一惊，既没打招呼请进，又没说不让进。还是坐在堂屋里的个子眼尖，往门外一望就认出来了："是长勤啊，快进来。我刚还在想，明天去神河找你呢！"

罗长勤摘下帽子，跟着李兆众到下院楼里去了。随着听到李兆众叫道："金环，给客人泡杯紫阳青茶。"

不一会儿，毛金环端来两杯茶，先端给罗长勤说："哎呀，常客变成稀客了，这打扮让人不敢认了。不过意啊！"

罗长勤呷了一口茶，说："莫把话套远了，都是自家人！"

李兆众端过茶，插了一句："这是需要嘛！"

毛金环嘴一撇，说："我又不是瓜子，咋不知道！"

罗长勤笑起来了："李嫂，心思敏捷，聪慧过人，天下事能瞒得住你？"

毛金环一手拿起茶盘，一手摆了一下："别戴高帽子了，再夸就不知道大河洲在哪里了。"说着，噔噔噔地上了上院了。

罗长勤问："啥时回来的？"

李兆众说："不几天。我决定不教书了，做淘金活计，好在吕河、蜀河、棕溪、神河、小河、赵湾及全县联络更多进步青年和回乡军人。以这为掩护，白天淘金，夜间进行地下活动，还好隐蔽些。适当的时候，准备武装暴动。"

罗长勤说："这倒是一个稳当的计划。武装暴动的问题要慎重，只能秘密地进行筹备，不可出半点纰漏。按刘湘卿同志指示的，日本鬼子打到老河口，就得组织游击队进行防御，但一定要取得上级的同意，方可予以配合抗击。咱们面临的敌情复杂，千万不可单枪匹马，孤军奋战。"

李兆众说："一定请示上级，我已经派王昌民做保安队的兵运工作。"

罗长勤说："这是扩大武装的路子，一定要选好切实可靠的人，不然就会开门揖盗，引狼入室，招来祸患。还有一支打猎队，现在已发展到十几个人，号称秦巴虎豹队，这是一支不可忽视的武装力量。"

"我曾经只听说，现在知道了，就是在曹家沟打死保安和在安康恒口抢钱的那些人。"

"是的是的，领头的是共产党员。他们是劫富济贫，把缴获的钱物除自己留用部分外，其他全部交给了抗敌后援会，支援前线，打击日本侵略者。"

"一定联系。你在安康地委做统战工作，还认识很多人吧？"

"有。紫阳县珠盘的乡长朱鹤年、芭蕉的陈永安、紫阳县保安队的班长辛明。在紫阳有啥事就找他们，你就说是功远叫来的。对方问姓啥。你回答姓罗。对方再问，做啥子？你再回答，找活。再问，想做啥？当一个老师。"

"这就是联络暗语。长勤，鲁学昭和余亚芳要不要见一下？"

"见，要见，现在就去。"

"注意尾巴！"李兆众把罗长勤送出门，直接到了草房街，正巧碰上罗寰，在他耳边咕哝了几句话，便离开走进通向鲁学昭家的那条小巷里，注视这里的往来行人。

罗寰急忙到保安队一分队找到朋友张世臣，闲聊了几句，便把他拉到外边背静的墙下，说："世臣，借给我一支手枪！"

张世臣神色惊讶地问："要枪干啥？"

"莫紧张嘛！我想到南黑山和赤岩一带去打猎，打几只麂子，冬天好做下酒菜，咱们二人及朋友们共享。"

"打猎要长枪得劲，拿手枪打猎，管啥用！"

"长枪已经借下了。你看啊，我这个乡队副背个长枪多不够面子，再说，我打手枪要比长枪准得多。你知道，我在西北游干班训练那阵子，枪法几乎是百发百中。"

"行行行，不敢弄丢了。"

"哪能呢，放心吧！"

李兆众在那条小巷没见罗长勤，却见到了罗寰高兴的样子，只见他右手在腰间一拍，就明白枪借到了，说："咱们回家。"

罗长勤到鲁学昭家，恰好鲁继冲也在，心里咕里咕嘟的，这位安康县的书记回到家，不知在做啥工作，好长时间没联系了，不知道实情也不好深问。大家都在谈天说地，东拉西扯，没有一个人说出心里想要说的话。在这种窘境下，罗长勤也就把想问的事闷在心里了。

这时，只有余亚芳打破这十分为难的氛围，说："昭姐，我叔伯哥被逮了，龚怀义也受追捕，他来过一个电话，他到平定去了。又讲，可能在周围转悠，你看咋办呢？"

鲁学昭望着鲁继冲说："哥，你得想个法子。"

鲁继冲惴惴不安地说："我都巫神保不住巫神了，能想个啥法子！"

罗长勤愣了一会儿，鲁继冲对自己是一筹莫展，余迁是地下共产党员，龚怀义是进步青年，发展对象，后来成了她的男朋友，也就常常跟着出进于县政府，变没变弄不清楚，同志们之中也产生一些疑虑。这也不过是捕风捉影，未必要完全相信，也许是冤枉了他。提出说："你找你表哥曹保平不就更好吗？"

余亚芳懊恼地说："求他了，他把我收拾一顿，叫我不要给他惹麻烦、找事情，还让我远离龚怀义，同余迁划清界限。"

鲁学昭说："真没想到会这样，这是放牛拾地番，顺便的事，有啥麻烦的，真是个人物。"

罗长勤说："是的，唾手可得，他不帮很自然，怕丢了乌纱帽。"

余亚芳又护短地说："近来也是忙活，眼下又要搜查抓捕共产党，没时间。"

鲁学昭说："不要相信他，不愿帮忙是真的。我和你咱们一块儿措置办理。"

罗长勤心中有数，鲁学昭同施德广、樊佑庶有一定来往，不愁不能救出余迁，但是要救龚怀义那就没谱了。想到这里，他站起来说："你们坐，我走了。"

鲁学昭一头抬起来送出门，说："你住在哪儿，我们再联系。"

罗长勤说："我路过这里看看你们，马上到省城做生意。"

鲁继冲和余亚芳站在鲁学昭的背后，一同望着罗长勤就这样走了。鲁学昭暗暗地想着，他一定有什么要交代，真的就这样走了！

罗长勤走出不多远，发现前边路口旁站着鬼鬼祟祟的一个人，仔细一瞧，是政警队班长涂兴诗，离他前面十多米的地方也有一个人来回走动，帽檐压得很低，看不清脸面。他随即拐进了南边的小巷子，从巷子出来又走进通向县政府的街道。不到县政府立刻钻进了街北边的文庙，附门一看，原来是杨锦文，涂兴诗和他相互摇着手，一同进了县政府。罗长勤穿过文庙廊房、月台到大成殿背后的院子，走出后门，绕道回到李家院子。

李兆众拍着腿说："我们在那儿咋等，硬是不见你的面。"

罗长勤说："我坐一会儿，就离开了，当然等不到。"接着，他将不料遇到涂兴诗和杨锦文的解脱经过叙述了一番。决断地讲道："在鲁学昭那里，从余亚芳口里听得出来，形势很紧张。政府以查鸦片为幌子，今夜又开始搜捕共产党人。你告诉鲁世恭和鲁世鑫要注意防范，我现在就走，不能在这儿久留。"

李兆众说："我知道了，让罗寰跟你一块儿走。"

罗长勤推辞说："不用了。罗寰还有训练保长和乡队副的事，在这节骨眼儿上一走很耀眼，就不要横生枝节了。"

罗寰说："哥，这是兆众同志指示让我保护你的安全，我借了枪，也向国民兵团告了假，到南山打猎。我会及时报告我所谓的去向和地域。"

李兆众说："这是我们的责任，你应该理解。"

罗长勤说："那好，你咋个同行呢？"

李兆众说："已经准备好了，罗寰你去把盐担子挑上先走，在上渡口会合。"

罗寰以生意人的打扮，挑着一担盐走出了门。

过了一会儿，罗长勤才出发，后面跟着李兆众，下了王家院子，穿过下河街，在经过草房街时，他停了片刻，直瞪瞪地望着罗家院子，这个养育自己的家，父母和兄弟姐妹们的声容笑貌，在自己脑海浮现。他陡然疾步，向上渡口走去。

一到吕河口，打听到孙瞻山的去向，在旱坝川找见了她。

孙瞻山见到跟前一个高个儿的人，便问道："他是谁？"

罗长勤悄声回答："党里人，叫罗寰。"

孙瞻山颔首微笑，哦哦哦，朝着罗寰望了一眼。

罗寰是一个敏感的人，他反应迅速，立即走进另一间房子，通过窗子的缝隙，观察门前路上的动静。

孙瞻山一听政府追捕龚怀义的消息，猛然一愣："余亚芳咋不想办法，让曹保平出面呢？"

罗长勤说："她求情变通，不肯。余亚芳束手无策，需要的是精神安慰。你先给她打个电话，宽心宽心，最近不要回空蒙寨，在这一带注视县政府警队士兵的活动，还要寻找龚怀义的行迹。"

孙瞻山问："他究竟逃到哪里了？"

罗长勤说："余亚芳也不十分清楚，可能在平定乡，或者在同吕河、神河、张河、金洞以及长沙南部的交界一带出没。"

啊呀，在这山大沟深、树密林茂的广大地域里找一个人，实在是大海捞针哪！海再宽，也得捞。孙瞻山毅然说："这件事交给我来办吧！"

罗长勤说："找到后，把他悄悄地交给余亚芳。"停了一下，又问道，"余亚芳知道你的身份吗？"

孙瞻山说："她不清楚，知道我同爹一起经常打猎。"

罗长勤说："好，那就好。然后你到府民街李家院子找李兆众，我把联络暗语给你，告诉他，如果龚怀义心没变，就叫鲁世恭开介绍信去陕北。现在我得走，天黑要赶到神河。同敌人斗，要精明些！"

孙瞻山看着罗长勤神气十足地上了路，后边还走着一个贩盐的挑夫，不觉扑哧一笑，乡巴佬还假扮洋人，真的还像那么一回事！

不过，谁能猜得着，他们却不是店东和店员的那个样子，而是令人不可捉摸的那种神秘状态！

近两天，有两名政警队的士兵来到平定乡，走东家串西家，探问百姓有无生人来过，令他俩得到的是连连摇头，没见过。

孙瞻山把寻找的范围锁定在平定乡地域。这天天快黑的时候，他们分别从神河、张河、金洞边界的地方来到平定河口集合，大家满脸晦气，连龚怀义的一根头发也没找着。孙瞻山决定到竹园沟歇息，再商量接下来的寻找方案，再不能这样盲目地东奔西跑了。刚要起步时，孙瞻山忽然发现两名警察押着一个人走进保长路子遥的家。她吩咐梁子云和曹立毅隐蔽监视，快步如雁走了过去，紧贴围墙脚，听见堂屋里的对话声。

"路保长，我们要在你家住一个晚上！"

"你带着的这是啥人？"

"县上要抓的犯人！"

"那，那你们住在家里恐怕不恰当吧！"

"保长，那我们住哪里合适！"

"保公所或者乡公所。"

"离这还有一截路，不方便。那里啥都没有，咋住呢！"

"那你们自己想办法，反正家里是不能住的，以免慢藏诲盗。懂吗？"

"你这个保长真是个保长！"

"我这个保长咋啦！我这个保长就该让你把犯人带到家里住吗？县长的家里也能住犯人吗？"

"好好，不扯这些了。我们到底住哪儿呀？"

"你们到竹园沟去找客栈吧！"

不大一会儿，警察带着人走出门，向竹园沟走去。

孙瞻山在他们出门时，就辨认出来，这个所谓人犯就是龚怀义。她不动声色地走到她俩跟前，悄悄地说："咱们跟着走，他们也许会在前面客栈歇夜。"

走了不多远，他们碰上了富户人家何志重和何在瑞。警察说："何先生，我们想到你们家住一晚上。"

何志重说："你俩住行，还有一个人呢？"

警察说："这个人不要紧，他戴着手铐，晚上把他绑住就行了。"

何在瑞直摇手，说："啊，是犯人。带着人犯住家，不吉利不吉利，赶快去住客栈！"

警察碰了一鼻子灰，万般无奈，鼓着一肚子的气，只得去住客栈。

孙瞻山她们紧跟着，也来到这家客栈，问："老板，有房吗？"

老板和气地说："客官，有房有房，宾客至亲嘛，请！你们三个人住一间吗？"

"对，一间大的。"

"走，这间正好在刚才入住的客官旁边。"老板倒很关心地凑近孙瞻山的耳边说，"隔壁那间住的是警察，你们安心歇着。"

孙瞻山一边回答着，哦，那好，一边通过门缝看到他们东倒西歪地已经睡着了。

时值半夜，漫山遍野似乎同样进入了休眠，夜深人静，万籁俱寂，只听得平定河哗哗的流水声。客栈里倒不比原野安静，警察住的那间客房里，不断传出如雷般的鼾声，偶尔夹杂着噗噗噗的吹气声，真是难受得很，一气接不上一气的不适。

孙瞻山蹑手蹑脚地来到隔壁房的窗户前，透过已经破裂的一个小洞看见，龚怀义被捆在一把椅子上，眼巴巴地望着天花板，一会儿又低下头摇了摇，把牙咬得紧紧的。在暗淡的油灯下，看得出他两眼放射着憎恨和愤怒的目光。孙瞻山轻轻地推开了门，向龚怀义直摆手势，示警他不要出声。

龚怀义认出了是孙瞻山，直望她和身后跟着一个人，欻地走到两个警察的床前，挥起拳头捶在警察的肩脖部，吹气声止息了，鼾声停止了，两个像死了一样躺在床上，没有动静。同时又进来一个人利利索索地把绳子解开，接着从警察身上拿出钥匙，打开了手铐。

孙瞻山顺手将一张纸放在了警察身上，说："轻点，快走！"

他们几个人蹑手蹑脚地出了门，曹立毅断后。她返身将两扇门趁劲地向上提着合在一起，也没有发出任何响声。她们一口气跑到了旱坝川，累得气喘吁吁的，只得靠在一棵泡桐树上缓缓劲儿。

梁子云从兜里掏出芝麻饼，给每人发了一块，大家慢慢地嚼着。曹立毅发现旁边山石缝里流着泉水，顺手摘了一片泡桐叶子，叠成如小碗一样，去接满泉水，先捧给孙瞻山，她没喝，推给龚怀义。龚怀义确实渴得喉咙冒烟，他摆着头，"你们喝吧！"曹立毅生气了，"老大让你喝你就喝，别装了。"龚怀义这才咕咚咕咚地喝了下去，曹立毅又去接了一回泉水，分给他们三个每人喝了几口。大家吃了点，喝了点，都觉得凉爽了，精神了，有劲了。

孙瞻山有意地问："龚怀义，你打算咋办？"

龚怀义脱口而出："政府怀疑我是共产党，待在这里不死也得坐监。我下决心了，要去陕北，在路上万一被抓住了，我也心甘情愿，心是明明的。"

"咋走呢？"

"不走安康，就是赵湾，反正向北寻嘛！"

"胡乱撞，寻到哪年哪月！好了，先回县城，有人帮你，行吗？"

"行是行，万一又抓住了，我这个梦白做了！"

"不会的，你好好配合，有的是主意。"

"好，听你的。"

"不是听我的，听组织的。"

"我明白了。"

孙瞻山说："吕河渡口是过不去了，咱们只能从南岸沿江而下，赶回县城。"

她们一路马不停蹄，穿周家坪，经仙滩南岸的辜家嘴子，过白石梁，涉金洞沟，朝阳刚露脸，已抵达县城大河南张家院子底下的汉江岸边。

渡船艄公说："从来就没有这么早开渡的。"

孙瞻山说："大爷，我们大老远赶来，进城有急事。"

艄公在后边掌舵，曹立毅手疾眼快，拾起竹篙往石凹处一点，船头唰的一下向江中驶去。

艄公看着曹立毅干练娴熟的动作，哈哈地笑了："这娃子好像驾过船。"

曹立毅说："没有没有，过的船多，就会撑船了，河边的人，哪个不会这两下子。你掌舵老练呀！"

艄公幽默地说："谈不上，把舵的不慌，坐船的才能稳当。你们看，我这老汉今早上的第一渡，很少遇见江面上飘溅的耀眼阳光。"

一船人都笑了，笑得像鲤鱼跳龙门那样，扑腾扑腾地泛起一阵一阵的浪花。

孙瞻山带着龚怀义去见余亚芳的路上，说："你去以后，同余亚芳一起到施德广那里认个不是就行了。"

龚怀义焦急地说："这不是把我往虎口里送嘛，这简直是自投罗网！"

孙瞻山说："不能那样认为。你听我讲，然后你同余亚芳去找鲁学昭，离开后，你就独自个儿地到莲花池下边的鲁家院子，闭门不出，会有人及时同你联系。"

龚怀义提醒说："我去陕北，你千万不可告诉余亚芳，千万千万，一定不能让她知道。"

孙瞻山说："我咋会将这事捅出去呢，你放心！"

余亚芳一见孙瞻山带着龚怀义，猛然一惊，问道："孙姐，这是咋回事？"

孙瞻山只说一句："我打猎看到他被逮，就把他救回来了，什么都不要提了，逢人也不要讲是我救的。下来咋办，让龚怀义自己决定，好吗？但是，你不能让你表哥知道他回到县城。"

余亚芳看了一眼龚怀义，说："行。"

孙瞻山说："我走了，还要马上回黑山。"

余亚芳带着感激和不舍的心情把孙瞻山送走了。回过身就对龚怀义说："咱回去找昭姐，让她帮忙。"

龚怀义说："咱们先去县长那里，我认个不是行吗？"

余亚芳拉着他往门外走，坚持自己的提议："先不去，见了昭姐再说。"她急急忙忙地带着龚怀义到了鲁家，鲁学昭惊奇地说："怀义回来了，可惊坏了。"

余亚芳说："昭姐，你陪我俩去给县长认个错。"

鲁学昭有点推辞地说："咱们刚去过，县长答应放了余迁，现在又要劳烦人家。你不是不认识，自己带着去吧。"

余亚芳说："认识倒是认识，还不是早先你带着我去才认识的，恐怕没有你说话那么有分量。"

鲁学昭一看天色有些晚了，说："你赶快去，如果实在不行，让怀义来找我，咱们再一块儿去求情。"

这一说也有些道理，余亚芳同龚怀义到了施德广办公室，开始就说请县长开恩、不计前嫌、高抬贵手的一些话。龚怀义硬着头皮，表白了自己根本不愿意表白的话，自己年轻考虑不周，接触了一些连自己都不清楚的不三不四的人，有些话语和行动，违背了党国的训诫，对不住县长，对不住家人，也对不住自己，恳请县长谅解。

施德广看了余亚芳一眼，端庄清秀，姿容韵致，楚楚动人，不由得心旌摇荡起来，提高声音说："我们怀疑你来往的那些人是共党分子，既然有一刀两断的心意，就看你实际行动，再不敢胡乱来了。好，你去吧！记住，共产党是成不了大器的！"

龚怀义不声不响走出门。施德广对卫兵吴子祥悄声说："注意这个人，跟着他，看到啥地方去。"他回身关上门。

吴子祥最终看到龚怀义去了鲁学昭的家，他立即返回告诉施德广，只听得淡然一声，知道了！

龚怀义从鲁家出来，一直向菜湾的鲁家院子走去。但他万万没想到，这一夜，余亚芳没有回家。

孙瞻山从余亚芳那里一出来就去了府民街，走进李家院子，一眼看见院子里站着一位长方脸、大耳朵、五官端正、面皮白静高个头的人。他一扫眼，问："你找谁？""我找他来了。""他走了。""走啥地方？""大河洲上。""过河吗？""不，到红石梁！""你就是李兆众？我叫孙瞻山，是罗长勤派我来的。"

李兆众赶忙招呼着："快到屋里说话。"

孙瞻山把罗长勤交代的转移龚怀义的计划告诉了李兆众。李兆众直点头，并说迟则生变，立即联系鲁世恭，走得越快越好。又简单聊了几句，"我听长勤告诉过，你就是秦巴虎豹队的队长。我们做好后方的事，也是支援前线打击日本鬼子，咱们以后再联络。"

孙瞻山出了府民街，到下河街客栈与等候的梁子云和曹立毅一起上了吕河口。

李兆众赶紧去找鲁世恭开了介绍信，盖上"草草不工"的印章，又开了一个盖有旬阳县国民兵团后备队印章的通行证。立即上了莲花池，把两个证件交给龚怀义，龚怀义也恐怕夜长梦多，决定马上起程，连夜赶路，这会与自己想去的理想地方，越来越近。李兆众把他送了一截路才返回县城。

捉拿龚怀义的两个警察，过了一天的上午才狼狈不堪地回到政警队，懊丧地对队长符泽甫说："人犯丢了，枪也丢了，只能等着处置了。"

符泽甫震惊地问："先不要说这个，在哪儿丢的？"

"在客栈，大概半夜过了的时间。"

"之前，有谁跟踪吗？"

"没有发现。"

"你再想想，有啥怀疑的地方？"

"还有这个。"警察把字条递过去，又说，"我想起来了，有一个经过，就是天快黑了，到路保长那里借宿他不答应，我们又到竹园沟遇到大户人家何志重、何在瑞，他们也推辞不让住，就这些。"

符泽甫一看，麻烦了，于是脑子一转，在没有别的线索的情况下，这是个线索。人犯丢了，还可以再逮，这枪丢了也不能造，可是个大事，万一落在不怀好意的人手里，我们的人也许会倒在这枪下。他越想越严重，随即拿上字条去向县长报告。施德广展纸细瞧："残害百姓，诬陷良民，罪责难逃，有朝一日会遭报应。秦巴虎豹队。即日。"他把字条往桌子上一扔，恼羞成怒，大发脾气："又来了一个虎豹队！人跑了，是人跑了的事，枪丢了，不能马虎。简直是草包饭桶，赶快派人去查，那就叫涂兴诗去吧！"

符泽甫想了一下，说："县长，涂兴诗同王昌民他们联合起来了，你看呢？"

施德广把手一甩，说："龚怀义认错了。看来路子遥同党国不是一条心，还有一个虎豹队，就还让那两个士兵着便装继续去平定，仔细察看路子遥和那两个姓何的，看有没有其他不轨的行为。拔出萝卜，总会带出泥来的。"当符泽甫出门时，他又喊道，"先稳住，过半个月再去。"

这两个政警士兵暂时没有受处分，只是战战兢兢地在政警队执行临时指定的差事。

罗长勤回到小神河正碰上曾在龚家梁上学的李敬卿，搭言说："好久不见，变化真大，听别人讲已经当上了保长，干得不错嘛！"

李敬卿谦虚地说："有现在这个样子，还不是罗老师的栽培和教诲，没齿不忘啊！老师，你到哪里去？"

罗长勤说："鲁家坡小学，我被聘在那儿教书。"

李敬卿笑着说："只要师情在，不怕不见面，我和秦子瑶常提及你呢！咱们顺路一块儿走。"

他们一边走着，一边相互说这问那的，真是师生见面畅谈不止。

罗长勤又问："秦子瑶在做啥？"

李敬卿有些羡慕地说："人家可发财了，开了油坊和染坊，可挣不少钱，还有田有地，比咱强多了。有钱就有势，咱是有点小势可没钱，人家还吃得开！"

罗长勤赞赏地说："你们都很好，为学校和老师争了光彩，有志不在年高，无志空活百岁。老师就不如你们，只能站在讲台吃粉笔灰了。"

"桃李满天下，多骄傲，多神气啊！"

"神气个啥呀！教书也难，教点四书五经吧，上头指责不按政府教程讲课，讲点民间疾苦、唱点抗日歌曲，又被训斥是煽动学生闹事，在为共产党帮忙。难，就是难！"

"就是嘛，口头上是国共合作，共同抗日，实际上国民党军队同八路军经常搞摩擦，在全国各地追查抓捕共产党。不过，我认为，谁坚决抗日，谁就能代表全国人民的利益。"

"你认为是共产党，还是国民党？"

"叫我看，国民党势力大，抗击日本鬼子有些摇摆不定，指挥不力；共产党虽然弱一些，却同侵略者作战中打了好几个漂亮的仗，我很佩服。老师，我在乱说，你博闻强识，还望赐教。"

"你是国民党吗？"

"不是。"

"这两个党，你愿意参加哪一个？"

"拿不准，老师认为呢？"

"用历史规律的观点来透析，我建议参加共产党，潮流总有潮流势，势如破竹，锐不可当。你看呢？"

"老师，让我想想，再说。"

这天，李敬卿到武靖乡开会去得很早，提前找乡长石德魁嘘寒问暖，一者表示对表叔的关心，二者是希望他多提携。因为他们是表侄关系，所以一见面便是无拘无束，倾肠倒腹，无所不谈。

石德魁问："最近顺心吗？"

李敬卿说："还罢了。表叔，近来我考虑参加组织，有点作难。"

石德魁说："有啥难的。只要有这个心，我当你的介绍人，再在县党部找上两个，不就成了，还费啥神呢？"

李敬卿支支吾吾地说："前几天，我见了罗老师，闲扯之中，他提议参加共产党。"

"就是那个罗长勤？"

"嗯，在鲁家坡小学教书。"

"他不改邪归正，又在发展共产党了。这个事到此为止，不要再给外人讲，年轻轻的要走正路，听见了没有？"

"听见了。"

"咱们走，开会。以后有啥只管给我讲，不要乱撞乱碰毁了自己前程，听见了没有？"

"知道了！"

石德魁在会议结束后，一而再再而三地考虑着刚才从侄子口中得到的意想不到的消息，共产党又企图在我的地盘上兴风作浪，煽风点火，一定要把这股浪摧毁，把这把火扑灭，把他们彻底粉碎！他当即给樊佑庶打电话报告，罗长勤在神河有不轨的行为。樊佑庶回电话，继续侦察，一旦证据确凿，立即来电告知。随即石德魁对李敬卿说："过两天，你再找找罗长勤，打听点实在的态度，再看他都同谁来往。"

李敬卿问："有事了，有大事了？"

石德魁说："不要大惊小怪，你给了解清楚，就会一清二楚了。刚才布置的训练国民兵人数，一定要如数完成，后天按时报到开训，县国民兵团派的人明天就到了，要抓紧。"

县国民兵团决定由后备队分队长黎文治带领一个班，前往武靖乡实施训练国民兵。临行，樊佑庶把黎文治叫到办公室，说："关于去南区武靖乡的训练，一定要保证数量和质量，如果人数缺额，就直接指派保长、甲长参训。这不是我讲的，是县长的指示。你还有一个任务，在训练期间抽出一定时间侦察罗长勤的行迹。据报告，他隐蔽在小神河鲁家坡搞地下党活动，如果发现一鳞半爪的，就马上把他捉拿回来。"

听这般的安排，黎文治心里不觉咯噔一下，说："团长，训练没问题，保证保质保量地完成。由于训练时间紧，科目多，要求高，抽出一定时间搞侦察，恐怕安排不过来，抽点时间是可以的。团长放心，我会尽心尽力。"

樊佑庶一摆手，说："行，就抽点时间。你走吧！"

黎文治一到武靖乡立即查问报到人数，石德魁说："石门差一人，平安差两人，张河差一人，武靖差两人。"黎文治生气了："咋搞的，差这么多，连鼻子底下都没能如数报到。按县长指示的，哪家缺人就让保长、甲长来替代受训。石乡长，你赶快派员到这些地方去催人。武靖乡的人，我在训练间隙帮你去催就行了。哪个村的人未到？"

石德魁说："鲁家村、七里村各差一人。"

黎文治说："好，分头行动，要快些。迟了，训练就赶不上了，还得补课。"

石德魁说："那是的，一天之内，绑都要把这些人绑来！"

黎文治说："绑来有啥用，不愿训还不是像个木桩，要好言劝解嘛！"

石德魁一边走一边说："黎队长，训练伙食都安排好了，有啥事直接找伙管员。"

黎文治只唉了一声，心里焦急万分，你走了，我也得赶快出发。他指示班长徐元林："你照管操练，我到鲁家村帮忙催人。"

徐元林站得笔挺挺的，敬了一个礼："是，队长！"

黎文治脚下有风，走起路来既飞快又稳健，到鲁家坡小学一问，罗长勤今天没课，可能在家里备课，编写教学计划。他一刻不停地赶到鲁安一家，果真罗长勤正在家里又写又画，选定教唱的抗日歌曲。

罗长勤一惊，问："你怎么来了？"

黎文治说："我来武靖乡组织国民兵训练，我给你讲，现在武靖有人向县上反映你又有活动，要抓你。我来时，樊佑庶还再三交代过。我的意思你一是暂时回避，二是停止活动，三是回省委。千万要小心，不能不防敌人采取的手段。"

罗长勤思索了一会儿，说："我知道该咋做，咱们县里咋样？"

"紧锣密鼓，一切顺利。李兆众去紫阳从朱乡长那里弄来了四把盒子枪，很洋活。"

"军事计划，一定要报告省委，不可贸然行动。"

正说着，鲁安一进来了。黎文治急忙说："我正要找你呢。"

"有啥重大事吗？"

"我趁催人参加训练的机会来给长勤通报情况的，他会告知你的，鲁家少一名训练的人，你赶紧找一个人跟我一块儿走。"

"这不很简单吗，叫我侄子去不就对了？"

"那就这样，我走后，你去告诉甲长，就说我把人带走了。他不用出面顶替，最近风声很紧，你们要多注意外边动静。"

黎文治走后，罗长勤和鲁安一分析、商量当前的紧张形势，议定以静制动、指鹿为马来应付不测。罗长勤一直在琢磨，可能是李敬卿在作怪。

这堂音乐课突然停了下来，鲁安一倒是愤愤不平地给同学们讲，教唱《领袖歌》，谁决定不教那些歌曲，目的何在！

罗长勤提着一张大白纸，进了门，神色平静地说："到底谁不让上的，反而嫁祸于人，真是没个道理。"

鲁安一拿过白纸，上面写着有词有曲的《领袖歌》，在同学们面前摆了几下，说："算了算了，今天音乐课不上，改上国语吧，罗老师，你来上课。"

教室里悄然无声，同学们莫名其妙，根本不知道这究竟是怎么一回事，心里在暗暗地想，那《大刀进行曲》为啥也不教了！

过了两天，李敬卿来到鲁家坡小学，看见罗长勤刚下课，便走向前去，说："罗老师，我想找你给我出个主意。"

罗长勤从粉笔盒取出一支粉笔捏起来，问："出啥主意，讲！"

李敬卿又提及先前入党的事，说："你看我参加共产党好，还是国民党好？"

俗话说，狐狸扮观音，扮来扮去还是狐狸精。你这个学生娃啊，还想来套我，还差点。罗长勤想到这里，装着慎重地说："这就要掂量掂量，你看哪个就是哪个。"

"我给我表叔讲，他让我跟他一样。"

"好哇，乡长、保长，你还可当乡长，甚至是县长呢！"

"老师净说笑话，我哪有那么大的本事，即使有一点也还是老师的培育嘛！你不是提过，说过共产党那边？"

"我提过说过，我今天提议你加入国民党，这符合你的本意，也更好走你的前程。"

"加入共产党没指望了，这个组织在哪里？"

"我哪知道共产党是怎么一回事，只清楚在延安指挥八路军抗日作战。这些连你表叔、县长、国民党政府官员们都知道，我一个教师从党国报纸上看到这些报道新闻，有啥奇怪的。"这番话把李敬卿一杆子撑得远远的，他觉得没套出有价值的话，也没得到要得到的东西，只好自感没趣地走了。

这个礼拜六中午，鲁绍肃家办喜事待客，鲁安一、鲁世鑫、黎文治和罗寰也应邀去坐席。鲁世恭到神河办事，适逢赴宴。

鲁绍肃按礼仪先敬大家三杯酒以后，对鲁安一说："老哥，为个热闹热闹，你跟他们划几拳！"

鲁安一说："我的拳上不了桌面，让罗寰来吧！"

罗寰不好推辞，伸出拳头："谁先划两拳？"

席间，没有人吭声，黎文治说："元林，跟这位罗先生划三拳。"

徐元林应声道："好，听队长的，有啥讲究？"

罗寰说："什么都不带，江湖乱道，出拳算。"

徐元林喊："一心敬哪！"

罗寰伸出两个指头叫道："三民主义！"

"你这是……"

"就是'三星高照'，拳到了，你喝酒！"

他俩握握手，又分别叫道四季来财、五权宪法。

罗寰说："你喝酒，五权宪法就是五魁手，你出四，我出一，对吗？"

徐元林摇头直笑："你真是别出心裁。来，继续！"

坐在罗寰身旁的鲁世恭把嘴贴近他的耳朵边，低低地说了句"太过了"。

罗寰这才意识到是露骨了，于是又喊道："六出岐山！哎呀，对不起，我出宝失拳，自罚一杯。再来呀，还六出岐山。好，拳到了，我陪你喝一杯！"

徐元林一碰杯喝着说："拳硬拳硬，划不过。"

正喝得凑兴的时候，鲁安一发现一队保安兵匆匆地从门前路上经过，急忙拉了拉黎文治的胳膊。黎文治赶紧走出门，一见是保安队分队长周凤鸣带着一班人，后边还跟着三名乡丁，便问："急急火火干啥呀！"

周凤鸣无意地说："执行任务。"

黎文治向鲁安一使了一个眼色，又问道："你们吃了吗？要不弄点饭吃。"

周凤鸣把脸上的汗水一擦，说："忙着赶路，哪顾得上。这一路上就没个开饭馆的，到底是个穷乡僻壤。"

鲁安一从黎文治递给自己的眼神表情里，即觉得情形严重。他急中生智，笑颜满面迎了前去，说："老总，不能让弟兄们饿着肚子，在这里打个点，有现成的。"

黎文治心里想，一定要拖住他们，连忙去拉着周凤鸣的手，说："走，先吃饭，填饱肚子再走。人是铁，饭是钢，一顿不吃心发慌嘛！走！"

鲁安一和鲁绍肃也有同样的想法，立即搬了一张桌子放在堂屋里边，一会儿十凉十热全上齐了。鲁安一问："黎队长，咋个陪法？"

黎文治说："我来陪周队长，罗寰，你来同周队长过几拳。"

罗寰感觉这阵势有些不对头，说："我喝得有点多了，一会儿我还得去收购天麻呢！"

黎文治说："这我知道，划几拳就走。"说着，便对周凤鸣说，"你们辛苦了，我同你和大家伙儿碰三杯，好吗？"

周凤鸣说："难得遇上在这儿喝酒，你啥时来的？"

"我来好几天了，在武靖乡训练国民兵。"

"确实难得遇上，大家端起来，和黎队长共同干三杯。"

大家一起咣里咣当地连干三杯以后，黎文治对周凤鸣说："先吃点菜，现在让我的兄弟罗先生同你划几拳。"

"这位先生？"

"在常备队，手头紧，趁假期贩盐，还做点药材生意。"

"做生意人活套，咱们是光杆子一个。来，划两打拳！"

"一打吧，我已经过量了，喝醉了，把钱付多了不算啥，万一把自己跌到沟渠里那麻烦了。"

黎文治解围说："三拳就三拳，开始。"

周凤鸣说："三拳两胜一咣当。"

罗寰心里非常清楚，不答应这个提议，是不给人家面子。于是说："初次见面，还是一拳一杯，你说呢？"

周凤鸣说："好，痛快，直爽。出拳到。"罗寰假装在想出什么，趁机一斜眼，看见黎文治在给鲁安一说着什么，徐元林又同他的儿子鲁继淳一块儿走了。于是扬起头喊："出拳，一路顺风，你唱酒。"

周凤鸣端着杯子，说："我想生意人首先要出宝，却出了一个一。"

罗寰笑着说："一心敬你嘛！来，开始，八仙过海呀！我出三你出五，你喝酒。"

周凤鸣说："生意人会算计，拳也划得硬，来出拳。"只听罗寰喊了个六连高升，只见对方出二自己出四，没再吭气，二话没说，端起杯子就喝。

罗寰站起来说："不好意思，我陪你一杯，我得走了。"

黎文治说："那你走吧，我来和周队长划几拳。我拳路不行，让着点啊！"

周凤鸣说："咱们好久没在一起热闹了，来三拳，我还得赶紧走，不能误事。"

黎文治说："凭你的酒量，三拳不行，来六拳拉倒，啥都耽搁不了。"

周凤鸣伸出臂膀说："好，六拳就六拳。"

他俩划了一阵子，不是失拳就是漏拳，要么拳没到，谁也没有喝一盅酒。黎文治有意地扯来扯去，目的是为争取时间，让罗长勤躲避得更远些。

罗寰一出门，听得鲁安一悄声说：已妥当，在神河鼓楼有人接应。他飞也似的跑到鲁安一家门口，只见徐元林望西边一指，在那片树林里。罗寰噢了一声，连忙进屋拿起已经准备好的两只熊掌和两块麂子肉冲出门，一溜烟钻进了那片茂密的丛林，不见踪影。

提前在戏楼后边等候的孙瞻山，一见罗长勤，二话没说，立刻吩咐曹立毅和杨贵贤，按刚才选定的路线走。"杨贵贤你是神河人，路熟，在头里做向导，路过神河上桂花，穿过黑山湾直奔曹家沟。到这里后，曹立毅找你爹寻货船，同梁家坡的梁存荣和段家河的段宏民一起把他们送到上渡口。我压阵掩护，快走！"这时的罗长勤也全明白了，她俨然一位军事指挥员，在战前宣布作战方案。

一个时辰过后，黎文治和周凤鸣喝得拳数在两相好中结束。他们都有几分酒意了，个个醉眼蒙眬，神志恍惚。但是，还没到那种醉生梦死、浑浑噩噩的地步。

周凤鸣猛然挥手大喊："弟兄们，走，捉人！"

黎文治问："到哪儿？"

"到一位姓鲁的家中，叫啥鲁安一。你知道不？"

"是鲁家坡小学的教师，他犯啥法，抓他？"

"不是，到他家抓一个叫罗长勤的，知道不？"

"那个不清楚，你人手不够，要不我派些国民兵去助你一臂之力？"

"看你说的，我们有保安兵，有乡丁配合，还抓不到一个不毛之人。不是真的像团长骂人的那句话，一群饭桶、蠢猪吗！"

黎文治暗暗地想到，恐怕就是那样。

周凤鸣来势汹汹，将房屋围个水泄不通，派人守门堵窗，冲进屋六个人，翻箱倒柜，砸罐甩壶，也没找出个证据来。周凤鸣命士兵们撤出鲁安一家，又在周围搜查了一遍，一无所获。他板起一副黑脸，垂头丧气地喊道："集合。回县！"

路过武靖乡遇到石德魁，他见士兵们精神沮丧的样子，前瞅后瞧也没个绑的人。瞎啦，出岔子了！于是跑到周凤鸣跟前，问："没抓到人吗？"

"没人哪。你报告的确实？"

"没错，我侄子亲眼见到他的。"

"要不闻到我们来了这么多人，吓跑了！"

"恐怕是这样。会不会有人通风报信，逃回县城？"

"也许，你赶快给神河口和吕河口乡公所打电话，派遣乡丁拦路堵截，阻其成行，我们借此追击。就这样办！"

杨贵贤领着他们已经登上了去桂花的山路。赶在后边的孙瞻山猛然回头，发现河对岸有五六个乡丁沿江而下，隔河喊道："停住，停住，不要走！"

啊，是追兵来了。孙瞻山一观山势，随机应变，从路口退下来，沿山脚的丛林和芦苇向北跑了一截子，潜伏在草丛中观望对岸士兵的举动，只见他们扑通扑通地跳进水里，向这边走来。

叭！打头的那个乡丁倒在水里。其他两个乡丁急忙把他扶到岸边，一边放枪一边又跳下水。

罗寰听到枪声，对杨贵贤说："你们赶快走，我去支援孙瞻山。"他返回路口，从林子间也向北移动了二十多丈，朝河中的士兵打了一枪，同时又有枪声响起，接着有两个士兵倒在水里，但没有受到致命的枪击。从水中爬起来端着枪，噼噼啪啪地朝着树林子里打了一阵子，没见动静，继续往前走。快到河边了，孙瞻山举枪射击，走在前边的乡丁倒下了，再没起来。后边的乡丁看势头不对，赶忙回身，就在这一刹那，又中弹倒在水里。走在最后的两名乡丁，便狼狈不堪地逃走了。

逃就逃吧！穷寇勿迫！孙瞻山叫过罗寰，说："走，我观察过了，从这儿进山，绕道赶上他们！"

那两个乡丁回到乡公所，向石德魁哭诉着说："把我们快打光了，开枪的好像是两个人，朝着吕河口的方向走了。"

一班乡丁被两个人打得落花流水，一败涂地，使周凤鸣感到吃惊，只向石德魁安慰了几句，立马朝着吕河口追赶。他哪能想到，还没抵达吕河口，罗长勤在罗寰的护卫下，安全地穿过县城的炮台子，沿旬河岸边匆匆而上，到了母猪滩与兄弟更是革命的同志依依不舍地话别。他说："弟呀，我不能尽孝了，父母拜托给你和老大了，你既尽孝又尽忠，辛苦了。一定保护好同志们！"

罗寰说："你放心走，家里有我们，组织上有靠山，尽管有艰难困苦，甚至是风险，我们的梦想终会实现。"

罗长勤说："在容易的事情面前，宁可估计得困难些，这样免受磨难和曲折，你一定去见鲁世恭、李兆众、魏凌玉、黎文治、杨明宪，把我在路上给你讲的三点意见告诉他们。"

罗寰说："我知道。你到省城咋办？"

罗长勤说："我先去王子平家，他会同刘湘卿联系，你放心回吧！"

罗寰看见罗长勤走得很远很远，几乎看不见了，还在频频招手。他这手势显得一切很明朗、清晰，是在冲破堵塞、封锁、追踪，走上梦想的广阔道路。罗寰没有忧愁、伤感和怅惘，审度时下的局势和前景，虽然从感情上离别了，但是在志向上重逢了。他在返回的那一刻心里很踏实，脚步很稳健。

正在烂滩沟采金船上的李兆众，一听到罗长勤回省委的消息，急匆匆地找到魏凌玉说："长勤走了！"

魏凌玉问："啥时候？"

"好一阵了。"

"咱们去追追他。"

"走！"

李兆众和魏凌玉飞也似的赶到甘溪河，没见罗长勤的影子，在返回来走到柳村时，碰见孙瞻山、曹立毅和杨贵贤三人，问咋到这里来了？回答是为拖住保安队的追捕，护送罗长勤绕道曾家梁才得安然脱险。李兆众一进县城，发现炮台子、西门垭、衙门口、东关、河街到处都有保安队、自卫队、政警队的士兵在巡逻，一些便衣警察夹杂在人群中，东张西望，左顾右盼，企图发现所需的目标，街道上的气氛紧张起来了。

他俩走到东门外时，李兆众突然说："咱们去找罗寰。"

魏凌玉说："现在就去吗？"

李兆众断然地说："嗯，就现在，他不是旬安乡的乡队副吗？"

第三十一章

牌场弟兄算个啥

李兆众一走进旬安乡公所，就被正要出门的罗寰问住了："你到哪了，咋都找不到你？"

"我急急火火地到甘溪河去找人！"

"找到了没有？"

"没有见到面！"

"走，到你家里去！"

来到府民街，大家的心情才安稳下来，因为在县政府的眼皮子底下倒不是那么紧张，没见到巡逻的士兵。李兆众带魏凌玉和罗寰进到了下院子才说："我和凌玉去追长勤了。"

罗寰说："你们冒什么险呀，敌人穷追不舍，被孙瞻山他们把敌人拦截引开了，我才护送出险境哪！"

李兆众说："走出险境就好，我们还担心呢！"

罗寰说："长勤同志让我转告你们做好三件事，一是抓好党的建设，发展党员要慎重，不能盲目地追求组织规模；二是组织一支抗日武装队伍，五、六月间，日本鬼子占领了湖北的襄阳、老河口和宜昌，现在建设武装力量是时候了，刻不容缓，迫在眉睫，以配合友邻部队守住陕西的南大门，重大行动须向上级报告；三是要执行'隐蔽精干，长期埋伏，积蓄力量，等待时机'的方针，广交朋友，扩大统一战线。"

李兆众边听边点头，觉得言近旨远，得到极大的领悟和启示。省委刘湘卿来旬阳巡视，住在他家时，对抓抗日的军事力量也这样叮咛过。既然面临日本鬼子快打到家门口的严峻局势，不可等闲视之，掉以轻心，该有所动作了。过去是为了避免国民党生事，现在你国民党破坏国共合作共同抗日，有血性的中国人，总不能坐以待毙，能不以牙还牙、以眼还眼吗！他想到这里，向罗寰问："你能不能借我们几条枪？"

罗寰说："这不是能不能，而是义不容辞，责无旁贷。"又反问道，"多了没有，少了一定保障，需几支？"

"多了不行，少了可以，借四支有吗？"

"那就四支吧！谁用？"

"到时再说，让王昌民与你联系。"

"我知道王昌民，也是淘金的，爱耍钱赌博，同涂兴诗关系不错。"

"他俩是邻居，都在张飞生部下当过兵。王昌民性情刚烈，见谁都好，见谁就接近，但谁都害怕他，遇事让三分。"

"人常说：哪个人也不全，哪个辘轳也不圆。对那些不良习气要抓紧教育。"

"那是的。有言道：谷子破壳方见米，灯草脱皮方见心。他懂军事，就让他联系回乡军人，用他的长处，取长补短嘛！我知道刘湘卿讲过，搞武装，枪杆子一定要掌握在可靠人的手里。"

"嗯，我也是这么想的。要用时，一定提前打个招呼。"

李兆众送走罗寰之后又同魏凌玉一起去找黎文治，问："最近忙啥？"

黎文治说："十冬腊月啥都做不成，人忙了，心散了，都在忙活准备过年。训练搞不成，只到乡上去了解点情况，为春天训练做准备。"

"到哪儿去？"

"现在还有东区和北区没去，想到东区走一圈。"

"哎呀，好极了，咱们一起走吧？"

"敲锣卖糖，各干一行。你有你的勤务，我有我的公事，咋能同路呢？"

李兆众神气十足地说："咱们从蜀河到双河，经西岔河上南羊山，绕圈圈查地形，最后从赵湾返回。咋不能走一路呢！"

黎文治明白过来了，一拍大腿说："噢噢，咱们干的都是同一行呵！"

魏凌玉说："三人同心，其利断金。羊山再高，也高不过我们的脚板，始终只会落在我们的脚下。"

三人抱成一团，哈哈大笑起来。笑声充满了建立武装队伍的设想和期望，那未来会在这海拔两千三百五十四点八米的大山地域，做短暂休整，又将起步开赴延安，按照党中央的指令，奔向抗日的战场。这是李兆众从延安回来后滋生的大胆思路。

五天以后，李兆众一行涉水跋山穿林，走访了文家沟、许家湾、公馆一带的老百姓。在许家湾有一座宏大出众的院落非常显眼，引人注目。一打听这叫何家院子，有前院，有后院，有厢房，有耳房，有灶房，有储备库，院外有牛圈、猪圈、鸡圈。四水到堂，别具一格，如殿宇峥嵘，一看就是少有的大户人家。他们从一户靠打猎为生计的许大爷处得知，何家是方圆百里唯一的富户，家有四名帮工、两名护工，隔坡两岸都是何老爷的地盘。他的二女儿被何老爷霸占做了三房，说着说着，泣涕涟涟哽咽不止。这世道有啥办法，人家有钱、有势、有权嘛，良民只能受欺负！

李兆众宽心地说："大爷，现在伤心有啥用，把伤心变成勇气，让那些不公平的邪风，在你打猎之中慢慢地消逝，穿透那种厌恶，就会理直气壮地站立起来，做一名正视现实的中国老百姓。"

许大爷只点头不吭气。一个劲儿地把手中的猎枪捋来捋去，好像要捋出一种新枪法。

黎文治猜着许大爷的心思，问："你家里有人参加过受训吗？"

许大爷摇着头，说："大儿子被拉壮丁了，听乡队副讲，让老二明年春天参加国民兵训练。"许大爷又双手抱着头，唉唉地直叹气。

黎文治安慰地说："大爷，开心些。到时让你老二找我。"

许大爷睁大眼睛："你是……"

魏凌玉插话说："他是县国民兵团管训练的队长。"

许大爷又仔细地瞅了瞅黎文治，表现出失望的脸色，那种不信任的感觉充分地暴露了出来。

许大爷虽然没有说出指摘和责问的话语，但是心理状态却被李兆众看透了："大爷，放心，黎队长是好人，是会关照你儿子的，更能解救穷人。"

许大爷眯了眯眼，还是没有吭气，只把手中的枪捋来捋去，仿佛要捋出一个道道来。猛然间，他咧着嘴一笑，提起猎枪，望了望他们，大大咧咧地走了。

经过再三了解，何家老爷虽富，但没有人命案。李兆众提出先不予采取行动，将来把指挥所设在这里，这样，向北转移方便些。黎文治和魏凌玉完全同意这个意见，黎文治建议，选定有利地形，既能进得来，又能撤得出；既能守得住，又能攻得上。在任何情况下，都能掌握主动权。

李兆众说："对对对，天时地利人和嘛。好，再察看察看南羊山的真面目。"

南羊山区的地质构造是在石炭纪和泥盆纪时期形成的以碳酸盐为主的褶皱断块山形，有数不清的大致东西走向的断层通过山地的南北两边和中部。见那断层通过的地方，显现出断崖和断谷。以主峰北侧与公馆河断谷之间的断崖和陡坡高差较大。断崖东段的高度因山势逐渐降低而大为减小，山地东段地势较低，西岔和竹筒河谷地比较开阔平缓。西段地势峻拔，冷水河下切急剧，形成那条"V"字形的峡谷。纵目远望，羊山岩石嶙峋，悬崖断壁，岭峻山立，河谷宽阔，坡陡绵延，林木茂盛，花草葳蕤。

李兆众越看越高兴，挥手指向远方，说："这是一个能穿山、能钻林、能藏洞、能潜水的好地方，适合打游击，只待那一日了。"

黎文治附和地说："山高路险，是拉杆子出去的首选之地。"

魏凌玉想了半天，说："鸟有窝、虎有穴，这个窝和穴就在这儿了，好。"

李兆众接话说："这可不是最终的目的地啊！"

大家你望着我，我望着他，都开心地笑了。是呵，要打击日本侵略者，开到作战的最前线哪！

李兆众从羊山返回县城，刚走到西门垭子，正好碰见了孙瞻山，问："你在县上没走吗？"

孙瞻山说："走了。把人送走后，我折上了安康，到'富源'商店联系点生意。今天上午从安康来的。"

"是联系生意？"

"不是，找余亚芳，劝劝。他男朋友龚怀义走了，很难受、郁闷。"

"咋样？"

"听人劝得一半，心情好多了。龚怀义不辞而别，过了一个月，写来了也算是一封信，却只有几句话：'对不住，为逃出绝境，只能远走高飞，寻找出路。我正随部队进军山西，同日本鬼子决一死战。请放心，我的心还在家乡你住的那个地方，待抗日战争胜利后咱们再见！'她由担心到放心了，放心龚怀义走上了正道，为正义而战，自己也荣幸。这是她表哥和县政府逼出来的荣幸，不然，头都保不住了。告诉你，我从她那儿知道，前个时期杜家商铺被抢，县政府怀疑是叫个魏凌玉和王昌民他们干的，想了解王昌民是否与地下党有联系，正在查呢！"

李兆众说："是县政府财政科杜增奇科长的铺子，是前不久的事。这消息非常重要，值得注意和应付。你现在准备到哪里去做生意？"

孙瞻山思索了一会儿说："很难确定，近一个时期主要在安康、旬阳、白河一带，边做生意边训练边教育。"

李兆众说："对对对，要有坚定的思想，又有过硬的军事素质，才能对付敌人和日本侵略者，必要时，我们团结起来，共同作战。"

孙瞻山又说："也可能在十堰、老河口方向多一些。据了解日军第三师团一个大队正从襄樊向北走小路隐蔽前进。在那里去摸个敌情，如果遇上就打个阻击。"

李兆众说："力量太单薄了。"

孙瞻山坚决地说："不怕，咱们地形熟悉，这山打了到那山，让日本鬼子找不着。为了拯救我们的中华民族，实现远大的理想，义不容辞地冲上前方！有啥重大行动，尽管指令。"她兴致勃勃地走了，还没走多远，回头叮咛道，"刚才听到的要提防点！"

李兆众心里火急火燎的，赶快去找魏凌玉问个究竟，但他根本不知道这回事，怎么能怀疑他呢，看来事出有因，值得警惕和注意。他叮咛了几句，马不停蹄地来到小河北的浪金点，也没见王昌民，听说好几天都没见人影子，也许到吕河松木沟去浪金了。李兆众想如果到那里去了，倒让人能放心些。他趁黑夜又赶到松木沟，一问伙计们，谁也不知道王昌民的去向，影影糊糊地听得讲，手头很紧，要想办法去凑点钱。

早晨的初升太阳从东山豁口里冒了出来，霞光照在汉江的水面上，碧波粼粼；沿江两岸的河边，金船点点；河滨沙滩上，人影幢幢。李兆众边走边想，淘金人淘的是金子，付出的是艰辛和性命。忽然间，江边传来铿锵有力、情绪激昂的民歌声：

> 地内产黄金，挖哟挖哟！
> 挖土要挖得深，淘哟淘哟！
> 淘沙要淘得净啊淘得净，
> 哪怕他辛和苦呵，拼去了血汗换黄金。
>
> 拿了黄金好买粮，拿了黄金好买命，
> 拿了黄金去买枪炮，乒乒乓乓好打敌人！
> 喂哟挖，喂哟淘哟，
> 养家活口，支援抗战，乒乒乓乓打敌人！

听着这首淘金歌，李兆众浑身上下有了劲，不觉回到县城淘金社，还是没找到王昌民。他到底去哪儿了？！

第三十一章　牌场弟兄算个啥　　　　　　　　　　　　　　717

县保安队的上房，保安队第三大队第七中队中队长彭仲篾得到一个意想不到的情报。他的卫兵杨文成报告说："曹家山的曹仲州和长沙的华进万，不知什么时候从西安回到县上了，在各地方活动得很厉害，预谋卡枪呢。"

彭仲篾大吃一惊，万万没有想到竟会有如此的狂妄企图，问："你是咋知道的，听谁说的？"

杨文成认真起来了："确有其事，曹仲州和华进万他俩同王昌民打得火热，是王昌民亲口给我讲的，不会假。"

"就是那个既淘金又赌博的王昌民，胆子越来越大了。你和他有来往？"

"常打招呼，还算熟悉。"

彭仲篾把脸上的一块疤子摸了摸，这是性命攸关的大事，不可忽视，吩咐杨文成不要中断联系，便急急忙忙地将此情况向施德广作了报告。

施德广很沉稳地说："让引诱变乱的士兵更加亲近他们，一定要稳住；同时对地方素不安分的地痞流氓特别加以侦察防范，切不可疏忽大意。回去，好好地安排一下，不能暴露我们的行动目的。"

彭仲篾前脚走出门，政警队队长符泽甫后脚进了施德广的门。施德广把手一招："有急事，你来得正好。你立即派士兵跟踪监视王昌民等人的行迹。"

符泽甫问："派谁合适呢？"

"派谁，你当队长的指定。这个人要既凶狠，又灵便，还有所交往，最合适。"

"我们的一班长涂兴诗和王昌民的关系算差不多。我听涂兴诗讲过，他俩一起长大的，又给张飞生背过枪。民国十三年在神河围剿'耱把会'，涂兴诗的连长整治他，被王昌民写信告知，他才跑掉了。我看还是比较铁的，由他去不会引起对方的怀疑。"

"密派的这个人必须是可靠信赖的政警，你定吧！还有什么要说的？"

"近来谣言很多，如传说汪伪政府想利用汉奸勾结土匪和地痞流氓扰乱陕南秩序，共党在陕西湖北交界地域建立抗日武装，一些不法分子要干掉县政府什么的，现在如何应对？"

"的确如此，近日风潮谣言很多。当前，我们对王昌民他们行动的侦察，也是防备的措施之一。这个侦察，千万不可大意。"

夜黑下来了，在县城的大小街道上比较平静，偶尔从饭馆里传来划拳行令的吆喝声。也许是冬天寒冷的缘故，汉江和旬河消瘦了很多，不像夏天那样的波涛汹涌，奔腾起伏，而是如此的水波不兴，平静缓慢。这个夜并不安稳，一只魔爪正把黑夜抓在手里，妄图捏来捏去。但夜必定还是夜，夜过了，还会有夜的到来。人哪，即就是没有睡觉，也不知道这个夜里会发生什么意想不到的伤天害理的残暴狠毒和卑鄙恶劣行径。

施德广摇着不高不低、不胖不瘦的身体，来回走动，坐卧不安，提起电话，说："给我接樊团长。"

总机接线员细声细气地说："接通了，请讲话。"

"樊团长吗？"

"是，我是樊佑庶。哦，施县长。"

"你马上派可靠的士兵秘密监控王昌民他们，一有情况迅即报告！立刻，马上执行！"

"是，县长，立刻马上！"

其实，涂兴诗并没有直接找王昌民，而是在他家的周围不动声色地盯梢，发现有好几个形迹可疑的生面孔同他来往。涂兴诗脑子一转，先不惊动他们，一定要看清这些人究竟在做什么。过天晚上，涂兴诗观察到有三四个人陆续进了王昌民的家，等了一阵子，便蹑手蹑脚地走到窗前，听到拨动麻将的声音，有时低声小语，根本听不见说的是啥话。于是，用食指蘸了一口唾液将窗子戳了一个小孔，原来是王昌民、刘三成、赵继蝉、鲁代周一伙子。赵继蝉在小磨沟，晚上来城里干什么，一定是图谋不轨。涂兴诗得意地点着头，跑回向队长符泽甫作了报告。符泽甫得意忘形，兴奋不已，终于等来了一个好机会，便带领涂兴诗一口气跑到县政府。施德广一见他俩得意的样子，问："有情况，讲！"

涂兴诗上气不接下气，将自以为是的重大发现讲了一遍，说："这些人以赌博集会，或者叫开会，非常可疑，要不要捉拿起来？"

符泽甫接着说："这令人怀疑，将他们捕捉，进行审讯，就可得到动机。"

施德广诡诈奸猾，说："不可。就凭打麻将逮捕，不可，在年关上因赌博事不能动众。你这个当队长的须要求下属，也包括你自己，特别要注意防范监视其他行动，侦知他们究竟在干什么。好了，下次有什么汇报，你队长一个人来就行了，侦察位置不能空岗！"

符泽甫和涂兴诗同时敬了一下礼，答道："是，县长。"

他俩刚跨出门，听施德广又问："你们出去穿的军装吗？"

"穿便服。"

"对，干什么都得多动脑筋！"

腊月上旬，保安队班长周万山感到县政府院子出现了一个奇怪的现象，一个平常不起眼的涂兴诗，突然间穿起便衣，不分白天黑夜在政府出入无常，不是找符泽甫，就是直接去施德广处，白天四五次，夜晚天黑到睡觉前还有两次，离奇古怪，诡谲多变。这天，他刚好碰见杨文成，问："涂兴诗身穿便服随随便便出入政府，直接到县长那里，怎么无人敢挡？"

杨文成表现出一种忌妒的口气说："涂兴诗呀这下可是兴时了，比我俩吃得开，是县长的红人。你知道不，他是县长指派暗地里侦察王昌民、梁宏、曹仲州、华进万、魏凌玉等人在水磨房、宋家岭、上渡口等地方开会的情况，然后给县长密报。"

周万山说："嗯，原来是这样，我影糊听别人讲过，最近在查一个重大的案子。现在进展咋样？"

杨文成装着自己不知道似的，说："据可靠消息，涂兴诗打进去了，同王昌民、刘三成、梁宏他们几个结成拜把子弟兄，实际上他把了解的情况及时向县长报告了。"

周万山说："难怪呢，我好几次到河街买东西，发现涂兴诗同王昌民、梁宏、刘三成、曹仲州、魏凌玉他们一些人，在香茗茶馆喝茶，有说有笑，气氛热烈，其间谈了些啥，不得而知。"

杨文成在装腔作势，听起来好像是自己不知内情。实际上他知道得一清二楚，只不过还没有掌握他们的根本目的，便顺言道："那是自然的，隔着皮看不见瓢，咋能知道呢！"

过了几日，彭仲篪急急忙忙地给施德广报告说："县长，上钩了！"

施德广嘁笑着："谁上钩了？"

彭仲篪摸着疤痕也笑了："我派去的士兵杨文成打进了王昌民他们的窝子。他们勾引杨文成企图里应外合劫监狱，抢枪支，扬言要夺取蜀河和吕河。怎么办，请县长定夺！"

施德广皱眉蹙眼，问："啥时间？"

彭仲篪傻了："这个还没有掌握。"

施德广嗔怪这个队长连时间都未摸准就来汇报，随便甩了一句："那怎么决断！"他沉闷了一会儿，强颜一笑，说，"佹张为幻嘛！叫你的士兵佯装逼真，继续打入他们的内部，答应他们的那些企图，保密勿露，以了解全面的打算和计划，越细越好。你也要有一个完整的方案，力持镇静，勿稍紧张，待我妥定先发制人之计。"

彭仲篪一口一声是是是，再无别的话可说。

施德广把彭仲篪送出院子，又立即返回办公室，想了又想，这事非同寻常，不是一方能抵御得了的举动，一定要求得上峰的支持。于是，给专员杭毅打了一个电话，报告了目前了解的情况，并说："旬阳当前的情况非常紧急又复杂，如何办理，请专员给予关照。"

杭毅在电话上说："据此分析，当前的局势还未达到严峻的地步，还是让士兵同意同他们一起做事，严加部署侦察手段，不可松懈。必要时专派警力予以协助，看来事关重大，我将此情况直接报告省政府蒋鼎文主席。有情况及时报告，不过，你们的责任重大，时时得提防点，不可马虎。唵！"

施德广放下电话，心里虽然安然了一些，但又使他想了许多，这些不法分子，不务正业的人，或许是共党分子，他们想干什么，怎么个干法，什么时候才能显露出来呢！这必须把联络的一些啥人和行动的时间、路线及其目标要彻底侦察清楚，一团雾水，咋能行呢！他立刻又给彭仲篪和樊佑庶打电话，仔仔细细地嘱咐了一遍，并决定明天召开一次党政军督察小组会议，通报情况，部署任务。之后，才靠在椅子上迷糊起来。

下午六点半，参加会议的施德广、胡望瑗、樊佑庶、杨锦文、彭仲篪、李中世和秘书樊天仁以及财政、民政科长，还有施德广的亲信李升甫等人，几乎在同一时间到达了会议室。

这些党政军要员要不是召开这样的会议，平常难得在一起，所以趁开会之前的机会，大家相互示意打招呼，有的寒暄几句关切的话。

施德广掏出怀表一看整七点钟，于是把桌子敲了几下，喊道："现在开会。"

会场立刻静了下来，没有一丁点声音，静得连钟表走的声音都能听得出来。

"县督察小组成立一个多月了，咱们今天晚上召开第一次会议。说是通报情况，但这情况只能给大家讲个大概，就是当前旬阳的地下活动很厉害，厉害到什么程度，一句话，他们企图暴动。当然，我们派员已经开始摸底细了，不便给大家明讲。召集大家开会的意思，是提个醒，也是敲打，要警惕，你们对他们的活动情况要严加注意，观察探听他们的活动踪迹。会议之后，你们除我已个别交代的之外，还要制定出各自的方案。要放长线钓大鱼，千万不可打草惊蛇，让对方察觉我们的意图。"

第三十一章　牌场弟兄算个啥　　　　　　　　　　　　　　721

讲到这里，施德广向大家一个一个地扫了一眼，又说："彭队长，你是本县人，对当地比较熟悉一些，要多方注意，一有情况及时汇报。前不久，杜会计在河街的铺子不是被土匪抢过一回吗？杨队长，你下去要好好地查一查，一定要把这个案子查个水落石出。这回事有人给我反映过，怀疑是王昌民一伙抢的，你去多和他接近，想方设法摸清底细。除了查被盗案，还要了解王昌民的活动是否与地下党有联系。常言道：舍不得白米，抓不着鸡。他们不是为了几个钱吗，到时你丢给几块大洋，或许就成了。我对在座的再啰唆两句，我们大家都要留神，从各个方面侦察情况，探明他们的动态。我宣布党政军主要领导对非常事件有自己的处置权。"

这个会很简短，一个小时就散会了。

杨锦文是从外地调到旬阳的，对王昌民并不了解，只捕风捉影听到闲言碎语，人称"不务正业""惹不起"。虽如此，倒很那么的蛮横豪气。这都怪了，虽如此，他却很活泛，同别人都合得来，有烟就发，有钱就用，有饭就吃，烟酒不分家。杨锦文开始见到王昌民的时候，只是挥个手点个头，时间一长就相互搭起话来，也就是三言两语，真是无巧不成书，就是这样的不熟悉为杨锦文搭了一个进一步交往的过桥。

这天中午，王昌民在衙门口碰见杨锦文，问："杨队长，忙啥呢？"

杨锦文一听，觉得是一个好机会，回答说："闲着哪！"

"打麻将不？"

"打就打嘛！"

在去麻将场的路上，杨锦文对王昌民的个人生活很关心，问长问短。他又很想知道淘金的手艺，又说淘金工人起早摸黑地干活，到头来能挣几个钱，辛苦啊！

王昌民感到这个队长善解人意，不觉得陌生。

从这个时候开始，他俩不是打牌，就是赌钱，再不就到香茗茶馆喝茶。打麻将倒是多些，成天地牌场来、牌场去。时间一长，日子一久，花钱不分你我，说话不顾彼此。就这样，一个人的疑心，一个人的相信，完全在金钱和关心中向深处延伸。

"一条龙，和了！"王昌民喊道。

杨锦文说："和了，给你钱。我听了好一阵子，就是和不了，看来牌气不顺！"

王昌民得意地笑了："后发制人，正在路上走着呢！"

杨锦文说："谢谢你的吉言。你们淘金有没有困难需别人帮忙的？"

王昌民揭了一张牌，看着："没多大困难，就是缺吃的。"

杨锦文关心地说："这有啥，我借你二十块钱，买些粮买些大肉，把伙食好好地改善一下。"

牌友张仁举笑着说："这恐怕是刘备借荆州，有借无还呀！"

杨锦文一边揭牌，一边仗义地说："芝麻大的事，提不上嘴唇。哎呀，三六九和了！"

王昌民自己的钱不多了，说："还来吗？"

杨锦文有点不高兴地说："我和了一次就不来了，再来一盘结束。"

王昌民说："好，听杨队长的再来一盘，高抬贵手啊！"

杨锦文指指点点自己的牌，说："看这牌来的势头，会手下留情的。"他出了一张东风，说，"我听了！"又突然冒出一句话，"我问个闲话，杜科长家铺子被抢，还没个下落，不知道是哪些人搞的，昌民，你知道吗？"

王昌民捏着一张牌，直刚刚地说："抢河街杜家铺子，就是我挑头搞的，不整这些人，我们哪有饭吃，哪有钱花！"他把牌一放，又说，"我们对付的是土豪劣绅，财阀政客，决不会伤害那些揭不开锅的穷人。"

杨锦文心一动，真是得来全不费功夫。从表面上看，他那种样子倒如同他的名字一样温文尔雅，那种凶神恶煞的面孔却隐藏在他的胸腔里。他冠冕堂皇地说："球，你就大胆整你们的，你放心好了，我不会对你咋样！"他一揭牌，大声喊道，"对不起，我炸了。"

王昌民一看是清一色，说："队长，你信不，顺气就在后边哪！"

杨锦文宽量地说："好好，给一半就行了，来日方长嘛，留一线，后边好见面哪！"

天色不早了。他们虽然在麻将上结成牌友，但是对牌气的欲望和各自的贪婪，远不在友情里，只想赢不想输。有的腰包装满了，兴高采烈，得意扬扬；有的腰包掏空了，没精打采，垂头丧气。不管是胜败，最后是不冷不热地离开了这个不认为是冒险的牌场。无论如何，还得守一个规矩，在离去的时候，都得挥手打招呼，表示辞别，还有一层意思就是来日方长，后会有期。

这天的天空灰暗灰暗的，一阵一阵冷飕飕的河风吹过金线吊葫芦的县城，干枯的树叶子掠飞地面，飒飒作响。到县城办年货的人络绎不绝，街道上挤得水泄不通。

王昌民在西门垭子刚下礓磙时，听到西门洞口有人喊叫："昌民，干啥去？"他回头一望，原来是杨锦文，停住了脚步，回答道："到小河北淘金点去看一下，安顿年事。"

杨锦文问："事情紧不紧？"

王昌民说："我们这号子事，是长命工夫长命作，有啥急不急的！"

杨锦文三步并作两步，跑到王昌民跟前，把肩一拍，说："走，我请你去喝茶。"

王昌民迟疑不决地说："哎呀，现在？那又得耽搁一天了。"

杨锦文拉起王昌民的胳膊，说："好事天顺心，啥时都能成。走，到香茗。"

香茗茶馆老板一见熟客来了，和气地问："请坐。喝啥茶？"

杨锦文说："紫阳毛尖？"

王昌民说："太贵了！"

杨锦文说："咱们弟兄伙，喝就要喝上等茶，就来紫阳毛尖，喝个健康和时尚。"

老板沏好茶，每人给倒了一杯。一瞬间，水雾升腾，香气扑鼻，回味绵长；仔细一瞧，汤色嫩绿清亮，叶底肥壮完整；再呷一口，滋味甘苦，鲜爽清香，沁人肺腑。

茶沏到二遍的时候，茶叶真正的味道就出来了，他俩也是喝得兴致正浓的时候。

杨锦文透过窗户，指着不远的一座铺子说："杜家铺子又开张了，人家就是有钱哪！"

王昌民抻长脖子，说："最近不大到街上逛，不知道是啥时开业的。"

"人家的房子高大坚固，你们真能，咋得手的？"

"这还不容易吗，前门、后门、窗户哪个地方都能进得去。"

"好家伙，那不是得好几个人哪！"

"当然，还有梁宏和金德钊他们。"

"哦，真是铁金刚，一个赛一个。"

"这倒称不上，不这样干，今年就无法过年。开年又要找开年的另外活路，总不能白白地等着挨饿受熬煎。"

"做啥？"

"我想联络一些回乡军人干点事，众人拾柴火焰高嘛！"

"又淘金啦？"

"淘，咋不淘，在淘金中淘金！"

"听不懂？"

"想弄些枪，搞个武装，让这个世道翻个个儿。你看行不行？"

"行，咋不行。都有哪些人参加？"

"还没呢！你参加不？"

"参加，一定参加！"

"到时，咱们里勾外连，打他个稀巴烂。"

"有没有组织？"

"没有。"

"你是不是共产党？"

"哈哈，你看我这个兵痞还能当共产党！共产党是搞啥的，我都不清楚，你知道不？"

"现在国共合作抗击日本鬼子，不过共产党是要建立一个新的中国。"

"哦哦哦，那太远了，咱们只能立足当前。"

"也是，咱们常联系啊！"

"自然参加，那就不是外人了，有情况会告诉你的。"

这时的杨锦文表现得格外热情，把王昌民送回了家，立即返回保安队，刚走到门口，正巧碰上施德广从后门出来。他赶紧迎上去，说："县长，通过接触，观察他的言行举止，不但是抢铺子的土匪，而且也有与地下党联系的嫌疑，截至下午还没有套出真实名堂。"

施德广点头说："好！那抢铺子总不是一个人吧？"

"还有金德钊和梁宏。"

"有魏凌玉吗？"

"没提到这个人。"

"有人报信告诉，有魏凌玉。哎，杨锦文，这个案子算破了大部，不错，一定要注意，继续侦察。"施德广说着扬起头就走了。

杨锦文看着县长的背影心里甜甜的，望着前面不远的地方，好像是余亚芳在那里站着，看焦急的样子是在等候什么人。

等谁呢？余亚芳的欲望发生了陡变。

只见曹保平气势汹汹走到跟前，一把拉住她的胳膊，喊道："走，给我回去！"

余亚芳挣开问："哥，你要干啥，就在这里说！"

曹保平勃然大怒："谁都管不住你了，简直是惯得无法无天了。"

"哥，我咋啦，你发这么大的火？"

"我问你，最近都和谁来往了？"

"这也要告诉你吗，找男朋友。"

"还不害臊，你知道他们是啥人吗？有人报告，你认识的那个人有共产党的嫌疑。"

"嫌疑，不过是个嫌疑，还不是真的！嫌疑不嫌疑，我管他呢！"

"还犟嘴。走，回去，站在爸妈面前认错。"

施德广老远看着余亚芳被她表哥死拉硬扯地拽回了家，便擦根火柴点了一支烟，狠狠地吸了一口，又走进了后门。

督察小组会议结束后好几天，樊佑庶都没有什么行动，当然也就没有啥向施德广汇报的。这天他出乎意料地来到阎朝西的家里，严肃地说："河街杜家铺子被盗，这是匪徒行为，据有人密报是魏凌玉干的，我给你一支手枪，你去把他给我打了。"

阎朝西一愣，说："咋叫我去呢？"

"叫你去，你就去，执行命令！"

"我听说没查出个名堂，咋成了魏凌玉呢？"

"不仅是土匪，而且有共党分子嫌疑。县长赋予了职权，我负责这个案子，就有惩治权，为民除害，去执行！"

常言道，小胳膊扭不过大腿，人家是领导，不敢胡拧辞，更不能为虎作伥，助纣为虐，不讲友情仁义，不管咋样，还得有一个结局吧！阎朝西又想到，同凌玉交往这么长时间，也没觉察他有啥劣迹，忠厚诚实，洁白无瑕，见到他就如同一块宝石挺立在你的面前，我咋能把他打个粉碎呢！他接过枪，坚决地说："团长，我去，我一定去，不为别的，还为我的前途着想。"

"就是，你应该是明白人！好，去！"

阎朝西迈着沉重的脚步，走进魏凌玉的家，一屁股坐在椅子上，脸色阴沉，心情沉闷，一言不发。

魏凌玉端过一杯茶水，问："今天是咋啦，谁把你惹了，我把你的馍掰破了吗？"

阎朝西推开茶缸，盯着魏凌玉还是不说话。

魏凌玉又说："有啥想不开的，就往出吐，吐出来就舒畅了。"

阎朝西伸出右手在腰里摸了摸，又退了出来，也不看魏凌玉了，转眼望着门外，也没有吱声。

魏凌玉有点生气的样子，说："是鬼把你缠住了？吐一个字都很难哟！"

阎朝西一头抬起来，一边往外走，一边没好气地喊："就是鬼缠住了，你赶快给我到外边去！"

话音刚落，李兆众站在门外，看势头不对，问："到哪里？"

阎朝西头也没回，怒声怒气地吼着："你们都走，滚得越快越好，远远的！"他走了一截路，便掏出枪朝着天空叭叭地放了两枪，一溜烟不见了。

李兆众完全明白了，鬼团缠住了，语意肯定是樊佑庶，是冲着魏凌玉来的。便说："是樊佑庶派他来暗杀你，咱们赶快离开！"

"去哪儿？"

"上吕河松木滩！"

阎朝西满头大汗，跑回团部，樊佑庶一见急促地问："咋样？打了吗？"

阎朝西懊悔地回答："没有！"

"咋啦？"

"他发现了我的意图，就往外跑，我打了两枪没打上。"

"朝哪个方向？"

"好像下了蜀河。"

"这么个事都办不了，简直是令人失望。"

阎朝西痛心疾首地说："团长，我真没用，连这个事都办不成，咋能配得上一个党国的军人，给你丢脸！"

樊佑庶见阎朝西捶胸顿足的样子，既指责又安慰地说："这下敲山震虎了！不过不要紧，那些人总还在咱们的地盘上，有的是机会，去吧！"

阎朝西走出门，向地上吐了一口唾沫，嘀嘀咕咕地说："草怕严霜霜怕日，恶人自有恶人磨。有人会整你的，不信一辈子不倒台嘛！"他抬头望着高高的南山，猜摸着魏凌玉他们到了哪里。

李兆众和魏凌玉一出县城，在沙河洲拐了弯，飞快地沿汉江北岸而上。到了刘店铺碰上了王昌民，李兆众问："昌民，你去哪儿呢？"

王昌民站住，摸着头皮，答道："回县找你，有话给你说。"

李兆众把手一摇，说："暂时不回。走，到滩上的树林里说话。"

这庄稼地同沙滩接畔处是一片冬青树和芦苇，稠密严实，遮天盖地，选择这个地方是比较适宜的。当他们刚走进林子时，几只麻雀忒儿一声飞向了天空。悠忽一阵风吹过地面，听得树叶和芦苇瑟瑟作响，又传来汉江泛起的细微的涛声。

李兆众对王昌民说："你知道不，凌玉今天差点出事。"

王昌民眼睛一睁问："为啥？"

"怀疑是抢杜家铺子的土匪。"

"是我干的，还有金德钊、梁宏。"

"我接到报信，赶紧到处找你，总是见不着面。"

"我给你报告，最近我正联络弟兄们，忙得在拉关系，很少去采金点。那涂兴诗坎上坎下一起长大的，这是比较铁的；还有彭疤子的护兵杨文成也拉过来了；再有国民兵团自卫队上尉中队长杨锦文满口答应一起干，还借给我二十块大洋。他问过杜家铺子的事，我坦率地给他说了，他还给鼓气呢！"

李兆众有些不满意，暗想简直是太阳底下敲更锣，也不看个时辰。便认真地指出："政府正在派人彻查这档子事，你咋能这样给他们讲呢！再说，你干这事多莽撞呀，也不提前商量商量。"

王昌民没想到有如此严重后果，顿时愧疚得无地自容，说："难道真的错了？简直是吃力不讨好！"

李兆众耐心地说："出发点是好的，你把自己和别人都暴露了。我们的斗争多尖锐复杂呀！现在上头一脸笑、脚下使绊子，明是一盆火、暗是一把刀的人多得是，何况这是你死我活的争斗哇！李林甫当宰相，口蜜腹剑。凌玉，你看呢？"

魏凌玉沉思地说："眼下保安队、政警队、民团都冲着昌民一个人来了，这证明他们大部分情况不掌握，还在侦察了解，可回避一下较安全。"

李兆众说："对的，他们没动昌民，是在放长线钓大鱼，有更大的阴谋。"

王昌民插言说："杨锦文还问有啥组织，是不是共产党，我告诉他不知道，他叫我继续打听。"

李兆众拍着王昌民的肩膀说："好好，这就对了。我觉得要避开这个风头。在县城要少待，不能不待，要同杨锦文、涂兴诗、杨文成兜圈子，不让他们套住了。大部分时间到新开岭、碌碌坝、刘家院、母猪滩、王家岩、向家岭、老龙沟、王家嘴淘点作业活动，靠县城较近的柳林铺、党家坝、小河北、松木滩淘金点尽量少去，以免引起他们纠缠而脱不开身。你要相信一点，同那些人握手言欢，那是缘木求鱼。"

王昌民说："看来，我是大意了，哥儿兄弟、江湖义气还是没错。心上要有七十二个窟窿眼儿，才能斗过他们，不至于上当。"

魏凌玉说："至于上当不上当，上当到啥程度，只要心明了，就会清楚了。"

李兆众说："你有准备了，心眼就会多起来。这样就不会急切、盲目、轻率地相信对立的那些人，要斗智、斗勇、斗谋。吃一堑，长一智嘛！"

王昌民用手敲着脑前额，说："我这个人脑子就是太简单了，差点吃上三句好话、奉承话的亏了。现在一细想，就是有些蹊跷，他们是毒蛇钻在竹筒里，假装正直。"

李兆众说："眼前要赶紧给梁宏和金德钊报个信，暂时避一避，抛头露面的地方少去，要去就得有人掩护，再蛮干就势必毁掉计划。"

王昌民说："是的，只有我去通知了，今晚到县城。"

魏凌玉说："你要当心啊！"

王昌民认真地说："灯一拨就亮，理一讲就明。即就是碰到他们，我知道该咋做了。他想利用我，我还想套住他呢！"

李兆众说："灯真的亮堂了，我们都得明朗啊！那你就去吧！如果见了涂兴诗再问，告诉他伙计们到乡下做生意，买中药去了。"

话刚落，引得三人前仰后合，笑个不停。

王昌民一到县城，趁夜色正浓之时，先后见了金德钊和梁宏。他俩告诉最近几天没有啥动静，只听到街上谣传，杜家铺子是一个姓王的干的，看来一切都是冲着你的。王昌民心想，既然这样，又不动作，那就是诱惑我牵出更多的人。他们的心真够大的，企图一网打尽，这简直是痴心妄想，白日做梦！兆众兄弟，你是不是共产党，我确实难以断定，但你放心，我不是共产党，对朋友义无反顾，两肋插刀，一定能做到！他看四下无人，便站在城墙垛口上向西望去，影糊看见巍峨的两座大山蹲在汉江南北两岸，黑蒙蒙的夜空，黑茫茫的江面，什么也难以辨认清楚。突然间，在逆江而上的最深处，出现了忽隐忽现的微弱灯光，这可能是邮差扁担上的那盏马灯在奔走。夜深了，李兆众和魏凌玉该在哪个庄子歇脚？

这个时候，李兆众和魏凌玉刚到段家河，正好段宏益还没有睡觉，急忙招呼进屋，问："咋赶到深更半夜的？"

李兆众简单提了两句，说："幸好，有惊无险。我们顺势就过来了。最近咋样？"

段宏益撇开了问话："先不说这个，你们吃了没有？"

李兆众说："哪顾得上吃呀！"

段宏益问："蒸米饭还是擀面条？"

李兆众问："有饼子、腌萝卜就行。吃了还要赶路。"

段宏益赶忙烧起吊罐，然后拿出了饼子和腌菜，说："先吃着，开水好了再沏茶。"

魏凌玉咬了一口，被噎住了。段宏益看着他们饥渴的样子，阻止说："不吃了，不吃了。等开水好了，把喉咙、肠胃涮一下再吃。"

李兆众说："有道理，让肚子委屈一下。"

就这简单的饭菜，让他俩吃得有滋有味。段宏益滔滔不绝地讲起："近来，我走了文治乡、清和乡和弘道乡，联系了一批回乡军人，都在张藩、张飞生、孙鹤年、石西藩部下当过兵，各种原因遣散在乡，生活无着，对政府不满。但他们那种为非作歹、品质败坏的劣根性不是几句话能改变过来的，可以相信他们之中的大部分人会走向正道。再有，我舅在力加坝上头的黄家院子，我去过几次，他警告我政府正在侦察共党分子，问我搞兵运是不是要人去当那个共产党的八路军。我告诉他，是上前线打日本侵略者。他又问我，是不是共产党。我搪塞说，做抗日救国的事，共产党在做，国民党同样在做。舅，你觉得我像哪一个？他把拐棍捣得咚咚响，说，在外面混了几年，混了这么个油嘴滑舌，油腔滑调，不诚恳、不老实看你能成个啥器。我走的时候，他撵到院子外，又喊道，别太张了，腰里别着两把盒子枪在乡上闯来闯去，显啥威风。舅再次给你嘱咐，不要往共产党那里边钻。我还是静心静气地对他说：舅呀，做事就得同人打交道，那我咋知道人家是共产党。舅，你是不是认为到处都有共产党？他没好气地说：我咋知道！我说，好，我注意就是了。"

他们俩吃饱喝足，听得非常的生动有趣，从前方扯到了后方，无论是从前方还是后方，不都有共产党人在做拯救中华民族的伟大事业吗？李兆众说："我到过吕河、蜀河、棕溪、神河、小河、赵湾一些地方，接触了回乡军人，就是你讲的那个样。只要回头就接收，浪子回头金不换嘛！要讲咱们的组织，你舅当然不知道，若知道了，就麻烦了。你的盒子枪呢？"

段宏益伸手往房脊上一指："就在那里边。"

李兆众仰空而笑："古人说，一张一弛，文武之道，该隐蔽的就隐蔽一下。我们该走啦！"

段宏益说："歇下不行吗？到哪里去？"

李兆众摆着手，说："不行。上曹家山，找曹仲州要紧！哎，最近要商量一个事，不要走远了，到时通知你。"

李兆众和魏凌玉登上曹家山的时候，望见从东方伸出的太阳脑瓜儿，满脸笑容，趴在汉江上喝水。

冬天的黑夜来得早，水磨湾这家的水磨依然在缓缓的流水冲击下，吱吱扭扭地转动着。一个小伙子在磨坊里转来转去，观察着苞谷从磨眼上进得是快还是慢，再从磨盘上捧起苞谷糁子，瞅瞅是粗还是细。啊，粗了。他赶快去把水闸稍微关小一些，再一看，不粗不细，刚好。便坐在磨坊门口，时不时地望着房前的路上是不是有人走过。再回过头，看着家里那盏闪亮的桐油灯，觉得格外明亮。屋里来的几个人，开始就打起了纸牌，他只认识的李兆众，却坐在那儿看书，猜想这伙人又在商量做发财的生意。

不大一会儿，李兆众说："咱们一边打牌，一边开会。今天把大家请来开个短会，而且是一个重要的会，有一个分工要宣布。目前日本鬼子占领老河口后，调动兵力向我们地域推进，摆在面前的紧急任务就是建立武装。我在延安抗大时，就学过中国共产党的十大纲领，其中提到，'武装人民，发展游击抗日战争，配合主力军作战，把全中国人民动员起来，武装起来，参加抗战，实行有力出力，有钱出钱，有枪出枪，有知识出知识'，'争取抗日战争的彻底胜利'。我还认真地通读了毛泽东的《抗日游击战争的战略问题》的论述，很精辟、很透彻。两年多了，我们是该走这路的时候了，成立游击队，开展游击战争。毛泽东在文章中讲，'抗日游击战争的军事行动，应该采取些什么方针或原则才能达到保存自己消灭敌人的目的呢？因为抗日战争的游击队一般是从无到有，从小到大的，故在保存自己之外，还须加上一个发展自己。所以问题是：应该采取些什么方针或原则才能达到保存或发展自己和消灭敌人的目的呢？'他给我们指出了以下六项：一是主动地、灵活地、有计划地执行防御战中的进攻战、持久战中的速决战和内线作战中的外线作战；二是和正规战争配合；三是建立根据地；四是战略防御和战略进攻；五是向运动战发展；六是正确的指挥关系。他说，'这六项，是全部抗日游击战争的战略纲领，是达到保存和发展自己，消灭和驱逐敌人，配合正规战争，争取最后胜利的必要途径。'我想啊，对这个重大军事课题不能全部解决，必须从无到有、从小到大不断形成有规模的游击力量。刘湘卿同志也曾郑重地给我谈过此事，罗长勤同志临走时捎信要赶紧抓，还强调不要忽视统战的作用。因此，我已同几位交换了一下意见，把有关事宜先讲一下。我们拟将在适当的时机举行一次重大行动，抢枪、劫狱、夺取个别乡镇，给国民党政府来一个狠狠的打击。具体分工是这样子的，梁宏、曹仲州负责缴械县保安队的枪支弹药，段宏益负责蜀河保安七中队留守人员和乡保安队的枪支弹药，刘家祥和邹孝鹏负责赵湾，张广恒负责小河的枪支缴械。在行动计划上，咱们夺取保安队、自卫队的枪支后，将自己武装起来先拉上羊山，这个地方的地形已侦察过。在此编队整训个八九天，拟沿陕西和河南的边界区域到陕北，听从党中央的调遣，奔赴抗日前线。要注意的是，要切实找到可信的内线人员，行动的路线要提前勘察。这是一个初步设想，严格保密，不可走漏风声。看大家还有啥要说的？"

王昌民急了："兆众，我呢？我做啥？"

李兆众说："你联络，是总管哪！"

王昌民摸着腮帮子笑着，没吭气。

魏凌玉说："我同意这样的行动。鲁世恭知道不？"

李兆众说："知道，他也认为势在必行，怎么个行动、啥时候动作，吃不准。日本鬼子快到眼前了，不准备应付咋行呢！"

段宏益说："防患于未然，谁料到鬼子啥时来呢，咱们稳当一点好。咱们在真的行动前，一定要向省委报告。"

李兆众说："那是的，争取省委支持，并望派军事干部来指导。"

梁宏说："县上是一大块，牵扯整个全局的问题，多配几个人，人多主意多，想得周道些。"

曹仲州接话说："对对对，我也是这样想的。人多是圣人，一人看一点，十人看成一大片，不会出娄子。"

李兆众一笑说："提的都是对的，增加两三个人有啥难的。不管人多少，这县城的重任就交给你们两个了。至于咋个闹法，你俩同大家一块儿合计合计，好不好？"

梁宏说："就这样，没意见。"

李兆众说："下去分头做工作，有事临时通知。每个人都注意安全，路上有人问，就说到鲁疯子家喝酒去了。"

这时，屋里传出了敲烟袋锅子的响声。只有三声，再没有动静，接着屋里的油灯熄灭了。小伙子知道这三声是告诉他会议结束了，他才去把水磨关掉。

这个夜很静，这个夜很黑。他们从后门走出去，在走惯了的山路上行进，宛如有一盏灯笼在前边引路。

魏凌玉在西门垯同李兆众分手后，从河街走到东堤上，听到身后有轻轻的呼叫声，没听出来是谁。他回头一瞧，天黑也没看清楚，继续向前走，躲在了胡同口。

"凌玉，是我，阎朝西。"

魏凌玉赶快走了出来，问："你在这里干啥呢？"

"你做啥去了，到家里找也找不见，只得在这儿等你。"

"几个朋友在鲁疯子家喝酒去了，回来晚了。有啥事？"

"我告诉你，樊团长又给我说，抢杜家铺子的没有你。上次做法太草率了。"

"那是咋么一回事，又没有我了？"

"是团长听县长讲的，县长是听杨锦文报告的，杨锦文是从王昌民口里得知的。他们把这事暂时搁下了。"

"为啥，你知道不？"

"我也不完全清楚，听团长讲，放个金钩和长线，稳坐钓鱼台，不愁他们不上钩。恐怕是要追查共产党，这要比抓一两个人更重要。"

魏凌玉有意靠近阎朝西，吐了一口长气说："大概是的吧。这次若不是你，我就成了冤死鬼。"

阎朝西伸出手掌在鼻子上扇来扇去，说："喝多了，喝多了，一股酒气。咱俩哥们义气，你也要小心点。我问你，你是共产党吗？"

魏凌玉打趣打岔地说："共产党不是在延安吗？离我们县上还远着哪！"

阎朝西又说："刚给你讲的那些，我又通过吴子祥证实，完全是真的。无论如何，你得细心些，万万不能粗心大意。"

魏凌玉说："哥儿们就是哥儿们，谢谢你啦！朝西，身正影儿端哪！"

阎朝西摇着头说："你端正，这个世道可邪恶呀！"

魏凌玉没想到事情是这么的复杂和严重，想来想去心里总是不能安定。于是赶紧去找李兆众，告诉了阎朝西刚才讲的那些情况。李兆众认真地考虑了一番，认为，案子搁下就是一个大阴谋，企图利用王昌民顺藤摸瓜。现在敌人不会对王昌民下手，梁宏和金德钊倒会有些危险。必须想办法让王昌民稳住阵脚，误导杨锦文、涂兴诗和杨文成，才可能化险为夷，转危为安。

魏凌玉觉得眼下再没有别的好办法。两人商定，分头去同王昌民、金德钊做急中生智的胜敌之谋。

第三十二章
秦巴虎豹又来了

在李兆众眼里的王昌民和金德钊，最早的印象是，两人穿着一身陈旧破烂的军衣，游手好闲，成天在东门西门、河街衙门口这些地方乱逛，也没个正经活儿干。还是自己从兴师义教师资结业回旬阳在甘岭小学教书时，有次上甘溪街道买文具，突然发现摆摊的卖杂货水果的一些人，站在自己摊位上没动，老远喊着叫着助威："吃东西不给钱，这不是大白天抢人嘛！赖着不给钱，把他抢几棍子完事！穿着一身黄皮，简直不要脸！要是红军在，揍他一顿就好了！"

这时只见一个青年人提起扁担冲进人群里，吼声道："你到底给不给钱？"

"老子那时候当兵卖命，不知道吃东西还给钱，从来没有过，不信你们去打听打听张飞生的部下就知道了。两个烂桃子算个啥！我就不信神了，你再逼，就冲我这把枪来吧，看谁厉害！"

李兆众赶紧跑了过去，踮起脚一看，原来是金德钊举起手枪威逼那位青年，王昌民怒目咬牙，摩拳擦掌，摆出动手的架势。他大喊了一声："金德钊、王昌民，你俩干啥？"唰地闪到了跟前，按住金德钊的胳膊，金德钊这才收回了手枪，往腰里一别："李先生，你咋来了？"

"这是人命关天的事，也拿你们自己的命开玩笑！谁惹着你们了？"

金德钊和王昌民一时汗颜无地，觉得这也不是那也不是，站在那儿不知道怎么才好，吧嗒了两下嘴，说不出话来。

"我却看见了，不是谁惹了你们，而且是你俩惹了百姓，吃桃子为啥不给钱！"

王昌民摸了摸口袋，也没掏出来个子儿。

"行了行了，再不要装洋蒜了，这两块钱，我先给你们垫上。"

王昌民和金德钊早就听说李兆众的为人，如同他父亲李逢辰这位刀笔吏一样，仰慕十分。不约而同地说："李先生，多亏你了，不然会出大乱子。"

街道上一时的紧张气氛马上平静了下来。

李兆众站到一个台阶上说："乡亲们，刚才有人提到红军，红军还在，目前是国共两党合作，共同抗击日本帝国主义对中国的侵略，红军改叫八路军了，在朱德的指挥下，正在同日本鬼子作战。我们后方的老百姓，要齐心协力，团结起来，有钱出钱，有力出力，支援前方打鬼子！"

街道上响起了雷鸣般的掌声和震天动地的欢呼声，裹挟着旬河的涛声一泻而行，掀起了汉江的巨浪。

李兆众看他俩有些不好意思的样子，说："走，到学校坐坐！"

王昌民说："你帮我们解了围，就不再打扰了。"

金德钊说："不耽搁你的上课时间了，以后有啥事，来找我。"

王昌民说："找谁都行。"

李兆众说："啊，我知道，先前的连排长关系是藕断丝不断呀！"

金德钊咧嘴一笑："李先生，可莫取笑我俩了，那个长可把我们长得不像人了！重新来，重新来，你这个老师见多识广，可要帮我们一把啊！"

李兆众说："莫客气，三人行，必有我师，大伙儿共同帮。不过，得多想点抗日救国的大事。你找梁宏去浪金吧！"

王昌民说："浪金能挣几个钱？"

李兆众说："嘿，你莫要小看啦！据我所知，中国工业合作协会安康事务所，于前年十月成立，开始组织淘金社，隶属中国工业合作协会管理。这个中国'工合'来头不小，一九三七年十一月由国际友人斯诺·爱黎同胡愈之、沙千里、卢广绵等在上海发起，第二年在汉口正式成立。为支持陕南的淘金合作组织，孔祥熙夫人专为中国工业合作协会西北区处拨专款十万元，后来陕西省建设厅又下拨五万元，两家合作开采。这是中国在抗击日本鬼子的战争中兴起的一种独特的经济形式，既支援了抗战，又解决了汉江流域贫苦百姓的生计，还发展了生意市场。现在金价又上涨了，咋不能干呢！"

金德钊将膀子一伸，说："时来福凑，或能成个财神爷。"

李兆众说："这倒不重要，只要改变穷酸日子就行，咋样？"

他俩同出一语："说一不二，按此而行！"

李兆众再见到他俩的时候，是在河街政府办的阅报室和民众夜校里。这时的王昌民和金德钊已经脱掉了那身旧军衣，换上一套崭新中山装，显得精神、魁梧、壮实，个子倒像长高了一点，表面上谁见了都还认为是两个结伴而行的胖瘦教书先生呢！

第三十二章　秦巴虎豹又来了

金德钊一进门就喊："李先生，从甘岭调回县城，谋了这么个美差，好好好！虽都是教员，但是没有在小学那么累，那么担心学生学不好。"

王昌民说："对呀，我这个大老粗也有个长见识的地方了。"

李兆众说："这是我大哥举荐的。欢迎你俩和工友们常来，在这儿也讲课，引导大家看报，了解当前时局。站在这个金线吊葫芦上，要看到全国人民抗日救国英勇壮举，我们也要有所作为！"

王昌民问："你哥是谁？"

李兆众说："李兆祥。"

金德钊说："县教育科长李兆祥是你哥！一家子好人哪！我们理所当然要来呀！"

王昌民问："我不会看报，咋办？"

李兆众一笑说："这还不容易，侧耳倾听呗！"

王昌民吐着舌头："啥？"

金德钊把王昌民的肩一拍说："把耳朵竖起来，仔细听就是了。"

王昌民哦哦着："简直笨得像木头。"

李兆众说："明白了，就聪明了。我就给你讲，国难当头，必须唤起民众团结抗日。咱们办读报室和民众夜校，就是宣传孙中山的三民主义，教化各阶层的仁人志士，拥护重庆政府的大政方针，为党国培育有用人才。"讲到这里，他把王昌民和金德钊拉到左右侧，低声说，"最重要的必须宣传中国共产党抗日救国十大纲领和毛泽东的《抗日游击战的战略问题》及八路军抗击日本鬼子的辉煌战绩。明白不？"

金德钊连连点头，"哦，原来这样，我的脑筋呀，捅开锈锁开窍了。"

王昌民突然冒出了这样的一句话："哎呀，我们在李先生面前，跟着朱砂染上了一点红啊！"

三人持重一笑，相互间的目光忽闪了好一阵子，都没有再说话。好像理解了，我们是在红军贺龙、徐向前、徐海东转战过的家乡，跟着先辈们的革命足迹走今天的路，红军的火种在我们心中燃烧！

李兆众想着想着，不觉走进了王昌民的家，恰巧金德钊也在。便问："你俩没去浪金？"

王昌民回答："金床出了麻达，正修呢！"

李兆众又问："你们在商量啥呢？"

金德钊说："哎哟，棒槌弹棉花，在乱谈，没个啥准头。"

王昌民说："东扯葫芦西扯瓢，东拉西扯一阵子。最让我担心的是金德钊和梁宏的安全，我把他俩推到火坑边了。不知咋办？"

李兆众说："你想得没错。我刚才得到敌人的真正意图，是要通过你找出背后操纵的人，不会先动手，要让梁宏和金德钊摆脱危险还得靠你了。"

王昌民真是个急性子："咋闹，就是把脑壳（方言：脑袋）拴在裤腰带上，我也要让两位弟兄冲出这个险境！"

李兆众摆着手说："没有那么严重。我想这样，咱们合计合计，如果杨锦文和涂兴诗主动找你，你就同他们乱扯，借以往事重提，如果他们暂时未来，你就主动分别去找他们摊牌。"

金德钊吧嗒吧嗒地抽着烟，一时停下说："李先生，这恐怕有危险吧？能不能想个其他的办法？"

王昌民一下站了起来："金兄，我明白了李先生的想法，知道该咋做。常言道，解铃还需系铃人。这祸是我惹下的，我得去，必须去，头掉了不过是碗口大个疤！"

李兆众说："我仔细地分析过，这还是一个万全之策。他们是顺藤摸瓜，我们给他来个沿波讨源，这不是更好？只不过千万千万要细心！"

王昌民说："还是兆众老师想得周全，就这样办。你放心，头回上当，二回心亮嘛！凌玉也受了连累，不知咋样了？"

李兆众说："眼下看来倒不是这个了，牵连的是那个瓜的问题。"

金德钊问："是共产党吗？"

李兆众伸手往万里无云的高空一指，说："天一定会知道。自卫队已经注意上他了。"

王昌民眨了眨眼睛，说："我看八九不离十，人各有心，心各有志嘛！我想当还当不上呢，连门都找不着。"

李兆众语意深长地说："不讲这个了，既然走到门上了，会有主人出来开门的。刚才提到凌玉，他的处境不好，得设法保护他才是。"

金德钊把烟锅磕得哪哪响，说："这个由昌民找杨锦文摸底细，办法不就出来了！"

王昌民似乎又明白了："这个铃我还得解。"

李兆众掂量着说："你可解了半截子，还有个半截子想办法委托别人去解。"

王昌民急问："咋啦?"

李兆众解释说："你解了案子，还解不了怀疑他是共产党呀!"

金德钊说："那咋办哪?"

王昌民说："这倒是，真要追到底，会不会出岔子。"

李兆众说："先按这样办，对付的办法会有的，天无绝人之路。有了，他不是在四十四师当过兵，参加过淞沪抗日战役?"

吃过晚饭后，王昌民心里闷得慌，来到街门口转悠，想必能碰上杨锦文。果然，不大一会儿，杨锦文从县政府出来了。这时，王昌民假装没看见，一脚踩地一脚搭在城墙豁口上，右掌托着腮帮子，望着夕阳西下里的汉江晚景。

杨锦文老远就认出来了，喊道："昌民，你一个人在这儿等谁?"

王昌民淡然一笑，说："杨队长，我还能等谁，等你不是吗?"

杨锦文摇着手，说："竟在扯谎话，要是碰不上呢?"

"要见不着，就去找你。"

"当真? 该不是在等金德钊和梁宏吧?"

"你真是哪壶不开提哪壶。出那个事以后，他俩与我疏远了，我正在犯愁呢!"

"为啥?"

"他俩为我放哨、扛东西，啥都没得到，还落得个贼名。听说县政府派人正查呢，你看冤枉不冤枉!"

"东西放哪儿了?"

"还不都是不多的麦面、大米和油盐酱醋一类的，都分给揭不开锅的淘金工人了，梁宏和金德钊没沾一点光。呃，你上次借给的二十块钱，我也分给他们了。"

"是吗，你可真大方。"

"不能是叫花子烤火，净往自己怀里搂。杨队长，河街案子不挨他俩的事，你给上边讲个情。"

"行。咱们弟兄伙不帮也得帮。哎，我上次给你讲的问了吗?"

"我问了，别人给我讲，魏凌云不是共产党而是国民党。"

"这怎么可能呢! 我到县党部查查就清楚了。"

"那个你怎么说得来呢! 我可知道，人家三年前的这个时候，就到安康肖子楚部四十四师当兵，随即开赴上海抗日前线，在江苏嘉定县（1958年划归上海改名嘉定区）同日本鬼子作战，负了伤后，转送湖北襄阳后方医院治疗，痊愈后又在郧阳归队。在这期间加入的，党部能查出来吗? 我看很难。"

"看来这个人经历了不少的世事，先查查再说。另外，同你来往的那些人，注意打听打听。最近一直没见到你，还有啥困难吗？"

"近来还过得去。前个时期到下边淘金点去得多，又上安康去找安康'工合'事务所，请于雁南主任给予关照。他满口答应，讲到，安康产金主要在安康、旬阳、汉阴、石泉和紫阳等县。你们旬阳属产金第二大县，一定在经费、技术和经营方面，大力给予帮助和支持，很有收获。"

"哎哟，小看了，你还是会活动的嘛！"

"淘金做好了，不光解决养家糊口，而且是增加旬阳的税收啊！我的事，你要鼎力相助；你的事，我会尽心尽力去做。"

"那是，一定一定。闲了打麻将。"

"近期忙些，选择黄道吉日再约。"

杨锦文离开时心想，没看出这个王昌民还会来事，真是人不可貌相，海水不可斗量，不能把人看扁了。先好好地稳住，让他慢慢上钩。

王昌民望着杨锦文走远了，觉得他还站在旁边，那般严峻、狡黠、刺探的目光还停留在面前。不过有一点可以肯定，他非常焦虑，总想在我的口中得到想要的那种惊喜。想得太天真了，把思路牵扯得很远很远，够你去想去查的了！王昌民又盘算着，涂兴诗不够意思，俗话说，亲帮亲，邻帮邻，观音菩萨也向着自家人。咱们坎上坎下，有时吃喝不分家，又是结拜弟兄，你不过是一个班长嘛，倒暗暗地整起我来了。咳，你这样我如此，咱们就隔着肚皮斗心眼儿吧！王昌民走到涂兴诗的门前便收住了思绪，故意地咳嗽了两声，放慢脚步向前走着。

涂兴诗端着饭碗出来了，站在门口说："到屋坐一会儿，好久没见了。"

王昌民不冷不热地说："不啦，还有活儿要干。前一阵子我上安康了。"

涂兴诗惊奇地问："做啥？"

王昌民没头没脑地回答："干大事。"

涂兴诗赶忙把碗放在台阶上，噔噔噔地走到王昌民跟前，低声问："是不是在黄木岭开会提议的事，有门路了？"

王昌民失望地说："那事黄了，都怕掉脑袋不敢干。我到安康找'工合'主任，要把淘金这个行当干大些，殷民阜财，又支援抗日救国，啥都保险。"

涂兴诗说："怕死鬼，我都不怕，你还怕啥！"

王昌民："你不怕你就去干，反正我要把淘金业搞大些。出了气力而挣不了钱的闲事，当然也不能做。"

第三十二章　秦巴虎豹又来了　　　　　　　　　739

涂兴诗又问:"是真的吗?"

王昌民说:"真不真反正没人掺和了,信不信由你。咱们弟兄伙,我哄你干啥!你赶快去吃你的饭,我回了!"

涂兴诗端起碗走进门,又回过头来,望着王昌民的背影琢磨着,多少年了,还没有摸准他的脾气。哪一点能顺咱们拜把子的心?哪一点不是如此的阴阳怪气?

王昌民连头都没有回过看一眼,肚子里感觉很顺畅舒服,刚才不动声色的态度还算称心如意。真不是一条道上的人,动不动都在谋算如何行使生杀予夺的权力,让百姓们不得安宁。明白眼前不够,还要清楚更远的世事,是的,走一想二眼观三,复杂的时局必须细心来考虑。

晚上的天色已经黯黑了。李兆众和罗寰从刻章铺出来,准备去找王昌民,快要接近的时候,朦胧中发现涂兴诗在自己的门前一边转悠,一边四处张望。李兆众把罗寰的手一拉,直接到了东堤上。这里只有两三个小商小贩挑着担子走过,再没有一个人影。罗寰隐蔽在一个阴暗处,李兆众拿着一把雨伞,走到魏凌云的门上,只听砰砰砰的敲门声。

"谁呀?"

"个子。"

"知道了。"

"给你还伞。"

魏凌云打开门,赶紧把李兆众让进了屋里,说:"到后院吧!"

李兆众说:"不坐了。我给你闹了个证证,拿着有用。"

魏凌云将这一块小小的证证往口袋一塞,便走出门外,看着李兆众还拿着那把雨伞上了东堤,接着又有一个人影冒出来,两个人同时消失在黑夜里。他回到后院房间,急切地展开字条一看,啊,兆众同志安排得真周密呀!

罗寰送李兆众进东门上了府民街,离开时,说:"快到年关了,有些紧张,注意点,我过几天要去草坪铺开会。"

李兆众说:"紧张是紧张,咱们还要过得红火一些。"

罗寰说:"是的,我知道咋做。"他走到垭子口时,听到有人叫:"罗队,你忙活啥?"

罗寰回头一看,是杨占奎,便说:"你这个团长的保镖还不知道,忙活侦察嘛!"

杨占奎说:"就是忙,成天追查'异党',樊团长刚回去。"

"有眉目吗?"

"都是一些怀疑，没找到啥证据。"

"哎呀，就是嘛，咱们还不一样，忙来忙去，柳条筐子舀水一场空。"

"罗队，你是当官的，我是兵娃子，你人很好，我给你讲，连我要好的魏凌云也列入了怀疑共党分子的对象，正查呢！"

"哦哦，你相信吗？"

"我也闹不清楚。"

"竹有节，人有志。干正直的事，往往被邪恶所曲解。你信不？"

"尽管是这个理，我还是担心他。"

罗寰看着杨占奎身高体壮的气魄，脸上充满一股煞气，倒觉着他有恻隐之心、悲天悯人情怀，但在那个圈子里，却看不透这个世界滥杀无辜的真相。

杨锦文那天离开王昌民后立即到县党部查阅档案，没有发现登记簿里有魏凌云的名字，认为王昌民提供的情况是假的，是对自己的欺骗，虽然很生气，但是又平静下来了，还得利用这个人。他赶紧向施德广作了报告，得到的指示是，让他带领保安队班长周万山连夜侦察。

夜深人静，万籁俱寂，连汉江的水流也听不见了，只偶尔从草丛中传出微微的虫鸣声。

魏凌玉家的房子周围站着一层层士兵，荷枪实弹，向着沉睡的人们示威。

杨锦文布置完毕后，靠近大门细听，屋里没有动静，便指示周万山和另一名士兵分别把守在大门两旁，自己便去敲门。

砰砰砰！砰砰砰！

不大一会儿，屋子里的灯亮了。"谁呀？"

"查夜的，快开门！"

魏凌玉把灯放在堂屋的桌上，转身拉开了门闩，几乎在同一时间，门被�哐啷一声踢开了："魏凌玉，你在家！"

魏凌玉冷冷地说："我不在家，还能到哪儿去！"

"家里还有外人吗？"

"队长硬是开玩笑，三更半夜，哪能有外人哪！"

"你到处活动，都在干啥？"

"我不到处活动搞营生，家里人喝西北风哪！"

"你老实说，是不是在搞'异党'呀？"

"啊，糊涂了，闹不清楚。"

"你就是糊涂了，是不是在和共党分子联系？"

"他们是谁我都不知道，咋联系呢！再说啦，我怎么可能同他们联系！"

"你有什么理由和证据没有同他们来往？"

"就我这个身份同他们交往也是正常的，也是党国允许的。"

"你还硬气起来了，还党国呢！"

"咋不是呢，我也可以到共产党内部搞侦察、搞策反哪！"

"你是国民党党员，拿党证来看看！"

魏凌玉不慌不忙地从神龛底下取出纸包递了过去，杨锦文打开一看，噢，就是一张发黄的中国国民党党员证。他愣住了："这是真的？"

魏凌玉嗤嗤地一笑："那难道是假的？"

"党部咋没有你的名字呢？"

"可笑。你们的这个党部是去年十一月成立的党务筹备处，今年七月才成立的中国国民党陕西省旬阳县党部，对吧！"

"好像是的，那不清楚。"

"你们不清楚我清楚，筹备处成立之前，全县只有三名国民党党员，大概不包括我吧。那时我参加淞沪会战，因为作战勇敢而加入的组织。县上的这个组织，你们这些人，还在我这个三年党龄，算不上抗日英雄也负过伤、流过血的士兵面前耀武扬威，张牙舞爪，太不自量力了！我说的这些，你不信，就去问胡望瑗和施德广，就一清二楚了！"

杨锦文没想到不但没查到什么线索，而且碰了一鼻子的灰，被问得晕头转向，不知所措。他气冲冲地走出门，向周万山喊了一声："撤！"

魏凌玉随意地喊着："杨队长，夜里走路细心一点！"随即咣啷一声把门关上了。转过身，看见魏凌云从腰门背后闪了出来，手里还提了一根粗木棍，问："这是要做啥？"

魏凌云说："哥，我听见了，他要是动手动脚，我就冷不防给他两杠子，不能眼睁睁地看你受欺负！"

魏凌玉说："遇事多想点，不能蛮来。"

"哥，他们刚说'异党'，'异党'是啥？"

"你能说出来吗？"

魏凌云只摇头。

"弟，给你讲，那所指的就是名副其实、名不虚传的抗日救国、拯救咱们受苦人的中国共产党。"

"你到底在做什么，是不是人家说的在搞异党？"

"你放心，哥干的是为咱们将来过好日子的大事情。"

"那他们会不会认为你是'异党'惹祸呢？"

"哎哟，弟呀，看守所是关人的，不是关牛的，你担心啥呢！"魏凌玉倔头倔脑地说。

弯曲的东堤岿然不动，巍巍屹立在旬河岸边，宛若时刻在警惕着那夏天里必将到来的狂涛恶浪。

黑夜，都睡了。胡望瑷的灯还在亮着，听得杨锦文和周万山详细一讲，坐在椅子上，半天没有说话，表情尴尬，手足无措。过了一会儿，才这样说："党国里也有共产党派进来的间谍特务，党国里的人也会背叛党国，这并不少见。继续侦察，不可松懈！你去吧，我待一会儿再给施县长打个电话。"

县党部的那盏灯熄灭了，夜茫然一片。金线吊葫芦的县城在秦岭南麓的胯骨上，经过一番折腾才开始安稳地入睡了。

这天，罗寰身着少尉军服，容光焕发，神采奕奕，参加了旬安乡草坪铺召开的国民壮丁抽签大会。大会的警戒由常备队的士兵担任，戒备森严，令人生畏。这个大会由于乡长赴安开会，而由乡队副罗寰主持，是名正言顺、理所当然的了。他宣布："乡亲们，父老兄弟姐妹们，今天我们在这里隆重地举行壮丁抽签大会，现在请县政府苏秘书讲话。"

苏开元抖了抖身子，慢腾腾地走到主席台，两只手臂按在桌子上，慢悠悠地说："老乡们，在这个庄重的大会上，我受施县长的委托，给大家讲几句话，简要地宣传一下国民政府军事委员会于民国二十七年颁布的《兵役法》。目前是抗日时期，军事第一，胜利第一，抗日不分男女老幼，全体动员起来，共同赶走东洋鬼子。凡年龄在十八岁以上、四十五岁以下，身体健康的男性都应为壮丁，都有服兵役的义务。这些适龄都分为现役、缓役、免役三种。一家之中，三丁抽一，五丁抽二，独子不征。本县从现在开始，实行'二丁抽一，三丁抽二，五丁抽三'的壮丁制，以缓解前线兵员不足，支持国民政府的抗日战争。在这里，我必须指出的是，有传言指责国民政府军队抵抗不力，节节败退。这是谎言，假话不可信，这可能是从共党那边传来的。请大家分清是非曲直，不要上当。他们讲的是打游击战，实际上是游而不击！就这样，好了。"

会场里飞出了哄哄的笑声，大家仰天而嘘。

接着，罗寰作了简要的总结："乡亲们，今天的会议就开到这里，所抽的壮丁，我们还要选择一个吉祥的日子，为大家披红挂彩，蹬麻鞋，背伞袋，以示祝贺。该指出的是，抽壮丁也出现弊端，富人壮丁成群无人当兵，穷人壮丁独子以钱代兵，这种现象必须改变。我想我在这里以一名军人的名义强调几句，在我们的生活中，常碰到蚊子叮人，苍蝇传播细菌，危害我们的躯体，应是我们的敌人。从目前时局来讲，是国共两党合作、共同抗日救国的大好时期，我们应认清这个同一目标，应该是，共产党在政治上是我们的不同政见者，在军事上是我们的盟友，是和我们共同携手抗战的朋友。我们党国都在这样做，难道我们不这样认为吗！否则，我们的言行就不一致了，国家至上，民族至上，百姓至上，应该坚定这个共同抗战的上策，中国就会胜利，中国就有希望！"

人群中响起了哗哗的掌声，大家交头接耳，纷纷议论，乡队副讲的是良心话，心里有穷苦人哪！

中午过后，罗寰同苏开元他们从草坪铺返回，当走到二道梁时，发现树林边的石岩上靠着四个青年，他们是被绳子串在一起的，旁边有三个乡丁端着枪紧紧地逼着他们身子，看样子是怕他们挣脱跑掉。罗寰揣摸着，一定是壮丁，那为啥要拴起来呢？他急匆匆地走过去，问："这是咋回事？"

一乡丁立正敬礼，回答道："报告少尉，是送的壮丁。"

"咋能这样送呢？"

这个乡丁赶快把罗寰拉到一边，简单地讲了原因，一个是独子，一个是二抽一成了二抽二，一个是庄主出钱，买的又反悔，一个是偷跑回来的。然后说："乡长让我们送到兴安州就算完成了乡里的兵役任务。"

罗寰问："哪个乡的？"

"民乐乡的。"

罗寰心里想，民乐乡的百姓不民乐呀！他转身对苏开元建议说："苏秘书，民乐乡的这种做法不符合《兵役法》的要求，是不是把他们放了，做些工作，让他们回到民乐乡自愿参加抽签大会，那该多光彩啊！"

苏开元沉思着说："这四个壮丁的事，民乐乡乡长给县长打过电话，县长也告诉过我，我咋给你明讲呢，只能是你旬安乡不知道民乐乡的内情罢了。说白了，金钱买不来自愿，只能是金钱加捆绑，不行也得行。穷日巴糟的，还想拧啥呢！不管了，咱们走！"

这时，一只锦鸡拖着长长的尾巴，翅膀一扑棱飞到了毗邻的空地里。

罗寰是个细心的人，他立刻向林间望去，发现好像有猎人在那里隐藏着，但又看不仔细，未必是猎人想捕捉那漂亮的锦鸡吧！他再一看空地里，那只锦鸡一会儿抬头远看，一会儿低头觅食。这只无言的飞禽，表现得既无忧无虑，又心事重重。罗寰有个预感，这里将有一场与生命有关的交锋，是猎枪还是步枪，很难断定。种种迹象表明，会有出其不意的挟持或者交战。

果然如此，孙瞻山她们埋伏在草丛和树林里，望着路过的几个人，也隐隐约约地听到他们之间的对话，辨认出是罗寰带领的几名士兵，才没有动作。待他们翻过二道梁的下湾时，孙瞻山目无全牛地一挥手，梁子云、曹立毅、杨贵贤和高弟伟飞步而上，不费吹灰之力，噼里啪啦地把三个乡丁打倒在地，如喝了迷魂汤似的一动也不动。梁子云从腰中掏出匕首哧哧哧地把草绳割断了几截，嘴里说："好了，好了，你们自由了！"

四个青年一下子惊得张口结舌，愣在那儿直咂嘴，完全明白是他们来救自己的，不知说什么才能道出感谢的心里话。

孙瞻山站在他们面前说："你们啥都不要讲了，现在肯定不能回家，是上安康还是想出山另谋出路？"

"出山到哪里？"

"出山去投八路军。"孙瞻山掏出红五星，亮在他们面前，又说，"就是早先的红军，五星会指引你们走向光明的路。"

"哦，五星，红军，找八路军！"

孙瞻山说："每人给两块钱，你们赶快走。到镇安县找一家百味香饭馆老板就行了。"

青年们弯腰作了一个大揖，快步如飞，朝着通向北方的林间小道奔去。

孙瞻山把一张小字条放在昏迷未醒的士兵身上，然后钻进森林，叭地放了一枪，转道进了县城。

乡丁醒来的时候，才意识到自己挨了一巴掌，就不省人事了。不过发现枪还在，子弹全没了，身边多了一张字条，一看不知如何是好。一个胖墩墩的乡丁心里怦怦直跳，说："咱们不回乡政府，还是到县上向樊团长报告。"

乡丁们既惊慌又恐惧地到了国民兵团的团部，一见樊佑庶就扑腾扑腾地跪在地上，叫道："请团长饶命！"

樊佑庶眼睛睁得像鸡蛋那么大，问道："这是咋啦？"

"我们押送的壮丁被抢了。"

"啊!"樊佑庶接过字条，只见上面写着："县老爷、团老爷，这是在抽壮丁吗？是拉壮丁、抓壮丁、卖壮丁，不分青红皂白地滥绑青年百姓，紧征军粮田赋，害得多少青年断指剜眼，招致多少穷人家破人亡。你们这不是在抗日，是在替日本侵略者打自己人。你们没发现，你们的良心已被穷凶极恶的野狼吞噬了。失掉中国骨气的人，没有好下场。不好意思，子弹全部没收，届时送往前线打日本鬼子。秦巴虎豹队。即日。"樊佑庶看着看着，脸上绷起了一道一道的青筋，怒叫道又是一个秦巴虎豹队！他突然收住这异常的表情，否则会在士兵面前失掉自己的威严，摆手说："起来吧，不碍你们的事。回去吧！所缺子弹给你们补齐。回去再不要提这件事了，我给你们乡长打电话。"樊佑庶颠三倒四地说着，不知该如何对乡丁们讲才能有条有理。他看着乡丁们摇摇晃晃、有气无力地走出门，便大声喊道："杨占奎，带他们到府民街吃一顿饭！"

施德广一听樊佑庶的报告，并没有感到惊奇，这个虎豹队在本县已经作案三次了，派了多少人去查，都没查出个名堂来。他指示说："既然无虎豹队的一鳞半爪，马上就去侦察王昌民他们那一伙，或许能得到一点线索。"

结果什么眉目都未发现。杨锦文说，今天同王昌民和金德钊在河街喝茶，根本都没去草坪铺。周万山跟踪的魏凌玉一直在烂滩沟的采金船上，一天都没有离开。还有刘三成到街上买了一捆柴火，背回家了。

施德广和樊佑庶没有得到一点盼望的头绪，只得在一筹莫展中，又用穷竭之计宽松自己，鱼沉得再深，总有个冒泡的时候。

杨占奎没想到接到一个很棘手的差事，樊团长怎么让自己去执行呢？最近几天一定要跟踪余亚芳的去向，找一个背静的地方，神不知鬼不觉地把她打了。这究竟是为啥呢？听得别人私下议论，自从龚怀义走了以后，她同那些不伦不类的青年男女来往密切。有的说在搞红色活动，有的说在谈情说爱，有的说在帮做生意，甚至有的责怪这娃子变得寡言少语，一副傲睨自若的样子。这些人的说三道四、评头品足并不重要，关键是猜疑她从事地下党的活动。呃呃呃，是试图参与，她不是共产党。要陷害她的应该是曹保平，因为施德广询问了好几次，近期不见你表妹到县政府来了。俗话说，世情看冷暖，人面逐高低。况且我现在还是县长，事情办了，却恩德所不顾。曹保平打了一个冷战，哎呀，我的乌纱帽！她可能与共党分子有联系。施德广当即怒而言之，既然如此，一不做二不休，把她打了，不然增加一个对立面。曹保平领会后，考虑再三，为个避嫌，立即找樊佑庶，请派可靠的士兵去执行。杨占奎领受任务后实在是难住了，过去经常在政府院里见到她，不叫姐不说话，咋能狠心下手呢！草菅人命！草菅人命！这世道想杀谁就杀谁，实在可恶！

中午过后，余亚芳走出大门口，无所事事地望着晴朗的天空，向妈妈说了一声到菜湾去散散心。她妈同意了，叮咛说："路上过细些，早点回来啊！"

余亚芳刚走到菜湾小学东边草坝子的小路上，突然听到后边有叫："姐，他们要杀你。"

"啥！占奎，你说啥？"

"他们叫我来杀你！"

"谁？"

"真正底细不清楚，十有八九是施县长和曹队长！你赶快走吧！"

"走，往哪儿走？"

"你先藏起来！"

余亚芳想了一下，先见鲁学昭，然后到甘溪河的亲戚家躲几天再找出路。她问："你咋办呢？"

杨占奎说："你走你的，我有办法。"她刚要钻进草丛，杨占奎就举枪朝路上的沙滩里啪啪啪地放了几枪，子弹把沙土打得噗噗噗地直冒烟。

路过这里的孙瞻山听到枪声，呼啦一闪藏进了草丛里，透过草隙，看见一名稍高稍胖的士兵又往地上打了两枪拧身就向高家沟走去，大概是要回县城了。

余亚芳怎么也预想不到，躲进芦苇里的竟然是孙瞻山，于是走出草丛喊了一声："姐，是我，余亚芳。"

孙瞻山观望着周围的动静，半天没有吱声，心想这究竟是怎么一回事。

"姐，快出来。那个士兵是给我报信的，他走了。"

"哦，亚芳，你进来说话。"

余亚芳随声进了芦苇里，一把抱住孙瞻山几乎要哭出来："姐，他们要杀我，咋办呀！"

孙瞻山猛然一惊，问："为啥？谁要这么做？"

余亚芳愤愤地说："是施德广和曹保平嫌我同不三不四的人来往，包括鲁学昭和魏凌玉他们，是要消除内部的隐患吧！"

孙瞻山紧攥的拳头把泥沙捶了一个窝，恨恨地说："一帮杀人魔王，总有一天要遭报应的。眼下你想咋办？"

余亚芳无奈地说："只能去亲戚家躲一躲！"

孙瞻山摇着手说："寄居他人之家不是万全之策，躲了初一，还有十五哪！哪有不漏风的墙，万一发现就没命了。"

　　余亚芳一想倒是这个样，实在感到自己已处在无望的境地之中，眼前是上天无路，入地无门。她含着泪水抬头望着淡蓝的天空，唉声叹气地从牙缝里挤出连自己也不愿说出的一句话："听天由命吧！"

　　眼下站在孙瞻山面前的余亚芳，再不像先前怀揣鸿鹄之志，一心振兴中华了。也难怪，世事时局瞬息万变，她是没有这个思想准备的，只想到顺顺当当，更未预料到曲曲折折。孙瞻山握着余亚芳的手，而且握得很紧很紧，鼓着气说："事在人为嘛！常言道，山高自有客行路，水深自有渡船人。从长远想，唯一的出路就是鼓起勇气，面对仇敌，针锋相对！"

　　"单人匹马的，惹（方言：斗）不过他们。"

　　"你想得太简单了，咋能孤军奋战呢！如果人多势众，那该有多么了不起的场火；如果拿起武器，即以其人之道，还治其人之身，那该有多么了不起的壮举。暂时回避，指待来日的这一天。"

　　"姐，我明白了，该去啥地方？"

　　"把名字改一下，叫余方。跟我们一块儿走，愿意不？"

　　"有姐在，顺心！"

　　"我要先给你讲，这可是要像硬汉子一样，不怕苦，不怕劳累，流血流汗不流泪，抗日救国，振兴中华！"

　　"姐，你把我提醒了，我的雄心壮志将在这条路上实现。"

　　孙瞻山安排梁子云她们领着余亚芳先回空蒙寨，自己同曹立毅进了县城，按余亚芳的心愿，先找到余亚芳的爹妈，告诉说，其女儿近期要去外地做生意挣钱，不让二老操心挂念，也不要向外人透露半句。如果是家里人逼得没办法，就应付两句，到西安做生意，相亲去了，具体地址不知道。随后来到旬安乡找到罗寰，悄悄地说："今天，在二道梁子的树林里看见了你们，路过以后，我们才动手。征得他们同意，随即向镇安出发去找百味香饭馆老板，以便联系王子平，并介绍去参加八路军。"

　　罗寰激动地说："这些家伙把人不当人，把壮丁像犯人一样地捆绑着，实在是忍无可忍。当时，试图尽力改变这种可恶做法，县政府苏秘书拒绝了我的提议，无法行动。其实，我发现了林中有隐蔽的人，没想到是你们。走远了，又听到了一声枪响，苏秘书说，是不是出事了？我讲，大白天会出啥事，怕是枪走火了。

他连连说，也许也许。我们就回县城了，这可太危险了。"

孙瞻山说："我是听甘溪河亲戚讲的，才计划准备这样做的，没啥危险。我们走到菜湾时，又遇见了余亚芳，有人要谋害她。"

罗寰问："谁呀？"

"是施德广和曹保平！"

"为啥？"

"他们怀疑她与共产党人有来往。"

"真是畜生，施德广是寡情绝义，曹保平是六亲不认，仅仅是个疑心就要铲除，简直是丧尽天良，民族败类。她人呢？"

"她要去西安，我把她送走了。你们在县城都要提个心，他们连余亚芳这样不认识共产党人、也不知共产主义是个啥的人都不放过。何况对地下党呢！"

"是的，我们也侦知，政警队、保安队和常备队派遣士兵四处寻找地下党，已经采取了防范的措施。"

"我有个建议，曹保平肯定要追查余亚芳，你管的旬安乡，以查无踪迹，可扬言此人失踪了，或者讲，她到山西去找龚怀义去了。基于她爹妈咋说，随他们的便吧！"

"这个主意好，就这样办。"

"另外，我到过老河口，日本鬼子已向陕南方向推进，应该提前有所准备，今天出了两桩子事，县城风声紧，你把这些情况转告兆众同志，我就走了。"

"我一定转达到，请放心。"

孙瞻山和曹立毅走出乡公所时，天已经黑了，几乎看不清路上人来人往的脸面。

罗寰回家刚走到草房街，被杨占奎挡住了："罗队副，团长叫你去一趟。"

"有啥事，知道不？"罗寰很奇怪，都啥时间了还有什么事，于是问了一句。

杨占奎实际上也摸不准，含糊其词地说："我也不清楚，刚才苏秘书到了团长那里，刚一走，团长就让我叫你来了。我可听见苏秘书出门时说了一句话，一个小小的乡队副太放肆了。"

罗寰一听杨占奎说话吞吞吐吐的模样，猜到了八九成，一定与草坪铺壮丁大会有关，也就没再问下去，只跟着他到了团部。

樊佑庶一见罗寰进门，就问："草坪铺壮丁大会开得怎么样？"

罗寰站着说："不错，严肃隆重，气氛热烈，壮丁列队整齐，没有缺位。很好，是团长安排得周到。"

樊佑庶嘿嘿地笑了："再不要奉承我了，还是你们乡上组织得严密。"

罗寰也笑了："没有你的及时指导，哪会有这个会议的成功？"

樊佑庶对罗寰的印象一直很好，在担任保长训练班区队长时，有军人风度，军事训练技术超群，名列历次训练的前茅；任乡队副时，管辖区域发生事件及时得到处置，乡、县都很满意，因此也在器重之列。听苏秘书这么一讲，引起了樊佑庶警觉，怎么能为共党辩解？尽管他这么想，还是大面子要过得去，说："坐，快坐下，咋能老站着。"

罗寰是揣着明白装糊涂，显然不是为着谈话而是要训斥人的，说："团长，有啥吩咐就安排，一定竭力尽职。"

樊佑庶说："你今天应该给我讲清楚，那蚊子、苍蝇是谁？咋能反驳我们的人呢？"

罗寰表面上是准备来挨批的，还是站在原地上，稳如泰山。他想了想才开了言："团长，蚊子、苍蝇就是蚊子、苍蝇，我没有指责他人之意，只是比喻而已。至于说，我在反驳我们的人，那是不是苏秘书有点曲解？我讲晋察冀鲁那些参加抗日的八路军打了那么多的胜仗，应该是盟友，是抗日救国取胜不可多得的力量。现在是国共合作，这是事实。团长，你说我哪儿错了？"

樊佑庶瞪着眼睛说："罗寰，你是聪明的人，咋那么糊涂呢！时局是在变化着的，国民政府对共党有新的认识，不然怎么能出动八万国军去追剿九千人的新四军呢！"

罗寰附和地说："对对对，是时局变化，发生震惊中外的重大事件。"

樊佑庶目光冷峻，说："你这话客观上表明你改变了你自己的立场，自己把自己掀到了共党那面去了，多严重啊！如果就此而言，你们的叶挺不是已被捉住了吗？"

罗寰顿然想到，叶挺是由上级委派与国民党军交涉时被扣押和监禁，国民党不要手腕，怎么能落入敌人之手呢！他突然笑了起来："团长，你总会取笑下级，那些大事，小兵咋能知道，更不认识叶挺，连名字都没听过。"

樊佑庶也笑了："我都不认识，你咋能见过。这也是比喻嘛！"

罗寰收住笑，说："还是我考虑欠缺，把这话讲过了头，以后不讲就是了！"

樊佑庶站起来说："是个教训，以后注意。今天中午，在二道梁子发生壮丁被劫持，你下去配合常备队彻底追查这起案件。好吧，就这样。"

罗寰敬了一个礼，说："是，团长，自己的职责，保证全力以赴！"他刚出门，又被叫住了，只听樊佑庶又说，"曹保平的表妹可能被赤化，已经跑了。我派杨占奎去追，没有追上，你连同那个案子一起查一下，有结果就马上报告，没影子就算了。呃，以后嘴巴子上要有个把门儿的，讲话要有分寸！"

"嗯。"罗寰头也没回只应了一声，步子越迈越大，宛如走进了另一种心境，同这帮卑鄙无耻、成天谋算别人的人打交道，得用十个心眼来对付。三十六计走为上计，不走也得走；三十六计，忍为上计，不忍也得忍。逐鹿世态，争个主动嘛，避免在这个世界上留下不应有的遗憾，为的是梦想在脚下走得稳当些！

第三十三章

藏奸耍滑下密令

除夕夜晚，嘣嘣叭叭的爆竹声，此起彼伏，竞相轰鸣；斑斑点点的灯火五彩缤纷，闪光耀眼。不管是热闹的城市，还是僻静的山村，都在过年。

吃过年饭后，李兆众把老爹和堂屋的木炭火盆烧得很旺很旺，满屋子热烘烘的。他想，好久没在家过年了，体会到真是一个团圆、和谐、吉祥、热闹、幸福的年哪！

毛金环把碗盆锅灶收拾干净整齐，接着拿了几块红烧肉放在院坎边，嘴里不知咕哝些什么，一转身随即就把大门轻轻地关上了。每年的风俗如此，从这时候起就开始守夜，话新叙旧，相互勉励，希望有一个美好的明天。她走进厨房，一声不吭地擀起面来，准备包饺子，心里实在感到非常的甜蜜、踏实、安然。记得去年深秋一天快要黑的时候，他突然从延安回来了，她激动得几乎要叫出声来。他赶快摇手暗示不能张声，径直到下院子去了。过了几天，他郑重其事地说，今后罗广文再来找我，你就直接告诉他不在屋。问到哪了，你只管摇头。若要再追问，你就应付一句，成天淘金子，不要家了！至今这个谜也没揭开，到底是咋一回事。不过从那时起不再教书了，跟别人合伙淘金子。有时回家，板凳还没暖热又走了，说是有急事要办理；有时回来吃饭，都是端到下院的，还叫在一起吃饭，这时的饭菜好像特别的香！

李兆众从爹妈屋子出来就到厨房，轻轻的叫声打断了金环的思绪："金环，擀面哪！"

毛金环偏着头一笑，低声说："包饺子嘛！你去烤火吧，面马上擀好了。"

李兆众随便把案板边放的簸箕拿到堂屋，放在桌子上，说："咱们一块儿守夜，一块儿包。"

毛金环把嘴一撇，说："你会包个啥！我包我守夜，你成年累月忙到头，该好好歇歇！"

李兆众抓了一把面撒在簸箕里，说："小看人，我在抗大学校学会了，不信，咱们捏着饺子就知道了。咱现在不感觉累是个啥。"

方桌前面放着火盆，李兆众和毛金环坐在桌子两边椅子上包起了饺子。

李兆众一边包饺子，一边说："金环，啥都是学来的，我教你多认些字吧！"

毛金环不在意地说："在娘家上过两年私塾，识的几个字都忘了。我还不是抱孩子，围着锅台转来转去，学它有啥用处吗？"

"要用的时候，就觉得学字的重要了。陕北那学校女的很多，人家和男的一样上学认字、唱歌、穿军装，同样上前线打小日本。识字多了，用处就在后边呢！"

"行吗，多学几个字总比少几个字强，也不会累人！"

"你知道不，你们毛家可出了个大人物了！"

"哎哟，再大，我达还不是个艄公驾船的。"

"那个驾船的不是你达，他叫毛泽东，在延安是最大的领导，是专门带领穷人打天下的，是为全国穷人求解放的。"

"是共产党呀，延安是共产党的天下。"

"嗯，灵人就是灵人。我现在把你的名字改一下，行不？"

"咋改？"

"改个叫'毛泽南'，好不好？"

毛金环把正捏的饺子放在手中，因为是除夕夜不能出大声，只憋着，噗地一笑："你真会改，还想攀家族呢！"

李兆众解释说："这倒不至于，是在攀咱们的国家和咱们的中华民族哪。他在北边领导革命，我们从南边发动群众响应，其实，我们最主要的是借这个名字做个美好的纪念。对不对？"

毛金环把包好的饺子放在簸箕里，赞同地说："对对对，人心齐，泰山移，就看你的啦！"

李兆众接话说："还有你啊！"

说着一席话，饺子也包好了。他们俩如此相得其欢，情感笃深，正铸就博大的胸怀。

大年初一的早晨，大家都是蹑手蹑脚的，屋子静悄悄的，几乎听不到吃饺子的一丁点儿响音。饭罢，李兆众出门放了一挂子鞭炮回到屋内，同毛金环一起给坐在上堂的二老叩头拜年，相互问好。二老给毛金环拉着的三岁的孙子玉娃发了厚重的红包。李兆众赶快抱过玉娃，站在二老面前代言道："玉娃祝爷婆健康长寿，福星高照！"这时，堂屋才发出一阵阵欢悦的笑声。

李兆众的头挨儿子的头，脸挨着儿子的脸，说："去，到你妈那儿去！"然后望着老爹又说，"我去给亲戚朋友拜年了！"

李逢辰捋着胡子，说："去吧，不要回来得太晚了！"

玉娃抱住李兆众的腿，说："达，你又要走哇，明天去不行吗？"

李兆众突然想到，一个家上有老，下有小，自己有责任，那一副重担更要担当。他把玉娃抱在怀里，说："玉娃，听话，达给伯伯、叔叔、姨姨们拜年。也代咱们的玉娃给他们拜年，他们会高兴的。明天还有明天的事呢！"

玉娃一边拍着一双小手，一边嗷嗷地叫着，像个懂事的大孩子，挣脱下地跑到了妈妈的身边，把食指噙在嘴里："达去拜年了。"

毛金环抱起玉娃，说："咱俩一会儿也去拜年！"

玉娃一偏，问："给谁？"

毛金环反问："都谁最疼你呀？"

玉娃挤着眼睛，说："太呀，四婆呀，五婆呀，嗯，还有他们都爱我呀！"

毛金环对玉娃说："好孩子，咱们都去。"

玉娃一听，高兴得手舞足蹈起来："妈，咱们走，我在前面给你引路。"

毛金环欣慰地微笑着，眼睛湿润了："玉娃，真灵呀，这么大就会操心妈了！"

玉娃蹦蹦跳跳地走在前边，不断地回头叫着："妈，小心点啊！"

毛金环心疼地说："玉娃，你好心走路，妈小心着哪！"

李逢辰交代得没错。他们回来的都很迟，还未吃晚饭，就点亮了悬挂在门前的两盏红灯笼。

饭后，李兆众同往常一样到了下院子，看着书又写起字来。一会儿，他停下来了，反复思考着一个问题，淘金，一个劲儿地淘金，是淘，同时也须掏出枪炮子弹来，金要淘，枪也要掏。现在是时候了，再远了，就拖延了宝贵的时间，会对不起广大穷苦大众，会给中华民族的历史留下一个遗憾。

黑夜，在他的思索中走到了蒙蒙亮。

李兆众到厨房从笼里取出刚热好的两个豆沙包和豆腐油渣包，一边吃着，一边给毛金环说了一声就出了门。他原想把自己的主张告诉鲁世恭，但没有见着人，听家里人讲，走亲戚去了，三五天以后才能回来。李兆众便直接到了上菜湾刘家祥的家里，一进门看见华进万、曹仲州、梁宏、魏凌玉、段宏益、陈中俭和李家三秃子他们十多个人到齐了，便拱手说："给大家拜年了，大家年好。恭喜发财，生意兴隆！"

段宏益文雅从容地说："乘驾小龙，跃地腾空，事业顺达。"

满屋子充满欢腾的气氛，大家不约而同地敬言道："我们大家蛇年都好，阖家欢乐，吉祥如意，万事亨通！"

欢笑、掌声、愉悦，比炉子里燃烧的炭火还要炽烈、温暖、焱燀。

李兆众目光炯炯，把每个人都巡视一遍，说："刚才大家通报了上次会议后的准备情况，做得很好。现在咱们趁过年之机，今天开个短会。我得知一个消息，小日本已派遣少量部队从老河口向我们这里进发，按照刘湘卿和罗长勤先前的指示，我们须缮甲治兵，建立抗日武装力量的时机已成熟，现在该动作了。日前虽然开始磨刀了，但是从今日起要把刀磨得更锋利一些，各项准备工作要扎实些。在淘金中要掏出枪炮子弹，包括大刀长矛在内，拿起武器同小日本交锋，与我们的敌人干仗，为中华民族而英勇战斗。上一次对各位的分工不变，今天只讲具体的行动方案。由李三秃子去买煤油一箱，存在魏凌玉家，做行动时的引火之用；由魏凌玉到李宗范的商铺买红布和白布各五丈，撕成条状，做夜间参加行动人员的标记；已借到八支长短枪，暂不动，在行动前三小时启用；各路参加人员务必分别在十四或十五日的中午前，以不同隐蔽形式到达指定位置；行动时间原则上确定在正月十六的天亮前。根据安排，望各位要严守秘密，小心谨慎，不可粗枝大叶。为啥要定在这个时间，因为这天是老百姓'游百病'之日，提前进城的人很多，是一个极好机会。我还要叮咛一点，在生死决斗中，谁都不要害怕！大家还有啥高见请畅所欲言，推心置腹地讲出来。"

魏凌玉忽地站起来，涨红着脸说："干，就这样干，为中华民族的振兴，为穷人过好日子，我们不干谁干！兆众讲得好，千万不能退缩，敢把天戳个窟窿。怕啥？砍掉脑袋不过碗大个疤。不过细想，也值得！"

李兆众接话说："勇猛敢斗精神是好的，但要胆大心细。凌玉，你的性子我清楚，在行动中，千万不可莽撞冒失，不然的话，对自己不好，对掌握斗争主动性也不利！"

魏凌玉坐下来没吱声，只点了点头。

段宏益斯文地说："这是一个气壮山河的壮举，一定要按行动方案要求，必须按时到达县城所指定的位置集结，听从号令，英勇无畏地投入战斗！"

梁宏建议说："得赶快报告省委，速派军事干部来旬指导。"

曹仲州非常赞同这个意见："对对对，我也是这样想的，立马派人！"

华进万听了这话，觉得完全对，但恐怕时间紧迫，即使去人也很难赶得到，那么远的路就够走的了。他于是说："看来只能一边去汇报，一边按咱们的方案向前推进。"

魏凌玉亮着嗓子说："对，汇报归汇报，我们的暴动计划不能变！"

刘家祥不紧不慢地说："事到如今，只能这样了。不进怎么办？如果退，退到哪里去？闹不好，把大家鼓的气一下子就瘪光了。"

张广恒扬起头说："那倒是，好不容易走到这步，得继续走下去！"

李兆众一听大家的发言，一个个是斗志昂扬，意气风发，实在是感人肺腑，不由得攘臂而起，满怀期待地说："好呵，来日就看我们这些骁勇之士了！各位言之有理，我完全赞同，我一而再再而三地想这次的行动，从程序上来讲，一定要取得组织的支持，安康地委被破坏了，安康县委又无法联系，眼下只能立马派人前往省委汇报。我也认同已经确定的日期无须改变，如期举行暴动。在这里必须指出的是，各路一定要服从统一指挥，不得各行其是。再者，关于进退向何处去，成功了就上羊山，建立抗日武装，准备打游击战；万一出了岔子，就按照毛泽东提出的，在国民党统治区工作所采取的"隐蔽精干，长期埋伏，积蓄力量，等待时机"政策，以利再战。人分开了，人心不能散，我们心中一定要有党的组织。最后，目前，我们面临的形势很严峻，敌中有我，我中有敌，但敌人的势力要比我们强大十倍，甚至是一百倍，必须得夕惕若厉，多一些防范的办法。我就讲这些，让我们团结如钢，英勇顽强，投入战斗，干一番震撼秦巴山的历史性的奇迹！"

魏凌玉第一个站起来，把手拍得呱呱响，而后又举手，说："好，讲得好。我们就是要用我们的铁拳砸碎一个旧世界，建立一个新的中国！"

这时的大家个个跃跃欲试，急切地想投入惊心动魄的战斗，以实现骥子龙文的抱负。

雷鸣般的掌声震天动地，又如为即将出征的将士们鸣放壮行的礼炮。

会后，李兆众找罗寰和黎文治商量决定，黎文治以国民兵团的身份去省委汇报，要求速去速回。

这个春节，崭新的对联、福字、窗花、年画、门神各就各位，同各家各户一起享受吉祥如意的美好气象；那高挂的红灯笼，闪光耀眼，那清脆的鞭炮声，除旧迎新，把山河装点得更加兴旺壮观。

就在这轰轰烈烈的过年里，一个黢黑的深夜，李兆众出现在县政府门前县党部的院子和龚家梁小学的门口；魏凌玉走在国民兵团的围墙外，下河街上河街、垭子口和西炮台各处，张贴标语，散放传单。

大年初一早晨人们震撼了，如同春雷震荡天地，百姓的脸上充满了又惊又喜的神色，看来穷人有出头之日了，这是涤荡旧世界的征兆。

大街小巷，衙门前后，无处不有用白纸写的除旧词，笔画苍劲有力，词锋锐利如剑。

"打倒县长施德广！"

"打倒县党部书记胡望瑷！"

"打倒国民兵团副团长樊佑庶！"

"打倒三青团干事袁子昌！"

"可恨叛徒袁子昌，叛党害民太猖狂，再要胡作非为往下干，我们叫你没有好下场！"

还有些在黄纸上写着：

"中国共产党万岁！"

"国共合作，共同抗日！"

"拯救中华，参加八路军！"

"穷人要解放，跟着共产党！"

施德广听得一夜之间，标语贴满了墙，传单飞满了地，七窍生烟，火冒三丈，把桌子拍得咚咚响："这一定是奸党分子作案，简直是胆大妄为，如此猖獗！"随即指令樊佑庶派员配合彭仲篦彻底查清此事。

这虽然是一张张标语、一份份传单，但好比是一发发炮弹、一颗颗子弹，在敌阵中爆炸，在敌群中开花。保安队、政警队、自卫队只得奉命，惊恐万状地走东窜西，寻踪觅迹，连自己都没有把握何时才能找到制造标语传单的祸首。

彭仲篦领旨后，立即安排杨锦文、涂兴诗、龚承先领兵在县城和城外的乡村侦察线索，自己把杨文成一叫，说："过年了，我得回家看望爹妈，你一块儿走！"

杨文成自然高兴了，跟队长回去过年，一定有好吃好喝的，又热闹，比在营房里要快乐生动得多了。他说："队长，行，我就不回家了，跟你去。得几天？"

"一两天。你暂不回家，以后补上。"

"跟队长，同回家一样，还补个啥！什么时候走，我去准备一下。"

"我买好了孝敬的食品，你去家里拿来，咱们马上就出发。听好了，要穿便服！"

第三十三章　藏奸要滑下密令

彭仲箎赶到力加坝过河的时候，夕阳已经搁在西山尖上了，隔河两岸家家的炊烟袅袅上升，在微微河风的吹动下，有一股股年饭的香味飘进鼻孔里。他一进门，就看到凉菜和热菜摆满一大桌。爹妈已经坐在上席，兄弟姐妹们依次排坐，便向二老问候和祝愿了几句话，然后敬了一杯酒，就开始吃饭。他又向杨文成说："今天没事，你可喝几盅酒，吃好喝好啊！"

　　杨文成说："队长，我不会客套的。"话刚落，就端起酒杯，向二位老人敬了一杯，而后又给家里人敬了一杯，最后，他端端正正站在彭仲箎面前说，"队长，谢谢几年来对我的关照关心，敬你一杯，祝队长仕途通达，步步高升！"

　　彭仲箎把脸上的疤子一摸，说："升个啥呀，这就到顶了。你年轻，要好好地干。"

　　杨文成说："队长放心，一定的。再敬你一杯。"

　　彭仲箎挡住了。在杨文成的眼里，这个队长的酒量在半斤以上，眼下在家里倒不喝了。是只喝别人的酒，不喝自家的酒吗？再看他的表情好像有什么心事，这样的佳肴美馔只吃几口就搁下了筷子，一边走一边说："杨文成，你吃饭，我出去一趟。"

　　杨文成立刻起来，说："我陪你去！"

　　彭仲箎与："不用。"

　　他老爹问："饭都不好好地吃，到哪里去？"

　　"到黄家庄子。"

　　"找哪家？"

　　"黄兆顺老伯。"

　　"大户人家，去吧！"

　　彭仲箎上了一面坡，过了一道碥，直直地走进了黄家院子。院子是四水到塘，前后院相接，从大门往里一瞧，扑入眼帘的是两边厢房悬挂的两排红灯笼，穿过过门，便一直红到后墙。大小门窗都被门心、框对、横批、春条和斗斤占领；门楣和墙壁上，到处呈现的是"天官赐福""百福临门""迎春接福""幸福已至""福至已到"；在门板上站立着的不是钟馗，就是秦叔宝和尉迟恭。他们横眉持矛，镇鬼驱邪，守护这家的喜庆欢乐。看到这一番辉煌过年景致，彭仲箎想，咱家还是不错的日子，但同黄老伯一家相比，相差甚远。熟门熟路，不觉走进了前院的会客厅，彭仲箎一见黄兆顺正在打牌，一边作揖一边说："给黄老伯拜年，祝老人家健康长寿，洪福齐天！"

黄兆顺把抽出的三张牌捏在手中，抬头一望，说："哎呀，是篦娃子来了，快坐！"他又往牌桌上一看，是三张地牌，"我三张天牌吃了，对吧！"

"对对对，老人家赢了！"

"你们继续打！"黄兆顺边说边离开桌子，坐到彭仲篦旁边，喊道，"给客人沏茶！"接着又问，"听说年关很忙，咋能离得开？"

彭仲篦说："是的，把人忙得提起裤子寻不着腰，白忙活。不过，尽忠没结果，还是尽孝嘛！"

黄兆顺觉得这话不完全对，可是又没啥错的地方，说："只要城里、乡下都平安，这就是最好的结局，既有忠也有孝。"

彭仲篦接话说："那是那是。黄伯，我趁回来过年，想问你点事。"

黄兆顺拧起眉头说："有啥，就问，只看我知道不知道。"

彭仲篦问："你外甥段宏益给你来拜年了没有？"

黄兆顺把胡子一捋，说："拜了拜了，炎尼擦麻儿（方言：傍晚）来的，今日儿后半儿（方言：后半天）走的。"

"知道去哪里了？"

"回段家河了！"

"他给舅送啥了？"

"礼吊子（方言：大肉）、油旋子（花卷）、红白糖、柑子、四色礼。还给了我一件丝绸汗褂子（方言：单上衣），还不是那种白眼儿的人。"

"咋念儿（方言：怎么）送汗褂子？真是一个夏炉冬扇的人！"

"不不不，那儿娃子尖（方言：聪明人）哪！不是有古言道：夏资皮，冬资衫嘛！这倒是合乎时令的，提前做个筹备好。"

"听人讲，他是从山西回来，做啥？"

"问过，他讲回乡征募抗日兵员，可能的话，还想搞几杆子枪。"

"给八路军吗？"

"不清楚。有些暴节子（方言：不安分的人）。"

"我看见过，他有两把盒子枪揣在腰里。"

"不攘干子（方言：了不起）！"

"是的，能行。"

"有一次上山打野鸡，弦乎儿（方言：差点儿）把山上砍柴的人打了！"

"到底是国军还是八路军？"

"我亘古儿（方言：压根）不知道。"

"凭你的眼力，看他像谁家的人？"

"拐蛋（方言：精灵鬼）。从言谈举止看，多一些像八路军抗日队伍里的人。不过，国军不也是抗日吗？"

"黄老伯，是这样，不用多讲，况且也不是一句话两句话向你说明白。我该走了。"

"那你慢点，不送了。"

灯亮了，夜黑了。

彭仲篪在回家的路上，一直在琢磨刚才的对话。看来可以排除参与标语案的可能性，但绝不能认为他与八路军和旬阳奸党没有联系，这就要获取一定的证据。至于返乡带两把枪是合乎情理的，军人嘛，应该的，但是谁家的枪，这就难以确定了。比如我自己今日回家也带枪，这可是国民党保安十一团的枪哪！要搞清楚段宏益是啥人，就必须了解他同旬阳奸党有无交往，这样才能断定其归属。但有一点可以肯定，他不是好人的可能性非常大。从黄老伯的话里听得出来，即就是国军中的一员，那也不是一名安分守己的士兵，他的脚跟也许站到对立面去了。管他抗日不抗日呢！要是心头不似口头呢，很难断定！

早饭后，彭仲篪决定赶回县上。他爹让他多住天巴子再走。他讲一是回县上有急事要办，二是明天要参加县城河街黄老先生的六十寿辰，不能多住。中午走到薛家嘴子时，正与甲长薛家奎碰了个面。

薛家奎拱手说："给老总拜个晚年，到屋里坐会儿！"

彭仲篪一笑说："在年里，不是晚哪。我路过还要专门找你呢，走！"

薛家奎一进屋，赶忙给倒茶，便向屋里人嘀咕了几句，转过身说："令尊令堂可好？"

彭仲篪眉毛一挑，说："好好，身子硬朗得很。"他右手端茶杯，左手把脸上的疤子一捂，问，"你最近看见段宏益了吗？"

"见了，见了，咋啦？"

"你知道不知道他在做啥？"

"他从外地回来，有时帮家里薅草种地干些农活，大部分时间在外面逛游，经常到孙家水沟、孙家山、段家庄、屈家院子、周家垭、梁家前头、李家圪、胡家梁一些地方去，爱同青年娃们来往，听说有几个娃在他的撮弄下到了山西。"

"到那儿干啥去了？"

"当兵，抗日。"

"当啥兵？"

"不知道。"

正说着，屋里人端着醪糟荷包蛋出来了。薛家奎接过手紧接着端给了彭仲篪，说："请老总打个点！"

彭仲篪笑着说："太客气了。"

杨文成吃着想着，这醪糟荷包蛋是招待尊贵的客人所用，自己这个不速之客，也能享受到这所谓的高档之食，真是口福不浅哪！打听段宏益这个人，自己印象在别人交谈中听到过，但记不清在哪儿了。

彭仲篪把嘴一抹，说："泼烦你了。走，咱们一起去段家河。"

薛家奎说："找段宏益？不知在不在家。"

彭仲篪说："去一看就知道一二三。"

走过段家碥上了一面坡的小路，薛家奎指着坐落在半山腰中的一座高房子，说："段宏益就在那儿住，父母已过世，他跟着兄嫂和侄儿子过在一起，谁也管不住他，经常不在家。"

彭仲篪走进院坝细瞧，这房子两层楼，石墙上泥着石灰黄土麦渣制作的泥子，有的地方已经脱落，瓦檐下的木头有些腐烂。猜摸这房子有年头了，在当时的农村，也还算得上生活自给有余的家庭，与茅草庵子相比，那真是辉煌的小宫廷了。不过，房子陈旧破烂，院坝杂草丛生，门庭给人一种阴森冷落之感。家庭的变迁，也许是段宏益游戏人生、无法无天的原因了。

薛家奎发现门前老远地方站着几个人，在打光子（方言：聊天），这屋子没见一丁点动静，于是喊道："宏启在吗？"

屋里没有人应声，只有门前两盏红里泛白的灯笼在微风吹动下摇来摆去。

杨文成走上前把门推开，彭仲篪随着进了屋，睐着眼睛四处张望，楼上楼下空空如也。哪像过年的样子，真的衰败成这种地步，不对，或许这里面隐藏着方令梦想。他在楼下拐弯抹角地找了个遍，未发现可疑的地方。不放心，又慢吞吞地上了楼，房顶和墙旮旯儿也未从眼里放过，连破柜烂筐子都依次搜过，并没发现有啥破绽，更无有枪的影子。

薛家奎他们刚出门，碰见段宏启十岁的三儿子回来了，便问："远志，你爹你妈呢？"

远志奇怪地盯着两个生人，回答说："到我舅家去了。"

"啥时回来？"

"大舅留下吃晚饭，我先回来要喂猪。"

"你二达呢？"

"他到黑山湾了。"

彭仲篪接着问："啥时去的？到那儿做啥？"

远志并不感到是陌生人而害怕，一边去给猪倒食，一边冷不丁地说："炎尼擦黑回来，今日麻麻亮就走了。不是走亲戚，还能做啥！"

这孩子的话，彭仲篪还是相信是真话，虽与标语案无关，但要搞枪却同县上传言要卡枪是一致的。因此认定，这个段宏益不是个好人，从他舅口里得知的，虽然没有一语道破，但心里想的完全同我这个认定并无两样，段宏益不是个好人。

一回到县上，彭仲篪立即向施德广报告了这次以回家拜年为名考察段宏益的情况，说："这个人疑点很多，不是个好人，但还不掌握足够的证据，还须待查。"

施德广同意说："当前事态严峻，连同最近的迹象一起侦破，要增派人员，加大侦破力量，不可顾此失彼，挂一漏万，彻底摧毁奸党分子的企图。"

彭仲篪望着县长焦愁的脸色，自己心里也焦急万分，什么话也没再讲就走了。回到队部吩咐杨文成去准备给黄老先生祝寿的礼品。

是日晚黑咕隆咚的，街道上的行人寥寥无几。魏凌玉刚才从罗寰那里得知，横行无忌的黄乾坤要大张旗鼓地为自己过生日，并向县长、县党部书记、民团副团长、保安队长、政警队长和旬安乡长及乡队副等要员发了请帖。自己现在脱不开身，让赶快同李兆众商量，能否采取办法，大杀其嚣张气焰。他趁这个夜色，急急火火地见了李兆众，并转达了罗寰的想法，提出自己的主意："要不半夜组织三四个人去把他整一顿！"

李兆众断然地说："冒失鬼，蛮干。咱们来个无声无息的行动，让他姓黄的胆战心惊，望而生畏。"

魏凌玉也猜不透有啥办法产生那么大的威力，只见李兆众拿来了用白纸写的一副对联展开在桌上。魏凌玉心里默默地念着，然后啊了一声，"你早都知道了，这个办法好，打不行，让他气得头发昏！"

李兆众笑着说："咋样，行吗？"

魏凌玉舔唇咂嘴，半天才说："这一招，绝。"

李兆众把对联一卷，说："走，现在就走！"

魏凌玉默默地跟在李兆众身后，没说半个字，一边走，一边在肚子里咕叨着，这当机立断的气魄和敲山震虎的计谋，一定会使黄家老汉和得意忘形的儿孙们惶惶不可终日；打一儆百，警告其他那些土豪劣绅再不要横耍威风了。

后半夜，河街两旁的红灯笼的亮光已经熄灭，街道上渺无人迹！空荡荡的，一切都陷入模糊不清的境界。只有天上微弱的星星看见，黄家门前这时出现了两个黑影子，停留了一会儿，先后朝着西街走去。

夜里巡警发现了，喊道："前边有人，肯定是奸党，追！"

"对，他们白天浪金，夜里搞勾结（方言：活动），追！"

刚跑了几步，却被罗寰拦住了："干啥呢？"

"长官，前面好像有人？"

"是有人，上衙门口了。"

两个巡警气喘吁吁地跑上衙门口，什么也没见到。

一大早，黄家院子人声嘈杂，全家处在张皇失措、慌乱不安的状态之中。

黄乾坤挂着拐杖站在门前，望着"轰轰烈烈祝庆寿，冷冷清清见阎君"，这副对联和横批"草草过世"，黯然神伤，捶胸顿足，眼睛在冒火，鼻孔在冒烟，一下子倒在大门前的过石上。他的手不停地抖着，有气无力地喊道："赶快，赶快去找，去找彭老总。"

彭仲篯来到现场，瞅来瞅去也没瞅出个所以然。面对又宽又高的黄家大门，向分队长符泽甫说："判断贴对联的人个子高，那个横批只能踩着别人肩上才能勉强贴上去，肯定是两个以上的人干的。"

符泽甫随声附和地说："是是是，大队长的断定是完全正确的。他们不可能搭梯子上去，那会暴露的。这会是谁干的呢？"

"黄家有钱有势，得罪了很多人，也许是进行泄私恨图报复；不能排除另一种可能性，那就是奸党干的，后边作案的可能性要大一些。"彭仲篯捂着疤痕，一边来回不停地走着，一边推断地说。

"大队长，正确。奸党之所以这样做，无非是杀鸡儆猴，来吓唬其他一些大户人家不要太猖狂！"符泽甫觉得自己说得很对。

彭仲篯认为这样比喻欠妥，纠正地说："他们咋是鸡和猴呢，是杀一儆百，是想杀他们的威风。"

符泽甫立即改口说："是是是，是杀一儆百。"心里想还不是把猫叫个咪。

彭仲篯给黄乾坤说："黄老先生，这个寿就不做了吧，防止引火烧身，自招灾祸。"

黄乾坤翻了一下眼睛，轻微地吐出几个字："不做，就不做了。那请你们……"

彭仲篪知道下边要说的话，立刻接上话茬："这也没伤咱们胳膊、腿，就宽心点。我们马上派人查，事情总会有个真相大白的，请老大人放心。"

黄乾坤这才体会到忍气吞声的味道，于是把眉头皱在一起，说："那倒是，不过尿泡打人臊气难闻，在大家面前多丢面子哪！"

彭仲篪安慰说："又不是你做的啥坏事，丢啥面子，想开点啊！"

黄乾坤带着期望的目光，说："请查出个名堂，劳驾了！"

彭仲篪回到大队部，想了一阵子，写对联的人肯定改变笔体，再改变，其功底的痕迹一定会在笔画中显露出来。他把拿回的对联交给符泽甫，并告诉已与樊佑庶打过电话，指示他和杨锦文一起去找刀笔吏李逢辰辨认。

李逢辰一见杨锦文和符泽甫来了，依旧坐在凳子上，不冷不热地请坐，问道："二位来有何贵干？"

符泽甫急忙把对联展开了一半，说："炎尼夜，在黄老先生家门上发现这样的对联，彭大队请你予以辨别。"

李逢辰已经知道河街称"黄横行"的家出了事，一见此对联没好气地说："这是不祥之兆，咋能在年里随便拿进别人家的屋，简直没规矩！"

符泽甫听话一下子愣住了，杨锦文赶紧上前作了个揖，辩解地说："李老，本来是要请你去保安大队，鉴于你年事已高，天气又冷、河风又刮得凶，所以就到你家来了。你是刀笔老手，德高望重，城里、乡下哪个不尊敬你呢！不信神不信鬼，在城里，哪个不知、哪个不晓！"他又把那一半掀开，说，"李老，我们已想到了，我们在对联上沿贴了一个红三角，红压白不就吉利了。你仔细瞧瞧，看是谁写的字！"

李逢辰从未同杨锦文打过交道，过去只在县政府见过几面，没料到他是个能说会道的人，啥难事都被他说活了。老人家捋着长长的胡子，站起来把对联里的字从上到下打量了一番，暗暗地想，这笔法咋这样的熟悉，特别是"祝"字中的横上钩，"寿"字中的插，"清"字三点水中的挑，"群"字中的拐角，同个子的字体如出一辙。这难道是一种巧合吗？不对，世间哪能有这样离奇的凑巧，肯定是他写的。李逢辰在对联前转来转去，反复观察了一阵子，故作为难的样子，一个劲地摇头，说："老总啊，对不起，难以分辨出来，写这样笔体的人没见过。况且，现在的一些人，不像先前了，随意乱写，没个规范，就令人难以闹得清楚。你们另找高手吧！"

杨锦文说："李老辨不出来，就不会有他人了。"

李逢辰笑了："不然，山外青山天外天，强中自有强中手。我认不出，还会有别的人啊！"

符泽甫说："那是那是，你现在接触的人少，要认出来，也难。"

杨锦文说："泼烦李老了，我们再找人。"

符泽甫卷起对联，同杨锦文一起给老人家施了一个礼便飞快地走出了门。

李逢辰望着他俩那急急忙忙的样子，自言自语地说："彭疤子真会找，找到我门上了！"

杨锦文回到团部脚还没站稳，樊佑庶劈头盖脸地问："有眉眼吗？"

杨锦文觉得莫名其妙，只简单地回答了两个字："没有。"

樊佑庶怒冲冲地说："瞎子看西洋景，白煞工夫。这事先搁下，以后再查。你马上给我去东城！"

杨锦文这才弄清了团长发脾气的原因。涂兴诗刚刚向县长报告，今晚，王昌民、华进万、魏凌玉和曹仲州一伙，要在县城卡枪。这个突如其来的情报，让施德广丈二和尚摸不着头脑，到底是今天这个十三，还是正月十五，或者是正月十八发起暴动？看来这些奸党也狡猾得很哪！不管哪一天，必须枕戈以待，严加防范。于是指令国民兵团自卫队防守东城，保安第七中队防守西城，玩灯和观灯人员一律不允许入城，违者就地枪决。

东城门里门外被自卫队的士兵严加防守，想出去的人出不去，要进来的人进不来。

从下河街出发的龙灯、彩船、狮子、高跷、竹马子红红火火、轰轰烈烈、热热闹闹地游向东城门外被拦截住了。街道塞满停滞不动的灯火，挤满沸腾的观灯人群。

"为啥不许进城？你们不过年，我们还要过年，一年一回，还不让老百姓开心快乐！"人群突然有人高喊。

于是，人们前赴后拥向城门一哄而上。站在城门上的杨锦文一看这骚动的阵势，向空中放了两枪，以示警告："玩灯的，观灯的，一律不准进城，赶快退出，若不听劝告，就地枪毙！"

突然从笼腰旁边冲出一个人，挥着拳头吼道："你们为啥不让灯进城？"

杨锦文把枪一挥，说："不让就是不让，哪有那么多的为啥，这你能管得着吗！"他立即从城门上走下来，逼近细瞅，"原来是金德钊，我看你活得不耐烦了，是吧！"

金德钊毫不畏惧，说："你们守你们的营房，我们上街玩我们的灯火，你们要冷清，我们爱热闹，这与你们啥相干！我咋活得不耐烦了，真是狗咬挎篮的，贼偷有钱的，净欺负我们老百姓。"他说着说着直往前走。

"队长，他骂你是狗！"有士兵大喊。

杨锦文发怒了："我怀疑他还是贼呢！把他给我捆了，押回监狱！"

从守防的队伍里唰地冲出四个士兵，撅胳膊的撅胳膊，踢腿的踢腿，捂嘴的捂嘴，把金德钊绑了，连挟带操地拉走了。

斥责、质问、怒骂声接连不断，人们慢慢地向前移动。

杨锦文举起枪往前一指，凶恶地嘶叫着："再往前就开枪了！"

此时，龙尾后边站着杨占奎和魏凌玉，两个人交头接耳一番，立即离开了。这引起杨锦文的注意，一直盯着魏凌玉走到龙头掌手王昌民跟前不知嘀咕什么，接着，龙灯引领的玩灯队转身折回下河街。有不少观灯的群众被枪声驱散，不到小半夜就收灯了。

当杨占奎回到东门里时，杨锦文怒气冲冲地问道："你干啥去了？"

杨占奎说："我同魏凌玉讲，狮子收得行礼，不能忘了分给我一些。"

杨锦文再问："这话是真的吗？"

杨占奎神气地回答："不假！"

杨锦文一听就是嘴里莫说心里话，不过是一个团长的卫兵还嘴硬，傲不叽叽的，今晚的形迹实在可疑，看团长咋收拾你！他向士兵们一边挥手，一边喊道："收队！"

自卫队的士兵们，连常备队和后备队的不少士兵都知道杨占奎同魏凌玉经常来往，虽然不是一路神仙，但是见识有相同之处，所以一拍即合。就在晚上玩灯时，他看见耍龙灯、舞狮子有魏凌玉和王昌明，撑彩船的是梁宏；他也明知魏凌玉是粗暴性子的人，万一惹怒了控制不住冲上去，会死很多的无辜老百姓，于是赶快悄悄地给魏凌玉通了气交个底。

樊佑庶对杨锦文的报告并不觉得惊讶，他过去早就听人反映过，对杨占奎也警告过几次，交朋友也要瞅个相，慎重些，不要和那些不伦不类的人来往，况且魏凌玉这伙子人被列入怀疑是共匪的名单，可以掂量掂量它的轻重，不可毁了你自己。杨占奎晚上的行动不能不引起猜疑，本来趁玩灯不准入城而导致冲突，借以枪毙几个人，以震慑那些共匪及追随的一些群众。他这么一做，玩灯中的共匪和老百姓马上撤走了，明明是他破坏了所设的圈套。樊佑庶越想越生气，当即命令杨锦文派人把杨占奎绑过来。

杨占奎被五花大绑押进了院子，已经在这里等候的樊佑庶勃然大怒，喊道："杨占奎，你这个吃里爬外的东西，你给魏凌玉讲些啥？"

杨占奎知道坏事了，一见樊佑庶这般模样，不管怎样这个关是过不去了。于是回答说："我能同他讲啥，让把居民给狮子行的礼给我一些。"

"你是不是给他通风报信？"

"团长，我不明白，通啥风报啥信？"

"你自己做的，你自己应晓得。那玩灯队咋一下子折回了？"

"玩灯路线是人家安排的，这我咋知道呢！"

"看你胖墩墩的，肚子里像装着石头，还心眼蛮多。魏凌玉一伙怀疑是共匪，你不知道！你跟他咕哝些什么？"

"团长，我认识的是魏凌玉，并不认识什么共匪！"

樊佑庶更恼了，吃了迷魂汤，毫无办法不可救药。他心一硬，大声吼道："给我拉出去活埋，不许声张！"

杨锦文怎么也没有想到出现了这么个结局，完全是自己把杨占奎推到坑里。他建议说："团长，要不去把魏凌玉抓来，一问就清楚了。"

樊佑庶睐着眼："你糊涂呀，不能打草惊蛇，让对方有丝毫觉察，拉出去执行！"

杨占奎冷冷地斜视了樊佑庶和杨锦文一眼，愤恨地怒斥道："你们良心被狗吃了，冤枉好人，总会得到报应的，不会有好下场。你们猖狂吧，猖狂之时就是灭亡的开始！"

杨锦文捂起了耳朵，不愿听那声嘶力竭的呐喊。

樊佑庶还是忍着听完这刺耳的话，不管咋说，他曾跟着自己鞍前马后五六年。如今变了，不是一条心，闹不好，我的头会掉在他的手里，那就去吧！这时，他缓缓地抬起手，在空中又缓缓地一挥："去吧，用酒肉送他好心上路！"

杨占奎挣扎地喊："天下的狼是吃人的，你们是一群恶狼。如果有来生，我会做一个硬汉子，把你们这些魔鬼砍光杀净。可惜呀，我不是共产党！"

魏凌玉回到家已经半夜了，他对在家等候的华进万、梁宏和曹仲州讲，多亏杨占奎的报信，不然今夜会有很多人倒在敌人枪下。他还说，性命攸关，不可草率，叫我赶快躲开。我们这次是避实就虚，是不是敌人已经掌握了我们确实的行动计划，不得不引起注意，要同敌人周旋，以利计划实施。魏凌玉这样讲的时候，万万没想到朋友杨占奎已经离开了这个荒唐的人世间。

这个晚上，华进万因姨家有急事，提前去了宋家岭。曹仲州和梁宏没有走，三个人谈天说地，讲古论今，一直到鸡叫头遍才和衣而睡。

刚眯眼，魏凌玉又醒来了，悄悄地出门，要去把晚上发生的玩灯受阻告诉李兆众。李兆众一听王昌民是要提前行动，没想到事与愿违，幸好没有暴露，说："失去控制了，自作主张，会惹出祸的，个别通知，暂时到乡下隐蔽，行动时间不变。"

早晨一阵一阵的河风从江面呼呼地刮过，两岸的沙滩、村庄、城镇、草木，甚至是鹅卵石都在瑟缩抖动。

魏凌玉望了望这阴沉寒冷的天空，回到屋里写了一封信交给弟弟魏凌云，说："你把这个送到宋家岭交给华进万，如果见不到人，就把这信拿给鲁继新，让他一定要想办法及时转交给华进万。"

俗话说，天变一时，人变一刻。鲁继新拿到这封信虽然不知其内容，但猜摸到一定有什么秘密。脑子突然一转，淡如水的朋友有啥可再交的，还不如借它为自己捞点横财奖赏，或者谋个一官半职的。他横下这样的奢望，连跑带飞地冲到了队部。

彭仲篾见鲁继新眉飞色舞的样子，就问："有啥好事这样高兴？"

鲁继新一边递信，一边说："队长碰不着的好事，这是魏凌玉送给华进万的信，肯定有鬼。"

"就如此地肯定？"

"我猜不会有错。"

"有可能，你去吧！"

"队长，如果是真的。我这个老兵请你多关照一下，换个位置。"

"那倒是，等八字见了一撇再说。"

鲁继新笔直笔直地敬了一个礼，踢踢腾腾地出了门，走着走着又回过头，看见彭仲篾正在出门，便远远地望了一眼，舌头舔着嘴唇笑了。

施德广接过彭仲篾递过来的信，欻的一下撕开了，没头没尾只有几句话：

> 今明消停，可到乡下做点花灯的生意。病之日，趁早把借的钱务必送庄家。切记，不可疏忽。

短短几言，并未难住这个老奸巨猾、诡变多端的一县之长。他把信递给彭仲篦，说："看来杨锦文、涂兴诗和杨文成获得的十三、十五、十八时间都不准确，是奸党在糊弄、麻痹、倒腾我们。信里写的病之日，就是指在游百病之日，才是真正行动的时间，这天进城的老百姓很多，他们混在群众里面就进来了。对吧？"

彭仲篦摸着疤痕，点头说："是的是的，县长分析得千真万确，无可置疑，而且应该是在天亮前。"

施德广又要过信，再看了一遍，说："对对对，这几天他们大都疏散了，这也无妨，有的是办法。金德钊审讯得咋样？"

彭仲篦的头摇得像拨浪鼓子一样，说："啥都没招，从昨夜到今早，他只承认跟着瞎跑，做啥自己确实不知道。还讲不能胡编哄人嘛！"

施德广攥起拳头往桌上一捶，说："把他放了！"

彭仲篦不由得说："放了？怎么个放法？"

施德广重复地说："是的，放了！这个由我来安排，你等通知就行了。"

没料到他心中有数了，我还着什么急呀！不过究竟咋个闹法，真摸不透。在回队的路上，彭仲篦以效忠党国的意识一直在想，既然是坏人，为什么不从监狱里拉出来敲（方言：枪毙）了呢！

吴子祥从施德广办公室出来没拐弯，直接去了涂兴诗的家。

涂兴诗一边倒茶，一边说："你这位县长护卫咋有闲工夫到我这儿来？"

吴子祥撇嘴一笑，说："县长护卫还不是一个小小的卒子，哪有涂班长现在这样红火，成天同符队长到县长那儿出出进进，畅通无阻。政警队谁不羡慕，有官相。"

涂兴诗说："那还得你这位老弟给县长美言几句！你想到哪里转转？"

吴子祥说："那是自然。真是想出来闻闻过年的味道，恰巧今天县长给我放假，在院子里心急就出来了。哎，王昌民常常提到的那个鲁疯子我还没见过。咱们现在去约王昌民去那儿逛一逛。"

涂兴诗满口答应："我今天没事，一起走，热闹热闹！"

他俩找了好几个地方，都没见王昌民的人影，抱着最后一丝希望在田兴昌家找到了。

吴子祥见面就说："昌民，你不是常讲鲁疯子人不错吗，咱们现在去他那儿玩一玩，行啵？"

王昌民眉毛一扬，说："行，咋不行。那个鲁疯子好客、豪爽，三盅酒就结成了朋友！"

他们仨说说笑笑上路了，很快过了西门垭子，到了西炮台上头，望着烟雾迷漫的小河北，又回头遥看汉江南岸群山，同样是一片昏暗笼罩。

吴子祥陡然问道："昌民，你和金德钊在一块儿住吧？"

王昌民睁着眼回答说："坎上坎下，咱俩小时候就在一起长大，挺合得来。"

吴子祥边走边说："既然这样，你得想方设法把他捞出来呀！"

王昌民无奈地说："自己知道自己能吃几碗干饭。咱们这号人光能想，有啥能力呢？"

吴子祥猜透了王昌民的真正心思，说："我给你出个主意，你可请个保人，保出来啊！"

王昌民为难地说："保人可不是容易请的，得有名望、有财势，我哪能请得到。你帮个忙，我保行不行？"

吴子祥这下摸清了王昌民真正的思想底细，说："那行嘛，你就写个保状把金德钊保出来。"

王昌民脸上露出一丝笑容，说："我不会写，马上回去请人写保状，把他保出来。在这里，我替德钊感谢你。"

吴子祥默想着，县长给的任务应该说不是完成百分之百，也是达到了百分之九十九的把握。他说了一句虚套的话："都是自己人嘛，莫客气！"然后再三地讲，"你写的保状送给我，我给你及时转上去。如果我不在政府，你就送到收发室，由收发上转给施县长。记住，这时应在信封右上角写'速呈'两个字，收发就不会误时了。"

王昌民只嗯了一声，连连点头。

一路上说话倒觉着走得很快，没多时辰就到了鲁代周的豪。鲁代周笑得合不上嘴，说："稀客稀客，快到屋里坐！"

落座后，王昌民指着吴子祥介绍说："疯叔，这位是施县长身边的重要人物，保护一县之长的安全。"

鲁代周爽朗地哈哈大笑："好哇，没来过，是稀客，今天就在这儿吃午饭，在年里啥菜都是现成的，咱们新老朋友放开肚子畅饮一顿。"说着，便安排家人做饭，自己忙活着倒茶、生火、烫酒。

不大一会儿，一桌子酒菜上齐了。鲁代周礼仪性地同大家刚喝第三盅酒时，不知咋的政警队李金明来了，一进门就说："吴子祥，你们都在这儿，县长叫你赶快回去！"

吴子祥瞥了一眼，明白是怎么一回事，便喝了一口酒，回答说："我知道了！"

鲁代周急忙招呼入席，李金明直摇手，转过身就往外走，说："不啦，我有急事，不打扰你们了。"

王昌民端起酒盅，对吴子祥说："老总，我敬你一盅，谢意全在酒里了。一句话，祝心想事成，前程锦绣！"他又倒了一盅，端给涂兴诗说，"借疯叔的酒，敬你一盅，咱们是邻居，又一起在安康给张飞生背过枪，我落难如此，望多加关照，你混得不错，望鹏程万里！"

鲁代周站起来，粗喉咙大嗓子地叫道："难得的一次聚会，我敬大家一盅，自己的梦，自己圆。都望做好梦，祝大家吉祥如意！"

这时，门口又有人喊："吴子祥，县长派法警找你呢，见了没有？"

吴子祥抻长脖子一望，是传达赵瑞林，挤了挤眼睛，还是那样地应了一声："我知道了！"

鲁代周急忙去把赵瑞林拉进了席间，同大家一起喝了三盅酒。

吴子祥完全清楚自己该怎么做，便站起来说："我不能奉陪到底，先退席了。"

涂兴诗稀里糊涂地摸不清这到底是咋一回事，但有一点他是非常明白的，这与县上的大事有关联，也跟着吴子祥走了。走到水磨湾，王昌民也随后赶来了，他说，我得早回去请人写保状。

当天下午晚饭以前金德钊被放了。吃饭的时候杨义生法警对涂兴诗说："王昌民今日下午来了两次，找你和吴子祥都未见，他好急啊！"

涂兴诗说："我出去了，吴子祥可能不在，事情我知道，不知办成了没有？"

杨义生说："办成了，把金德钊保出去了。"

涂兴诗想到了这可能是个怪圈，但他也不能肯定，只说了这样一句话："保出去好，都是本县人嘛！"

杨义生说："是的，亲帮亲，邻帮邻嘛！王昌民能把金德钊保出去，可不简单呵！"

涂兴诗觉得这话说得有道理，不知复杂在哪里才有个结果，自己无能为力，而且这个身份也不能去对他进行解脱，便说："是不简单，到时候一切都会清楚的。"

王昌民安顿金德钊吃了饭洗了澡以后，擦黑时去给李兆众说："我把金德钊保出来了，是吴子祥帮的忙。"

李兆众思索着说："人呢，住在哪里？"

"住在朋友家里，不会有事。"

"你想过没有，县长为啥派吴子祥诱惑你保他，这里一定有啥名堂，要想着点。"

"反正是出来了，管他呢！"

"照我想，是他们为他们下台阶，然后出来再下手。我断定，这里边一定有一个不可告人的大阴谋，设置了一个大圈套，咱们一定要警惕。你们在城里没走的几个人要隐蔽好自己，龙头龙尾、跑旱船、举花灯、耍狮子掌事的几个人，不要再抛头露面，而要离群索居。知道吗？"

"明白了。我没想到还这么严重。"

"你当呢，我们同他们的斗争，是你死我活的拼搏和较量，我们都在紧锣密鼓做准备，敌人的嗅觉很灵的，他们会偃旗息鼓，鸣金收兵吗？其来势会更猛烈、更凶暴。我们必须充分认识到这一点，也必须做精神上的准备，毫无畏惧地进行顽强的战斗。"

王昌民摸着头，嘿嘿一笑，说："经这一讲，我的脑子又开窍了。"

李兆众也笑了："要时时琢磨、事事开窍才好哪！涂兴诗找过你吗？"

王昌民回答说："是在上午，吴子祥带他来找我，到疯叔那儿去，在路上吴子祥让我保金德钊出来的。他啥话都没吭。"

李兆众一拍手说："我判定的没错，就这样办，千万要小心谨慎！"

王昌民一出门，便想到，人家识字的人脑瓜子就是灵光。

正如李兆众判断的那样，严峻的形势已经逼近，提前行动是来不及了，只能是稳住事态，以观来日。他又想到孙瞻山告诉的安康县委在正月十二日召开扩大会议所作出的那个决定，暴动后的"经费枪支问题须采取打抢国家政府金钱来解决"，"干部问题，要联络地方退伍军人，要求省委派军人来或派些政治工作人员来"，"原则上待机而动，遇党员大批遭受逮捕时公开暴动，现在开始，小部分活动，即白天不动夜间活动"。李兆众觉得我们是先走了一步，这就意味着不是孤立作战，客观上又增加了相互支持的特殊力量。当然，我们也有同样的问题要解决。不同的是，我们已经处在临危受命的时候了，在这个节骨眼儿上，得谋无遗策，周密稳妥才是。他对这次行动充满了信心，抬头向北望去，是在问自己，还是在问天？眼前还没文治的影子，什么时候才能从省委回来呢？

二月九日（正月十四日）下午三时，施德广同胡望瑷、樊佑庶谋划后签发了一份密令：

> 查本县汉润乡越恩娃、陈中俭、陈善玉、陈善文等，勾结汉奸秘密组织企图暴动，仰该乡长就地处决，勿使逃脱，倘有施脱事情，亦以勾结汉奸论罪，勿为言之不预。
>
> 此令：
>
> > 郭乡长　荣　录
> >
> > 县长　施德广
> >
> > 党委　胡望瑷
> >
> > 副团长　樊佑庶

施德广没有坐下，而在地上走来走去，往日那种皮笑肉不笑的神色消失了。他绷着脸，杀气腾腾，凶相毕露，提起毛笔亲自写了一份密令：

> 据报汉奸曹仲州（曹家山人）在家集合匪徒定期来县，图谋暴动，仰即前往侦察，相机捕灭，勿任漏脱，并予奖赏。
>
> 此谕：
>
> > 保安十一团　朱大队副　朱汇川
> >
> > 县长　施德广
> >
> > 二·九·夜

此密令发出后，施德广叫来苏开元再以党政军领导名义起草一份密令，并指示说，让他们过目后即发出。

正月十五日上午九时，施德广召集党政军督察小组召开紧急会议，胡望瑷、樊佑庶、朱汇川、彭仲篦，三十八军接兵营长祁兴中、后备队长向习斋、自卫队副队长马瑞卿依次坐定。会议还未开始，从大家脸色上观察，全都表现出紧张的神态。

施德广板着一副森严的面孔，说："现在开会，这应该是督察小组第三次会议，开个比紧要还要紧要的会，这是关系到本政府和在座各位的生死存亡之大事！"

大家听到这话时都知道有所指，但又表现出惊奇的神色，是不是有些言过其实了？

接着，施德广给各位通报各方面的密查情报。一是党部方面：自二十九年十一月八日，王昌民、魏凌玉等在城关白昼藏匿，夜间秘密开会，煽动青年加入汉奸组织，担任旬汉一带汉奸工作。至旧历正月迭据确报，该汉奸等联络梁宏、赵恩娃、曹仲州、刘三成、陈善文、华进万等，趁地方旧习灯节，于正月十一日在西关草房街秘密开会。定于正月十五日夜半大举暴动，焚政府，劫监狱，将地方武装抢夺之后，并大肆放火掳掠民财，谋杀机关首领及公务员等。二是国民兵团方面：魏凌玉专负汉奸重要责任，担任旬阳汉奸集团之下层工作，专与地痞盗匪勾结组织伪县新政，曾于正月十一日在草房街开会，定于正月十五日，借民众玩灯之际，大举暴动，焚劫狱署，暗杀公务员，抢夺地方武器，掳掠河街商民后在柳村梁宏家集合经北区至终南山。三是保安队方面：赵恩娃、陈善文、华进万、刘三成等与王昌民、魏凌玉、梁宏、金德钊、曹仲州等受汉奸李浩等指使，企图于旧历正月十五日夜，趁地方玩灯焚劫狱署，大肆抢劫后，在柳村梁宏及曹家山曹仲州家集合，经北区向终南山逃走。四是政警队方面：本年一月汉奸陈冠群潜入县城勾结著匪王昌民诱煽队伍，约旧历正月灯节前后举事；又汉奸李浩二月到县，秘密组织相机暴动，烧杀抢劫；二月七日晚，曹仲州、魏凌玉、梁宏到县，八日下小棕，九日午同华进万回城，在草房街秘密会议，定十日（正月十五）夜半实行暴动，大肆放火劫狱，抢商（店），烧毁各机关，屠杀公务员，再率匪徒经北山赴宝鸡。

讲到这里，施德广拉开嗓门喊道："各位不觉得骇人听闻吗！这怎么不使人触目惊心呢！据各方情报，这个十五的时间是确凿的，异党要暴动迫在眉睫，我们要采取先发制人的手段，一举捕灭，不留半点火星子。现在没时间查出，管他是共匪还是老百姓，凡参与者统统枪决。我现在宣布捕杀方案，彭队长带人去打金德钊、刘三成、梁宏，马队长去打王昌民，向习斋去打魏凌玉，朱大队带人上曹家山打曹仲州、华进万等。城防部署是，保安队担任西炮台的西门方向警戒，接兵营担任东门方向的警戒，自卫队担任北门与后城的警戒。部队必须在玩灯以前的六点钟到达指定位置。各位听好了，会议内容不能告诉任何人，若谁走漏消息拿谁是问，就如杨占奎那样的下场。好了，各位还有啥意见？"

大家异口同声地说："坚决执行！"

施德广挥手说："大家回去得赶快准备！"随后又叫道，"书记、团长等一下。"苏开元明白了县长的意思，急忙给他俩递过文件夹。胡望瑗和樊佑庶打开一看：

密　令

二月十日

　　据确报汉奸勾结资匪，于本夜暴动劫狱，抢衙掠商，与该乡著匪已取联络，准时在城关大河南动作。本府为先发制人，仰即限本晚七时前先行捕灭枪杀勿延。此令：

郭乡长　荣　禄

县长　施德广

党委　胡望瑗

副团长　樊佑庶

樊佑庶看完说："县长，这是对前一天密令的限令，是吧？"

施德广点头说："对，是限令，必须在这一时间全县行动。胡书记，你看？"

胡望瑗把文件夹递给苏开元，说："没啥，按此办理！"

第三十四章
血腥归宿青山在

彭仲篪一回到大队部，立刻叫来龚承先给了一支短枪，说："你穿便衣，马上前往柳村、草坪、甘溪河一线，探听梁宏和刘三成在不在家，速去速回，及时报告。"

龚承先让三班长周万山，同样换上了宽衣大褂，装扮成贩粮的商贾，肩上搭着长长的粗布袋子，摇摇摆摆地走进了柳村。龚承先和周万山分别走进百姓家询问有没有大米和小麦可卖，之后，两人又碰在一起，进了一家很阔气的院子。这家主人马上走出堂屋打躬作揖，一派献媚取宠的样子："队长，班长，你们来啦，快请到屋里坐！"

龚承先从肩上取下褡裢子放在椅背上，问："最近见到人了吗？"

"见到了，见到了，一天走亲串友忙个不停。"

"他们现在呢？"

"不在，晚上就回来了。梁宏参加柳村的玩灯，刘三成要进城观灯。"

"好，继续跟踪，我们走了。"

"那一定那一定。吃饭再走吧？"

"不啦，得赶快回县。"

天快黑了。彭仲篪得到龚承先和周万山从侦探那里获得的确凿情报，习惯性地摸着连自己都不知道怎么留下的疤痕，只喊了一声："走！"当即带领龚承先和周万山及李宝山两个班共二十人跑步到了西炮台，封锁各条大小路口，只准人进城，不准人出城。

此时，接兵营已占领东门的重要位置，自卫队将城北和后城封锁得严严实实。

不管是城东城西，还是城南城北，或者是在城中，到处都能听到这样的扬言：老乡们，政府为了保证玩灯的顺利进行，防止引起失火灾害，特派我们来维护现场秩序，望各位不要惊慌，好好过个正月十五！

樊佑庶正安排杨锦文赶快去城北同马瑞卿一起担任警戒时，突然吴子祥来了："杨队长，县长叫你马上去一趟。"

樊佑庶看了杨锦文一眼，说："那你去吧，县长可能有紧急的事。"

施德广一见杨锦文进门，叫道："快快快，上午开会马瑞卿来了，我再给你写个手令。"他一边提笔书写，一边又说，"旬阳地下党要暴动了，他们准备明晚来杀县政府官员，还要放火。我们不妨先下手，借今晚玩灯，你们以维持现场秩序为名，趁玩灯不防，将王昌民、金德钊逮捕，当场击毙。派你队分队长雷启龙两个班前往柳村，将梁宏就地枪决。"

杨锦文接过手令一看，纸上写的同嘴里说的基本相同，便说："县长，明白了，坚决执行。"

施德广说："兵贵神速，一定要快。这一次同时行动的还有龚承先和雷启龙，在柳村结束后上曹家山归朱汇川指挥，同时行动，相互配合！"

杨锦文把手令往兜里一揣，飞也似的出了门。

天渐渐地黑下来了。县城里满是灯火，满是人群，满是兵。在一派热闹的景象中，也显露出一种十分险恶的气氛。在维持秩序的漂亮言辞里，潜藏着即刻将吐出那种吞噬人间公理的火舌。

李兆众一副坐彩船的女式打扮走出府民街，猛然发现杨锦文带着队伍从衙门口向城北急速行进，心里咯噔了一下，敌人定在要花招。

正在这时，换坐彩船的鲁学昭走到跟前说："我刚才从西炮台和西门垭子过来，看见有不少的队伍在站岗，有的游来逛去，查看去观灯的人群，有点怪怪的样子。"

在灯光的照耀下，李兆众才看清这位搭档，着淡紫色的衫子，手里拿着一双绣花鞋，这该是坐船时穿的，浓妆艳抹，俏丽俊秀。他笑了一下，笑得有些沉闷："今晚阵势不对，敌人可能要先动手了，在西炮台你还看见谁了？"

"彭疤子，站在罗家门前。还有曹保平，在转悠。"

"你见西城的灯出了吗？"

"我过来时，龙灯刚上路。"

李兆众盘算着，今晚在城里灯场的只有王昌民，金德钊在东城，刘三成在西城。他说："咱们走，东城的灯还等我们坐彩船呢！"他俩噔噔噔地下到了九十个石台阶的半路中，正巧碰见王昌民和金德钊拾级而上。李兆众赶紧拉住说："今晚阵势明显紧张，你俩立即去通知刘三成，马上撤出灯场。原行动计划改变。"

王昌民说："知道了，东城的灯马上出来了，你赶快去！"说着继续往上走。

李兆众制止说："衙门口一带有杨锦文带兵把守，不能走那条路，下河街从草房街上炮台子。"

王昌民不停地向上走，一直摇着手，说："他杨锦文就那么一点儿兄弟情分都没有了，连我也不让过路？"

李兆众摇了摇头，默默地想，这个王昌民就是个硬犟。他同鲁学昭一口气跑到东城的灯火出发地点，龙灯开始玩起来，狮子开始耍起来，彩船开始撑起来，竹马子开始走起来。灯火辉煌，锣鼓喧天。玩灯场上人山人海，街道上观灯的群众，你挤我，我碰你，向前走一步都很难。

在仙灵沟黄家门前，龙灯玩过之后，便是彩船上场了。这彩船在船工的棹头引领下转了两个圈后，突然间搁滩了。船工急得既撬又扛，彩船一动也不动，帮船的左右姑娘收起水袖，从船尾抬到船头，彩船依然动也不动。船工和姑娘累得满脸出汗，那船才轻轻地将船头和船尾摇晃了一下，又搁滩了。在鲁学昭的操作下，仿佛浪花溅飞，一股潮水冲过来，彩船慢慢倾斜即将要翻了。霎时，又矫正过来，但这条船还是处在歪歪斜斜之中，未能平整到正常的行驶状态。

观看彩船的人似潮水奔涌，吆喝声接连不断，拍手声此起彼伏，响器声铿锵激越。

此时，李兆众在船头一旁，喊道："锣鼓夹子敲起来，咱们唱一段！"

人声鼎沸。好，给黄家大老爷唱一个。

随着咚咚的锣鼓声，李兆众唱道："正月十五上元节，贵府喜得大老爷。吉人天相满是福，彩船门前滩头歇。"

好，再来一个！

在一阵叫声中，李兆众不知道编个什么才合适，不临场发挥了，干脆拣个现成的。于是唱起清朝诗人李调元描写元宵佳节的诗：

> 元宵争看采莲船，宝马香车拾坠钿；
> 风雨夜深人散尽，孤灯犹唤卖汤圆。

歌罢，又是一阵惊呼、叫喊、簇拥、攒动。

船工和姑娘们围着彩船跑前跑后，做出各式各样的动作，千方百计、想方设法使彩船离开险滩。

彩船动起来了，霎时，又搁浅了。

黄家山站在门口一看全明白了，拄着拐杖走到船前头分别给坐船的和撑船的一块大洋。紧接着，用人端来一大筐子核桃、板栗、柿饼、包子，外加一盘五辛元宵，放在船头上。眼明手快的收礼司仪，把这些立即拿走了。

此时，彩船抖动起来，船头来回摆动了三下。黄家山持杖躬身以示谢意，这引得观众们哄然大笑起来。

彩船启航了。五彩缤纷的彩船犹如欢天喜地的人一样，撑着游着，泊岸下一家。

西城的灯已出衙门口。杨锦文和马瑞卿站在一座黑暗的房子背后，不时地张望街道上观灯的人群。他猛然把马瑞卿手一拉，说："从府民街过来的好像是王昌民。"

马瑞卿趁一缕灯光的晃悠，肯定地说："是的，没错。他有枪吗？"

杨锦文说："我知道他的根底，没有。看后边还有跟着的金德钊。快，叫雷启龙那个班把这里围起来。我去稳住王昌民，你去拖住金德钊，把他引到偏僻的地方。"说完，手里提着枪，便走到王昌民的跟前，问，"昌民，你做啥去？"

王昌民绕开直往前走，说："杨队长，正月十五看灯呗！"

杨锦文挥手一拦，说："灯到衙门口了，在这里看啥灯？"

王昌民感觉真的情势不妙，说："我家后院和厨房里，走时忘点灯，准备回去点着再去。"

杨锦文端起枪把王昌民逼到一个墙边，狠狠地问："到底要干啥去，老实交代！"

王昌民见杨锦文凶神恶煞举起枪，并没有害怕，沉着地说："咱们是弟兄伙的，这是咋啦！"于是，大踏步地往前走。

杨锦文一边吼道："谁和你是弟兄伙，给我站住！"一边扣动扳机，只听"叭"一声枪响，王昌民睁着圆圆的大眼睛，回过头怒目一视，随之倒在了街道上。

几乎在同一时间，又有枪声在不远处响起，听得金德钊在怒吼："你们快要灭亡了，人民会惩罚你们的！"

正在西炮台等候的彭仲簏听到城里的枪声，询问解吉有："刘三成进城了没有？"

"刚进西炮台子。"

"周万山马上执行，就地处决！"

刘三成进炮台子没走几步，发现到处都有士兵把守，正转身往回走时，被飞来的子弹射中，慢慢地倒在王家院子门前的石坎上。他的两眼没有闭，像房门上挂着的两盏灯笼，放射着愤怒的目光。

原计划参加暴动接应的秦巴虎豹队，在孙瞻山的带领下提前到县上，寄居在高沟和下菜湾的亲戚家中。天黑时，兵分两小组分别埋伏在水磨湾和碥子路的树林里。于方离开县城好久了，今夜虽然看到满城灯火闪烁，但觉得这个城对自己来说，已经是非常的陌生了，连这灯火都变那样的暗淡、阴森。于是说："姐，我想到炮台子去看看。"

孙瞻山理解于方的心情，说："行，咋个走法，要把路选好。"

于方说："走碥子小路上边的毛草小路，然后到土地庙隐蔽。这保险能进能撤。"

孙瞻山一边听着一边沿着小路往前走，心想这倒是胸有成竹，如果遇到不测会应付自如。

她俩一到土地庙便附墙观望，西炮台到处都有荷枪实弹的巡逻士兵。于方说："看这次城是进不去了！"

孙瞻山点头说："敌人开始有所戒备，那就改日吧！"

正说着，城里传来枪声，接着这近处的王家院子门前又是枪声响起，只见一个壮实的汉子趴在了石头上，伸出手臂仿佛在嘶吼和怒骂。

孙瞻山冷静地说："不对，要出大事了。"这时她看见于方向前移动了几步，靠在一棵大树旁，举枪向站在街道旁边石阶上的一个当兵的开了一枪，那个人摇晃几下滚在了街道里。

"这是从哪里打来的？快搜！"彭仲簇声嘶力竭地喊着。

警戒的士兵们一片混乱，有的说从炮台东口射来的，有的讲好像是从摇鼓台打来的，有的不同意，明明听到枪在眼前不远地方响的。士兵们四处乱撞，谁也没有找到枪声来自何处。

彭仲簇命令龚承先，说："不能误了事，不找了，赶快去柳村！"他急忙回到队部，一进门听到电话响个不停，拿起来一听，是县长打来的："彭队长，立即派人到杨家河，小磨沟的赵恩娃，你不用管了，我已指令郭荣禄带丁去执行。"

"是，县长，明白了，马上出发！"彭仲簇放下话筒，命李长发带一个班前往杨家河，并问，"不会出岔子吧？"

李长发说："队长，我侦察过几次，住的地方，长的模样，人际交往，我都弄清了，不会有啥意外。"

彭仲篾把手一挥，说："好，出发！"

孙瞻山看到士兵们到外搜查，顺口撂了一句："冒失鬼，快走。"

于方若无其事地说："姐，没事，不远就是碨子洞。姐，我把曹保平打死了，报仇了！"

孙瞻山明白了："你表哥，那个保安中队长？"

于方边走边说："哦，人面兽心，狼心狗肺，害过多少人。连六亲都不认，我还能认他这个民族败类？！"

孙瞻山说："应该受到惩罚。但是你太冲动了。"

于方说："姐，我说没事就没事。"她回头再朝炮台子望去，发现彭疤子带的人咋撤了，杨锦文带了一队士兵向炮台子又冲上来，便喊："姐，咱们走，敌人有援兵。"

孙瞻山这个组回到水磨湾同梁子云这个组会合了，指示大家原地隐蔽，以观敌人的动向。

于方伸着头一直望着碨子路，说："姐，快看碨子路上有大队伍向这个方向行进。"

孙瞻山抬头一望，这支队伍在跑步前进，看样子不是冲着我们来的，不管咋样双方得交战一下，给那些死得不明不白的人报仇雪恨。她果断地说："子云你们散开，等待敌人进入最近的射程以内，你们打头我打尾，曹立毅打中间，听我的口哨声，打他个措手不及。"敌人在眼前的小路奔袭疾进，已经进入伏击的区域。这时听得嚯一声，随即响起了噼噼啪啪的枪声，一颗颗子弹在夜里呼啸着，像一排排的火舌飞向敌群。有的中弹倒在路上，有的趴下了，有的钻到石坎旁。龚承先举枪喊道："雷队长，赶快还击，周万山、李宝山带两个班快速前进！"

周万山看着路边躺着已经死去的和受伤的士兵说："他们咋办？"

龚承先说："留下两个人处理，其他一律按时到达柳村。你们先走，我后边就到。"

密集的子弹像流星一样穿过夜空，噗噗噗地落在小路上和草地里。

龚承先弯着腰来到雷启龙跟前，问："能不能冲上去？"

雷启龙一边射击一边说："火力太猛压不过，又不摸实情，万一中埋伏二十几个人就没命了。"

龚承先说："要不，组织一个班打个攻击，另一个班做掩护，你看呢？"

雷启龙为难了："杨队长走时，反复交代要过细，丢了人我咋脱手呢！"

龚承先说："党国的利益为先，县长讲了，到柳村要协从保安执行任务，上曹家山服从朱汇川指挥，就这样！"

雷启龙没再说啥，便指令第二班集中火力支援，自己带领一个班冲上去。开始进攻顺利，只有稀疏的子弹飞过来。当接近山脚下二十多米时，遭到猛烈的火力阻击，子弹密集得像雨点一样，铺天盖地而来。雷启龙见身边的四名士兵倒下了，便喊："撤！"

龚承先望着前面黑黝黝的一片树林，摸不透里面藏着多少人，也只得说："退下来上柳村！"

孙瞻山隐隐约约地听到这样的话语，到柳村，再上曹家山，意识到事态的严重性。她听别人讲过，在曹家山、段家河有参加暴动的人员，到底是哪家哪人都不清楚。孙瞻山想，只要先赶到那里，与追杀的敌人交火，无疑是对那些人起到通风报信的作用。她当即决定，翻过宋家岭，直下刘店铺，沿汉江而上到达曹家沟。

东城灯玩到仙灵沟第三家时，听到城里城外先是稀稀落落的枪声，过了一会儿，又从炮台子以北的水磨湾传来双方激烈交火的密集枪声，子弹带着火光嗖嗖嗖地从县城上空飞过。李兆众大为震惊，那里是虎豹队集结的地方，一定是孙瞻山与敌人打上了，不过她们也清楚，万一发生意外情况，应当机立断，马上转移，撤出这次行动，孙瞻山一定会这样做的。这一切表明形势急转直下，不得不改变策略。

枪声过后，警戒的士兵不见了，灯停了。人声鼎沸的街道，一下子处在鸦雀无声和沉闷愤怒的气氛之中。

李兆众尽力地镇静自己，对鲁学昭说："一定出大事了，出大事了，得立即疏散。另外，你这个党小组的同志按照省委指示，应赶快隐蔽起来，待后选择时机。"

鲁学昭把水袖往胳膊上一缠，说："知道了，你也要过细哟！"

李兆众说："同志们都要过细。你再转告鲁世恭同志，暂时停止行动计划，只待来日。你回去要细心啊！"

鲁学昭满不在乎地说："我这个人谁不知道谁不晓，怕啥，他们咋不了！"

李兆众提醒说："施德广这个狐狸，狡猾多端，手段残忍，得提防点。"

鲁学昭把头上的簪花取下来握在手中，说："那倒是，狼总是狼，狼改不了吃人。那是他效忠党国的意志，咋能变得了。不过，你放心，我不会有事。"

李兆众说："不要太自信了，咱们刚才坐彩船搁滩是给人看的，俗言道，行船过水三分险，你不晓得。咱们还要继续坐船，也得防止风险！"

鲁学昭轻轻地笑了："晓得晓得，我们要在革命中学会保护自己。"

李兆众说："你还笑呢。"他一直盯着鲁学昭回到屋里才放心地离开。一回到家，毛金环发现他皱着眉头，攥着拳头，在想着什么。她说："你可回来了，刚才听到枪响，让人提心吊胆的，你可回来了，好好好。"

李兆众神态自若地说："听枪声，估计一定出大事了。莫怕，有啥可怕的。干我们这一行的，就得担当那些预料之中和突然而来的危险。"

常言道，看人看心，听话听音。毛金环打心眼儿里知道，咱家的个子把命搭在那个伟大的事上了，连忙转身到睡房，打开漆黑的一个方匣子，取出戒指、手镯、耳环和簪子，用帕子一包，走出来塞给李兆众，说："既然出事了，就不要再出事，把这个给做盘缠，你赶快走，莫暮囊（方言：疲沓）！"

李兆众打开一看，又包起来顺手塞进毛金环的手里，说："这是你娘家的陪嫁，是作念，不能随便当了。再说，看样子是走不脱了。"

毛金环推着他说："趁黑走小路，能走，到陕北找那个串脸胡子。"

"你还记得，他叫刘湘卿。来咱家时，是陕西省委特派员中共东南工委书记，这倒是完全可以。不过，现在又没有接到组织上的通知，我咋能走呢，过一时再看吧！"

毛金环平静地说："你是党管人，那就先稳一稳。要不，你明日早去乡下亲戚家避一避？"

李兆众一边往下院子走，一边摆手说："哪儿都不能去，只能待在城里。"

半夜过了。李兆众收到从窗户缝里塞进来的一字条，便立即去对毛金环说："我出去一下，一会儿就回来。"

毛金环说："要当心点！"

县城很平静，又很暗淡，还显得凄凉悲惨。那树的叶子、那房子的窗户、那熄灭的灯笼，仿佛是一双一双愤怒的眼睛，逼视着这黑暗的世界。街道上只有巡逻的士兵，不时地在下河街、衙门口、炮台子、府民街、东堤上出现。

趁巡逻士兵走过之际，李兆众带领几个人分头将王昌民、金德钊和刘三成的尸体装进麻袋里，扛到乱杂坟和水磨湾，浮厝小丘上，不宜上香烧纸，只能以酒祭奠英灵。

龚承先带领的队伍，同时在半夜过后赶到了柳村，指示雷启龙担任警戒，命令周万山和李宝山分别抢占屋后房前，把梁宏家的房屋围个严严实实。李宝山一脚踹开门冲了进去，没有发现任何人，大概是玩灯刚结束，还没有回到家里。他立刻转身出门，低声叫道："注意隐蔽，不要有响动。"便贴近林子边，蹑手蹑脚向前路上走去。没走多远，发现梁宏若无其事地往回走来了。于是大喊一声："梁宏，你给我站住！"梁宏认清了，是咱们村子上去当兵的李宝山，警惕地一边往树林里钻，一边搭话："宝山，咱们不是外边不见村里见？这里咋啦，是这般口气。"说着隐身在一棵大树的背后。

　　李宝山端起枪，喊道："快站出来，见了白见，咱们不是一条道上的人。不然，就开枪了！"

　　梁宏从地上拾了一块石头，猛地扔了过去，正好砸在李宝山肩上。李宝山身子抖了一下，向跑进树林里的梁宏开了一枪。梁宏倒了，抓起一块石头，又爬起来跟跟跄跄地一直往前跑去。李宝山又开了一枪，梁宏倒下再没起来。李宝山走近一看，梁宏手里还紧紧抓着石头没放，眼睛睁得圆圆的瞪着自己，便摸着鼻孔，已经毙命了。他立即返回梁宏家倾箱倒箧，搜出了三十多件衣服和一把马刀，赶快送回家。按队长的吩咐，急追曹家山的队伍。

　　朱汇川带着保安和自卫队走到松木沟，突然改变了原路线，决定兵分两路行进。一路由龚承先带领两个班，从曹家沟上曹家山，自己随同另一路，由雷启龙带领两个班从松木沟墕向曹家山进发。

　　是时鸡叫三遍，夜色朦胧，冷风袭人。

　　曹立毅对曹家沟地形比较熟悉，根据她的建议，在通向曹家山的路上，孙瞻山选定了居高临下的地势，很快潜伏在这个地域，以阻击敌人。她给梁子云叮咛让队员排成一线待命，便带领曹立毅到段家河找段宏民。

　　咚咚咚！轻轻的敲门声。

　　"谁呀？"

　　"怡子！"

　　门吱一声开了："哎呀，你咋来了！有急事嘛？"

　　曹立毅说："请你赶紧去梁存荣那里，让他把船赶紧停到薛家嘴子下边的河套边，我们有急用。"

　　段宏民随手把门关上，说："我这就去。"

　　这时，孙瞻山开腔了："你知道不知道从山西回来一个当兵的人？"

"知道，咋不知道。他是我堂弟。"

"在家吗？"

"不在，前几天给我讲过，要到蜀河口带几个人去做生意。"

"哦，知道了。你赶快走吧。"

曹立毅叮咛道："你们在船上等着啊！"

孙瞻山刚回到埋伏地，问："有啥情况？"

梁子云俯视着岩下的小路，回答："还没有！"

曹立毅眼尖，看见了老远老远的路上人影在晃动，喊道："姐，是不是来了？"

梁子云随即也说："没错，就是。"

孙瞻山立即说："做好准备，走近了再打，越近越好！"

这路上除了从远处传来几声鸡叫之外，什么响动都没有。静得很，静得自己都能听见自己咽唾沫的声音，同时，感到土里的曲蟮也正在爬动。

脚步声越来越近，第一班即将过去，第二班间隔一段距离地跟上了，全部进入伏击路段。

孙瞻山大喊一声："给我打！在队头队中队尾开花。"

子弹如雨，射向敌群之中，有的士兵倒下了，有的士兵哇哇直叫。

这枪一响，龚承先顿时感到蒙头转向，慌忙叫道："快隐蔽，快还击！"他急忙藏在一块大石的背后，发觉子弹是从山上射来的。于是，命令道，"一班迂回上山包围，二班掩护，全歼这帮来历不明的奸匪王八蛋！"

即就是在夜里，小声讲话也能听得清清楚楚，何况如此歇斯底里地大喊大叫，咋会不明白意图呢！孙瞻山想，你要绕道上山也得二十多分钟，便小声喊着："集中火力向一班射击！"密集的子弹如雨点般地从天上落下来，有士兵中弹而倒，一班后退隐藏在陡立的山崖下。孙瞻山又催促说："撤走，过河！"随即又向那块发号施令的石头旁边射了一枪，转身就走，那一发子弹射在了石头上，火星乱溅，这个地方亮了一刹那，只见龚承先打了一个趔趄，拔起两腿跑到一班所躲的崖下，挥着枪叫道："上，给我追！"

还有六七个残兵满头大汗爬上了山头上，什么都没有看见，只发现三十多米长的掩体和射击靶台下边留下无数的空弹壳。龚承先气急败坏地说："跑得倒快，这伙子可真尖哪！"

下到路上，龚承先把两班一清点，有五名士兵受伤、八名毙命。他指示李宝山带伤兵到乡公所联系设法治疗，并责成派员将死去的士兵买布裹体，暂时安放，待返回后一同送回县城。于是，带领七名士兵向曹家山有气没力地走去。

就在这时候，孙瞻山率领的虎豹队已从秦岭南麓的薛家湾渡口过了汉江，沿着黑沟口和庙嘴子的路线，向连绵起伏的巴山北麓进发。

也就在这时候，魏凌玉他们隐隐约约地听到从山下传来的激烈枪声，一头从床上爬起来持枪而出，跑到离家不远的曹家梁子隐蔽在草木中。

魏凌玉悄悄地说："看来情况不妙，敌人提前行动了，是冲着我们来的。"

华进万有些奇怪，说："既然是这样，敌人会一声不响地摸到这里，咋会出现枪声呢？"

魏凌玉肯定地说："这明明是在阻击敌人上山，以此告知参加暴动的人们，敌人来了，赶快想办法对付！"

曹仲州对方圆百里的地形再熟悉不过了，敌人要来，不是从松木沟就是从曹家沟这两个方向，不可能从北黑山，也不可能从孙家水沟。他紧紧地盯着通向曹家梁子的东坡和南头的两条山路，建议说："凌玉，咱们上黑山吧，再无其他的路可选择。"

魏凌玉不假思索地说："只能这样，马上转移！"

华进万提出："你俩先走，我断尾。"

魏凌玉掀着曹仲州和华进万说："快点。不要争了，万一敌人上来，我在后边掩护！"

曹仲州吃惊地说："瞎了，梁子下边有影子在晃动！"

魏凌玉向东边一扫眼，说："快，是敌人上来了！"

他们仨唰地闪进不大的桦树林，先后穿插向北摸索前进。

树林里唰啦一声，一只斑鸠飞向凌晨的天空。朱汇川喊道："那里有人，赶快给我搜！"

雷启龙端着枪钻进树林。这时，龚承先气喘吁吁地上来了。朱汇川指示说："龚承先赶快同周万山领士兵到北头截击。"

天刚粉粉亮，阴暗的树林里响起脚踩枯叶的沙沙声。

靠着大石头做掩体的魏凌玉眼看着敌人已经来到眼前，回头一望，曹仲州和华进万已经走在前面，却又隐蔽起来。他完全明白，这是在前后接应，可是眼下寡不敌众，只能做这样的选择了，打死一个相当，打死两个赚一个，打死三个更好了，只要掩护他俩安全转移，就是最大的安慰。魏凌玉眼看敌人越来越近，举枪叭叭叭连放了几枪。他眼看着有两名士兵喷血滚落在地，边喊着："快走，有我哪！"边向敌人射击边飞跑起来，幸好遇到一棵大树，便隐身在树后边。

雷启龙喊着："集中火力给我打！"

敌人密集的枪弹射穿了大树干。魏凌玉射出最后一发子弹，鼓起劲呼喊道："中国共产党万岁！"顺势靠坐在树根上，枪紧紧地握在手中，怒目切齿，面对残暴的敌人。

曹仲州听到这铮铮的喊声，复仇的火焰在胸中燃起，凌玉为我们壮烈牺牲了，仇有源，树有根，不报这个仇，誓不罢休。走不出这片天地，多换他几个，也划得着！他对华进万说："敌人把林子围了，与其坐以待毙，不如多换几个敌人，然后从林子左边冲出去！"

华进万果断地说："行，压足子弹，打一阵子就走。"

敌人边喊边叫地扑向树林，华进万和曹仲州瞄准一个打倒一个，嘴里数着一个两个三个四个，打到第五个的时候，朱汇川喊道："卧倒！"接着又嘶吼道，"周万山包抄过去！"

曹仲州和华进万朝着敌人边放枪边冲出树林，却遭到周万山的拦截："站住，不然就开枪了！"

他俩一闪身又钻进树林。华进万问曹仲州："你还有子弹吗？"

"还有两发。你呢？"曹仲州说。

"我还有一发，让他们来吧，再打死他几个！"华进万说。

近点，再近点，与敌人只有三丈的距离。

华进万和曹仲州同向敌人开枪，趁敌人摸不着头脑的时候，冲出了树林，飞快地向曹家梁子的偏坡奔去。

朱汇川一见两人跑得很快，立即命令道："龚承先和雷启龙一齐往那里给我打，别让他们跑了！"

曹仲州和华进万一前一后，健步如飞，若在空中边跑边喊，在枪林弹雨中他俩飘落在一座山头上，顷刻之间鲜血直流，染红了大地，染红了刚刚露出的晨光。太阳慢慢地升起来了，湿漉漉地挂在东山上，没有笑脸，同老百姓惊讶的目光一样，不堪这突如其来、从天而降的灾祸，忍不住流下了悲切的泪水。

施德广接各部队报告，对按《密令》执行有力而满意，并指示对逃窜的李浩、陈冠群、段宏益等，立即派便衣队向构元、小棕、大棕、蜀河一带跟踪追击。

但他又觉得这样的处置理由不充分，似乎有些荒唐不靠谱，得加上充足的证据。他想来想去，终于想出了一个办法。

天还没有亮，施德广很早就起了床，站在院子看了一看，又叫来赵瑞林，附耳低语，听不着说的什么话。赵瑞林连连地点着头，匆匆地走了。他转身回到办公室的门前，不停地来回走动，不时地四处张望，好像在等待着什么。

过了一阵子，只听院子里传来呼喊声："兵役科失火了！兵役科失火了！"

施德广装腔作势地跑了过去，指示说："赶快敲钟救火！"

赵瑞林一边喊一边敲钟。

施德广便回到办公室，急忙给樊佑庶、朱汇川、彭仲簏、符泽甫打电话，指令派兵救火，不得延误。他知道那是两间闲房，并没有什么大碍，便去转一圈，即返回，责令范开元按自己口述给专署起草紧急电文：

二月十一日（正月十六日）七时，忽有奸党放火意图报复，焚烧政府。是日有城隍庙为地方男女老少走百病之旧习，奸党于薄暮人散后由庙逾墙潜入夹巷，用棉花及火种裹包抛进政警楼上（山墙上有长三尺、宽一尺窗两个），烧毁房屋二十余间，楼上并无人住宿，仅作屯备军用稻草。处置如左：

1. 樊副团长指挥保安队、自卫队、保甲，严密城内外警戒，以防余党大肆放火，趁机抢劫。

2. 派保安队、自卫队、政警队各一部积极救火，一部监护看守所囚犯，一部同科人员抢搬公文案卷。

3. 由胡书记长逡巡街市，并安慰人民镇静勿慌。

口述完毕，施德广又告诉范开元，你下去再把旬阳党、政、军各方面查获汉奸王昌民等处置经过追述一起，以县长、书记长、民团副团长的名义，予以上报专署。时间落款为：中华民国三十年二月十三日。

范开元一边记一边问："县长，起火是吃罢早饭后，不是晚上；还有今天是二月十一日，不是十三日呀？"他未能理解施德广是在玩弄这种鬼蜮伎俩，其目的是嫁祸于共产党人，费尽心机地在造假。

施德广有点不耐烦地说："我叫你咋写，你就咋写，别说那么多的废话！写好后，我要过目签发！"

范开元是个见风使舵的人，他一看县长的脸色，马上变得投其所好的样子，说："是，县长，其实我也不清楚实情。你为我们县上运筹帷幄决胜于千里之外，谁不知谁不晓，我马上去办理。"

杭毅收看急电后，拿着电文思索了好半天，这个安康真不安康，在自己接任魏席儒的职务以来，前几年不提，就是共党地委成立及被清剿的前前后后出现的违抗政府的事件，接踵而至。旬阳曹家沟杀保安士兵，安康恒口劫钱，安康青石套抢枪，旬阳神河保安兵与奸匪交火，旬阳平定河劫持共党分子，紫阳劫狱抢走囚犯，汉阴的楚诚被杀，石泉状告县长张庚由，旬阳草坪铺劫持壮丁，等等。尽管如此，这些皆是零敲碎打，是无企图的突发事件，而不是像急电中报告的那样，是有组织、有计划、有妄图的大举暴动，最终是要推翻党国政府，建立一个共党的政府。对此，决不可以轻重倒置，掉以轻心。他决定马上回复急电：速侦缉余匪，勿任漏脱。并派遣兵力赴旬阳，配合保安、国民兵团和驻旬部队，全力捕杀，勿留后患。

张谟接到杭毅的电话，急促地过来了，一进门就听到问声："司令，旬阳来急电了，你还不知道吧，快看看！"

张谟回答说："旬阳给我打过电话，知道一些。"随手接过电文一扫，又说，"是的，是共党暴动，挺严重的。"

杭毅恶狠狠地说："旬方已格杀九名奸党，大部分漏网。你于明日带兵去旬阳，指挥彻底镇压不法分子，凡怀疑者，须拘捕严办，若违抗则格杀勿论。你看去多少部队？"

张谟对旬阳能参加执行任务的部队是很清楚的，保安队系一个中队，辖三个分队，有百十支枪。政警队，系传达办案的，没有枪支。国民兵团直辖有自卫队，辖两个分队，有六十来支枪；常备队所辖三个分队，有堪用枪支十几支；后备队辖三个分队，没有枪支。三十八军接兵营三十来个人，每人携带长短枪支，共三十多支，配发的弹药却有限，满打满算，能拉出的队伍也有二百号人，实际上追捕无须出动那么多的人，只要组织两个班的兵力就够了。他经过一番考虑后，回答说："杭司令，我算了个盘子，只去两个班，再给旬阳保安队、自卫队，还有接兵营追加一定数量的弹药，一同带去即可。"

杭毅捶着桌子说："就这样按你的意见办！"

张谟出门时，说："要不要给旬阳打个电话？"

杭毅说："已给旬阳发电报了。"

正是在十三日这天，施德广、胡望瑷、樊佑庶向全县乡、保联名签发缉拿在逃可疑人员的训令：

训 令

三十年二月十三日于县政府

为令行事：奸党李浩、陈冠群、杨学智等潜来旬阳，勾结城乡地痞盗匪王昌民、赵恩娃等，趁地方旧习灯节，图谋暴动，焚劫狱署，抢夺地方武器，诱煽青年，组织伪新县政。经党部、团部严密察觉，并侦察魏凌玉担负旬阳汉奸集团之下层工作，于正月十一日在草房街召集曹仲州等秘密会议，定于正月十五日借民众玩灯之际实行暴动，洗劫城关，以策动四乡之响应。本府、本部为维持地方治安，保障人民生命财产计，即依法采取断然处置，于正月十五夜、十六晨，先后派队分途将王昌民、金德钊、刘三成、赵恩娃、梁宏、陈善文、曹仲州、华进万、魏凌玉等就地格杀；其奸匪李浩、陈冠群等在逃未获；正令缉办间，忽有奸匪放火焚烧县府，意图报复，趁机抢劫，此即严密派队镇压，扑救未获，燎地方无恙，仅烧毁政警队、军事科房屋二十余间。经虑呈在案。倾奉专署兼保安司令杭丑元申保参电，仰速侦缉余匪，毋任漏脱等因，除分令外，仰即遵照扑灭，勿任漏脱，并查照本府二月十日密令，严缉解案讯办，以免养痈，遗患祸害地方，是为至要，此令：

指导员　孙文质

县长　　施德广

县委　　胡望瑗

副团长　樊佑庶

第二天一早，施德广在城隍庙召开的群众大会上进行了简短的讲话："昨晚县政府快班房失火，烧了二十多间房屋，这全是共党分子报复干的。这些人都是异党，想暴动，抢夺保安队枪支、劫监狱。我们已经敲了八九个，还有的逃跑了，望大家协助政府抓捕不法分子，若发现生人立即报告。你们要明白，这是共产党派在旬阳的地下人员，其中有陈冠群和李浩。他们曾把王昌民、金德钊等集合水磨湾刘三成家开过会，讨论暴动事宜。我咋知道的呢？这是有人参加他们的会后，向我亲口报告的，所以这些人应该受到镇压。我施德广本不想用枪把这些人毙了，看他们把房子都烧了，要劫狱、抢枪，是要搬掉我们的脑袋，为了大家安宁，不得不这样做。望大家不要惊慌，我已急电专署，上级回电即派兵来旬支援抓捕行动。我最后强调一点，谁窝藏被追捕的人员，是要杀头的。"

这种滥杀无辜、信口雌黄的行为激起了大家的强烈不满，议论纷纷，悲愤填膺。

胡望瑗补充说："大家听好了，举报者有赏！"

樊佑庶说："散会后，政府人员先回去准备一下，明日再出去吧！"

施德广说："有啥准备的，按安排马上就下去！"

紧接着，政府全体职员被派往城关及附近乡保，随同保安、自卫队清查户口，缉拿在逃人员。清查了一整天，没有发现一个陌生的人，结果是徒劳而返。

是日，施德广又把彭仲簏叫到办公室，说："你速派人去把路子遥和何廷彦他俩抓了！"

彭仲簏弄不清原因，便问："他俩一个是保长，一个是副保长，咋抓呢？"

施德广恼火地说："我叫你抓，你就抓，这两个人也难保险是好人，不忠党国的大有人在。"

彭仲簏突然想起来了，可能与龚怀义案有关，原不是认为同何志重、何志瑞有牵连，曾去抓过一次？两人闻风逃往西安，结果扑了个空，又变成这两个人的事情了。他问："嫌疑人二何兄弟不是逃走了吗？"

施德广一口认定，说："他们亲戚扯亲戚，后台捣鬼的肯定是路子遥和何廷彦。以自己的身份放走了嫌疑犯，跑了和尚跑不了庙，只能把他俩抓捕归案。"

彭仲簏摸着疤痕说："他们同龚怀义有啥联系？"

施德广说："据侦察他们不认识，但他们共同放走了那个共产党龚怀义，据知，后来跑去参加了八路军。这个余亚芳也有重大责任，派人枪杀未遂，去向不明。这我全清楚，只要有所怀疑，就坚决把他除掉，党国就会干净一些。"

"报告！县长，张司令已经到码头上了，要不要派人去接一下？"赵瑞林急匆匆地走进屋说。

"这还用问吗！赶快去安排，到渡口迎接。"施德广说罢，又回过头来，说，"我打过电话，他俩现在都在屋，你马上就去执行！"

彭仲簏又问一句："抓回来，关到看守所吗？要不要组织人审讯？"

施德广含糊其词地说："先抓吧，抓回来，关在看守所，以后再处置。你抓紧一些，就这样，我得去招呼张司令。"

看起来很简单，实际上复杂的不用去分析清楚，这两位国民党的保长路子遥和副保长何廷彦不明不白地被抓进了国民党的监狱。这两个效忠国民党的党员连自己都不明白是怎么一回事，却坐在了自己曾抓别人坐监狱的这座监狱里。

张谟乘坐的那条船快要到上渡口时，梁良问："司令，在哪里靠岸？"

张谟一时未回答，想了一会儿，说："上渡口船多，人又多又杂，还是停在大河洲渡船口安稳一些。"

施德广领党政军要员前呼后拥地走到大河洲，张谟已经上岸了，并指挥队伍扛起弹药箱子列队行进。施德广急忙上前说："司令，一路辛苦！我们来晚了，不好意思。"

张谟立刻停止脚步，站得笔直，把白手套摘下来，边握手边说："施县长受惊受累了，杭专员托我向你慰问。"

施德广身子稍稍一弯，说："感谢专员，感谢司令关心。司令，一切食宿都安排好了。请！"

"不必客气，走。"这时的保安司令，显露出一副更加威风凛凛、不可一世的样子，扬着头走进了县城。

住定后，张谟立即先去拜见了张飞生，说："你是我们的老司令，驰骋疆场，战功卓著，仰慕已久。我这次来旬执行公务，切盼予以指点！"

张飞生不以为然地说："那已经过去了，不值得一提。现在闲居家中，无所事事，哪还有啥见解呀！礼到心到，感谢了，感谢了。确实的，我对世外的事不怎么参与，安宁一些好。不过，我建议你应去拜望李梦彪，他才是赫赫有名的人物。光绪科举人，从军伊犁，当过伊犁军政司长，后辞职回陕，在三秦公学和陕西第一师范任教。'二次革命'爆发，他赶到南方，而东渡日本，两年后回国，赴山西参加反袁斗争，行至山西平阳闻知晋事已败，旋即返回上海，同流亡上海的革命党人井勿幕、郝可权一道赴云南，加入蔡锷的护国军，井、郝随熊克武入四川后，他即返陕西，策动陈树藩响应护国军被任命为第一游击队参谋长，担任过陕西省政务厅厅长，代理省长职务。几经沉浮，先后任四川讨逆军参赞，河南省督办公署顾问，陕西省政府顾问，南郑中学、南郑女子师范教员职务。抗日战争爆发后，年近花甲之时，携眷回到旬阳。梦彪阅历深，经验多，知识又渊博，我看哪，他会东山再起。你一定见见他！"

张谟说："我知道。安排也是这样的，离开你这儿马上就去，晚上还有一个紧急会议。"

张飞生说："你去吧，有空来闲聊！"

张谟一进李梦彪的客厅，敬了一个弯腰九十度的大礼，说："李老安好，您可是我们政界要人，在安康是无出其右的啊！我可打扰您了。"

李梦彪摇手说："上门都是客，咋有如此之言呢！快坐！"

张谟试探地说："旬阳发生想不到的事，您老一定知道。"

李梦彪直言说："有所耳闻。风声鹤唳，草木皆兵啊！"

张谟说："没有办法，只能这样做。"

李梦彪说："有人给我讲，政府兵役科房子失火是苦肉计的演变，以转嫁于人。是不是真的，着便可查一下。"

张谟起身告辞说："知道了。现在有一个会在等着我，我得走，改日再来拜见李老！"

第三十五章

油箱燃烧悲壮歌

　　漆黑的夜晚，在遭遇悲惨之后，那一点光亮被笼罩在滚滚而来的乌云之中，但并没有被恐怖吞没，依然在城里郊外时隐时现。

　　李兆众衔恨于心，同往日一样满不在乎地走出了府民街，刚走到西门垭子，碰见了罗寰。他问："你做啥去？"

　　罗寰低声说："找你呢？"

　　李兆众说："我也正要去找你。走，到后城洞儿碥庙里。"

　　他俩一前一后走进这座小小的寺庙，恰好里边没有人。罗寰不放心地从里到外望了一遍，说："我看到了政府连续下的密令和训令，又从安康搬兵，那个叫张谟的副司令也到了旬阳，看来势子还很大。"

　　李兆众说："我也知道一点，形势非常严峻。"

　　"眼下在本县无法开展活动，咱们还是外出回避一个时期，你看呢？"

　　"这符合省委的指示精神，你赶快通知同志们先走吧！"

　　"哪能行呢，要走一起走！"

　　"从目前的迹象看，我还没完全暴露，在门上继续坚持干下去。再说啦，我们李家有的是刀笔吏，看看形势的发展再作转移的决定。你们走得越快越好，慢一点恐怕走不脱了。你走远点，去参军打日本鬼子！"

　　罗寰说："一定。你多保重，我们后会有期。"

　　李兆众用一种期望的目光看着罗寰过了西门垭子，自己不慌不忙地上了菜湾。

　　鲁世恭把李兆众拉进屋，随手掩住门，说："咱们的同志牺牲了好几个，敌人疯了，专署派兵来旬，以后的日子会更残酷。我们的策略应见机行事，眼下要避开一阵子。这不是逃跑，而是积蓄力量，我们会东山再起，卷土重来的。"

　　李兆众说："我正是这样想的，让罗寰赶快走。你呢，应该走。"

　　鲁世恭摇头说："我的情况与你们不一样，我参加地下党和担任工委书记的事，敌人是不知道的，况且有刘金章护着，暂且不宜远走。你们还是走的好。"

李兆众沉思地说："那倒是。我的底细好像也没有暴露，但他们有所怀疑。胡望瑗前天让我在《安康日报》登自首声明，我说，我又不是共产党，有啥可脱离的。他碰了一鼻子灰，回到党部了。我还是决定不走。"

鲁世恭提醒地说："不走也行。你是有点名气的人，敌人会注意的，可千万要当心点啊！"

李兆众说："咱们都得留神点。那印章和文件得放好啊！"

鲁世恭说："党员名册、文件和党内书刊，藏在石磨座里，工委公章藏在家里的墙缝中，都很保险。还有一件事，当务之急是要慰问牺牲同志亲属，帮助解决一些困难，表示党对他们的关心，让他们坚强起来，同敌人进行斗争。"

李兆众攥着拳头说："稳定情绪，坚持战斗！"

衙门口的几家店户门还开着，桐油灯的暗淡之光照在门前的街道上，模模糊糊，朦朦胧胧。

刚走到这里的李兆众发现从府民街走来了两个巡逻兵，立即闪进巷道，附墙而望。等他们过了衙门口，李兆众从口袋里掏出一只红色粉笔，在墙壁上唰唰唰地写下了一条标语：跟着共产党干革命！

是日晚，县政府会议桌上增加了两盏小油灯，尽管如此，屋里依旧昏暗。周围布放六名警戒哨兵，护卫十分严密，为的是会议不受任何干扰。

这次会议是张谟主持下召开的，为保密起见，参会人员很少，只有施德广、胡望瑗、樊佑庶、彭仲篪和民团副谢建平在座。会议首先由施德广报告格杀奸党和奸党逃跑的去向后，对如何一网打尽奸党分子进行了讨论，每个人都发了言。这时，张谟开腔了："大家的主意都很好，就谈到这儿。县长，你还有什么补充的吗？"

施德广说："将兵力分为三个行动组，赴南区、东区和北区追捕，就地枪决。这是我的想法，请张司令作指示！"

张谟把在座的每个人都盯一遍，显露出很得意的样子，措辞自如地说："旬阳的暴动，是关系到党国的政权问题，不要以为已经枪毙了几个，就忘乎所以，得意忘形。我们党国同共党的斗争是长期的，不是一年半载能结束，不会的，肯定不会，你们要有久远的准备。扯远了，还是讲眼下吧。我认为：第一，应以县政府县长的名义向全乡、保、甲发出'总清剿''总清查'的手令，其内容会后咱们再商量确定，须两日内发出；第二，同意施县长意见，将国民兵团自卫队、保安大队、接兵营和随我同来的两个班的兵力，统一调配，统一指挥，分赴各区执行任务；第三，带来的弹药，可按上述参加的部队缺额数量多少予以追加；第四，由我和施德广分别担任两清总指挥和副总指挥，严密实施行动部署；第五，严格保密，以防走漏消息，对泄密者不徇私情，同样给予重处。就这样吧。县长，咱俩商量手令的事。"

施德广站起来说："好。"接着又面对大家严肃地说，"各位一定要不折不扣地执行张司令的安排部署，特别是张司令指出的保守机密，有违者格杀勿论。散会！"

过了一天，各乡保、甲先后收到了一份措辞严厉的手令。

手 令

三十年二月十六日

于旬阳县政府

本月十五日奉：

总清剿总清查督参专员田、安康第五区保安副司令张面谕遵办事项如左：

1. 不论股匪、零星散匪一律根本铲除消灭，勿使漏网，叫作总清剿。

2. 将户口保甲确定清查整编，遵照规定，分别存呈，不得漏匿丁口，窝藏奸邪，叫作总清查。

3. 委员长对于陕南各县乡镇此次清查户口极为重视。

主席、厅长、专员定期来县抽查。迭经令行在案，务认真办理。

4. 自三十年三月份起，开国民月会，以保为单位，由保长照政府规定日期举行，记录具报。每三个月，由乡长召集全乡各保民众开国民月会一次，仍记录具报。但，乡公所所在地之保份仍每月由乡公所督同保长举行。

5. 各乡盘查，务须派警备班盘查，如无警备班者派（保甲）实行盘查，以免奸匪混入，不得空挂牌子，欺上愚下，有名无实。

6. 守望巡查绝对派保甲轮流担任联系，令哨由警备班担任，无警备班者由保甲担任之。

7. 递步哨（即保甲通信所）要切实认真设立、传递，不得迟延贻误。

8. 对于清查户口，本乡、镇、保、甲长责任，既规令工作团团员、督导员彻底清查，一劳永逸，限期完成，违则追赔团员旅费，并惩罚乡、镇、保、甲长。

9.抽查户口，若户数、口数、年龄、姓名等不合，保、甲长、户长，均予体罚，以戒虚伪。

10.乡公所照政府规定，核准地点、设立保公所，由乡长指定，不能以保长个人所在地为转移。

11.乡保公所对于户口册、壮丁各种表簿案卷、异动表等，均须整理保管，不得紊乱短少，违则予以记过、罚薪与体罚之处分。

12.每逢开会时，乡、镇、保、甲长，公务人员，一律穿短衣，不准穿长褂，违者剪裁处罚之。

············

15.对于配赋九六军之壮丁，各乡务于本月二十五日以前征送拨竣，以便实行三个月拨交一次之新令，庶兵役农事、前方后方均得兼顾，否则仍旧征高不胜其烦。

············

17.奸党匪徒反动分子及形迹可疑之人，务严防逮捕，不得瞻循情面，自甘连坐，其有匪徒企图暴动，扰乱治安，危害地方者，准先行就地捕灭具报；对于李浩、陈冠群（均系河南人，化装小贩，卖售杂货）等，务使踩缉解府，勿使漏网。

18.各乡各保和有枪支为数较多，前次登记烙印，尚多隐匿，其未登记烙印之民枪、公枪限本月内由乡长、保长剀切晓谕人民，报登烙，违则以战时私藏军火论罪。

19.其他一切中心工作，着仍查照迭令，遵办勿违！

以上各项，除分令外，仰即遵照。

此令。

县长　施德广

这手令一下子传到城镇乡村，引得老百姓人心惶惶，惊恐不安，担心不知什么时候会大祸临头，连亲戚朋友都不敢留宿过夜，山里的猎户把猎枪藏在了牛圈的草棚里，走亲串友只得躲开大路钻山穿林走茅草小路。

这天下午，刘金章坐在办公室，心里乱纷纷的，总是不能安静，从刚刚知道正月十五发生这骇人听闻的屠杀事件，想到眼下安康保安司令带兵到旬阳，这是有来头的。他把那份手令琢磨了很久，心中有所触动，他们是要把持不同政见者，从旬阳这块土地上清除干净。也许是一种道义上的打动，使他突然想起一同在高小和简师上学的常爱抬杠的鲁世恭同学，可能会遇到麻烦。刘金章不假思索地走出了财政科，急急忙忙地赶到菜家湾，一进门只见鲁世恭的母亲在家，便问："姨，世恭呢？"

鲁母说："他没在政府信用合作社？"

刘金章说："我没去那儿，直接来的。"

鲁母啊了一声，伸头望着西边快落山的太阳，说："金章，你坐吧。兴许他一半会儿就会回来的。"

刘金章端过茶，喝了一口，说："世恭是不是很忙呀？"

鲁母眉头一皱，凝思地说："金章，他成天不落屋。前几天县上出了那么大的事，你听到啥风声了没有？"

"姨，现在很紧。"

"世恭的性子强，会不会牵连上啊！"

"姨，你放心，不会的。这不是还有我吗！"

"你俩相处很好，我知道，你就多照看一点儿。"

正说着，鲁世恭回来了："金章，你来得正好。你看啊，他们杀人杀红了眼，看不顺眼的都会被杀掉。我原想不走，现在接二连三地发密令，又来安康保安兵，又是手令，恐怕还会出大事。按你知道的情况和这个偏性子的人，我走还是不走，咱俩合计合计。"

刘金章摸了几下额头，说："照我考虑，如果这样一走，岂不是自我暴露，没事会惹出事来。从长远讲，将来回来怎么安身呢？"

鲁世恭点头说："对，先稳定。不过，你的消息比较灵通，须及时通知我。"

刘金章的话很坦诚直率："你放一百个心，我知道的哪能不告诉你这位老同学呢！我还有个想法，你请个假，讲亲戚家里老人得急病要到乡下去看看，我再给合作社主任撮合几句。你看要得啵？"

鲁世恭手一拍，说："要得要得，这个办法好。"

刘金章催促说："你赶紧写个假条，我给拿去，你连夜就走。"

这天下午，杨锦文在政府院子碰到刘金章，问："刘科长，这几天咋没见贷款登记员鲁世恭来上班，他常到你这儿来，去哪儿了，知道不？"

刘金章一笑，说："是杨队长啊，知道知道。老同学老朋友，咋能不知道。他乡下的亲戚得了重病，买了一些药送去了。有啥事吗？如果有事，派人叫他赶紧回来。"

杨锦文一听这干脆利索的话，心里想莫看人家是财政科的二把手，咱们的经费粮秣都掌控在他的手里，那说话的架势，倒比我们的团长牛气多了。于是，嘿嘿笑了："刘科长，没事没事，我随便问问。"

刘金章暗自猜度，这问的目的究竟何在呢？再凝视他的神色，没有再追问的迹象，不如再探试一下他的口气。刘金章同样地笑了："杨队长，咱们都是吃政府的饭，没必要太客气。如果鲁世恭办啥事不妥当，你给我讲，我马上通知他返回，看在同学的情分上，我得好心地收拾收拾，不然也不够朋友了。"

杨锦文连连地摇着手，说："不用不用，刘科长，我是在闲问，想找他贷点款。"

刘金章真的套出了实话，心里忽地踏实了，财大气粗地卖起关子："杨队长，咋不早说，这算什么呀，连牙缝都不粘，碎碎个事，不就是一句话就成了嘛！我给包了，世恭回来立马办理！"

杨锦文不好意思地说："那就泼烦刘科长了。"

刘金章一挥手，说："自己人，别那么客套！"当他向财政科走去的时候，看到李兆众神态傲然地向县党部走去，胡望瑷站在门外直打招呼。他想到，自己同李兆众没有什么交道，但这个人在城里乡下很有声望，他的名字如雷贯耳，不知胡书记长请他干什么！

李兆众跟着胡望瑷进屋后，听到说："李兆众，我们又一次见了。"

李兆众淡然地说："是，又一次见面，不知胡书记长有何事？"

胡望瑷坐下说："咱就开门见山，打开窗子说亮话。我这个胡望瑷是个爱才若渴的人，唯有如此，党国的事情才会办好。你是个聪明的人，不要执迷不悟。今天叫你来，还是上次我给你讲的，赶快办自首手续，不然就会有危险！"

李兆众扬起头，说："我真不知道我该自首什么！"

胡望瑷怒气冲冲地说："李兆众，你不要嘴硬，要是登报自首，将来在政府给你安排一个适当的位子；要是不承认，就得逮捕，就同梁宏、金德钊、王昌民的下场一样！"

李兆众从容镇定地说："胡书记长要这么的认为，我这个小小的良民有啥辩解的呢！"

胡望瑗要为自己找一个台阶下，考虑半会儿，说："好啦，那就这样办，既然你不承认是共产党员，须请三个国民党的忠实党员来担保。"

李兆众心里很明白，这是在耍花招，要耍就耍吧，还怕那一套，最终会证明你是一个很残暴、什么毒计都能使得出来的人。于是，断然地说："那就按你讲的办。每一个人的结局，都是自己走出来的，历史会给予严肃的判定。"

胡望瑗哈哈一笑，说："去吧去吧！那还远着哪！"

李兆众昂然走出了门，望着广阔的天空，一轮阳光照射在自己的身上，感到暖融融的，暗暗地想，真愚蠢，还远着呢，这种人哪能看到全国人民对共产党创造新中国的向往，而是在死心塌地走进他们所设置的万丈深渊，其结果撞个粉身碎骨！这必然是对滥杀无辜的历史惩罚！

胡望瑗对李兆众那种毫不在乎的样子，便下了一个结论，是没有回心转意的余地了。随即去对施德广说："这个李兆众不可救药了，至死不悟。"

施德广转过面问道："不愿登报吗？连几个字都那么心疼！"

胡望瑗摇头说："不沾边。讲登报，他缄口不言。"

施德广又问："到底是不是共党分子？"

胡望瑗说："查来查去，难以查清楚，看那架势子是共党分子的骨气。"

施德广无奈地说："这个小伙子不可多得，与王昌民、金德钊和刘三成他们一伙不是同流之辈。李家在县城也是屈指可数的大家族，又职守于刀笔之吏，而且蜚声于教育界。所以，我们得慎重，既然如此，那证明他中魔很深，已是病入膏肓，只能入另册了。"

胡望瑗狠狠地说："把他也崩了。呃，对了，还有那教书的鲁世鑫、鲁安一，飞短流长，造谣生事，也得敲打一下。"

施德广翻了翻眼睛，右手捋过头顶，说："就那么简单？总得有一个根由哪！"

胡望瑗说："纵火劫狱嘛！"

施德广奸笑说："咱俩的想法不谋而合，再加上一个组织领导人，向张司令报告，予以下令逮捕。"

胡望瑗附和地说："县长考虑得很周全，这样罪就更大，牵扯的就多了。"

这时，赵瑞林送来了一封信，施德广拆开一看，寥寥数语：

担保书

县长、书记长：

    我们三个人是效忠党国的国民党党员。同李兆众交往较深，从不知他是共产党的党员。我们自愿以生命来为他担保，请相信。

    此担保。敬上。

施德广只看到头一名担保人关鸿均，再没有往下看，把信甩在桌上，说："晚了，这有什么用，能证明他真的不是共党分子吗！我们这些党员脚跟也站歪了！"

胡望瑷拿起那封信看着说："这是我指示他这样做的，是算不了什么，只是个幌子而已。关鸿均他们就不该为他担保，下去我对他们好好地训诫训诫。"

施德广说："告诉他们，不要真的拿生命开玩笑，自己把真诚出卖了，还不知道是怎么一回事，那就迟了！"

第二天上午，张谟对彭仲篪说："这次纵火劫狱是有组织的行动，损失惨重。据县长和书记长汇报，主要头目是李兆众，还有鲁世鑫他们一伙所为。我命令你将李兆众立即逮捕，动作要迅速！其他待后处置！"

彭仲篪敬了一个礼，说："是，张司令，马上率队执行。"

张谟又说："抓捕后，押到灵岩寺，县长把那里安排好了。"

"知道了，司令！"彭仲篪说着，转身就走。

张谟看着彭仲篪走出门，又想起来了什么，便大声喊道："执行任务的士兵要着便装！"

彭仲篪步子走得很快，头也没回答应了一声："哦，我明白了，司令！"他迅即回到大队，命令分队长王佑夫道，"通知刘炳益、周万山和三班全体换便装集合，立即执行一项抓捕任务。"

太阳偏西了，天空突然飘来了如鱼鳞似的一坨一坨的乌云。穿过云间缝隙，一缕一缕的阳光，依然照射在大地上。谁会想到，人世间竟然出现驱赶阳光的人，造成一个寒冷如囚的世界。

路德厚刚得知敌人要对李兆众采取行动，心里急得如着了火一样，眼下需要把这个消息传递过去。谁去呢？自己去吧，万一碰上敌人，这个隐蔽在常备三队的特务长的真实身份一定会引起他们的怀疑，有暴露的危险。他急中生智，连忙写了一个字条一叠，对心腹士兵说："府民街李家大院你知道吧？"

"知道，不是你常带我去的那个地方吗？"

"对。你赶快把这个字条送给李家爷子，我请他给我写几个字。"

"特务长，我马上就去。"

"我给你讲，你去的时候再揣一块石头，如果门外没有人就进去，万一遇上三三两两的，就站在门外把石头甩向堂屋的门上。懂吗？"

"特务长，这个我明白了。"

"速去速回。"

这士兵来到李家大院门外，观望了四处无人，便进屋，将字条递给李逢辰，说："这是路特务长送给你的。这块石头也是信，我拿走了。"再没讲什么话，转身就走。刚出门，见从衙门口朝这个方向跑来一队便衣警察。这士兵聪明伶俐，回身将石头砸向堂屋的大门上。

李逢辰打开字条正看着："刚摘过红柿子，又要摘，树上没有了！请为我写几个话说年景的字。"只听门扇上"咚"的一声响，一块石头滚进了堂屋。他已悟出祸将来临，一头从椅子站起来，跑到后屋，喊道："兆众，赶快从后门走，警察来了。"

李兆众镇定地说："爹，我不走，他们能把我咋啦！我走了，你咋办？"

李逢辰把儿子一推，说："儿子，你傻呀，子曰：'朝闻道，夕死可矣。''三军可夺帅也，匹夫不可夺志也。'天下大事等着你呢，你赶快走就是对我的孝顺！"

李兆众崇敬地望了父亲一眼，一纵身翻过了后院的围墙。

李逢辰不紧不慢地回到堂屋，镇静地坐在椅子上喝茶。

彭仲篪所带便衣队把李家大院围个水泄不通，全家老少被赶到院子里问话。王佑夫一见队长使眼色，问李逢辰："李兆众呢？"

李逢辰将长髯一捋，目光炯炯，愤然回答道："你们不是搜过了吗，不在家！"

"到哪里去了？"

"两条腿长在他的身上，我咋知道在哪里，问的都是废话。"

王佑夫发怒了："把老家伙绑起来！"

两个士兵一拥而上，三捶两邦子将李逢辰捆吊在院子中间的橘子树上。他毫不畏惧，愤詈而喊道："你们造孽啊，没人性的东西，毁掉了这个世界啊！"

彭仲篪心里也明白这老爷子在全县的威望，发现王佑夫举起枪托要去打老爷子，他挡住了："骂就让骂吧，骂不掉一根毫毛。走，进屋搜！"

听得这一声喊，士兵们有的上了房上的瓦沟，有的到楼上捅开了顶棚，有的在院子里揭起了石板，有的掘开了屋里的地砖，连阳沟的厕所周围也挖个破烂不堪，结果什么也没找到，一无所获。彭仲篪走出门，对王佑夫说："一定在哪家躲起来了，赶快挨家挨户地搜查！"

便衣队走后，二儿子李兆胜将父亲扶进了堂屋。

李兆众这时隐蔽在不远的舒家，他正准备转移时，刘炳益一伙追过来了，于是从大门旁径直翻过厕所后墙，又从舒诚家的门前绕过瞿家的房山头，跑到后城。李兆众回头一看，几个士兵紧追不放，疯狂地向自己扑来，左右一扫，进退无路，无处容身。他急中生智，从墙脚下抓了一把灰尘向敌人撒去，顺手拾几块石块砸向敌人，情势缓冲了一下，并未击退敌人。心一横，毫不犹豫地蹬上城垛，纵身跳了下去。刘炳益往城下一看，大声喊道："推城墙的砖，快！"一刹那，无数的砖块铺天盖地落了在城根下，正砸在李兆众腿部，一阵阵的剧痛，才反应过来，自己的腿断了。他咬紧牙关，拖着受伤的腿向前爬动，此时，他被团团围住了。敌人用绳绑住李兆众的一只手和一只脚，其间穿过一条木杠子，抬上了灵岩寺。

灵岩寺进驻一个保安分队，戒备森严，如临深渊，如履薄冰。这个夜晚太险诈了，险诈得连慈善也不知道躲到哪儿去了；这世间太刻薄了，刻薄得连厚道都不清楚为何物！

夜饭后，王佑夫对周万山说："彭队长传县长的指令，让咱俩审讯李兆众。"

周万山说："审就审，现在就开始。"

王佑夫说："你同副班长惠德义先审，我把明天的事一安排就到。"

周万山一进审讯室，头一眼就看到李兆众的着装，便命令士兵将新制服和丝光袜子和一双刚穿不久的鞋脱下来，让士兵送到和尚的房间里。他转身关门嘶叫道："李兆众，你们的枪支藏在哪里？同你一起回旬阳的还有谁？什么时候参加的共产党？"

李兆众狠狠地睃了一眼，望着那般狰狞的面孔，缄默不言。

惠德义凶狠地喊着："是聋子？问你话呢，为啥不回答？"

李兆众眼睛睁得圆豆豆的，目光如箭，说："你们要咋办就咋办，问那些有啥用！"

"来人哪，把他反背吊起来！"周万山大喊大叫。

像饥饿的野狼一样，惠德义拾起扫把劈头盖脸地乱打了一阵子，扫把散了，也不见回声；又将旗杆子拔出来，朝着李兆众狠狠地抽打，无济于事；接着又用点燃的整把香头刺烧李兆众的胸膛，李兆众还是不开口。惠德义又捞起一把烧红的火钳戳进李兆众的胳肢窝，同样没听见叫疼声，只听得李兆众把牙齿咬得嘎嘣响。

王佑夫进到审讯室，问："咋样，招了吗？"

周万山说："没吭一声。我想有一个办法，或许能让他开口。"

王佑夫问："啥办法？"

周万山说："在唐朝武则天执政的时候，不是有一个御史中丞大臣来俊臣，逼使尚书右丞周兴招供犯罪的故事吗？"

王佑夫说："我知道，我知道，叫'请君入瓮'，行，不信他不开口。"

周万山赶紧走出审讯室，对士兵刘荣仓说："你马上到街上给我称十斤木炭回来，快一点！"

刘荣仓说："班长，上街多耽搁时间，我看见和尚屋有木炭，不如借一些更快嘛！"

周万山说："那你去给刘宝说，先借十斤，快点！再给我找一个洋油箱子。"

"是，班长，一定办到。"刘荣仓立马去找刘宝。

炭火熊熊，油箱燎燎。一时间，审讯室的空气炙热烫人。

周万山喊："把他放低一点，接近火箱！"

惠德义也喊："把他放低一点，接近火箱！"

李兆众的脊背几乎挨着炭火箱，不大一会儿背上起了一个接一个的燎浆泡。

"再靠近点！"惠德义叫着。

李兆众的脊背上的燎浆泡烤焦了，接着，掉下一点连一点的油滴。他满头淌汗，疼痛难忍，你们这些恶魔，你们要让我受刑吃苦，我也要让你们不得安宁。于是说："我的枪在东潭锅洞里藏着。"

周万山说："不烤了！"

惠德义说："班长，我带人去找枪。"

周万山又问："李兆众，是真的吗？"

李兆众的声音很微弱："我记不起来了，再想想。"

周万山说："你是在骗我们，再烧！"

李兆众头晕目眩，心里很清楚，有个地方曾放过枪，断断续续地说："我记起来了，在上渡口青石梁旁边的大石头缝里藏着，你们去看看，这回是真的。"

周万山说："好，放下来。惠德义你带人去取！"离开燃烧的炭头，李兆众觉得轻松了一些，拖延时间，养精蓄锐，一斗到底。你们去取吧，那不过是一个空城计而已。

周万山也没那样认为，去取的士兵只拿回了一块羊皮。王佑夫也感到奇怪，亲自去审问李兆众："怎么只有一张羊皮，而没有枪？"

李兆众有气无力地说："我的枪用羊皮包着的，那可能被放羊、放牛的娃们发现，把枪拿走，羊皮留下了。"

周万山问："有子弹吗？"

李兆众回答："有，十发。"

王佑夫听后，觉得这话还是可信的，又追问道："你想想，在罗长勤家放的有枪吗？"

李兆众淡然一笑："他做生意的，咋能把枪放在那儿呢？"

王佑夫问："你们不是很好吗？"

李兆众说："我俩是兴安师范的校友，学友嘛，见面时总得呱哒几句，其他无来往。"

王佑夫绷起脸说："据我们掌握，可不是你讲的这样的一般关系。"

李兆众说："信不信由你，这是实话。"

王佑夫挥手说："周万山带人去'大顺生'搜一遍就清楚了。"回过头，又对李兆众讥笑地说，"看你把我们能骗几回！"

李兆众勉强地笑了一下，说："把实话认为是假话，也算是聪明的愚笨！"

惠德义火了："啥，你说啥？"便抡起木棍打在李兆众的脊背上，已是烧焦的脊背，又被打得皮开肉绽，鲜血直流，溅落在地，染红了坑坑洼洼的地面。

李兆众沙哑地喊着："你们烧焦了我的脊背，打烂了我的肉体，你们烤不焦我李兆众的美好理想，打不折我李兆众的坚强意志！"话音刚落，他的头搭在肩上，昏迷了。

王佑夫看着惠德义累得满头大汗，手中所持的那根木棍粘的全是血和肉，向他摆了摆手，意思是可以歇一会儿。

周万山回来了，报告说："队长，我带了六个人去罗家院子，把罗长勤家翻个底朝天，啥都没搜到，只搜到个木头枪。"

王佑夫说："再没问啥？"

周万山说："问了他爹罗仞仟，只知道他俩在兴师上过学，其他啥都不知道，还反复讲，娃们有娃们的事，我做生意只管做生意挣钱，管不了那么多。"

王佑夫对木头枪有了个想法，会不会用它练射击瞄准呢！说："这木枪可能有文章。"

周万山说："这也问了，罗老汉讲，这是防贼娃子用的，不仅有木头枪，还备用有铁桨、木棒。"

王佑夫只哦哦了两声，夜深了，明天再审吧！随后又带着周万山到寺庙内外查了一遍哨，回到屋里，两人商量，明天采取啥办法，硬逼李兆众招供。

太阳刚挂在孟达塔顶的时候，彭仲篪带了两个士兵匆匆地上了灵岩街寺，问王佑夫："李兆众招了没有？"

王佑夫摇头说："嘴上贴封条，一句真话都没有吐出来。"

"上刑了吗？"

惠德义急忙回答说："上了上了，扫把打散了，木棍打折了，肌肉烤焦了，还是不开口。"

周万山说："倒把我们折腾得东奔西跑，上青石梁，下罗家院子找枪，结果白忙活一场。"

彭仲篪没再问什么，直接走进审讯室，一见李兆众被吊着，体无完肤，已经是奄奄一息了。他走上前虚情假意地说："看你成啥样子了，就是一句话两句话的事，何必认真呢！你讲了吧，讲了，我们马上放你出，也不再这样受折磨了。你是识字的人，又当过教书先生，不要聪明一世，糊涂一时。坦白了，对谁都有好处。讲吧，赶快讲！"

李兆众稍微地睁了一下眼，又闭上了。

周万山见状，拾起那根沾满血迹的木棍，杵着李兆众的下巴，喝斥道："李兆众，彭队长讲的你没听见吗！明人自断，愚人官断。你自己不成全自己，我们有的是办法。赶快讲！"

李兆众的眼睛睁一条缝，有气无力地反问道："你们想知道啥？"

彭仲篪一反常态，和颜悦色地问："你们有多少枪，都藏在哪里？旬阳的同党还有谁？旬阳地下党组织领导人是哪几个人？你知道不知道秦巴虎豹队，他们在哪里活动？"

李兆众被这样一问，反倒精神抖擞起来了，这是我的支撑力量，是我们实现梦想的希望。他哈哈一笑说："对不起彭队长，我已给他们三位老总讲过了，无可奉告！总不能以假哄人吧！"

彭仲篪突然变得横眉怒目，拳头往桌上一捶，说："不可救药，已经没治了。走，回去给司令和县长报告！"临走时又交代王佑夫，继续给李兆众上刑。

张谟听到彭仲篪的汇报后，决定下午同施德广、胡望瑗一起上灵岩寺亲自审问。

施德广立即派涂兴诗先去通知王佑夫并负责招呼接待。涂兴诗找刘宝搬来一张桌子和凳子摆在一间房里。当刚烧好一壶茶水，泡好茶叶时，张谟一行四人还有一名记录员，一个接一个地进入了这间房子，按次序入座。涂兴诗和刘宝忙活着为他们端茶倒水。

张谟端起茶碗喝了几口，说："开始吧！涂兴诗和刘宝你俩出去！"

施德广接着喊道："把李兆众押进来！"

周万山赶忙去抓了一个袋子，往李兆众头上一蒙，由两名士兵挽着走进这间临时审讯室，扶坐在板凳上。

随之，士兵啪的一声把门关上了。刘宝一出门，便立即对吃斋的梁和兴说："你赶快去给李家捎个口信，越快越好！"

张谟见李兆众的头被蒙着，便喊了一声："把袋子取下来，我不怕他看见，倒要察识他的模样！"

惠德义立即去解下了袋子，塞进凳子背后。

施德广介绍说："李兆众，这位是安康专署保安大队张副司令。司令讲了，只要你实实在在地讲真话，就放你一马，带到专署安排公事。我和胡书记商量过，只要你招供，在县上也会有一官半职的。大概你嫌县上小搁不下，那这么大的安康总能放得下吧，好好想想！"

张谟说："是的，我们的杭专员也有这个想法。"

施德广听这么一说，想到，有传言，杭专员也是地下党的县委书记反水过来的，不是成了党国的要员了吗！于是说："像你这样的人才难得，只要甩掉以前，就会平步青云，飞黄腾达。"

李兆众似若没有听见，也未抬头，只向地上吐了一口唾沫。他心里暗自讥笑这只是无知妄说，不过，事情惹大了，也快结束了。我会以崇高的理想去收获不损害事业的结局，要保住组织，保护同志们，用圆满和完美伴随我走过这时间不多的沧桑之路！

张谟似笑非笑地问："兆众，你是哪年参加共产党的？"

李兆众一听这位真正的匪司令未称共匪或奸党，而称呼共产党，不管他出于什么目的，这三个字是从他口里叫出来的。李兆众全身一下子热乎了，也有了劲，回答说："民国二十六七年吧！"

"在哪里参加的？"

"抗日军政大学。你们不也要抗日吗？"

"你不要管这个。随同你回来的还有何人？"

"只有我一个人。"

"回旬阳做啥工作？"

"各部门的工作都有。"

"讲具体点！"

"从政府到乡公所，从城里到乡村，动员老百姓抗日救国。"

"旬阳党组织的领导是谁？你还认识哪些共产党员？"

"我讲过了，我在陕北参加的，对旬阳有没有组织不了解。我回旬阳，干起了浪金的活计。只结识了几个下苦的穷朋友，他们都不是共产党却被你们枪杀，我为他们打抱不平，如果有来日，我一定要为他们伸张正义，洗雪冤屈。"

"俗话说，不见真佛不念真经，你该是听听我们的劝告了，不要死心塌地，执迷不悟。不然，就会命乖运蹇，一落千丈，莫后悔！"

李兆众哈哈地笑了两声："你们是真佛吗？即便我有真经，也决不会念给那些恶魔！我做的，今生无悔！"

张谟脸色突然变得铁青，怒目切齿地吼道："把他再给我吊起来，把火炭泼些煤油，继续烤，把他烤个烂熟！"接着站起来一挥手，"不审了，走！"

煤油泼进铁皮箱，只听喇啦一声，火焰凶猛地扑向李兆众已经溃烂的脊背。从灵岩庙里传出"啊！哎哟！"的惨叫声。这惨痛的呼喊是一种抗争的力量，在汉江和旬河上滚流，在这座太极县城上空回荡。对残暴的忍受，就是对志向的坚守！

张谟回头望了一眼，那箱炭火熊熊地燃烧着，便带领大家鱼贯而出。涂兴诗让刘宝赶快收拾桌凳和茶碗，自己跟着他们一同回县政府。

他们刚走到小河口，被李逢辰拦住了："张司令，我娃冤枉呀！"

张谟说："李老先生，你娃咋样冤枉了？"

"苦打成招，没个人样，脊背烧烂完了！"

"你听谁说烧了，没有烧呀！"

"烧了，咋能没烧呢！"

"那你等等，我派人上去看看，到底烧了没有烧。涂兴诗你去看伤了没有。"

涂兴诗明知这是在毫不掩饰地欺骗自己，也是挖空心思地蒙哄别人，只得上寺庙作个样子："王队长，我能不能看一下李兆众？"

王佑夫问："谁叫来的？"

涂兴诗回答："张司令！"

王佑夫说："张司令走时交代过不允许任何人探访，对审讯绝不能泄露出去，违者，严厉处罚。要看，就让张司令写个条子，不然，我可担负不起这个责任。"

涂兴诗赶快转身回到小河口，张谟当着李逢辰的面，问："见到人了没有？"

涂兴诗走近说："要见你的条子。"

张谟大声说："好，我知道了，就那样。"又转过身对李逢辰说，"你先回去吧，你娃不碍事！"

李逢辰明明知道事实的真相，还在说谎话蒙蔽人，不由得勃然大怒，叫着："我娃没命了，咋不碍事呢！如今这个世界啊，如今这个世界啊！苍茫大地，谁主沉浮！"

张谟没有理睬，只低声对施德广说："这老汉疯了。匪言！匪言！"

施德广说："老学究，倒迂阔起来，胡思乱想，古怪，古怪。"

张谟说："他咋知道烤烂了呢？"

施德广说："士兵出不了寺庙，可能是和尚嘴长，进城讲的。"

张谟说："八九不离十，完全可能。"

太阳西斜，天空灰暗。

李逢辰带着一脸的怒气回到家。

李兆胜问："看见大哥了吗？"

李逢辰咬牙切齿地说："那些狗官都在骗人。不让上去，还问谁说的烤了，不能牵连刘宝嘛！"

李兆胜说："爹，我上灵岩寺找他。"

李逢辰说："儿呀，你再有个闪失，这个家就毁了。"

李兆胜说："爹，不会的，我从树林里上去。"

李逢辰说："那你去吧，要小心。你千万不要告诉你嫂子，她已经够沉重的了，不可雪上加霜，懂吗！"

李兆胜跨过了旬河边的小路，忽而不见了。只见他钻进陡峭的山林之中，拨开荆棘掰开树丛，手割破了，衣服扯烂了，艰难地爬上灵岩寺庙的后墙下。他正要站起来，发现南边大门外有哨兵四处张望，收身贴附在墙角里，又仔细一瞧，通向这里的南北方向是没有路的，寺庙的两侧好像悬坐在险峻的绝壁之上，是一个安全的地方。李兆胜抬头一望，西墙上有两个窗户，便摸到南边窗外，透过缝隙往里一看，只放些乱七八糟的东西，里边没有人。接着又摸到北边的窗外，这个窗子很严实，根本看不进去。但他发现这窗子是构皮纸糊着的，于是用指头蘸了一点唾沫，戳破一个小洞，看清了李兆众吊在房里的担子上，衣服破碎，体无完肤，裸露的肌肉血一块黑一块，简直不像个人样子。这时，审讯室的门紧闭着，别无他人。李兆胜越看越伤心，揉了揉眼睛，不由得抽抽搭搭地哽咽起来。

也许是天地神灵的感应吧，这微弱的哭泣声将昏迷中的李兆众唤醒了。显然也看不见人，但是弟弟的一声一息都能听得出来。"是兆胜吧？"屋里传来很低很低的声音。

"哥，我是兆胜。"李兆胜的泪水如注。

"兆胜，我可能出不去了，你不要伤心，不要哭，要坚强些。给你嫂子带个话，也不要难过，叫她把娃们抬举大，咱们的事业终归要后继有人。"

"哥，嫂子说叫你忍住，四叔回来就想办法救你。"

"别费心了，狼改不了吃人，没用的。"

"他们总得给点面子。"

"别那么想，这些连禽兽都不如的家伙，心肠狠毒，卑鄙凶残。兆胜呀，面子是挡不住子弹的。金环是个孝顺贤惠的人。不管咋样，我把她和孩子们拜托给弟弟了。再给杨明宪他们捎话，到延安。他的现名字叫杨震。"

"哥，我知道该咋做，你就放心吧！"

这时，门外传来踢踢腾腾的脚步声。

"兆胜，他们吃晚饭回来了，你赶快走，小心点！"

"哥，你保重，家里盼望早点回来！"

"走吧！走吧！人来了！"

王佑夫、周万山和惠德义走进审讯室，走在最后的惠德义啪的一声把门关上了。

王佑夫对周万山说："刑也上了，上峰也审了，全没有承认个啥，能有啥办法掏出个真话？"

周万山说："反正他的命是保不住了，得让他讲点实话来，如果这样的话，咱们不就能立功领赏了。"

惠德义说："班长讲得对，我看皮肉之苦，就在于皮肉。"

周万山说："是这样，剜他的肉，割他的筋，看他招不招。"

正密商着，杨文成进来了，说："王分队，彭中队让我给你送来一个条子。"

王佑夫接过展开一阅：奉县长令，明日早晨将李兆众枪决。落款：彭仲篪。随后把字条一叠，对杨文成说："清楚了，你回吧！"接着对他俩说，"明天早晨执行。"

惠德义说："那还审不审？"

周万山说："就按刚才商议的，再审！受不了，总会张嘴的。"

王佑夫说："只要有一口气，就得审，这是张司令交代的。"

周万山已经有所准备，掏出一把锋利的刀在李兆众眼前舞动着，喊道："李兆众，你死到临头了，只要招供就有活的希望，还是老老实实地讲出来！"

李兆众扬头说："要讲的已给你们的张司令讲过了，别张牙舞爪的，吓唬谁呀！"

周万山一挥尖刀向李兆众的右大腿上插了进去，又转了两圈便拔了出来，把剜出的一大块血肉甩到地上。恶狠狠地说："谁张牙舞爪！你到底招不招，不招把你身上的肉剜光剜净，让你成一个骨头架子！"话一落，猛地向左大腿捅了一刀。

李兆众凄惨地嘶叫着："你们不会有好下场，历史会审判你们的！"

周万山已经发疯了，红着眼，走近王佑夫跟前，附耳说了一句不知什么话，挥舞着尖刀，转身站到李兆众的身边。

王佑夫出去一会儿，有四名士兵跑进了审讯室，周万山命令士兵将李兆众按倒在地。

惠德义完全明白怎么做，带领一名士兵，稀里哗啦地把李兆众的裤子扒个精光……

这个夜，是沉重的夜，痛苦的夜，残酷的夜，毁灭的夜，这全是天地间的漆黑所带来的。李兆众以巨大的毅力挺住了敌人的暴烈，忍着那谁都不可忍受的疼痛，熬过了这同样是冷漠和颤抖的黑夜。

早晨天刚亮，刘宝给王佑夫他们送开水，刚走到门外，听他说："派几名士兵护卫，由周万山和惠德义来执行，要稳一些利索一些！"他敲了两下门便推开进去说，"开水开了，送过来。王队长，伙房没盐没油了，我得进城去一趟。"

王佑夫说："快去快回莫耽搁。"

刘宝回身边关门边说："买了就马上回来了。"

王佑夫接着又说："要用布带子把眼睛蒙住，肯定不能走了，派几个士兵，连搀带架地把他拖到那里，就在白椿树下执行。"

周万山说："王队长，明白了。我现在就去安排，抓紧执行。"

王佑夫咕咚咕咚喝了几口茶，一摆手说："好，赶快去！"

这两夜一天，毛金环同公公婆婆一家人谁也吃不进、喝不下，陷入悲痛欲绝之中。他们千思万想，望亲人摆脱灾难。一双老人跪在神龛前叩头作揖，上香烧纸，祈求神灵的保佑，好人一生平安。毛金环的泪水流干了，脸色变得蜡黄蜡黄，几次扑向前楼的窗口，望着灵岩寺的方向，一直在叫着，我要找我的丈夫。李母怕她做傻事，几次把她紧紧拖住。她对公婆说：妈呀，我不会跳楼的，我要去同敌人拼了。她回到房子，取了一把剪刀藏在衣服兜里，趁大家不注意，像疯子一样冲出大门，一直跑到小河口。在沙滩里怎么也拔不起双腿，跑不快，她精疲力竭了，一头扑倒在渡口边。嘴里不停地喊着：我要拼了！我要我娃的爹呀！渡船上的艄公都认识毛金环，连忙走下船扶她坐起来说："金环，别去了，你去能干啥？"

是一种精神的支撑，毛金环一头站起来，掏剪刀说："我有这个，拼了！"

"净瞎想，人家有快枪，你这能顶个啥！家里上有老，下有小，赶快回去！"

这时殿山的何家驹赶来了，说："金环，不要乱来，走，回！"

毛金环哭着说："姑父，这叫人咋活呀！"

何家驹扶着金环，安慰地说："莫哭莫哭，咱们先回去。你四叔明早要从贾家坡回来，去找他想办法。"

李兆胜追来了："嫂子，赶快回，你咋能惹过他们呢！"

艄公望着他俩扶着毛金环上了东堤，嘴里嘀咕着："老百姓没个安宁的日子过，世道瞎了！世道瞎了！"

这天早晨，太阳刚刚搭在山尖上的时候，毛金环火急火燎地跑到李子村家的门外，老远就沙哑地喊道："四叔，你回来了！"

李子村在堂屋里走来走去，仿佛在思考什么，一听是毛金环的叫声，应声道："刚回来。金环，快进来！"

毛金环一踏过门槛，说："四叔，个子他……"

李子村一合手，说："金环，我已知道了。现在正想咋个救他呢！"

毛金环一弯腰，说："四叔，泼烦你操心了。"

李子村说："这可是生分话了。娃呀，我是不讲送礼的，这回不行了，得破我的这个规矩。我已经准备好了银元和钢镚子什么的。"他随即进屋取了一包东西提在手中，说，"走，咱们走！"

毛金环跟在李子村的身后，刚一出大门口，迎面走来了刘宝。刘宝哭丧着脸说："表叔，你们去搬人吧！"没听清他还在咕噜什么，转身就走了。

这时，从灵岩寺传来啪啪的两声枪响。树林震颤了，河流震怒了，人们震惊了。

李子村手提的一包东西咕咚一声掉在了地上。毛金环听到这话和枪声，肝肠寸断，五内俱焚，昏倒在地。她影影糊糊地听到四叔愤怒的吼声和跺脚声："天哪！灭绝人性的世道！何时天下人才能管天下事呀！"

英雄的气概，滚烫的热血，就是为了实现这个人类最伟大的理想。王佑夫万万没想到，当李兆众被放在庙东边白椿树下这块小平地上的那一刻，他忽然间摇摇晃晃地站起来，举起手高喊："中国共产党万岁！"

王佑夫急了："开枪！"

周万山举枪射击，李兆众头部中弹顺势倒靠在白椿树干上，惠德义接着又打了第二枪。他血流如注，染红了枯萎的草木，染红了干燥的泥土，染红了流泪的晨霞，染红了刚强的人心。

王佑夫回到庙里，有些提心吊胆，害怕同党的报复，立即下令撤回。当他带领士兵绕道走到小河北时，看见接连不断的人登上了灵岩寺，心想这些人闹事已经赶不上了，只能是愚昧地悼念。

王佑夫回到中队，随彭仲箎一同到县政府参加紧急会议。

张谟直接地说："县长，李兆众解决了。我领兵马上进神河口，追捕鲁世鑫和鲁安一，对段宏益和张广恒的捕杀，你看安排谁去妥当一些。"

施德广说："司令这几天太累了，就不用去了，另派兵吧！"

张谟说："斩草除根，为党国大业，一定得去，不能懈怠。"

施德广说："既然这样，民团派兵前往蜀河，保安队派兵前往小河口，同时要查封'大顺生'，追查罗长勤和罗寰两个人。"

樊佑庶立即表态说："我团派自卫队马瑞卿和熊治成带兵去蜀河。"

彭仲箎考虑了一下，说："王队长刚从灵岩寺下来，就留在城里，决定派龚承先领兵上小河口。"他又补充地说，"县长，罗家已搜过了，只搜出一把木枪。"

施德广说："再去搜！"

彭仲箎说："是，县长！"

施德广望着张谟说："我同意。司令，你指示吧！"

张谟说："就按这样的部署执行。强调两点，一是不能走漏消息，二是抓住就地枪决。"

施德广说："散会，立即出发！"他送张谟上路回来后，对查"大顺生"想了很多，人家有钱还比我这个势大，便特别对彭仲箎指示，说，"在查封'大顺生'时，一定要注意这个商铺是否设有共匪的组织机构和通信设备。但对老板要客气一点，必要时把他请来即可！"

彭仲篪听这么一讲，心领神会，明白了县长心存不可敞明的念头，说："县长，照办。"于是，命令王佑夫带领三班士兵一同立即前往草房街，将罗家院子的前门后门堵个风雨不透。

罗仞仟生气地直叫："炎尼刚搜过，咋又来了！"

彭仲篪挡住说："罗老板，压住火，周万山带士兵冲进后院，这是执行公务！"

惠德义领士兵占据前院，前前后后，上上下下，圪圪塄塄，像用笊子梳过一样，没有搜出机构方案和通信名单等，那些漆麻耳贝的装包，被戳个稀散火，滚落在地上的只是些土特产，再没有稀奇的什么宝贝。

彭仲篪向惠德义喊道："把商铺封了！"接着又对周万山说，"你招呼罗老板到县政府！我先走了。"

周万山同几个士兵簇拥着罗仞仟出了门。

彭仲篪提前回到县政府，对施德广说："任何东西都未查到，把罗老板请来了，还有他四儿子罗长运。"

施德广说："你真的请来了？关进看守所！你给我审问，看来只能从他们口中得知罗长勤和罗寰的去向。不过，要小心伺候。"

彭仲篪刚走到院子，见周万山进了政府大门，赶快挥手指画了几下。周万山明白了这个意思，便把罗仞仟直接带到了看守所。罗仞仟一见门上挂的牌子，气愤地喊道："你们把我带到这里干啥，我犯了个啥法？胡作非为，正道哪里去了！"

彭仲篪跟着走进门，说："罗老板，不要动气，只要你好好地配合，就让你回去。坐下，坐下，我俩谈谈。"

罗仞仟说："我是做生意的，有啥可谈的！"

"我问你，罗长勤认识一些啥人，在共党里担任啥职？"

"哎呀，他和兴师的同学熟悉，我都不认得。共党、共党是个啥，他没讲过。我做生意，只知道栗子汁、柑子汁、橘子汁、枇杷汁，还有烂滩沟的梨子汁好，这是出了名的。"

"你胡拉乱扯个啥呀，他当个啥官？"

"哦，不知道，确实不知道。他这个娃呀，还能当官？笑话。"

"那你知道他现在去了啥地方？"

"大概在省城，在哪住不清楚。"

"我再问你，罗寰呢？"

"你一提我的老五就生气。他呀，从西北游干班毕业回来，政府任命他为民团常备队区队长，半年后政府又任命他为安旬乡少尉乡队副。"

"现在远走高飞了。"

"就是嘛，放着好好差事不做，却不吭气地走了。"

"他是不是共党分子，害怕才跑了？"

"我只知道他一直在为你们做事，咋是共党呢！"

"他现在有下落吗？"

"有。他捎来口信说，现在国民军新一师师长、原西北游干班少将中队长刘汉兴部下任中尉排长。驻防河南。"

"乡队副多安稳，去当个排长，带兵打仗多危险。"

"人各有心，心各有志。国军威风、光彩、牌子响，在那儿说不定还升得快呀！"

彭仲篪得到这么多，觉得没有多少用处，说："你在这里再细心想一下，随时可以交代。"

施德广听到彭仲篪审讯的情况后，既失望又满意。满意的是初步知道他俩的去向，失望的是未能供出他俩是不是共产党。施德广又想，这个罗寰为啥不去投奔八路军而参加了咱们的国军呢？必须认真地查究。于是说："还是再审审，看能不能得到新的线索。"

这时马瑞卿和龚承先先后给施德广打电话说，段宏益在蜀河街理发被抓，击毙在沙滩上；张广恒被枪毙后搜出长枪两支、短枪一支、子弹二十发。只听施德广在电话上说："好，有功！"

黎文治找到刘湘卿，得到省委指示后，披星戴月，日夜兼程地赶回来，悲惨的事件已经发生。他痛心疾首："迟了，迟了。"就在这时他又得到罗彻仟被关进看守所的消息，忍住哀伤，心急如火，想啥办法能营救他们呢。突然间，他扯腿跑出门外，直奔仙灵沟张飞生公馆。这时，黎文治见到的张飞生不再是当年精神抖擞、神采奕奕的样子了，那时当安康绥靖司令、任陕西警备第二旅旅长多么的神气呵。自从一九三八年三月，日本轰炸西安时，其太太阎金芳被炸身亡，加上被免去旅长职务后，即回旬阳闲居。从此失去了横戈跃马的姿态，整日是悲愤未消，萎靡不振。已经五十八岁的张飞生，理想和抱负也随之变得苍老了。黎文治知道张飞生心情不愉快，也清楚他同罗彻仟有来往，虽然交情不深，但常走动。于是大胆地提出来了："张司令，'大顺生'罗老板被关了。"

张飞生没精打采地坐在椅子上，开始只让黎文治就座，再不吱声，听这么一说，他惊叫开了："文治，你再给我讲一遍，咋啦？"

黎文治说："罗彻仟被逮进看守所了。"

张飞生埋怨着说："一个生意人犯啥法了，十五以后没安宁过，乱杀人、乱抓人、乱逮人，简直不得了不得了！"

黎文治直接开口了："司令，请你给县长说一说，把他给保出来。"

张飞生把胳膊抬起来，说："文治，你赶快去罗家叫准备一些钱，他县长再凶，也不会对钱凶吧！再说也还有我这个老面子嘛！唉，我再问你一句，他那两个娃呢？"

黎文治十分清楚他问的目的，回答说："怀疑是共产党，但抓不到真凭实据。罗长勤在西安，不知详情；罗寰在国军新一师当中尉排长。"

张飞生这才站了起来，慢慢吞吞地说："文治呀，我给你讲，我同靖国军和直系军打过仗，也与冯玉祥军交锋过，还和共产党领导的红二十五军交战多次，到头来还不是这个样子吗！何况人家的娃还在国军里边，不能是无稽之谈，做生意的就是做生意的，有多少去过问那些政治和局势。哦，我知道了，你要赶快一点啊！"

由于张飞生亲自出面，会见了施德广，第二天早晨，太阳刚露头，罗彻仟和儿子神气傲然地走出了看守所。

黎文治早在衙门口杜家房子的墙脚等候着，看他俩刚走过时便咳嗽了一声。罗彻仟转过面，刚要说话，看到黎文治连连摇手，只笑了一下，低着头走了。黎文治这才放心地回到常备队。

第三十六章
报仇雪恨打伏击

天快黑的时候，武靖乡来了那么多的兵，引起了百姓的慌张不安，又要大祸临头了。各家各户早早地关上了门，连灯都不敢点，冷冷地坐在家里，熬着这愁闷的夜。

早晨的太阳仿佛也露出了满脸的忧愁。在小神河鲁家坡学校，鲁世鑫正准备去上第二节课的时候，有一个同学喊道："鲁老师，从山下上来了一帮子背枪的人。"

鲁世鑫俯视而望，脸上露出了冷静的神色，是的，县城发生大屠杀那会儿，同志劝自己躲避一阵子，若要是走了，明显会暴露自己的身份，还是坚持正常的上课为好。今天，他们到底来了，在这山里来这么多兵干啥！来者不善，善者不来。他没有时间再想下去，立即回到房子里，将机密文件和信件塞进火炉烧毁后，面带笑容，坦然自若地走进教室。

张谟带的保安兵和石德魁领的乡丁将学校团团围住。

石德魁和梁良带领兵丁凶猛地扑进了学校的院子里，石德魁一个教室挨着一个教室寻找着，就在第五间教室找到鲁世鑫正在讲他自编的教材《一心发言》："同学们，我们要团结，中国人要团结，只有团结起来力量大，是不可战胜的。我给你们打个比喻，一双筷子随手一折就断了，十双筷子合在一起，是折不断的。少年强，中国强，你们是中华民族的未来，要团结学知识。懂了吗？"

同学们异口同声地回答："老师，听懂了！"

梁良听得教室里的声音，急着要往进冲，被石德魁拦住了："里边有学生。囊中之物，跑不了。"

梁良停止脚步，瞪着眼说："还怕发生冲突，撂倒几个看看！"

石德魁解释说："山里人老倔巴，咱们流血丧命划不着。"

梁良只嗯了一声，再没有说话。

石德魁向前几步，站在教室门口，大声喊道："鲁老师，出来一下。"

鲁世鑫听得叫声，眼睛向门外一扫，原来是石德魁，心里完全做好了准备，超常规地向同学们弯腰行一个礼，说："同学们好好的，中国未来等着你们哪！"于是，把教鞭往桌子上轻轻一放，傲睨自若地走到院子里。

梁良问："你是不是上菜湾的鲁世鑫？"

鲁世鑫回答："是，没错！"

"你从延安抗大回来的吧！"

"对。"

"党国的学校不上，咋跑到了那里去了呢？"

"在那里才能找到救我中华民族的真理，才能实现我们的梦想。"

张谟板着阴森的面孔，吼道："一派胡言乱语，给绑了！"

学生们纷纷从教室里跑出来，并没有谁指挥，一个一个跪在地上求情。

鲁世鑫高声喊道："同学们，站起来，下跪改变不了恶狼之心，莫给野兽低头！"

张谟叫着："给我拉走！"

鲁世鑫横眉怒目，说："杀就杀吧，共产党人是不怕死的，怕死的就不会是真正的共产党员！"

几个士兵一拥而上，把鲁世鑫拉到离学校不远的黑土岭，不大一会儿，传来一声枪响，鲁世鑫的身影同松树和柏树一样，傲然挺立在大地上。

同学们列队站在学校里，仿佛还在倾听鲁老师教唱的《工农兵学商》歌曲：

　　　　工农兵学商，
　　　　一齐来救亡，
　　　　拿起我们的武器刀枪，
　　　　走出工厂、田园、课堂，
　　　　脚步跟着脚步，
　　　　臂膀挽着臂膀，
　　　　我们的队伍广大强壮！
　　　　……

鲁安一这天上午没有课，在家里给学生批改作业，听到枪声断定已经出事了，赶快把信件和《射击教范》等书籍藏在房后面的地窖里，毫不畏惧地朝学校里走。刚出门就被石德魁拦住了："鲁老师，到哪里去？"

"到学校！"鲁安一说。

"不用了，跟我们走一趟。"石德魁转过面对张谟说，"这就是鲁安一。"

张谟命令梁良将鲁安一五花大绑，押到武靖乡公所，当即设审讯室进行审问。

张谟开始问："鲁安一，你什么时候参加异党的？"

鲁安一斜眼一扫，说："长官，啥啥啥叫异党，不知道。"

梁良紧接着问："共产党你清楚啵？"

鲁安一望着天花板，说："从报纸上看过，没见过人。"

梁良逼问："你是不是？"

鲁安一扬头一笑说："我咋能是呢！"

张谟装模作样地站到鲁安一跟前，假惺惺地说："鲁安一，只要你供出中共旬阳地下党组织的组成和人员，本司令保你平安无事，而且让你们的施县长把你安排到教育科当个科员。"

鲁安一鄙视一笑："天大的好事呀！可惜了，我没那个福分！"

张谟圆眼一睁，喊道："不知好歹，给我打！"

两个保安兵各持扁担轮番在鲁安一身上乱打，扁担打断了，又拿来木棍狠狠地反复抽揍。鲁安一昏了过去。

张谟向石德魁说："派乡丁把鲁世鑫的老婆抓来！"

石德魁愣了一下，说："陪拷吗？"

张谟说："这或有用。"

石德魁有点为难地说："司令，这兵丁都是本乡本土的人，能不能请保安去为妥。"

张谟考虑了一下，说："行，你们带路。"

由乡丁引路，梁良带了几个士兵把鲁世鑫的老婆抓进了审讯室，绑在一根房柱子上。

张谟问："你叫什么名字！"

"肖菊香。"

"多大了？"

"二十六。"

"是鲁世鑫的什么人？"

"屋里的。"

"鲁世鑫是不是共产党？"

肖菊香摇了摇头，不吱声。

"鲁安一呢？"

肖菊香还是摇头，不吭气。

石德魁插了一句："肖菊香，知道的就说，免得受苦。"

张谟接着说："你知道一点就告诉我们一点，只要是真话，我们就放你回去。"

肖菊香看着士兵往鲁安一脸上泼冷水，向张谟和石德魁瞪了一眼，说："一个妇道人家，只和锅碗瓢勺打交道，只管家里磨面做饭、打柴喂猪一些事情，外边的一概不清楚。我只知他俩是鲁家坡学校的教书匠。"

张谟说："做老婆的连一点都不知道，谁相信呢！"

肖菊香抿着嘴说："这位长官，我们农村人的话你不要不爱听，如果你在外面结识一些狐朋狗友，胡作非为，你老婆能知道吗？"

张谟一听这刺耳的话，勃然大怒，连声喊道："上刑，上刑！"

鲁安一清醒过来，一见士兵正在毒打肖菊香，便说："你们找她有啥用，她咋知道男人家的事，你们就冲着我来吧！"

张谟喊了一声停，说："鲁安一，你讲吧！"

鲁安一望了一眼肖菊香，说："连累弟妹了！"

肖菊香轻轻地摇着头，只微微地笑了一下，没出声。

鲁安一硬撑着说："长官，当老师的给学生教抗日歌曲，不对吗？现在不是国共合作抗日救国吗？"

张谟说："我不需要回答这个问题，你先把你们的组织讲清楚，还有旬阳的武装暴乱你知道吗？"

鲁安一偏过头，说："我已讲过了，这个暴动更是莫名其妙。"

石德魁接着又问："鲁安一，罗长勤逃跑是不是你报得信？"

鲁安一想了一会儿，说："哎哟，罗长勤在这里住是真的，那天，我正在鲁绍肃家贺喜吃席，还招呼丁班长他们吃了一顿饭。不信，你可问他。到底是咋走的，我咋会知道。我连那个地方都没离，还能去报信吗！"

张谟非常清楚在那次抓捕罗长勤中还死伤了八名士兵，到现在还没查出来个眉目。他给梁良说："上老虎凳！"

梁良叫来四名虎彪彪的士兵，拿来两根木杠子，压在鲁安一的双腿上，像榨油一样地在他的双腿上滚碾着。

鲁安一没吐一字，又昏过去了。士兵们累得满头大汗，只得丢下木杠子蹲下歇息。

梁良又舀了几瓢水，连续泼在鲁安一的脸上。他的头顶和全身湿透了，昏眼惺松，模糊不清，只紧紧地咬着牙，始终没有张嘴。

石德魁虚情假意地说："鲁老师，咱们都是一个乡的人，山不转水转，低头不见抬头见，有啥不可讲的？你告诉张司令，我们一定给你保密，你还是咱们乡娃们的好老师，正如张司令刚才讲的，还可加官进禄，就如实地交代吧！"

鲁安一眼睛刚睁开一条小缝，猛然间又闭上了，熟视无睹，置若罔闻。他好像凝固了，如一根粗木头，不，是一根铁棒稳稳地耸立在地上，丝毫不动摇。

梁良发怒了："鲁安一，听见了没有！"又是一瓢水泼在鲁安一的胸前，哗哗地顺着衣衫流到了脚跟。

在这寒冷的黑夜里，水滴所落之处，已经冻结了。鲁安一眼睛眨了一下，愤恨地说了一句："不知道就是不知道！"

张谟打了一个哈欠，摇着头，要想从他嘴里得到什么话，是没指望了。他又看到士兵和乡丁们筋疲力尽的样子，便说："就到这儿，严加看管！"

石德魁连忙同梁良去关好门窗，安排了守卫哨兵，拥扶着张谟去喝了几盅酒，吃了一顿便饭，到了三更时才去睡觉。

当孙瞻山得知安康来的保安兵进了小神河，断定是在追杀与这次暴动有关的怀疑人员。她带领队员们紧赶慢赶，擦黑时才到达武靖乡鲁家庄。进了庄子察觉静悄悄的没有一点动静，所见的房子全是大门紧闭。她知道甲长黄子亭的家，还是在上学的时候去过。他的小儿子是鲁安一老师教的学生，也随同鲁安一老师进行过好几次家访。孙瞻山摸到了家门口，不管是紧敲还是慢敲门，屋里悄无声息。她喊了一声："黄叔，开门，我是婵珊！"

房里有点响动。"是孙家山的珊珊！"

"嗯。叔，快开门！"

门吱一声开了。"快进屋！"黄子亭随后把门关上了，又问，"你咋来这里了？"

孙瞻山赶紧问："庄子上的人咋把门关得这么早啊？"

"娃呀，你不知道，安康来的县上来的，跟乡上的乡丁们一起到处乱抓人哪，有的躲走了，有的在家怕出事嘛。鲁世鑫老师被抓起来，不分青红皂白给打了。接着又把鲁安一老师给抓了，现在关在乡公所审讯呢！"黄子亭诉说着眼前遭遇。

他们这样一来，乡亲们心惊胆战，生怕祸从天降，一些平常爱管闲事的人，爱出风头的人，逃的逃，藏的藏，连个影子都不见了。他叹着气，这个世界啊，两位老师都是好人哪，好人哪！

孙瞻山说："能不能救啊？"

黄子亭说："他们那么多的人，把乡公所围得连风都吹不进去。咋救呀！要救，会死很多老百姓。要是鲁老师知道了，他绝对不会让我去这样做。"

孙瞻山说："这我非常清楚。你知道，他关在哪间房子？"

"你去过乡公所吗？"

"去过。"

"他关在后院搭墙的第二间矮房子里。"

"大叔，你不用管了！"孙瞻山边闪身出门，边说着。

黄子亭追到门口直跺脚，说："娃呀，他们人很多，别鲁莽啊！"

"大叔，放心，稳重点就行了！"孙瞻山话音一落，身影消失在黑黢黢的深夜里。

孙瞻山对大伙说："今夜来个出其不意。"便领着队员，神不知鬼不觉地埋伏在乡公所后院和前院墙外的林子里。随后，她把曹立毅一拉走到后墙下，登着她的肩膀爬上了那间房子的半腰，将一块石板挪开，屋里灯亮着，没有士兵贴身看守。孙瞻山把一小石子丢在鲁安一的身边，鲁安一猛醒了，抬头往房上一看，是孙瞻山在打营救的手势。他急了，直摇头。孙瞻山继续做手势，他只得小声说："听话，不要得不偿失，贻误了宏图大业！"

梁子云听见孙瞻山发出的蛐蛐叫声，从林子里冲到大门外，将两名哨兵击毙。

此时，院子里大喊起来。张谟持枪在院子里喊道："梁良防守后院，石德魁到前门。"接着一队士兵持枪一哄而出。梁子云见状，隐蔽在围墙一侧，打一枪换一个地方，乡丁们晕头转向，只是朝夜空中乱打枪。

孙瞻山刚挪开第二块石板，子弹快速地飞过头顶，保安兵围过来了。她赶快把两块石板放在原位上，哧溜一下滑在草地上。这时，梁子云和于方向敌人射出密集子弹，掩护孙瞻山钻进树林，孙瞻山说："咱们边打边撤，到指定地点集合。"

张谟赶紧到审讯室四处张望，房上和墙壁没有任何破坏的痕迹，看来不完全是声东击西劫持罪犯，又命令道："留一个班守护，其他人一律出动，进行网式搜索，看这些匪徒能钻进地缝里！"

一时间，火把、手电的亮光横来扫去，照在乡公所周围的草丛和庄稼地里，通明通明的。紧接着一排子弹射了过去，那里发出噗噗的响声，子弹落在石头上，溅出一片火花，霎时就消失了。

隐蔽在这块石山后边的队员们，按照孙瞻山的指示停止射击，一个接一个登上山崖。居高临下一望，只见乡公所四周仍然是火光一片，枪声一片，夹杂着喊声一片："出来，缴枪不杀。"

孙瞻山看到这一切，几乎要笑出来，国民党养活了这么多的笨蛋，不去消灭日本鬼子，却钻营残害自己的同胞。她突然又潸然泪下，鲁老师呀，同志呀，没能救出你，愧疚啊！我在入党时，你给我讲过，冲出黑夜就是黎明，实现理想就会流血，牺牲是为了中华民族，它鼓舞着同志们的奋斗精神，值得。但是，在奋斗中尽量减少那些不必要的牺牲，在必要时，就要英勇献身，这是共产党员高尚品格所在。我们每个共产党员都必须做好这种准备！孙瞻山想到这里，收住了泪水，攥起拳头，对大家说："他们欠下的血债和仇恨，一定叫他们加倍偿还！"

山夜黑茫茫的一片，分不清哪是草丛，哪是庄稼，哪是树林，哪是房屋。孙瞻山望着天空悬挂的北斗星，沿着通向汉江的毛毛小路，疾步行进。

这一夜，张谟几乎没有合眼，一直在思索，半夜发生的枪战，到底是共党分子干的，还是土匪干的？土匪抢枪的可能性大，不摸兵力底细，只交火几下子便罢了。他想来想去，找不到劫持依据，也就排除了劫持罪犯的可能性。不管是不是共党分子夜袭乡公所，对鲁安一的审讯和处置是不能变的。早晨吃罢饭后，张谟令梁良再去审一次。

哨兵打开审讯室的门后，梁良大步跨进屋，劈头盖脸地怒喊起来："鲁安一，我最后来问你，你想通了没，老老实实地讲，就有救，不然的话你的命是保不住的！这是最后一次等你的话，听见了没有！"

鲁安一昂然地说："我知道了，司马迁这样讲过，人固有一死，死有重于泰山，或轻于鸿毛！"

梁良拿起鞭子喊道："你胡扯个啥！"

鲁安一继续说："我还没讲完呢，我告诉你，王维《少年行》中的诗句，这样写的：出身仕汉羽林郎，初随骠骑战渔阳；熟知不向边庭苦，纵死犹闻侠骨香。"

张谟进门了："到底是老师呀，叫你招供，你却背起诗句来了！好吧，那就成全你，让你豪侠风骨，千古流芳吧！"于是，挥手命令道，"拉出去枪决！"

鲁安一被士兵们连拥带推地拉出大门，向七里碥走去。走在路上，他打起精神，朗诵文天祥《过零丁洋》诗句：

辛苦遭逢起一经，干戈寥落四周星。

山河破碎风飘絮，身世浮沉雨打萍。

惶恐滩头说惶恐，零丁洋里叹零丁。

人生自古谁无死，留取丹心照汗青。

鲁安一心里又想，这是一种历史的巧合，那时敌军犯宋过四年，今天日本侵略中国正过四年。我却遭到国民党军队的枪杀，于是，凛然地重复念道：人生自古谁无死，留取丹心照汗青！

七里碥传来震天动地的呼号：中国共产党万岁！穷人要解放跟着共产党！这声如金石，气壮山河。

沉闷的枪声，狠毒的豺狼，在这穷乡僻壤逞狂撒野，行凶作恶。百姓气愤了，山水愤怒了，记住这个正月廿八。人们坚信，天，终会有翻个过儿的那一日！

张谟回到县城同施德广商议，说："按提供的线索，该杀的杀了，该逮的逮了，应该说是一网打尽。关于那两位保长，像是抗暴又不是暴动，不让警察带罪犯过夜而放走了共产党，这也是犯罪，要枪毙……"

施德广猜摸到下来的话语，抢着说："司令，他虽是保长，曾多次和政府军作对，留下后患无穷！"

张谟顺水推舟说："你是一县之长，那就按你的意见办。"

施德广补充地说："处理这个人，已经作了周密的安排，决定在旬河口的沙滩上召开个群众大会，表明并非对付共党分子，连我们的保长也不放过，以正视听！"

张谟笑了："你想得周全透彻！"

其实，施德广心中早有盘计了，路子遥关进看守所至今，没有进行过一次审讯，是先稳住他，不要乱喊乱闹。就在张谟进神河的第二天，他亲自给彭仲簏写了条子："刘宝散布谣言，泄露机密。镣押。"这样，刘宝也被关进了看守所，而且是牢门对着牢门。刘宝见过路子遥，人家是保长，自己是和尚，怎么都被关在这里。他，我不知道，自己多冤枉呀！这又是啥企图呢！两两相望有什么可以交流的呢！抓住铁栏栅了叹一口气：俗话说，听得乌鸦叫，吉凶事全然不晓，管他呢！

这天，旬河口的沙滩上，政府职员、乡保人员和广大群众陆续到达了会场，站在东堤上望去，会场上黑压压地站满了人，四周岗哨林立，戒备森严。张谟、施德广、胡望瑗、樊佑庶一字儿地站在临时布置的会议台上，一个一个虎着脸，瞪着眼，杀气腾腾巡视着闹哄哄的群众。

施德广向远处一招手，路子遥和刘宝被押进刑场。他简短地讲了平息共党分子暴动，是不得不采取的举措之后，宣布路子遥同样是"图谋不轨，企图暴动"的分子，已经背弃了党国，应予以严厉惩处；和尚刘宝，不严以修行和束缚自己，给罪犯家属通风报信，编造审讯李兆众的惨情，颠倒是非，妨碍公务，本应严加处置，鉴于已是出家修行之人，让其陪法场和捶笞四十军棍。

会场轰动了。人群涌动起来，不时发出讥笑声和嘀咕声，夹杂着唏嘘声。

路子遥真正被枪杀的原因，远不至于是暴动，根本与此不相干。据消息灵通人士透露，是与施德广的恩怨所造成的。施德广完全清楚，不允许不听话的保长和国民党员在自己麾下存在。

张谟要返回安康之前，安排了自己的活动时间，上午拜见了李梦彪，只是讲了一些客套话，本想把查的纵火真实情况告诉李梦彪，恐怕对施德广不利，一个堂堂的县长去烧房子，嫁祸于人太不可思议了，也就只字不提及此事。李梦彪是一位刚直的人，你不提我得问："放火烧房到底是谁干的？"张谟只得支吾应付："看来与县里上报的电文有出入。"李梦彪的思维和见识谁比得过？制止地说："不用再讲了，既然如此，群众反映是真啦！"张谟沉默不语，半天才说："需要查实确认。"李梦彪笑了："是你给他下一个台阶吧！我完全理解。"张谟也赧然一笑，说："李老，汗润乡这次很出力，我要走了，得去看一看。"李梦彪手一摆："去吧，过细点啊！"

中午时分，张谟去看望张飞生，说："司令，我已忙完了，出去走走吧！"

张飞生问道："到哪里去？"

张谟说："找熟人打听打听情况。"

张飞生说："那好，就到王镜尘家坐坐，也许能问出点啥。"

王镜尘对张谟和张飞生的到来感觉非常突然，慌忙地给端茶倒水。

张谟说："不忙不忙，坐会儿就走，这次打死的都是共产党吧？"

王镜尘本来都不知道谁是共产党，谁不是共产党。他脑子一转，还是迎合这问话的目的，便说："大概都是的。"

"你听见没听见人说办错的？"

"没有听见过。"

"在旬阳教育界有名望的李仞仟，家里出了儿子是共产党，有人说啥吗？"

"连我都觉得难以理解。"

"旬阳还有谁是共产党员？"

"不知道。"王镜尘趣笑地说，"两位司令，如果我知道，我也可能是共产党员了！"

张谟直摇手，说："不对不对，人家是单线联系。"

王镜尘说："还没人和咱联系哟！"

张飞生插话说："多亏这样，不然，张司令会把你崩了，你还能站在这里聊天？"

张谟又问了一阵子，听话意思是想得到为他评功摆好的舆论，但谁也没说个一二三。他双手一拍膝盖，说："咱们一路过河吧！"

这一动议让张飞生和王镜尘感到十分吃惊，为啥要过河，过河干什么，这也不好追问哪！尽管说张飞生算得上一个元老，但现在算什么呢，不得不去。对王镜尘来说，比芝麻还碎的一个官，也不敢不去。王镜尘还想得更多了，是不是刚才玩笑开得太过头了，不会把我俩在大河洲枪毙了吧。于是，张飞生和王镜尘紧跟着张谟，两名护卫士兵尾随其后，谁都没有说话。走过大河洲，没见动作，渡过汉江，张谟回头望了一眼，又继续往前走，一直走到汗润乡公所，对出门迎接的乡长郭华堂，说："咋样，现在是不是安静了一些？"

郭华堂笑嘻嘻地说："有张司令坐镇，我们才能悠闲自在哪！快进屋！快进屋！"

张谟刚坐下，问："郭乡长，有没有麻将？"

郭华堂心里一动，司令是想来敲我们的竹杠，连声说："有，有。"

王镜尘心里一块石头落了地，原来是这样。

张谟又解释说："我约他们两位来打小牌，本想在镜尘家打，一来不够手，二来房子太窄，坐不下，所以才来找你了。咋样？"

郭华堂眼睛一眯，说："我去取牌，再把吃饭安顿一下。"

张谟指着两名士兵，说："好。另外，给他俩找个歇处。"

郭华堂说："对，住有现成的。"连身往外走。

张飞生把王镜尘胳膊一拉，随着跟出去了："郭乡长，我们也不知道来打牌，没带钱，一人借五十元。"

郭华堂二话没说，取出了一百五十元，递给张飞生和王镜尘各五十元，自己留五十元，然后指着张飞生说："张谟司令知道你这个往日的司令是咱们县上的大财主，镜尘在白河县收取厘金也有钱，我是乡长，所以想揩我们的油水。司令、镜尘，我们只能输不能赢，都送给了吧！"

张飞生彻底明白了过河来这里的用意，说："好吧，我们也不在乎这几个钱，让他高兴就行了。"

子时，吃了一顿夜餐，喝了几盅酒，就又上牌桌打开了。

天亮了，张谟说要上船回安康，打牌这才结束。张飞生、王镜尘和郭华堂的钱快输光了，加起来只剩下十二块钱。张飞生说，把这些给士兵吧，郭华堂把余下的钱集中起来，平均分给了两名士兵。

他们很快地渡过汉江。张谟向着大河洲岸边停泊的一只船一边走着，一边说："老司令，劳累你了，祝你身体康健！"

张飞生说："难能有这一回，祝你一路顺风！"他又问，"梁良他们呢！"

张谟说："早晨从旱路走了！"

张飞生望着船已经离开，回身对王镜尘说："镜尘，走，到我家把借的钱给你，有时间给郭华堂还了。"

王镜尘说："有那么急吗？"

张飞生说："还了，心里就踏实了！"

王镜尘热乎地挨在张飞生身边，笑着问："司令，你可莫怪，你那时候揩没揩过别人的油啊？"

张飞生把王镜尘肩膀一拍，哈哈地笑着说："你这个小子呀，我记不起来了！"

这话逗得两人前仰后合，大笑不止。

这一夜，从西炮台、西门到东门、东堤，从下河街到府民街、衙门口至县政府的院子里，到处贴满了震撼人心的标语：吃不饱的穷人起来吧！共产党人是杀不完的！抗日救国，收复失地，还我河山！团结起来，抗战到底，最后胜利属于我们！血债要用血来还！打倒屠杀人民的凶手张谟、施德广、胡望瑗、樊佑庶！

施德广怒气冲天，大发雷霆，命令保安队、自卫队彻查，凡怀疑者，格杀勿论，决不姑息！

孙瞻山那夜同队员们走到庙嘴子，安排其他队员回去休整，自己带领梁子云和于方连夜赶到了安康。

谷燕一见，高兴万分，但又有些悲伤之感，高兴的是孙瞻山突然地到来，可以说些心里话了；悲伤的是旬阳枪杀了那么多人，他们大多数是些无辜的老百姓。她抱着孙瞻山问："最近好吗？生意做得咋样？"

孙瞻山静静地说："还好，平平。"

谷燕又问："旬阳发生的事，连保安司令都带兵出动，听说杀了不少，让人气愤，你不碍事吧！"

孙瞻山牙一咬，说："我没事，只是恼恨，没能出上力呀！"

谷燕说："这同做生意一样，瞅机会嘛！"

这时间门外有人叫："谷燕在吗？"

谷燕一听是谭际桂的声音，赶快从后院走出来，答应道："在，在，有事吗？"

谭际桂神秘地说："把人忙得焦头烂额，连个串门的工夫都没有。"

"就那么紧？"谷燕稍微放高了嗓门问。

孙瞻山听到这问声，蹑手蹑脚地站在腰门的后面。

听谭际桂说道："现在谣言四起，旬阳的暴动被镇压了，张司令明天就返回。还得知安康、紫阳和汉阴也有相同的动向。我还罢了，周站长才更忙呢，正在配合侦察这些活动。"

谷燕有意地重复一句："张司令，为党国立了一个大功，明天回安康吗？"

谭际桂说："嗯，我听周站长讲的，明天回来。好啦，忙过这阵子，咱们好好好地在一起聊聊。"

谷燕招手说："你走好。"

孙瞻山暗想，安康会不会是李洪宝他们呢！赶快回到座位上，正好谷燕又进来，便说："客人走了？"

谷燕说："走了，那是军统的眼线，我的兴师要好同学。"

孙瞻山思索着问道："她讲的那些话是真的？不会有误吧？"

谷燕心里知道问的啥意思，但不明说："一定是真的。"

孙瞻山总觉得还不踏实，说："谷燕，你能不能问一下你表哥，证实张司令是不是明天回安康？"

谷燕睁大眼睛，问："你想做啥？"

孙瞻山愤怒地说："我要为被害的同志和仁人志士报仇！"

谷燕制止说："太冒险了吧！你们几个人能惹过他们！"

孙瞻山坚定地说："你不要操心，我会有办法的，打他几个是几个！"

谷燕自从同孙瞻山接触以来，打心眼儿里佩服她，是一个胆大心细、有勇有谋、毫不畏惧的女中豪杰。只得听从她的意思，去打听这一信息的真实性。

孙瞻山得到张谟回安康的确凿时间是在后天，立即从水西门渡过汉江，沿北岸而下。上路一开始，她就琢磨着如何来打伏击，伏击地点一定要选在安康地盘上，设伏位置须是居高临下的有利地形，路段必定选择狭窄而险要的隘口，而且是荒无人烟的不毛之地，并叮咛大家要仔细察看经过路途周围的地形。一路上孙瞻山非常注意艾家河、周家河口和二郎滩三个地方的地势，到了二郎滩底，她们便停止脚步，坐在汉江岸边的大鹅卵石背后稍加休息。

孙瞻山从怀里取出红五星，让她俩看，说："艾家河、周家河口和坐的这儿，都是当年贺龙军长率红三军渡汉江的地方。现在，我们要走他们走过的路，消灭敌人，你们觉得哪个地方有利于打伏击？"

梁子云脱口而出，答道："艾家河地域，有点开阔，周家河口和这个地方都行。"

于方不假思索地说："周家河口。"

孙瞻山说："这三个地方都可以，我偏重于二郎滩，其他两个地方都有渡口，来往的人比较多，子弹不长眼，万一伤了老百姓，那就不好了。旬阳到安康多少路程？"

于方很快地回答："一百三十五里。"

孙瞻山计算着，安康到这儿大约二十里，还有一百一十五里，按平常出发时间和行军速度，在下午四点半左右到达此地。她决定说："咱们于当天中午十二点赶到这里，在沟口岩上的草木中选择位置构筑简易掩体，以给敌一个突然袭击！你们觉得咋样？"

"清楚了，没意见。"她俩望着红五星，精神抖擞，说得很干脆。

孙瞻山走到力加坝北岸渡口时，指着面前的陡山，对她俩说："后天我们打得利索，返回后，从这里上邓家坡，过胡家庄，然后抵达弥陀寺落脚，休息整顿，那里的教徒是咱们师傅好友。现在，我们过河沿江而下，走红三军走过的一段路回空蒙寨，做好后天出击的一切准备。"

梁良带领的两个班早晨七时准点出发，要求一班和二班之间的行进距离拉开一里路，并指派两名士兵同县保安队派的向导曾仁义一起提前打前站，观察行军路线、周围的动态，以防受到袭击。他走到上渡口回望大河洲渡口停泊的那条客船还没有启航，心里嘀咕着，司令咋的，现在还没走，回去可能就天黑了。

为了五点以前赶回安康，到了屈家河口，梁良传话原地休息二十分钟，打点后立即出发，不休息还不知道累，一休息再走路反倒感到腰酸腿痛，两脚仿佛石头一样沉重。士兵们走起路来东倒西歪，好像没了魂似的。梁良看到这副样子，跑前跑后地叫着："打起精神，回去给大家改善伙食，奖赏大洋！快点啊！"

　　这话倒管用，士兵们揩掉满脸大汗，脚步点儿又快了一些。

　　埋伏在二郎滩北山草丛中的虎豹队，个个全神贯注，密切凝视沿江而上的那条路上的动静。

　　于方悄声喊道："来人了。"

　　孙瞻山一望老远的路上来了三个人："怎么是这几个，不对吧，这是探路的，等着后边。"

　　梁子云说："后边又上来一队。"

　　孙瞻山放眼远望，后面还有一队，怎么没有他们的司令呢？明白了，敌人还是很狡猾的。怎么打呢？她果断地说："子云，你带一队转移东边掩体，断尾，我在这儿掐头。听我的枪声，一齐开火。"

　　打前站的三个士兵，越来越近，于方低声说："姐，有个兵我认识。"

　　孙瞻山问："哪里的？"

　　"旬阳的，曹保平手下的兵，叫曾仁义。"

　　"认识你吗？"

　　"不大认识。"

　　"噢，是在曹家河口。是引路的，放三个过去。"

　　"嗯，就是一回哪！"

　　孙瞻山一直瞅着第一队已经走到隐蔽的山下，她大喊了一声："给我打！"

　　一时间，一排一排的子弹嗖嗖嗖地飞进了敌群。梁良狼狈地躲在岩边，不断地吼道："卧倒，隐蔽，开枪还击！"

　　这突然的交火，硝烟铺天盖地而来。孙瞻山对于方说："节约子弹，瞅准，一枪一个。往下传。"

　　于方一边往下传，一边又说："那三个兵折回来了！"

　　孙瞻山说："折回来就打！"

　　于方举枪瞄准射击，子弹打在他们脚下，冒起一柱灰尘，一个倒下了，一个又往前跑了，一个躲进了树林。

　　于方说："姓曾的藏进树林里。"

孙瞻山说："监视着，消灭那一伙再处置。快，敌人又要上来了，一齐打！"

梁良在猛烈的火力打击下，第二次退回到路边的岩下。他一清点，一班长和二班长已阵亡，连自己只有八个人的战斗力了，看来自己也得留在这二郎滩上，这或许是对自己报应吧。

孙瞻山借战斗喘息的机会，给梁子云说："就这样，敌人攻一次，我们就狠狠地揍一次，让敌人一个一个完蛋。注意前方！"她又对高伟弟和于方说，"你俩去把那个姓曾的抓来。"

在前沿阵地稍后的地方，高伟弟和于方把曾仁义绑在一棵树上。

孙瞻山过去问："你跟他们干啥？"

曾仁义两腿直发抖，说："带路。"

"这两队是多少人？"

"士兵二十四人，还有排长一人。"

"安康的保安司令呢？"

"听说是坐船。"

"坐啥时候的船？"

"老总，这个，我兵娃子确实不知道。"

"真的不知道？"

"真的，如哄你们，遭天打雷劈。"

真是冤家路窄，这时曹立毅来了，"我一枪把你打了！"

孙瞻山连忙拦住，说："他是带路的，过去的已经过去了。那次我看他讲家有二老，很穷，只是混饭吃，放了吧。你赶快回旬阳，不要再做瞎事，听到没有？"

曾仁义低头作揖，说："铭记在心，你们是好人。"

梁子云喊："姐，敌人又进攻了。"

孙瞻山边说放他走边回答道："集中火力，打他个片甲不留。"

曾仁义跺着脚直嚷嚷："你们救我两回，我帮你们一回，给支枪，行不？"

孙瞻山边指挥边喊道："快走你的人。"

曾仁义把军衣一脱，甩在地上，折了一枝树叶往头上一插，顺着土坡一跳，溜滑到了路上，拾起那死去士兵的枪，依附在岩石下，向往上冲的士兵叭叭打了一梭子。三个士兵倒在草丛路上，还有几个哇哇地直叫，跟着梁良向东跑去。曾仁义转身爬上坡，把枪甩在地上又穿起军装，一溜烟穿进了森林里。

于方说："他跑了。"

孙瞻山说："就是让他跑的嘛，不过还有良心，果真帮了我们一回。"

曹立毅说："他恐怕认出我们了。"

孙瞻山直摇手："即就是认出来，他也不会说，也不敢报告，不然他会有这种行动吗！"

梁子云说："要不要追击那几个逃窜的敌人。"

孙瞻山说："穷寇勿追，观察一下，再决定。"

梁子云不觉发现什么，叫道："姐呀，你真是神机妙算，啥都预料到了。往前看！"

孙瞻山稍加站起，举目远望，说："来了，支援的人，是从哪里冒出来的？"

梁子云踮脚细瞧，说："这是文雅乡保安队和一些乡丁，我见过那个队长。"

孙瞻山让大家清点各自还有多少子弹，有的说有三发，有的说有两发，最多的是五发！她当机立断，说："我们的目的达到了，打死敌人那么多，我们无一伤亡，是一个胜利。我带立毅和于方佯装西撤，钳制敌人，子云领大家趁机向追赶的敌人象征性地开火，不要恋战，然后按原计划路线，向东撤退和转移。我们仨甩掉敌人，绕道文雅，过屈家河，经屈家院子至弥陀寺会合！"

梁良立即组织对前来支援的保安和乡丁发起又一次进攻。

这时的孙瞻山开始抵抗了一阵子，便开始边打边沿着山势向西移动。

梁良发现了这个动机，像发疯似的沿路向西追赶。追着，追着，山上没有了枪声。他带着保安缩头缩脑地爬到山上去一看，前面横着一道自然形成的石坎，越过石坎，是一片黑黢黢的大森林。他发怒了："这伙奸匪钻到哪里去了！给我搜！"

林里林外，林东林西，到处搜遍了，却没搜出一个人影。

天渐渐地暗了。梁良哭丧着脸，望着横尸满地的士兵，鬼哭狼嚎地喊道："司令，咋还不上来呢！我和三个弟兄该回安康了。"他转身就走，但又回过头，对着那些尸体说，"弟兄们，等着，我们会来把你们搬回去的！"

夜很黑很黑。二郎滩里的击水声，在滩上轰鸣。二郎滩北岸的山林里寂静无声，偶尔传来饿狼觅食的那种刺入骨髓的嚎叫。

《安康日报》在这天头版显要位置刊登一篇消息。

引题：坚决执行党国意旨。

主题：我二十一名保安士兵剿匪中壮烈阵亡。

副题：旬阳奸匪全部歼灭。

彭仲篪拿着报纸一看，赶快去问曾仁义是不是回来了。龚承先告诉，他天快亮的时候跑回的，脸色苍白，可吓坏了！

彭仲篪立刻去见曾仁义，把报纸递给他，问："咋那么惨哪！"

曾仁义把报纸扫了一眼，说："我们有三个在头里带路，走着走着，身后不远处响起了激烈的枪声，只听士兵哇里哇啦地乱叫。他两个回身还击，我没带枪，刚躲在草丛中，一个中弹倒下，一个跑了，我在那儿没动。见梁排长领士兵攻了三次，每次都被很快地打下来了。大家吓得屁滚尿流，咋能冲得上去。梁排长指挥活着的几个兵向东跑，刚遇上来增援的保安兵和乡丁，又返回组织攻击。枪声稀稀拉拉向西边响起来，响着响着没见了。他们在山上到处搜查，没发现那帮人一具尸体，就回安康了，我连夜跑回来了。"

彭仲篪哦哦了几声，安慰了几句，就走了。

曾仁义又把报纸看了一遍，嘴一撇，心里嘀咕着，明明是遭伏击而死，咋是剿匪阵亡。报纸上也胡言乱语，信口开河。这不实之词是哄自己还是骗别人呢！眼见为实，耳听为虚，瞎咧咧些什么呀！他把报纸往地上一甩，蒙住头睡觉了。他在被里宽慰自己，我不是临难苟免，我还像一个汉子。

不过，这条消息震惊了秦巴山地的人们，捺动着各种不同的人心。

第三十七章

惊魂未定作抉择

太极城的天空阴沉沉的，阴沉之中，透射一线玄想的朗明；奔腾的汉江阴沉沉的，阴沉之中，荡起一朵刚强的浪花；人们脸上阴沉沉的，阴沉之中，飞旋一丝坚毅的笑容。在那遥远的大山里，却有一团垦荒的熊熊烈火，燃烧着阴沉沉的黑夜。

同志们的鲜血不能白流，我们只要有一口气就要坚持战斗下去。鲁世恭从刘金章那里得知，施德广眼下又派出三个分队赴东区、南区和北区，继续搜捕共产党人。意识到环境依然恶劣，便立即把党员名册和党内书刊，转移藏在石磨座的底下，又将工委印章隐藏在一面破烂不堪而不显眼的墙缝里，这才安稳一些。

这天下午，鲁世恭借到国民兵团办理公务之机，找见路德厚谈了对形势的判断，说："当前我们仍然是处在危险之中，要汲取这次血的教训，要保存党的组织和革命的力量，这是摆在我们面前的首要任务，一点儿大意不得。"

路德厚也认为施德广这一帮子人是蝎子驮蜈蚣，上下都是毒，凶狠至极，企图把共产党人铲除干净，那不过是石头缝里挤水，异想天开。我们现在要做些让他们难以预料的事，让他们明白共产党人是不好惹的！他好像在谋划地点着头，自言自语地说："如何对付才是万全之策呢！"

鲁世恭对这一设想性的自问，引起了共鸣，说："德厚，我们是不是先这样做，记得刘湘卿来旬阳指导工作时，先后两次在个子家和后城洞儿碥召开会议，传达中央关于党在国统区的工作方针是'隐蔽精干，长期埋伏，积蓄力量，等待时机'。他一再强调要学会储备力量的方法，在不利的情况下，可以加入国民党和三青团，须向上级党组织报告，并在国民党政府里求得一定职务，官当得越大越好，这只是貌合神离、各行其是罢了。他还提醒同志们要去掉疑虑，清除互相猜忌，用党员的党性保证自己的纯洁性和坚定性。他最后风趣地说，这就像孙悟空钻到铁扇公主的肚子里，相信他们会在那里舍生忘死地为我们事业做工作。我看哪，执行上级指示，加入国民党以掩护自己为好。锦囊妙计，摆脱险境，以利再战！"

路德厚说："这得向上级汇报，省委也无法联络，派人去也出不了县啊！"

鲁世恭果决地说："我们的组织还在，就这样办，我担着。好就好在我、你、广文、文治同志都有一个县政府和部队的职务，下来要秘密联络少数党员，向牺牲的同志和蒙难者家属，采取各种方式给予慰问，帮助解决一些困难，以示组织的关怀；再者单线联系党员，继续做好抗日救国和对敌斗争的宣传工作；此间，掌握火候，发展坚定、可靠、成熟的对象入党。在这生命危险还没有过去之时，能有朋友提出申请加入我们的行列，那是破天之举，难能可贵。还有，你这个军事委员，要着重考虑，怎么去活动熟悉的乡长或乡队副，我们要掌握一定的武装力量，这样才能制服敌人，战胜敌人。你看还有啥？"

路德厚说："你考虑得很全面，就先这样执行，执行中再加以完善补充。"

鲁世恭说："好，你下去同广文通个气，就算是组织议定的计划。"

这一夜，黑黢黢的、暗淡的油灯熄灭之后，街道、房屋、城墙、树木模糊一片，什么也看不清楚。就在这夜半三更的时刻，在下河街、府民街、东西城门内外和县政府的院子里，分头有几个人影在晃动穿行，过一会儿，便完全消失，不知去向。可笑的是，连夜巡的警察也没有发现一点儿踪迹，直到天亮时，才看到全城所到之处都贴满了一张张若投枪的标语，格外刺人眼目。

> 吃不饱的苦难穷人们起来吧，砸碎旧世界！
>
> 为失去的苦命朋友报仇！
>
> 共产党是杀不完的，烈火永生！
>
> 残害百姓的刽子手，绝没有好下场！
>
> 有志之士，朗咏山河，振奋前进的步伐！
>
> 中国共产党万岁，万万岁！
>
> 团结起来，抗日救国，振兴中华！
>
> 有钱出钱，有力出力，支援抗日前线！
>
> 战斗吧，正义必定战胜邪恶！

施德广早晨一开门，发觉门上贴了一张宽大标语，标语上并排画了三个人的头像，仔细一看，头像下边写着如青杠树的树干一样粗的大字：打倒县长施德广！打倒县党部书记长胡望瑗！打倒樊佑庶！在门的旁边墙上用粉笔写着一行字："施德广必须在青石上磕三个响头，给旬阳老百姓低头认罪！"他又朝院子里一瞥，数不清的传单在微风里飞来飘去，一下子气得七窍生烟，怒气冲天，大喊了一声："来人哪！"

正在这时，彭仲篪捏了一把标语匆匆地跑来，只见施德广手里拿着标语在发脾气，惊呆了："县长，这这这……"

施德广没给个好脸色："这这，这什么这，你看你们一天都在干啥，这些反动标语都贴到我的门上了，你看看！"

彭仲篪接过一扫，说："大街小巷也有这些，现在已派士兵在清除！"

施德广狠狠地说："这些共党分子倒是越杀越凶了，咱们看看到底是谁厉害。你赶快派人会同乡长、保长和甲长们进行彻查，对怀疑的人一个都不能放过，而且要严惩不贷！"

彭仲篪在回队部的路上想县长的那句话，你们的眼睛莫不是长在后脑勺了，怎么啥都看不见呢！是的，这是我们的失职过错、粗枝大叶造成的，只能在清查中弥补了！

胡望瑗拿着几张标语来同施德广说："这简直是无法无天，把反动的话写在门上，狂妄到什么程度了！"

施德广说："我这里也是一样呵，共党分子是刀尖上翻跟头，不怕死，还是我们杀得不够彻底！"

胡望瑗说："我看也是这样，杀他个片甲不留，看谁敢来闹事！得查呀！"

施德广说："我已安排了，这一回要再狠一点，做到不留后患。不过，我们也要扩大党国的势力呀！"

胡望瑗说："是的，那些共党分子弱势逞强，说明我们的势力没有占据一切可以占据的地方，还是要采取那种办法，你不参加国民党和三青团，说明政治已有倾向，就是怀疑的对象，须一盯到底。"

施德广："对对对，应该这样的，得制定一个具体实施方案来。"

胡望瑗说："是的，我们的党团要控制百分之九十九的中青年，那百分之一漏网，也掀不起大浪。分三步走，第一步重在政府各部门、乡镇职员和部队的干部和士兵中发展。第二步是城镇居民，第三步是农村百姓。如有抵触者，就采取袁子昌给我报告的那种办法，逼也要逼他上我们这条船，不然就是持不同政见者，决不能手软，把他推到河里予以了结。这个安排计划，近几天准备召开县党部政

836　　　　　　　　　　　　　　　　　　　　　　　　　　　　兴安踪影

府各部门和乡区分部负责人会议，进行传达执行。这样一来，我看共党分子头再尖，还能再往哪儿钻，只会是灭绝的下场，不会有滋生的土壤！"

施德广说："我完全同意这个做法，相互配合，抓紧执行。"

县党部会议一结束，黎文治从樊佑庶那里得到会议内容的消息，立即告诉了鲁世恭，并说："得有思想准备，你在信用合作社还是有影响的人，恐怕首先考虑的就是像你这样的人物。"

鲁世恭马上说："瞌睡给了个枕头，正及时。有人过河有人搭桥，巴不得。"

黎文治发闷了半天，说："这行吗？不要靠山山移、靠水水流啊！"

鲁世恭详细地说明缘由："这是中央'隐蔽精干'的政策，让革命烈火延续不断，越燃越旺盛。这是依附不是依靠，真正是要靠我们自己，就是在其间造成我们的山势、水势，使这个山势更雄伟，让这个水势更凶猛。"

黎文治急忙问："那我怎么办？"

鲁世恭回答说："根据你的处境先莫急，听候组织安排。"

黎文治点了点头，走出合作社的大门，想到要是一窝蜂似的去参加，也会引起敌人的警觉和怀疑。

鲁世恭下班刚走到县城东门内，听见胡望瑗老远在喊："鲁世恭，到我办公室来一下！"

鲁世恭猜摸着，堂堂的书记长平常见了只是视若无睹地摆一下手，从来不搭腔，今天却破天荒地叫自己到办公室，准是在实施其计划。他不紧不慢地走进办公室，说："书记长，该下班了，还忙呀！"

胡望瑗满脸奸笑，说："快坐，平常繁忙没时间拉话，趁这会儿有空，了解点情况。最近合作社工作上了路，是吧？"

"还不错。"

"你这个人我听说了，做事总是有板有眼，名不虚传哪！我想知道，你参加过啥组织没有？"

"谢谢夸奖。哪有心考虑那事。"

"共产党你知道不知道？"

"知道，这个《中央日报》不是登过，在延安嘛！"

"旬阳有吗？"

"不清楚。去年七月份，成立的中国国民党陕西省旬阳县党部，你任书记长，还有录事叫钱智举的，这我知道，还有干事和工友就不认得了。"

第二十七章　惊魂未定作抉择　　　　　　　　　　　　　　837

"你还摸得清啊！你今年多大？"

"三十二岁。"

"正是时候，想不想参加国民党？"

"恐怕不合格吧！"

"机灵、能干、工作出色，加之年龄符合标准。行，我看完全行。"

"谢谢书记长抬举，俺这个忙于事务，目光短浅，让我再想想吧！"

"想什么呀想，就这么定了。你要好的人还有些谁，你还可以推荐。"

"多啦，县城有、乡下有、部队也有。"

"县城和部队是谁？"

"我先推荐一个，而后再慢慢地了解，符合条件了再引荐，咱们国民兵团常备队特务长路德厚，我认为合适。"

"这个人我听讲过，在湖北郧阳的二十六军干部深造训练班学习过，多大岁数？"

"二十六岁。"

"年轻有为，不可多得。你能看得上的人，不会走眼，稍加考查即可。"

"那等考查结束再说吧！"

"我不是这个意思，你抓紧时间把他带来，我询问后，你俩一起填写表格。"

"我不会写申请书啊！"

"不用写，只填《中国国民党员入党申请表》就行了，这不是很简单吗？只要心里有党国，就是忠诚！"

"是的，是的，一定会忠诚我们党的伟大事业。"

"哈哈，爽快爽快，就这样！"

"书记长，爽快人做爽快事，会坚决地走自己选择的那条道路！"

鲁世恭刚走出县党部的大门，通过城门洞子看见袁子昌摇摇摆摆地走了进来，他视若路人，神气地直往前走。

袁子昌瞅了瞅，叫道："嗨，鲁世恭真牛气呀！"

鲁世恭回眼一瞥，淡然地说："没看见没看见，咱们这号子人咋能牛起来呢，哪有三青团的头儿风光哪！"

袁子昌探问道："你去县党部做啥？"

"书记长打听合作社的事。"鲁世恭说。

"是这样吗？不对吧！县党部是不是在做扩大势力的文章呢？"袁子昌眨着眼

睛又问。

鲁世恭心想，政府里早有议论，国民党和三青团在相互争人才，产生互不信任的矛盾，听这句的口气一定是真的，随便地甩了一句："势力再大，也大不过蒋委员长嘛！"

袁子昌抢了一步，走到鲁世恭的前面，扭过头来，冲着鲁世恭笑了一下，说："这可是堂屋里挂碾盘，实话（石画），我相信。世恭，你的年岁正相当，你参加我们三青团吧？"

这突如其来的提议，令鲁世恭吃惊，真是急不可待，顾不得什么场合了。他边走边推辞地说："我的信贷任务实在繁重，县长、书记长成天都在催促，我没时间去考虑这个。"

袁子昌急切地说："这不要你花时间，只要同意，我帮你填一张表，我不相信你连个签名画押的时间都没有。你觉得咋样？"

鲁世恭两手一合，说："谢谢你关照，以后再考虑。"

袁子昌一听这话，觉着没指望了，还须忍着点，不能出语过头伤害他。因为他同刘金章交往密切，万一得罪了，给他奏上一本，三青团的经费可就会出现麻达，一查肯定会出破绽，连我自己也弄得一身糟，不但不能当头了，而且会坐牢子的。他想到这里，软绵绵地说："那就算了，这话当我没讲。不过猜着了，你现在是红人，无事不登三宝殿，这到县党部去，除了报告工作以外，肯定是有点了。不管咋样都是在委员长领导之下，为了国民的利益，踵事增华嘛！"

鲁世恭心想衰败降临，船快翻了，还增华呢！便敷衍地说："有点没点那确实是以后的事情，不过总得有一个着落啊！"

袁子昌没说话，摇了摇手臂，耸了耸肩膀，觉得很没趣，只好走开了。他又狠心地想到，如果犯了我，我非让你落个身败名裂的下场，不信从蜘蛛口里扯不出细丝，走着瞧！

鲁世恭注意到袁子昌那般难堪的脸色，不过他把我又将奈何！嗯，还是要提防点好！他一径到了财政科，刘金章不在办公室，又去问值班员，得知刘金章被施德广叫去了，揣摸一下子回不来，于是让值班员传话说："有信贷业务，亟须呈报，回来后，请转告他到我家里吃晚饭。"

值班员说："老熟人，一路的财神。请放心，我一定转达到，你赶快回去，好个准备饭菜吧！"

鲁世恭微笑着说："家常便饭，没啥准备的，主要是商量钱财的来路。"

值班员一扬手，打趣地说："好哇，钱多了，可要给下苦的人增加薪水了吧！"

鲁世恭边走边说："想得实在，有这个希望！"

夕阳显现一副疲乏困倦、浅红淡笑的脸色，缓慢地枕在山头里睡觉了。朦胧的夜色降临了，在外劳作一天的人们，从山上山下、山里山外陆续回家了。刘金章要去鲁世恭家里吃晚饭，也按时到了。鲁世恭热情地招呼他喝了几口茶水，就上桌开席。说是宴席吧，又不是那么隆重，参加人只有两个。菜呢，上了四盘，不过这菜可是上等菜，有鳖有鸡，荤素搭配，蛮丰富的。菜上齐后，鲁世恭笑着说："咱们今天喝几盅酒吧，好几天都没沾了。"

刘金章想了一会儿，说："近来总是让人提心吊胆的，喝就喝点，也算是压压惊，解除烦恼吧！"

鲁世恭随和地说："血腥的镇压，虽让人们担惊受怕，但是泰然处之，才能活得像一个人样子。照我想，刽子手们不会罢休，或许也正在磨刀霍霍，蓄意残害人民，现时得留神点好，来，干一杯！"

刘金章端起盅杯，问："你不是说有啥业务吗？"

鲁世恭把杯子一碰，说："俺们吃完饭再谈那个财的事，雷都不打吃饭的，是嘛！"

他俩嘿嘿一笑，来了个酒杯子底朝天。

刘金章看着鲁世恭斟了满满的一杯酒，想着常言说的那句话，酒满敬客，茶满欺客，难怪刚才那茶杯只倒了多半杯。哎呀，是朋友还讲究个啥！他说："世恭，财助精神酒助胆，要做点出头露面的事就得有海量，可我不行，只能喝上三杯，这就算诚心了。"

鲁世恭伸出指头比画着，说："保证不超过三杯，适可而止，恰到好处，保持头脑清醒，不要把账目弄错了，对不对啊！"

刘金章心情开朗地说："是是是，老走三岔口，不会错路的。"

鲁世恭指着酒杯说："好，第三杯喝起，好吧，吃点啥？"

刘金章摇手说："菜把肚子都吃饱了，要啥饭，没地方搁了！"

鲁世恭征求意见似的说："咱们到河边去散心。说事吧！"

刘金章愉快地答应了："那就走！"

这是一顿交心摸底的夜餐，谁也没有说明白要说的话，可心里猜到了那么一回事。鲁世恭看着刘金章走着走着，这与其说喝的是清纯典雅的美酒，不如说咽下的是勇敢；与其说吃的是精美的菜肴，不如说细嚼的是刚健；与其说走的是滩头的小路，不如说行的是人生的大道。

旬河水悠闲地向南流去。它高兴时溅起一朵一朵浪花，仿佛在他俩面前欢笑；它忧愁时掀起一层一层的波纹，宛如为他俩的谈话担忧。担忧什么呢？担忧的是人活在世上的命运和生活的前景。

鲁世恭坐在河岸边，望着水流，开门见山地说："我们要谈的业务是，长勤同志走时，给交代的一个重要任务要我来给你做。"

刘金章惊异地说："他家开'大顺生'与我不沾，有啥要做？"

鲁世恭一语破的，说："吸收你加入中国共产党！"

刘金章震惊了，这旬阳的血腥大屠杀刚过去，县政府还在四处追寻共产党，人们至今还惊魂未定，岂敢自找麻烦。此举非同小可，我该作何决定呢！也不能辜负人家一番好心哪！

鲁世恭见刘金章半天没说话，夜间也看不清他那为难的样子，也许是潜露深思的脸色，也许是在排除自己和对环境的顾虑，也许是正在下抉择的决心。他说："金章，莫急，先想好了也不迟，党的大门敞开着，只要符合条件，随时都可以申请入党，而且是严格保密的，单线联络，这是铁的纪律。"

刘金章"嗯"了一声，还是没有吭气，难怪这位同我是高小、简师的学友，对我这么倍加的关心，每次见了都要讲共产党领导的八路军在抗日的前线的捷报，中国一定胜利；讲延安不论是大官、小官都一样，同吃同住同劳动，同舟共济渡难关，精诚团结斗敌人，中国有希望；讲解放区实行分田分地，耕者有其田，穷人富了，中国就强大了。他转念又一想，是啊，共产党组织是绝对保密的，鲁世恭的秘密既被我发觉，是单线联络，没有河岸的眼睛，日后如是有个三长两短，我跳到黄河也洗不清呵！再说啦，我在县政府不能自吹自擂是鹤立鸡群，但还算得上是一位耸壑昂霄的人物，谁能凭空捏造我是共产党呢！组织的保密，本人的职务，工作的业绩，掩护着应该爆发的力量！在这个世界上，中国共产党是先锋队，是为天下穷苦老百姓谋幸福的组织，加入中国共产党才能活得坚强，活得纯洁，活得高尚，活得光荣，活得伟大。总括一句话，活得值钱！刘金章猛地站起来，站在那儿直撅撅的，认真地说："同意，我参加！"

鲁世恭对这铿锵有力的回答早有预料，没有崇高的理想，哪有这么勇敢的精神？哪有这么大胆的决定？哪有这么坚强的意志？哪有这么诚心的信赖？哪有这么自我的超脱？尽管如此，他还是语调严肃地问："想好了？那可是要甘冒风险，或许要掉脑壳的呵！"

刘金章坚决地说："想好了，即就是那样，要比我管的那些钱财昂贵几百倍、几千倍，这也是无法计算的！我自愿加入中国共产党，你就介绍我入党吧！"

鲁世恭跟着站了起来，深情地说："我同意当你的入党介绍人，记住这个不可忘却的日子，还有你要另外用化名。"

刘金章边走边想，过了一会儿，说："姓文，名轩，器宇轩昂的轩。"

鲁世恭一笑说："高大。组织名册填文轩，入党表格署文轩。走吧，我送你！哎，你给德厚捎个信，叫他来一下！"

刘金章也笑了，说："噢，我不是寻不着路，县城还不是在脚下嘛！"

这笑声击碎了沉寂的黑夜。一轮月光升起来了，照在旬河的小船上，同招手告别的两个年轻人一同行走。不多时，从河畔农家小屋的窗户里透射出桐油灯的亮光，又有几盏马灯晃晃悠悠地走进了朦胧的高家沟，是星星之火来了！

路德厚见到鲁世恭，领受了两项任务，要暗地里继续联络回乡军人，掌握目前的政治倾向，登记造册，以备后用；再就是抓紧到安康，找"富源"老板打听孙瞻山的去向。路德厚完全理解其目的和意图，是要建立一支抗日武装队伍。决定近几天把手中的几件事安排妥当就起程，当他正要回常备队时碰见了涂兴诗，说："涂班长，你真忙啊！"

涂兴诗扭头一望，说："特务长呵，不忙不忙。这不，县长叫我呢！以后再聊。"

路德厚看涂兴诗急促地走进了施德广的办公室，转身边走边想着：这个恶魔，又要耍什么花招！

涂兴诗一进门敬了个礼，说："有任务，请指示！"

施德广坐椅子上没动，边写边说："就是就是，你后天，最迟大后天带领六名士兵到赵湾一趟，你先坐下，我马上写完信再给你交代。"

涂兴诗站得笔直笔直，眼睛紧紧地盯着县长写字的姿势，也不知写的是什么。

不大一会儿，施德广把毛笔往砚台上一搁，很快地将一张写好的信折了三折，装进信封，抬头说："坐呀，咋不坐，快坐！"

涂兴诗缓慢地坐在木沙发上。

施德广离开桌子，皱着眉头，踱来踱去，郑重地说："最近侦知，赵湾有漏网的共党分子，还没确认是谁，有人发现风雅乡的乡队副鲁更曾同杨明宪在赵湾和桐木接触多次，对他有很多的怀疑点，不能不抓捕到县上，看能不能从他嘴里撬出点什么来。你就拿着我的这封信，去执行吧！这次行动，绝对不能向任何人泄露。"

涂兴诗答应了一声"是"，说："县长，我出去要给符队长报告。"

施德广一摆手说："我给泽甫讲过了，不用，你就走吧！"

涂兴诗急急忙忙地走出院子，没看见黎文治从前面走过来，只闷着头擦肩而过，却被黎文治一把拉住了，说："兴诗，天灵盖上长眼睛，目中无人。"

涂兴诗一抬头，顿时自觉汗颜无地，慌忙地说："哪能呢，队长，对不起，我确确实实没看见！"

黎文治看他的样子，是在集中精力想什么事，揶揄地说："兴诗班长，开个玩笑，莫认真。党国就需要你这样至诚之人哪！忙啥呢，忙！"

涂兴诗理解这赞扬的话，看旁边无人，偏着脸说："谢谢队长夸奖。忙着'清剿'呗，到东、南两路捕了个空，又要到北路，实在让人喘不过气来。"

黎文治既神气又关心地说："我也听樊团长讲过，那帮子人是出没无常，不可捉摸，你可要小心点。还有哇，该歇的时候，还是要好好地歇歇，不要把骨头架整垮了，命是自己的！"

涂兴诗胁肩谄笑，说："是的，队长，我会注意的，谢你的操心。"

黎文治看到他自信的样子，不禁心里暗笑着，谁不知道你是施德广的心腹。为防止听出什么话音来，黎文治又认真地补充了一句，说："给党国效劳，没硬朗的身子不行啊！"

涂兴诗直点头，说："是的的的。队长，我走了，你也要保重啊！"

黎文治没有吭气，要你关心，会把我掀到岩里头去了。他连忙把刚才抓到的这个信息告诉路德厚，说："情况紧急，赶快去找世恭，商量如何办。"

路德厚感觉事态严重，二话没说，把黎文治一拉沉着冷静地向上菜湾走去。

鲁世恭一听到县政府又要出动北路"清剿"的消息，首先考虑的是如何保护风雅乡、赵湾、桐木和唐兴等地十三名共产党员和十名进步人士，即发展对象的生命安全。他知道黎文治在风雅乡训练过国民兵，问："文治，你同风雅乡队副鲁更熟吗？"

黎文治说："我们一起操办国民兵训练，不是太熟还合得来，人不错。"

鲁世恭说："这就好办，你知道不知道唐兴的李成浩？"

黎文治回答道："他送过训练的国民兵。"

鲁世恭说："只要认识就行。"转过面又问路德厚，"你上安康定了没？"

路德厚说:"明天早晨走。"

鲁世恭把手指头往桌子上一点,好像是铁锭子掉在了桌面上,发出了一种有力的响声,说:"既然这样,我先讲个意见,保护党员、保护发展对象、保护组织,这同样是保护革命力量、保护群众利益、保护传承事业,是我们义不容辞的责任和义务。我们现在要以分秒必争的速度,抢在敌人出动之前,才会有稳当、主动、平安,不然的话,就会错失良机,大难临头。德厚,你带上我写的条子连夜上安康,联络给我们支援;文治,你想办法连夜通知曹更注意动静,再让李成浩单线联系暴露人员,立即转移回避;我安排城郊的同志,防备敌人来个回马枪。注意要若无其事,不要惊慌失措;要谨言慎行,不要任意妄为;要见缝插针,不要蹉跎时光。好,你们有啥说的?"

路德厚立马站起来说:"没有了,我回去取点盘缠和干粮就出发。"

鲁世恭从口袋里掏出早已写好的字条,递过去说:"这是联络的暗语。小心点!"

黎文治边往门外走,边说:"就这么办,我想好了,回去就给鲁更打个电话。"

"不行不行,不能打电话!"

"叫他赶快来县,商量训练国民兵的计划安排。"

"这也不行,要打就这么说,不要老待在乡公所,赶快走出去,了解参加训练的国民兵是咋想的,愿不愿意、人数够不够。不然,就改到明年春天再训,抓紧些,不要等县上去人安排,那就迟了。"

"嗯,这样说得圆。他会明白吗?"

"会的,一定会。你把这话递过去就行了!"

这个初春的夜晚冷飕飕的,有些寒气袭人;也在这时月亮爬上了天空,雾蒙蒙的,显得暗淡无光;一阵一阵的微风吹过,一排排电线杆上的铁丝响嗡嗡的,隐喻穿杆引线。夜呵,你可否听见,在这动荡残酷的岁月里,所发生的抗击的暴烈声!

黑夜被路德厚的脚步走过去了,接着便走出了一个白天。早晨的太阳刚出山的时候,路德厚从汉江边挪步,一口气走进安康老城北门,没停步来到"富源"商店门前。商店还没有开门,他轻轻地敲了两下,门吱的一声开了,谷燕问:"你找谁?"

路德厚眼睛一亮,说:"老板,我要买铅笔和铅笔刀,还有公文纸张。"

谷燕又问:"红的还是蓝的? 要多少?"

路德厚说："红、蓝各一支，铅笔刀一把，公文纸一本。"

谷燕笑了一下，说："还没开门，你进来吧！"路德厚一踏进门，她顺手就把门关上了。

路德厚从鲁世恭口里得知，"富源"老板是女的，开口问道："你就是谷燕吗？我叫路德厚，是鲁诚娃同志指派来的。"接着，他从褡裢里取出信件递给了她。

谷燕笑了，笑得很灿烂，说："叫啥老板，只是经销生活用品而已，快坐快坐，喝茶！"

路德厚是渴了，端过来咕咚咕咚地喝了几口，心想着，这可能是党的地下交通站吧！

谷燕展开纸一看，上面写着简短的话：

老板，生意兴隆！

　　上古宇本原太极，一片混沌之气，今有蒙难之兆，来势甚急。欲借虎豹之威力，灭那嚣张气焰。此意则是林三曾有所指，且告之为盼。四海经商无假货，一生处世做真人。以此共勉。

　　　　　　　　　　　　　　　　　　　　　　鲁诚娃　即日

谷燕看完之后，站在柜台前沉思了一阵子，是的，刘文彬走时，曾捎信说过，各县如遇险难之事，一定让孙瞻山予以支援。眼下，旬阳的同志们又处在大祸降临之际，一定要帮助解危。她问："现在处于什么情况？"

路德厚说："县政府派政警队一个小分队共六人，于后天赴北路的赵湾、桐木、唐兴'追剿'地下党员和进步人士。工委已研究了处置办法，已在执行之中。工委还有个意图，不光是隐退，从实际出发须反击，要狠狠地对这小股敌人教训一下，要使施德广他们这一伙知道，共产党人是打不垮的！"

谷燕问："你们咋样配合虎豹队？"

路德厚说："我上安康之前，已联络了六名回乡军人，他们那里藏着四杆长枪，还有两支手枪，同虎豹队阻击敌人的这次'清剿'行动。"

谷燕又问："咋联络？"

路德厚说："菜湾小学东侧菜地，我褡裢两端系红黄布条为号，还有暗语。"

谷燕说："行，一定联系，于方就潜伏在旬阳县城。据我所知，孙瞻山在陕西与湖北的交界处，观察探听日本鬼子的西进动向。这不大紧，我可通知于方，而后由她处置。真是后天的话，能赶得上。"

路德厚说："谢谢老板啦，我得赶快回去，安排我们的人，不然，时间就来不及了。"

谷燕说："事情不等人，时间也不等人，险情在等人，你走吧！"转口又说，"你等一下，肯定没吃早饭。"她很快进厨房拿了几块烙馍出来了，"只顾说话，别的什么都忘了，把这拿上走在路上吃吧！"

路德厚把褡裢往肩上一搭，又将烙馍塞进褡裢袋里，没顾得上吃一口，朝着东堤外的渡口飞奔而去。

就在路德厚赶回县城的当天晚上，黎文治递话说，涂兴诗"清剿"分队明日早晨八点出发，施德广指示风雅乡保安队予以配合，兵力约两个班。他同鲁世恭一商量，一边召集回乡的几名军人进行筹划对付的方案，一边等待秦巴虎豹队的到来。

涂兴诗很贼，天蒙蒙亮就上了路，下午两点多钟赶到了风雅乡，立足未稳，赶快选岗布哨，控制乡公所的前后门和两条道路。这时，他发现周围的小路上，有几个保安队的士兵在走来走去，到处晃悠。可想，是在配合行动，涂兴诗没理睬，忽地一下进了乡公所，喊道："严乡长呢？严乡长在吗？"

乡长严文模一边走出门，一边答应："在在在，涂班长，来得这么早哇，我估计四五点才能到呢！快坐快坐，茶水饭菜已经准备好了，等着呢！"

涂兴诗一屁股坐在椅子上，说："乡长安排得真周到，莫急莫急，你先看县长给你的信。"

严文模边接边说："施县长昨天和今早还给我打电话，讲你们今天要来。"他拆开信，从头到尾看了两遍，觉得没看个彻底，又从头至尾地看了一遍。

密 令

二月二十二日下午三时于政府

据报鲁更与资匪杨明宪交往密切，亦以勾结汉奸论罪，仰即遵照拘捕，勿任漏脱，严缉解案讯办，经免养痈，遗患祸地方。

此令：

严乡长　文模

施德广

涂兴诗没看出严文模是个疲疲沓沓的人，心里急了："严乡长，还没看清吗？我们是来抓乡队副鲁更的！"

严文模抬头说："我知道，昨天，县长打电话，我事先就把保安士兵撒出去了。"

涂兴诗问："鲁更人呢？我清楚县长的意图，抓回县上只是讯问是不是同共党分子串通一起了，只要讲清楚，就没啥袒护的。"

严文模想，密令和你讲的，不是一杆秤能称出来的，说："我又不是沾亲带故，为啥要袒护呢！"

涂兴诗问："鲁更在哪里？"

严文模慢吞吞地说："前天晚上，鲁更请假回家了，到现在还没回来，保安也没发现他的影子。"

涂兴诗问："他家离这多远？"

严文模掰着指头，说："过一条碛子路，跨一道沟，再上一面坡就到了。他家住在半山腰里，距这儿有五六里的路程。"

涂兴诗说："乡长，你带我们去搜吧！"

严文模一想，人家是县长派来的人，不得不服从，便带着政警队和保安士兵，呼呼啦啦地进了山，他们精疲力竭地爬上那面坡，只见山腰里那座破旧的独庄子，是人去房空，没有一个人不傻眼的。涂兴诗一时的垂头丧气过后，又不可一世地说："我不相信就抓不到一个，唐兴的李文浩有多远，严乡长？"

严文模往山那边一指，说："远哪，六十多里。哎呀，你不要疲于奔命了，县长也没指令去抓他啊！"

涂兴诗说："那是时间的问题，还不是我们这两天的差事。"

严文模说："我打听过，李文浩到省城贩桐油去了！"

涂兴诗脸色阴沉着说："这都怪了，是不是有人通风报信了？是不是心里有鬼躲起来了？是不是真的参加共党了？不然的话，为啥要捉迷藏！国民政府的天下，我看你们能钻进石头缝里去？到头来是搂在笆子里的柴草，跑不了的！严乡长，那就这样，我们回县了。"

严文模相劝说："时间不早了，明天再走吧！"

涂兴诗说："不麻烦了，能赶回去就赶回去。"接着手一挥，士兵们紧跟他身后小跑着上了路。

严文模扬起了胳膊摆了摆，老远放开嗓子喊道："一有情况，我马上给县长打电话！"他一回乡公所，坐在椅子上想了好半天，现在不是国共合作嘛，为啥要把所怀疑的人置于死地呢！我们乡里各保各村，对党国挑刺的百姓不少，算不算坏人呢！他们简直是榆皮青石包饺子，又光又硬，可又没有杀人放火，为非作歹，为啥要抓呢？莫不真的是共产党？真让我这个乡长为难啊！算了算了，想那么多伤肝伤脑，有损于健康，是朝天丢石子砸自儿个的头，地上挖坑崴自个儿的脚，何苦呢！车到山前自有路，船搁浅滩滚水来，前景会好的！

就在涂兴诗带领士兵返回的那当儿，孙瞻山从湖北地界出发，披星戴月，昼夜兼程，赶到了谷燕传递的指定地点。她一搭眼望见有两个人在菜地里锄草，菜地边的一棵杨树枝上挂着一副褡裢，褡裢上系的红布条和黄布条，在微风的吹动下飘来飘去，非常耀眼。她不由分说，快步踏进了菜地，说："我要买几斤菜。"

路德厚一听，明白是谁来了，赶快走向前说："卖是卖，没拿秤。"

孙瞻山笑了："卖菜不拿秤，快去取嘛！"

路德厚激动了，说："孙队长，你可来了，走，取秤去！"他把褡裢挂在肩上，领着她们先先后后走进了一片丛密的芦苇深处。

孙瞻山问："现在情况咋样。"

路德厚说："县上的'清剿'小分队天没亮就去了风雅乡，估计该返回了。这一变化也就取消了阻击的军事行动，因为我们几个的力量不支，现在只能是见机行事了，如果我们的同志未接到转移的音信而被抓，那就采取劫持的办法；如果敌人扑空而回，那就同他们干上一仗。"

孙瞻山问："这两种情况能不能确定下来？"

路德厚说："不掌握。"

梁子云插了一句话："现在去打电话证实一下。"

路德厚说了声行，便到菜湾小学给黎文治打了一个谁也听不懂的电话。过了五分钟，黎文治回电话说：鱼日嚆矢而飞。路德厚赶快回到芦苇丛中，放心地说："我们的同志，已经安全转移了，就干掉敌人吧！"

孙瞻山沉稳地说："那第一种情况排除了，只能根据第二种情形处置。我看俺们还是打伏击吧！"

路德厚说："咋打，我这里有六个人。"

孙瞻山有把握地说："你有六个人，加上我们六个人，对付六个敌人，轻而易举，手到擒来，但可不能轻敌呵！你看埋伏的地点选哪儿？柳村地畔，我打过一次伏击，对柳村上头不熟悉，你确定！我们拉开距离，边走边说。"

路德厚想了一会儿，领着孙瞻山走出芦苇丛，说："我们的人走前边，你们的人走后面，往甘溪梁赶，那儿一片茅草树林，地势也险要，是个好地方。"

孙瞻山想定了，"那就这样，在那里设伏，中间得有一个过渡地段，形成一个前后夹击的态势。这时，就变成了我掐头，你断尾，是吧？"

路德厚说："我们的方向朝北转向南了。孙队长，我们这号子人枪法不太准，你得支援两个，免得敌人向后跑了。"

孙瞻山毫不迟疑地说："行，子云同于方去给指点指点，人员编组、地形选定、如何隐蔽，包括射击要领，教一点总比不教强嘛！"

在通往甘溪曲曲弯弯的小路上，行走着提篮子、背背篓、挑筐子的几个人。他们三三两两走在一起，指手画脚，就是没听到一丝笑声。头一拨过去后，好一阵子又走来四个人，她们是男装打扮，观前看后，谁都不说话，相互换扛着弹花缠子，只管朝前一个劲儿地走着。孙瞻山一直又在担心，那篮子、背篓、筐子里藏的长枪、短枪和手榴弹，还管不管用。又想，管用不管用不要紧，不是有子云和于方在一起指导嘛！

太阳挂在两边的高山上，落日的光辉把旬河照得通红透亮；桦树挤在河岸的半山腰里，相拥的姿势把地面遮盖得严严实实。孙瞻山带领的队伍疾驰而至，隐在这草木之中，没有了踪迹。

天色昏暗，飞鸟入林，万籁俱寂。

路德厚死盯着甘溪梁北边的山路上，跟跟跄跄地走来一队人，一数是九个，怎么多了几个，是不是政警队的人哪？他使尽眼力，穿过暗淡的光线细望，哦，这三名是保安队的。管他呢，政警和保安都不是养爷的孙子！他悄声对梁子云说："敌人来了。"

梁子云注视着前边，说："占领位置不要动。"转过面又对于方说，"你去报告队长，敌人已进入视线，快去快回！"

孙瞻山知道敌人已经进入伏击地域，说："做好战斗准备，听我的枪声为号，快去！"

于方急速地蹿进草丛，回到原位置，给梁子云和路德厚说："做好战斗准备，一定稳住，听队长的枪声，我们同时开火。"

涂兴诗一路都在闻着、嗅着共产党人的气味，但在这时候没有闻着、嗅着异党的味道，只想带着兄弟们赶回县城。

梁子云的目光一直跟着敌人的影子在走路，路德厚脸色沉重愤怒，仿佛一齐压在敌人行进的路上。

路德厚眼见敌人从面前走过，自语道："枪咋还不响！"

于方凑近他的耳边说："老乡，沉住气，一到火候队长就开枪了。"

梁子云瞅着敌人已经走到中间地带，低声说："立刻马上，听着。"

路德厚没料到，几乎在这话一落音的同一时间，就听到了孙瞻山射击的枪声。他脑里一恍，真默契，便喊道："打，狠狠地打！"

这队员像雄狮狂怒着，这溪水如洪流咆哮着，这呼啸的子弹似密集的雨滴铺天盖地射向了敌群，这轰隆的炸弹声震撼了群山。

涂兴诗他们还没开几枪，就被打得蒙头转向，只知道喊："快躲！快躲！趴到路边！趴到路边！"他靠在岩穴边朝着岩上边打了两枪，又缩回了头，意识到对这疯狂的扫射，是无能为力的，也是无法抵挡的，更是无从提起的，自己真倒霉啊！于是，拉了拉倒在身边的士兵，没有一点儿动静，搭手一摸，呵，没气了。又看见路上路边路下，横七竖八地趴着、仰着、侧着几名士兵，叫了几声，没有动弹，完了，一切都完了！涂兴诗把身边的那个士兵掀下了路坎，像石头一样咕噜咕噜地滚下去了，又听得扑通一声，掉进了旬河里。他趁机沿着岩边向西摸了过去，钻进一条小沟，穿进了莽莽的枞树林，逃走了。

枪声停止了，孙瞻山不放心，又朝路上、路中、路下打了三枪，没听见反击的迹象，喊着："清理战场，小心点！"

话音刚落，路德厚领大家冲出了掩体，端起枪一个一个数着，最后叫道："只有七个人、八支枪。"

孙瞻山说："有一个滚到河里了！再仔细查！"

路德厚又一个一个地辨认着，对他们不熟悉，但对涂兴诗还是认识的，就是没见他，于是说："差两个人，一个掉进河，还有一个呢？总有一个跑了，跑的是谁呢？"

曹立毅说："可能是涂兴诗，交火时，他躲在岩下露头向我们射击，我还了两枪，没敢再出来。"

李敏功说："是那个领头的？"

于方说："我认识涂兴诗走在最前边。"

孙瞻山说："就是那个打头的藏在岩下，没掉进河里，而是跑了！跑了就跑了，跑了回去给施德广报个信，或许能领个赏！我们也不费神了！"

这话引得大家哈哈大笑，把枪举在半空中挥舞着、欢呼着、跳跃着。

路德厚一看这胜利的场面，顿时乐不可支，笑得前仰后合，大声说："这才显示武装的威力，出了气，报了仇，真解馋真解馋！孙队长，纳慰啊！纳慰！"

孙瞻山说："不用不用，为了共同的目标。这样吧，这些枪支弹药归你们啦，小心地保管，会有大用的！"

路德厚更高兴了，说："这战利品让我们独占了，多谢多谢！"

孙瞻山笑着说："都是为支援前线打日本鬼子，同敌人作斗争嘛，莫要分得那么清！好，我们该走了！"

路德厚急忙问："不回县城啦？"

孙瞻山说："不啦，我们从前头上曾家梁，绕道黑山湾，再过周家庄，路经弥陀寺，直下力加坝对岸，而后决定去向。走这条路近些。"

路德厚提示地说："这一路经常有土匪出没，尤其是在黑山湾那一带。"

孙瞻山说："有办法，你放心。"

路德厚又说："世恭不是还要找你商量什么事？"

孙瞻山说："谈过了，都先做些筹备，把事情做得牢靠实在一些！"

路德厚很了解要讨论的问题，说："对，要接受过去的教训。"

孙瞻山期望地说："在目前的形势下，只要你这个军事委员善于出谋划策，就会稳操胜券！"

路德厚一个劲儿地招手，只是笑不说话。眼望着孙瞻山她们走远了，才对李敏功说："俺们走吧！"

李敏功招呼大家把枪和子弹分别藏在篮子里，路德厚一看全都收拾好了，便带领这六名不是战士的战士一声不响地上了菜家湾。他同鲁世恭说了一会儿的话，出门后又给李敏功叮咛了一句话："明儿早晨，就把菜送来呵！"

涂兴诗狼狈不堪地回到县政府，惊慌地向施德广作了汇报。施德广脸上起了一层青皮，怒言骂道："简直是一群饭桶，你想想养这些笨蛋有何用，误了我的多少事哪！你的士兵没有了，你回来干啥！"

涂兴诗跪在地上，颓丧地低着头，祈求地说："县长，不知从哪里钻出那么多的人，一齐向我们开火，火力猛得很，没打几枪，弟兄们就阵亡了。县长，请宽恕，饶我这一回吧！"

施德广嘴上是这么说，可心里又在想，再要收拾下去，谁会甘心为我做事呢！我还能信任谁呢！还有谁敢上阵呢！涂兴诗平常很听话，调查暴动案也有一份功劳，在灵岩寺侍候张副司令和我有眼色，很周到。他脑子里转了个大弯，站起来说："兴诗，坐到沙发上去。我决定，给阵亡的士兵犒赏二十块大洋，通报嘉奖一次；给你犒赏三十块大洋，拟任警左办公室一等警长，任职命令即后下达。你现在不要休息了，我通知彭队长和符队长，立即前往甘溪梁进行侦察破案，你就跟他们一同去吧！"

涂兴诗一头抬起来，顿悟开心地说："县长，恩同再生，打心里感谢你！县长，我一定好好地干！"

这一夜，旬河两岸的草木、庄稼、村落，连山间的砖头瓦块，都没有睡一个安宁的觉，仿佛它们也稀里糊涂地受到拷问。

县城的早晨倒显得宁静些。

天刚亮，李敏功挑了满满的两筐青菜，晃晃荡荡地走进了常备队。正好碰见路德厚在院子里站着，大声说："特务长，我把青菜送来了。"

路德厚高声喊道："小王，赶快把这青菜清点称一下！"

炊事员小王，从厨房走出来，说："这是你昨天下午订购的，都是些啥菜？"

路德厚说："嗯，好多种哪，你数数吧！"

小王一招手，说："请挑过来吧！"

李敏功挑进厨房，帮着点数，小王一秤一记账，放在菜台上，说："这么多啊，真要改善伙食了，难怪特务长让我去买了牛肉、羊肉、大肉和几只鸡。"

李敏功附和地说："炎尼，特务长在菜地选菜时，就讲让大家美美地吃一顿，这有来头的。"

小王问："啥来头？"

李敏功说："他讲，他前天牙齿把嘴唇咬破了，老年人曾讲过，这是想吃肉了，所以就有了这一顿美餐。"

小王把记的账让李敏功过个目，说："下一次结清。"

李敏功手一摆，挑起篮子，说："行，咋不行！"

小王手搭在扁担头上，神里神气地说："我刚从政府炊事员小刘那里得知，政警队在甘溪死了七八个人，还有两个保安队的。县上又出了这么大的一个事，真怕人！"

李敏功感到吃惊的样子，说："这可是不得了，不得了，连政警队和保安队都敢收拾，真是害怕人。俺们反过来一想，你是做饭的，我是种菜的，有啥可怕的！"

这时路德厚进来了，问："你俩在说啥悄悄话？"

李敏功搭腔道："小王说甘溪那儿打死几个政警队和保安队的，他们这些人扛着枪没顶用，一根捅火棍。笨蛋！"

路德厚辩护地说："刚才团长交代了，让我们警觉点。不过，我给你们讲，他们在明处，有人在暗处，有十双眼睛也难防，不能责怪他们。还听团长讲了，县长指令给这些士兵奖赏二十块大洋，通报嘉奖一次，给逃生的涂兴诗奖赏三十块大洋，还升了官，待后任命。"

小王愣起来了，过一会儿说："命丢了，拿钱也买不来呀！"

路德厚开导了一句话："小王，别胡说，党国需要付出之时，就能鉴别是不是忠诚。这是县长承认的，不敢瞎咋呼，把命搭上了划不来！"

小王吐了一下舌头，说："嗯，特务长，教训得对，一定约束自己。"

路德厚问："账算清了吗？"

李敏功说："清了，月底一起结！"

路德厚说："好，你走吧！"

施德广虽然作出个自己认为是一个光彩而高明的决定，但是这一次政警和保安队遭受袭击，丢了枪弹、死了人，惊得他惶惶不可终日，自己还敢到乡保去吗？自己还能上街吗？自己还能登台演说吗？不能，不能出头露面了！那深居简出，行不行呢？不行，那不是给自己设置铁窗吗！他翻来覆去地想了好几天，这才提起电话说："请接五区杭专员！"

"稍等，请讲话！"

"专员，我是施德广！"

"是，施县长，甘溪案件有没有眉目？"杭毅问话语气很重。

"全安排妥当了，正查，待后以文书上报。"施德广怯怯地说。

"要组织强有力的人去查办，看来过去对共党分子还是打击不力，隐患还是清除得不彻底。我给你透个气，县上百姓呼声很大，公职人员的反映也很强烈，你要注意啊！"杭毅既是指示又是关心地说。

施德广这才反应过来，这次打电话要报告自己的事，说："专员，我在这里有很多失误，给党国造成了很大的损失，请考虑把我换个地方，戴罪立功。"

杭毅在电话里笑着："县长，莫说得那么严重，谁没个错误啊！不要想得太过分，你要求调动，我可以考虑，当前要把手头上急办的事做好！"

施德广说："专员，一定一定，请放心！"他吃着上峰的定心丸，着急的情绪一下子平静了许多，又呼叫着吴子祥，"快去看看彭队长和符队长他们回来了么，要是回来了，叫他们赶快到我这儿来！有要事交代。"

杭毅放下电话后，急忙又翻看起桌上摆放的有关反映旬阳的信件，其中有一封是国民政府转给陕西省政府，再由省政府转给杭毅的。他展开一看，信的眉头写着对呈报信件的批文，拟转陕西省政府被画了圈，后面署名蒋中正。省政府主席蒋鼎文的批文是，转第五区杭毅专员酌处，并将结果报本府备案。杭毅往下阅正文：

> 蒋委员长：贵体安康！
>
> 　　鄙人李梦彪，字啸风，反映旬阳县县长施德广草菅人命，滥杀无辜一事，请在繁忙之中予以关注。不久的正月十五，县长轻信有共产党人要抢枪，推翻县乡政府，并亲自派人放火焚烧兵役科房三间，而后嫁祸于他人。一夜之间在县屠杀了十七人之多。我不敢保证其中没有共产党人，但听许多同人告诉我，绝大多数是效忠党国的回乡军人、游民、揭不开锅的穷人。眼下是草木皆兵，扰攘不安，鸦噪寒林，哀鸿遍野……。至此，他的残暴和伎俩，不但没有收敛，而且更加放肆……。民心哪有所向啊！请委员长责成有关方面予以查证处置，切盼。草率书此，祈恕不恭。
>
> 　　敬请勋安！
>
> 李梦彪
民国三十年三月九日

杭毅其实没有通读全部内容，但没有立即放下信，捏在手上掂了掂，又目扫着旁边搁的几封信，概然性地想到，还不是同这信中所指的一样？施德广哪，我听张副司令讲了，你咋竟然去烧房子呢！你咋竟然轻信人家要抢夺政府的权呢！你咋竟然凭空地杀了那么多的人呢！你咋竟然不分青红皂白地把两位保长杀了呢！我摸清了，就是你们之间有个纠葛，因这个就不让人家活了，谁还敢在你门下干呢！杭毅想到这里，也很袒护这个曾就读云南省师范、广东韶州讲武堂、重庆中央训练团，曾任国民革命军第十一旅参谋长、国民革命军第十二师驻京办事处处长、第十二师参谋处长的施德广，文的武的，还是有一套。人总会有考虑不周的时候，出了这档子事，他也没有什么好方子，韭菜割了还会长出来，徒唤奈何！除非把根彻底挖掉，哪有那么容易！我反正没那个力气，就连我们的委员长也未必能解决得了，这个根是连接着四万万民众哪！不能挑剔他的过失，宽容一些为好，才四十七八岁，也许他以后会更全面一些，现在又是缺人的时候，不用不行，还得用。目前宁陕的县长空缺，就离开旬阳到那里去吧！

过了半个月，第五区给省政府报文称，对施德广进行训诫处分，调任宁陕县县长，本人表示坚决服从，恪守不渝，效忠党国。

清明节前一天凌晨，鲁世恭得到了黎文治捎来的口信，施德广十点钟离旬，前往宁陕县赴任，并有武装士兵护卫。他灵机一动，采取了一个应对主意，把明天扫墓的祭祀活动提前到今天进行，以丧礼相送。

今天的天气暗淡混浊。吃过早饭不久，一阵嗒嗒的马蹄声走过了草房街，接着从河街里跑出一列荷枪实弹的士兵，紧紧地跟在这匹马的后边，朝着上渡口走去。

突然间，从西炮台下来了一群人，有的举标杆，有的捧供品，有的撒纸钱，一齐唱着：

> 清早起来开呀开了门，
>
> 哟嗬哟嗬伊哟；
>
> 举起标杆去呀去扫坟哪
>
> 哟嗬哟嗬伊哟！

他们尾随其后，反复地唱着这支缓慢诙谐而又凄凉悲怆的民间曲调。歌罢，又响起了行路板的锣鼓声，人们踏着徐缓的脚步点儿向前走着。

施德广回头瞥了一眼，问吴子祥："这都是干啥的？"

吴子祥年轻并不清楚是在送啥，于是跑到最后，说："黎队长，你去给县长讲讲，这是做啥呢！"

黎文治慢慢悠悠地走到前头，说："县长，这帮人是到上渡口孔家营扫墓的。"

施德广又问了一句："明天是清明节嘛！"

黎文治这样地解说道："是的。明天这路上一定是摩肩接踵，人山人海，只能躲开拥挤的高峰期，每年的清明前都是这个样子。"

施德广又扭头望了一眼，只见那数根细竹子上挂着长长的白纸条和细长的香楮，听这锣鼓调儿，总感觉有送葬的那种阵势。又转念一想，我在河北也曾见过，不去上坟，扫墓的只在清明的晚上，由各家女辈们到自家的门前，先默默地焚香烧纸，而后坐地号啕大哭。中国这么大，风俗不同啊！他"噢"了一声，对吴子祥说："我们走我们的路，他们上他们的坟，咱们得走快些！"

李敏功领着的这一班子菜农越走越慢了，那列队伍越走越远了，该走到孔家营坟茔那边了。他踮起脚尖又望了一阵子，放心地喊道："把这些都烧了，一起送瘟神！"

站在炮台两边树林里的鲁世恭、路德广和罗广文扒开浓密的树叶，往上渡口一看，燃烧着一团一团的熊熊烈火，火光冲天而起，阴暗的河岸似乎清亮了许多。这时，他们的心情也舒适得多了，精神也镇定得多了，这才发现周围山上的紫荆、樱花、桃花、杏花、梨花已经开了。嗯，该到了一个精心耕作的季节了！

鲁世恭操心起杨震和张角了，说："明宪和文焕不知到没到西安，找没找见子平，是不是同长勤和广远他们会面了！"

路德厚说："前几天，有同人告诉我，张司令还在打听他的下落，不过李省长知道到哪儿了，就是瞒着不给讲，不讲是对的。"

罗广文说："明宪门路多，又灵活，一定到西安了，说不定已走在去延安的路上了。"

鲁世恭抬头往北一望，说："路上一定会遇险、会吃苦，不管咋样，只要到了就好，为革命输送力量嘛！"

或许是几名响器的行家在默契地协作，敲起一阵阵节奏紧促、激越响亮的锣鼓声。这声响，悠悠扬扬地上了西炮台。

第三十八章

轧铁淬火大熔炉

杨震看到报纸上的消息是在吃晚饭时，没吃几口就走出了食堂，心情悲痛万分，为牺牲的同志们默默地哀悼。他突然间去拉住张文焕，飞也似的向香溪洞的路上奔跑，到了半路上又猛然转过身往回跑。这让张文焕丈二和尚摸不着头脑，到底是怎么啦！哎呀，一定是家乡的灾难折腾着他，也不能提起这伤心恼怒的事。张文焕一声不吭地跟着杨震走进新城，来到"富源"商店门口停住了。

杨震向周围望了一眼，便进了屋，说："老板，买把裁纸刀！"

谷燕边取刀边说："来得正好。"随收钱的那一瞬间，把小字条塞在杨震的手中，说，"你们走好！"

杨震立马回到陕西师管区安康团管区，一看连长彭子珊还没有回来，便掏出钥匙打开门走了进去。他拆开字条一看：天上有雨，火速上路。那儿生意兴隆。站山。从字里行间中，知道情况紧急，他还是那镇静的样子。张文焕同时看见这几个字，也明白了这是联络暗语。不好讲什么，只问："你咋到一连连长房子来了呢？"

杨震这时笑了："你还不清楚，他要引我到汉中找事干，我闲住一个月，在这里是当他的勤务兵呀！早晨、晚上都得收拾房子。"

张文焕再没说话，只帮他一块儿打扫卫生。

他俩正出门时，彭子珊回来了。杨震回身打开门，随着彭子珊进屋，说："连长，我在西安的朋友捎信来，让我马上去做生意，我明天早些时候得走。"

彭子珊有些歉意地说："到汉中还没来得及去，又要到西安也行，那个地方大，做生意准能赚钱。"

杨震把钥匙放在桌上，说："连长，谢谢你给我的方便和照顾。"

彭子珊说："老乡嘛，不足挂齿！"

杨震说："有机会，咱们西安见！"

彭子珊说："近期共党闹暴动，保安队和警察局到处乱抓人，你可要小心点。"

杨震走到院子东头，发现周昌嗣带了两个人进了彭子珊的房子。他灵机一动，附墙观察。

周昌嗣问："彭连长，近些日子你这儿是不是来了一个人？"

彭子珊说："请站长坐，是有一个人。"

"干啥来了？"

"给我当勤务兵。"

"叫什么名字？"

"杨震。"

"杨震？是不是也叫杨明宪？"

"我不认识杨明宪。"

"这是不是一个人呀？"

"不会吧，我的老乡咋会不知道呢，他就叫杨震。站长，这不会错。"

"杨明宪是共党分子，现已到了安康，正侦察捕捉。"

"咱们虽然不在一个系统，但我们做的事该是共同的，若发现一定会捉拿归案。"

"那好那好，打搅了！"

彭子珊对杨震原来叫杨明宪是清楚的，但确实不知道杨明宪是共产党人，这怎么可能呢？重名重姓多得是，所以，他当时不得不敷衍搪塞一番。周昌嗣走后，彭子珊仔细想，无风不起浪，无根不长草，连军统都参与侦察了，这不是不可能。他一看表，十一点半，算了，明天赶早我得问清我这个老乡。

杨震回到房，对张文焕说："军统在查了，这里不能久留，得马上离开。"

张文焕说："要不要给我叔打个电话，问一下那里的动态？"

杨震阻止说："给张司令打电话，万一邮政局出了问题，那会暴露的，万万不可。"

张文焕又说："要不我去找卢瑞祯队长，从部队给我李伯打个电话，能不能给周旋。"

杨震直摇头，说："李梦彪先生，要是能帮早就帮了，没用。现在，组织已通知火速离开。现在抓紧休息一会儿，我们天亮前就动身。"

他俩和衣而睡。杨震躺在床上辗转反侧，难以入眠；张文焕同样是翻来覆去，怎么也睡不着。

杨震爬起来，推开窗子，抻着脖子一望，下弦月还高高地挂在天空，地上灰蒙蒙的，夜很寂静。他说："咱们走吧，一赶路心就安了。"

张文焕说："反正没法睡，听你的，早走早脱身！"

杨震说："这话有远见，以防万一。走！"

他俩挎起包，悄悄地溜出后门，沿着巷道房檐下向上渡口走去。

走到江边，杨震发现有一只小船，但没有人，四下望去也没什么响动。他便说："文焕，我掌舵，你划桨，咱们过河。"

张文焕说："那船咋办？"

杨震说："这不很简单，到了对岸，把船扎在水中，给搁上一块大洋，咱们弃船跳水上岸不就行了。船主一般上船早，他会找到的。"

小船接近岸边，张文焕将竹篙往船头孔里一插，问："行吗？"

杨震说："就这样，你先下！"

张文焕说："把包袱放在这儿，我稳住船，赶快！"

杨震理解他的想法，两脚往船沿上猛一蹬，如鹞子一样轻轻地飞上了岸。转过身接住张文焕甩过来的两个包袱。张文焕两臂向上一伸，两腿一跃，动作轻快灵活地跳上了岸，问："钱放了没？"

"放了。"杨震说。

"几块大洋？"张文焕又问。

"两块。"杨震说。

"绰绰有余。"张文焕说。

"船工，劳工大众一个。"杨震说。

他俩正抬步时，忽然听见汉江南岸边响起了一阵噼里啪啦的枪声。子弹打在江水中，不断发出扑哧扑哧的响声。

杨震说："赶快沿草丛往上走，避开小船。"

他俩一口气跑到刘家沟口，杨震扯了一把干草放在沙滩上，划了一根火柴，将干草点燃后，钻进了树林里。又有几发子弹射在火堆里，噗噗地冒起了一连串的火星子。

杨震回头一望，讥笑地说："这子弹不是用钱造的吗，人民的血汗白白地浪费掉了。"

他俩在弯弯的下弦月相陪下，疾步行进在崇山峻岭间的小路上。

"快上车。"有人在喊。

早晨的阳光刚落在东堤外的白杨林树顶时，彭子珊连早饭都没吃，急忙去找杨震。门掩着，既没闩又没锁，推开门进去一看，人走房空。他看到桌上留了一个字条，上面写着：连长、老乡：不辞而别，对不起。礼仪不在，仁义在。世上自有千条路，唯有一条在眼前。珍重乡情，来日方长。丑时。这几句话，倒使彭子珊有所感悟，他真是共产党，不然为啥要急急忙忙地走了呢！也许，周站长到我这里来，被他发现了，才在夜里走了，估计是两点左右。

　　彭子珊刚回到连部，梁良带了两名士兵来了，问："彭连长，听说你这里来了一名老乡，是吗？"

　　彭子珊直截了当地说："是，是有一个老乡，怎么啦？"

　　"叫啥名字，是干什么的？"

　　"叫杨震。他想做生意，正筹措资金，在我这儿住了一个时期，给我当勤务兵。"

　　"你知道他的身份吗？"

　　"清楚呀，咋不清楚。他从龚家梁小学毕业后，在家帮挑担子卖日用品，他觉得挣不到大钱，起心要到西安去生意，我也给凑了一些钱。"

　　"不是指这个，周站长讲，怀疑他就是杨明宪，是共党分子，让我们配合查呢！"

　　"哦，周站长来过我这儿了。原来是这样，我不知道谁是杨明宪。我这个党国的军人要是知道他是共产党，哪会犯窝藏罪？要被枪毙的呀！我咋能干这愚蠢的事呢！"

　　"他人呢？"

　　"我不是送他去西安了吗，刚回连部嘛！"

　　"刚走的？"

　　"嗯！"

　　"昨夜里有两个人偷渡过了汉江，判断是杨明宪，也许不是这个人。"

　　"呵，还有这等事。师管区还没有通报下来。"

　　送走梁良，彭子珊把这前前后后串起来一想，断然认定杨震是一名共产党员。张文焕令人难以下定论，因为他亲叔父张飞生是大名鼎鼎的人物，而且同共产党打了那么多年的仗，人家能吸收他，能相信他背叛这个家吗！可真悬乎！人常说，人心隔着一张皮，皮里皮外不一样。交识了这么长时间的老乡，连自己都不相信，不告诉实话，真摸不透各人的心哪！不过也不能责怪他，我穿着这身国军的衣裳，要老乡相信也难哪！不管他相信不相信，他或许脱离了危险，安全地走了，我应该相信他自己选择的那条路。

"报告！"

"进来！"

通信员进门敬了一个礼，说："连长，团管区司令部训令。"

彭子珊接过一阅："……凌晨之夜，有两名不法分子偷渡汉江，捕获未果。近期奸党活动猖獗，希配合设卡盘查、清查户口及外来人员，仰即饬属严缉究办，勿任漏脱，养痈成患。此令。"他看完之后，又递给通信员，说："知道了，你去吧！"此时，彭子珊完全相信自己的眼睛，一字一句都没有看错，这又一次证实老乡真的走出了狼窝，无可置疑。他心里说："谢天谢地，苍天有眼哪！"

梁良带了两名士兵，又一次来到一连的连部，碰见彭子珊正要出门，问："彭连长，去哪里呀？"

彭子珊手戴白手套，一挥说："刚接到训令，协同搜查杨明宪！我的三名士兵已在大门门口等着。"

梁良说："我正为此而来的，望得到你的密切协作。"

彭子珊大模大样，神气十足，边走边说："党国利益至上，应该的。到哪里？"

梁良回答说："先搜查旅馆和客栈。"

彭子珊胳膊一伸，说："好，你带路！"

这些大盖帽气焰嚣张，走大街窜小巷，引得百姓望而生畏，惶恐不安，提早就躲避起来了。

同一天，周昌嗣给西安行营发了一份电报：疑共党分子已潜伏西安。罗长勤，二十五岁，中等身材，近视，说话脸红，嘴常收缩；杨明宪，十八岁，稍高，眼大面圆，色红润，走步快；罗广远，二十岁，中等身材，体微胖，面圆色红。此急密查捉拿。

杨震一踏进西安南门，才完全感觉到什么是人山人海，什么是花花世界，什么是四通八达，什么是大街小巷，什么是一应俱全，同我们那里比比差别那么大，真是霄壤之别。他领着张文焕注目仰望巍峨耸立的钟楼，连连发出赞叹声，依依不舍地转向了西大街。这大概是一个人生的转折，是新生活的开始。不过，从山里出发到这样的城市，又该到哪里呢！确切地讲，这里不是自己应该落脚的地方，组织有安排，我也有思想准备，到向往已久的充满阳光的地方去！他想着想着，不觉到了光明照相馆的门前。他站住了，没有先进门，观望了一下周围的人来人往，又仔细瞧见照相馆的生意蛮红火，出来的进去的，熙熙攘攘，门庭若市。杨震挺了挺身子，跟在人群后边走了进去，并没有办什么业务，而是向夹道里望了望。正巧从这走过来一个人，这个人正如罗长勤给自己讲过的，稍高面黄体瘦，镶着金牙，这可能就是要找的王子平。他赶紧迎了前去，问："你是王先生吗？"

"是，我姓王。你是？"

"老家的。"

"老家有？"

"有橘柑。"

"还有？"

"魔芋天麻。"

王子平伸过手，说："我是王子平。"

杨震两手紧紧一握，说："我是杨震，长勤老师最清楚，这是他给我的联络暗语。"他又指着张文焕介绍道，"这位是张文焕，同路而来。罗老师在吗？"

王子平边拉着向前走，边说："哦，哦，他在他在，咱们去见他。"

杨震和张文焕的到来，令罗长勤激动不已，直拍着他俩的肩膀说："没想到你们来了。看到了你们，就像到了老家。老家怎么样？"

杨震沉默不语，不知道如何开口才能恰如其分，让人缓缓地予以承受。

王子平连忙招呼道："快坐下，喝茶，慢慢地说。"

一提起老家，让杨震难受起来。他紧攥着拳头，哭天抹泪地叙说着旬阳正月十五大屠杀惨案实情。李兆众和鲁安一更惨哪，被敌人美言诱惑，严刑拷打，始终没有屈服于敌人的淫威，而对敌人的凶狠和残忍，面不改色，视死如归，慷慨赴义。敌人现继续追杀共产党和进步人士。王子平和罗长勤越听越气愤，激昂慷慨，悲愤填膺，一定要做好我们的工作，为牺牲的同志和仁人志士们报仇！

"王老板，有人找你。"

"好，马上就来。"王子平答应一声，对罗长勤说，"学生和老师相见，好好叙叙师生之情吧。晚上，咱们一起吃饭。"

罗长勤陷在悲痛之中，怒形于色，不禁哀叹道："吁，何其猖獗哉！是可忍，孰不可忍！"

杨震这时心里平静了一些，坦然地说："老师，老家的同志们，已经做好了隐蔽和转移。我们这次来，是想去陕北。"

罗长勤一盯眼，说："好，我住在西安，也是伺机潜往边区，咱们一起走！"随之他忽然向张文焕问，"张司令能让你走吗，而且是去陕北？"

张文焕摇头说："没告诉，他不知道。"

"到那里，可要准备吃苦。你得考虑考虑。"罗长勤提醒说。

"罗老师，我不怕。我要出去的想法给李伯讲过，他给我讲，草长一春，人生一世。年轻人应当到外边去历练历练，洽闻博见，终究会明白，人为什么要活着这个道理。罗老师，到那时，我给李伯捎个信报平安，再让他给我叔父讲。"张文焕站起来，既是表决心，又是解释地说。

罗长勤对李梦彪给张文焕讲的那番话琢磨了一会儿，心想这也许是给别人讲自己的身世经历，无论如何，都是对年轻人的一种劝导、告诫、激励。他脸色涨红涨红的，说："欢迎你。不过，捎信时不能告诉地址，不能告诉自己干什么，只报平安，一定要严守秘密！"

张文焕兴奋地说："老师，我懂了！"

杨震说："文焕，放心了吧！"

张文焕微笑着直点头。猛然间，他嘴里迸出了一句话："老师，开弓没有回头箭！"

罗长勤习惯性地嘴角收缩了一下，说："文焕，这只是引弓搭箭，还没有开弓呢！"

这话逗得大家哈哈大笑。

吃晚饭的时候，罗放也来了。彼此一见，相互打招呼，毫无生疏之感。

王子平喜笑颜开地说："都是老乡，又都是同志和同路，很难得到这个机会，就不必客气了。拿了一瓶酒，咱们开怀畅饮，取个高兴。不过，咱们先聊一会儿，再开席，好吗？"

大家欢天喜地，拍手叫好。尤其是张文焕高兴得手舞足蹈起来，拍着罗放的肩膀说："咱俩是千载难逢，百年不遇啊！自从那时从白河回旬阳，你就到西安了。之后，我也想走，又怕孤掌难鸣，惹出啥乱子，硬着头皮在家待着，差点把头发都急白了呢！你现在咋样？"

罗放兴致勃勃，很得意地说："就是，在七月十四日那天，路德厚派人告诉，敌人要逮捕我。我约你连夜下白河县，在师管区躲避了一阵子。八月十五日，我俩装扮成生意人，秘密潜回旬阳，得知敌人始终在追捕，难以安身，经路德厚介绍，随同王先生于十月二十四日离家前往西安。又是由王先生牵线搭桥，于十一月二十二日，到翠华山西北抗日游击干部训练班受训。在这里，我应感谢文焕，确切地讲，更应感王子平同志的帮助！文焕，你是咋来的？"

张文焕说："后来经李伯的指点，我同杨震就上安康到了西安。"

王子平笑着开腔了："要说感谢嘛，事属当然，不值一提。这如同一段故事，却不是编出来的。去年十月初，我正准备启程回旬阳，关中第二师范学校的胡琛来了，要求我帮助进一批生活日用品和药品药材。我完成任务后，联系陕保五团的车辆送出国统区的边界，我才得以成行。到了旬阳赵湾，找见安徽人，寄居在这里的熟人傅杰处，商议到旬阳找工作。当时，我想当清和乡的乡长，因为是家乡，一切都很熟悉。乡长孙鹤年曾当过团长，手下有六十多支枪，如果能当清和乡的乡长，就能把枪杆子掌握在自己手里，以便发展抗日武装，而且对做党的地下工作十分有利。到了县城，我就住在常备队中队长向开学的房子里，有时也到他的家里去。他同我是同学、同事的关系，在战干班训练时，钱物不分你我，无所不谈，倾心吐胆，是很知己的朋友。一住下来，他就把我穿的旧衣服和鞋袜，全都给换了，把我收拾得像模像样，像一个做官的料子。他知道我的想法后，同路德厚一起去请李梦彪老先生出面活动换掉孙鹤年，但施德广只同意派任去风雅乡当乡队副。我一想，枫树、赵湾、桐木、红岩这一带条件不大具备，就没有答应，傅杰任国民兵团后备队的分队长。这期间，我也常到他的老表路德厚家里去，这样一来二去，就非常熟悉了。有一天，路德厚向我提出，能不能把罗放带到西安去上战干班。我清楚路德厚是旬阳工委的军事委员，不是随便举荐一个人，一定有目的，便满口答应了。临走的那一天晚上，向开学请我在衙门口吃了一顿饺子，还一再地叮咛我，对老表介绍的人要多加关照。我说一定的，因为有一个共同的目标，就是把日本鬼子从中国的土地上赶出去！饭罢后，城门已关闭，他拐弯抹角地把我送出城，走到西门外垭子口鲁继冲门上，叫开门，我让他回去了。"

"对对对。那夜我在继冲同志家等你，怪着急的。"直到现在，罗放对王子平当时进门时的神态表情，记忆犹新，历历在目。激动地又说："子平同志一进门就看出是一个做大生意的商人。问我就这么走？我愣住了。他说，赶快收拾成伙计样子，跟我走！继冲急忙帮我找来另外一身衣服，换上后，又在肩头搭上一条盐袋子。于是，离开了县城，畅通无阻地来到了西安。"

这有声有色的讲述，大家如同身临其境，奔波在寻找革命的曲折道路上。

王子平举起酒杯，说："现在该吃饭了。首先，我提议为为革命牺牲的同志和朋友们敬上一杯酒。祭奠英灵！"

大家站起来面向南方，虔诚地将酒像细细的流线一样洒在地上。

王子平说："壮志犹在，魂魄托日月，肝胆映河山！"

罗长勤说："安息吧，我的同志，正气留千古，丹心照万年！"

杨震说："中华有望，总之，那群刽子手终必灭亡！"

王子平说："我们要振奋精神，坚定意志，继续走他们没有走完的路程。一往无前，义无反顾，同志们！"

大家按照乡俗的规矩，共同干了三杯之后，就各司其礼，以延续酒席的热烈气氛。

罗放首先给王子平敬了一杯酒后，走到罗长勤跟前，恭恭敬敬地端了一杯酒，内疚地说："罗老师，我民国二十九年正月初，经组织同意，罗寰在鲁世恭那里办的组织介绍信，盖有'草草不工'的印章。初七，同李志远和杜增富启程赴云阳学习，正月十六日到省委青干班报到。适逢省委放弃云阳迁往照金，不宜开课。我们三人被编入三连，杜增富得大病，走了。我当时组织观念淡薄，认为既不能学习又不想充当战士，加上家庭观念严重，就私自返回故里。你去年元月二十日在县城见到我，那个严厉的批评，如此自由行动，是背离了组织，归附了自私，结果自己背叛了自己入党时的誓言！这话实在是让我铭心刻骨，难以忘怀，受益匪浅。为此，我敬老师一杯尊师酒！"

罗长勤接过酒杯，说："广远，你知道我不胜酒力，表示一下。送你两句话，前车之覆，后车之鉴。以后处事稳重，三思而行。"

就在他们互敬的时候，罗长勤对王子平说："我们商量要去陕北，你帮联系一下。"

王子平问："你们四个都去？"

罗长勤脸面有点发红，说："我是这样想的，从实际和长远考虑，把张文焕留下，可到战干团，将来可安插在敌人内部，名正言顺，无可非议，我们三个人去。"

王子平毫不推辞地说："行，这些都由我来联络。"

罗长勤端起没喝完的酒，说："不好意思，我敬你一杯。一切都靠你啦！"

王子平边喝边说："明天就走，我带你去！"

第二天中午，在耀县牛村陕保五团驻地的大门口，有一辆小车嘎的一声停住了。接着从车上悠然自得地走下一高一矮、一胖一瘦的两个人。稍高个儿的人走近哨兵，摘下礼帽，掏出通行证递了过去。那哨兵一盯，是老熟人了，通行证连看都没看就挥手放行了。走进营房院子，就被站在门口的刘湘卿瞧见了，这两个人不陌生，稍瘦高的是王子平，稍矮胖的便是罗长勤。他一头迎上前去，招呼道："啥风把你俩吹来了？"

王子平笑着说："冬天里，太阳底下的暖风！"

罗长勤脸泛红了："两年没见了吧！该是借风行船的时候了。"

刘湘卿把两人一拉，风趣地说："哦，那好呀，汉江的船要行照金河了！快到屋里相叙。"刚坐下，他倒上茶，问，"有什么事，就直说。"

王子平笑着说："听你话音，想必你已经猜到了。长勤同志这次来，请求回省委。"

刘湘卿干干脆脆地说："这没有问题，省委不是决定了，安康地委被敌人破坏后，其暴露的干部和党员全部隐蔽转移，可以回省委，也可以异地安排，一定要保存力量，待后行动，况且刘文彬和刘华他们已回省委。长勤任过旬阳工委书记，又是地委干部，分管统战工作，回省委理所当然。"

王子平连忙补充说："湘卿同志，随同功远来的还有两名党员，一个叫杨震，一个叫罗放。"

罗长勤紧接着说："他俩都是遭到敌人的追捕，先后脱险才到西安，咱们一块儿回省委吧！"

刘湘卿惆怅惋惜地说："我知道。旬阳派黎文治来联系过，可能还未能返回，旬阳惨案就发生了，我几位要好的同志牺牲了。李兆众家里我住过，我俩常是夜雨对床，无话不谈；有几次在夜晚很深时，他领我出去蹭房屋，翻城墙，勘察地形，观察敌情。可惜了，我们失去了一位胸有丘壑的同志。这笔血债，要记在国民党的账上，一定要报这个仇。"他说到这里，情绪非常激昂，"要战斗到最后，现在保护我们的同志，既是迫在眉睫的任务，又是义不容辞的责任。其他两位一同回省委我没意见，我给汪锋同志打电话汇报。为了慎重起见，我带你亲自去照金一趟。好不好？"

"这样稳妥。"王子平赞同说。

"那就泼烦你了！"罗长勤由衷地感谢说。

"为了一个共同的目标嘛，走！"刘湘卿说着，兴冲冲地出了门。

王子平十分清楚刘湘卿是一个办事果断、迅速，严肃、稳重的一个人。他连忙拉着罗长勤跟着向外走，三人先后登上了车。

太阳挂在西边山顶的时候，他们赶到了照金。连饭都没有吃，急急忙忙地走进省委的院子。

刘湘卿一望，汪锋同志办公室的门半开着。于是，走上前轻轻地敲了一下门。

"谁呀？"

"刘湘卿。"

"哦，是王力呀，进来。"

刘湘卿走进屋，报告说："部长，原安康地委的罗长勤带两个同志到西安了，要求回省委。"

汪锋扬起眉毛，说："我知道，他是管统战的嘛，很有能耐，同一个姓朱的乡长关系密切，那乡长营救和传递信息，为我们做了许多有益的事情。人来了吗？"

刘湘卿说："罗长勤一个人来了，想要见你。"

汪锋一招手，说："快去快去，让进来。"他站起来向门口走了几步，迎着罗长勤又说，"我听刘文彬和刘华讲过，你们受惊了，辛苦了，同时也经受住了考验。坐下坐下，谈谈有啥想法。"

罗长勤嘴角一缩，说："我们的想法是已暴露和正被敌人追捕的同志回来，连我共三名，请省委安排。"

汪锋说："你讲讲他俩的情况。"

罗长勤汇报说："一名叫杨震，原名杨明宪，学生出身，做过生意，一九三八年十月六日入党；一名叫罗放，原名罗广远，学生出身，家开客栈，一九三九年九月二十日入党。我是他俩的入党介绍人，还比较了解。"

汪锋说："我的意思完全同意三个同志回来。时间不早了，你们先到招待所休息，待我向省委汇报后，明天答复你。"

第二天下午，汪锋召见了罗长勤和刘湘卿，说："杨清同志和德生同志不但同意你们回来，而且回来后先坐下来好好学习。这样的，罗长勤和罗放去延安上中央党校，杨震留在省委党员干部学习班。以此吸取理论营养，指导今后行动。杨清同志指示，能回的都回来，能保证的都要保证，不能放弃而遭无辜的牺牲。望你们尊重自己同志牺牲的经验，把学习和今后工作做得更好。王力同志，你带罗长勤同志到杨克和苏史清那里办手续、领路费。好吧！"

刘湘卿领着罗长勤来到组织科，杨克老远就打招呼："王力快进来，是来办手续的吧？"

"你知道了！"刘湘卿惊奇地说。

"张部长已经告诉了，介绍信已经开好了，等你们哪！这位是罗长勤吧？"杨克望着罗长勤说。

罗长勤回答说:"是是,我是罗长勤。"

杨克递过介绍信,说:"早就听说过,未见其人,你们可是虎口脱险哪!"

罗长勤说:"感谢科长的关心!"

杨克说:"处境各异,未能关照得上,感到不安。我带你去领路费。"

刘湘卿拦住说:"科长,不用了。我认识苏科长。"说着便出了门,拐了个弯就来到了交通科。一进门就说道:"苏科长又来麻烦你了!"

苏史清抬头一望,"哎哟,王力呀,如果没人来,我这个交通科长就该停职了。有啥事?"

罗长勤递过介绍信,苏史清一看,说:"两名从西安到延安,一名从西安到照金。你们稍等,我让会计给计算看是多少。"说着便出了门。不大一会儿,他回来了,说:"走,到会计室去领交通费!"

罗长勤站在会计的面前,仔细地听她说:"这是按照路程的里数计算的,西安到延安,每人二十元;西安到照金,每人是十块钱。请签字画押。"罗长勤认真地签上了自己的名字,又伸出大拇指蘸了蘸印泥,在表册上按了一个红红的手印。

手续办妥之后,王子平把刘湘卿送回五团,他俩马不停蹄地折返西安。一走近北门,王子平发现城门上增加了岗哨,对出城的人严加盘查,对进城的人倒宽松点。他打开车门稍往外盯一眼,又关上了,保持着沉着和镇静。是进城还是当下离开?在这进退两难的时候,他又想到,如果离去,会引起哨兵的怀疑,罗长勤会暴露,行进自如吧!王子平说:"你装睡觉吧!"便把车缓缓地开到哨兵跟前,打开车窗递过两张通行证。哨兵翻了翻,说:"哦,是五团的,进去吧!"

一回到光明照相馆,王子平就反复考虑如何出城。有办法了,我有通行证,再去借上三套军装不就解决了?他对罗长勤说:"你们在家,什么地方都不能去。我要办一件事,你们等着。"

快半夜了,王子平才回来。高兴地说:"你们看这是什么?"

罗长勤翻开包袱一看,呀了一声:"是军装!"

王子平说:"出城就穿这个。长勤,你可要难受一下,出城时,嘴里要噙一团棉花,脸涨起来,装牙痛。"

罗长勤说:"你莫挂念,我的心不会痛的。"

正是三月初三这天,春游的、赶集的、挑担的、祭祀的人川流不息。街道上到处是摊接摊,行连行,山货特产、刺绣工艺、粗布罗缎、锅盔麻花,集市上的商品琳琅满目,应有尽有。

王子平开车技术娴熟，车快到哨兵不远时嘎的一声停了下来。他把通行证掏出来，随手将军帽往头顶扑了几下，表现出一派兵油子的模样，说："对不住啊！"于是伸出头哈哈一笑，又说，"杨班长，去给弟兄们买些麻花和炕炕馍！"

杨震动作很利索，门一开跳下车去买东西，罗放稍伸头，向哨兵打了一个手势，又缩回了车里。

哨兵也笑了一下，问："都是陕保五团的？"

王子平把车开到哨兵面前，停住了："下车买东西的是我们一连一排一班的班长，刚向外看的那位是侦察科骆参谋，那位稍胖点的有点牙痛，脸都肿了，他是我们的军需参谋！"

哨兵望了望车里两个兵，转身说："把车停到前面一点，不要挡路。"

正在这时杨震买了两包东西塞给了哨兵，立马上了车。

王子平向哨兵说了一声再见，把车呼呼地开走了。来到三原县再不能向前走了，王子平辞别了他们，绕道五团后从西安东门进了城里。罗长勤、杨震和罗放经淳化抵达照金。一到省委，罗文治、胡达明、陈煦和杨克分别同他们进行了谈话，提出希望和要求。指出，秦巴山虽然牺牲了不少同志，但依然有我们的党组织和同志们在跟敌人作斗争。你们回到边区，环境不同了，要继承革命先辈的事业，振奋精神，继续前进，一个红色天下的曙光已经看到了！

延安、照金，让罗长勤、杨震和罗放心驰神往，个个精神抖擞、神采奕奕地奔向这轧铁淬火的地方。

杨震以优异的成绩，从省委学习班结业了。他本想去参军上前线，没料到被组织安排在关中分区税务分局任秘书职务。凭什么呢？是脑瓜子灵光还是自己过去做过生意，这与做税务工作简直是风马牛不相及啊！秘书我还知道该干些什么，但做税务的秘书咋干，丈二和尚摸不到头脑。那么税务呢，不知所以。杨震虽然这样想，但是表现得很高兴和平静，学而时习之之心油然而生。在学习班不是听过老师讲授毛泽东指出的，重要的问题在善于学习。要达到智勇双全这一点，有一种方法是要学习。学习的时候要用这种方法，使用的时候也要用这种方法。什么方法呢？那就是熟识敌我双方各方面的情况，找出其行动的规律，并且应用这些规律于自己的行动。读书是学习，使用也是学习，而且是重要的学习。从战争中学习战争——这是我们的主要方法。领袖讲的是哲理。孔子说过，知之为知之，不知为不知，是知也。常言道：只有不快的斧，没有劈不开的柴。现在这个时候，就看自己如何面对了！他兴高采烈、满怀信心地进入了这不拿枪的战斗岗位。

杨震来到税务分局不几天，就同一些老同志熟识了，一些老同志对新来的同志一见面总是倾心吐胆，无所不谈，议论最多的是精兵简政。这个文件杨震一来就看过，是边区政府发出的《为实行精兵简政给各县的指示信》，要求各级政府"依照编整委员会所规定的数目切实缩编"，并对缩编中调整的浮员，提出了五条原则处理意见：第一，凡有相当文化程度，有能力、能工作的干部，应当尽量往下移，以加强县、区、乡的机构；第二，凡是须继续培养、加以深造的干部，送学校学习；第三，有疾病，不能工作和学习的，设法给予休养；第四，凡身体强壮的杂务人员，参加生产事业；第五，凡是太落后的分子，以及带老弱的杂务人员，应帮助他们回家务农，做到人人各得其所。当时，他心情非常激动，正值精兵简政，组织上安排到这里工作，是对自己的信任，也是对年轻人寄托着更大的希望，暗暗下决心，干一行，爱一行，钻一行，专一行。干出一个样子来！

晚饭后，老同志范兴元在院子转悠，看见杨震喊道："小杨，干啥去？"

杨震说："范师，我到办公室，还有文件需要处理一下。"

"来来，咱们聊一会儿。"

老同志提议了，杨震不得不走了过去。"好，聊几句就聊几句吧！"

范兴元笑着说："你们年轻人，就得使劲多干点。像我这年老体弱的就要编掉了。"

杨震说："范师，按文件精神，你可休养嘛！"

范兴元又说："那是的。不过，这还牵扯有很多的人，如有的革命资历长，吃过苦，能力差点，也无用了；有的能力还可应付，就是不识字，也吃不开了。唉，事情总得要人干，现在是知识分子的世事了！"

杨震听范兴元口气有些抱怨情绪，解释说："范师，是有不少人要从上级机关下到各基层，有的要走出机关，有的要离开改行了。这正如文件指出的，是各得其所。"

范兴元怅怅不乐地说："这文件讲的都是对的，但心里总有个疙瘩嘛！"

对于杨震这样的阅历来讲，怎么能帮忙解开呢！他只能借题发挥地说："现在的上级机关就像鱼，鱼大水小，就会泛白；这个头太重，头重脚轻，就会跌倒。范师，对吧！"

范兴元似懂非懂，哦哦了几声，手一摆说："兴许是这样。你去忙吧！"

杨震之所以晚上要加班，是因为白天要去开垦荒地，完成关中分区规定的党政机关每人完成种地六亩的任务。第二天他起得很早，到办公室处理完事务，同大伙一起上了山。

今天，万里无云，天气晴朗。虽然寒风呼啸，但是悬空的太阳给大地带来了一丝丝的温暖。

向荒山开战，地动山摇。大家挥镢挖土，钻钎撬石，干得热火朝天，挥汗如雨，谁也不甘落后。

杨震边挖边听到旁边的同志说："你看，我们的习书记把衣服都脱了，挖得多起劲儿啊！"

"习书记马上就完成六亩的任务了！"

杨震很惊奇地说："书记那么忙，也开荒啊！"

"是他率先领我们上的山！"

杨震不由得举目凝望，只见习书记挖起一块土坨，抡镢头将它砸个粉碎，接着举锄继续向前挖掘。他如同感受阳光一样，心里热乎乎的，想到难怪大家都是如此的精神饱满，干劲冲天。

中午吃饭时候，习仲勋端着碗来到杨震跟前坐了下来，问："你是叫杨震吧？"

杨震答道："是，首长。"他立刻欲将碗放下站起，却被习仲勋按住，说："坐下，一边吃一边拉拉闲话。到税务分局适应吗？"

杨震不自觉地有点亲切感，首长那样的平易近人，和蔼可亲，立马打消了拘束感。他咽下一口饭，说："首长，还行，只是刚进入，只了解一点皮毛，对税务还不能深刻理解。"

习仲勋已经吃完了，放下碗说："毛泽东主席讲过：入门既不难，深造也是办得到的，只要有心，只要善于学习罢了。经过一段实践，就会深知其全部，就会掌握工作的主动权。你要明白，税务是边区的命脉，是边区的财富，是发展边区经济、壮大抗日力量建设的有力组成部分。严格执行边区关于税务制度和政策，是会促进公营、个体商业和农业的发展，密切政府和群众的关系，意义应该是深远的。"

这一席画龙点睛的话，使杨震豁然开朗，虽然不是拿起枪杆在前线打仗，但是在后方也是在打经济的仗啊！他虔敬地说："首长，我心里亮了！"

习仲勋脸上泛起了笑容，说："年轻人，亮在路上。"停了一会儿，又说，"一个人到一个新的环境，最容易察觉一些不同的东西，你有啥感受？"

杨震对习仲勋这句话很敏感。他立刻想到毛泽东主席讲过：要了解情况，唯一的方法是向社会作调查，调查社会各阶级的生动情况。对于担负指导工作的人来说，有计划地抓住几个城市、几个乡村，用马克思主义的基本观点，即阶级分析的方法，作几次周密的调查，乃是了解情况的最基本的方法。只有这样，才能使我们具有对中国社会问题的最基础的知识。要做这件事，第一是眼睛向下，不要只是昂首望天。没有眼睛向下的兴趣和信心，是一辈子也不会真正懂得中国的事情的。他强烈地意识到，这是书记利用劳动的间隙，见缝插针，不失时机地向自己做社会调查。自己有责任把见到的和听到的向领导反映，以供做出正确的决策。杨震鼓着精神，大胆地说："现在有些同志对精兵简政简到自己头上，年老体弱的心里不畅快；有的工作能力弱、文化底子薄的同志满腹牢骚；辛辛苦苦把事情办好了，就是因不识字被赶走，很不高兴；有的还没有确定走不走，是三天打鱼，两天晒网，等待调整。"

习仲勋思索地说："你讲的这些表现，在精兵简政中具有共性。现在需要进一步做好思想工作，解决对精兵简政的认识。第一种情况是谁呀？"

杨震脱口而出，迅速地告诉了名字。他感觉书记态度温和，很容易接近，彻底打消了顾虑，又说："我们老家有句俗话，大船烂了还有三千个钉。我想，船烂了，钉散了，虽然钉子还在，但是大船却不能运行了，还是要保证大船的牢固健康，这是首位的，就如同我们的机关。"

习仲勋笑着说："比喻虽然有点生硬，但也有一定的道理。精兵简政就是要克服当前遇到的物质困难，我们庞大的战争机构，是不适应战争的需要。所以，要重组一个有朝气的、有力量的、有战斗力的指挥机构。如你讲的那样，如同一条船。你刚才讲的那些表现，只要他们把心里话说出来就好办，有的放矢，加强教育，灯越拨越明，理越说越清嘛！"

杨震说："那五条规定意见，很符合实际。"

习仲勋站起来说："我相信会呈现出一个鱼跃鸢飞、自得其乐的良好局面。"他走了几步，又转过身问道，"欸，你是旬阳县来的吧？"

"是。"

"旬阳牺牲了许多同志，为革命作出了贡献。你是咋来的？"

"从旬阳潜伏安康，遭追捕，连夜出走到西安，是通过地下工作人员王子平联系，回到省委的。"

"王子平，旬阳人。"

"是。"

"那个人我认识，一九三八年春天，我在西安见过他，住在西安光明照相馆。

他为根据地输送了不少人和钱物啊！"习仲勋又语重心长地说，"当秘书的不能光埋在业务圈子里，要有全局，也要了解基层动态。要尊重老同志，要关心他们的冷暖。"说完，一个箭步登上了山。

杨震望着习仲勋的背影，心情久久不能平静。怎么也没想到他心中装着初来乍到的普通一兵，还念念不忘故友之情。领袖的风度哪！他牢牢地记着习仲勋讲的话，我们要响应毛泽东主席的号召："自己动手，丰衣足食。发展经济，保障供给。"我们关中的党政军民要齐上阵，艰苦奋斗，发愤图强，让我们的经济形成以农业为主的公营、私营和合作社三种经济成分共同发展的新民主主义的经济模式。是的，我这个税务工作者，定要跟着这时代的步伐，朝着丰衣足食的目标迈进，为边区的富强做出自己的努力。

这天下午，范兴元神秘地对杨震说："小杨，告诉你一个谁也想不到的消息。"

杨震惊奇地反问道："什么好消息，老同志还神经兮兮的。"

范兴元兴冲冲地说："习书记昨晚上找我谈话了，问我对精兵简政有啥想法。我这个人是直来直去的，照实给书记汇报了。他讲了许多道理后说，药对方，一口汤，不对方，一水缸。边区实行精兵简政是对的，便于发展经济，便于指挥打仗。神了，习书记咋知道我的呢？"

杨震抿嘴一笑："没有啥奇怪的，因为你是不太老的老同志，会影响一片，嗯，大片嘛！"

范兴元心情舒畅地说："就是，在这抗日战争的关键时刻，政府和个人都得要休养生息、养精蓄锐嘛！"

杨震不知怎的也高兴了："范师，你想通了，还得向别人走动走动。"

范兴元手一拍，说："这也是我的责任，是一名共产党员应该做的工作。"

这一老一少却击起掌来：为了我们的共同目标！

过了一个月，杨震被抽调参加减租减息工作组，不定期进驻马家堡的马家湾，调查摸底，了解情况，在宣传政策的基础上，逐步开展清算、减租和退租及勾账、换约，以保障佃户和租户的权益。从而提高农民生产积极性，改善了农民的生活。这使杨震不仅掌握了减租减息的程序，而且在实践中真正懂得了什么是解放生产力的深奥理论。还是习书记讲得好，实践出真知。不然，我咋知道得这么多呢！还有呢，同百姓的关系密切，就是要时时关注和掌控百姓的冷暖疾苦。

天下大了，什么人都有。成天猜摸别人的人，却大有人在。不知道从哪里刮来一股风言风语，说得有名有姓，像真的一样：税务分局的一位年轻干部，从农民家里抓走一只鸡，蛮不讲理，拂手而去。现在的年轻人哪，讲究吃穿，光知道过享乐的日子。

这流言蜚语一下子在村里传开了，说什么选人不准，用人不当，侵占百姓的利益，影响政府的形象。

庚申对这样不负责任的传言，不知道是怎么一回事，立即向习仲勋作了报告，并说："这是恶语中伤攻击别人。"

习仲勋细想了一阵子，说："先不要这样讲，也许有人捕风捉影，在那里瞎猜摸。这也好哇，是在对我们敲警钟！常言道：千中有头，万中有尾。谁这样做，一了解不就清楚了？再让当事人现身说法，不就坏事变好事？你去打听个底细。"

庚申踌躇了半天，说："我能行吗？让组织科……"

习仲勋明白庚申要说什么，笑了："行，怎么不行！这可能是冲着杨震的，你去调查虚实，如果是虚的，那是一种解决办法，如果是实情，组织再介入。这是对干部的爱护，也是对群众的负责。去吧！"

庚申接受指示后，转瞬之间来到税务分局，找见杨震，直截了当地问："杨秘书，你前个时期是不是逮了一只鸡？"

杨震觉得很奇怪，随口笑道："是啊！"

"在哪里？"

"马家村李大爷家。"

"是送的？"

"不，他要送，我给了两块钱。"

"你吃完了吗？"庚申追问。

"哎呀，我咋能享这个福呀，送给范师吃了，补身子。"杨震直摇手说。

"哦哦哦。"庚申道了一声再见，一阵风似的跑到范兴元家，一问，杨震炖鸡肉是真的，二话没说便要走。这倒引起范兴元心里不安，猛然间来问这事干啥，觉得有些蹊跷。范兴元叫住庚申说："怎么啦，我吃鸡肉吃得不对呀！"庚申赶忙解释说："我来问问，是不是杨震送的？"范兴元认定地说："这还有假吗！那小子像儿子一样，对我关怀备至，体贴入微，在外当兵的儿子都被感动了。"

庚申离开税务分局，直接到了马家村。李大爷一见，笑呵呵地说："庚申，你今日个咋有工夫来到这儿！"

庚申毫不掩饰地问道："李大爷，杨秘书是不是在你这儿捉了一只鸡？"

李大爷眼睛一瞪，说："话要有一个准头，不是捉，人家是花了两块钱买的。

按价是一块钱，杨秘书看我衣服烂成了簸箕子，硬多给了一块钱，叫我买个汗褂子。其实呀，习书记也给我钱了，这凑起来就能买一身衣服哪！共产党的干部好啊！"

庚申一面点着头，一面自言自语地说："原来是这个样子。"

善于察言观色的李大爷，摸清了庚申问话的来头，说道："近几天，我也听到有人讲，杨秘书抓了我家的鸡，回去改善自己的伙食。我对那些人也没客气，杨秘书用自己的钱，给病号买的呀！你们莫把舌根子咬烂了，乱讲话不害腰痛吗！说重一些，这可是诬良为盗，陷害好人哪！这些人瞠目结舌，没再言传。"

"谢谢李大爷，我走了。"庚申说。

"你走好，有啥风，我挡着。"李大爷送着说着。

在回去的路上，庚申一股脑儿地想着，我们的习书记真有先见之明，料事如神啊！

这天范兴元兴致勃勃地找到杨震说："杨秘书，精减整编，我是休养了，还想自己做点事情，行不行？"

杨震马上说："行啊，咋不行？想做啥？"

范兴元说："我想凑点钱，办商店。一来自己不闲着，二来还可给边区缴点税。不知道能不能批？"

杨震想了半天，说："你看啊，咱们的习书记任警备司令部政委兼警备一旅政委，为了减轻边区人民群众的负担，提议从事些经营活动，文年生司令员和汪锋、张仲良副司令员完全赞同。于是在警备一旅和分区独立团建立了'军人合作社'，开办了很多作坊，交通要道上设立了'骡马店'，开上了杂货铺。这样一来，不但部队积累了资金，而且改善了部队的生活，也促进了边区经济的发展。习书记讲过，公、私经营都可以，是会批准的。"

范兴元若有所思地说："习书记的办法就是多。他担任关中食盐督运司令后，根据国民党统治区缺盐的经济弱点，出谋划策，积极组织关中的食盐运销渠道，用食盐从国民党统治区换回大量的布匹、棉花、日用百货和军用品，打破了敌人的封锁，活跃了边区的经济。"

杨震插话说："是的，我还听到部队的同志讲，习书记专用食盐、皮毛、甘草等产品，在国统区秘密收购枪支、弹药、药品等，为部队筹集资金，充足了装备供应。今日个边区经济发展很红火，这也增加了税收，多好啊！"

范兴元说："我开商店，还须给习书记报告一下，因为我的身份是干部休养，看组织部门还有啥规定没有。"

杨震又一想，说："对，要汇报。咱们明天一块儿去吧！"

范兴元说："报告了，问清了，心里就踏实了。"

杨震说："如果行了，你又要为边区的经济发展作贡献了！"

这天一大早，范兴元和杨震赶到了分区机关，习仲勋的房门紧闭着，杨震敲了几下没听里边有声音，便去找庚申。庚申直摇手，说："习书记正在召开军事会议。"

杨震问："大概多长时间？"

庚申说："会议紧急，不会长的。你俩先到我房里坐吧！"

会议很快结束了。庚申对习仲勋说："书记，范兴元和杨震来见你。"

习仲勋把笔记本放在桌上，又拿起来装在包里，急问："人在哪儿？"

"在我房里。"

"你让他过来。你赶快准备，立马上前线！"

庚申对范兴元说："有啥事，三言两语说清，不要耽误了书记的时间，他要指挥部队打仗了。"

杨震盯了范兴元一眼，"书记忙，算了吧，等从前方回来再说。"

范兴元同意，"行，不能误了书记的大事。"

正说着，习仲勋进了门，说："我有大事，你的小事也是大事。什么事，赶快讲。"

范兴元说："我休养了，想办个商店，不知允许不允许。"

习仲勋笑了，"咱们是以农业为主的公营、私营与合作社三种经济成分共同发展的形式，允许允许；这是好事，老有所用，可以增加家庭收入；再者，还为边区缴纳税利，一举两得。杨震，你回去帮助兴元同志办理登记商业经营的手续。"

杨震说："好，一定。"

范兴元听习仲勋这么一讲，心里乐开了花，忙说："书记还有急事，我们先走了。"

他俩出门走了没多远，看见习仲勋挥戈跃马，朝西南方向飞奔而去。

在省委的院子里，王力和刘文彬不期而遇，因为开会的时间马上到了，就简单地问了几句："文彬，安康该回来的同志都回来了吧？"

刘文彬琢磨了一会儿，说："应该是这样，后来暴露的同志就不清楚了。"

王力说："省委决定派人赴安康联络。"

刘文彬说："我同邹玉鼎建议过，不知什么时候出发？"

王力说："快了。得珍惜每一分力量。"

刘文彬说："是的，培养一个人多么不容易呀！"

王力说："据安康'富源'老板给我捎来的信讲，旬阳惨案后，我们基层党组织和党员毫不畏惧，依然同敌人进行英勇的斗争。"

刘文彬说："谷燕也来信了，安康西区活动得比较厉害。"

王力说："要讲究策略，不能蛮干。"

刘文彬说："是这样，我给他们回信强调了这一点，哎，杨震怎么样？你知道不？"

王力笑着说："在关中分区税务局当秘书，很好，很优秀！"

刘文彬说："我怕他不适应。"

王力赞扬地说："哪会呢！一个赤诚忠心、尽职尽责的共产党员，到哪里，哪里就会发光！好啦，我开会去了。"

刘文彬听着王力的脚步声，默默地想着，是你带领我们这些风华正茂的年轻人，走向了一条光明大道！

第三十九章
生死抗击大扫除

这真是按下葫芦起来瓢，一波未平，一波又起。旬阳的杨明宪和张文焕还没抓到，不知去向。看来旬阳的问题还解决得不彻底，安康县又吃紧。这使杭毅忙得焦头烂额，他对处置旬阳暴动案件中死了那么多的士兵大为恼火。正在绞尽脑汁，反复思考如何回击的时候，接到西安行营密令立即捕捉王崇法等人，以拷问共党分子的活动。他觉得这是不谋而合，更加认定军统安康站侦察后所采取的非常措施，更加认定所发生那么多事件完全是共产党所为。于是决定加大力度，在安康进行一次大清查、大逮捕行动，企图将共产党一网打尽。

这天，杭毅通知召开一个紧急会议，张谟、卫凯、周昌嗣和安康县县长张宁静按时到会。平常杭毅的脸色还有点笑意，此时却变得铁青；往日讲话是滔滔不绝，没有一两小时是下不了台的，眼下只作了个简短的发言指示；今天却没了一二三，大题套小题，ABCD一大摊。他开门见山，恶狠狠地讲道，旬阳的共党分子，虽然被镇压了，但是他们这些恶棍的不法活动，仍然是气焰嚣张，肆无忌惮。我们对他们决不能手软，要继续追查逃跑分子，皆绳之以法，严惩不贷。我考虑了好几天，正好有西安行营下的密令，我决定从明天开始在安康全方位地来一个大扫除。这个大扫除中，不光是共党分子、民先分子，还有那些敌视党国、言谈举止不轨的人，统统给我抓起来，细细地筛上一遍，不让一个漏掉。尤其是安康中学的那些学生，更要注意，行为放荡，哪像个学生的模样，先从他们身上开刀，兴师也不能放过。好，我宣布大扫除总指挥和副总挥由张司令、卫局长、张县长担任，周站长予以配合，具体由安康县组织实施。

张宁静提出说："杭专员，建议张司令或者是卫局来安康坐镇指挥。"

杭毅说："你是副总指挥，你就坐镇吧，他俩还要负责旬阳、岚皋、石泉和汉阴等全区的大扫除。"

周昌嗣说："专员确定的这个时间很好，明天正是安中和兴安师范开学的日子，来个严密的突然包围，定能一网打尽。"

张谟最后说："这次行动统一着便装，不能走漏风声，打草惊蛇，让共党分子逃逸。"

会议结束时，杭毅叫住张谟说："你们下去立刻商量一个实施方案报告上来，我要签发。"

这天是安康中学开学的日子，到校报名的学生和护送学生的家长们挤得水泄不通，学校门前的操场上也是人山人海。刘振清发现有很多陌生的面孔，夹杂在人群中，贼眉鼠眼，摇来逛去。他立刻警觉起来，找见何伯淳说，赶快通知"同学"们陆续撤出学校。

当他们快要走到学校大门的时候，大门被持枪的便衣队封闭了，接着安康县警察局长赵培太和梁良带领的一排便衣队冲进了学校的院子，同早在这里等候的谭际桂接头，她手一指，眼一瞅，刘振清、何伯淳、张恭枢、王复萌、王树尧等同学接二连三地被抓走了。他们的动作虽然很迅速，但是还是被学生和家长看得一清二楚，引起了一时的骚动。

梁良问："就这些人吗？"

谭际桂说："不，还有一个怀疑重点王崇法没来，他家远点，可能快到校了。你们撤吧，把他们带回警察局，留下两个到校长室等着，我给姚宜民安排。"

梁良说："好，感谢你的合作。"

谭际桂说："同是党国之事，何必客气。"

赵培太说："梁排长，你带他们去县局，我留下。"

梁良说："不必争了，你先走合适。"

谭际桂说："你俩都走，这里有我呢！"

中午过后，王崇法刚踏进校门，被杨麟科拦住了："刘振清、何伯淳被捕了，你赶快隐藏起来，以观形势的发展。"

王崇法把杨麟科拉到一棵梧桐树背后，问："来了多少兵？"

"有四十多人，都是便衣。"杨麟科回答说。

"看来是大动作，走还是不走？"王崇法自言自语地说。

"不能在学校束手待毙，必须出去！"杨麟科督促说。

王崇法冷静地想到，在这紧要关头自己不能走，如果离开这里会引起敌人的怀疑，不但暴露了自己，而且势必给组织带来极大的危害。他的神情非常沉着说："麟科，没被逮捕的同志们，严密注视动向，做好再隐蔽的工作，该疏散的疏散，该回避的回避，要抓紧，对被捕的同志，采取适可而止的对策来营救他们，千万不能蛮来，而造成更多的人入狱。目前，我是不能走，这是上策。话音刚落，他泰然自若、从容不迫地走进了学校，没走几步就被姚宜民叫到了办公室，问："你咋到校迟了？"

王崇法不慌不忙地回答道："校长，那趟车挤上不去，只得等嘛！"

姚宜民提高嗓门说："王崇法，你平时是不是说话不注意，人家怀疑你有政治问题。"

不等话说完，从门外进来两名便衣警察，说："走，跟我们走一趟！"

王崇法满脸怒色，问："到哪里去？"

"到了地方，就知道了。"

赵培太把王崇法带进了县政府，向正在这里等候的张宁静报告说："县长，这就是王崇法。"

张宁静冷冰冰地问："王崇法，一个学生不守规则，瞎折腾个啥？"

王崇法耸起眉毛，说："我在安分守己地读书啊，有啥不对？"

"是吗？有人反映并不是如此，有政治活动。"

"对，是有青年人的三青团，我们不活动，难道叫中老年人去搅和吗？你们为啥要抓我？"

"这是奉上级的命令！"张宁静说完便写了一张字条交给赵培太。

王崇法就这样被另一名警察带到警察局，送进了看守所。

其实，三青团安康分团占领了安中这个阵地，势力大，活动多，引起了国民党党部的嫉妒和不满，两个组织之间的矛盾不断深化。王崇法被带走的同时，杨麟科经过一番考虑，这种对立的态势是利用的最好办法，于是，连忙去找洪积英，说："洪干事，我们的组训员王崇法被警察局逮捕了。"

洪积英啊了一声："为什么？"

杨麟科借题发挥地说："照我看，是冲着三青团来的，不然咋会连区队长刘振清和宣传员何伯淳也不放过，这是显而易见、一目了然的事。"

洪积英气愤地说："这简直是胡来，你发展你的国民党，我发展我的三青团，井水不犯河水，到头来倒是老党欺负少团来了，这样做，能把我们的人拉过去吗？"

"洪干事，得赶紧想办法！"

"不怕，有我呢，没事的，我现在先去看望王崇法。"

"让他放心，组织全力以赴营救。"

王崇法被关进警察局不到两个小时，洪积英赶到警察局，找到赵培太说："赵局长，王崇法、何伯淳、赵振清都是我们三青团的组训员、宣传员、区队长，怎么一下子就成了共产党而抓了起来，一定有人在挑拨党国与三青团的关系。"赵培太不知如何对答，只说："到了这个地方就会有一个结果，也许是个误会，好吧，会清楚的。"他嗯了一声走进看守所，恼怒至极地对王崇法说："专署这种做法是胡作非为，横行霸道，是对我三青团组织的亵渎和歧视，也是不尊重党国的行为。"

王崇法看到洪积英愤慨的样子，说："我也没有想到政府会这么做，无疑是对蒋委员长的不敬重。看来，在安康这个地方，国民党和三青团之间存在着不可逾越的鸿沟。我暗想，两者之间的矛盾在不断地激化，咱们可千万要警惕啊！"

洪积英脸色沉重，说："你是我们三青团的中坚力量，他们竟然这么做，是大有来头的，谁想企图吃掉我们三青团，胃口恐怕太大了吧！我给你讲你暂且好好待着，莫急，我立马找专署，专署不解决就找省政府，这不会是空穴来风吧！"

王崇法若有所思地说："那就拜托洪干事了！"停了一下，又说，"洪干事，你要警觉点，不要把自己陷在其中了。"

洪积英说："到什么山上唱什么歌，在这个节骨眼儿上是得慎重哪，你可要自己保重自己啊！"

王崇法看着洪积英胸有成竹的样子，心里也踏实了许多。

这一夜，洪积英一直在想，这究竟是什么原因，一大早就急火火地走进专署，好不容易找到杭毅，问道："专员，安中的王崇法、刘振清和何伯淳等学生为啥被捕了？"

杭毅说："上峰怀疑他们是共党分子。"

洪积英追问："是省政府吗？"

"是按西北行营指示而照办的。"

"有证据吗？"

"按意图而所为，不是本专署的决定。"

"杭专员，据我们的了解，王崇法他们不是共党分子，而是我们三青团的骨干，经我们观察并没有发现可疑的痕迹和线索，确实是自己人，不能随便乱抓。"

"行营不会无中生有吧！"

"那也难讲，我觉得有可能是周昌嗣在里边作梗。"

"是吗？"

"我认为是，如果由此引起学生罢课或上街游行，我们三青团不负责任，谁兜出的乱子就应该由谁来收拾。我还是那句话，要求立即放了我们三青团的人。"

杭毅摇了摇头，含糊其词地说："不能让学生闹事，你们应该同政府一起来制止意外的发生，至于放不放人，我要请示西安行营。如果可能的话，尽量减少没必要的抵触情绪，我可从中做点工作，是否有效很难确定。"

洪积英说："为了党国的利益、社会的安定，我相信杭专员有高超的举措。"

杭毅哈哈一笑，说："有什么高超，控制局面是当务之急。"

洪积英同时笑了："杭专员，这个春季防红才是燃眉之急，对吧！"

杭毅挤了挤眼睛，没有说话，点着头把洪积英送出了门。

洪积英是善于察言观色的人，他摸到了对方当下是如何想的，自己心中也有底了。

虽然不是想象的那样完美，但并不是残缺的结局，也就如此了，营救的这些人在关押期间没有被严刑审讯就是万幸了。刘振清被抓的第二天下午因嫌疑无证据被释放了，过了一天，王树尧被具保释出狱，只因在何伯淳家里搜出一幅高尔基的画像，在张恭枢和王复萌身上搜出民先队员证而被解送西安劳动营。唯独王崇法被关押了一个星期的时间，最终查无实据，而被警察局派了一名警官把他送回了学校，当面交给了姚宜民。

洪积英一见王崇法，急不可耐地连拍了好几下他的肩膀，说："终究出来了，你该不会有列宁的像吧？"

王崇法扬头大笑："我的组训干事，你的组训员不明其意，列宁是谁不认识！"

洪积英一甩手，说："开玩笑，别当真，何伯淳有一张高尔基画像也是犯法，你若有列宁的画像不是该坐监牢、判重刑了吗！"

王崇法眼睛一睁，装糊涂地说："哦哦哦，有这么严重，看来那个列宁是一个大人物了，是中国的还是外国的？"

洪积英避开问话，说："管他是哪一国人，咱们做咱们的事，实实在在地做，你现在的想法是什么，可以告诉我吗？"

王崇法直言不讳地说："洪干事，我是你的组训员，请你不要多心，我在看守所里听别人传话，我的朋友杨麟科、贺立鉴、江中祥、陈仁辅几个要好在恒口被逮捕了，我想去看看他们，不知妥不妥？"

洪积英惊奇了："一定是怀疑共党分子，才被抓的吧！"

王崇法镇定地说："也许是，不过据我同他们的接触，这些人直言直语，伸张正义，可不是共产党。照我想，朋友一千个不嫌多，仇人一个不嫌少，咱们交往这么长时间，都有所了解，你若在官场上有什么困难和需要疏通的，我不会袖手旁观，只要有我一句话，他们就会一呼百应，拔刀相助，看谁再敢欺侮和小瞧我们三青团！"

洪积英听到这话想到，当然同共产党没打过交道，但国共联合共同抗日是一种事实。共产党在前方打了不少鼓舞国民的大胜仗，眼下考虑那么多干啥，管他们是不是共产党，那是国民党的事，与我三青团有何大碍，还不如来个顺水推舟，结识朋友才是上策，何必得罪那么多的人呢！于是，他说："崇法，你讲得很对，古言道：'交一个朋友开一条路，得罪一个人多堵一道墙。'我信这个，你去吧，但不能陷进一个摸不透的深窝子。"

王崇法仰天而笑，说："洪干事，阳光大道八面通，不愁没门路，只是要记住整我们的人是谁，这个至关重要，万万不可轻心！"

这时候的洪积英，实际上是醒悟与迷惑并存，但他相信在当前是一种不可不承认的事实，咋能甘拜下风，不与对方去抗争而退避三舍呢！不能，显然不能，这是不可失掉的不二法门，也是难以碰到的机会，错失良机，就是一个傻瓜、笨蛋，愚蠢、无知的麻木之人，一定要借风使船，兴盛三青团。

邹玉鼎从谷燕那里得到大搜捕的消息，立即赶回恒口，刚走进女子小学的大门，被校长杨次杰拦住了，悄声说："邹老师，专署下令要逮你。"

邹玉鼎冷静地问："校长，你咋知道的？"

杨次杰一盯四下没人，便说："是恒口联系主任余养心给我打招呼不让你外出。"

邹玉鼎又问："还有其他人吗？"

杨次杰摇手说："没听讲，但小心点好！万一有啥事，我同唐蠹皋校长一起应付！"

邹玉鼎完全相信杨次杰的话，他的儿子杨静江、女儿杨甲元都是共产党员，说："你更要提防啊！"

杨次杰微微一笑，说："他们还不知我儿女的事，再者我还有点小名气，不会咋的。"

邹玉鼎又想到恒小校长唐蠹皋，是穷苦人家出身，很是支持爱护他的青少年学生，同党的组织也有一定关系，容易被人怀疑。于是，提示地说："杨校长，请转告唐校长，请他也注意。"

杨次杰说："我们有熟人，不怕！人家对你已经指名道姓了，不能马虎！"

邹玉鼎面对自己的身份完全暴露的严峻形势，泰然自若，毫不畏惧。他立即决定召开县委扩大会议，地址放哪里呢？经反复思考，梁家沟贺立鉴家的地理环境特殊，三面环山，丛林密布，偏僻安静，又是独家以山林而居，这是最佳的会址。

天已经黑下来了，王崇法、贺立鉴、陈仁辅、陈光有、王文俊、李洪宝、鲁宗圣、李贵乾、李建棠等，几乎在同一时间都到了。贺立鉴站在门口招呼与会人员进屋后，指定哥哥贺立彦在门外站岗放哨，并递过去两根短木棒，吩咐传送信息的办法，如查有情况，以把木棒连敲三下为号。

邹玉鼎这时显得很文雅，走到桌子前两臂一伸，神态沉着自然地将摆得方方正正的麻将，稀里哗啦地拨搓了一阵子，停下来说："现在开会，会议内容：一是分析形势，估计可能发生的事变；二是讨论应付形势变化的对策，减少没必要的损失；三是关于打击恶霸地主及反动势力和军人支部同志提出的要夺取恒口警备班的枪支问题。"

会上气氛激烈，同志们畅所欲言，把自己的心里话都说了出来。

经过讨论，大家清楚了当前形势的严重性，明确了执行省委的"隐蔽精干、长期埋伏、积蓄力量、等待时机"的政策，对最后一个议题，与会人员看法不一，意见未能统一。会议研究决定：一、邹玉鼎身份暴露，不宜立足于安康工作，立即撤离回照金；二、县委书记由王崇法接任；三、西区区委书记由杨麟科担任。会议要求各位同志加强组织纪律观念，严守保密原则，充分利用各方面的社会关系，挽回暴露的局面，更大范围内保护我们的同志，坚忍不拔，毫不动摇，迎接革命曙光的到来。

王崇法说什么呢？什么也没说，什么也不想说，什么也不能说，这是形势逼出来的，也是革命的需要。他只有一个要求，说："玉鼎同志，请你回省委后，请示组织很快地派同志联系，指导和帮助我们的工作！"

邹玉鼎流露出留恋的心情，说："常言道，穷家难舍，热土难离。我出生在这个坝子里，是秦巴山的儿子，故乡永远在我的心中，请同志们放心，我知道该怎么做！"

半夜了，皓月当空，星星疏朗。悠然间一阵微风徐徐地飘过地面，吹动林中的繁叶，发出索索的响声。按习俗讲，正月十八都过了，但贺家门口的两盏大红灯笼依然挂着，烁烁闪光，在这穷乡僻壤，显得格外耀眼。看得清门前一旁的小山梁上，那一棵一棵苍松翠柏，拔地倚天，傲然屹立，山梁下的小路上接二连三，比肩接踵，行走着一些欢言笑语的人。他们向着贾家院子举办的最后一场特殊灯会的会场走去，仿佛要走出一个张灯结彩、火树银花的喜庆节气。

杨次杰为了自己的教员不出事，便和唐翥皋一合计，两人急忙赶到县教育科。刚坐一会儿，副县长裘昶走了进来，笑着说："杨校长，唐校长，你们也在啊！"

杨次杰说："我们来向科长，向你报告开学后的打算，也望县长给我们拨点经费。"

唐翥皋帮腔道："望县长和科长给咱两校予以支持！"

裘昶爽快说："我知道了，你们回去先打个报告。我正要给科长讲个要紧的事，杨校长在这里更好，专署通知女子小学教师邹玉鼎可能是共产党，明天要去捉拿归案，希望杨校长给予配合。邹玉鼎在吗？"

杨次杰暗想，时间紧迫了："还没有收假，他回家了，我走时还没回校。"

唐翥皋明白，真的要大祸临头了。他插言道："县长，一年就这么个正月，又是寒假，总得让人安稳喘气，再干才有劲头，是吧！"

杨次杰说："县长，究竟他是不是共产党，我实在不清楚，不过本校长一定配合，但要谨慎，不能操之过急，一旦察觉，就会溜之大吉。"

裘昶说："不然，我们今天就去执行。"

唐翥皋说："不妥，万一不在家，走亲戚去了，这不是会走漏风声吗？"

杨次杰又想到，得用一个缓兵之计，趁机溜之乎也。他说："在百姓和学生的眼中，他是一名温和朴实、文雅的人，是一名堂堂的教书先生，不宜采取粗暴的办法。"

裘昶眼睛一眨，说："对共产党是格杀勿论，决不能手软。"

杨次杰辩解地说："他若是共产党，无话可讲，若不是呢！我看体面一点为好，这是为政府着想。"

裘昶同杨次杰工作接触较多，也比较熟悉，便说："什么方式才能体面？"

杨次杰说："明天我回去给他讲，叫他赶紧来县政府找你谈一谈，行不？"

裘昶说："这倒也行。"便写了一封信：邹玉鼎先生，兹为谣言一事，请来县府一谈。随即将信交给杨次杰，吩咐道："回去立即交给恒口联保中心主任余养心，由他通知邹玉鼎，莫耽误时间。"

杨次杰和唐翥皋两人回到恒口，先到学校，然后把信送给余养心。他接过后，欻的一下撕开了，一切很明白，便强求杨次杰和唐翥皋带路，立即去通知邹玉鼎，但探访亲戚朋友，跑遍前庄后村都没有找到邹玉鼎的踪影。

余养心懊丧地问杨次杰："杨校长，邹玉鼎还会藏到哪里？"

杨次杰无望地回答说："我哪能知道，马上开学，还得请教员，添乱！"

余养心说："你能不能给县长打个电话，你的教员失踪了。"

杨次杰拒绝了："我的教员失踪了，是管理不慎，这个电话，你打合适。"

余养心打个电话，县长大发脾气，怒声斥责了一番，要求镇政府、联保中心、警备班协同配合，加大力度继续追捕。

刘湘卿虽然身在陕保五团，但是非常留神和关注秦巴山区局势的发展。这一日，他在齐振国办公室发现一份省政府的内部通报，据第五公署讯：自平息旬阳共党分子暴动胜利后，为遏制共党分子的不法行为，本署拟在全区实施大清除的镇压行动，将共党分子一扫而光，在本土上清扫得干干净净，让他们无藏身之地。刘湘卿意识到，我们的同志将会遭到逮捕和屠杀，得赶快派人到安康联络。他借故外出，立即将得到的消息告诉了汪锋，他们一同找到张德生，立即又将情况报告给欧阳钦。张德生说："书记，安康的情况邹玉鼎回省委向我讲过，有一些同志按省委原安排已经回到省委，有的同志也将离开，有些同志至今还没有什么消息，刘文彬同志建议派人到安康去联系，将暴露的党员撤回省委，我同意这个意见。"

不等张德生说完，欧阳钦果断地讲道："坚决执行省委的决定，立即派人赴安康，越快越好，免受更大的损失，'隐蔽力量，等待时机'，这是长久的上方之策，可不是权宜之计。虽有短暂的行为，却是久远的谋划。"

刘湘卿急切地请示道："书记，就让我去吧！"

张德生制止说："你是被暴露而回省委的，目标太大，不妥。"

欧阳钦笑着说："心情可以理解，中共东南委员会在那里影响不小的，敌人的眼睛一直在盯着你，不能再入虎穴，可挑选一名足智多谋、善于应变、对国统区比较了解的人执行。这次特殊的任务，你们下去认真商量确定吧。"

刘湘卿和刘文彬从安康籍的党员中进行了谨慎的遴选，最终锁定的是张志远，这因为他俩对张志远的底细还是比较清楚的。张志远家住旬阳县城府民街，家里非常穷，七岁时，因他大哥参加红二十五军，国民党政府以匪属罪名将其父亲李玉峰杀害。母亲改嫁黎家，同母异父兄弟四人，老大黎江在县城学中医，后参加红军，在蜀河被敌人杀害，老二黎山在神河被石西藩以红军探子为由杀害，老三李文长病故，老四就是他自己了。母亲走后，他由大嫂李张氏抚养，为减轻家庭负担，他曾在县城张学孔的杂货铺子当相公娃，后又跟随商人汪鹤年跑做小生意，在忙过之际，去龚家梁小学偷偷地听课，时间长了，人家不让听被赶了出来。此时，幸与罗广远结识，才知道中国共产党是穷人的救星，懂得革命道理，经罗长勤和罗广远介绍加入中国共产党，入党时，将本名李文兴改为张志远，随嫂姓。他于一九三九年春天经组织资助四块银元做路费，便同罗广远和杜增富一起赴泾阳县云阳镇十八集团军——五师留守处，参加陕西省学习班学习。结业后，他便留在省委保卫大队当战士，现任班长职务。邹玉鼎也认为除了张志远能担当此任，再无合适的人选。张德生对张志远的印象是机灵、聪悟、老练、大方、执着。因此，对他们推荐的人选非常满意，出发前，亲自给张志远谈话交代任务，提出要求。张德生说："这次任务很特殊，看起来很简单，实际上很复杂，不是找一个人完事，牵扯到我们的地下同志安全撤回省委，担子是非常重的，要有高度的责任感，又要有牺牲的精神。在国统区工作，掌握敌情，方法灵活，察势而行，这个任务一定能够完成。"

张志远果敢地说："请组织放心，为了执行省委的使命，即使赴汤蹈火，也在所不辞，到了白区，想方设法同敌人巧妙周旋，逢山开路，遇水搭桥，排除艰难，化险为夷！"

张德生握着张志远的手，说："好好，组织相信你这次一定行。"

上路时，刘文彬一再叮咛牢记联络人的名字，同时还介绍了一位兴师的同学又是地下党员的情况。幸好一路同行的还有罗长勤，张志远从组织部长口里得知他只是到西安去治眼病，其他行踪一概不晓得。一路上，张志远并不感到孤单、寂寞、恐惧，而觉得四面八方都有自己的人，连树林、庄稼、风声都在为自己壮胆，随路的这位又是自己的入党介绍人，怕什么！组织想得真周到，还派了两位彪形大汉护送，那路证一示，畅通无阻，顺利通过了敌人的封锁线，安全地抵达富平。

在通往西安的路上，有一位个儿稍高和一位中等个儿微胖的人匆匆而行。各自都是做生意人的打扮，挑着一担子盐，由于步调走得快，扁担有节奏地呼扇着，一连串地发咯吱咯吱的响声。他们脸上的汗珠直淌在路上，仿佛打湿了地上的八月阳光。

"罗书记，你到西安看病？"

"嗯！"

"以后呢"

"还没打算。"

"带了多少杂（方言：钱）？"

"四十万法币，你呢？"

"四十万，咋能用着？"

"咋用不着，只是不到用着的时候，尽管走路，祸从口出，少说话！"

几句话，让张志远有点莫名其妙，曾经的罗长勤说起话来是滔滔不绝，眼下却是少言寡语，大概是有病缠身，心情不畅快，或许还有其他心思难以解脱，实在猜不透。

也只好这样了，他俩一前一后，完全沉浸在默默赶路的脚步声之中。

五天过后，张志远按照刘文彬介绍的联络线索来到了安康恒口镇梁家沟，好不容易打听到了贺立鉴的家。他到一座不大不小、不新不旧的院落前，大声喊道："贺立鉴，在家吗？"

不大一会儿，只见一位看样子有六十来岁的妇女手把着门枋，抻着脖子好奇地向外打望，问："你找谁呀？"

"贺立鉴。"张志远顺口答道。

那位妇女眼睛眯成一条缝，问："你是哪里的？找他做啥？"

"打老远来的，有贱事，食盐生意，同他商做。"张志远闪了两下肩上的担子说。

她转身回到屋里，只听喊道："彦儿，赶快让那位生意人到屋里歇歇。"

那个叫彦儿的大小伙子急忙把担子挑进了房子，自我介绍说："这是我妈，我是她的大儿子贺立彦，请问尊姓大名？"

张志远稍加躬身施礼，说："令堂在上，打扰了。"又看着贺立彦想了一下，该这样尊称自己了，"愚弟张志远。"

这位老妈和蔼可亲，言笑自若，催促贺立彦赶快上茶的同时，讲了许多让人难以接受的事实。她没有一丝难过的表情说道，你来得真不凑巧，刘文彬、邹玉鼎、刘经安他们离开安康不久，我二儿立鉴就得病去世了，从此再没有什么来往。我曾听他给我悄悄地讲过，他同邹玉鼎他们提出过，要在安康以西，汉阴以东，叫啥子安康西区发展武装组织，要建立啥子根据地，做好准备，待机而动，如果日本鬼子打到白河，逼近安康，就要举枪抗击，消灭那些狗东西。听说襄樊都丢失了，还没见动静，哎呀，咱们国家多灾多难啊！贺立彦也气愤地说，专署派兵到处搜查，抓捕共产党还有一些进步人士，闹得老百没有一个安宁的日子过，成天提心吊胆，惶惶不可终日。

张志远说："老人家放心，现在是国共合作共同抗日，不久的将来一定会把日本强盗赶出中国。常言道：狂风吹不倒雪山，乌鸦的翅膀遮不住光明，相信我们一定要能跨过道道难关，会过上好日子的。"

立彦母亲提醒说："你们做生意的千万要小心，也许会以探子为由被抓捕坐监狱的。"

张志远说："这可真是的。老人家，我把盐担子就丢在你家了。"

老人家说："不行不行，哪能收这不义之财。"

张志远说："话有点远了，就当是送你们的慰问品，行吧！"他心里又想到这个线索断了，只能起用刘文彬交代的陈仁辅了。便问："彦兄，你认识陈仁辅吗？"

贺立彦直摇头，说："没听过这个人。"

"关帝庙小学在哪呢？"张志远又问。

"这个学校，我知道。"贺立彦回答说。

老人家理会了张志远问话的意图，伸手说："彦儿，张先生人地两生，先安顿他住客店，然后，你带他到关帝庙小学。"

贺立彦尊母亲之命，将张志远领到恒口镇中街的瑞瑞客栈，介绍说：这个栈的老板叫马梓南，爱人李莲英，是旬阳人，也叫李老板，由二人共同经营，他们服务周到，为人厚道。张志远目扫栈门上写着"近悦远来，宾至如归"的仿宋字样，一边观察着，一边走进了客栈的大门，正好是李莲英当值，便问："老板，有房吗？"

李莲英赶紧到柜台前，一看张志远肩挎包裹、雨伞，手持扁担，就明白是做生意的人。笑着问："要什么样的房间？"

"一般的，能住就行。"

"哎哟，做生意的人就是心疼钱哪！"

"不是怕花钱，只要干净卫生、清静就行。"

"听你的口音，是不是旬阳县人，在外做生意？"

"是啊，家住旬阳府民街，在省城做贩盐买卖，这不是刚做完生意，就来这儿住栈？"

"既然是老乡，就住在院子后边那间宽畅的房间。那间房，是旬阳龚家梁学校一位刘老师住过多次的房子，按普通费收费，不要你多的钱。"

"那位老师叫啥名字？"

"记得叫刘文彬，两年多没有来过了。"

张志远万万没想到当时的安康地委书记也在此住过，这足够证明这个客栈还是比较让人放心和安全的，万一出现不测，能住得进来，也能走得出去。他把行李放下后，打量了院子的东南西北，东西是两排厢房，南北各有前门和后门，后门里有一些荒草，看来是不经常开的。当即，便向李老板打了一个招呼，说是得出去忙活一下，了解了解这里的生意行情。李莲英啥人都见识过，也是一个有心计的人，总觉得这个张志远不完全是一个生意人，言谈举止，落落大方，音容笑貌，难以揣度，完全像一个共产党的地下工作者。她经过反复思考，决定将这个看法告诉刚住进栈的孙瞻山，不巧，孙瞻山外出还没有回来。

贺立彦把张志远领到关帝庙小学的门口，相互之间说了一些感谢的客套话，贺立彦就回去了。张志远独自进了学校，找到了正如刘文彬所讲的瘦高个儿的陈仁辅。

在这鸡犬不宁的日子里，一个从没见过也未曾听贺立鉴提及的陌生人来此，令陈仁辅感到奇怪和意外，嘴里不说心里话，难道是国民党特务来探听我们的内情，一定要守口如瓶，谨慎应付。他冷着脸说："这里不方便，跟我走，家里去吧！"

客随主便，只好这样。陈仁辅走出校门，向外边望了望，便放开脚步向前走，与张志远拉开一个距离，免得让人发现自己跟一个不认识的人走在一起。不大一会儿就到了陈仁辅的家，他也不让座，更莫提给沏茶倒水了，硬撅撅地问："你找我做啥？"

张志远发现陈仁辅对人冷漠，依然热忱地说："做一桩盐的生意。"

陈仁辅站着，连连摆手说："我不是做生意的料，你找别人吧！"

张志远说："我找过贺立鉴，他……"

"他死了，他也不会做生意。"

这直杠杠话，让张志远很难接受，但一下子想开了，也许是在这种场合下防意如城吧！他记得刘文彬给他的接头暗语，于是说，恒口镇的南边是月河，月河岭里来。张志远一直望着陈仁辅，没有任何反应，等了半天，不见对个黄河入海流。接着又说，我是从兴安州长岭走过来的，不见山重水复疑无路。陈仁辅愣住了，还是没有对出柳暗花明又一村。张志远心里猜摸着，是不敢应下句，还是真的不知道陆游的《游山西村》？他不甘心，又出语道，日月之行，若出其中，星汉灿烂，若出其里。陈仁辅仿佛在云里雾中，晕晕乎乎，也未提示这是曹操《步出夏门行·观沧海》中描绘大海的宏伟壮观，抒发自己立志统一天下的博大胸怀的名句。他摇头说："讲些啥乱七八糟的，我不懂！"

这些接头暗语，对于陈仁辅来说不懂得，更不知道，简直是问道于盲，或许是贺立鉴临终根本没给任何同志作过交代。张志远只有来最后一招了，问："你认识刘文彬和邹玉鼎吗？你们曾是好友吗？"

陈仁辅立即回答说："认识，咋不认识，是兴师的同学，是要好的学友！"

张志远巧妙地又问："你们联手做过啥生意吗？"

陈仁辅急忙避重就轻地说："是学友关系，没有任何经济关系和政治来往！不过，听别人讲，他俩还同一个叫刘经安的远走高飞了！"

张志远毫不隐瞒地说："我同他们在省城做生意。"又追问道，"王崇法这个人，你知道不？"

陈仁辅含含糊糊地说："只是模糊点，他是安康中学的，在校时召开学生联谊会见过。几年了，不知他究竟在哪儿。"

看来想要得到情况，难得如愿。张志远本来持有通行的路证，想再试探一下，便说："这里的生意路子难拓展，力不能及，只得离开了。你同刘文彬、刘经安和邹玉鼎都是学友朋友，能不能给我搞一个路证，让我立马返回西安。"

陈仁辅连忙摇头说了两个字："难搞！"

张志远这一考察，得到的是推辞，倒还没有拒绝的程度，于是又说："圣人道：积善之家，必有余庆，请你帮我办一个路证吧！"

陈仁辅始终是在站着说话，此时他在屋子里踱来踱去，突然停住脚步，说："你走吧，吉人自有天助，你下午晚饭前来取！"

张志远一走出陈家的大门，凭直觉感到自己陷在危险境地之中，心里感到如芒刺背，外表显得镇定自若。他若无其事地穿过田野，走进恒口镇街道，到邮政所给省委发了一封信，内容很简短：我已抵达安康县恒口镇，已着手联系生意。

陈仁辅送走张志远以后，越想越觉得蹊跷，猜疑是国民党政府设下的一个圈套，既然如此，就让他们自己斗自己吧！他匆匆忙忙地去同杨麟科商量后，向镇公所报告了这位生意人的一举一动。

镇队副郑忠本立即派警备班班长李正乾带领四名士兵到客栈，问："李老板，张志远在吗？"

李莲英一见是警察，觉得出事了："出去了，还没有回来！"

"住几号房？"

"六号，我刚看过了，不在房里，去联系生意了。"

"他回来了告诉不要再出去了，我们有事找他。"

"好好，一定转告！"

晚饭前，张志远没有去取路证，因为断定这是哄人的手法，大大方方地回到瑞瑞客栈。他一进门，李莲英就急巴巴地说："张先生，镇公所的人刚才来找你有事，你是不是做啥事了？"

张志远心里咯噔了下，大模大样地说："没有啊，就是联系做生意。"他回想刚才强烈的疑虑和预见是如此的正确，我没有来过此地，这次来只和贺立彦母子和陈仁辅见面，这里红白分明，共产党和国民党很清楚；何况更不认识镇公所的人，他们怎么很快就指名道姓地来找我。奇怪了，不奇怪！贺家母子不可能，这一定是陈仁辅给我开的路证吧！

李莲英又说："镇公所的人讲了，让你待在房里，不要出去！"

张志远满不在乎地说："好吧！我到房里休息等着，这里生意真不好做，得换个地方。李老板，他们来了就叫我。"

李莲英走出柜台，说："你赶紧去歇一会儿吧！"她望着张志远进了房间，轻步到后院墙里边，打开了后门上的锁子，又轻轻地挂在门闩上，飘然离开了。

张志远回到客房，紧张地考虑到为赶在敌人再来之前，刻不容缓，必须离开这里。他一边收拾行李，一边透过窗子的缝隙向后院巡视可出去的地方。这时，天色已暗下来，他模糊地看见李老板正从后门向前院走去。张志远明白了，这不能吭气，也不能声张，更不能去答谢，只能在心里默默地喊道："老乡，好人哪！"他瞅了瞅院子，空无一人，一阵风地出了后门，转身关好了门，匆匆地向恒口街头走去。

天黑定了。孙瞻山才回到客房，正端起茶杯喝水时，李莲英急匆火火来了，神情诡秘地说："老乡，今下午栈里住进了一个客官，也是旬阳人，我看不大对劲。"

孙瞻山问道："咋个样儿，让你好奇？"

李莲英认真地说："自称是做生意贩盐，察言观色，不是一般的人，倒像地下人员的风度，有那个影影。"

孙瞻山说："何以见得？"

李莲英说："不敢乱猜，同刘文彬和刘经安他们不差上下。"

孙瞻山一笑说："你这个老乡真会看相吗？不过是乱弹琴，那人叫什么名字？"

李莲英说："叫张志远。"

孙瞻山知道这个名字，老师鲁安一曾经给自己讲过的，出身于一个革命的家庭。入党后，党组织于一九三九年春天送到省委学习，结业后供职于省委，并叮嘱说，以后要去延安或者到省城办事，就到省委找这位老乡。她重复地问道："叫啥？"

李莲英说："张志远，镇公所不知咋知道的，来找他！"

孙瞻山说："就这么快。"她更加肯定了，他就是那个李文兴的化名。他在安康"大扫除""大清除"的危险时刻来此地干什么，一定是受命于危难之时，完成一桩特殊的使命！不然的话前脚走进来，后脚就有人来找事，一定有内鬼。她起身问："住几号房，去看看。"

"六号客房。"

她俩到六号房前一望，房子黑咕隆咚的，李莲英推开门用手电一照，人走房空，叫了一声："没人了！"

孙瞻山意味深长地说："打草惊蛇，是谁能干得出这等事，李老板，我回房了。"

李莲英有点发愁，镇公所来了，我咋交代呢！她想着想着，走到后门把锁子锁上了。当她走到前院时，李正乾他们持枪冲了进来，大声喊道："张志远回来了吗？"

李莲英应声答道："回来了，我看见他刚进房不大一会儿。"

"走，把他抓起来。"

一名士兵，噔噔地跑过去，一脚把门踹开了，床上无人，几把手电全照在房子里，墙脚和床底下搜了一个遍，既没搜出人，又没有发现行李，有士兵喊着："人跑了！"

李正乾命令道："查看后门，墙头和房檐、房脊，有没有破坏的痕迹！"

有士兵叫道："墙头上的瓦片扒掉几块，从这里逃跑的！"

李正乾把枪一挥，"给我追！"随着班长的喊声，几名士兵飞也似的冲出大门。又听得李正乾喊："朝着汉阴方向！"

孙瞻山见势不妙，想到即使路见不平，也得拔刀相助，何况是自己的同志呢！于是，当机决断，命令道："子云，立毅，换装！咱们出去阻拦敌人，为我们的同志走出险境争取更多的时间！"

梁子云问："熄灯吗？"

孙瞻山说："不，让亮着。"

说时迟，那时快，她们轻步走近后墙，一个一个地踮起脚跟，唰唰地飞过围墙，健步如飞，不到二十分钟，就赶到了汉白公路旁的柏树坡，抢先占领了有利地形，以控制这一段的交通要道。

柏树坡黑黝黝的柏树林间，不时发出蛐蛐的鸣叫声，公路下的月河偶尔也传来风击浪花的水声。

孙瞻山在夜色蒙蒙之中远望月河上游，突然发现在沙岸上有一道亮光一闪即逝，马上意识到这不像是夜间捉鱼人，完全是张志远脱险择路而行的迹象。她回过头来再细望恒口方向，有几道手电亮光在空中划来划去。便说道："敌人来了，各自拉开距离，打一枪换一个地方。记住，阻击是我们的目的！"

敌人即将接近柏树坡底的公路上，孙瞻山一声令下："给我打！"

刹那间，密集的枪声震破了沉寂的夜空，子弹在石头上冒出了串串火花，飞到天空擦燃了条条火蛇。

敌人被突如其来的枪声打得晕头转向，不知所措。李正乾喊道："不要慌，趴下，卧倒，还击！"虽然这样逞硬，但是也在盘计着，已陷于三面山地，一面河水的包围之中，追啥子追，连命都保不住了，还追。他又叫道："撤，按原路返回，咋搞的，要算这个账！"

孙瞻山对敌人讲的这番话听得清清楚楚，开心一笑，说："不追了，他们有四条腿也难追上。他们撤，我们也撤，而且还要回到他们的前面。"

孙瞻山她们一声不响地爬过后墙，蹑手蹑脚地闪进了客房，噗的一声吹灭了油灯，和衣而卧，谁也没有真的睡觉。

不到一个时辰，李正乾带领的士兵，气势汹汹地闯进了瑞瑞客栈。李正乾举起枪，指着当值的马梓南的鼻子，吼道："马老板，张志远到哪儿了，你要老实交代！"

马梓南叩手道："老总，客人住店，走了，也不告诉我呀！"

"是你们通风报信，放走了共产党的探子，该当何罪！"

李莲英闻声赶来，将衣衫子一扇，满脸堆笑走过去按下了枪，说："嘿，这都怪了，是你李班长带的人先来敲得山震得虎，人家不告而辞，怪我们客栈啥子事。可不能把羊头安在猪身上，颠倒黑白，这我们可受不起啊！"

这说得李正乾张口结舌，无言以对，停了一下，便强词夺理地说："不是给你讲，让他等着吗？"

李莲英巧言利齿地说："是呀！讲了，耳朵在人家头上长着，听不听是人家的事，脚在人家脚上连着，走不走得由人家决定，与我何干。我只管住店收钱。谁叫你们不在栈里等他呢！"

前院的吵闹争执声，孙瞻山听得出来是警备士兵在客栈无理取闹，便默不作声走到前院观阵。

李正乾只觉讲不过人家，不由得勃然大怒，说："人没追上，路上还被突然袭击，差点连命都丢了。是不是你们串通一气，相互勾结，给我们设下的一个圈套？共产党厉害啊！"

李莲英出语不饶人，说："李班长，可不能嘴巴生刺，出口伤人。这不是把烂药膏往别人脸上贴，存心害人吗？早知道他是共产党，我就知道应该怎么做了。"

李正乾恼火了："说那么多也没用，害人就害人，把马老板拉走，坐庭子。"

李莲英赶快拦住说："为啥，他又不是共产党！"

李正乾嘴一撇，说："就凭他妨碍我们执行公务这一点。"

李莲英争辩着说："是你们自己妨碍了自己的公务，倒栽给别人，要坐庭子也行，那就把命搭上了。"

孙瞻山看两者僵持不下，站出来说："老总，我也是住栈房客，马老板是不是共产党，若是，我立马不住这个店了！"

李正乾摇头说："不是。"

"你认为住栈的那位客人是共产党的探子，有证据吗？"孙瞻山又问。

"是一个叫陈仁辅报告的，他也弄不清是共产党还是党国的人，只能抓起来审讯才真相大白。"李正乾慢吞吞地说，停了一下，又补充说，"我们追捕那个人，又遭到袭击，该不是偶然吧！"

孙瞻山劝解地说："老总，我知道你们现时也在执行公务，不过已到如此地步，好不手下留情，该过去的人就让人过去吧！这事要说偶然的倒不如讲是必然的，常言道：天有不测风云，人有旦夕祸福，出门办事哪有一帆风顺、不出岔子的，一波三折是正常的嘛！"

李正乾想了好半天，说："看这这位客官的面子上，不坐庭子也行，那得出钱！"

李莲英觉着拗不过这帮子人，急忙问道："得出多少钱？"

李正乾把巴掌向空中一伸，说："就这个数！"

李莲英一看，啊了一声："五百块大洋，真要命，把房子卖了也不够啊！"她又转向马梓南咕噜着说，"哎呀，真是麻子掉在水井里，坑不浅哪！"

马梓南闷着气小声说："这世道有啥法呢！"

孙瞻山瞧着马梓南和李莲英左右为难，没作个决定的答数，调和地说："老总，二位老板，一方官方，一方良民，官方该体谅良民的难处，良民该理解官方的用心。这个栈收益并不好，要拿那么多的钱是有困难，少出点，给二百块，你们看要得啵？"

李正乾不停点地踮着脚板，把手一甩说："少了三百不行，明天中午我来取钱。"

李莲英答应说："行，三百就三百。"

马梓南说："咱们还得抓紧去借钱呀！"

李莲英赶紧把马梓南一掀说："借就借吧，有人就不怕挣不回来钱！"

孙瞻山望着走出的士兵，一边安慰着马梓南和李莲英，一边想着如此敲诈勒索百姓的不义之财，能留得住吗！她想好了，到了那个时辰，来一个孙大圣斗魔王，打他个牛角朝天。让梁子云去执行手艺，曹立毅掩护，自己作接应，不是完璧归赵、物回原主了吗！

就在那中午时分，距离镇公所不远的三岔路口，走来了两个风流倜傥、豪放洒脱的年轻人，稍高的走在前，稍矮点的紧跟其身后，一个劲地光顾临街的小摊小贩，时而又弯腰挑拣锅碗瓢勺，时而问价橘柑糖饼。但他俩始终紧紧盯着东街走来的每一个行人，而且谁也不注意他俩是目不转睛，目击这个世界上不可制约的那个污浊、肮脏、敲诈、揩油的代表人物。

镇公所门前的十字路口，行人稀疏。

曹立毅望着天空的太阳，正好搁在头顶上，说："那个人来了。"

梁子云说，看见了就是那个班长。

曹立毅嗯了一声，向前跨了几步，站在街道边沿上的大槐树背后，观望几个又说又笑的行人。

李正乾右肩挂了一个包，两手插在口袋里，显出一副得意扬扬的样子，摇头晃脑地走过来了。

曹立毅急速迎面走上去，从左侧擦肩而过。梁子云眼光敏锐，动作利索，突然闪身于李正乾的右侧，伸手指在右肩后背点了一下，他随即倒下了。她拉下了小包往前走了几步，便把小包甩在街道上，一溜烟不见了。

曹立毅向东街望去，老远的那座寺庙门外的墙脚旁，孙瞻山在不断地摇手示意。她转身一边拾起小包走近李正乾一边大喊："抢人了，抢人了！"

街道上不多的几个行人，并没有停下来，一边走一边冷眼一望，交头接耳，窃窃私语，警备士兵被抢，保安不保安，真是个瘸子滑了一个大坡，活丢人！

李正乾清醒了，身上的小包不见了，又看到一位标致的小伙子向自己走来，问："这是咋啦？"

曹立毅递过小包，说："遭抢了，我追没追上，只拾得这个小包。"

"跑哪儿了？"

"钻进了西边的背巷子。"

李正乾摇摇晃晃地站起来接过小包一抖，什么也没有。他唉声叹气地说："鬼打道士，倒挨了一把！"

曹立毅心里笑了，拄着拐杖进煤窑，寻着去倒霉，这是自食其果，还埋怨鬼打道士呢！

孙瞻山她们冷冷静静、高高兴兴地回到瑞瑞客栈，发现李莲英两口子在前台套间屋里吃饭，没有打招呼，悄悄地回到了客房。孙瞻山对梁子云和曹立毅说："赶快收拾行李，马上进城去。"她又催促梁子云，说，"你这就去，把这三百银元拿到前台，从窗子放进柜台边就行了，什么都不要讲，手脚轻点，要快！"

一切安排妥当之后，把屋里拾掇得整整齐齐，便轻轻地关上了客房的门，谁也没有觉察到她们仨已经走出了瑞瑞客栈。

李莲英吃完饭出了腰门，发现柜台边放了一个洗脸毛巾包样的一团东西，她一提沉沉的，再搭手一摸，一种质感让她惊讶起来，是银元。她赶忙拿进套屋打开一看，神了，这是怎么一回事！她同马梓南一数，正好是保安队敲诈勒索的三百大洋。李莲英心中有数了，中午前孙瞻山走出去了，是不是她们替天行道，救困扶危？她把银元又裹好塞在碗柜里，拉着马梓南来到九号房一看，没见一个人影，只见地上打扫得干干净净，床铺收拾得整整齐齐。马梓南发现，桌子上放有一小张字条，上面写着：老板，城里有一笔生意要做，时间紧迫，不告而辞，对不起，谢谢你们的关照！李莲英夺过来，反复念了几遍，又翻过背面一看：那些狂犬吠日白费工夫！她两手把大腿一拍，毫无疑义地说道："哎呀，是孙瞻山，是她们，天下好人哪！"

马梓南问自己："她们是不是同张志远一伙的？"

李莲英听见了："这个猜想还沾点边，不然孙瞻山听我讲住了个旬阳人，她急着要去见，可惜走了。不管咋说，都比世人高一筹，不知道张志远现在到了哪里！"

当夜，张志远走出恒口镇不长时间，听见有交火的枪声，不知是怎么一回事，但这密集的枪声，都点击在他的心头，恨不得插上翅膀飞过崇山峻岭。为了摆脱险境，他马不停蹄赶到汉阴城，没有立足的时间，又跋山涉水，披星戴月，昼夜兼程，步行了三天半的时间，终于回到照金。刘文彬一见说："安全回来就好。"立刻领他向张德生如实地汇报了安康之行的情况。

张志远愧疚地说："由于联络人过世，他人不懂接头暗语，未能很好地完成任务，辜负了组织的希望。"

张德生笑着说："不要自责了，任务完成得出色，从虎口脱险，遇难呈祥，就是个成功。再者，你还不知道，刚刚从安康回来了两位已暴露的同志，他们给我讲，从省城来了一个人，这个人就是你，曾给一个客栈的老板流露过，在安康已不能做生意的，跟他到省城一块儿做，不相信南边挣不到钱，北边就发不成大财。这话被秦巴虎豹队得知，领悟了其中的意图，就同'富源'商店交通员密商对策，现在不是落地有声了吗！"

刘文彬问："是不是瑞瑞客栈，女老板是旬阳人，对吧！"

张志远点头说："是，她还提到过你，人很机灵、厚道，现在想起来，我当时出去办事，回来她告诉我警察来找过之后，把后门的锁子打开了，这是她有意这样做的。"

张德生语重心长地说："国统区的群众多么期望早日摆脱沉重的枷锁，我们现在努力，就是为缩短这个时间啊！谈谈感受吧！"

张志远已经感触良多了："就地下工作来说，要警觉敏锐，以防万一，机智灵活，见机行事，陷于困境，争取主动。回想这次险遭被害的经历，深感到人民群众是革命的基础力量，没有他们的支持、帮助和掩护，革命是难以取得胜利的。"

张德生说："离开广大老百姓，我们就寸步难行。好吧，你回去好好休息，养精蓄锐，还有新的任务在等待着！"

过了两天，张志远没料到罗文治很严肃地找他讲，"杜介夫科长安排我同你谈话：你同罗长勤是啥关系？"

张志远摸不着头脑，说："他是我的入党介绍人！"

"有啥交往吗？"

"没有，入党后，组织派我到省委学习，今年初他回省委才见一次面。"

"见面讲些啥？"

"没说啥，对旬阳的暴动失败很痛心。"

"你俩这次同去西安的路上，他给你讲些什么，有没有消极的情绪？"

"他很少说话，我问过他，在潼宜耀县当秘书咋样？他只答，还行。我还想知道他看病后干啥。他脸一红说，打油的漏斗，没个底儿！我看他有什么心思，就不好意思多嘴了，直接到了西安才分手，分手时，他说让我过细点，就这些。"

罗文治说："好吧，如果还有可疑的地方，及时向我报告。"

张志远疑惑不解，问："这是咋一回事，与我有关联吗？"

这时，罗文治才告诉说，罗长勤经组织批准同你到西安看病，其间被敌人侦知，并逮捕了，迫使他填表自首，迅即又被释放，让他返回边区做潜伏工作。这被我党潜伏在敌人内部的特工人员查获，秘密报告我边区公安机关。罗长勤回边区不久，就被我公安机关关中分区于桑处长下令逮捕，杨震同受牵连，受嫌疑也被捕了。

张志远怎么也没有想到事情是如此的严重、可怕、复杂、不解，当然又是残酷的。他想把原因再问清楚些，就去找邹玉鼎询探究竟，既然是罗长勤自首，这与杨震有啥瓜葛，他介绍的入党人并没有自首啊。照这样推理，我也该被抓起来了。

邹玉鼎心平气和地说："我曾找过于处长，他保密似的给我解释，不要想得那么简单，让我们沉住气，服从革命大局！"

张志远似乎明白了点什么，说："共产党员是会经得起考验的，我坚信我们伟大的事业，一定会在艰难曲折的斗争中不断前进！"

第四十章

同心协力拟起事

日本侵略者于一九三八年八月二十七日占领武汉后，日本大本营随即命令所属第二军和第十一军"采取急袭的方式"，沿汉江向西北进击，相继攻取了鄂西重镇襄阳、老河口等地后，继续向西推进，并派飞机对安康实施轰炸，形势非常紧张。老百姓处在惶恐不安、惊慌畏惧的状态之中。

这天李贵乾见到李正乾领着两名士兵急急火火地在街上走着，便问："李班长，做啥去？"

李正乾笑着说："你这个联保处的班长，是不是拿明白装糊涂呢？现在战事吃紧，不是征粮就是抽壮丁，还能干些啥事。你呢？"

李贵乾忧愁地说："政府催得很急，我们去征集军粮。现在抗日已经抗了四年多了，这个粮难征，恐怕壮丁也难抽啊！"

李正乾不以为然地说："有啥难抽的，上峰讲了，现在不管是家里独子，或是几丁抽几丁了，只是用绳一捆就是丁了。千工乡公所已经拽住了何万龙几个，我们还瞅准了几个，我这就去王彪店那个地方，准保能押送上十来个吧！不然，就得挨训，连个班长也当不成了！"

李贵乾一下子变得郑重其事地说："那是的，政府的事务不能马虎，一粗心，就要砸掉这个饭碗。"

李正乾打招呼说："我走了，有时间咱们再谝。"

李贵乾无意中得知警备班的这个行动，心想，逼近的战事又迫使多少百姓家破人亡、妻离子散，对更多的人遭到这不幸的灾祸不能坐视不救。他在这情况紧急时，忽然想了一个主意。借征集军粮之便，在路上拐一个弯子，直接找到何宗珩想办法。何宗珩二十出头，前年抓壮丁时，他手持木杠反抗被保安队逮住吊起来，打得死去活来。正在此时，李贵乾路过这里，以表弟的亲戚关系，给保安队道个不是才算罢了。这何宗珩体壮力强，血气方刚，性情暴烈，对当局恨之入骨，深恶痛绝，经常同李贵乾来往，无话不说，流露一些不满的言语，不满之中也在寻救和渴望该如何度过自己的人生。因此，李贵乾与何宗珩接近更多了，给他讲一些抗日战争和共产党解救穷人，让百姓过上好日子的远大理想，青年人不能好高骛远，要脚踏实地，走好脚下的每步。从这时候起，何宗珩对李贵乾说的一些话，实实感到是千真万确，信而有征。

何宗珩一见李贵乾来找自己，焦急地说："李哥，你来了。现在日本鬼子飞机炸安康城，王八蛋们急了，强征军粮田赋，又乱抓壮丁，城里乡下鸡飞狗跳，到处不得安宁。日子咋过呀！像只笼子里的小鸟，飞也飞不起来。我真想拉起一帮子跟他们干一阵子，解恨，畅快畅快！"

沉住气，冷静些，慢慢地飞。在夹缝里过日子得小心点，困难、灾祸会过去的。李贵乾把何宗珩拉到跟前，两个人叽里咕噜地说了好半天，谁也不可能听出是什么意思。

"有把握吗？"李贵乾问。

"这算啥，张飞吃豆芽，小菜儿。"何宗珩捂住嘴暗自一笑说。

"谨慎啊！"李贵乾叮咛说。

"有五六个生死与共、相依为命的朋友，灵光着哪！只是袖里藏宝剑，杀人不露锋，不会惹麻烦。"何宗珩自信地说。

"唉，不要杀人啊！"

"嗯，我知道，那士兵也是穷人家的孩子。"

"知道穷人咋活就好！"

"李哥，你好心去收你的军粮吧！"

"恐怕收不到，庄稼都让天老爷收走了。天这么旱，哪有粮哪！"

"哦，那才好呢！"

他俩叽叽嘎嘎地叫着笑着走开了。

李贵乾来到张家庄，走进张老汉的家门，往屋里一扫，空荡荡的，什么也没有，露出悠闲的神色，说："张大爷，又来催粮了。"

张老汉装聋卖傻地偏着头，掩着耳门，反问："啥，追羊。我家连粮都没有一颗，哪还有羊啊！"

李贵乾只见张老汉不修边幅、瘦骨嶙峋的模样，非常地心酸。于是，塞给了两块大洋，只说了句多多保重的话。走在路上，他心里一直在折腾，天下有多少劳苦大众需要解救啊，只有共产党才能做到。

"贵乾，你做啥去？"

李贵乾抬头一看，是李洪宝，说："叔，我还能做啥，催粮啊！"

"咋样？"李洪宝又问。

"庄稼都旱死了，哪有啊！"李贵乾转了一个话题，神秘地说，"叔，镇公所到千工去押送壮丁了，我让何宗珩去救他们。"

"何万龙被抓住了，可能有十来八个，具体不掌握。想问你，知道不知道警备班去了几个人？"李洪宝说。

"三个人，李正乾带队。"李贵乾说。

"好，知道了。我带人赶快去支援何宗珩，咱们一起把何万龙他们救出来，天色不早了，你回镇公所交代你的事情。"李洪宝边说边撒起两条腿，飞也似的向东跑去。

王彪店洋溢口的树木草丛里很静，一阵微风吹过，到处都飘散着呛鼻的干旱气味。从东向西的小路上没有行人，偶尔有几只顽皮的小松鼠跳过路面，除溅起小股小股的灰尘外，什么动静也没有。

何宗珩领六名青年朋友，一声不响地一字儿隐蔽在这密林中，目不转睛地注视着前面那条路上可能出现的目标。此时，李洪宝带的三个人也赶到了，出现在他们右边不远的森林里。他们相互之间以招手示意，来代替语言的沟通。

"来了。"何宗珩一边悄悄地说，一边数着一、二、三……抓了十一个人哪！看清了，十一个人分成了两组，每一组的人全部用绳子串起来，在李正乾三个押送下，东倒西歪地向前走着。

"瞅准后边三个！"

何宗珩把头上戴的黑布袋往脸上一抹，如猛虎般地冲到李正乾面前，不用吹灰之力，将其按倒在地，紧跟着两名士兵也被捆在树根上。

李正乾还没有反应过来，即被蒙面人五花大绑，哀求说："哪里的好汉，我们也是不得不这样做啊！宽恕一回，请饶我们一命吧！"

何宗珩粗声粗气地吼道："老老实实地待在这里，不然就要你们的命！"

"好好好，我们不拧辞！"

李洪宝他们一哄而上，把壮丁们身上的绳子割断了，又解开了。

壮丁们这时东张西望，不知如何是好。只听何宗珩沉闷的声音喊道："你们赶快走吧，躲得远远的，免得再拉壮丁。"

何万龙看大家都走了，站在那里未动。李洪宝走过去，悄声说："你走吧！这儿不方便，以后我找你。"

这时，何宗珩将三支枪拿给了李洪宝。李洪宝二话没说，喊里咔嚓地卸下枪机，甩在了不远的水沟里，收缴了全部的子弹，最后把空空的枪放在三个士兵的身边说："等会儿我会打电话，让你们的人来给你们解绳子，回去报告给你们的头头，不要为非作歹，欺压老百姓了。"李正乾一听耷拉着脑袋，攥起拳头把泥土拍得啪啦啪啦地响，只能这样忍受了。

解救何万龙十一名壮丁的义举，被从山西抗日前线的抗日游击队回乡做兵运工作的江中连知道了。他立即约李洪宝和县委组织部长在恒口关帝庙背后树林里会面，商议吸收骨干，壮大我们的力量，引导何万龙和何宗珩一起走革命的路。还讲，我从山西回来时带了四五支手枪，咱们联络一些进步人士，干一件重大而有影响的事，计划举行一次武装大暴动。

李洪宝闷着头在想什么，过了半天才说："这个关系重大，我们恒口党支部和千工党支部早就想过了，也向县委和西区区委提过了，未能同意，是火候还不到，条件还不成熟。"

邓金印若有所思地说："关于暴动的念头，蓄谋已久，早在大前年夏天就产生了。当时，东南工委书记刘湘卿指示我们，现在是准备阶段，要物色一批有战斗经验而胆大有为的人，同他们交朋友，吸收他们加入党组织，还要准备大量的武器，待日本鬼子逼近陕南时，方可行动。我们这些人沾些流寇思想，没听得进去。记得有一天下午，邹玉鼎召集王崇法、郑宗谋、贺立鉴、杨麟科、李建棠、陈仁辅、陈光有和我在恒口街以北的柏树林里聚会，你一言我一语，七嘴八舌，众说纷纭，没个准头。但有一点是相通的：搞上几支枪，提前暴动，给敌人一个下马威。大家把注意力集中在王崇法那里，劝说他想方设法夺取其叔父王杰山及其手下的手枪和长枪。这个计划让刘湘卿知道了，严厉地批评说：'什么下马威，我们处在敌强我弱的态势下，你凭什么能让敌人虎落平阳，威风扫地呢！我重申一遍，没有党中央的指示，没有延安派来的武装领导，没有足够的力量，武装暴动是不行的，也难以成功！'听了这话以后，我们深感简直是在大腿上号脉，胡来！"

李洪宝深有感触地说："是那样。从此以后，我们重视军人支部的发展工作，党员多了，由原来一个党支部分成了两个党支部，同时筹措了一批武器弹药。不过现在条件强多了，可以考虑这件事。"

江中连很有把握地说："我看要出手是没啥忧虑的，我们势力虽然不能同敌人相比，但是大得多了。再讲，抗日的大环境对我们也有利。可以考虑这个行动。

是不是要稳妥些，就请邓金印前往省委作汇报。行吗？"

邓金印踌躇了半天，开腔了："行倒是行，得先报告县委，看如何进行，再从长计议。"

李洪宝接茬儿说："金印的意思对，你不用去了。这个由我找崇法商议，拿出一个实施办法。"

江中连点点头说："好，那就这样，也合乎组织原则。要抓紧哪！"

这次见面，使李洪宝更加坚定了要干出个惊天动地、震古烁今大事业的信念。

"洪宝，咱俩去找何万龙和何宗珩吧？"江中连说。

"行。我也准备找他们，这可是大麦芽做饴糖，难得的两块好料子啊！"李洪宝咂着嘴回答说。

何万龙和何宗珩都是刚强、正直、性急、果敢、聪明的人，一见李洪宝和江中连的到来高兴万分。何万龙开口就说："现在世道像是肉丸子掉在煤堆里，漆黑一团。你们来了，我想找个光明。不能就这样任人宰割嘛！"

何宗珩紧接着说："不管咋样，得有个出头之日，不然，就把人闷坏了。"

李洪宝试探地问："想做啥？"

他俩异口同声地回答："你们干啥我们就干啥，决不食言！"

李洪宝又问："你们知道我们做啥事？"

"为老百姓解难。反正与国民党不一样，我们看出来了，还模模糊糊地听人说了。"

"嘿，你俩真是兔子的耳朵，灵得很！"

李洪宝一句戏谑的话，逗得大家哈哈大笑。

江中连收住笑声，说："好，那就收下你俩。我是从山西抗日部队回来的，咱们干成功了，我帮你们去山西当八路军，收复国土，重振中华，你俩看要得啵？"

"大海里寻针，难找哇！八路军是共产党的队伍，那咋不行，要闯一番大事业哪！"

江中连不放心，又敲定了一句："想好，莫要在危难时刻打退堂鼓，像那点了黄豆不出苗，变成孬种。"

"哪能呢，我们不是那号子人！"

李洪宝自在地笑了："我相信他们两个，说出的话牛都踩不烂，硬邦邦！"

江中连暗暗地想，都是老乡嘛，心中又有一个崇高的目标，他俩的话语落地有声，咋能不信赖呢！

不几天的一个晚上，李洪宝专门把几个人提及的暴动一事，正经八百地向王崇法作了报告。王崇法想到，这样的行动李洪宝和其他军人支部的同志提过好几次了。县委也作过多次研究，只因当时我们的军事组织不健全，领导力量单薄，再加上在国统区敌人的势力强大，我们力量弱小，还鉴于旬阳暴动的教训和国民党大肆追捕屠杀共产党员和民先队员，不宜发起，也就搁置起来了。目前形势有所改变，日军已经占领郧阳，正向白河逼近，安康已处在恐慌不安的状态之中。根据刘湘卿和刘文彬的指示，我们已经到了即可行动的时候了。他于是问："洪宝，你们几个的意见是啥？"

　　李洪宝也没说个所以然，只讲到向县委和省委请求后，再从长计议。停了一会儿，他说："东一榔头，西一棒槌，乱扯了一阵子，没想出个啥点点法。"

　　王崇法脸色一沉，说："嗖，就这么简单！骑着驴子瞧唱本，走着看，到了算，能行吗！这简直是拿着自己生命开玩笑！"

　　对在保安团当过排长的李洪宝来讲，也认为暴动不是耍儿戏、轻而易举、手到擒来的事。他说："得拿个安排。如组织领导、队伍编成、任务分配、行军路线，还有纪律，等等。"

　　王崇法语气和婉起来，说："到底是当过兵的，大小是个官，懂得多。洪宝，还有经费问题吗？"

　　李洪宝心中有数地说："这个没问题，上次筹措的钱差不多了，不够再借嘛！"

　　王崇法信心十足地说："洪宝，咱们来商量写个计划吧！"

　　李洪宝不好意思地说："咱眼高手低，不识几个字，你就执笔掌舵吧！"

　　王崇法开玩笑地说："我代笔不代言哪！"

　　李洪宝摇头说："哪能呢！你可不能是刘备对孔明——言听计从啊！我的话言之无物呀！"

　　他俩说着笑着，开始起草《关于恒口地下武装组织暴动的实施计划》。

　　喔喔喔！一声声公鸡啼鸣叫醒沉静的深夜。栖息在树窝里的鸟儿抻长脖子，叽巴叽巴地张望四周，天还是那么黑蒙蒙的，于是又把头缩回了窝里。

　　当王崇法写完最后一个字时，猛然站起来，伸了一个懒腰，又长长地出了一口气，转身掀开门，天已大亮了。他走出门外，站在小土丘上，感觉晨光是那么地明媚，秋风是那么地柔和，柳丝是那么地袅娜，房前的阴凉处和小河边的沼泽里的青草虽然被干热光顾，但依然显得葱绿、有生气，散发着草香的味道。他心情很舒畅，却没想到自己怎么站在了这里，只听见李洪宝在身后喊，东山头红了，他这才明白，自己站在这里正在瞭望那冉冉升起的太阳。随声同样喊道，是的，东山头红了！

早晨的太阳笑得很自然、很和气，一夜没合眼的王崇法和李洪宝也笑了，笑得很自信、很从容。王崇法乐观地认为，这个笑不会是两样，是在迎接一个新时刻的到来。他笑呵呵地对李洪宝说："这次行动我也得参加呀！"

"这个你不能参加！"

"为啥？

"你耍笔杆子能行，玩枪杆还差点，须再磨炼！"

"是啊，不磨不炼不成好汉。"

"你是扛大旗的，说一千道一万也不行。"

"先不提这个，咱们今晚召开一个大会，把这个计划讨论一下。"

李洪宝点头说："有必要。我就去通知人。"

天色慢慢地黑了，参加会议的人员陆陆续续地来到陈仁辅的家里。大家坐定后，王崇法首先宣读了《关于恒口地下武装组织暴动的实施计划》：为了配合八路军及抗日前线的抗日战争，迫于当前形势，拟发起武装暴动，组织建立一支抗日游击队，或参加八路军，或在秦巴山开展游击战争，抵御日本侵略者向我陕南进击。特制订实施计划如下。一、组织与领导：统一由李洪宝同志负责具体领导，下设三个战斗队：恒口一个队，该队由何万龙负责；新建一个队，由胡安友负责；三渡一个队，由王向义负责。每个队指派一两名敢打敢拼、能起带头模范作用的军人支部的同志参加。二、任务分配：何万龙队收缴恒口的枪支，王向义队收缴三渡、秦长两个乡公所的枪支，胡安友这个队收缴新建乡公所的枪支。另由恒口和新建的两个战斗队抽出一部分兵力，收缴铁岭乡公所的枪支。三、时间规定：发起日期择日予以确定，在发起当日的晚上，上述各乡镇的枪支必须全部收缴完毕。四、建立根据地，以凤凰山为依托，安康南北两山为游击队活动的主要地区。同时，向省委作出报告。五、执行八路军的三大纪律、八项注意，不得违纪。王崇法说："这只是一个草稿，请与会同志提出修改意见。"

"同意这个计划。在行动之前要强调一点，收缴枪支时，只要不是负隅顽抗而弃械投降的，不要伤害和虐待那些士兵。还要不要制定一个进军的路线。请加以考虑。"江中连强调地说。

陈仁辅接话说："咱们点多面宽，得统一规定个发起的具体时间。"

江中祥点着头，说："应该，还得派专门的人进行联络，还得派人抓紧搜集敌人当前的情报。"

江中连又提出："对我们当地的恶霸地主，也得采取措施，敲打敲打他们的威风。我没意见了。"

王崇法望着大家，没有人再发言，便对着李洪宝说："你看呢，谈谈吧！"

李洪宝有板有眼地说："关于行军路线，要根据发起的效果和第四项而定，各战斗队要见机行事；关于行动的时间，天黑前到指定的地点集合，天黑后进行实施；关于相互联系和搜集情报问题，提得好。下去后，同崇法商议确定专人负责掌握敌我双方的动态；关于对待土豪劣绅的问题，这牵扯到对我党的统一战线政策的执行，只要不与我刀枪相见的，可不予理睬，如果是为非作歹、民愤极大的恶霸地主及反动头子，又阻碍我们的行动，就必须采取断然措施，予以镇压。我现在要说的是，各乡镇联系的内线人员，必须掌握牢靠，不然的话，这乡动那乡没动，就势必减弱战斗的力量，影响战斗的取胜；关于向省委汇报的问题，我建议由王崇法前往照金最合适。我就讲这些。"

"同意洪宝同志的建议，完全符合组织原则。"大家不约而同地说。

王崇法最后作了总结，"我对这个计划和同志们的建议和看法原则上同意。会后，我同洪宝同志根据同志们提的这些，再细针密缕一番，使这个计划更加完善。刚才同志们又推举我把这个计划办到底，我就不推辞了。近期，我将工作安排妥当后，带上这个计划立即前往省委报告工作。"

早晨的天气还是晴朗朗的，没料到在中午的时候，天空布满了鱼鳞似的一坨坨的云朵。王崇法一边走进安康新城的城门，一边指责这天气不长眼睛，好像与人在作对。他远远望去，沿街房屋上的青砖灰瓦，墙头上的雕砖装饰，还有那二层楼上的花格挑窗和房檐里的细雕绘画，同往日相比，黯然失色，失去了那亮丽的光泽。这也许是一个巧合，是天公为此行而作美吧！他没有因天气阴而把头上戴的草帽子抹下来，只是用大拇指和食指捏住帽檐向额头上拉了拉，不紧不慢地走到"富源"店铺的门前停住了脚步，眼睛的余光沿着帽檐瞅着门前门里的动静。

谷燕正在上最后一块插板，发现这个人直愣愣地站着不动，便问道："老乡，买货吗？"

"是的！"

"买点啥？现在正关门，该吃中午饭了。改日再来！"

"三支红铅笔，加一支蓝的。"

谷燕一听暗语，原来是王崇法来了，一边停止上插板，一边望着门外的人，便说："天阴了，还戴着帽子，没认出来，原来是老客户。这简单，不花费时间，进来吧！"

王崇法向外扫了一眼，一闪身进了店铺，悄声说："有要紧的事告诉你。"

谷燕蛾眉一扬大声地说："老客户老熟人，吃了饭再谈进货吧！"她带王崇法到后院房里的饭桌上，分别介绍说，"那位是我爹，身边的是我表哥；这位是我们的老客户，遇到吃饭时间不必客气，吃了以后再谈生意。"

谷燕爹说："这位我见过，是做天麻生意的。吃顿便饭，将就吃一点吧！"

王崇法难为情地说："实在不好意思，打扰你们了！"

谷燕爹笑了："做生意嘛，一价不成两物在，买卖不成仁义在。吃顿饭算个啥子！"

谷燕边上米饭边说："还是我爹讲得好，生意来往要诚心，一顿饭能值几个钱。"

一桌子四菜一汤，足够四个人吃个饱，哪会生意一跑光呢！

吃完饭，谷燕爹向王崇法打了个招呼，说："你们坐，我去开门，好吧。"

张原说："我也得走了，帮表叔卸插板。"

谷燕灵机一动，马上说："表哥，黄老板这顶草帽子工艺好又雅致，你看咋样？"

王崇法心领神会，说："一顶不值钱的帽子算个啥，你觉得好就送给你。"随手拿起来递了过去。

张原接过后，右手伸进帽顶里在眼前转了两圈，赞不绝口，麦秆纤细，手工精巧，帽顶和帽檐边上镶嵌间色装饰线，漂亮，漂亮！

谷燕眉开眼笑地说："表哥戴上更有风度啦！要是让你们的专员见了，也会瞄上它几眼。"

张原走到门面房，把帽子往柜台上一放，忙活着卸插板。

谷燕没有收拾碗筷，说："西安捎来了一封信。"

王崇法接过信拆开一看，便知这是刘文彬同志写来的信。信纸上写着这样简短的几句话：如果桐油收购的数量不错，在安不易销售，可运到西安，这里有大老板、大买主。不可忽视秦巴山里的桐油。切记，公平交易，请酌。林三。

谷燕不好问是谁来的信，只好说："有任务嘛！"

王崇法思考着说："也是吧，是文彬同志写的。意思是说如果势力发展得较大，在国统区难以展开对敌斗争，就化整为零到延安，开赴抗日战争的最前线。"

谷燕兴奋了："这是刘书记的关心，更是刘书记的指示啊！"

王崇法不由自主地说："是的，他在省委，离党中央近，知道的方针政策和战略更多，指出不可盲动，避免再走曲折的路，造成不应有的损失。及时雨，及时雨！哎，对了，谷燕，文彬同志还提到孙瞻山，你最近见到这个人了吗？"

"前半个月见的，是从湖北竹溪过来的。"谷燕回答说，猛然间又问，"有啥事吗？"

王崇法没有隐瞒地说："恒口军人武装支部有一个重大的举动。你想办法予以联系，征求他的意见，看是否能参加。"

谷燕知道王崇法是不知道孙瞻山身份的。她只答应说："联系由我来做，那应该去找谁进行见面商议？"

王崇法告诉说："让他赶快到恒口找李洪宝，他会告诉一切的。"

谷燕嗯了一声，又提醒说："专署最近又下令到处抓人了，你们要提防点。"

"大伯，谷燕在吗？"

"在。"燕爹抬头一瞧，是谭际桂，便大声喊了一声，"燕燕，是际桂来啦！"

谷燕急忙叫王崇法上二楼，一定要靠天窗的地方，又麻利地撤下了竹梯子，手拿碗筷走了出去，打笑地说："好久不见了，钻到哪个圪捞里，和谁甩头发去了！"接着又说，"刚吃过中午饭，正在收拾呢。走，到后院坐！"

谭际桂淡然地说："哪有那闲工夫啊！"她一扫柜台上搁着一顶草帽，问，"谷燕，饭前有一位戴草帽子的人来过商店？"

"有哇。"谷燕说着向后院走。

"是谁？"谭际桂跟在身后问。

"我表哥，不是正在卸插板吗！"谷燕把手里碗筷又放在桌子上说。

谭际桂又追问："专署的那位秘书！是吧？"

谷燕没好气地说："你知道，还问个啥！"

谭际桂向后院四周扫了几眼，心想那草帽到底是谁的，等一会儿就知道了。说："问一下，看你不耐烦的，叫人好扫兴啊！"

谷燕有意地装着不高兴，说："他帮咱牵点生意不行吗，你是没话找话。"

谭际桂边往出走，边说："就是找话，不说不笑不热闹嘛！"

张原放好最后卸下的插板时，突然间，梁良带了三个士兵闯进了屋，吼叫着："老板，中午有一个戴草帽的人进了店铺，是吗？"

谷燕一抢步到了营业室，回答说："是，有一个人。"

"人呢？"梁良追问。

"不是在靠放插板嘛！"谷燕向门外一指说。

梁良仔细一瞧，脸面有点发红，说："啊，是张秘书在这店铺？"

张原不在意地说："是啊，是来我姑父家的店铺办点事，正好帮个忙。"

梁良问士兵一挥手，说："咱们走吧！"

谭际桂心想，这端倪就在这顶草帽上，他不拿就彻底露馅了，如果他拿走了，可以断定她没有被共产党所利用，这个店铺也不是他们的秘密联络点。她叫起来了："梁排长，稍等一会儿，咱们一起去中营巷。"

张原问梁良："连警察都出动了，啥事与这个店有关？"

梁良笑言相对："没有的事，捕风捉影。"

张原说："如果无中生有而这样做的话，不仅会影响店面收益，而且会伤害人心哪！"

梁良还是那句话："没有的事，莫见怪。"

谭际桂始终盯着那顶草帽，没有插言。

张原一摇手，边说你们稍候，边走进营业室，大大方方地从柜台拿起那顶草帽，大踏步地迈出店铺门，并把草帽高高举起，在空中抢来抢去，摇摇摆摆地走出了新城的北门。

这让谭际桂的臆度彻底地失望了，有点不过意，把谷燕一抱说："对不起，这是公务，为你为我好！"

谷燕生气地说："不相信人，不够朋友，以后少来往，不来往更好。不然，会把你连累了。"

谭际桂连忙说："这话不沾边了，哪能呢！你若计较，那就是麦秆吹火，小气。"

谷燕撇起嘴说："那你呢，就是包袱皮当毛巾，大方呵，未必！"

谭际桂摆手说："算了算了，不斗嘴了，谁能斗得过你！"

谷燕出门站在街道上，一直看他们走远了，才回到店铺，赶快带着王崇法出了院后小门，穿过警备区的院子，进了二道门，又过一道圆门，把他送出后门，说："出门后左拐不远就是警备区西家属院，很安全。"

王崇法往东边一指说："抓紧点啊！"

谷燕十分明白，这示意的是要赶快同孙瞻山联系。当然，抓紧事关重大，不能小瞧这个联络任务。她立即到邮电局通过熟人，给隐藏回旬阳的于方打了一个电话，得知孙瞻山带领梁子云和曹立毅潜伏在老河口的城外，侦察日军的军事行动。她惊讶了，冒失鬼！人不到一大把，竟然进入日本鬼子占领的虎穴之地，勇敢，巾帼英雄！而接着沉住气，对送话器低声说：想办法告诉她赶快回安康，有一笔生意需要做。于方答应立即转达，不会耽误生意交易的时间。

王崇法一回到恒口，先去找见何万龙说："洪宝给你讲了吗？"

何万龙把头一摸，说："讲了，恐怕担当不起呀！"

"能，能行，像当过兵的，有经验。不过要多用一个心眼，警觉性要高。现在先供给你队步枪一支、子弹四十发。"

"好呀，这下有的耍了，到时候总不能拿着捅火棍去吓唬人吧！"

"那是的。恒口是个重头，这里人多又复杂，镇公所兵力配备和武器装备都要比其他乡镇多一些强一些，到时候既要胆大，又要心细，不可出岔子。"

"俗话说，人多智慧多，只要大家在一起七拼八凑，总能凑合一条妙计来。"

王崇法离开何万龙后正要去找李洪宝，真是过河遇上摆渡人，巧得很，在半路上遇见了："我要找你呢！"

李洪宝说："我也去找你呢！我同各队都谈了，大家摩拳擦掌，信心百倍。江中连同志提出来，枪支收缴成功后，要编成一个队，得给队起个名字，叫啥好呢？"

王崇法皱起眉毛问："有考虑吗？"

"有，江中连起了个八路军岭南游击队，我觉得行。"李洪宝说。

王崇法高兴地说："行倒是行，没征求八路军领导机关的意见，贸然冠名有点欠妥，先就叫岭南游击队，秦岭以南嘛，还准确点，就这样定。"接着，他把李洪宝拉到一棵青桐树下，坐在一块石头上，说，"告诉你两件事：一是我去联系过秦巴虎豹队，队长叫孙瞻山，争取他一起行动，力量更壮大一些；二是我再给你步枪弹二百发、手榴弹五十枚，由你支配。"

李洪宝没想到又补充了些弹药，更没想到的是，刚才提到的秦巴虎豹队，正是当年巧合共同劫持押钞队的那几个人。他说："行，弹药视情况支配。那个虎豹队我们交往过，仗义疏财，枪法精湛，勇猛果敢，他们要能来，那更是如虎添翼。"

王崇法感到意外，说："嚯，你们已经配合过。你知道底细吗？"

"那只是凑巧，那劫持押钞车本来是人家先得手，我们只是赶上的。底细不清楚，后来传说是秦巴虎豹队。"李洪宝说。

"我也不摸内情，只是从乡间传闻而知。文彬同志来信暗语还提到秦巴虎豹队。如果他们派人来接头，你就诚心诚意地同人家谈谈。"王崇法停了一会儿，又说，"该安排的安排了，该交代的交代了，我准备这一两天就出发，先到汉中城固做短暂停留，再前往省委。在这期间，你们按计划准备得要稳当一些，如果出现意外，同大家一块儿商量对策，要沉着应付，千万不可产生急躁情绪，愿我们的目标，即将成为现实！"

走了一天的太阳，仿佛也疲乏了，像一团褪了色的火球，缓缓地钻进了大山的那边睡了。天很黑。

夜深了，只听见青桐树前那条小河里的淙淙流水声，还有池塘边哇鸣声，从这山上传过来野狼的嚎叫声。还听到什么呢，静山、静水、静林、静夜！

王崇法和李洪宝依然坐在那里没有离开。什么时候不见人影了？搁在东山的晨霞，宛若微笑着告诉大地，他们刚刚离去！

一个月过去了，还未见王崇法的一点消息。这让李洪宝心里焦急不安，七上八下地想了很多。听说有次去城固的车出车祸了，会不会有他，既是这样不能不捎个信；要不然是被敌人发现了，而被抓进监狱，要是这样，那必然是杳无音信了；再就是来信被截获了。他立刻到恒口邮电所找见邹玉洁，悄声问："玉洁，最近有我的信吗？"

邹玉洁想了一下，摇头说："没有，肯定没有。有，我肯定会及时给你送去，或者请熟人捎给你，不会丢的。"

李洪宝失望了，勉强地笑了一声，说："我的朋友给我捎口信讲，我的亲戚要做生意，等写信告知。我只来问，麻烦你了！"

邹玉洁边分发报纸，边说："你放心，如有来信，我立马给你送去！"

李洪宝拱手以礼，说："请精个心，多谢！"

邹玉洁似乎明白了什么，说："咱们常来常往，还客气个啥。咱干这个差事，应该的。"

都这么长时间了，咋还没一丁点消息！江中连独自左思右想，焦灼不安。于是，急匆匆地来到李洪宝的家，没见到人。正出门走出院子，李洪宝回来了，没头没脑地问："洪宝，咋石沉大海了？"

李洪宝拉着江中连一起进了屋，说："我刚去邮电所查了，近来没有信，而且没有人捎个口信过来，真急人！"

江中连猜摸着说："我看哪,这十有八九指望不住了。咋办?观察现在的动态,此事时间拖久了,恐怕夜长梦多,迟则生变哪!"

李洪宝觉得作难了："说得倒是,你看咋个办?"

江中连神态凝重,说："坚决按计划实施,提前行动。你看咋样?"

李洪宝心里感到拿不准,却又表态了："那行吧,只有这样了。"

"时间确定在九月十五晚上动手。"江中连说。

李洪宝掰着指头数起来："今天是初几啊?"

"九月初五。"江中连说。

"还有十天的准备时间,足够了。按计划的任务分工执行,就这样定了。关于开销的问题,我给拨一些。"李洪宝说。

江中连心里充满着对未来的憧憬,乐滋滋地说："那太好了。到那时候,组织上五百多人的队伍,威武雄壮,浩浩荡荡,要么在秦巴山打游击,要么拉出去参加八路军,一切听从延安的调遣和指挥。"

李洪宝扑哧一笑："莫想得那么天花乱坠,万事开头难,先有二百多人就不错了,要脚踏实地逐步壮大,有可能达到一千人,甚至更多更多!到那时,我们兴许昂首阔步,意气风发,接受毛主席和党中央的检阅呢!"

江中连拍手称赞说："远大的目光,卓越的见识,这一天一定会到来!"

李洪宝咧着嘴笑了:"你有梦想,我咋会没有呢!照我笨想,得付出我们的血汗,去构筑这个美好的梦境!扯远了,扯远了。眼下你得同何万龙认真地商量一下具体的收缴办法,做到万无一失。"

初九这天中午,江中连按照李洪宝的意见,和何万龙商议完毕后,准备去张湾找张家贵。两人刚走到桦树坡的碥路上,发现前边有一个人悠悠荡荡地走来。

何万龙说："是李贵乾,咋在这儿碰上了,冤家路窄!"

江中连心里咕叨着:"真是狭路相逢啊!你先躲进林子,我来对付。"

何万龙说:"不行,太危险了,要上一起上!"

江中连命令式地说:"他们不是我的对手,你还有任务呢!"说着,举起八音手枪,直直地向前冲去。

李贵乾站住了,喊道:"江中连不要开枪,有紧要的话给你说!"

江中连一看李贵乾没有一点捉拿人的动作,突然觉得木偶下海——摸不着底,把枪放在背后,放慢脚步走了上去,挺起胸脯说:"你是要抽血,还是要刮肉,别巧言哄人,老虎念经——假正经。"

李贵乾往前走了几步说："政府下令几天了，到处追捕你和何万龙一些人，慌不择路，你们赶快从桦树林中跑吧！"

"这是咋一回事？你……"

"莫管了，你看山下路上还有三个人上来了。快，不要回头！"

一刹那，何万龙的脑海里浮起了这样的意念，云海里观山景，不识真面目。他在江中连身后冷冷地甩了一句："莫让别人背后打黑枪！"

"你们还愣着干啥！"李贵乾催着。

"打就打吧！"江中连推了何万龙一掌，两个人呼啦一声穿进了葱茏的林中。过了一会儿，李贵乾边放枪边跑进林里，边喊："快追啊，人跑了！"

江中连和何万龙一前一后拼命地向深洼里奔跑，身后的枪声，使他俩的步子如风而飞，这时明显感觉到，子弹是从头顶上嗖嗖地飞过，并没有落在身后，下意识地拐了个弯，跑到另一座山林里。

此时，李正乾带的人上来了："跑到哪了？"

"进了桦树林！"李贵乾气喘吁吁地又说，"让他早发现了，追没追上，丢人！"

"李班长，我老远约莫看是两个人。"李正乾说。

"是两个人，一个人是江中连，另一个我不认识。你们早上来一会儿，前堵后截，看他们往哪儿跑！现在咋办？"李贵乾说。

李正乾指着一望无际的山林，说："有啥办法，大年三十买门神——迟了。那只能是再寻呗，咱们走！"

李贵乾边走边怨恨自己，说："李班长，你是专门干那一行的，擒拿格斗样样齐全，咱不如你，不然的话，今天抓住了。要不，咱们一起搜捕那两个人，不信抓不着。"

李正乾也没拒绝也没提出不行，只说："这不是你挑的，也不是我定的，这要镇领导定夺才算数！"

"哦哦哦，那我明白了。"李贵乾心里本来就不是那样想的，只是套个话而已，也就觉得这样说恰当些。

他们一路上拉了一段三姑庙的神秘传说下山了。

江中连最后落脚的那座山与李洪宝住的地方不远，他对何万龙说："现在看来，时间来不及了，我们得提早动手。"

何万龙说："常言道：先下手为强，后下手遭殃。如果让敌人逮住了，不但干不成而且要受大罪，不能束手就擒。"

江中连把五指捏得嘎巴儿响，说："当然咯，咱们找李洪宝去！"

李洪宝一听他俩刚才遇到了险情和提出提前到初十晚动手的建议，觉得这事已经处在火烧眉毛之际，否则，我们的同志、进步人士会遭到逮捕和残杀。他又想，已与孙瞻山接头，商定于初九日晚提前到达指定位置，以了解这里的风土民情和地形地物，有些太紧张。事情变化了，也得适应变化的情况而决策。李洪宝果断地说："就这样决定，通知各队提前在初十动手，其他规定不变。中连，争取支援的力量不好编入各队，只能单独执行任务。"

江中连同意说："让他们在恒口、三渡一带执行阻击任务。新建乡你得去撑杆子啊！"

李洪宝趣笑地说："可莫急，性急钓不得大鱼呵！"

是日中午，天空晴朗明净，气候凉爽宜人。那山层林尽染，那水清澈见底，那日子呢，穷困潦倒，没完没了，什么时候到个头啊！何万龙在去青泥弯熊子林家开会的路上，一直在看，一直在想，一直在问自己。

不大的房子里，大约有十个人站的站，坐的坐，挤得满满当当的。熊子林摇头晃脑地说："屋子寒酸些，大家将就点坐。白开水保证供应！"

唐云贵打趣地说："你的面子都叫麻雀叼走了，开水连个茶叶都不放，真吝啬！"

熊子林一挤牙，说："你个唐光蛋还讥笑别人呢！"

汪秀琛嘴唇抿了抿，喊了一声："早知道这样，我该主动来招待客人了，又怕我瞧不起你没啥应酬。要不，我去扯几把树叶子来？"

熊子林偏着尖脑袋，说："难怪大家叫你个汪元头，原来是喝茶喝圆了的。"

江中连望着暴动队员们，个个兴致高涨，精神振奋，提起嗓门说："咱们现在开会，主要商量今晚先去提恒口保安队的枪。本来安排在十五，因情况有变，不得不提前到今晚行动。时间虽然有变，但是完全执行恒口地下武装暴动的实施计划不能改变。"

这时，何万龙插了一句话，说："现在有的人还没到。"

江中连停住了讲话，问："哪里的？"

吕国藻、张家贵、彭甫仁、何宗珩、唐云贵和刘志瑞几个先后言道："汉阴方面没按时到，可能有特殊原因，下来会有人接应，我们现在起事算了！"

江中连接着说："那只能这样了，汉阴的人没有过来，也不能影响其他队的行动，就不等了，再想办法。我现在再要强调的是，提枪后，咱们就拖出去，绝对有出路，进了大山，翻过秦岭有人接应。在行进的路上，纪律要严明，不许随便拿老百姓的东西，更不能抢了，可以向一些家境好的或者是绅士去借，不管借谁家的，都要打借条。听明白了吗？"

大家齐声吼道："听见了！"

张家贵大声问："借条落款写个啥？"

江中连出口说："岭南游击队，我们就是岭南游击队！"

大家挥动起手臂，齐声呼喊！岭南游击队，岭南游击队！觉得行动就在眼前，队员们个个跃跃欲试，士气高昂。

江中连轻轻地敲了几下桌子，大家又静下来了。他指着彭甫仁说："洪宝把钱拨来了，由你统管，路上不够的话再借。你现在同光旦和元头去恒口下街，探听李正乾是否在家，把他捉住，天黑在上店子公路下等着。"他又指着曹俊喜说，"你到三渡乡给乡保安班长毛德才送信，务于今晚黑定后同时起事。何万龙和何宗珩你们对去保安队的路线再摸一下，然后到上店子桥下；我同张家贵、吕国藻和熊子林去白渔河借枪后，同你们在此会合。好，咱们马上分头行动！"

散会后，何万龙一出门，看天气还早，就对何宗珩说："咱们赶快去办一件事。"

何宗珩疑惑不解，问："啥事比行动还重要！"

何万龙不管三七二十一，拉着何宗珩走着说着：这是重要的一部分。他俩不觉来到铁岭乡，一进门，何万龙大声喊："彭乡长，彭乡长在吗？"

"谁呀？"彭晶民一边问，一边推开门，说，"哎呀，是万龙！"

何万龙啥话都没说，只管把彭晶民拉进了屋里，然后闭上门，贴近耳朵咕噜了几句，连何宗珩也没听清说些啥。

彭晶民一瞪眼，说："那咋行呢，出事咋办！"

何万龙却笑了："打个猎嘛，能出啥事。借三天，今天算上后天给你还不就行了，说话算话。"

"哎呀，老哥，不是不借你，眼下共产党活动得厉害，上级有规定，枪不离身哪！"彭晶民为难地说。

"老弟，看把你说得那么悬乎，偏偏这几天共产党就来找你的事？没那么巧吧！堂堂的乡长，胆大些。那这样，明天下午这个时候来还给你。"何万龙翻来覆去地硬磨着说。

何万龙的伶牙俐齿，实在是让彭晶民哭笑不得，只好答应说："行，明天这个时候还。"

何万龙高兴地接过这支二八盒子，往衣服里一揣，说："这应是落花满地红，我该多谢多谢了！"

彭晶民眼睛一眯，说："没看出，老哥还会赞言子。不摸底，不摸底！"

返回的路上，何宗珩才明白这一行的目的，暗自想到他这个人真是阎王办事——鬼点子多啊！

夜幕笼罩四野，清晰的凤凰山和月河缓慢地换上一身淡妆。那白渔张家院子子的富豪人家张运钦的那座房子倒显得高大雄伟，但给人一种阴森的感觉。只有吃一锅烟的那个时辰，就要进张家院子了。张家贵一眼看见一瘦瘦的帮工正挥鞭吆喝着三头牛回家，快步走到跟前说："伙计，张老爷在家吗？"

帮工回头说了声"在家"，又紧赶着他的牛往前走。不知怎么的，这牛你追我赶似的哞哞地叫着，倒使这山窝子有了几分生气。

江中连一看这里的地脉、山水走向，风水宝地，难怪人家富呢！不，不信那个！于是，一招手领着大家大踏步地走进门楼，穿过石塘子，直接闯进了上房的堂屋。张家贵劈头盖脸地说："张爷，我们来请你帮个忙！"

张运钦放下茶碗站了起来，慢条斯理地说："先坐喝茶，只要能帮得上，一定帮，何况不是生人！"

吕国藻急忙说："不坐也不喝，时间紧得很。来向你借几支枪，行不？"

张运钦心里咯噔了一下，真是高飞的鸟儿遇见了老鹰，凶多吉少。不管咋说，先推辞一下吧："你们看，我这枪是护庄子的，再说，你们拿去出个祸，国民政府怪罪下来，我如何交代啊？"

江中连把手枪拿在手中拨拉来拨拉去，强硬地说："你不要额头上倒冰水——让我们从头凉到脚。这枪借也得借，不借也得借，你看着办吧！"

张运钦一见江中连的态度很坚决，再不能拒绝了，不然的话，真的是九死一生了："借多长时间？"

江中连说："也就明天的这个时候。"

张运钦只好叫管家让护卫把五支汉阳造还有九十发子弹拿过来。江中连一见又笑了："这样吧，给你留下一支枪和三十发子弹护庄子，其他我们拿走。"

张运钦觉得满意，弯腰作揖，送他们出门，悬望着模模糊糊的身影：我的枪还能回来吗！

擦黑时，江中连他们返回到上店子，其他两人已经聚集在桥下等着。

这时桥上有两个人走着走着，发现桥下有一堆人，就加快步子向桥头小跑而去。

江中连马上走上桥头，喊道："谁，站住！从哪里来？"

"恒口街上。"

"做啥去？叫啥名字？"

"回家。杨开选，他是我邻居。"

何万龙紧跟着也上了桥，说："先不要回家，等会儿跟我们走一趟！"

听得出杨开选问的声音在发颤："做啥去？"

江中连收起枪，说："今黑我们去恒口保安队提枪，你俩跟咱们一块儿上街去背枪。"

杨开选脑里嗡的一声，跺脚捶胸地说："这可是要闯祸的呀！"

江中连劝导地说道："你不要怕，咱们有后台，到那时候咱们都有出息了！"

杨开选知道，那是一个极大的秘密，不是自己该打听的，说："那行嘛！"

"中连，人拉来了。"彭甫仁说。

江中连走过去，举起手枪在李正乾面前挥动着，说："李班长，委屈你了。今夜去提你们的枪，你要好好地配合，别固执，否则，我们就不客气了！"

被捆绑的李正乾一听这话，吓得屁滚尿流，低着头，战战兢兢地问："让我咋做？"

江中连说："到时，叫你咋做你就咋做！"

李正乾不断点头，说："是是是，一定听你们的。"

江中连望着队员们都摩砺以须，等待行动时刻的到来。于是，命令道："按原两路编队，间隔距离十米，出发！"

第四十一章

挺进北山张家院

街道静悄悄、黑蒙蒙的，各家各户大概是为了省油，早就入睡了。忽然间，刮过一阵风，掀动几片树叶子沙沙作响。趁这个机会，江中连打了几个手势，队员们一跃身紧靠在大门外的墙上。张家贵掩着耳朵贴近门缝细听，一阵一阵的鼾声，隐隐约约地从里边传了出来，便向江中连往门上指了指。江中连明白了，赶紧让彭甫仁把李正乾拉到门前，说："大声点叫门！"

"谁放哨，开门哪！"

"谁？"

"李正乾，你还听不出来！"

"班长，你不是请假了吗，深更半夜地回来做啥？"

"陈茂原，我把怀表丢了，回来找找。"

"嗯，我给你开门。"

门还没完全打开，张家贵挤身而进，一边下枪一边说："不要张声，给我蹲下！"他提着枪往进冲，吕国藻、唐云贵、汪秀琛他们端着枪破门而入，跟着张家贵呼道："不许动！"

这突如其来的训斥声，犹如天崩地坼，士兵们吓得吱里哇啦乱叫，有的一哧溜滚到床底下，有的抱起被子把头蒙起来，有的直愣愣地坐在床上没动。何万龙指挥着队员，取下挂在墙上的枪支，从柜子和床头上寻找子弹和手榴弹。

在这当儿，江中连到床前，让士兵们穿上衣服坐在床上，挥动着手枪，指着墙上的枪说："士兵们，你们不要害怕，我们是来拿这个的，不与你们有任何相干，也不会伤害你们。你们当兵，混口饭吃倒可以理解，但你们再不要做那些伤天害理的事！"

何万龙找出最后一箱手榴弹，喊了一声："搜干了，走！"

江中连走出门，指示道："按计划执行，立刻向北山转移！把李正乾带走，看紧点，莫让他跑了！"

　　半夜已经过了，士兵们才从惊吓中稳定过来。副班长李秀乾当时眼见班长是捆着进来，又是捆着拉出去的，同样被吓得魂飞魄散，不知如何是好。此时，他走到门外观察，街道上没有一点动静，这些人已经走远了。

　　咚咚咚，门敲得非常急促。

　　"谁？"

　　"我，李秀乾。"

　　"啥事？"

　　"郑队副，不好了，有急事！"

　　郑宗本边穿衣服边开门："咋啦？"

　　李秀乾走进屋子，懊糟地说："咱们的二十二条枪、五百发子弹和三十枚手榴弹，全部被土匪抢走了。"

　　"你们班长呢？"

　　"捆着带走了。"

　　"咋不放枪呢？"

　　"来势凶猛，还在睡觉，没机会。"

　　"不说了，赶紧给副镇长汇报！"

　　郑善轩得知枪支、弹药被抢，事关重大，马上给正在县里开会的镇长马晖青打电话。这镇长也觉得非同寻常，在电话里说："我立即向县党部和县政府汇报，你和镇队副要注意还有啥动静，再者，要把士兵们稳住，不要乱了。"郑善轩把镇长的意思转告给镇队副，并说："先把士兵们稳住，县上一定会来拉扯我们的。"

　　郑宗本一听说："走，回，李秀乾你快走打钟，集合队伍！"

　　郑善轩这时不断地眨眼睛，也不由得有些紧张，追出门问："镇队副，这些抢枪的土匪，会藏到哪里呢，这会不会是共产党干的呢！我说，咱们得提醒点，不然就会掉脑袋呀！"

　　郑宗本转过身直摇头："是土匪还是神出鬼没的共产党，谁知道！队伍集合了，你还讲吗？"

　　郑善轩在想这突然发生的事，说："不用了，你就安顿吧！"

　　天蒙蒙亮，杭毅接到了恒口保安队枪被抢的第三次核实的确切消息，在办公室直打转转，坐立不安，思考自己从来想都不敢想的问题，党国处在风雨飘摇之中了吗？看来是有点悬乎，但不到摇摇欲坠之时。再说有这么大的地盘在党国的掌控之中，有数以万计的民众在党国的统管之下，而且有美国、苏联、英国和法国等国家的支持，观我们的局势，依然安如泰山。再有这一点闪念，哪怕是脚跟开始动摇了，脚歪走不端正，不能，绝对不能不效忠党国！这些共产党真的不要命了，竟如此地张狂，敢与党国为敌，我就不相信治不了这伙蟊贼！他马上先后给陕保十一团团长杜锡勋、公安局局长卫凯和安康县县长赵文质打电话，通知他们赶快到专署开一个紧急会议。一放下电话，他又提起来拨通杜锡勋的电话，补充说，把副团长金炳甲也带上来开会。

这会议室突然变得像一座阴森的古庙，好像坐着一些和尚都没有念经，唯有杭毅开口对杜锡勋说："恒口保安队的枪被抢了，不知去向，请你团先派两个连的兵力快速赶往恒口，震慑土匪，维持治安，待会议拿出方案来，后续部队立即就位。"

杜锡勋转过面对金炳甲说："执行专员指示，你带领一连和二连驰赴恒口，控制局势，稳定民心！"

"是，专员，团长。"金炳甲敬了一个礼，随之看了一眼在座的其他参会人员，大步跨出了门。

会议上顾不及让别人讲话，只有杭毅一个发言，铁青的脸上又露出了恼羞成怒的神情，向大家通报恒口保安队枪被抢后，士兵所见所闻的情形。其结论是：不是三两个人干的，多少讲不清，也许是十个或者二十多个；这样的行动，是经过策划而为，不然咋如此顺利，枪支、弹药一抢而光；据分析，不是土匪干的，就是地下共产党干的。我们曾经在旬阳、神河、曹家沟、柳村和安康的青石套、二郎滩、上店子丢过那么多的枪支、弹药，到哪里去了，百分之百是掌握在那两种人的手里。查到现在还没个下落，这显然是拿着我们的枪对付我们。我断定，一定是共产党的地下组织所为，多危险哪！这一次再不能像过去那样了，定要派重兵严查。杭毅作出决定：一、成立恒口清剿指挥部，总指挥赵文质，副总指挥金炳甲、卫凯，成员汪洁泉、石磊、梁良等；二、兵力组成从保安团、自卫团、警察局抽调一个队，密切配合，协同围剿；三、悬赏缉拿，搜捕和举报并举，有功人员给予赏洋或提拔，及时兑现，对密报人员严加保护；四、对参与抢枪人员决不手软，一旦抓到手，就地枪决，也可示众，杀一儆百。就是这些，赶快下去准备，两点准时出发，不得延误。他最后说："赵县长，你还有啥要讲的？"

赵文质赞赏说："讲得细致、全面，按此执行，找一支枪赏多少数目？"

杭毅不假思索地伸出了一巴掌，没有讲话。

赵文质又问："提拔手续咋办，职员超了咋办？"

杭毅断言道："先口头宣布，后报材料，按管理权限办理。多了就多了，我来想办法，也不要自己出钱，只要把这桩事情办好就行！"

大家听了以后，个个默不作声，一个接着一个地走出了门。

赵文质率领保安队装扮的便衣队和自卫队赶到恒口，立即召开会议向各乡各保、甲下令，全力以赴搜捕抢枪匪徒和寻找枪支弹药，并郑重宣布，查获一支枪赏洋五十元，对清剿有功的部队人员，论功行赏，官升一级。会议刚结束，赵文质还没走出会议室，听到门外有人向哨兵说："我要见赵县长。"哨兵问："哪里的？"那人说："八保的。"哨兵问："有啥事？"那人回答："保长让我只能给县长讲。"

赵文质听见对话赶忙出门向哨兵打招呼："让他进来！"待那人进门后，他随即问道："谁叫你来的？"

"保长。"

"保长叫什么名字？"

"李开均。"

"叫你来，找我做啥？"

"你是赵县长？"

"嗯，你说吧！"

"保长派我来向你报告，他在鸡公山发现一伙抢枪人员，从此路过，不知去向。"

"有多少？"

"一二十个。"

"具体位置？"

"我们保队副正在查找。"

赵文质得知八保送来的情报，对抢枪人员的大概去向已经确信无疑了。他立刻命令给恒口保安队配发枪支、弹药，增加一个班，留守镇公所，防止土匪再次偷袭，命金炳甲率两个连向北一带开进"追剿"。赵文质自以为安排妥当后，亲自率领汪洁泉的便衣队和石磊的自卫队，连夜挺进毛坪河。

小半夜的时候，赵文质找到李开均问："土匪在哪里？"

"我们的保队副已经查到了。"李开均还没有说完，何国栋抢着说，"在鱼姐儿河。"

"咋走?"赵文质问。

"我带路。"李开均说。

走到马家坡,赵文质传话,停止前进,就地休息。他立刻叫来石磊和汪洁泉,说:"咱们兵分三路,合围鱼姐儿河,要把土匪一网打尽。"他指示,石队长一部上几家寨前往鱼姐儿河,汪队长一部从方家院子沿坡前予以接近,自己带一部从卜家院子下边的林中隐蔽而出。他还强调,走路的脚步要轻,不要放过每一个可疑的人。

"县长,这路咋走呢?"汪洁泉问。

"每队都安排有保丁带路,不会走岔的。"赵文质说。

"好,这样就会快一些,不会迷路绕圈子了。"石磊又说,"虽然是夜间,天还不是那么黑,要注意隐蔽前进!"

赵文质觉得这很对:"是的,小心点,便衣队也要注意,要分散跟进。"

汪洁泉说:"县长,提醒得对,咱们分成小组,目标就小些。"

赵文质手一挥,命令道:"向鱼姐儿河出发!"

江中连带领队员飞快地走出恒口街后,急速地上了路。在路经唐家湾时,彭甫仁提出要去卡高剑乡保长唐保华的手枪,江中连同意了,并指示要快速办妥,跟上队伍。

彭甫仁拉起何宗珩就走。

唐保华在睡梦中,咋能预料到有两个人从天而降,端着枪闯进了屋子。他一头从床上坐起来:"你们要干啥?"

彭甫仁冷笑了一声:"我们要你的枪,其他啥都不干。"

唐保华正准备穿衣服,何宗珩阻止了:"别穿,把枪拿出来交给我们,名字叫得怪好的,保华,保华不保华,净做些祸国殃民的事,拿枪也是给自己找罪,不如不拿好。"

唐保华两手在床头边慌张地摸来摸去,说:"没有啊,我忘了带枪了!"他突然好像想起了什么:"噢,是保队副借去了,还没有还给我!"

何宗珩追着问:"是真的还是假的?瞒天瞒地瞒不过隔壁邻居,你以为我不知道,保队副这几天根本不在家,谁借你的枪?还想瞒天过海,赶快拿出来!"

唐保华支吾着把枕头也翻起来:"这这这……"

彭甫仁的话仿佛带着软刀子:"这样吧,找不出来,跟着我们走人;找出来了,我们马上离开,你睡你的觉。你看呢,我们的大保长!"

何宗珩紧接着说:"对,就这个主意,你随便选择都行。"

唐保华提心吊胆,不给吧,把我带到哪里去,去干什么,是当土匪,还是做劳工,或许是把自己杀掉,这都有可能,还是保住脑壳要紧。不就是一把枪嘛,要是上级怪罪下来,不过像是房脊上蹲的猫——活受,但我总该还有一口气嘛!他猛然叫了一声:"想起来了,想起来了,在床边的柜子下边放着,你们看看。"

彭甫仁打开柜子,手枪果然在这里。他取出来顺便往肩上一挎,说:"对不起,唐保长,这算是我们没收了。你现在没事了,安然睡你的觉!"说着跨出门就走,何宗珩回身把门拉上。

唐保华没有穿衣服,连忙起来去把门又打开,哭笑不得地站在门口探望,黑茫茫的夜空,不言不语,心里想,这到底是什么人呢?

何宗珩和彭甫仁深一脚浅一脚地飞跑,不大一会儿,在上店子月河边追上了江中连他们。彭甫仁把手枪一举,向江中连说:"又一小胜,没收了一支手枪。"

江中连拿过来,掂了掂,说:"好,就配发给你使用,精心保管。"

彭甫仁咧嘴笑了:"那是肯定啦!这可是宝贝呀!"

江中连态度严厉地说:"不管是手枪或者是长枪,都是我们的宝贝,都是我们每一个队员的生命,一定要保护好。"

队员们的心齐了,声音也齐了:"是的,枪杆子是我们的命根子!"

深秋的河水,不是很凉,江中连带着队员们扑通扑通地过了月河。上岸后,他安排兵分两路行进,一路由何万龙带队走蓼叶沟,一路由自己带队去给张运钦还枪,然后在蛾树坡会合。

张运钦被一阵紧急的敲门声惊醒,赶紧拿了一根木棍站在堂屋,庄卫提着枪,连忙站在他的前面,问:"黑灯瞎火的,要做啥?"

"你们张爷在吗?是还枪的!"是吕国藻在说。

"等一会儿,我把灯点着。"庄卫说。

"快点,别磨蹭时间。"张家贵催着喊。

灯亮了,门轻轻地打开了。张运钦赶紧把木棍塞到椅子的背后。江中连他们挎着枪鱼贯而入,一个一个地把枪和子弹放在大方桌上。唐云贵放好最后一支,说:"请过目清点!"

张运钦没想到还得这么快,伸手打招呼:"急啥子嘛,快坐快坐!还这么认真这么急。"

张家贵脱口而出："共产党人说一不二，说二不一，提前还了就了解了。"

张运钦啊了一声："你们是北方的，是共产党！"

江中连一听是张家贵说漏了嘴，赶忙圆了一番话："他意思是说像共产党那样办事，不哄人。我们是从山西抗日前线回来的，招兵买枪，支援前方，早日赶走日本鬼子。"

张运钦前些时候从在国民党部队当连长的亲戚来信中得知，共产党凶狠残暴，啥坏事都能干得出来，见了富豪人家是把人杀光，东西抢光，让自己提防点。眼下一听说不是共产党，他才松了一口气："打仗要死人，不得不这样作个补充，把日本鬼子赶出去，中国就安宁了。"停了一下，他又开腔了，"你看，咱们光说话，赶紧让厨房伙夫起来，给你们做夜饭吃，杀鸡做条鱼，再喝上几盅，解解乏！"

江中连回绝了："不必，领情。我们趁早赶到安子沟再吃早饭。"

张运钦连忙去让伙夫把鸡和鱼拿出来，一见他们已出门了："先生，等着，把这东西带上！"

吕国藻回了一声："多谢，别浪费了，有机会再来打扰你！"

张运钦懵懂了，要是保安团的老总们来，铺张扬厉，讲究排场不算，走时还要满载而归，这倒好，借枪归还不食言，给做饭不吃，送东西不拿，这也不像土匪呀！他问手里提着鸡和鱼的伙夫："你看这帮子像谁呀！"

伙夫神秘地说："我在百姓中听到传言，安康共产党闹得很厉害，也可能是他们这一伙子。"

张运钦发闷了半天："要是共产党咋没把枪扛走，也没拿东西，更没有杀人呀！"

伙夫走到跟前吞吞吐吐地说："张老爷，我这笨人笨想，你可莫怪，莫怪，那可能不真，不真……"

"你讲。"

"你那亲戚，是十有十二成在编谎，骗你吓你呢，讲得不真实。"

张运钦没有说是，也没有说不是，向伙夫摆了摆手，你去吧，然后坐在椅子上想着，这世道变得如此荒唐，这人与人之间变得如此神鬼莫测，究竟该相信谁呢！不过这帮子人的所作所为，倒是风行草偃，令人信服，得人心哪！

第二天早晨，太阳徐徐升起，离开东山头，一片霞光洒落在大地上，万物一刹那间仿佛苏醒了，山林、河谷、村庄，由灰暗暗的一下子变得亮堂堂的。老农们扛着犁，吆喝着黄牛，下地了。彭甫仁他们打听到，安子沟还是陈玉宽家比较富裕。江中连决定在这里吃早饭，并在饭前做个短暂的休整，稳定思想，鼓舞精神，勇猛前进。

陈家门前的院坝里，队员们席地而坐，看不出疲劳困倦，个个精神抖擞。

江中连同队员们坐在一起，说：“咱们从提枪又走到安子沟，折腾了一夜，是够累了，累不累？”

大伙齐声回答说：“倒是有点，太阳照下来又起劲了！”

江中连站起来了：“好样的，我们是要跟着共产党领导的八路军上前线打鬼子，把日本鬼子赶出中国，解救全国的劳苦大众，还要建立一个没有压迫剥削的民主自由的新社会。要达到这个目的，我们就必须为此而英勇奋斗！”

院场里响起哗哗的掌声，周围林子里的树叶被震动得婆娑而响。

何万龙伸手往北一指：“是的，到了那边，咱们跟八路军接上头，就有希望了！”

张家贵突然喊了一句：“咱们这么多的人，得正经八百地选个头，不能群龙无首啊！”

何万龙掏出了心里话：“咱们这些人就跟一娘生的一样，亲密无间，有啥事共同商量着办，还选啥头呢！现在，中连不是领着咱们吗！”

江中连微微地笑一下：“万龙说得对，等到了那边，自然会有人安排，咱们不要急，要操心的是把这一路走对走稳。”接着他把枪举得高高的说，“咱们这次有这个本钱了。自古道：兵来将挡，水来土掩，怕啥，凭这就能同敌人斗了。我们现在穿的是五花八门不整齐，我决定，先到我老表张碧佩家做些衣服，改变装束，要像游击队的样子。”

大家的心情激动了，笑着，叫着，喊着，枪支如林在空中挥动着。吕国藻嘴里冒出了一声高呼：“岭南游击队，向伟大的目标挺进！”

饭罢，队员们进了尖山寨，经枯木岭到鸡公山，沿鸡公山南下，过华州馆、马家坡，中午时分抵达鱼姐儿河阳坡的张家院子，队员没有进屋，坐在通向院子的小路上歇息。

彭甫仁一进门，看见一位上了年纪的老人坐在堂屋侧耳细听：“谁进来啦？”彭甫仁仔细观察，老人双目失明，回答说：“远处来的，你家院子宽，能不能在这里歇一下，再做饭吃！”

老人把拐杖拄在地上，站起来：“有多少人？”

“十几号了呢！”

"没人给你们做呀!"

"我们自己做。"

"这个天气又不冷,住倒是能住下,就得挤一点。"

"只要夜间能遮凉气就行。"

"人常说:在家投爷娘,出家投主人,要的一个照应。好,就住下吧!"

彭甫仁这才想起还没问人家的姓名:"老人家,贵姓?高寿?"

老人头扬了扬:"张开正,花甲之年啦!眼睛看不见,加上一大把年纪了,没用了!"

彭甫仁扶着他坐下,又问:"家里人都不在?"

张开正提起拐杖往门外一指:"他们都上坡做活了。"

彭甫仁再瞧老人如此鹤发童颜,精神矍铄,哈哈笑起来:"老人家身子硬朗,是家里的靠山哪!"

张开正也笑了:"还夸呢!那你就赶快收拾住吧!"

江中连见彭甫仁在门外直招手,便领队员们走进院子,又观察了一遍房子周围的山势地形,这里适宜驻扎。他吩咐一部分上山拾柴火,一部分打扫院落,安排两名队员在两处隐蔽的地方放哨警戒。

这方圆三十多里地,对何万龙来讲并不陌生,曾在这里待过,所以很熟悉。张开正这个家虽不是很富,但生活还能过得去。莫看他眼睛看不见,但对左邻右舍、村里村外的一些大小事知道得一清二楚。他为人很好,老婆善良贤惠,两个儿子长大成人已成家。因此,选定这个地方驻扎比较理想。何万龙同大家忙活了一阵子,拉着江中连进了屋,高声喊着:"老叔,你能听出我是谁吗?"

张开正眉毛一皱,嘴一张:"没听错的话,你是何万龙,租过张承藻家的纸场,上十年都没见了,好吗?"

何万龙没想到他记得这么清楚:"纳慰你的操心,很好。我们今天来搅和你们了,你知道他家现在咋样?"

张开正嘿了一声:"人家可是脑子活,不多时,不单是把纸场又租出去了,自己又开了一个织布坊,还能织绸子,再加出租土地收地租,不是一般的人家了。"

他们攀谈了一会儿就离开了。何万龙对江中连说:"我去借些钱或者布缎,增加点费用。"

江中连取笑着:"借芝麻还黑豆,或许连贱的也还不了了,走远了咋还啦!"

何万龙精灵了:"写个借条,不也很珍贵呀!"

江中连这句拐弯抹角、旁敲侧击的话，提醒了何万龙才这样说的。他拍了一把何万龙："去吧，早去早回。"

何万龙到了张家一问，张承藻不在家，用人引见了他的母亲张王氏。

十几年没见张王氏，这一见她已经变成庞眉皓首的老人了，但脸色红润，精神健旺，气色很好，依然同儿子在操劳着这个拥有土地、山林、作坊和雇工的有势之家。

张王氏惋惜地说："你这个何万龙啊，纸场租做得好好的，做了一年就不做了，照你这能干的太可惜了。你在做啥买卖啊？你请的那个帮工何宗珩呢？"

何万龙眼睛放出惊异的目光，老婆子记忆力还这么好："多谢你的夸奖，我现在和何宗珩在月河上同别人一起浪金，都很好的。"

正说话间，张承藻回来了，张王氏的嗓音还是那么脆亮："藻娃子，你看谁来了？"

张承藻定睛一瞅："哎呀，你这个何万龙，从哪里冒出来的！"

何万龙目光一扫，这位当年的少东家有点发胖，本来是高个头倒显得矮了一两寸。他莫名其妙地说："不是旱地，而是水上，你猜！"

张承藻想着，像他这样的人是不是去驾船，那挣不了几个钱，脑门儿一转："你是在做浪金的活吧！"

何万龙手一拍，啊了一声："你真是水冲磨子——转得快，比咱聪明！"

张承藻不认为是这样："你才比我灵光，浪金能挣大钱哪！我念私塾时，先生教过，自古以来，汉江和支流月河出金子，西魏和隋唐时期的'金洲''金川县'由此而得名。这两岸的百姓，不少人是靠浪金发了大财，但也有的为此而亡命黄泉。你做得咋样？"

何万龙想，不知就里，人家能借钱给别人吗！心情似乎有些沉重："不怎么样。所以我今天来向你们求救帮个忙！"

"帮啥？"

"借点钱，借些米，做盘缠。"

"到哪儿去？"

"我们一帮子不想浪金了，要到省城去做生意。"

一帮子人要到省城去做生意，张承藻马上联想到刚才在回家的路上，老远发现，张瞎子家有好多人出出进进，形迹有些古怪，是不是那一帮子？他问："阳坡张家院子住的是你们一伙子的吗？"

　　　　　　　　　　　　　　　　　　　　　　　　　　兴安踪影

何万龙坦率地说："是，是我们一伙的。"

张承藻想了一会儿，不过是个刘备借荆州嘛，说："人还不少呢！这样吧，看在做过纸场活的面子上，有求必应，但不能满足你的要求。今年遭旱，我们也紧巴巴的，十块钱借你五块钱，一斗米就五升吧！"

何万龙心里想，借多借少也都行："那多谢你了！"

张王氏听见了："不能如你心愿，我借你两匹绸子，你可以去换钱啊！"

何万龙没有说不要，开口道："感谢东家的帮助。给你打个借条吧！"

张王氏笑了："不打不打，以后在省城生意做成了，说不定我们还得请你拉扯我们乡下人呢！"

张承藻想，这样也对，打个借条有点生分了，都要讲个和气诚信："妈讲得好，说不定哪一时，我也会求救于你的门前，到那时，不要不认识了。"

何万龙觉得这话有道理，也看得远，说："不会的，不会的，到时候，一定如数奉还，各走各的账！"

说实在的，张承藻没有明白这句各走各的账的深远含义，对于只知道发家致富、不了解外面世界复杂变化的他来讲，是难以理解的，这并不足为奇，只是点头："好好好！"

江中连站在门前左等右等，还不见何万龙的影子，心里有点着急，便又进到屋子，正好看见张开正的老婆把一袋粮食背上楼口。他眼疾手快，帮忙捆上楼："大娘，有啥活叫一声，那么多的人都能干！"

大娘心疼仅有的一袋米，害怕被队伍抢走了，才转移到楼上的，不料被看见了，赧然一笑："不用了，不用了，自己能行。"

江中连看着大娘不好意思的样子，猜着了心思，连忙解释说："我们是从你们这里路过，你不要害怕，我们有规定，不会拿你的东西，千万不要惊慌。"

大娘把粮袋子搁在楼口里："你们究竟是做啥的，还背着枪？"

江中连边下梯子边说："我们为的是解救穷苦老百姓，是从恒口过来的。"

大娘随后也下了梯子："看你们不像那些穿便衣的国民党兵，那些老总见鸡抓鸡，见猪宰猪，见了不是上年纪的人就拉壮丁；还有深山寨里的那伙子土匪，也不分穷富，见啥抢啥。是我误会了你们，千万莫搁在心上，咱这妇道人家，头发长，见识短啊！"她刚走到院坝里，猛然间又转过身，噔噔噔地回到堂屋，"哎，你们是不是早年陕南游击纵队又回来啦！"

江中连在安康县保安队当过兵，后赴山西抗日前线打日本鬼子的历程中，对这支游击队有所耳闻，现在知道得比过去更清楚了。他没有直接讲，只说："是有个陕南游击纵队，没有回来，我们是岭南游击队，目的都是一样的。"

大娘把头发往耳后一抹："难怪呢，都是游击队嘛！你们讲的都是一样，要让穷人翻身当主人，要打出一个新天地，建立一个自由、民主、幸福的新世界！早先是听那个叫何继周给我们讲的。他当时是纵队的队长，二十出头年纪，几次到过咱们的家。"

江中连想了一会儿，便说："那个何继周，已经改名叫何振亚。"

大娘哦了一声："名字改了，不要紧，他为穷人做的那些好事，永远忘不了，都在心里搁着呢！"

这句话提醒了江中连，可以收集一些材料教育队员，做个名副其实的八路军游击队员："大娘，你讲讲何继周来此的故事吧！"

大娘说了一声"行"，于是，眉开眼笑，滔滔不绝地讲了起来。民国二十五年四月的一天晚上，一列队伍坐在门前的小路上歇息，掌柜的虽然眼睛看不见，但是耳朵可灵得很，听到了一点动静，便拄着拐杖走到院了前问："谁啊？"只听对方回答说："老乡，过路的。"掌柜的又要继续往前走，把拐杖拄得咚咚响："过路的，到屋歇歇再走吧。"我听到对话赶快把大饭碗放在桌上走出门一看，路边一个挨一个挨坐着一长串人，整整齐齐的，个个怀里抱着一杆枪。我说："到屋里坐，烧水喝！""不啦，我们得赶快到磨盘寨。"这时，我掌柜的不小心被一块石头绊倒在地，有一个高个头的人连忙拉起来扶进了屋，说："眼睛不好，夜间不要出门。"我的两个孩子还小，躲在我身后直打哆嗦，那个人说："莫怕，我们是陕南游击纵队，是救你们的。"我说："小孩没见过生人，不知是好人还是坏人，有点胆怯。"他在微弱的桐油灯下，看到了那碗稀汤寡水的饭，问："就吃这个？孩子呢？"我嗯了一声，没说话。他说："过几个时辰，叫人给你送些粮食来，去磨盘寨咋走近一些？"我说："绕山远，翻山近，翻山全是毛毛小路，沿路都有倒挂牛刺和刺葛子，不是把衣服扯烂了，就是把脚扎了，难走。"他说："难走就难走，时间不等人。"我掌柜的听见了，猜想一定是去收拾那里的土匪，对我说："把那把弯刀和铁锹给他们！"其实我们都想到一块儿了，连忙取出来递了过去。他接过后，说："用完一定还给你们！"正在这时候，听一声喊："何队长，侦察员回来了。"只听他一声令下："马上出发！"这时，我才知道他姓何，是陕南游击纵队的队长。后半夜，北山里传来一阵一阵的枪声和爆炸声，一定是同土匪张保山交火了。这炮火声越来越激烈，约莫吃两顿饭的时间，北山的夜空渐渐地宁静下来了。东方已经发白了，游击队返回后，给我家送了一斗小麦、五升大米和一斗苞谷。把弯刀和铁锹放在粮食的旁边，说了声感谢的话就走了。我送他们时，何队长问："你这近处，还有哪家最穷的？"我往左前边山下的一座破草房子一指，说："那家姓谢，老两口，没儿没女，吃了上顿没下顿，在那儿！"何队长一听，命令道："给老人送五升米、五升麦和五升苞谷。"打那以后，听说他们又活动在大王山、凤凰山一带，将当地无恶不作、搜刮百姓的三户大富豪的三十多石粮食和财物分给穷苦百姓。五月中旬，在汉阴的火链煸同胡宗南一部激战一整天，打得胡宗南部狼狈逃窜。之后又在汉阴南山双坪乡消灭了民团三十多人，缴获长、短枪十四支，没收富家粮食百余石、被子十几床等财物，分给当地六十多户穷苦人。又听到八月份到了镇安的紫荆乡，成立了一个叫陕南人民抗日第一军，军长是何继周。十月份部队重返安康，在马坪乡全歼王善三保安队五十余人，缴获步枪二十多支，随后又北返双河，在莆家寨缴获汉阴保安大队文占亭分队五十余人和枪支弹药。中旬，部队西去洋县和佛坪一带活动，十一月下旬在周家坎子夜袭国民党第五十一师领运枪支弹药的一个连队，缴获大量武器弹药和补给军用品。十二月初，部队又进到汉阴北山，留下少数部队，钳制国民党部队，其主力翻凤凰山，南下堰坪等地，打击地方民团。过了一阵子，他托我的表弟送来两袋大米，以后就不知道去哪儿了，但百姓经常在深山野洼里唱起亲人何继周。"

"你知道得还不少呀！"江中连赞赏地说。

大娘笑得很开心："这都是汉阴的我表弟说的，真的要絮叨，那可是几筐子都装不下。"

"那歌儿咋唱的，你记得不？让我听听。"江中连问。

"记得，记得，就是烧成了灰，也能记得！"大娘手把后脑勺，眼睛忽闪两下，柳叶眉一皱，想了半天，又说，"我不会唱，词儿我记得，我给背背。"

"那也行。"江中连说。

大娘不慌不忙地说："你可莫急，我得边想边背，你可听好了！"

> 小八哥，啾啾啾，山歌唱得水长流。
>
> 水长流，永不休，想起亲人何继周。
>
> 是好汉，何继周，当年活跃咱山沟。
>
> 云里来，雾里走，深更半夜到处游。

拖枪杆，闹革命，打富济贫雄赳赳。

何继周，眼不红，心儿倒像红石榴。

恶霸见了何继周，夹着尾巴缩了头。

快快跑，赶紧躲，迟逃狗命定难留。

穷人见了何继周，要回债据丢火炉。

苦水有源冤有主，百年苦蔓连根锄。

妈妈见了何继周，亲生儿子交你手。

打倒封建除土豪，永远跟着红旗走。

　　江中连听到这里情不自禁地拍起手来："我听着听着，好像也走在了陕南人民抗日第一军的行列里了，亲情、昂扬、战斗。了不起！了不起！"

　　大娘说："你们不也是岭南游击队吗？"

　　"我们踏着他们的脚印向前走，一直走到一个新世界，实现伟大的目标！"江中连充满信心地说。

　　"是的，都是为穷人，像是一个模子刻下来的。"大娘赞扬地说。

　　这时的江中连有点自责，刚进驻时，就应该讲清楚我们是做什么的，这样不会引起人家的误解。于是，爽快地笑了："你刚才责怪自己的话，让我心里不安，是我们事先没给你们交底，我们做得不对。知理不怪人，怪人不知理。我发现有人家关门闭户的，人到哪里去了？"

　　大娘往山里一指："吓跑了，都躲进山洞和树林里了。"

　　江中连的脸色阴沉了："噢，是这样，张承藻的家离这儿有多远？"

　　大娘捋着头发说："有好一截子路，走也得走好半天，有啥事，我能帮忙吗？"

　　江中连沉思着说："我们的何万龙到那里去了，好长一个时辰了，还不见回来。"

　　这时候只见一个人挎着两包东西，从院坝前边的路上急匆匆地走了过来。

　　大娘忽然叫着："是不是那个人，面熟。"

　　江中连转过脸一看："是是是，说张飞就到了一个张飞。"赶快上前，接过东西，说，"成绩不小啊！"

　　何万龙心满意足地说："还行，钱、粮有一些，不多，但这绸子若是卖了，有更多的钱，又能买更多的粮。"

江中连焦急地说:"先把这个放下,赶快叫几个人进山,把藏起来的百姓都动员回来。"

何万龙有些不可理解:"这些人简直是,跑啥么跑!"

江中连指着脑袋说:"是他们不摸根底嘛!"

大娘拍着胸前的衣服:"我跟你们一块儿去劝导劝导他们。"

江中连高兴地说:"劳驾你了,这是最妥的了,现身说法嘛!"

经过一番耐心的说服,钻进山洞和树林躲藏的人们陆续回到了自己的家,村庄更加热闹起来了。

在坡地里做活的张纪绅老远望见,从马家坡下来一帮子人,在路上停了一阵子,便进了自己的家。他怀疑地对弟弟张纪广说:"咋那么多的人,还有背枪的,可能是拉壮丁的,咱们不回家吃晌午饭了。"

张纪广也觉得惊异:"那些拉壮丁的,有时踩点了就穿军装,有的时候,穿便衣到村里乱转寻找,谁要是遇上了,谁就倒霉,逃跑都来不及了。行,咱们下工了再回,看晚上有啥动静。"

夜幕,已经降临,山林模糊不清。张纪绅和张纪广这才扛着锄头往回走,刚走到院坝前,突然从路两边的小丛林里站出来两个背枪的:"你们是干啥的?"

张纪绅这才意识到这帮子人还没有走,而且还有放哨的,一时有点惊慌失措,不知如何是好:"做活计的。"

"哪家的?"

"就是这家的。"

"哦,是张家的两个儿子。"

"是。"

"你们不要害怕,我们是岭南游击队,是正经的队伍。"其中的一名哨兵将他俩送回家。大娘一见儿子回来了,便问:"你们忙到这个时辰了!"

张纪绅应了一声:"嗯!"

他俩一声不吭只顾吃饭,借机瞅瞅住在家里的这帮子人,心里还是有些不安稳。

何万龙进来了:"嗬,这么健壮结实的大小伙子,不愁富不起来,也不愁日子过不好。是大爹大娘的福分哪!大娘,这样,他俩吃完饭后,去帮我们买些盐、买些鸡蛋。"

大娘脑子很灵光:"是呀!你们人生地不熟,不知道哪家有货,就让他俩去。"

何万龙叮咛一句："去买多少斤，多少钱，记上账，不欠一分一文。"

大娘豪爽地说："那是小事，先去买吧！"

张纪绅和张纪广心神不宁地走出去了。

都半夜了，买东西该回来了。大娘坐在堂屋等着两个儿子，却不见他们的影子。喔喔喔！这鸡叫声把她提醒了，哎呀，走时没来得及告诉，这些人是岭南游击队，是穷人的队伍，一定是不了解，不敢回来了。

在做早饭前，大娘把仅有的一小罐子盐和几个鸡蛋拿出来，找到何万龙一再道歉，责备娃子不懂事，为不误大家吃饭，把盐和鸡蛋用了算了。何万龙笑嘻嘻地给大娘解释："没埋怨娃子，我们也没仔细给他俩讲清，担惊受怕不回来，是可能的，因为不了解我们。我们早饭已经做好了，你把盐和鸡蛋拿回去吧！多谢了！"

大娘哎哟了一声，直跺脚："你看这给人家办个啥子事，简直是稻草个子包老头——丢大人了！"

何万龙觉得大娘这么厚道，又一个劲儿地指责自己，实在感到不好意思了："莫这么说，儿子这样做也是在为自己撑面子，因为他不知道底子，也是在采取另一种方式来珍惜爱护自己，这没啥大不了的，人家不知道，不知者不为怪嘛。"

说话间，张家贵急火地跑来报告说："万龙，瞎了，可能是出事了。"

何万龙向大娘打了个招呼，转身急问："慢慢地说，啥事？"

"我正放哨，有个人要找头儿。"

"没问要干啥？"

"人家不说，要找到头儿才说，我想可能有人做了瞎瞎事。"

"人呢？"

"在外边院坝里。"

"让他进来，快叫中连到这儿，咱们一块儿问。"

江中连前脚进门刚坐定，后脚紧接着从门外慢吞吞地进来了一个衣着讲究的瘦高个头的人。他恭恭敬敬地作了揖："你们是头头？"

江中连点着头："嗯！请坐，你是哪儿的？"

"离这儿不远，李家院子的。"

"叫啥？"

"李兴旺。"

"做什么的？"

"种地，农忙时种地，农闲时到省城去贩几趟丝绸缎子，还有其他布匹之类。"

"遇到困难了吗？有啥事，就直接地说，能帮上忙的，我们决不推辞。"

莫看李兴旺是种庄稼的，做起生意来却是商人打扮，风度翩翩，说起话来细声细语，有一种文绉绉的样子。他慢条斯理地讲了起来，中午前，自己从西安返回路过时，突然遇到了一个背枪的，大喝一声："你是干啥的？"我回答："做生意的！""做啥生意？""做点绸缎生意。""从哪里来的？""从西安回来。""生意做得咋样？""还凑合。""那一定有钱，能资助兄弟一点吗？""你和我一不沾亲二不带故，凭啥给你呢！""你不给我吗？""我说了不给！""你不给，可莫嫌弃我这双拿枪的手了。""大白天的你还抢人哪！"他边说："抢就抢，看你咋样！"边从我的口袋里掏出了两把钱，还把枪一端："赶快走，不走，我就崩了你，连命都不要了，还要钱干啥！"说实话，他那种凶恶的样子令人害怕，我就赶快离开了，回家一数，他抢走了四十块钱。我爹知道出了这档子事，气愤地告诉我，肯定是住在张开正家的那伙干的，去找他们的大头儿。他要来找你们，我挡住了，一个人去交涉就行了，去人多了反而惹人注意不体面。就是这些，老总。

"嚇，咋能这样呢，老乡，我们不称老总，是游击队。"何万龙说。

李兴旺蒙了："啊！游击队。五年前，咱们不是有陕南游击纵队走了，这次我在西安听别人私下说，在山西有八路军武工队，还有游击队。咱们这儿有吗？"

"你讲得没错，这我知道，那个陕南游击纵队，后来改成陕南人民抗日第一军，军长是何继周，汉阴龙王人。是走了，他当了红十五军团警卫团长，李雪山任政委，沈启贤任参谋长。虽走了，影响还在，你讲现在的游击队呀，我们这里也有，要去打日本鬼子！"江中连说。

"抢你的那个人啥样子，穿啥衣服？"何万龙问。

"白汗褂子，藏蓝色的裤子，穿的是草鞋，瘦高个儿，额头大，下巴尖。"李兴旺回答道。

江中连望着旁边站的张家贵，问："中午前是谁站岗？"

"是熊子林和熊邦建。"张家贵说。

江中连根据李兴旺描述的模样，心里猜到可能是熊子林，经张家贵一说证实，是熊子林的所为毫无疑问了，而完全不与熊邦建相关。他对李兴旺说："李先生，对不起，我们管教不严，向你致歉，你回去，我们再作证实后派员带他把钱不缺分文地送去，并让他给你赔不是，然后再处置，行吗？"

李兴旺拱手行礼，说："行，咋不行。要不这样，你们留下二十块，好做盘缠。就算作支援抗日的一份心意，莫嫌少！另外，只要还了，再不要追究了，俗话道：火旺没湿柴，会变的！"

江中连没同意他的这个提议："车走车道，马走马路，这钱是抢来的，两者互不相干，不能扯为一团，如数给你送去。我们可不能以善义而变相地再抢你的钱哪！"

李兴旺着急了："我想的可是真的啊！"

江中连坚决地说："这样做绝对不行，至于你的想法那是会实现的。俗话讲：船的力量在帆上，人的力量在心上。你的这份心，也鼓舞我们决心上前线，抗击日本侵略者！"

李兴旺走后，立即叫来了熊子林。何万龙硬巴巴地问："简直没王法了，是你抢了人家的钱？是多少？"

"是，四十块。"熊子林低着头回答。

江中连脸色铁青，没好气地说："为啥不执行纪律，我们是八路军的游击队，咋能干出这样丢人现眼、败坏队伍良好形象的事。脚印是自己走出来的，自己讲该怎么办。"

熊子林对这出丑的行为，一下子羞愧得无地自容，说："还给人家，请求组织处置。"

江中连给何万龙打手势示意了一下，何万龙领会了这个意思，说："子林，咱们走，给人家李兴旺还钱，还要给人家作个真诚的道歉，再检讨几句，已经丢人了，就一下子丢到底，才会彻底清醒过来。"

江中连在他们走后赶忙趴在桌子上写了一封信，便带着张家贵、吕国藻和汪秀琛匆匆忙忙地来到张碧佩家。他说："老表，你代我做两件事，行不？"

张碧佩，五十多岁，看起来很年轻，是一个办事干脆麻利的人，反问："啥事？表弟叫办的事，咋能推托呢！"

江中连客气地说："麻烦你给我们做十五套衣服，多少钱，一文不差，要做得结实点。"

"啥时要？"张碧佩又问。

"越快越好，两三天之内吧！"江中连伸出指头说。

"我叫一些人帮忙做就是。"张碧佩态度很坚决地说。

江中连从兜里掏出一张小小的字条递给张碧佩，说："再就是你马上把这封信送给五里铺的王向义，顺便捎买些毛巾、笔墨纸张之类的东西。你不要一个人拿，要分开带回来。"

张碧佩点头说:"我知道了!"

江中连说:"多谢了,老表!"

张碧佩说:"老表伙,还客气啥呢!"

江中连回到张家院子时,正碰上何万龙也回来了:"还了吗?"

何万龙愉快地说:"还了,李兴旺也满意,硬要给队伍捐助二十块钱。"

江中连急了:"哪能要他的钱,做生意不容易,这是跑路挣的,辛苦挣的,还是退回去!"

何万龙慢慢地说明了情况:"我也坚决不要,李兴旺硬是要往我兜里塞。还讲,你们还回了,就是我的了,我想送谁就送谁,今天决定送你们一半,也是支援游击队打日本鬼子,咋不行。我还给他,他又推回来,生气地说,是不是看不起俺们农民,你叫我咋说呢,只得收下了,给他写了一个收条,我觉得合适。"

江中连口气有些松动:"俗话说,牛不喝水强按头,不能硬来。现在人家不是这个样,也不能强制人家不做自己愿意做的事。硬汉子走路,腰总是直的,人家活得真像个人样!对熊子林还是要严厉批评,严加管理。"

何万龙出门,正巧碰见杨开选和熊邦建问:"你俩做啥去?"

杨开选摸着头,说:"不干啥,就找你问问。"

何万龙边走边反问:"要问啥,快说,我还有事。"

"我们出来做啥?"杨开选问。

"中连不是给大家讲过了,打游击,找八路军嘛!"何万龙回答说。

熊邦建接着又问:"我们这么多的人,背着枪就住在这儿,连个鬼毛都没见着,打什么游击。游击、游击,游击就是三三两两地出没无常,不固定一个地方吧!"

何万龙一听这话,觉察到有一种情绪,说:"是,没错,我们这不是刚住下?还得稳定,筹备安排嘛!"

杨开选有点怒气:"在家里早晨扛锄头上坡,干到太阳下坡就回家。这倒好,光站个岗放个哨,啥事不做,把人闷得慌,越闲身子越懒了!"

何万龙想了想话没错,这是由一个农民转变为兵的正常现象,只好耐心地说:"我理解,都有一个转化过程。你们都不要急躁,就是十天八天,我们会有一个定局,到那里会有人接应我们,或是在秦巴山里打游击,或是参加八路军打日本鬼子。敌人不会放过我们的,就此罢休,是不可能的,而我们则是不到火候不揭锅。"

杨开选和熊邦建一时无话可说，愣愣地站在那儿，惭愧得无言以对。

傍晚，张碧佩高高兴兴地回来了。大家一看又代买了一些生活必需品，个个脸上都露出满意的神情，增加了过去没有用过的香皂和肥皂，哈哈大笑起来，这比女人家用的皂荚好多了，香多了！

何宗珩以有点挖苦的口气说："你们真没见过啥，以后还有比这更好的呢！我想要有一挺机关枪，那不就更是猛冲上天了。"

唐云贵没有一丝笑容，直板板地开腔了："一见香皂就说皂荚，这都是女人用的，你们这个样儿，是想媳妇了吧！没出息，刚出一两天，脑门儿就牵到皂荚上了！"

"光蛋，没吹牛，你不想啊！"吕国藻笑着说。

唐云贵还冷青着脸色，不屑地摇摇头："不想是假话，想的时候就想，不想时候就不能想，要分个彼时此时嘛！男子汉就要有一个男子汉的样子，牵肠挂肚，像什么话，那怎么行！"

像一个猛将在教训他的士兵，一席话逗得大家前仰后合，大笑不止。

江中连一见大家很开心，自己也感到舒畅。他接过王向义捎来的信，展开一看，上面写了这样几行字：

> 铁岭不见山，
> 三渡不见水。
> 汗褂破了，
> 有针无线。

江中连明白了意思，脸色立马阴沉下来，这几个地方没有同时行动，是未能联系上内线的缘故。目前明显是力量单薄了，洪宝一下子也无法找到我们，真成了孤军应付出现的不测局面，是一个小小的独立大队了。共产党员在任何恶劣残酷的环境下，决不会弯腰的。

就在孙瞻山到三渡还未停脚时，谷燕捎来一封密信：当日下午，有大宗黄栌运往恒口，除烦热，《本草纲目》解苦寒，无毒。以我之见解，剧毒有之，急也。孙瞻山感到情况严重，专署已经调集大批部队前往恒口进行"围剿"，必须抢先把这消息告诉转移北山的队员们，提前部署同敌人作战的准备。

梁子云也很焦急："李洪宝也找不着，他们到北山啥地方也不知道，咋寻呢？"

孙瞻山心中有数地说："李洪宝讲过，恒口的江中连和何万龙起事成功后的转移，按路程推测也不过到了鱼姐儿河一带。"

曹立毅望着西北方向："有个大概的区域，也就好打听好找了。"

于方说得很轻巧："俗话说：欲知山中路，须问打柴人。鼻子下边一张嘴，问嘛，有啥难的！"

梁子云又想着了："咱们撤出打阻击的这个地方？"

孙瞻山果断地说："敌人倾巢出动，咱们这几号子人，强硬对着来，只能是以卵击石，不但没用，而且误了大队人马准备的时间。再讲，我们会合一起力量就大一些。就这样办，向北山进发！"

梁子云对大家招了招手："走，咱们走到了目的地再好好地歇一歇。"

孙瞻山当机立断带领姐妹们，马不停蹄地向鱼姐儿河挺进。

她们一路走一路打听，随时改变要走的路径，而且又听得路人所提供的有一队人从马家坡下去了，无疑是到了鱼姐儿河，这是必经之地。

最令大家兴奋的是，得到确切的认定，这一伙子人住在阳坡的张家院子。孙瞻山把脸上的汗水一抹，伫立而望，院子前有好多人在走动，喊道："走，找他们去！"

江中连正犯愁，彭甫仁报告说："来了几个人，要见你。"

江中连猛地一惊："谁呀？"

"秦巴山虎豹队孙瞻山。"

"不是在三渡待命吗？怎么来了！"江中连不知是在问自己，还是在问谁，赶快走出门去，见站在头一个的人就问："谁是孙瞻山？"

"我就是！"

"你们来得真快，但我不认识你呀！"

"李洪宝给你讲了吗？"

"讲了讲了，那……"

孙瞻山赶快从衣兜里掏出红五星，在他眼前一亮，说："就是他引路，披荆斩棘，乘风破浪，勇往直前！"

江中连喜出望外："他交代的就是五星，就是这话接头。哎呀，真没有想到你们会来得这么及时。"

孙瞻山焦急地问："你是江中连吗？"

"是，我是江中连。"

"还有何万龙呢！"

"他在屋里，咱们进屋说话！"

江中连听到敌人出动前来"追剿"的消息，已预料到了，但没有想到来得如此之快。他沉着地说："咱们要做好战斗的准备，也要做好继续转移的打算。"

孙瞻山插话说："越快越好，根据敌情判断，转移和撤走这里是第一位的，发挥我们的优势，灵活机动，避实就虚地同敌人交战，不可硬拼。"

何万龙亮着粗嗓子："孙队长说得是，能打就打，不能打就走，量力而行是最好的办法。"

江中连从善如流，计不旋踵，即刻打定注意："时间紧急，刻不容缓，咱们要做好两手准备。"接着他讲了两套方案：一是将队员们分编为三路向北山佯撤，并在行进路上做好向北的标记，以迷惑敌人，选择时机折回向南，这样较安全。第一路人员是：何万龙、何宗珩、熊子林、杨开选、李正乾等，去占领南山；第二路人员是：江中连、张家贵、唐云贵、汪秀琛、熊邦建、刘志瑞等，改道五里行进，后前往凤凰山会合；第三路是孙瞻山带领的秦巴虎豹队，沿原路返回三渡，待商定去向。二是三路各自为战，遇到小股敌人，能吃掉的吃掉，不能的话，就打他个稀散伙，不要恋战，避免敌人支援造成我们的伤亡。"现在把子弹和手榴弹给队员们配到位，鼓足勇气，迎接新的战斗！孙队长还有啥建议？"

"不要误伤了老百姓。"孙瞻山说。

这时，放哨的汪秀琛慌慌张张地跑进屋喊道，马家坡上到处都是敌人，是敌人来了！

第四十二章
突破包围各为战

江中连一听哨兵的叫声，一个箭步跳出了门，抬头一望，马家坡黑压压的一片人，影影糊糊地向不同方向缓慢移动，断定一定是敌人，是冲着鱼姐儿河这里来的。在这危险即将来临的紧要时刻，他情急智生，镇定地告诉孙瞻山趁机撤出返回恒口镇，杀敌人个回马枪，以钳制和分散敌人的兵力。孙瞻山同意这样的行动："其他两路呢？"

江中连毫不犹豫地说："你快走，时间一刻也不能拖延。我这一路正面还击，何万龙侧翼支援，边打边撤，减少伤亡。你任务完成后，到三渡隐蔽埋伏，等待会合。"

孙瞻山所带领的队员们闪电般地离开了鱼姐儿河，以高骧飞奔的速度向恒口疾驰而去。

过了两个时辰，何国栋带路的便衣队来到张家院子前面坡下的路上，见到走着一个人，这个人夜里走路无所畏惧。汪洁泉跟着何国栋赶着步子向前走了过去，大吼一声："站住，做啥的？"

这个人嘿嘿一笑："彭四成，你发啥羊角风！"

"谁得羊角风，你给我站住！"汪洁泉喝声道。

何国栋一听是张碧佩，是熟人又是江中连的老表，沾亲带故的，没有叫出名字，递了一句话："是县里来的人！"

张碧佩转身就跑，没跑几步，四个便衣队的人猛扑过去，将他捆绑起来。汪洁泉问道："叫啥名字？住在哪里？"

"张碧佩，住张家院子。"张碧佩又质问道，"你们咋随便绑人，伤害百姓哪！"

"你刚才说的彭四成是谁哪？做啥的？"汪洁泉问。

"我朋友，住梅子铺，我们是做生意的。你们是不是把人认错了！乱捆人，没王法！"张碧佩指责着说。

汪洁泉冷声说："我们是抓捕抢枪的人。你知道不？"

张碧佩回答说："我只问生意上的事，那些闲事不关心。你们明白不明白，钱是从时间里挣来的，闲操心费时间，少挣钱，与己无利的事，敬而远之，咋能知道！"

汪洁泉没好气地说："既是这样，也得先委屈你这个做生意的农民！"

张碧佩语气更重地说："啥，做生意的农民！你吃的饭，不是农民种的粮吗！你穿的衣，不是农民种的棉花吗！"

汪洁泉无言答对，只说："这话有啥扯的，你跟我走吧！江中连你该认识吧？"

张碧佩挑白地说："认识呀，他是我表弟还能不认识？"

快接近张家院子，便衣队一班长王富狂吼道："江中连在哪里？"

江中连应声道："江老子在这里，有啥事？"

"你出来，把抢的枪交给我们！"王富说。

"有狗胆的你们上来。啥，把羊交给你们，拉羊牵猪，是你们这一伙子人干的，我不会干那种缺德的事。"江中连边说，边钻进院子后边山上的林子里。

汪洁泉怒吼了："再不出来，我们就开枪了。"

江中连在安康县保安大队当过兵，他听得出刚才叫他名字的是谁，便喊道："王富，想上来就上来，不想上来就赶快滚蛋，不要糊涂过日子。"

汪洁泉举起手枪命令道："给我打！"

一排排子弹如火蛇一般地射进了山林里。江中连指挥队员们集中火力予以还击。一阵枪声过后，暂时处于平静。平静中，包围圈越来越缩小，便衣队悄悄地越来越接近。江中连侧耳听出来敌人穿过林子传来的树叶沙沙响声，指示说，不要开枪，走近点。五十米、四十米、三十米、二十米。江中连一声喊："射击！"夜间能见度非常差，对瞄准影响极大，密集的子弹穿行在夜里，敌人叫着喊着猛扑过来。江中连又叫道："上，手榴弹！"轰轰轰，一颗颗手榴弹在敌群里开了花。一阵阵的爆炸声，震得山鸣谷应，一团团火光闪亮了半个黑夜。敌人被击溃了，狼奔豕突，只顾逃命，没了进攻之力。江中连趁机进了山。何万龙一路刚绕过卜家院子，遭到赵文质带领的自卫队的追击。他将队员分为两组分别埋伏在道路两侧的草丛里，待敌人进到伏击圈里，射击和投掷手榴弹齐上，打得敌人晕头转向，措手不及，狼狈地退了回去。何万龙吩咐何宗珩做好向北撤的标记，及时折返向南，自己打一个阻击予以掩护，选择时机脱离交火地，随后跟进。

刚离开张家院子走了没多远，杨开选和熊邦建把枪甩在一棵树根下，拔腿就跑。何宗珩发现了："万龙，杨开选和熊邦建跑了，要不要拦回来！"

何万龙伫立片刻："天要下雨，娘要嫁人，跑就跑吧，心都走了，挡他管个啥用！把枪拾回来，咱们快赶路。"

江中连和何万龙采取出其不意，分路突围，摆脱了敌人的"追剿"，消失在漆黑的夜里，远处偶尔传来零星的枪声。

汪洁泉不但没抓到抢枪的人，而且死伤了几名兄弟，气得七窍生烟，什么话都说不出来，只喊了一声："到张家去搜！"

张碧佩眼睁睁地看着便衣队把全家人赶了出来，挥动着枪支威吓道："规规矩矩地站在院子，不得乱动，谁拧辞就打死谁！"

汪洁泉喊道："朱青，把他带进屋，彻底搜查。"于是，张碧佩被强行拉进屋子，一帮子便衣士兵闯了进来。王富自己带五名士兵上了楼，其他留在楼下，把所有装粮的柜子、盛酒的坛子、放衣服的箱子、做饭的锅灶、睡觉的床铺、供祖宗的神龛、收藏红苕的地窖，翻腾个七零八落，连一发子弹都没有找到。

"队长，没有枪支弹药！"王富报告说。

汪洁泉失望了，背石头上山，劳而无功，赏洋和升官都没有希望了。他回答了一句："收队！"随后又转过身对张碧佩说，"你做生意该有钱吧！"

张碧佩领会了这问话的意思，回答说："有点，不多，都是赊账。"

汪洁泉本想敲诈勒索一些大洋，这一听垂头丧气走了。走了几步，又回过头来喊道："听到枪支的事，要立即报告！"

呸！张碧佩的唾沫星子在空中直飞。

孙瞻山赶到恒口车站时已经是鸡叫三遍了。她发现车站门口有一辆卡车正在发动，便走上去问："师傅，准备到哪去？"

"到城里。现在收拾，不走。"

"啥时走？"

"天亮前！"

"装货吗？"

"不，到城里拉货。"

"空车，把我们这几个人捎到机场，行吗？"

"行倒是行，你得出些油钱。"

"该出的嘛，一言为定。"

"在哪儿等?"

"在出恒口街的东头路边。我们有人跟着你。你现在就开过去。"

"行。"

孙瞻山安排于方上驾驶室,小声说:"顺便摸摸司机的底细。"

这辆卡车开到指定的地方,慢慢地停住了。

孙瞻山对恒口街道的地形是很熟悉的,穿过小道,拐进小巷,便到了正街镇公所对门的另一条巷口隐蔽起来。她吩咐杨贵贤和高弟伟在门外警戒,梁子云制服哨兵,随后同曹立毅进入所内进行突然袭击。

梁子云沿墙神不知鬼不觉地出现在哨兵的身后,只见举手往哨兵肩上猛一击,那哨兵接着倒在了地上。她把他拉到墙脚下,稀里哗啦地退下了子弹,卸下了枪栓,又把枪放在哨兵的身边,站起来直招手。

孙瞻山对梁子云和曹立毅说:"你俩先穿过院子到后院等着,听我枪一响,你们立即开枪。你们翻院后墙而出,我同弟伟和贵贤出大门,到停车的地方会合。"

啪!接着镇公所的前院和后院啪啪地响起了一阵阵枪声。门上、墙上、窗上和房上溅起了无数的火花,偶尔子弹嗖嗖地从房顶上飞过。这突如其来的枪声,打破了沉寂的黑夜。院子里吱哩哇啦地喊成了一片,士兵们吓得惊慌失措,呆若木鸡,脑神好半天还没有转过来。此时,一颗颗手榴弹又在院子里轰轰地爆炸了,人影、石块、泥土飞旋在半空,迅即哗啦噼啪地落在了地上。

郑宗本听见枪声和爆炸声猛地从床上跃身而起,把衣服往肩上一搭,提着手枪就往外跑,一看啥人都没有:"这是咋啦,这是咋啦!"只见士兵们赤身裸体,持着枪出来了。一个一个狼狈不堪,手足无措地站在院子房檐下,不知该怎么办。

李秀乾慌张地说:"队副,哨兵的枪栓没了,其他都在。"

"哨兵呢?"

"被打晕了,刚醒过来!"

"你领一班长检查院子,二班和三班赶快上街各家各户地搜查,我去向镇长报告。"

"不用,我来了。"马晖青站在背后又问,"有伤亡吗?"

"伤六人,亡五人。"

马晖青说:"知道了,大家虚惊了,按队副安排马上行动,凡是嫌疑人都带回镇公所审问!"转过面对郑善轩叮咛道,"你好心安顿处理后事,我马上给县上和专署打电话。"又督促郑宗本,要抓紧动作。

郑宗本哦了一声，心想，真倒霉，又遭了袭击，该又要挨训了！这会不会是地下共产党干的呢？他刚走出镇公所准备到街上去指挥查寻，却碰到了一个衣不蔽体的要饭的，问："你看到有人从街上跑了没有？"

要饭的双手抱在胸前直摇头。

郑宗本又大声追问："到底看见了没有，你说话呀！"

要饭的合手往头上一盖，然后放下右臂，耸了耸肩头。郑宗明白了，他是哑巴不会说话，而示意看见的是追查的士兵。于是，瞪圆了眼睛向四处张望，这伙子咋溜得这么快，究竟钻到啥地方去了！

"队副队副，我们在门口拣到了一个字条。"李秀乾匆匆地报告说。

郑宗本接过手，打开手电一照：老总们，并县长和专员，这是警告。记住，莫助纣为虐，怙恶不悛，同人民为敌没好下场！要找我们请进秦巴山的深处，我们以猎枪侍候。秦巴虎豹队。他把字条一握，自己问自己，又是这个队，还出现一个岭南游击队，这到底是些啥子队嘛！郑宗本突然又把字条展开，把它抹平折叠起来，揣在口袋里；要把它保存好，要向县长报告。

赵文质率领的追剿队伍一鼓作气，向北山追到了天亮，也没见到一个人影。还继续进山吗？他正在举棋不定的时候，李开均来报告：恒口镇长来电话，天亮前镇公所遭到突袭，有几个人员伤亡，还卸走了一件枪机，追捕无果，只发现一张小字条。

赵文质急忙问："写的什么？是敲诈钱物吗？"

"马镇长没告诉内容，待你回去再看。"李开均回答。

赵文质立即决定，十一团留一个连，自卫队留一个班，保安队留一个班，驻守鱼姐儿河，继续侦察追捕抢枪的土匪，其他一律回恒口另有任务。

这位安康县的堂堂县长、清剿总指挥赵文质在威风八面的金副团长的配合下，出动了四百多人的兵力，却扑了个空，毫无所获，本来心里就生气，又听得后方遭袭，火上加火，怒气冲天。返回的一路上，石磊和汪洁泉鞍前马后地服侍他，还是绷着脸，没多说几句话。在他俩看来，他们的县长是在酝酿，谋划新的清剿计划。

太阳落山的时候，赵文质带的队伍回到了镇上，立马给杭毅打个电话，杭毅同意派部队增援，立即召开会议。马晖青、郑善轩和郑宗本诚惶诚恐、战战兢兢地向县长报告了情况，这同电话告知的没有两样。不同的是，只获得了手中几乎要捏碎的那张小小的字条，气得直发抖。他将字条翻来翻去、倒上倒下，怒气冲冲地开腔了："你们看这多么猖狂，我可以断定，这一定是地下共产党干的，不然的话气焰咋能如此地嚣张。什么秦巴虎豹队，什么岭南游击队，都是些虾兵蟹将，不堪一击。如果是精兵猛将的话，咋不敢摆开阵势，来个决一雌雄呢！写些啥嘛，是向我们发出通牒，是在宣战，吹大话，就让他们吹吧！现在来谈清剿，莫小瞧这些乌合之众，还狡猾得很，截至目前没有抓住一个抢枪的匪徒。那个词语叫'鱼死网破'，实际上是鱼跑了网破了，令人痛心。过去就过去了，现在要制定新的清剿方案。我可告诉大家，杭专员已同意加强领导力量，派杜团长来一起办理搜剿事宜，并带来一个排充实兵力的不足。目前一是要进一步调查清楚这一案件发生的幕后策动者及其缘由和目的；二是搜剿的重点，仍然是北山和鱼姐河地域，其次是扩大到月河流域和凤凰山一带；三是兵力要重新调整，这个等杜团长来后，同金副团长一起，咱们共同商量确定。金团长，你看呢？"

金炳甲对赵文质的一席讲话，实在觉着矛盾百出，情理不合，不敢苟同，只哧哧地笑着："这个方案很好，我没不同意见。我们团长把手头的事情处理完毕，明天上午就到，来了再敲定。我听有人说，这次抢枪案件，是何继周从陕北派人潜伏到安康而策划的。如果是这样的话，我们就要掂掂它的分量，打击的力度就应该更大些，我们侦察的手段应该更巧妙些。"

赵文质沉思地点着头："对对对，应该是这样。"

杜锡勋到恒口后，对赵文质的方案原则上同意，补充了两点，"一是北山和南山都是控制的重点，理由为，若是共产党抢枪后必然是进山打游击。二是查清是否何继周从延安派人来，这个由便衣队牵头，各乡、保、甲丁配合，凡是生人一律不能放过。据我所知，何继周的抗日第一军，在安康和汉阴的北山一带消灭了张保山与徐宝山两帮子土匪，在百姓中还有影响，借此而来，不是没有可能。如果是这样，将他们残留人员一网打尽，片甲不留！三是悬赏规定，一定要适时兑现。"

赵文质赞同说："杜团长提的三点意见很好，完全同意，就按这些执行，马上行动！"

何万龙这一路趁着夜色边打边撤，当追击的枪声消失时才喘了一口气，随即掉头向南走。不停点地走着，急不择途，沿着弯弯曲曲、杂草丛生的羊肠小路，翻过一道道山梁，越过一条条沟壑，觉得走了很长很长的时间，才走到了上店子公路海边的杨树林里。何万龙挡住了："宗珩，先看看有没有巡逻的。"

何宗珩趴在公路边观望，有一辆从汉阴开来向恒口去的卡车缓慢行进，模模糊糊看卡车的车厢里站着两排士兵，每个人手里拿的手电在公路两旁照来照去，分明是寻找临夜行路人。他悄声传话："隐蔽，别张声，有巡逻车！"

何万龙听后，警告李正乾："不要动，不然就会人头落地，谁也活不了！"

李正乾只紧紧地抱住让自己扛的空枪，缩成一团不敢动。在这黑夜听到这训斥的声音，虽然细小微弱，但是像一把沉重的铁锤砸在自己的身上，疼痛难忍。夜里虽是看不见那刺人的目光，可想是锐利的，这恐怖的黑夜咋还不过去哟！能熬出我的活命吗！到那个山里能忍受得了吗？他表面装得很安顺，心里却很焦急，左思右想，得有一个法子逃走才是上策。于是，把牙紧紧地一咬，豁出去了，即使没命了，也得想办法逃走。有了，熊子林或许是我的救命之神。他沉浸在苦思的想象里，忽然听到熊子林催促说："走，快跟着走，过了公路，到河坝的柳树林歇一会儿，再过月河上凤凰山。"

这柳林在月河边的山崖下，是一个难以发现的隐蔽之处。何万龙观望了周围的地形，让大家歇息打点，啃起干馍充饥。熊子林埋怨地说："喉咙冒烟，咽不下去，咋吃！"

李正乾跟着起哄说："就是嘛。人是铁，饭是钢，一顿不吃心发慌。不填饱肚子，哪有力气过河上山！"

何万龙往上游望了一眼，发现有几棵梧桐树，说："你们先嚼着，我去找泉水。"他折了几片梧桐叶，叠成一个圆锥形的小斗子，好不容易在一个深陷的石穴里，找到一股细流的清澈泉水。他高兴地说："有水了，有水了！"

就在何万龙接水的时候，熊子林狠狠地朝着他背影睨了一眼。你叫我丢人现眼丢到底，我也得让你出乖露丑露到底，还要比我更惨！李正乾对熊子林因被何万龙带着给李兴旺还钱的那桩子事心怀不满，早有所闻。一路上，本是熊子林要注意李正乾的一举一动，而微妙地变成了李正乾观察熊子林的一言一行。这一睨眼，给李正乾提供了一个可信的信息，也找到了一个一路上都没有找到的机会。李正乾望着何万龙还在接水，转过面啃了一口馍，拍了两下空枪，装起咽进肚里的样子，向熊子林打了一个手势。熊子林完全理解了对方的意思，也该是自己出气的时候了，伸手从口袋里掏出一排子弹，一瞬间塞给了李正乾，说："装上！"

李正乾正拿起枪，见何万龙走过来了，说："我尿憋了！"

熊子林不耐烦地把手一甩："懒牛懒马屎尿多，去去去！"

李正乾走到岩边，将子弹推进枪膛，往肩上一挎，一边提裤子，一边往回走。

说："竹林里结南瓜，怪事，一路上没吃没喝，还尿多！"

何宗珩没好气地说："进了山没人，随便尿！大家都喝了，你多喝几口！"

李正乾咕咚咕咚地喝了几口，把树叶子往沙坝上一扔："不渴了，也饱了。"

何万龙检查了一下大家的行装，说："防止敌人的巡逻兵，过月河一定要快，不敢拖拖拉拉的，走！"

何万龙率先走出了柳林，何宗珩紧跟其后，熊子林在李正乾他们几个的后边押队。

刚走到河坝中，听得啪的一声枪响。何宗珩见何万龙随枪声倒在沙滩里，鲜血从胸膛里哗哗直往外流，瞬时，流满了沙窝窝。何宗珩回头一望，李正乾正在举枪向自己瞄准，大喝一声："放下枪！"便向李正乾还击，他一侧身没击中，却被李正乾射来的子弹击中了右臂，枪掉在了沙堆里，只能喊道："熊子林，你咋啦？"

李正乾一个箭步上去把枪踩在脚下，正要端枪射击时被熊子林挡住了，强硬地笑着说："李班长，我同他交往了一阵子，我和他姐夫很熟悉，放他一马吧！"他把李正乾拉到一边，又说，"顺水推舟，留个人情吧！反正他是活不了了，我们今天不打他，过两天总会有人抓他杀他，跑不了！"

李正乾也想到这一路上虽然被盯得很紧，但也没有虐待过自己，就顺从了熊子林的这个笑里藏刀、狡诈阴险的提议。他挥着手说："让他们走，你赶快把枪和子弹全部收起来，和我一块儿到镇公所！"

"我能去吗？"熊子林疑虑地问。

"咋不能去。没有你，我咋能打死何万龙、击伤何宗珩，还有缴获这五支枪呢！再说啦，也没受你们的罪嘛，能去！"李正乾宽心地说。

"我当过游击队员哪！"熊子林不放心，又说。

"那一眨眼的事，有我呢，走！"李正乾的话是在向熊子林作保。熊子林也就心安理得了，认认真真地帮李正乾检查和清理了现场及枪支弹药。至于心里有没有奢望和想头，别人无法知晓，只见他服服帖帖地跟着李正乾上了公路，拦了一辆卡车走了。

何宗珩眼巴巴地望着枪被拿走了，忍着伤痛，爬到何万龙的跟前，看他的眼睛睁得圆圆的，伸出手掌搭在他的额头上，然后轻轻地抹了下来，他的双眼闭上了。何宗珩唉了一声，万龙，都是我们警觉性不高呀！我们的人心纷杂呀！如果有朝一日，我们东山再起，一定吸取这个血的教训。我走了，万龙，等上黑夜，我一定找人来接你回家，你放心吧！

何宗珩走了没多远，发现公路上有三个士兵在游荡，赶快藏进崖边的一个石洞里，这个石洞的上边，汉白公路从这座悬崖上头穿过。前面就是走过的宽阔的沙滩。月河从西向东缓缓地流到这里，宛如喘一口气，河面宽了，水也深了。附近的百姓，没有人到这里来，害怕水深藏龙，惊动了龙王爷不吉利，给全家带来灾难。沿月河向西望去，那拐弯处的河岸上边，是一个大村子，这就是杨家村。村前的那棵大柏树下也有几个士兵，指东画西，不知在言论些什么。常言道：隔山不算远，隔河不算近。这既不隔山又不隔河，却是咫尺天涯，难得进村。何宗珩想定了，等吧，等到天黑定再找机会。他摸了摸口袋里还有一块干馍，拿出来咬了一小口，在嘴里拌来拌去，拌了好半天，才慢慢地硬撑着肚子咽进了肚子里。

天黑定了。何宗珩又看见从汉阴方向开来一辆卡车，在杨家村前面停了下来，那几名士兵争先恐后地爬上了车，不大一会儿，听见车在岩洞上边停住了："快上，快上！天黑，路不好走了！"

"又白跑了一趟！"

"连个鬼毛都没见着！"

"哪有那么多的废话！叫你搜你就搜，叫你抓你就抓，叫你守你就守，叫你到哪里你就乖乖地到哪里，说那有啥用！"

"那地下共产党在哪儿呢？"

"是不是有何继周派来的人哪？"

"我咋知道，咱们不是在找吗！"

"团长县长都出马了，还能找不到？找不到多的，还找不到几个少的！"

"派这么多的士兵，找不到几个地下共产党，那把人丢死了！"

"找多找少，得看咱们的了。走，赶快走！"

两道车灯一闪一闪地照在路前的山坡上，拐一个弯消失了。

夜很黑，很寂静，只有向东流去的月河发出哗哗的响声。

何宗珩有点放心了，出了岩洞向公路上使劲地望了望，见周围没有什么动静，咬着牙支撑起身子沿着河岸边向西摸去。

杨家村的百姓都入睡了，村前村后一片黢黑，什么也看不见。何宗珩对这里的路很熟，摸到他姐的门前，没有喊叫，也没有敲门，只将门掀了掀。屋里传出一个女人的问声："谁呀？"

"姐，是我。"何宗珩轻声回答。

他姐何宗玉听出来是弟弟的声音，急忙出来开门："这么晚了，有啥事？快进屋！"

何宗珩说："姐，我被保安打伤了。我杨哥在不？"

"立成去串门子了，一会儿就会回来。你先到里屋。"

这时门外有人叫门，何宗玉一听："真是的，说鬼，鬼就到，你哥回来了。"

杨立成一回到里屋，在暗淡的灯光下，看见何宗珩的右胳膊血淋淋的，问："这咋啦？"

"保安兵打的。"

"暴露了？"

"在鱼姐儿河同大兵交战不敌，向凤凰山撤退，在上店子河坝，是我们的熊子林出卖了我们，偷给了李正乾子弹，把万龙打了，我也伤了，其他的跑了。"

"万龙呢？"

"还在沙滩上，你赶快找人把他抬到山里边埋了，做个记号。"

杨立成惋惜地说："真是的，没想到会这样！"他指着衣柜子给何宗玉打了个手势，"把我的衣裳换上，那衣裳用凉水洗，洗不掉就把它烧了，再把那跌打损伤的药给敷上。"转过面又对何宗珩说，"咱们都没慌，我先去河坝，回来后再商量，看你到哪里安全。"

何宗玉泡了一碗盐水，把何宗珩的伤口和血迹清洗得干干净净，然后敷上草药，撕了一块浅蓝色的细布，包扎得严严实实。

后半夜，杨立成回来说："都安排妥当了。现在你觉得你在哪儿没有危险？"

何宗珩苦笑着："我看哪里都不是我去的地方，比较起来，寺庙里是最合适的，就到那里吧！"

杨立成心里不愿意让妻弟走，但从各方面权衡，还是同意了去寺庙的主意："也行，在那儿住上两天，俺们再转其他地方。"

何宗珩暗自分析着，这潜形匿迹，东躲西藏上十天半个月的，即就是遇到不妙，也能把敌人折腾个筋疲力尽，其企图不是那么容易就能得逞的！

天亮以前，杨立成带着何宗珩进了寺庙。这寺庙的和尚，一见杨立成到来，很是热情，因为他俩早就结识，而且交情很深。他问："杨客主，有何见教？"

杨立成谦逊地说："不敢不敢。我的一位远方亲戚同保安兵发生争执，一怒之下打伤了对方，保安队到处抓他，想借宝地住上两天，再送回湖北。"

"行行行，换上我的衣服，招呼香火！"

"那就泼烦你了。我们给送饭。"

"不用不用。一个人是吃饭，两个人也是吃饭，增加一双筷子的事，没啥大不了的。"

李正乾感觉非常疲乏，但心里乐滋滋的，带着熊子林扛着枪支弹药，以胜利者的自豪回到镇公所，见了郑宗本，报告说："队副，我把一路游击队灭了，缴获了五支枪和子弹，还带了一个人。"

郑宗本把李正乾肩膀一拍："你还真能行啊，我以为你被那伙子土匪收拾了。回来就好，回来就好，这一回可有你的功了！把枪扛上，走，去见县长！"

听说去见县长，李正乾更觉了不起了，一阵风似的到了清剿指挥部办公室。郑宗本指着李正乾向赵文质和杜锡勋介绍说："县长、团长，这是保安队李班长，李正乾，缴获了土匪的枪，回来了。"

赵文质拍手叫道："失踪几天了，不知去向，命在何处，好啦，灭了土匪，缴回了枪支，时来运转。在我们的清剿中，你是表现最突出的，应奖赏！"

杜锡勋跟着说："应该执行奖励规定。你被土匪绑架了，应该对他们有所了解，到底是土匪还是共产党？"

李正乾含糊地说："他们自称是岭南游击队，纪律是很严格的，或许是共产党领导的，看不出来；也像土匪，有的去富豪人家要财物；有的半路上抢做生意人的钱。"李正乾指着身后站着的熊子林，又说，"他就是抢了在西安做丝绸生意的人的四十块大洋。"

杜锡勋打断他的话："照你讲的，我判断是共产党在里边撑杆子。你们看这座房子在这里立着，咋立着，没看见，墙里柱头不显身嘛！游击队游击队，游击习气严重，里边是有不守规矩的，他叫啥名字？"

李正乾也不理解这些话的意思："叫熊子林。"

杜锡勋问熊子林："当过游击队？"

熊子林低着头回答："当了天巴子。"

"抢枪有你吗？"

"参加了，在外边看门，没进屋！"

"进屋没进屋，也是匪徒之一员嘛！"

李正乾急了："团长、县长，到北山是熊子林看护我的，一路上都没有亏待。而且是他给了我五发子弹，才把何万龙打死在上店子月河的河滩上，接着又打死了何宗珩，其他人四处逃散了。是我让他帮我背枪来的，他应算着是倒戈卸甲，向着我们的。"

赵文质要问个清楚："没有他，就没有了你，更没有这些枪支弹药，这就是说，不可能消灭那一帮子土匪。对吗？"

李正乾直点头："是是是！"

杜锡勋又问："打死的何万龙和何宗珩还在滩上吗？那些人跑到哪里了？"

李正乾有些心虚，说："走时还在沙滩里，跑的那些人又向北山跑走了。"

杜锡勋说："派人查那两具尸首，通知毛坪、平河各部队严格盘查。"

赵文质说："同意团长的安排。李正乾在清剿中是有功的，因此决定，李正乾由班长提升为镇队副，奖赏大洋一百五十元，继任班长由镇公所决定。熊子林，我再问你，那一帮子里谁是共产党？谁是领头的？抢枪要干什么？游击队啥时兴起（方言：成立）的？有没有陕北过来的人？你要改过自新，老老实实地讲！"

熊子林耷拉着尖瘦的脑袋，脸上露出了追悔莫及的神情，自己知道些什么呢，什么也不清楚，清楚不清楚，也得说呀。他吞吞吐吐地说："哪个是共产党，我确实不知道，撑杆子的是叫江中连，是从山西回来的，抢枪是想扩大势力，拉一帮子人去山西抗日前线，游击队是在路上临时起的名字。我没见有外地人。至于江中连同张家贵、吕国藻，还有何万龙几个人有时凑在一起，不知嘀咕些啥，俺也听不见，就是这些。"

赵文质说："我知道，那个江中连在县保安队当过兵，后来去了山西，是不是参加了八路军游击队，没有调查清楚，前不久，通缉追捕未遂。"

杜锡勋说："熊子林尽管不知详情，提供的这个线索很重要。以我的断定是共产党操纵的这次抢枪行动，又是他们组织的所谓游击队，毋庸置疑。这次一定要认真布控，缜密侦察，把他们一网打尽。"

赵文质说："对，杜团长讲得合乎情理，一定是安康地下党干的。对这个刚冒出来的游击队，要杀他个片甲不留！这样吧，熊子林为李正乾提供了便利，是在转变走错的路，也是在自觉不自觉地痛改前非，奖赏一百块大洋。你回去以后，要安分守己地当好农民，不能浑浑噩噩地过日子。还有一个任务，帮我们搜寻枪支和抢枪人员，一支枪赏五十块大洋，一个人奖赏大洋一百块。"只要一有线头子，就赶快来密报我们，而领赏是你熊子林。行吗？"

这时的熊子林实在是有口难言，你们原谅了我，我们那些人能饶恕我吗！他们会像踩死个蚂蚁，连命都没有人来偿。我刚刚干过的蠢事，还能再去没白没明地干吗！想这些邪念干啥！他疾首蹙额地说："这有啥难的，我回去遇着方便，寻空就去打听打听。我想，人家很可能不相信我了，再就是人家一定潜藏起来了。咋能找到呢！若真的找不到，请你多见谅！"

赵文质眼睛一瞪，说："你莫敷衍、哄骗我们，如果重操旧业，小心你的脑壳！"

熊子林惶然不知所措，该说什么？停了一下，他开口吐出了一句话："不会的，我竭尽全力！"

赵文质说："就这样，李正乾你同自卫队赶快去查尸首，看有无人收尸。"

天快要亮了，石磊带领的自卫队赶到沙滩上，四处寻找，只发现沙窝里有乱七八糟的脚印，这脚印一直踩到月河边而消失在水中，靠近山崖的沙石里没有脚印的痕迹。

石磊在继续找着，问道："这尸体咋没了呢？"

李正乾揣摸着说："可能趁黑被人抢走了。"

"抢到哪里了？"石磊怀疑地追问。

"顺着这脚印，像是过月河上南山了。"李正乾指着一路脚印说。

"你的推断有这个可能，但会不会出现一种其他的情形呢！"石磊思虑着说。

李正乾怀揣小兔子，心里怦怦地跳，何宗珩没被打死，肯定逃走了，何万龙肯定被那帮子收走。不过，我报告的情况没错，都被打了，谁叫他何宗珩没死呢！我以为都死了，怪我啥呢！他硬气地说："石队长，不浪费时间了，咱们赶快回去，先报告县长、团长，让领导调整兵力，到处筛一筛，或许能筛出些秕子来。"

"行，那只能这样。撤！"石磊命令道。

刚回到镇公所的门口，李正乾碰上了李贵乾，问："李班长，你忙啥呢？"

李贵乾不悦地说："我忙啥，你还不知道吗？你高升了，祝贺！"

李正乾向前撂了几步，说："这算啥呀，拿命换来的。"

李贵乾追问："咋啦，这么严重？"

李正乾扬扬得意，抚掌大笑，说："我把抢枪的何万龙与何宗珩收拾了，其他人逃跑了，收缴了五支枪，还带回了一个人，这该升了。"

李贵乾赞赏地说："你真能呀！能带回一个人，有本事。"

李正乾更觉得自己不一般，炫耀地说："这个人叫熊子林，抢枪的秘密会议就是在他家开的。我发现他与何万龙之间有疙瘩，就拉拢他，是他给我子弹，才把那几个人干掉的。不这样，我的命也难保得住。不是有这么一句古言：道不相同，不与为伍。同这帮子是你死我活，就是两败俱伤，还好我是活了，那个熊子林有眼光，与他们分道扬镳了。他们那么多的人，我是孤单一人，把他们收拾了，多惊险、多可怕、多艰难哪！"

李贵乾脸上露出蔑视的神情，微微一笑："升这个镇队副值得，问心无愧啰！"

李正乾抿了抿嘴唇："那当然啦，以后也还会更好一些。你说是不是？"

李贵乾随着他的狂妄心欲说："那是一定，愿你官运亨通，仕途得意。不过，我得提醒一句：可莫要爬得高，摔得重呵！"

李正乾边走边说："那是的，那是的。我还有急事，过几天忙过了再聊。"

李贵乾没有回联保队，带着沉痛的心情走出街口，立即得去李洪宝那里，告诉所知道的真实情况，以应对这突变的危急形势。

第三天正在吃早饭时，第八保派人向赵文质告密了。赵文质慌忙地往嘴里扒了两口饭，便放下碗，喊道："汪队长，快到指挥部！"

汪洁泉把碗往桌上一甩，随声进了办公室，听得赵文质指示说："刘家院子前头的寺庙里多了一个人，这个人很可疑，你带便衣队赶快前往搜捕。"随后安排李正乾一同执行这个任务。

刘家梁的山上坡下，一条深沟的隔水两岸的羊肠小路上行人络绎不绝。他们带着一种虔诚的心情，轻步走到寺庙前叩头、上香、烧纸，有的是还愿，有的是祈福，有的是祷念，有的是卜卦，个个神安气定，都在默默之中表达自己的特殊心愿。寺庙里静悄悄地，云烟在霞光里袅袅升起，飘散在寺庙的上空，仿佛告诉人们天神和凡人应该一同愉悦、高兴、安定、富足。

就在人们沉浸在这盼祷的浓厚气氛中时，和尚突然发现从山下冲上来了一队人。完全不同于来进香的神态。他便大喊了一声："乡亲们，不管发生啥事，请不要动！"

和尚判断得没错，是汪洁泉带领的便衣队，把这座寺庙包围得风雨不透。汪洁泉举起手枪，凶神恶煞地逼近和尚："寺庙里还有一个人呢？赶快交出来！"

常言道：来者不善，善者不来。他们肯定是发现了，不然，怎么就这样肯定地抓何宗琦，人命关天，可得小心点！

和尚有些惊奇地说："嘿，我一个人，还能交出一个谁呀！"

"有人看见了，你不交，就把寺庙毁了！"

"整天在这里还愿的多了，他们上午下午静坐思痛，太阳落山了，他们就走了。"

"这两天，有一个人一直在这里。"

"是有一个人，他实现了他的诺言，就走了。"

"到哪里去了？"

"谁知道呢。我照顾神灵，至于凡人还愿我咋管得住呢！"

汪洁泉把枪一挥："给我搜！"

"你想咋搜就咋搜！反正我这儿没有生人。"

进香的人们惊呆了，有的悄悄地溜走了。

其实，就在和尚大喊的时候，何宗珩就觉得势头不对，这是再三给自己传递信号，敌人来搜查了，便趁机从后门走了出去，躲在后坡的山林里。他观察了这里的地形，对自己隐蔽不利，又走下坡想越过梁家嘴子进入另一座山大沟深的密林里。不料被便衣队士兵发现："队长，你看下头有一个人！"

汪洁泉贼眉鼠眼地朝着梁家嘴子一望，就是有一个高个头的人，抄小路，边采摘刺葛子，边若无其事地向前走着。他大喊大叫道："王班长，山林不搜了，给我回来，朝山下追！李班长，快点跟上，看他到底是谁！"

王富带士兵从山林里穿了出来，噼里啪啦地向山下扑去，把梁家嘴子团团围住。何宗珩深感已是进退两难，无法脱身了，于是拿了几朵刺葛子，镇定自若，大摇大摆地依然上路。

"站住！"王富厉声叫道。

"我走路，碍你们啥事？"何宗珩把刺葛子在空中摇了摇，仿佛在质问。

这时李正乾赶了过来，伸长臂往前一指，说："他他他就是何宗珩！"

汪洁泉闻声问："你是何宗珩吗？"

何宗珩怒声道："老子就是何宗珩，你有种把天戳一个窟窿！"他狠狠地把手中捏的一块石块扔了出去，砸在一名士兵的头上。

汪洁泉吼声道："把他给我抓起来！"

士兵蜂拥而上，把何宗珩五花大绑了起来。汪洁泉面目狰狞："把他押回镇公所！"

何宗珩被直接押进了审讯室，室内室外站满了戒备的士兵。

赵文质眼睛翻了翻，问："你是何宗珩？"

"老子正是何宗珩，王行的珩！"何宗珩愤愤地说。

"你是共产党吗？"

"我不知道共产党，我也不是共产党！"

"游击队是谁领导的？"

"我们自己领导自己！"

"有没有陕北来的人？"

"我们都是陕北的！"

"我问你，是不是有共产党从延安来当你们的头头？"

"你咋不开窍，刚才说了，我们自己领导自己，哪还有个头啊！要不，我们都是陕北来的头！"

"胡说八道些什么呀！你们抢枪做什么？"

"长我们的威风，找个出路！"

"是当土匪，还是当共匪？"

"啥都不当，撑个面子，光耀门庭！"

赵文质发怒了："简直是瞎扯，来人，把他拉出去，先关起来。"然后又对杜锡勋说，"也问不出个名堂，没有啥用处，干脆毙了！"

杜锡勋附和地说："我看也是，留下必定是个祸害，谁去执行呢？"

赵文质思考了一下，说："就交给恒口保安队，执行的地点就选定在鱼姐儿河。"

杜锡勋没有不同意见："抢保安队的枪，由保安队执行顺茬儿，在鱼姐儿河执行，可以警戒北山的百姓。总的来讲，要扩大震慑面，有利清剿行动。"

赵文质凶狠地说："一个远远不够，得多杀他一些，才能达到这个目的。"

杜锡勋极力助声："那是，那是，不相信他们的头颅就不怕吃枪子儿！"

第二天中午，何宗珩被枪杀于鱼姐儿河的岸边，血流掩地，染红了鱼姐儿河，染红了洒在沃土上的阳光，洗亮了广大百姓的目光。

第四十三章
袭击法场显神威

　　江中连一路撤退后，翻山越岭，也摸不准用了多长的时间，终于走到了五里的地界。就在短暂歇息之时，张家贵摸着头问："中连，我们就这样走，走到何时有个头呀！"

　　吕国藻接话说："走来走去，还在这个国民党统治区，摆脱不了危险。"

　　唐云贵不以为然地说："不是进山打游击吗，他们有枪，我们的子弹也是打人的！"

　　汪秀琛慢慢地说："都有理，眼下不知何万龙他们咋样了，我们也只剩下六个人了，要同敌人拼，人手太少了。"

　　江中连归纳了大家的话，认为都是从心底里掏出来的，为着我们的前途和出路考虑，没有不对之处。他慎重地说："目前我们的处境确实如此，虽然，我们有英勇之举，但众寡悬殊极大，很难战胜凶恶的敌人。我的意见，一定维持原来的决定，北上出山如何？"

　　对已陷入绝境的队员们来讲，再要出山北上，是众说纷纭，各抒己见，大多数信心不足，以家庭困难孝敬老人为由，不愿离开这个穷人饭拿命换的苦地方，想的是只要干，总有出头的那一天。

　　江中连琢磨来琢磨去，不能只靠一块云彩下雨，眼下只要达到保存自己这个目的就行。他认真地说："既然大家有这样的想法，我同意枪支自带，各自为战，分散撤离。有谁不走吗？"

　　"我不走。"彭甫仁坚定地回答。

　　江中连向东山一望，说："趁天还没亮，你们走吧！"

　　张家贵、吕国藻、唐云贵和汪秀琛心里挺难受，一个个站在江中连面前，说："我们的志向不会变的，会放开胆量走，不怕困难九十九。请你放心！"他们恋恋不舍地离开了。江中连在想着，世间的事情纷繁芜杂，能解释得清楚，但也不会说得那么透彻。虽然他们走了，自己觉得如释重负，轻松了一些，这也许是一种负责和至诚吧！

江中连带着彭甫仁刚刚下山，太阳出来了。他眺望远方，绚丽的阳光倾洒在宽阔狭长的五里川地里，映照着雄浑蜿蜒的南山和北山上。村庄、月河、杨树林、飞机场沐浴在金黄色霞光里，这是多么熟悉的地方啊！这里蕴涵着自己的希望，也蕴涵着继续向前走的坚定意志。

他俩飞快地穿过一片开阔地，钻进杨树林隐蔽起来，从树林的间隙中向四处观望，没发现什么异常的动静。

江中连低声说："去找王向义想办法。"

彭甫仁点头说："行，只有这样。"突然想起什么，犹疑地说，"这次没有行动，会不会……"

他还没说完，江中连接话了："没按时动作，可能有其他变故，他本人还靠得住的。当然，你的怀疑没错，应该警觉点，这样吧，去后，见机行事。"

心里焦急，总觉得脚步缓慢。其实，他们用了不长的时间就翻过了一座小山梁，到了王家村旁的桦树林，没有再往前走。

王向义就住在这个村子里，村子不大，只有四五户人家，处于偏僻之地，很安静。从川道上来这里的人有，但并不多，货郎来这儿买货的倒不少。

江中连前看后看通往王家村的小路上，没有行人，才起步，进了村子，来到王向义门前，指示彭甫仁在房侧等候，自己不声不响地先走进了门。

王向义一见江中连突然地到来，惊异了："咋能是你呀？"

江中连哄然大笑："咋不能是我呢！"

"哎呀，听传言，保安把你们打散了，何万龙也被枪杀了，我还操心你呢！"

"那是咋一回事？"

"详情不知道。"

"那夜你们没收缴三渡、秦长乡公所的枪？"

"没有，还有新建、洪宝也来了。"

"为啥？"

"有的内线换人了，有的内线外出了，有的内线未联系上，就无法行动。"

"你收到张碧佩送的信了吗？"

"收到了，我不是用暗语回了吗？"

"哦，看来你写的那几句话，我猜准了，后来你同洪宝联系了吗？"

"联系了，抢枪以后，敌人追查得很紧，他让我们隐蔽起来，不能盲动，选择时机待机而动。"

"还有啥消息吗？"

"说是秦巴虎豹队袭击了镇公所，敌人很恐慌，加强了戒备。"

"虎豹队在哪儿呢？"

"这个我不知道在啥地方，洪宝可能有联系，你们还有人呢？"

"都走散了，只有我同彭甫仁下山了。"

"人呢？"

"在外边。"

"咋不进来？"王向义边说边上前，一把将彭甫仁拉进屋，又说，"还要留一手，不相信我吗？"

江中连摇头说"不是不相信，在外边放个哨嘛！"

王向义笑了："那是的，就住在我这里，这儿不会惹眼。"

江中连答应说："行，住在你家，不过，还得要打一枪换一个地方。"

王向义不禁大声说："好嘛，这样安全些，你想咋样尽管讲，都由我来操办！"

江中连在细细的询问中，情绪逐渐地稳定了下来，当务之急必须考虑的是下一步怎么办。他吩咐王向义去借一套杀猪的工具和衣服，再去联系一辆货车，工具和衣服马上就要用，至于货车的运输听时间的通知。

那天，一个屠夫来到了李家村，站在村头同一个人叙叨着喊着谁家要宰猪，自称自己的手艺娴熟，让猪不难受，烫得适当，不带皮毛，大小肠子清理得干净，礼吊子的斤两听便，一刀即成，令你满意。

现在出现杀猪匠，倒令人觉得有些奇怪，但不完全是这样，有的农家就在这个时候，提前杀猪宰羊，早早为过年准备这上等食品了，这也就见怪不怪了。刚要出村的李洪宝，又发现这个屠夫说着，又不断地向李家院子张望，也就多了一个心眼，瞧这样子，是要找养猪的农家吧！他大踏步地走了过去，问："这匠人，手艺钱多少？"

"只要二斤礼吊子，不收钱！"

"有哪家吗？"

"没有，正在找。唵！"

李洪宝把头上戴的草帽往上拽了拽，说："那边杨家院子有一家要杀猪，你去问问。"

彭甫仁啊呀了一声，卸下草帽，说："洪宝，我正去找你！"

李洪宝惊讶地说："没看出来是你，还像那么个匠人，走，不收钱，也不给礼吊子，有啥到家讲。"

两个人呵呵地笑起来，彭甫仁用通条把放刀具的篓子撬起来，扛架在肩头，跟着李洪宝进了村子。

一直担忧江中连一队去向的李洪宝，听彭甫仁一说，卸下了难以去掉的沉重。很自然地心里有了一个谱，牺牲的志士们，血不会白流，活着的人们要踏着他们的血迹继续战斗。对于失败，决不能灰心，我们的人还在，相信总有重整旗鼓、东山再起的那一天。

彭甫仁实在感觉这些话鼓舞着自己，满怀信心朝前走，他说："中连，想见你。"

李洪宝，不假思索地说："我也要见他。你们住在哪里？"

"王向义的家。"

"那儿比较安全，他身份已暴露，更要提防点，甲长怎么样？"

"向义同甲长是老相识，还好。"

"尽管这样也不能在一个窝里待着。"

"对的，有隐蔽的安排。"

"你回去通知江中连，明天中午在三渡北山上的三官庙会面，让他装扮成算命先生。"

"我明白了。"

李洪宝把彭甫仁送出村头，看见前面路上走过几个人，便提高嗓门说着："现在时间有点早，待腊月廿六再来吧！"

彭甫仁把帽子一戴，说："知道了，我好提前确定时间，不然的话到时忙得来不了了。"

李洪宝挥着胳膊，说："就这么定，那天你准时来，我们会准备好木桶和汤水的。"

行路上的那几个人听了以后，大声地议论着："你看人家现在就开始张罗过年了。"

李洪宝回到家里不大一会儿，李贵乾搡开大门，急急火火地进来了："我已经摸清了何万龙他们被害的经过和原因。"

"怎么一回事，讲吧！"李洪玉急切地说。

李贵乾说："在鱼姐儿河同敌人交火后，由于敌我力量悬殊被打散，兵分两路撤离，何万龙一路安全转移到上店子，这时内部的人起歹心。"

"谁？"

"熊子林。"

"这人不是很积极吗，那次会不是他主动要求在他家开的吗？"

"可能会有所图吧！"

"真是天变一时，人变一刻，当时那般的热火劲头儿，像个人样，是有缘由吗？"

"这个不清楚，人心不同，各如其面嘛！"

"那倒是的，还是你刚讲的有所图吧！"

"图啥，图啥，我也难以断定。"

"好吧，我知道得比前时更详细了，咱俩就说到这儿，明天中午，咱们到三渡三官庙参加个党员小会，研究下一步行动计划时，再议这件事。"

李贵乾发现当自己讲到队员惨遭杀害时，李洪宝脸色铁青，拳头攥得紧紧的，不时张开嘴咬着牙，好像心中有一团怒火迸发出来，但他还是沉住了气，镇定地听完了自己所讲的那些话。他从中又在分析着发生的根由，提出的反问，倒令人深思，看样子，他又在冷静地思考着明天的会议怎么开，不管怎么样，应是如何应对危险处境，鼓舞士气的一个会议。

三官庙耸立在丛林茂密的山头上，正门前有一条小路通往山下，庙后有一条人们采药踏出来的险陡的毛毛路，平常是没人行走的。孙瞻山领着梁子云挎着采药篮子绕侧山而过，进了山后；江中连扮装从前进了庙，坐石台阶上，等卜卦人；李洪宝站在门口等了李贵乾好大一会儿，还没见人影，便正经八百地走进寺庙前的院子，一眼盯清了江中连，闪身挤进比肩接踵的人流中，一下子蹿到了江中连的面前。李洪宝说："先生，我抽个签。"

江中连眯眼笑了，双手握着签筒摇了几下，把签筒捧在江中连的前面没说话，依然微微笑着。

李洪宝伸手抽出了一支签，拿到眼前，喊道："上上签！"

江中连边接签边说："福运大至呀，"接着仔细一看，喊着，"是大吉呀，我给你念念。"

李洪宝点了点头，心想念吧，再念还是那根签。

江中连装着得意的样子说，"听好了"：

贺君一步好前程，

出入求谋事事成。

人似中秋月明朗，

财如杨柳如春荣。

李洪宝收起递过来的释义，给盒子里丢了一块大洋，低声说："后院东厢房第一间，门前挂着一串苦楝树籽。"

江中连点头说："请施主慢走！"

后院是禅师食宿和接待的地方，整洁安静，此地外人不得入内。

进入第一间房子的最后一个人便是江中连。他把卦牌一搁，说："让你们久等了。"

李洪宝说："刚到，李贵乾不知为啥没到，咱们都见过面不用介绍了。现在咱们开个党员碰头会，主要是相互报告抢枪后的情况，再就是分析第一路人员被害的缘由，还要对下一步应对局势做个计划。中连，你看呢？"

江中连说："你让甫仁带回的话，我知道了一些，就谈这三个方面。"

李洪宝对孙瞻山说："队长同志，你走的地方多，见识也广，干的事情对敌人给予了沉重的打击，这里的敌情我情，你都清楚了，有啥就直接提点见解吧！"

孙瞻山一笑说："没啥可补充的，我们回忆前面所做出的事情，是为了我们走好后边的路。"

大家经过仔细的交谈，对整个行动的过程梳理清楚了，也得出值得接受教训的地方。李洪宝的心绪特别沉重，讲道组织不严，联络受挫，使得三个队只有一个队行动，孤军作战，没有支撑配合的力量。要指出的是对内线人员掌握得不牢靠，及内线人员的人际关系底细也不完全清楚，导致重大的失误。比如，"当晚我到王彪店去找内线，谁也不知道到哪里去了，三渡乡警班长毛德才换了，因为没有规定备用内线人员，所以就无法同时行动。我们要丢掉这个沉重的负担，以轻快的脚步踏上新的征途。"沉郁的江中连脸色非常严肃，听见李洪宝这一说，却畅快地笑起来，坦诚地说，"恒口第一队虽然抢枪成功，但造成两人被杀、多人逃跑疏散的损失，责任不在何万龙，而应由我负责，因为是党组织派的共产党员。我太轻敌了，指挥不够果敢有力，到鱼姐儿河就觉得大功告成，未能不间断地前进，以摆脱敌人的可能性追击，因此遭到敌人的重重围攻，好在当时是夜间，突围时，我们并没有伤亡。刚提到熊子林，是他提供给李正乾子弹，而趁机枪杀了何万龙，打伤了何宗珩，这才明白了他为什么这样做，应该如实地分析。在鱼姐儿河张家院驻扎时，熊子林放哨，抢了在西安做丝绸生意的李兴旺四十块大洋。当时，我同何万龙商量，让他带熊子林去给李兴旺退钱，而且赔礼道歉。此前，我俩都严厉批评了熊子林严重违反游击队纪律，可能引起了他的不满，而起了歹毒之心。"李洪宝插话说，"听出现在的这档子事，我才清楚了，他当时为什么积极，原来参加这个队伍是为了捞百姓的钱财，动机不纯，大家都同意这样的结论。"今后的打算，李洪宝说，"同杨麟科交换过意见，鉴于目前的形势，在敌人疯狂抓捕的浪尖上，不能硬来，坚决执行省委关于"隐蔽精干，长期埋伏，积蓄力量，等待时机"的党的地下工作方针政策，避免再造成损失。关于建立凤凰山游击根据地已不具备条件，暂搁放一个时期，未暴露的人员坚持在区域的革命斗争，遭通缉追捕的党员和进步人士拟撤离转移为妥。还是毛泽东同志讲得那样，消灭敌人是为了保存自己，而保存自己是要更大限度地消灭敌人。张家贵、吕国藻一定要出去，不能待在本地了，走时要把唐云贵和汪秀琛一块儿带走，这请中连同志给予安排。孙瞻山同志，你们是在秦巴山，还是到哪里，请自己酌定。大家对这个时期的设想完全赞同，没有什么异议。"

会议快要结束了，李贵乾才急急忙忙地赶到，一进门气呼呼地痛喊道："不好了，家贵和国藻同志被捕了！"

江中连和孙瞻山一下站起来，两眼直瞪瞪地望着李贵乾。

李贵乾重复着："张家贵和吕国藻同志被捕了，唐云贵和汪秀琛同时被关了。"

李洪宝追问："啥时候？"

李贵乾平静了些讲道："早饭罢，我刚走出街口准备来开会，远远看见，自卫队和便衣队押着五六个人往镇里走，心里直犯嘀咕。于是，立马返回镇公所，观察这些人到底是谁，他们进到镇公所。被逮捕的是六个人，其他两人我不认识，都没有审讯，直接关进了镇公所的碉楼上。我这才离开，急急忙忙地赶到这里，来迟了！"

李洪宝说："不迟不迟，识时通变，掌握了事态，通报了情况，为我们改变某些计划提供了依据。现在燃眉之急，是想办法营救被捕的同志和朋友们。"

江中连说："我同意这个意见，应全力以赴解救被关押的同志们！"

孙瞻山果断地说："这不能犹豫，关系到同志们的生命安全，我们坚决配合完成营救任务。"

李洪宝说："是不是这样，先侦察镇公所周围的地形和警戒兵力的部署及每天提审的时间、走的路线、押解士兵的人数，等等。中连同志不宜抛头露面，便可帮助策划营救的办法。"

江中连有不同的想法:"让我离群索居,那不行啊!"

孙瞻山笑着说:"那怎么会呢,该你随行的时候就得随行,该你闭门不出时,你得守纪律!"

李洪宝说:"队长同志的话实在,这是为组织负责,为你个人负责,咱们都要守这规矩。就这样分工,李贵乾牵头,瞻山同志配合,做好营救的侦察准备。"

"在这关键的非常时期,责无旁贷!这位我见过,会协作好的。"孙瞻山说。

"哦,是在铁岭关。服从组织的安排,坚决承担,毫不推让。这地方虽然并不陌生,但只是个大概的印象,一定要把每家每户,每条大小街巷,每座房屋的房檐屋脊,每面墙的高低薄厚,都要了然于心。"李贵乾说得很真诚,言为心声,他真的要为营救同志去刻苦劳作。

李洪宝最后叮咛了一句:"要谨慎小心,及时通报情况,马上行动。"

孙瞻山一出后门,见梁子云提着一篮子草药,翻开一看,啊,采了这么多,仙茅、知母、虎卷、三蔓草、地榆、紫草、秦艽、薇草,等等。她高兴地说:"你可以当草药先生了。"

梁子云直摇手:"那不行,这不过扮啥像啥嘛!"

她俩说笑着,钻进被丛林遮蔽的下山小路上。

江中连走出前院大门一看,进香的人们陆陆续续地在散去,便把卦幡儿一卷,拉着彭甫仁边下山边叽里咕噜地不知说些什么。

李洪宝领着李贵乾一同道谢了法师,才泰然自若地离开了寺庙。

在恒口镇,对于李贵乾来讲,可以说是随心所欲,想到哪里就到哪里,所到之处没有任何人敢阻挡,这是由于他的身份所决定的。但是他要进入更上层,或者接近碉楼和审讯室,那还是要花大功夫。对孙瞻山而言却是瞠乎其后,只能远远地眺望那里,试图追寻意想不到的通道。现时还是做起草药、核桃或者鸡蛋的生意,自东到西,游街串户,确定隐藏路线,保证能进得来,又能出得去,这是最重要的选择。当然,她也想到,那一个小小镇王国,自己已经闯荡过一次。但是彼时此时大不一样,谈不上固若金汤,那也不是不堪一击,轻而易举地打开这个王国的大门,夺得一个胜利,这是不可能的。现在要做的就是为了万无一失,十拿九稳。

外出那么长时间的鲁宗圣回到了王彪店。不两天听得流言蜚语一大堆,说什么何继周又回来,又开始折腾;北山的土匪闹得很凶,乱抢乱杀;共产党把恒口镇保安队的枪抢得干干净净，把士兵打得皮开肉绽；恒口镇公所夜间遭到打击，伤亡了不少的人；两个姓何的不知为啥被敲（方言：打死、枪杀）在上店子河坝和鱼姐儿河，都没有人去收尸；专员一怒之下派重兵镇守恒口，搜寻抢枪人员和枪支；那些地下党都吓跑了，不知躲在哪里。这些传言的事实真相恐怕都不完全是这个样子吧。他赶紧到恒口打听虚实，李洪宝将军事支部近期的活动和目前敌情动态清清楚楚地告诉了鲁宗圣。他为之一惊，说："暴动，最终不敌对手，也是惊天动地的壮举！"停了一下又问，"其他同志安全吗？"

"都好，唯有江中连已经暴露了。"李贵乾说。

鲁宗圣说："我们王彪店支部咋协助营救工作呢？"

李洪宝说："已作安排，你可再联络一些同志有组织参与，加大营救力量。"

"多少人？"

"六名就够了。"

"啥时候？"

"备好枪支、弹药，待命。"

"我有一个想法，能不能把那些祸国殃民的狗日的整一顿？"

"可以，在整个营救过程中，选择时机狠狠地揍他们一下子。"

"同那些狗日的对阵，人手是不是少点？"

"以少胜多嘛，咱们还有秦巴山虎豹队的支援，以机动出重拳，可不能布阵交火。"

"啊，是不是劫持紫阳押钞车的那个秦巴虎豹队？"

"嗯！闯南走北，声东击西，把保安团那帮子打得晕头转向，搅和得危机四伏。咱们同虎豹队那次打过交道，这次在鱼姐儿河阻击赵文质领的追击队伍，又袭击了镇公所，真有飞檐走壁、蹿房越脊的那种不同一般人的功夫！"

"我知道，那枪法是百发百中，有他们参与，我们的力量就更强大了。"

李洪宝同鲁宗圣正说着，孙瞻山和李贵乾来了，这是李洪宝没有预料到的。还没经介绍，孙瞻山爽朗地说："那晚劫车见过，叫鲁宗圣，对吧！"

鲁宗圣感到惊讶，记性这么好，说："在铁岭关，什么也没要就走了。"

孙瞻山若有所思地说："我不是不要，一听你们讲劫钱买枪支，一定是想干大事，所以就分文不取，支持你们的行动，不自私吧！"

一句"不自私"的话，引得大家哈哈大笑。

李贵乾收起笑容，带着阴沉的脸色报告了侦察的结果。镇公所增加了五道哨位，前门三道，后门两道，增加了两个活动哨，碉楼下的单哨变成了复哨；大街小巷有巡逻哨兵，白天黑夜盘查进出的行人；镇外的交叉路全设了检查哨，凡是过路的全不会轻易地放过。鉴于这种情况，劫狱这一行动难实施。孙瞻山接着谈了这样一个设想，是她在侦察时发现所内西墙角有一棵大槐树，有一刚劲的树枝伸到碉楼上，提议爬树枝从房上进入院内，再接近碉楼，问题是怎么出去，这条路线无法选定。

经过一番讨论研究，同志们一致认为敌人是派重兵层层守护，戒备森严，不宜贸然行动，以免造成重大的伤亡。大家又分析，敌人凶狠残暴，什么毒辣手段都使得出来，得出两套方案：如果在恒口处置，那就在这里设法劫持；如果押送安康监狱，就在王彪店设伏，予以营救。

李洪宝认为这意见可行，说："现在要掌握赵文质的动向，再就是想办法秘密告诉张家贵，要他们知道组织在积极设法营救他们，应予以配合。这个任务只能落在贵乾的肩上了。"

"责无旁贷！"李贵乾脸上泛起刚毅的神色，重重地说了这四个字。

鲁宗圣觉得一个人力量太单薄，外围也应有人予以协助。他确认孙瞻山最为合适，说："队长同志，须得配合发挥各有所长的特点，共同商议，采取不同方法获取确凿的情报。"

李洪宝说："对对对，人多主意多，总能找到一个捕捉和传送消息的办法。瞻山同志，请吧！"

孙瞻山一摆头说："还用请吗，咱们都是为了一个共同的目标呀！"

这天下午，李贵乾提了两件衣服和炕炕馍来到碉楼下，对哨兵说："兄弟，有个叫张家贵的家里捎来几样东西，让我给送去。"

哨兵非常为难地说："李班长，那不行。"

"咋不行，你不相信我吗？"

"班长，县长和杜团长都反复交代了，他们同意的人才能进，连我们哨兵都不能上去，要探视需他们批准。"

"我把东西一放，就走行吧？"

"那你去找县长写条子，我就放行。"

这时，郑宗本挎着盒子枪走过来，问："李班长，你要做啥？"

"队副，张家贵家里捎些东西让我给送去。"

"你咋认识他们？"

"他是我的远房亲戚，行个方便嘛！"

"你也不要刁难哨兵了，连我上去提审都得县长和团长批准。要不你到检查室检查以后，他们会让押解士兵送上去，不然就给家带回去吧！我给你讲，眼下控制得十分严密，除了规定的几个人外，其他人一律不能接近，咱们干这行的都要理解，不要闹了个跳到染缸里一辈子洗不清，是吧！"

"队副，讲得对，就让他们转送吧！"

"这就对了，现在正在一个一个地审讯，也许审问结束就会回去了。"

夕阳快要进山了，天空灰蒙蒙的。李贵乾赶紧来到瑞瑞客栈，对孙瞻山讲，碉楼下限制得很紧，根本进不去。

孙瞻山深沉地思索着，地上进不去，那空中行不行呢！她问："碉楼上头有哨兵吗？"

李贵乾肯定地回答："没有，只有楼下设有两名固定哨和两名流动哨。"

孙瞻山攥着拳头说："晚上你给我和梁子云当哨兵，咱们来个出其不意，让敌人也难以置信。"

夜空黑茫茫的一片，房屋树林和街道浑然一体，什么也辨别不清楚。忽然间，天空刮起了风，浓密的树叶被吹得沙沙响，街道上的枯枝败叶被吹得沙沙地卷起，飞得老远老远。

孙瞻山对李贵乾说："你也是巡逻哨，照看周围。"说完，拉着梁子云走到围墙边，"你就在这儿等着。"一点脚站在了围墙上，又一跃身落在大槐树的树杈里，停了片刻，飞快地蹿上她多次看过的那根枝干上，一刹那间，趴在了碉楼的楼顶。风依然在不停地刮着，大槐树风中摇曳不止。哨兵们个个缩头缩脑，东张西望，眼前只听得满是枯叶在地上滚来飘去的声音。

孙瞻山蹑手蹑脚地来到方格挑窗前，暗淡的夜色中模糊地看见有一块糊的皮纹纸被风吹烂，还连着那一片纸在风中呼啦呼啦地摆动着。她嘴贴在破窗里，几乎是在喉咙里低语："张家贵，给你东西。"房子里头黑洞洞的，看不清有几个人，更看不清人的脸，有一个人过来接了东西和字条："太危险了，太危险了！快走！"

"组织正在设法营救你们。"

"我是张家贵，转告组织，难哪，闹得不好，一下子会赔了米又砸了锅，造成损失划不来，千万不可勉强。"张家贵把字条按在破窗上，说，"快走！"

孙瞻山看那片破纸又被风吹开了："多保重！"转过身走了几步，一点脚跳上房顶，顺着大槐树哧溜哧溜地滑到了地上。

嘿嘿嘿！梁子云拥扶着孙瞻山，朝着李贵乾模仿蛐蛐儿的叫声方向，消失在漆黑的夜里。

天刚亮，张家贵把吕国藻拉到跟前，展开字条一看：坚强、坚持、见机而作。

吕国藻直摆头："太冒险了。"

张家贵欣然地一笑："同志心里有同志嘛！"

"那是，尽管我们手无寸铁，也要来点硬火的。"吕国藻说。

"对了，镣铐，那酷刑，是在给俺们淬火哪！"张家贵又说，"把这意思悄悄地转给其他同志，是钢是铁，经得起在火炉里锤炼！"

早饭过后，赵文质通知郑宗本要审讯张家贵，并指示准备两块方形黑布。郑宗本接到指示，立即派陈茂庭负责押解任务，一到审讯室门口，有两个士兵用黑布蒙住张家贵的眼睛，把枪抵在他的脊背上，走进审讯室。

赵文质侧过脸，向杜锡勋说："开始吧！"

杜锡勋张着一副狰狞的面目，回应了一句："开始，你审问。"

赵文质板着脸，气势汹汹，眼睛直睖睖地瞪着张家贵，恶狠狠地问："你叫啥名字？"

张家贵昂头挺胸，表现出无所畏惧的样子："张家贵，你们不认识吧，蒙着我的脸，更不认识了。"

"少扯废话，家住哪里？"

"我的家嘛，我的家住在四才五里没庙。"

"什么？什么？"

旁边的郑宗本插话："这意思是没有家。"

"我们这号子人，哪里还有家！"

"家里还有啥人？"

"父母双亡，一人吃饱，全家不饿！"

"没有家吗？"

"筷子夹骨头，光棍儿！"

"靠啥养活自己？"

"以赌博为生。"

赵文质怒视着张家贵满不在乎的样子，发怒了："来人，给我打！"

两名士兵手持扁担一哄而上，把张家贵按倒在地，在他的脊背上噼里啪啦地打了一阵子。

杜锡勋狠狠地说："你想找死吧，咋不老老实实地回话！"

张家贵却是越遭到毒打，嘴越硬起来了："不过是豁出一百多斤罢了，要打就打，叫死就死，人就是这一个！"

赵文质哼了一声："想死还不是那么容易！"于是命令两士兵把张家贵拉起来，"要实诚地回话。谁叫你去抢枪？"

"江中连。"

"还有谁？"

"没人。"

"有没有外地的人来找你们？"

"没见过。"

"抢了枪去做什么？"

"朋友叫嘛，也就去了。"

"问你为啥要抢枪，图的是啥？"

"不知道，想必是有个枪，就可以找个出路。"

"啥出路，是组织游击队投共产党还是去当土匪？"

"不可预知，有句老话我相信：阴沟里的篾片总有翻身的一天。"

"这不是共产党的话吗？"

"你们看我像不像？"

"问你呢，别装腔作势！"

"我这个赌棍还能是共产党？笑话！"

"你知道谁是共党分子？"

"这谁还不清楚哇，《安康日报》不是登了一篇消息，陕北就有共产党，国共合作，共同抗日的嘛！你们没看见过这张报纸？"

"东拉西扯些什么呀！把他押回去！"赵文质气冲冲地喊着，没预料到未能审出所以然来，也只能看看不能从吕国藻的口里得到些结果。

吕国藻的眼睛同样蒙着一块黑布，被押进了审讯室，记录员将一份突审的记录递给了赵文质。他很快地扫一眼，来势凶猛地问："你是吕国藻！"

吕国藻站在那儿，稳若泰山，回答得非常简单："是！"

"你是要坦白交代，还是要隐瞒罪恶，要掂量个轻重。现在问你几个问题，必须照实回答。你是共党分子吗？"

"天哪，那还远着呢！"

"有人揭发你是为共党卖命。"

"谁这样瞎害人，就让他站到这里来当面对质。"

"不需要，只看你有没有改过自新的意愿，还想不想在人世上活？"

"既然如此，你们同样是合伙陷害安分守己的庄稼人！"

"你在胡扯什么，真不想活了！再问你，谁领头抢的枪？"

"江中连。"

"有别人吗？"

"没有。"

"他是不是共党分子？"

"他是或者不是，只有天老爷知道！"

"关帝庙会议有哪些人参加了？"

"关帝庙这个地方我知道，没有在那里开过什么会，不清楚。"

"恒口有个地下党组织，头头是谁，说！"

"到底是我糊涂了，还是问的人糊涂了，咋又冒出一个地下党组织？既然是地下，我这个地上的庄稼人咋会进去呢？"

赵文质一听这话，气得七窍生烟，怒不可遏。呼叫道："用钳子！"

四个士兵生拉硬拽，把吕国藻四肢捆绑在一条不宽不窄的长凳子上。两个士兵按吕国藻的身躯，两个士兵手拿虎口钳，分别死死夹住他的手指头。一瞬间，吕国藻的指尖流出鲜血，一滴一滴地落在地上。俗话说：十指连心，这是多么地疼痛啊！他把牙齿咬得咯嘣咯嘣直响，活不悖理，死不坠志，宁为玉碎，不为瓦全！这就是一名共产党员为民族求解放而表现的崇高气节。

杜锡勋一脸煞气："吕国藻，该讲了，不要不识时务！"

吕国藻脸上显出不屑的神情，说："我们庄稼人就得懂节气，违背时令，颗粒无收。我们熟悉的是耕耘播种，盼望的是有一个好收成！其他一概不晓得！"

赵文质恼怒了："不晓得，不晓得，能去抢枪！我看你也是活得不耐烦了！"

吕国藻神色镇定，说："是去了，有一支枪方便多了，可以保秋护粮呀！我刚才讲过，我是庄稼人，庄稼人是在石街上跑马，一蹄一个火星，对年景的收成，决不会图谋不轨！"

说实在的，赵文质和杜锡勋对这番话，不知道是在讲什么，陷入云山雾罩之中，稀里糊涂，摸不着头脑。

杜锡勋摆了摆手："没指望了。"

赵文质站起来，声嘶力竭地喊道："把吕国藻押下去，严加侍候！"

对唐云贵和汪秀琛的审讯更简单了，赵文质一挥手，士兵们领会了意思，抡起木棍劈头盖脸地痛打了一顿。

"你叫啥？"

"唐光蛋。"

"不是唐云贵吗？"

"穷苦人，不是穷光蛋嘛！"

"你呢？"

"汪元头。"

"怎么是元头，叫汪秀琛吗？"

"你们看我这脑壳与众不同样，是第一个，他们通常都叫我汪光头，别人问我名字，习惯了回答汪元头。"

"你们不要生拉硬扯、牵强附会地回答提问，听好了，你们为啥被关起来了？"

"胡作非为，欺压百姓嘛！"唐云贵怒目而视地说。

赵文质眉毛一横："再给我打，嘴再硬就再打！"

士兵们闻声而上，抡起木棍打在唐云贵的臀位上，木棍打断了，又拿过一条扁担，扁杆断了，士兵们累得满脸流汗哼哧哼哧地喘着气，坐在了凳子上。

唐云贵无动于衷，满不在乎，睁开眼冷笑着，穷有穷气，杰有杰气，你们把我奈何！你们这些亡国奴，恐怕是秋后的蚂蚱，没几天蹦跶头了，所以才这样疯狂残酷！

赵文质呵斥道："你们抢枪图个啥？是组织游击队去参加八路军吗？"

这话问到了实在地方，自接到组织的简短通知后，他们就悄悄地商量过，一口咬定就是进山打猎，保秋护田。汪秀琛想到了这些便装模作样，矢口否认道："县长，你问得太悬乎了，我们哪能有这种好事，你没见现在，山腰上川道里的苞谷，让成群结队的野猪拱得七零八落。政府不管，我们自己想办法管，只能抢枪上山打野猪，保护庄稼不受侵害，多收些粮食。这是野猪把我们逼得没办法的办法了，总不能拿上木棍去赶野猪，那恐怕有多少生命都得搭上了。"

杜锡勋训斥道："人家问城门楼子，你说山里猴子，牛头不对马嘴。你在胡捣个啥，还想不想活！"

汪秀琛头一扬，说："这完全是实话，又是实情，不信嘛，就派人去看看！想活，你们这些人都想活，我咋不想活？"

赵文质不耐烦了："东扯葫芦西扯瓢，谁有工夫闲扯，真是不见棺材不落泪，不到西天不识佛，来人哪，让罪犯坐坐老虎凳！"

几个士兵冲进了门，赵文质和杜锡勋便立即退出了审讯室，回到清剿指挥部办公室。赵文质说："看来从他们嘴里撬不出什么名目！就到这儿算了吧！"

杜锡勋说："是这样，处置得越快越好，防止横生枝节。"

赵文质边点头边提起话筒："接杭专员！"

"请讲话。"接线员声音轻柔地说。

"杭专员，我是赵文质呀！"

"哦，赵县长，他们招了吗？"

"招是招了，一口咬定抢枪是为了上山打野猪，护庄稼。"

"不要相信那一套，他们在强词夺理，编造谎言，不会认输的，只要承认抢枪就可以定罪。是不是共党分子？"

"狡赖不认。"

"认也好，不认也罢，这完全就是共党分子的行为，无可置疑。"

"那是那是。"

"何继周到底派没派人到安康搞策划活动？"

"审问了，没这个口供。"

"不管审没审出来，不必要了，重点是这次抢枪。"

"明白，要不要押解安康再审？"

"不用那么麻烦，按清剿会议的决定，就地枪决，以根除后患！"

"先报文吗？"

"边报边执行，报文不重要，重要的是执行要从速从快，还有什么？"

"没有了，坚决按专员的指示，快速动作，决不延误。"赵文质放下话筒，对杜锡勋说，"专员讲，越快越好，咱们明天就执行吧！"

杜锡勋完全同意："明天就明天。"

赵文质说："对，明天是农历九月二十六，正值恒口逢场，赶集的百姓较多。"

杜锡勋说："那好哇，杀鸡儆猴嘛，咱团参加执行吧！"

赵文质考虑了一会儿，说："那是免不了的，这样吧，刑场确定在下街的河坝里，刑场执行手由汪洁泉的便衣队选八名士兵担任。自卫队随同你们团的一个连负责刑场周围的警戒，两个排布置街道上的持枪巡逻，一个排留守镇公所，以防劫持的可能性。因为那些共党的死硬分子隐藏得很深，难以预测从哪一个角落里冒出来，同我们作对，这样的部署，使他们不能得逞。你说呢，团长？"

杜锡勋哈哈一笑，说："你安排得非常周密，绝对有把握，不会出娄子的。"

赵文质又说："万一有不怕死的冲击刑场，或在赴刑的街道中捣乱、顶撞的现象，当场抓起来，若是企图明显的格杀勿论，决不能手软。杜团长，请将这个意见告诉给全体执行任务的官兵，一定要坚决执行。"

杜锡勋说："县长，这没有问题，保证安全。"

天快黑时，李贵乾得知这令人沉痛的消息，一口气蹿到潜伏在东关的李洪宝那里，正巧遇鲁宗圣、江中连和孙瞻山在商量如何对待当前的局面。大家听得敌人要施行残忍的手段，从吃惊中马上镇静下来，根据李贵乾报告的兵力部署，营救工作根本无法实现。

火性子的鲁宗圣叫了起来："救不了同志们，撂倒他几个狗日的一命抵一命！"

孙瞻山沉稳地说："敌我力量悬殊，营救困难，来一个大部袭扰和局部打击是可能的，绝不能让敌人轻而易举地施展他们的残暴。"

江中连想了半天说："我同意这个意见，贵乾，你对恒口下街周围熟悉不？"

这地方平常就在李贵乾的掌控之中，很有把握地说："非常了解，拐弯抹角、瓦房窝棚、土包林子都清楚。"

江中连又问："那些房屋与河坝中心有多远？"

李贵乾说："三十多丈，不到四十丈。"

江中连异乎寻常地讲道："步枪的有效射程约四百米，现在估摸的那个距离，完全在射杀的距离之内。"于是，提出个人的建议，"在河坝以此沿线的窝棚里、树林间、土包后设置隐蔽的射击点，在月河以南岸上的丛林中设伏我们的人，予以支援和钳制敌人，来一个南北夹击，狠狠地打击。如果劫持法场受阻，就快打速撤，摆脱敌人的追击。彭甫仁准备的汽车用上了，停放在东街口外的公路拐弯处，接迎同志们向安康方向撤退。"他最后说，"我就讲这些看行不行？"

"计划周全，我同意。"孙瞻山说。

"好，打他个王八吃西瓜，滚的滚，爬的爬，看他们狗日的还嚣张不嚣张！"鲁宗圣擦拳捋袖地说。

李贵乾焦急说："我立马去侦察设伏点。"

李洪宝说："我们从实事求是出发，就按中连讲的办，任务分配是这样的，宗圣同志到南岸设伏，听到我发的结束的信号弹，向西方的汉阴方向隐蔽撤退，其他同志在北岸设伏，撤离路线乘车向东。贵乾负责地形考察确定设伏位置。宗圣你那里有几个人？"

"六个人。"鲁宗圣回答，又补充说，"瞻山在北边妥当，她们的枪法准。"

"瞻山同志呢？"

"四个人。"孙瞻山说。

李洪宝掰起指头一算，六个加四个十个，中连那里六个，再加上贵乾我们四个共二十个人。他蛮有信心地说："我带人同孙队长在北岸担任劫持法场和打阻击任务。我们二十号子人，力量不小，要让敌人尝尝我们的厉害，使他们明白我们共产党人不是好惹的，更不是好欺负的！大家没有其他意见就散会，马上去准备，明天早晨天亮以前，全部到达指定地点。都要注意安全呵！"

孙瞻山一夜都没睡好觉，这次出其不意的劫持打击任务的重担几乎全部是交给了咱们虎豹队，要为同志们报仇，就得多消灭几个敌人，以解新仇旧恨。鸡叫三遍时，她带着于方为一组，指示梁子云领着曹立毅为一组，神不知鬼不觉地钻进了一座摇摇欲坠的瓦房和一间破烂不堪的窝棚里。夜黢黑黢黑，孙瞻山凭感觉，有几个模糊不清的人影向树林中移动，那一定是李洪宝和江中连他们吧！

天亮了。孙瞻山透过破窗子向着东南天空一望，乌云密布，天色阴郁。有谚语说，早看东南，晚看西北。啊，老天爷有眼，要落泪了，这是帮咱们哪！

不多时，有三名士兵走进了河坝，大声吆喝着将几名在河里摸鱼的百姓轰走了。紧接着，一队一队荷枪实弹的士兵跑进河坝，把四周围个水泄不通。孙瞻山看见李洪宝的信号，劫持法场不可能了，只能待机打击敌人。李洪宝远远地看见，最后一列队伍气势汹汹地押解着张家贵、吕国藻、唐云贵和汪秀琛向刑场走去。他们个个昂首挺胸，临危不惧，听得远处传来怒吼声："我是唐云贵唐光蛋，人到穷时想卖天，为的是咱们穷苦人不再活得熬煎，你们别张狂，这个天快亮了，你们也快完蛋了！"

一名士兵制止道："住嘴，再喊立即处死你。"接着一枪托揍在唐云贵的脊背上。

唐云贵回头狠狠地瞪了一眼："你以为这一枪托就把我们的骨气打没了吗？哈哈，打得更灵性、更硬朗了，咱们的老坟地里不长弯腰的树！你打吧，现在死和等一会儿死都是死，怕啥呢！老子再过二十年，那又是硬刚刚的大小伙子。"

"狂风不尽日，暴雨不终朝，光明就要到来了！"李洪宝听出来了，这是张家贵的高喊声，对我们的未来充满着希望。

吕国藻呼喊道："乡亲们，我们是在有天没日头的黑暗中受磨难，这种困苦的日子即将过去，美好的生活为期不远了，阴云过去了，太阳就出来了！"

"有上不去的天，没有过不去的关。穷人们，穷人一条心，黄土变成金，穷人们团结起来，跟着共产党闹革命，顶出一轮亮堂堂的太阳来！"一名士兵把刺刀指向汪秀琛的鼻子尖，叫道："死到临头，胡咧咧个啥！你是共产党？"

汪秀琛睥睨了那士兵一眼："可惜还不是！"

"那还乱喊！"

"真理，是真理，比生命更重要！"汪秀琛自信高傲地说。

赴刑途中，一路的呼喊，一路的痛骂，一路的无畏，一路的激昂，使得敌人畏首畏尾，束手无策。赵文质和杜锡勋一到执行现场，也是疑虑重重，瞻前顾后，埋怨天不作美，快要下雨了。赵文质环视河坝四周，也就满不在乎了，这周密的兵力部署，简直是天罗地网，铜墙铁壁，谁也进不来逃不出。他想的是抓紧执行，提前了结，便向杜锡勋打了个招呼，立即走到执行指挥位置，还未站稳脚跟，突然间在南北方向响起了啪啪的枪声，然后一排排的士兵倒在了沙滩上。赵文质歇斯底里大发作："汪洁泉，马上执行，赶快打。"

"中国共产党万岁！"一声暴烈的呼喊穿过云雾，扶摇高空。

杜锡勋听见无数发子弹从头顶上呼啸而过，连忙斜着身躯喊道："石磊带自卫队，李正乾带着保安队分头向南岸和街道口搜查！"话音还未落，子弹落在脚下，把泥沙打得噗噗地飞了起来。他转过身拉了赵文质一把："县长，撤！"当他俩走出河坝边时，又发现几名士兵扑通扑通地滚在沙丘的窝窝里，喊道："卧倒，隐蔽！"

已经处在蒙头转向之中的赵文质，问："是不是要赶快追啊！"

杜锡勋说："我们的部队配合石磊和李正乾已经沿南北方向去了。"

这时间，一群一群的保安兵嗷嗷地向恒口下街猛扑而去。

这时间，天空落下了稀稀拉拉的雨星儿，云雾像帽子一样罩在山岭上，难怪有农谚说，高山戴帽，河里泛泡。

这时间，一颗曳光弹划过阴暗潮湿的云空。李洪宝、孙瞻山和鲁宗圣他们立即清理现场，迅速地按确定的路线撤离。

赵文质惊奇地问："谁放的曳光弹？"

杜锡勋猜测地说："这不是那么简单，一定是共党分子劫持法场未遂，对我们报复后撤走了，这是联络的信号，看来人手不少。"

赵文质苦闷地说:"肯定是,不然咋能丢掉那么多士兵的性命。"

杜锡勋咬牙切齿地说:"决不能轻饶了这帮子共匪!"

赵文质又喊道:"汪洁泉,你带便衣队方便些,赶紧上去严加清查!"

正在中街巡逻的李贵乾一见信号向北飞去,便穿过一条小巷子,啪啪地放了两枪,有两名队员紧跟其身后:"班长,咋啦?"

李贵乾指着巷口喊着:"有一个人从这里跑了,快追!"

两名队员拔腿跑了过去,确实有一个人飞快地拐进了另一条巷子,没了人影,返回来说:"班长,没追上。"

李贵乾问:"朝哪一个方向?"

"向北!向北!"

"那肯定是钻到山里去了,还到中街,这里得严密警戒!"

这时只见郑宗本慌慌张张地跑到中街问:"李班长,刚才这里有枪声?"

李贵乾说:"是,我见一个人很怀疑,准备去问个究竟,那个人拔腿就跑。我打了两枪没打上,两个队员去追没追上,只好回来了。"

郑宗本追问:"朝哪跑了?"

李贵乾朝镇北的公路上一指:"越过了道路,向北向北!"

郑宗本说:"严查过往行人,当心孙猴子钻到铁扇公主肚里,折腾得不安宁!"

李贵乾暗想,即就是孙悟空站到你的面前,你也难以认识他,况且,那些孙悟空恐怕已经乘车飞到了三渡。李贵乾说:"是的,查个水落石出。"

郑宗本连忙将这情况向赵文质作了报告,赵文质问:"一个人吗?"

"一个人。"

"一个人能闹出这么大一个摊子,我们伤亡了那么多士兵,绝对不是一个人,千万不能真的没抓到,却怀疑起假的了,这样会迷住自己的眼睛。再说,那个人跑了就跑了,一人能打几颗钉,翻不起大浪,眼下要找到那些隔河两岸埋伏劫持法场的人。"

"县长,明白了,我们配合保安团予以彻底清查。"

杜锡勋说:"你们是本地人,应该对本地的情况了然于心。你们要到哪里,指令我的士兵跟到哪里,一起实施搜捕任务,这样势必稳妥一些!"

赵文质眼睛一睁,说:"团长,讲得对,你们抓紧些,赶快去,不要延误时间!团长,对吧!"

杜锡勋说:"对,我立即把部队重新调整一下,配合行动!"

石磊到河边一探测，水深无法蹚过河，只得返回。这时，他才发现眼前尸横遍野，血染黄沙，不禁打了个冷战，赶紧到街口向赵文质报告说："县长，没渡船过不去，盯了好半天，对岸没有啥动静，现在赶快把阵亡的弟兄们安顿了！"

　　杜锡勋十分明白，眼见倒下的几乎都是警戒的士兵，是自己手下的兵，直摆手："赶快去，赶快去，选一好坟地，暂厝。"

　　李正乾带着队伍一进下街，就把大街小巷封锁起来，人只能进不能出，挨门逐户，坑坑垲垲到处搜遍了，都没有发现一点可疑的影子和踪迹，连一颗子弹壳都没有拾到。他哭丧着脸，不知道在问天还是在问地："这究竟是哪么一回事？从哪里冒出来的？咋能跑得那么快？跑到哪里去了呢？"

　　被驱赶的人们，依然冒着细雨站在街上，面对敌人的凶残，个个切齿腐心，怒不可遏。

　　天空越来越昏暗，雨滴越来越密集。

　　汪洁泉带领的便衣队进到中街时，碰见李正乾问："队副，搜到了没有？"

　　李正乾摆手说："连一个鬼毛都没见到。"

　　汪洁泉说："这帮子就是鬼，真是神出鬼没，无法招架，他们现在究竟钻到哪里去了呢？"

　　李正乾说："还是继续搜，搜到了才算，谁知道钻到哪里了！"

第四十四章

夜袭敌军运输队

风停雨住，云开雾散，一缕一缕湿润的阳光洒在潮湿的田野上。一辆飞驰的卡车突然减速了，吱的一声停在了进机场的路口旁边。从车上下来几个人，脚步稳健，不慌不忙地走进了山脚下的一座村庄里。这辆车没有返回恒口，立即开足马力，向安康城疾驰而去。

鲁宗圣向孙瞻山和江中连打个招呼便要回家。江中连说："对，先回去，有事再联系。我去王向义那里。"

孙瞻山说："我还是到刘家院潜伏。咱们当前咋办，是燃眉之急，得共同商定。"

江中连点头说："是的，咱们都做一番考虑。"

孙瞻山一进刘家院子精神才放松了一些，当着大家的面唉了一声："没想到是这么个结局！"

梁子云领会了这话的含义，说："凭我们这十几号子不到二十个人，那实在是无法进入法场啊！"

孙瞻山哀伤地说："这当然不能造成更大的损失，我们的同志牺牲了，哪能不痛心。不过，我告诉你们，他们那种无所畏惧、慷慨赴义的革命精神，给我们正在战斗的同志们和志士们树立了一个标杆！"

大家齐声说："继承壮志，脚踩血迹，抛头颅洒热血，为我们的革命事业而奋斗到底！"

孙瞻山回到房间怎么也安静不下来，实在有些忍不住了，便走出房东家的后院子。一望天空，阳光灿烂耀眼，忽然觉得开朗了许多，不由得想到了上午的行动，从营救上是失利了，但从全局上是取胜了，减少了同志们更大的牺牲，保存了革命的有生力量，以待时机嘛！下一步路咋走？虎豹队秘密活动了这么多年，打击了敌人的气焰，也锻炼了队员，个个生龙活虎，英勇善战。现在形势大变了，就这样吗！不不不，不能再这样乱撞了，不是长久之计。她微微地笑着，从衣兜里掏出红五星，捧在眼前又抬头遥望北方。脑海里显现出贺龙的身影，仿佛听到贺龙的声音又在耳边荡漾：长大了去当红军！现在不是已经长大了？应该去参加八路军，抗击日本鬼子。她想着想着，一个志向渐渐地膨胀起来，一个梦想悠悠地升腾起来，她仿佛身临其境，跟随威武雄壮的八路军队伍，以排山倒海、摧枯拉朽之势同日本侵略者英勇作战。

不知什么时候，梁子云她们已经围在孙瞻山的身边，都发现孙瞻山兴奋的表情掩盖了她那镇静的眼神。

"姐，你想啥呢，这么高兴？"梁子云问。

孙瞻山将五星一举，说："今后的路咋个走哇，我们这几个人这样游击来游击去，成不了气候，得找大队伍壮神威！"

曹立毅听过这红五星的来历，也是这红五星给了自己力量，指引自己走上了扶持正义、拔刀相助、解救百姓苦难的这条道路。当然，瞻山姐想得更遥远更宏伟，具有气吞山河的气概和高屋建瓴的远略，跟着共产党打江山，建立一个民主、自由、公平、幸福的新中国！她想到这里，说："对，走出秦巴山，寻找大部队，反击国民党的挑衅，抗击日本帝国主义的侵略。姐，你走到哪里，我们就跟到哪里。这话自从你救我那时就向你发誓过，决不食言！"

大家带着企盼的眼神望着孙瞻山，异口同声地说："我们心中也有红五星，跟着共产党，勇往直前，战斗到底！"

孙瞻山深情地望着大家，拊掌一笑："好哇，咱们都想到一个点上了。不过，先要保密，我们需要商量，然后确定如何走法。"

第二天中午，孙瞻山接到彭甫仁的通知，然后乔装打扮了一番，按时到五里一家饭馆的楼上，一看江中连、李洪宝、鲁宗圣、李贵乾已经在这里坐定了。

李洪宝指着空椅子说："队长，快坐这里，给你留的。"

孙瞻山抿着嘴唇说："不好意思，来迟了！"

江中连笑着说："只是一步之差，我们也刚上这个楼。"

李洪宝说："咱们开个紧急会议，由贵乾同志通报刚获得的一个军事情报。"

李贵乾接着讲道，专署指令"清剿"的两个保安团连队，于明日晚七时，乘四辆卡车准时撤离；便衣队和自卫队各暂留一个班，其他随同队伍归队。为啥在天黑后撤离，从李正乾那里得到的理由是，尽量不显露行动的目标，给老百姓形成一个错觉，"清剿"的部队还未走，威慑犹在。大致就是这些情况。

孙瞻山心想又有一个机会了，说："设伏，打他个人仰马翻，有来无回！"

"我同意队长的意见，虽然人少，打个伏击还是有把握的。"江中连说。

李洪宝说："还是那么多人参加，行吗？"

大家一个声音说行，那时或许有更多的人呢！

李洪宝思索着说："在啥地方设伏有利于发挥我们的优势？"

江中连望着鲁宗圣说："你是这里土生土长的人，对公路两旁的地形一定熟悉，你还当过保安团的连长，以军事的眼光看放在啥地方最有利于我们设伏，又有利于打击敌人？"

鲁宗圣眯着眼睛，能占据高处隐蔽的地方，还能纵观公路上的目标，公路的路面最好是缓坡形最佳。他确定地说："张店子两边的山林下最合适，接壤的还有一陡悬崖。"

大家对这个地方有所了解，没有不同的意见。只不过对伏击这样一个车队，又提出了不少的建议。

孙瞻山说："伏击车队没打过，我想该是掐头截尾斩腰。这样就有一个伏击点的设置及人员编组的安排，达到以少胜多，最大限度地消灭敌人。"

江中连说："我有点想法，凭队长们的枪法，可分三个组，我们的队员分别配属于你们执行任务。伏击的指挥由孙瞻山同志担任，洪宝、宗圣和我分别任三个组的组长。"

李洪宝、鲁宗圣、李贵乾拍着手说："秦巴虎豹队打伏击有经验，就这样定了！"

孙瞻山一再推辞，指挥应另选他人来担当，但大家坚持不肯改变。她从心里完全接受了同志们的意愿，绝不辜负同志们对自己的信任。孙瞻山带着商量的口气说："如果在这段公路上设置一些障碍，那就更好了。放些啥东西可以把车挡住？"

江中连胸有成竹地说："队长提得对，应该这样。我们在山西伏击日本鬼子车队，是把地雷埋在公路上，咱们这儿没有这个东西，咋办呢！哎，我倒有个办法，咱们这里不是有棺材钉子？把它钉在厚方木上，浅埋在路面里。每根方木都系着一条长绳子，车辆一进伏击区域，将绳子一拉，钉在方木上的钉子就一同竖起来了，车轮子一压上，会扑哧扑哧地跑气了。"

同志们一听，拍手叫好，这个主意真是精明，没在前线打过日本鬼子，是不会想出这一招的。

李洪宝收住笑声："这由宗圣负责，中连同志现场策划。"

孙瞻山严肃地说："下去以后，检查武器，配足弹药，制造障碍物，明晚六点到达伏击的指定位置。哎，有没有手榴弹？"

"有。每人可配两枚。"李洪宝说。

江中连忙纠正地说："当过兵的每人配发两枚，其他人不会使用就算了。队长，你们呢？"

孙瞻山说："放心，不在话下，咱们这次是小舢板去撞大船，同志们都得灵活小心点！我还有一句话要提一下，伏击结束了，我们怎么办？"

江中连说："我也一直在考虑这事，在这里难以立足，还是北上出山妥当些。"

李洪宝说："这样吧，一定执行省委'隐蔽精干'的方针，身份已暴露的抓紧撤离，像宗圣、贵乾我们这些同志，敌人还未发现底细，继续坚持就地斗争。中连同志已被敌人发出通缉令，一定要走的。"

孙瞻山说："我们虎豹队的行踪虽然隐秘，但是敌人已经派重兵，花大气力，又通过乡、保、甲渠道，撒网式地搜查，终归会被发现。为保存这一支小小的战斗队的实力，我们决定，通过联系西安地下党，准备去陕北。"

江中连说："哎，咱们方向一致，可以一路同行。咋样？"

孙瞻山说："恐怕人多了，目标也就大了，会引起敌人的怀疑，有危险。"

江中连扬起头说："嗨，有的是办法，怕啥！"

孙瞻山说："我相信好汉面前无难事，艰难险阻算什么！这行程不排除有一种冒险，我想的是，既要勇敢果决，又要心细如发，这样会顺利到达目的地。"

同志们一致同意孙瞻山的想法，也非常赞成保存力量的计划和实施过程中的具体安排，对未来的斗争充满了信心。

李洪宝说："这样的行动，组织上不再开会研究，伏击结束后，望同志们尽心行事！"

孙瞻山说："一定的。中连同志，你让彭甫仁帮忙借条小船，停在七里沟的汉江边。伏击后，我得立马进城。"

江中连满口答应："这没啥难的，他的亲戚就是一个驾船的！"

孙瞻山望了李洪宝和鲁宗圣一眼，他俩示意再没有啥要说的了。她命令道："好了，同志们分头做战斗的准备！"

同志们个个摩拳擦掌，跃跃欲试，心情激动地走下了楼，都想立刻去多打几个敌人，为牺牲的同志报仇，这是最真诚的悼念！

夕曛绚丽，辉映着大地。鲁宗圣带着三十几名老百姓来到张店子以北的山梁上，眺望公路，没有车辆通过，只有几个挑担子的人披着残辉，跨过公路走进了路南的村子。他拉了一下江中连的胳膊说："走，开始吧！"

江中连一摆头望着安康方向和恒口方向，未听见有车辆的响动，放心地说："听我的，先去六个人，跟上去画线，其他人后边再来。"说着便向公路边跑去，站定一测，按车辆行进间的距离丢下小石头，其他人拿着黑木炭从小石头开始在公路面上画了道横线，这线又分为单线和双线。他又给鲁宗圣讲，单线小渠道，是埋铁钉的，那双线是挖深沟的，挖好后再放一些稻草掩盖起来。

鲁宗圣点头说："我明白了。让其他人来吧？"

江中连向东向西望了一下，说："上，你给他们讲清楚，抓紧点！"

鲁宗圣打个口哨，留在山梁上的那些人，扛着镢头、持着钢钎、拎着铁锤、背着稻草、抬着方木，如飞箭似的来到公路边。按照鲁宗圣的指导，开始了紧张的作业。说时迟，动时快，不大一会工夫，就完成了障碍设置的任务。江中连不停地在二百米的路线上检查，觉得非常满意，向鲁宗圣喊："撤！"大家又听见了一声口哨声，迅速地离开了公路，钻进了黑黝黝的山林里。

李洪宝一见江中连、鲁宗圣说："好了，这么快！"

鲁宗圣微笑着说："俗言道，兵多好打仗，人多好做活嘛！"

江中连嘿嘿一笑："就是嘛，人多力量大，蚂蚁能把大山挪。布置好了？"

李洪宝从容地说："万事俱备，只差一宗，那就听车子响。"

这时孙瞻山走过来了，告诉说："我们的队员设伏在悬崖以西的一线，这一线设置六个火力点。整个车队进入正面时再开火，听从鸣枪命令，你们赶快回到各设伏组！"

天渐渐地黑定了。一道一道汽车的灯光划破了夜空，一闪一闪地越来越近了。

孙瞻山传话说："做好战斗准备！"

"往下传，做好战斗准备！"

"往下传，目标进入了视线！"

"往下传，目标已进入伏击区！"

"往下传，车队即将驶入伏击正面区域！"

孙瞻山全神贯注地盯着中间的那一辆车，这辆车越来越近了，已经驶到了眼前。

只见前面一辆车嘎的一声停住了，已来不及而掉在了坑里，后面一辆车扎在钉子上放气了，五辆车全部停住了。梁良下车叫道！"赶快下车！"孙瞻山心想，这才到了火候，沉着地举枪射击，喊道："狠狠地打！"一霎间，一排一排子弹落在了车厢和车头上，飞溅的火花闪亮了黑夜，同时连续不断地发出嘣嘣嘣的响声。密集的枪声中，一个一个士兵滚落在地上，再没有爬起来。梁良见势不妙，便指挥士兵躲在汽车的背面，选择还击的机会和出击的地形。

孙瞻山知道，这时剩余的子弹不会有多少了，传话说，间隔五秒射击！

梁良听得山林里的火力减弱了，只是间断地进行射击，该是时候了。他提枪喊道："三连占领隐蔽位置，予以还击掩护，一连跟我上！"

三连的士兵有气无力地爬向公路旁，以塄坎为掩体，稀稀拉拉地放了一阵子枪，也不知这些子弹射向了什么地方。

梁良带着惊恐和嘶哑的声音叫道："给我冲啊，有大洋奖赏！"

没有剩下多少的一连士兵，遭到突袭被吓得胆战心惊，端着的枪在手中直抖动，磨磨蹭蹭地向前移动。

孙瞻山命令道："停止射击，准备手榴弹！"

梁良喊的是冲，实际上他的步子也很慢，而且不断地拐弯朝前走。

孙瞻山看得非常清楚，差不多已经到了二十米的地方，她首先拉开了一颗手榴弹朝坡下扔了出去，同时喊道："扔手榴弹！"真是落地有声，一颗一颗的手榴弹在空中飞旋落地，在敌群中接二连三地响起了轰轰轰的爆炸声。这声音惊天动地，震撼了人心，数以万计的百姓打开大门，遥望夜间天空燃烧的火光，好奇中，又有些惊讶，这是谁同谁在打仗呢！

梁良满脸都是泥土，睁开眼一看，弟兄们倒下不少，爬起来喊着："撤！"在稀疏的枪声中，他猫着腰跨过一具一具尸体，又返回到公路一侧的坑洼里。

孙瞻山清晰地听见撤回的叫声，又仔细地观察着这一行迹，断定敌人会不甘心失败，兴许会再组织一次冲锋。正想着，李洪宝、鲁宗圣和江中连都过来了，说，每人还有五发子弹，手榴弹只剩下三颗。咱们已经达到了目的，该立即撤退。孙瞻山考虑到，敌人至少还有一百人，装备精良，能打一阵子，那还是抵挡不过，果断地说："同意同志们的意见，趁敌人没上来，按原计划抓紧撤退！"

李洪宝强调说："明天敌人会派重兵来这里进行大搜查，注意隐蔽！"

鲁宗圣说："凭我的身份，又是鲁秦侠团长的一个家族成员，不会有啥！中连同志须马上离开。"

孙瞻山毫不犹豫地说："那就随同我们进城。船安排好了吗？"

"彭甫仁已在那里等候。"江中连说。

李洪宝说："那就一块儿进城。孙队长，如果到了那边，见了刘湘卿，代表兴安的同志问个好。"

孙瞻山带着期望的口气说："好，记住了，就这样，抓紧撤。革命成功以后再相见！"

江中连匆促地说："走，我引路！"

孙瞻山同大家刚翻过长岭，发现七里沟的趸船上开下来四辆汽车，车上满载全副武装的士兵，朝五里方向飞驰而去。

江中连讥笑地说："潮水退了才下网，晚了，去收尸吧！"

孙瞻山不以为然地说："不仅如此，百姓也不得安宁。要不咱们趁机再袭扰一下！"

孙瞻山在朦胧的夜色中观察着地形，岭南的东坡下是汉江，两坡底是川道。她决定说："等车队开过岭上下西坡公路的时候，从后边打他个措手不及，一时难以转身反击，我们趁机下汉江。"

江中连说："咱们同时开火，然后让甫仁领你们迅速离开，我断后。"

隐藏在草丛中的孙瞻山，一直盯着汽车哼哼地翻过岭垴，刚下坡的一瞬间，发出喊声："打！"

这突如其来、出乎意料的枪声，把满车的士兵打蒙了，嗷嗷地呼叫起来，只见从头一辆车的车窗里伸出一个人的头来，大声嘶喊："不要下车，开快点！"

孙瞻山看见有几名士兵倒在了车厢里，立即拉开枪栓一数，只有三发子弹了，留下有用，便喊道："撤！"

江中连沿着草丛里的小径，向前跑了十几米，朝着头辆车和尾车分别扔了一颗手榴弹，在轰轰的爆炸声中，他飞快地向东坡跑去，回头一眨眼，车炸飞了，公路上尸横满地。

彭甫仁他们已在江边小船上等候着，只见江中连呼哧呼哧地喘着气跑来，便伸手把他拉上船，顺手拿起竹篙往岸上一撑，催促说："开船，到东坝的河堤下。"

东坝的河堤上没有人影，只听得汉江水流冲击堤岸发出的哗哗声，栖息在柳树林里的小鸟不时地传来叽叽声。这里的黑夜逍遥自在。

孙瞻山朝东门里望了几眼，有几个人在街道一边走一边说笑聊天，便领着大家沿着东堤脚下，先后向新城走去。

谷燕没预料到孙瞻山会在这个黑咕隆咚的夜里来找她，问道："有啥事吗？"

孙瞻山边擦着汗水，边说："我们是在张店子袭击了保安部队，又在向城里转移中路过长岭梁上，揍了支援的车队后才进城的。来城里暂且予以潜藏，此时的城里要比恒口和五里安全一些，来城里的再一个目的，是谋划去陕北。"

谷燕赶快去端了一盆水，说："快洗个脸，爽快些。"她用羡慕的眼神望着孙瞻山，又说，"你们干了大事，为穷苦老百姓出了气！"

孙瞻山把脸一抹，说："是呀，也为牺牲的同志报了仇，这同样是我们在大后方支持抗日的具体行动。对吧！"

谷燕赞同地说："那当然是啊，不管是哪一个行业，把事情做好，也是为抗日出力嘛！哎，这儿还有你的一封信。"

孙瞻山接过信，欻的一下撕开了，从信封里摸出了一张小纸片，上面写着几个刚劲有力的毛笔字：

先生：

　　惊闻生意难做，我意在安西木目方向，异地经营，一如既往，生意兴隆，财运亨通！

　　从速酌定！

$\qquad\qquad\qquad\qquad\qquad\qquad\qquad$ 林三

$\qquad\qquad\qquad\qquad\qquad\qquad\qquad$ 即日

孙瞻山十分明白，这是自己前几天给刘文彬捎去口信的明确回复。这暗语中指出联络的地方，正如罗长勤告诉过的，就是西安西大街光明照相馆，无疑是要找那位王老板了。她看完后高兴得几乎要跳起来，但又沉着地坐在椅子上没有动，问："是谁送来的？"

谷燕微笑着说："我问了，人家言谨不告诉，听口气炎尼个要到旬阳去。"

孙瞻山暗暗地想到，这是保密的需要，捎信的人会不会是那位王老板？他经常穿梭在旬阳、西安和照金之间，为延安筹备经费与药物等其他物资，或许是他，一定是他，无可置疑！她说："谷燕，我要到陕北去，你想办法开个通行证或者是介绍信。"

谷燕痛快地说："你要出远门，我当然要助你一臂之力呀！"她考虑一会儿，仿佛在问自己，"到底是通行证好，还是介绍信效力更大？"

这一问，倒被孙瞻山听得非常清楚，一刹那间反应过来了："我看还是介绍信好。"

谷燕一点头说："我觉得也是这样。怎么个开法？"

孙瞻山琢磨一会儿，说："江中连开一张，我们开两张，不外乎就是探亲、求学、做生意呗！不过，有的名字要变一下。"

谷燕完全明白这点："那是，一定的。你的名字呢？"

孙瞻山脱口而出："宋婵娟。咋样？"

谷燕灵机一动，想起了苏轼的《水调歌头》中的词句，说："但愿人长久，千里共婵娟！"

她俩相互深情地望了一眼，嫣然一笑，脸上流露出爽朗的神色。

孙瞻山说："那你得快点！"

谷燕说："你的事，不快能行吗！"她话音刚落，转身就出了门，一路上想着，张原同卢瑞祯比较熟悉，一定能办到。她不觉走进了专署，找到张原，说："哥，我的客户想到西安进些货，你帮我开个介绍信。"

张原说："专署办公室开个行不？"

谷燕摇头说："不用，你去常备队开个就行了，何必撞大庙呢！"

"怎么开？"张原问。

"给，我写好了，照这样写。"谷燕又说，"你去开，我有个急事要办，一会儿过来取。"

"行。"张原送走了谷燕，立即去找卢瑞祯，说，"卢队长，我表妹的客户要到西安办货，请你给开个介绍信。"

卢瑞祯笑了："说请太疏远了。办个货还要介绍信吗？"

"这你不是不知道，最近地下党活动得非常厉害，咱们到处设盘查哨，控制得也严密，拿上这个就顺当些。"张原完全不清楚为什么要这样说，只想到客户办货要紧，扩大"富源"的规模是当前急需办的事情。

卢瑞祯说："那倒是，怎么开？"

张原递过一片纸，说："照这个写！"

卢瑞祯站在门口喊来了文书，交代说："开个介绍信，我念你写。"

"行，队长。"

兹有我队外勤人员连忠江一行四人，因安康物资极度匮乏，须前往西安为我队购买生活与办公用品。请沿哨所予以放行。此致

安康国民兵团常备队第四中队

民国三十年十一月十五日

卢瑞祯最后叮咛说："把印章盖得端端正正，不要歪歪斜斜的不严肃！"

不大一会儿，文书拿着一个制式信封交给了张原，说了声盖好了，又说："队长，还有啥事吗？"

卢瑞祯挥着手："好了，有事叫你。"转过面对张原说，"兄弟还有啥事，尽管吩咐！"

张原说："必有劳驾，多谢！"

卢瑞祯说："区区小事，何足挂齿。"

张原来到专署门口，在值班室坐了好半天不见谷燕进来，起身走出大门口，望了望鼓楼街，又望了望西大街，没见谷燕的影子，转身往回走。没走几步，听谷燕喊道："哥，我来了！"

张原一回头，说："看你没来，准备到办公室等你。"

"开好了，给你！"张原边说边把信封递了过去。

谷燕接过信封，兴奋地说："哥，我代表我的客户由衷地感谢你啊！"

张原忽然间对表妹这样的话语觉得有些诧异，怪里怪气地笑着说："哎呀，你啥时候学得这样油嘴滑舌的！"

谷燕咯咯地笑了起来，向张原招了招手，"再次道一声谢谢，这不是我讲的。"她说着扭头就走。

孙瞻山一见谷燕喜悦而得意的样子，内心猜摸着事情办得很顺利，不露声色地问："好啦？"

"当然啦！"谷燕说边说边掏出了三件信封，从中又挑出一件，取出介绍信，说："这是从安康保卫团王团长那儿开的，你看！"

"还是你念我听。"孙瞻山说。

谷燕念道：

> 兹有我团家属宋婵娟、余芳、杨桂仙，女，安康人，姐妹一行三人，近日由安康前往西安探亲，沿途有关单位应给予关照，确保届时抵达目的地。此致
>
> 安康保卫团
> 民国三十年十一月十六日

孙瞻山一听，引得前仰后合地笑起来："我有探亲的资格了，入情入理，梁子云她们呢？"

谷燕说："格式、措辞基本相同，就是探亲改为赴西安一中拜师求学。按你讲的，把梁子云改梁芝芸，曹立毅改曹莉怡，高伟弟改高薇荻。对吧！"

孙瞻山嘿嘿地笑着说："这个谎话还没说千遍，倒成真的了，这就是我们的通行证！得赶快准备。"

谷燕提示说："谎话真言哪！这几天风声会更紧，要走就得抓紧点走。"

正说着，江中连戴着一顶小草帽进屋了，卸下墨镜，问："路证开到了吗？"

孙瞻山满意而赞许地说："有我们的谷老板出头露面，哪有办不到的事？你来得正好，咱们商量商量咋个走法，确定北上的路线。"

三个人提出了两条路线，一条是走水路，沿汉江而下，经旬阳联系鲁世恭，找黎文治做掩护，过镇安抵达西安；一条是走公路，找一辆军车直接送到石泉，联系韦荣荫和组织委员、马池镇镇长李代洵，设法用专车送过两河关，进入宁陕就比较安全了。走水路、走公路，各有利弊，走水路要慢，走公路要快些，但走公路沿途岗哨严密，乘军车更减少行程时间，走水路相应时间长些。

孙瞻山左思右想，不能选定走水路。缘由很简单："于方是旬阳县城的名门闺秀，又是活跃分子，哪个不知哪个不晓。再说，她打死了表兄，是被县政府通缉捕捉的要犯。那条水路不能走，万一暴露损失就大得很了！"

江中连说："那是。现在就得靠我们的交通员了。"

孙瞻山决断地说："走公路，请谷老板联系一辆军车，出钱租用也行；中连同志回去得打扮一下，要显出常备队做外勤人的样子，你可要注意脸型的掩遮，因为你也是通缉的对象之一。"

"那你们呢？"江中连关切地问。

孙瞻山一笑说："这个不用你操心，我们自己会收拾好的，你们最好穿一身军装。"

江中连说："彭甫仁有熟人，能想到办法。"

孙瞻山说："抓紧准备，车弄到后立即就出发。"

谷燕把江中连送出门，径直到了保卫团。

"找谁？"哨兵问。

谷燕说："找王团长。"

"你是哪里的？"

"我是'富源'的谷燕。"

"我去通报一下。"

不大一会儿，哨兵返回来说："请进，团长在会客厅等你。"

谷燕一进门，清亮地叫了一声："王团长，我又来了。"

王杰三哈哈笑了："咋又来了，有啥事，说！"

谷燕脸色有些发愁地说："我的那个表姐有点头痛脑热的，劳驾团长派一辆车送一下。"

王杰三没有推辞地说："送到哪里，要去西安可不行，我们明天有任务。"

谷燕连忙说："只送到石泉，我们在那里已经联系好了，再倒个车到西安。"

王杰三指头在茶几上敲了一下，说："行，几点？"

谷燕掏出五块大洋放在桌子上，说："下午四点，车开到新城北门外。"

王杰三站起来，走了过去，把桌子一拍，说："你这娃子，把你大伯看扁了。生命就值这几个钱，名誉能值这多少钱？快快快，拿回去，别糟蹋人了！"

谷燕好像在赔不是地说："他们做生意的、投亲的有钱，不能让你破费哪！大伯，别生气啊！"

王杰三手一摆："油钱，我也出得起。你来了，再出钱，人情比纸薄，让你爹知道了，会把我笑话得无地可钻。走吧走吧！快去办你的事，按时出发！"

谷燕回到家，忙得不亦乐乎，观测她们每一个人的身材，又翻箱倒柜找衣服。对，孙瞻山的个头和我差不多一样高，这件紫红色的旗袍，她穿上最合适。其他都有了，这个梁子云颀长颀长的，哪一件衣服都配不上。她立刻拿来软尺，量上身和下身的尺寸，量肩宽、量腰围、量臂长，心里想，还是穿旗袍丰韵，便说："你们收拾，我出去一下，马上就回来！"

孙瞻山她们已经收拾妥当了，谷燕这时匆匆地进门说："买到了买到了，子云赶快换上。"接着把子云拉进了屋里间。

梁子云从卧室出来了，大家无不为之一惊，一件藏蓝色的旗袍穿上多合体，一下子显得高挑、丰盈、优雅。

孙瞻山走到子云身边，抖着她的旗袍说："藏蓝色不错，好像专门为你定做的，这一穿人样全变了。谷老板的眼光就是尖。"

于方走上前说："那当然啦，不然能做好生意？你们看，我这身旗袍也很风光。瞻山姐让人搭眼一看，就是气宇不凡、神采飞扬的架势，谁能不神摇意夺呢！谁又晓得她是位神勇无敌的女子呢！子云姐这姿容，恐怕很难找上一个一般高的郎君哪！"

这话把大家逗得哈哈大笑。这爽朗奔放的笑声，倒使谷燕心里涌起了一种难分难舍的苦楚之感。她们都走了，总觉得心里缺了什么，不过我这交通还在呀！只要共产党人战斗不止，我这秘密交通站一定存在！她硬硬地把难受忍在自己的肚子里，强笑着说："时间已到，该走了！"

孙瞻山一听该走了，眼眶里不由得泛起了泪花，但没有流出来，而咽进了喉咙。长长地出了一口气，要走了，要离开自己生长的家乡，要离开艰苦斗争的地方，要离开一起战斗的同志们和仁人志士们，这当然也是为了盼望革命成功再回来！她声音洪亮地喊道："谷燕领头，子云跟进，我走最后！"

新城北门外的安运司大门前的公路上车水马龙，川流不息，公路边的行人络绎不绝。谷燕领着大家一声不吭地穿过人群，来到一辆军车后，司机立马打开车篷的后帘子。她用目光示意，指挥着大家一拨一拨地上了车，待孙瞻山最后上车时，便贴近耳朵悄声说："那里电话打通了。"于是，才抬着手话中有话地大声说，"探亲回来时，可要告诉我，一定到车站接你们，可莫探亲探得不回来了！"

孙瞻山平心静气地说："请放心吧，该回来的时候，会通知你的。愿你的生意越来越红火，芝麻开花节节高，一天比一天好！"

汽车缓缓地开走了。谷燕向前走了几步，喊道："谢谢你的美言！一路平安！"

夕阳满天，刹那间天空渐渐地暗淡下来，夜即将来临。

谷燕正准备关门，谭际桂摇晃着身子进来了："生意咋样？"

"还好，能赚点。"谷燕看她那样子，反问道，"干啥去了，又同站长喝酒了？"

"哪里的话呀，快把人忙死了，还顾得上喝酒？"谭际桂一屁股坐在椅子上说。

"忙啥忙，长年累月地忙？"

"你不知道，这两天又出大事了。在三渡、长岭那两个地方，保安兵被打死好多，专员怒了，省长也火了。指令政府、保安团、国民团和警察局一齐上，到处清查追捕嫌疑人，能不紧吗！"

谷燕装着惊讶的口气说："嚯，还能有这等大事，那保安部队也太麻痹大意了。不过，我给你提个醒，可要小心谨慎呀！"

谭际桂摇手说："不要紧，我做的这档子事别人不知道。"

谷燕心想，你这个不熟悉的校友连我都不知道为啥套近乎，似乎是关心地说："可莫这样想，常言道：树上有眼，壁中有耳，若要人不知，除非己莫为，咋能瞒得住呢，别粗心大意！"

谭际桂说："那倒也是。你也要提防点，那些地下党凭借做生意搞地下活动，你可莫要上了他们的当，把性命给搭上了，那可划不来！"

谷燕领情地说："你讲得没错，我会留神的。我是做生意的，也不清楚谁是共产党，只要有人来做，我就小心地去做，做得成就做，做不成就拉倒，井水不犯河水，我走我的商道！"

谭际桂诡秘地说："最近侦察到一点线索。秦巴虎豹队是旬阳几个年轻人，以做生意的名义到处流窜干坏事，正在侦破；还有恒口的江中连也是装作做生意，从山西潜回安康。他们来找过你吗？"

谷燕并不感到畏怯，大胆地说："来我这里联系生意的人不计其数，记得有旬阳一位来过，名字忘了，模样记不清了；那个江中连倒有点印象，他讲他是从抗日前线回来的，筹备些物资。当时一是价钱谈不拢，二是为打仗经营，怕惹事端，他生气地撂了一句：这后方的人，咋都这样贪生舍义呢！就甩着膀子走了，再没来过。"

谭际桂边出门边说："也许以后会再来，到时把他们问个明白，给我通知一声。据形势判定，他们兴许会离开这里远走，我们在车站作了严密布控，想要逃脱是很难的。好了，我明天到西线了。"

谷燕站在门口答应着："行行行，那有啥话说的。像草原上的百灵鸟，凭一张巧嘴，一定把他套住！"

谭际桂拧过头，说："你这个谷燕呀，就是能耍嘴皮子！"

谷燕转身关上了门，在屋里走来转去，他们撤离得多及时，现在应该到了吧！

正在石泉汽车站门外等候的韦荣荫和李代洵，只见一辆军车驶了过来，便招了招手，军车吱的一声停了下来。李代洵仔细确认了一下车号，立即迎上前去，招呼她们下车，韦荣荫领着她们一个接一个地上了前边停的那辆车，在左右两排坐定后，说："三妹子传来电话，连夜赶路，不得停留！"

孙瞻山也糊涂了："三妹子是谁？"

韦荣荫摇头："我也不认识，只知道三妹子。快走吧，由代洵同志送你们过两河关。"

孙瞻山沉默了，没再追问。

不大一会儿，李代洵带了两个人给车上送来了一大堆食品，说："荣荫，我们走了！你招呼一下军车司机。"

韦荣荫挥手说："好，你们走吧，小心点！"

李代洵登上车，向驾驶室喊道："师傅，开吧，慢中求快！"

暮色茫茫中，这辆汽车向西飞驰而去。公路两旁的农家灯火暗淡阴沉，大家仿佛感觉到在太空遨游，那数不清的星光闪闪地被甩在了汽车的后边，随之进入了被山林笼罩的漆黑境界。

汽车在饶风山上慢慢地爬行。李代洵见大家有些疲倦打瞌睡的样子，解开食品口袋，边送边说："大家吃点东西打个点。这是汉阴的炕炕馍，这是石泉的洋桃、拐枣、火筒根，把它当水，吃吧！"

孙瞻山客气地说："还让拿，不好意思，大伙儿自己动手！"

车厢里的气氛活跃了许多，大家边吃边议论开了，说起一大把已经出名的食品：旬阳的芝麻饼、安康的米面馍、汉阴还有五香豆腐干、紫阳的蒸盆子、岚皋的魔芋豆腐，等等。

江中连咬了一口拐枣说："好甜，还有我们恒口的米酒呢！"

彭甫仁剥着洋桃的皮说："你是不是想喝酒了，忍着吧，到西安有你喝的。"

孙瞻山开玩笑地说："有些人一喝酒就辨不清东南西北了。"

江中连嘿嘿一笑："哪能呢！"

李代洵看着大家这番热和劲儿，说："我们快过饶风岭了，这个地方是古战场。"

孙瞻山更有兴趣了："你给大家伙儿讲讲吧！"

李代洵有声有色地讲了起来，话说成吉思汗的第四个儿子托雷，是蒙古汗国大将，于一二三一年九月，率领骑兵三万攻打宋地。总兵入大散关（宝鸡西南），破风州（凤县），进华阳（四川广元东），入宋朝境地，屠杀洋州城（洋县），出武休（凤县东南），围攻兴元（汉中），宋军民溃败逃散。此时，托雷分兵两路进军，西路军攻入沔州（勉县），开至鱼鳖山，拆屋造筏子，渡过嘉陵江，进至西水县（四川西北），攻陷四川北部一百四十多座城寨。东路军向东挺进，在这个饶风岭上进行了激烈的交战，时值大雨降临，宋军大败，托雷领军沿汉水而下，经过金州，准备进军金朝的首府汴京（开封）。饶风这一仗打得很激烈，双方伤亡惨重，尸横遍山，血流成河，那一根一片的枯枝败叶，沿着血河漂下了沟壑坑洼。那战场悲惨的景象令山民们目不忍睹，人人见了吓得连话都说不出来，只得自己安慰自己，闭门不出。李代洵最后惋惜地说："当年的掩体、堡子、云梯、弹洞宛然在目，可惜今夜不能领略历史上留下的战争遗迹了，我相信终会有这一天。"

孙瞻山意味深长地说："我早些时听先辈们讲过成吉思汗的军队从旬阳路过，但不知道在这里还打过这么大的仗。我们也打了一些仗，眼下又过了历史上打仗的山岭，将奔向新的战场，打一场宏伟壮观的战争，创建一个新中国，让劳苦大众都过上一个美满的日子，享受幸福的生活。"

江中连赞同地说："是那样，赶走了日本鬼子，我们就应该建设一个新家园！"

李代洵期望地说："这个联想很好，等着那一天的到来！我要给你们讲，前面快到两河关了，当年红军七十四师，转战此地打土豪帮穷人。当地百姓唱道：松柏长青永不老，爷说红军实在好。当年红军过两河，知心话儿互相表，土豪劣绅和官僚，总有一天被打倒。只等一日春雷响，劳动人民坐龙朝。"他想了想，又接着说，"过了两河关，要经宁陕，这个县城是红七十四师占领两次的县城。当时贫苦农民欢欣鼓舞，有一盲艺人编了三段民歌进行传唱赞扬。后经师政治部主任曾大昆改编为四段，歌名叫《红军打开宁陕城》，我悄声唱唱。"

大家精神振奋，唱唱活跃气氛。

李代洵压着嗓音唱道：

> 腊月梅花雪里艳，红军得胜打宁陕。
> 捉住县长灭民团，米索米索，捉住县长灭民团。
> 捉住师爷和劣绅，杀了税官救穷人。
> 打倒土豪把地均，米索米索，打倒土豪把地均。
> 县长人头挂南门，长枪缴了几百根。
> 盒子枪炮崭崭新，米索米索，盒子枪炮崭崭新。
> 建立政权苏维埃，均田均地闹翻身。
> 百姓红军一家亲，米索米索，百姓红军一家亲。

孙瞻山轻声地拍着手，坚定地说："军民鱼水情啊！先辈们走过的路是曲折的，我们往前走也不是平坦大道，但最伟大的目标一定能够实现。"

汽车呼啦啦地下了一面缓坡，又拐了一个弯，距离两河桥不远了。两河狭窄，水流湍急，一路向东南奔腾而泻。东岸和西岸背立着陡峭如削的悬崖绝壁，两河桥紧挨两山的腰间，横架在深山峡谷之上，若站在桥上往河里一望，令人头晕眼花，不寒而栗。

李代洵已经看见了东西桥头上有两盏马灯在微风里摇动着。他提示大家两河关是安康通往西安的险要关口，有一个班的兵力设防，都不要声张、不要动，由自己去交涉。

第四十四章　夜袭敌军运输队

"停车，停车检查！"两名士兵端着枪站在车头前大喊。

李代洵不慌不忙地下了车，走到士兵面前，说："事情是这样的，安康保卫团王团长的亲戚一行去西安探亲，本安排在石泉歇一晚上，不料有位小姐突然发病，得抓紧走路，以防不测。"

"有啥证明吗？"哨兵一听是团长亲属，放低了嗓音问。

"有介绍信，还有我们的证明信！"李代洵说着，便把孙瞻山的介绍信和马池镇证明递了过去。

哨兵借着马灯的余光大摸地看一下，说："那就见一眼吧！"

这时河谷上空吹来一阵冷风，吹得树叶沙沙作响，那马灯的暗光在风里一闪一闪地摇曳不停。这季节秦岭的晚上是很冷的，都得穿上夹袄，何况她们穿的还是旗袍呢！李代洵赶紧借题发挥地说："她们衣着很薄，有的还有点感冒，凉风一吹会更重的，就让她们走吧！"

正说着罗锡久从桥头那边跑过来了，喊道："李镇长，咋啦？"

李代洵随声答道："哨兵看看介绍信。"

哨兵一见筹备两河完小的校长罗锡久在叫，这才明白面前站的是马池镇的镇长，不好意思地解释说："李镇长，我们也是执行公务啊！"

李代洵说："应该的。你认识他？"

"很熟了。人家当校长，来后能同兵娃子拉家常，和蔼可亲。这个完小明年春开学，我准备把我二达的娃送来上学，他满口答应：行，我来给他代课，好好学，山窝窝里也能出个金凤凰！"这哨兵开心地说。

罗锡久边走边向哨兵说："刘班长，有啥怀疑的吗？"

刘班长说："没有没有。罗校长，你们都是熟人？"

罗锡久趣笑地说："把他烧成灰，我都能认得清，我俩不光是老乡，还是兴安师范的学友。你晓得不晓得，红萝卜拌辣椒，吃得出，看不出，他呀是熟透的莲藕，心眼蛮多。不然哪，他咋能当上镇长，地头蛇呀，厉害着哪！咱才是个小小的小学校长，还是正在筹备呢，简直是霄壤之殊啊！"

刘班长把信件还给李代洵说："镇长，你们走吧，耽搁了！"

"别客气，公务嘛，得认真点，这也是我的远房亲戚，送到这里为止。"李代洵说着掀开后帘子，将信件递了进去，嘱咐着，"妹子慢点走，到江口再吃一次药呵，别忘了！"

汽车慢慢地启动了，又缓缓地开过桥的西头哨所，加大了油门，唰的一下来了个急转弯。车灯的两道聚光划破了漆黑山夜，仿佛行驶在夜空之中。

李代洵和罗锡久望着汽车走远了，轻轻地舒了一口气，有说有笑地向坐落在桥西南的晏家院子慢步走去。离开桥头时，罗锡久向刘班长说："不上哨，就到学校来坐。"

刘班长用仰慕的目光望着他俩，说："一定的，二达的娃上学事莫黄了！"

罗锡久干脆地说："哪会呢，放心好了，山里的穷娃，有钱没钱都得上。"

走了一截路，李代洵说："没钱咋办，不能刻薄别人的学费哪！"

"有办法，大不了我给他出嘛！"罗锡久大方地说。

李代洵拍着他的肩膀问："这位班长咋样？"

罗锡久说："家里很穷，对国民党欺压百姓也流露出不满的情绪，所以这才帮他呢！"

李代洵说："你这个宣传委员眼下是走一想二眼观三，一来就选准了开展工作对象，真是一点雨，一点湿，帮得实实在在的。"

罗锡久说："你这个组织委员不是讲过，济人需济急时无，这正逢好时机，或许能交一些农民和士兵朋友，以壮大我们的力量！"

李代洵抬头望着满天闪烁的繁星，神态沉稳地说："对，咱们的地委遭破坏了，后来的安康中心县委在敌人'清剿'之中又解体了，但三妹子捎来消息，旬阳工委、安康西区区委等基层党组织和党员在白色恐怖中，积极主动地为党工作，发展党员、组织武装斗争，帮助已暴露的人员向照金和延安转移，做了大量应该做的工作。为了党的事业，在任何情况下都要不间断地做下去，更不能停止。党中央和省委在看着我们，一定要坚持战斗下去，这是党赋予我们每一个共产党员的权利和义务。"

罗锡久沉甸甸地说："想起同学焦昌海，他比我入党早半年，十二月进到延安学习，后派往山西，在太岳战役中牺牲了，他是在同日本鬼子的战斗中阵亡的，英勇无畏，是我们的楷模。我们都有共同的理想，继承他未完成的遗愿，生命不息，战斗不止！"

李代洵攥着拳头说："对，远大的目标在期待着我们哪！"

一阵大风刮过，两河波涛汹涌，卷起一堆一堆的巨浪，碰撞在岸边崖石上，发出哗啦哗啦的响声。像这样的水声，这里的人们已经听习惯了，不会惊醒他们的夜间熟睡。对李代洵和罗锡久感觉完全不一样了，不但惊破了夜空，而且震荡了人们的心膛思绪。

第四十四章　夜袭敌军运输队

他俩踏着浪涛声回到了学校里，却在外停住了脚步，罗锡久望着北斗星，说："他们现在该走到哪儿了？"

李代洵约莫着说："她们或许过了平河梁，快一点也不过刚翻过秦岭。只要过了这两河关，就放心了，那一路没有多少挡磕，一定就会安全地到达。"

回到屋里，罗锡久点着桐油灯，说："最近，我萌发了一个想法！"

"啥想法？说说看。"李代洵好奇地问。

罗锡久说："待我扎稳了脚跟，就开始活动当两河乡的乡长。"

李代洵一击掌说："哎呀，咱们想到一块儿了，执行省委的隐蔽政策，打进敌人内部，如经安同志讲的：同流不合污，推波不逐浪，有利于党的工作！到时候我这个镇长也要想方设法助你一臂之力，凭你的社会影响和个人的才干，这事定能如愿。"

罗锡久的拳头在空中抢着："这就是我们共产党人的能量！"他自信地笑了一下，噗，一口气吹灭了桐油灯。

两河的水流依然在咆哮轰鸣，震天动地。他俩翻来覆去，怎么也睡不着，又坐起来靠在墙上说起话来，但听不清到底在咕哝些什么。最后的两句话倒是不很模糊：她们该到了吧？大概差不多了！

第四十五章
奉命北上去延安

早晨灿烂的朝霞刚露脸，一辆小篷汽车嘀嘀地开进了西安小南门外的汽车站。过了一会儿，孙瞻山和江中连不紧不慢，风风光光地走出车站的大门，在一个无人的地方稍加停留。

孙瞻山一笑说："进了大城市，简直摸不着北了，该咋走啊？"

江中连说："背靠车站面前就是北，向右走不远就是大南门。咱们前后分开走，进了南门里，在一家群众客栈门前等候。"

孙瞻山说："江中连到过西安，你头里引路，接着是梁子云她们一组，我们三人走在最后。这行不行？"

江中连说："行，都细心点。"

起步时，孙瞻山提醒大家说："我们都没来过西安，眼睛要尖一点，盯着自己的人，别东张西望的，千万不敢掉队了！"

梁子云补充说："都要灵性点，可莫瓜不几几的，被好奇牵走了眼！"

大家没有一个不想笑的，但没见有笑出声来，只点头表示坚决地执行。

在南门哨兵盘查时，没有费多少口舌和时间就被放行了。

孙瞻山一见大家都站在群众客栈门前，一挥手说："大家赶快进店。"客栈里空荡荡的，她又问，"江中连，你们也住这儿吗？"

江中连想了一下，说："就住这儿，有事好联系、好商量。"

孙瞻山说："也好，这稳当些。"

安排好了住处，孙瞻山让江中连带路，领着梁子云要去西大街，走之前叮咛大家，安安稳稳地休息，若来警察查店，就按介绍信上写的回答。出门向北走的这条南大街很短，一会儿的工夫就走到了钟楼下，注目一望，听别人讲过的这有五百五十七年历史的明朝古建筑，雄伟壮观，令人惊叹！孙瞻山顾不得看这些，拉着梁子云迅速地向左一拐，只见江中连在头里指着不远的地方："前面就是光明照相馆。"

孙瞻山加快步子，说："知道了，走！"

刚进入西大街就觉察到大街上闹哄哄的，人流如梭，一派繁华的景象。

江中连走到照相馆门前停住了脚步，孙瞻山往门里一望，男男女女，老老少少，坐满屋子，猜想这些人大概全是为了把自己的光彩留给这个世界，留给后人，而来感受那一刹那的闪光吧！

孙瞻山向江中连和梁子云说了声"你们等着"，于是，满脸挂着微笑，从容不迫地走进了屋子。等候照相的人们唰的一下把目光投向了孙瞻山。啊，红润的脸色，乌黑发亮的鬓角，绰约多姿，楚楚动人，这么漂亮的女子！有的起来让座，有的目不转睛地望着，有的张嘴想搭话。

孙瞻山转过面，右手搁在胸前，弯身致礼："谢谢，不用了！"赶忙走到柜台前问，"王老板在吗？"

"你是哪里的？"

"是老乡，给他捎个话。"

"在，在办公室。"

"办公室在哪儿？"

"办公室在后院第三间。"

孙瞻山穿过过道，进到后院，一眼看见第三间房子的门半开着，前去嘭嘭嘭地敲了几下。

"谁呀，进来！"

孙瞻山轻轻地把门推开，那王老板站起来了，打眼一看，瘦高个头，西装革履，仪表堂堂，满脸堆笑。心想这一定是罗长勤曾经给自己描述的那位王子平了，问："你是王老板王子平吗？"

王子平一笑说："是，要照相吗？"

孙瞻山说："不，无事不登三宝殿。是来找老乡的。"

王子平摸不着头脑了，这样的窈窕淑女找我做啥！得多一个心眼，那些军统的女人也常常采取这样的办法来侦察我们的行迹。他打岔说："找老乡只能是照相。你到底是从哪里来的？"

孙瞻山想起罗长勤教给的联络暗语，说："离离细碛净，蔼蔼树荫疏。"

王子平追问："还看见什么？"

孙瞻山这时不是在说话，而是深情地诵读起来："石衣随溜卷，水芝扶浪舒。"

王子平觉得蹊跷了，罗长勤给自己讲过秦巴虎豹队斗争的历程，并交代了他们今后若要来的接头暗语。眼前怎么又变成了女的？这不能不引起他的怀疑和警惕。再试试吧，看能不能露出破绽来。他又问："在什么地方？"

孙瞻山脱口而出："在老乡的汉水旁。"

"是什么时间？"

"南北朝。"

"那么久远哪！"

"不远不远，梁朝简文帝萧纲留下的诗与我们很近。对吧，王老板！"

王子平对这应答如流、天衣无缝，感到十分吃惊："你是秦巴虎豹队的吗？"

"是的。"

"咋成女的了？"

"咋不能是女的，本来就是嘛！"

"长勤也没有说清楚，原来是这么一回事。你叫啥名字？"

"罗长勤对我们的底细不完全了解，我在恒口瑞瑞客栈见过刘文彬，他也不掌握，只有我的老师、我的入党介绍人鲁安一最晓得，他在敌人的屠刀下壮烈牺牲了。"孙瞻山的泪水几乎要流出来，咬着牙忍住了，补充说，"我叫孙瞻山，是当年贺龙军长路过吕河口给我起的名字。"她随即掏出红五星，捧在手中又说，"这是贺龙给我留下的纪念物，嘱咐我长大后当红军。今天我带着我的队员准备参加八路军，请你帮助我们联系。"她随后一亮谷燕转交的那封信，又说，"省委的这封信是你捎去的吧！"

王子平说："是的，当时我要找安康保安大队师爷、绅士唐宝华，旬阳的商会会长冯麻子（启才）和孙鹤年、石西藩他们，为延安筹集一笔经费，时间紧，信一放就走了。"

"哦，是这样。我接信后就决定找你了。"孙瞻山说。

王子平问："她们人在哪儿呢？"

"住在群众客栈。只有梁子云和江中连在门外等候消息。"孙瞻山说。

王子平想了一会儿，说："赶快叫进来。"

经江中连的自我介绍和个人的意见，带领几个同志仍回部队，这也是执行临出发时组织的指令，鉴于武装暴动失败，带几个人回到抗日游击队，是向部队首长的一个交代。王子平听了以后，完全同意他的想法，讲了返回的路线和办法。经潼关过黄河是不能走的，日本鬼子驻扎在运城，风陵渡一带控制严密，见了陌生的人不分青红皂白全部杀掉，难以通过。只有经韩城，从龙门口过黄河，进入河津的山地就好办了。这里是八路军袭击日本鬼子的游击区，蹿进丛林深谷，找游击队也好找了。万一遇上鬼子了，你们也主动了，发挥自己的优势同他们打上一阵子，旋风似的就转走。他问："你们穿的啥衣服？"

"保安队的服装。"江中连回答。

"行，我给找上四副领章、帽徽和臂章就可以了。"王子平非常有信心地说。

江中连问："在哪儿买车票？"

王子平一摇手说："不用，找一辆军车把你们送到龙门，那里有我们的联络员，下去后我把接头暗号给你，他会选择过河的地点。"他转过面问孙瞻山，"你们这些假小子就这几个吗？"

孙瞻山说："其实不止这些，还有七八个留恋家乡，父母亲年老体弱，要孝敬老人，还有其他原因不能成行，所以只来了六个。"

王子平问："你们真的决定了，可要想好啊！"

孙瞻山不假思索地回答："决心早下去延安！"

王子平嘿嘿嘿地笑了："像你们如此花枝招展、浓妆艳抹的模样儿，怎么走啊！"

孙瞻山认真了："俺们中国有一句俗话：在家靠父母，出外靠朋友。嗨，俺们可不是朋友，是革命同志呀！那就看你的了，王老板，子平同志！"

江中连插言说："莫看出虎豹队的队长，嘴是这么的残火（方言：说话尖锐、厉害）。"

王子平附和地说："就是嘛，差一点把人哄了，误认为是一名柔弱的女子呢！"

孙瞻山得意了："不然的话，哪能当秦巴虎豹队的队长呢！"

王子平赞扬地说："巾帼英雄！"

孙瞻山直摇手："那差得十万八千里，也许以后会是。你得赶快送到部队，才有施展本领的环境和条件，对吧！"

在这活跃的气氛中，王子平庄重地说："你们先等着，我立马同八路军办事处、省委和关中分区联系后，再决定怎么办，好吗？"

孙瞻山面带笑容，说："只能这样，越快越好。多谢多谢。"

王子平说："忘了，同志嘛，还多谢啥呢！着装现在得考虑，穿便装还是军装，须着手准备。"

孙瞻山说："同志也得有礼节嘛。至于穿的衣服，叫我想，军装首选。这只是我的建议，最终由你来决定。"

王子平说："这要根据联系的情况而决定。这样吧，你们住群众客栈，明天或后天搬到北门外的新民客栈，那一片有我一位熟悉的警察朋友，他可以给予关照。好，你们回客栈，我马上去办事处。"

孙瞻山和梁子云回到客栈，立刻把旗袍换下来，洗搓了一番，才感觉到肚子里咕咕地响，便上街吃了一碗面条。出了饭馆，她俩放眼一望，这南大街南大街，与叫法不符，宽不过是四五丈，长呢，约莫三里路，站在这南门里往北一瞅，就望见了钟楼的根脚。街道两旁的房屋倒很讲究，大多数为二层，青砖灰瓦，浮雕精美，栩栩如生。也见到几座房屋，雕梁画栋，朱门绣户，并不一般，这大概是城里的富豪人家吧！孙瞻山突然想到自己家里那三间破烂不堪的瓦房同这相比，简直是天差地远，判若云泥。啥时候能公平呢！我们的奋斗就是为了实现这个梦吗！她唉了一声，闷着头走进了客栈。

王子平一时半刻就赶到了八路军办事处，等了一会儿，冯苏回来了："你有事吗？走，到屋里说。"

王子平跟着冯苏走过院子，拐了个弯，进了她的办公室，说："安康来了六名女青年要去延安！"

冯苏扭过头问："是学习还是做什么？"

王子平埋怨自己说："看把我急的，没讲清楚，她们要去当兵。"

冯苏提出了自己的看法："直接去当兵，恐怕不行，得先去住抗大。根据学业成绩再分配，或者留延安，或者到关中分区警备旅，或者去抗日前线，或者到国统区工作。"

王子平解释说："人家打了不少仗，消灭了许多敌人。现在遭到敌人围追堵截，省委为了保护这支武装力量，通知撤离国统区回陕北。"

冯苏眉毛一皱，前几天省委来电话：最近有孙瞻山等一批队员要赴延安，有同志前往联系，请接洽。她问："叫什么名字？"

"孙瞻山。"王子平回答。

冯苏笑了："哎呀，我知道了，就是那个秦巴虎豹队的嘛！我听到过她们的名声。"

"是的。"

"花名册带了吗？"

"带了。"王子平递过了一张纸。

冯苏展开看起来：孙瞻山，女，二十二岁，中共党员，秦巴虎豹队队长；梁子云，女，二十三岁，中共预备党员，秦巴虎豹队副队长……她边看边说："我已将这情况向延安报告过，等一会儿，我将这份名单用电报发给有关部门。你赶快回去按组织程序办理。"

　　"要不要以办事处名义开个介绍信？"王子平问。

　　冯苏说："不必了，我给省委书记打个电话，这样安全些。出门小心点，十字路口到处都有便衣警察。"

　　王子平出门拿着一张《中央日报》，目无下尘，神气完足地走出西新街，消失在莲湖路上川流不息的人群里。

　　第二天早晨，王子平送走江中连他们以后，立马赶到陕保五团，找到刘湘卿，说："秦巴虎豹队来了，准备去延安。"

　　刘湘卿说："有人给我捎信了。你去八路军办事处了吗？"

　　王子平回答："去了，冯苏说，已报告延安，让我们按组织程序办理。"

　　刘湘卿急忙说："走，咱们马上就走，去报告省委。这越快越好，城里不是她们久留之地。"

　　按省委常委的分工，张德生是分管安康党的工作的，他俩急匆匆地到了省委组织部。刘湘卿报告说："张部长，兴安撤离的同志已经到西安了，要求去延安。"

　　张德生惊异地说："到了，这么快。走，报告杨书记！"

　　正要出门时，刘文彬来了："部长，出去啊？"转而又对刘湘卿说，"哎呀，难得见到你啊！"

　　张德生一挥手说："你老家人到西安了，一块儿去汇报。"

　　刘文彬问："是不是孙瞻山？"

　　王子平说："是，前天到的。"

　　张德生把他们带到了欧阳钦的办公室，坐下后说："杨书记，省委要求安康撤离的最后一批同志，在三妹子的周密安排下已经安全抵达西安。王子平把江中连他们已送往山西，还有虎豹队的同志们意愿是去延安当兵，请你指示。"

　　欧阳钦满面笑容，说："回来就好，回来就好，保存力量嘛！陕南的地下党组织，在白色恐怖中发展党员，扩大组织规模，开展武装斗争，功不可没；没有暴露的同志，在险恶的环境中毅然坚持同敌人进行顽强的斗争。我发自内心给予夸奖称赞，并以革命的名义致以崇高的敬意！孙瞻山去延安，冯苏给我打过电话，延安同意接收，去了以后组织再作分配。怎么个走法，她建议向我们的关中分委习书记报告，他是关中分区警备司令部政治委员兼警备一旅政治委员，由习政委指派人员护送前往延安。我看就这样，你们赶快回去准备，抓紧时间，尽快赶到关中分区，我再给习书记通个电话。"

王子平走出门外高兴地说："我们的首长，事无巨细，安顿得真妥当。"

刘文彬说："这也关乎着全局啊！"

刘湘卿转了个话题问："贾越群她们的组织关系办得咋样了？"

刘文彬说："郑宗谟来过好几封信，正与四川省委组织部联系。是吧，部长？"

张德生肯定地说："信已经发出好长时间了，由于战乱，交通不便，还未接到回信。"

刘文彬又提到王崇法，说："送暴动计划送得没影了。"

刘湘卿说："我了解过，他到了城固，交通受阻出车祸，后来考入了国民党中央警官学校，没了音信。"

刘文彬说："哦，是这样。不知道罗长勤五弟罗寰现在的去向？"

王子平马上回话说："知道。我这次回旬阳，他父亲罗仟仟给我讲得很详细。暴动后的第三天，也就是正月十八日下午，黎文治给鲁世恭讲，专署和县政府决定捕捉嫌疑人，名单有一二十个人，是从刘金章那里得到消息后通知罗寰立即离开县城。他辗转清和、秀俊和武靖乡，在刘臣相和肖贤汉的掩护和帮助下，安全转移到白河，即日摆脱张谟派兵的追捕，旋即出陕境到达湖北老河口。在此地找见曾在翠华山西北抗日游击干部训练班的同学何道一，他是白河人，同其妻金美铭都是老河口地下党员，还有游干班的同学熊华山。在他们的介绍之下，又得知游干班少将中队长刘汉兴，时任新一师师长，驻扎河南方城县。他于阴历三月中旬到达该师。刘汉兴一见流露出师生的情感，说：'罗寰你怎么来了？这两年怎么样，还好吗？'罗寰一五一十地讲，'回去后，任过保长训练班中尉区队长，任过乡少尉队副，混得不咋样。不过你同教官们在崖石上刻的"同舟共济"四个大字历历在目啊！'刘汉兴深思地说：'这是我同王应尊、胡长怡八位教官刻的，记忆犹新哪！'罗寰说：'这可不是吗，提起这事，我又听同学们讲，老师任师长，所以学生专来拜见师长，麾下如果可能任用，我罗寰执鞭随镫，竭尽全力，为你效劳。'刘汉兴一听大笑起来，爽快地说：'罗寰在社会上闯荡了一阵子，言语也有分量了。行，那就到补充团七连任中尉排长，你觉得适合就干，不合适离开也行。'罗寰心里想，到补充团有啥风火的，口头上表示说：'谢师长关照，我试试吧！'半年后，他辞职不干了，随同游干班同学赵民堂和邓紫刚所带的地方人民武装，周旋于河南邓县（今邓州市），湖北的襄樊、钟祥、宜城等地，其间通过国统区游击三纵队与鄂西保安军联系，于一月上旬起义到达新四军第五师，成立了襄河纵队，赵民堂任纵队司令员，邓紫刚任纵队第五支队队长，罗寰任第五支队作战参谋。他父亲讲到这里，只说了一句话，'世道不安，娃们命苦啊！'"

刘湘卿说："苦是苦点，这是历史赋予我们的重担。我见过罗寰，高个儿，机灵，你看脚板儿跑得挺快挺快的。兴安人就是精灵嘛！"

张德生开腔了，话语深长有力："这是一个革故鼎新的时代，我们共产党人走路步伐要快一点、稳一点、实在一点、响亮一点，早日实现我们的梦想，让全国老百姓少受一些痛苦和灾难！"

欧阳钦走出门看见他们还站在院子里说话，就走到跟前笑呵呵地问："你们在聊什么？"

刘湘卿说："我们在交谈以往的人和事。"

刘文彬说："没料到王崇法咋去考国民党中央警官学校？"

欧阳钦踱来踱去说："自古道，人各有志，不可相强，由他掂量着决定吧！现在是国共合作，也可能在国民党里面多了一个共产党的县委书记呢！这有一个检验的过程，要看他的行动到底在做什么。"

大家同声说："是的是的，正义的行为同样是对我们衡量的准则。"

欧阳钦说："好，你们谈吧，追忆往事是可积蓄迸发的力量，展望将来更是催促奋进的动力。牢记，我们要走的是那条人类从未走过的大路！你们赶快回去，安排同志们起程。要抓紧点啊！"

王子平返回西安径直到了群众客栈，一进门发现大家愁眉苦脸，坐在床上一声不吭，问道："怎么啦，这是怎么啦？"

孙瞻山顿足道："子云和立毅被警察抓走了，真急死人！"

王子平沉住气，问："为啥，关在哪里？"

孙瞻山告诉说，吃过早饭，她俩走最后边，对各家门店很好奇，在东瞧瞧、西看看时，听见俩警察指着前面走着的一个人说，那人像是去过七贤庄的那个。梁子云马上反应过来，七贤庄是八路军办事处所在地，这个人是不是自己人？她下意识地挡在了警察面前，两个巡逻警察见她俩穿着土里土气的，喊着，你俩左顾右盼拦我们干什么！梁子云说稀奇，你们是蝙蝠看太阳，瞎了眼。那警察说，看你俩穷酸样子，是护人还是想偷东西！这一下伤了梁子云的自尊心，向前跨了一步，大声说，我护谁呀护，在大街上看都不能看吗？狗揽八堆屎，管得宽，混账！那警察脸一黑，你还骂人！上前抓住梁子云的左胳膊，梁子云不示弱，用右手使劲捏住了那警察手臂，只听得哇哇直叫。另一名警察正要上前助援，被曹立毅挡住了：我们在街上走走看看，碍你们啥事，不要多事了，我们走我们路，你们去巡逻吧！警察说，你们是一伙的！曹立毅说，我们是同路，不是一伙！那警察又扑到梁子云面前，被梁子云一掌推开了。他打了一个趔趄喊道，这倒像女共匪，把她们抓起来。走！梁子云无所畏惧地说，走就走，有啥可怕的！孙瞻山晦气地说，"我们得知赶出门时，她俩已被带走了，这些都是围观的人给我们讲的。随后立刻向店老板打听到，那警察是南门警署的，我们去了一次，警察根本不让见。"

王子平知道了原委，宽慰地说："她俩做得对，这不打紧，南门和北门警署都有熟人，我立马去找他们。现在我告诉你们，去延安的愿望就要实现了，明天咱们就走，我送你们先到照金。"接着，他指着一包东西，"这是给你们购置的军服，常言讲，量体裁衣，看菜下饭，我是凭对你们个头儿的印象买的，如果不合身，向店老板娘找个针线，把衣摆和袖头折叠一点，再缭一缭，先凑合着穿吧！"

大家听得这么一讲，脸上的忧愁阴云一下子飞散了，拿着军服高兴得手舞足蹈起来。孙瞻山说："现在试试，赶快收拾收拾！"

王子平看着她们像个孩子一样地活泼可爱，也笑了："你们住这儿不搬？我得马上到北关警署去。"

孙瞻山说："行，我也去吧？"

"你领她们收拾衣服，我去就行了。"王子平边出门边说。

孙瞻山站在门口，望着街道上来来往往的行人身影，默默地想着，在他们之中一定有为我们的事业而奔忙的无名英雄！

王子平到北关警察署，正好是纪成当班，他把两亲戚被关的来龙去脉讲了一遍，说："在大街上顶撞了几句，就把人家抓起来，实在不像话了。"

纪成也觉得不好意思，说："王老板，算了，不要计较，我给南门警署同行朋友打个电话，没事！为保险起见，我给高局长报告，让他出面给南门警察署打个招呼，准管用。"

王子平说："高局长我也认识，要不咱们现在就去一趟吧！"

纪成说："在理，走！"

高德运认真听完王子平的讲述，马上拨通了电话："你们是不是抓了两个人，一个叫梁子云，一个叫曹立毅？"

"是的，两个女的。"

"为啥？"

"她们骂警察是蝙蝠，是狗，更重要的是她们掩护共党分子逃跑了。"

"她们承认了吗？有证据吗？"

"她们抵赖，不认识任何人。哪有个把凭，没有！"

"人家刚从安康来，是王老板的亲戚，就为个扯嘴皮子就把人家关了。女人家嘛，把她惹了，打，打不过你们，说，说不过你们，只好骂几句出出气，才甘心罢休。你们简直是大腿上把脉，胡来！"

"光明照相馆的王老板？"

"哦哦哦！是的。"

"我们也很熟的。"

"那就好，赶快把人家放了。再让当事的警员给人家道个歉，好吧！"

"明白了，高局长，一定！"

高德运放下电话，对王子平说："王老板对不起，他们马上把她们送回去。最近生意做得咋样？"

王子平说："还行，挣是挣点，挣得不多，还望局长以后多多关照。"

高德运笑得很开心："那是一定的。选个时候，给我照几张像样的照片。"

王子平直爽地说："那有什么难的，将来选好外景给你拍上一组，力求构图独树一帜，造型别具一格，显显我们局长的威风和英武形象。"

他们仨拍着手，哈哈大笑起来。

王子平从警察局出来直奔群众客栈，进门一看，梁子云和曹立毅已经回到店里，正在试穿衣服，问："他们没怎么样吧！"

梁子云笑了，笑得非常响亮："他们横七我们竖八，叫他们没办法，只管叫我是麻迷子（方言：蛮横无理）女人，惹不起。尤其是接了一个电话后，他们脸色一下子变了，嘻嘻哈哈地又说，这女娃子心眼活，言行合理，就把我俩送回来了。"

王子平说："回来就好。衣服合身吧！"

梁子云说："胖瘦还行，就是短了点。"

孙瞻山说："短就短点，也没办法弥一截。"

王子平说："不过看起来显得很精干嘛！"

于方嘴也没闲着："子云姐呀，这一回穿上军装，那就更是精明干练啦！"

梁子云这时向外边瞪了一眼，说："别取笑我了，我能吃几碗饭，心中有数。哎，王老板，刚才警察要追的那个人，从收拾打扮上看像是地下工作人员，不然去七贤庄做啥？"

王子平说："有可能，你灵机一动，处置得恰当，掩护他脱险了。你还要明白，我们的行动又有多少人在保护呢！但要注意方法，再策略一些，不可硬碰硬。"

梁子云掩口而笑："对对对，为了出气而采取不恰当的行动，是有点失策！"

孙瞻山说："王老板，我们到街上买些泾阳锅盔，再买些苹果带上。"

王子平摇手说："一路上的食品已经准备好了，你们把你们常用的生活用品备好就行了，其他的一律不用操心。明天八点钟准时出发，稍微起早点。"

她们叽叽喳喳地叫着笑着，把王子平送出了门外，看他走到了钟楼下，才回身关上了门。

孙瞻山到老板娘那里交住店费，老板娘问："不住了，啥时走？"

"明天早晨，不是规定早晨走须在头天晚上结账吗！"孙瞻山边递大洋边说。

老板娘说："是的，还来住吗？"

孙瞻山收起找回的钱，回答说："来，很难确定在啥时候。"

老板娘一直望着孙瞻山，说："一看你们这些女娃子的言谈举止，就知道是有教养、有出息的人，欢迎你们再来！"

孙瞻山笑着说："一定一定，多谢老板的关照。"

老板娘望着孙瞻山走去的背影，心里的疑惑一直没有解开，她昨日要黄线做什么，没有黄的绿的也行，她们穿的衣服不是很讲究的吗！

已是深夜了，她们叽叽喳喳说着话，久久不能入睡，于是爬了起来点燃油灯，把灯光拨得又暗又亮的。孙瞻山捧着红五星，这个梦想实现了，紧接着做啥梦呢！她们围拢了，看这屋子更加明亮和灿烂，热泪盈眶，心潮澎湃。

早晨的西安城墙，从朦胧中越来越清晰，越来越雄伟，仿佛也在护卫着清亮清亮的天空。晨霞洒在护城河上，碧波粼粼。一辆小篷汽车从护城河的桥上开进了南门，吱的一声在群众客栈门前停了下来。

嘀嘀嘀！孙瞻山听见喇叭声，叫了一声出发。大家喊里咔嚓地拎上东西鱼贯而出，王子平招呼她们一个一个地上了车。

老板娘一见那些女娃穿上了军装，头脑这才清醒过来，是她们当兵了！走到车旁问道："到哪儿呀？"

王子平边上车边说："耀县牛村，陕保五团！"

老板娘再一看她们头上的帽徽，相信无疑了，自言自语地说："当兵也好着哪！"

小篷汽车疾风般地向前奔驰，在这一望无际的关中大平原上，她们也辨别不清楚朝着哪一个方向，你盯着我，我瞅着你，个个感觉到那"青天白日"实在不顺眼，都有些别扭的样子。孙瞻山揣测到她们的心思，说："那是合作的符号。"于是掏出红五星，又说，"我们心中有她，这才是我们的标灯。"

大家领会了这话的意思，顿时眉开眼笑，连连点头。

王子平没感觉到用了多长时间，汽车就开到了关中分区警备司令部的门前。汪锋、刘湘卿和刘文彬已在这里等候。汪锋一见王子平问："陕南来的同志们全到了吗？"

王子平连忙说："全到了。"又赶紧去招呼她们下车，并指示她们排好队，依次介绍说，"这位是关中分区警备区副司令员汪锋同志，这位是省委原特派员、中共东南工委书记刘湘卿即王力同志，这位是原中共安康地委书记刘文彬同志。"然后又介绍说，"这就是秦巴虎豹队的全体队员，打头的是队长孙瞻山。"

哗哗的掌声在操场上空飞荡。

汪锋站在队伍面前说："习政委托我来接你们，大家一路辛苦了。已经安排好了，先在招待所住下洗一洗，然后吃饭，解决饥饿的问题。咱们的习书记习政委还要见你们哪！"

孙瞻山叫了一声稍息、立正，齐刷刷地敬了一个军礼，"谢谢首长的关心！"

汪锋领略她们的风姿，顿时乐不可支，放声大笑起来："哎哟，还没当战士，就这么的干练威武哪！"于是，伸出大拇指，说，"一定会成为优秀的革命战士！"

刘文彬这时走上前："呃，我这个人不识庐山真面目，那时还真没有认出你是名巾帼女子，以后才听同志们讲，同敌人斗得英勇，打得漂亮！"

孙瞻山倒有点不好意思地说："在恒口瑞瑞客栈吧，听店老板李莲英讲有位旬阳龚家梁小学的老师住店，我对老师非常地尊敬和感恩，那次谈话记忆很深刻，但我不知道你是地委书记。若是知道的话，肯定会越级报告工作了。这次来，也是你直接写的信。来了，就是向你汇报了。"

刘文彬笑着说："那时是单线联系，不能向别人随便交自己的底细，这是严格的组织纪律，稍一疏忽就会出纰漏。好了，先休息吧！"

王力插话说："虎豹队英姿飒爽，英勇的战士！"

孙瞻山想起了一件事："王书记，李洪宝让代问你好。"

"噢，记得起那个人，咋样？"

"现在是军人支部书记！"

"好啊，兴安硬汉子！"

吃罢晚饭后，孙瞻山整队带进了招待所会议室。这会议室不大宽绰而且很简陋，中间放着两张有裂缝的方桌，方桌上搁着两盏油灯，桌子方圆摆着一排条凳子，靠墙同样摆着一排，看得出其中有两三条凳子所铆的铆钉已经松开了。但是屋子收拾得窗明几净，给人一种整洁美观的感觉。孙瞻山仔细观察这设置，又想到刚才吃的洋芋、豆腐、青菜汤和小米接待饭，就觉察到边区的生活是艰苦的、朴素的，这同传说的一模一样，暗暗地对自己说，要准备吃苦。这时只听刘湘卿喊道："起立！"

汪锋向前走了一步，说："习政委来看大家了。"

孙瞻山几乎要叫出来，这不是刚才在吃饭的时候坐在旁边问这问那的那个人嘛。他吃的是小米和洋芋，没有豆腐，只有一小碗青菜汤，说话时总是笑着，在他脸上好像找不见忧郁、愁闷、烦恼的影子，平易近人，和蔼可亲。她立刻喊了一声："敬礼！"随之大家齐声叫道："首长好！我们来自安康，是秦巴虎豹队！"

习仲勋挥手笑着说："都好都好。坐下，快坐下，不要站着！你就是虎豹队的队长孙瞻山同志吧！"

孙瞻山抿着嘴唇说："是，我们是几名不是战士的小兵娃子！"

习仲勋还是那副微笑的样子："嘿，莫看这小兵，他可是我们人民军队的根本和基石呀！确切地讲，这虎豹队应是一支游击队，虽然只有十几个人，在国统区同敌人斗争中战不旋踵，英勇无畏，难能可贵，实在不容易呀！咱们坐在一起随便谈谈，等于聊天，好吧！"

孙瞻山拘束的神情一下子放松了，她却没有提去当兵的事，只说道："现在留下的同志暂时没有暴露身份，万一有个三长两短，时时都有掉脑壳的危险；再就是在适当的时候，派二至三名做军事工作的人员前往秦巴山区，同地下党联系，抓武装力量的建设。我爷爷孙道本在同治二年组织团勇一千多人，他任团总，统领这些人抵御外侵保卫家园。何况我们现在是共产党人呢！我想，这同样是支援抗击日本鬼子的具体行动吧！"

刘文彬说："提得好，没有走的同志省委也有安排，一旦暴露立即撤离。关于帮助建立武装的事，这不仅关系到党的发展，而且关系到抗击日本鬼子从襄樊向陕西东南进犯的重大举措，省委前年八月派遣军事干部张子俊同志跟随安康县委书记鲁继冲赴安康做此项工作。去后，通过安康地委宣传部长李开藩的关系打入了岚皋左龙联保队。联保队副王福如同李开藩比较熟，同意安排为联保队的训导员。但我们的同志缺乏经验，以边区的方法在那里进行工作，在军事技巧的训练上没多大差距，但在政治教化上那就不一样了，教《国际歌》《延安颂》等一些歌曲，与国民军教材内容大相径庭。因此，引起王福如怀疑，认为是共产党派来的，通过专署和县政府追查他来历。安康地委发现即将暴露，经研究决定，张子俊同志已不能继续做争取武装的工作，随即回到省委。"

习仲勋插话说："所以我们的干部要适应环境，要分清红区和白区的不同，七根笛子一起吹，一个音，那怎么行呢！站啥山头唱啥歌，隐而不露，攻在其间，恰到好处就能成事。不过，在国统区抓武装还得要去做，要讲究方法，一窍不得，少挣几百，是吧！"

刘文彬说："据我所知，省委已有这方面的安排计划，不久会派一批同志赴国统区工作。"

习仲勋笑了："看来，我们的士兵所想的，也是上级所要做的，上下不谋而合，力量就大了，有什么可怕的呢！我们的游击队长同志，对不对呀？"

孙瞻山激动地说："对对对，首长，党中央指到那里，我们就打到那里。"

习仲勋沉静地说："现在的斗争形势很严峻，国民党顽固派挑起第二次反共高潮，虽然重点是在皖南，但是包围我们边区的国民党军队遥相应和，不断地进行军事摩擦行动，因此反摩擦斗争是当前的主要任务，我们须做好战斗准备，坚决听从毛主席和党中央的指令和安排。"他停了一下，又转了话题，"子平，我们还是那年在新民茶馆门前见过面吧！"

王子平说："是的是的，你记性真好。"

习仲勋又问："那个纪成还在西安吗？"

王子平马上回答："在在在，还在北关警署，我们前天还见了！"

习仲勋若有所思地说："他曾是董必武和李启民我们之间的秘密交通员'五号'，好几年没见了。噢，对了，近几年，安康地下党组织为边区输送了一大批优秀人才，为革命事业增添了力量。他们活跃在机关、部队、学校及国统区各个战线，作出了贡献。有个叫胡琛的，是二师的优等生，未毕业提前分配工作，先留校任会计，现任绥德中学会计兼班主任老师，是个好苗苗。又如石泉的焦昌海，延安学习结业后被分配到抗日前线，在太岳战役中壮烈牺牲；我还知道旬阳的李兆众，抗大五期结业后，又回到国统区抓武装工作，在震惊西北的'一·一五'

大屠杀中为革命事业献出了宝贵生命。我们应该永远记住他们，继承他们的遗愿，勇敢地去战斗！"

孙瞻山全神贯注地听着习仲勋涉及内容广泛的讲话，不觉懂得了许多道理，眼前通明通明的，那一时出现的困惑阴影一下子烟消云散了。她听到最后几句话时，把拳头攥得紧紧的，心里在说，为先烈们报仇，保卫家园，抗击日寇，为实现党的远大目标而奋斗终生。她好像是真的，明明是真的，又在这个座谈会上再一次地作入党宣誓！

习仲勋发现了孙瞻山脸上露出坚毅的神色，笑着问："虎豹队队长，你在想啥呢？"

孙瞻山表现出成熟女性惯用的那种动作，把鬓角的头发往耳背后一捋，若有所思地说："首长，我在想呵，我们虎豹队出了秦巴山来到陕北高原，有个服水土的过程。"

习仲勋对她们充满信心地说："莫担心，你们有决心走出了第一步，就会走好第二步。因为你们走进了中国革命的摇篮，你们有坚强的信念，有果敢的毅力，虎豹上原，水土让路，它会服你们的。信不信，反正我相信！"

话音刚落，引得大家欢快地笑了起来。孙瞻山不由得鼓起掌来，接着一阵阵哗哗的掌声穿过门窗，飞向清爽的高原夜空。

汪锋看了看表，说："政委，时间不早了。"

习仲勋望着大家高兴的样子，转过面问："护送的人员和车辆安排好了吗？"

汪锋说："路上的干粮也备得充实。"

习仲勋叮咛说："今天吃的明天路上要改一下，不要重复，带上大米饭、羊肉炖萝卜、豆腐炒青菜，路途中在老百姓家热一下就能吃了，这叫回味饭，慢慢适应。还有呵，你看那个战士衣服短了一截，可那个战士的衣服却长了一截，明显在叠缝着，给换一件合体的。"

汪锋恍然大悟，说："对对对，我再通知炊事班准备，后勤给换一件！"

习仲勋这时站了起来："不要嫌麻烦，这不仅是调整口味，更重要的是在做充实革命力量的工作。"随后他笑呵呵地对大家说，"我明天要开会，就不送了。今后，你们不论在什么地方、做什么工作，我想提出一句话，我们共勉，这就是恪尽职守，鞠躬尽瘁！"

会议室又起一阵阵雷鸣般的掌声。

刘湘卿送走情绪激昂高涨的孙瞻山她们，返回住房的路上，他对刘文彬和王子平说："我们的习书记胸怀全局，心思缜密呀！"

王子平抬头望着夜空，说："你们看，北极星多亮啊！"

刘湘卿说："看着这颗星走路，不会迷失方向。"

刘文彬说："我伤好了以后，大多是夜间走路，就是望着这星星走出来的。"

渴望在哪里，渴望就在星光照耀下的大路上向前延伸，渴望属于那些毕生奋斗的人，渴望也就完整和成熟了。最终，渴望抵达充满阳光的新天地里，落地生根，渴望又伴随着梦想登程出发！

正在关中分区警备司令部门前操场上排队上车的孙瞻山她们，全身洒满艳丽的晨霞。在这晨霞里，那种温柔、壮实、刚毅、稳重、羞涩、宽容、自信、大方被浸染得更加富有女性的气度和风貌。

孙瞻山把头伸出车窗外，摇着手，告别了，再见！

汽车开动了，她们的心情激动了，仿佛看见了灿烂的阳光、笑脸、五星、宝塔山，在迎接新战友！

走到半路上，于方问："瞻山姐，我们的位置？"

孙瞻山指着东方升起的太阳说："中国的方向，寻梦天下理想处！"

二〇一五年五月三十一日晚

第一稿煞笔

后 记

常言道，离家三十里，就是外乡人。但对我这个远离故乡何止三十里的人来讲，本能远远没有什么改变。身居外乡五十多年，除了适应工作、生活、风俗之外，对家乡的惦记、思念、回味几乎是我思维方式和写作资源的总和。我的诗歌、小说、散文无处不有家乡的印迹和影子，这可能是不于超脱胎生缘故吧！因此，我要对《兴安踪影》多说几句累赘的话。

一、时不我待，许久的决意不能再拖延

人生不外乎几经喜怒哀乐这些感情和情绪，它随着年龄的增长，那种感受在不断地深化着，是完全不一样的。从我记忆的幼小时候开始，每逢正月十五元宵时，父亲和亲戚们就给我讲旬阳"一·一五"大屠杀的惨烈场面。一夜之间，十几名共产党人和进步人士被枪杀，过了五六天抓住了一名叫李兆众的，严刑拷打，背洋油箱子游街示众，即就如此，他什么也没承认。小时一听就觉得毛骨悚然，后来大了再一听是愤怒伤痛。在初中临毕业时，我通过我班的一位同学的父亲，从档案馆借阅少部分资料和旬阳县县长施德广发布的"剿杀"共产党人布告，准备写一篇小说，因我父亲去世，加之我高中考试也搁下了。后来我就当兵了。1973 年，部队支农，我便到安康建民公社联合大队支农一年。在这里，我听到了恒口抢枪和武装暴动、何济周领导的陕南人民抗日第一军围剿北山土匪的故事。当时萌发将旬阳和安康暴动串起来写一部作品的想法，反复思考又觉得素材有些统一不起来，也就未动笔。1984 年 4 月，我到紫阳工作时，又了解到当年中共安康地委设在芭蕉小学并

遭到破坏的有关资料，有所动意，但仍未能如愿。这一晃就是二十多年，但是那些人物、事件在心里储存着、惦记着，一直没有搁下，而且常常萦绕在我的脑海里，这是先辈和先烈们的牺牲精神在调整一个后来人的心理状态和雕镌不为人知的心理形象。到了2012年上半年，我在撰写100篇《中华谋略》系列小说时，突然感觉到时间的紧张和危急，毅然决然地丢下此稿和正在整理的第五部诗集《白石烂》和散文集《橙子情——站在诗行里的记忆》文稿。回归往事，尽心竭力地完成最初的意愿，书写一部家乡地下党发展壮大，同敌人进行艰苦卓绝斗争的记叙性长篇小说。也可以说，我写这部书是适逢其时，正是在退休之后。但是如前所述，我要写这部书的时候与开始萌发的心事已相隔五十多年。其实，那些曲折的路程，艰苦的磨炼，英勇的战斗，悲壮的故事，蕴藏在我心中已七十年有余。

细细地琢磨起来，这是一个受折磨的过程，在折磨中不断得到安慰，也有几时工作和写作的冲撞，才算得上是成熟，但这一成熟却在耄耋之年。即就到了这个年纪，也算不得老练，依然故我，只把1938年2月至1941年10月间故乡的斗争历程和可歌可泣的英雄事迹写在纸上，是缅怀，又是激励的文字。

二、云蒸霞蔚，在寻访当年踪迹中激发写作情感

单凭多年积累的素材是不够的，有写作的冲动也是不完整的，必须进行采访和实地的考察，才会发现新的素材、新的人物、新的事件，使自己的冲动面对历史的古迹和英雄们的浩气再一次进行淬火。于是离开西安一脚踩到故乡，一路行走汉滨区、紫阳县、旬阳县、汉阴县、石泉县和镇安县，回到了生活的现实和历史的怀抱。秦巴山云雾蒸腾，彩霞翻涌，层峦叠嶂，沟壑纵横，林海绿茵，城乡繁闹。在这颇为壮观的绚丽多彩的风景中，查阅档案资料，考察事发实地，走访民间传说，座谈事件详情，这不仅深化了不脱离历史的想象力，而且感动我有信心走进书写那个时代的一个大命题的门槛。推开这座房屋的大门，眼前豁然开朗，纹理、脉络、炽烈、质感，跃然而起。我不禁想到，这一步没有白走，不然怎么能取精用弘，挖掘出那么多的最有

价值的写作素材呢！更令人感慨的是，由于我们先辈们的英勇奋战，流血牺牲，才使我们今天的风景那样壮丽啊！

由于是在抗日战争大背景下秦巴山区发展、建立党组织为主要内容的作品，它的时间跨度较长，涉及地域宽阔，牵扯人物众多，意外事件连发，所以又对原陕西省委、关中分区、红二十五军与陕警二旅交战所在地进行了考察，又参观了西安八路军办事处。后赴杭州，对参加旬阳暴动的唯一健在的共产党员罗寰进行了探望和采访，带去了家乡的崇敬和问候。他虽然已九十二岁高龄，耳朵有点背，但说话利落，头脑清晰，身子硬朗，谈起那时候的经历，谈笑风生，显露出乐观的情趣。

这个历史与现实的距离有多远，每一个人都无法去信步丈量。从远古讲是短暂的，从人生讲是并不太长久，又是深远的。罗寰正是在信守一种诺言，一步一步地走过来，他的情操同他的个头一样高大。我是有准备而去采访的，对我提出的旬阳工委主要成员的印象、党组织的重大活动、结识党员的家庭生活及其爱情生活、当时常着的服装、抽烟喝酒的牌名、国民兵团和保安队及政警队的编成等十个方面的问题作了不同程度的述说，直截了当，不蔓不枝，还原了那时容貌，令人惊讶不已。我想了想，我们的江山来之不易，我们的事业总须承前启后，请他写个"缅怀英烈，忠诚事业"的赠言。他看了好半天，摇手说，"这个我不能写"。我再三劝导解释，他还是一个劲儿地摇手，微微一笑说，"我这个身份写这个话不合适！"我听他这么一讲完全明白了，不禁心里酸痛起来。这时，他大概看我很难为情，拿了一张纸，说："我给你写这几个字吧！"他趴在一张陈旧的方桌上，慢慢地认真地写起来："我是旬阳人，回境往事。罗寰。"我看到这个"境"字，没多想其含义和命运，只说："老家的热土难舍呀，祝你健康长寿！"他把手抵在下巴颏上，一直盯着我说："我要好好地活着，等着看你写的书呢！"我说，不负期待，一定写出你们当年在秦巴山区的战斗风情画卷。我心里又想到，中华民族的命运是从老一辈革命者脚步里走出来的，现在如何体现当年斗争所面临的艰苦、危难、险恶、威胁，只能从这里去感悟了，而且一辈一辈传承，不能忘却这"草鞋铁脚"的革命精神，脚踏实地，实现复兴中华的梦想！

在采访和考察过程中，我获取了大量的资料，如《中国共产党安康历史》《抗日战争时期中共安康地区组织及其活动》《旬阳地下党及旬阳惨案》《中国共产党旬阳县历史大事记》《旬阳县革命遗址简介》《中国非物质文化遗产保护·旬阳民歌卷——动感乡村》《红色记忆——抗日战争时期的紫阳》《中共汉滨区简史》《陕甘宁边区第二师范》《照金丰碑》《中国共产党铜川市耀州区历史》《红色耀州》《照金精神永放光芒》《中共镇安历史》《镇安关工委镇安县委党研室——粟乡红色经典》，等等。之后，我又去陕西省图书馆借阅了《贺龙回忆红二方面军》《大革命时期的廖乾五》《习仲勋在陕甘宁边区》《抗日战争时期陕西省委组织史》，还阅读了《抗日战争时期中国人民解放军战争史》《中国抗日战争实录》《中国抗战纪略》等书籍。这些宝贵的历史记录，丰富了我的记忆，拓宽了我的记忆，提升了我的记忆，深化了我的记忆，改变了原想反映一两个大事件的计划，从大格局上去写陕西省委在秦巴山发展、建立、壮大党组织的斗争史，这样才能反映当时的全貌。这时候，我才完全理解什么是水涨船高了。我的理想之船，在生活的资源中漂荡起来，于是，从2012年11月26日开始扬帆启航，在自己小小书房的湖泊里航行了整整三个年头，终于在汉江的码头靠岸了。这正是雨露之所濡，甘苦齐结实。

有人劝说，你这把年纪了，这是何苦呢？我口头上说，是在为自己还愿，给家乡父老乡亲们还愿，更是向先烈们还愿！人家还愿是在神灵前念念有词，我的还愿是伏案书写刚劲有力的中国汉字；心里又是这样想的，酸甜苦辣，苦也是一种味道，老了也得尝一尝，滋补自己的身子骨，用时髦的话讲，人在世上自始至终要活得有价值！只有劳累，心里才能产生舒坦的感觉。还有人邀我外出，我婉言说，有事呢！他们说整天爬格子不是你的正事。我想一个作家的正事是什么呢，就是写作，一直写作，讴歌一个时代，一生一世的文学情怀！

三、钟灵毓秀之地，造化壮美家园的大地之子

在那风云激荡的年代，从巍峨的群山里走出了无数位捍卫中华民族尊严的英雄，令人震撼。表现他们在革命斗争中的生活和命运，这是我责无旁贷的使命。把他们身居的地域风貌、经受的残酷斗争形势，予以描写，刻画一个个不同的形象，让他们都能栩栩如生地站起来，正视天上有太阳而地上无阳

光的黑暗世界。

用摭拾的那些故事，勾画出历史画卷的缩影，彰显英雄群体艰苦卓绝的斗争精神。这必然重在梳理历史的细节，塑造英雄群体的形象。通过一系列的小细节，来支撑惊天动地的重大事件，反映波澜壮阔的伟大斗争气势。

也许是眷念故土的缘故，也许是总想把家乡的风土人情、自然景观捧给广众的奢望，不免在写作中自然而然地形成了走山写山、过河写河、遇人写人、见事写事的美好意境，以烘托英雄们的罕世举动和豪杰行为，用鲜血和生命捍卫祖国的锦绣山河。这里涉及的大小人物较多，有四百多人的一个群体。写作过程中用心描写每一个人的语言、性格、相貌、行为特点，力争避免千人一面的程式化、公式化、雷同化，做到千姿百态。是不是达到这样的要求，我心中也没有一个数，请读者给予实事求是的评判。不过，我的写作态度是把握历史的真实和艺术的真实，艺术的真实必须在历史真实的基础上予以升华、提高、美化、点缀，正确处理艺术真实和历史真实的关系。这就需要从实际出发，实事求是地去写好每一人物，每一件事，每一细节，每一传奇故事。如清同治二年（1863 年）团总孙道本之孙女孙瞻山（原名婵珊），这个传奇人物则采用夸张的手法予以描写，突出女性的追求解放，义无反顾地参加了革命。对于查无实据的予以回避，如我幼时听父亲讲李兆众背着洋油箱子被敌人拉到大街上游街示众，我在调查和查阅资料中没有发现这一记载，也就没有描写这一细节。又如我在上初中时，听人讲一女党员是施德广的干女儿，来往密切，到处流言蜚语，怀疑是叛徒。从我得到的材料中没有取得佐证，只有打交道的一丝线索，这线索又无法证实就是流传的那样，所以就此停笔，不再书写。再如张晓棍对教育有建树，做了不少有益的工作，但芭蕉事件后他就变了，对这样先前重教人物的所作所为给予一定的描写。当然，他是不知道刘经安和刘文彬是地下党，要是知道肯定不会同意去任教，而且让刘经安任教务主任并代理校长之职。还有安康保卫团团长王杰三，身为国民政府的军事要员，为营救中共安康地委组织部长刘经安和向陕北输送进步人士做了不少工作，给予许多的方便，尽管是通过关系，打不开情面而为，但在客观上总算是做了一些好事，同样给予了如实的描写。那位珠盘乡的乡长朱鹤年并不是传说中的神奇人物，身为真正的国民党党员、区分部书记，从他那里我写出了不是胡编乱造的一个生动感人的故事：是他同两个儿子及联系友好的乡保长掩护地下党员，为安康地委书记刘文彬养伤治病，并亲自安排护送其安全回到省委。诸如此类，不一一赘述。我只想做到的是，要在书中，实实在在地描写各种不同类型的每一个活生生的人物形象。

不可预料，有时相逢一番壮丽的景致，会创造一种意想不到的灵感，把你的苦思冥想变为现实。这天，我们一行从安康出发去旬阳途中经过高店铺时，正是早晨八九点钟。这时候，喷薄欲出的一轮红日从东方冉冉升起，万道晨霞洒在汉江水面上，仿佛迎接我们走向大山幽境。于是，我们索性停车止步，伫立而望，弯弯曲曲的汉江在秦巴山相衔的深谷中，落拓不羁，逶迤而去，江水滔滔，波光粼粼；江中千帆竞发，川流不息；停泊岸边的采金船随波摇荡，不时传出悠扬的《采金歌》，抒发辛勤劳作的愉快心声；两岸青山上的草木葳蕤葱绿，沐浴火红朝霞，随着轻轻的微风摇曳不止；笼罩在河谷的轻纱薄雾，在晨光的照耀下，悄然散去。霎时，天地间清鲜明丽，洁净如洗，空旷辽远。这不禁让我想起《尚书·尧典》中的一段话："分命羲仲，宅嵎夷，曰旸谷。寅宾日出，平秩东作。"是的，分别命令羲仲，住在东方一个山弯儿的地方，叫旸谷。他恭敬辛勤地迎接日出，认真用心地辨测太阳从东方升起。今日寻访，跨越远古羲仲的后人们的故事，描写他们为广大老百姓谋幸福而进行艰苦卓绝的斗争精神，践行共产党人的最高宗旨，这不也就是日出的地方吗！

朝霞迎白日，丹气临汤谷。晋时张协的诗句，让我产生了与他壮志未酬不同的人生感叹，共产党人是光明的使者，从历史的长河峡谷中走出来。我心里开阔了许多，就想这本书的题目能不能叫《旸谷岁月》。后来反复斟酌，欣然确定为《兴安踪影》，容易被读者理解和接受。

不过，我还要追想，偶一为之，实在是少见不多得，寓意深刻，则可令人回味无穷。有人问我旸谷在哪里，我说，旸谷位于共产党人为实现自己的梦想而奋斗的中国广袤的土地上，无处不有他们留下的英雄的身影。

四、一声军号，兵马全到

我还是像当年一名士兵一样，调拨素材，调集时光，调遣精力，勇猛上阵，冲锋在前，鏖战几乎三个春夏秋冬，已经搁笔回营。回想起起步的艰难，也受到无情的冷落。但是在同志和朋友们关心下，毫无顾忌地走自己的路。在这里，我要对帮助支持写这部作品的陕西省作协党组副书记、副主席齐雅丽，安康作协主席张虹，紫阳县委常委、副县长严锋，县委宣传部副部长叶飞，旬阳县档案史志局局长唐世均及周永梅，安康市文联《汉江文艺》执行主编、安康市作协副主席杨常军，安康市作协副主席兼秘书长蒋典军，安康汉滨区档案史志办的杨汉位，《美文》杂志社副主编安黎，陕西师范大学音乐学院副院长王拥军，旬阳县委原调研员王国华等同志以及紫阳县档案史志局的同志，聊表谢忱。写到这里，我想到有一句名言：财富并非朋友，朋友才是财富。是我的同志和朋友给我提供了那么多宝贵而有价值的资料，让我顺利地进入了写作状态。

最后我想说，生活的全部意义在于走上探索的路途中，莫要遗忘先辈先烈们对中华人民共和国成立所付出的艰辛和牺牲，在他们精神光辉的照耀下，抛弃自我，收留奉献，创造美好的未来！

2015 年 8 月 6 日晚 10 点

图书在版编目（CIP）数据

兴安踪影：上中下 / 孙扬著 . -- 北京：作家出版社，
2019.10

ISBN 978 - 7 - 5212 - 0636 - 4

Ⅰ.①兴… Ⅱ.①孙… Ⅲ.①长篇小说 – 中国 – 当代
Ⅳ.①I247.5

中国版本图书馆 CIP 数据核字（2019）第 148685 号

兴安踪影（上中下）

作　　者：孙　扬
责任编辑：田小爽
装帧设计：祝玉华
出版发行：作家出版社有限公司
社　　址：北京农展馆南里 10 号　　　邮　　编：100125
电话传真：86 - 10 - 65067186（发行中心及邮购部）
　　　　　 86 - 10 - 65004079（总编室）
E - mail: zuojia@zuojia. net. cn
http: // www. zuojiachubanshe. com
印　　刷：北京玺诚印务有限公司
成品尺寸：170 × 240
字　　数：1100 千
印　　张：65
版　　次：2019 年 12 月第 1 版
印　　次：2019 年 12 月第 1 次印刷
ISBN 978 - 7 - 5212 - 0636 - 4
定　　价：149.00 元
